U0740535

Tui Guan
Jun Wujiu

【壹】

苏桥 著

中国广播影视出版社

目 录

【第一章】山村命案

“杀人啦，杀人啦！有死人啊！”

清晨的静谧，被凄惨的呼声打破。

君无咎从自己破旧的土坯房内走出，隔着半人高的院墙看到外面惊慌失措奔跑的人群。

死人，给这个偏僻穷困的小山村带来了一丝活跃和惊恐，原本要去下地劳作的人们拎着手里的家伙事儿，急匆匆地往出事的地方跑，就为了看个热闹。

君无咎犹豫了一下，也往出事地点走去。

乡民在田埂上围成一团，抻着脖子去看趴在地上的那具尸体，有胆子大的人举着锄头，把尸体翻了个遍。

“是胡铁牛！”

“妈呀，是胡铁牛啊？赶紧去给他娘说一声！”

“怎么是胡铁牛呢？不过这人，死不足惜啊……”

胡铁牛？

君无咎摸了摸身上被破旧衣服遮盖住的青紫，他昨天在田里干活的时候遭了无妄之灾，被路过的胡铁牛突然揍了一顿，嘴里骂骂咧咧地说着什么小白脸读过书有什么了不起之类。

他被打了个措手不及，再加上俩人身形相差太多，胡铁牛这人本就是个蛮汉，暴揍了他一顿之后得意而去，自己还是被其他人搀扶回的家。

有人看到了君无咎，喊道：“君秀才，昨天铁牛打了你一顿，今天就死了，这就是报应啊！”

“是啊，报应啊！”

君无咎眉头一抽，叹了口气。

他走到胡铁牛身旁，蹲下来细看。

胡铁牛的肤色铁青，显然已经死了多时了，他脖颈上有一道深深的伤痕，几乎砍断了三分之一的脖子，导致头歪歪地偏向一侧，露出里面鲜红的烂肉和白色的骨茬。

这是一处致命的伤口，同样一处致命之处是在胸口，当胸一刺，鲜血沁透了半边身子。

但是……

他疑惑地看着刚才被胡铁牛趴过的地方，褐色的土壤吸收了一些血液变成了黑红色，只是这血液略有些少，胡铁牛的衣服都被血液沁透成这样了，为什么地上的血反而如此之少？

难道，这并不是杀人行凶的地点？

“我的儿啊！我的儿！”胡大婶哭喊的声音越来越近，一个胖胖的中年女人推开人群，看到地上的尸体，嗷的一声就厥了过去。

“胡大婶，胡大婶！”旁边连忙有人接住胡大婶滑倒的身体，拍脸的拍脸，按人中的按人中，折腾了半天，胡大婶又呃的一声醒了过来，趴在胡铁牛身上痛哭，“我的儿啊！这是哪个挨千刀的杀了我儿啊！你们怎么不杀我这个老婆子，为什么要杀我儿！”

哭了几声，胡大婶双眼一翻看见站在一旁的君无咎，指着他声嘶力竭地喊道："是不是你！你报复我儿将他杀死！"喊完噌地跳起来，一头撞向君无咎，"我要你给我儿偿命啊！"

君无咎急忙闪身，避开胡大婶的冲撞，"胡大婶，胡铁牛并非是我杀死，我也是刚知道这件事。"

"怎么就不是你？昨天他打了你一顿你一定怀恨在心，所以找了机会杀了他！"胡大婶往地上一坐，拍着双腿哭号："这是想要我老婆子也一起死啊！姓君的你还是个读书人啊！你做出这种事！你会下地狱的啊！"

……

君无咎站在县衙的大堂下面，心中默默叹气。

衙门这种地方他以前经常来的，但是第一次是被人抓进来当成被告，简直莫名其妙。

干巴瘦的县太爷晃动着乌纱帽两边的翅子，一拍惊堂木，"堂下何人？"

"学生君无咎。"

"草民，我，我是胡氏，青天大老爷啊，您可一定要为老婆子我做主啊！"胡大婶又开始哭天抢地起来。

"闭嘴，本官问你了吗？"县太爷不耐烦地瞪了眼胡氏，然后看向君无咎，"本官听说你昨天与那死者胡铁牛厮打了一番？"

君无咎忍住想要叹气的欲望，先行了个礼，然后朗声道："大人，学生并没有与胡铁牛动手，只是昨天傍晚时分，学生正在田中劳作，胡铁牛突然上来将学生暴打了一顿。学生……惭愧，手无缚鸡之力，连还手的机会都没有。"

"噗！"一声轻笑从堂侧一扇屏风后传出，听上去有些低沉，但是从声音判断应该是个年轻的男人。

县太爷立马尴尬起来，又是一拍惊堂木，"所以你嫉恨胡铁牛，于是半夜时分将胡铁牛杀害是也不是？"

君无咎没有忽略过县太爷尴尬的表情，这么看来，那屏风后面的人应该比县太爷权势要大一些——会是谁呢？

不过，他再次看向县太爷，听说过这个县老爷昏庸，但是没想到居然昏庸到如此地步。

“大人，学生昨天被暴打，晚上身上肿痛难忍，所以很早就睡下了，并没有半夜将胡铁牛杀害。”

“你说你睡下了就是睡下了？谁能作证？”县太爷振振有词，“君秀才因记恨胡铁牛，所以半夜将胡铁牛唤至田埂上，将其杀害，证据确凿！”

“大人！”君无咎蹙眉，“大人难道不该问一下胡大婶，为何胡铁牛会半夜从家中出来，去往何处？”

县太爷看了看屏风处，再看看君无咎，冷笑道：“既然如此，本大人就要让你心服口服。胡氏你来说，胡铁牛昨天究竟是怎么回事！”

胡大婶不停地抹泪，“青天大老爷啊，我儿子死得冤枉啊！”

县老爷拼命拍惊堂木，“愚妇，本大人问你的是昨天胡铁牛是怎么回事！因为何种原因半夜出来，是否是君秀才前去敲门喊他出来的？”

“这个……”胡氏一愣，道，“并不是君秀才去喊铁牛的，昨个晚上，差不多刚过了戌时，铁牛突然说要出去一会儿，还跟我讨要了一些银钱，便出门了，然后，然后再也没有回来……呜呜呜，我的儿啊……”

县太爷哼了声道：“君秀才，你可听明白了？还有何话可说？”

君无咎再次行了个礼，“大人，学生是听明白了，但是并不知道胡大婶说的这一番话，与学生有什么关系。”

“不愧是个做秀才的，居然如此嘴硬，既然如此，本官就让你知晓无论你是如何胡搅蛮缠，也是无法逃过本官双眼的！”县太爷晃动脑袋，慢条斯理道，“昨日傍晚，你被胡铁牛无缘无故暴打了一顿，所以记恨在心。戌时你拿着凶器在胡铁牛家门外等待，等到胡铁牛出门，便跟踪前去，一刀扎入胡铁牛前心，又怕胡铁牛不死，所以又砍断了他的脖颈，本官说的可对？”

君无咎对这位县太爷的愚蠢简直无言以对。

屏风后又传来“噗”的一声轻笑。

县太爷瞬间面红耳赤，怒道：“既然证据确凿，君秀才你速速认罪，还能免掉皮肉之苦！”

“大人！刚才听胡大婶说，胡铁牛突然出门是临时起意，既然是临时起意，所以大人猜测的学生在胡家门外等候胡铁牛出来方便跟踪一事，自然就不成立了。”君无咎恨不得上去给这县太爷两个嘴巴子，“学生想要问一下胡氏，胡大婶，请问胡铁牛是否每日戌时都会出门？”

“没，没有……”毕竟是乡野村妇，也不敢在这种地方说谎，“铁牛平日里在镇上有些营生，倒是经常拿钱回来。他若是回来家中住，夜晚便很少会出去。”

“那昨晚，胡铁牛可与胡大婶您说了他要去何处吗？”君无咎继续问。

胡大婶摇头道：“并未说过。”

君无咎向县太爷行礼，道：“大人，我问完了。既然胡大婶也说明了胡铁牛昨晚出门是临时起意，那学生就更不可能去门口等待了。”

“哼，胡搅蛮缠！”县太爷不满道，“既然你昨天被暴打，心中一定有恨，便想到每日都要候在那胡家门前，什么时候胡铁牛出门，什么时候上去就是一刀，谁知道当晚胡铁牛就出门了，正好便宜了你，可是这样？”

君无咎简直要被这愚蠢县官逼疯了，他朗声道：“大人，现场还未勘察，胡铁牛夜晚去向不明，如今尸身未验。只是凭学生与胡铁牛曾经有过接触便让学生认罪，学生不服。”

“什么？你小小一个秀才居然敢不服本官？来人啊！”县太爷丢下一只令签，“打君无咎二十大板！”

衙役们上来就要按住君无咎，君无咎挣扎不已，“大人，大人！若是要让学生认罪，请大人拿出证据啊大人，大人这是要屈打成招吗？”

“慢着，”屏风后传来一声低沉的男声，紧接着从屏风后走出一名小厮打扮的男人，看向县太爷，“我家公子说了，县太爷断案方式粗暴，不如向那君秀才说的，先要查验尸体和现场，再定罪也不迟。”

君无咎抬头去看那小厮，虽然是小厮打扮，但是穿着气质都不似普通人，而且身量很高，看上去应该是个练家子。能有这种小厮的公子，会是什么样的人？

县太爷尴尬地对着那小厮不停弯腰讨好，“是是是，好的好的，其实下官也只是想快些结案，让……”

屏风后传来一声轻咳，县太爷立马闭了嘴，脸上的表情因为断了话头而显得有些扭曲。

那小厮回到屏风之后片刻又出来对县太爷道：“少爷说了，验尸就在这堂中吧，这么多人看着也不会有假。”

“好好……”县太爷实在是搞不懂，不过就是一桩泥腿子互殴，输的一方报复另一方的案子，就算杀人犯是个秀才那又如何？不过就是个秀才而已。如今这个秀才落魄成这样，书都读不起要跟一群山野村夫一样下地劳作，简直有辱斯文，这样的秀才做出什么事来他都不会觉得奇怪。

胡铁牛的尸体很快被抬到大堂上来，胡氏看着自己的儿子，哭得死去活来，

“闭嘴闭嘴，不准咆哮公堂，否则乱棍打你出去！”县太爷被胡氏的哭声烦得不行，又摸不准屏风后那人究竟是个什么心思，只能压着火气陪着看这晦气的尸体。

仵作检查后将结果告与县太爷：“大人，这名死者身上只有两处伤，两处都是致命伤口，一处在前胸，伤口长三寸许，宽一寸，凶器应是一把匕首。一处在脖颈右侧偏后，根据脖颈的伤处来看，应该是死者背对凶手之时被砍伤，凶手的力气非常大，只需一次便将死者脖颈砍断。”

县太爷待仵作将验伤之事讲完，不耐烦地看向君无咎，“如今验尸

也验完了，君秀才你还有什么话要说？”

君无咎向屏风处行了礼，然后看向县太爷道：“根据胡铁牛伤处可以判断，此人在胸口处被捅伤之后应该是想要逃走，才会背对凶手，然后被凶手砍断了脖颈。先不说胡铁牛比我高了许多，我这体弱的秀才手持凶器是否能够够得到那伤处，而且据我在现场来看，现场血迹并不多，若是胡铁牛在田埂上被人杀害，缘何渗出血量如此之少呢？还有，刚才胡大婶说了，胡铁牛出门之前与胡大婶要了银钱，可是我刚才看仵作验尸，也未曾从他身上找到银钱。”

“这么说，你不仅杀了他还抢劫了银钱？”县太爷一副勃然大怒的样子，怒斥君无咎，“枉费你还是个读书人，竟然做下如此下作之事！”

君无咎……

仵作……

就连一直哭泣的胡大婶都……

“来人啊！把君无咎给我速速拿下！”县太爷十分威风。

君无咎觉得在这种县太爷的治理下这个县城居然还健在，简直就是个神迹。

“崔大人，你在着急什么？”屏风后那人又出声了。

“大人，如今证据确凿，这君秀才不过就是想借口才之能耍赖而已，只要一顿棍棒下去便立马招认了。而且让大人看到如此脏污之事，下官内心实在是，实在是不安哪。”县太爷说完，甚至还红了眼圈儿。

屏风后那人也叹了口气，道：“崔大人，看崔大人如此做一县之官，本官也是内心不安哪。”

县太爷没有琢磨出这句话的意思，还一个劲儿地点头：“让大人费心了，让大人费心了……”

君无咎现在就算被人按在地上，也没忍住，直接喷笑出来。

“你你你……”县太爷暴怒，“君秀才，你死到临头，缘何发笑？”

君无咎摇摇头道：“学生得知这庚县有崔大人坐镇，内心也着实不安哪。”

这次，换成屏风里那人哈哈大笑了。

县太爷就算再蠢，也从这两句不安的对话里听出了苗头，瞬间白了脸。

“有趣儿，”屏风内那人又道，“既然君秀才坚持自己是冤枉的，那是否能找到此案疑点让自己翻身？”

君无咎甩开钳制住自己臂膀的两名衙役，恭恭敬敬地向屏风后面那人磕了个头，“君无咎定不负大人好意。”

说完，他站起身来，走到胡铁牛的尸首旁边。

虽然胡铁牛已然死去多时，但是伤口仍旧狰狞，若是一般人见了，怕是要直接吓得厥过去。

君无咎与仵作借了一副白手套戴上，先是看了看胡铁牛颈部的伤，然后掰开胡铁牛的嘴巴仔细嗅了嗅，低声道：“虽然被血腥气遮住了，但是还是闻到了些许酒气。胡大婶，胡铁牛离家之前，是否喝了酒？”

胡氏缩在一旁，听到君无咎的提问，连忙摇了摇头，“并未，铁牛虽然脾气暴躁张狂，但是也是个孝顺孩子，在家时从不喝酒，说是怕喝多闹事。”说完，她还仔细看了看眼前似乎有些不一样了的君秀才。

这君秀才之前便是他们村子里的人，七八岁之时闹灾，最后只剩下了他一人，后来便不知去向，直到一年前突然回来。但是君家老宅已经不复存在，于是自己掏钱又买了处破旧的院子，就这么住了下来。

他们村中一直以为这君秀才怕是总考取不到功名才甘愿回来种地的，可是……眼前的君秀才，与平日里沉默寡言的君秀才，确实不太一样了。

“若是他离家之前未曾喝过酒，那么就是在出事之前喝过。但是戌时已过，村子附近并未有酒馆，若是想要去酒馆喝酒一定是要走到县城附近的。但是从村子走到县城也要大半个时辰，胡铁牛未必会愿意走大半个时辰来县城就为了喝一顿酒，然后再走回去，如此折腾下来，天都要亮了。可是在发现胡铁牛尸身的时候，他已经死去多时。”君无咎仔细地分析道。

“戌时已过，县城的城门必定是关了的，只有城外有一处酒馆。大人，可否请您派一名军爷前去询问，胡铁牛昨日是否去喝过酒？”君无咎面向县太爷，恭敬道。

县太爷正为了那两句不安心慌意乱，听到君无咎的问话也不敢再说阻拦，于是派了一名衙役前去那县城外面的酒馆询问。

君无咎继续仔细检查，他托起胡铁牛的头部查看那道伤口，与仵作说：“刚才你说得对，这伤口确实是凶手从胡铁牛后面造成的，而且根据伤口呈现出来的状态看，凶器应该是一把斧子，而且行凶之人与胡铁牛身高并无太多差别。”

仵作道：“平日里若是检查这样的尸首，基本上行凶的凶器只会有一种，凶手很少会有中途更换凶器的。可是胡铁牛身上的伤口却是两种利器造成，难不成凶手是有两个人？”

君无咎放下胡铁牛的头颅，又看向胡铁牛胸口的伤处，他仔细观察了一会儿，皱紧眉头，“仵作先生请看，这伤口形成的角度，并不像是两个人站立对峙的时候形成的。我刚才说了凶手身高与胡铁牛相差无几，可是这伤口贯穿却是由上至下，能够造成这样伤口的情况，要么就是凶手比胡铁牛高大许多，要么就是……胡铁牛当时应当是平躺，而且毫无防备。”

仵作也仔细检查了伤口，点头道：“君秀才说得是，这伤口确实是由上往下略略倾斜。”

县太爷听到这里，不由自主地问了一句：“君秀才怎么就知道这胸前一刀是在胡铁牛毫无防备的情况下刺进去的？难不成你当时就在旁边？”

“我不但知道这一刀是在胡铁牛毫无防备的时候刺中的，而且还能推测出来，当时此人就站在靠近胡铁牛头部的一端。”君无咎难掩对无知的县太爷的嘲讽，忍不住勾出一抹冷笑。

“大人，您可听到了，这君秀才说了，他当时就在一旁，若他不是凶手，也是帮凶！只要拿下君秀才仔细询问一番，这个案子就能破了！”县太爷急忙向屏风内的那位表功。

“胡言乱语，君秀才明明说的是推测，怎么到了崔大人口中就变成了君秀才就在杀人现场了呢？”那名小厮也忍不住露出不屑的笑容，“我劝崔大人还是好好听着，少说话为好。”

县太爷被一个小厮顶撞了一番，脸色着实有些不好看，但是宰相门口还三品官儿呢，这个小厮就算再无礼，也不是他一个七品芝麻官能撼动的。

胡大婶也听出不对劲儿来了，哑着嗓子问道：“我儿不过就是出去玩耍，他这是去了哪里，怎么还会躺着被人，被人……”她说着，又忍不住哭了起来。

“许是胡铁牛喝酒喝多了，躺在地上昏睡的时候被人杀害的？”仵作说出自己的猜测。

县太爷又忍不住了，嘟囔道：“胡铁牛醉酒，躺在田埂上昏睡，君秀才你发现之后，从家中拿出匕首刺中胡铁牛的身体，然后趁胡铁牛翻身站起来的时候又拿起斧子，砍断了他的脖颈……”

仵作……

君无咎……

君无咎叹气道：“我刚才说过了，发现胡铁牛尸身的那处田埂上血迹并不多，由此可见那并不是杀害胡铁牛的第一现场。”

他说完，仵作也点点头道：“胡铁牛身上只有两处伤口，若是被砍伤之后倒地，那么血液应该会喷溅出许多。但是胡铁牛的尸体……”他的声音顿了顿，又道，“衣服裤子上都沾满血迹，应该是死后被人挪动蹭到的。”

“仵作先生说得正是，”君无咎微微一笑，道，“但是虽然胡铁牛身上只有两处致命伤口，但是还有几处擦伤。”他说完，轻轻搬动胡铁牛的尸体，让他将背部呈现出来。

胡铁牛背部已经布满不少青紫尸斑，但还是能清晰地看到几道划痕。

“这几道划痕十分新鲜，应该就是胡铁牛死前造成的，而且由划痕的力度和……”他说到这里，略有些不好意思，“和可能会出现在这里的划痕情况推比一下，应该知道胡铁牛死之前应该曾经遇到一位女子。”他说完，又解开胡铁牛的裤腰带，将胡铁牛隐私部分仔细查看，补充道：“胡铁牛临死之前，必定是有过情事。”

“哦？为何如此断定？”屏风后那人饶有兴趣地问道。

君无咎有些脸红，语气却十分平稳，“因为胡铁牛的私处，染有精斑。”

“大人，确实是精斑。”仵作仔细检查之后也确定那糊成一团的黏糊之物是什么了。

胡氏彻底傻了，“难道，难道杀害我儿的，是个，是个女人？”

君无咎摇头道：“敢问胡大婶，胡铁牛在村中，可有相好之人？”

胡大婶想了半天，用力摇头，“并未听我儿提起过，若是他有相好之人，为何不与我说干脆娶回家中呢？”

正在这时，出去询问酒馆的衙役回来了。

“大人，我去那酒馆问了，他们昨日过了戌时便就关门休息了，而且昨天一天，胡铁牛都未曾去过酒馆。不过那酒馆内小二说，胡铁牛曾在县城外与人起过冲突，我便将那小二带了回来。”说完，他闪身，露出藏在身后的一名瘦小男子。

那男子“扑通”就跪下了，“大人，大人，小的只是看到胡铁牛跟人吵过架而已啊。”

“叫什么叫，你且说说，昨日胡铁牛与谁产生争执，是否是面前这位君秀才？”县太爷现在连那名多事带人回来的衙役也厌恶上了，暗着瞪过去好几眼。

那小二看了看身穿粗布麻衣的君无咎，茫然地摇摇头道：“并不是这位君秀才，而是，而是……”他似乎有些不敢说了，只是偷眼看着县太爷。

“而是什么？你如此吞吐，可是心虚？”县太爷又开始拍惊堂木。

小二吓得一哆嗦，连忙磕头道："大人息怒啊大人，因为昨日与胡铁牛争执之人，是，是大人您的儿子，崔，崔少爷……"

"胡说八道！"县太爷噌地从案桌后面跳起来，噌噌几步走到那小二面前抬脚就踹，"你如此污蔑我儿，是何居心！"

"住手！"那名小厮喝道，"崔大人，这就是您的断案方式？"

县太爷急忙向屏风后那人行礼，"大人，此人信口雌黄，污蔑我儿！"

"是不是污蔑，把崔少爷叫来询问一番就好。初一，你去将崔少爷请过来。"屏风后那人淡淡开口。

初一抱拳道："是，大人。"说完，便大步走出衙门。

县太爷急得出了一身冷汗，说道："我儿良善，万万不会与旁人争执，还请大人莫要相信小人谗言。"

"是否有过争执一问便知，崔大人为何如此着急？哦，本官想起来了，若是按照崔大人的断案方式，有过争执便就有了杀人的理由，那么说胡铁牛很有可能……"

"不不不，大人，大人！我儿绝对不会去杀害胡铁牛，我儿平日里连一只蚂蚁都不忍心踩死，怎么会去杀害胡铁牛？万万不会的！"县太爷已经开始语无伦次了。

崔少爷醉醺醺地被那名叫初一的小厮"请"到衙门上，口中还在骂骂咧咧，"放手，你知道小爷是谁吗？小爷可是县太爷的嫡子！你还不放手？小心我让我爹治你死罪！"

痴肥的崔少爷睁大醉蒙蒙的小眼睛看见站在堂中的亲爹，挣脱初一的手扑了上去，"爹，爹！那人打我，爹你可要给儿子做主啊！爹！"

县太爷看着一身酒臭醉眼蒙眬的儿子，气得半死，"畜生，你，你怎么又喝成这样！"

"嘿嘿嘿……"崔少爷笑了几声道，"我去赌了几把，手气可好了，赢了三十多两银子呢！呃！"他打了个酒嗝，指着初一喊道："若不是这断，我今天一定能赢上几百两！爹，你快治他死罪！"

“你，你快闭嘴！”县太爷气得脑袋发蒙，“我问你，昨日你可与人有过争执？”

崔少爷茫然地转了转脑袋，又嘿嘿笑：“我日日与人争执，不知道爹您问的是谁？”

“真是个良善的孩子……”屏风后那人声音满是笑意，但是也带着浓浓的不屑。

“你是何人？为何躲在屏风后装神弄鬼？”崔少爷听到声音，摇摇晃晃地扑过去，“待本少爷抓到你，就治你死罪！”

“放肆！”初一上前一步，一巴掌糊在崔少爷的脸上，把人打得跟陀螺一样滴溜溜转了好几圈，吧唧摔倒在地，吐出一颗短牙。

这下可炸了堂了。

崔少爷躺在地上双手乱舞双脚乱蹬，“爹啊爹啊！打死人了啊！爹！那厮要把儿子打死了啊！治他死罪，治他死罪！”

“闭嘴闭嘴！”县太爷气得跳脚，扑上去踢自己亲儿子，“闭嘴闭嘴闭嘴！”

崔少爷被他这个正处于狂躁中的父亲吓傻了，忘记喊叫，也忘记躲避，被踢了好几脚，委屈地哭起来，“爹，你这是怎么了？”

“我来问你，昨日你可在城外与人争执过？”县太爷脸色铁青铁青的。

崔少爷被吓得差不多已经开始醒酒，想了半天道：“昨日，在城外？儿子，儿子记不清了……”

“记不清？你与人争执如何记不清？那这人你是否认识？”县太爷指向趴着的小二。

崔少爷看了又看，哦了声：“哦，我想起来了，昨日午时左右，我听说那酒馆出了一道新菜便跑去尝试，然后看见了胡铁牛，跟他吵了几句。”

“为何争吵！”县太爷有些头晕目眩，不由自主地扶住旁边的衙役。

崔少爷嫌弃道："那蠢货，居然看上了翠香楼的小芸，总想要调戏小芸，不过那小芸早就被儿子包了的。于是儿子见了那胡铁牛就嘲讽了他几句，说他没钱长得也丑，更不会诗文，小芸无论如何也看不上他的。"

县太爷听到自己儿子包了个妓子的时候，差点喷出一口老血。

不过由这番话，君无咎也得知自己如何就遭了那一通无妄之灾了。原来胡铁牛在崔少爷这里憋了火气，回去村里见到自己，得知自己是个秀才，还是个长得不错的秀才，便怒上心来把自己打了一顿。

其实百姓是不得殴打有功名之人，打秀才更是犯法，只不过自己十分落魄，也毫无背景，若是将胡铁牛告了，怕是在那村子都无法立足下去，便就忍了这口气。可谁曾想，胡铁牛居然就在当夜死了。

屏风后那位大人轻笑，"所以你觉得胡铁牛这人色胆包天，居然敢调戏你看上的人，于是就半夜去了胡铁牛住的地方，等他出门就杀了他？"

"杀，杀了谁？"崔少爷差点吓尿，"不不，我昨夜在翠香楼过夜，小芸和那边的老鸨都可作证，从翠香楼出来我便去了赌馆儿，从未去过什么村子！"

县太爷已经浑身无力，半句话也说不出来了。

屏风后那人又问："君秀才，你可能找出杀害胡铁牛之人？"

君无咎又向屏风后那人行了一礼，说道："学生先将推断说与大人听，昨日戌时刚过，胡铁牛便向胡大婶要了银钱出去，这就说明胡铁牛去的是一处需要花费银钱的地方。而发现胡铁牛尸身的时候是寅时，也就是说胡铁牛是在戌时之后寅时之前被害。但是发现胡铁牛的时候他的尸身已经僵硬，并且血迹不再外流。现在是夏日，尸身会根据温度产生不同的变化，所以学生推断，胡铁牛应是在丑时左右被害。戌时出门，丑时被害，中间相隔两个时辰，那么胡铁牛在这两个时辰内，去了哪里呢？"

屏风后那人轻笑，"君秀才认为他去了哪里？"

君无咎摇头道："虽然学生现在并不清楚，但是胡铁牛去的这一处地方，应该是有酒，有女人的。而且这个女人应该已经嫁人，丈夫与胡铁牛差不多高大，但是并不经常回家。胡铁牛被害地点应是在那女人家中，昏睡之时被凶手发现，怒不可遏，寻了凶器要杀害胡铁牛。胡铁牛当时应该已经被吵醒，刚要起身便被一刀捅入胸口。此时胡铁牛会非常慌乱，捂着胸口伤处向外奔走，凶手见他想要逃走，便寻了更加适手的凶器，将胡铁牛砍杀。胡铁牛身上的衣物应是后来穿上的，因为衣物的胸口并无刀刃割开的痕迹，而且很多地方都沾染了血迹。凶手杀了人会十分慌乱，于是将胡铁牛的尸身运了出来，抛在田埂之上。"

屏风之后那人沉吟了片刻问道："若是胡铁牛可以逃出，为何不呼救？他若是呼救，左右邻居听到呼救之声难道不会出门查看？"

君无咎点头道："关于这一点学生也想到了，胡铁牛被杀害这段时间不可能一点儿声音都没有，村中静谧，很容易便能听到动静。除非是这家距离村中之人十分之远，或者这地方经常会在半夜发生争吵之声，导致邻居不愿查看。"

"既然这样，那就派人去村中查找昨夜戌时之后丑时之前发生过争吵的人家，或者去离村中较远的地方查看。不过若是离村中较远，为何那人不直接将胡铁牛找个地方埋葬藏尸，而是要抛到田埂之上呢？"屏风后那位大人问道。

"学生也在思索这件事，许是那人胆小？但是究竟为什么仍旧想不明白……"君无咎也十分纳闷，毕竟村子后面就是荒山，将尸首丢进山里，怕是一晚上就会被野兽撕咬得看不出来原本面目，可是那人居然将尸首抛到田埂上，这就不清楚为什么了。

"算了，待抓到凶手一问便知。"屏风后的那位大人说道，"崔大人，可否让您的衙役去村中询问一下，是否有人在昨晚听到了奇怪的动静。"

"是的，大人。"县太爷如今有气无力，连说话都没什么精神了。

"初一，你也跟着去吧。"那人又道。

“是，大人！”初一点头，带着一队衙役出了门。

胡铁牛的尸体被运送到衙门后面的停尸房，大堂中安静了下来，只能听到胡大婶时不时的抽泣声。

“君无咎……”屏风后的大人突然开口了，“你之前，怕不止是个秀才吧？”

君无咎愣了愣神儿，苦笑道：“大人是如何发现的？”

“一名秀才，为何并不惧怕尸体？为何思维如此敏锐？只是单纯的秀才恐怕是做不到这点儿，除非这人经常能见到尸体，查看尸体，才能做到如此缜密的推断。君无咎，你究竟……”

“大人！”君无咎打断了那人的话，“学生能保证自己之前并未犯过错误，之所以如今……也只是迫于无奈，请大人不要再追问了。”

“迫于无奈？”那人重复了一下这四个字，“也好，本官暂时就不问了。”

只是暂时吗？君无咎内心用力叹了口气，他如今只想踏踏实实地过平凡的日子，其他的，其他的再也不想想起了……

县太爷看着缩在一旁的自家儿子，也是叹气，“大人，您看，我这儿子与这案子确实毫无干系，是否可以让他，让他回家？”

“崔大人良善的好儿子，一口一个治人死罪，本官倒是有些好奇，会不会真的有人因为得罪了崔大人您的儿子，就被治了死罪呢？”

县太爷浑身发抖，连忙下跪道：“大人明鉴，下官孽子只是贪玩，口无遮拦而已！”

“可是若不是本官阻拦，怕是君秀才已经被你治了死罪了吧？”那位大人啧了声，“其实我这一路前来，也听到你崔大人不少丰功伟绩呢……”

崔县令再愚蠢也能听出来“丰功伟绩”四个字并不是夸奖自己的，他伏趴在地上，声音紧绷，“那个，回，回大人的话，下官……下官虽无明显业绩，但是此地民风淳朴，不过都是一些偷鸡摸狗的小案子。如今，如今发生命案真的是难得一见啊。”

“难得一见吗？”那位大人重复了一遍，嗤笑道，“问题是本官听到的却不是这样，罢了，今日先放你一马暂不追究，本官倒是要看看你是如何审理这难得一见的命案的，起来吧。”

“是，是。”崔县令连忙爬起来，先装模作样地去看了看尸体，然后向屏风后面说道，“大人，下官看了，确实如君秀才所说。既然这样，就可以派遣衙役去抓人了。”

屏风后之人又是一声冷笑。

崔县令这才想起来，这位大人已经派人去查询这件案子的凶手了。他讷讷地站在地上，不知道该如何是好。

崔少爷此刻也略醒了酒，缩在一根红柱下面茫然地打着嗝，这动静也是安静的大堂里唯一的动静了，但是却让崔县令的老脸涨红得好似要溢出血来。

“我，我知道这胡铁牛相好的是谁。”崔少爷突然说道。

崔县令生怕他又胡说八道，连忙制止，“你知道个什么？赶紧闭嘴吧，给我滚出去，滚！”

“我就是知道！”崔少爷梗着脖子顶嘴，“他有一日喝多了，与我们炫耀自己跟张屠夫家的有首尾，还被张屠夫知道了追出去半条街呢！”

“张屠夫？”君无咎听到了这里，忍不住重复了一遍。

“怎么？君秀才知道此人？”屏风后那人问道。

君无咎微微点头道：“此人的家就在青山村和青水村中间，靠着山，养了数头肥猪。而且张屠夫在镇上也有个店面儿用来卖肉，我想在座的各位都应该熟悉这个人。”

几名衙役都纷纷点头，他们自然都知道县城里这唯一的一个猪肉摊子的老板，嘴馋的时候没少光顾。

“那么，崔县令，你说现在要如何做呢？”屏风后的大人问道。

崔县令立刻道：“来人哪，速速去把这张屠夫抓来审问！”

两名衙役应了一声，急匆匆地跑出去，但是盏茶工夫又跑了回来，

"老爷老爷，那张屠夫今日没有开店啊。"

"难不成是畏罪潜逃了？"崔县令一副横眉怒目的样子，"既然这样，凶手必定是此人无疑！"

"大人！"君无咎无奈道，"如今天热，那张屠夫每隔数日才会来开一次摊子，前两日他在镇上，如今应该是在家中吧。"

崔县令被君秀才连续下了几次面子，脸色异常难看，怒道："如今君秀才倒是什么都明白，不如这案子让你审好了！"

屏风后传来轻笑，"不如这县太爷也让给君秀才来做吧，倒省得崔县令您总是如此劳心了。"

崔县令猛然一个激灵，连忙赔笑道："下官，下官并不是这个意思，只是……哎，下官即刻派人去那张屠夫家中将人带来审问。"说完又点派了几名衙役，让他们赶紧去往张屠夫家中。

"大人，不如让学生跟着一起去看看，若胡铁牛真是被张屠夫所杀，那么家中一定会留有各种痕迹。"君无咎说。

崔县令还未答应，屏风后那人也跟着说道："既然是这样，那就请君秀才劳累一趟了。"

君无咎走后，崔县令让人将堂上清理了一番，胡铁牛的尸身抬回停尸房，那几名证人也被请去一旁休息了。

堂中已经没有了闲杂人等，屏风后那位终于走了出来，却是一名身材高大容貌俊秀的青年人。但是虽然这男人年轻，穿着看上去也极为普通，可是通身的气派却不容许旁人轻视了他。

"成大人，可否随本官至后堂，喝杯茶歇息一下，静待他们回来？"崔县令躬身问道。

这位年轻人姓成名杨，年纪不过二十五六岁，却已经成为大理寺少卿，从四品的官衔儿，对面前这位七品县令来说简直就是高山仰止。

"也好。"成杨点头，随着崔县令指引去了后堂，然后由一名仆役煮了茶端上来，他与崔县令就坐在后堂正座之上，慢悠悠地品茶。

崔县令偷眼觑着这位大理寺少卿，心里直犯嘀咕，怎么也想不明白堂堂四品大员怎么就来到他这个穷困小县城了。

他琢磨了一下，开口问道："不知成大人为何要来庚县？可是有什么要紧的事？"

成杨似笑非笑地看了他一眼，慢悠悠道："怎么？崔大人居然不知道？"

崔县令心中一紧，连忙问道："下官是真真的不知道，这里距离皇城甚远，什么信儿也传不到这里来啊。"他绞尽脑汁地想自己这几年是否得罪了什么人，或者做了什么不当的事，然而想了半天也没有什么头绪。难道是朝廷要对下面官员进行评测整改了？就算是这样，也动用不上大理寺那边的人啊。

谁都知道，如果被大理寺的人盯上，怕是不死也要脱层皮的。

"崔大人居然不知道……"成杨眯起眼睛喝了口茶，啧啧了几声，"崔大人，去年你可是办了一件通奸案件？"

"这……"崔县令努力想了半天，却什么都想不起来，只能讪讪道："这，平日里琐事太多，我却想不起来有这么个案子了。"

成杨笑道："刚才崔大人还说庚县这边民风淳朴，不会有什么大事；如今又说琐事太多，一件通奸大案却记不清了？"

崔县令出了一头的汗，他抬起袖子擦了擦，装出一副恍然大悟的模样，"哦哦哦，下官想起来了……这个案子证据确凿，已经判了啊，如今，如今都隔了一年了，怎么大人想起来问这个案子了？"

成杨放下手中的茶杯，掏出方巾擦了擦唇上的水渍，淡然道："那崔大人可否为本官讲述一下，当时你是如何判案的？"

崔县令……

崔县令斟酌道："这个案子……嗯，这个案子是那户人家家主来报案的，那户人家是商户，家主经常外出跑商，有一日他回家却发现自家妻子与一陌生男人同睡一张床，通奸证据确凿，所以，所以下官就按照通奸来判的。这个案子可有哪里有问题吗？"

"有没有问题本官也无从所知，但是……却有人去了大理寺告状，

状告崔县令胡乱审案，状告那家的妾买通外人陷害那名正妻。如今皇上圣明，得知居然有这种事发生，便派了本官下来巡查。”成杨看向崔县令，轻笑道，“这些时日，崔县令可得好好配合本官哪。”

崔县令没想到居然有人告状到大理寺，着实惊出一身冷汗，连忙道：“下官必定是要配合大人的，这种事……唉，明明证据确凿，却要劳烦大人处理这种琐事，真是，这是下官失责啊。”

成杨点头道：“确实是崔县令失责，否则这件事也不会闹去大理寺。待这胡铁牛一案了结，本官便来查看一下这个案子的卷宗……哦，这卷宗可在？”

“在的在的，卷宗一直都是县丞整理……”崔县令点头如啄米。

“说到县丞，本官来了这大半天了，为何却不见庚县县丞呢？”成杨左右看了看，“那县丞何在？”

“啊，县丞于硕去下面乡镇查探人口去了。”崔县令说。

成杨道：“查探人口也需要县丞亲自去？可见庚县人手确实不足啊。”

“还，还好……”崔县令心中恼怒，面上却并不显。

县丞去查探人口也是因为这于县丞太过耿直，总是绊手绊脚。崔县令无法便将人远远地驱开，眼不见心不烦。而且他万万没想到一个一年前的通奸案却引来了大理寺的人，那通奸的商户正妻说是已经服药自杀，当初那陌生男子也不知道去了哪里，如今什么证据都没有了，想要重新翻案怕是难了。

不过只要能送走这位大神，让他如何配合都是愿意的。

一直等到太阳西垂，赶往青山村的那队人马才回来。

初一首先来到后堂，见了成杨道：“少爷，小的去了村中查探，后来在张屠夫家门口遇到那君秀才和其他几位衙役大哥，如今已经把张屠夫家媳妇儿带了来，张屠夫却不知去哪里了。”

“那君秀才如何说？”成杨问道。

初一道：“君秀才在张屠夫家中查看了一番，确定了那是案发第一现场，并且找到造成胡铁牛脖颈上伤口的凶器，只是另一个凶器却不知所踪。”

崔县令再次升堂，堂下跪着胡铁牛的老母亲和当初那几名见到胡铁牛尸身的证人，以及一名娇俏俏的女子。

那女子虽然布衣荆钗，却不掩颜色秀美，而且还透着英气。

“民女张叶氏，家中原本是卖艺出身，父亲人称大叶刀，以耍刀卖艺为生。后来父亲急病而亡，小女子便嫁与张勇，而后便大门不出二门不迈，一直规规矩矩在家中。前几日一直在娘家，今日晌午才回来家中，却不知为何被各位军爷带到这里？”

张叶氏不卑不亢地看向堂上端坐的崔县令，“大人，可问小女子犯了什么错？”

崔县令一拍惊堂木，喝道：“好一个口灿莲花的小妇人，如今与人通奸，犯下杀人之罪，难道还想一推了之？”

张叶氏微微蹙眉，她伏在地上磕了个头，朗声道：“大人，民女并不知大人为何如此说，小女子虽然与家父学了些武艺傍身，但是却从未用来害人！”

“那你可认识胡铁牛？”崔县令冷笑问道。

张叶氏脸色微微一变，叹了口气道：“民女认识此人。”

胡大婶听到这一句，哭着扑上去厮打张叶氏，“原来是你个小蹄子害我家铁牛！你还我儿命来！”

张叶氏急忙抓住胡大婶的手，怒道：“胡婶子为何如此说？我与胡铁牛也只是认识，当年我与爹爹在镇上卖艺，他曾与我爹爹几个铜板，说过几句话而已。再说都住在一个村子里，哪有不认识之理？”

“住手，不可咆哮公堂！”崔县令用力拍惊堂木。

胡婶子捂着脸哭，张叶氏松开抓住她的手，默默地跪着。

君无咎上前道：“大人，学生可否问这位张嫂子几句话？”

崔县令看看仍旧坐在屏风之后的那人，再看看君无咎，挥挥手道：“问吧，随便你问。”

君无咎看向张叶氏，道："张嫂子可否伸出手来与在下看一下？"

张叶氏摊开手来给君无咎看。

君无咎上前弯腰仔细看了一番，张叶氏掌心布满薄茧，右手中指食指茧子最厚，可见是每日缝补磨出来的。而且她手指纤长，指甲剪得干干净净，看指甲断茬也是剪了几天的了，这样的指甲完全不可能抓出胡铁牛背上那样的抓痕。

"可问张嫂子，你刚才说这几日不在家中，是去了哪里？"君无咎问。

张叶氏道："回了娘家，民女娘家离这里并不远，就是在清水河下游的槐树村，从娘家回来至少要两个时辰的路，民女母亲生了病，这几日一直在母亲身边伺候，还有镇上医馆的大夫为民女作证。"

君无咎点点头道："在下刚才也问了左邻右舍，虽然离张家甚远，但是偶尔会听到半夜吵架声，可是真的？"

张叶氏面露窘色，过了片刻才点点头道："只是家丑……"

君无咎道："虽然是家丑，但是在下也想细问一下，看是否与本案相关。"

张叶氏犹豫半天，面带悲哀之色叹道："也不怕被各位大人笑话，因为民女时常在家中，而且性格较为强硬，所以每当知道家中男人出去寻花问柳，都会忍不住大吵一架。虽然当家的有一把力气，但是民女也习过几年的武艺傍身，倒是不会吃什么亏……所以……"

君无咎又问道："我听崔县令家中少爷所讲，那胡铁牛曾经喝醉说与……与张嫂子……"他说到这里，脸颊有些薄红，这种传闻对一名女子来说确实是太过不堪了。

张叶氏冷笑道："这话民女也曾经听过，正是因为这句话，导致民女与当家的吵过好几次，也因为这件事民女曾经回娘家住了一个月。后来当家的去请，民女才回来的……"说到这里她又面带一丝纠结，然后再次磕了个头，"民女曾经听闻，每次民女回娘家之后，当家的都会带一女子回去，只是每次质问却不被承认。民女心胸虽然并不豁达，但是毕竟嫁与当家的这几年无所出，若是当家的有了心爱之人先要抬回去做妾，民女也不会与之计较，可是，可是这偷偷摸摸却是什么样子！”

君无咎眉头紧蹙，他转身看向崔县令道：“学生回来之时也让几名军爷带了张家邻居前来作证，现在是否可以把那证人带上堂来询问真假？”

崔县令云山雾罩地听了半天，没想到又牵连出一名女子，他不耐烦道：“定是这名女子怕受到牵连，所以才扯出这么一堆来！既然已经发现那作案现场就在张家，那么只要抓住张勇便可定这二人的罪，还问这么多做什么！”

“多问问总不会错，冤枉了人却不好了。”成杨在屏风后说道，“还是让君秀才将人带上来问问吧。”

“是……”崔县令满心不耐烦，却也不敢违背成杨的意思，于是道，“将那人证带上来。”

人证是一对年轻的夫妻，小夫妻没有经历过这个场面，又害怕又激动，跪在堂前都有些哆嗦。

崔县令再次发官威，“堂下何人？”

那男子道：“禀大人，小的张顺，旁边这是小的婆娘张黄氏。”

崔县令道：“将你二人知道的统统禀于本官！”

张顺看了下跪在前面的张叶氏，大声道：“是的，大人！”

“小人家中是做榨油作坊的，平日榨油剩下的渣滓都卖给张大哥家喂猪，虽然两家离得较远，但是相对来说小人家算是离张大哥家最近的一户人家了。张嫂子平日里颇为照顾小人的媳妇儿，所以我两家经常会有来往……但是……”他偷眼看看坐在堂前的崔县令，又道，“但是张大哥平日里赚了些许钱，却很少往家里拿，听说都是在这镇上花费去了，但是他也并不去妓馆，花去哪里不知晓……”

张叶氏道：“这是民女与张顺家媳妇儿曾经抱怨过的，民女在家中缝补喂猪，赚些许钱财，但是当家的每月来几次镇上，卖了猪肉赚的钱却从不曾交与民女。民女也因为这件事与他吵过几次，但是都无济

于事。”

张黄氏也急忙道：“是，民女听张嫂子说过，就抱怨给当家的听了，因为张嫂子平日里真的很忙。”

崔县令道：“谁要听你们说这些家长里短，与本官说与案件相关的事！”

张黄氏被吓得脸色一白，缩回到丈夫身后。

张顺急忙道：“大人莫要恼怒，小人这就说……那个，君秀才问过小人可曾听到过张家的些许动静，因为张家经常半夜吵架，所以小人听到过好几次。昨日晚上便听到有吵架声传出来，但是并未往心中去，以为又是与平日里一样的。张嫂子曾说她回娘家了，小人还以为她昨日回来了呢。”

崔县令不耐烦道：“说那个女人，那个女人是怎么回事？”

张顺面露为难之色，讷讷半天道：“那女人……小的也只是遇到过一次，小的有一日回来晚了，看见张大哥扶着一个女子回家，本以为那女子是张嫂子，小的还上去打了个招呼，但是那女子并未搭理小人。后来回家才知道，张嫂子人在娘家还未回来……那些时日，张大哥就极少出门，从他家门前过的时候偶尔会听到里面有女人的说话声。小的媳妇儿嘴碎，就将这件事告诉了张嫂子，结果惹得张嫂子又与张大哥大吵一架。”

“那女人你可知是谁吗？”崔县令问道。

张顺摇头道：“从未见过长相，但是只要张嫂子回娘家了，她家中就会传出女人的声音。”

张叶氏面容惨淡，忍不住落下泪来，“民女与他说过多次，不管是什么女子，只要他愿意抬回来便是，可是他却不承认，非说没有女子，说我胡思乱想……”

君无咎问道：“张嫂子请问，你可知你家当家的去哪里了吗？”

张叶氏摇了摇头道：“我今日晌午才回来，门口落着锁，本以为当家的是在镇上出摊儿……”

张勇下落不明，张叶氏一问三不知，这让君无咎不禁皱起眉头，总觉得有哪里不对劲儿。

这案子问来问去都说不知道，崔县令也烦得不行，又不敢发火，最后只能退堂，等找到张勇或者其他线索再说了。

县衙后堂，成杨端坐在太师椅上问道："君秀才对这个案子，有什么看法？"

君无咎思索了一番，道："学生有一些地方想不明白，仍旧是那张屠夫若是杀人凶手，既然将尸首丢在田埂上，就应该是想到用一些手段脱罪。然而如今查到他的线索，他却消失了，这无端就形成一种他是畏罪潜逃的样子。"

"自然是畏罪潜逃，否则为何要躲？"崔县令对君无咎极其看不上，听他说完就急不可耐地插嘴道，"我看那张叶氏也有疑点，谁知道她跟那张勇是不是有什么密谋，如今说有莫名的女子出现，可是谁知道那女子是谁，估计就是这张叶氏半夜回来自己的家，偷偷摸摸地不知道做什么。本官瞧那张叶氏长得标志，看上去似乎通情达理，兴许早就看不上那张屠夫，所以才与人通奸的。"

君无咎叹气，他简直不知道该如何面对这堂堂县太爷了。

成杨冷笑道："崔大人这番话似乎有些前后矛盾啊。既然张叶氏看不上张勇，何必回了娘家又半夜偷偷回来，而且还是张勇去接？就为了等张勇不在的时候与人通奸吗？这是什么道理？"

崔县令讷讷半天，"兴许，兴许他们就是为了杀害胡铁牛，所以布下的这个迷局，引诱胡铁牛上钩然后将其杀害，毕竟胡铁牛背后说与那张叶氏有首尾，只要是个男人就忍不了吧。"

成杨忍不住大笑起来，"既然张勇忍不了被戴绿帽子，为何还要让妻子去勾引胡铁牛，就为了将他杀害？"

"这，这……"崔县令彻底词穷了。

因为发生了这样的案子，再加上君无咎如今被牵扯进来，若是回村也并不合适。于是崔县令撮着火给他在后堂安排了个客房，又伺候好成

大人，才郁闷地回了自己的家。

崔县令没有住在衙门里面，而是有富商空出自家一座院子请了他们一家来住，院子虽然不大但是也有三进，假山草木齐全，十分雅致，比那衙门里的破院子强了不知道多少倍。

他原本想把那成大人也请回来，但是成大人说要避嫌，把他给婉拒了。

“老爷，你怎么这么晚才回来？”迎出来的是崔县令的小妾，他糟糠之妻留在老家伺候他的老父母，把自己一个随身丫头绢红开了脸儿。这丫头也是个有眼力见的，在主母面前步步退让显得温顺善良，出了门就使出浑身解数，让这崔县令眼里就只有她一个人，不仅如此，还在三年内生了俩孩子，着实稳固了自己的地位。

崔县令叹了口气，他三十多岁才考上官儿，后来动用了一些关系把自己弄到一些偏远但是并不算穷困的县上来当官，如今四十多岁了，倒是自在逍遥，也没有弄出什么大事儿。可是谁知道如今突然出现了个大理寺少卿来查案，让他这心里特别不踏实。

“衙门里来了位大人，我有些心慌。”崔县令脱了被汗水濡湿的官服，坐在椅子上喝了两口茶水，略有些想不通。不过是一个证据确凿的通奸案，怎么就能招来那位大人呢？还有那家人……那正妻的娘家以前也是商户，如今因为这件事搬出了庚县，去了一个很远的县城谋生了。

他捻了捻自己的胡子，想到那商户的妾室曾经派人给自己送了百两银子的事儿。那时候他还庆幸一桩证据确凿的案子这么好判，居然还能白得百两银钱，如今想来，就觉得这银子有些烧手了。

“来了一位大人？若是老爷能与这位大人交好，也是一桩好事啊。”绢红给他打着扇子，柔声细语道，“如今老爷三年任期就要满了，难不成是来考评老爷的？”

“就是因为三年任期快要满了，他过来反而不妙！”崔县令有些心烦，他都打点好了，待俩月任期一满就要去另一个较为富庶的地方做县令了，如今出了这么一桩事儿，让他摸不着头脑。再加上他那个不省心的儿子，那儿子是嫡子，就算出来也带在身边想让他长长见识，谁知道却养出个祸害来。这让他对正妻开始有些不满了。

但是他也不曾想到，这个孩子自从他上任以来十来年都是妾来养着，一个妾能把嫡子养成什么样呢？只要让吃饱穿暖给钱花，多好的一个孩子也会被宠得无法无天了。

“那怎么办？”绢红就算是妾，但是对这种事也十分敏感的，毕竟她跟在他家老爷身边这么多年，不可能一无所知，“就是不知这位大人有什么喜好，若是能知道，便好办了。”

“只是第一次见面，哪里就能知道喜好了？”崔县令用力揉了揉脸，突然问道，“对了，你可曾记得去年那件通奸案？就是刘家那件。”

绢红略一思索便道：“记得，当时闹得沸沸扬扬，就连那女人家都承受不住这件丑闻不得不搬家了吧？怎么了老爷？如今却又想起这件事来？”

崔县令用力拍了拍桌子道：“不知是谁将这案子告去京中，惊动了大理寺！如此证据确凿的案子为何大理寺会感兴趣？所以我总觉得他们是不是专门来针对我的……可是我不过小小七品县令而已，这地方又并不富，如何就能派四品官员下来？”他越想就越想不明白，简直焦头烂额。

“哎哟我的老爷，这船到桥头自然直，我们又没有做什么错事，还怕他是多大的官儿吗？估计就是想出来抖抖威风的，你且哄着他，兴许过不多久他就回去了呢，毕竟这里比不得京城。”绢红一连声地哄劝。

崔县令琢磨了一下，点头道：“也是，哎呀还是我家小红懂事，这真是愁死老爷我了，幸亏老爷我带出来的是小红你，若是家里那位，怕是要烦死我！”说罢便搂着绢红亲了好几口。

“哎呀，老爷莫要闹了，妾身炖了鸡汤给老爷补身子，老爷快去尝尝吧。”绢红娇嗔着，把崔县令拉去了后堂。

他们这边嘻嘻哈哈，衙门里后堂却气氛略有些严肃。

成杨与君无咎同桌食用了一些简单的饭菜，君无咎捉摸不透这位大人的用意，只是一言不发，用完晚膳就想告辞回自己房间，然而成杨却不同意。

“君秀才似乎并不怕我。”成杨端着初一煮的茶，慢悠悠地喝了一口，“那崔县令怕本官怕得不行呢。”

君无咎行了礼道：“大人一身正气，而学生行得正走得端，自然是不怕大人的。”

“行得正走得端……你这意思就是那崔县令怕本官就是因为自己行得不正了？”成杨放下手中茶杯道，“这可是污蔑朝廷命官啊。”

君无咎不卑不亢道：“若不是大人出手相救，怕是学生早已被打得半死，丢入牢房了，哪里还能坐在此处与大人同桌而食？”

成杨呵呵一笑道：“君秀才如此聪慧，却为何要把自己埋没了呢？”

君无咎只是苦笑着摇摇头，明显不太想回答这种问题。

成杨转了转眼珠子，又道：“今天这桩案子，不知道君秀才还有没有什么其他见解？”

君无咎松了口气，他略一沉吟，便道：“学生心中确实还有疑惑，首先要知道那女人是谁，其次就是……张屠夫为何半夜匆匆赶回家？若是平日，他都会在城中待上几日才回去的。这中间少了一个环节，就是张屠夫不会无缘无故半夜赶回去，他必定是得到了消息才连夜出城回到家中，杀害胡铁牛的。那么给他报信之人是谁？还有就是那胡铁牛是否真的只是第一次去张家？这些都是谜团。”

成杨略点了点头，又道：“那胡氏说他儿子平日里回家之后便很少出去……”

“胡氏有可能什么都不知道，但是也有可能只是为了儿子掩盖，毕竟在母亲心中儿子再如何都是好的。再就是那张叶氏的供词，学生仔细琢磨了一下，总觉得她所说的话总有一些不太符合情理的地方……”君无咎回想张叶氏的供词，“她说知道张屠夫外面有人，并且也同意对方纳妾，可是张屠夫却不愿意，而且还总是偷偷摸摸地把人带回来。可是一个男人为什么不同意纳妾甚至还要趁着张叶氏不在的时候将人带回家？甚至在得知张叶氏快要回来的时候再把人送走……而且张叶氏回娘家的次数也略多了一些，每次回去都要待一两个月，这分明就是给了张屠夫将人带回去的余地，那么她为何要允许自己丈夫如此做呢？”

成杨笑道：“若按照君秀才这么一说，这个案子倒是变得扑朔迷离起来。难道这并不是一出单纯的因嫉杀人案吗？”

君无咎道：“这桩案子确实是一桩杀人案，但是我总觉得案子中间隐藏了些许其他隐情。现在最重要的就是必须弄清楚张屠夫与那个女子去了哪里，否则我们无论如何推测，找不到证人也无法结案啊。”

张屠夫失踪，那奇怪女子也失踪，如今可以调查的线索有三条，第一条就是究竟谁是报信之人，第二条张屠夫在镇上的钱用去了哪里，第三条就是胡铁牛究竟是因为什么原因半夜去了张家。

然而第二天就有人传来不好的消息。

“张屠夫的尸身？”崔县令猛地蹦起来，“在哪里找到的？怎么死的？”

张屠夫死了，死在山里，尸体被野兽撕扯得乱七八糟，惨不忍睹。

成杨也顾不上坐在屏风后面装大尾巴狼了，他带着初一和君无咎，跟崔县令与一群衙役急匆匆赶往事发地。

如果说张屠夫是杀人凶手，那么他只要躲起来不被人找到就好，为什么他也死了呢？

这个案子真的只是单纯的杀人案吗？

成杨脸色十分难看，崔县令心情十分忐忑，君无咎则开始思索所有的线索。

张屠夫为什么会死？究竟是自杀还是他杀？若是他杀，那么凶手难道不是张屠夫而是另有他人？

夏日的阳光热辣辣地铺洒开来，但是站在林中的众人却感到浑身发冷。

崔县令只是看了一眼，就忙不迭地退到后面扶着树呕吐，脸色惨白惨白的，若不是有人扶着，怕是要瘫软到地上去。

君无咎戴了手套，跟仵作一起查看这具尸体。

尸体身形高大，但是面目全非。他被人挑断了脚筋，刀子插进胸腹。然而这一刀却并不是致死的主要原因，真正让张屠夫死掉的伤口正是腹上被野兽撕开的地方。他的肚肠、身体被咬得残缺不堪，身上衣衫虽然被撕扯凌乱，但是仍旧可以看出来这就是张屠夫无疑。

张屠夫身上除了那把仍旧扎在胸口的杀猪刀，并没有其他东西了。

若是说他畏罪潜逃，不可能连个包裹银钱都不带，但是确实什么都没有。

“尸体是何时发现的？”君无咎摘下手套问道。

“小的一大早来山中查看布下的那些陷阱，结果却看到了这个……”一名中年猎户站了出来，他看上去有些害怕，但是这并不是对尸体的害怕，而是对面前这种大阵仗的害怕。

毕竟是常在山中行走的猎户，对这种血腥场面已经有些免疫了。

张屠夫早已死去多时，也就是说在他们正在思索线索和供词的时候，张屠夫就躺在这深山之中，眼睁睁地看着野兽撕咬着自己的身体，却无能为力，最后活活被折磨死去。

崔县令吐完了，觉得自己头上的乌纱怕是保不住了。

君无咎查看完尸体，又看了看周围的地形道：“张屠夫被人挑了脚筋，又在胸腹上插了一刀，若这是一个人做的，那么这人必定是他的熟人，并且张屠夫对这人没有防备之心。张屠夫被熟人所害，挣扎着想跑出山去，可是身上的血腥味却引来了野兽，最后死在这里。那人应该是对张屠夫有恨，所以才会采取这种手段，让张屠夫用这种方式死去。”

成杨道：“从哪里得知是有恨？”

君无咎道：“那人必定是先挑断了张屠夫的脚筋，然后将刀插进他的胸腹，而不是将人一刀毙命。”

“也许是匆忙之间刀子捅错了地方呢？”崔县令虚弱地问道。

“因为那人是挑断了张屠夫的脚筋啊，所以不管对方是一个人还是两个人，这种手段的本意就是不想让张屠夫走出这个山林。而刀子扎在这种地方会拖延对方死亡的时间，也就是说对方既给了张屠夫希望，让张屠夫奔逃，但是又给了他绝望。夏日的山林原本野兽就多，更别说夜晚了。带着这样浓重的血腥味怎么可能引不来野兽呢？所以对方压根就是想要让张屠夫被折磨致死。”

崔县令忍不住就是一抖，山风吹来让他瑟缩不已，发现自己身上的衣服早就被冷汗沁透了。

回去的路上，君无咎与成杨同乘一驾马车，而崔县令因为半死不活，而且身上带着一股子不怎么体面的酸臭味，所以被成大人赶下马车，让他找了附近的村民套了车送回去。

村民的驴车牛车，自然不如县官儿的马车舒服，崔县令一脸死寂地蜷缩在一辆驴车里面，脑海中一片空白。

“君秀才，这个案子怕是不像我们想的那样只是个单纯的杀人案了。”成杨面色十分难看，若是这次他没有来，这个案子怕是就会被崔县令稀里糊涂地判了，最后不管再死多少人，也只会被他掩盖住。一想到此人在这里三年掩盖住多少案子，他心头就是一片怒火。

君无咎敛了目光，他沉默了片刻道：“怕是这案子就是个圈套，这虽然看上去是杀人案，但是我却有一种奇怪的预感，觉得也许这并不是单纯的杀人案，而是复仇案。”

成杨问：“为何这样说？”

君无咎道：“之前学生曾经见过这种类型的案宗，后来才发现不过是复仇之人下了个圈套借刀杀人。只是察觉得太晚，最后导致复仇之人远走，不知道隐匿到何处了。”

成杨道：“听你这么说，我倒是也想起曾经遇到过此类的案子，只是如果这样，怕查起来就要麻烦许多了。”

君无咎道：“但是有这样的一个推断，就可以去查胡铁牛与张屠夫是否曾经共同得罪了什么人，如此一来，怕是不少人都有嫌疑了。”

胡铁牛与张屠夫本就不是什么好相与之人，这两人性格都较为暴戾，一个四处混日子做些强收租金吃霸王餐的买卖，另一个是屠夫，个性沉闷，经常一言不合就大打出手，所以也得罪了不少人。

如果将他们得罪过的人都要调查一番，怕是得有几十几百了。

“只剩下那个女人了。”成杨突然道。

君无咎点头道：“是，只剩下那个女人了，怕是那个女人如今躲了起来。”

成杨道：“若只是躲起来还好说，就怕也遭了毒手。”

君无咎沉思了片刻道：“这却未必，而且杀害张屠夫之人，或许就是这个女人，就算不是，也应该彼此之间有关系。”

成杨道：“但是这些都是我们自己的猜测罢了。”

君无咎道：“就是因为有疑点才会猜测，回去之后还烦请大人再次分别提审胡婶子与张叶氏他们。”

张屠夫没有什么亲人，他父母死得早，虽然姓张但是也是外来户。关系最近的就是张叶氏，如今张叶氏得知张屠夫的死讯，哭得死去活来。

崔县令被边缘化了，如今提审犯人和审问，成杨已然不让他插手。与其看他小丑一般在堂上指手画脚浪费时间，不如干脆自己审讯。

大理寺的审讯手段可比这个小小县城要丰富多了。

胡婶子被单独提审，只是一天，这老妇人看上去更加显老了，她眼中的疲惫和伤心是绝对不能作假的，唯一的儿子死去给这位守寡的女人一个灭顶的打击。

“只求青天大老爷，为我儿做主！”胡婶子声音干哑颤抖，脸上浮肿，头发凌乱。

“胡婶子，若想让杀人凶手早日大白于天日，您应该把知道的所有都告知与我和大人才对。”君无咎耐心劝慰。

胡婶子趴在地上颤抖了片刻道：“老妇知道的，都已经说了。”

君无咎看了看成杨，成杨摇了摇头。他叹气道：“胡婶子我且问你，胡铁牛平日里晚上真的是很少出门吗？”

胡婶子默不作声。

“先不说胡铁牛此人作风如何，他在这县城之中所作所为，只要去询问便都能得知，也能知道胡铁牛得罪了不少人。但是他还算是个孝子，毕竟每每得了银钱，大部分都交于您手，如今这个孝子死了，死得不明不白，难道胡婶子不想早日抓到凶手吗？”君无咎循循善诱。

胡婶子低哑道：“老妇听说，那张屠夫已经死了。”

君无咎道：“若是我告诉你，杀害胡铁牛的未必是张屠夫呢？而是另有他人，因为胡铁牛得罪了此人，于是此人便开始报复胡铁牛，将胡铁牛骗至张家杀害了呢？”

胡婶子抬起头来，她干瘪的唇抖了抖，然后落了满脸泪水。

“我儿，我儿……”她嗫嚅着，“我儿……最近几个月，确实经常夜里出去，清早回来。但是去做什么我是真的不知道，但是他每次出去都会跟我要一些钱，也不多，几十个大钱儿，我以为他是出去与人赌钱喝酒，便也不怎么在意。但是有一天他回来的时候，带回来一条手绢，是我给他洗衣服的时候发现的，还问过是不是有了心上人，是否可以娶回家……但是都被我儿否了。”

“那条手绢可还在？”君无咎问道。

胡婶子点头道：“在，在的……”说着她从自己怀中掏出一条水红色的手绢，“因为我儿把手绢带回来几天就扔给老妇用了，原本我想知道是谁家女子的手绢，便随身带着，若是遇到一样的就拿出来对比一下……”

手绢是棉布的，角落的地方绣了一枝梅花，看上去十分普通。那些成衣店里卖的手绢，十有八九都是这样的。

而且……

君无咎似乎是想到了什么，转身在成杨耳边细语了几句。

成杨点点头，招呼了初一说了些什么，初一就出了县衙。

君无咎问道：“除此之外，胡铁牛可有其他反常的作为？”

胡婶子想了想，摇摇头道："再也没有了，我儿之前回家都很少出去，也只是这半年才会这样……大人，我儿真的冤枉啊！"

君无咎道："那么，胡婶子，胡铁牛可曾说过他得罪过什么人？或者您是否见过他得罪过什么人吗？"

胡婶子表情有些尴尬，不安道："我儿性子暴躁，难免，难免……"说完还偷眼看了看君无咎。

君无咎内心苦笑，又问道："那胡铁牛平日里与张屠夫可有什么接触？"

"这……"胡婶子低垂了头，看上去似乎有些难以启齿。

成杨道："有什么不好讲的吗？"他表情严肃，看上去比崔县令威严了不少，一开口就让胡婶子忍不住哆嗦起来。

胡婶子痛哭道："我儿平日顽劣，他，他倒是说过，若是那张叶氏能嫁给他就好了，因为这件事还曾经埋怨过我许久……因为那张叶氏当时要的聘礼略多，我家实在拿不出来，所以，所以……"

这倒是第一次听到，君无咎道："这么说，当时张叶氏还未嫁人之时，已有不少人家求娶了？"

"是的。"胡婶子泪流满面，"那张叶氏虽然之前与她父亲抛头露面去街上卖艺，但是咱这种庄户人家并不在乎这种，而且张叶氏长得好，还有一些武艺傍身，再加上绣活儿不错，人也孝顺，所以不少人家还是愿意求娶的。只是她母亲常年多病，家中还有兄弟姐妹，所以要的聘礼也多，不少人家出不起，最后被那张屠夫娶了去。"

君无咎皱眉，不知道为什么，他心中对那张叶氏逐渐起了怀疑。

将胡婶子带下去之后，君无咎道："不知道为什么，我总觉得张叶氏身上疑点很多，但是却又都不是确凿的证据。"

"哦？有什么疑点？"成杨问道。

至于一直坐在旁边的崔县令，直接被当成了摆设。

君无咎道："据胡婶子所说，当初愿意聘娶张叶氏的人家不少，就算是聘礼要求较高，按说除了张屠夫仍旧有不少不错的人家，可是张叶氏却选择了张屠夫。”

“也许只是不想上面有公婆吧？这样更加方便自己掌权，不是吗？”成杨道。

君无咎摇头：“问题就是张叶氏这几年一直无所出，而且张勇也没有让她掌权，赚取的银钱基本上都攥在了自己手里，这是十分反常的。而且就算张叶氏父亲去了，但是家中还有兄弟，自己姐姐在这里如此受欺辱，那些兄弟却没有一个人介入，这也不正常。”

成杨把玩着手中的惊堂木，思索着君无咎的话，“也是有些道理，但是谁知道这夫妻之间是否有做过什么约定呢……”

“所以刚才我让大人派人去调查这张叶氏，她的绣品、她家中情况以及张勇在城中经常出没的地方。凡事没有不透风的墙，只要想查总是能查到的。”君无咎道。

成杨笑了笑，突然转头看向崔县令，道：“不知道听了这么久，崔县令可有对这个案子的看法？”

崔县令正在神游天外，思索着如何在这种困境保住自己的乌纱帽，最好能坚持俩月之后把自己择出去，随便去个什么地方混日子都可以。现在听成杨一问，脸上的表情凝固了片刻，才挤出一抹艰难的笑容道：“君秀才才思敏捷，本官正在想这其中关窍，所以也没有什么其他看法。”

“你毕竟在这里做了三年的父母官，按说这城中有发生这样的事，崔大人应该比我二人更加明晰才对啊。”成杨嘲讽道。

崔县令一脸感慨，“之前确实没有这种事发生，下官也没有特例可寻啊。”说完还特地看了看君无咎，那意思好像是若没有他，自然也没有后面这些破事。

成杨垂下眼帘，暗自冷笑。

这案子进展颇为缓慢，成杨等得不耐烦，便邀请君无咎带他在这庚县中转转。

崔县令本想毛遂自荐，但是被成杨一句你是父母官，这案子还得靠你来定，不如多整理一下供词线索就给拒了。

庚县并不是一个十分繁荣热闹的县城，但是麻雀虽小五脏俱全，该有的也都有了。现在正是白日，街上叫卖的小贩都躲在阴凉里面，等待日头偏西之后出来。现在人最多的就是这城里的一个小茶楼，茶楼里有说书的，弹唱的。一碟茶点一壶茶，便能打发这夏日的酷热。

成杨换了一身普通书生的服装，虽然衣服简单，但是一身凛冽的气势仍旧掩盖不住，这倒也方便，最起码不会因为长得帅就让那些大姑娘小媳妇放肆地打量。不过在成杨的衬托下，倒特别凸显了君无咎温润俊秀的模样，甚至还被不知道谁家的姑娘撞了一下，留下一条手绢笑着跑掉了。

君无咎苦笑着捡起那条手绢，装起来不合适，拿在手里也不合适，整个人僵在那里，看上去可怜兮兮的。

成杨嗤笑，一把抓过手绢丢在一旁的小摊儿上，拽着君无咎进了那个茶馆，口中调笑道："没想到在推理案情上君秀才才思敏捷，如今遇到这种事，反而缩手缩脚了。"

君无咎仍旧苦笑。

茶楼小二十分有眼力见，虽然这二位穿着普通，但是这气质一看就与众不同，于是将两人引到茶馆二楼一处用屏风遮挡的雅座上。

"二位想要吃点儿什么？要听曲儿吗？"小二拽下肩膀上的毛巾麻利地擦着桌面。

成杨拿出一块碎银道："一壶好茶，两碟点心，剩下的归你了。"

小二没想到会天降横财，开心得眼都亮了，"谢这位爷赏！"说完，捏着银子喜滋滋地跑下楼去，片刻就把茶水和点心都端了上来，还多加了一小碟儿瓜子儿。

成杨道："这位小哥，你在这里做了多久了？"

小二笑呵呵地给他们倒茶，道："小的从15岁便在这茶楼里跑堂，如今有五年了。"

五年了还是个跑堂？成杨道："哦？五年了，那这里发生的大大小小的事儿，你也知道不少吧？”

那小二拍拍胸脯道：“别的不敢说，这庚县本就不大，有个风吹草动就没有小的不知道的。”

成杨道：“那我想问你……一年前这里有个姓刘的商户，家中妻子因为通奸被抓……这个事儿你知道吗？”

君无咎一愣，没想到成杨问的居然是与他们现在的案子毫无关系的事。一年前他刚落魄归来，对这件事也一无所知。不过既然成杨问了，怕是这件事也并不是那么简单。

那小二一听就一阵唏嘘，“听过了，后来周家因为这件事都搬走啦。”

“可是我听说，那周氏是个十分本分之人，怎么会这样呢？”成杨装出一副八卦的样子，“我听说有人要为周氏鸣不平，都状告京都了。”

“真的假的？”小二瞪大了双眼，那表情比成杨还八卦，“若是如此就是好事了，哎，不是我说，我有个妹子在那刘家做丫鬟来着，她说自从那姓刘的富商抬了一房妾室回来，那家里就开始闹得各种不安宁了。那刘老爷特别宠爱那个妾，后来也不知道怎么的，突然就发生周氏通奸的这件事了。大爷您有所不知，那周氏当时已经身怀六甲，被抓之后便小产了，后来直接上吊死了。可怜，如此宽厚之人……而且我听我那妹子说，其实通奸的不是周氏，而是那个妾！”

小二的声音压得很低，他一边儿眼珠子滴溜溜地四边查看，一边说着八卦，“这件事其实好多人都知道了，但是并没有人抓个现行，我们都觉得那周氏是被算计了，可是县太爷直接判了通奸，哎哟哟，整个周家都被连累了啊，最后干脆全都搬走了。”

“居然有这等事？”成杨皱眉。

小二道：“这位大爷，那告状到京都之事是真的？”

成杨点头道：“怕是真的，我也是听京都那边亲戚说的。”

小二道：“怪不得大爷一身气派，原来在京都有亲戚，若是那边有大人来判就自然是好的了，那周家人其实还是不错的，逢年过节的都会免费给贫苦人家送一些吃食儿，闹灾了也主动拿出一些粮食来赊粥，再看那刘家，啧啧……”

“当日那事闹得很大吗？”成杨问。

“可不是吗？哎哟按都按不下去，瞬间满城风雨，我那妹子说了，是那个妾……啊，现在倒抬成了主母，就是那女人让自己手底下的人四处说的，否则周氏也不会辩驳都没有就上了吊。大爷您想啊，她都身怀六甲了，哪能去通奸呢？”小二神秘兮兮地凑上前来，压低声音道，“而且那通奸的男的，谁都不认识，周氏死了，那男的后来也不知道去哪里了，也不知道死活，就这么消失了。”

“倒是有趣儿……”成杨嗤笑。

小二兴致勃勃道：“那大爷，您还想知道些什么？”

“我想知道……”成杨亲自给小二倒了杯茶水，将点心盘子推了过去，让小二坐下，“你知道这城里那个肉铺的张屠夫吧？我听说他死了。”

“什么？”小二吃了一惊。

这张屠夫的尸体被发现一事还未张扬出去，现在怕是许多人都不知道，不过成杨这么一说，怕是不一会儿整个庚县都知道了。

“在山上被猎户发现的，据说整个人都被野兽咬得不成样子了。”君无咎补充。

小二连忙灌了一杯茶压惊，“真的假的？那张屠夫不说别的，可是有一把子力气，就算半夜上山估计也不会怕什么，怎么就死了呢？”

“谁知道呢，那张屠夫家的现在在衙门，哭的哟……”成杨嘴里啧啧的。

小二转了转眼珠子，突然笑道：“我看，您这二位大爷可不是真的来打听这些八卦趣闻的吧？”

成杨一挑眉毛，道：“哦？这如何说？”

“您二位若是只打听八卦趣闻也就罢了，怎么打听的都是跟这衙门有关的呢？前日那胡铁牛死了闹去衙门，听说就是从张屠夫家里死的，这一转眼张屠夫也死了……两位爷，你们是上面派下来查案的吧？”小二笑眯眯地给自己倒了杯茶，捏了俩瓜子儿嗑了，一副揭穿你们的得意模样。

成杨看看慢悠悠喝茶的君无咎，笑着问道：“小二眼力不错。”

“那是，虽然这庚县不大，但是好歹我在这里跑了五年的堂了，什么人没见过什么事儿没听过呢？且不说别的，您二位这相貌这气度，可是从未在庚县出现过的，冷不丁来这样的两位大爷，问的还都是这种事儿，那必定是要查探什么。如果咱这里的县太爷有心，估计案子早就都破了，既然您不是县太爷的人，那必定就是上面来的了。”小二说完，又吭哧站起身来，给成杨和君无咎鞠躬，“哎呀，刚才小的无状冲撞了两位爷，还请两位爷不要与小的计较。”

“你倒是个滑头，”成杨敲敲桌子道，“既然看出来了，那还不知道什么就说什么？”

小二讪笑起来，他左右看了看，这时二楼人并不多，大多数都在楼下听书呢，而且这边也是角落不会引起旁人注意。

他把屏风又往朝着门口的地方拽了拽，彻底掩了自己的身形，才低声道：“既然二位爷都是官爷，那小的就给二位爷说一些事儿……不过这事儿可不是这一两年内发生的了，往前推怎么也得有四五年了吧……”

“四五年？那时候这里的县官儿还不是崔县令吧？”君无咎问道。

小二神秘兮兮地点点头，“自然不是，那时候的县令姓贾，不过县丞还都是一个人，就是于大人。于大人是个好人，原本那贾县令走了，我们都以为于大人可以坐上县令的位置，谁知道……唉，这话就说远了，当年我还小，刚当上这里的跑堂不久，这城外面出了一场命案，一个卖艺的小生被人杀了，尸体扔在河沟里面，发现的时候人都烂得不像样子了……”

那也是五年前的一个夏天，天气十分炎热，城里有一些行走卖艺之人，白日里在城中圈一块地方耍刀喷火杂耍，卖一些大力丸或者手编的一些小玩意儿赚些钱，晚上他们都住在城外，因为是夏天，随便找个凉爽的地方，不管是破庙草棚都可以睡上一宿。

那些卖艺人虽然四处行走，但是不少都在县城附近安家落户了，手里赚几个钱，买几亩地，等老了不想卖艺了，就归家种地去了。然而就在一个很普通的夜晚，这群卖艺人中却少了一个，那个专门舞红缨枪的男孩不见了。又过了几天，有人在城外一条偏僻的河沟里发现了那男孩的尸体。男孩的衣服早已经凌乱不堪，而且尸体高度腐烂，只有手腕上那一串儿铃铛可以证明这个人的身份。

那贾县令后来以晚归迷路之说将这个案件糊弄了过去，但是卖艺人并不相信。这孩子虽然贪玩，但是也十四五岁了，更何况他不过是去城里买了些酒回来要给师傅喝，这条路每日走两遍，怎么可能会迷路？而且发现尸体的时候身上银钱也无，酒也无。

糊涂官判糊涂案，后来县丞于大人与那些卖艺人暗中调查，只调查出一点儿苗头就被制止，甚至于硕被县官不喜，长时间安排在外面做一些杂事儿。

“你的意思是……那卖艺人姓叶？”成杨问道。

小二摇摇头道：“那卖艺人领头的姓叶，是清水镇青水村倒插门的女婿，原本就是个流民的孩子，也没姓就跟了那边姓了叶，后来找了个师傅学了些把事，然后出来卖艺，还收了些徒弟，日子算是过得不错，哪承想出了这种事，最喜欢的徒弟就这么不明不白地死了。”

君无咎问道：“那于大人查出什么苗头来了？”

小二嘿嘿一笑道：“有人说那张屠夫喜欢兔爷儿，而且有人见到那天晚上张屠夫半夜才回的家。”

“既然如此，为什么县太爷不继续查下去，反而把这件事按住了呢？”君无咎觉得奇怪。

小二啧了声道：“这谁能知道呢？反正那事儿就这么过去了，然后那个姓叶的卖艺人没过一年就死了，然后张叶氏就说要嫁人，最后选了这张屠夫家。不过知道当年这件事的人不多了，也就是我那时候还小，突然听了这么一耳朵，记到现在。”

成杨皱了皱眉，若是五年前的事，怕是线索已经遗失了，从头查起来估计会很难。

“那你可听说，张屠夫经常趁着妻子不在家中，将其他女人带回家的事儿？”君无咎又问。

小二表情有些纠结，明显看出来是紧张了。他半个身子都趴在桌子上，声音低得快让人都听不到了，“小的不知道那女人是谁，但是这城外有个很小的尼姑庵，里面有一些……大人们懂的，这种事实在是……那张屠夫曾经喝多了说过，说那尼姑庵里都是漂亮女人，比城中妓馆的女子还要美，这话虽然说完第二天就被人蒙了麻袋揍了一顿，但是吧……谁能说得清呢。”

“你是说他带回家的那女子来自于那个尼姑庵？”成杨也压低了声音。

小二站起身来耸耸肩，撇嘴道：“反正不会是城里，城里若有个女子突然出去住了十天半个月才回来，怎么可能会没人知道？毕竟这么小的地方，谁家女子会这么不管不顾的……也就只有那个地方了。”

成杨没想到这次出来居然能问到这么多事，一时间有些震惊。

倒是君无咎十分镇定，“这些话你还与谁说过？”

小二哟了声道：“这我哪里敢乱说啊，要不是看你们是京城里来的大人，小的死都得把这些事带进棺材里。”他顿了顿又道，“只希望这崔县令走了，能派个好点儿的县令来，要么让于大人去做县令也好啊。”

成杨又捏了一块碎银塞进他手里道：“这是大爷赏你的，若是还有什么事儿直接去衙门找一个叫初一的，如果这些案子破了，大爷另有赏钱。还有你应该知道，什么该说什么不该说吧？”

“谢大爷谢大爷！”小二开心得不得了，“小的自然知道什么该说什么不该说，毕竟小的跑了五年堂了呢，二位爷就请放心吧。”他看了看成杨的表情，又道，“那如果二位爷没有什么事，小的就先去忙了，若是有事儿喊一声便成。”

成杨挥手让小二走了，然后端起粗瓷茶杯抿了口所谓的最好的茶水，啧了声将杯子放下，看向君无咎道：“无咎之前觉得那张叶氏有问题的推断，怕是要成真了。”

君无咎叹了口气道：“学生倒宁愿……但是这也只是一个推断，没有确凿证据仍旧无法断定杀掉张勇的凶手就是张叶氏，毕竟张勇死的时候，张叶氏可是在衙门里呢。”

“但是有了复仇的这个方向可以查，最起码能省不少的时间。而且张叶氏就算再有本事，一个人也不可能做出这么多事来，如今这个案子里还未曾找到的人就是那晚报信之人，那个夜宿张家的女子。不过回去之后倒是可以查一下四五年前卖艺人死亡的卷宗，希望可以查出点儿东西来。”成杨抿抿唇，看向君无咎笑道，“不知无咎晚上可愿陪本官去夜探某个地方？”

君无咎推辞道：“学生不过一介书生，还是不要拖大人后腿了。”

“在别人面前隐藏实力也就罢了，在本官面前隐藏实力就没有那个必要了啊。”成杨似笑非笑地看向君无咎道，“手无缚鸡之力？嗯？”

君无咎的脸色略沉了下来，过了片刻，他苦笑着摇摇头道：“料想是骗不过大人。”

“我且不管你为何要隐藏在这小山村之中，但是既然被牵扯进这桩案子，总要配合本官调查。毕竟你还有个秀才的名头，总不能就这么自甘埋没下去吧？”成杨威逼利诱。

君无咎看向窗外，在烈日的蒸腾下，外面的景色都有一些扭曲。

“有的时候，不是我想去做，便就能做的。”他轻声道。

“但是不去做，便永远都做不到，不是吗？”成杨微笑。

君无咎自顾自地愣神儿，直到茶水冷了，才吐出一个字，“好。”

初一带人去查询证据，顺便将县丞找回来。

崔县令成了摆设，心中有鬼又着急，却想不出来什么好办法。他在成杨与君无咎出门之后找了个小断去刘府传话，可是小断一去不复返，让他更加紧张了。

崔县令并不傻，否则也不会做了好几年的县令了，他手底下过的案子从不涉及任何官员或者有背景之人，当初君无咎撞入他手里也是因为这不过就是个落魄秀才，一个落魄秀才出了这种事百口难辩，回头寻个借口从牢里将人弄死也就一了百了了，可是谁知道这个档口会跳出个大理寺少卿！

那周家发生如此丢脸的事居然告去京城，真是不要脸面了！

对崔县令来说，若是家中发生这种事，自然遮掩都来不及，怎么还会有人上告？

他在衙门急得团团转，好不容易把成杨盼回来，谁知道对方却要看四五年前一桩案子的卷宗，四五年前？这怎么找？

崔县令跟文书从案宗室翻找了许久，才把尘封在一口破箱子里的一部破旧发黄的卷宗找到，交上去之前自己还看了看，不过是个卖艺人半夜迷路被野兽咬死的案子，可是那成大人看这个做什么？他略一思索，心中咯噔一下，紧接着将卷宗翻到后面，果然看到了那个“叶”字。

这卷宗里写的是叶家一个卖艺学徒死亡，叶家自然就是张叶氏的娘家，难道张勇和胡铁牛遇害一事，与这叶家有什么牵连？不过幸好这案子并不是他断的，而且这贾县令如今去了一个不错的县，继续当他的县令了。

要不要写封信去提醒那贾县令？毕竟当时贾县令对自己也是颇为照顾……可是如果这案子真的与今天的案子相关，那么提前让贾县令起了防范之心，他会不会让自己背黑锅？

崔县令的脸色变了几遍，终于在文书的催促下合上卷宗，把卷宗带到成杨面前。

不过就是一桩争风吃醋打死人的案子，为什么居然牵扯到五年前？崔县令好奇得百爪挠心，却也不敢问了。

卷宗里内容不多，成杨扫了几眼便都看完了，然后把卷宗递给君无咎道："小小一个县城，养了两届糊涂官！这城中之人还能保持如此纯良兴盛，简直就是天佑！"

"皇恩浩荡，在如今明君的带领下才能有这样的盛世，但是总会有一些跳梁小丑出来不自量力，这也是难以避免的。"君无咎向皇城的位置拱手说道，"幸而皇上会派成大人下来查案，也是庚县的福气。"

成杨把玩着拇指上的扳指，看着君无咎笑道："庚县卧虎藏龙，能有君秀才这样的人才也是福气。"

君无咎似乎并不想跟进这个话题，于是展开卷宗细细查看。

卷宗里写某年某月某日，找到一具男性尸体，经判断是城中卖艺之人，年龄十六姓李名珏。经过仵作查验以及官员判断，是此人夜晚行走迷路，摔入河沟导致腿部骨折，后被野兽撕扯吞食致死。因天气炎热，发现尸首时日已久，尸首严重腐烂。崔县令为了避免瘟疫滋生，则下令将尸首深埋。

卷宗中又杂七杂八地写了一些供词，然后用了部分篇幅赞扬崔县令审案神速明了。

君无咎看完忍不住地冷笑。

"君秀才，你看完可有什么见解？"成杨问。

君无咎放下卷宗道："大人可称呼学生清悦，学生想要去那发现尸首的河沟看一下，若是方便，能找到掩埋尸首的地方验一下尸体则更好了。"

"清悦？清新愉悦，倒是个好字，可见为你取字之人对你有极大的喜爱之情。"成杨道，"已经五年过去了，那尸首怕是只剩下一堆骨头了吧，检验尸骨十分困难。"

君无咎道："为学生取字的乃是学生的尊师，尊师曾说过，哪怕只有万分之一的可能性，再困难也不要放弃。只是学生无法习得尊师本事，如今……"他顿了顿又道，"如今这个案子看上去似乎简单，但是如果牵扯到五年前就麻烦许多了。如果是凶手临时起意尚还好推断，只怕凶手经过密谋，等待了这么多年才动手，这其中牵扯怕是要更加仔细去查了。”

成杨见状也不追问，只是道：“无论密谋多久，只要细查总是能查到蛛丝马迹，除了要去查看河沟与验尸，清悦还需要本官如何帮你？”

君无咎道：“还需去问仵作，虽然县令三年一换，但是仵作却不是。上次查验胡铁牛尸身之时，学生见那仵作动作娴熟观察细致，如果他是查验五年前此案的仵作，那么应该会有对此案不同的见解才是。”

成杨笑道：“这有何难？只要把那仵作喊来仔细问询一下便是。”

仵作姓张，单名一个升字。张姓也是此间一大姓了，不少村子里都有姓张的，七算八算的也是个庞大的宗族。

张升战战兢兢地坐在一只绣墩儿上，他知道面前这位看上去十分年轻的男人是个大官儿，只看崔县令被排挤之后大气不敢出的样子就懂了，如今他被这位大官叫来此处，心中万分忐忑。

成杨道：“本官要查几个案子，只是不知道张仵作还能否记起来其中细节。”他示意君无咎将卷宗递给仵作，“你慢慢看，慢慢想。”

君无咎观察着这张仵作。当仵作的朋友都少，很多人觉得这种活计实在是不吉利，所以仵作的性格大多比较阴沉。张仵作也是这样，四十岁上下的年纪，十分干瘦，但是那双手却很稳。可能是过了一开始心中的忐忑，如今拿着卷宗的手一抖不抖。

能当上仵作，本身也需要一颗很强大的心。

张升将案宗反复看了两遍，心中已然有了底。他将卷宗交还给君无咎，沉声问道：“大人可是想问小的，那死亡的李珏当时检验的情况？”

“正是。”成杨看着他道，“当日究竟是什么情况，虽然已经过去了五年，但是还希望张仵作能细细回忆。”

张仵作双手放在膝盖上，只坐了绣墩儿一个边沿，细瘦的脖子佝偻着，目光凝在成杨身边那张桌子上，似乎是陷入了回忆。

成杨也不着急，只是一边喝茶一边翻看那薄薄几页的案宗。君无咎站在他的身侧，仔细观察着张仵作的表情和细微动作。

等了盏茶的工夫，张仵作收回目光道："时隔五年，按说小的其实应该记不清楚的。但是五年内小的统共也没有验过多少尸首，况且那群卖艺人其中一人与小的也算是朋友，所以发生了这件事之后，小的颇为仔细地查看过李珏的尸体。虽然当时尸体已经被撕扯过而且腐烂了，但是小的……小的……"他用力握了握拳，从绣墩儿上滑下来跪在地上，"那死者与小的好友关系亲厚，当年好友曾说待李珏满十八岁之后就将他的女儿嫁与李珏，好歹是从小看到大的孩子，也是青梅竹马。当时小的还在等好友的喜酒，谁知没过多久，李珏就死了，小的那好友也突发急病，很快就去了……"

"那李珏究竟是怎么死的？"成杨合上案宗问道。

张仵作的头低垂在地上，颤声道："李珏从小跟在小的好友身边，也学了一些武艺，寻常人并不是他的对手。但是当时小的验尸的时候发现，李珏是被人卸掉左腿，后脑与太阳穴部位都有击打后留下破裂的痕迹，而且，而且……"他的手指因为用力抓在地上，所以指尖泛出青白之色，"李珏下身撕裂，他，他死前被人，被人侵犯过……"

堂中一片安静，只能听见仵作急促的喘息声和压抑的抽泣声。

"这些事，你曾与当时的贾县令说过吗？"成杨缓缓地开了口。

张仵作的额头触及地面，"自然是说过，而且于县丞后来也查到一些线索，只不过，只不过当时……当时张勇唯一的亲妹子被送给贾县令做了妾，所以这件事便被贾县令按了下来，以迷路摔伤、被野兽撕咬而亡做了结案。"

成杨脸色阴沉，用力拍了桌案怒道："岂有此理，简直草菅人命！"

"大人莫要生气，张仵作，我且问你，那嫁给张勇张屠夫的张叶氏，是不是就是你好友的女儿？"君无咎问道。

张仵作道："……是，但是叶家闺女心善，她当初嫁给张屠夫绝对不是因为要报仇，而是她家中十分困难，母亲生病，还有年幼弟妹需要照顾，所以才嫁给无父无母的张屠夫，这样既没有公婆伺候，也方便自己可以经常回家照顾母亲弟妹。”

成杨笑着安抚张仵作道：“切莫激动，既然本官要查，自然不会冤枉人。”

又问了李珏掩埋的地方才将张仵作送走，君无咎突然问道：“不知那尼姑庵里的女子，是张勇的什么人。”

说完，他与成杨互看了一眼，心中都有了计较。

“这个案子，这个案子……”成杨的手指轻轻地在案宗上敲打，“倒是越来越有意思了。”

“大人，大人。”有仆役急匆匆走到门口，低声道，“于县丞回来了。”

于县丞一直都被两任县令排挤在外，只能做一些杂事，有的时候甚至连县城都回不来，吃住大多都在外面的村子里。成杨派人将他喊了回来，于县丞一路骑马赶路，风尘仆仆地站在外面等待成杨召见，连自己的家都没来得及回。

“一路奔波实在劳累，让于县丞先回去休息吧。”成杨摆摆手，人是要见的，只是总不能把人累坏了，反而不美。

“大人对此案可是已经有了想法？”君无咎拿起茶壶，给成杨倒了一杯茶。

成杨道：“我的想法自然与清悦的想法相差不远，趁着天还亮着，不如你我二人去一趟那河沟地方查看一番？”

“学生谨遵大人吩咐。”

这河沟距离县城不远不近，处在一个略偏僻的位置，周围杂草丛生，既不是官道周围也没有田地，平时也很少有人过来这边。但是这浅浅的河沟不到半米深，还有个长长的斜坡。不说有武艺的人摔下去如何，就算是个普通百姓摔下去也不过就是滚一身泥土罢了。

这样的河沟能摔断腿导致不能行走最后被野兽吃掉，实在是个太大的笑话。

君无咎在河沟处来回走了两遍，捡拾了两块石头握在手里挥动了几下，然后往城门与破庙的方向看了看，心中有了计较。

“李珏去城中买酒，自然不会走到这边，且不说这里绕远，而且路又不好走还偏离了大路，就看这边长势茂盛的草丛，夜里谁知道会有什么藏在里面，怎么会迷路到这里？而且从城门去破庙，一半的路程都是官道，离开官道上山自然有直接进山的小路，而且那山也不高，破庙还是很明显就能找到。李珏在这里被人发现，要么就是出城便被人打击后脑晕厥之后拖到这里来的，要么这个地方就是个抛尸的所在。”

成杨拿过君无咎手中的石头，抛了两下道：“也有可能是行凶的地方……”

一条压根不会摔坏人的河沟、一份草草结案的案宗，让一个似乎是因为撞见奸情而杀人的案子变得复杂了起来。

“提审张叶氏。”

张叶氏眼睛红肿地跪在堂下，精神十分萎靡，“民女张叶氏，还请青天大老爷给我家当家的做主。”

“张叶氏，本官且问你，当初你是因何原因嫁给张勇的？”成杨端坐堂中，左手边坐着崔县令，堂下右侧站着君无咎。

“民女家中父亲已故，母亲病重，还有年幼弟妹。所以民女要了较高的聘礼，又没有什么嫁妆，最后是当家的觉得民女可怜，便出了钱财娶了民女。”

成杨问：“但是当时能出得起聘礼的并不止张勇一家不是吗？”

张叶氏道：“是的，但是当家的家中无父母，民女就同他商量，若是可能便就想常回家照顾母亲，他同意了，民女才嫁给他。”

成杨问：“那你之前见过张勇此人吗？”

张叶氏道：“见过，民女随父亲经常外出卖艺，偶尔会在当家的肉铺上买些肉，一来二去便认识了。”

成杨问：“李珏此人你可认识？”

张叶氏浑身一震，半晌点了点头，“岂止认识，李珏是民女父亲收的徒弟，与民女从小一同长大，以兄妹相称。”

成杨慢悠悠道："本官查看案宗，见五年前李珏死因有误，想要重新开棺验尸。但是开棺验尸也需要其亲属同意。张叶氏，你是否同意重新开棺验尸，查明李珏确切死因？"

张叶氏双眼大睁，死死地盯住成杨，眼中流出泪来，"大人，大人！此话当真？珏哥他，他……"

成杨道："自然当真，本官本就为查案而来。"

张叶氏浑身颤抖，双唇不停地哆嗦。她突然开始磕头，每一下都重重地磕在堂下青砖之上，"大人，珏哥死得冤枉，死得冤枉啊！"

成杨微微眯起双眼，手指轻轻滑过惊堂木，道："比胡铁牛和张勇都冤枉，是吗？"

张叶氏伏趴在地上，然后失声痛哭。

看到她这样的态度，成杨摇摇头，然后看了眼君无咎。

君无咎只是低着头看哭得不能自抑的张叶氏，眼中满是怜悯。

带走张叶氏，君无咎道："虽然没有线索，但是张叶氏和张勇之间确实应该不只是夫妻关系，现在要找的就是那个在山里能将张勇杀害之人，初一大哥还未回来吗？"

成杨摇头道："还未，我让他去查问的事比较多，例如那晚究竟是有人报信，还是张勇事先就知道此事。若是有人报信，那么报信之人是谁，以及尼姑庵里那名女子是否就是张勇带回家的那名女子。"

君无咎点头。

成杨又道："将于县丞叫来吧，问问他所查到的线索究竟是什么。"

于县丞就住在县衙内，他三十有一了，却一直单身，一人吃饱全家不饿。回来之后便洗漱好换了干净的衣服，默默地在房间内等待对方找自己去问话。他知道这个时间不会太久，因为被人喊回来的时候也略听说突然来的这位大人亲自问案，而且是与张勇相关的案子。

张勇死了，他也是回来之后才知道的，忍不住叹了口气。

仆役来传话，于硕站起身拍了拍衣服上的皱褶，跟在仆役身后去了后堂。

成杨他们也回到后堂，正在跟君无咎讨论案子细节，崔县令在一旁坐立不安。身边这俩人说得越多，他就越觉得浑身发冷，有一种不仅乌纱帽保不住而且小命也要保不住的感觉。

于硕在门口看到这一幕，心中有些踏实了。他思索了很多，一直在想这位新来的大人为何要亲自问案，是要帮着崔县令安稳度过最后的这几个月，还是打算翻案。如果是翻案，崔县令的乌纱必定要摘。

看崔县令脸色苍白表情惶恐的模样，让他有了一丝安慰。

也许不只可以让崔县令摘了乌纱，如果他将之前那位县令做下的事也都翻出来的话，是不是也会让那位贾县令同样摘了乌纱呢？这样的想法让于硕的脚步变得急促了一些，他走到成杨面前深深地行了一礼。

“成大人，卑职庚县县丞于硕。”

“于大人，快请坐。”成杨面带微笑地指了个位置，又道，“本官也是被皇上钦点前来查案，原本以为就是走个过场，谁知刚来就遇到了案子，反而走不了了。”

“庚县能得大人亲自来巡视已是一县人民之福了，”于硕拱了拱手，再次说道，“卑职这几年一直在外，对县中许多案子并不是很明了，只有回来述职的时候才会有机会趁整理案宗的时候查看一下，所以卑职不知道大人将卑职找回来是为了什么。”

成杨道：“你身为县丞，却连县中案宗都不明了？”

于硕抬眼看了看崔县令，又道：“卑职这几年，一直在庚县周围的村镇，查看人口与农耕之事，如若出了案子是一定要上交给县令负责，所以……”

成杨笑着看崔县令道：“我倒不知这县丞居然做起这种工作了，难道是你们庚县特有的方式？”

崔县令连忙站起身道：“下官，下官……这个，当初贾县令临走之时与下官说，于县丞对审案之类的事情并不精通，但是却对农耕之事熟悉，让下官在这方面要多多重用于县丞，所以下官才……”他急忙把这个锅丢给了远在千里之外的贾县令。

“于县丞对审案不精通，崔县令你倒是精通呢。”成杨嗤笑，他拿起手边的案宗，让君无咎递给于硕，“于大人看这个案子，是否还有印象？”

于硕以为本是这两天发生的命案，但是一接过来就发现不对，首先案宗已经泛黄，而且上面写的日期居然是五年之前的了。他翻开案宗，眼睛蓦地睁大，“大人，这，这案子……”

“这案子有何不妥？”成杨喝了口茶水，问道。

于硕用力深呼吸两下，压下心头激动的情绪，颤声问道：“大人可是要翻案？”

“翻案不翻案，也要看此案是否能翻。如今本官正在审的案子与此案有千丝万缕的联系，听闻当初于大人曾经参与过此案调查，所以本官将于大人你找了回来，就是想问问于大人当初调查的情况与这案宗上所写的情况是否一样？”

于硕不用看就知道案宗里写的是什么了，当初他之所以被“发配”到下面村镇很少能回来，也是因为这桩案子。

“回大人！”于硕站起身来向成杨行礼道，“这案宗内所写，与卑职调查的完全不一样！”

崔县令垂下双眼，心说老贾啊老贾，不是我不帮你，是本官如今也自身难保了，这案子若是翻了，再牵扯到如今的案子上，你的乌纱帽丢了是小，命丢了可就是大了。这大理寺少卿被派来一定是圣上亲自调派，就算你上面有人，怕是也翻不了身了。

成杨道：“哦？既然不一样，那么把你当初调查出来的线索与本官讲述一下吧。”

“是的，大人。”

当初接到报案后，是于硕带着仵作衙役去的案发地点，也就是那个灌木丛生的河沟。

发现尸体的时候，因为天气炎热，尸体已经出现腐烂状态，但是根据现场调查却能看出死者之前是经受过虐待侵犯的。仵作查验尸身也证实了于硕的猜测，后来根据死者穿着打扮判定此人就是经常来城中卖艺的那群人的其中之一。

后来于硕找了那群卖艺人的领头询问，得知死者叫李珏，当天晚上打到了野味，李珏去给师傅打酒。城外就有个小小的客栈，专供赶不上进城之人歇脚的，里面就卖酒。

后来李珏就再也没回去，他们也曾出来寻找过，甚至连这个河沟也曾路过，但是因为那时李珏的尸身被灌木泥土遮掩才未被发现。后来是有野狗将尸身从灌木泥土中挖掘出来，才暴尸在众人面前。

于硕将此案查看过程与结论上交给当时的贾县令，原本贾县令说要重视，但是谁知第二天就反口了，硬是将案子压了下来，以迷路跌落最后被野兽杀害定了案。

于硕曾经表示过怀疑，然后被贾县令不喜，后来于硕专门去查了这个案子，在那间酒馆问到了一些线索，就是当时胡铁牛、张勇与其他几名酒客都在一起喝酒，李珏来打完酒之后离开，胡铁牛和张勇也跟着离开了。

那时候胡铁牛也不过二十来岁，张勇曾经娶妻但是妻子最后病死了，再后来他父母也死了，只留了张勇一人，就有些肆无忌惮。于硕觉得同一年张勇家中父母妻子都死了这本就是一件充满疑点的事，再加上当时胡铁牛、张勇与李珏前后脚离开，就要去找胡铁牛和张勇询问此事。

谁知就在这个时候，贾县令突然命他去十分偏远的一个村子督导农耕人口之事，并且即日启程，于硕感到十分莫名，甚至与贾县令起过争执，后来他才知道，贾县令半年之前，也就是张勇父母刚死没多久，就抬进去一房小妾，那个小妾则是张勇的亲妹子。

因为这件事，线索就直指张勇，但是于硕因为被“流放”了，所以此案就没有再进行下去，而是按照贾县令的要求定了案。

可现如今，胡铁牛死了，张勇也死了，这个案子倒成了死无对证。

“也并非死无对证，最起码贾县令还活着，不是吗？”君无咎道。

成杨笑道："诽谤朝廷命官可是死罪。"

君无咎道："天子犯法也与庶民同罪，更何况如今天子圣明，以百姓为重，更是不能容忍这种事的发生了。"

成杨道："既然知道天子圣明，为何清悦还要隐于此处？"

君无咎面无表情，退到了一旁。

成杨也不追问，又道："不只贾县令，还有那房小妾，不是吗？"

于硕道："那房小妾此刻并不在贾县令府上，贾县令快要离开庚县之时发生了一件事，妻妾因为争风吃醋，妾失手推倒了正妻，导致正妻流产，大病了两个多月。贾县令因为此事暴怒，差点就将那房妾打死，但是张勇上门闹了半天才将妹妹性命保了下来。可是毕竟出了这种事，贾县令自然也不会将那女子留在身边，于是就送去了尼姑庵。"

"尼姑庵？可是城北的那座尼姑庵？"成杨问。

"回大人，正是那座尼姑庵。"

事情此时似乎明朗了起来。

只是初一回来的时候带回来了尼姑庵的住持，而张勇的妹妹却不知所踪了。

那住持道，张勇的妹妹张晓秀确实在尼姑庵，但是每隔一段时间都会被张勇接回家过一段时间。因为贾县令走了，尼姑庵里也没有那么严格，所以住持便放行了。现如今发生这种事，住持并不知道，只是张晓秀却没有回来。

搜索张晓秀的命令和晚上赶出来的一些画像都被发了下去，第二天一大早，成杨便带着君无咎等人，和张叶氏去了李珏埋身之处。

李珏的坟头虽然不高，但是上面并没有杂草，前面还摆了一些被吃剩的贡品残渣，可见时时有人前来整理收拾。

张叶氏看见李珏的坟墓就已经痛哭失声，待到李珏尸骨被起出来的时候，已经哭得昏厥在地。

君无咎和仵作把尸骨一块一块捡到一张铺在地上的白布上面，虽然只剩下骨头，但是也能清晰地看到右腿小腿骨折痕迹，以及头部被击打出来的轻微裂痕，甚至还在头骨之中冲洗出一些泥土，这些泥土可以证明李珏当时并没有死，而是被人活活掩埋在泥土里。至于究竟是窒息而死还是被野狗拖出来啃咬致死，已经不重要了。

张勇的妹妹张晓秀在傍晚时分被人认了出来直接报了官，将人扭送进了县衙。

张晓秀面无悔色，甚至一直露出一抹笑容。

“我恨我哥哥，”她秀丽的脸庞上满是嘲讽，“这个男人除了一身蛮力，还有什么？各位大人一定是不知道为什么民女的爹娘和大嫂为何一年之内都死了吧？这得去问问我那位好哥哥呢，因为他的无能便害死了大嫂，因为我爹娘数落他几句，又将我爹娘害死，对外宣称是出了急病，简直可笑！后来又为了一些钱财，将亲妹妹送给那令人作呕的贾县令做妾！你们许是知道贾县令是因为我，将我那个混蛋哥哥犯的错按了下来，却不知道我在贾家受的是什么罪！”

成杨道：“那也不能杀人。”

张晓秀笑道：“是啊，谁都说不能杀人，不能杀人，可是为什么杀人的却逍遥法外？胡铁牛可是被我哥哥杀的，嘻嘻，我不过是勾引了两下就让胡铁牛神魂颠倒，然后找人告与我哥哥知道，他便回来将胡铁牛杀了。也许你们觉得这是哥哥在护着妹妹，但是你们不知道他已经再次将我卖给一个老头了。我是他亲妹妹啊！”

张晓秀就算在说着这些话，仍旧是笑的，可是那笑容却不及眼底，而且令人毛骨悚然。

成杨道：“就算如此，你杀了你亲哥哥却是不争的事实吧？”

张晓秀一副娇憨的样子道：“是我杀了他吗？哦，对，是我挑了他的脚筋，但是那一刀是他自己拿着刀往胸口比画，我不小心撞上去的呢，而且我离开的时候他并未死啊。”

“你是不是疯了！”崔县令被张晓秀的样子吓出一身鸡皮疙瘩，“你做出如此之事，与禽兽又有什么区别！”

张晓秀看着他，“最起码民女不会草菅人命，也不会逼良为娼。”

崔县令一个激灵，脸色变得铁灰。

君无咎道：“但是你家里发生的事，与胡铁牛又有何干？”

“胡铁牛？胡铁牛可不是个好人，自从他知道张勇将我从那尼姑庵接回来之后就想方设法地要接近于我，我不过是稍微松了下口，他就迫不及待地带了钱来找我了，而且……”张晓秀脸上的笑容终于淡了些许，“你们真的当胡铁牛就干净了？他跟张勇在一起做的破事儿可不是一件两件了，嘻嘻，其实你们可以去找贾县令问嘛，当初我差点弄死贾县令他老婆，也是因为这些事才留下命来的，否则你们以为那老家伙会饶了我？”

成杨此时的脸色已经难看到了极点，他问道：“这些事与张叶氏可有什么关系？”

“叶姐姐啊……”张晓秀的目光柔软了下来，“叶姐姐是好人呢，当年我被贾县令和他老婆欺辱的时候，也是叶姐姐拿出药来给我擦。后来，是我让叶姐姐嫁给我哥哥的呢，叶姐姐有功夫可以自保，而且……就算她嫁给我哥哥，不管多少年都会是完璧之身，而且又能拿到银子给叶婶儿治病养家，还能经常回去看顾，多好呢。”

张晓秀对张勇已经恨到了极致，哪怕张勇是她的亲哥哥。当得知张叶氏要出嫁的时候，就找了个机会去与张叶氏分说，张叶氏原本不同意，张勇对她来说是仇人，见了不杀了他就已经够了，但是在张晓秀的劝说下，同意了嫁给张勇。而且张勇也需要一个没有什么背景而且也足够撑面子的媳妇儿，至于那些聘礼，他如今积攒的钱也足够，而且张勇心虚，再加上那段时间他与胡铁牛起了龃龉，得知胡铁牛也想迎娶张叶氏，便起了压对方一头的想法，再加上妹妹跟他说了一些张叶氏的好处，便直接把张叶氏娶了回来。

成亲几年，虽然争吵不断，但是其他时候张叶氏确实消停，连因为无所出被人戳后脊梁这件事都自己承担下来，这让张勇十分轻松。他不知道的是，这些事很多都在自己亲妹妹的计算之下。

张叶氏不停地挑拨张勇和胡铁牛的关系，张晓秀又总以自己命不好的缘由跟他要钱，但是钱转手就给了张叶氏，让她拿回去养家。后来在张晓秀得知张勇又要再一次将自己卖掉之时，就与张叶氏说明情况，让张叶氏找了个机会回娘家。她继续勾引了胡铁牛，又找人在不经意间把这件事透露给张勇。

张勇原本就与胡铁牛不睦，胡铁牛又在大庭广众之下给他戴过绿帽子，这次听到胡铁牛居然强迫了他的妹妹，于是怒气冲天，贿赂了看守城门的士兵，自己拎着杀猪刀就回了家。

张勇暴怒之下杀了胡铁牛，原本想将胡铁牛的尸身丢去山上，但是张晓秀说有人见过胡铁牛来过这里，如果就这么失踪了，总会被人怀疑。不如将胡铁牛的尸身丢去田埂上，胡铁牛得罪的人这么多，一定会有人将这件事盖去别人身上。

胡铁牛的尸身被抬到县衙，无辜的秀才君无咎当成嫌疑之人也被带走，张勇稍微乔装了一下跟在后面查看，发现崔县令被不知道哪里出现的人处处限制之后觉得大事不妙，于是急匆匆地赶回家想要去山上藏一段时间。然后张晓秀就以好歹要知道哥哥在哪里为理由，跟着张勇上了山，趁他休息沉睡之时挑断了对方脚筋，两人争吵起来。张勇倒转了刀柄指着自己胸膛说“你有本事就杀了我”的时候，被张晓秀按住刀柄，捅进他的胸膛。

张晓秀这几天其实一直藏在山脚下并未走远，如果仍旧是崔县令查案，这案子不了了之之后，自己便就脱身，从此就隐姓埋名，去其他地方生活。如果如同张勇所说来了个大官查案，那么就算自己走了，凭自己是个弱女子也走不远，还会连累了张叶氏。

这个案子几日之内就破了案，连同五年前的冤案一起翻案，并且证据确凿。

成杨写完要呈给圣上的奏折，出来左右没看见君无咎，于是问初一：“君秀才去了哪里？”

“君公子说此处已无事，他就回村子了。”初一回答。

“君无咎……”成杨反复念了几遍这个名字，道，“此人怕不只是个秀才这么简单，虽然他不愿意说，但是我却不想让此等人才流落至此，而且现如今本官手中还有不少案子，若是少了个得力助手也是麻烦。初一，你说我们俩去君秀才家中请他出山，如何？”

初一一愣，随即苦笑道：“少爷，那君公子之所以离开，怕是本就不想牵扯到这些案件里吧？或许，他不想牵扯到跟朝廷相关的事件里。”

“只要本官心诚，总能让他重新出来不是吗？”成杨顺了顺自己的头发衣服，道，“走走走，带本官去请君清悦！”

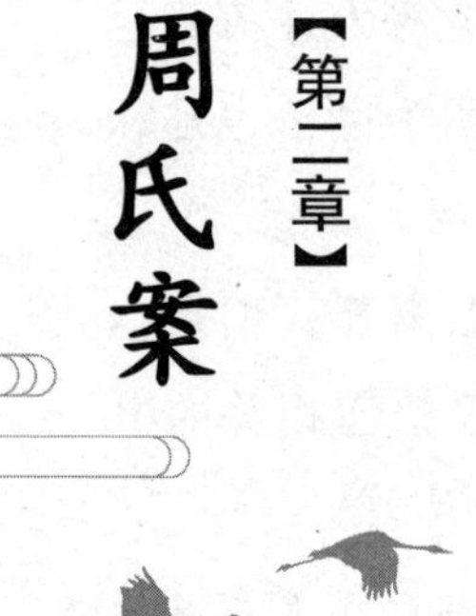

【第二章】周氏案

君无咎就住在青山村，三间破旧的土坯房，一个用篱笆和土坯围成的小院子，里面几只芦花鸡正在咕咕叫着散步。

院门是农家那种十分简单的篱笆门，成杨站在篱笆门外面看着眼前的一切，心中有些难过。

“你们找君秀才？”一位邻居大婶儿远远地招呼。

在这里没有那种大家族世家的七岁不同席男女不见面的规矩，忙起来农家女子也是要跟着下地的。

“是，”成杨好无架子，他对着大婶行了礼问道，“这位婶子，可知道君秀才去哪里了？我是他同窗好友，特地来探望他……”

“君秀才下地忙去了。”大婶叹了口气道，“这孩子命苦，以前家里也不是这儿的，后来在这里落了户，结果小时候咱这边闹灾，他爹娘都生病去了，这孩子被人领养走了，现在都过了多少年了啊，得有小二十年了，他才回来，这还是村长找了没人的屋子给他收拾出来的……命苦的孩子，你说一个秀才还得自己亲自下地干活儿，平日里就帮人写个书信什么的赚钱。”

成杨问：“那，这里不缺教书先生吗？君清悦的文采不错，可以教书的。”

“哪儿这么容易啊，这里又不是没有教书先生，再说了……他这刚回来，里外里的还都不熟呢。哎呀，我还得回去喂鸡，你们要不去我家等一会儿？估摸着他得天擦黑时候回来。”大婶看上去十分热情。

成杨笑着婉拒道：“不了，劳烦婶子跟我说他家地头在什么地方，我过去找找吧。”

邻居大婶给指了方向，他们在一群小孩子的围观中往村西头走去，走了估摸着两炷香的时间终于走到君无咎的地头上。君无咎在这里有三亩田地，一亩是当年家里留下来的，那时候君家还算有钱，地也不只一亩，但是闹灾之后再回来地契寻不到了，去官府也查看不到，好歹是村长心善，帮他寻了一亩地，君无咎再自己掏了些钱买了两亩，忙一年总算是饿不着了。

成杨他们到的时候正赶上君无咎在地里浇水，如今麦子已经收了，地里种了些其他蔬菜粮食，绿油油的也是喜人。

他看着那个清秀挺拔的人穿着虽然旧但是却很利落的短衫的男人，轻轻地叹了口气。前几日在县衙之中就见这人穿着这样的衣服，但是破旧的衣服却遮掩不住那种腹有诗书气自华的气质，哪怕默不作声地站在那里，都会引得人看过去。

究竟是什么事，会把一名看上去如此文采出众的秀才逼迫到自己下地种田的地步呢？

“初一，你有没有觉得……这秀才身上，有很多谜团？”成杨低声问道。

初一看了看在田间劳作的君无咎，回道：“要不要属下去查探一下？”

成杨想了想，摇了摇头道：“罢了，毕竟这是他的私事，他若不愿意说我总去打听，倒显得不太好了。”

君无咎浇完一担水直起腰来就看见田埂上站着的那两位，顿时心中一惊。他快步走过去道："成大人，您怎么来这里了？"

成杨笑道："清悦一去不复返，本官心中焦急，以为哪里怠慢了你。"

"这，并不是如此。"君无咎连忙辩解，"只是学生见大人已经结案，所以不敢惊扰大人便自己回来了，而且家中还有田地需要照顾，如今天气炎热，学生怕……"

"哈哈，"成杨摆摆手道，"本官并无责怪你的意思，只是本官之所以前来，是还有一案，想听听清悦的意见。"

君无咎连忙拱手道："大人说笑了，学生不过微末见解，不值一提。"

"微末见解？"成杨眯了眯眼睛，好像一只狡猾的狐狸，"如果清悦只是微末见解，那么本县的县太爷可就是连微末都算不上了。"

虽然君无咎很想赞同，但是在这种地方讨论朝廷命官之事万一被人听了去可就麻烦了。

他左右看看那些虽然在忙碌但是不停往这边看的村民，苦笑道："大人，切莫拿学生开玩笑了。"

成杨又是哈哈一笑，他看看君无咎身后的那片田地问道："收成可好？"

君无咎点头道："今年风调雨顺，收成还好。"

"那就好……那你可忙完了？"成杨又问。

"忙完了。"君无咎将手中的水桶都放好，裤腿也褪了下来，穿上放在田埂上的布鞋，"学生家贫，没有什么好茶可以待客，若是大人不嫌弃可以去学生那里喝杯热水。"

"水就挺好的，本官走了这一段路也是渴了。"成杨道，"那就回去吧。"

君无咎的家外面看着破旧，里面倒是收拾得干净利索井井有条。

"大人您先休息，学生去烧个热水，现在天色已近晌午，若是大人不嫌弃，可在学生这里用些粗茶淡饭。”君无咎将农具放在院子的角落里，略有些局促地说道。

“也好。”成杨同意了。

君无咎背过身去叹气，他不过是随便地让一下，谁知道这位成大人居然就答应了下来，反而让他有些不知所措了。

见君无咎进了院子里那处小小的厨房之中，成杨便开始里里外外地打量这几间土坯房。

房子只有三间，里面摆设几乎一目了然。除了他现在身处的这间厅堂，左边则是卧室兼书房，右边堆放了一些杂物和粮食。他走进去才发现，一只黑猫蹲在粮食堆上，正对着他虎视眈眈。

“咪咪，”成杨蹲下来，对着猫咪招呼着，“来，来，小东西。”

黑猫绿油油的眼睛看了他一会儿，便优雅地跳了下来，在他的手上蹭了两下，发出娇嫩的叫声。

“是只好猫。”成杨把黑猫抱起来搂在怀里一下一下地摸着，猫咪发出惬意的呼噜声。

他抱着猫来到书房门口，这门上只挂了一条满是补丁的门帘，撩开门帘里面就是简陋的内室了。没有雕花床，没有红木桌，几块石头上面搭了木板，铺了褥子就是床。桌子应该是最普通的木材，只刷了薄薄的一层清漆，上面摆放了一些书籍。

成杨随意拿起一本放在最上面的已经被翻得起了毛边儿的书，是上任大理寺卿所著的各种案情解析之类的书籍，叫《案中论》，这本书他家中案头上也有一本，可以说现在大理寺里面几乎人手一本，没想到君秀才这里也有，而且上面写满了批注论点，看上去应该是翻看了许久了。

成杨可从来不相信什么自学成才，推断案子，查看现场尸首都是经年累月堆砌出来的经验，若是只看书就能查案，那人人都是神探了。他忍不住又翻了几本书，基本都是与断案相关的书籍，而且每一本上面都用蝇头小楷写满了批注，这是翻看许久的样子。

黑猫“喵”的一声，不耐烦地拍了拍他的手臂。成杨笑着将书放下，抱着猫走了出去。

刚坐在外面的椅子上，就看君无咎一手拎着壶一手抱着碗匆匆地走进来，倒了两碗热水放在桌上。

“家中也没有茶杯，只能让大人将就了。”说完看见成杨怀中的猫，君无咎又道，“小花回来啦？我以为它又在外面野呢。”

成杨一挑眉头，他看看手中的猫，忍不住问道：“小花？这名字……这是黑猫吧？”

君无咎道：“是母猫，就起了这么个名字。”

合着不是按照颜色来起的，成杨点点头，“我以为清悦会给它起个文雅的名字，谁知居然就这么随意。”

“文雅不文雅的，能抓老鼠就行。为了聘了它来，花了我八个鸡蛋呢。”说到这里，君无咎忍不住笑了出来，“贱名好养活。”

成杨听到聘猫，也忍不住笑了出来，道：“闻道狸奴将数子，买鱼穿柳聘衔蝉。这又是个大姑娘，清悦艳福不浅啊。”

“谁说不是呢？”君无咎摸了两把猫咪，“我先去做饭了，大人若是烦闷，可以在院子里走走。这里是山村，实在是没有什么可以解闷的东西。”

“我有小花就成了，你去忙。”成杨举起小花的两只前爪对着君无咎挥了挥。

君无咎笑着摇头走了。

“明明有秀才的风骨，却做着不相称的事儿，都说君子远厨庖，你瞅瞅他。下地种田也做，进厨房也进得了，看上去倒也熟悉习惯了的样子。”成杨对一直安静坐在一旁的初一道。

初一正色道：“可是属下却佩服这种人，不管如何也要好好活着，若是为了风骨一说就要计较那么多的事反而会让自己陷入不好的境地。属下觉得这君秀才直率爽朗，比那些酸腐文人要强上许多。”

“小心你这番话被那群酸腐文人听到，到时候口诛笔伐的能扒你一层皮。”成杨的目光穿过院子，看着在厨房忙碌的那个身影，叹道，“不过你这么说，我倒是对他越来越感兴趣了。小花……这个名字实在是，实在叫不顺口，不如本官赐你个名字，叫墨云如何？”

黑猫懒洋洋地喵了一声，也不知道是答应了还是不答应。

“墨云，你说你的这个主子，究竟是什么来头呢？”成杨捏着猫咪的爪子，眼中满是探究。

君无咎端上来的粗茶淡饭还算是可口，成杨啧啧称赞，把君秀才夸得羞窘不已，恨不得找个地缝钻进去。

好不容易等吃完饭，成杨擦擦嘴直接切入正题：“清悦，不如你就跟在本官身边吧，本官身边甚是缺少你这样懂案情之人。”

“谢大人抬爱，只是学生……”君无咎十分纠结，他不是没想过要重操旧业，只是如若遇上例如上一次那种官员，怕是命都没有了，“只是学生，还需要再考虑一下。”

“也好。”成杨笑道，他已经考虑过自己是否会被拒绝了，得到考虑这个说辞总比直接说不愿意要让人欣慰。

见成杨并未生气，君无咎松了口气道：“大人不如说一说那个案子？”

成杨也不隐瞒，直接将周氏的案子从头到尾说了一遍，“上次我与你出去，问过小二这桩事，清悦可还记得？”

君无咎点头道：“记得，且让学生想一下，这案子确实是有疑点。”

成杨也不着急，端起碗慢条斯理地喝水，那姿势好像在品茶。

“首先……”君无咎思考了半天，道，“那刘姓富商在如此恰巧的时间回来本就有问题，这个时候城门还未开启，证明这刘富商当时就应该在城里。如果在城里反而就不是那种走商回来发现这种说辞了，证明这一切是他已经安排好了的。还有就是那个妾，按照大人所说在审问之中她对正妻周氏满是溢美之词，满口的没想到会如此，也是有问题。如果她真的亲近周氏喜爱周氏，怎么会大肆宣扬此事呢？再有，周氏是正妻，房中不可能没有丫鬟伺候，若是这院子里的下人丫鬟都被买通了导致这件事发生，那么只要找到当时在场的人询问便好。”

成杨点头道：“清悦说得十分有道理，本官也想到了，所以让初一去寻找当时那院中的下人，结果得知当时院中那四名下人都被发卖了，包括周氏从娘家带来的奶娘与大丫鬟。”

君无咎道：“若是被发卖反而证明他们没有参与这件事，那么如果周氏是真的通奸，那么当刘富商回来之时，为何没有一个人去通知周氏呢？这反而不合理。还有，那个通奸的男子是谁，如何认识周氏的，怎么进的门，是哪里人，这些案宗都有记录吗？”

成杨摇头，“并未，只是写了刘富商押周氏和那男人要去周家问询，结果那男人挣扎之后逃脱了。”

君无咎问：“在刘家逃脱了？”

成杨露出一抹玩味的笑容，“不，是出了门之后，在路上逃脱的。”

君无咎皱眉道：“路上？难不成他们压着人光天化日走到外面了？这事情还未搞清楚便想一锤定音？而且刘家不可能没有护院，如何让一个原本被拿住的人逃脱了？那男人身手若是很好，当时就不可能会被抓住吧？”

成杨道：“所以周家有人将此案告到京城大理寺，告崔县令草菅人命。虽然崔县令并未杀死一人，但是那周氏却不堪受辱，在刘家门口上吊自尽了，可怜那腹中快要足月的孩子……”

君无咎有些怒了，他深吸一口气道：“一桩又一桩的案子，那崔县令在庚县已经上任三年，三年不知判过多少案子，又有多少错案冤案，这周氏一案，胡铁牛被杀一案，若不是当时大人拦着，只怕学生早已经被打死了！”

“不仅如此，本官还发现了一件有趣儿的事，”成杨虽然说是有趣儿，但是却收了笑容，“当我告之崔县令要重审此案之时，崔县令便私下命人给那刘富商去了一封书信，但是被我的人拦截下来了。那信中说我来查案，如果周氏一案还有马脚露在外面，让刘富商须得尽快处理。”

君无咎怒道："崔县令这是明知道周氏冤枉的吧！怕是他当时收了刘家的钱，于是便快刀斩乱麻直接判周氏通奸了！"

成杨点头道："此案不但要审，而且一定要拿到证据一口气审理完毕，让崔县令找不到机会脱身。上次我与你在那茶楼喝茶与小二说的一些事，那小二也是个聪明人，暗中将京中来人要审周氏案子这件事放出风了。现在我已经让人将崔县令以及刘家全部监视起来，只要有风吹草动便立刻通知与我。不但如此，周家还为我送来了一个人，一个可以提供一条重要线索的证人，如今被本官藏在城中。清悦，不知是否可以随本官去看看？"

君无咎苦笑，本以为不过几句话的事，谁知道又要去城里。要知道他才刚回来啊，家里一堆的事……

成杨似乎也看出来他的为难，便道："若是放不下家中琐事，不如我派个人来帮你整理。"

"这……"君无咎略一沉吟，道，"罢了，就不劳烦大人了，我让邻居帮我看顾一下田地和家里的东西，待我回来送一些蔬菜鸡蛋即可。"

成杨道："也好，我也怕万一自己派来的人不懂农活，反而给清悦添乱了。"

君无咎拿了钥匙去找邻居帮忙，说要去城里办一些事，不知道耽误几天才能回来，让他们帮忙照顾家里的鸡和地里的作物。不过三亩地和几只鸡的事儿，邻居大婶答应下来，笑呵呵地说道："君秀才那朋友看上去可不像咱们这些村头地里的人，瞅着好像个大人物啊，若是能在城里讨个好差事，总比在村里忙活要强。君秀才你是有大才的人，可不能因为这些小事耽误了自己读的那些书。"

虽然君无咎只在这里待了一年，但是平日里人缘倒也好，左邻右舍也愿意帮忙，更何况他还是个秀才。一个秀才在这些农家人眼里可是十分了不得的事，就连村长都惋惜如此个秀才却要回来种地，所以平日里也没少照顾。

君无咎本来想说不过就是一些小事，过几天还是要回来的，可是一想到成杨的邀请，就犹豫了一下。道："若是能从城里寻到差事就更好了，只不过那样我就无法照顾田地，只怕以后要一直劳烦婶子。"

"这有什么麻烦的，我家人口多，不过是收拾三亩地的事儿。"邻居大婶一听这话里有话，便高兴起来。对他们来说能多种一些地，就能多得一些粮食，到时候去掉税赋和留给君秀才的，自己家也能得不少，更何况那三亩地也十分肥沃，一年两茬地种，手里能多留一些闲钱了。

君无咎回到家，简单冲洗一下，换了干净的长衫，又收拾了一些平日里要换的衣物裹了个小小的包裹，跟着成杨上了来时的马车，又颠颠地回到城里。

马车进城拐了个弯，初一先将两人放下，又架着马车绕了一圈停到衙门后院。

崔县令这几天变得特别老实，每天按时上衙门，一副兢兢业业的模样，看见初一还打了招呼，问道："初一小哥，成大人去哪里啦？"

"大人去了哪里，我如何得知？怎么？你要查大人每日要做什么吗？"初一板着脸，看向崔县令的目光甚为不喜。

"不不，不不不……"查上司每日行径可是大忌讳，崔县令连忙摆手，脑袋摇得好似个拨浪鼓，"下官就是随便问问，随便问问……"

"你有问这个的时间，不如去看看你判过的那些案子，看看里面有多少是草菅人命的，然后摸摸自己头上的乌纱，琢磨一下能戴多久吧！"初一毫不留情地吐槽，一甩手走了。

崔县令面如死灰，他踉跄了两下，伸手扶住一旁的树干，冷汗哗哗而下。

这几日他没少听到外面有人议论胡铁牛之案以及之前的周氏案，这让他心急如焚，可是派人给刘家送信却一去不复返，这让他更加担心。只能希望刘家听到这个信儿之后知道要做什么，不要把自己连累了。

他急喘了几下，佝偻着腰慢慢地走回到县衙书房，瘫坐在椅子上，开始用力思考自己如何能脱身的办法。

成杨自然是不会管崔县令有多着急，他带着君无咎走在城里最偏僻的胡同里，左转右转转到一家门口，伸手敲了敲门。

“谁啊？”一个年老妇人的声音响起。

“是我。”成杨淡淡回道。

大门“吱呀”一声被打开，露出个胖乎乎妇人的圆脸，看见成杨恭敬道：“公子，快请进。”

这是一座十分简单又普通的小院，院子里放着洗衣盆，堆了几件衣服在里面。院子里养了几只芦花鸡，四处咕咕叫着找虫子吃，看上去这里一片安宁。

“那人呢？”成杨问道。

“在屋里缝补衣服呢，倒是个勤快的。”妇人回道，冲着屋里喊，“桂丫头，大人来了。”

屋里走出个十七八岁的姑娘，看上去瘦瘦的，脸色苦闷。她对着成杨盈盈一拜，还未说话，眼泪就先流了出来，“大人，香桂盼这天已经盼了一年了，还请公子替我家小姐申冤！”

成杨道：“若是有冤屈那自然是要申的，只是你可想好了，当时的情景究竟如何，一点儿都不能疏漏，都向本官一一道来！”

【第三章】周氏案结案

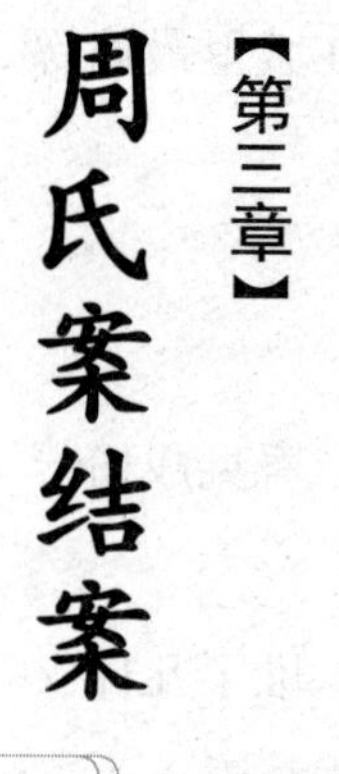

从成杨口中得知，香桂曾经是周氏身边的丫鬟，被刘富商发卖了，但是却被周家人偷偷地买了下来。周氏一直贤良淑德，却被诬陷通奸，回去之后就小产了，然后吊死在刘家门口。

这一口气周家确实不能忍，但是满城风雨导致周家出现了极大的问题，不但周家待嫁的闺女无人问津，就连嫁出去的女儿在夫家也过得不好。不得不说刘家这一招简直一石二鸟，不但把周氏踢走，就连周家最后也不得不搬离了庚县，于是刘家变成了庚县首富。

但是现在这个首富过得不是很好，城中传闻周家一状告到了京城，上面下来专门查访的官员，这让刘富商心中惴惴不安。他确实也在想办法，例如想要找崔县令探探口风，或者准备了一大笔银子买通这位京城下来的官员，再或者送钱去上面看看是否能打通什么关节，找人来护自己一把。

然而所有的出路似乎都被堵死了，崔县令不知为何避而不见，新官员长什么样子他都不清楚，只知道是个俊帅的年轻人。而且送去上面的银子一去不复返，连只言片语都未能找到。

妾室王氏劝道："老爷何必这么着急，这种事已经板上钉钉了，只要我们咬死不承认，难道他们还能让死人说话吗？"

刘富商心中仍旧不安妥，他问道："王贵还没找到？"

王贵就是那个与周氏"私通"的男人，他不知为何突然逃脱，整整一年没有音信。而且这王贵一人吃饱全家不饿，是个实打实的单身汉子，只要躲在个犄角旮旯，连个能顺藤摸瓜的线索都没有。

王氏冷笑，那王贵是她从挺远的一个村子找到的泼皮，这一年来只偷偷找人跟她来要过一次银子，她循着迹象找去最终仍旧跟丢了，"那王贵敢回来吗？这件事他也横插一脚，若是被抓住了不死也得脱层皮。"

"我是怕他被周家找到啊！"刘富商急促地喘息，脸色发白，开始不停地打呵欠流鼻涕，一副要晕倒的样子。最近他的身体不知道怎么变得有些虚弱，总是盗汗心悸，找了大夫看也说不出什么原因，只是让休息补养。这两个月他几乎都不出去跑商了，把一些事都交由手里的掌柜的去做。

王氏看了他这副样子，露出嫌弃的表情，她劝道："周家如果找到王贵，估计早就来闹了。老爷您就是心思过多，导致身体变不好的。来，我扶您去休息休息。"

"唉……"刘富商叹了口气，"算命的说我四十岁有一劫，如今算算，我今年就四十了啊。"

"老爷您这话说的，什么劫不劫的，奴家盼着您长命百岁呢。"王氏搀扶着刘富商躺到床上，帮他脱了外套盖上被子，"我去给老爷煮个鸡汤喝，喝了鸡汤好好睡一觉，醒来便什么事都没有了。"

"好好好，还是珍珍你最贴心了。"刘富商难受地闭上眼，手抚着胸口，不停喘息。

王氏转过身，露出不屑的笑容，袅袅婷婷地走了。

香桂跪在地上泣不成声，她用力攥着自己的衣摆，泪水哗哗地涌出，“大人，我家小姐是冤枉的！”她缓缓道出那日发生的事情。

那一日晚上，因为周氏怀孕了，每天都会很早休息，那天吃过晚饭没多久，周氏就说自己困顿，回到了里屋。

香桂是周氏的贴身大丫鬟，从小就跟在周氏身边，周氏嫁人也当作陪嫁跟了过来，她跟周氏的感情十分深，虽然是主仆之分，但是平日里周氏如同姐姐一样也在照顾她。

那天香桂与往常一样，点燃了周氏最爱的熏香，便跟奶娘坐在纱帐外面做一些简单的针线活儿，但是没多久就觉得特别困，眼睛都睁不开了，浑身发软。

她也没有多想便沉沉睡去，可是醒来的时候却是被一盆冷水泼醒的，然后才看见周氏面无表情地坐在冰冷的地板上，旁边跪着一个陌生的男人；而出去跑商的老爷正在怒不可遏地骂人，一口一个贱妇。老爷的那个妾王氏看上去好像在一旁劝慰，但是字字句句火里浇油，最后挑唆得刘富商火冒三丈，叫人把周氏和那男人押着，要送去周家。

周氏每次为自己辩解，都会被王氏巧妙地曲解，甚至说出来如果周氏真的喜欢这个男人，也不能带回家之类的话。而周氏的两个年幼的儿子此时居然也被喊了起来，缩在周氏身旁瑟瑟发抖。

“我家小姐是被冤枉的，因为就在这件事发生的一个月之前，我家小姐抓到了那个姓王的贱人与管家私通。当时那个姓王的贱人跪在地上哭求，说她与管家只是认识，之前管家帮过她，两个人其实只是兄妹关系。但是谁家的兄妹会躲在一起抱着？但是我家小姐心软，也知道老爷喜欢王氏喜欢得不得了，哪怕王氏是个寡妇，也要花大钱把人抬进来！谁知道一个月之后，居然，居然发生了这种事……”

香桂虽然只是个丫鬟，但是被周氏常年带在身边教导，说话办事的方式并不小家子气，所以就算是哭泣难过，仍旧有条有理地把整件事都说了出来。

“你们平日里也睡得这么沉吗？”君无咎在成杨的示意下问道。

香桂摇头道：“怎么可能，奴婢睡觉最轻不过，因为小姐如果半夜不舒服，只要喊一声奴婢就能醒过来。可是那一夜不知道怎么的，就睡死过去，房间里这么大动静居然都没有把奴婢吵醒，最后还是被水泼醒的，这本来就不对劲儿。这件事奴婢也跟舅老爷说了，可是当时实在太过于混乱，后来奴婢回到小姐房中去看，发现小姐平日里熏香的那个香炉不见了。”

君无咎皱眉，没有了证据只凭一个丫鬟口述，怕是不能翻案，他们还得搜寻更多的人证物证才对。

他问道：“那个陌生男人你知道长什么样子吗？”

香桂摇摇头，“没有，一直没看到正脸，但是奴婢看到他左边脸颊靠近下巴的地方有个黄豆大小的痦子，而且这个男人个头不矮，但是很瘦，他站起来的时候能比刘老爷高小半个头。”

君无咎点头，然后跟成杨道：“大人可以派人暗中搜寻身高七尺半左右、左边脸颊靠近下巴的地方有痦子或者是烫伤刀伤的人。”

“烫伤刀伤？你是说那人有可能会去掉自己的痦子？”成杨问。

君无咎道：“这个男人逃走，不知道是不是刘家指使的，但是既然发生了这件事，那么周氏的家仆应该都会见过此人，最不济也会跟香桂姑娘一样，记住他下巴上的痦子。刘家既然没有丧心病狂地将家仆都杀了而只是发卖，就能看出他们是心虚，否则的话应该将家仆退还给周家才对。”

香桂道：“大人明鉴，后来舅老爷也问过此事，但是刘老爷一看见他们就心烦意乱，所以远远地发卖了做理由。奴婢算是幸运，被卖出去不就遇见了周家出来收货的掌柜的，于是掌柜的将奴婢买了回来，送回了周家。但是奴婢听说那个王氏曾想让奴婢这些下人一起跟着小姐陪葬，后来被刘老爷制止了，说不想惹上太多人命官司。”

成杨道：“这王氏可真是了不得，心狠手辣，如今成了正妻还不定怎么磋磨周氏留下来的那两个孩子呢。”

香桂忍不住哭出声来，“奴婢也在担心，小姐去了，但是小姐留下来的两位少爷可怎么办呢，那王氏如此心狠，而且也有了自己的孩子，少爷……少爷的日子，必定难过啊！”

君无咎劝慰道：“香桂姑娘请不要难过，既然成大人前来彻查此案，就一定会还给你家小姐一个清白的，只是现在要委屈姑娘在这里住着，平日不要出门。”

“这位大人放心，奴婢平日里就跟李婶在一起，出去采买都是李婶去做的，只是辛苦李婶了。只要能为小姐申冤，奴婢吃多少苦都没有关系！”

君无咎叹了口气，又问道：“香桂姑娘，那你可了解王氏和管家的为人吗？”

香桂努力想了想道：“其实并不了解，那王氏也很少来我家小姐的院子，偶尔见了也是一副笑眯眯的模样。至于管家……啊，对了，奴婢想起来了，那管家是刘大人把王氏抬回来之后才来的。因为之前的管家家中母亲生病，总是需要回家，刘老爷不耐烦就把他放了回去，然后王氏推荐了这个人做管家！大人，这两个人之前一定十分熟识，否则王氏一个妇道人家，怎么会认识别的男人呢？”

成杨问道：“那王氏家中可还有其他人？”

香桂摇摇头，“自从刘老爷将王氏抬回来之后，也没听她有什么亲戚前来，似乎是跟之前家里人关系并不融洽……”

从香桂住处出来，成杨道：“听香桂姑娘这么说，总觉得那个王氏是个有心机的人，能把刘老爷哄得连自己结发夫妻都肯这样陷害，也是个厉害人。”他说完见没有得到回应，于是转头去看君无咎，却发现那人正在凝神思索。

两个人走了一段路，君无咎突然道：“那王氏曾经嫁过人，家中夫婿死了才被刘老爷抬回来做妾，可是那案宗上写王氏所嫁之处离庚县颇有一段距离……你说，那王氏是如何联系到这个刘老爷的呢？”

成杨一愣，道：“这，这我倒是没想过……”

初一带了人去调查刘富商家中小妾的来历，成杨反倒是一副什么事都没有的样子，成天带着君无咎在城里四处逛。

不过说是四处逛也不尽然，成杨会找一些人问问庚县中各种民生情况，东家长西家短地跟人聊几句，无论是表情还是动作，都特别能融入大众。

“真是想不到成大人能如此放下身价与人沟通，学生见过不少大人，看上去都十分威严呢。”君无咎忍不住笑道。

“哈哈！”成杨道，“清悦可是在嘲笑我八卦了？不是有句话说得好，当官不为民做主，不如回家卖红薯。我既然是大理寺少卿，少不了要探案问案，虽然大多处理的都是京中那些官宦人家的事儿，但是要知道，很多私密细节其实走访这些平民能得到意想不到的惊喜呢。若是也端着架子，谁会真的跟你吐露实情呢？大家避开还都来不及呢。”

他见君无咎只是笑，转了转眼珠子又补充道：“上上一任大理寺卿岳鸿之大人你可听说过？很多对推理案情感兴趣的官员都会买上几本岳大人所著之书。只不过后来岳大人不知为何突然告老还乡了，不过才四十岁，哪里就老了呢？少了岳大人的大理寺真是无趣得很……我还曾去向岳大人讨教，可惜怎么都找不到岳大人归隐的地方，实在是遗憾啊。”

君无咎的笑容僵在了脸上，眼中一瞬间闪过悲恸、愤怒和怨恨的神色。他勉强弯了弯唇道：“是，是啊，谁说不是呢……若是那位大人在，一定能让很多冤屈重见天日吧……”

成杨察觉到君无咎的情绪变化，心中有了计较。这君秀才与那位岳大人应该是有什么关系，否则不过是个小小的秀才，岳鸿之退出朝堂的时候他才刚五六岁的样子吧？

不过……五六岁？他想起那位大婶说过的一番话，二十年前庚县闹灾，附近村子走了不少人，那时候这君秀才不过四五岁光景。后来他听说岳鸿之大人收了个徒弟，不知道是不是眼前这位。

不过更加让人有些疑惑的是，不管是岳鸿之还是这位君无咎都是有本事的人，可是现在却又都如此默默无闻。岳大人归隐可以说是厌倦朝堂，那这位君秀才呢？不过二十几岁的年纪正是可以大展宏图的时候，怎么就甘愿在一个小山村里种田？

这些想法在他的脑海中不过盘旋片刻，成杨惋惜道："谁说不是呢？唉，不说这个了……对于周氏的案子你还有什么想法没有？"

君无咎摇头道："还得等大人身边那位壮士带了消息回来才好继续盘算，如今能拿在手中实打实的证据太少了。"

成杨道："是啊，不过如果这个案子也是冤案，这位崔大人头上的乌纱怕是保不住了。"

"不过是乌纱，待过上几年等人把这些事忘了，谁知道他还会不会掏钱买个官儿继续逍遥？"君无咎的语气有些愤怒，但是却很好地压制在一个适度的音量内，"每年那些买官之人若是真有本事能为乡亲父老造福也就罢了，就怕……三年清知府十万雪花银，这句话难道只是玩笑吗？"

"……清悦……"第一次看到君无咎神态激动，倒是把成杨吓了一跳，"买卖官职这件事牵扯甚大，圣上也正在抽丝剥茧地调查。曾经先皇刚上位的时候因为买卖官职一事当场打杀了十几位官员，也是以儆效尤。但是这其中利润仍旧会让人铤而走险，当今圣上也十分恼怒。"

君无咎勾了勾唇情绪十分低落。

成杨试探地问道："难道清悦曾经遇到过这种事？"

君无咎道："并未，学生从未进过朝堂，如今不过只是带着个秀才的虚名而已。"

成杨皱起眉头，他可以明显地感觉到君无咎对这件事的抵触，于是打哈哈道："恶人总是会落网，我相信圣上圣明，自然不会寒了天下学子的心。"

君无咎点头称是，然而毫无兴致。

两个人在外面转了几天，又待在衙门看了几天案宗，揪出了一些糊涂案重新审理了一番，让不少庚县庶民大呼遇到了青天大老爷。然则这些事都狠狠地打了崔县令的脸，让他每天都处在担惊受怕的地步，就连他儿子也缩在家里不敢外出了，因为现在全庚县都知道上面下来人查县太爷，多少双眼睛都盯住了崔县令住的地方，恨不得抓出一些错事来。

“这崔县令家中妻子倒是个贤惠的，如今正在老家照顾年老公婆和年幼儿女，生活过得颇为艰辛。再看看这崔县令，带着个小妾上任，虽然怕别人说闲话也把长子带了来，不过看看他这长子，简直就是扶不上墙的烂泥，估计早就被他家妾给捧杀了。”成杨把手中信件递给君无咎，“你也看看，这崔县令熬了这么久终于熬到派官，不过几年工夫就把自己折腾成这样，也是奇葩。”

“不过是仗着天高皇帝远，再加上三年换一个地方。只要不出太大的乱子这三年自然能捞足够的钱去打通关系，继而再进一步。”君无咎将手中的信看了两遍道，“只是可怜了他家中妻儿老母，若是判刑怕是得受牵连。”

成杨道：“清悦放心，此事本官心中已有计较，写于圣上的奏章里会禀明事实，想必圣上也不会牵连无辜。”

君无咎点点头，放下信件继续去看那些案宗。

成杨在旁边陪着，总觉得自从自己说了岳大人之事之后，他与君无咎之间的氛围就有点僵硬尴尬。若不能打破这个氛围，不知道要如何才能让这固执的小秀才随自己走。

难得遇到如此人才，他确实不太想放手。

这时又有消息传来，成杨抓了那只信鸽，从它腿上拆下一封密信，展开看了片刻道：“那小妾王氏怕也不是个干净人，初一查到王氏嫁过去之后不到半年，她夫婿就开始患了体虚之症，然后在一个晚上病症暴发就死了。王氏守寡了三个月被夫家放了回来，然而并未回家而是直接被这位刘老爷抬进了府。更有意思的是初一还打听到同时在村子里失踪的还有一名男子，听形容长相，倒是与刘老爷家的管家有些相似。”

一张小小的密信自然写不了多少内容，初一结尾说会有信件详细说明，他暂时还要留在外面继续查询。

“体虚之症？”君无咎一愣，道，“前几日你我曾问到一名药童之事大人可还记得？那药童说刘府刘老爷也患了体虚之症，这几个月也很

少出去跑商了，部分对外事宜基本都交给了手底下几个掌柜的来做。”

成杨仔细一想，道：“对，确有此事。体虚之症……那王氏难不成是妖精？嫁给谁谁就体虚，她在吸人精气不成？”

君无咎无奈地看了他一眼，道：“大人莫要玩笑，这世上哪里会有妖鬼之说？若那王氏真的是妖鬼，为何不去找年轻有钱的人家，而一开始却要嫁到山村里呢？”

“也许她就在那山里修行呢……好好好，不开玩笑。不过这个巧合也未免太过巧合了，不如本官将那药童与他师傅一同带来询问一下便知道这体虚之症究竟是怎么回事了。”

药童与那位给刘老爷看过病症的坐堂大夫很快就被带来了，以县太爷身体不舒服做的借口。

大夫进门一看并未见到县太爷，只看见两名年轻男子坐在堂上，有些莫名其妙，“两位公子，可问那崔大人现在何处？”

成杨道：“崔大人并未生病，只是本官有事要问你，但是又不想惊动其他人而已。”

大夫一听，本能地紧张起来，他跪在地上连忙道：“大人，小老儿只是个大夫，平日里都在药堂给人看诊，知道的事并不多啊。”

成杨道：“本官要问的就是看诊之事，请老人家切莫惊慌。来人，给老人家看个座。”

大夫被扶了起来，小药童没想到当初与自己聊天的那个青年人居然是一位官老爷，于是脸色发白，慌乱地站在老师傅身后，低垂着头不敢说话。

成杨问道：“老人家，本官问你，这段时间你是不是常去刘老爷家中给他看病？”

周氏要翻案一事已经满城风雨，这老大夫一听刘老爷三个字，自然就知道是哪个刘老爷了。他连忙道：“可是城中那位富商刘才贵刘老爷？若是他的话，最近两三个月确实都由小老儿前去看诊。”

“那老人家可知道他究竟患了什么病？”成杨继续问道。

“这……”大夫捻了捻胡须，面带为难之色，“其实刘老爷只是因为肥胖没有什么锻炼，所以才会体虚，只要勤加锻炼加上一些食补，自然可以调节过来。”

成杨眯了眯眼，又道：“可是据我所知，那刘老爷以往经常亲自出去跑商，在外面一待就是一两个月，听他手底下掌柜的说虽然刘老爷体胖，但是也算康健，平日里基本都不怎么患病，如今怎么突然体虚了呢？”

“这，这小老儿确实不知，但是刘老爷最近也确实是体虚，盗汗心悸都是体虚之症。原本小老儿以为刘老爷是过于沉迷女色，但是问了其中隐私之后发现并不是这样。所以只给开了调养补身体的方子，若是按照方子调理，半年后自有成效。”大夫对自己开的药方十分有信心。

“那有没有……”君无咎想了想道，“有没有什么东西，长期服用之后会造成这种体虚心悸的效果？”

老大夫一愣，捻胡须的手也停了下来。他思索了一会儿道：“有是有，一般是用于治疗那些食欲不振之症的一种草药，不过这位公子一说我倒是觉得，刘老爷的症状确实有点儿类似吃多了这种草药之后产生的症状。但是这草药也就这样，服用多了会心悸体虚盗汗多梦，然而时间长了会产生抵触，慢慢也就恢复了。”

君无咎心中有了计较，问道：“那敢问老先生，服用这种药材之后可否能够检验出来？”

老大夫摇头道：“这个又不是毒药，说实在的还无法检验，除非让老夫看过那药渣之类，也许能够辨别出来。”

一说到自己专业领域，老大夫也不自称“小老儿”了，“而且这种药很容易购买得到，若是懂药材，自己去山里也能挖到，并不是什么稀罕物。不过这种药虽然不是毒药，但是若本身就有心悸之症，很有可能会诱发陈年旧病导致死亡。”

君无咎点了点头，“原来如此……”

送走了老大夫，成杨道：“我突然有了个想法。”

君无咎道："学生也有了想法，只是还需要探究，不过大人的想法是如何？"

成杨道："王氏给她前夫吃了这种药，然后用生病做借口将人害死，当然这只是我的猜测，也许那人本就有心悸之症，服药之后反而会出问题。"

君无咎笑道："我与大人想法一样，不过要先等初一壮士的详细消息回来看一下，才能做出结论，若是有必要，我想可以去那边开棺验尸。"

"有清悦在身边，本官仿若多了一条臂膀！"成杨用力曲起手臂道，"如此得力之人，非清悦莫属啊。"

"大人谬赞！"君无咎惶恐地回礼，"大人身边人才济济，学生不过是卖弄一些小手段而已。"

"清悦莫要自谦了，本官如今还是想请清悦助我。这次圣上让本官出来也不只是为了庚县周氏一案，而是想让本官巡查这些州府是否有严重违纪之事。包括……"他认真地看着君无咎的表情，"包括官职买卖一事。清悦应该知道，官职买卖在京城并非常见，毕竟天子脚下，谁也没有这个胆子。可是偏远地方就不好说了，有的人敢只手遮天陷害忠良，利用手里权势买卖官职，导致百姓怨声载道。这件事圣上看在眼里急在心中，已经不能不管了。"

君无咎心中一震，那种愤恨悲恸的情绪又涌了上来，甚至眼底都浮现出淡淡的血色。

"我想知道，清悦究竟遭遇了什么事才会隐居在这偏僻小村之中，虽然清悦不想说，可是我见你这样心中也十分难过。"成杨认真道，"我是真心希望清悦能够陪伴左右，所以恳请清悦能够答应我。"

君无咎的唇开始哆嗦，他挣脱了成杨的手向后踉跄了两步，露出悲切的表情，"大人莫要追问了，学生，学生是怕连累大人。当初学生的老师得罪了一个人，死无全尸，学生……"他背靠在墙上，双腿发软，似乎支撑不住身体一样缓缓地滑坐在地上，抬起双手捂住脸，"只恨学生能力太弱，无法替老师报仇！”

成杨心中突然一动，他上前半跪在君无咎面前，扶住他的肩膀道：“难不成你的老师，就是岳鸿之大人？”

君无咎心中实在难过得很，难以抑制地抽泣着，他点了点头道：“老师归隐山林，可是那人却赶尽杀绝，利用强盗山贼做借口屠了老师一整个村子的人，还放火烧村，然后居然用那些村民的头颅得到嘉奖！老师一怒之下大病不起，秀秀与我四处奔走想去告发那人，然而却不小心暴露了行踪，导致老师被害死，就连秀秀也，也……”说完他已然无法抑制，失声痛哭起来。

成杨万万没想到岳鸿之大人的下场竟然落得如此境地，他用力思索朝中究竟是谁因为防止匪患而得到嘉奖，然而这种人实在太多，若是一一去查怕是要得罪不少人。

“那人是谁？清悦，你告诉我，那人是谁？”他又惊又怒，无论是先帝还是当今圣上都属于圣明之君，但是手下某些臣子仍旧会在暗处行肮脏之事，令人防不胜防。而且这里距离京城略远，也非十分富饶之地，所以有人更加会肆无忌惮，手下尽是肮脏买卖，无数人命！

君无咎只是摇头。

成杨怒道：“清悦，此人已经危害到圣上皇威，难道你也不肯说他的名字吗？”

君无咎哭道：“我不知道，老师并未告之与我！他曾经劝我与秀秀找个地方躲起来，但是我又如何看着恩师身受苦难而放手不管？我不知道那人是谁，若是知道必定要上告天听，哪怕舍了性命也要将他从高处拉下来！”

“好了好了，清悦莫要哭了。”成杨将君无咎的肩膀揽在怀中，轻轻拍打安抚他，“那清悦有没有什么线索可以告诉我的，我好歹也是大理寺少卿，可以直达天听。毕竟是岳鸿之大人的事，就连当今圣上也十分推崇岳大人的著作，所以，这不只是你一个人的事，清悦，这也是圣上的事。”

"有一封信……"君无咎艰难说道，"一封残信，是从恩师床下发现的，被烧掉一半，这封信被我找到之后一直藏在身边，但是那信中写的却是密语，我，我看不懂。"

"信在何处？"成杨急迫问道。

君无咎抬起头看着他，看了片刻道："被我藏起来了。"可是藏在哪里他却死活不说。

成杨叹了口气道："清悦不信我也是情有可原，既然那人做下如此恶事一定会有把柄露出。我会找人去查岳大人老家被屠之事，不过还是想请清悦助我一臂之力，什么时候相信我了，什么时候便将你知道的事告诉我，即便是报仇，你一个人也是做不到的，但是我可以帮你，圣上也可以帮你！"

君无咎扶着墙站起身来，声音低哑，"大人，学生想要休息一下……"

"去吧，若是初一的消息送来，我就告知你。"成杨说完，看着君无咎踉踉跄跄离开的背影，眉心拧成一团。

他与圣上一直都以为岳大人是归隐山林所以才无法找到的，可是谁知居然会发生这样的事。而且屠村这件事这么大，为什么却被隐瞒得如此之深？难道岳大人就没有一个两个同乡在朝中任职？

一个村子的人全部都被杀了，这究竟涉及多大的秘密？

成杨越想越觉得此事事关重大，他想将这件事禀明皇上，可是光凭君无咎一人之言和半封残信却无法做什么证明。当年岳大人之所以没有将这件事告诉君无咎，估计也是想要保他一条命，否则凭那人残忍程度，君无咎也不可能活到现在。

他在房间里来回走了几圈，最终下决心写了一封密信，"十五。"他沉声道。

"属下在。"一个黑影出现在成杨身后。

"将这封信交于陛下，就说与某些案子相关，让陛下斟酌。"成杨将装密信的竹筒放在黑影手中。

“属下遵命。”黑影说完，便消失在房中。

“岳大人，这害你之人究竟是谁？当初你到底是因为什么事而辞官？又是因为什么事在十几年之后竟然被害？这其中究竟牵扯了什么样的官员，居然连圣上都迷惑过去？若是本官没有找到君清悦的话，那么您的冤屈是否就会一直隐瞒下去？岳大人，您清廉一世却得到这样的下场，难道就不怨吗？”

成杨坐在椅子上，看着跳跃的烛火陷入了沉思。

一天之后，初一调查的结果被快马送到县衙。

成杨将信看完，转身去找君无咎。自从昨晚君无咎回到自己房间之后就再也没出来过，若不是能听到里面细微的呼吸声和时不时低低的抽泣声，他简直想要踹门进去了。

端了厨房里炖的鸡汤，成杨敲了敲门，“清悦，初一那边来信了，你要看吗？”又敲了三回，才听到里面传来沙哑的声音。

“成大人，学生要整理一下，还请大人稍等。”然后便是窸窸窣窣的穿衣声、脚步声、水声。然后君无咎红肿着双眼打开了门。

“你一天没吃东西了，先喝一碗鸡汤。”成杨端着托盘进了房间，将鸡汤放在桌上，招呼道，“刚好可以入口，喝完了再与我讨论那王氏的事。”

君无咎点点头，老老实实地坐在桌前开始喝汤，喝完后擦干净嘴，拿起那封厚厚的信仔细来看。

初一是个十分聪明的人，他们想到的一些细节初一也想到了，而且查问十分清楚。

那王氏原本就与村中人不清不楚，所以被家里远嫁。她家中兄弟姐妹提起王氏就一肚子火，而且他们压根不知道王氏已经改嫁了，还以为王氏仍旧在那村里，只是因为路途遥远不与家中来往。不过信中指出王氏家里也不愿意与王氏来往，而且提起王氏纷纷咬牙切齿，可见王氏在家中并不受待见。

至于王氏嫁过去的那一家，也是老实本分之人，家中兄弟三人，她

嫁的是老二。这男人也二十多岁，因为家里穷一直没有讨到老婆，后来娶了王氏之后百般呵护，而且信中也提到这男人是个很好的庄稼把式，身体健康，平日里连头疼脑热都没有。后来他得了虚症还曾被认为是上山打猎砍柴撞到了鬼，着实折腾了好久。结果一天晚上，这男人就在睡梦中去了，王氏成了寡妇。

原本这家人是没打算将王氏放回，但是有一天突然来了个富商，给了他们家三十两银子，将王氏带走了。

三十两在穷困山中绝对是一大笔钱，不但可以让老三娶上一房媳妇儿，还能再盖上两间土坯房都有剩余。所以那家人便痛快地同意了，而且他们一直以为这件事王氏会回到自己家中告诉家里人，毕竟他们也不曾苛待王氏，而且王氏又找了如此有钱的人家。

信中又提起那个几乎与王氏同时离开的男人，那男人风评也不是很好，还有人撞见他曾经与王氏眉来眼去，只是没有抓到证据。如今见有人来问，便你一言我一语地将所见所闻都说了出来。

初一在信中说，他并未提起那个男人死因有疑，只是说家里老爷想要知道王氏是什么样的人而已，但是得到的结果都是王氏不检点，成天就知道打扮得光鲜，然后四处溜达，平日里在家中是什么事都不做的。家里男人累了一天回来，连一口热水都喝不上。但是这里确实太穷了，能娶上个媳妇儿已经是很不容易的事，更何况这个媳妇儿长得还漂亮，就算是不干活也不会有人责怪，虽然私底下仍旧不爽，但是也不过是念叨几句罢了。

而且王氏离开，还有人给了这么大一笔银子，足够那家人抛下白发人送黑发人的伤心事，开心上很久了。至于王氏究竟去了哪里，做了什么，也不会有人去追究。

至少在得知自己亲人是被害死之前，不会追究。

“王氏是个不安于室而且野心极大的女人。她自认为长得漂亮而且聪明，一直很想逃离祖辈居住的山村，所以就去接触那些能带她离开的男人。你看，初一在信中还说距离王氏嫁出去不远的那个村子旁边有一个据说很是灵验的庙，香火算是旺盛。而且赶巧的是，刘家老爷每次跑商回来，只要路过那边，都会去庙里烧一炷香。”成杨看着表情一直十分麻木的君无咎，“这也就证明了为什么刘家老爷距离那个山村这么远，仍旧能知道王氏守寡，而且把人带回来一事。”

君无咎捏着信纸目光呆滞。

成杨担忧地看着他，“要不，要不你再休息休息？”

君无咎捏了捏眉心摇头道：“不，我不累，我只是在想一种可能性。”

“什么可能性？”成杨来了兴趣。

君无咎道：“王氏是在遇到这个刘老爷之前就守寡了，还是遇到刘老爷之后守寡的。”

成杨仔细想了想他说的这两句话，道：“若是第一种，王氏也许并未想要嫁给刘老爷，只是不想在那里居住，于是断了退路想要离开；第二种的话，就证明他们，或者她是有预谋的。”

君无咎点头道：“我倾向于有预谋这件事，大人您想，刘家管家怎么也得是刘老爷亲近或者十分熟悉之人，跟了刘家这么多年，怎么就突然离开了呢？而且新管家不是提拔的自己人，而是在外面招的，这本来就不符合情理。”

“对啊，清悦这番话说得本官茅塞顿开。”成杨十分高兴，于是道，“若是这样猜测正确的话，就是王氏遇到刘老爷之后，跟刘老爷达成某种协议，然后回家与那管家密谋杀了自己的丈夫，然后管家通知刘老爷，刘老爷就抬了王氏进门。但是王氏不安于室，不但与管家还保持着苟且关系，而且野心庞大，盯上了刘家正房太太的位子。但是周氏原本就贤德淑良，让她无从下手。后来周氏抓到她与管家苟且之事，让她找到了可以推翻周氏的办法。再加上周家与刘家在这庚县平分了资源，刘老爷也具有野心，想要独吞庚县市场，两人密谋之后陷害周氏……对，对啊，这么一说本官就觉得这个案子通顺多了。”

“但是这些不过只是我们的猜测，具体如何还并不知晓，只能根据猜测去寻求证据。”君无咎忍不住泼冷水。

成杨道：“证据的话，本官会派人去找之前的那位管家，以及经常跟这位刘老爷出去跑商的掌柜的，还有最好能抓住那陷害周氏通奸的陌生男子……嗯，王氏所嫁的那个地方也要去一趟，就像那老大夫所说，如果那种草药不能让人致死，王氏为了加速这个过程一定是用了手段，我们得去开棺验尸！”

庚县距离王氏所嫁的那个山村有些远，但是成杨跟君无咎都不是那种弱不禁风的人。他们在庚县布了局之后，以外出游玩做借口，乘坐了马车就出了城，拐进官道之后成杨与君无咎跟护卫换了马，护卫仍旧赶车前往事先说好的目的地，他们却快马加鞭去跟初一会合。

他们刚离开县城，城中原本平静无波的氛围就被打破了，隐藏在下面涌动的暗潮翻到明面上来。刘老爷终于跟贾县令见了面，俩人躲在贾县令的书房内密谋了许久，出来的时候脸色都不是很好。而且在这个时候，周家突然出现在城里。

周家的出现让这个案子彻底从水底浮上了水面，一时间城中不少人纷纷议论周氏一案。但是周家仿若没有听到，住进了原本周家的宅子，就紧闭了大门，平日里只有一些采买的下人进出，之后就安静得好像不曾来过。

这让刘老爷紧张不已，晚上更加睡不着了，而且变得暴躁易怒。

“都是你的错，贱人！”刘老爷在房中跳脚。

王氏捂着胸口嘤嘤地哭，“老爷您这是在说什么？妾身听不懂啊。老爷，妾身自从嫁给您，可没有少为这个家操心，怎么就成了妾身的错？”

“那个周家，那个周家！”刘老爷气得几乎说不出话来。

王氏连忙上前给他抚胸口，道：“老爷，周氏与人通奸，这已经是板上钉钉的事儿了，就算周家告状到了京城又如何？当时城里老老少少可都是见到周氏跟那个男的了，这难道是假的吗？”

刘老爷顺过气来，又开始骂周家，“人死都死了，还想闹什么？难不成他们还想回来？”

王氏道：“老爷，他们当初放弃了庚县这么个风水宝地自然不甘心，如今用周姐姐作筏子，谁知道给上面塞了多少钱。他们这是想逼死老爷啊，老爷，您可得想想办法。若真是出了事儿，妾身哪怕去给周姐姐赔命这都是小事儿，可是咱家睿儿，睿儿可怎么办啊？”

刘睿是王氏嫁过来生的第一个孩子，如今才几个月大，平日里很得刘老爷喜爱。反而周氏所生的那两个孩子如今却被人遗忘了，平日里只能缩在一个破烂小院子里，吃穿连奴婢都比不上，两个只有几岁大的孩子相依为命，十分可怜。但是这刘家已然没有多少人愿意去管这两个孩子了。

夜里，一个小丫鬟穿过黑漆漆的园子来到刘家角落的一个破败园子门口，轻轻推开门。

院子里漆黑一片，只有一个老妈子在照顾这两位小少爷，然而老妈子并不尽心，平日里没少克扣两个少爷的吃穿用度。此时小院儿里只能听见老妈子的呼噜声，十分响亮。

小丫鬟左右看看，蹑手蹑脚地穿过一地落叶，来到一间房门前。她推了推门，房门紧锁，于是轻声唤道：“大少爷，二少爷，醒着吗？”

过了一会儿，房中传来稚嫩的问话声，“是翠姐姐吗？”

“是奴婢，少爷开门，奴婢给少爷带了点儿吃的。”小丫鬟声音压得很低。

门开了，露出一张七八岁男孩瘦弱的小脸儿，乌溜溜的圆眼睛看着小翠。

小翠将手中一直捂着的纸包塞了过去，“今天有肉吃，赶紧吃了赶紧睡，奴婢得快点回去了。”

“谢谢翠姐姐。”男孩接了纸包，看着小翠着急忙慌离开的身影，缓缓地关了门。

纸包打开，里面是半个白面馒头和两个窝头，还有几片卤肉和半个鸡腿。应该是小丫鬟从自己口中节省下来的，她经常会省下自己的口粮给这两个孩子加餐，否则按照老妈子的克扣程度，这俩孩子得饿出病来。

“哥哥……”一个更加瘦小的身影从床上爬起来。

“二宝，来，吃肉，是翠姐姐拿来的肉。”男孩将鸡腿和半个白面馒头都给了弟弟，自己啃着硬邦邦的窝头。若是之前这窝头他压根看都不看一眼，如今却吃得香喷喷的。毕竟是孩子，他看着弟弟手中的鸡腿，忍不住咽了口口水。

弟弟吃了几口肉，将鸡腿又塞到哥哥手里，兄弟俩你一口我一口，将鸡腿啃了个干干净净。

小丫鬟回到自己住的地方，还没躺下，就听有人问道：“你去哪里了？”

这一声好像惊雷，把小丫鬟吓得差点喊出声来。她回头瞪了一眼睡眼惺忪的另一个丫鬟，道：“你吓死我了，我有点儿着凉，去了茅厕。”

“唔……”那个胖丫鬟翻了个身，看着小翠钻进被窝的身影，压低声音捅了捅她，“哎，翠儿，你听外面说的那些了吗？”

“什么？”小翠有些心不在焉。

胖丫鬟道：“就是给大太太翻案那件事儿，听说舅老爷家里来人了，住进周家的宅子。翠儿，你说，这案子能翻吗？”

小翠道：“能不能翻也不是咱们这些当奴才的说了算，你怎么想起问这个了？”

胖丫鬟凑了上来，贴在小翠耳边道：“我听说在大院子里伺候的月红说，今天刘老爷跟太太吵架了，她没听清楚，就听见几句周氏什么的，估计可能是因为翻案吵的架。我就想啊，这案子若是翻了，刘老爷会怎么样啊？”她做了个抹脖子的动作，“会不会这样？”

“我也不知道呢，不过若是翻案，两个少爷日子能过得好一些。”小翠儿叹气。

胖丫鬟也叹气，“我也这么想的，当初大太太对我们多好啊，每天都能吃到肉。现在可好，顿顿吃窝头，吃得我都瘦了。”

房间里传来不知谁的梦中呓语，小翠和胖丫鬟都闭上了嘴，不再讨论这种事了。

成杨跟君无咎俩人快马跑了两天两夜，第三天早晨才看见守在路边的初一，初一不知道从哪里弄了一驾马车，让两人都上马车，然后自己驾着车向村里跑去。

一进村，初一就去找了村长里正，若要开棺验尸，除了这家愿意之外，还得村长里正同意才行。因为没有人愿意让已经入土的人再次被挖出来，暴露在外，对他们来说，这件事太坏风水了。

这户人家姓李，这个村子的人大多数都姓李，算来算去都能算成一家子，有祠堂有族谱的。

成杨进了这李家人的院子，听见李家老太太正在屋里哭，还有几名妇人在劝。

李家大哥人看上去有些木讷，倒是他媳妇儿一脸精明的样子，“您就是官老爷吧？”李家大媳妇儿走了过来，别扭地行了个礼，“我听说是您要开棺给我家二叔叔验尸？”

成杨道：“是的，本官在查案之中发现李二死因蹊跷，不得不来叨扰各位。”

李家大媳妇儿问：“那我家二叔叔是真的被王氏所杀？”

成杨道：“还未有定论，所以这种事本官也不能说。”

李家大媳妇儿道：“那王氏不是个什么好东西，当初我就跟婆婆说要防着那王氏，可是二叔叔喜欢她喜欢得紧。”她露出个不屑的笑容，“后来出了事儿，王氏被一个有钱人带走了，给了三十两银子，我婆婆还感激王氏呢。”

“孩儿他娘，你少乱说话。”李家大哥制止媳妇儿。

“有什么不能说的，那三十两咱可一文钱都没占，都给小叔子花了。若是真的出了事儿，这钱可就烧手了！”李家大媳妇儿快言快语，“当初我跟婆婆说这银子不能要，若是真的要抬走也得从王氏自己家抬走，从咱家走算什么事！你看现在，出事了吧！”

李家大哥叹了口气，蹲在墙根下面不说话了。

三个泥蛋儿似的小孩儿从门外怯生生地往里看，发现君无咎看过来的目光，尖叫着一哄而散。

“这位大嫂子，您说这个是什么意思？”成杨觉得这李家大媳妇儿话中有话。

李家大媳妇儿冷笑道：“虽然都是一家人，但是一碗水总是端不平。若真是王氏惹上什么官司要牵连我们家，那我们也是不愿意的。到时候砸锅卖铁凑还了那三十两，我家人是不是就没事了？”

平头百姓对当官的天生就十分畏惧，这李家大媳妇儿虽然看上去有些彪悍的感觉，但是仍旧可以从她紧紧抓住裤边的手和头上的汗看出来她的紧张。

“老大家的，你在外面跟官老爷瞎说什么呢！”屋里有人吼，然后急匆匆出来个胖婶子，看见院子里的成杨和君无咎，努力露出个笑模样，“两位官老爷，这事儿，这事儿原本就是我大嫂子吃亏，这死了儿子，多少钱能补得回来呢，是吧？”

“本官知道你们也并不知情，所以就算出了事儿也不会牵连你们，还请放心。”成杨道。

胖婶子讷讷道：“那就好，那就好……哎，我进屋去看我大嫂子了，老大家的，还不赶紧给官老爷烧水喝。”说完，胖婶子又急匆匆地回到屋里。

经过协调，李家人终于同意开棺了。

正值正午，大太阳明晃晃挂在天上，烤得人脊背发痛。

坟头很快就被刨开，初一带着几个衙役用白布圈了半圈，挡住那些看热闹的人，以及李家老太太的哭声。

薄薄的棺材板子已经腐朽了，里面的尸首因为腐坏，看上去十分狰狞，而且还有一股尸臭味儿。

君无咎拿出初一准备好的东西，先用喷了醋的白布敷在口鼻上，然后戴上手套，跟初一一起把尸首抬了上来，放在一旁准备好的草席上面。

因为尸首的腐坏，很大程度上影响了验尸，因为已经无法从尸体的反应和气味上辨别是否中过毒。但是如果这李家老二一夜暴毙，那么死亡的样子也会被人发觉，但是听说李家老二当时也并未有中毒导致嘴唇发紫、脸颊肿胀的模样。而且如果尸体要有异常的样子，那么李家也应该不会坐视不管的。

君无咎从尸体脚部仔细检查，甚至翻开已经腐烂的腹腔，仔细查看那些内脏。只要是中毒，从内脏上就能体现出来。然而只看到了自然腐坏的现象，这基本上可以排除中毒的猜测了。

究竟是什么原因导致原本身体壮实的一个男人会一夜暴毙?

“那段时间李家二小子身体一直不太好，老夫曾经看过多次，却也只能得出体虚之症的结论。体虚之症容易引起心悸，会半夜发作……”旁边有个老头站在白布围墙边上，想上前来又不太敢。他抻着脖子眼巴巴地往里面看，似乎想看清君无咎究竟怎么检查的。

君无咎放下手中的内脏器官，抬起头道：“若是半夜心悸发作，应该会有反应。王氏当时就睡在他身旁，难道会一直没有发现？而且若是心悸就证明心脏出了问题，可是我刚才查看了一番，心脏虽然腐烂也只是正常腐烂状态，没有发病的样子。”

那老头想了想，点点头道：“这倒也是，若是心悸发作，自然会痛苦万分，不停挣扎，怎么可能不惊醒身旁的人呢？”

“这位老先生，您也懂医理？”成杨问。

有人高声道：“李老头可是俺们村儿唯一的大夫，能给人看病也能给牲口看病。”

君无咎笑道：“那老先生可愿与在下一起查看？”

喜欢医理的都会对各种病症十分狂热，若是能有一具尸体提供查看简直就是天大的好事了。可惜并没有什么人愿意将自家亲人的尸体提供出来，所以若是能有这样的机会，都十分珍惜。

李老头一听，很是开心地走了过来，接过初一递过来的手套带上，同君无咎一起检查起尸体。

两个人对尸体查看了将近一个时辰，也没有发现有问题的地方。

君无咎皱起眉头道："不可能啊，一夜暴毙总应该有个原因的，哪怕是窒息而亡，也可以通过死者尸体的反应查看出来的。"

李老头也说道："当时李二也是我帮着收敛的，如果是中毒或者窒息而亡，我怎么可能看不出来呢？"

君无咎开始思索，他想到李家的那个院子。虽然他们一大家子都住在一起，但是李二的住处明显比较偏，中间还隔着放杂物的房间和一个大院子。听说这是当时王氏要求的，而李二又宠她，便从大屋子里搬出来，住进单独的小屋子。

那么这样一来，如果有了什么动静，确实不太容易引起旁人注意。

他双眼猛然一亮，伸手向尸体头部探去。

"果然！"君无咎分开尸体束住的发髻，在发髻掩盖之处，头顶中间，摸到了一个硬物。

"这是什么东西？"李老头也看见那个黑乎乎的玩意儿，忍不住惊叫起来。

"当时给李二收敛尸身的时候，是谁帮他梳的头？"君无咎摸着那个硬物，脸色十分难看。

李老头想了想道："是他媳妇儿，虽然王氏这人不咋样，但是当时也哭得挺伤心的，说要给她夫君梳最后一次……这个，这个毒妇！"显然他也想明白了其中关窍。

君无咎手里用力，将那硬物缓缓拔了出来，居然是一根三四寸长的棺材钉！

在民间有这样一个说法，说家中若是有人被恶鬼附身，就用棺材钉从头顶钉进去，这样可以制住恶鬼，将恶鬼永远封在那个人的身体里面。

君无咎对这种无稽之谈向来嗤之以鼻的，这压根不是什么封住恶鬼的办法，而是杀人之术！

李二的头顶这颗棺材钉，就是民间里流传的那种棺材钉！

君无咎靠坐在马车里，有些头晕。他脚旁边放着一个布包，里面就是从李二头上找到的那根棺材钉。

车里的气氛有些沉闷，成杨说了一些自己的见闻和笑话想要活跃一下气氛，但是发现君无咎兴致不高。他看着君无咎酡红的脸颊，突然察觉到有些不对劲。

“清悦，你在发烧！”成杨的手掌覆盖住君无咎的额头，有些吃惊。他一直以为这是刚才在太阳地下面晒的，没想到居然是发烧了。

君无咎迷茫地睁开眼，眼底一片水色。他晃了晃头道：“怪不得有些头晕，原来是发烧了。”

成杨高声喊道：“初一，就近找个客栈休息一两天。”

君无咎勉强撑起身子，哑声道：“不用了，还是赶紧回去吧。”

“不行，你烧得这么厉害，万一耽误了病情让本官该如何是好！”成杨有些焦急，是他有些疏忽了，君无咎之前大哭了一场，难受得一天没吃饭，接到初一的信第二天就跟他一起出了门，为了赶紧破案，几乎在马背上待了两天，中途也是在野外度过。到了那边仍旧没有休息，站在大太阳地下晒了两个多时辰，怎么可能不生病？

君无咎抓下他的手，难过地吐了一口热气道：“成大人，学生懂得一些医理，而且学生自己的身体当然自己比较熟悉。如今并不碍事，还是赶紧回去比较好。”

“不行！”成杨被他掌心的灼热烤得眉头紧皱，“你也知道喊我大人？既然喊我大人那就必须要听我的。好好休息一两天再回去也不迟。”

君无咎争辩不过，只能点头同意了。

这附近大多都是村镇，初一在天黑之前将马车驶进一个看上去还算是热闹的镇子，找到一家客栈。

也不知道是什么日子，客栈里的房间居然已住了大半，只有几间价格昂贵的客房如今还留着。成杨自然不怕价格贵，这种镇子再贵的客房也不过两钱银子一天，他虽然没有带多少钱出来，但是在这里住上一年半载都有富余。

跟在他们身边的那些衙役和自己带来的随从早就提前回去了，如今只剩下成杨、君无咎和初一。

成杨包下两间天字号房间，却让初一自己住了一间，而他自己却跑去跟君无咎挤了。

“初一还要赶车，我让他好好休息。你也好好休息，我会在这边看着你。”成杨一点架子都没有地坐在桌旁的椅子上道，“我让初一去请大夫了，你也是，难受都不告诉我，就这么不信任我吗？”

“不，我没有……”君无咎躺在床上，头晕得很，“一开始也没觉得发热，只以为是累倒了。”

“算了，反正不管怎么说都是你有理，我去下面看看有什么能吃的东西，你先好好睡一觉吧。”成杨有些无奈，他倒了一杯水递过去，“先喝点水，唉，是我疏忽了，是我疏忽了。”

君无咎喝了水就昏昏沉沉地睡了过去，其间迷迷糊糊地听到有人在床边讲话，又过了不知道多久，自己被人扶起来喂了些鸡汤，又喝了一碗苦苦的药汤。

“大人……”他喝完药，睁开双眼，眼前模糊一片。时间应该已经很晚了，桌子上点着油灯，房间里十分昏暗。

“我在呢，你好好睡一觉吧。”成杨把他露在外面的手臂塞进被子里，坐在床边的脚凳上看着他。

“……大人……”君无咎烧得有些迷糊，整个人看上去脆弱了许多，“你真的会帮我吗？帮我报仇……”

“会的，你放心好了。”成杨低声安慰道，“你养好身子才能去报仇，不是吗？所以赶紧好起来。”

君无咎发出低低的鼻音，他伸出手抓了两把，抓住成杨的手，迷迷糊糊地低吟，“秀秀，老师……帮你们报仇……”

君无咎再次醒来的时候，身上有些病后的酸痛，但是神志却清醒了不少，最起码头没有那么晕了。

他看了看自己露在外面的手，梦中依稀一直有人拉着他的手安慰他，难道这只是个梦？还是……他有些不太敢往下想了，总觉得那简直就是不可思议的事儿。

外面的太阳透过窗棂照进房间，估摸着快晌午了。君无咎撑着自己的身体坐了起来，发现床边的柜子上放了一杯水，摸上去还有些温度。

没想到成大人居然是个如此细心之人，他喝了水，滋润了干涩的喉咙，精神变得好了些。

刚喝完水，君无咎突然发现了一丝异样，自己的中衣不见了，身体光溜溜地裹在被子里，但是触感却十分干爽。他记得自己是发过不少汗的，否则额头的温度也不会这么快降下来。

是谁帮自己换的衣服？

"醒了？"成杨推门进来，身后跟着一个端着托盘的小二，"我让他们厨子熬了粥，你快喝一些，然后还得吃药。"

君无咎跟个蚕茧似的把自己裹住，吱吱呜呜道："你帮我换了衣服？"

"是我。"成杨承认得爽快，"你不说我倒是把这茬忘了，晚上你发汗衣服都湿透了，实在没办法。不只是衣服，床单、被子也都换了，你睡得鼻涕冒泡折腾了半天愣是没醒。"

君无咎有些窘迫，不好意思地笑了笑，"真是，真是对不住大人了，还让大人帮我换衣服……"

成杨哈哈一声道："若是我生病发汗，难道清悦就眼看着我裹在湿衣服里面吗？"

"这倒不会……"君无咎道。

成杨笑道："这不就成了？你先吃东西，我去把你的衣服拿回来，如今这天气不错，早晨洗的现在也应该干了。"说完又转头出了房间。

虽然都是男子，但是一想到自己睡得跟死猪一样叫都叫不醒，还被人换了贴身衣物，就有些窘迫。不过略想一下君无咎就释怀了，若是成大人也遇到这种情况，他必定也会帮忙换衣服的。

吃了粥喝完药换好衣服，君无咎就躺不住了，他看着放在桌上包裹住棺材钉的盒子，就特别想赶紧回去把这个案子了解一下。

“着急什么，城里还没有动静，再等几天也无妨。你现在刚好一些，若是太过劳累又病倒了反而得不偿失。”成杨拿了个苹果削皮，又仔细地把苹果切成小块，刚好入口的大小，放在盘子里让君无咎吃。

君无咎哪里受过这样的款待，连忙说自己来就好。可是成杨不让，只是笑道：“知道你很厉害，但是我削苹果习惯了，在家的时候我们兄弟几个都会给我娘还有我家姐妹削水果，剥葡萄。我娘说了，姑娘都得娇养，这样养出来的姑娘才不会小家子气，眼界儿也高，等嫁出去也不会让自己受欺负。”

君无咎听了觉得有趣，跟着笑了出来。

成杨又道：“对了，你知道这里为什么住了这么多人吗？据说是这个镇上的一个十分有钱的员外给自家独女扔绣球招亲呢。”

君无咎听完一愣，不解道：“有钱的员外给自己的独女……扔绣球招亲？他这是多讨厌自己的女儿啊？”

成杨也是一愣，“此话怎讲？”

君无咎道：“若是你的姐妹到了出嫁的年龄，家里会出这个办法给她招亲吗？”

成杨道：“自然不会，我娘对女儿出嫁看得很重，哪怕是家中庶女都会……”他恍然大悟道，“是啊，为什么呢？若是那绣球砸到个不好的人，该怎么办呢？”

君无咎吃了一块苹果，道：“罢了，也是旁人家的家务事，与我们不相干。”

成杨道：“说得也是，不过那绣球招亲的绣楼就在这家客栈对面。”说着，他推开了窗户，外面的暖风吹了进来，“看，已经围了不少人了。”

不远处就是那座挂了红绸的绣楼，下面已经围了不少人，各种贩夫走卒熙熙攘攘推推搡搡，希望自己能被绣球砸中。哪怕这是招婿，但是一想到自己下半辈子不愁吃喝，就恨不得把自己砸在那绣球上面。

初一敲门走了进来，成杨问道："打听到什么八卦了吗？"

初一不过二十来岁，虽然长得严肃，但是毕竟岁数在那里。他抿嘴一笑道："听楼下小二说了一些，原本这个张员外的闺女是不愁嫁的，但是他毕竟只有一个闺女就总是想要招婿，招婿条件又高，挑来挑去，闺女都已经二十岁了。没办法才想到这个主意，而且属下听闻这张员外家中十分富有，良田千亩，还有好几处庄子，以后这都是女儿的，所以不少人也十分眼红。"

成杨打趣道："既然你打听得这么清楚，不如就直接去试试？以你的身手拿到那个绣球绝对没问题吧？嗯？"

初一窘道："公子莫要拿属下开玩笑，这事关那小姐清誉，总不能乱说的。"

成杨哈哈笑道："是我的错。"他刚想要再说些什么，就听不远处一阵喧哗，似乎有一群人打成了一团。

"还没扔绣球就打起来了？"成杨"啧"了声，"初一你下去看看，别让他们闹出人命来。"

"是！"初一一抱拳，忙不迭地跑了出去。

成杨指了指外面那群乱糟糟的景象，对君无咎道："清悦你看，这就是钱财的力量。不过是千亩良田就让人眼红不已，若是手握更多实权，又有谁能把持住本心呢？"

君无咎淡笑摇头道："大人手里难道一点儿实权都没有？难道大人的本心也消失了吗？"

成杨没想到他会这样说，于是低声闷笑道："我倒是把自己给绕进去了，罢了罢了，谁知道下面那群人究竟是因为什么打起来了呢？你看初一已经过去了，哎呀，还是初一厉害。"

初一已经踹开那群拿着棍棒打人的几个，然后从人堆儿里拎出个秀才打扮的男人。然后那绣楼里走出几个人，不知道在说些什么。那秀才打扮的人只是磕头，看上去挺凄惨的。

过了片刻，初一扶着那秀才，跟那几个人也进去了绣楼旁边的院子。

“哟！”成杨惊叫道，“不会真让我猜到了吧？那小姐是看上初一了，打算让初一当上门女婿吗？”

君无咎喷笑，“若是初一听到大人这番话，怕是气也要气死了。”

“哈哈哈哈哈。”成杨大笑道，“若是这样都能气死，初一早就气死过好几次了。”

摊上这样的主子，也不知道是幸运还是不幸。

又过了将近一炷香的时间，那绣楼上站出个人，挥舞着手臂说着什么。下面一群人不停地起哄，甚至还往绣楼上扔东西。

一直到几名仆役抬着几个大筐从旁边院子里出来，那群人才停止了折腾，全部都围到大筐周围了。

这时，他们看到初一从院子里出来，绕过拥挤的人群，向客栈走来。走了几步又被后面的人追上，说了些什么，那人不停地给初一鞠躬行礼。初一做了几个推拒的手势，最后那人终于离开了。

等初一回到客栈，八卦成大人忙不迭地问道：“那边究竟发生了什么事？”

君无咎倒了杯茶推了过去道：“莫要这么着急来问，初一又不会走。忙了这半天先喝口茶吧。”

“谢谢君公子。”初一喝了茶，开始说他在下面遇到的事。

“刚才打人的大多都是那张家的仆役，被打的那名秀才在绣楼下喊那小姐的名字，说他真心喜爱小姐，求张家不要做出这种棒打鸳鸯的事儿……本来以为是捣乱的，谁知道那张家小姐看见这秀才立马就哭成了泪人儿，俩人抱在一起，看上去确实有情义。只不过张员外的脸色十分难看，听说那秀才的父亲与他之间有一些龃龉，而且那个秀才虽然是庶子，但是好歹是个秀才，那家并不想让这个庶子去给人倒插门。”

成杨道："真是够乱的，那小姐自己也有问题，平日里大门不出二门不迈的，怎么就会认识这么个秀才？"

"说是烧香时候认识的。"初一道。

成杨嘴里啧啧有声，"这烧香可真不是件好事儿，清悦你看，刘员外烧香遇到了王氏，结果闹出这么一堆乱子；这张家小姐烧香遇到了个秀才，也折腾成这样，何必呢？"

君无咎摇摇头道："烧香本没有错，错的不过是人心罢了。若是两人心中并无那些不该有的想法，天天烧香也不会出事，若是有，哪怕不出门照样会出问题。"

成杨道："清悦说得对。"

君无咎笑了笑，拈了块苹果入口。

成杨又问："后来怎么样了？那群人为什么又开始闹？筐里面是什么？"

初一一一答道："后来张员外没办法，只得派人去说绣球不扔了，亲也不招了。来的人不管远近，每个人三吊钱算作赔偿，还请他们去镇上最大的酒楼免费吃上一顿。那群人里基本都是一些贩夫走卒，虽然不爽自己做不成张家女婿，但是能白拿三吊钱也是好的，所以就散开了。那筐里装的都是铜钱，看上去好像事先就准备好了的。"

"早就准备好了的？这里可是好几十人，一人三吊钱，这些人也得几百吊了吧？这员外招亲也是真舍得花钱。"虽然几百吊钱不过就是几百两银子，对于成杨来说不算什么。可是在这个镇上能一口气拿出几百两银子的绝对是富户，怪不得这么多人眼馋。

初一又道："还有一件事就是，他们明日要为张小姐办婚礼，想请我去观礼。我推托说与朋友一起来怕是不方便，但是对方极力要求。所以我想来问问大人的意思。"

平时在外面，成杨跟初一基本都是以朋友相称，这样可以适当地掩盖住自己的身份。毕竟初一看上去也是一位俊秀壮士，让这样一位壮士做属下，十分容易招人耳目。

成杨笑道："去吧去吧，你去喝喜酒，清悦也再好好休息一天，挺好。但是明日你要送什么东西过去？总不好空着手去喝喜酒吧？"

初一道："又没有什么关系，就包一封银子好了。"

他们说话间，绣楼前面的人已经少了不少，有几个小厮正在往绣楼上挂大红花，看样子是为明天的婚礼做准备。

"对了，你刚才说张员外与那秀才家里人有龃龉，既然这样，那家人怎么也不会同意这场婚礼吧？"君无咎说出心中疑问。

初一摇头道："这谁知道呢？当时气氛已经十分尴尬，我总不能去问这些事，平白遭人讨厌吗？"

也不知道那张员外是如何与秀才家人沟通的，第二天婚礼顺当地举行了。花轿从张家大门抬了出去，围着整个镇子转了一圈，又抬了回来，看上去十分热闹。

初一去吃喜酒了，也许张家是为了照顾初一的"朋友"，虽然成杨他们并未出席，但是张家下人却拎了食盒过来，摆了一桌席面。

"我家老爷说了，既然两位公子不想出席，但是也不想委屈了成公子的朋友，就吩咐小的们给两位公子照样上一桌席面，希望两位公子一起沾沾喜气，替我家小姐送个福。"

看人家都这么说了，成杨也只好从荷包里掏出一把金豆子放在食盒里，"来得仓促，不知道张家小姐有喜事，这金豆子就算我们二人添的礼。"说完又拿出一块碎银子塞给那下人道，"几位小哥也辛苦了，这块银子拿着去喝个酒吧。"

那小厮推拒了两下，笑眯眯地将银子收了。

"大人可真是大方，十多个金豆子就这么给出去了。"君无咎叹气。

成杨拿起筷子戳了戳桌子上的肉丸道："不过是几个金豆子而已，我也不差这些小钱。"

君无咎道："虽然是小钱，但是在这个镇子上用金子随礼的怕是少数。大人出手这么大方，怕是会惊动对方吧？"

成杨毫不在乎道："那又如何？我只不过是个过客，难道因为我给了几个金豆子，他们就要押了我不让走了吗？"

君无咎想想也是，便将这个话题放在了一旁，专心地开始吃十几个金豆子换来的席面。

初一被安排在贵客一桌，两边没一个人认识，只是自己闷头吃了几筷子菜，随着人说了几句吉祥话便打算离开。谁知道这个时候一个莽撞的小丫鬟走了过来撞到他身上，手里捧得一盅鸡汤全倒在初一衣襟上了。

这一幕实在是令人熟悉，初一嘴角抽了抽，看着忙不迭道歉的小丫鬟和急匆匆跑来的张家管家道："不妨事，反正我也打算告辞离开了，如今正好回去客栈换一下衣服。"

"哎呀，成公子，你若是这样离开倒显得我张家不厚道了。"管家连连道歉，又怒斥那小丫鬟道，"没长眼的下作东西，还不赶紧带公子去换衣服！"

"是！"小丫鬟也就十二三岁，眼里含着一泡泪，可怜兮兮地看着初一，"公子，您就随奴婢去换一下衣服吧。"

初一推托不过，但是总觉得心中不太踏实。他跟随成杨多年，这种换衣服情节也遇到了好几次，几乎没有一次是有善终的。难不成如今这种烂事也会落在自己身上？初一警惕起来。

小丫鬟带着初一在院子里绕来绕去，穿过花园之后越走方向越不对劲。

初一停下脚步道："这位姑娘，不过是换一件衣服，带我去客房换就好了，如今已经走到院子深处，怕是再往前走就到了女眷住的地方了吧？"

小丫鬟紧张得不行，"不，不是……我家小姐不在里面。"

初一一听，转身就往回走。

"公子，公子你这是要去哪里？"小丫鬟急得哭了出来。

"在下回客栈换衣服就好了，不劳烦姑娘。"初一脚步不停，很快就走回了花园。

“这位公子，还是去换一下衣服比较好。”突然，两名护院出现在初一面前。

初一忍不住冷笑道：“你们张家规矩也太多了吧？在下不想在这里换衣服，难不成还不让走了？”

一护院道：“我们家老爷吩咐了，要善待公子。如今公子身上衣服脏污，怎么能不换就走呢？”

初一拍了拍自己的衣襟道：“换衣服也不是不可以，在下看这里四面花丛遮挡，只是换个外套也就不去你们早就准备好的房间了吧？不如这位大哥替我将衣服拿来，在下在这里换就好了。”

“您是贵客，怎么可以在这种地方换衣服？到时候老爷知道了怕是要罚我们了。”护院伸出手臂做出邀请的姿势道，“成公子还是不要为难我们几人才好。”

这种生拉硬拽让初一十分不爽，他沉下脸道：“若是我不肯去呢？”

“还请不要为难我们。”护院寸步不让。

初一看了眼那院子深处，冷笑道：“你觉得在下很蠢吗？明知山有虎偏向虎山行可不是在下的作风。”

“公子！”那两名护院逼近了一步。

小丫鬟看着眼前一幕明显有些害怕，她往后躲了躲，撒腿跑了。

一个要走，一个要留，气氛僵持起来。就在初一打算动手的时候，张家管家又跑了过来，道：“这是怎么回事？哎呀呀，成公子的衣服怎么还没有换？赶紧去换啊！”

“在下在你们张家怕是换不起这个衣服。”初一道，“没听说过换衣服还要强迫的，麻烦张管家让你家护院让开，放在下走吧。”

“这，这如何能行，这是张家的脸面，如何能让贵客这样出去。”张管家张嘴闭嘴把脸面放在前面，话里话外指责初一不懂事。

初一道：“无事，在下会一些功夫，这里离客栈并不远，在下轻功较好，几步就能到了。”

张管家脸色有些难看，但是仍旧不肯让步。

初一又道：“难不成那院子就必须非要在下进去了？还请张管家告知在下，那院子里，住的究竟是谁？”

“哪里会有什么人住，就是几间客房罢了。”张管家笑道，“但是十分清静，因为公子是贵客，所以才选了那里。”

初一笑道：“我还真不爱清静，不如就近选个客房吧，也省得张管家说在下不顾张家老爷的脸面。”

几人正在僵持不下，突然听后院传来一声尖叫，紧接着两个小丫鬟惊慌失措地跑了出来，看见张管家如同看见救命神仙，“管家，管家，快去后院看看吧，小姐，小姐她……”

张管家大惊，愤恨地一跺脚道：“你们怎么不看住了小姐！”说完看也不看初一一眼，带着护院就直奔原本要初一去的那个院子去了。

初一啧了一声，转身慢慢地走到前院儿，前院已经有人给张员外传话了，张员外安抚好了众人然后往这边走来，看见初一站在那里，脸上瞬间滑过一丝惊慌，“成，成公子，你怎么，怎么在这里？”

“不然在下应该在哪里？那个院子里吗？”初一看也不看他一眼，甩了手就走了。

张老爷见初一走了，不禁怒道：“那院子里的人是谁？”

下人愁眉苦脸道：“小的也不知道是谁，只是院子里的婆子突然跑出来让小的跟老爷您说，就是……说成了……”

“简直胡闹！”张老爷气得半死，怒气冲冲地往后院奔去。

初一回到客栈，正好赶上小二从房间里往外撤那一桌吃剩的高价席面。成杨看见初一，忍不住哟了声道：“这是怎么了？你不会跟人动手了吧？”

“怎么可能？”初一苦笑道，“属下差点被人算计，如今狼狈成这样，大人还是放过属下，让属下去换一下衣服吧。”

初一换了衣服回来，一五一十地将张家发生的事说了一遍。

成杨忍不住大笑道："那张家老爷究竟怎么想的？他就这一个女儿，为何要如此折腾？这真是不顾女儿清誉了吗？"

君无咎此时又被迫塞进被窝里，只能半靠在床上，道："事出反常必有妖，那张员外家里怕是要闹成一团了。"

"那也是他们自作自受。"成杨抬手摸了摸君无咎的额头，再摸摸自己的，"热度降下来了，明天我们就回去吧，客栈里也休息不好……虽然那个衙门也不舒服，但是总比这里强一些。"

原本以为可以好好休息，谁知道傍晚的时候张家又闹了起来，门口围了一群人，手里拿着棍棒不停吆喝着什么。

初一原本在喂马，听见外面的哄闹声忍不住出去看，看见客栈的掌柜和小二都躲在门里，身边站着一群还未离开的客人，抻着脖子啧啧有声。

他看见那个给楼上送饭的小二，上前拍了拍，低声道："这是发生什么事儿了？"

"这位公子，晌午的时候你不是去张家吃饭了吗？难道不知道？"小二眼睛瞪得圆溜溜的，一脸八卦。

初一啧了声，"我衣服被汤泼了，于是就回来换衣服，没有再去了。"他只是知道张家一定会发生什么，但是不清楚究竟会发生什么事。

小二压低声音神秘兮兮地说："就是晌午出的事儿，那张家小姐在房间休息，结果被一个泼皮污了身子，不少人都看见了！"

初一大惊，"还有这事？那小姐的院子如何能让外男进去？院子里的丫鬟婆子都不在吗？"

小二撇撇嘴道："这谁知道呢？现在李家派人来了，要把儿子带回去。张家不让，如今正在撕扯呢，只是可怜那小姐了。"

那庶子秀才就姓李。

初一皱眉道："这种事怎么还能闹得如此大？不是应该私下里说吗？"

小二摇摇头，嘴里啧啧作响，“公子您是外来的不知道吧？我们都猜那张家老爷外面有人，生了个儿子，所以想方设法地要把这个正妻留下来的唯一的闺女作践了，这样这闺女以后往庙里一放，过没几年还能有谁记得？”

初一沉声道：“这事儿可不能乱传，就算他没有儿子，抬进来一房妾也是好的……不过我觉得张家老爷还是不错啊，毕竟正妻走了，这么多年也没有再娶。”

小二嗤笑道：“他哪里敢啊，张家这份家业，大多数都是他正妻那边给带来的，我听说，听李家有人说的……”小二凑到初一耳畔道，“那张家跟他媳妇儿娘家签了什么什么条件，说终生不会再娶，所有家业都留给正妻的孩子。可谁知家里就这么一个姑娘，估计这张家老爷也不高兴，哪个男人愿意绝后呢？是吧？”

原来是这样……但是当初张家算计自己这件事究竟是为什么呢？

初一掏了几个铜板塞给小二，然后上楼跟他家少爷说八卦去了。

“哦？是这样？”成杨正趴在窗户上往外瞅呢，一边瞅一边给无奈只能躺在床上的君无咎实况转播。如今听了初一带回来的消息是恍然大悟。

“怕是那张家压根不想让那李家儿子入赘，所以呢，这么多人里面就挑中咱家初一了，想把初一诳过去做上门女婿，结果初一不上当，反而让泼皮占了便宜。”成杨忍不住发笑。

“不过仔细想想，这件事儿跟周氏一案，有些异曲同工之处呢。”君无咎道，“利用女人的贞洁来遮掩一些不可告人之事，也不知道那张家老爷究竟是怎么想的，就算他在外面有儿子，但是这样伤害他的女儿又有什么好处？如果他真的希望给女儿找个好人家，为什么要选择扔绣球这个办法？就算是看不上李家庶子，也可以选其他人家的少爷啊。”

成杨道：“人心莫测，谁知道这张家老爷怎么想的呢？”

原本以为这件事就这么过去了，谁知道成杨他们刚回到庚县没几天，就遇到了有人击鼓喊冤。

击鼓的人姓李，要状告姓张的一户人家残害他的庶子。

“李？张？”成杨正在后院查看那些收集来的证据，周氏案拿到的证据已经很多了，只是有一个关键人物还未抓到，不过已经有人提供了消息，说这两天在城外曾经见过左脸颊靠近下巴的地方贴着膏药的一个瘦高个儿。初一已经带了人暗中去搜寻了，只要把人找到，这个案子就可以开审。

“大人，现在这个案子，您是否要去亲自审讯？”于县丞问道。

成杨笑道：“有你于县丞帮衬着，本官就不去审讯了，届时与清悦坐在后面听一听就好。”

于县丞道：“只是下官已经许久未曾审理过案件了，怕是……”

成杨打断他道：“崔县令倒是经常审案，也不过如此嘛。”

于县丞知道成杨在说什么，只是一笑道：“那下官就去前堂了。”

等于县丞走了，君无咎道：“虽然李张两姓是这周围的大姓，但是学生总觉得这案子听上去略有巧合感。”

成杨道：“是不是巧合我们前去看一眼便好，只是现在初一不在，我在想要不要找人把他叫回来。”说完就情不自禁地开始笑。

君无咎摇摇头道：“初一也是辛苦。”

成杨哈哈一笑道：“好啦，若是真与他有关再去把人叫回来也不迟，走走走，跟本官去看看，可是途中遇到的那李张两家。”

堂下已经跪了不少人，崔县令重新拿起惊堂木，心中惴惴不安。他知道那成大人就在堂后听着，若是这案子审出毛病，估计他真的就连一丝翻身的机会都没有了。

只希望这个案子是个普通的杀人案，一听便能推测出谁对谁错才好。

他用力一拍惊堂木，下面那两拨泾渭分明你骂我，我骂你的声音瞬间就停了。

“堂下所跪何人？何人击鼓鸣冤？要状告何人？”

“大人，大人！”一名员外打扮的高大中年男子向前跪行了两步，

"大人，小的是渝水镇人，姓李，叫李云贵，要状告渝水镇的张万全，状告他害死了我的儿子！"

"胡说八道，我根本没有害死你的儿子，你儿子是被那个泼皮害死的！"张万全怒道。

李云贵冷笑道："当时宴客，那泼皮究竟是如何进去你家小姐的院子的？为什么院子里的丫鬟婆子都没有人管？我儿发现有人进去你家小姐房子自然怒不可遏，于是上前阻挡，却被人杀死！早就知道你张万全并不喜欢你家这独生小姐，却没想到会用如此毒辣的手段，不但让你家小姐清誉扫地，还害死了我儿子！"

"你，你，血口喷人！"张万全大怒，手指指向李云贵，"胡说八道，那是我独生闺女，我如何会不喜爱？"

李云贵一巴掌打开他的手指，冷笑道："别以为我不知道你在外面包养了个女人，还有了一个儿子！"

张万全哆嗦着唇，几乎说不出话来。

李云贵磕头道："大人，就是这张万全，利用自己已死的老婆家的钱让自己在渝水镇站住了脚，然后就想弄死他妻子留下来的女儿，如今还害了我的儿子，我儿子冤枉啊！"

崔县令听得云山雾罩，用力一拍惊堂木道："什么乱七八糟的，张家宴请宾客，你李家儿子如何出现在张家小姐的院子里的？"

李云贵哭诉道："大人，因为当日，正是犬子与张家小姐的成亲之日啊！"

崔县令暗暗松了口气道："坏小姐清誉的是那泼皮，杀人的也是泼皮，那泼皮现在何处？"

泼皮名叫李盛，确实是渝水镇游手好闲的一个泼皮，而且家中还有年老父母和妻儿。平日里就靠小偷小摸蹭吃蹭喝过日子，若不是看在他家老父母人缘还好的分上，怕是早就被人打死了。

"李盛，你可认罪？"崔县令喝道。

李盛转了转眼珠子，趴在地上喊道："大人，小的冤枉！"

崔县令道："你闯入张家小姐闺房，打死李家少爷，如今还有何脸面喊冤？"

李盛伏地大叫道："大人，大人明鉴啊，小的哪里知道那是小姐闺房？不过是喝多了酒，想要找个茅厕，后来看那院子清静也没有什么人，便进去了。谁知进去之后便有个女的衣冠不整地扑在小的身上，小的还未如何又有一个男人进来说小的糟蹋他媳妇儿，于是就厮打起来，才失手将那人打伤，可谁知他竟然死了！当时小的只想赶紧挣脱离开，手上也没有什么章法，但是没想到那男的这么不禁打……"

"这么说你自是承认将李家少爷打死了？"崔县令又开始拍惊堂木，"认证确凿，你居然还敢喊冤？"

"小的自然冤枉，若不是那女人扑上来，小的怎么会被人打？"李盛也开始哭喊。

张万全怒道："你含血喷人，我家小女知书达理，温和贤淑，怎么会衣衫不整地扑在你身上？"

"不仅扑在小的身上，而且满院子连个丫鬟婆子都没有，谁知道是不是张老爷你想方设法地要给你女儿戴绿帽子呢？"李盛反唇相讥。

张万全气得脸上涨红，眼神却不停闪烁，只是不停怒道："满口胡言，你这个泼皮占我女儿便宜，害死我的女婿，如今还要狡辩！"

李盛得意地看了他一眼道："张老爷，小的是不是狡辩你最清楚了，要不要带你家小姐上来问话？"然后他又对崔县令道："大人，我们打起来的时候院中都没有人在，后来那小姐突然尖叫一声，才引了人来。"

张万全大声道："胡搅蛮缠，就算是院子里没人，你就可以随便进入了吗？难道不知道后院是不允许别人进去的？还是说你背后有人指使？"说完还瞪了李云贵一眼。

李云贵不搭理他，只是大声喊着："求青天大老爷给我儿报仇啊！我儿死得冤枉啊！"

崔县令看看面无表情坐在旁边的于县丞，又琢磨了一下堂后那位，于是道："张家小姐现在何处？那些丫鬟婆子呢？"

张万全道："我家小女身心俱疲，晕倒在家中并未跟来。"

崔县令转了转眼珠子道："如今人证物证都不齐全，待你家小姐好转一起带来本官问话！退堂！"说完，不管堂下吵嚷，就急匆匆转去后堂了。

"大人……"到了后堂，崔县令看见正在后面喝茶的成杨和君无咎，连忙上前行礼，"大人，此案您看……"

成杨道："不要事事都来问本官，你可与于县丞商讨过此案？"

崔县令看了眼慢悠悠走进来的于硕，尴尬道："还未曾……"

"既然如此，那崔大人就与于大人先商讨吧，毕竟本官也只是起监督之责。"成杨丝毫不为所动。

崔县令在任这几年都没怎么跟于硕说过话，如今要找他商讨案子却怎么都张不开嘴。反倒是于硕问道："不知道崔大人对这案子如何看？"

崔县令小心斟酌道："那李盛杀人已经证据确凿，这，这也没有什么异议吧？"说完又小心地看了看成杨。

成杨不置可否。

他又看了看君无咎，君无咎正在低头拨弄着盘子里的果脯，压根儿没有看他。

嚣张的小秀才！崔县令咬了咬牙，无奈地只能看向于硕道："那不知道于大人如何看呢？"

于硕道："此案疑点众多，暂时不能断定那李盛就是杀人凶手，毕竟现场未看，也未曾验尸，更别说还有许多人证未曾询问。而且下官见那张万全与李云贵目光都有些闪烁，怕是有内情。"

成杨赞同地点点头道："说到这个案子，其实本官也略知一二。本官与君秀才外出游玩的时候，曾经在那个镇子上住过几天，也看了张家招亲之事……不如于大人您亲自去一趟渝水镇？"

于硕拱手道："好的，大人。"

崔县令连忙道："下官也可以去一趟渝水镇。"

成杨道："崔县令还是留在庚县比较好，您可是这一县父母官，若是离开了，县里出现了案子怎么办呢？"

崔县令只好道："也是也是……下官也是着急破案……"

成杨懒得跟崔县令虚与委蛇，他直接问道："崔县令这几天可有研究那周氏一案？"

崔县令心中一个咯噔，满脸苦相道："下官，下官也查了，但是事情过去了一年，很多人证物证已然找不到了……"

"崔大人找不到，但是本官却找到一些有趣的线索，到时候会给崔县令一看的。"成杨站起身来拍了拍衣服上的皱褶道，"听了这半天本官也累了，先去后面休息了。清悦，你呢？"

君无咎站起身道："学生想再去看看周氏一案的所有证据线索。"

"去吧去吧，就你闲不住。"说完，成杨施施然走了。

见成杨一走，崔县令连忙追了上来，谄媚道："君秀才，哎，君公子，那个周氏一案的线索，可否也让本官看看？"

君无咎道："自然可以给崔大人看的，不如崔大人与学生一起去看？"

"好的好的。"崔县令连忙跟上，看到君无咎拿出的那根棺材钉，又听说了是从什么地方找到这枚棺材钉之后，他的脸都白了。

"那，那王氏，可是杀人凶手？"他声音发颤。

君无咎装作没有注意到崔县令的异状，"其实还未查明，就差提审来问一下了。"

崔县令手脚冰凉，他没想到这么一桩案子居然还有如此内情。不过这又如何呢？当时他也并未去查，得知周氏通奸证据并且拿了刘家的钱之后，就直接判了。如今周家状告到大理寺，还被查出来王氏居然做过如此恶毒之事，看来周氏一案翻案是一定的了。

这，这可如何是好！

崔县令坐在椅子上，心中已经一片茫然。

他恨不得现在就冲到刘家，怒骂那做下祸事的王氏，怒骂识人不清的刘老爷，可是现在就算骂了又能怎样呢？

他看了看桌子上那根棺材钉，恨不得让这东西立马消失！

对，对啊，如果这些证据全部消失了，岂不是就翻案无望了？

想到这里，崔县令突然眼睛一亮，他必须得想个办法，想个周全的办法……

君无咎把崔县令变换的脸色都看在眼中，尤其是崔县令看向那根棺材钉和他手中案宗的时候，眼中的愤恨几乎可以化成实质的了。

和崔县令一同离开存放证物案宗的地方，君无咎来到成杨的房间。房门打开着，初一正在禀报他的发现，听见脚步声回头看去，笑道："正好君公子也来了，少爷刚才派小的去找您呢。"

君无咎笑着走了进去，先给成杨行了礼，然后看向初一，"怎么？有什么发现？"

初一道："大有收获，此人天擦黑的时候进了城，在刘家角门的地方跟王氏的丫鬟说了些什么。那丫鬟让他进去院子这人死活不去，只是想要拿到钱。后来那丫鬟回去拿了个包裹出来递给这人，这人想要出城的时候被属下给抓了。而且在此人身后还有两人一直在跟踪，应该是刘家护院。"

"这么说，刘家也应该知道这人被抓的事了？"成杨道。

初一回答道："是的，一切都如少爷所想，只是没想到会如此顺利。"

刘家知道这件事之后，刘老爷直接晕了过去，躺在床上半天都不带动弹的。

王氏找了个丫鬟伺候着刘老爷，然后自己拐进了书房。

平日里这书房是谁都不让进的，可现如今刘老爷气昏头躺在床上，家里一些丫鬟婆子护院都有些慌手慌脚，自然也没有人去关注其他的了。而且最近刘老爷这身体一直不好，如果他撑不住死了，这偌大的家产就落在了王氏手中。这可是现在以及未来掌管这些人命运的人，有的

事儿就算有人看见了，也会当作没看见。

王氏进了书房，先是看了看那些账目，不过也看不太懂，只是胡乱地堆放在一旁，然后坐在宽大的椅子上开始得意地笑。

“哎哟我的心肝儿，笑什么呢？”管家李崇蹑手蹑脚地走了进来，门口那俩丫鬟见状就乖觉地将书房的门关上了。

“你还有脸来见我？”王氏看见他脸色就挂了下来，“王贵落在谁手里了？”

李管家一听，脸色也不是很好，他道：“我去查了那周家，似乎并不是他们家的人带走的。而且带走王贵的那几个人直接就出了城，把咱们的人甩脱了。”

“不管是不是周家，王贵这人留着就是个隐患！我晚上睡觉都睡不踏实，这人也太会藏了，如今还用要主动报官来要挟我！”说着，王氏怒气冲冲地砸了个茶杯。

茶杯在地上摔得四分五裂，李管家远远地绕开道：“这又有什么办法？不过我给他的银票上涂了砒霜，只要他数了银票，自然就会乖乖地闭了嘴……”说完，他嘿嘿地笑着绕开地上碎裂的瓷片，一把抱住王氏，双手在王氏身上不老实地来回抚摸，“再熬一段时间，等那什么大人走了，这刘家就是我们的了。到时候你就是这刘家的掌家太太，我是你的管家，睿睿以后就是继承这一大份家业的人了。以前瞧不起你的那群人，咱们都可以挨个地整治，不是吗？”

王氏软下身子，靠在李管家怀中道：“话虽然是这么说，但是我这心里，总有些不踏实……你说，咱俩之前做的那件事儿不会出岔子吧？”

李管家道：“能出什么岔子？那人都死了一年了，难道还会有人专门刨开坟去看？”说完还用力亲了亲王氏的脸颊。

王氏把他推开道：“当初那贱人院子里的那几个就应该直接都杀了，可是那姓刘的偏要留了他们的命给发卖了。就算其中有几人已经被你……不过仍旧还有人活着。只要他们活着，我心里就不舒服。”

李管家笑道："不过就是几个丫鬟婆子，现在什么证据都没有，她们就算说下大天来，还有谁能信呢？而且那周氏跟野男人睡在一起的事儿可不止一个两个的人看见。"

王氏按住胸口，在书房来回走了两趟，道："不行，我心里慌得厉害。这都一年多了，怎么还有人来翻腾这件事儿？你说那周家怎么想的？毕竟周氏已经死了！"

"怎么想的？还能怎么想？估计是想给那俩小崽子找一条退路……等过了这段时间，找个机会直接让那俩崽子死了算了。"李管家有些不耐烦，抱住王氏开始扯她的衣服，"小心肝儿，咱们就别想这些有的没的了……哥哥我都忍不住啦！"

守在门外的丫鬟低垂了脸，默默地听着房间内传出来那些淫词浪语。她的手指拧在一起，指尖有些泛白。

"那刘睿不是刘老爷的孩子？"成杨感兴趣道，"如果刘老爷知道了这件事，会不会直接气死过去？"

君无咎道："大人只听见这一点儿吗？那王贵的银票上有砒霜，可千万别出了事儿。"

"王贵已经被看守起来了，至于那个装了银票的小包裹，初一只是打开看了看并未去动，所以暂时无事。"成杨托起茶杯，用杯盖儿蔽住茶叶，轻轻地喝了口，又笑道，"不过这王氏和那管家倒是好心机，若是旁人怕只会被骗了吧？"

君无咎摇了摇头道："这案子若是当时让于县丞来查，未必会是这个结果。"

成杨不满道："清悦竟然不顺着本官的话顺便来夸奖本官！"

君无咎看着眼前这位大理寺少卿，一开始他以为这位是个严肃的大人，谁知道相处时间长了，反而发现了这位大人与众不同甚至孩子气的一面。他叹气道："大人英明神武，断案如神，哪里需要别人夸奖呢。"

"也是。"成杨晃了晃脑袋，端起茶杯又喝了口茶，心情看上去十

分不错。

“不过学生想要知道，大人是什么时候就在刘家安插了眼线呢？”君无咎今天得知从刘家传来的消息，也是吓了一跳。

成杨啧了声道：“自从本官接了周家这个案子之后，就着手安排眼线了。你可知道眼线的作用可以让事情解决得事半功倍……虽然这些眼线在刘家还没有到重要位置，但是总能听到一些蛛丝马迹。我要的就是这些蛛丝马迹，顺着能找到不少有趣的东西呢。”

“例如今天刘家传出来的这个消息？”君无咎问。

“就是今天刘家传出来的消息，以前只是偶尔传一些零碎的东西出来，如今才弄了一条有很大用处的……那王氏真是把刘家仆役换得彻底啊。”成杨手指拂过杯盖，双眼眯了眯，好像占了便宜的狐狸。

王氏除了发卖了周氏院子里的那些周氏自己带来的人，还发卖了一些曾经跟周氏走得近的仆役，将下人都换了新的。虽然新人什么都不知道是件好事儿，但是新人对主子未必能十分忠心，只要稍微给一些利益就可以让他们心动了。

成杨不过是承诺并不透露他们的身份，而且翻案之后解除他们的奴籍，就买通了几个丫鬟婆子还安插进去一个护院，十分省心。而且女人间消息是流传最快的，哪怕风吹草动都能八卦出一些真材实料来，某些时候要比男人好用多了。

“等于县丞从渝水镇回来，解决了那张家小姐的事儿，周氏一案就可以了结了。清悦，你可曾想好，是否要与本官同行？”成杨旧事重提。

君无咎一愣，他抿了唇道：“大人结案之后就要离开吗？”

成杨道：“这倒不是，总要等这处和贾县令那边的新官都上任之后再离开，算算日子也要秋末了，年前回京述职，然后想邀清悦在我家过年，如何？”

在成大人家中过年吗？

君无咎有些窘迫道：“这，这不是很好吧？”

成杨笑道：“这有什么不好？我曾与家中写信提过你，我母亲对你十分感兴趣，说着千万不要让我欺负了你。在她老人家眼里，我就是个无恶不作的小霸王，哪里是什么官居四品的大理寺少卿呢？回去之后也让你看看本官的狼狈样子，但是说好了不许笑，不许外传。”

君无咎道：“这，这还差得远呢……学生还未曾考虑好。”

成杨道：“还有时间啊，但是本官得不停地提醒你，生怕你把这件事忘了。”

“并不会忘……”君无咎觉得自己额头上都出汗了。

不过……要去京城吗？去京城的话，会不会离那个恶魔更加近了？他握紧双手，心中忐忑不安。上次与成杨说不知道对方是谁本就是说了谎，他知道是谁，也知道若是用自己的力量去对抗，不亚于蚍蜉撼树，螳臂当车。但是若是不去，怕是任何机会都不会有了……

正在胡思乱想着，突然有人高声喊叫起来：“走水啦，走水啦！证物房走水啦！”

“走，去看看！”成杨噌地站了起来，“本官就等着这一天呢，没想到崔县令真是耐得住性子，到现在才动手。”

等他们到的时候，火势已经控制住了，而且初一手里还抓了个人。

这人是衙门里的一名衙役，个头小平时不起眼儿，谁知道居然有胆子做下这种事。

“抓到他的时候他想自杀，但是被我制住了。”初一提着被绑住手脚塞住嘴巴的衙役道，“这人现在怎么处治？”

“自然是要升堂问案啊，初一，衙门发生这么大的事儿，还不赶紧把崔大人请来？”成杨笑眯眯的，但是笑意却没有到达眼底。

“大人，火已经扑灭了，但是一些案宗都被水浇湿了。”一名救火的小捕快着急忙慌地说道。

“能抢救多少便抢救多少吧。”成杨举着火把走进去看，屋子里被烟火熏得焦黑，但是烧得并不严重，只有查看案宗的桌子和一些放物证的柜子被波及了。

“真是的……”成杨扶起焦黑桌子上歪倒的油灯，“整理这个地方，也十分麻烦呢。”

崔县令套着官服，急匆匆从家里跑来，一边儿扣扣子一边问前来报信儿的衙役：“怎么了，又发生什么案子了？”

衙役道：“也不知道是谁把物证房给烧了，那位大人正生气呢。”

“啊？居然有这种事？”崔县令又问，“可知道是谁做的？”

“这小的哪里知道，若是抓到了人，怕是当场就会被打死吧，毕竟那是证物房。”衙役说完，看了看闷头赶路的崔县令，默默地摇了摇头。

崔县令心中十分忐忑，但是又有一丝侥幸。

物证房的地方向来比较偏僻，虽然平日里都会有人来回检查，但是谁会想到那里能失火呢？而且就算抓住了那个小衙役又如何？他的家人都被控制在自己手中，如果他被抓了，只要敢说出自己的名字，这个时候怕是他们家人已经不保了。

毕竟他在这里做了三年的官儿，手里的势力总会比这新来的大理寺少卿要多。只要没了证据，又如何翻案？只要不能翻案，他就算躲过了这一劫，以后哪怕被削官，只要保住了命避过了这段风头，再去谋算个官儿当当还有谁能知道呢？

想到这里，崔县令心里踏实多了。

他一直被衙役带到大堂，看见成杨就坐在案桌后面，正在跟君无咎说着什么。

这个秀才，自从抱上了大理寺少卿的大腿，就变得肆无忌惮了嘛，看见自己进来，都不知道行礼吗？

崔县令心中十分不爽，但是不爽归不爽，他得先跟成杨行礼。

“成大人。”

“崔大人，坐。”成杨指了指放在下面的一把椅子道，“崔大人可知道刚才发生了什么事？”

崔县令坐在椅子上，一脸愤怒地道：“下官已然知晓此事，那巡夜之人竟然如此玩忽职守，导致物证房被烧，简直罪不可恕！”

“是啊，谁说不是呢？”成杨慢悠悠道，“不过还好，里面部分证物都被我放去了其他地方，烧掉的也是一些无关紧要的东西，所以也不算损失惨重。”

崔县令心里咯噔一下，露出个紧张的笑容道：“都，都被大人保存起来了？这，这是好事啊，是好事！”

成杨道：“谁说不是好事呢？最起码周氏的案子现在不但可以翻案，而且还能牵连出一串有嫌疑之人，这可是一件大案啊，若是皇上知道，怕是要惊怒了。”

“啊……”崔县令如今那些幸存的侥幸已经都变成汗水顺着汗毛孔溢了出来，“是，是吗？这个案子如此严重？”

“杀人越货，宠妾灭妻，难道这不严重？”成杨看了他一眼，“那崔大人觉得，什么严重呢？”

崔县令只是觉得脖颈子凉飕飕的，他如今坐在这里如坐针毡，脸上的表情已经有些不受控制了，“严重，严重……”

成杨又道：“不仅如此，崔大人我问你，你可认识王小宝？”

王小宝？王小宝不就是他弄去烧了物证房的那名小衙役吗？

“认，认识是认识，不过是一名衙役，平日里并未怎么说过话……”崔县令转了转眼珠子，压低声音道，“难道物证房是这小子放火烧了的？”

成杨一愣，道：“崔大人为何如此问？”

“这，这……”崔县令恨不得抽自己一个嘴巴，他才想起来眼前这位并未说物证房是被人纵火。

成杨皱眉道：“难不成崔大人觉得物证房这次失火，是有人纵火？”

崔县令笑都笑不出来了，干巴巴地道：“下官，下官只是那么随口一说……”

成杨把玩着惊堂木道：“物证房原本应该是最重要的地方，平日里旁边的大缸里应该蓄满水防火才是。可是本官去查看那缸中居然一点儿水都没有。原本心中是有一些疑问，如今崔大人一说本官倒是明了了，这是有人蓄意放火啊。你说这人为什么要烧掉物证房呢？难不成里面有什么令他害怕的东西？”

崔县令道：“这，下官也是不知道的，毕竟这物证房以前从未起过火呢。”

“对啊，这物证房以前从未起过火，为什么现在居然有人纵火了呢？崔大人，你可要好好替本官想想，这到底是为什么呢？”成杨勾起一抹冷笑道，“本官真是想不明白啊……”

说完，他靠在椅背上，把惊堂木拿在手里慢慢地摩挲着。

“下官，下官也……”崔县令绞尽脑汁地想要如何岔开这个话题，而且看成杨这副样子，难道那个衙役已经招了？想到这里，他背过手去，悄悄地做了个手势。

“崔县令你可想好了？”成杨开始紧逼。

崔县令抽抽嘴角道：“下官，并未……”

成杨道：“崔县令，话可要想好了再说。”

崔县令道：“下官并未……”话还未说完，只听“啪”的一声脆响在耳边炸开。他浑身一哆嗦，双腿不受控制地软了下去，扑通跪在了大堂的方砖上。

“哎呀，本官手滑。”成杨接过君无咎捡起来的惊堂木，看着堂下的崔县令呵呵一笑，“崔大人，你怎么跪下了？”

“下官，下官吓了一跳。”崔县令挤出个苦笑，扶着椅子要起来。

“对了，崔大人，其实你猜得也不错，本官确实抓到了那个放火的小衙役，但是……”他往前探了身子，仔细地看着崔县令脸上的表情，“但是本官怎么问，他都说是他自己疏忽了，并未有人指使呢。”

这句话说完，崔县令心中松了口气，但是这口气还未松到底就反应过来。

遭了！这是，这是个圈套！

“崔大人，其实今日叫你来，也是想让你看一出戏。清悦，你说这出戏该叫什么比较好呢？”

君无咎笑道：“大人，学生平日里并不怎么看戏，所以……”

“不管是什么吧，总之还是很热闹的。”成杨也没让崔县令起来，只是自己靠在椅背上，摇头晃脑地哼着不知道什么的曲子，看上去十分怡然。

他怡然，崔县令却心如死灰了。

若是没有这一桩，兴许还能拖上几个月，如今有了这一桩，怕是，怕是……

怎么办？该怎么办？他若是被抓，可会有人捞他出来？而且他被抓了，他儿子怎么办？他的钱，他的妾，他的……

崔县令如今脑子里乱哄哄的，他终于想起了自己在老家的糟糠之妻。

若是自己被抓，好歹家中还有人照顾他的二老和年幼的孩子……那女人，那女人应该不会抛弃自己吧？

也不知道过了多长时间，衙门外哗啦啦走进来一群人。

为首的初一道：“大人，人都带回来了。”说完，伸手一推，就把一人推了个趔趄，啪地跪在堂下。在他身后还有两位中年男女相互扶着，表情有些惊慌，有些茫然。

“去，把王小宝带来，让他认认这可是他爹娘。”成杨声音淡淡的。

崔县令闭了闭眼，豆大的汗珠子顺着腮边滑落，吧唧摔在地面上。他整个人都瘫在地上，手脚不受控制地哆嗦着，脸色苍白。

王小宝脚步沉重地走了上来，一抬眼看见自己的爹娘，眼泪刷地就下来了。

“蛇要打七寸，这个道理崔大人与本官都十分明白，可惜本官从来不去做那条蛇，只做捕蛇人，就是不知道崔大人你……是做的什么？”成杨坐直了身子道，“事到如今，你还想说什么？”

崔县令靠在椅子腿儿上，双目无神，只剩下哆嗦了。

成杨道：“崔有财，你不但贪赃枉法，草菅人命，如今还学会买凶杀人了？若是你只是断案不清识人不明，顶多也就是被打回原籍或者是流放三千里。如今你做的这些事知道会造成什么后果吗？不但你得死，就连你的家人，怕是也保不住了。”

崔有财绝望地闭上眼睛。

成杨站起身来，慢慢地走到崔县令面前道：“你知道吗？本官其实一直在想，若是你能主动来找本官，说出你知道的那些事，帮着本官将案子破了，本官兴许能在圣上面前替你美言两句。可惜，你知道周氏一案事发之后不但不重新端正态度开始搜查本案线索，甚至还给刘府去了信，让他想办法处理掉那些知情人。不过信被本官拦截到了，本官想，这件事你应该已经知道了吧？”

崔县令张了张嘴，却一个字都没说出来。

“再后来本官与君无咎出城，你派人在城中散播本官出去游玩的消息，骗那王贵进城，是不是早就知道王贵没有死？可惜了，王贵已经被本官抓住了，而且那染了毒的银票，也是想要草菅人命的证据。崔县令，你应该知道本官出去做了什么，本官之所以把做的事都给你看，只是想让你知道你错了，而且你错的地方本官都派人查明了。还有，那些证据本官一样不落地让你看，其实心中也在盘算你是否还剩下一两分良善之心。可惜本官想错了，你非但没有良善之心，甚至还想找人替你送死，是吗？”

成杨的一字一句，重重地砸在崔县令的心上，让他当场就崩溃了。

“下官在这里辛辛苦苦，三年啊，三年！就算错审几个案子又能如何？谁没有错审过案子？谁没有冤枉过人？凭什么，凭什么我就这么倒霉？不过是死了几个庶民而已！本官将这里治理得井井有条，几个庶民的命难道抵不过本官的功劳吗？”崔县令声嘶力竭地大喊，想要为自己争取一线生机。

成杨大笑道：“好一个井井有条，好一个几个庶民而已！哈，崔县令你也不用着急，我想很快你就会在牢中与你曾经交接的好友相遇，到时候你可以与他一起讨论一下，为什么你们将庚县治理得这么好，却一同进了大牢？”

崔县令大张着嘴，干瘦的脖子上青筋暴起，脸色涨得发红。

他喉咙里挤出几个毫无意义的声音，好半天才颓然地闭上了嘴。

成杨勾了勾唇角道：“过两日开审周氏一案，本官也会让你参与，让你知道你曾经断过的案子究竟有多么的可笑！”

崔县令紧紧地闭住双眼，眼角发湿，似乎有混浊的泪水溢出。但是谁会管他呢？尤其是虎口逃生的王小宝一家人，看向崔县令的眼神都是憎恨的。

崔县令被摘了乌纱，扒掉官服直接扔进了牢中，跟他的牢房面对面的，真是渝水镇那个泼皮李盛。

李盛没想到昨天还在审理自己的县太爷今天就被扒了官服扔进牢中了，顿时感兴趣地凑了上去，趴在胳膊粗的栏杆上喊道：“哟，大老爷，您这是怎么了？”

崔有财低垂了头，缩在一堆稻草上面一动不动。

李盛来了劲儿，他吊儿郎当地坐在地上，看着崔有财，“大老爷，你们这种当官的坐牢，感觉怎么样啊？”

崔有财抬起头来，双眼通红，冷笑着看他：“你有什么好得意的？早晚会被杀头！”

“我怕什么？”李盛捏着根稻草晃来晃去，“我一不杀人二不抢劫，这官老爷官威再大也不能杀了小的我啊？”

崔有财的喉头上下滚动，干涩道：“本官，本官也没有！”他虽然被成杨摘了乌纱扒了官服，但是他的官职仍旧还保留着，所以仍旧可以自称本官。

李盛嘿嘿地笑，“那大老爷您就是捞钱捞多了？可惜有命捞没命花，估计都要便宜给你家小老婆喽！”

李盛只是随口一说，却让崔有财警惕起来。他就算再蠢也不希望自己的钱财都落入妾室手里，毕竟他带着妾室出来只是为了面子上好看，而且妾室会说话能哄人，可是现在到了这个地步，他宁愿把钱财都拿回家给他家那个粗笨的女人。

他那个妾，应该，应该不会卷了钱财跑了吧……

因为被下到大牢，崔有财脑子里一片混乱，半躺在稻草堆上迷迷糊糊地想起自己年轻的时候。那时候他一次次受到挫折，屡考不中，家里能掏出来的银子都垫补到他身上了。他那个糟糠妻原本是个小小商户家的闺女，为了让他专心读书，拿出了自己的嫁妆，还跟娘家人借了不少钱。原本丰润的大小姐不到几年就操劳成了黄脸婆，虽然给他生了几个孩子，但是他派官之后第一时间想到的却是这样的女人拿不出手会让人笑话……

如今，被笑话的怕是自己吧。

崔有财胡思乱想了一宿，迷迷糊糊地不知道什么时候睡着了，然后被狱卒的吆喝声吵醒。他睁开干涩的双眼，发现他那个妾跟自己的俩儿子被狱卒推了进来，跌进牢中。

崔有财大晚上的被人带走，到早晨也没回来，绢红虽然是个妇道人家，但是好歹也有一些心机。所以当得知崔有财被下入大牢的时候第一个想法就是糟糕了！她收拾了一包金银首饰银票什么的，等到天黑连孩子都不要了偷偷摸摸地就想走，谁知道被崔有财的大儿子，也就是正妻所出的崔大少给拦住了。

崔大少倒是着实消停了好一段时间，想趁着天擦黑了出去溜达溜达，谁知道就看见了绢红拎着个包袱鬼鬼祟祟的样子。

两人在拉扯中，崔大少一把拉开了绢红的包袱，稀里哗啦掉了一地的首饰银子。他再傻也知道是怎么回事了，气得把绢红按在地上就揍了一顿。这事儿因为发生在崔家门口，很快就引来了衙役，俩人都被带走了。

“爹，她卷了钱想跑！”崔大少也不看看这是什么地方，梗着脖子嚷嚷起来，“幸亏让我拦下来了，那都是咱家的钱！等爹从牢里出去，休了你这个没羞没臊的贱人！”

绢红坐在地上哭天抢地，冲着这爷俩叫喊，“怎么着？老爷都被下牢里来了，难不成还让我陪着？天啊，我命怎么这么苦！这几年我可是又给你生孩子又帮你照顾家啊，你家那个老娘们儿在老家享清福，去哪儿不是我帮衬着啊？如今出了事儿我拿些自己应该拿的，怎么啦！”

“你应该拿的？”崔有财恶狠狠地盯着绢红，“你就是个妾，就是个下人，有什么是你应该拿的？”他总算看出来了，树倒猢狲散，这是要出乱子啊！

“我给你生儿子了啊，怎么着，你还不想认吗？”绢红扑到栏杆上冲外喊，“官爷啊，官爷！那些钱我都不要了，官爷放我出去吧！”

“你个贱人，喊什么喊！”崔大少上去就是一脚，把绢红踹了个倒仰。他不顾绢红哭哭啼啼，嫌弃地拍拍身上粘的草叶子，不满地抱怨道，“爹，我们什么时候能出去？”

什么时候能出去？崔有财只想大笑。他没想到自己一直带在身边的大儿子跟最宠爱的妾居然是这副模样。这让他想起每年回家过年的情景，家中那两个正妻养的儿女彬彬有礼进退有度的样子当时还让他觉得这俩孩子不亲近自己不喜欢，现在再想起来却发现，正妻抚养的孩子才是那种大家都喜欢的孩子，而这个妾养出来的孩子却刁蛮任性，除了吃就是玩。

都是这个女人的错！如果当初不是这个女人爬上自己的床，自己怎么会落到现在这个下场！他阴恻恻地看着缩在一边哭的绢红，恨不得把她掐死。

狱卒端了饭进来给他们吃，这种粗糙的棒子面饼子和一点儿油水都没有的青菜让人倒尽胃口。崔大少跟绢红看都不看一眼，只有饿了一天饥肠辘辘的崔有财拿起来啃了两口，然后梗着脖子咽了下去。

他在心中盘算着，自己估计是脱不开这些罪名了，最惨的下场也不过就是个死。但是就算死他也不能就这么憋屈地死了，怎么也得给自己拉几个垫背的！想到这里，他又恶狠狠地咬了一口饼子，眼神更加阴森起来。

坐在他牢房对面的李盛倒没有对这些吃的抱怨什么，三下五除二都吃光了，然后眼巴巴地看着崔有财这里剩下的那两份饭，“大老爷，那些东西你们要是不吃，就给我吃呗？”

“这种猪食你也吃？”崔大少看着粗瓷碗里的东西，忍不住作呕。

李盛道：“哎呀，大少爷，这话怎么说的？您看您亲爹都吃呢，我吃又怕什么？”

崔大少一愣，看着崔有财，想到自己说的“猪食”两个字，有些心虚。但是他不知道的是，自己在自己亲爹眼里，已经是一枚弃子了。

剩下的饭菜最终被狱卒丢给了李盛，这也算是李盛来到牢中吃的第一顿饱饭，撑得直打嗝。

崔有财看着他跷着二郎腿哼小曲儿的样子，突然道：“你可知那年轻人是谁？”

李盛看了半天才知道是问自己，于是问道：“大老爷说的是哪个年轻人？”

“就是当日坐在本官旁边的那个，个头很高的年轻人。”崔有财道。

李盛想了想道：“我以为那是大老爷的师爷呢，怎么，不是吗？”

崔有财哼哼地冷笑：“师爷？本官可请不起这样的师爷，他是大理寺来的人，专门来查案的。嘿嘿，你们闹出了人命案，怕是都得被……”说着，他做了个抹脖子的动作，“你看，我没杀人都被弄进牢里了，更别说你们了。”

李盛愣了。

大理寺对他们来说就好像戏文里的一个地方，听上去好像个传说似的，没想到居然会出现在自己身边。他脸色有些不太好看，道：“大老爷吓唬谁呢？”

崔有财道：“吓唬谁？若不是他，你以为谁能把本官弄进这里来？”

李盛又是一愣。

他这才想到，这庚县最大的官儿就是眼前这位了，如今这位都进了大牢，那么能把他弄进来的……想到这里，他不禁害怕起来，于是冲着狱卒大叫："军爷，军爷！小的有话要说，小的要跟大理寺的老爷招了！"

李盛被带进大堂的时候，成杨正在跟君无咎整理周氏一案的所有证据。这两天不停有人传话出来说刘府的人想要偷摸离开，发现所有道路都被人盯死了的时候回去就不停吵架，甚至还打杀了一个丫鬟。刘老爷已经被气得躺在床上动弹不得了，就连王氏也开始躁动不安起来，每天跟管家不知道在密谋什么。

"还能密谋什么？"君无咎看着一张张供词道，"刘老爷如今病了，他们只要不停地把所有罪证都推到刘老爷身上就可以，最好给气出个好歹来，身不能行口不能言。不过学生曾与初一说过，让他帮忙盯一下那刘府给刘老爷做的吃的，初一有没有跟大人您说？"

"说了，不但说了，还查出来不少有意思的东西。"成杨道，"那王氏确实有如你所说，想要把刘老爷弄死，这案子不能再拖了。"

君无咎道："既然不能再拖了，那明日就开堂审理吧，就怕万一我们一个不注意那刘老爷真的被弄死就麻烦了。"

成杨哈哈笑道："虽然说他死有余辜，但是现在有用得着他的时候，若是现在死了确实也不太合适。那就按照清悦所说，明日开审。"

俩人正说着，初一前来禀报，"少爷，君公子，那李盛说有事要招了。"

初一把牢中发生的那一切一一复述了一遍，道："就是崔县令说完之后，这李盛突然就说要招了。"

成杨跟君无咎对视了一眼，笑道："没想到这崔县令还有这个能耐，若是这点儿脑子用在好好当官上多好。"

君无咎道："学生倒是觉得，崔县令是因为看不得别人能得了好，如今他也应该知道自己翻身无望了，所以……"

"所以你觉得，他应该不会甘心就这样倒霉吧？"成杨问。

君无咎道："这也是学生猜测，若是他只是认栽，也不会说出这样的话来。"

成杨大笑道："不管是不是猜测，总归是一件好事。走走走，我们去听听那李盛能说出些什么来！"

李盛看见成杨，连忙大喊道："大人，大人小的招了，小的全都招了！"

成杨坐到案桌后面，道："既然你都招了，那本官就听听你能招出一些什么来。"

李盛舔了舔干涩的唇，道："小的是被买通的，虽然不知道是为什么，但是那李老爷突然找到小的，给了小的十两银子，又把小的带进张老爷的院子，然后让一个小丫鬟带着小的去了后院。他跟小的说，只要进去那院子就成，剩下的事不用小的管。至于那李家少爷，小的真的只是打了两拳，还只是打在他肩膀之上，并未用力啊！"

成杨道："其实这种事你不说本官也能猜得出来，凭你一个泼皮怎么可能会神不知鬼不觉地进入后院呢。但是你所说的招了就只是这样？"

"这……"李盛想了想，问道，"那，大人还想知道些什么？"

成杨道："难道不是应该把你知道的都与本官说了吗？说得越多，能脱罪的机会也越大，否则不管你如何说，那李家少爷也是死在你手中的，这件事……"

李盛慌了神，大声道："冤枉啊，大人，这可真的是冤枉啊，小人虽然是个泼皮，可是绝对没有杀人的胆子！"

"李盛，那本官问你，李家和张家为何不和？李家为何要找你做这种事？难道你就不去问问？要知道闯入闺中小姐的院子，足够让张家将你活活打死了！"成杨半威胁道。

李盛道："这两家为什么不和？小的听过不少人私下里说过，只是说什么的都有……不过说得最多的就是那张家原本的当家夫人其实应该是李家老爷的，但是不知道为何突然嫁到了张家，然后，然后生完张家小姐之后没几年就死了。若是说这张家老爷就只有这么一个独生闺女应该会十分喜爱，然而，然而很多人都说这张家老爷其实外面养了人，生了儿子，而且这张家小姐未必是张家的。所以张老爷平时并不多么照看那张家小姐，而且小的还听说，那张家小姐在上香的时候遇到李家少爷，也是张老爷自己牵的线。”

他说完这些，又一副惊慌的样子道：“大人，这可都是小的听说的，并未真正听那张老爷李老爷说过。而且李老爷当时找上小的的时候给了银子，说会保小的一命，顶多受一些皮肉之苦。事成之后还会再给小的二十两银子，所以小的就同意了。”

这些所谓的听说里面倒是有不少有趣儿的线索，只是不知真假。

成杨看了看君无咎问道：“清悦还有什么要问的吗？”

君无咎摇摇头道：“如今只听一人之言，学生暂时没有什么想要问的。等于大人回来之后，学生倒是想要看看那李家少爷的尸身。既然李盛说不过是轻轻打了两拳，若是两拳便能打死一个人，也未免太过夸张了。”

成杨道：“虽然夸张，但是事无绝对。不过李盛之言倒是让本官想要去问问那李家老爷了，他到底为什么想要让这样一个人去破坏张家小姐的清誉。而且当时是张李两家的喜事，李家少爷为何没有在堂前敬酒，反而在张小姐院子附近出现呢？”

听到成杨这么说，李盛也连忙应和，“可不是吗？那李家少爷应该就在堂前敬酒的，但是只是出来喝了一些，就说身体不适然后走了。要小的来看，就是他迫不及待想要跟张小姐洞房去了！”

成杨没搭理李盛，只是道：“将李盛带下去，把李老爷找来。”

等衙役走了，君无咎道：“学生突然觉得，这个案子有些复杂了。”

成杨问道：“哦？清悦为何如此说？”

君无咎道：“可能是因为一些经验，凡事牵扯前一辈的，总会出现很多突发状况。学生曾经遇到过一个案子，那家夫人千方百计阻止自己女儿与一门当户对的公子相恋，后得知女儿怀孕，甚至亲自给女儿灌下红花，导致女儿大出血最后不治身亡。后来查证，这女儿是那家夫人与那公子的父亲偷情所生……而那张老爷对自己独女的态度，就十分的让人看不懂。但是听闻李盛这一番话，学生就突然想起这件事来。”

成杨点点头道：“本官也对这种案子有所耳闻，但是无论如何，这其中倒霉的总是无辜的孩子。”

君无咎叹气道：“若是男子还好，若是女子……唉……”

成杨看他笑道：“清悦十分的怜香惜玉啊。”

君无咎摇头道：“并非是什么怜香惜玉，而是若这事发生在男子身上，别人不过就是当作笑谈。若是男子争气仍旧可以娶到不错的妻子，过上美满的日子。但是若发生在女子身上，基本……”

成杨点头道：“这倒是，女子对名声贞洁看得更重，发生这种事苟活一世也就罢了，就怕想不开直接……例如周氏，唉……”

衙门里有专门给证人住的地方，虽然简陋但是也算是干净，而且方便有突发状况的时候提审。

李老爷跪在堂前，成杨仔细地看着他。

这两日有衙役会来禀报张李两家在证人房的情况，都有些出乎成杨的意料。

李家死了儿子，但是李老爷看上去并不悲伤。张家闺女遭遇了这种事，可是张老爷吃得饱睡得香，似乎也不忧虑。

这倒是有趣儿了。

成杨问：“李云贵，本官听说你与那张家不和，可有此事？”

李云贵看上去并不避讳此事，道：“禀大人，确有此事。”

成杨问道：“为何不和？”

李老爷面露难色，然后道：“那张万全品行不端，所以小人与他十分疏远。”

成杨道：“只是品行不端就让你不惜坏掉张家小姐的清誉，找人去陷害与她？”

李云贵脸色一变，道：“大人为何如此问？这种事，小人怎么能做得出来……”

“李盛说你拿了银子去找他，不是吗？”成杨打断了李云贵的话。

李云贵笑道：“不过是个泼皮，他的话大人居然也要信吗？”

成杨道：“为什么不能信？就算是泼皮，当遇到性命攸关的事，也会讲实话，不是吗？”

李云贵脸色更加难看，“大人可是要屈打成招？”

成杨哈哈一笑道：“这倒是有趣儿，所谓的屈打成招应该是让李盛认下他闯入张家小姐的院子并且打死李家少爷之事吧？但是本官并未用刑，而是李盛亲口与本官说的，难不成李盛与李老爷您中间也有仇怨？”

他等了片刻，见李云贵不说话，又道：“还是说，本官给你的感觉，会是那种不分青红皂白屈打成招的酷吏？”

“小人不敢！”李云贵连忙伏趴在地上，口中却道，“小人只是想不通那李盛为何要冤枉小人！”

简直是个老滑头，成杨看向君无咎，冲李云贵努努嘴，脸上露出厌恶的表情。

君无咎问道：“那你与李盛说话的时候，旁边可曾有其他人？”

李云贵滴水不漏道：“小人并未与李盛说过话。”

君无咎道：“你就这么确定？如今那人证就在路上，怕是两天之后就要到了，到时候李老爷你也会说与他不认识吗？”

李云贵彻底愣了，脸上表情变幻莫测。

成杨冷笑道：“李云贵你可知道，本官查案已有多年，至今手中从未有过冤案错案，靠的是什么吗？”他伸手点了点自己的头，“是这里，总有人觉得自己做事滴水不漏，便肆无忌惮……那你可知如今被本官下入牢中的崔县令？崔县令断案，我想李云贵你应该有所耳闻吧？难不成你觉得本官也与那崔县令一样？嗯？”

李云贵开始出冷汗。

“你现在说，本官就听着，若是现在不说……那本官听完张万全所说的话，可就不会再允许你张嘴了。”成杨刷地沉下脸，冷冷地看着李云贵道，“本官给你一炷香的时间，跪在这里好好想想，要与本官说什么吧！”

说完，起身去堂后了。

君无咎跟着走了两步，又回过头来看向李云贵道：“李老爷，其实这件事儿你的错处并不很大，为何要如此嘴硬呢？”说完也不管李云贵什么反应，急匆匆地走了。

来到堂后，成杨笑道：“你觉得这李云贵会招认吗？”

君无咎道：“他招认不招认无所谓，但是我们可以让张万全听到他全部招认了的消息，不是吗？大人。”

成杨忍不住拍了拍君无咎的肩膀道：“有清悦在本官身边，真是省了本官大半的精力心思，本官简直是离不开你了。”

张万全得到了李云贵被“请”去大堂的消息，一开始他还能悠哉地躺在床上闭目养神，但是随着时间一点一点地过去，没有李云贵回来的动静，他就有些待不住了。

说实在的，张万全确实心虚，他本来是看好那个姓成叫初一的外地汉子的。一个外地人，长相不错，有点儿身手，就算是被他算计了也逃不出手掌心儿，这样既能把姓李的那个小子踢开，又能给自己添一个能打的助力，怎么想怎么划算。

可是谁能想到不但被李盛那个泼皮搅乱了他的计划不说，而且李家公子居然就这么死了！

那李家公子看上去文弱，但是也没有早死的面相啊，怎么就死了呢？这下不但要吃官司，回头大舅子那边更加不好收拾了。

张万全想着想着，不禁心里咒骂起那个早逝的妻子来。

若是他妻子能给他留下个儿子也就罢了，谁知道居然就生了个闺女！只有个闺女，他可不指望他闺女招了婿之后就能保住张家的资产，这偌大的家产眼看就要落在外姓人手里了，他怎么能不着急？而且李家本身就不是好相与的那种，万一自己死了，他就不信李家会让自己的孙子姓张！但是若是女儿自己不检点四处招惹，那大舅子那边也不会有什么话可说，更会为了顾忌脸面而不妨碍他纳妾了。

就是因为这样他才会想到这一连串的计谋，就为了事后能把自己养在外面的妾接回家，毕竟那个妾还给他生了个儿子呢。

可是如今，计谋都乱套了！

那李家公子，怎么，怎么就死了呢！

想着李家公子，又不得不想到李云贵。

他跟李云贵绝对是不死不休的冤家，当初他为了得到妻子娘家的支持和那大笔的嫁妆，简直是耗尽心思才把那女人搞到手。这件事把李云贵气了个半死，因为在所有人眼里，李云贵跟那个女人才是一对儿，谁也没想到他张万全会娶了那个女人。

而且虽然云氏家里只是云家的旁支，但是云家可是商户中的大户，手指头缝里漏出一丝来都足够他吃一辈子了。所以原本家中已经有些败落的张家自从娶了那云氏之后，才变得财大气粗起来，并且让他在富裕的渝水镇做了个腰缠万贯的富家翁。

但是这其中却有不少让他不爽的事情。云氏不允许他纳妾，一个有钱了的男人，纳个把妾原本是很正常的事儿，但是云家更是财大气粗，自然要为自己家女儿着想，所以当时张万全便应了这件事。

还有一件就是，云氏并非完璧，而且张小姐早产。

这件事成了他心中的一个巨大的疙瘩，这云氏之前跟李云贵十分要好，保不准就有了苟且之事。再加上女儿早产，这让他不得不想到这女儿是不是自己的孩子。

哪怕云氏已经死了，这件事也让张万全无比地膈应。他既要在大舅子面前做出珍爱女儿的慈父模样，又要想办法搞坏女儿的名声。本想让自己那个妾给女儿弄个随便的什么人私下苟且，谁知道女儿居然跟李家公子对了眼！

这简直忍无可忍！

张万全在狭小的房间内来回踱步，他不知道李云贵会跟那位大人说些什么，但是不管说什么，都会让他心中不安。

李云贵终于说了实话。

他是听到安插在张万全身旁的人说张万全想要弄这么一桩事来打李家的脸，所以心思一动，想出李盛专门破坏张万全的计谋。到时候不管张万全是不是也找了人去那个院子，他都不想让他女儿好过。

既然你要找个外地人，那不如干脆弄个泼皮，这样就算传出去也只能是他女儿不检点而已。而且他家庶子虽然不争气，总算也是个秀才，就算没有了张家小姐，回头给他重新娶个好人家的姑娘也自然是可以的。

可以说这里面最无辜的就是那张家小姐了。

“那你与张家究竟有何恩怨，居然要如此针对？”君无咎想到李盛说的那些，总觉得听说的总是虚的，还是当事人亲口说的才是真的证据。

李云贵脸色无比难看，他用力攥着自己的衣服，过了好一会儿才恶狠狠道：“夺妻之恨！”

他说的与李盛说的基本一致，只是更加详细了一些。

“那张万全居然借着给云家老太爷祝寿的时候买通了云家丫鬟小厮，借口换衣服跑去了云娘的房间……云娘之所以嫁给他也是迫不得已！若是他能对云娘好也就罢了，但是他对云娘并不好，甚至在云娘走了之后，就在外面养了别的女人！”

李云贵说得咬牙切齿，“这种令人厌恶之徒，我自然恨不得杀了他！而且就算是我买通了李盛做了这种事，也不过就是以其人之道还治其人之身罢了！”

君无咎道：“那你有想过张家小姐以后要如何自处？你们之间的龌龊争斗，最无辜的却是你的儿子与张家小姐！”

李云贵冷笑道：“最无辜的是我儿子吧？那张万全对他女儿并不上心，他女儿去烧香就只带个老妈子，连丫鬟都没有。那张家外面的女人早就想着要搞坏那张家女儿的名声了，没想到那张小姐却看上了我儿子，花言巧语地蒙蔽了他，导致，导致我儿子……”

君无咎叹气道：“既然你不想让你儿子与张家小姐在一起，那为何婚礼之前不拒绝呢？”

李云贵苦笑道：“我那儿子与我说，他与张家小姐私订了终身，而且张家小姐有了他的骨肉。虽然是庶子，但是平日里我对他也是不错，见不得他这样哀求便同意了……大人，你可知那张万全并不在乎自己女儿的名声，甚至让自己女儿抛头露面绣球招亲！若是我儿子进了这种家门，以后的日子……后来我得知那张万全的计策，就想着用这种方式让我儿子放手，或者大不了就豁出去，待张家小姐名声坏了之后就将张家小姐要回来，把这俩人送去乡下无人认识的地方过他们自己的日子去。可谁知，谁知我儿……”

说到这里，他已然开始哽咽。

送走了李云贵，君无咎道：“无论什么原因做出这种事总是令人心寒，无论是张家还是李家，唉……”

成杨问道：“那你认为如何？这件事看上去李家比较占理吧？”

君无咎摇头道：“只是听了一家之言，所以不能妄下评断。”

成杨道：“那今日还提审张万全吗？”

君无咎道：“不用了，让他慌张一下也是好的，等于大人回来之后再说吧。”

于硕第二天中午就带人回来了，除了应该带回来的人，还带回来一条消息。

“李家少爷的尸身下官并未带回，一是因为天气炎热，二是因为仵作与当地医馆大夫验尸之后，都断定这李家少爷确实不是因为被打而身亡的，而是因为气火攻心，导致心病发作。若是当时急救尚来得及，只是李家少爷当时背过气去，被人认为已经死亡，错过了最好的救治时间，所以……”

也就是说，李家少爷死得冤枉，原本是不用死的，谁知道两家只顾着闹，压根没人关心他，更想不到要给他找个大夫看看，结果导致李家少爷就这么走了。

君无咎忍不住唏嘘。

渝水镇杀人案在下午的时候开审了。

看着堂下跪着的十几个人，成杨先让君无咎念了李家少爷的验尸报告。

李云贵听完，忍不住大哭起来。

君无咎的目光从李云贵身上移开，看过面前一张张脸，最后落在表情空茫的张小姐脸上。

张小姐脸色十分不好，眼下带青，似乎已经很久没有好好休息了。而且她双手放在自己的小腹之上，做保护状，看上去是十分在意腹中孩子，也是对自己无缘的相公的一种悲痛的怀念。

他心中暗叹了一声，将目光收了回来。

成杨道："根据本官调查，李盛确实没有杀人，李家少爷李越则是急火攻心，突发心病，未能来得及救治而死。"

李盛在下面终于舒了口气，磕头道："谢青天大老爷替草民申冤！"

成杨一勾唇角，又道："但是李盛擅入张家小姐闺房，毁张小姐清誉，打二十大板以儆效尤！"说完，一根令签"当啷啷"丢在地上。

李盛的哀号声在外面响起，让堂下跪着的人都吓出了一身冷汗。

成杨又看向李云贵道："李云贵买通李盛，造成如此后果也应有惩罚，念李云贵年纪颇大，又有丧子之痛，则打十大板。"

李云贵哆嗦道："大人，打小人板子小人认了，但是若不是张万全要计算小人的儿子，小人也不会出此下策！"

张万全见对方都被打了板子，不禁心中有些得意，听到李云贵这样说，怒道："血口喷人，老夫如何算计你儿子了？"

李云贵大声道："若不是你与人相商，寻了个外地人要破坏张小姐清誉，让我儿戴了绿帽子，我也不会出这种计策！张万全，你真是一招用到老啊！当年你就是用这一招算计云娘，如今又要用这一招算计你女儿！"

张万全毫不示弱，大声道："李云贵，你买通李盛毁我小女清誉，如今又要污蔑老夫，你究竟想要做什么？"说完看向成杨道，"大人，此人心黑手辣，万万不能放过啊！"

成杨笑道："若是坏人，本官自然一个都不会放过的。不过当日本官也在渝水镇，倒是看了一出好戏。"

他一边说着，一边看向张万全道："本官的下属还差点被人拉去做了便宜上门女婿呢。"

张万全的冷汗瞬间就下来了。

李云贵好歹也四十多岁，经历过不少事，算是个人精了。现在听成杨这么说，心中立马就明白了，于是道："大人，原来张万全算计的那个外地人，就是您的人啊！"

"胡说八道！我哪里算计过大人的属下？我，我……"张万全紧张起来，"我想起来了，那日确实有位壮士被丫鬟弄脏了衣服，我便以礼相待，请那壮士去换衣服。"

"不换就不让走吗？"成杨道，"我听他说不但有丫鬟拦着，连张家护院都拦着，管家也不让走，让我那属下着实着急啊。"

"那是因为大人您的属下曾经帮过小人女婿，所以小人让管家一定要好好招待，若是脏了衣服就这样回去，小人脸上也不好看啊。"张万全道。

成杨点点头道："确实不好看，只是我那属下见换衣服的地方颇远，还是个清幽的院子，生怕遇到张家女眷便没有同意。后来谁知道居然真的有人闯进了那个院子，那人就是李盛……"

他笑眯眯地看向张万全道："若是本官的属下进了那个院子，是不是也会不小心毁了张小姐清誉，并且让李家少爷急火攻心呢？"

"这……"张万全道，"这，小的不知道啊，小的只让管家好好招待……"

成杨又道："本官也担心张老爷您会贵人多忘事，所以当日的那个丫鬟、两名护院以及您的管家，本官都请了来。"

李云贵大笑道："大人，那阴损的主意就是他与他那管家商量出来的！小的也能提供证据！"

"胡说八道，胡说八道！"张万全心中满是惊惧，口中来回反复着胡说八道四个字，脑子里一片混乱。

堂下跪着的除了张家李家一些下人，就是张小姐跟她的丫鬟婆子。如今又带上来几个人，堂下已经跪得满满的了。

那管家和丫鬟被带上来的时候已经吓坏了，他们刚才就在堂外，亲眼看着李盛被打了二十大板，满身的血，如今早就吓得面无血色，浑身发抖。

"张管家，本官问你，此人你可还记得？"成杨说着拍了拍手，初一从堂后走了出来。

如今初一换了一身衙役的衣服，站在那里器宇轩昂满身威武。那管家抬头一看，脸色更加难看了。

成杨道："本官问你话，为何不答？"

张管家惊得回过神来，声音颤抖道："小的，小的记得这位壮士。"

成杨道："记得便好，那本官问你，你是如何与他相识的？"

张管家偷偷看了眼跪在自己身侧的张万全，可是张万全此刻正低着头，看不清楚表情。

他道："那日我家小姐绣球招亲，李家少爷前来，前来……"他顿了顿又道，"后来这位壮士救了李家少爷，小的与老爷才知道我家小姐与李家少爷相互爱慕，便想着成全了这二人。"

成杨道："也就是你应该知道李家少爷会成为你们张家女婿吧？"

张管家道："是的。"

成杨又说："那你也应该知道你家小姐的闺房在什么地方吧？"

张管家抖了抖，道："小的，小的自然是知道的。"

成杨笑道："既然如此，为何却让本官下属去你家小姐闺房那边换衣服？"

张管家张了张嘴，还未曾说出什么，张万全就暴起掐住张管家的脖子，一副怒不可遏的模样，“原来是你这个小人要毁坏小女的清誉！我张家待你不薄，你为何要如此做！”

张管家被掐得脸色涨红，用力推着张老爷，直到成杨让衙役把他们二人拉开才咳嗽喘息着过来。

张万全大声道：“大人明鉴啊，此事小的一概不知，都是这贱人想要毁我小女清誉！小人冤枉啊！”

张管家难以置信地看向张万全。

成杨沉声道：“张明，你在张家也有二十几载，为何要坐下如此丧尽天良之事？难不成你也有苦衷？或者是有人背后指使？”

张管家一个激灵，突然指向李云贵道：“大人，是李老爷指使我如此做的！”

李云贵一愣，气个半死，“呸，下作的东西，哪个指使你这样做？你说这样丧良心的话也不怕天打雷劈吗？”

张管家不管不顾道：“就是李老爷指使我这样做的！他让我带人毁了小姐清誉，说给我钱，保小人下半辈子钱财不愁。”

“大人，大人！这人血口喷人！小的与张家交恶，平日里话都不会跟他们说上一句的！”李云贵连忙向成杨磕头，急出了一脑袋汗，“大人，小人也有证据，证明是他们二人商量出的计策！”

成杨道：“李云贵且不要着急，本官自然会给你申辩的机会。张明张管家，你说是李云贵将你买通，让你带本官属下去张小姐院中，对吗？”

张管家点头道：“是的，就是这样的，大人！”

成杨道：“那好，本官问你，李云贵是何时与你商讨这件事的？”

张管家一愣，道：“是，就是……绣球招亲那日，就是那日，张老爷让小的去李家提亲，李老爷与小的商量的。”

李云贵气得浑身发抖，“血口喷人！大人，您千万别听这人胡说八道！当日他确实来到我家商讨，原本我是不愿意的，后来我儿与我说张家小姐已经怀了他的孩子，小的才同意！”

张万全道：“既然不同意了，却又为何买通我的管家败坏我小女名声？甚至还怕我管家做得不好，又买通了李盛？”

李云贵道：“若不是听你与张明这个下作的东西商量了那个计策，我又如何去这样做！”他看向成杨道，“大人，小的也有证人，就是小的身后这名仆人，他一直在张家当差，那时家中父母生病，小的有一次见了心中不忍便给了些钱财。本来不当一回事儿，但是那晚这人突然来到小的府中告诉小的这件事，小的，小的才出了那下策！”

张万全怒道：“你居然买通我家下人做这种事，你，你简直罪不可赦！”

那仆人不过十八九岁，如今也吓得面无血色，咣咣磕头道：“大人明鉴，小的确实是为了报李老爷救小的爹娘一命的恩情，那日小的听见老爷跟管家商讨这件事就去告诉了李老爷，原本是想让李老爷做个防范的……”只是他没想到，这李老爷居然出了这么个馊主意。

成杨啧啧地摇摇头道：“真是，真是有趣儿啊。那张管家，本官问你，你们小姐房中的丫鬟婆子，也是李云贵指使你去调开的？”

“是的，是的！就是他指使！”张管家连忙点头。

“那李家少爷李越从酒席中突然去了张小姐院子附近，也是李云贵指使的？”成杨又问。

“这……”张管家卡了壳。

因为那李家少爷退席，是张万全允许的，而且当时也有不少人听见看见，这话他自然不敢乱说。

成杨一脸疑惑道：“这就有意思了，为何李家少爷突然退席呢？他可是新郎官儿，怎么就这么急不可耐地去了张家小姐的院子附近？究竟是谁让他去的呢？”

张万全道：“是，是小的让他去的。小女说十分想念李家少爷，所以小的就让他去看看小姐。”

他话音刚落，就听见一声冷笑。

跪坐了许久一声不吭的张家小姐终于说话了，她说："爹，你就这么想要逼我死吗？"

张万全回头怒瞪，道："莲儿，你这话是从何说起？"

张小姐哈哈哈大笑，笑得眼泪都出来了，她看向张万全，表情有些狰狞，有些悲哀，更多的是痛苦，"爹，女儿被你毁成这样，还不够吗？"

张万全道："你是我的独女，我如何能毁你？爱惜你还来不及呢！"

张小姐的泪水顺着脸颊滑落。"爱惜女儿？若是爱惜女儿，为何要调走女儿院子中的丫鬟婆子？若是爱惜女儿，为何要在女儿熏香中掺入这种下三烂的东西？"张小姐说着，从袖子里掏出一只油纸包丢在地上，又道，"若是爱惜女儿，为何在女儿上香的时候，要找人糟践女儿？"

张万全道："莲儿你究竟在胡说什么？爹为何听不懂？"

张小姐对着成杨重重地磕了个头，声音凄惨道："大人，民女虽然无知，但是并不痴傻，那坊中如何评论民女的，民女也有耳闻。如今民女想要让大人替民女夫婿申冤！他是被害死的，是被害死的！"

张万全怒道："他是看见你不检点，被你气死的！"

"是啊，都到这个时候了，您仍旧在说小女不检点。可是父亲，您不要忘了，小女哪次出门，不是被您要求的？小女为母亲烧香，您可是一个护卫都不给小女带啊！上次若不是小女的夫君察觉得早，小女怕早就被人糟蹋了，所以小女敬爱夫君，无论他是什么身份！当时您同意小女嫁给夫君，小女多么开心，可是谁知道……若小女知道这场婚礼会让夫君就这么去了，那么小女早就应该吊死在母亲灵前！"

成杨让衙役拿来那只油纸包，打开后发现是一撮粉末。他放在鼻端嗅了嗅，一股甜腻的香气让他十分不适。

"大人！"君无咎拿过那只纸包，道，"大人怎么能随便嗅这种来历不明的东西！"

成杨道："本官好奇，究竟是什么东西能让张小姐变得行为不端，在自己院子里做出不雅之事的。”

君无咎嗅了嗅纸包，连忙将纸包包了起来，脸色变得十分难看。

初一递上沁了茶水的布巾，他拿来在脸上擦了两下，神情缓和下来。

堂下父女两人还在吵架，张小姐看着自己的父亲，已经泣不成声，“父亲，我来之前已经给舅舅写了信，你只要想好要如何跟舅舅交代吧，还有你养在外面的那个女人……虽然现在是您当家，但是因为您已经破坏了当初的承诺，我想舅舅一定不会放过你的。”

张万全一愣，眼睛瞪得溜圆溜圆，指着张小姐的手直哆嗦，“孽子，你这个孽子！当初你生下来我就应该将你掐死！平白给我戴了绿帽子！哈哈哈哈哈，李云贵你不知道吧？这个孽子，可是你跟云娘的孩子！”

李云贵大吃一惊，怒道：“你胡说什么？我与云娘之间清清白白，从未做过逾越之事！她怎么可能生得出我的孩子？”

张万全哈哈笑道：“清清白白？好一个清清白白，云娘嫁与我的时候已然不是完璧之身！”

“你胡说八道！”李云贵用力按着胸口，冷笑，“你从我这里抢走云娘，如今又污蔑云娘，究竟想要做什么？”

“想要做什么？想要我云家继续支持吗？”一个冷然的男声插了进来。

成杨挑了挑眉头，看着走进大堂的那个男人。

“大人，草民云莫棋，乃是云娘兄长。”来的男人四十多岁，下巴上一缕长髯，穿着打扮俨然是个商人。他走上前来跪在堂下大声道，“大人，云娘小时顽皮，曾经从山上落下，摔坏了身子。当时请了大夫和一些有经验的女大夫来看，说云娘……出血，怕是已经……这件事小的曾与李家老爷说过，李家老爷并不在意，然而……”

他冷冷地看向张万全，道：“然而却在云家寿宴之上，张万全闯进云娘房间，不得已只能将云娘嫁与张万全。”

张万全脸色灰暗，在他大舅子气场的压制下一句话都说不出来。

“张万全也早已经知道此事，当时不但表现出无所谓的样子，甚至还与小人签订了一个约定。小人已经将那约定拿来，还请大人过目。”云莫棋从怀中掏出一个信封，交给身旁的衙役，又道，“除此之外，草民也要状告张万全，与贼人勾结，损害甥女名誉，还请大人明鉴！”

张万全抖得如风中落叶，除了“你，你，你”之外，已然说不出其他的话了。

成杨展开信封中的合约，看了几眼便笑了出来，将合约递给君无咎，道：“原本只是听说，如今看来确有此事了。”

那合约中写的，除了张万全不能纳妾之外，若是要纳妾，就要将所有财产都给云娘所生的孩子，而自己则必须净身出户。

张万全为了得到云家资助，自然是什么都愿意答应下来，可是谁知道云娘去得早，他又看张小姐不顺眼，就折腾出这许多的节外之枝。

“而且，草民家中也为甥女介绍过一些不错的佳配，却让张万全以甥女并不喜欢给推拒了，原以为张万全是照顾甥女的心思，可是后来得到甥女的一封信件，并听到一些传闻，草民才得知甥女过得并不是很如意，于是便对甥女上了心思。谁知这却让草民查出来几件事，实在怒不可遏。本想去找张万全麻烦，但是到了渝水镇就听到张家出了事，草民心中就有了计较，于是便追在于大人身后来到这里。”云莫棋朗声道，“草民还带来了人证物证，求大人替草民甥女、女婿以及草民的亲妹妹申冤！”

这一下不禁张万全脸色难看了，就连张管家的脸色也变得面如土色，汗出如浆。

成杨拍了拍那张合约道：“张万全，这云莫棋所说合约之事，确是真的？”

张万全困难地吞咽口水，道：“禀大人，确，确是真的。”

“也就是说你已经知道你的妻子并不会落红？”

“……是……”

“既然如此，为何还要污蔑李云贵，说他二人苟且？”

张万全道：“小的，小的只是被嫉妒蒙蔽了，小的十分敬爱云娘！”说完眼圈发红，忍不住哭了出来。

云莫棋啐道：“呸，你若敬爱云娘，那云娘是如何死的？你如今说出这种话，也不怕天打雷劈吗？”

张万全道：“我知道大舅子看不上我，但是……”

云莫棋道：“张万全，你名字很好，但是你觉得若老夫没有万全证据，会前来吗？云娘是如何去的，你真的不知情？”

张万全张了张嘴，艰难地说道：“她，她是因为生病……”

“满口胡言！”云莫棋冷声道，“张万全，我却不知道你手里，会有如此多的下作东西！云娘是如何去的，老夫再问你一遍，你真的不知情？”

张万全已然说不出话来。

云莫棋磕头道：“请大人明鉴，小人从张家带来一人，此人从云娘那里得到一些东西和一封信，原本是要交与草民的，但是此人胆小怕事，却将这件事隐藏下来。此事张万全并不知晓，一直到张家出事，草民去了张家之后才将那封信连同东西都交与了草民。”

说完，他又拿出一包东西交了上去，“草民看了那封信，得知云娘生完孩子之后，身体便有些不太好了，原以为是伤了根本，谁知道却是被枕边人所害！”

那是云娘亲笔写下的一封信，说自己生了病，每日昏昏沉沉不思茶饭，身体一日不如一日，甚至有的时候能睡上两三天不醒，她觉得自己命不长久，而且总觉得张万全待她并不是真心，所以想让哥哥前来探问探问。

可惜这封信却没有到达云莫棋手中，而云娘也早已香消玉殒。

成杨将那信看了两遍，道：“哦？那现在此人在何处？”

“就在外面。”

云莫棋所说的这人是一名三十几岁的女子，略有一些姿色，但是现在却满脸病容，一步三喘。

“堂下何人？”成杨问。

那女子颤颤巍巍地跪下，喘道：“奴婢莹草，原本是夫人随身丫鬟。”

云莫棋道：“莹草，将你知道的所有事告知大人吧！”

莹草用力喘着，她抬头看了看跪在自己前面的张万全，脸上泛起一丝苦笑道：“奴婢识人不清，原以为是良配，谁知却是豺狼心思。”

原来此人是云娘陪嫁的丫鬟，后来被张万全花言巧语所骗，上了张万全的床。云娘心善，虽然这件事让她十分不高兴，却也没有发作，更没有告诉娘家人，只把莹草当成姐妹看待。

生完孩子没几年，云娘就开始有些不太好了。她原本写了信让莹草寄给娘家哥哥，并且向莹草抱怨了张万全此人没有真心。可是莹草当时已经沉浸在张万全花言巧语之中，所以并未将此信寄出，结果云娘撑了一年之后便撒手西去。

可是近来，莹草突然发现自己得了与云娘一样的病，这让她警觉起来，然后就发现小丫鬟每日里给她燃的熏香有些问题。后来张家闹出了命案，张家变得闹哄哄的，丫鬟总忘记点熏香，莹草就觉得原本绵软的身子有些好转。于是她便跟小丫鬟要了熏香想找人去看看，谁知这个时候，云家人找上门来了。

莹草生怕自己步入云娘后尘，便将当年的那封信和熏香一股脑地都给了云莫棋。

“又是熏香，张万全，你手里居然有这么多奇怪的东西，本官真是大开眼界啊。”成杨看着张万全，眼中满是厌恶。

“不但如此，草民还找到了当日想要玷污甥女清白的那几人，以及……从中教唆之人，还有一些物证。这物证就是张万全写给那人的信。”云莫棋一点一点地往外说着他查到的证据，张万全就被一点一点地攻破了心理，最后在看见初一带进来的那个女人和三个男人之后，彻底晕了过去。

这个案子其实并不复杂，却十分荒谬。

张万全总觉得自己靠手段得来的妻子并非完璧，生的孩子也不是自己的，再加上签了那样的合约，心中便有些扭曲。再加上云娘并不喜欢他，平日里也不怎么给靠近，这让张万全觉得云娘心中还有其他人，便有些嫉恨，于是寻了可以让人昏睡的熏香。这种熏香用量少可以安眠，量大就会让人成日里昏昏沉沉，茶饭不思，再加上女子也很少出门运动，最后就在昏睡之中香消玉殒了。

然而他并未因此而收手，反而开始想着要如何规避那份合约。此时张家在云家的资助上已经有了不少门店和良田，再加上云娘的嫁妆，让张万全可以做个富贵的员外，然而没有儿子这件事让张万全觉得自己抬不起头来。于是他便起了歪心思，寻了一处离渝水镇较远的地方买了个庄子，又找了个漂亮女人抬了进去。这女人为了坐上张家正妻的位置，也每日里绞尽脑汁地给张万全出主意。

在败坏张家小姐这件事上，这个女人功不可没。

这场荒谬的案子结案了，李云贵挨了一顿板子，张万全和他家小妾涉嫌杀人与买通无赖之行径，一个被发配充军，一个充作军妓。至于他们的孩子只能留给了张小姐，至于张小姐如何对待这并不被人期待的弟弟，就不得而知了。

剩下的几人，该发卖的发卖，该流放的流放，偌大的一个富户，如今只剩下寡居小女撑家。

“我一直在想，为何许多人都喜欢用熏香这种东西来害人呢？”君无咎将从张家搜到的熏香封在盒子里，放进修理好的物证房。

成杨帮着他整理那些卷宗，道：“因为方便，神不知鬼不觉，无形之中可以将人害死或者短时间控制人的神志。更有甚者，会将芙蓉膏放进熏香内，时间长了便染上了瘾无法戒除，于是为了得到芙蓉膏，便会对他人言听计从。”

君无咎叹道：“芙蓉膏学生也略有涉猎，与那五石散略同。若少量使用可镇痛，一旦用多了便会上瘾。”

成杨道："确实如此，也正因为如此，京城方面对所有制香之事管控甚严，宫中所用熏香都是被太医院仔细查过才会分送出去。但是就算如此，在熏香中加入其他东西害人之事也层出不穷，更何况这未有人管制的地方呢？"

他说完，见君无咎面色仍然沉重，便笑道："你若是能与本官一起，便会发现许多更加离奇的案子。熏香害人不过是其中非常常见的手段，还有许多更加奇怪的手段清悦怕是还未见过……本官去年曾经查过一个案子，便十分有趣儿。"

"哦？"君无咎放下手里的东西，跟在成杨身后出了物证房，问道，"是什么案子？"

成杨边走边道："一个嫡子为了夺取爵位谋害另一名嫡子的案子。这两人本是亲兄弟，本应该互帮互助。因为爵位要给长子，然而长子品行恶劣，吃喝嫖赌。所以家中想要把爵位给品行端正的次子。这长子知道后便怀恨在心，后与人合谋想出了一个计策，在一间密室之中将次子杀死，并造成自杀的假象。"

君无咎道："竟然如此？既然伪装成密室状态，那大人是如何查到的？"

成杨道："这件事其实原本即可这样过去，但是次子的妻子察觉不对，次子还未下葬便将这件事告之娘家，又由娘家将此事告与大理寺。本官前去查看之时发现那是一间书房，房门已经被撞开，屋内倒是还维持了原状。后来本官查看，在蜡烛流下的烛泪中发现一些奇怪的东西，经过检验居然是断肠毒药。后来经过查证，那长子终于招认毒药是他派人制入蜡烛中，再将这样的蜡烛放进他弟弟的书房。而且他也知道自己弟弟喜欢夜读，夜读必然要关了窗门以避风寒。就这样，那蜡烛燃烧到有毒的地方，房屋内又无通气之处，时间长了人便死了。那兄长之前还伪造了兄弟遗书，遗书中说自己愧对兄长之词，所以才被人以为是自杀，可谁知……"

"谁知居然是自己亲生兄长下此毒手……唉……"君无咎又是长叹

一声，“既然是亲兄弟，为何最终会成了这样？”

“兄弟齐心，其利断金；又说虎毒不食子。然而在利益面前什么都不是，都说天家无父子，然而这民间比起天家的狠心不遑多让。”成杨道，“一些蝇头小利都会让这些人抄起屠刀杀人，就别说那些更大的利益了，不是吗？清悦。”

君无咎抿了抿唇，闭口不言。

成杨笑了笑，他抬头看看天，天色已经发白了，“又忙了一个晚上，今日便好好休息，明天开始审理周氏一案。清悦，本官……我，等你的好消息。”

君无咎自然知道这个好消息是什么意思，他张了张嘴，却又被成杨截了话头。

“清悦，莫要多想，去休息吧。”

成杨拍了拍他的胳膊，转身走了。

君无咎暗自握了握拳，又叹了口气。

崔有财跪在堂下，这几天的牢狱之苦让他更加干瘦，脸上布满疲惫和焦躁，眼底发青，眼里满是红丝。这几天他在牢中过得十分艰难，他心爱的小妾每天咒天咒地，儿子更是骂骂咧咧不消停，最后把狱卒惹急了，隔着栏杆用棍子抽了好几下才算消停。

他看着堂上还空着的位置，嘴角控制不住地抽动，那原本是他的位置。原计划再过几个月，他就能离开这里，寻一个更加富庶的地方当官。可如今，如今……

于县丞跟君无咎一前一后地走了进来，君无咎负责记录各种案件，原来的那个书记也因为涉嫌一些收受贿赂的事被革职了。

君无咎与于县丞一同坐在案桌旁边的桌子后面，静静地看着堂中跪着的人。

崔有财、刘大福、刘大福的小妾王氏，还有周氏的哥哥——专门进京告状的周永强。

刘大福的脸色也十分难看，除了原本的惊慌失措，就是因为这两天听到衙门中传来的各种消息让他又气又怕。

王氏一边拿着帕子捂着脸嘤嘤嘤地哭，一边透过指缝查看周围的人。在看到于县丞和君无咎的时候，还装出一副娇羞的模样垂下了头。

君无咎无语。

伴随着升堂和衙役顿杀威棒的喝威声，成杨走了进来，坐进案桌之后。

堂下鸦雀无声。

君无咎把手中整理好的东西递了上去，成杨低头看了看，笑道："这个案子真是，真是让本官看见了什么叫做胆大包天……告状之人何在？"

周永强磕头道："大人，草民在！草民要状告庚县刘大福，与人密谋害死草民亲妹妹与她腹中孩儿！"

刘大福浑身的肥肉一颤，连忙趴下磕头道："草民冤枉啊，草民冤枉，那周氏与人通奸，最后自己上吊自杀的，怎么能怨草民？"

周永强高声道："草民的妹妹周氏温柔贤淑，向来大门不出二门不迈，在家里相夫教子。如今却被人陷害通奸，死不瞑目，还请大人替草民的妹妹申冤！"

刘大福道："当时人赃俱获，这么多人目睹，哪里陷害了？"

周永强道："好一个人赃俱获，我且问你，若是通奸，那么那个男人在何处？"

刘大福一哽，道："那男人，那男人半路跑了！"

周永强嗤笑道："半路跑了？好一个半路跑了，谁知道那男人是不是你们自己不知道从哪里买通的泼皮无赖，生怕露了馅便将人放走了？"

刘大福冷笑道："胡说八道，当时不但我府中不少人看见，就连外面也有不少人看见，怎么就说是我买通的泼皮无赖了？"

周永强道："府中不少人看见？那我问你，我妹妹陪嫁的丫鬟婆子都去哪里了？她们可也算是证人，如今人呢？"

刘大福道："连自己主子都护不住的下人，自然都被我发卖了！"

周永强不再问他，然后对着成杨磕头道："大人，此人满口谎话，放走犯人，将人证都发卖了出去，可见是在掩盖罪证！"

刘大福也跟着磕头，口中喊着："大人明鉴，草民绝对没有掩盖罪证，当时也是崔大人断的案，崔……"他说到这里，猛然抬起头来，发现跪在自己旁边的那个干瘦潦倒的老头，就是他口口声声喊着的崔大人。

成杨道："崔大人当时是如何断的案？"

崔有财干巴巴地跪在那里，一句话也不说，头也不抬。

成杨又道："崔大人可是承认了当时收了刘家的钱财呢。"说完他拿出一封信丢在刘大福面前，"崔大人甚至怕你受到牵连，还想与你报信，只不过……"他看着哆嗦着把信拿起来的刘大福，不再继续说了。

刘大福看着信中内容，冷汗哗啦啦地滑落下来。

"这，这……"他心一横道，"草民并不知道此事！"

崔有财扶在地上的手指抽动了几下，又不动了。

成杨道："这就怪了，你不知道此事？难道是崔大人污蔑你？"

刘大福又看看穿着一身中衣、沾了一身稻草的崔有财，咬牙道："草民，草民也不知道为何崔大人会写这样一封信！"

崔有财发出几声冷笑，他缓缓抬起头看向刘大福道："死到临头，哼哼……"

刘大福心中更加不安起来。

成杨道："你的意思是，崔大人污蔑于你？"

刘大福抬手摸了一把下巴上的汗水，眼珠子咕噜噜转了两圈道："草民不知，但是草民……并未与崔大人有过这样的交易。"

"哦……"成杨点头道，"本官懂了，你就是在说崔大人这封信是污蔑于你的。刘大福，本官可要好心提醒你，虽然崔大人如今看上去是落魄了些，但是官职还在。你若是说他污蔑你……可有诽谤朝廷命官之嫌啊。"

刘大福刷地瞪大了双眼，“这，不……草民，草民……”污蔑朝廷命官的罪过可是很大的，他可不敢背负这种罪名。

“那这信中所说，是否属实？”成杨逼问。

刘大福说是也不是，说不是也不是，已然不知道要怎么说了。

周永强见刘大福不再说话，又道：“大人，小的有人证，证明刘家小妾王氏与管家关系不清不楚！”

这句话说完，不但刘大福愣了，就连一直装羸弱的王氏也愣住了。

王氏反应过来大骂道：“周家老爷，我王氏一直大门不出二门不迈，在家里照顾老爷孩子，你居然会说出如此恶毒的话来污蔑我的清白！天啊，大人，我没法活了啊！这要是传出去，可要民女怎么做人啊！”

成杨道：“是不是真的，叫人证上来一问便知。”

衙役带了香桂进来，王氏看见香桂，神情就有些不太好看了。

香桂跪下道：“大人，民女是我家小姐周氏的贴身丫鬟香桂，我家小姐曾经看见过王氏和管家抱在一起，但是当时王氏与管家跪下哭求，我家小姐心软便将此事压了下来，谁知道，谁知道没多久……”

香桂落下泪来，虽然事情已经过去一年，但是仍旧让她难过不已。

“你个贱蹄子，老娘撕了你的嘴，让你胡说八道！”王氏扑上去就要打人，被周永强一把推开。

周永强道：“王氏，你还死不悔改？你说在家中照顾老爷孩子，可是我那可怜的妹妹留下来的两个孩子吃不饱穿不暖，这就是你照顾的？刘大福，那可是你亲生儿子！”

刘大福道：“周氏不检点，谁知道那是不是我亲生儿子！”

“你！”周永强气了个倒仰，“我妹妹不检点？刘大福啊刘大福，你简直是狼心狗肺！”

成杨一拍惊堂木道：“本官的话还未曾问完，待问完你们再继续吵！”说完，看向香桂，问道，“香桂姑娘，把你那日曾经遇到的事说与本官听。”

香桂又将那日的事重复了一遍，道："大人，我家小姐真的没有与人通奸，这件事绝对是有人从中作梗，还请大人还我家小姐一个清白！"

"若是有人从中作梗，自然会留下蛛丝马迹。"成杨说道，"刘大福，那日情况可与香桂姑娘说得一致？"

刘大福道："是的，大人，就是这样，我们都亲眼看见周氏与那陌生男子躺在一张床上，而且衣冠不整！"说完还一脸羞愧的模样道，"我刘家并未愧对周氏，谁知道她竟然趁我不在的时候……做了如此丑事！"

成杨道："那天你们进入周氏房间之后，是不是亲自将周氏以及她的丫鬟婆子叫醒的？"

刘大福道："是的，大人，是草民与王氏将周氏和那几个下人叫醒的。"

成杨道："这就奇怪了，按说房中下人最为机敏，为何房中进了人都没有察觉，反而要等人把他们叫醒呢？更何况周氏，若周氏真的通奸，居然还能睡这么沉？本官倒是听说身怀六甲的女子夜晚容易惊醒，看来周氏反而能睡得很好呢？！"

刘大福转了转眼珠子道："这草民就不知道了，也许是那周氏迷晕了自己的丫鬟婆子，方便与人通奸，谁知道自己也被迷晕了。"

"哦……这样啊……"成杨啧了声道，"我听说那日你回来得很早啊？"

刘大福一副咬牙切齿的模样道："是的，大人，小的接到信就往回赶，谁知道到了家中，那贱人仍与人同床共枕，简直，简直不堪入目！"

成杨点点头道："确实不堪入目，只是不知道你当日什么时候收到消息的？"

刘大福道："寅时吧，草民听到外面打更了，是五更天。"

成杨纳闷道："五更？五更的时候貌似城门未开啊……不知道刘老

爷当时在哪里？”

刘大福一愣，“呃，当时，当时我在……”

成杨又问：“那送信的人是谁？送到了何处？什么时候送过去的？”

刘大福眼珠子开始滴溜溜地转，然后看向王氏。王氏低着头不说话。

成杨又问：“何时发现周氏通奸？谁发现的？谁去送的信？”

刘大福道：“是，是王氏发现的。”

成杨看向王氏，问道：“王氏，寅时你不睡觉，跑去周氏的院子做什么？”

王氏立刻举起帕子捂着脸道：“奴家，奴家听到周姐姐的院子里有动静，所以就去看了看……谁知道……”

成杨问：“哦？去看了看……周氏院子当时是谁在看门？”

王氏咬着唇，想了半天道：“是一个婆子，那婆子已经被发卖了……”

成杨又道：“那你让谁送的信？送去了哪里？”

王氏支支吾吾道：“让，让管家送的信，奴家也不知道送去了哪里……”

成杨冷哼道：“既然如此，把刘家管家找来！”

刘家管家姓李，叫李朝。

李朝原本就在外面候着，现在被提到堂中，战战兢兢地跪在地上道：“草，草民李朝，刘家的管家，不知道大人叫草民来有何吩咐？”

成杨看向李朝，李朝身材高大，长得也是仪表堂堂，算得上俊秀。不过如今那滴溜溜乱转的眼睛却泄露了此人不安分的内心。

“李朝，本官问你，王氏说当日发现周氏通奸，是你去给刘老爷送的信？”成杨问。

李朝道：“是，是的，是草民送的信。”

成杨道：“送去了哪里？”

李朝看了看身前的刘老爷，犹犹豫豫道：“送，送去了刘老爷在城中的一处宅院……”

“这倒是有趣儿，”成杨笑道，“刘大福说他之前去跑商了，回来之后却不回家，而是留在城中另一处宅院中……”

刘大福道：“小的跑商回来天色已晚，所以，所以就没有回家。”

成杨笑道：“城里平日关门本来就晚，但是再晚也是在酉时就关闭城门了吧？这个时候许多人家刚开始用晚膳，刘大福你竟然没有回家？”

刘大福道：“小的，小的跑商之前与周氏吵过一架，所以便未曾回去。”

成杨道：“关于这个，我倒是找过几个人来问。有人告诉本官，原本你早就回来，但是不知为何却在城外住了两天，两天后进城却没有回家，而是住在城中另一套宅子里？”

刘大福道：“是，小的早就听说周氏与人通奸，所以便让王氏多听听动静，只要是有消息便通知与我，所以小的才在城外耽搁了两天才回来的。”

成杨哈哈一笑道：“你们算得倒是清楚，竟然知道周氏什么时候会通奸，为了配合周氏还在城外等了两天，也是辛苦。”

刘大福听出这话中有话，仔细想了想自己刚才说的话，觉得并未有什么漏洞，便放下心来道：“抓贼抓脏，抓奸抓双，否则小的也不知道那周氏竟然会做下如此下作之事。”

成杨跟着点点头道：“确实如此……”他仔细看了看刘大福的神态，突然问道，“刘老爷你看上去身体不是很好啊？”

刘大福诺诺点头道：“身体确有不适。”

“可是盗汗、心悸而且多梦？”成杨问。

刘大福一愣道：“大人如何知晓？”

“因为我查到了一个案子，这个案子中的死者死之前也是盗汗、心悸而且多梦……所以本官不得不有些担心刘老爷你的身体啊。”

刘大福脸色刷地变了，道：“小的看过大夫，那大夫说是因为小的太胖了，所以才会这样。只要多活动活动便没有什么大碍了。”

成杨没搭理他，反而看向王氏，道：“王氏，你之前的那位夫婿死之前就是不停盗汗心悸而且多梦吧？”

王氏没想到这话题突然转到自己身上，吓了一跳，忙道：“是，是的……奴家以前的……就是这样，那日半夜突然就暴毙了。”

刘大福的脸色突然变了，疑惑地看向王氏。

成杨道：“王氏，你与李朝之前可曾相识？”

王氏紧张地抓住手中的帕子道：“李管家与奴家之前的当家的，是一个村子里的。”

“哦？那么说你们是十分熟悉了吧？”

“不，并不熟悉，奴家与李管家平日里也没有说过几句话……”王氏有些惊疑不定，后心开始发冷。

成杨又道：“李朝，本官问你，当年王氏夫婿之死这件事，你可知晓？”

李朝垂着头道：“草民知晓，那李二半夜突然急症而亡，这件事不少人都知道的。”

成杨笑道：“可是本官去查，却发现并非是这样。那李二并不是暴毙而亡，而是被人杀了。”

王氏和李朝浑身一震，呼吸急促起来。

成杨又对刘大福道：“刘老爷，那李二被杀之前，就如同你这样呢。”

刘大福的脸色瞬间惨白，他怒瞪王氏，“你这个贱人，是不是你给我吃了什么毒药？”

王氏连忙哭喊道：“奴家没有，奴家冤枉啊！”

成杨冷哼，“王氏，你夫婿究竟怎么死的？他死的时候，你在何处？”

王氏控制不住地哆嗦，“奴家，奴家……奴家就，就在那房中……”

“除你之外还有谁在？”成杨逼问。

王氏猛然看向李朝。

李朝连忙把头别了过去，不与王氏相看。

成杨又道："本官还有一事想不明白，刘大福，你为何要辞去在刘家做了二十多年的管家，反而突然聘了李朝来做管家呢？难道你之前也与李朝相识？"

刘大福脖子上的肥肉颤了颤，"之前的管家，年事已高……草民便让他回去，回去了……"

"然后新管家既不是在自己身边心腹里选的，也不是在刘家常年的下人里提的，而是突然请了李朝来做？"成杨手指抚摸着惊堂木，口中啧啧道，"管家责任可是很重的，刘大福，你对这李朝倒是十分信任啊？"

刘大福转了转眼珠子道："李朝，李朝虽然年轻，但是知书达理，颇得小的信任……"

成杨道："怕是……不只这样吧？"

成杨看着堂下跪着的这几人，目光冷冷的。

半晌后说道："你们可知道，本官来到这庚县这么长时间，为何一直没有去查问周氏一案吗？"

他也没有等下面人回答，又道："你们觉得，本官手中若是没有证据，难道会随意替周氏翻案吗？"

成杨的目光从刘大福脸上，转到李朝脸上，又落在王氏脸上，道："不如让本官的属下与你们说说，本官究竟查到了什么事，如何？"

周永强大声道："请大人明示！"

他这一嗓子，把其他几人都吓了一跳。

成杨看了眼君无咎，示意该你了。

君无咎无奈地站起身，道："王氏被嫁到李家村，其实她十分看不上李二，而且李家村十分贫穷，所以王氏一直在想办法离开那李家村。后来王氏认识了李朝，与李朝勾搭成奸，两人便开始商量如何离开李家村。若是想要离开，寻个法子和离即可，可那李二对王氏颇为喜欢，必定不愿意和离。

“后来李朝遇见了刘大福，得知刘大福家中富裕，便起了歪心思。他趁着刘大福停留在李家村的时候，让刘大福和王氏借着去寺庙上香的机会见了一面。刘大福见到王氏十分喜欢，便提出若是王氏能与李二和离，便将王氏抬到自己家。不但如此，这二人还经常在外厮混，有了肌肤之亲。

“王氏为了摆脱李二，便在李二饭食内放了一味草药，这种草药长期服用会让人心悸、盗汗而且夜晚多梦，容易产生幻觉。不过虽然如此，这草药却不会置人于死地，只要是停了便能缓和过来。但是就算如此，李二在众人面前也留下了重病的模样，于是在某一天夜黑风高之时，王氏伙同李朝杀害了李二！”

“大人，大人冤枉啊！”王氏和李朝同时喊冤，王氏大哭道，“那李二确实是病重暴毙的啊，他下葬的时候，全村人都看到了！奴家一个弱女子，怎么会伙同旁人杀害自己的夫婿？”

“王氏，你看这个，可曾熟悉？”君无咎冷下脸，将手中一样东西丢了下去。

王氏看到那三寸多长的棺材钉，忍不住啊地尖叫起来，吓得往李朝怀中躲藏。

她这个反应让同样跪在旁边的刘大福怒不可遏，“你这个贼妇，你，你究竟……你……”他被气得头晕眼花，拼命拍打着自己的胸口，好不容易才缓过气来。

君无咎又道：“王氏嫁入刘家，并不满意一个妾的位置，而且也并不满意刘老爷您，所以曾经多次与李朝厮混，其中一次被周氏察觉，于是王氏与李朝便将周氏看作了眼中钉肉中刺。”

王氏道：“并没有，奴家没有！奴家冤枉！”

君无咎道：“因为李朝给刘大福你介绍了王氏，而且说话颇得刘老爷喜欢，于是为了某种见不得光的秘密，刘老爷便辞去了原本的管家，将李朝聘了进来。谁知这样倒给了王氏和李朝一个机会……”

刘大福表情阴晴不定，脸色从发白到涨红，如今开始发青。

“王氏和李朝一边帮着刘大福算计周氏，一边却将刘大福推上死路。我们在刘家厨房内，刘大福的药膳中看到了一味草药，这味草药就是导致李二重病的根源，也是导致刘老爷您……如今心悸盗汗的原因。”君无咎冷笑道，“其实也不只如此，我这里还有一样证据。”

他说完，又拿出一个包裹，丢到李朝面前，道：“李管家，你可认识这个包裹？”

李朝看见那个包裹，忍不住往后退了两下，却因为碰到身后的周永强，被周老爷用力推了一把，向前扑到那包裹面前。

“李朝，你不打开看看里面究竟是什么吗？”君无咎逼问。

李朝忙不迭地让开，不停吞咽口水，眼睛睁得大大的，眼中满是惊惧。

成杨哈哈大笑着拍手道：“这真是一处螳螂捕蝉黄雀在后的好戏啊，刘大福，你觉得这出戏有没有意思？”

刘大福已然说不出话来。

成杨道：“本官怕你们不死心，还有一个人证要让你们看看。带人证，王贵。”

刘大福颓然地伏趴在地上，就连王氏与李朝也没有了一开始装可怜的样子了。

王贵进来就趴在地上大声喊道：“大人，大人，小的已经全招了啊，小的是被鬼迷了心窍啊！小的跟周氏什么关系都没有，什么关系都没有！是他们让小的过去躺一下就好了，小的就只是躺了一会儿啊！小的连周氏的手指头都没有碰啊！大人，大人！小的不想死！”

成杨慢悠悠地问道：“刘大福，你可有什么想要说的？”

刘大福瘫软在地上，双眼紧闭，四肢抽搐。

君无咎走过去看了看，叹气道：“大人，刘老爷他……他晕过去了。”

王氏一听，立马来了精神，大声道：“大人，都是刘大福指使我们这样做的，是他，他说周家财大气粗，总是压他一头，他早就忍不了了。所以他与奴家密谋，要给周家一个好看！奴家只是个妇道人家，怎么能狠下心来害死周姐姐呢？更何况周姐姐腹中还有孩子……呜呜呜，奴家也是被逼的啊！”

君无咎道：“那李二之死，也是被逼的了？”

王氏的哭声戛然而止。

“王氏，你与李朝私通，杀死李二，陷害周氏，毒害刘大福，挫磨周氏的两个孩子，将沾了砒霜的银票给王贵，这都是刘大福逼的？”君无咎厉声喝道，“在这一桩桩事里，王氏你自己做了什么，你自己最清楚！李朝，这一桩桩人命案里，你也脱不了干系！刘大福俨然咎由自取，你二人并非帮凶，确系凶手！如今证据确凿，你二人还有何话可说？”

这时，初一从外面走了进来，在成杨耳畔说了几句话。成杨道：“哦？竟然如此？那就将人叫进来问问。”

走进来的是个丫鬟，而且是王氏身旁的大丫鬟。

王氏看见她，厉声喝道：“你来做什么？”

丫鬟跪下道：“大人，奴婢玛瑙，是想跟大人说一件事……刘家小少爷刘睿并非刘老爷之子，而是王氏和李朝的孩子！”

“你胡说，你胡说！”王氏气得尖叫。

玛瑙不为所动，大声道：“奴婢进府时间并不长，进去之后便被王氏挑在身边做丫鬟，所以王氏不少事奴婢都知晓……”她说到这里，忍不住抽泣起来，“奴婢对不起夫人，但是不能对不起两位小少爷。奴婢不知道他们是如何陷害夫人的，但是却知道刘睿小少爷不是刘老爷所出，而是王氏与管家的孩子！而且奴婢还听到王氏与管家私下里说，待刘老爷死了，就将夫人生的两个孩子弄死，然后刘家偌大的家产就都是她与李朝的了！”

“大人，不要听这贱奴胡说，那孩子就是老爷的，是奴家跟老爷的孩子！”王氏哭喊着。

玛瑙冷笑道："王氏你口口声声说那孩子是老爷的，那你可敢验血？"

王氏急促地喘息着，她转过头，看向玛瑙的眼睛里几乎要喷出火来，"玛瑙，我往日里待你不薄，你为何要如此陷害于我？"

玛瑙看向她道："夫人是个大善人，经常会做善事，而你呢？因为老爷强迫了一个丫鬟，你便将那丫鬟活活挫磨而死！但是王氏你可知道，那丫鬟与我情同手足！当我进府后被你挑在身边的时候就已经想要替夫人和姐姐报仇了！"

王氏只是冷冷地看着她，恨不得把玛瑙碎尸万段。

玛瑙又向成杨磕了个头道："当奴婢得知大人前来替夫人翻案，心中已然有了计较，就是要等一个机会，向大人禀明王氏与管家是多么的狠毒！"她看向王氏，突然笑道，"王氏与老爷已经有几个月未同房了，可是数日之前，王氏察觉自己有了身孕，所以她与管家计划等大人走了，便将刘老爷弄死。若是大人不信，可以找大夫给王氏号脉便知！"

刘大福在这个时候醒了过来，正好听到王氏有孕之事，差点儿又晕死过去。

"多行不义必自毙！"周老爷冷声道，"刘大福，你的亲生孩儿被你逼死，两个孩子也被折磨得连饭都吃不上了。如今你最宠爱的孩子并不是你的……呵呵，真是一个大笑话，天大的笑话！"

刘大福喃喃道："不可能，这，这不可能……怎么会这样，绝不可能……"

周永强哈哈笑道："可怜我那妹妹，一心一意为了你，为了你生儿育女，为了你的名声自己用嫁妆去布施，为了你去庙中祈福，结果却落得这个下场！如今苍天有眼，让大人揭露了你的恶性，还我妹妹一个清白！刘大福，你死不足惜！"

他又恶狠狠地看向全程一句话没说的崔有财，大声道："崔大人！你未曾想，当日收了刘家的钱，会落得这个下场吧？这案子疑点重重，可是你却草草审理，冤死了我那可怜的妹妹。如今看你这样，我心中真是痛快，真是痛快！”

崔有财的额头抵在地上，冷汗已然浸湿了单薄的中衣，冷冷地裹在身上。

成杨将这些人的判决宣布之后，轻声道：“为了自己的私欲，落得如今这样的下场，刘大福，你可曾后悔过？”

刘大福目光呆滞地抬起头，也不知道看向哪里，然后颓然倒下。

【第四章】张云东之死

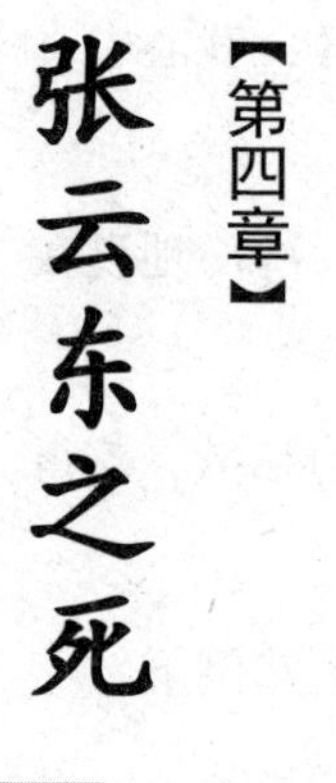

马车在官道上辘辘前行，君无咎坐在车里，脚下放着他做推官专用的工具箱，看着车窗外的景色开始走神。

庚县这边的县令落马之后，成杨又在这里忙到了九月底，然后等到了京城那边的回复，让于硕直接当了庚县县令，重新调了个县丞过来，又在一群秀才里面提了个主簿填补了空缺。最后该押解进京的，该等到秋后问斩的，该流放的也都交接完毕了，算算日子，他该进京述职了。

这段时间君无咎家里田间的活儿是掏了银钱出来让邻居帮的忙，所以成大人这边无事了，就只等着他的回复了。

犹豫了数日，君无咎最终同意了。他想报仇，但是也知道只凭自己的力量是无法报仇的，若是成杨对岳鸿之大人十分尊敬的话，应该，应该会帮他吧！

他将自己床下的一只红木箱子翻了出来。

这只箱子一尺宽，算上把手几乎两尺高，下层打开是一些大型的验尸工具，上层有九个小抽屉，每个抽屉打开也是各种小工具。从发丝粗细的一套银针，到精铁所制的尖嘴镊子，十分齐全。

这套东西就是他的师父岳鸿之传给他的。

在这套箱子底部还有一个非常隐秘的夹层，君无咎打开夹层从里面拿出一封被烧掉一半的信。虽然信被烧掉了一半，但是打开后仍旧有三张信纸，其中一张上面写了不少人名，另一张有着寥寥几句不痛不痒问候的话语，最后一张也没有太多信息，而且落款被烧掉了一半。

但是这封信，是他找到仇人唯一的线索。

“外面起风了。”成杨钻进车厢，坐在君无咎身旁搓着手，“明天就立冬了啊，这天儿越来越冷了。”

君无咎笑了笑道：“这时候起风怕是要下雨……一场秋雨一场寒了，大人要多注意身体。”

成杨道：“返回之前家中寄来了一些厚衣服倒是不怕，从这里到京城路上至少得走一个月，若是下雨下雪怕是更加难走了。”他撩开车帘往外看了看，高声道，“初一，前面找个宿头先住下来吧。”

“好的，少爷。”初一答应了，先骑马向前奔去。

初一是成家家仆，所以除了某些场合，基本上不会叫成杨大人，但是现在除了初一还有其他几名随从，成杨说其中两名是皇上派给他的高手，专门解决一些比较麻烦的事儿。

越往北走天就越冷，原本还能看见一些绿色，逐渐的就都变成了红色黄色，哗啦啦地耀目。一个半月之后终于远远地看见巍峨的城门，京城到了。

“先去我家，清悦你暂且先在我家里住，至于岳大人的事，我一定会帮你。其实也不只是帮你，岳大人京中威望还在，若是那些人得知岳大人如今遭遇，怕是也会伤心愤怒，所以你不要着急。”成杨安慰道。

“谢大人，学生，并没有着急。”君无咎道。

成杨莞尔道：“虽然一直与你说咱俩可以以兄弟相称，但是清悦你实在古板。不过这次或许我能为你谋个官职……”他的目光落在那个红木箱子上，“既然你是岳大人嫡传的徒弟，在我大理寺做个推官也是不错，凡事慢慢来，等你权位高了就知道，有的时候你现在觉得很难的事，其实并不是真的难。”

君无咎点头道：“学生知道大人苦心，定不负大人栽培。”

“唉，清悦你啊！”成杨摇头叹气。

君无咎没想到这位一点儿架子都没有的成大人，居然是崇王府嫡子。虽然他当初也觉得成这个姓比较特殊，但是真没想到一个王爷的嫡子会在大理寺这种地方当官儿。

成杨上面还有个哥哥，也就是崇王府世子成堃，成堃长得人高马大，跟崇王简直就是一个模子刻出来的。崇王家中世代武将，这个世袭称号是当年开国保驾有功，大盛开国皇帝赏赐，如今到成堃手中，已经是第四代了。也是因为崇王手中持有御赐金牌，并且常年在外征战，所以几代皇帝对崇王手中兵权虽然觊觎但是却不会动。

因为成家从不站队，谁当皇上，便终身为皇上手中之刀。正是因为这样，才让皇帝对成家放心。

成堃此时正在家中，得知弟弟归来连忙迎了出去，在看见成杨身旁的君无咎的时候，不禁愣了一下。

成杨的好友很少，能带回家的好友就更少了，如今这陌生的青年却从容地站在成杨的身旁，不禁让成堃多看了几眼。

“这是我的好友君清悦，清悦，这是我的兄长，以后便与我一同称兄长便是。”成杨笑呵呵地互相介绍。

成堃又是一愣，随即笑道：“难得看到杨杨带朋友回来，为兄甚是欣慰。既然是杨杨的好友，那自然也是我的朋友，清悦公子，请。”

“不敢当！”君无咎连忙行礼，“草民原不知成大人兄长是崇王世子殿下，草民惶恐。”说完就要下跪。

成杨连忙拦着，“哎哎，清悦你这古板的性子真是让我头疼，快起来快起来，我家中没有那么多礼数。哥，你把我朋友吓到了。”说完，还不忘了抱怨一下。

成堃哈哈一笑道：“清悦不用多礼，快进来。杨杨，母亲自从接到信便开始在家中等你了，还备下不少好吃的，真是让兄长嫉妒。”

成杨啧了声道：“好像兄长每次回来都会坐冷板凳一样，清悦你可不要被我兄长这副模样骗了，从小就数他最心黑，换着花样欺负人。”

兄弟俩说说笑笑地往正厅走，君无咎在后面跟着，心中羡慕不已。

成杨是回来述职的，见过母亲安顿好君无咎之后，便换了官服急匆匆地去宫中了。

君无咎坐在被安排的房中，这个院子也是成杨的院子，院子里亭台楼阁小桥流水颇为静雅，只是已经到了深秋，只有数朵金菊灿烂开放，其他的花早已凋零，化作尘土。他住的这里是这院子里的一个小套院，高大的院墙外面是一条幽静的巷子，也让这个院子十分清静。

崇王府管家也姓成，是成家家仆，世代跟随成家家主，可说是忠心耿耿。成管家带着两名丫鬟两名小厮来到君无咎所在的院子，笑道：“君公子，这院子可还随心？”

君无咎连忙行礼道：“十分随心，请替小生谢过世子殿下。”

成管家道：“这是二少爷指派的院子，二少爷是把君公子当至交好友才安排住在自己附近的。”

君无咎道：“待成大人回来，小生会去亲自道谢。”

成管家见他十分懂礼数，不由放下部分戒心，指着身后的丫鬟小厮道：“大少爷怕公子住不习惯，特别找了心细懂事的下人来伺候公子。”

君无咎道：“小生惶恐，万分感谢世子殿下关爱，只是小生习惯万事自己动手，这若是有人伺候，便十分束手束脚……虽然知道这是世子殿下的好意，但是小生实在是无法受用。”

成管家见他神色并不作伪，又道：“这院子打理起来也甚是麻烦，这几人既然留在公子身边，平日里端茶倒水或者遣人传话跑腿也是方便的。”

“可是……”君无咎抬头看了看成管家身后的两名漂亮娇俏的丫鬟，连忙低下头道，“世子殿下的好意小生心领了，只是……这两位姑娘还是，还是……”

“君公子可是嫌弃奴婢们手笨？”一名绿衣丫鬟笑盈盈道。

“不，并不是……”君无咎窘迫极了。

成管家笑道：“既然世子殿下好意，那么这四人就是公子的人了，每日里做什么不做什么，任凭公子安排，若是这样退回去，怕大少爷也会觉得怠慢了公子。”

君无咎无法，只得先应下来，待成大人回来再安排。

两名丫鬟分别叫柳红、柳绿，小厮叫白芷、防风，见君无咎也安排不出什么来，便自行散去。丫鬟留在院中洒扫，小厮去了门房。他们这样识趣，倒是让君无咎松了口气。

成杨进了宫，将庚县发生的种种事情详细地说了一遍，其中数次提到君无咎的名字。

“这个秀才是岳鸿之岳爱卿的徒弟？朕倒从未听说过……”皇上听完，仔细思索起来。

成杨道：“君无咎小时候被岳大人领养，虽然不曾经常带在身旁，但是验尸断案的经验倒是传授了不少。他曾说过岳大人告老还乡之后便带他四处游走，后来当过几年推官。但是后来……”他皱了皱眉，叹道，“岳大人遭遇不幸，清悦也不得不退隐山林，不敢出来了。”

“你说的那件事可是真的？”皇上蹙眉，“虽然朕也曾经见过那种屠村领功之人，你说的这件事朕还是有印象的，但是那人却是周将军之子。”

成杨道：“周将军之子周茂先？怎么会是他？”

周将军叫周知磬，与成杨的父亲并称为大盛两大战神将军，他的儿子虽然并未跟成堃一样守卫边疆，但也能称得上是一员猛将。可是若当初屠村却声称剿匪冒领军功之人是他，那这件事就极为复杂了。

皇上问道：“那君秀才可曾说过岳爱卿是为何被杀的吗？”当初岳鸿之辞官，他也百般挽留，但是岳大人却坚定地辞了官，从此云游天下，杳无踪影了。他一直以为岳鸿之还活着，谁知道成杨去一趟庚县居然带回来如此令人震惊的消息。

一名已经辞职的大理寺官员退隐山林被杀不说，就连他曾经住过的村子都被屠杀殆尽，这要多大的仇怨才会让人做出如此丧心病狂之事？

成杨斟酌了一下道："他未曾明说，而且对这件事十分抵触，但是微臣曾经试探着问了几次，好像是与……买卖官职有关。"

"买卖官职？"皇上沉声，语气有些不悦，"这种不正之风大盛已经禁止多年，每次发生牵连官员众多！哪次不是重罚？如今竟然还有人敢在朕的眼皮子底下做这种事？"

成杨道："皇上息怒，这种事一直屡禁不止可见它能带来多少利润。如今光京官就上千人，更别说那些地方官员，林林总总算下来也得有十万之众了。如此庞大的官员数量，哪怕其中只有千分之一的人数，先不说铺下的银子有多少，就说这人脉牵扯就已经令人防不胜防了。"

"查！"皇上表情十分严肃，"给朕查！若真是因为此事牵连岳爱卿，那不管是谁，朕都要将这败坏朕江山之人抓出来严惩！"

"臣遵旨！"成杨连忙叩头，他抬起头来，笑眯眯道，"可是皇上，臣人微言轻，怕是……"

皇上笑着摇摇头，"就知道你会这样说，成大将军这样严肃庄重的人，居然会生出你这样毛猴似的儿子！罢了，朕给你下一道密旨，再加上尚方宝剑……成爱卿，你可不要辜负了朕对你的信任啊！"

"谢皇上！"成杨再次叩首，又道，"皇上，那君秀才怎么办？一个秀才身份，臣若总这样带出去怕会被人说闲话，君清悦性子倔强又古板，这个……"

皇上隔空点了点成杨的头，道："他之前不是做推官的吗？既然这样，就让他在你身旁继续做个推官吧。"

这一句话，就把君无咎从普通推官直接升职到了大理寺，大理寺的推官至少七品起，如今君无咎也算是有了个正经官身了。

从宫中出来天色还早，成杨又去了大理寺，他的老师是如今的大理寺卿欧阳定贤，也曾是岳大人好友。后来岳鸿之告老还乡，他便坐上了大理寺卿的位置。

“庚县的事，翰飞你做得不错，为师甚是欣慰。”欧阳定贤已经五十多岁了，但是保养得好，看上去跟四十出头似的，而且面色红润，唇下一缕美髯飘扬，曾经被人取过美髯公的戏称。

成杨行礼道：“多亏恩师指点，否则翰飞哪里能有如今成就。”

欧阳定贤抚着胡须哈哈大笑，笑完了又道：“老夫听说，你在庚县遇到了一位好友？”

成杨道：“是个秀才，但是破案手段不错，给徒儿帮了大忙。徒儿见不得其才气被埋没，便带来京城。而且清悦品性端方，徒儿已经将他认为好友了。”

欧阳定贤点点头道：“即便如此，翰飞你也要多多查探此人，毕竟我们做的是刑狱断案之事，万不能被人迷惑了。”

成杨笑道：“恩师说得是，不过皇上已经让清悦进入大理寺，在徒儿手底下做个推官，这样徒儿出去办案带着他也十分方便。”

欧阳定贤面色一凝，微怒道：“大理寺的推官岂能如此儿戏？此人究竟有什么本事能耐能来大理寺做推官？”大理寺的推官可以算得上其他推官最为羡慕的官职了。

成杨道：“恩师息怒，这也是徒儿再三思量后与皇上探讨，皇上同意了的。而且让他就在你我师徒身旁，自然能看出本事大小。若是本事大就是我的福气，若是不过如此，也就是个七品官罢了。”

“你呀你！”欧阳定贤叹气，“你就是心软，心软可是成不了大事的！”他说完见成杨敷衍的笑容，便知道他不愿意自己再提这件事。虽然他与成杨有师徒之情，但是不管怎么说，成杨也是崇王府的嫡少爷，原本身份并不低。想到这里，欧阳定贤转了个话题道：“翰飞，如今你也二十有二了吧？”

成杨道：“是，年后就二十二了。”

欧阳定贤道：“二十二也该成家了，老夫家中小女与你也算得上青梅竹马……”

"恩师可饶了学生吧！"成杨连忙告饶，"学生可一直都把楚楚当亲妹子看的，哪里有求娶自己亲妹子的事呢？"

"楚楚心中可是一直都有你，听说你出去她在家中每日都担心呢。"欧阳定贤道，"不管你喜不喜欢她，好歹也去看望一下。"

成杨叹气，装出一副可怜的模样，"恩师也知道学生总是出远门，若是真娶了楚楚妹子，那妹子岂不是每日都担心？若总是这样，恩师心中怕也会对学生产生怨怼，那岂不是坏了两家情谊？欧阳老大人啊，学生觉得，您还是给楚楚妹子找个温柔公子，也好护着我那活泼纯良的妹子。"

欧阳楚楚虽然有个楚楚的名字，但是人却一点儿都不楚楚。成杨说活泼纯良已然是在夸赞，楚楚从小被捧在手心儿里，早就养成了个天不怕地不怕的娇蛮性子，也就是在看到成杨的时候才会努力装出一副羞答答的模样。

欧阳定贤知道成杨不愿意，但是也不点破，毕竟是小儿女的事情，若是他插手那可就变成两家的事儿了。

"那你今日去不去看她？"他问。

成杨道："我今日才回京，家中母亲也不过见了一面就来面圣了。若是这个时候去看楚楚妹子，怕是我那母亲要怪罪我啦。过几日待学生这边都安排好了，带了礼物去恩师家中拜访。"

"也好……"欧阳定贤点点头，话题一转道，"不知道这次回来，皇上又要如何嘉奖你。不过你进宫的时间也够长的，为师在这里左等右等，等得都快不耐烦了。"

他话中说是在等成杨，其实话里则想要知道成杨究竟跟皇上说了什么居然在里面待了将近三个时辰。不过就是庚县的一个案子，为何要讲这么长。

成杨道："皇上让学生讲了那边的风土人情，庶民百姓，以及这一路的所闻所见。如今已经入冬，眼看着就要过年了，皇上也是担心自己的子民过不好年嘛。"

“只是如此？”欧阳定贤不信。

成杨笑眯眯道：“自然是如此，学生也没有什么其他好说的啊。若是有其他事，皇上也不能瞒着恩师您，不是吗？”

欧阳定贤想了想，知道确实如此。毕竟他是大理寺卿，凡是与案子相关的事自然要由他过手。如今皇上并没有找他询问什么，那应该不是与案子相关的事了。

他哼了声道：“老夫还以为皇上要给你指婚什么的呢，真是替我那闺女担心。”

“欧阳老大人！”成杨一揖到地，“不要再拿学生开玩笑啦！”

成杨苦笑着出了大理寺，坐上早就准备好的轿子，“回府。”

在轿子中，成杨用力捏了捏眉心。皇上的信任十分沉重，而且他也知道为什么皇上会把这件事交在他手中。因为他是成家人，也只有成家人不会去参与那些乌七八糟的事，因为他们有圣宠。

如今手中有了密旨和尚方宝剑，可是这件案子牵扯甚多，如今还没有什么头绪。也正因为这样，他就更要步步为营，因为在案子明朗起来之前，身边的所有人都是嫌疑人。

这是曾经的岳鸿之大人说过的话，也是他们大理寺破案必须遵守的事。

所有人都有嫌疑，即便是恩师。

他重重地叹了口气，也知道为什么岳鸿之不愿意让君无咎知道这些事了。自从他在皇上口中听到周茂光这个名字之后，就觉得这个案子怕没有他想的那样简单。

买卖官职这种无本万利之事，究竟会牵扯多少人进来呢？一旦查出来，朝堂上怕是又要经历一场残酷的腥风血雨。

君无咎没想到成杨真的给自己谋了个官职，虽然已经提前得到信儿了，可是当圣旨到了的时候仍旧有些慌乱。

“清悦莫慌，与本官一起去就可以了。”成杨看着满脸紧张的君无咎只是笑，“在庚县哪怕是见到狰狞恐怖的尸体或者凶徒，也没见你如此紧张过。”

君无咎在衣摆上擦了擦手心里的冷汗，苦笑道：“大人莫要嘲笑学生了。”

“你总是不愿称我一声贤弟。”成杨自从回了家，便一副少年公子的模样，那种在庚县的气场一去不复返了，“母亲还问呢，是不是我怠慢了你，让你对我不喜。”

“怎么会？成大人年少有为，学生岂敢高攀？”君无咎连忙解释。

成杨叹道：“罢了罢了，走走走，与我一同接旨，今天过后你我就是同僚了。”

宫中来的太监姓薛，是在皇上身边伺候的大太监。今日来这里宣旨可见皇上对成家的重视。

君无咎看着手中的官服，心中百味杂陈。他师父曾经告诫他不要报仇，要远离朝堂，可是自己终究踏上了这条路，沿着师父的足迹，进入了大理寺，做了推官。

师父，不是弟子叛逆，而是……

他用力闭了闭眼，眨掉眼里的湿气，再次睁开后眼前一片通明。

他只是不想师父和秀秀死不瞑目，哪怕搭上自己的性命，也要将杀害师父之人绳之以法。

君无咎接了旨，第二天就跟着成杨来到大理寺，成了一名正儿八经的推官。

君无咎在京城既没有人脉也没有朋友，虽然当了官儿但是并不像其他人一样要开席庆贺。虽然是这样，但是成家却为他开了一席，毕竟这是成杨第一个带回来的好友，成家人也都高看了一眼。同时也希望君无咎能承情，以后在成杨手底下好好做事，千万不要闹出什么幺蛾子。

而后的几天君无咎便一头扎进大理寺存放案宗的地方，想要查到一些当年的线索，没几天就熬得脸色有些不太好看了。

成杨见状忙将君无咎拽了出来，道：“清悦你既然入了朝堂，进了大理寺，那么就应该知道做事千万不要露出马脚吧？如今你翻看的案宗都与买卖官职相关，真的不怕别人不知道我们想要查什么吗？”

君无咎一愣，想到自己这几天做的事，也不禁有些后怕，“是学生的错，学生有些冒进了。”

“还好有我帮你掩盖，别人只是觉得你刚进来要表现得勤快一些呢。”成杨笑道，“不过因为临近年下，城中禁卫森严，大理寺里也不能太过放松，你这样也不算是太过冒进，只是以后要多注意才是。”

“是，多谢大人提点。”君无咎总算松了口气。

成杨又道：“今日是我休沐，刚从恩师那里过来顺便也替你请了个假，我带你熟悉一下京城环境，你心中也好有个了解。”

两个人说着话便走出了大理寺。

“翰飞与那君无咎关系真是不错……”欧阳定贤喝了口茶水，看向面前的孙主簿。

孙主簿道：“说得也是，成大人向来很少有如此亲密之人，看来这君无咎倒是有些本事的……只是此人不过是个秀才，能让皇上恩准进了大理寺，这未免让人有些疑虑。”

欧阳定贤摸着自己的胡子，问道：“哦？有何疑虑？”

孙主簿道：“这人既然出来，必然会有个出处。但是这君无咎除了个秀才的名头，其他的下官倒也查了查，之前他在南方一些小县城里做推官，虽然是推官但是并不是那种有官职的，而是属于幕僚之类。下官有些搞不清楚，既然是推官那不可能是自学，必定会有老师，可是这君无咎的老师是谁呢？”

欧阳定贤眉间一凛。“是啊，这确实令人不解……”他想了想又说道，“孙大人，你可知道这君无咎近几日在案宗室都在查看什么案宗吗？”

孙主簿道：“很杂，而且大多都是偏远地方的案宗，无非就是一些杀人越货之类。下官想，或许是这君无咎想要找一些有破绽的案子查一查，好让自己能在这大理寺有些地位。”

欧阳定贤笑道：“若是看看案宗就能断出来什么大案，那也算得上是人才。我大理寺能得如此人才，倒要庆贺一番了。”他虽然口中说着庆贺，但是表情却满是不屑。

一个乡野间出来的秀才，在他眼中跟那些泥腿子没有什么区别。

“不过话虽这么说，总要知道这人师承何处才好。”欧阳定贤补充道。

孙主簿道：“这事还请大人放心，下官已然差人去查了。”

“如今我已经将你的身份掩盖住了，而且此事也有皇上帮忙，若是有人想要查你，必定查不到岳大人身上。”

京中酒楼的雅座上，成杨对君无咎道：“这个案子除了皇上，就是天知地知你知我知，所以你不用担心。饭要一口口吃，案子也要一个个的查，既然他们做出了这种事，必定要露出马脚来的。”

君无咎叹气道：“当年我已经绝了要替恩师报仇的念头，毕竟以我个人之力，确实无能。如今有了大人帮忙，心中便多了一分迫切。”

成杨笑道：“迫切一些也是好的，只是不要再如此冒进就好。”他指了指窗外，道，“这京城内有多少皇亲国戚，又有多少京官，清悦你可知道？”

君无咎茫然地摇了摇头。

成杨又道：“那你可知道，这里是否会有人也被牵扯进这个案子里面？”

君无咎面色沉重下来。

成杨道：“就算是崇王府得圣恩，也不会与这些人直接硬抗。不知道会有什么样的利益联系了什么样的人，牵一发而动全身。清悦，这个案子没有你想得那么简单。”

君无咎握紧双拳，表情痛苦地点点头，“学生，知道了……”

成杨道：“虽然我如今年纪并不如你大，但是从小却耳濡目染，知晓这其中关窍牵连，所以能够坐稳这大理寺少卿的位置。但是你不行，清悦，对于这些你就如同一张白纸，稍不注意就会被人染黑。我承认你在对案子推断上的敏锐，但是这人脉关系上的巧妙之处，你也需要多加注意啊。”

“是，谢大人……”君无咎脸色越来越难看。

成杨哈哈一笑道：“你看你，白长我几岁，却如此容易显露内心，这样不好。而且你一口一个大人，倒让我有些尴尬了。本是想将你当朋友，可是清悦你却总要与我隔着一层。”

君无咎有些惶恐道：“并不是隔了一层，而是，而是……”

成杨摇摇头道：“这就是人情世故，你要知道什么人可以亲近，什么人不可以亲近。若是每个人都被你这样拒绝，难免会心生怨怼。也就是我与你同事多日，知道你是个什么样的人。”

君无咎表情窘迫，道：“是……当年恩师也总是与学生这样说，那时候学生确实未将这种事放在心中。只是……”他有些为难地看向成杨道，“学生比大人虚长了几岁，总不能以兄弟相称，这实在是……”

“原来你在意这件事？”成杨端起一杯热茶慢慢地喝了口，道，“也不是什么难事，在人前你喊我大人也就罢了，人后便叫我翰飞吧。翰飞是我的字。”

君无咎道：“翰飞？可是‘宛彼鸣鸠，翰飞戾天’中的翰飞？与大人取此字之人对大人一定是十分看重的。”

成杨笑道：“这是我恩师与我起的，我恩师就是如今大理寺卿欧阳老大人，他与你恩师曾是好友。”

君无咎愣了一会儿，摇头道：“即便是好友，却也……”

“清悦，你看你……”成杨给他续了一杯茶，“表情可以透露出一个人的内心想法，之前见你也没有如此多愁善感，如今到了京城，却怎么变成这样了？”

君无咎用力抹了把脸，抱歉地笑了笑，“是，是学生……嗯，是我错了，以后便不会这样了。”

成杨道：“我还曾记得岳大人说过，与案件相关的所有人，都有嫌疑的可能。所以就算是我恩师，我也不能将这件事说与他听。恩师是如今的大理寺卿，世上少有事能瞒得住他，但是你的身份并未曝光，倒也没有什么顾虑，但是以后一定要多注意。”

君无咎吃惊道：“可是那是你的恩师。”

成杨道：“崇王府忠于皇上，我自然也只忠于皇上。对于我来说，恩师是恩师，再大也大不过皇上，知道吗？”

君无咎艰难地点点头，因为对他来说，岳鸿之不但是他的恩师，还是他的父亲，恩重如山，情重如山，自己无论有什么事都不会隐瞒的一个人，那就是恩师岳鸿之了。

但是，这里是京城，而他们将要去查的案子，将会涉及这京城许多人。

如今水面上平静无波，但是谁知道这水底是否也跟水面一样平静呢？

成杨看君无咎表情凝重，也知道他将自己说的话听了进去，道：“且不要去想这些污糟事了，今天叫你出来除了想让你在这京城转转之外，还要介绍一人给你认识。”

君无咎打起精神笑道：“哦？……嗯，翰飞要介绍的人怕不是普通人吧？”

“自然不是普通人，”成杨耳朵动了动，“啧”了声，道，“说人人到，她来了。”

话音刚落，一人推开这雅间的门，大笑道：“我就知道师兄会躲在这里喝酒，小妹我在外面忙得要死，师兄却总在偷闲！”

君无咎定睛一看，来人居然是一名飒爽英姿的女子，还与成杨以师兄妹相称，可见关系不错。他连忙站起身来，道：“这位姑娘就是翰飞要介绍给我认识的人吗？”

“就是他，我的小师妹苏文月，小月，这位就是我信中曾与你说过的那位推官，姓君，名无咎，字清悦。”

“君大哥！”苏文月一身江湖儿女的豪爽，冲着君无咎一抱拳，然后直接摘下佩剑放在桌上，大马金刀地坐了下来，“快坐下，站着做什么？我说师兄，我以为你在偷着喝酒，谁知道你竟然是喝茶？快快，点些好酒好菜上来，我要饿坏了！”

“自然少不了你的。”成杨叫来小二点了菜，又对苏文月道，“你这几日不在京中，如今清悦已经入了大理寺，做了推官了。”然后又对君无咎道，“别看我师妹年方二十，却已经是大理寺六品寺正了。”

君无咎显然吃了一惊，道：“这大理寺也可让女子当官？”

苏文月道：“女子怎么了？女子难道就真的比男子差了？我这个寺正可是自己一步步走过来的！当年我也不过就是个推官罢了。”

“不不，在下没有看轻苏姑娘的意思，只是觉得有些吃惊罢了。”君无咎连忙道。

苏文月道：“既然如此，一会儿你自罚三杯吧！”

君无咎立马苦了脸。

君无咎被迫喝了三杯酒水，涨红了脸。

苏文月哈哈笑着对成杨道：“这人我喜欢，那些死硬古板的秀才见我这样的都恨不得退避三舍，哪里还会跟我喝酒。”

“我也不敢跟你喝酒啊，谁不知道苏大姑娘海量。”成杨笑着举杯道，“你这是刚回来吧？”

“是，”苏文月咽下口中酒水道，“接到你的信儿我就跑来了，还没回家呢。这次忙完了估计要等年后才会再出去了……”

苏文月说到这里，又露出个古怪的笑容道：“回家也烦，哪个都要给我说亲，仿佛我若是嫁不出去就是他们的错一样。”

在这二人的谈话中君无咎才知道这苏文月父母双亡，是个孤女，后来被苏老爷的一名好友收养。收养苏文月的这家人也是个京官儿，而且是个大学士，满腹经纶但是个性古板，对苏文月也是十分的好，只是觉得一个女子抛头露面实在不像样子，所以总想把苏文月嫁出去，觉得女子嫁人之后便能安下心来。

但是苏文月如今坐到这个位置，岂能是那种会听旁人安排安心嫁人的女子？尤其是介绍的都是那些读书人。读书人大部分都十分传统，觉得女子就应该在家里相夫教子，可现在居然有女子妄想爬到他们头上，这就让他们十分不满了。

苏文月吓跑了一群读书人，变成了二十岁的老姑娘。

“我要找个能跟我并肩的男子做相公！”苏文月给自己倒酒，“而不是那些成天之乎者也只会耍嘴皮子的男人，一个个把道德挂在嘴上，将风花雪月当作可以炫耀的事儿，一个两个的也都没少纳妾，还要去指责别人道德败坏，看了令人作呕。”说到这里，她突然抬眼看向君无咎，目光犀利，“君公子不会也是这样的人吧？”

君无咎一愣，摇头苦笑道：“并不是，小生还未娶亲，但是已经有了一个未婚妻了。”

“你有未婚妻了？”苏文月好奇地眨眨眼，“哪家的闺秀？”

君无咎笑容有些淡，“是个很好的姑娘……”

成杨见状，咳嗽了一声道：“小月，你不会是看上了清悦了吧？”

苏文月敏锐地察觉到这气氛有些不对。“我可不做妾。”说着看向成杨，笑道，“你这次回来，老师一定跟你提他家宝贝闺女了吧？怎么样？打算去提亲了吗？”说完还狡黠地眨眨眼。

成杨摆手道：“我只是把秀秀当妹子看罢了。”

苏文月又是一阵大笑，“你把她当妹子看，人家可是很早就把你当夫婿看了啊，如今秀秀妹子已经十七了，再不嫁人可就是老姑娘了啊。”

“那又与我何干？总归娶她的也不会是我。”成杨给苏文月倒酒，“喝你的酒吧，就知道给别人闲操心，什么时候把你自己嫁出去再说。”

苏文月耸耸肩，岔开了话题，开始说自己这次任务的见闻，时不时还会提出自己的意见跟成杨和君无咎讨论两句。几人正在说着，突然听见楼下一阵喧闹。

苏文月离窗户近，她几步走过去将窗户推开一条缝向下看去，见楼下乱成一团，一名宗室打扮的子弟正在叫嚣着什么，在他面前，一名小姑娘扶着个老者半跪在地上，嘤嘤地哭着。

“一群败类，师兄你在这里，我下去看看！”说着，苏文月拿起桌上的剑就跑了下去。

君无咎也起身走到窗边，成杨站在他旁边道：“我当是谁，原来是张家的那个纨绔少爷。”

“张家？”君无咎想了想问道，“可是如今宫中丽妃的娘家？”

成杨点头道：“安王府张家，那位是安王府最宠爱的小儿子，也很有可能是安王府未来的世子。”

君无咎抓到了字眼，“很有可能？”

成杨不屑道：“他大哥是个有本事的，但是前几年不知道怎么回事从山上摔了下来，伤了脸，怕是无法再去申请世子之位。但是这小儿子……你也看到了，人事不知，纨绔嚣张。安王很早就将申请世子的折子递了上去，但是被皇上留中不发，也是正在思量。如今安王家中还有其他兄弟的孩子，如今也在摩拳擦掌，想要一争世子之位了。”

君无咎疑惑道：“难道皇上他……”

成杨道：“雷霆雨露皆是君恩，给你的就好好拿着，不给你的也别伸手讨要。要得多了平白让人厌弃，何必呢？”

君无咎瞬间就明白了过来，估计是皇上想要打压一下张家，再加上原本最适合世子位置的那位出了问题，所以按住了封世子的折子，眼睁睁地看着张家乱起来。

他也知道张丽妃有个儿子，今年已经十五岁了，是皇上的第三个皇子。虽然皇上今年不过三十出头，但是大儿子已经十九岁了，孙子都三岁了。按说皇子成亲后会封王搬出皇宫，但是不知道为什么这位皇后的嫡出儿子一直留在宫中并未封王。但是不只是没有封王，就连太子如今皇上都未曾封下去。这让某些大臣都有些坐立不安，支持大皇子倒还好，支持其他皇子的估计早就开始谋划了。

当今皇上已经有了六个儿子，大皇子和五皇子是皇后所出，二皇子亲生母亲不过是个嫔位，据说是原来皇后娘娘的陪嫁丫鬟，虽然母家不显，但是背后也算是有皇后撑腰，算是大皇子一派。三皇子则是张丽妃所出，四皇子今年才不过十岁，没有什么竞争力，更别提其他两位皇子了，年龄更小。所以如今争的最狠的，就是大皇子和三皇子了。

而且这两位皇子一个成亲没有被封王搬出皇宫，一个不过十五还未成亲，也在宫中住着。只有二皇子被封了个成王，住在城中默默无闻，几乎听不到跟他相关的事情了。

可是问题是皇上今年才三十四岁，而且身体健康无病无灾，估计至少能在这个位置上坐上二十年。待再过几年，下面的小皇子都长成了，怕是会闹得更加厉害。

苏文月已经出现在楼下，伸手推开围观的众人，站在那一老一少身旁。

张云东睁开醉醺醺的双眼，看到苏文月嗤地笑了出来，“哎哟，我当是谁呢，原来是苏大人啊？”

苏文月没搭理他，看向跪着的那名女子问道：“这是怎么回事？”

张云东啧了声道：“那是我家逃妾，本公子派人要将她抓回去。怎么？苏大人眼馋了不成？若是你愿意，也可以跟我回家啊，哈哈哈。”

苏文月冷冷地看了他一眼道：“张公子是不是喝多了？你可知道侮辱朝廷命官是什么罪吗？”

张云东的笑声戛然而止，他虽然是安王府的嫡子，但是也只是个宗室子弟罢了，若是当街侮辱朝廷命官这件事被报上去，怕是立马就会被两个叔叔家知道，到那时候怕是世子申封就更加不好拿到手了。

他冷哼一声道：“苏大人要管闲事吗？”

那女子看到张云东吃瘪，立刻止住哭声，对着苏文月磕头道：“这位女大人，小女子并不是张家的妾，还请大人明察！小女子与爷爷不过是在酒楼卖唱为生，但是这位张公子说要让小女子做妾，小女子没有同意……”

“我家公子让你做妾是看得起你，这是旁人求都求不来的泼天富贵！”张家小厮叫嚣。

苏文月听完，淡淡道：“如今张公子不仅当街侮辱朝廷命官，还要强抢民女？是不是张公子忘了这是哪里了？这可不是你们张家的院子，这是天子脚下！”

“什么强抢民女？她家借了本公子的钱还不上，卖身为仆都不为过，本公子让她当妾也是看得起她！”张云东一梗脖子道，“就算苏大人是朝廷命官，也应该知道什么叫做欠债还钱吧？”

“哦？不知道这位姑娘欠了你多少钱呢？”成杨站在酒楼门口，他在楼上怕自己师妹吃亏，便带着君无咎下了楼，正好听到张云东那番话。

张云东转过身看见成杨，表情就更加难看了。

成家是他惹不起的，更别说成杨还有个大理寺少卿的身份。

“欠了我家公子三百两纹银！”他的小厮说道。

“并没有啊！”那姑娘哭着磕头道，“去年小女子母亲去世，为了安葬母亲，小女子就找人借了三两银子。不承想这钱是张公子出的，那借条也在张公子身上，不过是一年便翻了百倍！可是当初小女子借钱的时候分明说的是一分息。”

张云东道：“是一天一分息，如今一年过去只收你三百两已经很便宜了！”

“一天一分息？这钱赚得甚是轻松啊？赶明儿我去给陛下上个折子，就说张公子得了好的赚钱方法，让陛下也学着点，如何？”成杨慢悠悠地走了过来，“若是张公子还有这样的好机会不如让给兄弟我？”

张云东看到眼前的情况，已然知道自己占不到便宜了，他冷笑道：“不过是个贱民，你们倒都上赶着来折腾了。”

成杨笑道：“贱民？张公子这是在说谁？”

张云东刷地涨红了脸，“成杨，你别以为我怕你，小爷只是懒得搭理你罢了！走！”说完，他一甩袖子就要离开。

“慢着！”苏文月一伸手，手中的宝剑就挡在了张云东面前。

“怎么？”张云东开始跳脚，“你身为朝廷命官要当街行凶吗？”

苏文月没搭理他，对那姑娘道："如今你还了多少钱了？"

那姑娘泣不成声，"禀大人，民女已经还了十五两银子了，实在是拿不出三百两啊！"

苏文月道："即便借三两，一年还十五两也是高息了，张公子……你这是要在皇上眼皮子底下借高利贷吗？"

大盛不允许私人放贷，尤其是高利贷。

能放贷的地方要么就是皇商，要么就是朝廷把控的钱庄。但是借贷需要出示许多证明，这也让不少平民要借钱的时候十分麻烦，随而转向一些地下钱庄或者进行私人借贷。

但是地下钱庄或者私人借贷没有什么把控，更是看人下菜碟，所以也坑了不少平民百姓。

这姑娘借的是私贷，本是跟邻居借了三两，谁知道还钱的时候居然变成了要还给安王府，而且从一个月一分息变成了一天一分息。这一家人辛辛苦苦赚了一年的钱本以为凑够了贷款，却发现等待他们的是个深坑，于是有苦说不出，都快被逼得上吊了。

跟着张云东出来的几个小厮里面还是有长脑子的，见这个架势连忙附在自己主子耳边说了几句什么。

张云东听完，脸色就变得极为难看。

"主子，何必因为一个贱民惹上这俩人呢？"那小厮低声道，"成家本身就不好惹，那苏文月虽然是个女的，但是你知道她义父跟她老师，那也都不是好惹的人啊。"

苏文月的义父虽然只是在翰林院，但是却是当朝大学士，手下学生无数。而且文人最厉害的便是一张嘴，你得罪了他们老师，那简直就跟捅了马蜂窝一样，就算是普通人一人说一句，就能用唾沫淹死你，更别说是一群读书人了。

张云东忍下了这口气，看向苏文月道："不过是下人随便弄的借贷而已，既然苏大人要追究，本少爷就把借条还给她好了。"说完，从小断手里拿过那张借条丢到爷孙俩面前。

那女子捡起借条，见是当初自己按了手印的那一张，终于放下心来。

苏文月拿过那张借条看了看，发现一月一分利的地方被改成了一月三十分，虽然“三十”两个字有些挤，但是仍旧可以看出当初留出来那些许空当就是为了改借条的。

她把借条撕碎，道：“既然张公子如此深明大义，那此事本官便不上报了，这件事就这么了了吧。”

张云东咬牙切齿道：“承苏大人的情。”说完头也不回地走了。

又掏出些许碎银给了那爷孙俩儿，苏文月板着脸上了楼，一屁股坐了下来，抱怨道：“最讨厌这种事了，去哪里都能遇到。这一路打抱不平下来，本姑娘都要烦死了。”

君无咎笑道：“苏姑娘女中豪杰，自然是看不惯这样的事。若是人人都能跟苏姑娘一样，那么这样嚣张跋扈的人也会少许多了。”说完举起酒杯，“我敬苏姑娘一杯。”

成杨道：“你若喝醉了，我可不背你回去。”

苏文月笑道：“不用怕，到时候我背你回去就好了。”

“一杯酒还不至于……”君无咎喝掉杯中的酒，已然有些微醺了，他扶额道，“若是人人都能忍住贪欲，做个好人，那该多好。”

成杨道：“人心本就不可控，我们只能控制自己的本心，不去做那些事，但是却无法控制别人的心。你看，每年因为贪污受贿被撸下来多少官员？死了多少官员？但是仍旧有人心存侥幸，‘贪’这个字，是控制不住的。”

“所以才会有我们这些部门出现啊，各地巡抚，检查司，大理寺，都是监控这些官员的。”苏文月道，“不说了不说了，说多了心烦，来来，喝酒！”

天色已暗，君无咎和成杨一边一个扶着醉醺醺走路都走不稳的苏大姑娘，苦笑道：“这苏姑娘真是豪爽。”

成杨叹气道：“我这师妹也只有跟我一起吃饭的时候才会如此放

肆，你是没见过她办案的时候，‘铁面娘子’可是她的江湖称呼。”

“小生心生敬佩，只是小生虚长了苏姑娘好几岁，却没有苏姑娘这份魄力。”君无咎叹气。

“那是因为环境问题，若你生在宗室家族，最起码在遇事之时会有人与你撑腰。”成杨道，“我与小月就是这样，别人想要动我们，好歹也要想想我们二人背后是谁，能不能有动得了的分量。若是没有，便只能向那张云东一样，自己将这份气咽下去了。”

成杨看君无咎面露愁容，宽慰道：“你也不用灰心，大理寺中未必都是我们这样有背景之人，当年的岳大人便是凭借自己的能力坐上这个位置的，虽然后面发生的事令人遗憾，但是至少证明只要有些本事，仍旧可以得到旁人得不到的东西。”

苏文月猛地一挥拳头，“师兄说得对，我，我就是想让那些，那些看不起女人的人看看，老娘……老娘有得是办法，有得是！”

“哎呀呀，小月你若是再这样闹下去，下次师兄我就不带你出来喝酒了。”成杨躲着她的拳头，虽然苏文月是个姑娘，但是也是个武力爆表的姑娘啊，这一拳要是砸在身上，估计得被砸吐血。

苏文月踉踉跄跄地迈步，“你不带我喝，我就拎着酒去找你喝！”

成杨叹气道：“你这副样子回去，小心苏大学士会打你板子。”

苏文月似乎很怕她这位义父，听到这么说就苦了脸，一把搂住君无咎的脖子道：“那，那我就去君公子家住上一宿。”

君无咎被吓了一跳，忙道：“这样不妥，这样……”

“清悦可是住在我家，罢了罢了，你就去我家住一宿吧，反正也不是一次两次了。”成杨又是重重地叹了口气，“我只求哪里来个如来佛，把你这只猴子镇住，真是，越来越无法无天了。”

“哈哈哈哈，”苏文月大笑，“我若是那孙大圣，一定打遍天下不平事！妖怪休走，吃，吃老娘一剑！”

三个人摇摇晃晃地往家里走，天空阴沉沉的，一颗星星都看不见。

君无咎突然感到脸上冰凉，他抬起头来看，“落雪了。”

细细的雪片儿在风中纷飞，很快就变成了鹅毛大雪。

好不容易将苏文月安顿好，成杨裹着一身酒气被他兄长教训了一顿，哭丧着脸跑回来道："为什么每次挨骂的都是我，下次再也不跟她喝酒了。"

君无咎摇头笑道："怕是这句誓言翰飞已经说过多次了吧？"

"唉！算我倒霉，有这样一个师妹……"他说着，转脸就将不满丢到身后，正色道，"不要小看了我师妹，她既然能做到寺正这个位置，就绝对不是一般的女子。将你介绍给她也是为了之后能多个帮衬。"

"谢翰飞替我着想。"君无咎拱手。

成杨看着烛火发了会儿呆，道："以后的路怕是难走了，若是做好了便是惊天大案，你我都会有好处，若是失手，怕崇王府都保不住我。"

"翰飞……"君无咎张了张嘴，有些后悔，"都是我不好。"

"这与你无关，原本皇上就想去查这些事，只是没有好的由头，这次你不过是递了个把柄在皇上手里。"成杨用力擦了把脸，"休息吧，休息好了才有精神去面对那些污糟的事。"

夜深了，西市一家乐馆突然着起火来，一群人奔走呼喊："走水啦，走水啦！"

乐馆本是听曲儿之地，但是如今也有了深夜的生意，不少乐妓会陪着客人一直到天明。这种地方本就人多，而且建造又都是木质，如今又是冬天，本就干燥，所以火势瞬间就大了。不过也幸亏夜晚落了大雪，厚厚的一层雪花化成了水，没有让火灾蔓延开去。

一大早，成杨就被叫到厅中，他大哥表情严肃道："昨天晚上城西一家乐馆着火了。"

成杨道："天干物燥，幸亏下了雪……不过这与我有何干？"

成堃道："死三人，伤十二人。你可知死的人里有谁吗？"

"有谁？"成杨心中略有不安。

成堃道："张云东。"

成杨皱眉，问道："怎么会是他？"

"你与苏文月昨日与张云东起了争执，晚上他又死在乐馆，怕是安王府会对你发难。"成堃道，"我现在告诉你，也是让你心中有个数。"

"谢大哥，"成杨道，"我自然是不惧他的，只是这张云东死得未免也太过巧合了。"

"安王府这段时间本就不安分，如今找了个由头死了个嫡子，最终会有谁得利你应该是知道的，这个案子怕是要落在你头上了。"成堃站起身道，"走吧，该上朝了。"

安王张之惑一上来就递了折子，哭得一把鼻涕一把泪。他统共就两名嫡子，大的毁了容，小的又死了，如今这世子之位不知道要落在谁的身上。他家本来就是外姓王，如今出了这件事，若是爵位被拿走也就罢了，若是落在其他人身上，他是死也不甘心的。

既然是宗室的事，案子自然就落入大理寺中。而且也因为之前张云东与成杨和苏文月起过争执，虽然倒不至于让人误会是他二人做出这样的事，但是安王仍旧给大理寺施压，意思很明显，若不是当时吵过架，让他儿子受了气，他儿子自然不会去乐馆那种地方，不去自然也死不了。如今发生这种事，你大理寺的人自然要承担责任。

苏文月得知之后冷笑道："他死得不冤，倒是还牵连了旁人，真是讨厌。"

欧阳定贤看了看坐在身旁的成杨，笑道："不如这个案子翰飞就领了去吧，你既然一直推荐那君无咎，干脆也带上他，让为师看看这人究竟哪里能入了你的眼，如何？"

城西坊市中有好几家乐馆，但是就属着了火的这家人气最旺。

可惜这家乐馆如今已经没有了往日的热闹喧嚣，只剩下焦黑的残垣断壁，看上去令人触目惊心。

尸体已经都被清理了出来，张云东的尸身则被安王府的人拉回家中，等待安葬。

君无咎等人来到乐馆，这里已经被官兵把守起来，外面围了一圈看热闹的人。还有几个乐馆管事的，如今正跪在外面的雪地上哭哭啼啼。

“这场雪来得颇为及时。”君无咎看着被烧塌了一半的乐馆，不由得说道。若不是这场大雪，在这天干物燥的天气里，怕是火势要蔓延许多了。而这周围大多都是木质建筑的小楼，可想而知到时候会多么惨烈。

成杨道：“大雪，而且没有什么风，老天爷都见不得死太多人。”

这个乐馆是个三进的大院子，外面是迎客的地方，摆了不少桌椅，还有乐妓舞蹈弹奏的看台。这个地方价格比较便宜，偏向于平民化，而且这个地方是损毁最少的，进去还能看到那些围栏横木上挂的各种衬托气氛的彩灯丝绸和长长的璎珞穗子。

中间一进改成不少单独的楼阁亭台，适合一些人单独的聚会，不但能听歌看舞曲，还能赏遍这园子里的景色。只是如今天气冷了，园子里万花凋谢，只有两棵红梅还在开放。事发那天，是这个院子人最少的一天。

最后一进则是火势最严重的地方，原本漂亮的二层小楼被烧得一塌糊涂，焦黑的木头散发出呛人的气味。

这场火灾是在夜深人静的时候烧起来的，那时候基本上所有人都在睡梦之中，是一名看夜的小丫鬟发现着火了，尖叫声将不少人惊醒，大家匆忙地跑了出来，躲过了一劫。

但是就算这样，仍旧有人因为喝醉不省人事，被活活烧死。

当晚伺候张云东的那名乐妓叫锦瑟，出事之后遍寻不到锦瑟的身影。

看夜的小丫鬟只有十二三岁，事情发生之后吓得魂不附体，发了高烧，正在医馆里昏迷不醒。

君无咎在院子里看到不少巨大的水缸，这些水缸里平日都会放满水，就是怕会有走水的时候来不及救。他走近几只水缸，看见里面结了一层冰，还有不少积雪。如今天气十分寒冷，水缸里的水也应该是每天都重新换一次，并且时常查看避免冰冻太厉害把水缸冻裂，不过现在缸中的水并不多，不知道是因为救火用掉了，还是原本就不太多。

不过因为大雪下得及时，大火被发现得也及时，影响并不是很大，所以还有几只水缸里的水是满的，如今上面冻了一层的冰，堆了半尺厚的积雪。

“你在想什么？”成杨看到站在水缸旁边的君无咎，走过来问道，“是不是想起庚县那边的事了？”

君无咎点点头道：“我在想会不会有人故意引起火灾，然后将水缸中的水放掉，这样来不及救助就会酿成大祸。然而这次火灾跟庚县那一次并不相同，我暂时还未曾想到这次火灾究竟是有目的性的，还是偶然突发的。”

成杨想了想道：“若是偶然突发的倒是好说了，不过就是一个值夜不当，引起火灾的罪名，罪不至死。但是若是有目的性的话……那这件事牵连的范围可就广了。”

君无咎点点头，将手中的雪抛入缸中，道：“那锦瑟一直未曾找到？”

成杨道：“是，说是怕担责任跑了，但是我怎么想都觉得有些不对劲儿。”

苏文月这个时候也走了过来，听到他们的话道：“若是因为害怕跑掉也情有可原，毕竟只是个女子。但是从火灾发生到现在已经两天了，外面冰天雪地的，她一个弱女子能跑去什么地方呢？”

君无咎道：“找人来问问吧。”

乐馆的老板是个四十多岁的女人，人称晴妈妈，年轻的时候也是艳冠群芳的人物，如今上了岁数，便从原来乐馆的老板手里抵下了这个乐馆，加上自身的人脉和手段，乐馆生意相当不错。

现在晴妈妈受到了惊吓，原本雍容的妆面不见了，露出一张焦急苍老的脸。就连平日里梳得溜光水滑的发髻也胡乱地散着，里面露出几丝白发。

可见她这一天确实被吓得够呛。

“晴妈妈，麻烦你把当日的情景说上一遍。”君无咎轻声说道。

在英姿飒爽表情冷淡的苏文月和气势袭人的成大人的对比下，君无咎看上去温文尔雅，说话轻声细语，十分容易安抚人心。

现在他们在乐馆中转了一圈，回到前院，早就有人备下了椅子让他们有地方休息。

晴妈妈跪在地上，不知道是因为害怕还是因为天气寒冷，不停地哆嗦。

“禀大人……”晴妈妈磕了个头，声音发抖，“那日天已经很晚了，民女睡得也晚，听到了四更的梆子声，才睡下。但是刚睡下没一会儿，就听见巧哥儿大喊走水了。等我起来看，火势已经大了……”她口中的巧哥儿，就是那晚发现着火了的丫鬟。

“那么这火究竟是怎么烧起来的，晴妈妈可知晓？”君无咎问。

晴妈妈道：“后面那进院子所有房间都烧了地龙，就是为了让来的客人觉得暖和的。但是平日里晚上也会准备着炭火和热水，给有需要的客人备用。民女听旁人说是有客人叫了炭盆儿，送炭盆儿的小厮上楼的时候摔了一跤，摔出来一些炭火，但是没有全部都找到……”

君无咎蹙眉道：“既然房中烧了地龙，为何还会有人要炭盆儿？”

晴妈妈道：“这，客人想要什么，我们自然就给准备什么……”

君无咎点点头，随口问道：“那你知道是谁要了炭盆儿吗？”

晴妈妈想了想，脸色突然变了变。她张了张嘴，露出个似哭非哭的表情，“听说，听说是张公子那边要的炭盆儿。”

她说的张公子，自然就是已经死了的张云东了。

只是不知道张云东为什么要在有地龙的情况下还要炭盆儿，而且那时候天色已然很晚了，若是旁人怕都睡了一觉了，那么他半夜要炭盆儿做什么呢？

君无咎看了看身旁的成杨和苏文月，显然他们也对张云东半夜要炭盆儿这件事感到诧异。

君无咎沉吟了片刻，又问道：“那晴妈妈知道锦瑟会去哪里吗？”

提到锦瑟，晴妈妈的脸色显然更加不好看了，因为锦瑟是这里的头牌不说，而且那张云东每次来都会点锦瑟作陪。可是火灾之后，锦瑟居然消失得无影无踪。这对晴妈妈来说就是无端的少了个摇钱树，以后乐馆重新建起来之后哪怕锦瑟回来，怕是也不能用了。但是对君无咎他们来说，这锦瑟身上的疑点和嫌疑就变大了。

究竟是为什么，锦瑟会突然消失了呢？

晴妈妈道：“锦瑟平日里只在这馆中，每个月只有初一和十五才会出门去烧香。她的客人并不多，而且也不是本地人，至于在这城中是否有认识的人，其实我也不是很清楚。因为锦瑟是这边的头牌，虽然有身契在我手中，但是平日里赚的钱她自己手里也会留一份儿，而且我与她关系不错，也不拘着，若是想出去玩只要与我说一声，大多是答应了的……”

晴妈妈的意思十分清楚，这锦瑟虽然卖身在乐馆，但是手里有钱，而且也十分自由。就算她不知道锦瑟的交友情况，但是有钱却可以办成许多的事。

君无咎听完，又看了眼成杨。

成杨点点头，叫来一名官兵低语了几句，然后那官兵便带了几名手下，去了后院。

苏文月见他们两人互动，略一想便明白了，于是低声问道：“可是去查那锦瑟房中的物件儿？”

后院小楼虽然塌了一半，但是张云东所在的那一处只是被烧了个漆黑，并未倒塌。如果锦瑟真的是因为害怕而跑了，估计是来不及带房中首饰钱财。而且自从灭了火，这周围就都被官兵看守起来，她一个弱女子也无法回来寻找钱财。如果那些东西不在了，就证明锦瑟绝对是提前有了准备的。

当然，这也只是一个小小的猜测而已，事实究竟会如何还要找到人才会清楚。

君无咎的手指在膝盖上轻轻地敲打，这个案子若说就这么结案其实也是可以的。炭盆儿翻倒，炭火掉到角落烧着了那些纱帐帷幔引起火灾这个理由实在是充分，但是他总是觉得这个案子并没有这么简单。

当年岳鸿之曾对他说过，哪怕是再简单的案子，也要找到所有线索和疑点之后才能结案。如今那发现火灾的小丫鬟还未清醒，锦瑟还未找到，当日为什么锦瑟会自己跑出来而不是叫醒张云东一起出来，这件事让他百思不得其解。

张云东要了炭盆儿证明在四更之前他还未睡着，既然这样就不可能在四更之后睡死。既然锦瑟一个女流之辈都能从火灾里逃出来，那么他为何会死在那张床上？

对，张云东是死在那张床上的！

君无咎眯起双眼，觉得这个案子未必就是一场偶然的火灾了。

这是人为！

“我也觉得是人为。”回到大理寺之后，苏文月道，“锦瑟失踪得太奇怪了，而且我去查看另外几名死者的身份，发现只有其中一人是张云东贴身小厮，其他的都是乐馆里的人，总觉得这件事就是针对张云东的。”

“如果是这样……”君无咎沉吟片刻道，“怕是那小厮也没有说实话。”

成杨在房中踱了几步，道：“若是这样，那么小厮在那个时候端火盆儿过去，未必就是张云东需要的，而是某些人需要火盆在那个时候出现。”

“可是这不是有些多此一举吗？既然他都打算烧了那乐馆，何必去管火究竟是怎么烧起来的呢？”苏文月搞不懂。

君无咎皱着眉道：“我也想不通为什么会这样……不如我们先去问问那个小厮，看能不能问出些线索来。”

没一会儿，薛主簿急匆匆地赶回来，“大人，那小厮在狱中，死了。”

“死了？”君无咎噌地站起来，“我去看看！”

小厮自从被抓进来之后就一直缩在角落的稻草堆里，一开始提问还说了几句话，之后便没人搭理他了。狱卒再去提人的时候，发现他已经死了多时，尸身都僵硬了。

君无咎看着小厮青紫色的嘴唇和发黑的指甲，沉声道：“是服毒自杀。”

成杨不禁大怒。

每个被大理寺抓进来的人，狱史都要负责查看，比如说换掉原本自己的衣服，换上囚衣，以及查他们身上是否带了奇怪的东西，就连别人送进来的饭菜衣物都会被翻看，为的就是避免这种事发生。

当值的狱史和狱卒纷纷跪在地上大喊冤枉，监狱里死了人，还是服毒自杀的，这件事他们怎么都脱不开干系。往轻了说是玩忽职守，往重了说就是私通犯人谋杀证人。

前一个顶多就打个板子，后面可就要命了。

“这几天究竟有谁进来过？”成杨沉声问道。

狱史想了半天，苦着脸道：“大人，没人进来过。”

“那这几日饭菜是谁送的？”君无咎问道。

给犯人做饭的那名老汉哆嗦着道：“是，是俺送的，饭也是俺做的……俺跟俺儿子一直在这里做饭，从来没有出过差错啊大人！”

好不容易查到点线索，如今却进入了死胡同。

苏文月道：“不可能无缘无故地就死了人，张云东的死一定是有缘故的，我去查跟张云东有过节的人以及监狱中这些人的动向，其他的就拜托师兄和君大人了。”

说完，苏文月抓起她随身的宝剑，气冲冲地离开。

待苏文月走了，成杨道：“张云东此人十分纨绔，平日里得罪的人甚多，但是毕竟头上还顶着个安王府的帽子，所以平日里就算是有了龃龉也都会忍让一二。清悦，你觉得发生什么样的事，才会让人动了杀心呢？”

君无咎道："杀父之仇，夺妻之恨……但是能让张云东做出这些事的，怕都是一些说不上话的平民或者品级不高的官员。但是不管怎样也是在天子脚下，张云东就算是纨绔，也不至于做出这种事来。而且能将毒药送到大理寺大牢里的，也不可能是一般人。"

他走到窗前，看着外面银装素裹的院子又道："若是有人将毒药给了那小厮，就不可能没有人看到……这里面有人在说谎。"

可是先不说那狱中关着的几十个乐馆的人，就光外面当值的狱史狱卒就有几十个，要从他们这些人身上找到说谎的人，仍旧是一件麻烦的事。

如今锦瑟失踪，送炭盆儿的小厮死了，剩下的知情人闭口不言将自己隐藏起来，这个案子似乎变得艰难了。

"……我想知道，那张云东究竟是什么时候死的？"君无咎道。

"要开棺验尸？"欧阳定贤放下茶杯，看着成杨和君无咎道，"那可是安王府，想要开棺验尸，怕不会这么简单就同意的。"

"老师，这并不是普通的失火案，而是有人在针对张云东，或者是针对整个安王府。"成杨执起茶壶，将欧阳定贤身边的茶杯注满热茶，"当日跟张云东有过接触的人一个是锦瑟，一个就是那送炭盆儿过去的小厮。如今锦瑟失踪，小厮服毒自杀……也许并不是自杀，但是他已经死了。这就是有人不想让我们把案子顺利地查下去，越是如此，就越证明背后那人心思歹毒。"

"话虽然是这么说，但是那是安王府啊……"欧阳定贤也有些为难，若只是一般官宦人家也就罢了，那是安王府，虽然手里没有什么实权，可是却是先皇所赐的安王，而且安王府内还有位姑奶奶坐镇呢。

这位姑奶奶就是当今皇上的亲姑姑，当时将这位公主赐婚给老安王，一是让老安王定下心，第二就是为了收回老安王手中兵权。也就是因为这个，所以当今的皇上对安王府都毕恭毕敬，虽然看不上安王的小儿子张云东，所以封爵的帖子留中不发，但是不代表他会乐得看张云东不明不白地死了。

这张云东虽然不如他兄长张云海受宠，可好歹是个能承爵的嫡子。结果张云东死了，那么能得到好处的不是安王的庶子，就是安王几个兄弟家的孩子了。

这样一想，害死张云东的人里面，安王府里那些对爵位虎视眈眈的一概都跑不掉，每个人都有嫌疑。

苏文月查的，自然就是这个。

“这件事我先与皇上说一下，看皇上是什么态度，然后再去安王府问问……翰飞啊翰飞，你这是在给老师出难题啊。”欧阳定贤叹气。

成杨笑嘻嘻道：“老师，欧阳老大人！若是这案子破不了，皇上怪罪下来可是要打我板子的，您老人家忍心看我被打板子吗？”

“我看你平日里就是被打得少了，才会想出来要去安王府验尸！”欧阳定贤哼了声道，“罢了罢了，我就豁出去这张老脸替你走一趟，行不行的……唉……”

“谢谢恩师！”成杨谄媚地给欧阳定贤捶肩膀，那副模样看得君无咎嘴角直抽，但是又无比羡慕。

“好了，你这成什么样子，让清悦笑话了。”欧阳定贤不耐烦地把这总是作死的徒弟扒拉到一旁，转而看向君无咎道，“清悦对这个案子，可有什么想法？”

君无咎连忙道：“欧阳大人，卑职与成大人看法相同。首先要先知道张云东究竟是什么时候死亡的，以及真正的死亡原因。原本卑职以为这可能就是一场普通的火灾，但是经过调查确实出现了很多诡异的地方。那小厮死得太过离奇，锦瑟也失踪得实在是太恰巧。这就证明有人是专门针对张云东或者是安王府的。卑职觉得，开棺验尸是十分有必要的。而且那凶手将乐馆火灾布置成一场偶然性的火灾，可是却又带走了锦瑟，杀死了小厮，这种做法让卑职有些不能理解。”

“确实有些不能理解……”欧阳定贤抚了抚他得意的美髯，“若是普通火灾，顶多就是打板子或者发配，罪不至死。但是这有人失踪却让案子变得扑朔迷离了。这件事若是只针对张云东一人也就罢了，就怕背后那人故作玄虚弄出一堆线索来，反而是用来遮旁人的眼，进而做出其他事来。”

“那恩师可知道背后这人想要做什么吗？”成杨问。

欧阳定贤瞪了他一眼道：“我若知道，早就派人去捉拿归案了，还要在这里拉下老脸给我那不省心的徒弟去求恩准吗？”

“哎呀，哎呀……”成杨笑道，“这也是老师喜爱那不省心的徒弟，才会这样做啊。”

从欧阳定贤那里离开，君无咎道：“成大人……我想再去提审一下乐馆的那些人。”

想要以失火为前提而掩盖杀死张云东的动机，这件事越想就越觉得复杂。

因为最近天气寒冷，不少人都愿意躲在家中，很少出门。就算是习惯寻花问柳的纨绔子弟，也宁愿在家里暖着。那乐馆虽然很有名气，但是毕竟只是个乐馆。张云东好歹是安王府的小公子，将来要继承爵位的，如果就这样大摇大摆地去乐馆这种地方，被那些言官看了必定是要上奏贬斥的。

在安王都上了帖子求世子的紧要关头，张云东再如何也会被家中人拘着，不会夜不归宿。

“成大人，你可还记得，当日我们在酒楼下面看到张云东的时候，他身边可并不是只有一个小厮的。”君无咎道，“我想要知道，张云东是什么时候去的乐馆？除了他还有谁？是有人邀请还是自己去的？然后再找到当时张云东身旁的那几名小厮问一下，他们是什么时候离开张云东的？是否遇到了什么事？”

成杨道：“既然这样，我这就派人去安王府，把那日那几名小厮都找来问问。”

只是一张帖子，安王府很快就把当时跟着张云东出来的那几名小厮都送了过来，其中两人身上还带了伤，得知在安王府已经被打了板子，原因就是护主不利。

几名小厮的年龄看上去都不大，十五六、十六七的模样，平时哪里见过这种阵势，早已经被吓得哭哭啼啼了。

“是少爷说不让我们跟的……”一名圆脸盘的小厮说道。

“是的，最近老爷不怎么让少爷出门，少爷听老爷的话，基本都在家里。但是那天不知道为什么，少爷死活要出门，说自己要被憋疯了……”另一名瘦瘦的小厮哭丧着脸道，“一开始我们还跟着，后来少爷要去听曲儿，只有海哥跟了他上去，我们都在下面守着。再后来小圆子跟我们说，少爷要留宿，让我们回去说一声……”

“小圆子？”君无咎想了想，“是那个乐馆的伙计？”

瘦小厮比画了一下，君无咎确认，这个小圆子就是那个已经服毒自杀的小伙计了。

待所有人都问完了，君无咎确定了一件事就是——张云东去了乐馆，进了锦瑟的房间之后就再也没出来，不管是找人通知自己的小厮还是要炭盆儿，全部都是通过其他人的口。

而且张云东为什么突然非要从家里出来呢？究竟是因为确实在家中憋闷得狠了，还是其他原因？

“看来，安王府势必要去一趟了……”成杨翻看着手中那些口供，眉心拧成了一个疙瘩。

欧阳定贤在朝堂上跟安王扯了两天皮，皇上被扯得有些不耐烦了，斥责道：“你既想找到杀人凶手，又不想让别人去查，干脆你自己破这个案子好了！”

安王吃了瘪，暗自压下心中的怒火道：“可是犬子已经收敛，只要头七过了便可以入土为安，如今又要折腾，这……”

欧阳定贤道：“安王殿下，如今大理寺已经查到小公子的死可不是简单的因为火灾而死，若是想要小公子入土为安，难道最好的办法不是去抓住凶手吗？”

安王确实不想让别人去验尸，毕竟他是他小儿子，人死都死了，还被折腾出来检验，怎么想都觉得心里难过。可是也正如欧阳定贤说的那样，若是抓不到真凶，自己儿子死得也太冤了。

安王终于松了口。

得到欧阳定贤的消息之后，成杨立马带着人去了安王府。

破案这种事本就不能拖，拖得时间越长，线索就会越少。

安王府大门上挂了白幡，原本为了迎接新年的红色灯笼都改成了白灯笼，整个安王府变得萧瑟起来。

安王将他们带回来，便以身体不适作为借口，让管家来照看他们，自己回了院子。

张云东的棺材摆在他自己院子的正房厅内，棺材前面摆着烧纸的火盆，几个女人穿着白色的衣裙，跪在地上嘤嘤嘤地哭。

陪着成杨他们过来的是安王府管家，叫张桐，四十多岁的男人看上去一脸悲痛，但是眼中却流露出不符合这种悲痛的精明来。

“我们王爷心里苦啊……”张管家哀声道，“原本大少爷板上钉钉的世子之位，就因为一个不小心没有了；眼看着小少爷请封世子的折子就要批了，谁知道居然遇到这种事。成大人，我们小少爷死得冤枉啊。”

君无咎淡淡地扫了他一眼，没说什么。

这种大家族里面各种污糟的事儿，究竟是谁对谁忠心，谁是谁安插的眼线，这种乱七八糟的抱团情况十分多，所以他们说的话十分里只能信两分，另外八分就得仔细琢磨了。

张云东的家眷都躲了开去，毕竟是验尸，冲撞了哪个都不好。更何况……

“二夫人怀着身孕，只希望是个男孩儿。”管家叹气道。

他们家大少爷张云海生了两个姑娘，至今家里未有男丁。张云东的孩子还在腹中，如果这一胎是男孩的话，那么世子之位就又有了新的变动。

世子之位……

不得不说，这确实可以成为张家互相争夺的一块大肥肉，也是可以让他们兄弟相残的主要原因。

张云东的尸身已经被从棺材之中抬了出来，放在地上铺好的白色麻布上面。尸身虽然穿上了整齐的衣服，但是露出来的地方可以明显地看出来有烧伤的痕迹，就连头发都被烧得只剩下短短一茬，头顶上放了一顶假发，戴了华丽的发冠。他的脸也被火灼伤，面部肌肉扭曲在一起，但是……

张云东未被灼伤的脸，也太过平静了些。

人如果在活着的情况下被火烧伤，就算身体不能动，但是也会因为疼痛和害怕导致面部呈现出惊恐的表情，导致面部肌肉呈现出与烧伤状态不一样的扭曲才对。

但是如果他在着火之前就已经死了，那么死因究竟是什么？

仵作已经将张云东身上的衣服全部解开，露出同样被烧灼扭曲的身体。因为天气寒冷，尸体还未产生太大的变化，不过因为这房中燃了火盆和地龙，已经让尸体背部出现了大块的尸斑。

君无咎打开张云东的牙关，用干净的白布探入他的口中轻轻擦拭，再拿出来的时候，上面只有一些死者口中的黏液，却没有任何黑色的痕迹。他想了想，又拿出一根棉签探进死者的鼻孔之内，拿出来仍旧没有应该有的东西。

如果火灾之前死者是活着的情况下，无论是呼吸还是呼喊，鼻腔和口腔内都会吸进因为着火而产生的灰烬。就算不是着火，一个人在点燃的油灯前时间长了，鼻孔内都会有被熏黑的痕迹。

然而张云东无论是口腔、喉咙还是鼻腔内，都没有这种应该有的痕迹。

已经可以断定，在火灾之前，张云东已然死了。

但是，张云东的死因究竟是什么呢？

死者身上除了被火灼伤，并没有其他的伤处，也就是说死因不会是因为外伤导致。而且死者脖颈脸颊处也没有瘀痕，若是被暴力窒息的话，那么这两处一定会出现痕迹。再加上死者的表情实在是太过平淡，这种平淡只能证明，死者是在睡梦之中不知不觉地就死去了。

难道是中毒？君无咎执起死者的手臂，指甲上果然出现因为中毒而产生的青紫色，可是……

君无咎俯下身体，凑近死者的口腔仔细嗅了嗅，并未嗅到什么异味。如果是口服毒药的话，口腔内不可能没有痕迹残留，至少也会留下一股属于毒药产生的腥气。

那么毒药究竟是从哪里进入死者身体的呢？

君无咎仔细查看张云东的尸身，最后目光停留在张云东的某个地方。

当君无咎在那里掏出一团乌黑的布巾的时候，一直在旁边看着的张管家终于忍不住，踉跄着跑到外面呕吐去了。

这场火灾终于可以确定是有人蓄意制造的了。

而且设计这一场谋杀的那人，心思确实缜密。若是张云东的尸首被烧掉了也就罢了，若是未被烧掉，安王也不会同意给张云东验尸。但是那人实在是小瞧了欧阳定贤，或者是说，没想到皇上居然会在这种情况下给安王施加压力，让安王不得不同意验尸。而且以这种方式投毒，也很少会被人发现。

这人先是毒杀了张云东，然后想要利用火灾掩盖，最后毒死知情的小厮，带走在这件事上或许是起了很大作用的乐妓锦瑟，让这个案子既理出许多线索，但是线索又都被斩断了。

安王得知自己的小儿子居然是被谋杀的，当时脸色就变得极为难看，这几天的劳神本就让原本气色很好的安王看上去好像老了十多岁。安王妃更是当场就昏厥了过去，旁边的丫鬟婆子吓得惊叫，连忙围了上去，又是拍背又是抚胸，好不容易醒来就爆出一声哭喊。

“我的儿啊！你死得好冤！”安王妃突然怒瞪安王，“都怪你，都是你的错！”

“快把王妃带下去。”安王一拍桌子，“在这里哭闹，成何体统！”

安王妃被七手八脚地扶了出去，留下一路哭声。

安王的神色变得很难看，最终颓然地叹了口气，看向成杨，“贤侄，这件事，这件事……要如何处理？”

“既然查到贵府二少爷是被谋杀的，小侄自然会全力以赴地抓到凶手，还请安王爷多予配合。”成杨道。

安王爷目光有些呆滞，半晌才回过神来，“配合？要本王如何配合……”

成杨道：“小侄想要知道，二公子为何那日非要出府，他在出府之前是否遇到了什么人，听到了什么事。如果可以，小侄想要去二公子的书房卧室查看一下。”

安王爷又是叹了口气，挥挥手道：“去吧，去吧……”

张云东并不爱读书，虽然有个书房，但是书房里大多都是各种画本，那些画本大多没有被翻看的痕迹，可见这里面许多书都是用来装样子的。

张管家道：“这书房小少爷很少会让我们进来，就算是要打扫也要征求我们少爷的同意，所以当初少爷走的时候是什么样子，如今还是什么样子。”

距离张云东死亡到现在如今已经是第四天了，书房的桌子上落了薄薄的一层灰。偌大的红木书桌上凌乱地摆着几本民间画本，其中一本摊开着放着，中间夹了一张精致的书签。应该是张云东看了一半，另一半还没有来得及看。

君无咎拿起那张书签，发现这是一张浣花笺，上面撒着淡粉色的桃花，还写着一首小诗。

这首小诗则是一首十分脍炙人口的小情诗。

锦瑟无端五十弦，一弦一柱思华年……

锦瑟？

除了这一枚浣花笺，张云东的书房就再也没有其他线索了。就连他身边伺候的夫人侍妾和丫鬟，都一脸一问三不知的表情，只知道嘤嘤嘤地哭泣。

出了安王府，君无咎走在喧闹的街市上，越想越觉得这个案子至今查到的所有线索都有些不太对劲儿。而且这个案子本身就有一种微妙感。

“在想什么？”成杨问道。

君无咎蹙眉道：“我总觉得漏下了一些什么东西……”

成杨看着身边来往的人群，道：“这里总不是个说话的地方，我们回去之后商讨吧。”

回到大理寺，欧阳定贤正在等着他们，见他们回来便问道：“如何？可是查出些什么了？”

成杨道：“确实查了一些线索出来，这张云东并不是死于火灾，而是死于中毒。”他把张云东验尸的结果仔细地说了一遍，看向欧阳定贤道，“这种毒，恩师可曾见过？”

欧阳定贤想了想道：“当年岳大人曾经留下一本医药鉴本，里面似乎提到过类似的情况，你们可以去查阅一下。”他喝了口茶水又道，“幸亏查出一些东西来，否则安王那老家伙一定不会饶了我……”

成杨笑道：“多谢恩师！”说完深深地弯下腰去，行了个大礼。

欧阳定贤道：“你少来这一套，若是你愿意去我家……”

他后面的话还未说完，就被成杨“哎呀哎呀”地岔开了，“那案子还未完，清悦还在等着我去讨论线索呢，欧阳老大人，徒儿就先走一步啦！”

“你这个顽劣的孽徒，说到这你就要跑！”欧阳定贤佯装生气的模样，“我家小女又不是洪水猛兽，你至于吓成这样吗？”

成杨嘿嘿地干笑，撒丫子跑了。

欧阳定贤放下手中的茶杯，眼中闪过一抹沉色。

君无咎面前摆着那张脏污的手帕，一只桃色浣花笺，还有一叠与这案子相关的供词。他正拿着笔在纸上写着什么，时不时停下来思索片刻。

成杨推门进来，问道：“可有头绪了？”

君无咎写完最后几个字，停下了笔，道：“我总有一些地方觉得不太明白，一开始想得太过简单了，但是越往细处思索，就越觉得当初以为是线索的地方变得模糊起来。”

“哦？说来听听。”成杨拉了一把椅子坐在他身边，拿过他写字的纸翻看了一下，不过就是一些供词的整理。

“如果你是凶手，想要杀掉张云东，那么你会用什么办法把他悄无声息地弄死呢？”君无咎问道。

成杨想了想道：“我有武功，可以将他骗至城外直接杀掉，或者哪怕擦身而过都能制他于死地。”

君无咎道：“若是没有武功，又要将他弄死，还想让别人查不出来死因，或者是晚一些查到死因呢？”

成杨道：“我有许多办法可以把他杀死而且藏起来让别人找不到，所以……”他皱了皱眉，“将人悄无声息地弄死，而且还做了伪装，只是伪装得不到位……你是不是这个意思？”

君无咎道：“张云东死得太过于明目张胆了，所以我才觉得十分的不对劲儿。”

他重新拿过一张白纸，在上面写道：“张云东死了，但是并不是被火烧死的，如果那场火灾是想要掩盖张云东死亡的真相，那么为什么起火的地方不在张云东的那间房间里呢？按说锦瑟要了炭盆儿，想要将张云东烧死，绝对能把人烧得面目全非。”

成杨抬手按住太阳穴揉了揉，道：“你的意思是这场火灾可能就是个偶然？那名小厮的死亡又是怎么回事？”

君无咎道：“我的疑问是，如果这场火灾并不是偶然，那么必定是想要掩盖什么，难道真的只是想要掩盖张云东的死因？但是现如今这并没有什么用处，火灾也不过就是烧了几间房子，烧死了几个下人而已。那么如果这场火灾是偶然，就证明小厮一开始说的话并没有错，可是他为什么却被毒杀了呢？他被毒杀这件事我觉得有两种可能，第一是他确实看到了什么，听到了什么，所以被杀人灭口；第二就是有人想要模糊线索，让我们觉得这场火灾是人为的，是为了达到某个目的。”

成杨道："你说的这些确实都有道理，这么一来，锦瑟的嫌疑就十分重了。"

君无咎道："我问了张云东身边伺候的几名丫鬟小厮，在张云东非要出门的那一天并未收到什么消息，也没有人去找过他。假设张云东身旁的人都没有参与这件事，那么张云东为什么会选择在那天非要出门呢？如果是有人给他通风报信，那么这个通风报信的人是谁？如果他只是因为在家中憋闷，非要出门透透气，那么他的死只是一场偶然还是经过策划的？若是偶然，锦瑟为什么会选择他下手？她在这件事里究竟是个什么样的角色？如果锦瑟是无辜的，那么她为什么会失踪？那房间也查看过了，确实少了不少贵重首饰，也就是说锦瑟，或者是杀害张云东的那个人，早就都准备好要离开了。但是她为什么会选择那一天离开？她的离开应该是早有准备，但是她为什么要杀掉张云东呢？"

成杨听完沉思了片刻道："也许是张云东知道了一些什么事情……"

君无咎抿了抿唇，道："一开始我以为这会是一场爵位之争，但是又想到如果是安王府其他两房的人为了争夺爵位而将张云东杀死，那么这付出的代价也太大了。只要这个爵位还在张家，他们就能受到庇佑；但是如果他们以将张云东杀死来争夺爵位，这件事若是让皇上知道了，很有可能会将爵位收回。何况张云东的夫人如今还怀有身孕，若是个男孩，这爵位绝不会落到旁人手中……"

"而且……"他戴上手套，将放在瓷碗中的那方手帕展了开来。

手帕上染了一股恶臭味，熏得成杨皱了皱眉，然而君无咎表情仍旧平淡。他指了指手帕的一角，上面用绣线绣了锦瑟二字，还有两句小诗。

这两句诗正是他在张云东书房看到的那张浣花笺，也就是放在他面前的这张浣花笺上的那两句诗。

"这是个巧合，或者说其实是个提示？"君无咎指着那两句诗道，"如此看来，这两样东西都是出自锦瑟之手，但是锦瑟为什么会将这方帕子塞进张云东的那个地方？若只是想要将药物塞进去，也用不着留下这么大的一个线索吧？”

成杨道：“这药物是什么，你知道了？”

君无咎点头道：“岳鸿之大人曾经写过一本草本鉴册，其中有一种草药标注，少量外用可以麻醉肌肤，如若量大内服就会产生毒素以及幻觉，让人浑身麻痹，悄无声息地就死了。我看了张云东的指甲，上面只是淡淡的青紫色，这种颜色很容易会被人误以为是尸身放的时间长了产生的颜色，然而却并不是这样。会出现这样的颜色有两种情况，第一是死亡，血液凝固；第二，就是中毒，张云东并非正常死亡，那么就只有中毒了。这种草药制成的丸药十分苦涩难以下咽，张云东就算是喝多了，也不会乖乖地吃掉这种苦涩的东西，而且他口中也并无异味，所以……”

“所以你才觉得，药物是下在那个地方，最后造成张云东的死亡？”成杨点了点头道，“若是你这么说，这种药确实容易被人忽视。但是只是把药丸塞进去等待融化吸收即可，为什么那人还要将这方手帕也塞进去？为了堵住不让药丸出来？如果这样，随便什么东西都可以吧？”

“我在想，这是个偶然巧合，还是刻意为之。如果是偶然巧合……这帕子用料很好，绣工也十分精致，想必应该是锦瑟的心爱之物。但是她为什么要将自己的心爱之物放入男人的那个地方？”君无咎不解道。

成杨敲了敲桌子，道：“难不成锦瑟爱上张云东了，所以……不，不应该，张云东是个十足的纨绔子弟，不学无术，然而锦瑟是乐馆的头牌乐妓，这种女子平时都眼高心高，怎么也不会将自己托付给一个已经有家室，而且流连花丛的纨绔子弟……”

君无咎道：“我也是这么想，所以她将这方帕子留下来的行为，不应该是正常的。难道这帕子上，有什么线索吗？”说着，他又将那方帕子翻来覆去地看了好几遍。

成杨终于忍不住捂着鼻子道：“先把这个放一放，实在是……熏得我脑袋疼。”尸臭加上某种不雅的臭味，混杂在一起确实让人无法静下心来。他现在无比地佩服君无咎，居然面不改色地查看这帕子的细节。

君无咎笑了笑，将帕子收回到瓷碗中盖上，然后脱掉手套丢在一旁放着醋水的盆子里。

他坐了下来，看着自己刚才写写画画的纸张，突然道："如果那场火灾是偶然的，为什么锦瑟会让人拿炭盆儿进去呢？"

那房间他们也看了，建造得十分精致华丽，而且有地龙。这种将地龙建造在二层小楼里的工艺十分了得，虽然已经开始推行，但是除非财大气粗之人，否则不会有人能建造得出。

"难不成……是为了烧掉什么东西？"

他噌地站起身来，"我要再去乐馆查看一下。"

外面天气阴沉，隐隐有雪花落下来，伴随着一阵阵的冷风。天色已经有些晚了，路上的行人也少了许多，宽敞的街道变得空旷起来。

君无咎在前面急匆匆地走，成杨跟在后面若有所思。

乐馆已经被查封，这案子结束之前，怕是都开不了了。不只是乐馆，就连这条街上所有的娱乐馆坊都因为严查而萧条起来，有的干脆趁着快要过年，放了个大假，直接歇业了。

看守乐馆的士兵揭开封条，带着他们进了院子并点了灯笼提在手里带路。

院子里阴风嗖嗖的，烧坏的屋子里还摆放了几口棺材，里面装的都是那些被烧死的伙计丫鬟。

在前面带路的士兵搓了搓手臂，道："这地方真是邪门，大人，你说这里不会闹鬼吧？"

成杨道："无稽之谈，就算是闹鬼，也是希望这案子赶紧破，没有什么值得害怕的地方。"

那士兵还想要说什么，被其他伙伴拽了拽胳膊，于是把已经到了嘴边的话咽了下去。

"怎么了？"君无咎察觉到他们之间细微的动作，问道。

那士兵支支吾吾，最后终于忍不住了，道："大人，这里晚上，确实在闹鬼。”

“哦？说来听听。”君无咎感兴趣道。

那士兵看了看自己的伙伴，低声道：“大人，您有所不知，这里到了晚上，能听见女人的哭声呢。我跟老蔡去找过，可是什么都找不到，特别瘆人！”

君无咎蹙眉道：“女人的哭声？”

士兵心有戚戚，“每天子时之后都会听到，若有若无的，的确是女人在哭。”

这夜半哭声让君无咎有些疑惑。

若说这世上闹鬼，他是不信的。而且就算闹鬼，他也觉得邪不压正，走得正行得端，自然是不怕鬼。

所以这夜半哭声就来得甚是蹊跷了。

“先去看看那间屋子吧，”成杨道，“若是你感兴趣，晚上我们可以留在这里看看，是不是真的闹鬼。”

君无咎道：“我也正有此意。”

再一次踩上吱吱嘎嘎响的楼梯，昏黄的灯光一晃一晃，把人影摇曳出诡异的姿势。

张云东死亡的房间仍旧是那天乱七八糟的样子，当时因为炭盆儿被踢翻到一旁，没有引起注意，如今再仔细看，满地的碎碳已经被踩得稀碎，但是稀碎的黑色粉末中确实夹杂了不少燃烧后的纸张。

由于房间被火烧毁，窗子也破破烂烂的了，寒风从破洞里钻进来打着旋地又从门口出去。纸灰被吹得如同濒死的蝴蝶，上下翻飞。有的被挡在死角，堆在一起。

君无咎从士兵手中接过灯笼，四下里仔仔细细地查看，然后在床头还算完好的柜子上看到了几枚黑色的指印。看到这些指印，他不禁有些懊恼当时没有仔细地查看这间屋子，导致他不知道这指印是之前就存在的，还是后来才印上去的。

“烧毁的应该是信件之类的东西。”成杨从墙角床底的黑灰中发现了被吹进去的一些还未烧尽的纸屑，看上去是那种常用的信封封皮，还有几块边角则是浣花笺，就是张云东房间里发现的那种桃花笺。

君无咎看了看他手中的碎纸屑，目光又放在那只柜子上。他仔细回想当时的情景，记得这房间应该是被士兵们全部翻看过了，就为了查那锦瑟是否带走了所有东西。然而这黑色指印看上去十分纤小，不像是那些粗手大脚的士兵的。

也就是说，在这几天他们为了这个案子来回调查之时，有人回到过这里！

君无咎从怀中掏出一方手帕垫在手上，将印了手印的抽屉打开——发现里面居然放了两封信件！

他与成杨面面相觑，道："恐怕这就是那半夜鬼哭的原因了，估计是那人想要让别人知道这里被再次来过，只是不知道他想让谁看见这两封信。是你我，还是另有其他人？"

成杨想了想道："若是其他人，她何必弄出半夜鬼哭的动静？也许……这信就是想让我们来看吧？"

君无咎暂时想不明白，他用手帕将信裹住，交到成杨手中。除了这两封信之外，这房间内也没有什么其他有价值的东西了。

"锦瑟应该并没有离开京城，毕竟这几天几个城门都在戒严……实在不行的话，干脆每家每户去搜查一番。"成杨道。

君无咎摇摇头道："我觉得不妥，偌大的京城若是想藏个小女子，能有无数的方法。她既然想要引人过来发现这两封信，那么就有可能会自己自动出现在我们面前……不过晚上我还是想要在这里等等，看看那夜半鬼哭是否还会发生。"

乐馆旁边是个茶楼，因为紧挨着乐馆，也遭受了祝融之灾，不过只是把一些边角烧了，没有什么太大的妨碍。虽然是这样，茶楼的生意仍旧受到了影响，毕竟谁也不愿意喝茶聊天的时候旁边总是有大兵走来走去，实在影响心情。

不过这茶楼清静却正符合君无咎他们的心意，于是就在这茶楼里找了个可以看到乐馆的房间暂时住下。

君无咎盯着桌上那两封信，信封已经被查看过了，并没有沁过毒。而且以信封上残留的墨香来看，这信封应该是最近几天才写的。如果是这样，那里面写的会是什么呢?

“怎么不打开看看？”成杨拎了两个食盒进来，茶楼只有简单的茶点，无法填饱肚子。于是成杨让家里人做了一些吃的，派人送了过来。

君无咎仍旧看着那两封信，“我在思索……如果夜半鬼哭的人确实是锦瑟的话，那么她这样做的动机究竟是什么。只是想要引起我们注意？或者想要告诉我们什么事吗？如果这样，为什么当时会逃走？我怕看了信之后，思绪会被信里的内容带走，所以有些犹豫……”

“有什么好犹豫的，清悦你就是想得太多。”成杨将食盒里的饭菜拿出来，一一摆在桌上道，“从中午到现在你一口东西都没吃，现在赶紧吃吧，吃饱了好干活。”

君无咎拿起一个馒头，还没塞进嘴里，又问道：“那乐馆四处高墙，如果是锦瑟的话，她一个弱女子是如何翻过高墙进去的呢？若她不是一个人，那么这城中究竟是谁在帮她？帮她的那人为什么要让她杀了张云东？”

看他一副犹豫的样子，成杨嗨了一声并说道：“你不看干脆我先替你看了吧，省得让你焦头烂额的。”说完就将放在最上面的信打开，抽出信纸。

信纸只有一张，不过两三行字。

“写的什么？”君无咎又将馒头放下了，有些紧张地看向成杨。

成杨皱了皱眉道：“这封信确实是锦瑟写的，她说与安王府有不共戴天之仇，待报仇之后自当以死谢罪。”

“一个弱女子，怎么会跟安王府有仇？她说的是安王府，而不是张云东或者其他？”君无咎又想不通了。

成杨道：“是安王府，安王手中近几年已经没有什么实权了，若说之前……如此看来，那锦瑟姑娘身上确实是有问题。但是她说还要继续报仇……若是这样的话，安王府中必定会有接应她的人。”

君无咎沉思了片刻，又问道：“快看看第二封信写的是什么。”

成杨笑道：“一开始你还说怕影响思路，现在却又这么迫切？”

君无咎道：“此一时彼一时，这案子悬而不破，我连饭都吃不下去了。”

“你呀……”成杨无奈地拆开第二封信。

第二封信上没有任何字，但是却画了两张地图似的东西。而且这两张信纸看上去已经有些泛黄，应该是几年前所画，就连墨色都有些暗淡了。

这两张图没有任何确切的标示，但是也能看出来一个应该是大院落的图，另一个曲曲转转，貌似是在野外。

“奇怪了，私人恩怨与这两张图有什么关系吗？”成杨将手中的图递给君无咎，“清悦，你怎么看这两封信？”

君无咎拿着图仔仔细细地看了一会儿，指着其中一张好像庭院的图道：“若是我看的没错的话，这张地图应该是京城某制式的院落。普通人家或者官员不可能建造一个有如此复杂路线的院子，如果按照这路线推断，这个宅子至少也得是个王爷将军之类的才有能力拥有如此规模的院子。”

他说完，也不吃饭了，而是寻了纸笔将这张地图拓印下来，然后用笔虚虚地勾出轮廓，“你看，这样会不会眼熟？”

成杨看向君无咎手中的那张修正后的地图，不禁皱起眉头，“这……这确实是王爷或者皇子才能建造的规模。只是这图上什么标示都没有，对方给我们这样一张线路图究竟是为了什么呢？”

“也许……”君无咎看着手边两张图的对比，眯起双眼道，“也许，对方只是在试探，或者说是怕打草惊蛇。”

“试探？”成杨有些不满，“既然杀人必定要偿命，她做出这种试探又是为了什么？私人恩怨又是什么？两封稀里糊涂的信件……或许刚才你说对了，这东西看了确实会影响思绪。我如今觉得那锦瑟很有可能是在拖延时间，清悦，你看……这张庭院的地图，会不会是安王府的？”

君无咎去过安王府，但是并没有进到过内院，所以对这张图究竟是不是安王府的并没有什么定论。

成杨道：“干脆等我有机会去夜探一趟，虽然很多这种府邸大致规模都差不多，不过仍旧会有一些细节不同，看看便知道了。”

收起了地图，君无咎开始整理自己的思路。

四天前夜里，乐馆发生了火灾，由于救火及时并且下起了大雪，所以火灾蔓延得并不厉害，只是把乐馆一进的二层小楼烧掉了一半。

救火之后发现死者之中有安王家二少爷张云东，张云东是被在床上发现的，身上有火烧痕迹。

张云东死于大量的可以让身体麻痹的草药，这种草药从他后庭塞入，吸收后可以让四肢麻痹，呼吸减缓，心脏逐渐停止跳动。可以说是死得毫无知觉。

张云东后庭除了一些剩下的药渣，还有一方手帕，手帕应该是锦瑟留下来的。但是为什么将手帕放进那个地方，却让人百思不得其解。

张云东死后，乐馆被查封，然而仍旧有人潜入乐馆，在张云东死亡的房间柜子里放了两封信件。

信件上写了锦瑟与安王府有私仇，另外还留下两张看上去有年头的地图。

那么张云东的死难道是来自锦瑟的报复？究竟是什么样的私仇才会让一名弱女子起了杀人之心？锦瑟临走之前烧掉的那些东西究竟都是什么？烧掉的信件里面又写了什么内容？

锦瑟身后究竟有没有人在帮他？是一个人，还是一群人，或者说是来自某个势力？

安王手中如今已经没有了什么实权，而且现在皇上众多的儿子里只有大皇子与三皇子成年了。二皇子由于年幼的时候生了一场重病，如今脑子出了问题，被圈养在皇宫之中，平日里并不出门。

而且成年的皇子都是皇后一人所出，这两名皇子无论是谁被册封为太子，都不影响皇后身后的势力。而其他皇子要么太过年幼，要么母家式微，暂时都不足为惧。

那么对方针对安王府的目的是什么？

“成大人，我想要知道安王府前几年都做过什么事，参与过什么事，以及……安王的大儿子张云海当年究竟是怎么从山崖上滚落的。这些事还能查得到吗？”君无咎问。

成杨点点头道：“我已经让小月去查了，她在这方面十分厉害。”

君无咎点点头道：“那就好……”他想了想又说道，“还有安王府最近的动静，我想对方既然已经杀了张云东，又说要报仇，那么安王府就不可能一点儿动静都没有。”

成杨道：“这些我也会派人去监视，有什么风吹草动自然会禀报上来。而且……”他压低声音道，“皇上对这个案子十分重视，当初安王请封世子的折子留中不发，就是因为觉得安王府里的人有些不安分。但是究竟是怎么个不安分，皇上并没有说，估计暂时未能找到证据，或者说虽然有一些蛛丝马迹，只是牵扯的人太多，若是没有将其一网打尽的办法，按照皇上的谨慎，是不会发作的。原本那个折子也快压不住了，谁知道张云东在这个关口上死了，我想皇上应该是松了口气吧。”

君无咎看看他，道：“你对皇上倒是很了解。”

成杨笑了笑，“身为人臣，自然要学会揣摩圣意。”

君无咎虽然觉得对方对这件事有意遮掩，但是这对他的案子来说也没有什么影响，不过……

“那你知道皇上是因为什么怀疑安王的吗？”

成杨仔细地想了想。“皇上刚上任没有几年，一开始的时候朝廷动荡不安，确实出了几件大事……但是……”他突然好像想起了什么，表情有些犹豫，最后不确定道，“当年张云海曾经在江南待过很长一段时间，后来还办了一件大案，被皇上赏识。而且当时张云海已经是世子了，他回来之后皇上给了不少封赏，但是之后就逐渐地收回安王府的权力。我在想他是不是在江南做过什么事，让皇上感到不高兴了。”

“那你知道张云海办的是什么案子吗？”君无咎心中一跳，总觉得这件事十分关键。

成杨道：“贪墨案，当年张云海与江南知府裴忠义的大女儿订了婚，据说两人感情不错，但是突然有一天张云海告发裴忠义，说从未婚妻口中得知，裴忠义贪墨了大量用来救灾的银两。后来裴家几乎所有男丁都被斩首，女人发配到军中。这个案子让张云海得到了很多赞扬，例如大义灭亲之类……但是有一点，就是裴忠义始终说不出那大笔银两究竟去了什么地方，而且最后抄家也没有抄到多少东西，裴忠义家中可以算得上贫寒了。总之那笔百万之巨的银两变成了悬案，至今未破。”

“这种事实在是太过古怪，张云海的未婚妻如果跟他说了自己家贪墨，却没有将藏银子的地方告诉他？就算是要判贪墨案，总得找到确实的证据吧？”君无咎觉得只是因为告发就让一州知府被砍了头，实在是太过了。

成杨摇摇头道：“裴忠义不是被斩首的，而是在狱中自杀的。”说完，他抬起头，目光与君无咎撞在一起，“我觉得，这才是皇上最怀疑的地方。”

君无咎沉默了一会儿。“若是水灾，我倒是听到一些说法。”他抬头看向窗户，外面的天黑沉沉的，雪似乎下大了，“说某些官员宁愿把银子用在开仓放粮上面，这样可以聚集人心，获得一个好名声。而修筑堤坝、疏通水道却并不是重心。因为怕若是修好堤坝没有了水患，朝廷就再也不会拨银子下来，他们就……”说到这里，他又莞尔一笑道，“不过也是道听途说，是不是真的我却不清楚，毕竟从未去过水患的地方。”

成杨道：“你说的这些其实并不新鲜了，边疆有某些将领曾经做过以战养战的事，每次战争起来，国库都会拨大笔粮饷，胜利了还有赏赐……后来曾经有人被奏上天听，先皇查明此事十分暴怒。然而这种风气却制止不住，毕竟那些地方离这里实在是太远了，而且如果因为这种事斩杀将领，很容易造成反弹……皇上也只是睁一眼闭一眼，除非对方太过，或者有通敌实证，否则也不会对他们动手。”

“真是骇人听闻，”君无咎叹了口气，“为了那些银子，连自己的国家和百姓都不顾，这些人枉为人臣！”

不远处隐隐约约传来梆子的声音，成杨噗的一声吹掉蜡烛，“子时了，不知道那女鬼今夜会不会出现，我让初一在那乐馆里盯着呢。”他走到窗边，将窗户推开一条缝隙，缝隙正对着乐馆的后院，“我怕这里有灯光，对方会警觉。”

君无咎也走了过去，低声道：“如今我们将信件拿了出来，对方还会去吗？而且我们今天去乐馆，已经不少人都知道了……”

“赌一把，如果对方想让我们知道线索，那就应该会露面，只是不知道是什么时候了。”成杨心里也拿不准。

虽然没有月亮，但是外面已经有了一层积雪，雪光映得乐馆内树影绰绰，好像张牙舞爪的妖怪。他们目力所及之处一片安静，耳畔只能听到风卷雪飞的声音……

又等了将近一个时辰，君无咎揣着的手有些支撑不住了，困意袭来让他不停地打瞌睡。就连成杨眼中也浮现出红色血丝。

“估计不会来了，要不我们回去吧……”他话音刚落，一阵细微的哭声突然在风声里传来。

君无咎立马就精神了，他连忙来到窗边向外看去。

哭声若有若无，但是还能分辨出确实是个女人的哭声，配合着这风雪夜晚，实在是令人毛骨悚然。

“初一过去查看了……”成杨伏在他耳边低声道，“若是有人，不会不被他发现。”

这哭声断断续续，除了能判断出是在那断壁残垣之中发出来的之外，其他的就无法发现了。

“她是怎么进的乐馆？”君无咎疑惑道。

乐馆有后门，但是后门也被看守起来了，若是一个大活人翻墙进人，怎么可能躲过他们的眼睛？

“你说，乐馆里会不会有什么密道？”君无咎轻声道，“我总觉得，初一未必会抓到人……”

成杨低声笑道：“你别这样说，初一会伤心的。”

就在他们说话的时间，哭声已经停止了，而且很长时间没有再响起。

过了一会儿，初一垂头丧气地跑了回来，“大人，属下办事不力，没有找到那个人。”

君无咎冲着成杨挑了挑眉。

成杨啧了声道：“回去再审那个晴妈妈，如果连初一都找不到，那人要么就是绝顶高手，要么就如同清悦你所说，这乐馆里有密道！”

君无咎皱了眉头，自言自语道：“在乐馆里挖密道是为了什么？这地方……难道有什么不可告人的秘密吗？”

成杨道：“这地方的前身并不是乐馆，只是后来把整个城西都改成商铺与玩乐之地了。不过我觉得，那晴妈妈未必说了实话……”

【第五章】一波未平一波又起

眼看着新年临近，崇王府里张灯结彩，君无咎的房间门口也挂了两个大红灯笼，看上去极为喜庆。

柳红指挥着白芷、防风抬了一只大箱子进来，看见坐在房中看书的君无咎笑道：“君公子，这是我家王妃为您准备的冬衣，如今这天十分寒冷，王妃怕您不适应北方严寒的气候，特地多准备了几套厚实的呢。”她叽叽喳喳地说着，顺便打开了箱子。

箱子上面放了两件加了毛的大氅，里面则是各种各样的冬衣，里外都有。

毕竟君无咎刚到京城，随身的不过是自己在家里拿的那几套衣服，平日里虽然有些冷可是苦于京城物价颇高，手中那些银钱尚不够买一套冬衣的。而且他现在还借住在崇王府内，实在也不太好花用皇上赐的银子。不过还好，成杨曾送他了几件冬衣，本想就这样凑合几个月过去算了，没想到崇王王妃却帮他准备了衣服。

这让他有些惶恐不安。

“这，这不太好吧？无功不受禄，我怎么能平白无故就收了王妃的好意……”君无咎连忙推拒。

“这是母亲的好意，若不是母亲提议，我都忘记要为清悦准备衣服了。”成杨下了朝回来，翻看了一下箱子里的衣服，笑道，“是我拿了你的衣服交与母亲，母亲找人赶制出来的，赶紧试试看是否合身。”

这毕竟是崇王府，崇王妃找人赶制的衣服用料自然都是好的，尤其是大氅上蓬松的毛皮更显华贵。

“大人，学生不过是个小小推官，穿成这样实在是……”君无咎手足无措，虽然成杨和崇王妃的好意让他十分感动，但是如果让他穿着这样的衣服出去，定会产生一种羞涩和尴尬的感觉。

“我与母亲说了，所以你的衣服颜色大多都是青色蓝色，并不是很扎眼的那种。母亲说你的性子太过温和，若是穿的跟我一样，怕是会束手束脚。”成杨坐在一旁烤火，连续的阴天降雪让京城又冷了许多，尤其是每天一大早去上朝，寒风刮在脸上简直能把表情都冻僵了。幸亏成杨身体健壮而且习得武艺，否则看那些恨不得挤成鹌鹑的一群瘦弱文官就知道，这冬天有多难熬了。

“再过不到一个月，皇上就要封笔了，今日还特地叫我过去问了问张云东的事。皇上十分在意这个案子，不过我总觉得安王似乎想要尽快结案……”成杨一边催促着君无咎去换一身新衣服，一边在外屋高声说着，“不过安王府这两天没有什么动静，但是晴妈妈那里昨天倒是问出一些线索来。”

这两日君无咎一直在整理案件，没有参与问询，所以当得知有了线索，立马就兴奋起来了，“真的？那个晴妈妈怎么说？”

“她说锦瑟是自卖其身，平日里晴妈妈也管束不得多少，不过一开始的时候，锦瑟说话时确实带有一些江浙方言，后来慢慢地改成了官话，如今已经听不出来还有南方口音了。”成杨看着柳红、柳绿将君无咎的衣服都整理出来，然后从小泥炉上拿起茶壶给自己倒了一杯茶水，慢慢啜饮，“晴妈妈还说，在她之前乐馆的老板是个男人，后来不知道为什么不做了，想要回老家，才把乐馆转让给当年红极一时的乐妓晴妈妈。而且她还说，当年的老板也是南方人。”

“只有这些吗？”君无咎换好衣服从房内走了出来。

成杨一看，眼前不由得一亮。都说人靠衣装马靠鞍，君无咎本身就长得清秀，身量也算高挑，平日里除了官服就是自己常穿的有些旧的衣服，看上去颇为不起眼。如今换了崭新的衣服，看上去如同一名翩翩贵公子。

“母亲的眼光果然是极好的，虽然只是一身青色棉袍，却比你往日穿的那青色更显精神了。”

“择日是要感谢崇王妃的。”君无咎有些不太好意思，脸颊飞起薄红。

成杨哈哈一笑道：“这有什么，而且你穿得好一些在京城行走，会让人高看你一眼，能解决很多不必要的麻烦。要知道这里可是京城，眼睛长在额头上的子弟不知有多少，他们只靠衣服认人的。”

君无咎虽然只来了不到半个月，但是已深刻理解到这里的风土人情。若是他穿平日的衣服出去，很容易就被人当作软柿子，还好身旁一直有成杨或者大理寺的其他衙役跟随，也倒没有出过什么差错。但是能少让别人把主意打到他这个“看上去很穷的外地人”身上，就是很好了。

“对了，那晴妈妈只说了这些，没有提到密道之类的吗？”君无咎拘谨地坐在椅子上，生怕把这漂亮的新衣服弄出褶子。

成杨摇摇头。“并没有，提起密道之时她茫然的表情似乎并不是作假。”成杨倒了杯热茶给君无咎推了过去，道，“若是晴妈妈半途接的乐馆，那么确实有可能不清楚这乐馆究竟是什么情况。我已经让人去查之前那乐馆老板是什么样的人，家住何地……”

他喝掉热茶叹了口气，“小月还没回来，也没有什么信儿带回来，估计是还未查到什么线索……”

正说着，初一急匆匆地赶了过来道：“少爷，苏姑娘回来了。”

苏文月回来得及时，她进门脱掉大氅，坐在炭盆旁边直搓手，“可冻死我了，这天儿简直折腾人。”说着从怀中掏出一个厚厚的信封丢到成杨面前，“里面是我整理出来最近查到的线索，张云东的死并不是偶然，锦瑟或许与安王府真的有过恩怨牵扯。我派去江浙那边的人暂时还未回信，所以线索并未完全。”

成杨打开信封抽出一叠信纸仔细地看了一遍，道：“与我和清悦预想得差不多，果然是与五年前的案子相关。”说完，将信纸递给了君无咎。

苏文月道：“我就觉得张云东的死不会是偶然，所以直接查了安王府。我找到了五年前押送裴忠义女眷的一名衙役，那衙役老家离京城不远，如今年老已经退休在家。我给了他不少钱他才跟我说了一件事。五年前被张云海大义灭亲的那江南知府的大女儿被发配之前已经有了身孕，但是半路难产死了，生下来一名男婴，只不过没有活过两个月也死了。后来在押送途中遇到难民把他们冲散了，死的死伤的伤，裴忠义的小女儿裴悠悠失踪了。不过这也是经常发生的事，那衙役也没把这件事放在心上。不过裴家其他女眷在押送路上就死了大半，到了地方也没有活下来几个，如今怕是……”

君无咎问道：“那衙役可说过裴悠悠这名女子有什么特征吗？”

苏文月道：“只是说十分漂亮，当时年方十四，还是个小姑娘，实在是惋惜……那张云海也不是什么好东西，为了自己的名声连未婚妻和未出世的孩子都不要了，如今他娶了那么多妻妾只生了两个女儿就是报应。”

“女子也有女子的好……”君无咎想了想道，“不知道那张云海是什么时候从山上摔落的？”

“三年前不到四年，春猎的时候说是走迷了路，遇到了野兽被追得摔落山崖。但是我觉得没有这么简单，他们这些纨绔子弟都惜命得很，怎么可能纵马到林子深处，怕是有什么难言之隐吧。”苏文月总算暖和过来了，摸摸肚子道，“师兄，我有些饿了，你这里可有饱腹

的点心？”

君无咎平日里没有吃点心的习惯，就算是送来的点心也都赏给柳红他们吃了，一时间拿不出什么吃的来。

成杨道：“眼看就要吃午饭了，我让厨子做一些你爱吃的菜。”

“再来一壶酒，出去查案滴酒不沾，我都憋死了。”苏文月露出垂涎的模样，“我早就知道伯父收藏了不少好酒，能不能让伯父赏我一壶？”

“上次你喝多了的事，害得我被苏叔叔训了一顿，这次可不敢让你沾酒了。”成杨连忙拒绝道，“苏大小姐，你可饶了我吧。”

苏文月央求半天无果，只能撇撇嘴认栽了。

君无咎见这师兄妹俩不再聊了，连忙说了自己的想法，“难道张云海就这么忍了？毕竟这件事让他无法被封世子，而且不但以后走路不利索，就连容貌也毁了……他不可能什么都没做吧？”

苏文月道：“其实我也在怀疑，张云海是不是被什么人抓住了小辫子，导致他咽下了这口闷亏。不过那次春猎毕竟过去三年多了，也不好查，若是他自己愿意说出来自然是好的……”

君无咎点点头道：“假设这锦瑟就是当年的裴家二女儿，这件事倒说得通了。只是那乐馆密道之事就让人疑惑了，究竟是因为什么会有人在乐馆那种地方做了密道？他们利用这密道在做什么？近几年乐馆是否还发生过什么奇怪的事？还有，当年的裴悠悠不过十四岁，怎么就能从押解途中来到京城？这背后帮她的人是谁？是不是就是那名将乐馆卖给晴妈妈的老板？或许还另有其人？”

成杨道：“这件事实在有些复杂，若是只抓住杀害张云东的凶手，只要能抓住锦瑟就可以了。但是如果锦瑟就是裴悠悠，而且当年裴家贪墨案有冤情，那么这个案子牵扯就太多了。我在想，现在锦瑟是不是已经潜入了安王府……小月，你能不能查查最近安王府有没有招什么新的下人或者抬了什么妾进去吗？”

“待我吃过饭后就去查探，”苏文月点点头，又道，“但是当年贪墨案毕竟是皇上下令严查，如今就算找到原委，皇上那边又如何交代？”

皇上自然是金口玉言，若是他断下的案子确是因为被人蒙蔽而断错了，这件事不但让皇上脸上无光，也会引得皇上盛怒。天子一怒，可不是就简简单单地流放打板子能说得过去的。

成杨道：“你们且不用担心，这件事我与皇上禀明过。而且当年皇上登基时间不长，被某些人蒙蔽了也是有可能，若是不能抓住那蒙蔽皇上的小人，怕是皇上也不会安心的。”

“皇上若是这样认为最好了。”苏文月放下心，“那我就去查了，早就看安王不顺眼，那个老狐狸只会占便宜，平日里半点儿亏也不吃，如今这件事若是落实了，怕是要栽个大跟头。”

“是不是栽个大跟头这件事倒未必，你忘记安王府坐镇的那位老佛爷了？”成杨指的是曾经嫁给老安王的先帝的妹妹，如今陛下的姑姑。虽然这老佛爷已经不复当年荣光，但是她手中却有先帝所赐的免死金牌，再加上她本身的地位，安王府应该不会受到太大的影响。

“除非是有什么证据，就算老佛爷也保不住他们。”苏文月眼中露出一丝狠色，“当年裴家全家男丁都被斩了首，所说的那百万两白银可是下落不明啊。如果安王真的跟这件事牵扯上了关系，老佛爷真的能豁出去保他全家继续安乐？估计皇上那边都说不过去。”

其实安王府已经成了皇上肉中的一根刺，否则当年也不会逐渐地将安王实权拿走，如今又按住请封世子的折子。

“皇上也是在等一个机会，等一个可以拔掉安王府的机会……”成杨道，“皇上如今已经不是当年那个刚刚坐上皇位的年轻人了，五年时间也足够他积蓄力量。而且皇上怎么可能容忍有人在他眼皮子下面做出这种阳奉阴违之事呢？”

成杨冷笑着又道：“自古坐在那个位置上的，都不会忍得下有人伸手在国库里掏银子往自己兜里装的。”

君无咎担心道：“但是这件事，也许未必是安王做的……”

成杨道：“就算不是安王做的，他在其中也起到了一定的作用。皇上早已经有所察觉，只是苦无证据罢了。既然安王府如今又出了事儿，皇上就不可能坐视不管，也许这也会成为皇上的一个由头。身为臣子，自然要替皇上分忧。他想要什么，我们自然要去查什么。若是安王平日里安分守己也就罢了，可是安王……”他啧啧地摇了摇头，“可不是个安分的人哪……”

只要是后面带爵位的，或多或少都不会安分，都有些野心。有的野心是想让皇帝轮流当，明天到我家。有的则是用自己这块金字招牌捞钱，能捞多少捞多少。

异姓王基本上都是祖上曾经跟开国老皇帝打天下的功臣，但是不少都是那种富不过三代的，后面的孩子们就跟脑子少了半截儿似的，学会了各种花花肠子，满脑子都是钻营，最后养出来一窝纨绔子弟，连金字招牌都保不住。

这种情况实在是太常见了，在大盛之前的那个王朝被推翻之后，砍了头的有相当一部分是这种瞎折腾的异姓王。当然，这大多都是没什么脑子的，有脑子的那种早早地就归顺了，钱财不要，招牌不要，但求留一家的命，远远地走开当自己的富家翁。

之前这样，之后仍就这样，每个人都心存侥幸，觉得自己如此聪明一定不会被人看出来竟然野心勃勃，殊不知已然是司马昭之心了。

如今大盛异姓王有五个，其他的都是各种爵位，林林总总得有几百个。这种世家经常会因为自己的利益而影响整个朝廷的利益，若是一心想着皇上还好，若是有了其他心思就真的跟烫手山芋一样，哪只手拿着都让人焦躁，然而若想动摇世家就更加难。平时不见他们团结，但是若触犯了世家利益，他们立马能拧成一股绳。

现在的异姓王有五个，皇室的王爷有七个。其中四位王爷都是当年先皇很小的兄弟，他当了皇上的时候也不过五六岁、七八岁，不足为惧；另外就是当今皇上的兄弟，也是在皇上登基之后，这群小王爷才十三四岁大，跟皇上的二皇子差不多的岁数。

这七名王爷比那些有野心的异姓王还要让皇上感到不安，谁知道平时兄友弟恭后面究竟隐藏了什么暗流呢？毕竟皇位这个东西人人觊觎，坐在上面的也未必就能舒心，但是坐不上去那绝对就是不甘心了。

但是这些翻来覆去的王族世家，只有崇王府的人是最让皇上放心的了，且不说别的，只要他们摆出只忠心于坐在皇位上的那个人的态度，就能让皇上安稳不少。而崇王府掌握的兵权，自然也会让觊觎皇位的人自己掂量一下自己的能力。

如今崇王跟大儿子领兵带将常年在边关，几个兄弟侄子也在军中做事，更别说大侄子领着禁卫军护卫朝廷安全，虽然官衔只有四品，但是人人见了都得高看一眼。而这里面最让人忌惮的是大理寺少卿——崇王的小儿子成杨了。

大理寺那是什么地方？专门查案的，而且查就查官员，不管有罪没罪，进去就得脱层皮的地方。

而且只要是成杨插手的案子，基本上背后都会有皇上支持，若是真的无罪也就罢了，一旦有罪，哪怕小罪都能给折腾大了，直接折了翅膀再也扑腾不起来了。

如今安王府的案子就被成杨接手，安王又恼怒又愤恨，既想将杀害儿子的凶手缉拿归案，又害怕这成少卿往深处查。越大的摊子就越不能滴水不漏，随便找个漏洞掏两下，总会让他掏到自己隐藏起来不能告人的东西。

安王矛盾极了。

若是旁人，兴许他还能送个礼，贿赂贿赂，好歹找个替死鬼先结了案再说。但那可是崇王府的小儿子！人家什么没见过？钱财都是皇上赏的，平日里递折子能直接递到皇上眼皮子下面儿。别的不说，就这京城大大小小的官员，或许谁都会收受贿赂，但是崇王府的人是绝对不会的。

而且其实这也不是最最要紧的事儿，最要紧的是他没有儿子了，他头顶上这个王爷的帽子眼看就要归了旁人了！这几天去上朝，朝中那些大人们都用看热闹的眼神去看他，偶尔安慰两句都能让他心中起火。

真是用人朝前不用人朝后，这不是之前求着自己的时候了！

安王下了朝，一回到家就砸了几个瓷碗，实在是气得半死，而且那成杨又被皇上留下说话了，谁知道那人嘴里能说出什么来？

正气着，老太君身边的大丫鬟香翠盈盈地走了过来，拜道："王爷，老太君叫您过去呢。"

老太君就是那位皇上的姑姑，霄云太公主。

老太君平日里很少见人，就连张云东死了，她也只是派人来看了看，自己面儿都没露。但是不管怎么说，有老太君坐镇，安王府还算是平静。

安王心里知道，这次老太君喊他过去是为了什么，只是他不甘心！

可是不甘心又能如何？他已经没有儿子可以封世子了。

老太君平日里吃斋念佛，很少出自己的院子。安王刚走到门口，就听到里面竟然传出欢声笑语。他微微蹙眉，一把拽住香翠问道："谁在里面？"

香翠侧耳听了听，笑道："一定是二老爷和三老爷来了，最近他们经常过来给老太君请安呢。"

安王胸中闷了一口血，他这两个兄弟当年抢封世子没有抢过他，如今知道有了机会，更加不能放过了。

他在月亮门下面站了一会儿，特别想扭头就走，不去看他那两个兄弟得意的脸。

他没有可以请封的儿子了……

安王神情恍惚了一下，不知道怎么的突然特别想弄个鱼死网破，安王这个位置可不是这么好坐的，他们想要，他就能让他们坐不踏实，坐不稳当！

"王爷？"香翠也不催促，只是站在旁边唤了声。

这是老太君身边最伶俐顺手的大丫鬟，安王知道，自己这些动作表情，会在他兄弟们离开之后，都被香翠一字不差地跟老太君说了。

安王局促她笑了笑，"累了，有些头晕……"他伸出手臂，让跟在自己身边的小断扶了一把，“刚从朝中回来。”

香翠自然知道他刚从朝中回来，只是笑道：“这奴婢也跟老太君说了，不如吃了早饭再去请王爷，可是老太君想见王爷了。”不过几句话，就把自己择了出来，意思很简单，我不过是个奴婢，你们做主子的自然说什么就是什么了。

安王叹了口气，慢慢地走了进去。

老太君靠在床头，衣着素净，但是脸上却化着妆。浓浓的、鲜红却很薄的唇总是紧紧地抿着，鼻翼两侧的纹路十分的深刻。

许是当过公主的原因，老太君很少笑，就算是笑也从未大笑过，如今她脸上却露出一丝笑容，似乎对自己两个儿子和带来的几个重孙十分满意。

香翠上前打了帘子，“老太君，王爷来了。”

安王站在那里，看着老太君的笑容有些恍惚，他已经很久没见过老太君笑了。

“哎呀，我的大哥，你可算来了，真是让我们好等。”二叔张庆云笑嘻嘻地站起身来，指着身旁的椅子道，“大哥快坐这里，离炭盆儿近。”

安王看了眼那个位置，离炭盆儿近，但是离老太君远。

他先给老太君磕了个头，“让母亲久等了。”

老太君收了笑容，鲜红的嘴唇一动一动的，“刚下朝就让你过来，累了吧？”

安王扫了眼满屋的小辈，笑着道：“孩儿不累。”

老太君点了点头，她没开口让安王起身，却敛了目光似乎在想些什么。

安王直直地跪在那里，心里烦躁得很。

“哎呀……”张庆云的笑声里似乎带了一些不怀好意，“娘，哥还跪着呢，您怎么睡了啊？”

老太君抬起眼，看了下张庆云，嘴角浮起一抹笑意，“怎么就睡了，娘在想事儿呢……老大，”她的目光看向垂目跪在床前的安王，“这请封世子的事儿，已然这样了，不如你在你弟弟的孙子里寻一个过继给云海，然后娘再去找皇上卖个老脸，他好歹喊我一声姑姑。”

安王嘴角抽了抽，当初张云东请封的折子一直被皇上扣着，也没见老太君去给皇上卖个老脸。他道：“云东尸骨未寒，而且他媳妇儿还怀着孩子就要生了。”

“问题生出来是个闺女小子，谁知道呢？”三叔张庆史接了话茬儿，“先过过去，云海到现在都没儿子呢，实在不行你怎么的也得给云东过继个捧灵的啊。”

张云东别说儿子了，连个孩子都没有，如今这就要下葬了，确实没有人能给捧灵。

安王道：“这总不太好让二位弟弟操心，而且就算过来个儿子万一皇上不认，岂不是让二位弟弟白白操心了吗？云海还小，妻妾也多，自然能生得出儿子的。”

张庆云嗤嗤地笑了两声，道：“我听说当年裴家大闺女生的可是个儿子，可惜了……从那之后，云海连生了俩都是闺女吧？”

“据说有个儿子来着，但是不足月，小产了。”张庆史补充。

安王的拳头紧紧地攥了起来。

“这样吧……”老太君又开口了，“如果云东那媳妇儿生的是个闺女，你就在你俩弟弟的孙子里过一个过去，行了，我累了，你们都回去吧。”

安王浑身冰凉地从地上起来，眼神阴冷地看着他那两位好弟弟。待走到外面，安王突然笑道：“也不是不能过个孩子，不过我家云东命不好，得找个命好的。之前有高僧给我算了一卦，说要生个属虎的儿子才能转运，谁知道……唉……”他没头没尾地说完，甩了袖子就走了。

张庆云、张庆史两名兄弟互看了一眼。

张庆史干巴巴笑道：“属虎的啊……”说完往前面疾走了两步，跟张庆云拉开了距离，没有刚才在屋里那副好哥儿俩的模样了。

俩人都有个属虎的小孙子，不管安王选谁，没有被选中的都会窝一肚子的气。

安王妃正在屋里跟大儿媳妇儿说话，还有俩讨人厌的兄弟媳妇儿，她这些日子瘦了不少，整个人都憔悴了，最近身体又不好，病恹恹地靠在床上，只会唉声叹气。听见那俩叔叔来了，再看见这俩兄弟媳妇儿，心情更加不好，连早饭都没吃，光喝药了。

安王已经没心思搭理他们，只是找了自己的幕僚来，要安排一些事，省得自己的尾巴被那姓成的抓了，到时候不好收场。

张庆云、张庆史如今来了安王府就好像到了自己家，没有了之前唯唯诺诺的模样。只要是安王选了他们二人其中一个的孙子，到时候老太君再去卖个老脸，等这安王死了，那他们其中一个就成了这安王府的半个主子了，想一想就开心得几乎睡不着。

两家人在这里蹭了一顿午饭，开开心心地走了，走之前还问安王要不要把几个孩子都留下，好歹熟悉熟悉，差点把安王气死。

然而他并没有想到，差点让他死过去的不是这俩兄弟。

半夜的时候，张云东的媳妇儿突然就开始肚子疼，不到一个时辰就小产了，血水流了满床，差一点儿命都没了。

安王听到这个消息的时候身子晃了晃，直接就厥了过去。

“小产了？”成杨也得到了这个消息，“怎么会突然小产的？我听说那安王府伺候张云东的妻子可是伺候得跟眼珠子似的，怎么就小产了呢？”

来传话的人道：“安王府现在乱成了一团，安王要状告两个兄弟，说他们白天话里话外挤兑自己的儿媳妇儿生不出儿子，老太君又逼着他在兄弟里面给张云东过个儿子，结果这俩兄弟刚走，晚上儿媳妇儿就小产了……这分明是……”他也觉得不可思议，若这件事真是那两个兄弟做的，未免也太没有脑子了。

成杨也觉得实在是不可思议，他抬头看了看天，“这就快上朝了吧？啧……一波未平一波又起，安王府这个年怕是不好过了。”

果然，早晨上朝的时候，安王递了折子，直接把自己的俩兄弟给告了，而且希望皇上严肃处理，而自己要大义灭亲！

年前这个月，安王已经在朝堂上哭了两次了，看着他已经花白了的头发，成杨只是暗自叹了口气。

皇上也十分震惊，当场就让成杨将这个案子接了下来，“无论如何也要缉拿凶手！”然后又把安王安抚了一番。

下朝之后，欧阳定贤叫住了正准备回去的成杨，“翰飞，这个案子……你怎么看？”

成杨苦笑着摇摇头道：“杀害张云东的凶手还未缉拿到，如今又出了这件事……”

“我问的不是这个，”欧阳定贤打断了他的话，“我问的是，你觉得皇上对这件事究竟是怎么看的？”

成杨顿了顿，道：“皇上……十分震怒啊！”

听到成杨的话，欧阳定贤的表情就有些微妙了。

皇上对于安王府的态度实在是有些难以捉摸，按说既然皇上在收拢安王府手中的权力，那么对于安王家中出现这么多的事应该是喜闻乐见的。但是皇上毕竟是皇上，他在喜闻乐见的同时也会产生担忧。离自己如此之近的安王府家中这几年竟然连续发生事故，导致安王的两个继承人都被排斥出了世子封册，这会让很多世家担忧，这件事会不会有皇上的手笔。如果安王府中出现这一系列的事确实有皇上的手笔的话，那么他们就会警觉起来，甚至可能还会采取某些让皇上防备的举动。

当然，这也是所有人都并不想见到的后果。

皇上之所以震怒，怕是也想到了这一点。

可是安王府家中出现的这一系列的事实在是太过巧合，安王大儿子毁了容，瘸了腿，不得不让出世子之位，小儿子虽然是一名纨绔子弟，但是哪个世家没有几个纨绔子弟？张云东也算不上那种真是让人无法忍受的纨绔子弟，但是皇上却压住了给他请封世子的折子，结果没几天，张云东就死了。

安王仅有的两个儿子都出了问题，所有希望全部都寄托在张云东的那个遗腹子身上了，然而已经七个月的婴孩却流产了，是个男婴，也是个死婴。

这种打击差点让安王崩溃，他开始不顾一切地去咬，咬所有妨碍他的人，包括他那两个兄弟，就连老太君都无法压制。

老太君心里也苦，原本以为手到擒来板上钉钉的事儿，只要她出面维护住安王府的荣华就好了，可是谁承想上午说完要过继的事，晚上张云东的媳妇儿就流产了，还是个男婴。这也给了老太君很大的打击，老太君日日吃素念佛就是想要求个心安，然而她觉得之所以这个男婴会流产，都是因为自己想要让安王过继那两个兄弟的孩子。

这一下子就把老太君给打击到了，在百般安抚不了自己大儿子的情况下，急火攻心一下子就厥了过去，再醒来的时候已经有了中风的迹象。也就是说哪怕安王真的过继了两个兄弟的孩子，老太君也无法亲自去皇上面前卖个老脸了，因为她现在连床都起不来了。

皇上愿意出手去查办一个人，那是皇上的帝王之术；皇上还没出手干预，但是现在的情况却让别人以为是皇上出了手，看在皇上眼里这可就是嫁祸了。

所以说，皇上震怒也是情有可原的。

但是皇上的震怒只是因为这件事吗？

欧阳定贤知道自己在成杨那里问不出什么来，只能说了几句鼓励的话，然后怏怏地回家了。

一到家，欧阳楚楚就迎了出来。

“爹！爹啊，你跟杨哥哥说了吗？请他来家里做客！”欧阳楚楚抱着她父亲的胳膊开始撒娇。

欧阳楚楚是欧阳定贤老来女，绝对的掌上明珠，宠爱得不行。

“哎呀，不是爹不帮你请，是你的杨哥哥太忙了。刚一回来京中就发生了这样的大事，被皇上直接委派了任务，哪里脱得开身嘛。”欧阳定贤笑眯眯地解释道，“我家楚楚这是想杨哥哥了呢，还是想要嫁给杨

哥哥了呢？”

“爹，你讨厌嘛！”楚楚漂亮的脸颊上染上了一层红晕，“真是的，杨哥哥不来，那我能不能去找她玩呀？自从云秀姐姐出嫁了之后，人家就再也没有机会去找杨哥哥玩了。”

成云秀是成杨的妹妹，原本还待字闺中的时候，楚楚没少以找云秀玩为借口，然后远远地向成杨送上秋波。可是云秀自从前两年嫁出去之后，她这个大家闺秀就不能总是出门了，更别说要去一家没有闺阁姑娘的人家，会让人笑话的。

欧阳定贤其实是十分想要促成自家闺女与成杨的婚事的，然而成家没有任何想要跟欧阳家联姻的想法，他曾经隐晦地提过两次，都被成家委婉地拒绝了。

意思很简单，成杨的婚事他们不会插手，要么就是皇上愿意指婚，要么就是他自己找到了喜欢的姑娘。这个态度实在是太明显了，成家不会站队，也不会将自己孩子的婚姻放置在有可能让皇上不满的位置上。就连成云秀所嫁之人都是皇上指派的一个新科状元，家中没有什么底蕴，也不是那种死读书的读书人，反而脑子十分灵活。如今这位女婿在翰林院做编修，听上去虽然感觉官儿不大，但是那是翰林院啊，皇上眼皮子下面专门提拔文臣的地方，说不定什么时候这位成家女婿就一步登高了呢。

至于成将军的大儿子成堃，娶的也是一名将门之女，如今两口子将孩子留在家中，一同去了关外抗敌。这位成家大嫂巾帼不让须眉，与成堃一起挂帅，成了一段佳话。

欧阳定贤是着急，自己的小女儿眼看着就要十八岁了，这都是大姑娘了，再拖下去怕是更不好找好人家嫁了。

他叹口气道：“你心里只有杨哥哥，但是人家心里未必有你啊傻闺女。”

“那怕什么，女儿我长得漂亮，若是嫁给他，一定会让他一心一意待我的。”欧阳楚楚得意地一抬下巴，眼中闪过期待的光。

欧阳夫人也在愁自己小闺女的婚事，她支开女儿，发愁地对欧阳定贤道："总是这样拖着也不是个法儿，既然成家说可以让皇上赐婚，不如你去求求皇上？"

"如果能这么简单，我早就去求皇上了！"欧阳定贤没好气道，"成杨那小子心中根本没有咱家楚楚，就算我求到皇上那里，皇上也会先问一问成家做什么打算。先不说楚楚，裴家还有个养女苏文月呢，虽然也是我徒弟……但是你知道，裴家一直想把苏文月嫁给成杨，其实皇上也有这个想法，只不过成杨从未表态过。"

"那总不能就这么拖着咱家闺女啊！"欧阳夫人红了眼圈儿，"这也不行那也不行，总得想个办法吧？"

欧阳定贤想了想成杨的态度以及皇上那边的情况，叹了口气道："你还是给楚楚张罗一下吧，确实不能再拖了，再拖下去……唉……"

"小姐，小姐……"一名大丫鬟急匆匆地走进欧阳楚楚的院子，脸色不太好看。

欧阳楚楚扔了花绷子站起身来，急迫地问道："怎么样？我爹跟我娘说什么了吗？"

大丫鬟咬了咬唇，摇摇头道："小姐，老爷跟夫人说，说成二公子并不想娶小姐，又怕耽误了小姐，所以让夫人开始张罗给小姐相看其他人家的少爷了。"

欧阳楚楚一听，就跌坐在床上，喃喃道："怎么可能？为什么是这样？杨哥哥他不喜欢我吗？秋雁，你，你快帮我想个办法啊！"

秋雁也有些着急，她是欧阳楚楚的贴身大丫鬟，欧阳楚楚嫁人了，那么她绝对会陪嫁过去。而作为陪嫁的大丫鬟，是极有可能会被指给小姐的相公开脸儿的。成二少爷一表人才，长得俊秀高大，她与小姐都见过，早已经芳心暗许。而且她都想好了，就算小姐不把自己指配给成二少爷，凭她的美貌也一定可以爬上少爷的床。

可是现如今成二少爷压根儿就没打算娶小姐，如果夫人给小姐婚配的人并不是那样的好……

秋雁低声道："小姐，你也不要过于着急了，我听老爷说如果这桩婚事让皇上指婚也是可以的，只不过皇上现在太忙，老爷不好意思去说罢了。"她转了转眼珠子，又道，"若是小姐能豁得出去，其实也有办法，但是……风险太大了。"

"什么办法？"欧阳楚楚着急地问，只要能嫁给成杨，无论什么风险她都愿意担着。

秋雁道："这不是快过年了吗？年后……"她伏在欧阳楚楚耳畔嘀咕了半天，道，"这也是我听说的，听别人说不知道谁家小姐用这个办法嫁给自己喜爱的郎君了，所以……"

欧阳楚楚捏紧手上的丝帕，站起身来在房间走了两圈，"让我好好想想，让我想想……"

"小姐，机会难得啊。"秋雁蛊惑道，"再拖下去，万一成二公子娶了别人家小姐，那小姐就算嫁过去也只能做妾了。"

妻和妾之间的差距，可是天与地之间的差距啊！

"让我……想想。"欧阳楚楚也有些动心，但是这件事确实风险很大，如果成了，她就能快乐地嫁给她的杨哥哥，若是不成，便会成为整个帝都的笑话。

成杨回到家中，君无咎早已经起来了，正在窗前看书。

白芷见成杨回来，急忙去张罗早饭。原本成杨就极少跟其他人一起吃饭，现在院子里多了个君公子，平时成杨下朝回来是一定会跟君公子一起用早餐的。

君无咎见成杨回来，便将手中的书卷放下，问道："早晨的时候是不是发生了什么事儿？我出门转了一圈，听到了几句闲话。"

"是出了大事，"成杨将大氅脱下来交给一旁服侍的柳红，坐在绣墩上烤火，"昨天夜里，张云东的遗孀小产了，产下一名死婴，而且还是个男孩。"

"啊！"君无咎吃了一惊，"这……安王怕是要心疼坏了吧？"

成杨嗤地一笑道："岂止心疼坏了，简直是要疯了。因为张云东死了，他那俩兄弟就开始蹦跶起来，昨天早晨安王府老太君让安王在这俩兄弟的孩子里面找个过继给张云东，安王还借口说等孩子生下来再说，结果晚上就小产了。安王气得差点疯了，老太君安抚不下去，自己也厥过去了，连夜请了御医过去，早晨才醒过来，但是……”他摇摇头道，“老太君看着不太好，说是中风了。”

君无咎又“啊”了声，“难道是他那俩兄弟……不可能吧，做出这种事也太没有脑子了。”

“是谁不知道，皇上让严查，安王在殿上哭得直打滚呢，状告他那俩兄弟居心不良。但是我也觉得不太是那两个兄弟能做出来的事儿，他们就算是着急，但是老太君都说了话，也急不得一时……”

君无咎皱眉，突然道：“难道是锦瑟？”

成杨点点头道：“虽然还没有证据，但是我也怀疑是锦瑟做的。但是怀疑只能是怀疑，要拿到证据还得去安王府走一趟。”他说到这里，顿了顿又道，“安王如今已经没有了指望，他家大儿子房中妻妾成群，然而只生了两个闺女就再也没有动静了。安王本还想等年后再给抬一房妾过去，但是看现在也没有了这个心思。”

“安王心里不可能没有计较吧？他在京中难道就没有敌人？”君无咎有些不解，“而且真的去查他的那两个兄弟对他又有什么好处呢？”

成杨蹙眉道：“我也在想这件事……”

君无咎道：“会不会是想要转移我们查探的方向？用他那俩兄弟来拖住我们的时间和视线？而且如果安王真的倒了，跟他有共同利益关系的那些人总不可能眼睁睁地坐视不管，万一安王觉得自己没有希望再胡乱攀咬，对他们也不是一件好事。”

成杨点点头道：“这个我也有想过，只是如果这样，这京城的水怕是越搅越浑了。”

“水浑倒是不怕，越浑其实越方便我们做事。”君无咎道，“水清的时候，那些鱼也不会出来啊。”

成杨看着君无咎，忍不住笑道：“这才来了多久，你居然长了这么多心眼儿了？”

君无咎不好意思地说道：“其实也没有，但是这确是断案的一个思路。我恩师曾经说过，如果一个案子实在是找不到头绪，就想办法让这个案子变得复杂起来，把水搅浑，牵扯的人越多，线索才会越多。”

成杨感慨道：“岳老大人确实是一名断案奇才，只是……唉，不过也像你说的这样，如今京城水浑了，对于我们来说，确实是一件好事。”

再一次踏进安王府，已经可以明显察觉到安王府内下人的躁动不安了。

张管家的脸色也没有上一次好看，变得有些灰暗了。

这倒是有点儿意思。

君无咎想起上一次来安王府的时候，张管家虽然看上去一副悲伤的模样，但是看得出在悲伤下面隐藏了一份算计，现如今，那份算计却没有了。

他将这件事记在心中，跟着张管家熟门熟路地往张云东的院子里走，一边走一边装作不经意地查看安家的布局，在脑海中将这些布局与那张地图作对比，然而却只有某些地方能够重叠上，其他地方却……

会不会……

君无咎看着自己脚下，想到了乐馆的那个还未找到的密道。

难道安王府也有密道吗？

“在想什么？”成杨察觉到走在身边的君无咎有些心不在焉，压低声音问道。

君无咎看着在前面带路的张管家，“回去再说，这里不方便……”

话音刚落，张管家回过头来，“两位大人，容小的先进去通禀一声。”

这屋内都是内眷，贸然进去确实不方便，而且听说因为发生了这样的事，张云东的那几个妾也闹腾了一宿，而且张云东的妻子周秀兰娘家人也来了，正在堂屋里坐着，哭天哭地呢。

张管家进去半天才出来，脸色更加难看，就连衣襟也歪了，头发也散落了一些。

他露出尴尬的笑容，一手捋着自己乱糟糟的头发，一手拍着衣襟道：“那个，两位大人，请，里面请。”随后又说道，“我家二少奶奶家里人来了，有些激动，若是……还请两位大人见谅。”

成杨停下脚步，看向张管家，“张管家这是什么意思？你是说你家二少奶奶家里来人，不想让我们去查看了？”

“不不不，成大人怎么会这么想？自然不是……我是怕他们太冲动，伤到二位大人。”张管家连忙解释。

成杨啧了声道：“你的意思是他们可能会殴打朝廷命官？”

张管家的表情变得僵硬了，他显然没想到成杨会这么问，“不，只是我家二少奶奶去得太……唉，这为人父母，难免会有些激动。”

成杨总觉得他话里有话，听了这句之后不过就是嗤了声，“带我们进去吧。”

周秀兰的父亲也是个京官儿，但是官职不高，在礼部做个主事。她母亲却是个商家出身，性子极为泼辣。当初安王妃是看不上这种六品官职还有商户人家所出的女儿的，但是架不住周秀兰长得漂亮，自家儿子喜欢。而且周秀兰娘家财大气粗，光嫁妆准备了一百多台，可见对自家闺女有多重视。

再加上张云东虽然是安王府的二少爷，但是当年定亲的时候他纨绔的大名已经远扬，家中有适龄闺女的都不愿意将闺女嫁过来，更别说当初的世子是他哥哥，就算把闺女嫁给他也讨不到什么好处。

但是对于周家来说，这算是一门极好的亲事了。

周秀兰嫁过来两年多了，肚子刚开始一直没有什么动静，安王妃做主给张云东屋里塞了不少陪房丫头和妾，张云东自己也四处乱搞，光院子里的姨娘就五六个，更别说那一群已经被开了脸的丫鬟了。

这种事周家也敢怒不敢言，给闺女吃了不少土方药，好不容易等闺女怀上了，眼看就要落生了，结果一尸两命！

周家人得到信儿，连夜就把安王府的大门敲开了，周夫人带着她几个儿子，哭号着去了女儿院子里。

周夫人是个泼辣性子，坐在女儿院子里一边哭一边指桑骂槐，骂得安王妃连面都没敢露，安王就更别说了。只有大少奶奶想要去劝一番，结果还被骂了出来，什么嫉妒我闺女怀了男胎，生不出儿子的之类什么话都往外冒，愣是把大少奶奶骂哭了，回去自己的院子寻死觅活地折腾了半宿。

君无咎他们刚绕过一座假山，就听不远处堂屋里传来女人尖锐的哭骂声。

"我怕什么？你去问问我刘月琴怕过什么！这哪里是什么王府，这是吃人的地狱啊！你看看这一年年一件件的事儿，哪件事儿说出来能长脸？有本事把我抓了砍头啊，砍死我，我就去陪我这可怜的闺女去！天啊，还有没有地方说理了啊！女婿前脚死了，闺女后脚就跟着去了啊，连外孙都没保住啊！我看这地方未免也太脏了，早知道这么脏就不让我闺女嫁过来受这个罪了啊！"

礼部主事周大海闷头坐在一旁，偶尔劝劝自己媳妇儿，但是又说不出什么话来。而且这些事儿确实太蹊跷了，这张云东死在了乐馆，不管是因为什么死的，都丢脸丢大了；自己闺女怀着孩子安安稳稳地在家里，保护得跟眼珠子似的，可谁知却发生了这样的悲剧。

"一家子没有一个好货！"周夫人恶狠狠地啐道。

"周夫人，慎言。"成杨站在门口，看着这里面的一幕，脸色沉了下来，"安王府老太君可是皇上的姑姑，周夫人这句话可是把皇上都要骂进去吗？"

周夫人"哇"的一声哭了，"我不过是个妇道人家，能懂什么事？我女儿现在死得不明不白的，我这做娘的心都乱了，哪里还想着什么慎言！"她虽然这么说，但是明显收了骂人的声。

张家的二少奶奶就躺在东屋那张华美的拔步床上，她身上已经被收拾干净了，换上了一身得体漂亮的衣服，头发也被梳理整齐。

张云东那几个妾没有一个敢进来的，都远远儿地看着，一个个脸色苍白得像鬼。更别说那些丫鬟了，自从张云东死了，她们这些可怜的女子就再也没有了依靠，是被赶出去还是卖出去都听天由命了。

贴身伺候二少奶奶周秀兰的几个丫鬟就跪在冰冷的地上，神色有些恍惚，脸上一点儿血色都没有。如今发生了这件事儿，她们没有被当场打死都算好的了，这条小命早晚都得交代了，也不会有人关心一下。

周大海跟在成杨身后，喃喃道："成大人，我夫人她，她就是直性子，没有什么坏心眼儿……这实在是太难过了才口不择言的。"

成杨叹了口气，安慰道："正是因为我知道夫人太难过才出言提醒，要知道现在多少双眼睛都在盯着安王府，这里面的风吹草动都会被别人知晓，周大人还是要让贵夫人少说话比较好。"

"是，是……"周大海叹了口气，表情无比愁苦，好像平白老了十多岁。

君无咎站在床边，先查看了周秀兰的眼睑、舌苔，又看了看她的脖颈与手指的地方。眼睑与舌苔和手指都呈现出极其苍白的颜色，这是大量失血之后的表现，然而除了这个并没有什么中毒迹象，也就是说周秀兰的小产与中毒无关，而是接触了什么东西导致大出血，最后一尸两命。

"昨天夜里是谁先发现你们二少奶奶出了问题的？"君无咎问那几个丫鬟。

"是奴婢，"一个圆脸盘儿的丫鬟哆嗦着唇，"当时奴婢就在二少奶奶床边的脚踏上歪坐着，二少奶奶刚睡下不久突然开始说肚子疼，奴婢掀开被子一看……发现，发现……"她哽咽着，已经说不出话来了。

"那她平日吃的东西，都是谁在准备？"君无咎又问。

另一个瘦脸儿的丫鬟道："是王妃那边儿的厨房给准备着，王妃心慈，生怕这边小厨房不干净，大厨房又杂乱，专门请了厨子在王妃院子里的小厨房做了饭菜，然后再让人端过来给二少奶奶吃的。"

那做饭的厨子是个姓于的中年粗壮女人，如今已经被捆了起来丢在王府的柴房里，吓得直哭。她被拎到成杨面前的时候，连站都快站不起来了。

“大人，奴婢冤枉！”于厨子红肿着眼睛，哭得几乎喘不上气来，“大人，这真不是奴婢做的，奴婢冤枉啊！”

成杨看了看君无咎，君无咎温声道：“切莫要哭了，是不是冤枉的待本官问过之后才能知道。”

于厨子哭着道：“大人请问，只要是奴婢知道的，一定会与大人说。”

“昨日里你给二少奶奶做了什么吃的，还记得吗？”君无咎问。

于厨子点头道：“记得记得，中午的时候二少奶奶说胃口不佳，奴婢就给做了热的核桃酥酪，用老母鸡汤煮的面条儿，还做了一碗醪糟鸡蛋。晚上的时候炖了个酥烂的猪蹄儿，配上了一碗酸白菜的饺子，喝的汤也是吊了好久的老母鸡汤。二少奶奶胃口一直不太好，为了让她多吃点儿，所以搭配的都是一些容易开胃的东西。奴婢早就与太医大人说过了，而且太医大人还去厨房看过。奴婢做饭的时候，一直是有两位姐姐在旁边瞅着的！”

于厨子做好了饭，也是安王妃随身大丫鬟亲自将饭菜送过来，看着二少奶奶吃了，再把东西收回去。

安王妃是最希望这孩子能生出来的了，所以也不可能指使自己的丫鬟在饭食中放什么东西，毕竟能让她派来送饭的也都是属于心腹之人。

而且于厨子说的这些，都是一些十分平常的东西，并没有什么相克的食材在里面。

“大人，王太医来了。”初一站在门口，看向屋内，“要让王太医进来吗？”

“进来吧。”成杨点头。

昨天晚上安王召请了六七名太医过来，一边儿是给厥过去的老太君看病，一边儿就是看看能不能把这位薄命的二少奶奶从地狱拉回来，就算大的活不下去，能保住这小的也可以。

结果不尽如人意。

王太医在宫中专门是负责照看怀孕了的嫔妃的，他在妇科上面相当有一套，然而折腾了一宿仍旧没能将人救回来。安王进宫的时候这二少奶奶都已经凉透了，王太医才在安王准备的房子里稍微休息了一下，感觉也就迷糊了一会儿，就有人喊他起来说大理寺来人了。

王太医看着满屋子的人，表情有些纠结，他用眼神与成杨示意了一下。

成杨挑挑眉，轻轻摇了摇头。

王太医叹了口气道：“二少奶奶确实是死于大出血，但是老夫认为那东西并不是下在饭食之中的。因为二少奶奶体恤下人，自己吃不掉的饭菜都分给了下人吃，然而这些吃掉了剩饭剩菜的丫鬟却没有任何问题。”

不是下在饭食之中，那会是哪里出了问题呢？

外面突然传来喧闹的声音，君无咎透过窗看去，发现是周夫人正在撕扯一名女子，嘴里还不干不净地骂着。

成杨对着初一使了个眼色，初一出了门喝止，“你们这是做什么？大人正在断案，你们却打闹起来了？”

周大海连忙去拽自己夫人，周夫人却不依不饶地哭骂着，“一定是这个贱蹄子，绝对是她搞的鬼！当初我女儿不过就是碰了她一下，谁知道她当时肚子里揣了孩子？不明不白地把孩子掉了就一直恨着我女儿，如今你满意了吧？贱婢！”

那名被撕扯得直哭喊的年轻女子是张云东的一个妾室，原本漂亮的脸蛋被周夫人抓的都是血痕。她也跟着哭喊，“周夫人您说的这是什么话？当时我与姐姐玩闹，也不知道自己怀了孩子，姐姐并不是故意的，我也并未嫉恨。如今周夫人却泼了我一身脏水，那我还不如下去陪着姐姐！”说着，不管不顾地往周夫人怀里撞。

周夫人是带了自己的儿子的，儿子哪里能看得下自己母亲被撞？

他直接伸手护住母亲，一脚将那妾踹开，“贱婢，打你都脏了我母亲的手！”

那妾继续哭喊道：“那件事都过去了快一年了我早就不记得了，如今这院子里大大小小谁不盼着姐姐能平安生下孩子？哪个不是为了姐姐鞍前马后地跑？周夫人若是不信随便找个人问问，不说别的，就这段时间我可有接近这个院子？周夫人，那可是相公唯一的一个孩子啊！周夫人您这话说得是在往我这心里插刀啊！”

君无咎听着他们的吵闹，心里叹了口气。

那个女人说得也对，若是张云东能留下个儿子，对于她们这些做妾的来说也是一件好事，万顷地里的一棵苗，怎么也得护着，有了这根苗，好歹她们的生活也不至于太过困难。如今这根苗没了，今后她们的日子可就难过了。

“你有什么看法吗？”成杨问道。

君无咎摇摇头，不解道：“除了吃的，剩下的就是熏香了，然而我并未在房间里嗅到熏香的气息……”他再一次问过丫鬟，丫鬟说二少奶奶不喜欢熏香，平日里也只是用干花放在衣柜里熏制衣服。

“那干花现在还有吗？”君无咎问道。

丫鬟点头，从衣柜里拿出几包用荷包装了的干花，解开撒出来查看，里面不过就是一些常见的花瓣。

“这些都是二少奶奶自己做的，她平日里让我们收集这些花瓣，然后晒干自己做荷包，就连花儿也是她自己指定了要什么，我们便去摘什么。”

既不是熏香，也不是食物，那会是什么让这位薄命的二少奶奶突然在夜里小产了呢？

君无咎的目光再一次回到了周秀兰的尸身上。

周秀兰安静地躺在那里，一个不到二十岁的姑娘就这样香消玉殒，令人不得不感叹一声人生莫测。她身上穿着崭新的衣服，头发上擦了头油，柔润顺滑地挽成发髻，脸上倒还未来得及擦胭脂，所以青白的脸色看上去十分不协调。

难道是头油和胭脂出了问题？

“你们二少奶奶如今每日里还装扮吗？”君无咎问。

丫鬟摇摇头道：“自从知道有了身孕，二少奶奶便甚少装扮了，平日里门都很少出。”

“可以把你们二少奶奶用的那些头油什么的拿给我看看吗？”君无咎还是不太放心。

圆脸盘的丫鬟指给他看，梳妆台就在窗户旁边，竖着个光滑的铜镜，铜镜下面摆着首饰匣子跟胭脂匣子。

首饰匣子里放着周秀兰最近常用的首饰，因为怀了身孕，平日里那些大件的首饰也很少用了，不过就是一些绢花鬓簪。君无咎拿起一朵绢花放在鼻端嗅了嗅，是淡淡的茉莉花的香气。

成杨凑过来，也从首饰匣子里拿出一朵绢花，放在阳光下仔细查看，“你怀疑是有人将可以使人小产的药物放在这些东西上吗？”

君无咎放下手里的绢花道：“如果不是食物和熏香出了问题，那么能出问题的就是平日里经常会用得到的东西。例如这些绢花簪子，胭脂口脂头油之类，尤其是口脂，因为会接触嘴唇，最容易被人不经意地吃进去。”说着，他又打开了胭脂匣子，里面摆放了头油胭脂口脂和一些擦手擦脚的香膏。

这些东西香气浓郁，就算里面掺杂了奇怪的东西，估计用的人也不容易察觉到。

“我忆起岳老大人曾经破过的一个案子，那案子就是有人将砒霜之类的毒物掺进头油里面，量十分少，但是长年累月使用会使人头发掉光，毒素进入头皮，最后将人致死。”

君无咎点头道：“那个案子是妻妾争宠导致，但是……”他又看了看周秀兰，想到周夫人在责骂那妾时所说的话，不禁心中一动道，“成大人，还需要让您打听一下，这周秀兰究竟是个什么样的性子？那几个妾室又是如何？”

“这件事容易。”成杨点头应了下来。

“可是……”圆脸儿丫鬟听到了他们的对话，壮着胆子解释道，“这些头油香膏都是从京城最大的胭脂铺子买的，很多小姐夫人都去那里买。而且我家二少奶奶十分善良，她每次买了东西也都会分给那些姨娘来用。”

君无咎笑道：“谢谢你提醒，但是谨慎一些不会出错的。”

他想了想，又走到周秀兰的床边。

周秀兰的枕头是一副刺绣缎面的枕头，上面绣着鸳鸯戏水。这种缎面用的时间长了会因为摩擦而起一层毛圈，然而这个枕头却十分的新，枕面平整，似乎从未用过的样子。

他蹙了蹙眉，看向那个圆脸儿的丫鬟，“你们二少奶奶的这个枕头，是新换的？”

圆脸儿丫头小心翼翼地往外瞅了眼，周夫人正坐在外面的厅里小声地哭。

她点点头道：“二少奶奶的娘家母亲说要换全套新的，不想让二少奶奶带了沾了安王府的……”她咬了咬唇，“这些都是当初二少奶奶的陪嫁，一直没有用过。”

周夫人这性子也实在是……

君无咎暗自摇摇头，又问道：“那之前的枕头被子都扔了吗？”

圆脸儿丫鬟道：“二少奶奶的娘家母亲说要都烧了，在二少奶奶出殡之前烧了，就不让二少奶奶带去了。但是现在还未来得及烧，不过都扔到柴房去了。”

君无咎心念一动，转身对成杨道：“大人，我想去一趟柴房。”

柴房里果然堆放着二少奶奶换下来的那些床具衣服，被子褥子上面都散发出淡淡的茉莉花香，可见二少奶奶十分喜爱茉莉花的香味。

君无咎在柴房里翻找了一下，却发现所有东西都在这里，但是唯独不见枕头。

“东西都放在这里了？”他问那跟随而来的圆脸儿丫鬟。

丫鬟点头道："是的，都在这里了。"

"那么枕头呢？"君无咎问。

"枕头也在啊，我亲眼看着他们将被子枕头卷走扔了的。"丫鬟道。

君无咎问："是谁扔的？"

丫鬟道："是二少奶奶娘家母亲带来的下人给扔的。"

成杨指使了人，又将东西都翻了一遍，仍旧没有找到枕头。

为什么唯独少了枕头？

难道……

成杨不耐烦道："搜吧，这枕头并不小，能扔去哪里？"他让人找来张管家，与张管家说了这件事儿。

张管家一脸为难，"为了个枕头……搜安王府，不太合适吧？"

成杨冷笑道："若是那人真的在枕头里下了毒，毒害你家二少奶奶，也能用同样的方法毒害其他人，你觉得这件事不值得重视吗？"

"搜，凭什么不搜？还有那些个贱婢房中，都得搜！"尾随而来的周夫人掐着腰站着，对张管家道，"你若觉得不好说，我就去跟你家夫人说，你家夫人不同意我就与王爷说，王爷不同意我就告上天听，总得有人给我女儿申冤！"

"周夫人，您，您别着急啊！"张管家开始冒冷汗，"容小的去跟王爷通禀一下。"说完告退，急忙走了。

周夫人哼了声，生怕张管家不照实说，她瞪了一眼满脸凄风苦雨的圆脸儿丫鬟，拽着丫鬟也跟着去了。

君无咎站在柴房前有些走神儿，成杨拍了拍他的肩膀道："就算是王爷不同意，我也会让他同意的，你不要担心。"

君无咎摇摇头道："我没有担心，我只是突然有一种十分怪异的感觉。"

成杨挑了挑眉，"哦？什么感觉？说来给我听听。"

"你难道没有发现，似乎我们想要什么，之后就会出现我们想要的那种事。”君无咎道。

成杨眯起眼睛仔细思索了一下，“不应该吧？也许只是个巧合？锦瑟一个女人，怎么可能有这样的能力布这样的局？”

君无咎摇了摇头，“但是锦瑟并不是一个人，她从被发配的路上让人救了，改头换面送到京城，这就不可能是一个弱女子能做得出来的。而且我总觉得，从我们在酒楼撞见张云东的那一刻起，其实就已经进入了某个人所布下的局。”

“可是这也太巧合了，小月刚巧那天回来，我们去喝酒刚巧碰到张云东与那父女二人，张云东刚巧死在那天晚上……怎么会有这么多巧合？”成杨说完，自己也察觉出一丝不对劲儿来。

“你不觉得巧合的事太多了吗？若只是一件两件也就罢了，还有那乐馆内，刚巧就失火了？那伙计刚巧就被毒死了？锦瑟写给张云东的书笺刚巧就放在书里摊开被我们看见了？锦瑟用夜半鬼哭引我们过去，信也是刚巧放进去的吗？我都在怀疑那指痕会不会也是对方刚巧印上去的。那封信里的地图让我们怀疑是安王府的地图，然后刚巧就出现了一个可以搜查安王府的机会？我怀疑如果我们找到了枕头，也一定会发生刚巧的事。”君无咎接着说道，“这太多的巧合，让我不得不谨慎起来。”

“也许这局是熟悉江苏裴家的人布下的，就是为了给裴家人报仇。”成杨想了一下，又摇摇头道，“不只是熟悉裴家，能在安王府里神不知鬼不觉地折腾出这么多事来，可不只是裴家区区知府地位的人能够做出来的。”

“对，我也这么想，”君无咎看了看周围，除了离他们很近的初一，就是那些远远站着的仆人，藏在月亮门后面往这边看着的周家两个儿子，还有安王府的这一房、一瓦、一草、一木，“我觉得，从张云海春猎的时候摔伤开始，那个人就已经开始布局了，他一步步地弱化了安王府的势力，最终让安王这一脉消失，可以说如果这件事真的全部结束，安王的风光便再也不会在了。老太君中风，安王没有孙子，两个兄弟又与他不合心，皇上不会放弃这个机会的。”

成杨定定地看着君无咎，他突然觉得，自己这次去了那远远的庚县，能遇到君无咎其实也是个巧合。谁能想到那偏僻的地方，居然还隐藏着岳鸿之大人的亲传徒弟？而且这徒弟明明从小就在岳鸿之大人的照顾下长大，可是却没有人知道他。

难道君无咎……不，他不像，如果这真是个局，那么他也应该是这局里的一枚棋子。

“可是……”君无咎仍然有些不解，“如果对方有这么大的本事，那为什么不自己查呢？他手里难道没有证据吗？”

他说完，两人便陷入了沉默。

过了半晌，成杨道：“也许是因为名不正言不顺。假设那个人手里有线索，却不自己去做，要么就是没有这个能力，要么就是……他不适合出面。那么究竟有什么人，既如此心思缜密，又不适合出面呢？”说到这里，他突然一震，看向君无咎试探着问道，“清悦，你确定岳老大人已经故去了吗？”

君无咎惊怒地看他，“成大人，你这是什么意思？难不成你要去开棺验尸吗？好啊，那下官陪你去好了！”

“不不不，清悦万不可动怒，我并没有其他意思！”成杨立马摆手，觉得自己好像是捅了马蜂窝，“哎呀，如果岳老大人真的……那反而是好事呢，我只是猜测一下而已……”

“你胡乱猜测一下，就要我恩师背负欺君之名？或者说就算是他真的……”君无咎气得胸膛起伏，“然后呢？你要告知天下吗？逃出生天的岳老大人竟然……”

“哎呀哎呀，我的清悦啊，你小声儿点，可千万别被人听了去！”成杨急得跳脚，“算我说错了话，赔礼赔礼！”

君无咎用力吐出一口气，脸色变得十分难看，他努力让自己平复下来，压低声音道：“我恩师原本就病入膏肓，又被人追杀，最后落得那样的结果，就连我的未婚妻都没有能逃过那一劫，最后香消玉殒，我不想去猜测什么，这也绝对不可能！”

“是我的错，我的错……还不是因为岳老大人曾经说过任何疑点都要去揣测我才这样想的嘛，我错了，再也不去想。”成杨就差指天指地地发誓了。

君无咎平复了气息，摇头道：“是下官太过激动了，还请成大人莫要怪罪。”

“唉……你，好不容易用你我相称，不过是我说错了话，你却又这样板起脸来了。”成杨有些不高兴道，“若不是知道你比我大，我还要把你当弟弟哄呢。”

君无咎腾地红了脸，“成大人你，你莫要这样说！什么当弟弟哄，我只是一时生气罢了，过了便好了。”

两个人虽然小小地吵了一架，但是并不妨碍他们对案情的推测。但是自从有了自己做的这些事都是被别人给下了套子的想法之后，明显觉得有些不爽了。

“这个人，究竟是谁呢？”就在成杨蹙眉思索的时候，张管家终于苦着脸过来了。

“两位大人，王爷说不过就是个枕头，真的要大动干戈吗？这，实在是有些不妥啊……”

“张管家，你可与王爷讲清楚了，这枕头并不是一般的枕头，很有可能是你家二少奶奶被杀害的线索。还是说你家王爷如今看开了，不想追究了？”成杨有些没好气，他原本就心烦背后那人是谁，如今安王这边又不妥协，让他冒了火。

成杨道：“不如这样，你跟王爷说一声，如果他真的不想查了，麻烦他去皇上那边递个折子，就说不是我与君大人不愿意帮他破这个案子，而是王爷如今自己不想知道了，让皇上把这个案子撤销了。张管家，你看看这都快过年了，毕竟谁也不愿意在这个时候还要东奔西跑，不是吗？”

张管家都快哭了，“大人，成大人，您这不是为难小的吗？”

“我看你是在难为我，若是王爷真的不允许我们去查这件事，那就请王爷给个明示，我也好禀报皇上不是？”成杨沉下脸来，咄咄逼人，“还是说张管家你不希望我们继续查下去，从而蒙蔽王爷？”

“不不不，小的哪敢这样做？”张管家吓坏了，他急忙说道，“当时周夫人也在，确实是王爷不同意，现在周夫人还在跟王爷吵呢……”

成杨恍然大悟道：“哦，也就是说周夫人与王爷还未达成一致，张管家就急匆匆地赶来跟我们说王爷不让查了？这……若是我们真的相信了，不查了，导致凶手将证物损毁，张管家可否能担得起这个责任？”

张管家扑通就跪了，嘴里不停地喊着：“哎哟我的成大人啊，小的真的不是这个意思啊，成大人，小的也不过就是个传话的，哪里能做什么决定啊！”

成杨冷哼一声，不再搭理他。

君无咎笑道：“既然王爷不是这个意思，还需要张管家去找王爷明示一下，否则我们不好跟皇上交代啊。”

这俩人一个黑脸一个红脸倒是配合有度，张管家看看这个看看那个，最终只好从地上爬起来，灰头土脸地去禀报安王了。

待二人回到张云东的院子，初一已经准备出一个可以让他们二人稍作休息的地方了。

成杨坐在椅子上笑道：“其实这些世家谁家没有点儿猫腻呢？怕搜也是一定的。”

君无咎道：“因为有猫腻就可以枉顾人命了吗？若是这样，他也不要说什么要严查之类的，自己闷了不就得了。”他心中有些气闷。

成杨想了想，突然笑道：“若是这真是有人在做局，那么安王就算是再不愿意，这个局背后的那个人也会想办法让他愿意的。不如我们就静待最后的消息，看看安王最终会如何答复。”

“大人……”一名瘦小的小厮在旁人的带领下走了进来，在成杨耳边低声道，“苏大人查到了一件事，怕耽误大人破案，便让小的先过来说一声。在锦瑟房中找到的浣花笺并不是锦瑟自己购买的，也不是乐馆买的，因为城中浣花笺的数量有限，都是先给那些大户人家使用，尤其是这桃花笺十分昂贵。并且城中制作浣花笺的作坊也都确定了购买者的明细，都清清楚楚写明了谁家买了多少张、多大的、什么类型的浣花笺。而且，安王府每个月都会买上一些用来给女眷写帖子使用，而且买的基本都是桃花笺。”

“哦？确实如此？”成杨问。

小厮点头道：“苏大人就是这样与小的说的，一字不差。”

“这就有意思了，”成杨挥退了小厮，转头把这件事又跟君无咎重复了一遍，“桃花笺不是锦瑟买的，而且也不是乐馆买的，那么锦瑟手中的桃花笺是谁给的呢？张云东？”

“这个只要去调查一下安王府购买的桃花笺支取数量就可以知道是不是张云东给锦瑟的吧？我记得这种东西大户人家都是专门采购，有人领取都要记录的。”君无咎道。

成杨点头，“确实是这样，如果那些浣花笺零散购买的客人里没有乐馆、锦瑟或者相关的人，那么能使用这种浣花笺的基本都集中在大户人家里面。不过这件事要等张管家回来，让他去找支取的单子。”

又过了一炷香的时间，张管家跟在周夫人身后，狼狈地回来了。看着他脸上红肿的巴掌印跟雄赳赳气昂昂的周夫人，两相对比一下，成杨简直想笑。

不用猜都知道，张管家脸上的巴掌一定是周夫人打的，这女人实在是太泼辣了。

“王爷说了，两位大人为了查案也十分辛苦，虽然搜查证物这件事让王爷十分担心会惊扰了府里其他人，但是为了二少奶奶和未出世的小少爷，王爷愿意让两位大人进行搜查，但是需要我们的人跟着。”

成杨看着他身后跟着的几名小厮丫鬟，笑道：“就这样几个人还是不够的，正好，我们大理寺的人就在外面候着，初一，你去喊几个进来，顺便找苏大人派一两个伶俐的丫鬟过来。”

他们说的这些人自然都是在大理寺里当差的，而且这府里也有不少女眷，找几个丫鬟过来是为了查看女眷的房间。

“我带来的丫鬟大人也尽可用了，”周夫人道，“我虽然是个妇道人家，但是母女连心。如今我女儿出了这种事儿，大人有什么吩咐尽管说。”

“那就谢谢周夫人了。”成杨笑着施礼。

成杨一声令下，每个院子都派了人去看守，提防有人销毁证据。然后他便带着君无咎，一个院子一个院子地查看起来。

从二少奶奶发作，到请了太医前来查看，安王府也没有其他人出去。而且毕竟枕头这样大的物件儿，也不好随便往外拿。这就证明这个枕头一定还会在安王府之内。

二少奶奶的院子被查了一个遍儿，什么都没发现。

成杨给初一使了个眼色，初一点点头，带了几个小厮去了别处。

“我让初一先去其他地方探探路，”成杨在君无咎耳边低声说完，又看向两颊红肿的张管家，“张管家，你……要不要先去休息一下？”

张管家咧了咧嘴，嘴角露出明显的伤处，他苦笑道：“哪里还有时间休息呢？”

成杨憋笑，从怀中掏出一只小瓷盒，递给张管家道：“这是我在外常用的消肿药膏，张管家……嗯，你不如先用一些。”

“谢谢成大人！”张管家将瓷盒子接过来，从里面挖出药膏，给自己的脸上厚厚地涂了一层。一阵清凉之后，两颊果然不那么肿痛了。

“成大人的药真是灵验啊！”张管家拍着马屁，“这一擦上便不痛了。”

成杨笑道：“自然是灵验的，我父兄每日都在边关，身上伤痕累累，这药也是因为他们受伤次数太多了，自己研制出来的。”

张管家顿时又觉得脸开始火辣辣的了，他强笑道：“是，谁不知道崇王府出了两名战神，有战神在关外把关，我们才能安心呢。”

成杨冷笑道：“是啊，若不是有人守着边关，怕是这里的人也没有心思搞这些乱七八糟的事，惹得皇上震怒不已。”

张管家走在后面，暗自抽了自己一记嘴巴。他就算再蠢也能听出来成杨在冷嘲热讽。人家父兄每年都在关外守着，风餐露宿的，经常是一两年都不能回来一次。结果这些被他们用生命护着的人吃饱了撑的没事儿就喜欢惹事儿，结果玩大了，把自己玩进去了，如今还得人家这个唯一留在家里的儿子跑前跑后地来跟前查案。

成杨见张管家不说话了，心中也是知道为什么，他换了话题问道："张管家我且问你，这王府中一应事物采购都是有专人负责的吧？那么发放呢？"

"发放是由小的禀报王妃，然后由王妃同意便可以发放出去。"张管家答道。

成杨哦了声，"那么浣花笺这种东西，也是有王妃同意才能申领了？"

张管家点头道："是的，虽然不过是几张花笺，但是价格也不算便宜。除了平日里给几位小姐奶奶们用来写诗，就是王妃或者小姐奶奶们想要宴请与自己交好的姐妹前来玩耍，也会用得到。"

"既然这样，那每个人申领也都是有记录的对吧？"成杨问。

张管家点头道："这是自然，王妃本就是个细致人，平日里也节俭，所以是不允许胡乱支取东西的。"

张管家按照成杨吩咐，去王妃那里要了支取东西的册子。这家中女眷支取浣花笺的记录都在册子里面，什么人什么时候取了几张，几乎都记录在册。

成杨查看了一番，并未发现有什么地方不对劲儿。他将册子递给君无咎看，叹道："看来那浣花笺并非是从安王府流出去的。"

君无咎也仔细地看了看，他原本还想着是不是张云东偷偷拿了自己姐妹嫂子支取的浣花笺，但是这里一张一张都记录得十分清楚，拿去做什么用也都写了出来，并且数量确实不多。如果张云东真的是为了讨好锦瑟而拿了桃花笺给她，也不可能如此零碎。

他将册子还给了张管家，问道："张管家，平日里你们家二少爷可会经常收到其他小姐们给的花笺？”

张管家有些尴尬，他支吾了半天，看看左右的人都将精力集中在搜查之中，便凑近了压低声音道：“我们家这个二少爷……有些，嗯，贪玩儿。虽然不至于目不识丁，但是却……”他有些不太好意思说了。

君无咎倒是听出来他这番话的意思，这张云东想必是个极致的纨绔少爷，小时候逼得认识了一些字，但是却完全没有达到可以欣赏诗句文章的程度。而且当时他在张云东的书房内查看的时候，也未见到张云东的“墨宝”。

君无咎想了想，便与成杨道：“我想再去看看那张云东的书房。”

“哦？可是觉得有什么地方不对劲儿？”成杨问。

君无咎道：“是有一点儿，但是不知道究竟是哪里不对劲儿，总之我想去再看看，兴许能看到一些其他东西。”

成杨在盯着搜查的事，于是便喊了一名小厮跟着君无咎，重新回到了张云东的院子。

张云东的书房还跟上次一样，只不过这几天过去，书房的灰尘就更重了。

厚重的屋门打开，一股尘土的气息迎面扑来。透过阳光洒进来的光柱，可以看到无数细小的颗粒在空中飞舞。

他咳嗽了两声，抬脚进了这间书房。

在又查看了一圈之后，君无咎终于知道他刚才的那种涌上来的感觉是什么了。

这间书房应该是经常被使用的，无论是吊在笔架上的毛笔，还是放在砚台旁边的墨块，以及书架上的一些书籍，其实都可以说明这里的主人会经常使用书房。

然而刚才张管家却说张云东不学无术，甚至连字都认识得不多。那么这样的一个人却频繁地使用书房是因为什么？而且他还严令下人没有他的允许是不能进来打扫的。

君无咎看着那几本放在桌子上的画本，随意抽出一本来查看，发现这本画本的边角都有些脏污褶皱了。能让纸张出现这种痕迹，第一，就是看书的人不注意卫生；第二，他会经常翻看这本书。

他看着画本封面上的《西花园记》四个字仔细地想了想，可是因为平日里很少看这种东西，所以并没有什么印象。他又将画本打开，发现里面竟然画了大量令人脸红心跳的图，就连文字内容都令人不堪入目。

君无咎手指头一颤，画本吧嗒落在桌上。

不，还是有些不对劲儿。他想了想，又将其他画本都翻看了一下，发现无一不是这种充满男女情事的内容。然而几本画本对比一下，同样都是这种内容，有两本的翻看次数明显比其他几本要多得多。

他又将这两本书拿到手里，想了想又将书递给一直跟在后面的小厮，问道："春分，你看过这几本书吗？"

春分瞅着那封皮儿，就嘿嘿一笑道："小的……嗯，看过一些。"

"那这些书有什么特殊之处吗？"君无咎问道。

春分笑道："不过就是几本春宫册子，能，能有什么特殊之处呢？"

君无咎翻开卷边最厉害的那几页儿，忍着脸红仔细地看了一遍，又让春分看了一遍，"与你之前看的有没有差别？"

春分红着脸摇摇头道："没看出来什么差别……不过这册子价格十分昂贵，而且因为制作精美，所以私下流传并不是很多。"

也许张云东只是个喜欢看春宫册子的纨绔少爷？

君无咎越想越觉得不太对劲儿，若是张云东喜欢看春宫册子，那么为什么这几页磨损得如此严重？而且看内容也并没有与其他地方的特殊差别啊。

将册子放在原处，君无咎围绕着桌子走了一圈。

张云东不想让人在他没有同意的时候来收拾书房，哪怕他现在已经死了，书房仍旧没有人收拾，这就很奇怪了。而且张云东为什么不让人来整理书房呢？难道是为了不让人看到他在看这些画本？可是道理上说不通啊，谁都知道他是个纨绔子弟，一个纨绔子弟看这种画本实在没有什么地方好遮掩的。

君无咎在书桌前方站定，再一次将目光投向书桌周围的摆设上。

张云东的书房是个单辟出来的小院子，院子设计得十分雅致漂亮。因为是单出来的缘故，书房十分大气。但是这书房跟前厅对比起来，反而有些太过于雅致了。

前厅挂了不少字画，看上去就好像一个暴发户在炫耀似的，特别的俗气。大幅艳丽的《牡丹图》与《海棠春睡图》挂在一起，就好像主人将他感觉最抢眼的东西都摆出来一样，可是里面放书的地方却不是这样。

书房里两面摆着书架，一张贵妃榻靠窗放着，阳光可以直接透过窗棂照在那榻上，若是拿着本书在榻上悠闲赏看，实在是一件乐事。但是这贵妃榻上的锦缎看上去是崭新的，并没有太多被摩擦过的痕迹，以及书桌上书的摆放方向，这个房间的主人似乎更喜欢坐在椅子上看书。

张云东喜欢坐在椅子上看书吗？

坐在这里看这些画本？

君无咎这才发现，这间书房四处都是带有矛盾的地方，让他感到特别别扭。

“春分，你去找个这里的下人来，最好是经常来打扫书房的下人。”君无咎道。

春分很快就找到两名漂亮的小丫鬟，小丫鬟挤挤挨挨地站在一起。

“二少爷不允许我们私自进来打扫书房的，”红衣服小丫鬟说道，“每次都是他同意了我们才会进来打扫。”

“那你们多长时间打扫一次呢？”君无咎问。

红衣服丫鬟道：“半个月吧，差不多每半个月，二少爷都会让我们来打扫，还叮嘱说不要随便翻看之类。”

半个月？

“那你们二少爷之前让你们来打扫过吗？”君无咎问。

红衣丫鬟道：“就在二少爷走之前，之前两天，我们刚刚打扫过房间。”

北方气候干燥，房间内极其容易落尘。从张云东死了到现在也有七八天了，房间内的尘土已然落了一层。张云东会在这种满是尘土的环境下看画本？这简直更加诡异了。

君无咎想了想，指了指这桌子上的灰尘问道："那每次你们来的时候，这张桌子也是这么多灰尘？"

红衣服小丫鬟跟青衣小丫鬟对看了一眼，摇头道："不是，桌子上并没有什么灰尘，只是书架和其他地方灰尘比较多。"

青衣丫鬟插嘴道："也不是灰尘都很多了，"她指了指书桌后面的那只书架道，"这个书架少爷经常用，所以灰尘也不是很多。"

红衣丫鬟跟着点点头道："少爷常用的地方就没有什么灰尘，不常用的地方灰尘就多。"

君无咎站到那个所谓的常用书架前面，这只书架上摆的都是"四书五经"之类的书，每一种都是厚厚的一摞，并且背脊十分干净。他抽出一本翻看，这书内页也十分干净，甚至还散发着浓郁的墨香。

一本书，只有在新书的时候才会有如此浓郁的墨香，可见这些书自从放在书架上，怕是压根就没有翻看过。可是既然没有人翻看，为什么这个书架反而会比另一个放着杂乱画本册子的书架要干净呢？

君无咎问道："自从你们家二少爷走了，这房间也一直没有人打扫？难道你家王爷和王妃都从来不让你们来打扫这间书房吗？"

两个丫鬟摇摇头道："没有人说过，所以我们也不敢进来的。"

青衣小丫鬟补充道："或许是王妃想念少爷，怕我们粗手笨脚将房间弄乱，所以才不会让我们打扫的。"

君无咎点点头，笑道："好，我知道了，你们下去吧。"

小丫鬟福了福，倒退了几步转身走了。

"大人，您是不是觉得这书架有些不妥？"春分很是机灵地问道。

君无咎点头道："这整个书房都给我一种十分怪异的感觉，好像这里不是同一个人在使用。你觉得一个纨绔子弟会踏踏实实地在书房里看书吗？而且就算这几本画册写得再引人入胜，他难道就会如此爱不释手地翻看到书页都卷曲了？”

春分摇摇头道：“这我就不清楚了，我家少爷除了很多与案件相关的书才会经常翻看，其他的基本看过一两遍就放在一旁了。”

君无咎道：“就是这样，看书其实是有目的性的，要么是为了研究，要么就是为了趣味。用来研究的书会让人反复查看，但是为了趣味的书翻看上几次便会厌烦，就想寻找新的趣味。”

春分看看桌子上的画本，道：“大人是觉得为什么这个张云东会把画本这种趣味性的书看出研究的程度了，对吗？”他转了转眼珠子，嘿嘿笑道，“也许是里面某些情节让他真的爱不释手呢？”

君无咎笑道：“既然是这样，那你就把他经常翻看的那些地方研究一下，究竟是什么情节会让一个身边不缺女人的纨绔子弟如此爱不释手。”说完，将那几本书捡了起来，塞进春分怀中。

春分这娃娃脸儿吧唧掉了下来，捧着那几本书就好像捧着一团煤炭，“大人，大人……哎，小的许是说错了话，我哪里会研究这种东西嘛。”

书桌上少了那几本书，显得越发空旷起来。

君无咎看看书桌上的几只笔，再看看已经落满尘土的砚台，脑海中似乎闪过什么。他轻轻地坐在书桌前，在笔架上拿起一只毛笔摆出写字的架势。比画了几下之后，又伸手去够砚台。无论是笔架还是砚台，都在他触手可及的地方，这是一个人写字的一种习惯。自己磨墨，自己写。不过很多大户人家都会有小厮丫鬟给磨墨，红袖添香夜读书的典故就是从美人相伴这种事情上发生的。

可是问题就是，张云东这种离不开女色的纨绔子弟，在什么情况下会自己磨墨自己写字？

“你去问一下，这院子里可有谁曾经陪着张云东一起在书房写字画画？”君无咎心中那种怪异的感觉越来越重了。

“好的。”春分忙不迭将手中画册放在桌上，转身就匆匆地跑掉了。

画册就放在桌边儿，离君无咎的左手很近。他顺手拿了一本过来，正好是被长期翻看的一本。

一个人磨墨写字的话……

他仔细地看着那些被弄脏了的地方，还有手指经常抚摸按压的部位，嘴里不由自主地哎了声。然后他将自己的手指覆盖了上去，拇指与食指想要固定住书页，而且不挡住其中字迹的话，那么正好会按在污渍的地方。

他蹙了蹙眉，用力在手指上哈了几口气，让手指变得潮湿，然后捏住墨块在砚台中研磨了几下，这样一来，拇指食指与中指上面或多或少都会沾染一些墨痕。他又拿过一本新书，然后将书翻开，按压住，留下了淡淡的脏污痕迹。

这痕迹与那画本上残留的痕迹十分相似！

能在书本上留下这种痕迹，必定是一手磨完墨，然后翻书，找到自己需要的一页按压住，另一只手在旁边写着什么。可是这一本春宫画本里面究竟有什么需要人用这种方法来记录呢？难不成张云东有抄画本内情节的习惯？可是这并不能说得通啊！

若是这画本上确实有什么机密的话，难道会这样堂而皇之地放在书桌上？最危险的地方就是最安全的？但是既然书房的主人都已经死了，这几本书为什么还放在这里？不怕会引起其他人注意？

不，自己第一次还认为这不过就是纨绔子弟的乐趣，并未仔细观看，只是拿走了那张浣花笺而已。

这几本册子上，绝对有大秘密！

想到这里，君无咎又开始翻看书柜上其他的册子，果然又找到基本沾染了同样污渍的，而且都是很多野趣画本。

对方在用这些画本遮掩什么？

他没发现，就在他看着画本沉思的时候，背后那架书橱其中一个缝隙里，喷出一股淡淡的白色烟雾……

君无咎晃了晃身子，他有些头晕，甚至突然连眼前的景物都看不太清楚了。

不对劲！他连忙站起身来想要往外走，刚走了两步便踉跄了一下，扑通跪倒在地。

是迷烟！是谁放出了迷烟？在哪里？

“大人！”一股冷意喷在脸上，君无咎迷迷糊糊地睁开双眼，看见春分那张着急的娃娃脸，“大人，你还好吗？”

“遭了，那些画本！”君无咎刚清醒过来，急忙向桌上看去。

画本还在……他松了口气。

“大人，究竟是怎么回事？”春分把君无咎扶了起来，让他坐在椅子上，“你中了迷烟。”

君无咎一手撑着额头，脸色十分难看，“你刚回来？”

“是，小的问了一圈，那些妻妾丫鬟除了打扫的，其他人都没有来过这里。回来的时候被张云东的一个妾缠住了问了几句话，脱身回来便看见大人躺在地上。小的这一来一回也不过一炷香的时间，大人究竟遇到了什么事？”

君无咎看着那几本画本，摇了摇头。

这是警告还是提示？是因为他发现了画本中有秘密所以对方才要迷晕他？然后因为春分回来得早，所以那人没有将这些画本拿走？迷烟又从何处而来？难不成……

这里真的有密道入口？

“你在门口喊个人，去告诉成大人我们在书房等他，让他忙完了之后过来一趟。”君无咎想了想，又道，“你别走远。”

倒不是因为他害怕，而是他在提防，提防对方会二次出手。

春分点了点头，走了出去。

君无咎站起身来，走到窗边，将窗户推开。房间内有风流动，最起码若是对方再一次放出迷烟的话，他不至于就跟刚才一样中招。

至于迷烟出现的地方……

以他刚才的角度，坐在书桌旁边确实有不少死角无法察觉，但是更加让他不设防的就是后面那一架书橱了。

书橱背后究竟有什么东西？

张云东的妾缠住春分是偶然还是被人指使？

那人把自己迷晕之后，目标是不是真的就是这些画本？

君无咎的脑海里一片混乱，他努力静下心来，开始仔细思索这些线索。

第一，这个书房是独立的，这个独立不单是指的它距离自己的卧房远，而是压根离开了卧房院子，单独辟出来了一个小院子。若是晚上将院门关上，哪怕这里点了灯，外面也一丝都看不到。

第二，这书房里的摆设实在太过迥异，前厅与书房完全是两种风格，好像两个人在使用这间书房。

第三，书房每半个月才打扫一次，打扫的时候书桌与后面那一架书柜是尘土最少的，也就是说在这半个月内，至少这两个地方是经常被人使用的。

第四，画本上的污渍是由一个人一边按压着书册一边书写而造成的。

第五，这里至少有一个地方能藏得下人，否则不会突然出现迷烟。

那么这些线索是否就能证明，这间书房并不是张云东一个人使用，而张云东的死……未必与锦瑟有太大的关系，而是他在“自己”的书房内发现了什么事，而被人灭口呢？

“春分说你在这里等我，可是有什么事要与我谈？”等了半个时辰，成杨方能抽空过来。

君无咎从椅子上站起身来，问道：“那枕头可找到了？”

成杨露出个古怪的笑容，道：“找到了，你猜在哪里找到的？”

君无咎一愣，他先是看了一下这个书房，然后拽着成杨的手臂将他拽到院子里，低声问道：“在王妃那里还是在老太君那边？”

成杨睁大双眼，难以置信地看着他，啧了声道：“清悦你为什么会这么问？”

君无咎笑道："我一直在猜测那个枕头会在哪里出现，如果这真的是有人在引导我们，并且希望我们可以在安王府多搜查几个院子的时候，那么枕头一定会被藏在让我们想不到或者最后才会考虑去搜的地方。安王府只有两个地方我们最后才会去考虑，一个就是安王与安王妃住的地方，另一个就是霄云太公主——老太君的院子。"

成杨点头道："这真是让你猜中了，确实是在老太君的院子里找到的，而且这个枕头被埋在老太君花园里的一丛芍药下面，其实一开始我并未注意那里，只是因为最近下雪，他们又说老太君很少去院子里走动，只有那一块的雪被弄脏了，好像是后来被人撒上的雪一样。我也是好奇，过去扒开一看，就看见枕头了。"

君无咎点点头，"问题现在老太君中风，估计什么都问不出来。"

成杨说道："但是她有贴身丫鬟，想要问什么，可以要她的丫鬟张嘴。"他说完了看了看旁边的书房，问道，"春分让我忙完了过来找你，是发现了什么吗？"

"春分没有跟你说？"君无咎问。

成杨道："他应该跟我说什么？你在书房发现什么了？还有……刚才你拉着我出来，是因为……"他顿了顿，眯起双眼，"不，你别说，我来猜，你发现书房里有可以藏人的地方，但是不知道入口在哪里，所以怕被人听到我们的谈话，是吗？"

君无咎点点头，"我在书房发现了一些不对劲的东西，之后让春分出去帮我问一些事，之后我被迷晕了。"

"迷晕了？"成杨有些吃惊。

君无咎道："我醒来的时候已经过去一炷香的时间了，本以为那人会把我发现的线索清理干净，但是对方似乎并没有这个想法。我在想这个人究竟想要做什么？是不是在提醒我们，这个书房确实有古怪？"

"被人牵着鼻子走的感觉真不好受，"成杨捏了捏自己的鼻子，看向光线昏暗的书房，"那个人究竟想要做什么？他们把我们引来安王府只是想给锦瑟报仇？或者是想要我们看到什么东西吧？"

“快要过年了……”君无咎没头没脑地说了一句，他抬起头来，天色又阴了下来，细碎的雪花飘落，“我总觉得，这个案子没有这么简单。如今枕头在老太君院子里发现，不知道安王那边会如何想，怕是明天早朝又要热闹了。”

成杨苦笑道：“你又不用去上朝，怕什么。”

“我怕的是节外生枝，”君无咎放下手，拍拍自己的衣服，道，“如今这个书房要怎么弄？是找人在这里盯着？还是直接把书柜挪开，把那个藏人的地方找出来？”

“在这里盯着不合适，毕竟这里离张云东的女眷过于近了。挪开吧，就好像你说的，避免节外生枝。”

“什么？那书房有问题？”安王瞪大双眼，怒道，“怎么可能？那不过就是小儿平日里看书的地方，能有什么问题？且不说别的，小儿平时是有些不学无术，可是他能在书房做什么？”

“安王息怒，”成杨笑眯眯道，“我们就是怕有人利用张二公子做出不好的事，才想要去查看书房的。”

“可是，可是那里不过只有一堆书罢了，有什么好查的？不如我找人把那些书都搬去你们大理寺，随便你们查！”安王不同意动那书房其他东西，但是也做出了让步。

“书我们自然是要带走的，书房也是要查的。王爷，你可知下午搜索那枕头的时候，君大人在那书房晕倒了。”成杨沉下脸来，“若不是我的人发现得快，谁知道会出什么事！”

“晕倒了？晕倒了就跟书房有关系？”安王怒极反笑，“不过是文弱书生身体不好罢了。”

“安王爷，”君无咎站了出来，“下官身体虽然不是很好，但是也绝对不可能无缘无故地晕倒；下官晕倒是因为，有人往书房里吹进了迷药，下官一时不察便……成大人要查书房，也是为了王爷的安危。那人在大庭广众之下便敢谋害朝廷命官，若是我们都走了，那院子挨着张二公子的院子如此近……”

安王"啪"的一声摔了茶杯，"你们到底想要如何？今天已经将本王的王府折腾得一团乱，如今又说在小儿的书房里中了迷药？简直天方夜谭！"

"王爷，您在怕什么？"成杨突然说道，"今天之所以冒犯王爷，搜了安王府，不过是为了要找到二少奶奶被人谋害的证据。如今那证据已然找到，已经交由太医院对证据进行查看了，只要有了眉目就会立刻禀报王爷。证物虽然有了，可是凶手却没有找到……王爷，那凶手如此穷凶极恶，连成了形的孩子都不放过，难道你愿意再次看到王府中发生惨剧吗？"

"抓不抓到凶手是你们的事，只凭借晕倒这种理由就要翻查书房，怕是没有什么也要被你们找到什么了……"安王冷笑道，"你们真以为本王什么都不知道吗？如今折腾出来这么大的阵仗，还不是因为……"他说到这里，额头上的青筋都露了出来，"本王，本王这个亏……哼！"

"王爷，您这话里可是有话啊。"成杨并不吃他这一套，"当初报案的是您，让我们查案的是您，让皇上给您个交代的也是您，怎么如今反倒成了王爷您吃亏了呢？"

安王抽了抽嘴角，露出个冷笑，道："书房里那些书，你愿意拿走就拿走，其他东西都是小儿当年自己亲手制备的，作为他的父亲想要留给自己一些念想，这并不过分吧？"

见安王死活不让动那书房，成杨也无计可施。这好歹是个王爷，总不能不管不顾地去折腾。而且这些大户人家哪个院子里没有几个密道？若是他们没能从那密道里发现什么东西，以后怕是也不好交代。

"既然这样，我们也就不强求了。但是老太君身边那几个丫鬟小厮，我们还是要带走的。"成杨道。

安王挥挥手，"带走带走，能带走的你都带走！"

所有证物和证人都被带走了，连车带人乌央乌央一堆，直奔大理寺。

再之后安王府便闭了门，安王也称病不再去上朝了。

"确实是一个人在看，这些污渍应该是长时间翻看留下来的墨渍。”成杨反复比对那几本书上的污渍，然后看着那些内容，“如果看书的是张云东，但是用这些书的不是他呢？”

君无咎看着那些被拆开的书页，道：“张云东的死跟锦瑟究竟是有多大的关系？而且张云东是个纨绔子弟，但是不代表他真的没有脑子，自己的书房被别人使用难道他不知道？”

成杨坐在椅子上，看着君无咎，“嗯……继续，你还发现了什么？”

“安王上了请封世子的折子，他也知道张云东容易惹祸，所以在折子批下来之前将张云东留在家中。然而张云东不知道是接到了信还是接到了别人递的话，死活非要走出安王府散心。然后在我们吃饭的酒楼下面遇到了那父女二人，大闹了一场，让所有人都看到大理寺少卿与安王的二公子有了龃龉。然后当天晚上，张云东便死于城西的乐馆，乐馆还发生了火灾。紧接着没几天，安王的两个兄弟在张云东还未下葬便开始去安王府与霄云太公主经常走动，甚至鼓动太公主要求安王在他们的孙子里面挑选一个过继给张云东。虽然安王利用这件事挑拨了他两个兄弟的关系，但是当天晚上，张云东的妻子就小产身亡了。当疑点被指向那个枕头的时候，枕头却不见了，然而最后是在霄云太公主的院子里找到的。就在你们找枕头的时候，我却被一股来历不明的迷烟迷晕了，但是对方却没有对我下手，也没有拿走我查到的任何证物……”

君无咎道：“我建议去找一开始与张云东大闹的那对父女，不过我总觉得，我们未必能找得到他们了。”

“如果这件事背后的推手只有一个人，那么这个人也太可怕了！”成杨的表情变得难看起来，“他怎么就可能做出如此巧合却又天衣无缝的事呢？”

君无咎略一思索，道：“也许这些巧合，未必真的是那个人一手所制。你想，有没有这种可能，就是这个人太了解安王府里的人了，然后他只是将事情进行引导和推进，从而引发了这些巧合的发生。翰飞，你想，为什么霄云太公主会在那孩子还未出生的时候就让安王给张云东过继孩子呢？难道真的是她觉得，张云东的那个遗腹子，本就不可能生出来？”

成杨听完君无咎的分析，用力吐出一口气。他靠在椅背上，双手在身前交叠，盯着自己袖子上的花纹想了片刻，道：“如果霄云太公主就是杀害周秀兰的那个人，那么为什么她会因为这件事在跟安王争吵之后就中风了呢？她既然能做出这种事，怎么可能料不到安王定会去跟她吵闹？而且，她为什么要做这种事？总得有个原因吧？把安王这一支都掐死对她来说有什么好处？就算她是太公主，但是如果没有了安王这个爵位，她难道不知道自己以后的处境会是如何吗？”

君无咎琢磨了一下，无奈道：“我也不知道这老太君是怎么想的，而且那枕头是否是栽赃也不清楚，总之这一切实在是太令人……”他抿了抿唇，“看不透。”

成杨道：“如果说这件事确实是霄云太公主做的，那么她的中风未必就是真的，也许只是不想让我们去问她……”

“大人，”初一走到门口，“那些犯人都按照大人吩咐，隔开看守了。”

成杨点头，“他们所有人的饮食，必须要找人盯着，绝对不能再发生乐馆那种事了。还有，你带人去找那卖艺的父女二人，务必要把人找到。”

初一道：“好的，少爷。”

“对了，那图纸画完了吗？”成杨又问。

初一道：“在十五那边，等他做最后处理。”

“行了，你去吧。”成杨挥挥手。

初一退下之后，成杨把目光放在拆开的那些书页之上。

他将书页上的字来来回回地看了几遍，道：“我有一个猜测，也许这几本书册未必是用来看的，而是用来对比的呢？”

君无咎道：“我也有这样的猜测，也许这几本书，其实是有暗码的。”

两个人对看了一眼，君无咎把那些书页都排了开来。很多线装书的书页其实并不是一页一页正反面印刷的，而是一张纸折叠起来，开口的地方装订上，两面印刷了书墨。这样的好处就是不会晕染，否则有的油墨很容易因为纸张太薄而染成一团。

被展开的书页有二十三张，如果按照左右两边印刷页来算就是四十六页，而且这四十六页都是文字，没有一页上面是带图画的。

“那么，现在，最大的问题是……我们虽然是这样猜测，但是却没任何可以对照的东西……”成杨有些犯难。

“不……或许我们有。”君无咎拿出装着那些证物的盒子，从里面取出那张写着诗句的浣花笺。

成杨接过那张浣花笺，轻声念了一遍上面的诗句，“锦瑟无端五十弦，一弦一柱思华年……你是说这个五十和一？”

君无咎深深地呼吸了一口气，他将浣花笺从成杨手中拿了下来，摆在桌上，“我一直在想，究竟是谁让张云东在那天去的乐馆，是接到了信，还是接到了传话。他在楼下遇到我们是巧合还是预谋。锦瑟选在那一天将张云东杀害，是巧合还是预谋……如果说传递信件容易落人口实被人瞧见，那么传话也是这样。这世上没有不透风的墙，更别说一个乐馆的乐妓给一个王府的公子传话这种事了。”

“可是这里并没有标注了五十的页数。”成杨看着那些书页，不知道是不是特意安排，几本书上拆下来的所有页码竟然是从一到四十六，等于用几本不同的书凑成了一套暗码本！

“但是有五和十。”君无咎挑出标注了五和十的书页，“还有两个一……”他顿了顿道，“如果，如果这张书笺其实并不是给张云东看的呢？”

成杨凑过来看，“你是什么意思？”

君无咎指着第五页和第十页，“我把这两页的左右上下，都取了第一个字来对比，然后发现第五页右边那一行第一个字，以及第十页右边那一行第一个字，放在一起，是‘动手’。”

“动手？”成杨拿起那两页书页仔细地看过一遍，因为其他排列确实无法组成词语，而能够组在一起的，果然只有“动手”两个字。“怎么会是这样？”

“那么，这张书笺是谁放在张云东的书里面的？又是谁看的？是谁怂恿张云东出的门？如果安王下令不让他出门的话，谁会私自放行？”君无咎目光变得谨慎起来，“里应外合，安王府怕是不会安静了。”

“如果这张书笺表现出来的东西真的如同我们看到的东西的话，那个人就是想要把安王府置于死地。可是如今他把这东西透露给我们，是因为他们不需要了吗？”成杨轻声道，“已经达到目的，所以不需要这几本书了，于是就顺水推舟？”

“这又不是孤本，不过只是被我们收来了一套罢了。”君无咎将桌子上的书页按照顺序整理好，“就算是浣花笺，也只是我们的猜测，或许这又是一个巧合罢了。”

“你不是说当巧合多了便不是巧合了吗？”成杨笑着问。

君无咎叹了口气道：“我宁愿它是巧合。”

“大人，刘太医求见。”春分前来通报。

“快请。”成杨站起身来，往前厅走去。

刘太医与王太医都是在妇科病症上有很多研究的，在太医院也是这种病情的个中翘楚。如今王太医因为卷进周秀兰的事不方便出头，就只能请了刘太医查看枕头的事。

“有红花，不但有红花，还有轻微的麝香。”刘太医从自己随身的医诊箱子里取出一只纸包，打开后露出一块有些旧了的锦缎，还有一些干枯的碎叶子。

“这是老夫在成大人带回来的枕头上剪下来的，经过我们太医院反复查验，这枕头里包着些许风干的红花，以及一些麝香的粉末。由于量很少，所以平时很难被察觉，但是日积月累，再加上心绪不宁，心思烦乱，就病倒了。”

“也就是说，安王府的二少奶奶小产其实早有预兆，只是突然在那天发作了而已，对吗？”成杨问道。

刘太医点点头，“是这样的，安王府已经请王太医去过多次，开了不少安胎的方子，都是因为那位夫人胎像有些不稳。谁承想，唉……”

送走了刘太医，君无咎道：“许是周秀兰从旁人口中得知老太君要安王从别人那里过继孩子到张云东名下，所以心绪不宁，导致小产了。”

成杨摇摇头道：“这只是其中最微不足道的一方面，究竟是谁这么狠心，竟然在她的枕头里放这种东西？”

君无咎也摇了摇头，叹口气道：“要提审那些丫鬟婆子们吗？”

成杨点头，“走吧，跟我去牢中，直接提审。”

大理寺也有监牢，与刑部不同，这里放置的犯人基本上都与皇亲国戚有关系，或者就是那些皇亲国戚。

“大人，”孙主簿迎了出来，“里面已经准备好了。”

成杨道：“辛苦孙大人了，今日我与君大人一同审案，还需要孙大人做个记录。”

“好的好的，成大人实在是客气了。”

第一个被带上来的是周秀兰贴身的那个圆脸的丫鬟，叫荷香，是周秀兰嫁到安王府的时候从周家带来的陪嫁。

“奴婢荷香。”小丫鬟双眼红肿地趴在地上，声音带着哭腔。看样子在牢中又狠狠地哭了一顿。

成杨坐在一旁旁听，审问则是由君无咎来主导。

君无咎问道：“荷香，本官问你，你在周氏周秀兰身旁多少年了？”

荷香擦了擦眼睛，垂着头看着地面，“回大人，奴婢是周家的家生子，自小便在周家长大，五岁就调到小姐身边，如今已经十三年了。”

君无咎道：“这十三年里，周氏待你如何？”

荷香道：“小姐待奴婢十分的好，奴婢不敢说是情同姐妹，但是小姐真的是把奴婢当妹妹来看的，平日里有了什么好东西，都会想着给奴婢留一份。当时小姐要嫁到安王府，原本是想让奴婢嫁给周家的家生子，说是做个管家媳妇儿，可是奴婢自小照顾小姐，谁还能比奴婢照顾得好呢？于是奴婢硬是求得这个陪嫁的位置，与小姐一起……”说着说着，她又忍不住哽咽起来。

君无咎点点头，“确实是主仆情深，既然如此，那周氏平日所用的一切事物，都是由你亲手打理了？”

荷香收了哭声，点头道：“是，平日里小姐喜静，也并不爱出门，姑爷对小姐并不是很喜欢，留在小姐身边的时候也少。但是小姐心善，与那几位姨娘相处得都不错。而且小姐不用熏香，只是自己做干花熏衣服。她平日里的衣服都是由奴婢来打理，芸香打理其他外物。”

君无咎问：“芸香可是当日与你一起在周氏身旁的那位姑娘？”

荷香道：“是的，芸香八岁被买入府中，与奴婢也是情同姐妹。奴婢与她一起伺候小姐。而且芸香性子柔软，也不会与他人起冲突的。”

君无咎看了看荷香，笑道：“你们主仆三人关系都很好？”

“是小姐心善，待我们好。”荷香道。

君无咎点头，“哦……那周氏的寝具也是由你来打理吗？”

荷香点点头，眼泪又落了下来，“那枕头，奴婢也不知道怎么回事，为什么会这样……那枕头……”她用力擦着眼睛，可是泪水仍旧滚滚而落，她接着说道，“那枕头是小姐嫁到安王府之后，王妃亲手所赐的一套寝具，与被褥是一套的。小姐十分喜爱，就把家中带来的全放一旁，平日里就用那一套，除了拆洗，几乎没有换过。”

“拆洗也是由你动手吗？”君无咎问。

荷香摇摇头道：“不，并不是，不过每次送洗的时候，都是我与芸香将枕套被套拆换下来送洗，但是枕芯是放在院子里晒的，从未经过其他人的手。”

君无咎沉吟了片刻，又问道：“既然你们对你家小姐如此好，那么在外面若是听到对你家小姐不利的事，便会立刻回去告诉你家小姐了吧？”

“不，大人！”荷香抬起头道，“小姐性子温顺，若是一些风言风语落入小姐耳中，她就会心绪不宁。所以我们若是听到不利于小姐的话，都不会将这些乱七八糟的污糟事情告诉小姐。不过小姐人好，平日里也没有什么事。”

“就算是这样，你们小姐也知道了安王要从旁人那里过继一个孩子到张云东名下，不是吗？”君无咎问道。

荷香张了张嘴，点了点头，“是，但是这话却不是我们说的。那日老太君房中的小丫鬟珍珠来找芸香要绣鞋面的花样子，顺口说了几句，结果，结果就被小姐听到了……当时我们还让她不要乱说，但是小姐非要问，珍珠那孩子管不住嘴，把发生在老太君那边的事儿都说了出来。然后小姐晚上都没怎么吃东西，很早就睡下了，谁知道，谁知道……”

荷香说到这里，又磕头道：“求大人早日抓到杀害小姐的凶手，这样奴婢也好早日去见小姐，告诉小姐这个消息！”

君无咎吐出口浊气，看向成杨。

成杨点了点头。

君无咎又问道：“荷香，你可知我们当时为什么要找那个枕头吗？”

荷香点头道：“大人当时说的话，奴婢都听到了，大人是担心有人在小姐常用的东西里面放不好的东西。但是小姐平日里贴身的物件儿都是由奴婢亲眼盯着，若是真的发现不好的东西，那就是奴婢的过失，哪怕死了都没有脸去见小姐的。”

“但是我们在那枕头里，发现了红花与麝香的粉末。”君无咎一字一顿地道，“而且这些东西应该在你们小姐枕头里很长时间了，所以你们小姐一直胎像不稳……”

“不可能！”荷香尖声道，“不可能！那寝具是王妃所赠，王妃待小姐百般的好，如何会将这种东西放在枕头里？小姐怀了身孕，王妃隔三差五来看顾，送了不少补品来，对小姐十分疼爱，怎么可能会做出这种事？”

让人带了荷香回去，君无咎看向成杨，“成大人，你觉得荷香的话，几分真，几分假？”

成杨道："怎么？你听出来什么了？"

君无咎摇摇头道："这个姑娘很聪明，至少她透露给了我好几个很关键的线索。第一，周氏性子温和，无论与谁都能友好相处，但是却与张云东不是很和睦。这一点在那个院子里，张云东其中的一个妾也曾经说过，说与她关系不错。第二，枕头是王妃给的，媳妇儿嫁进来，婆婆送一套寝具也是正常，而且周氏为了让婆婆开心，就一直在使用这一套寝具。第三，霄云太公主院子里的小丫鬟跑到了周氏的院子里，把太公主要王爷给张云东过继儿子这件事说了，被周氏听到的。"

成杨点头道："确实是这样，然后呢？"

"然后，你不觉得有趣吗？"君无咎从主簿那里将荷香的供词拿了过来，"周氏与谁关系都好，为什么却与张云东关系不好？王妃为什么要给周氏一套放了红花和麝香的枕头？太公主院子里的小丫鬟，为什么偏偏在这个时候跑到周氏院子里透露这件事？"

成杨想了想道："或许是张云东太过纨绔被周氏不喜，但是其他人……就算是妾室也是张云东抬回来的，周氏也知道自己的地位不会被动摇，所以才与之交好。王妃送寝具正常，但是这枕头确实有古怪。至于太公主院子里的小丫鬟为什么专门跑来周氏的院子里说这一番话……你觉得这是有人指使？"

君无咎道："大户人家的丫头都是经过严格教导的，知道什么该说什么不该说。过继这件事王爷并未正式答应下来，为什么那个小丫鬟会巴巴地跑去传这件事的闲话呢？"

成杨想了想，对旁边的人道："去，将那个叫珍珠的丫鬟找来。"

待那人走后，君无咎道："最让我奇怪的就是，为什么王妃给了周氏这样一个枕头。"

孙主簿在一旁听了，突然问道："若是这枕头其实并不是给周氏，而是给别人的呢？"

"哦？这怎么说？"君无咎诧异地问。

孙主簿不好意思地笑了笑道："下官岁数比二位大人大了那么一

些，所以对一些后宅阴私之事，略有耳闻。”

“哦？”成杨听了，感兴趣道，“什么样的阴私？孙大人请说来听听。”

孙主簿道：“下官也是曾经听旁人这样说起过，说某些大户人家的主母，并不喜为自己相公纳妾，但是有的时候这种事却是无法制止的。所以她们就会想尽办法，让那些妾室无法有身孕，这样才不会影响主母所生之子的地位。”

成杨道：“可是庶出的孩子再如何也无法与嫡出的相较啊。”

“话虽然这样说，但是毕竟母凭子贵，一个妾室有了儿子就等于有了靠山，若是这儿子争气，会让这个妾室在这家中的地位都不一样了。毕竟没有哪个女子愿意见到自己丈夫宠爱其他女子，与其他女子有孩子。如果孩子真的生了下来，她们未必能狠得下心将孩子杀死，那么只能在源头上令其无法发生。”孙主簿摸了摸自己的胡须，叹道，“所以说这男人啊，就不能太花心了。”

成杨哈哈大笑道：“可见孙大人与夫人十分恩爱，旁人是插不进去了。”

孙主簿也哈哈一笑，道：“不过二位大人不觉得有趣吗？这女人虽然不愿意自己的丈夫与其他女人有孩子，但是若是她有了儿子，却又希望能给儿子多纳妾，让儿子开枝散叶。”

“哦？不知孙大人家的少爷，今年多大了？”成杨笑道，“是不是夫人也开始着急了？”

孙主簿道：“犬子今年年方十岁，但是我家夫人却已经开始给他四处挑选了。唉，这母亲对自己的孩子就是十分宠爱，恨不得把最好的东西都给他放在面前。”

君无咎道：“孙大人说的这个推测也是有道理的，据我所知，安王便是子息单薄，他只有两个儿子，还都是嫡出，还有个嫡出的女儿，庶出也不过只有一个女儿罢了。”

成杨道：“确实是这样，可是那张云海成亲也有四年了吧？如今也是只有两个女孩儿。张云东成亲两年，曾经有个妾怀了孩子，不小心小产了，周氏有了他的孩子，也小产了……”

顿时，房间内三个男人都有些戚戚焉，相顾无言。

“大人，”那人回来道，“小的去查了，那牢中并未有这个叫珍珠的丫鬟。”

“许是不在我们带回来的人之中……”成杨沉吟道，“带我口谕，去安王府，将这名叫珍珠的丫鬟带来。”

“不只是这个丫鬟，若是可以，把王爷那几名妾室，以及张云海、张云东的妾室常用的枕头也都带来。”君无咎补充。

“你不怕打草惊蛇？”成杨问道。

君无咎道：“我只怕夜长梦多，我想……如果这枕头的事儿真的跟王妃有关系的话，怕是现在再去拿其他枕头，已经晚了。”

“你觉得王妃会把其他人的枕头都毁掉？”成杨噌地站起身，“不如我再去一趟。”

“暂且不用，”君无咎拉住他，“如今已经到了这个时候，若是他们能将东西带来自然是好，否则就算你去了，毁掉的东西也是无法再拿回来的。不过如果真的毁掉了，反而证明了两件事……”

成杨道：“证明这枕头真的是安王妃弄的，然而却并不是安王妃给周氏，而是不知道是安王哪个妾室将枕芯与周氏的换了。而且还能证明，这件事与太公主无关，之所以枕头会出现在太公主的院子里，是有人栽赃！”

君无咎点点头道：“是，我就是这样想的。”

孙主簿道：“若是与太公主无关，那么这个案子就好办多了……”

成杨点点头，道：“一开始我也曾想过，若这件事真的是太公主做的，那该怎么办？如今发现太公主与此事无关，这一直悬着的心就落下来了。”

虽然大理寺是办皇亲国戚的案子，但是如果真的涉及皇族，反倒不好办了。

孙主簿问道："那下面，成大人还要审谁？"

成杨道："既然审了荷香，那么芸香自然也要审问一番了。若是她们所说的细节一致也就罢了，若是有偏差，那就让人心烦了。"

芸香脸颊比较瘦，受到了这样的惊吓之后，整张脸更是瘦小苍白，看上去楚楚可怜。

芸香的表情十分哀愁，她看上去并没有荷香哭得那样惨，但是眼中已经没有了属于年轻女孩子的光辉，而变得死气沉沉。

"芸香，你可知本官要问你何事吗？"君无咎道。

芸香抬起头，大大的眸子里已经没有了白日的慌乱，她张了张嘴，突然问了一句与君无咎所问之话完全不想干的话，"各位大人，你们相信报应吗？"

嗯？

君无咎与成杨对看了一眼，他道："善有善报，恶有恶报。天理循环，这报应也是有的。"

芸香露出一个极其勉强的笑容，道："我家小姐就经常说，人做事天在看，做了坏事总是要有报应的。她走的时候，说的最后一句话，就是……"她闭上眼，再睁开的时候眼中湿润起来，"小姐说，报应来了。"

"哦？为何你家小姐会如此说？"君无咎不解地问。

芸香用力睁大眼，仿佛不想让泪水落下来。她与荷香十分不同，荷香是想哭了便直接哭了出来，从被提审到离开，那泪水就没有停过。而芸香却用力将泪水眨了回去，看上去要比荷香显得倔强多了。

"我家小姐是个才女，琴棋书画样样精通，人又漂亮和善。奴婢一直觉得，小姐这样天仙一样的人，应该嫁给一位大英雄，或者是那种可以跟小姐琴瑟和鸣的青年才俊。"

君无咎听到这里，道："你们小姐并不满意这一门亲事，是吗？"

芸香扯了扯嘴角，道："满意又如何？不满意又如何？父母之命媒妁之言，小姐总是躲不开的。"

君无咎皱眉道："那你家小姐这个报应，说的是什么事？"

芸香道："二少爷做的那些事，多多少少小姐也知道一些。旁人都觉得小姐性子软和，其实她最为倔强。觉得好女人嫁给二少爷就如同羊入狼口，所以小姐与二少爷那几房妾室之间关系都十分平和，从未起过争执。当年蝶姨娘小产，二少爷不闻不问，若不是我家小姐拿了人参补品给蝶姨娘吃，怕是蝶姨娘身子都得亏了去。小姐刚成亲一年，少爷就往家里抬妾，这已经都成了笑话了，然而抬了回来又如何？谁还能生得下他的孩子吗？"

君无咎听到她话中有话，问道："你这是何意？什么叫谁还能生得下他的孩子？"

"小姐说这是报应，"芸香的表情十分沉静，"这孩子就是命中注定的，该有几个，是男是女，都是老天定下来的。二少爷……"她说到这里，又露出了个奇怪的笑容，"大人有所不知吧？二少爷曾经偷吃偷到老太君院子里，让两个丫鬟怀了身孕。后来这两个丫鬟被活活打死了。"

君无咎倒抽一口冷气，"这……"

成杨道："这是为什么？"

芸香道："因为，老太君不喜欢大少爷和二少爷啊，她也不喜欢安王爷。"

"芸香，你可知你在说什么！"成杨微怒，"那可是皇上的姑姑，霄云太公主！"

芸香又笑了笑，"大人莫要生气，奴婢这条命活过了今天，活过了明天，还能活到几时呢？那大院子里乱七八糟的，小姐从不想去听去看，但是不代表她听不到看不到。小姐说了，这孩子若是生下来，便是祖上积德了。"

君无咎道："芸香，本官就是来查你家小姐因何而死的，若是你想让你家小姐能在九泉之下瞑目，就将你知道的告诉本官。但是本官只想听事实，而不是你的臆测！"

芸香道："奴婢自小跟在小姐身旁，也学到了不少为人的道理，更是知道什么话应该说，什么话不应该说。自从小姐怀了身孕，便总有人到小姐耳边说三道四，让小姐心绪不宁，更是挑拨得小姐与二少爷不和。小姐是不喜二少爷，但是也知道为人妻应该是如何去做，哪怕做不到举案齐眉，好歹可以相敬如宾。可是总有人见不得小姐好。"

她说到这里，停了停，又道："老太君不喜王爷，不喜大少爷、二少爷，更是不喜我家小姐，觉得我家小姐出身不够高贵。当日二少爷闹着要出门，原本都被我家小姐劝了下来，谁知被老太君知道了。老太君发话说不让人拘着二少爷，就让二少爷出去了。二少爷再不好，好歹他活着的时候也是小姐的靠山，如今……如今什么都没了。"

"你是说，当日张云东之所以能够出门，是老太君同意的？"成杨有些莫名其妙，"老太君为何要这样做？"

芸香道："大人，您是有本事的人，这种事其实您也可以查得到。奴婢也是听旁人说的，说当年王爷不是从老太君膝下长大，所以老太君对他一直亲近不起来。后来请封世子，原本老太君是想让二老爷做世子的，可是老王爷却不同意，以嫡长子这一条压服了老太君。这些事原本不应该奴婢这个丫鬟与各位大人说，但是奴婢如今还会怕什么呢？奴婢最最喜爱的小姐，已经不在了。"

君无咎与成杨都有些无语，他们有些搞不懂这霄云太公主究竟想要做什么了。无论是哪个儿子当上王爷，她都会是老太君，而且就算不喜安王，如今弄得安王几乎绝了子嗣，对她来说又有什么好处呢？

君无咎叹道："你这丫鬟也是胆大，你可知如今你说的这些话，可是有损害皇室威严，有杀头之罪的。荷香就比你聪明多了。"

芸香露出个不屑的笑容，道："荷香？她当年差一点抬给二少爷做妾，后来冲撞了老太君，被打得遍体鳞伤，从此便被二少爷不喜。"

"冲撞了老太君？"君无咎道，"荷香与你都是周氏的丫鬟，如何能冲撞了老太君？"

芸香道："这件事荷香并未与奴婢说过，奴婢只知道她去给老太君房中的丫鬟送花样子和一些周夫人送来的土产，谁知道没过多久就被抬着回来了。从那之后，小姐便不允许我们再去老太君的院子了。”

成杨看着芸香布满凄苦的双眼，问道：“周氏不喜欢张云东，那么她对自己的这个孩子呢？”

芸香抬头看他，眼中闪过一丝怒意，“自从小姐知道自己有了孩子，心里便有了寄托，一心一意地对待腹中的宝宝。由于胎像一直不稳，小姐平日里最为养护自己的身子，多难喝的药都愿意去喝，只希望孩子能够平安降生。大人若是不信可以去看小姐的箱笼，里面那些小衣裳小鞋子，都是小姐自己一针一线做的。大人问的这句话，对我家小姐是最大的伤害！”

“抱歉……”成杨脸上有些发烧，“本官只是要确定每一个疑点而已。”

芸香抿了抿唇，垂下头。

君无咎连忙岔开话题，问道：“芸香，周氏的衣服和贴身的东西都是你跟荷香去打理的，对吗？”

芸香点点头道：“衣服被褥都是荷香收拾，奴婢负责打点其他的东西。”

君无咎问：“那平日里周氏换下来的衣服都是交给洗衣房来洗？”

芸香点头，“是的，都是交到那边，浆洗晒干后再送过来，然后由荷香收起来。”

“那被褥呢？枕芯也是交给那边吗？”君无咎问道。

芸香道：“夏日的凉被都是洗衣房那边浆洗的，冬天的棉被都是集中拿去换洗棉胎。枕芯不是，小姐的枕芯里面放着安神的药包，平日里就是我们自己拿去院子里晒晒，偶尔也会拿到花园里晒，这样枕头可以染上鲜花的香气。”

君无咎问：“除了你们，还有人也去花园晒被子枕头吗？”

芸香点头道：“蛮多的，因为花园地方大，而且在那里晒完的被子枕头都会染上花香，所以不少人都愿意去那里晒。”

君无咎点头道："也就是说，你们在晒枕头的时候，也会与其他人遇到了？那你们的枕芯都是一样的吗？"

芸香道："枕芯都是一样的，不一样的只有枕套而已。"

君无咎哦了声，又问道："若是一样，收回的时候怎么才能断定那是自己的呢？"

芸香飞快地抬头看了他一眼，又低下头道："因为并不会放在一起，而且大都由自己的丫鬟们看着，怎么也不会拿错的。"

荷香与芸香的供词都十分有趣，但是唯一的相同点就是周氏确实是一个不会跟其他人结仇的女人。

无论是因为她隐忍或者是太过于善良，她在努力地让自己适应给一个纨绔子弟做妻子的感觉，履行自己的职责，也在欣喜地孕育自己的孩子，可惜，这个善良的女子如今已经走了。

"不过我很纳闷，为什么霄云太公主会将孙媳妇儿的丫鬟打了一顿，而这个丫鬟不过是送了一趟土产而已。"等芸香走了，君无咎问道。

"你要再提审一次荷香吗？"成杨问。

君无咎摇摇头道："暂时不用提审她，而且这件事也不可能只有她知道……对了，我听说嫁人的公主身边带的丫鬟嬷嬷都是从宫里直接带出来的吧？"

成杨道："是，都是公主们用习惯了的老人。"

君无咎问道："那香翠呢？我见香翠年纪并不大，估计最多二十，她也是从宫里出来的吗？而且太公主身旁貌似并没有多少老人。"

成杨想了想，转头看向孙主簿，问道："孙大人可知道这里的内情？"

孙主簿笑道："二位大人是看下官岁数大了，觉得下官应该知道吗？"

成杨笑道："并不是，而是因为孙大人的夫人应该与其他夫人比较相熟，或许能知道一些内幕告诉孙大人。而我与君大人……哎，我二人还是单身，实在是……”

孙主簿哈哈笑道：“若是成大人愿意，估计立马就可以成欧阳大人的乘龙快婿了吧？”

成杨连忙道：“孙大人莫要开我的玩笑，我与楚楚实在是只有兄妹之情。”

见成杨表情确似不是开玩笑，孙主簿告罪道：“是下官的不是，还望成大人莫要怪罪。”他捻着胡须想了想道，“这些事下官夫人并未曾说过，但是霄云太公主进入安王府已经有近五十年了吧？当年带去的嬷嬷怕是已经都去了，就算是丫鬟们也都老了。下官在查看收监的那些人的时候，也发现了太公主贴身的几个丫鬟年龄都太小，许是宫里又赏的？”

“宫里也会经常赏丫鬟嬷嬷给嫁出去的公主吗？”君无咎对这些并不是很清楚。

成杨道：“有的时候会，但是更多则是公主母亲的娘家挑选一些可靠的丫鬟婆子送过去，或者是公主在身边选一些贴心的自己培养。其实很多出嫁的公主并不会喜欢夫家原本的丫鬟婆子，虽然嫁了出去，但是偶尔也会从宫里请一些教导嬷嬷，专门替自己教导丫鬟的。”

君无咎恍然大悟道：“啊，原来是这样……”

“无论是在宫里，还是出嫁，其实每个公主自己也会培养属于自己的势力，用来平衡宫中的某些势力。只不过霄云太公主并无十分亲密的兄弟姐妹，当年那些公主大多都远嫁了，而且就算没有远嫁，如今也都去得差不多了。至于当年那些皇子王爷……”成杨闭上了嘴，过了片刻又道，“若是公主身边的丫鬟是宫里送过去的，倒是方便多了。”

孙主簿问道：“两位大人是否要连夜审问？”

成杨还未说话，下面便有人来禀报，说去安王府搜查枕头的人已经回来了。

这人带回来两个消息，一个是好消息，一个是坏消息。

好消息是他去的时候，安王妃觉得因为一个枕头引得大理寺搜查安王府，这兆头实在是晦气，于是便将所有人的枕头都集中起来要烧掉，然后正好被拦了下来，如今几十个枕头已经全部都拉了回来，放在了外面的车上。

坏消息是，珍珠死了。

珍珠死在了老太君院子里的下人房里，官差带人去找的时候，有丫鬟说一下午都没见到珍珠，等去了珍珠住的地方，发现她已经上吊自杀了。

珍珠是个二等丫鬟，长得甚是漂亮，而且已经十六岁了。如今这个亭亭玉立的姑娘躺在一张白布上面，放在了大理寺审讯的大堂之中。

君无咎用醋洗了手，带上白色长手套，站在珍珠的面前。

这个小姑娘面色发青，眼中溢出血点，唇色发紫，是很明显的窒息而亡。然而君无咎查看了一下珍珠的脖颈，摇摇头道："并非是自杀，"他抬起珍珠的下巴，露出纤细的、满布紫色瘀痕的脖子，指着其中一条瘀痕道，"这条瘀痕是绳索所致，绳索就是刚才那位官爷一同带回来的，也应该是这位姑娘的贴身之物。"

他说完，拿起旁边一条腰带。

女孩子的腰带颜色都很鲜亮，珍珠因为是二等丫鬟，腰带是棉布制的鲜绿色，这是安王府二等丫鬟统一的腰带颜色。如今这条腰带被拧成了绳索，瘀痕正好与珍珠下巴上的那一条吻合，而且腰带上面也附着着一些皮屑血瘀和脂粉。

孙主簿拿起那条腰带在珍珠脖子上比量了一下，问道："既然吻合，那为什么君大人说她并非自杀呢？"

君无咎道："上吊自杀会因为绳索勒紧喉管，导致窒息而亡。然而在窒息之前，自杀的人往往会因为感受到了死亡而进行下意识的挣扎。那么这种挣扎也会在死者耳后产生痕迹。然而珍珠耳后并未有挣扎过的痕迹，甚至连勒过的瘀痕都没有。"

说着，他侧过珍珠的头，拨开她耳后的头发，果然，珍珠的耳后皮肤一片光滑，没有任何痕迹。

“而且因为上吊自杀的时候，因为绳索勒紧，会打开死者的牙关，凸出死者的舌头，但是珍珠的舌头却并未凸出来。”君无咎又捏开珍珠的牙关，给成杨与孙主簿看过。

成杨道：“我也曾见过这样的案例，这是伪装成自杀的。在被吊起来之前，她就已经死了。”

“是的，而且也是死于窒息，因为她的喉管确实被勒断了。”君无咎检查了珍珠的脖颈道，“应该是有人从后面用手臂勒住了珍珠的脖颈，直接扭断了她的脖子，所以在这个绳索瘀痕下面的这一片紫色痕迹和她脸颊两侧的瘀痕，才是她真正致命的原因。”

成杨比画了一下，道：“是有人在她后面勒住了，然后用力掐住她的脸颊扭转……这样的人不但要力气大，而且也应该是有些功夫的，否则不可能一下子就将人的颈骨扭断。”

君无咎道：“确实是这样。”

说着，君无咎又抬起珍珠的手腕仔细查看。王府中哪怕是个丫鬟，生活得都比外面农户的姑娘要好上许多。珍珠的掌心柔嫩，指甲圆滑，指尖一点儿死皮都没有，可见平日里也不是个干重活儿的。

“杀死珍珠的，应该是一名她认识且十分熟悉亲密的男子。”君无咎道。

孙主簿听了忙问：“这又是为何？若是太公主院子里的丫鬟，平日里也不怎么会出院子，怎么会有相识且熟悉并且还会武功的男子啊？”

成杨笑道：“因为珍珠指甲内十分干净，没有抓挠留下的痕迹，也没有被人困住双手所留的瘀痕。并且珍珠的表情十分平静，也不像是被人威胁后致死。我说得对不对，君大人？”

君无咎笑道：“确实是这样，最重要的一点是，能进下人的房间，并且可以让珍珠背对着不设防的男子，感情应该不是一般的亲密。”

“那，那也许是贼人凶手，偷偷进入下人房杀掉她了呢？”孙主簿不解地道。

君无咎反问道：“若是真有这样的贼人凶手，为何要潜入下人房，杀了一名手无缚鸡之力的小小丫鬟？”

君无咎道：“安王府出了这种大案子，已经开始森严起来了。我们第二次去安王府的时候，就发现不少的护卫在周围巡视。如果在这种情况下还有贼人进去，那么安王府的护卫实在是令人不安啊。”他说着，又执起珍珠的手臂道，“我们离开安王府的时候日头已经开始偏西了，那时候应该是未时，现在酉时刚过，珍珠的身体还未僵硬，但是面部已经僵硬了，证明刚刚死亡一个时辰左右。那时候天还未黑下来，但是王府却正在忙碌。霄云太公主的贴身丫鬟嬷嬷都被我们带了过来，如今在霄云太公主身边伺候的应该是王爷拨过去的自己的丫鬟，或者是院子里原本的二等丫鬟。官差过去询问的时候，其他丫鬟说有一段时间没看见她了，这就证明在我们刚走不久，安王府正在整顿的时候，珍珠就回到了自己的房间。”

成杨继续道：“若是按照这样推测，那么就是珍珠在房间里，对方是正大光明进了院子的，那么会不会有人看到他呢？”

君无咎道：“正大光明进了院子的男人，除了安王府的主子们，就是那些护卫了。但是被人看到进了院子，未必会被人看到进了下人房。而且那人应该熟悉太公主院子里的情况，所以选了个没有人的时候杀了珍珠……”

“可是就算这样，又如何能看出来对方与珍珠关系亲密呢？”孙主簿实在是不懂。

君无咎笑道：“一个女孩子，在什么情况下才会衣衫凌乱？”

孙主簿一愣，他看向珍珠的衣服，果然前襟儿都没有压好，似乎被人抽拽过，如今露出一大截白皙的脖颈出来。

“珍珠没有挣扎痕迹，但是却衣衫凌乱。”君无咎解开珍珠的棉裙子，露出里面的裤子，“而且裤腰也没有调整好，不如去找个婆子来看看，或许还有一些其他痕迹。”

孙主簿道：“我懂了，珍珠这个小丫鬟应该是趁着院子里很乱，于是跟她的奸夫偷摸地回到下人房偷情。在背对奸夫整理衣服的时候被奸夫所杀。但是对方为什么要杀掉珍珠呢？”

君无咎道：“这就得去问对方为什么了。”

第三次进入安王府，安王的表情已经麻木了。

“你们随便看吧！想看什么就看什么！”他挥挥手道，“本王头疼，就不相陪了。”

珍珠的尸体虽然被抬去了大理寺，但是现场还是留下了两个人看守，并未有其他人进去过。

下人房并不宽敞，珍珠只是个二等丫鬟，平日里只能跟其他三个丫鬟挤在一张床上休息。这里的床都是大通铺，晚上会烧一会儿柴火，保证房间不会冰冷，避免这些娇滴滴的小丫鬟们被冻着。现在房里出了命案，其他三个小丫鬟也都被叫了过来，可怜巴巴地站在外面候着。夜晚十分的冷，又下了雪，小丫鬟们冻得跟鹌鹑似的一个劲儿地抖。

君无咎把她们叫进房中，直接开门见山地问：“你们哪个知道，珍珠有没有相好的人？”

其中一个小丫鬟一听，立马说道：“大人，平日里珍珠跟玛瑙关系是最好的，这种私事大人要问玛瑙才好，我们与珍珠也不是很好。”

“那玛瑙是谁？”君无咎看向其他两名丫鬟。

跪在最左边的丫鬟哆哆嗦嗦道：“大人，奴婢就是玛瑙。”

玛瑙很快就供出，珍珠确实有个相好的男人，就是院子里的某个护卫，但是究竟是谁她并不清楚。

“珍珠也从未跟奴婢说过对方是谁，但是奴婢有见她绣过鞋垫荷包之类送人，只是不知道送给谁。”

“那今日进入这个院子里的护卫，你们可都还认得出来？”君无咎问。

几个小丫鬟互相看看，点了点头。

很快，交班前后的十二名护卫全部都被叫在一起了。

君无咎并未问话，只是让他们都将手伸出来，然后仔仔细细地嗅了过去。当嗅到第七名护卫的时候，君无咎抬头看了看他。嗅过最后一名护卫的手之后，他返回来握住第七名护卫的右手腕，反复地看了看，道："是你杀了珍珠。"

那护卫直接变了脸色，连忙跪下道："大人，这杀人之事您可不要妄言，院子里十二名护卫，您却说是我与珍珠私相授受？"

"本官可从未说你与珍珠私相授受，我只是说，是你杀了珍珠。而且叫你们来之前，我也并未说要找与珍珠私相授受的那名男子吧？"君无咎低着头，看着那护卫年轻的脸庞，"你却说是找与珍珠私相授受并杀了她的人？"

护卫的两腮鼓了鼓，道："我不服，就算我与珍珠……但是大人你有什么证据吗？"

君无咎摇了摇头，叹息一声道："珍珠脸上擦的香脂是茉莉香味的，在房中本官也见到了她常用的香脂。或许是香脂比较廉价，茉莉香味有些浓郁，而且香脂比较稠腻。你扭断珍珠脖子的时候，右手附在其脸颊上，沾了这香脂的气味，就算你洗过手，手上仍旧残留了茉莉香。若是不信，你自己闻一下你的手指吧。"

护卫将信将疑地抬起手，闻了闻右手，脸色立刻变得苍白起来。

带他们进来的张管家怒道："张驰，你父亲可是王爷身边贴身的护卫，后来赐了张姓，将你送去学了武艺留在王府当差，你却利用条件之便与王府丫鬟私通不说，还，还杀人？"

张驰表情复杂地看了眼张管家，便低下头一言不发，一副任凭处置的模样。

"带回去审问，"成杨道。他走过张管家身旁的时候，低声道，"张管家，还得劳烦您去跟王爷说一声，这王府之内，确实应该好好整顿一番了。"

张管家抽了抽颊肉，勉强笑道："让，让成大人又看笑话了。"

成杨摇摇头道："这可不是笑话，在这种关头，居然还能出了人命，让本官不得不多想一些了。"

张管家咽了口口水，不知道该说什么才好。

第二天上朝的时候，安王果然不在。下朝之后皇上又将成杨叫了去。

“枕头里放红花与麝香？”皇上怒道，“简直是岂有此理，果然最毒妇人心！”

成杨道：“这枕头并不是安王妃给周氏的，而是安王妃给安王其他几名妾室的。只不过其中一名妾室似乎察觉到枕头不对，在花园看到周氏丫鬟晒枕芯的时候便将自己的也拿出来晒，顺便给调换了。”

皇上紧锁眉头，过了片刻又问道：“那护卫为什么要在这个时候杀珍珠那个丫鬟？”

成杨摇摇头道：“微臣还未曾问出来，但是微臣觉得那护卫之所以杀掉珍珠，应该是有人指使，否则他完全没有必要因为这样一个丫鬟而在这个时候动手。以他父亲在安王面前的面子，讨了这个丫鬟过去也不是什么难事。”

他看了看皇上紧锁的眉头，道：“珍珠就是那名时不时跑去周氏院子里传闲话的丫鬟，霄云太公主要安王过继其他兄弟的孩子这件事，也是珍珠跑去说的。微臣觉得，这么个小丫鬟为什么每次有什么动静都要专门去说一次呢？难道只是为了满足自己好嚼舌头的私欲？而周氏出了事，这丫鬟就被张驰杀掉了，难道这也只是个巧合？”

皇上冷笑道：“一个安王府，居然出了这么多污糟的事儿，也难怪安王现如今称病不来上朝，怕是丢不起那张老脸吧！”

成杨小心地观察着皇上的脸色，又道：“如今这件事牵扯到霄云太公主，皇上您看……”

“姑姑是老糊涂了，”皇上沉声道，“老糊涂了，难免会做一些错事儿。但是安王可没有老糊涂。姑姑再如何折腾也不过就是在内宅，外面那些事她一个老人家又能如何知道？再说现在安王府内宅当家可不是姑姑能做得了主的，那安王妃……”他说到这里，冷笑了两声，“安王妃也是有趣儿，不过这样也是省了朕的麻烦。成爱卿，你继续往下查便是。”

成杨听皇上这么说，心里就有了底，磕头道：“那微臣就斗胆，继续查看了。”

“对了，”皇上屏退了左右的人，招成杨走到他身旁，低声问道，“那岳大人的事，你可继续查了？”

成杨摇摇头道：“回来之后便遇到安王的案子，岳大人的事还未曾去查。不过微臣心中一直有疑惑，只是还没有得到证实，要等确定了之后，才敢与皇上您说的。”

“也就是说，你查出一些关于岳大人之事的苗头了？”皇上问。

成杨摇摇头道：“不好说……而且岳大人这件事牵扯甚广，微臣不敢太过张扬。但是微臣总是觉得，安王府似乎也与岳大人的事儿有那么一丝半缕的牵扯。”

“若是因为买卖官职或者贪墨而有的牵扯，朕倒是信了。”皇上道，“明明是给的赏赐，如今却要把自己变成朕眼里的钉子，看样子这种赏赐是咬了安王的手，让他受不住了啊……”

成杨不接话，只是低着头，安静地站着。

“罢了，成爱卿去查吧，朕都等了这么久，不差这一时半刻的。”皇上闭了闭眼，叹了口气道，“你跪安吧。”

“是，微臣告退……”成杨跪拜，站起身后退了几步，转身走了。

“皇上可说了什么？”回去之后，君无咎问道。

成杨笑道：“你就知道是皇上将我留下了？”

君无咎道：“昨天发生了这么大的事儿，今日你又晚归，我想着，可能是皇上将你留了下来询问案情了。”

成杨点点头道：“皇上是问了，霄云太公主那边……我觉得皇上应该是有什么想法。他说太公主是老糊涂了。”

君无咎道：“毕竟是皇上的姑姑，皇上替她开脱两句也是自然。”

成杨似笑非笑地看着君无咎，道：“究竟是开脱还是撇清，我觉得皇上的意思十分微妙啊。”

【第六章】大年夜命案

圣意总是难测，但是皇上确实打算拿安王开刀了。至于霄云太公主，只要保证太公主一直处在“中风”状态，其他的便也没有什么可担忧的。

如今周氏小产的案子算是破了，但是原因却无法说出口，安王憋了一肚子火，他的两个兄弟反倒因为这件事把自己择得一干二净，甚至还开始跟安王理论把太公主气得中风这件事。

虽然知道了周氏小产是因为常年枕着添加了红花、麝香的枕芯儿，那名换了枕芯儿的妾室也被囚禁在自己的院子里再也无法出来了，安王妃被安王不喜。这件事儿虽然按着压着，但是架不住周氏的母亲周夫人气性大。她死了闺女，没了外孙，这股子气儿虽然是冲着那换了枕芯儿的妾去的，但是指桑骂槐的深意仍旧能让人听出来。

安王妃的娘家也开始跟安王学习，闭门谢客了。就连他们家嫁出去的姑娘跟婆家的关系也变得不好了起来。

牵一发而动全身，这种事儿也算是无妄之灾。

但是现在成杨他们要追究的就是到底是谁将枕头放到了太公主的院子里，谁把君无咎迷晕了，这两件事还是个谜。

安王毕竟还有个王爷的头衔在，如今已经没有了什么借口搜查安王府，张云东的院子自然也就没办法光明正大地进去了。

"只是不能光明正大而已，"成杨拿着十五画好的地图，与在乐馆找到的那张图对比，指着张云东书房所在的位置道，"这张图大部分都和安王府的地形重合了，有几个多出来的地方大多也都在主宅那边。但是为什么张云东的书房这里没有任何标注？"

君无咎来回看了几遍，道："也许是只有藏人的地方，而没有密道？"

"总得去看看才放心……不过放在那里也跑不了。初一出去查了三天了，也该回来了。"成杨想起那个被他派出去查那对父女下落的好属下了。

"还有乐馆那边，"君无咎放下图纸，"那边搜查的官差回来，说没有见到有密道的地方。我觉得这不太可能，除非是乐馆的密道藏得太深了我们找不到……难不成那天我们听到的哭声是见了鬼？"

成杨挑眉问："清悦你相信鬼神？"

君无咎摇摇头道："若是信鬼神，那便无法办案了。"

成杨笑道："岳大人曾经说过，鬼神可以敬，但是断案上却不能信。"

君无咎抬眼看了看他，转了话题，"我打算去乐馆那边查看一下，既然有声音，自然就得有可以发出声音的人或者什么东西，不亲自去看就放心不下。"

成杨识趣地摸了摸鼻子，道："我与你一起去吧。"

"成大人……"君无咎看着他，无奈地叹了口气道，"关着的那些人还需要审问，大人不去照看一下吗？"

成杨尴尬地拍了拍衣襟，道："我这不是怕你在京城人生地不熟的……成了成了，你自己去，多带几名官差。"

君无咎不愿意坐马车更不愿意坐轿子，他看看外面的天色，可能是因为刚下完雪没两天，天空蔚蓝，十分晴朗。他走出大理寺，带着三名官差，向乐馆走去。

西城的烟花之地越发冷清了，许是没有人想要变成张云东那样，出来玩结果把小命儿都玩丢了。

乐馆仍旧有人把守着，夜半哭声已经没有了，晚上也不至于太难熬。走到火烧得最厉害的后院儿，这里一些残垣断壁都被拆了，落了雪的地面被踩得乌七八糟，太阳出来晒得雪化了一些，走上去无比泥泞。

“大人，小的们已经按照大人们的吩咐，把这里都翻了一遍，也没发现什么地方可以打开或者做密道入口之类的。就连有些怀疑的地方都挖了坑，也没发现什么。”守在这里的官差说道。

君无咎笑道：“我就是过来随意看看，你且去忙你的。”

那官差道：“小的哪里有什么忙的，大人来了这里，小的自然得要陪着啊。”

君无咎见他不走，也不再说什么，只是沿着没有那么泥泞的石板小路，往记忆里传出哭声的地方走去。那里就在张云东所在的那个小楼旁边，由于接近楼梯，所以被烧得最为严重。如今已经都被清理干净了，空出来一大片地方。

如果说当时因为有东西遮挡，看不清那人究竟藏在哪里还有情可原。可现如今这里一目了然，可是君无咎仍旧无法推测出来，当时在这里哭泣的那个弱女子是如何躲过初一的眼睛，并且躲得毫无痕迹的。

他闭上双眼，仔细地回想那日晚上听到的哭声。

哭声虽然在夜风中断断续续，但是不难听出来那女子十分悲伤，偶尔控制不住情绪地号啕大哭……

不，不对！

在那样安静的夜晚，他们距离乐馆又十分近，如果对方真的哭得无比伤心的话，不应该只是断断续续甚至有些缥缈的声音，而是应该十分清晰才对。

就算是现在，他也能听到乐馆外面传来官差相互说笑的声音，车夫驾车的声音，一些小贩儿在年前清货吆喝的声音，还有一些古怪的不知道是什么乐器发出来的声音。既然白天都可以把周围的声音听得如此清晰，那么不可能晚上却无法听清在距离这么近的地方的哭声！

难道那哭声不是从这里传出来的？可是当时听上去分明就是在这里……

君无咎睁开双眼想四处查看，他觉得自己可能是忽略了什么事。

可是，被忽略的究竟是什么呢？

转了一圈的君无咎一无所获，他有些沮丧，神情不悦地往回走。走出乐馆没多远，就看见几个小孩子打打闹闹地跑了过去。其中一个孩子手里拿着个破旧的唢呐，虽然还能发出声音，但是已然嘶哑难听了。这就是他刚才听到的古怪声音，原来是坏掉的唢呐发出来的。

他看着那几个孩子把旧唢呐当成稀罕东西，每个人轮着吹一会儿，兴奋得脸颊泛红。

君无咎笑了笑，正要继续走，突然笑容凝固了起来。

唢呐是因为在一头用力吹气便会发出响亮的声音。那么如果有人在一根管子后面哭泣，传出来的会是什么样的声音呢？

“管子？你要什么管子？”成杨莫名其妙地问道。

君无咎道：“我在猜测，其实当时锦瑟并不在乐馆，而是在与乐馆有一定距离的地方。她所在的地方与乐馆里我们听到哭声的地方有管子之类的东西连接，所以那天我们听到的哭声十分缥缈，而且初一去了也见不到人。锦瑟在的那个位置一定既能观察到乐馆内的情况，又能把声音传过去！”

成杨想了想，笑道：“我知道你说的是什么了，你随我来。”

他带着君无咎走进审讯大厅后面的一间屋子，然后推开屋子的书橱，露出一个一人高的石门。打开石门之后是一条往下走的密道，一直走到最下面，出现了几个不同的岔道口，每个岔道口里面都有一个房间。

“这里是用来关押十分重要并且身份也贵重的犯人的，”成杨道，

“但是中间这间屋子却不是关人的，而是用来查看的。”他推开中间那间屋子的门，房间里十分简陋，不过一张桌子、两把椅子和一张木床。

但是这间屋子却不只这么简单，因为屋子的墙上似乎有着什么机关，被黑色的布盖着。

“清悦，你看这里。”成杨掀开一条黑布，露出一面琉璃镜子，而镜子里映出来的画面，赫然是用来审问犯人的大堂！

“还有这里。”他又在墙上拔起一只木塞，这样不但大堂上的人都看得清楚，就连那边有人说话也能听得见了。

他看着君无咎目瞪口呆的样子，忍不住笑了出来，“是不是觉得很有趣儿？在这里能听见外面说话，但是外面却无法听到这里说话，也无法看见。我想你说的那个地方，应该就跟这里差不多，只是没有这里精致罢了。”

君无咎收起吃惊的表情，叹道：“我只是没想到，大理寺居然会有这样一个地方。”

“其实不只大理寺，很多皇族世家的院子里，大多都会有这样一个地方。或许是为了好玩，或许是为了藏人或者监控。其实这个也不新鲜了，刚才你一说，我便想起来，顺便带你来看看。”成杨又将木塞黑布蒙了上去，带君无咎走了出来，“但是你没有找到声音究竟是从哪里发出来的，是吗？”

君无咎叹道：“终究晚了一步，那里已经被翻了个乱七八糟，就连地面都被掘开了，就算是有这样一个可以传声音的孔洞，怕是也被人利用这个机会给堵住了。”

想要挖这样一个地方难，但是想要毁掉这样一个地方并且让人找不到就十分容易了。

“既然锦瑟是故意将我们引过去，那么必定会做好后面的准备，不让我们找到。而且背后那人也能预测出我们下一步想要做什么，而提前毁掉了我们可能会发现的痕迹。我已经有些搞不懂，对方有这样一位神人助阵，究竟是我们的不幸还是幸运。”成杨重重地叹了口气。

君无咎道："但是再狡猾的狐狸也有露出尾巴的那一天，如今张云东的死牵连出如此多的事，对方也是想用张云东的死引我们进入安王的这个局。他们在利用我们，我们不妨也利用一下他们，把安王隐藏在下面的那些不可告人的东西翻上来，好早日给皇上一个交代。"

成杨道："也只有如此办了，不过若是有机会，我还是想要见见这位神人。毕竟被人牵着鼻子走的感觉，实在是太令人不爽了。"

张云东的案件陷入了僵局，安王不催促，皇上好像也忘记了这件事，提都不提。

时间过得很快，转眼就到了新年。一直在外的苏文月也快马加鞭地回来了，寒风将她的脸颊吹得通红。

"我查到了一些有趣的东西，希望对这个案子有些帮助。"苏文月将一只藤箱放在成杨的桌子上，"今天晚上宫里有宫宴？"

"是的，每年这个时候不是都有吗？"成杨按了按额头，"我们一家子都得去，你不去？"

"不去，"苏文月干脆利落地说道，"既然你没有时间，不如让清悦来看看这些东西。"

"也只能这样了，"成杨收拾了自己桌上的东西，道，"我得赶紧回去，然后跟我爹一起等皇上宣召……这些东西我直接带回去吧。"

君无咎现在虽然算得上是京官，但是并没有资格参加宫宴。而且现在又都放了假，他也没有理由待在大理寺不回来，可是回来了又不知道要做什么。幸好成杨带回来一箱子东西，让他总算是可以不那么无聊了。

"小月在外面搜集到有关安王的一些东西，这几天估计我是没办法看了。"成杨十分无奈，但是过年过节要四处走动，避免被某些言官冠上不懂礼节的帽子，他是完全没有空闲的。

"我闲得很……对了，我想问……嗯，关于我恩师的那件事……"君无咎收敛了笑容，道，"我想查，但是却没有找到任何线索。"

成杨安慰道："总是会有的，就像你说的，狐狸尾巴终究会露出来。若是我查到了什么线索，也一定会跟你说。主要是这件事牵扯面太大，已经不只是岳大人被害找到凶手就能结束的了。”

“我知道，我就是……就是有点儿着急。以前觉得自己没有什么能力，也就心死了。如今……抱歉，让你为难了。”君无咎用力搓了搓脸，“我太急于求成了。”

“若我是你，怕是早已经急得上火了。”成杨莞尔道，“今天宫中设宴，我们一家子都得过去，估计我要很晚回来。但是柳红、柳绿他们会将饭菜端过来，你先自己用吧。”

君无咎笑道：“我知道了，劳烦翰飞费心。”

“唉，我就是啰嗦些，你莫要恼我就成了。”成杨看了看外面的天色，道，“今日回来就能休息几天，一直到初六才重新开笔。自从回来就一直忙，总算可以好好休息一下了。我得去父亲那里做准备了。”他说完就急匆匆地走了出去，在院子里还叮嘱柳红、柳绿记得给房间里烧炭，不要冻着君大人。

君无咎不得不感叹，自己虽然痴长了几岁，但是在为人处世上面，完全不如成杨。

苏文月带回来的东西多，而且很杂。

其中大部分都是一些百姓的口供，说的大部分都是当年张云海在江苏期间发生的各种琐事。虽然看着与知府、张云海或者安王没有什么关系，但是细细思索便可以得知，这些百姓说的自然就是他们介入之后江苏这边的变化。

除此之外，还有一份在江苏知府裴忠义在任期间，整个江苏所有大小官员的变动，以及他被斩首之后至今，江苏大小官员的变动名单。

上面写得极为详细，哪怕一个小小的守门官差不过九品最低的官职变动，都写在了里面。

君无咎对这些官员之间的联系不是很清楚，所以这份名单要等成杨回来再看。在他随手翻动的时候，突然看见一个熟悉的名字——这个人就是他在庚县的时候，庚县县太爷崔县令的上一任，一名姓贾的县令。

当然，他现在已然革去了官职投入大牢之中了，但是他上任的时间，正好是张云海去了江苏那边监督水灾的时间。这位贾县令在庚县任满三年，之后调到了江苏管辖内的一个小县城，然而在这里三年不到，就被成杨撸了官职。

那么，他之所以能在庚县上任，究竟跟安王或者张云海有没有关系呢？

这张名单里面，究竟有多少人的官职是买来的？多少人属于用来占位置的，又有多少人属于安王的嫡系？裴忠义当年是被皇上提拔到这个位置，也就是说是皇上看重这个人，所以他在江苏知府这个位置上坐了许多年。然而张云海一去几个月，便以贪墨之罪将裴忠义从知府的位置上拽了下来，治了死罪。

那么裴忠义究竟有没有贪墨？若是一点儿问题都没有，皇上能平白无故将如此大的一个帽子扣在忠良之臣的头上？还是说……安王早已经买通了裴忠义身边的其他人，直接将人盯死了？裴忠义从江苏知府的位置上下来，那么顶替他的这个人，是否与安王有关系？

每年治水，朝廷都会拨大笔银子，这样算来几年工夫，砸在治水上的款项有将近八百万两白银了！然而八百万两白银仍旧未能治理好水患，就好像成杨说的那种以患养人，以战养人，用这种方式，用百姓的性命和财产捞钱，那么这八百万两白银，究竟被贪墨了多少？

君无咎想得头疼，最后不得不放下名单，灌了一大口冷茶让自己清醒一下。

他叹了口气，然后拿起其他册子查看。

裴忠义确实是个好官儿，至少在他在任时，江苏一直十分繁荣，并且裴忠义还有改良稻种的功绩。按说有了这样大的功绩，就算是贪墨，也罪不至死，顶多被贬为庶民。再严重一些，后世也终身不得入朝为官，这已经是最大的惩罚了。

然而裴家男丁全部斩首，女眷全部发配，为什么当时的皇上会做出这种决定呢？

外面传来了打更的声音，柳红进来提醒道：“君公子，已经亥时了，您还不休息吗？”

“亥时了？”君无咎看了看外面，天空浓墨一样的黑，“宫宴还未结束吗？”

柳红也向外看去，疑惑道：“若是往年，现在也应该都回来了……怕是皇上十分开心，多耽误一时半刻吧。”

她的话音刚落，就听到远处传来一阵喧闹声。

柳红笑道：“说什么就来什么，王爷王妃都回来了，君公子莫要担心啦。”

君无咎点点头，他将自己看过的卷册都分了类，打算一会儿见了成杨便洗漱休息。

谁知道没一会儿，成杨急匆匆地走了进来，道：“出事了！”

“什么？”君无咎一愣，“出什么事了？”

成杨脸色十分难看，“有人在宫外被杀了，消息传入宫中，皇上大怒，宫中禁卫军都出动了。如今全城戒严，我们也是被禁卫军送回来的。”

“在这个时候？在宫外？是谁被杀了？”君无咎简直吃惊极了。

皇上在大年三十晚上宴请百官，整个皇宫里里外外都被围得好像一个铁桶，可是就在这个铁桶边上居然有人被杀了！这个消息不但让百官心惊胆战，就连皇上都会坐立不安。

“是一名宣慰副使，皇上说这件事由刑部与大理寺共同办理这个案子。不过我手里还有其他案子，所以这件事由老师欧阳大人接了。”成杨坐在椅子上，一边儿烤火一边儿道，“这邹副使平日里很少在京城，怎么就突然死在宫外了呢？”

君无咎用火钳子翻了翻炭火，让柳红重新换了一壶水，不解地问道：“邹副使没有去参加宫宴吗？”

成杨道：“自然是参加了，不过他不胜酒力，生怕自己喝多了出丑，所以在皇上离开之后便也提前走了。”

君无咎纳闷，“皇上都离开了，你们还不一起走？”

成杨看着他那副惊讶的样子，忍不住笑出声来，“平日里百官难得聚这么齐，而且成家的地位放在这里，就算想回来也得那些人放过我们啊。这次可是把我母亲吓得不轻，回来以后就感到不舒服已经休息了。”

“所以就有先走的，有后走的？邹副使是自己一个人走的吗？难道就没有人看见他？若是在宫外被杀，他死的地方是他回家的必经之路吗？”君无咎一连串地问道。

成杨表情有些惊愕，缓了半天苦笑道：“清悦啊清悦，难道这个时候你不应该安慰我一下吗？”

“啊……”君无咎有些不好意思，“那个，我就是好奇。你看上去应该没事儿，现在赶紧回去好好休息吧。”

成杨叹气道：“我也想好好休息，但是皇上赐菜还没有到，暂时不能休息啊。”

君无咎……

皇上事儿真多啊，怎么这么麻烦！

其实这种宫宴就算去了也吃不好，毕竟皇上在场呢，谁也不敢敞开了吃喝，意思意思吃几口垫垫肚子，然后搜肠刮肚地想一些与众不同的喜庆贺词，把皇上哄开心了就好。等皇上走了，这宴席也都冷了，荤的素的上面都凝着一层白色的油脂。在座的大臣们就算再饿，也吃不进去这种冷菜，于是都希望回到家再好好吃一顿，守到亥时过了，新的一年也就到了。

可是谁知道大家都准备要走的时候，出了这么一档子事儿，整个皇宫都戒严了，皇上气得不行，当场就把兵部尚书和禁卫军指挥使一顿臭骂。骂完了又让人挨个地把所有大臣送回家，成杨他们回来的时候还有大臣在宫里挨着呢。

但是不管怎么闹，这规矩还得执行。

其实在宫宴结束的时候，皇上就把自己吃剩了的宫宴分了分，谁家送什么菜，送几个菜都派了出去。再加上皇后那边的赐菜，两边儿一起，小太监们端着食盒子挨家挨户地送去。可是今年小太监还没出门儿呢，就发生了命案，这一拖就拖了半个时辰才开始送菜。

等赐菜到了，一家子人跪拜，接了菜，送走了送菜的太监才开始换掉朝服，放松下来。

如今这件事一闹，崇王妃已然没有了想要守夜的心思，她受了惊吓，身上不舒服。崇王爱护妻子，便干脆也不守夜了，陪老婆去了。成堃常年在外，很少有空陪伴妻儿，既然自己爹娘都不在，干脆直接把成杨轰走，然后让厨房热了几个下酒的小菜，自己也去陪老婆了。

孤家寡人的成翰飞只能自己滚回来，还好院子里有好友君无咎也是个单身，俩光棍干脆让厨房再热几个菜，让几个丫头小子陪着，等待新的一年。

但是似乎有君无咎的地方，就没有能让成杨松散下来的机会。

成杨愁眉苦脸道："清悦，哎哟我的君大人，皇上都封笔了，咱就不能也轻松两天吗？你看，就算是发生了案子，这宫中内外也并不是只有我和你能够破案啊，至于安王那边真心急不得，皇上都不急了，你看你，简直闲不下来。"

君无咎实在是有些不太好意思了，他讷讷道："往年也很少有机会能与老师一起守岁，即便在一起，通常老师也会考校我的学问，所以……"

"所以，咱今年就好好地过个年，不好吗？"成杨期盼地看着他，"待我忙完，定会与你分析这些东西，而且还会把今天发生的事儿也都问清楚了与你说，可今天不行，今天可是大年夜啊！"

君无咎终于放下了自己的好奇心，与成杨聊起其他的闲事来，不知不觉地便喝醉了。

迷迷糊糊的，他似乎觉得身旁有人在看着自己。

努力地睁开双眼，那熟悉的身影让他不由得愣怔，"老……老师？"

君无咎再次醒来的时候，窗外已然大亮了。他揉着因为宿醉而疼痛不已的头坐起身来，想到了昨天晚上的那个梦。

是梦？

但是真的好真实！

他的老师岳鸿之就坐在他的面前，仍旧与以前一样和蔼，笑着看着他，道："清悦如今倒是懂事了，只是观察事物还不够细致，以后还需要多多努力才是。"

他捂着头，呆坐在床上。

当年老师紧紧拉着他的手，让他一定不要再入朝堂，最后他不得不重新回到自己许久未曾住过的小村子，度日如年。既然老师并不赞同他进入朝堂，如今他违背了老师的意愿，老师为什么还会夸奖他？

梦，果然只是个梦……

君无咎深深地叹了口气，他有点儿想哭，虽然大男人一大早起来哭哭啼啼实在是不像样子，但是大年夜梦见自己已故的恩师在夸奖自己，这种感觉确实令人心生酸楚。

成杨刚走进君无咎的院子，便看见柳红、柳绿端着水盆，站在门外有些手足无措的样子。

然后，他就听到了房间里若有若无的哭泣声。

怎么了？成杨挑了挑眉，用眼神问道。

柳红摇了摇头，轻声道："君公子起得晚了，起来之后便开始哭泣，我们……也不太方便打扰。"

确实，这种时候如果突然进去，反而会令人尴尬。柳红、柳绿毕竟是最懂得看人脸色的大丫鬟，自然知道这种事最好的方法就是装傻。

成杨向屋里张望了一下，然后蹑手蹑脚地退了几步，高声道："清悦，你还未起吗？"

房间里传来君无咎慌乱的声音，"啊，已经很晚了吗？抱歉，我昨天喝太多了。"

成杨笑道："偶尔一醉也是幸事，我去让人给你准备醒酒汤和早点，你快些洗漱吧。柳红，还不赶紧伺候君公子洗漱？"

柳红这个时候也随着成杨走出去半个院子，听到之后笑着一路小跑道："是的，少爷。奴婢见君公子睡得香甜，便未叫他。奴婢这就去准备。"

君无咎洗漱完了，铜镜里映出仍旧红肿的双眼。他叹了口气，用毛巾捂在眼上，苦笑道："今日怕是不能出去见人了。"

柳绿端着醒酒汤和早点进来，听见他这么说，笑道："公子莫要怕，这眼睛肿了，待半个时辰就好啦，只是莫要喝太多水。"

柳红端了水盆儿出去，在院子外面看见徘徊的成杨，连忙低声道："二少爷，君公子已经洗漱完了，您要去见他吗？"

"洗漱完了？那好，我去看看。"成杨连忙装出一副无聊的样子，踏进小院儿，"哎呀，清悦你可吃过饭了？"

君无咎道："未曾，翰飞要与我一起用早膳吗？"

"也好也好，今日我也起得晚了，没人陪我一起吃饭，便就想来找你一同用膳，谁知道清悦你比我起得还晚。"成杨一撩衣袍，坐到桌子前，对柳绿道，"去，把我那份早膳也端来。"

成杨看了看君无咎那双红肿的眼睛，忍不住道："我看你以后还是莫要喝酒了，别人喝了酒只是头疼，看你，怕是眼睛都要疼了。"

"莫要调笑我，"君无咎苦笑道，"不怕你笑话，我梦见已故的恩师，心里难过……唉……"

成杨道："逝者已去，清悦莫要太过伤心。"

君无咎道："只是因为梦里恩师夸赞与我，让我想起当年恩师与我说让我远离朝堂的话，觉得十分对不起恩师。"

成杨宽慰他道："虽然如此，但是岳大人既然出现在你的梦中还夸赞你，就证明你做得已经十分不错了。"

君无咎叹道："只盼恩师在天之灵能够护佑与我，让我早日找到当年杀害他的凶手……"他说到这里，又笑道，"恩师还说我观察事物不够细致，估计是觉得我哪里做得不够好了。"

"怎么会，清悦事事亲临，已经做得十分不错了。"成杨见柳绿将自己的早膳也端了过来，便道，“先用膳，饭后我还要出门去，唉，真是不想出去。”

“多走动走动总是好的，不像我，不管遇到谁都两眼一抹黑，平日里在大理寺，话都不敢说的。”君无咎喝了口汤，突然哎了一声。

“怎么了？”成杨问。

君无咎猛地站起身来，“我怎么，唉，我当时一定是糊涂了！这么关键的地方，为什么我当时就没有发现呢？怪不得恩师说我观察不够细致！”

成杨道：“你莫要着急，先吃饭，边吃边说。你这样，搞得我都紧张起来了。”

君无咎三口两口吃了早膳，有些急迫道：“当日你让我看了大理寺中那种神奇的暗室，我就应该想到，那种东西是不能距离太远的，若是太远，怕是声音也无法传递出来。既然是这样，那么锦瑟的藏身之处一定就在距发出声音不远的地方！”他跑进房间，找出帝都的地图在书桌上摊开。

成杨叹了口气，也赶紧吃完自己那份早膳，漱了口，吩咐柳绿将桌子收拾好，然后来到君无咎身旁，道：“我知道你的想法，但是锦瑟上次将我们引去之后，未必还会在原本的地方居住啊。”

“但是至少我要知道她曾经在哪里住过，是否能查到什么线索。”君无咎的手指在地图上轻轻滑动，点着一个地方道，“这里是西市那个乐馆，乐馆周围包括我们当日所住的茶楼，其实都是她可以隐藏的地方。如今过年，这些地方人员稀疏，正好可以挨个排查。”

成杨道：“那些当值的官差怕是要恨死你了，不过昨日刚发生命案，倒是可以与禁卫军借人，就以这个借口去查，反而用不着我们出手。”

禁卫军查这些隐秘的东西都是个中高手了，只用了半天，便将乐馆周围翻了个底朝天，光密室就查抄了三个，还缴获了一堆现银。那堆银子如今就放在大理寺中，等着人去认领呢。

成杨拜了一圈年，回来听到这个消息，啧了声道："认领？除非那人疯了。这样大笔的现银藏在密室之中，怎么可能没有猫腻？估计也就放在大理寺做做样子，年后便要归进国库了。我听说那堆银子至少有几万两，哎呀呀。"

君无咎道："你回来得正好，我刚打算自己去那里看看呢，既然你回来了，便与我一起去吧。"

发现现银的地方正是那时君无咎和成杨躲在上面听夜半哭声的茶楼，茶楼里空无一人，老板已经回老家过年去了，看店的就只有一个老头儿，如今那老头也被抓了起来，茶楼贴了封条，里面被翻了个乱七八糟。听说禁卫军找到银子之后上报没多久，就有一队人马出了城，估计是去抓那茶楼老板了。

还有一间密室，据说原本是用来躲避战乱的，但是现在里面放了一堆大白菜大萝卜，被当成地窖使用了，简直是暴殄天物。最后一间，就是君无咎他们要找的密室，只不过早已人走房空，就连桌子上也落了一层薄薄的尘土。

这间密室看上去已经建造了很长时间了，而且里面貌似经常住人，就连墙壁上的青砖都被抚摸得有些光滑了。密室十分简陋，但是却残留着淡淡的花香，而且君无咎还在密室的床下，找到了一方手帕，上面绣着精致的桃花，与在张云东体内找到的那方手帕一模一样。

成杨道："居然就离我们如此近！当日就算乐馆没有失火，她也能神不知鬼不觉地偷偷藏在这里。"

这间密室居然就建造在乐馆后面的那条小路下面，与后面一座宅院相连。这宅院原本住着的是几名绣娘，后来不知道怎么突然搬了家，这宅子就空了下来，一空就是小半年。因为这宅子有些破旧，再加上挨着乐馆这种地方，所以一直未能卖出去，空了半年就更加破烂了。虽然宅子的大门被锁头紧紧锁着，但是有个小角门一推就开。

那角门旁边就是个柴房，里面残留的那些柴火都已经被禁卫军扔得到处都是，露出了一面破旧的木板。掀开这扇木板，就露出了通往密室的密道。

而且在这个宅院里，能够清楚地看到乐馆后院的房子，以及那座茶楼。可见当时君无咎他们埋伏在茶楼之中，怕是也暴露在对方的视线里。所以初一去找寻那阵哭声的时候，宅院里的人已给藏在下面的锦瑟报了信儿，锦瑟立刻收声，让初一一无所获。

现在的密室墙上还留着那个传声的洞口，洞口下面堆了一堆泥土，还有一截儿竹子做的用来传声的工具。

“就是这个东西，把我们耍得一团乱。”君无咎脸色十分难看，而且密室里的泥土也告诉了他，当那些官差挖地三尺寻找密室的时候，其中就有人用这种方法把那直通乐馆的洞口堵住了，然后多出来的泥土和被顶回来的竹筒都散落在地上，似乎在对君无咎进行无声的嘲笑。

成杨脸色也好不到哪里去，两名大理寺官员被一名弱女子耍成这样，说出去怕是自己都觉得脸红。

“那人的手下，怕是就隐藏在我们身边，所以我们的一举一动对方都能察觉到。而且现如今，我们实在是太过于被动了。”成杨道。

君无咎丢下竹筒，再一次仔细地查看这间密室，“我在想，对方是否已经知道我们会查到这里来，那么除了那方手帕，他还有没有留下其他东西？”

对方在这个案子里留下的线索，好像一块块拼图，在引导着他们走向自己想要的结局。

君无咎虽然对这种感觉十分抵抗，但是又无法摆脱，只能盼望能在这个案子结束的时候抓到对方。无论是敌是友，总要摆在明面上才会让人安心。

然而这一次，除了那一块手帕和残留下来的生活气息，其他的线索就没有了。

这种眼睁睁看着人犯从自己眼皮子下面溜走的感觉实在是太不好了，君无咎回到自己的院子，难受得饭都不想吃。

成杨十分明白对方这种急于破案寻求真相的感觉，当年他第一次进入大理寺，第一次办理案子的时候，也有这种心情。但是他也知道，君无咎的急不只是因为案子，还因为这件事可能会牵扯到当年岳鸿之的死。

所有跟岳鸿之沾边儿的事，君无咎都急。

“心急吃不了热豆腐，这不可能是一年半载就能办得到的事儿，否则皇上早就能做到了，还要我们做什么？”成杨苦口婆心地劝他，“在大理寺你才能知道，什么案子能走到最后，什么案子最后却不了了之。这跟你之前在庚县遇到的杀人案是不同的，就算是王子犯法与庶民同罪，也是要看这王子的根基稳不稳。”

成杨看着君无咎愁苦的模样，笑道：“若是这人对皇上有用，就算你抓到了他的把柄，他也未必会从那个位置上掉下来。”

君无咎抿着嘴不说话，只是拿了苏文月给他的那些卷宗看。看了两眼，他突然问道：“那名宣慰副使姓邹对吧？叫什么呢？”

“叫邹明，怎么了？”成杨绞尽脑汁想了好多安慰人的话，却被打断了，略有些遗憾。

“苏姑娘给了我一份江苏官员变动的名单，其中也有一个叫邹明的。”君无咎摊开手中的卷宗，他指着名单上一个名字说道，“五年前裴忠义落马，他被从江苏调入京城，做了宣慰副使。我十分疑惑，若是知府落马，为什么知州却能全身而退还能升官呢？”

成杨拿起那份卷宗，仔细地看着。

君无咎又道：“这邹副使原本可是个文官，如今却沾了武官的边儿，若说没有人从中周旋，我是不信的。而且他一个副使在宫宴之上，其他官员都还未走，他却提前走了，这不得不令人觉得可疑。难道真的是因为不胜酒力？那往年他也都提前回去吗？”

成杨眉头紧蹙，显然想起往年这名邹副使似乎并未提前走过。

君无咎在房间内来回走了两圈，突然问道：“你觉得，这邹副使的死，有没有锦瑟背后那人的手段？”

成杨想了想，道：“邹副使被提拔这件事，我曾经听父亲说过两句，貌似确实与贪墨案相关。而且他似乎也是因为举报有功……”说到这里，成杨顿了顿，“我记得他当年还呈上一些信件证据，证明他从未参与过那贪墨案，但是却被裴忠义以家人作把柄而威胁。最后因为当年的安王世子张云海去了江苏，才让他终于将这件事都说了出来。”

君无咎冷笑道：“越听越不像话，毕竟他也是一名知州，完全可以直接递折子上达天听，却因为这种可笑的借口一直忍让？让我猜一猜，他一定也不知道那所谓贪墨的银两藏在了哪里吧？”

成杨道：“那银两就好像消失了一样，再也没有人能找到了。”

君无咎道：“裴忠义贪墨，还未问出银两在哪里，便将人全家男丁都杀了，这是着急灭口呢吧？若说安王在这里丝毫不知情，谁能信呢？你觉得这邹副使的死，安王会如何看待？”

成杨沉吟片刻，道：“这京中关系错综复杂，既然他能被提拔成京官，也许背后不止安王一个人。那么大一笔银子放在那里，谁能不去咬上一口？他们难道就乐意看到安王独吞这一笔银两？就算安王能吞得下去，他也不会真的就攥在自己手里。这笔银子怕是大半都要去用来打点其他地方了。”

君无咎用力叹了口气，他站了一会儿，然后坐在椅子上。坐了一会儿又站起来，焦虑得坐立不安。

“我觉得，这件事十分蹊跷……”在把成杨转得眼晕之前，他终于安静下来，又坐回到椅子上，看着那份卷宗道，“你说苏姑娘给我的这份东西，皇上那里有没有？”

成杨笑道：“你猜呢？”

君无咎眯起眼睛，手指在邹明的名字上慢慢敲打着，“我在想……为什么锦瑟他们要在这个时候，突然对邹明动手。邹明为什么突然离席，为什么走的不是回家的路，为什么会去那个地方。禁卫军可不是吃素的，一个大活人就在禁卫军眼皮子下面被杀了，这怎么想都让人觉得有些不可思议。”

成杨听完，琢磨了一会儿，压低声音道：“你是觉得这邹明应该是被人引到那个地方的？”

君无咎道：“我觉得他应该是提前得到了什么消息，所以放弃宫宴这种可以与各位大臣拉关系套近乎的好机会，而找了借口提前退席。退席之后却没有回家，而是去了那个地方，然后被杀。对方既然把他引去那里，要么就是手里有他的把柄，要么就是官职比他大，是在对方要求下过去的。但是如果真如我们所想，对方手里有他的把柄，为什么不去利用这个把柄，而是把他悄无声息地杀了呢？我越想越觉得不对劲儿，可又想不明白，究竟哪里不对劲儿。”

成杨道：“这件事由欧阳大人与刑部督办，到时候我去问问，看看他们能够查出什么线索来。”

君无咎又拿出一叠卷宗道：“而且我看了这些东西，不少都是夸赞裴忠义的，然而对于邹副使当年在江苏的作为却没有什么评价。我一开始觉得苏姑娘是只问了裴家的事，但是既然苏姑娘能把那份调动名单查出来，那么为什么这些调查之中，几乎没有邹副使的影子呢？他当时好歹也是一名知州吧？”

成杨道：“这份名单牵扯的人太多了，上面不少人已经不是你我能够动得了的。若是真的想要都查一遍，怕是要打草惊蛇。”

君无咎气馁地捂住脸，用力叹了口气道：“我知道，我就是……唉，我就是忍不住。”

成杨笑道：“前朝的时候，先帝为了扳倒一名大贪官，忍了十多年，终于将那人一脉都连根拔除。但是这贪官年年有，只要不是吃相太难看，皇上基本上都会睁一眼闭一眼。水至清则无鱼，圣上要比我们更懂得这个道理。”

君无咎沉默不语，表情十分黯然。

成杨道：“你我的职责，就是做圣上手中的那一把剑，指哪里打哪里。既然圣上让我们来督办张云东的这件事，证明他已然对安王十分不满了。我们就顺着圣上的意思抽丝剥茧，总有一天你会得到你想要的东西。”

君无咎点点头，总算打起了精神。

大年初三的时候，初一回来了。

初一被成杨派出去寻找那父女二人，寻访到他们曾经居住的地方，发现早已人去楼空。细问周围的邻居才得知，就在张云东死的那天下午，这父女俩就收拾了行囊，说是要回老家过年。

初一又问那父女二人的老家，得知这父女二人居然是关外人士，只是来京城时间长了，口音与这边相仿。若不是那老汉与邻居喝酒的时候偶尔说出来，旁人都以为他们就是京城近郊的人。

关外人经常会到关内来做一些小生意挣点钱，这比他们在关外的艰苦生活要好上很多。而且那老汉在年轻的时候便已经来到关内，后来成亲生子，带着一家子人来到京城讨生活，还在京郊的村子里落了户。可是现在发现那房子里空荡荡的，值钱的物件都没有了，就连大件儿的家什也都被变卖了，只留下一座空屋子。

初一见状，便知道当初那件事绝对是有预谋的。

变卖了家产的父女二人在酒楼下面“偶遇”张云东，起了争执，引起成杨他们的注意，成功地把所有人的注意力都集中在了成杨与张云东身上，然后这父女二人便消失在众人的目光之中。

初一向那些邻居细细打听了父女二人平日里的行为举止，以及经常接触的人，觉得并未有什么可疑之处。或许对方就是因为他们与张云东借过钱，又因为张云东看上了那女子的美色，才想出了这样的计策。

他将自己打听出来的消息送到成杨手中，又一路往关外追去。然而正赶上年关，不少在关内做生意的商户都赶着马车出关，想在年前回到自己家中。而这一路搭便车的便有许多，在这样的情况下，那对父女就好像融进了江流的溪水，几乎完全寻不到踪迹了。

初一拿了画像一路打听，最终只能失败而归。

听了初一的汇报，成杨忍不住笑道：“这人真是心思缜密，若不是那父女二人真的是在努力还贷，我都要怀疑他们向张云东借高利贷，都是被人指使的。”

君无咎摇头道："若是那人愿意用这几年来布局，就算是他指使这父女去借贷，也没有什么问题。不过是几十两银子，他难道拿不出来吗？"

成杨深深地叹了口气道："如此看来，那人在这京城，真的是如鱼得水了。"

没能找到那父女二人的踪迹，君无咎有些丧气，然而第二天苏文月的到来，却给他们带来了一个有意思的消息。

"邹副使是自我了断的。"苏文月先去给崇王妃送去了几盒补品，然后直接拎着几坛酒来找成杨了。进门之后，她便说了这个消息。

"自我了断？"君无咎有些惊讶，"他之所以提前退席，就是为了在皇城根儿下面找个僻静的地方自我了断，给圣上添堵吗？"

苏文月哈哈大笑道："欧阳大人也是这么说的，他与刑部尚书张大人都觉得有些不可思议。如今邹家的家人已经全部被羁押在刑部，挨个问话呢。"

君无咎还是觉得有些疑问，"我可以去看看那邹副使的尸身吗？"他说到这里，又看了看旁边站着的柳红、柳绿，以及成杨的贴身丫鬟芍药、桃香，"不如各位姑娘先回避一下？"

成杨道："去告诉厨房，做一些下酒的小菜来，今天苏姑娘怕是又要喝多了。"

苏文月又是豪爽大笑道："知我者师兄也，明日还有一天假，就算喝多了也不怕耽误事情。我还未与君大人痛快地喝过酒，不如今天干脆大醉一场。"

君无咎连忙讨饶道："在下就算了，就算了吧，我这点酒量实在是不能与姑娘相较，前几日不小心喝多了，结果到现在还在头痛……"

"唉，无趣！"苏文月啧了声，拎起一只酒坛放在成杨面前，"那就只有我与师兄大醉一场了，这些日子在外面滴酒不沾，可真是郁闷死我了！"

成杨道："若想要大醉也不难，你赶紧满足一下清悦想要知道的事吧，他这几天一直在琢磨这些案情，还拉上我，哎呀呀。”

苏文月笑个不停，道：“君公子真是，总要劳逸结合才好，否则就要因为太过紧张反而得不偿失了。”

君无咎失笑道：“先前翰飞将我训斥了一顿，如今苏姑娘也要与我说这些，真是让我有些无地自容了。只是如今既然知道了这些事，心里便惦念着，想知道其中是否有什么关联，还请苏姑娘讲与我听。”

苏文月道：“尸身就放在大理寺，我倒是去看过了，可以与你说一下。”

邹副使的尸身是在禁卫军换班的时候，从离城墙根不远的地方发现的。按说宫宴结束之后，各家都会有小厮抬着轿子或者候着车等着接自己家老爷夫人回去，然而根据当时当值门口的护卫道，邹副使并未坐车，而是出去之后站在外面踌躇了一会儿，便向西边走去，经过小南城继续往前走了。那时候正赶上禁卫军换班，曾有人上前询问，邹副使只说自己喝多了，走一走醒醒酒。然后禁卫军换班，等到有人开始巡逻的时候，就发现邹副使躺在一处背阴的地方，已经死了。

苏文月比画着，“我见那卷宗上写，邹副使当时身上有两处伤，一处在腹部，一处在脖颈上。腹部是刺伤，但是并不是很深，若是发现得早仍旧可以救活，所以致命伤就在脖颈。脖颈上的伤痕是由右向左，当时邹副使的右臂就搭在胸前，欧阳大人认为是邹副使先刺了自己腹部一刀，但不致死，所以干脆自己割断了脖颈喉管，血喷溅得四处都是，很快就死了。然后我又去看了尸身，与卷宗上所说的一致。”

成杨道：“估计现在欧阳大人想要知道的就是邹副使用来自我了断的那凶器是从哪里来的了吧？”

苏文月点头道：“确实是这样，凶器是一把五寸有余的匕首，进宫时是不允许带进去的，然而邹副使进宫之前并未带这种利器，出来之后也不知是从什么地方找到的这匕首。而且当时天色已经晚了，除了这些宫宴结束要回去的大人们，周围的百姓早都已经闭门在家。所以欧阳大人与刑部张大人都觉得，是有人在宫中将匕首给了邹副使。”

成杨沉吟道："这倒是有趣，邹副使进了宫，能接触得到的都是我们这些同样参加宫宴之人，其他的便是上来照顾的宫女太监。因为进宫不得带这些利器，就算是武将在进宫之前都要解剑交由其他人看管，难道这匕首是那些宫女太监给他的？可是宫女太监又是从哪里得到的这些东西？"

"若那匕首真的是从宫中得到的，难道就没有什么标记？外面的东西不是不能带入宫中吗？"君无咎疑惑地问道。

"问得好！"苏大姑娘挑起大拇指，"欧阳大人与张大人也十分疑惑，除了盘问邹副使家人，还在盘问当时可能会与邹副使有过接触的宫人。"

邹副使不可能无缘无故地突然跑到那个地方把自己捅死，一个人既然要死，总得有个原因，而且就算是真的不想活了，也没有这种自杀还要牵连自己家人的。这一下子惹得龙心不悦，邹副使的家人怕是日子也难过。

君无咎想到那张名单，道："苏姑娘，我看了你拿来的那些卷宗，上面写邹副使五年前在江苏是一名知州，是江苏裴大人的手下。但是其他的供词中却没有提到邹副使，这是因何缘故？"

苏文月道："邹明去了江苏担任知州两年，据说为人十分低调，平日里就好像没有这个人一样，既很少出门访友，也很少协助裴忠义去探查民情。我原本是要查邹副使之前在哪里上任的，然而在那些遗留档案之中却没有邹副使中举之后的任何记录，然后突然就出现在江苏了。"

成杨道："如果是这样，应该是有人将他的经历抹去了，不过当年他既然进京做了京官，圣上就不可能不过问，吏部那边应该有存档。如今这邹副使出了这么大的事儿，想要调取存档查看，应该会方便。"

苏文月道："当时我也是这样想，只是没想到回来之后这邹副使竟然就死了，还是如此的死法儿，确实令人疑惑。"

成杨笑道："只怕令人疑惑的不只是邹副使的死。"他将这些时日与君无咎在京中查到的一些事与苏文月一一说了，"如今这又是一个巧合；你发现邹副使的履历有问题，刚回京这邹副使就死了，岂不是太巧了吗？”

正说着，桃香在屋外脆生生道：“二公子，饭菜已经做好，现在就端进来吗？”

“端进来吧，”成杨道，说完又对君无咎、苏文月二人道，“边吃边聊，俗话说一人计短二人计长，我们三人在一起，总能聊出个所以然来。”

厨房很多饭菜小吃都是事先炖好了热着的，待主子们想要用了就可以直接端上来。除了一些早就炖好的鸡汤烧肉，还有用来下酒的炒菜卤味，花生蚕豆，满满的摆了一大桌子。

柳红端了个红泥小炉子过来，上面放了个铜壶，专门用来温酒的。

三人享用了一会儿菜，苏文月道：“如果这件事真的是那锦瑟背后之人做的，那么这邹副使在当年贪墨案中绝对与他那两年的作风不一样。当初谦虚低调之人，很有可能会成为裴忠义信任之人，然后他利用这一份信任将裴忠义全家送上了断头台。如果也想要这邹副使一家不好过，那么让邹副使在那种时候、那种地方自杀，确实也说得过去。”

君无咎剥了几个花生，看着搓掉红衣的花生在盘子里滴溜溜地打转，他问道：“虽然这样说也没有错，但是他是用什么方法，迫使邹副使答应使用这种牵连全家的手段自我了断呢？”

若是只想让邹副使一个人死，其实很简单。无论是自杀还是他杀，都可以悄无声息地将人弄死。而且只要死自己一个就能保住全家的计策使用起来会更加方便，毕竟邹副使已经三十余岁了，家中孩子也有了三个，双亲健在，生活得美满幸福。让这样的一个人自杀本就有难度，但是如今不但让他自杀，还让他的全家人都跟着受苦，难度就更大了。

“除非是对方拿到的东西让他不得不这样做，但是能让他牺牲全家都要听从的事，究竟是什么呢？或者是说他想要保护什么人，宁愿把全家人都搭进去？还是用这种方式？”君无咎越想越觉得不可思议。

成杨道：“如果对方说可以保住他家人不死呢？或者说其实他在意

的、想要保护的人，并不在家中呢？”

苏文月道：“不可能吧？据说他家里有几十口人，不管是他的父母还是家中下人都被带去大理寺了，而且他那一个儿子两个闺女都在其中……难不成他有外室？”

毕竟虎毒不食子，一个人有可能会不孝，但是对于身上流着自己血脉的儿子都会十分看重，尤其是自己死期将至，就更加会对唯一的独苗重视了。

成杨慢慢地抿着杯中酒水，他道：“小月说得也有道理，我想能让他做到如此的条件，要么就是他那个独子其实已经被调换过了，要么就是他还有其他孩子，所以舍弃这独子也有可能。还有一点就是，或许他要保护的那个人，或者是那样东西，要比他的血脉更加重要！”

邹副使死得实在是蹊跷，让人猜不透他的动机。他的死无论是自愿还是被逼迫的，都可以令人猜测出来他身上一定是隐藏着一个不为外人所知的秘密，才导致了这一场杀身之祸。

那么问题来了，如果有人不想让他说出这个秘密，完全可以悄悄地将他灭口然后嫁祸他人。然而邹明却死于自裁，死在了皇宫外面。如果说有人以秘密为交换换他自裁，可是究竟是什么样的秘密，让他不顾连累全家？

成杨与苏文月喝酒喝得开心，君无咎却陷入了沉思。

大年夜的京城，四处张灯结彩，烛火轻摇。

一个人影脚步蹒跚地走出偌大的皇宫，站在宫门外踌躇片刻，绕开在外等待的车马，慢慢地向西走去。前几日下的大雪已经化了大半，化了的雪水在地上结出一层冰壳，一步一滑。

他小心翼翼地避开那些禁卫军，慢慢地接近城墙。

天已经完全黑了，他深色的官服成了最好的掩护色，让他躲在不大的阴影里面，颤颤巍巍地站着……

站了一会儿，他发现自己抖得厉害，若不是靠着城墙，几乎都无法站立。他侧过头，似乎能听见宫中丝竹声声，能感受到万家百姓守夜的和乐，还有自己妻儿呼唤自己的声音。

他从怀中掏出了一把巴掌大小的不起眼的匕首，匕首用一方上好的丝帕裹着，丝帕上绣着一支灿烂的桃花儿。

就在苏文月与成杨喝到兴头上开始划拳的时候，君无咎突然问道："会不会想让他死的，或者把他逼死的，其实是两拨人？"

成杨本就划拳输了，听他这么说连忙赖掉了那杯酒，做出一副正经严肃的模样，"哦？清悦为何如此说？"

"先喝酒，喝酒喝酒！"苏文月不管，一把抓住成杨的手腕，柳叶眉倒竖，对成杨这副赖酒的模样十分不满。

"小心我去裴老先生那里告你的状！"成杨佯怒道，"说正事儿呢，喝什么酒！"

"你什么人哪！"苏文月气得自己喝着杯中酒水，问道，"君公子为什么会这么问？难不成你想到了什么？"

"因为我一直想不通，他为何会做出这样的举动，所以猜测会不会是因为有两拨人……"君无咎搓了搓脸道，"这只是我的一个想法，邹副使如果真的是自杀而不是他杀的话，那么他的死确实太有问题了。"

过了初五，经过礼部一顿忙活，皇上终于开笔，各大部门机构也恢复了运转。

下朝之后的成杨吃完早膳，便与君无咎一同去了大理寺，今日正是大理寺与刑部审理邹明邹副使家眷的日子。

邹副使的死给皇上添了堵，自然对他们家人不喜。这几日大理寺牢中也是阴暗冰冷，就连狱卒都漫不经心起来，饭食从一天两顿变成了一天一顿，一口热乎的都没有。

邹明家世并不显赫，再加上他为人实在低调，虽然是个京城四品官员，家中算上仆役不到百人。他的妻子当时也是因为家中父亲是个举人，身为一名举人的女儿，嫁给了身为举人的邹明。

邹明成亲较晚，都二十多岁一直到中了举才成亲，如今刚满四十。他有两个姑娘，大姑娘十一了，二姑娘七岁，唯一一个儿子刚过五岁。

“听说他这小儿子是在江苏卸任来京城上任的路上生的，他夫人因为这件事伤了身子，这几年就再也无所出，所以对这个小儿子十分宠爱。但是我听说，邹副使对这个儿子感情一般，还不如对那两个女儿好。”苏文月有自己的各种八卦消息来源，所以很多收集信息的任务都交由她去做，再加上她是个姑娘家，容易使人亲近，所以能探听到不少内院隐私之事。

邹明的尸体停放在仵作房，由于天气寒冷，尸体并未有太多腐坏的迹象。

君无咎仔细地查看了邹明身上的两处伤口，一处腹部的刺伤，一处脖颈上的割伤。

因为匕首只有巴掌大，腹部刺伤不会是致死的原因，脖颈上那一处翻开的皮肉，才是令邹明死亡的最终原因。而且看深浅以及角度，还有邹明衣服上和手上的血迹，确定了邹明的死就是自杀。

邹明应该是先捅了自己的腹部，然而伤口小，等了片刻仍有一息尚存，所以一狠心就抹了脖子。

君无咎又去看了其他证物，在看到那块手帕的时候，不禁与成杨面面相觑。

“如果说之前我是怀疑的话，如今却能肯定了。”君无咎拿着那块手帕，上面的桃花与他在张云东体内和在那处密室之内寻找到的手帕一模一样。

苏文月察觉到他们因为手帕而变得凝重的表情，道：“这手帕我见过不少，城中锦绣馆内就有这样的手帕，面料丝线都是一样的。”

锦绣馆是京城最大的一座成衣店，经常会收一些绣娘绣的花样扇子、袜子、手帕等东西来卖。

君无咎突然道：“那处院子之前住的就是绣娘，难不成这手帕并不是锦瑟绣的，而是那些绣娘绣的？”

成杨想了想，片刻点点头道：“如果是这样，那绣馆也可以去查探一下了。”

邹明的死对于邹家来说不亚于一场晴天霹雳！一直到被带到堂上，邹夫人与邹家二老仍旧无法接受邹明已经死了的这件事。两部反反复复问了数遍，接到的证词仍旧是邹明的死没有任何预兆，没有跟任何人提起。他去宫宴的时候甚至还是兴致勃勃的，开心的，在前一天晚上还在与父亲讲他在官场上的一些趣事，与妻子讨论给大女儿开始定亲的这件事。

这样的证词就能看出来，邹明有了自我了断的这个想法，是从宫宴上才产生的。

大理寺与刑部又开始细细筛选那日邹明身边遇到的所有人，但是毕竟是宫宴，邹明这种四品官在宫宴上绝对不算什么值得令人注意的官员。同样都是四品，成杨要比他受欢迎多了。

再加上宫宴上的大臣们也都不是好相与的，顶多就只能问问当时坐在邹明身旁的几位官员，其他人对这件事并不在意。

只不过是死了个四品官而已。

城中锦绣馆还未开业，馆中只有几名伙计在看店。而且锦绣馆背后还有一些宫中的势力，查起来并没有那么简单。不过唯一让君无咎开心的就是，其中一个伙计认出来了那块手帕。

“这个花样的手帕前年、去年在这里卖过一段时间，颇受欢迎。但是后来出了梅、兰、竹、菊四种花样一套的手帕，这种就渐渐地没有再卖了。”小伙计说着，还反找出去年的存货，“如今只剩下两块了，若是大人感兴趣，可以拿去用。”

君无咎仔细地看着存货手帕，与他在密室中找到的无论是质地，还是所用的丝线以及绣花的手法，几乎一模一样。

“这手帕当年是谁送来代卖的？”成杨问。

小伙计道：“这个，小的不太清楚，得等掌柜的来了让他查一下才知道。而且有一些姑娘小姐送来绣花手帕之类的代卖，很少是留名字的，但是掌柜的都认识，所以每次都是他来结算这些零碎的绣活儿。”

成杨又问了那掌柜的住址，拿着手帕与君无咎一同离开了。

“这件事怕是不太好办了，”成杨走在君无咎身侧，“先是安王府未来的世子，又是京官，如今还牵扯到皇室内部，案子不好查啊。”

“我们只要将那绣娘找到，就好了。”君无咎有些急迫。

成杨笑道：“你可知这锦绣馆背后的人都是谁？可不止一家。这是京城最大的成衣店，聚拢了周围许多手巧的绣娘，在这里寄卖的那些绣品，都可以算得上是上品，就算一块手帕，拿去送人也是有面子的，所以不敢说日入斗金但也差不多了。如果这手帕是那宅子里的绣娘所绣，证明绣娘手艺十分精湛，有这样精湛的手艺怕不只是绣个手帕而已。而且那小伙计也说了，这手帕之前卖得十分不错，虽然最后被别的花样代替了，但是也证明绣娘的收入还是不错的。既然不错，为什么还要搬家？这些绣娘是从哪里来的，又搬去了哪里？为什么院子里有这样一个密室？这不可能是普通绣娘能做得到的。”

君无咎道：“你的意思是，张云东的死很有可能皇室内也有人插了手？或者是说，锦瑟其实与皇室有关系？”

成杨道：“锦瑟与皇室有没有关系我不知道，但是邹明既然是在宫宴上拿到的匕首，那么就证明锦瑟背后那人，与皇室有关系。清悦，能与皇室有关，就证明这个案子恐怕不是好做的了。而且我看欧阳大人与刑部那边也不可能查不出来，但是最终查到谁身上，这个锅让谁背，就不清楚了。”

过了两日，成杨再次进宫，将自己能查到的一些事都细细与皇上说了。

皇上的脸色阴晴不定，如果说这件事只是下面臣子折腾也就罢了，如今线索直指皇室，这让他不得不开始谨慎起来。

正月十五闹花灯。

只是一夜之间，京城内外都挂上了漂亮的花灯，到了野外，地上的灯火与天上的星星呼应，几乎分不出来哪里是灯，哪里是星。

这天晚上，就连皇上都忍不住穿了白龙鱼服出来游玩，更别说那些养在深闺的大家闺秀。

欧阳楚楚乔装打扮，在丫鬟婆子与护卫的簇拥下，踏出了欧阳府邸的大门。

全国各地的花灯就算再漂亮，也抵不过京城。不少世家大户都请了不少制作花灯的手艺人，提前两个月开始就已经在设计花灯了。

看花灯讲究的就是一个“闹”字。

商户做了灯谜挂在灯上，猜谜有奖，吸引了不少出来游玩之人，还有那舞龙舞狮，杂耍表演，更是令人目不暇接。

成杨硬是把不愿意凑热闹的君无咎从房间里拖了出来，“走走走，赏灯去。你若总是在这房中憋闷，早晚会憋成个大姑娘。”

“胡说！”君无咎立刻反驳道，“哪里就会这样了？我只是不太喜欢人太多的地方而已。”

“那也要分时候，”成杨一身全新穿戴，头顶镶玉金冠，朱红色的绦带系在腰间，下面坠着白玉雕成的藕节坠角儿。一身宝蓝色广袖华服，巴掌宽的腰封上嵌满漂亮的宝石，衬得翩翩浊世佳公子丰神俊朗，“柳红，给君公子的衣服呢？快快拿来！伺候君公子换上！”

君无咎被迫换上淡青色暗纹广袖，一头黑发束在银色发冠之中，碧玉雕竹的簪子从中穿过。他与成杨外面又披了兔毛大氅，苦着脸走出崇王府。

人靠衣裳马靠鞍，当年那个满脚泥巴的穷秀才如今这样打扮起来，也有了浊世公子的味道，只是那满脸的不情愿透露出了他此刻的心情。

成杨才不管他，拽着人兴致勃勃地就往热闹的地方钻去。

在吃了两碗元宵一碗小馄饨之后，君无咎实在受不了了，“翰飞，你这是出来赏灯还是出来吃东西？”

成杨兴致勃勃地冲着那些莺莺燕燕们抛媚眼儿，“赏灯是用眼睛，吃东西是用嘴巴，这两者并没有什么冲突吧？”

“那也不能不停地吃啊！”君无咎捂着肚子，生怕一用力就把腰封给崩开了。他左右看看，指着一处用竹竿搭建的灯塔道，“我们去那边看看，若是能猜中一两个字谜，还能有奖品拿。”

“你去猜字谜岂不是让那掌柜的没脸？这种事都是给那些百姓玩耍的。”成杨笑道，“你我去了，怕是要全包，到时候惹了人会被揍的。”

君无咎被他逗得笑出来，“那怎么办？总不能一直吃吧？这灯要远远地看才好看，近了都是人……我都没想到京城内居然有这么多人，简直举步维艰。”

“去玉馐阁吧，”成杨也觉得身边的人太多了，一不小心俩人就会被挤开，到时候茫茫人海找起来都麻烦，“我在那边定了临窗的房间，可以边喝茶边赏灯。”

俩人商量好了，便调转目标向玉馐阁走去。

刚走了没几步，成杨就察觉出有些不对劲儿。

身边的人太多了，而且都集中在一起挨挨蹭蹭，而且他也察觉出这些拥挤的人里面，似乎有几个练家子。

刚要叮嘱君无咎跟紧一些，就看见他被挤了个趔趄，紧接着就被一股人群推了开去，淹没在茫茫人海之中。

成杨眼中出现郁色，他觉得，这些人是冲他来的。

为什么会这样？难不成是因为自己手中这几个案子的原因？但是这人来人往的地方对方又能做什么？杀人？还是栽赃陷害？但是如果对方在众目睽睽之下对他下手，才是真的愚蠢。就算他现在只是与君无咎两个人在外游玩，但是暗处则是由初一带着好几名暗卫一直盯着，对方这个时候下手，岂不是留给他们把柄了？

想到这里，成杨便放下心来。

君无咎那边自然也是有人照看，如果对方真的是因为那几个案子冲着他们俩来，这倒算是打瞌睡送枕头了。张云东的案子与邹副使的案子如今都走进死胡同，皇上那边态度不明朗，如今他们就怕没有人送把柄呢。

这样想着，成杨装出一副毫不在意的神态，推开身边的人，慢悠悠地往玉馐阁走去。

刚走了没几步，突然听前面一声尖叫，“小姐！啊，贼人，你要做什么！”

尖叫声刚落，围在成杨身边的人立马有散开之势，紧接着一名妙龄女子踉跄着朝他扑来。

成杨神色一凛，立马抬手抓住身旁还未走脱一人挡在自己身前，然后就见人群里让出的那名女子吧唧扑在那人身上，嘤咛一声泪眼婆娑地抬起头来，“这位公子……啊啊，你是谁？”

被成杨抓到的替死鬼扶着那名衣冠不整的姑娘，眨巴着一双小豆眼儿，笑嘻嘻道：“这位姑娘，在下叫周满堂，不知姑娘芳名？”

欧阳楚楚难以置信地推开周满堂，向他身后看去，这才发现原本的目标早已经退了好几米开外，躲在人群中一脸诧异地看着她。她再看看周围那群凑上来看热闹的百姓，恨不得直接晕倒了事！

自己规划了那么久的一件事，为什么最终变成了这副样子！

“死胖子，你滚开！”欧阳楚楚简直要气疯了，她用力推开周满堂，怒斥，“谁允许你到这里来的？”

周满堂莫名其妙道：“是姑娘跌在在下身上啊，这赏灯的人来来往往，姑娘被贼人所害……”他说着，从自己身上解下披风披在欧阳楚楚身上，“姑娘莫怕，在下愿意为了姑娘清白负责。”

欧阳楚楚恨不得咬碎银牙，她再次看向成杨，拽下身上的披风丢到地上，冲着成杨哭喊道：“成二哥！你，你也不帮帮我！就只看着别人侮辱我吗？”

周满堂圆胖的脸上满是不知所措，他转身向自己身后看去，看到成杨之后连忙施礼道：“成大人。”

“周公子，”成杨施施然走了过来，装出一副惊讶的样子，“周公子您这是……与欧阳姑娘吵架了？”

“原来这位姑娘姓欧阳？”周满堂恍然大悟道，“可是欧阳老大人的掌上明珠？”他说完，便惶恐起来，“欧阳姑娘被贼人伤到，撞在在下身上，在下，在下……”

“成二哥！”欧阳楚楚哭着可怜兮兮地看向成杨，做出一副娇弱的模样，踉跄了两步就要往成杨身上摔去。

成杨巧妙地转了个身，转到周满堂另一侧道：“欧阳姑娘，难道你是自己出来的？你的丫鬟呢？护卫呢？”他捡起被欧阳楚楚甩掉的披风递了过去，低声道：“楚楚，你还是用披风遮挡一下吧，毕竟这么多人……”

欧阳楚楚脸色发白，浑身打战。她原本想要把披风拍掉，但是越来越多的人围在了他们周围，而自己身上的衣服也都被扯坏……她愤愤地抓起披风裹在身上，羞恼地哭道：“这是哪里来的登徒子？成二哥，楚楚，楚楚……”她哽咽着，呜呜地哭了出来。

成杨道：“这位周公子乃周御史的嫡长公子……”说到这里，又不禁怒视周满堂，“周公子，楚楚毕竟是弱女子，你们二人出来赏灯也就罢了，怎么能对楚楚姑娘如此，如此……”

“冤枉啊，这真不是我做的，是欧阳姑娘撞在我身上，我好心用披风给她遮挡，却被她丢在了地上！”周满堂有些慌神儿，他似乎明白了些什么，左右看着，“周围可是有不少人都看见了呢！”

这个时候，欧阳楚楚的贴身丫鬟秋雁才从人群中挤了进来，惊慌失措道：“小姐，小姐你这是怎么了？成大人，你怎么能对我家小姐这样？你，你……枉费小姐把你当成哥哥一般敬重！”

“咦，这话是如何说的？”成杨突然怒道，“你身为楚楚的贴身丫鬟，在如此人多的时候非但没有好好照顾好你家小姐，还让你家小姐遇到贼人！若不是周公子在这里替你家小姐解围，你有一百条命都不够偿的！”

秋雁这才看见旁边那个胖男人，顿时也一阵晕眩。她不过被人耽搁了一会儿，怎么成公子变成了这肥头大耳的男人？

这可如何是好，待会儿回去，老爷和小姐非得撕了她！

“周公子，既然这件事被你撞上，还是好人要做到底，就劳烦周公子送欧阳姑娘回府吧。在下还有一些要紧事，就不相陪了。”成杨说

完，再次看向秋雁，沉声道，“好好照看你家小姐，莫要再出乱子。”说完，一甩袖子就走了。

欧阳楚楚面如死灰，她用力瞪了一眼凑上来的周满堂，甩手就给了秋雁一个巴掌，“贱蹄子，回去再收拾你！”她骂完了，推开秋雁，在其他丫鬟婆子和护卫的拥簇下，急急忙忙地回家了。

周满堂站在原地半天，有些苦恼。他看了看欧阳楚楚离开的地方，也硬着头皮跟了上去。不管怎么说，这件事也与他相关，若是不能处理好，怕是就算回到家也会被他亲爹打板子。

哎呀呀，不过就是出来看个灯，怎么就这么多麻烦事啊！

君无咎被人潮挤出去好远，回头再找成杨的时候已经看不到踪迹了。

幸亏之前说好了相聚的地方，否则还真是麻烦。他莞尔一笑，远离了拥挤的人群，寻了僻静的边角往玉馐阁走去。

成杨喜欢热闹，喜欢人多的地方，然而他却不太喜欢。如今正好能清清静静地走，远远地看着那些与星光连接成一片的灯火，感觉也是不错。

正溜达着，突然冒出个小乞丐挡了他的路。

“大爷！”小乞丐脏兮兮的，手里攥着一封信笺，“这个给您。”

君无咎一愣，接过信笺拆开，从里面抽出一张精致的桃花笺，上面写了三个秀气的字：去江苏。

他眉头一拧，看向小乞丐：“这是谁给你的？”

小乞丐眼巴巴地看着他，“是另一位大爷，他说只要把这个给你，你会给我一两银子。”

君无咎又是一愣，他蹲下来，看着小乞丐道：“你若是告诉我那位大爷长什么样子，我便给你银子。”

小乞丐往自己身后看看，身后是满满的人潮，已经看不到当时给他这封信笺的那个人了。他翻着白眼想了半天，比手画脚地形容，“跟大爷您差不多高，差不多瘦，长得没有您好看，有胡子，也穿青色的衣服，但是没有您这个好看。”

君无咎脑海中出现一名中年人的形象，却完全想不起来自己在这里认识的人是这个样子的，或者说这副样子实在是太过于普通，放眼一看不少男人都是这种打扮，青衣、高瘦、有胡须。

他从荷包里掏出一块银子递给小乞丐道：“你能带我去见他吗？”

小乞丐紧紧地攥着银子，道：“那位大爷一开始就在那个卖糖葫芦的摊子旁边，但是现在已经看不到啦。”

也就是说，那个人原本就离他不远，甚至与他擦肩而过，然而他却不知道那人是谁……

小乞丐攥着银子跑了，君无咎捏着那张桃花笺，看向面前拥挤的人群。

去江苏？为什么要去江苏？难道那里有跟这里相关的线索？也是，裴忠义就是江苏知府，邹明也是江苏知州。可是现在的江苏还能留下什么？难道苏文月带回来的东西还不够吗？

江苏……

成杨终于摆脱了某些人，急匆匆地踏上玉馐阁的二楼，推开包厢的门，就看见君无咎坐在窗边发呆。

“清悦，哎呀呀，没想到你倒是比我先到。”成杨脱下大氅挂在一旁，让小厮煮一些热茶，端一些茶点过来，然后走到君无咎对面坐下笑道，“在想什么呢？一进来就看见你在那发呆。”说完，就看见放在君无咎面前的那张桃花笺，“这是？”

君无咎将面前的桃花笺推了过去，道：“来的路上一名小乞丐给我的，说有人让他将这个拿给我换银子……我问了他那人的长相，却也没有问出什么来。”

“去江苏？”

江苏很大，江苏巡抚衙门就建在苏州。裴忠义的这个知府也在苏州，从京城过去还要途经君无咎的老家，他恩师岳鸿之的老家以及当年隐居后被杀害的地方。当初成杨就是在江苏淮安的一个县里遇到的君无

咎，如果真的要去江苏的话，必定是要路过那边的。

江苏是鱼米之乡，也是不少人觊觎的富裕之地，能被调派去江苏任职，哪怕只是一个小小的七品县令，都会让人十分欢喜。君无咎当初所在的那个县并不是什么富裕县，但是就算县令是个贪官，他们仍旧可以维持温饱，甚至还能有一些小小的盈余。而苏州，就更加富饶了，“三年清知府，十万雪花银”，这绝对不是开玩笑的。

但是裴忠义在苏州做了三年知府，临了抄家，竟然连一万两银子都没有抄出来，这一万两的银子，还得算上裴家女眷的首饰。

苏文月当初去江苏，除了留在苏州调查裴忠义那些事，还把整个江苏那边所有的官员都梳理了一遍，人数极为庞大，也难为了她这名女子能做得如此细致。

但是桃花笺上这个“去江苏”，究竟是去裴忠义出事的苏州，还是要去岳鸿之的老家？对方只说了去江苏，而并没有给出更加详细的建议，是因为要针对整个江苏还是有别的什么意思？

“许是对方探得了最近的动静，也知道了如今我们无法再查，所以想要我们去江苏那边？但是就算去也不是我们说了算的，大理寺人员外放，基本上都是打着查官的幌子，每次动弹都会引起旁人关注。上次我去庚县也是遇到有人击鼓喊冤，而且对方不过是个县令而已，所以便让我去查看。可是整个江苏的官员与京城内以及皇室牵连甚广，只有我们的话，怕是压不住……”成杨十分有自知之明，去搞个县令他有十足的把握，但是面对那些比自己品级还要高的老油条，便不会有胜券在握的心情了。

两个人正在沉思，小厮敲门将茶水和点心都送了上来。

君无咎觉得这件事自己怎么想都不可能想得通，稍微放松了一下，问道：“对了，翰飞你如何比我到得还晚？”

成杨苦笑道：“差点儿被人算计了……”他将半路发生的事说给君无咎听。那楚楚是欧阳大人的掌上明珠，欧阳老大人有两个儿子，但是女儿却只有一个，一直宠爱得厉害，结果养成了这位大小姐刁蛮的性子。

说得好听是天真烂漫活泼可爱，往难听上说一些就是完全不懂事儿，任性还蛮横。她一点儿都没有继承欧阳大人的聪明才智，倒把深宅大院里女人们的小心眼学了个全。不仅如此，还总是异想天开，若用现代的话说，就是特别的“中二”和“脑残”。

否则她一个未出阁的大姑娘，也不会因为丫鬟教唆就想出这么个主意要赖上成杨，想让成杨有怜香惜玉之情，见自己遇到贼人便怜悯又担心，为了自己的清誉干脆娶了她。

那件事发生的第一时间，成杨便看出来了。

这种事他遇上的不只一次两次，但是每次要么是一些烟花之地的女子想要傍个金大腿，要么就是一些教养不好的庶女或者小户人家的闺女，见成杨俊秀多金，哪怕只是求个妾的位置也心满意足。

如今遇到这二品大员家闺女来这一套，简直不可思议，说出去能让整个京城的人笑话一年。

而且今日外面人还如此之多，就算将那姑娘身边跟着的仆役下人都打杀了，也堵不上悠悠众口。

欧阳大人怕是现在已经知道了自己闺女做了什么孽，估计能气得吐一升血。

欧阳定贤确实是给气蒙了。

这原本是个好日子，他约了三五好友正在家里喝酒聊天儿呢，谁知道正聊在兴头上，就被匆匆跑来的下人泼了满头满脸的冷水，整个人差点石化！

他明明派了那么多人看着他闺女，居然还能出这种事！但是转念一想，能在这么多人眼皮子下面做出这种事，证明早就有预谋了！

他脸色不好看，那些好友们也都知趣儿，纷纷告辞回家了，然后在回家的路上就听到了这样一出八卦。

欧阳楚楚熬到这样大的岁数还没定亲嫁人，一个原因是欧阳家确实看中了成家二少爷成杨，一直想要将闺女嫁到成家，而且欧阳楚楚也从

来不掩饰自己对成杨的爱恋。可惜落花有意，流水无情，成杨对欧阳楚楚一点儿意思都没有，成家也拿出各种理由搪塞，表明了不太想跟欧阳家攀亲。第二个原因就是这位欧阳家的掌上明珠性格实在是令人不喜，她漂亮，也有才华，还能绣得一手好绣活，然而这些优点完全遮盖不住她的缺点。旁人都说瑕不掩瑜，然而放在她身上就成了瑜不掩瑕了。再加上欧阳夫人的眼光甚高，不如他们家的，她看不上；与他们家相差无几的又要挑人品又要挑长相，愣是把好好的闺女拖到了十七岁。

那些好友刚走，周满堂就护送着欧阳楚楚到了家。他这一路也想明白了，自己以为是英雄救美，其实美压根就不需要他这个英雄，而是想要自己身后那位成大人当英雄。而自己呢？原本好好地出来赏个灯，结果被一群人把自己与朋友们挤散了；挤散了也就罢了，而且还被人拽了一把，平白无故地当了个讨人嫌的英雄。而这拽了自己的那人不用想也知道是谁，但是这话不能往外说，说了实在是得罪人。他父亲不过就是个御史，不但欧阳家得罪不起，成家更是得罪不起。

周满堂走一路想一路，原本喜庆的胖脸愁成了包子。他觉得这件事若是传到了父亲耳中，怕是回家就得挨一顿揍，而且还不轻。当然如果只是挨揍也就罢了，就怕他会被人逼着娶欧阳家这位大小姐！

一开始不知道她是欧阳楚楚的时候，他还着实惊艳了一把，以为自己走了桃花运，心中还洋洋得意了一番。但是知道之后就只想退避三舍了，这位大小姐的威名他可是听自己妻子与娘亲说过好几次了呢！

如果要迎娶欧阳楚楚，一名二品大员的掌上明珠绝对不可能给他做妾，但是家中妻子虽然母族不显，但是也不是好相与的。原本好好地坐着主母，突然被人横插一杠子做了妾，那绝对是不能忍的。更别说他还有俩儿子呢！

但是如果欧阳家让欧阳楚楚嫁给他做妾，一个妾室后面有着大理寺撑腰，怕是他跟妻子晚上睡觉都睡不踏实！

周满堂越想越头疼，当看见欧阳定贤的那一刻，差点扑上去喊冤。

他确实冤，简直太冤了！

周满堂觉得冤，欧阳定贤也脑门子疼。

欧阳楚楚一回来，就被他软禁在小院子里不允许出来了，至于跟出去的那些丫鬟婆子下人们，更是都抓了起来。这种事简直太丢脸了，绝对不能落人口实。

至于周满堂……

欧阳定贤笑脸相迎，“周贤侄——”

周满堂苦笑道：“欧阳伯父……”他实在不知道要说什么，尴尬得不行。

“多谢周贤侄今日仗义，才避免小女遭受贼人毒手。”欧阳定贤露出满脸凄苦，叹道，“只是今日家中实在杂乱，怕不能好好招待贤侄……”

“啊，周伯父还请放心，小侄什么都不会说的，毕竟是欧阳姑娘遇到如此伤心的事，小侄更是不会拿欧阳姑娘的清白开玩笑！”周满堂恨不得发个毒誓，证明自己是真的冤枉，“欧阳姑娘应是受到了惊吓，小侄就不多叨扰了。”

把周满堂送出府，欧阳定贤的脸吧唧就沉了下来，相比满脸轻松的周满堂，他简直就是浑身布满阴云！

相比欧阳定贤的恼怒，君无咎这边也十分沉重。

江苏多水道，所以连年会发生各种洪涝灾害。不是这里决堤，就是那里决堤，拆了东墙补西墙，补到现在仍旧是个乱七八糟，简直成了皇上最头疼的问题，也成了朝廷打嘴仗最多的问题。

治理洪涝，修改堤坝河道这件事属于工部来负责，然而工部历年给出来的治理方案都是修修补补，这里修好了维持一两年，那里修好了维持一两年，总之都没有什么长久的，这也就导致整个江苏的河道连年灾害。

“工部自然是有问题，但是并没有什么证据证明工部参与了贪墨案。而且每年国库中大量的银子流入江苏治理灾害，苏州只是其中一部分而已。我总觉得裴忠义可能是因为知道了一些什么，才被处死的，而不是他是否参与了贪墨。”成杨把玩着那张桃花笺，道，“整个苏州光知府就将近二十个，更别说其他大大小小的官员。除了本应该在苏州那边找到的百万两银子之外，其他地方也不可能没有。若是整个江苏官员都参与了这其中的操作，那绝对是牵一发而动全身，没有实打实的证据完全不能将背后那人暴露出来。到时候背锅的仍旧是苏州知府这样的人了。而且这次贪墨说的只是那些安抚灾民的银两，如果再加上修建河堤的……”

成杨露出个冷笑，“怕是有千万之巨了。”

千万之巨的银两是一个什么概念？每年国库里最多也不过千万，这千万银两不但要用来救灾，还要储备粮草，要举行各种庆典仪式。也就是说光江苏这一个省，就有可能贪墨掉一整个国库的银子！

君无咎听完成杨的话，感到手脚冰冷。

只是一个江苏就如此狂妄，若是加上其他地方呢？他简直不敢去想。

“在这种情况下，不管调去什么样的官员，若是不能同流合污，那么很容易就会被其他官员针对抨击。好的是丢了官职，不好的怕是就会跟裴忠义这样，几乎满门抄斩。”成杨目色沉沉，“我想，皇上当年处斩裴忠义，估计就是想着宁愿错杀也绝不放过。但是毕竟京城与江苏距离遥远，皇上就算想要去怕是也去不了。”

君无咎用力叹了口气，道：“怪不得老师一直跟我说莫要进入官场，估计他就是怕我这种性子在官场上根本就无法立足吧？”他用力揉了揉额角，又道，“若是整个江苏都陷入这种情况，那么其中一定也是有各种官职买卖。老师被人灭口怕是也与裴忠义一样，不肯同流合污而且还知道了某些事情……”

“官场是很可怕的，”成杨道，“当初我看好了你的能力，原本是可以让你从小地方做起，但是也因为你的性子不得不要多关照一下，便与皇上与欧阳大人讨了个赏，让你进入大理寺，好歹能在我的关照下不会出什么岔子。但是我能护得了你一时，却护不得一世……”

“这我知道，”君无咎露出笑意，“我虚长了翰飞几岁，却总让翰飞替我操心，实在不该。”

“这话说的……”成杨哈哈大笑，“好了好了，车到山前必有路，清悦就莫要太过担心了。至于去不去江苏，这也要看情况，不是我们说去就能去的。如果背后那人真的这么厉害，想要借我们的手揭开裴忠义的冤案，那么他也会暗中操作我们去江苏的事，这样我们也就不用发愁了。”

君无咎无奈道：“如此一来，真不知道那背后之人究竟是敌还是友了，若是友，我倒是希望他能一直这样下去。”

成杨笑道：“此话我已说过多遍，只希望背后那人没有什么野心，否则我倒是坐立难安了。”

成杨他们吃饱喝足，赏够了灯，攥着桃花笺回到崇王府，倒也相安无事。但是欧阳府中却在这大节日里闹成了一片，欧阳夫人哭得死去活来，看着自己闺女又气又急。

“你说你，这是做的什么孽！怕是不用明日，今日这全京城都知道你出去赏个灯就被贼人欺负了，还劳烦周御史家公子送你回来！周御史是什么人啊？那一张嘴任谁都管不住，被他知道了这种事，怕是也要弹劾你父亲！”

欧阳楚楚也哭诉道：“原本都是计划好了的，只要是成公子救了我，这满城的人看见还怕他不娶我吗？谁知道半路插进来一个周满堂！”

欧阳夫人气得恨不得晕厥过去，她用力戳了欧阳楚楚额头两下，怒道：“那成家能是你算计得了的吗？成二公子打小儿就是个人精，更别说他背后还有整个崇王府！他若是真的喜欢你，早就托人与咱家议亲了，还能把你拖到这么大？你父亲在朝中虽然官职比他大，又是他的老师，可是平日里哪里敢与他对着干？你，你怎么就被蒙了心了？”

欧阳楚楚怒道：“当时成公子也是在的，都怪那个周满堂，若不是他……”她恨得双眼通红，“都是他，搅了我的好姻缘！”

欧阳夫人道：“就算他扶了你，若是不愿意娶，照样不娶你！但是如今这一闹，你还怎么嫁人？”说着，又心酸地哭了出来。她早就盘算好了京中的几位不错的公子，也与对方母亲谈得颇为合意，如今一来怕是对方怎么都不可能同意了。

欧阳楚楚只觉得自己的计划万无一失，只是被那周公子搅了，如今恨那周满堂恨得咬牙切齿地诅咒，恨不得直接将他打杀了。

欧阳大人挨个审问了那些下人，气得脑门子胀痛。自己闺女平日里骄纵一些也就罢了，谁知道还闹出这样羞耻之事，而她身边的丫鬟们居然也不拦着，甚至愿意配合，简直要把好好的一个大家闺秀推到了火炉子上烤！

他的目光从一群哭啼啼的丫鬟婆子脸上扫过，那些侍卫是自己调派去的，而且也问过了，事发之时他们被几个丫鬟婆子缠住，才导致楚楚做出这档子事儿。若是此事成了也就罢了，如今落了个这样的下场，他又无法怪罪自己闺女，只能把火气都撒在这些下人身上了。

秋雁也被吓得六神无主，她当时明明找人把成公子单独隔离开，怎么就突然多了个周公子呢？如今不但自己想要做妾的美梦破了，而且还很有可能会被欧阳大人嫉恨。这嫉恨的结果好了说是被发卖出去，坏了说那就能直接打死！

想到这里，她简直哭得止不住，心里责怪小姐太过心急，也不看清楚再扑上去。

欧阳大人好歹在大理寺任职，怎么着也是个老人精了。从这些人的三言两语之中便能猜出个大概来。他的目光阴冷地落在了秋雁身上，脑中已经想到了无数个整治这个丫鬟的办法。若只是打杀还算便宜了她，既然她有本事做下这样欺瞒的事儿，那就得有本事来承担。

第二日欧阳大人上朝，在官场上第一次领教到什么是“万众瞩目”的尴尬。哪怕别人在一起说话，他都觉得那是在议论他闺女的丑事。就在这份尴尬里，他一转头就看见站在旁边的成家父子三人。

成杨当时确实在欧阳楚楚身旁不远的地方，这件事已经有人证实了，然而他也知道事发的时候，成杨是距离欧阳楚楚好几步远的。这就证明成杨第一时间察觉到了事情不对，那周公子恐怕就是他顺手拽来搅局的。

想到这里，欧阳定贤不禁有些怨恨，若当时挡在楚楚面前的是成杨，那这件事完全就不会发展到这个地步了！而自己身为成杨的老师，他就算看在面子上，好歹也能帮楚楚一把，然而成杨却选择了旁观。

欧阳定贤的脸色阴晴不定，然后就听到耳畔传来一声冷哼。

他侧过头去，发现周御史周景回大人就站在他身旁。

周景回是个御史，这年头能当上御史的基本上都是一些一本正经的老顽固，而且在文人里面也有相当的地位。这位周御史凭借一张嘴，敢骂天骂地，骂整个朝廷百官，有的时候就连皇上他都敢骂。为此，先皇还特地封了他一个“铁嘴钢牙”的称号，这就更让周御史越发的天不怕地不怕了。

欧阳定贤觉得头皮一阵发麻，他跟周御史不善的目光对上，看见了周御史唇边那一抹不屑的笑容……

御史的作用就是用来监察百官的，从仪容仪表到言行举止，若是他们想找你的茬，鸡蛋里都能挑出骨头来参你一本。

安王被御史弹劾刚过了没几天，朝堂上现在还有不少弹劾安王的折子。原本欧阳定贤一直以为自己能保持看热闹的吃瓜路人这个位置，谁知道突然变成了主角。

周御史舌灿莲花，骈四俪六，引据皆史典，拐弯抹角的，把欧阳老大人骂了个狗血淋头。若不是欧阳大人定力好，他能一口血喷死这个老家伙！

欧阳定贤被骂得老脸通红，抬眼看了看，看见成杨正敛目站在一旁，装出一副不关我的事的模样，心里就恨上了。他恨这小子如此没有眼力见，若是当时他能帮忙解围，自己也不至于落得如此下场。刚瞪了成杨几眼，就察觉到另一道目光在盯着自己。顺着看过去，正好看到成老王爷正用眼角夹自己呢。

欧阳定贤心里重重地叹了口气，心想若真是让自己闺女成功了，估计成老王爷也要参自己一本，如今只是被御史骂骂，骂了也就骂了吧！

周御史骂完了，解气地回到了自己的位置，气定神闲地站着，一脸你能奈我何的表情。

欧阳定贤用力咽下心中郁气，这个时候他不但得夸周御史骂得好，还得哭上一场，说自己教女无方。哭完了又觉得心中难过，顺便又把京城的治安黑了一把。

兵部尚书一听不乐意了，这年头谁都是人精，你家里发生的这些事儿当天就能让所有人都知道，你家闺女究竟怎么做出这样的事儿简直就是秃子脑袋上的虱子，明摆着的。

他偷眼瞅了瞅成家三人，然后迈出来跟欧阳定贤掐了起来。

皇上面无表情地看着自己的这几位元老在朝堂上因为这种事掐得一团乱，又气又笑。他看够了热闹，各打了五十大板，趁着这个机会把一直在外戍边的成堃直接调到京城，封骠骑大将军，领八千禁卫军，护京城安全。之后把原来的禁卫军首领贬了两级，弄去了成老王爷麾下，说让成老王爷带去历练历练。之后又特别关照了一下欧阳老大人的闺女，话里话外地让他赶紧把闺女嫁出去，省得闹心。

几个人掐架，反而让围观的捡了便宜，不管是兵部尚书还是欧阳定贤心中都特别郁闷，可是又不知道说什么好，只能领了旨谢主隆恩了。

成杨抬了眼皮悄悄地看了看皇上，这被贬斥下来的禁卫军首领就是当年以平匪乱升上来的那位，也就是君无咎口中屠了岳鸿之老先生一村人的那名将领。

皇上借着这种小事一石三鸟，既把成家老大留在京城，又把当年“可能会涉及叛乱”的将领弄去成老王爷手中，又卸了兵部尚书的一条臂膀，还让这群人一句话都说不出来，只能自己心中郁闷。

成杨抿了抿唇，看来皇上确实是把岳鸿之老大人那件事放在心上了。

当初已平定匪患领了军功，后来被调到京城做了禁卫军首领的那人是周老将军之子周茂先。这周茂先平日就是护卫在京城近郊，偶尔领了平定匪患的旨意出去。因为屡次立功，就被皇上调到自己近前。后来皇上得知这周茂先的所谓平定匪患很有可能都是那种屠村之策，就开始对此人不喜了，再加上年前后京城发生了这么多事，直接就把人撸了下来，扔到成老王爷手里。

成老王爷一直戍边，历来军纪严明，顺带可以帮他看着这人，避免出什么岔子。而且让这人离自己远远的，也是要让周老将军心里有个底，这相当于把周老将军的嫡子控制在了自己手中，若是周老将军有异动，好歹也会先考虑一下自己的这个儿子。

退了朝，兵部尚书李瑞泽差点跟欧阳定贤打起来，俩人岁数加一块儿都快一百了的老头子都气若斗牛，脸色涨红。只是御史台的那群家伙戳在一边儿对他们虎视眈眈，就等他们动手好参一本了。

最终，李尚书一甩袖子，怒道："欧阳大人这么做，对自己又有什么好处？养了这样的女儿还不如不养，若是我，直接打死算了！"说完，气鼓鼓地走了。

欧阳定贤也觉得自己有些冲动，他本以为无论下边再怎么掐皇上顶多也就和个稀泥，劝慰劝慰，谁知道皇上直接把禁卫军首领周小将军撸了，还给丢到了成家手里！放在成家手中，就好像被皇上捏住了七寸的蛇，周家怕是不敢再蹦跶了。而周家与欧阳家，也是有着牵连的，因为欧阳定贤的大儿子娶的就是周知磬的嫡女！

欧阳定贤自知理亏，但是仗着自己好歹是大理寺卿，仍旧做出一副抬头挺胸的模样，走了。

若是说御史台是监察百官的所在，大理寺就是治理百官的地方，其实哪个都不太好惹。李尚书吃了闷亏，咬牙切齿，心中发誓要与欧阳老头势不两立。

成堃领了旨，下朝后就留在宫中，等着交接禁卫军的工作。成王爷带着小儿子一回家，就钻进了书房，父子俩去讨论今天朝中之事了。

成杨自从把君无咎接进家中，就与老爹透了底，成老王爷也知道了岳鸿之的事，而且今天皇上发作，十有八九就是因为这件事，觉得把周茂先放在身边不安全了。

“欧阳定贤怕是不会甘心，不过他这一次这步棋走得实在是烂。”成王爷摸了摸自己的胡须道，“那个欧阳楚楚无形之中倒是帮了我们的忙。”

成杨道：“若是儿子被她坑上，怕就不是帮忙了。”

成王爷看了一眼自己这打小就古灵精怪的小儿子，也不知道这孩子随谁，他和自己夫人都是那种沉稳的性子，老大更是一板一眼严肃有加，倒是他那个媳妇儿生性活泼，与老大的性子相辅相成。可是成杨从小就蔫坏，学了一身武艺也不想走父兄的路子从军，却一头扎进了大理寺，对审案查案有了兴趣。皇上对此倒是极为赞赏，觉得外有成家父兄，内有成杨，成家这一家三口男丁各司其职，内外承接，让他心中也十分踏实。

成家满门皆从龙，就是因为这个，当初赐了崇王这个异姓王的地位。如今京中异姓王只有三个，一个就是崇王成家，一个是如今颓败不堪的安王张家，另一个就是悄不作声低调得令人几乎察觉不到的赟王温家。温家从上到下都跟病秧子似的，也不知道怎么就这么弱，这温家好歹也是将门世家，可惜后代是一代不如一代，最后只能都在京中领个闲差，每日就吃那些俸禄，领的银子十有八九要用来吃补药了。

若不是皇上赐了太医，逢年过节各种药材不要钱似的送，估计他们家就能直接自己玩完。

但是这也只是外人的看法，对成老王爷来说，温家是“不好惹”的那种。不管是明面还是内里，都不好惹。明面上，这群病鬼特别不好沟通，说大声了吓着了就一副要厥过去的样子，说小声了他们一顿咳嗽，相当于啥也没听见，就连朝堂都很少去，若是去了皇上都恨不得赶紧退朝，因为实在看不过去这一个个的恨不得晕倒在朝堂上的家伙虚弱的样子；暗中，这群温家人看似不管事儿，却也是不少人要拉拢的，好歹是个王爷，不管是向哪一方靠拢，都是强而有力的一个后盾。

温家看似各个都是病鬼，但是特别能生。光温老王爷的嫡子就有六个，嫡女四个，再加上一群庶子庶女，完败其他两家异姓王。不说异姓王，就连正儿八经的王爷都没他能生。更别说这温家的嫡子们也能生，如今温家子孙一大群，虽然都在京中占个小小的职位，但是职位就算再小，也是有作用的，这就让温家用自己的子孙编织了一张大网，一张可以源源不断得到各种情报的网。

没有人愿意碰温家，就连皇上也不知道要如何对温家下手，就怕自己稍微用点力，这群病鬼就都病死过去……这事儿不管怎么说都不太好听，若是放在史书上，简直就成了一个笑话。

于是温家就这么悄不作声地在家里生孩子，稳稳地占着这个位置。

不说温家，皇上今日在朝中的举动，估计下面的人也会议论纷纷。

“若不是对欧阳家有所了解，我甚至以为是欧阳定贤这个老家伙用自己闺女来换，卸了李瑞泽的一条胳膊。”成王爷沉吟道。

周家与李家也有一些姻亲关系，但是都是下面的庶子、庶女。虽然放不到明面上来，但是一个大将军一个兵部尚书，这俩人就算平时看上去好似相互都看不上，但是周茂先之所以能带领禁卫军，这就是李瑞泽在下面活动所得。

周老将军如今不再管事儿，赋闲在家，但是他有个平定内患屡屡得功的好儿子。这个儿子放在皇上跟前儿，还有李尚书提点，以后绝对会风光无限。

可惜，这个风光无限的儿子如今因为俩老头在朝中掐架，平白地被扣了管理不善的帽子，撸了两级，扔到边关去了。

边关那是什么地方？若是四海升平也就罢了，大不了就是艰苦一些。但是现在新帝继位几年还不稳定，边关屡屡进犯，把儿子扔去边关基本上就等于一条腿踩进鬼门关了！

但是这些话周老将军不敢说，也不会说。如果这心思若是被旁人知道了，他这官场也算是走到头了。好歹他也是顶着将军的名号，竟然怕自己儿子出事儿，这让那些边关的将领怎么想？让一直戍边的成家怎么想？让皇上怎么想？

周知磬打碎了牙齿往肚子里吞，也把欧阳定贤恨上了。

这老头哪里都好，但是就没有养出一个好闺女，好好的大家闺秀养得还不如那些村妇懂道理，非要去给成家人下套。那成家人是这么好欺负的？如今又牵扯上周御史，两边不得好，还把自己儿子搭进去了。

周大人这个恨啊，恨不得把欧阳老头揍一顿。

成老王爷跟儿子嘀嘀咕咕了半天如今的局势，才把儿子放出去。

成杨来到大理寺点卯，君无咎早就到了半天了，正在听苏文月八卦。其实听八卦的不只是他，大理寺没有出去的主簿、推官、寺丞都是一副八卦的模样。他们因为办理的是百官的案子，所以对京中这些官员的八卦新闻知道许多，如今听到自己的上司在朝中跟人对掐，于是心中立马就会浮现那些人的大事小情。

欧阳定贤今日也跟安王一样，下朝之后就称病了。

大家心知肚明，他得先缓和几日，然后理顺了家里那些乱七八糟的事儿才好再次出面。而且这几天还得避开周家，否则再次对上闹出大岔子来就麻烦了。

“周老将军有个女儿，如今正在宫中，是个嫔位。估计听了这个消息，要去找皇上哭诉了。”苏文月说得眉飞色舞，“但是再怎么哭诉，估计也没有什么用。毕竟皇上金口玉言，再加上边关那么多将领盯着，如果周家要保这个儿子，怕是得得罪一群人。”

“周家确实该敲打一下了，自从周老将军退下来，他那几个儿子里面就只有周茂先最为优秀。如今把这个儿子送去边关，就跟割周老将军的肉一样，得疼个一年半载的。”

成杨在外面听了几句，静悄悄地走进来道：“欧阳大人不来，你们倒是清闲。”

一群人顿时作鸟兽散，毕竟他们这次八卦的中心点也有成家。

成杨一把抓住苏文月的胳膊，“快给我说说，你又知道些什么了？”

苏文月苦了脸，不停地冲着君无咎递眼神，希望对方解救自己一下。

君无咎从一开始就捧着本书看，也不知道这些八卦有没有入了耳。不过在他听到周茂先被派往边关的时候，就已经陷入了沉思，所以对苏文月的求救压根没看见。

苏文月叹气道："成大人，我知道的哪里有你知道的多呢？"

成杨冷哼，"皇上和老师的八卦你都敢说，也不怕旁人给你传出去。"

苏文月嬉皮笑脸道："怕什么，没看我把他们都圈在一起了吗？若是出了问题，大家一起连坐！"

成杨又哼了声，放开了手。苏文月立马窜去了一旁，大声道："老师抱病，晚上的时候我们要不要一起去探望一下？"

成杨胡乱地点点头，"自然是要去探望，就算你们不去，我也得去的。"

苏文月哈哈大笑道："小心被老师扣下不让你走了，当晚就逼着你进洞房。"说完，一溜烟地跑掉了。

"多大的丫头了，说话还这样不知避讳！"成杨气得追了两步，却早已看不到苏文月的身影了。

成杨摇头笑了笑，转身回到房中，看着君无咎正抱着书发呆。他走上前去，一把抽掉对方手中的书卷，问道："想什么呢？"

"我在想周茂先的事……"君无咎托着腮帮子，细长的眼睛看向窗外。外面的积雪开始融化，窗户上挂着不少长短不一的冰凌，在阳光下闪闪发光。

成杨笑道："你是觉得皇上这一步棋走得不错？"他说完，拽了把椅子坐下，然后在用来取暖烧水的小炉子上烤着手，"皇上也有所顾忌，先不管周茂先屠村冒领功勋是真是假，哪怕是假的，皇上也不会放心这样的人整日在自己眼前晃悠。而且这些日子京城中又出了这么多事，周茂先总是有责任的。皇上让他去边关其实也有好处，如果他真的有本事，在边关反而能更好地刷军功，到时候再回来可就是名副其实的大将军了。”

“那也要看他能不能撑得住啊。”君无咎对这个人实在是鄙夷，他又道，“还有昨日晚上那些事，欧阳楚楚应该是算计好了的，唯一一件让她失算的事就是当时周御史的公子周满堂在你身边，实在是巧。”

“其实当时就算周公子不在旁边，我也不会让她占到便宜的。”成杨想起这件事就有些郁闷，“楚楚实在是太任性了，这种事竟然做得出来。如果真的被她近了身，以后就不够扯皮的，到时候我爹非得一顿打死我不可。”

“但是周公子才是最巧妙的一环，因为如果没有了他，未必能引得出周御史。就算是御史台要因为这件事针对欧阳大人，也未必有周御史这样生气，事情怕是会不了了之。”君无咎道，“主要是最近太多巧合，让我不得不多想一些。而且当时，那人就在我们旁边，我总觉得周公子之所以会出现在你身边，也有那人的动作。”

成杨用力想了想，气馁道：“算了，不管是不是巧合，总归是一件好事。如今最头疼的怕就是周将军周知磬和欧阳大人了，这件事也要让欧阳大人好好地管教一下楚楚，否则我都不敢去他家了。”

君无咎扑哧笑出来，道：“我听说那楚楚也是美貌女子，红粉佳人，再加上欧阳大人又是你的恩师，这其实应该是一桩不错的婚姻，翰飞居然避如水火一样，实在是令人想不通。”

成杨笑道：“先不说楚楚如何，就算我成家婚事也不是旁人能够插手的，若是寻不到与我成家一样忠心从龙之人，成家也不会与之联姻。不过也是因为这样，我才能一直自由下去，就连爹娘也从不催促与我，实在是逍遥得很。”

君无咎笑着摇摇头，“罢了，你真是得了便宜还卖乖，寻个母夜叉要你娶，看你到时候哭不哭。”

“只要对成家、对圣上忠心耿耿，母夜叉娶了又何妨？”成杨煞有介事道：“总比娶了个貌美如花的搅家精要强上百倍。”

这边大理寺照常运转，在忙碌地开展日常工作，可是欧阳府中却一片阴霾。

欧阳定贤下定决心要把闺女远嫁了，因为经过昨天这件事一闹，楚楚想要留在京城，嫁在眼前，怕是选不到什么好的姻缘了。

欧阳夫人哭得肝肠寸断，她最宠爱的小女儿如果远嫁，吃了亏想要回家都麻烦得很，她实在是舍不得。

“舍不得又能如何？现如今出了这种事，还不是因为你宠她宠得不成样子？”欧阳定贤怒气冲冲，气得胡子都要炸起来了。

欧阳夫人哭着拍打他，“如何就能赖我了？难道你就不宠爱楚楚了吗？这孩子平日里就算任性，也大门不出二门不迈，如今出了这种事，都是那些下作贱婢们出的主意！”

欧阳大人怒道：“下人就算再折腾，若是没有主子同意，他们能折腾到哪里去？如今就算把下人们都打杀了，楚楚的名声也已经如此了！京中那些条件好的，谁会来求娶这样的女子？”

欧阳夫人哭得几乎要厥过去。

欧阳定贤用力叹气道：“罢了罢了，你哭又能有什么用？不如赶紧趁着这风言风语还未扩散出去，赶紧给楚楚找个好婆家，都十七了，再不嫁就更让人耻笑了。”

“我不嫁，我就要嫁给成杨哥哥，旁人我才不要嫁！”欧阳楚楚在自己闺房中跺脚，她现如今贴身的丫鬟婆子都被换了，新的丫鬟可不像秋雁那样处处维护她哄着她，只是劝道：“老爷夫人必定不会让小姐受苦，小姐还是放下心吧。”

“你算个什么东西！”欧阳楚楚一巴掌糊在劝她的大丫鬟脸上，“你去与我爹说，若是不能嫁给成杨哥哥，我这辈子宁愿常伴青灯古佛！”

大丫鬟捂着脸，无奈地退出房间，然后就听里面噼里啪啦一通地砸，还伴着大小姐哭喊不嫁的声音。

到了傍晚，成杨他们从大理寺出来，几个人商量着要去探望欧阳大人。但是人不能去太多，否则就跟拉帮结派去看笑话似的，反而不好。

最终，探望的重担压在了苏文月与成杨肩上，毕竟这俩人是欧阳定贤一手带出来的好学生，谁不去他们俩也不能不去。

苏文月拎着大家筹款买的一堆礼盒，耸肩道：“我倒是不怕去，就怕楚楚那丫头看见我，又要耍性子。”

楚楚总觉得苏文月是她嫁给成杨路上的绊脚石，威胁最大，完完全全把她当情敌看，平日里就算提起她也没好气，更别说见到真人了，简直一口一个老姑娘，恨不得扑上去抓花苏文月的脸，打折她的腿，然后从家里赶出去。

成杨让君无咎回家等他，自己也抱着一堆礼盒点心，道：“莫要和小姑娘计较，不过话说回来，你确实也该嫁人了。”

苏文月冷哼道：“除非对方能打得过我，否则谁也别想娶我回家。”教她武艺的是京城裴家裴大学士的一名江湖好友，武艺超群，把好好的一个大姑娘教得天不怕地不怕，就连成杨都不敢说自己次次都能够赢了她。

成杨啧了声，笑而不语。

苏文月皱着眉走了几步，突然道：“别以为我不知道，你肯定是拿我做挡箭牌来着，否则楚楚那丫头也不至于恨我恨成这样，真是冤枉。”

成杨大笑道：“我才冤枉，哪里敢用你做挡箭牌？我可什么都没说，再说我也打不过你，若是换成我哥也许还有可能，不过我已经有嫂子了。”

苏文月哼了声，她小时候确实爱慕成堃多年，但是也心知肚明成家人不是自己这种身份能高攀得上的。虽然现如今她有裴大学士做义父，但是义父毕竟只是义父，她出身还是摆在那里，没爹没娘的。

“楚楚就是不聪明，若是聪明一些便知道我压根也不可能会是她的绊脚石，若是当年跟我合作一番，兴许我还能在这里对你说一些她的好话呢。”苏文月也记仇，好几次楚楚当着不少闺秀的面嘲笑她是嫁不出去的老姑娘，害得她被不少人指指点点的，十分心烦。

说话间，欧阳大人的府宅已经到了。

看门的见是老爷的两个学生，连忙进去通报，不一会儿管家就急匆匆地跑出来，笑道："是成少爷和苏姑娘，请进请进。"

因为二人与欧阳定贤的师生关系，所以家中管家也不称呼他们大人，反而以少爷、姑娘相称，显得更加亲密一些。

欧阳定贤坐在书房，正愁眉不展，见到自己的两个学生，更是重重地叹了口气。

成杨与苏文月对看了一眼，也不知道怎么劝，只能说一些宽心的好话。

欧阳定贤开始唏嘘自己的苦处，不管怎么着，闺女总是自己的，他只希望自己这俩徒弟能出去帮他说一些好话，尤其是成杨。如今这官场上就是这样，你做得好了一群人奉承，你若是出了差错，落井下石的不在少数。他觉得自己这辈子做得最靠谱的事就是收了成杨这样的一个弟子，旁人好歹也会看在自己是成杨老师的分上不会太过于苛责他。

成杨自然知道欧阳定贤心中所想，他原本也是抱着这个想法，这一次进门也是让那些准备落井下石的人看着，成家与欧阳家就算没有什么姻亲关系，但是有师徒关系，看在成家面子上，也不会过于放肆。

师徒三人正在书房谈心，就听外面突然闹哄哄的，欧阳楚楚的声音十分清晰，就是闹着要来书房见成杨哥哥。

苏文月冲着成杨挤挤眼，对门外努努嘴，一切尽在不言中。

成杨扶额苦笑，然后看向一脸愁容的欧阳大人。

欧阳定贤一个劲儿地叹气，他站起身来走到门边，推门怒斥道："闹腾什么？不知道我这里有客人？"

"爹！"欧阳楚楚正在跟拦在书房院子门口的小厮叫喊，看见自己亲爹出面了，一把把那小厮推到一旁，闪身进了院子，"爹，我知道成杨哥哥来了，您让我去见见他，我去求他，成杨哥哥心软，又喜欢我，一定会娶我的！"

苏文月捂着嘴才没笑出来，她凑到成杨耳边低声道："心软？喜欢她？你真是作孽啊！"

成杨恨不得找个地方把自己藏起来。

欧阳大人也是心累，他怒道："胡闹，你们就看着小姐闹成这样吗？还不赶紧把小姐请回房间里去！"

几名丫鬟婆子连忙上前来，抱腰的抱腰，拽胳膊的拽胳膊，要把欧阳楚楚拉回去。

欧阳楚楚哭得稀里哗啦的，扯着嗓子大喊，"成杨哥哥，成杨哥哥！呜呜，成杨哥哥，你都不来看看我吗？"伴随着她的哭喊声，人就被拖了下去。

欧阳定贤觉得自己被这些事闹得整个人都老了好多岁，他回到书房，看着十分尴尬的成杨，苦笑道："平日里我太过于宠她了，让楚楚有些无法无天。唉……这件事真是，真是……对不住啊。"

"哪里的话！"成杨连忙站起身，"老师平日那样忙碌，家事顾不过来也情有可原，这事并非老师之过，可千万别如此自责，倒让徒儿有些过意不去了。"

话音刚落，外面就有小厮跑进来尖叫道："老爷，老爷！不好啦，小姐跳进水里啦！"

【第七章】徐府一案

欧阳楚楚突然跳进水里，然后又被捞出来前后不过一碗茶时间。浑身湿透了的欧阳楚楚双目紧闭，口中喃喃道："若是不能嫁给成杨哥哥，不如让我去死，让我，去死……"

当然，这话没人敢往成杨那边传，就连欧阳大人也是在一愣一惊之后，哆嗦着把两名爱徒送出门去，才去看自己闺女的。之所以哆嗦，是气的，气狠了。

欧阳楚楚专门挑了成杨造访的这个时候跳进水里，还大病了一场的这件事被欧阳定贤下了封口令，但是并没有什么用，第二天大街小巷都知道了这件事，再看向欧阳家的红漆大门的时候，都开始指指点点。

而且这件事就连成杨也被人参了几本，遭受无妄之灾，简直哭笑不得。

欧阳大人就算没病也要被气病了，他给欧阳楚楚下了禁足令，两个月之后便远远地嫁了出去。

不过这已经是后话了。

欧阳定贤这一次病了半个月，再上朝的时候白头发也比之前多了一些，整个人都瘦了一大圈。皇上见他可怜，私下里赏了一些东西安慰这位老臣。也是因为这件事儿，家里有女儿的都开始紧张起来，生怕自己闺女也鬼迷心窍地步欧阳楚楚的后尘，二月二龙抬头之后，嫁闺女的比往年都多了些。

二月二龙抬头又被称为“春耕节”“农事节”“春龙节”，是中国民间传统节日，最早起源于伏羲氏时代，伏羲“重农桑，务耕田”，每年二月初二“皇娘送饭，御驾亲耕”。在北方广泛地流传着“二月二，龙抬头；大仓满，小仓流”的民谚。

这一天皇上不但要祭天，祈求这一年风调雨顺，五谷丰登，还要脱去龙袍，换上最普通的衣服，跟皇后、皇子、皇孙们一起去皇家别苑的农地里耕种一会儿。这也证明了皇上十分看重农耕，想要借着这个机会，让民间多耕种，多收获。

皇上从别苑回来，第一时间召了成杨进宫，过了几天后，成杨便领了钦差的差事，准备要下江南了。

大理寺本来就是监管百官的，钦差更是皇上心腹。皇上离不开皇城，外面发生了什么事也不能总听那些大臣你一句、我一句、你一本、我一本地上折子。钦差就是皇上放在外面的眼，外面的手，尤其是手拿尚方宝剑的钦差，拥有了先斩后奏的权力，更是让百官都开始夹着尾巴胆战心惊了。

京城里认识成杨的人很多，毕竟是崇王府的二少爷，又是大理寺的少卿，谁看见了都得小心翼翼地给几分面子。但是若去了外面，认识他的人就少了，更别说江南那种远离皇城的地方。就算是有人有心机画了成杨的画像递过去，可画像毕竟是画像，与真人实在是差太多，有的时候就算是手里拿着画像，当真人站在面前的时候也认不出来。

朝中百官都知道成杨被任命为钦差，要出去巡查百官，但是去哪里皇上却没有说。在密旨里面，皇上直接点出，要成杨去江南查访买卖官职与治水之事。

如今已经是二月二，北方的耕牛都遍地走了，更别说温暖的南方，早已经布满宜人的绿意，河道也都开了，雨水逐渐丰沛起来，如果今年仍旧如同往年那样下大雨，很有可能还会有地方闹水灾。工部尚书也上了折子，伸手要银子说去修建堤坝，以防水灾。这个银子不能不给，但是给了之后，有多少能用在修建堤坝上，皇上却是看不到的。

不过皇上看不到，钦差却可以查得到。

成杨带了大理寺的君无咎、苏文月、孙儒秋孙主簿，又在工部找了一名叫湛之君的主事。再加上成杨自己的随从初一和十五，一行七人乔装打扮乘坐两驾马车，在一个晴朗的早晨，静悄悄地出了城，低调地向南方驶去。

湛之君是裴大学士推荐给成杨的，履历十分丰满，然而他才不过二十七八岁，这个人特别低调。再加上他长得有些黑瘦，换下官服之后完全看不出来是一名大盛工部的主事，而是像个沉闷的农家汉子。

这一行人孙主簿岁数最大，苏文月岁数最小，两人假扮成一对父女，加上两名“兄弟”成杨和君无咎，两名随从书童，还有一名“管事”湛之君，伪装成一队要去南方投靠亲戚的小小商贾，在二月底的时候，沿着运河进入了江苏徐州地界。

徐州城自古就是兵家必争之地，而且商贾云集，水利亨通。而且这里也曾经是王都，所以整个徐州城远远地看上去十分气派。

徐州地处古淮河的支流沂、沭、泗诸水的下游，以黄河故道为分水岭，形成北部的沂、沭、泗水系和南部的濉、安河水系。境内河流纵横交错，湖沼星罗棋布，黄河斜穿东西，京杭大运河横贯南北，东有沂、沭诸水及骆马湖，西有夏兴、大沙河及微山湖。

这个遍布水道的府城总是遭受水患困扰，光是去年一年，徐州光水灾就闹了三次，黄河决堤和一些湖沼因为雨水漫出，造成无数良田被淹，数万民众受灾。水患之后又遇了蝗灾，更是让许多村子差点都绝了人口。但是因为徐州是南北商业枢纽，所以就算是灾难频发，这徐州城内仍旧是一派繁华景象。

马车上，成杨与君无咎一辆，苏文月、孙主簿与湛之君一辆，两辆车来到徐州城门口的时候已经是中午了，但是不知为何城门口挤满了要进城出城的人，还有不少官兵把守。

“管事”湛之君十分有眼力见地下了马车，挤到前面打听，过了一袋烟的时间才一身大汗地挤出来，热得脸蛋黑红黑红的。

“成大……”他顿了顿，改了口，“大少爷，二少爷，小的打听到了，说是这城里有一户人家被灭了满门，现在全城封锁，要缉拿凶手。”

成杨因为比君无咎小，这次伪装又是个二少爷，想当个大少爷都难。

“杀人凶手？”成杨蹙眉道，“就算有杀人凶手，不让出城也就罢了，为什么还不让进城？”

湛之君摇摇头道：“小的也不清楚，本想找个官差问问，但是在我前面有一人去问官差，却不由分说地被抓了起来，说什么那人是替凶手刺探城中情况的……所以小的就没有敢过去问。”

他们毕竟还伪装了身份，行事低调，所以暂时不适合暴露，湛之君想到了这些，也没有去冒这个险。

“啧，这倒是有趣，只是不知道要等到什么时候才能进城。”成杨下了马车，站在太阳地儿里左右看了看，他们的车辆比较靠后，后面也没有几个人，但是前面却是挤满了挑担赶车的行脚商贩和商贾，都是一脸焦急的模样。但是因为这里人多，不少想要去城里做买卖的行脚商贩倒是得了便宜，担子一放就叫卖起来，显得极为热闹。

成杨他们本以为正好能进入城里吃一顿午膳，如今看来，却只能在路边解决问题了。

他们将马车停在一处茶棚外面，茶棚里已经坐满了人，但是看到他们这一行人进来，就有一些看上去老实巴交的人让了位置。

孙主簿作为“一家之主”，向让了位置的那几位道了谢，然后便坐在这简陋的茶棚里面了。

茶棚老板是一对三十多岁的夫妻，除了茶水还卖一些简单粗糙的面食米粉和切肉之类，这茶棚平时就是给这些进出城的行脚商贩们吃饭休整的地方，难得遇到如今天这样热闹的时候，夫妻俩脸上满是笑容。

成杨他们要了几碗烫米粉、两盘切肉和一盘花生。他们这些人大多都是北方人，吃米粉只是觉得新鲜，但是对于自小在南方长大的君无咎和湛之君来说，这就是家乡的味道，哪怕汤水十分寡淡，仍旧吃得津津有味。

米粉吃完了，又上了一壶热茶，成杨寻了个空跟那茶棚老板聊了起来。

茶棚老板一脸讳莫如深的表情，道："小的也是听说，这城里薛知府小妾前几天回娘家，谁知道就再也没回来。薛知府今早派人去找，才发现那小妾一家十来口都死了，血溅了一院子。听说把那小妾两边的邻居都抓了起来，这城也给封了。"他左右看了看，见都是听他说话看热闹的，忍不住挑了挑眉，压低声音道："要我说，那杀人的早就走了，毕竟这城也不是一大早才封的，那人能傻了吧唧等到封了城才离开吗？如今把城封了，外面的进不去，里面的出不来，也是倒霉。"

旁边有个汉子说道："这小妾前几天回娘家，啥时候死的都不知道，如今封了城又有什么用？不过究竟是什么仇，能让那人一口气杀了十多口？这杀人凶手也太心黑手辣了，十多口呢！"

"可不是，说连那几岁的小娃娃都没放过。"茶棚老板叹着气摇了摇头。

在他们不远处，有一名书生打扮的人，听完冷哼一声道："你们以为那小妾家里人都是老实人吗？在下可是听说了，那小妾的弟弟给那知府干活，手底下不知道做了多少黑心事儿，这次被人灭了全家，怕是遭了报应了。"

于是众人又从杀人凶手心黑手辣转到那小妾的弟弟身上，什么横行霸道，强抢民女，收保护费，放高利贷，乱七八糟的说什么的都有，总之就是那个小妾的弟弟不是什么好人，死有余辜！

薛知府此人在苏文月查找的资料里也有简单的记录，此人是元正十三年的榜眼，后来在翰林院做过两年编修，又被调到淮北一代从县丞做起，的确出过一些成绩，后来被调到徐州做了知府。对于这个人的评价就是两袖清风，固执且自律，而且品性高洁。然而这个固执且自律的知府却有三房小妾，如今又闹出这么一出来，着实让人不解。

一直等到下午，城门口才开始逐渐放行，但是每个人每辆车都有官兵搜查，看上去好像十分严格。

湛之君拿出一只银锭子，等搜查的官兵来了，唯唯诺诺又偷偷摸摸地塞进那官兵手中，“官爷辛苦了，小的陪老爷少爷们去探亲……”

五两的银锭子着实压手，那官兵一皱眉道：“探亲怎么了？探亲也得查！”虽然这么说，他也只是马马虎虎地把两辆车看过一遍，挥挥手道，“快走快走，莫要堵了路！”

马车安稳地驶进徐州城，寻了个大客栈停了下来。

门口迎宾的小二一溜烟地跑过来，脸上洋溢着热情的笑容，“各位客官，是打尖儿还是住店？”

湛之君连忙走过去，道：“住店，有干净的房间来四间。”

小二骨碌着大眼睛看了看从车上下来的人，虽然有老有少，有男有女，但是都有着通身的气派，像是富贵之人。他连忙笑道：“客官若是喜欢热闹的，就可以住在这楼上，有临街的屋子。若是喜欢清静，小店后面有小院子，住的客人不多，但是干净利索，而且不嘈杂。”

苏文月挽着孙主簿的胳膊，装出一副天真烂漫又有些任性的模样道：“那院子里还住了什么人？若是乱七八糟的，我可不住！”

小二笑道：“哎哟，这位姑娘，若是真住了乱七八糟的人，小的也不敢让姑娘住进去啊？就是住了两个读书人，平日里也安静得很。不过那院子的价格，比这楼上的房间略贵……”

苏文月立马眼巴巴地看着孙主簿。

孙主簿捋了捋胡须，笑呵呵道：“既然小女想要住院子，那就住院子！”

几人拿了行礼包袱，跟在小二身后，穿过略有些嘈杂的前厅，进入了后面的院子。小院子确实雅静，老板还在院子里弄了个小小的水池，里面养着几尾锦鲤，上面修建了一个袖珍的小假山，颇有些意境。

初一跟十五帮着整理好房间，便出去将马车寄存在大车店。回来的时候略打听了几耳朵，问的就是那知府小妾的凶杀案。

这个小院一共八间屋子环绕成一圈儿，西边两间略有些背阴，已早早住了人，其中一间屋子的客人听到院子里的动静还推开窗户向外看了几眼，然后又将窗户合上，便悄无声息了。另一间屋子没有什么动静，也不知道里面的人在还是不在。

院子东边最好的两间屋子一间留给了孙主簿和湛之君，虽然这两位官职不大，但是好歹一个是“父亲”，一个是“管事”，住在最好的房间里也是应该，另一间则让苏文月来住，毕竟是个姑娘，若是住得偏僻了怕是不太安全。成杨与君无咎就住在苏文月旁边拐角的一间屋子里，初一与十五则住在离院门口最近的那间，这样也方便听到进出院子之人的动静。

初一、十五一回来，就被成杨叫到孙主簿的房间内，这屋子大，又能朝了阳光，看上去都敞亮了不少，最适合在一起聊点儿什么。

而且少爷姑娘们都聚在“老爷”的房中才合规矩，总不能让“老爷”颠颠地跑去少爷们的房间，反倒显得十分奇怪了。

二月底的徐州已经热了起来，院子里几棵核桃树长了碧绿的叶子，看上去十分清爽。小二在门外点燃了一只小泥炉子，上面烧着热水，发出“噗噗”的声音。

湛之君拎了热水进来，冲泡了成杨自己从家里带来的茶叶，热热的茶水喝下去，全身都舒爽了许多。

初一喝了茶水，开始讲他与十五在外面打听的事儿。

“那小妾姓徐，家中有父母和弟弟，一共四口人，原本住在城西。有一次去城外烧香的时候遇见了那薛知府，就被薛知府抬回去做了妾，据说长得不错，而且还是个泼辣性子，能说会道的。”初一缓缓道，

“也是因为她去给那薛知府做了妾，所以全家从城西搬到了城东的一处两进的大院子里，还请了丫鬟下人。后来这个徐氏的弟弟徐德福在薛知府那里得了个城门官儿的九品官职，但是平日里也很少会去，就算是去了，也净是做一些讨要过路费之类遭人厌烦的事儿。徐氏嫁给薛知府的第二年，还把自己舅舅一家也接来这边住了，去年那徐德福娶了一户人家的女儿，他们一家五口，算上他舅舅一家四口，还有那四五个下人，据说都死在院子里了。”

这哪里是一家灭门，这是两家人，还有那些无辜的下人，十多口人命都遭了毒手。不管他们一家是不是真的作恶多端，能做下这种丧心病狂之事的，也绝对是个令人胆战的狠角色了。

孙主簿年岁最大，听到这种事忍不住唏嘘起来，“听说那家中还有孩童？连孩童都能下得去手，这人未免也太狠毒了一些。”

君无咎忍不住问道：“那么，那家人究竟做了什么事，居然遭此横祸？他们这十多口人都被残忍杀害，邻居们难道就完全不知道？难道一点儿动静都没有，任凭那人将这十多口屠戮殆尽了？这可是徐州城，又不是什么偏远山村。而且他们住的地方是东城，东城那里住的不是豪富商贾就是徐州官员吧？也应该有护院之类，难道连护院们都没听到动静？”

十五笑道：“大少爷莫要着急，这件事我们也打听来着，那徐氏他们住的地方并不是城东最好的地方，周围有不少这种两进的院子都是用来出租的，多数租给前来游玩的行旅或者一些长期在此处经商的商贾。他们出得起钱，又不能忍受城西的杂乱，所以城东就划出这样一个僻静的所在专门是为他们提供的。这些人的共同之处就是不会惹事，听到什么动静也不会出来观望的。”

君无咎每次听到他们喊自己大少爷的时候都有些窘迫，行走了这一路都没有能习惯。他忍不住搓了搓脸，道：“所以那薛知府就能将那左右邻居一同都抓了回去？问题做下这样祸事的，怎么可能是只临时落脚的邻居？更何况他们应该更加懂得什么叫‘宰相门前七品官’，怎么可能会去得罪薛知府小妾家中的人呢？”

十五摇了摇头道：“这个小的就不知道了，不过这边的百姓对那薛知府的评价倒是十分不错，觉得薛知府是个清官儿。”

这更加有趣了。

娶了三房小妾的知府被评价品性高洁，有着横行霸道“小舅子”的被百姓觉得是个清官儿，这未免区别太大了一些。

苏文月突然扑哧笑了出来，她呵呵了半天，道：“这薛明也是有意思，可能是太会做人了，所以就让别人忽略了他的短处，只能看得到他的长处了。再或者就算是他身边的人做了什么不好的事，也会有人替他说话，觉得这并不是他的错，而是做了错事的那人实在是不体谅他……这种人我曾经见过，绝对的两面三刀，遇事先道歉，但是永远不会改。”

君无咎很少会去关注这些，听到苏文月说竟然还有这样的人，感到十分讶异，“难道就没有人能够看穿他吗？”

苏文月冷笑道：“能看穿他的都会被人觉得是故意找茬……其实这种人很是常见，不信你问成师兄，尤其是那些后宅的女人，斗来斗去，能赢到最后的大多数都是这样的人，烦心得很。”

成杨一脸无辜道：“我又不是后宅的女人，问我做什么？”

孙主簿笑道：“文月的意思应该是这种人在官场上也十分常见，所以并不新鲜。只不过那些伪装得不好的早就会被人拽下来，伪装得好的……也许你根本识不破。”

苏文月搂着孙主簿的胳膊笑嘻嘻道：“父亲大人说得极是，我就是这个意思。”

成杨笑着点头道：“确实是这样，能在朝中站得稳当的，哪个是真正无害之人？之君应该更有心得吧？”说着，他看向一直坐在旁边做背景的湛之君。

托着腮帮子听得愣神的湛之君眨眨眼，他放下手，有些局促道：“成大……嗯，二公子怎么就说到了我身上呢？不过确实是这样，所以要更加小心才是。”

君无咎有些吃惊道：“你现在是工部水利主事，平日里面对的都是那些水利工程，难道这样也会钩心斗角？”

湛之君呵呵笑道：“哪里没有呢？而且你占住这个位置，旁人就会没有位置，若不是我也算是积累了一些运势，再加上家中长辈帮着打点，才能在工部低调地待下来。”

“如此看来，与死人打交道才是真正省心的，至少他们不会突然跳起来咬你一口。”君无咎说到这里，忍不住看向成杨，问道，“其实我对这个案子十分感兴趣，不知道能不能有机会去查验一番？”

成杨知道对于君无咎来说，与其去研究那些复杂的人情关系，还不如去研究一些有趣的案子，只不过这一次估计暂时无法达成了。

“你也知道我们得低调，不能暴露身份，所以……”他有些无奈。

君无咎想了想，道：“只是打听一下呢？或者是我们夜探那个徐家小院？若是他们今天早晨才发现尸体的话，那院子应该暂时不会动吧？我去看一眼就好。”

成杨刚要说什么，就透过屋门的缝隙看见小二走进院子。

那小二在院子里张望了一下，先往隔壁据说住着两名书生的房间走去，其中一间屋敲门了没人应答，于是去了另一间房间敲门。没一会儿，一名穿着淡青色长衫的年轻男人将门打开了。

“客官，掌柜的让我来问问，客官晚上要吃些什么，是去外面大堂内用膳还是在房间里用膳？”小二问道。

那青衫书生的声音很轻，他说了几句什么，小二连忙点头道：“好的好的，小的这就去准备。”然后在门口站了片刻，见那人没有了其他吩咐，就转身颠颠地来到了这边。

“几位客官都在这边呢？”小二站在门口弓着腰，笑眯眯地向里面看过来，“我家掌柜的……”

他的话还未说完，湛之君便迎了上去，道：“有什么好酒好菜一并端来就是，我家老爷喜欢安静，就不去大堂那边用膳了。”

“好的好的！”小二点头哈腰，“那小的去准备了，各位客官好好休息。”

等小二离开，成杨才道：“想必那徐家门口已经有重兵把守，贸然潜进去不太合适，不如先让初一他们去探探情况，将那院中仔细地看一遍。如果那边看守的人不多，你再过去看也是可以的。”

君无咎道：“翰飞莫要小看了我，我也是有一些功夫傍身的。”

成杨哈哈大笑道：“我知道清悦你有功夫傍身，但是应该并没有初一他们从小就练习的功夫精进，所以还是小心为上吧。”

君无咎叹了口气，也认同了这一点。他想了想道：“初一，你们若是去看的话，要看仔细一些，若是能画下来就更好了。”

初一与十五知道自家少爷十分看中这位君公子，所以听到他的话便恭敬道：“请君公子放心，若是我们去查看，必定会尽心。”

孙主簿对此不置可否，湛之君却有些纳闷道：“既然这是徐州城的案子，那就交由他们知府来处理就好了，我们应该尽快赶路才是。”去年遭受水灾较重的府城并不是徐州，湛之君知道这次来江南的目的，就是要巡查那些治理河道却总是出问题的地方。

成杨摇头道：“湛管家此言差矣，我既然领了这个职务，那么这整个江苏巡视监察便尽量都要查看清楚。如今既然遇到这样的事，就不能袖手旁观。而且也能通过这个案子，来查看那薛知府为人，如果他是一名明辨是非的知府自然是好的，若是还隐藏了一些什么，自然是需要查探清楚。而且那河道水利之事，最需要尽力的还是湛管家您啊。”

湛之君想了想，面露愧色道：“既然如此，就是我想差了，本以为直接去查看水利河道就好……”

成杨笑道：“若只是这样，我们也没有必要隐姓埋名，直接去找那知府要了徐州这边河道图多方便？但是这样容易打草惊蛇，很多深埋在下面的猫腻却是看不到的。”

湛之君站起身向成杨拱手道：“如此看来，还是成二少爷看得清楚，既然成二少爷要如此做，那我就全力配合即是。”

湛之君毕竟也略通这些事情，听成杨这样说便想明白许多。如果他们是打着钦差的名号前来调查，很有可能会打草惊蛇，所看到的东西未必是自己想要看到的，所以前期就只能蛰伏下来查找线索，然后才能知道对方底细为何，是好是坏。

苏文月看着湛之君黧黑的面庞，笑道："怪不得我义父推举你来做这件事，看来他对我师兄实在是太清楚了。若是找那些只会挑毛病上折子的老学究，估计师兄怕是要气得吐血。"

成杨哈哈大笑道："若是老学究，那我自然有对付老学究的方法，气得吐血倒不至于，只不过做事要事倍功半，十分麻烦而已。"

湛之君有些不好意思，他轻声道："裴大人找到我的时候，其实我也有些惶恐的，毕竟我只是个主事。但是裴大人说很是欣赏我对水利方面的见识，所以便极力推荐我多出来看看。"

"裴大人的眼光还是很好的，就看他并不拘着文月跟那些大家闺秀一样，就能看出来裴大人是十分爱惜有才之人的。"孙主簿道。他与裴大学士其实并没有什么太多交流，但是裴大学士此人端正却不顽固，很得如今文人内的新流派欢迎。

几人正在聊天，就听外面传来咋咋呼呼的声音，两个男人互相拉扯着进了院子，其中一人略微眼熟，君无咎道："唉，那穿棕色长衫的书生不就是今日我们在城外茶棚内遇到的那名书生吗？"

现在天光已然有些阴暗，众人定睛一看，那喝得醉醺醺的穿棕色长衫的书生果然就是他们在城外茶棚中见到的那人，而另一人穿着浅蓝色长衫，正吃力地扶着棕色长衫的书生，但是此人应该也是喝了酒，脚底下磕磕绊绊的。一名小二跟在他们二人身后，神色紧张，看上去颇为担心这俩人在院子里闹腾起来。

蓝衫书生道："广维兄，哪个房间是你的？"说完还打了个酒嗝。

小二连忙指着其中一间道："这位大爷住在这一间，要不要小的帮您扶着？"

"不，不用……"蓝衫书生用力摇着头道，"莫要让你身上的酸臭味染了广维兄的清净！”

小二抽了抽嘴角，抬起胳膊嗅了嗅自己身上的气味，觉得并没有什么不好的味儿，而且比这俩身上充满酒臭味的男人强多了。

棕袍书生突然站直了身体，挥舞手臂道：“我相信，总有一天，总有一天……我宋广维能出人头地，位极人臣！那不过是个商人家的闺女，算什么！到时候我是要娶丞相的闺女的！我娶，娶那些大臣的女儿，不比她强多了？”

“说得是，她一个商人之女，凭什么看不上咱们这些书生？要，要知道……我们早晚能够一飞冲天。仗着手里有几个臭钱，有什么，什么了不起！待广维兄你我做了大官之后，直接给她抄家！”蓝衫书生一脚把门踹开，拖着那叫宋广维的往里面走。

“此言极是，极是！当，当浮一大白！”宋广维胡乱扶了两把门框，踉跄地进了房间，然后就听那房间传来当啷当啷的声音，紧接着就是哎哟的叫痛声，应该是撞翻了椅子把自己摔了。

小二苦着脸走进去，伺候着这两位醉酒的大爷坐在椅子上，又掌了灯，把摔翻在地的椅子扶起来，道：“两位大爷，小的去给你们烧点儿热水，请稍等片刻。”说完一溜烟地就跑了。

苏文月也掏出火折子把房间里的灯都点燃，她看了看对面那间屋子，冷笑道：“这些人的书都读到狗肚子里去了，圣人那一套一点儿都没有学到，反而学会这种下三烂的心态。若是真让他们得了功名当了官，怕是这世道都要乱了。”

湛之君是从那种小地方出来的，对这些人甚为熟悉，他苦笑着摇摇头道：“苏姑娘怕是不知道，很多贫苦村子集一村之力才能养出个秀才举人来，就盼着他能考取功名回去光宗耀祖。但是因为太多人捧着，反而会让有些人滋生出这种心态，哪怕只是受到一丝挫折，也会变成这种愤世嫉俗的模样。”

苏文月道：“他口中那商人之女之所以看不上他，怕就是因为瞧不上他这种人。腹中墨水一瓶不满，半瓶晃荡，满口之乎者也却总做荒唐之事，令人耻笑。”

湛之君笑道：“我当年刚考中秀才的时候，便也这样荒唐过，觉得自己才高八斗，任是谁都瞧不上眼，若是看不起我的，便就是那狗眼看人低。后来遇到我如今的恩师，总算把心态扳了过来。”

苏文月这才仔细地去看了那湛之君，虽然此人黑瘦，但是行事说话不卑不亢，甚是让人愿意亲近。她想了想，道：“我知道你恩师是谁，可是那称之为竹隐居士的晏修怀晏大儒？”

湛之君笑道：“正是恩师。”

君无咎一愣，道：“原来你是晏大儒高徒？我师父当年也十分推崇晏大儒的学问，可惜我却没有机会能够去拜听晏大儒讲学，实在遗憾。”

湛之君道：“如今恩师已经很少出来讲学了。”

成杨道：“晏大儒十分了得，当初朝廷想要招徕他进宫授官，却被晏大儒婉拒了，然而晏大儒桃李满天下，不少官员都是晏大儒的弟子，实在令人钦佩。既然是晏大儒高徒，那我总算明白之君兄是如何能在这朝中走下去了，毕竟还有师兄弟相互扶持，前途无量。”

湛之君连忙摆手道：“哪里哪里，我不过是只会水利，做到这主事估计也是走到头了，那些复杂的关系我也是只知皮毛，能保住自己就已经不错了。”

吃过了晚饭，因为舟车劳顿，他们也没有继续聊下去，而是各回各屋补眠去了。

半夜里，几声惊叫把睡在临窗罗汉床上的君无咎惊醒了。他瞬间清醒过来，撑起身体仔细去听，然后听到对面某个房间里传出不公啊出人头地啊之类的喊声，喊了几句又悄无声息了。

估计是半夜发癔症呢，他这样想着，悄悄地将窗户打开一条缝隙向外看了眼，这一眼，差点没把他吓死！

一个穿着白袍的人披头散发地站在院子中间的小水池旁边，身子一晃一晃的，好像风中摇摆的苇草。

什么鬼！

大半夜半睡半醒地看见这种情景，任谁都会吓出一身白毛汗。

君无咎捂住嘴，把即将要蹦出嗓子眼的小心肝捂了回去。背后传来几声细微的动静，他先是心惊，然后又静下心来。成杨也是听到了那几声叫喊，看见他趴在窗户上的造型，正起身来查看。

君无咎扭头，黑暗中有些惨白的脸色似乎在发亮。他伸出手指放在唇上，做了个不许说话的动作。

成杨意会，他单膝跪到君无咎身后，顺着那条不到指头宽的缝隙看了出去。

那怪异的人仍旧站在那里晃悠，天空浓重的云彩被风吹开，银色的月光洒了下来，把那个怪人的影子拉得细长细长。怪人晃了一会儿，摇摇摆摆地走到一间屋门前，推开房间进去，反手又把门关上了。

是那个自从他们住进来就没有露过面的书生。

静等了片刻，那房间再也没有其他动静了，君无咎舒了口气，将窗户关上。他这才发现自己居然被吓出了一身冷汗，如今放了心才察觉浑身冰冷。

“怕是那人有梦魇的毛病，”成杨低声道，“据说犯了这种病的人就有在梦中出来游荡的习惯。”

他说完，察觉到君无咎脸色不太好，于是抬手摸了摸他的额头，摸到一手冷汗，“吓着了？”

君无咎嗔怪地斜了他一眼，道：“是个人大半夜看见这种情况，怕是也要吓到。”

成杨低声笑了笑，他从罗汉床上下来，扭头看了看自己睡的雕花床，道：“不如咱俩挤一挤算了，你睡在窗边我倒是有些担心，万一那人又晃荡出来怎么办？梦魇之人不知道自己会做出什么事……”

君无咎打了个哆嗦，心里想若是睡到半夜一睁眼，那人推了窗户探进头来，确实能把他吓死。就算推不开窗户，站在窗边也是令人心悸。于是立马麻利地卷了被子枕头，跑去蹭床了。

这雕花床两个大男人躺在上面略挤了一些，但是却令人感到安心。君无咎松了口气，却毫无睡意。他扭头看向身边躺得四平八稳的成杨，问道："初一他们已经出去了？"

成杨闭着眼嗯了声，"不到子时便出去了。"

君无咎也嗯了声，过了会儿又道："那小二还说这院子清静，真是骗子！若是旁人，怕是要被那人吓死了。"

成杨忍不住笑道："其实如果不是那醉酒的书生半夜呼号，旁人也醒不来，醒不来也就看不到院子中那种情景。"

"万一起夜呢？万一口渴呢？谁能保证可以一觉睡到大天亮？"君无咎啧了声，"若不是那人有影子，怕是真的要吓死我。"

成杨睁开眼，诧异地看他，"你信鬼神？"

君无咎道："我敬鬼神，但是不怕不信，但是这个跟信不信没有什么关系啊？任谁看见这样的事，都会害怕吧？"

成杨又忍不住低声地笑。

"哎，我说你别笑了……"君无咎有些尴尬，"其实若不是迷迷糊糊地看到，我也不至于被吓着。"

成杨把被子拉到脸上，笑得浑身发颤。

君无咎无奈地看他，最终自己也忍不住笑了出来。

第二天一大早，苏文月火急火燎地敲门，等成杨他们穿戴好出去，便急不可耐地蹦了进来，反手把门关上了。关门之前还往外探头探脑地查探了一番，然后背靠在门上，睁大双眼神秘兮兮道："师兄，昨天晚上你睡得可好？"

成杨斜了她一眼，走过去把人推开，将门打开，"睡得不错，你呢？"

苏文月眨了眨眼，看向正在净面的君无咎，"大哥，你睡得也好？"

君无咎脸上并没有带倦意，他擦了脸之后，看向苏文月笑道："还好，怎么了？"

苏文月吃惊地张大嘴巴，"怎么可能？"她猛地压低声音，又往外看了看，然后走到桌旁给自己倒了杯冷茶喝了。喝完之后把那二人都拽进屋角，压低声音道，“昨天晚上你们没有听到什么，看到什么？”

成杨好笑地看着她，“我要听到什么，看到什么？苏大姑娘，你这头也不梳脸也不洗，一大早跑到我们房中，怕是有些不妥吧？”

苏文月瞪了他一眼，嗔道：“做妹妹的来哥哥房中怎么了？就你事儿多，看大哥都还什么没说呢。”说完，又眼巴巴地看着君无咎。

君无咎道：“好好，那小妹昨天晚上听到了什么，看到了什么？”

苏文月又往外看了一眼，然后推着俩人坐到桌边，“我昨天晚上听到有人大喊，听声音应该是那醉酒的书生发了癔症，原本并不在意的，但是……我想了想，觉得毕竟咱们住在这里人生地不熟的，万一出事儿呢？我就悄悄地推开窗户……哎呀妈呀，这给我吓得，差点喊出来！”她说到这里，还心有余悸地捂着胸口，眼珠子瞪得更大了，“你们猜，我在院子里看见了什么？”

“看见个披头散发的男鬼？”成杨想起昨天晚上的那一幕，又忍不住开始笑起来。

苏文月听他这么说，立马就知道对方其实是看到昨天晚上的事了。她气哼哼地放下捂在心口的胳膊道：“你们明明看到了，为什么要装出一副什么都不知道的样子？”

“为了配合你啊，免得扰了你说这些八卦的兴致。”成杨笑个不停。

苏文月漠然地看着他。

成杨哈哈大笑起来。

苏文月起身就往外走，“我去梳洗了，你们自己待着吧！”

成杨笑得捶桌。

待苏文月走了，君无咎无奈地看着他，“如此好笑？”

成杨擦着笑出来的泪水，道：“好笑，虽然不知道究竟哪里好笑，但是越想越觉得好笑。”

君无咎忍住翻白眼的冲动，站起身道：“我去孙主簿房内看看，若是他们夜半也听到动静，怕是会吓到。”

孙主簿与湛主事也早已起来，而且找了小二烧了小炉子，上面坐了壶热水，正坐在桌边闲聊。君无咎走进去的时候，热水刚开，湛主事泼掉冷了的茶水，正拎了煮好的茶水注入碗中。

孙主簿见君无咎进门，招了招手道："清悦也是因昨夜之事而来？"

君无咎笑道："看来父亲大人已有耳闻了？"

孙主簿抚须点头道："是，而且也见到了，着实地吓了一跳。若不是我之前曾见过这样的人，怕是要吓出个好歹。"

湛主事倒完热水，将水壶放在小炉子上，苦笑道："若不是孙……老爷捂住了我的嘴，怕是我都要尖叫出来了，真是惭愧。"

孙主簿呵呵一笑看向君无咎，又道："初一和十五已经回来了，他们去前面买一些早点，估计一会儿就会回来，说昨夜看到的事。"

他说的昨夜看到的事并不是那院子中梦魇之人，而是昨夜夜探徐家宅院看到的情况。

湛主事递给他一杯热茶道："看来你们都见到昨夜那情景了？"

君无咎道："是，也把我吓得够呛。"说完忍不住笑了笑，"亏得没叫出声，否则要被人耻笑了。"

湛主事道："我也如此庆幸，幸好。"说完，自己都忍不住大笑起来。

对面住的姓宋的那书生的房门打开了，宋广维走出来伸了个懒腰，然后走到院子门口大声呼喝，"小二，小二！"

前面有人高声应了一声，然后一名矮小男子颠颠地跑了过来，正是昨天扶着他们进来的那名小二，"老爷有什么吩咐？"

"去，把我房内打扫一下，那些脏衣服都收走浆洗，再给我端些早膳，我要在房内用膳。"

小二点头哈腰道："只要一份早膳吗？昨夜与大爷您一同回来的那位大爷呢？"

宋广维道："醒来便不见了人，怕是早就走了。"说完，一挥袖子就回到自己房间，然后将窗户和门都推开透气。

小二跟在他后面收拾，出来的时候手里抱着一堆脏衣服。

君无咎远远地看了一眼，那堆衣服里除了宋广维换下来的棕色长衫，还有一抹浅蓝色。

他低声与孙主簿道："既然那人已经早早回去，倒是把脏衣服都留了下来。"

孙主簿听他这样说，笑道："若是关系甚好，相互换了衣服穿也有可能。"

"既然关系好，为什么走的时候却不打招呼？"君无咎又看向斜对面那屋子，"也未留只言片语，只是换了衣服就走了？"

湛主事道："许是他们二人十分相熟，在这里住了许久，不打招呼也情有可原。"

君无咎仍旧觉得有些不太对劲儿，但是这个时候初一他们已经拎着早膳走进院子。他看见初一便双眼发亮，若不是在吃饭的当口，怕是一定要追问那徐家宅院之事了。

初一他们不但去看了，而且还看得很仔细，回来之后便将自己所见的东西画了一份图纸出来。

君无咎大喜过望，他把图纸铺在收拾干净的饭桌上，仔仔细细地研究起来。

徐氏家人所住的这两进的院子一共二十多间房间，内院的院子东边住着徐家四口，西边住着徐氏舅舅吴享贵一家四口。外院住了六名下人，其中有管家徐富贵，他的妻子也就是徐家的厨娘徐刘氏，他的儿子徐大宝则是徐氏的弟弟徐德福的贴身小厮，女儿是徐氏母亲的贴身大丫鬟，还有干杂活的婆子和小丫鬟二人。

算上回门儿的徐氏，这两进的宅院里一共是死了十五口。

这十五口人，其中十一人是死在室内，自己的床上。另外四人分别是死在徐德福房间门槛上的他的妻子，死在内院里的一个丫鬟和吴享贵的不满十岁的儿子吴宝儿，还有死在外院大门口附近的那个干杂活的婆子。

君无咎看完一遍图，笑道：“真是奇怪，男人都被杀害在屋子里，而女人和小孩却被杀害在院子里，这未免有些不太对劲儿吧？”

湛之君道：“许是那女人带孩子出来上茅厕，结果被贼人杀了。”

君无咎摇头道：“若是只有丫鬟婆子，这个说法倒也合理，但是这里还有孩童和徐德福的妻子。如今虽然已经进了3月，但是也只是白日里暖和一些，夜晚仍旧有些寒意。这样的情况下谁会让一个孩子出来上茅厕呢？”

湛之君想了想，也觉得是这个道理，他看向成杨道：“我果然是不懂这些，清悦一说，我才会觉得原来如此。”

成杨哈哈一笑道：“当初我就是看上清悦这个本事，才死活把人拖进京城的。”

君无咎红了脸，十分不好意思道：“莫要这样说，真是惭愧，我既不懂官场也不懂水利，唯一还能派得上用场的，就是这点儿微末技巧了。”

孙主簿摸着胡须道：“隔行如隔山，清悦有这个本事已经很不错了。快与老夫说一下，除此之外还看出来什么了？”

君无咎再次仔细地看那几张图，然后问道：“初一，这红色朱砂代表的是他们的血迹？”

初一点头道：“正是如此，因为现场血迹并没有人动过，所以仍旧十分新鲜清晰。”

君无咎问：“你们画的这些血迹都是大片的，证明是尸体体内流出来的血，但是除此之外，可有喷溅出来的血迹？”

十五道：“那房中有，图纸上已经标注，在床上和墙上都有一些喷溅上去的血迹。”

“但是院子里没有，”君无咎指着院子里的那几个红色的标记道，“他们的死亡方式我有些看不懂，如果说都死在房间里，证明是夜晚都睡着的时候，有人潜入房间将他们一一杀害；如果外面也有尸体，就好像湛主事所说，或许这些人是出来起夜，导致被凶手杀死在院子里。但是谁能保证起夜的时间是一样的？若是不一样，难道凶手就一直蹲等他们起来？无论是先把房间内的人杀死再杀掉院子里的人，还是先杀掉院子里的人然后潜入房间行凶，这都有些说不通。”

孙主簿道：“确实是这样，但是也许凶手有好几拨呢？有人潜藏在院子之中，有人进入房间杀人。”

君无咎轻轻地摇了摇头，道：“就算这样，也无法解释为什么会有人蹲等他们半夜起夜的时候挨个杀掉他们啊……”

“那会不会是他们听到了动静，跑出门喊救命？”孙主簿犹疑道。

君无咎摇摇头道：“能有人跑出来呼救就证明房间里有人绊住了凶手，但是这些图上所示的房间内的死者基本都死在床上了，死在床上的原因就是在睡梦中被杀害，而不是为了让人出去呼救而与凶手缠斗。”

他说完，成杨立马道：“还有一种可能，就是这个凶杀案的现场，是有人布置过的。”

君无咎与他对看了一眼，道：“若只是看这几张图的话，确实有这个感觉。不过我没有亲眼见过现场，也没有见到那些尸首，所以不好判断……”

成杨笑道：“这还不容易？今天晚上，再让他们俩跑一趟吧！”

十五道：“既然少爷这么说，那我二人再跑一趟，去府衙那边看看，也许能看出什么来。”

苏文月见他们说完，便站起身伸了个懒腰，“既然这样，我就陪父亲大人去外面溜达溜达，看看能不能问出什么线索……湛管事，你呢？”

湛主事道：“我想去一趟去年发过水的河堤处看看……”

“那我与清悦二人陪你去河堤，初一你护着文月和孙主簿去外面探探。十五，你跟我们走。”

他们将自己房间略微收拾了一下，然后跟小二嘱咐了一番，便出了客栈。

苏文月和孙主簿与初一留在城内，其他人在大车店寻到自己的马车，缓缓地出了城。

城门口已经不像昨日那样戒严了，但是进进出出的人仍旧被紧盯着，尤其是那些长相粗鲁的男人，就怕不小心被官爷相中了，拽到一旁看守起来。

出了城不远就是满目苍翠，因为去年遭了水灾，虽然徐州城附近没有太大的影响，但是也确实造成了粮食减产，所以今年上面拨下不少良种给受灾的地方，希望能获得一个丰年，填满已经空虚的粮仓。

“南方多以水田为主，因为河道多，水量充沛。”湛之君撩开车帘往外看，一边看一边道，“南方地势不如北方开阔，所以大部分水田都比较窄小，耕牛又只适用于那些大块水田，所以在人力的需求上会比较高。”

君无咎道：“有耕牛的人家都算是有一些家底的了，就算是在北方，也有许多人家没有耕牛，要么就去借牛，要么也是要靠大量的人力。”

湛之君叹道：“只是觉得有些可怜，这些农户辛辛苦苦忙碌一年，好不容易开始收获粮食了，结果一场大水……唉！”

君无咎也叹气。

成杨突然问道：“清悦，你家中也是有地的吧？”

君无咎道：“是，当时我又没有其他谋生的手段，只能用老师留给我的那一些钱去买了两亩水田耕种，好歹不至于没有吃喝。”

“那两亩地，平日里就你一人耕种？”成杨从未种过地，对此十分感兴趣。

还未等君无咎回答，湛之君笑道：“若是一个成年男子的劳动力，耕种两亩地还是可以的，就是十分辛苦罢了。当初我那个村子里有个寡娘，为了供他孩子读书，自己耕种了三亩多地，还养了猪和鸡，每日里天还未亮便出去忙碌，天大黑了回来。幸而那家孩子争气，考中了秀才，在村子里当了教书先生，生活这才轻松下来。”

“所以还是读书好。”成杨道。

君无咎斜看了他一眼道："读书人也要吃喝，若是没有了这些农户人家，就算读下老天来，也是要饿死的。"

他说完，湛之君就哈哈大笑起来，"清悦说得是，就是这个理。读书要花费大笔的银子，读了书也是为了要挣多一些钱买粮食吃。所以很多地方都是以一村之力供个秀才举人出来，希望那人能出人头地……不说别的，秀才功名可以免一半的税，举人可以免全部的税，这样一个村子的地都挂在举人名下，只是每年粮税便可以省下许多。"

君无咎点头道："若是当了官，便更好了，这样便可以庇佑那一方村民，只要……"他说到这里，脸色就变得不太好起来。

成杨知道他想到了什么，连忙转移了话题，"我对这些都不是很清楚，如今听你们说觉得蛮有趣的。湛主事，你不妨与我们说说那水利之事？"

一说到水利，便打开了湛之君的话匣子，他从大禹治水一直讲到现在，总结各地方水利工程、水灾救助方式等，一直到了目的地，还在滔滔不绝。

他们来的这一段是水灾多发地点，虽然堤坝修筑得已经很高了，但是如果几场大雨下来，仍旧会造成决堤。

十五留在堤坝下面照看马车，成杨三人爬上堤坝，看着那宽阔的水面。因为还是春季，所以水势平缓，污浊的河水自西向东滚滚而去，河中几叶扁舟正在渡河。

不远处有个农民打扮的遥遥喊道："喂，你们是做什么的？莫要靠近水边，很危险的！若是要渡河的话，还要往前走，那边有船！"

成杨笑着喊回去，"这位老伯，我们是出来游玩的，并不要渡河。"

"哎呀！"那老伯操着浓重的方言，扛着锄头走了过来，"就怕你们这些游玩的书生，在这里晃来晃去，有的喝多了一脚踩空翻下去，还要我们去救！万一遇到水急的地方，几下人就没啦！"

"是是是，我们走远些……"成杨拽着君无咎下到堤坝缓坡处，开始跟走近的老伯话家常，“这里经常有人来游玩？”

老伯冷哼道：“一看你们就是外地人，你们这些外地的书生真是……总喜欢来这种地方！若是想看水、看树、看花，应该去游湖，而不是跑到这边！”

湛之君也走了过来，道：“那湖水哪里有这河面壮阔好看呢。”

老伯看了他一眼道：“这河面好看？还吃人呢！那里，你掉进湖里还能被人救上来，这里……呵呵，这里可就说不定了。”

这条河有个名字，叫龙葫芦。

相传河中曾经有一条恶龙，经常搅风弄水，搞得民不聊生。后来有个神仙将自己喝酒的葫芦扔了下来，葫芦嘴儿正对着恶龙出没的地方，然后换来这一片儿的安宁。

老伯指了指他们面前的河面，跺了跺脚道：“这里，到那边儿，就是葫芦身子，在过去就是葫芦嘴儿。只要一发水，葫芦嘴和这边就容易决堤，修了好多次了，都没啥用！”

君无咎手搭凉棚，向两侧看去。龙葫芦河两侧都是田地，河水与地下支流冲刷着这些肥沃的土地，带走了不少泥土，最终都沉淀在河底。而葫芦嘴那边河道变窄，河底泥沙越堆积越多，最后导致河床变高，一下大雨就极容易决堤。

“为什么不把葫芦嘴那边拓宽啊？拓宽之后泥沙被冲入下游，也就不容易发水了。”他问道。

那老伯“哎呀哎呀”地叫了两声，“你这后生，读书读傻了吗？如果葫芦嘴儿没有了，那恶龙出来怎么办？”

君无咎……

湛之君拽了拽君无咎的胳膊，苦笑着摇摇头。

几人从堤坝上下来，君无咎简直是无语了，“恶龙？我看那葫芦嘴才是恶龙！”

湛之君苦笑道：“君公子有所不知，这许多山川河流的传说都与龙有关，当年就有官员打算炸宽河道放开水流，结果差点被村民们打死，有些村民甚至还上了万人书，说龙威不可冒犯。”

“简直愚昧，愚昧不可及！”君无咎有些恼怒，“难道官员们就这样看着不管？”

湛之君冷笑道：“管？真正想管的最后都因为会冒犯龙威，被贬了职。有的人呢宁愿不去管，如此几年便有一场水灾，朝廷就要拨款，手里就有了钱，何乐而不为呢？”

君无咎……

成杨道：“其实不是不能管，而是如果管了就触及某些人的利益，某些人便会煽动那些民众闹事，闹大了就要倒霉。”

君无咎……

他用力搓了搓脸，无奈道：“难道皇上也不管吗？”

“这可是冒犯龙威的大事，皇上就算管也不知道要如何去管。”湛之君摇摇头，“想要管，不但要让官员与自己一条心，还得想办法搞定那恶龙的传言，否则什么都白搭，那些愚昧村民才不管这些乱七八糟的，他们既想让官府好好治水，又不想去触及那些神怪之事……总之，难！”

君无咎转了转眼珠，道：“只要这边官员同意炸开葫芦嘴，拓宽河道，我便有办法让村民不闹事，安抚恶龙。”

湛之君吃惊地看着他，“君公子会收服恶龙？”

君无咎哈哈笑了两声，然后叹了口气，钻进车里。

成杨拍了拍湛之君的肩膀道：“办法是人想出来的，但是想出来的办法也得人去做，若是没有人配合，多好的办法都没有用。”

湛之君似乎明白了什么，似懂非懂地点点头。

十五驾着车，带着他们在附近转了一圈。这里的水稻已经开始插秧了，绿油油的稻田看得令人欣喜。然而不远处的葫芦口仍旧是个隐患，若是不除掉这个隐患，此处的水患便永远都会存在。

“知道为什么很少有官员会在自己任上处理这些事吗？”成杨看着车窗外的景致，慢悠悠地开口。

君无咎沉默地不想说话。

湛之君道："这还有什么不知道的？江苏这边可是最容易出政绩的地方，只要不发水，便都是丰收年，民风也淳朴。哪怕就算是发水，朝廷也会拨款补偿，后续安抚不出问题，或者安抚及时，仍旧是政绩。不知道多少人削尖了脑袋想要来这里任职呢。"

成杨呵呵一笑道："所以说，若是有门路将自己的人安排在江苏这种好地方做官，那官场和钱场，啧啧……"

湛之君冷笑出声，笑完了沉下脸叹了口气，悠悠道："那又如何呢？只求这些人不要总捞钱，好歹做些善事，百姓们就能将他称为青天大老爷了。"

车子里一时间陷入了低潮的沉默。

"回去吧……"君无咎心情十分沉重，他突然察觉到自己肩上的担子有多么的沉重，岳鸿之的死因为触及了什么人的利益，这些人又是多么的权高位重。他要如何做，才能替老师报仇呢？

成杨伸出手轻轻地拍了拍君无咎的膝盖，安慰之意溢于言表。

"十五，回城吧。"

湛之君见君无咎这副样子，也安慰道："君公子刚进入官场不久，又是在大理寺那种地方，还有成大人护着，其实也不用怕什么。待时间长了便会学会这些弯弯绕绕的东西了。"

"我不想学……"君无咎瓮声瓮气地回道，"这些污糟的东西，有什么好学的？"

湛之君挑了挑眉头，对着成杨耸了一下肩膀，露出个玩味的笑容。君无咎这样的态度，像极了那些刚入官场满怀抱负的年轻人。然而时间长了，这抱负便会被消耗掉大半，真的要想做成事，玩不转朝廷里官员的那一套，几乎寸步难行。

成杨道："你只要安心破你的案子就好，其他的事也暂时轮不到你来做。等真的需要你出头的时候，就算你不想学也得逼着自己去学了。"

君无咎抬起手来捂着脸，无声地抵触着这种言论。他其实也心知肚明，自己之所以能够得到皇上赏识并且能随着钦差南下，都是因为成杨，而成杨背后则是有着庞大的崇王府撑腰。若是没有这些，怕是他早就在庚县的大牢里被屈打成招，估计如今死的都不能再死了。

马车轻轻地颠簸着，绕过一处山脚，听到山里传来一阵嬉闹之声。

成杨撩开车帘向外看去，问道：“前面是什么地方？”

十五道：“少爷，前面应该是一处别院，有人带着女眷在山脚下踏青。”

“刚来的时候没看见……绕开吧。”成杨说完，便放下了帘子。

君无咎透过车窗，看见不远处几个小童穿着鲜艳漂亮的衣服，嘻嘻哈哈地你追我赶，后面有几个大人跟着，生怕这些小童摔倒。不远处还有人在放风筝，漂亮的大风筝在瓦蓝的天空上飘荡。

这是非常美好的一幕，无论是谁都会希望这样美满安逸的生活能够持续，然而多么幸福美满的生活也会被无情的水患击溃，哪怕是有钱人，也经不住大水的肆虐。

他放下车窗上的帘子，合上双眼，心中无比难过。

等车子回到城中客栈的时候，已经下午了，成杨跳下车就开始喊饿，他努力地活跃着气氛，“没想到竟然用了这么久，早知道就应该准备一些吃食带着，这一路饿得我两眼发花。”

湛之君笑道：“那少爷晚上可要多吃一些。”

“哪里还能等得到晚上，也不知道我爹他们回来没有？”成杨摸着肚皮，一把拽上正打算回院子的君无咎道，“大哥，点些点心来吃吧？”

旁边小二听到了，过来笑道：“两位公子可是去外面踏青了？这周围山色湖景都十分漂亮，若是想要游湖也尽可以跟小的说，小的认识那些有游舫的人，可以提前预备下游舫。”

成杨来了兴趣，道：“游湖不错，我们……”

“你不是饿了吗？先叫一些点心，要是想游湖也要去问问父亲和妹

妹愿意不愿意去。”君无咎连忙接下他的话头，他如今提不起什么游湖的兴致，只想回去好好休息。

成杨冲着小二撇撇嘴，一副纨绔小公子被大哥教育了的模样，“算了算了，先给我上些点心，拣着好吃的直接送去院子里。”

“好的好的，若是公子还想吃别的点心，旁边有一家杏花苑，点心极为不错，小的也可以替公子买一些回来。”小二极为有眼力见，已经看出来做主的人并不是成杨，转而看向君无咎讨好地笑。

湛之君从荷包里捏出一块银子塞过去，道：“拣着好吃的多买一些。”

小二攥着银子，点头哈腰地跑了。

回到院子里，孙主簿和苏文月他们还未回来，而且那两个书生的房间仍旧紧闭，看不出里面是否有人。

成杨扫了扫那两间屋子，冲着跟进来的十五使了个眼色。

十五不动声色地点点头，道：“我先将车子送去大车店。”说完便走了。等他回来，小二也正好拎着满手的点心匣子进来。

等小二走了，十五道：“那两个人从半个月之前就住进来了，平日里姓宋的那一人经常出去喝酒，或者去外面踏青游湖，结交一些朋友；另一人姓章，立早章，叫章秀庭，却极少出门，吃饭都要送去房间，说是要在里面读书。这房子价格并不便宜，而且若是为了春闱科考准备，如今也应该上京了，而不是在这里读书。”

十五顿了顿，又说：“小二说了，这俩人是同一天住进来的，似乎彼此还认识，只是关系并不是很好……但是小的纳闷，既然关系不好，为什么还要住在一家客栈呢？这城中不是只有这一家客栈有这清静的院子吧？难不成都住满了？”

成杨听完十五的话，沉吟了片刻，转头看向君无咎，“你觉得那二人如何？”

君无咎想了想道：“虽然他们二人不合，但是应该彼此十分熟悉吧？比如说宋姓那书生就应该知道隔壁章姓的书生有那种怪癖而且已经习惯。否则以他们二人这种僵硬的关系，怎么都不可能住在一起。”

十五道：“也许他们只是表面不和呢？”

君无咎道：“也有这个可能，不过我们毕竟与他们不熟，也看不出他们究竟是要做什么，平日里防着一些就好。”

成杨听到这里，笑道：“我也这样想，虽然他们二人举止怪异，但是好歹要清楚底细，不要太接近。毕竟我们也是要在这里住上几日的，就随便他们吧。”他虽然这样说，但是也是提前让十五把那二人都打听了一番，不能不说成杨是个心思缜密而且行事谨慎之人。

他们虽然说是低调且隐秘地离开了京城，但是毕竟没有不透风的墙，如今已经察觉到不少人变着法儿地打听他们的消息了。但是在此之前，除了他们这一行人，成杨还安排了另外几波与他们差不多的人员配备的马车，以不同的时间不同的路线向南方进发，虽然现在还未曾有人暴露，但是也只是时间的问题了。

皇上派出专门查访江苏的钦差，本就让一群人胆战心惊。若是不小心暴露身份，迎来的恐怕未必是那些官员的惶恐，可能还会有不少的暗杀。如果钦差因为流寇匪徒抢劫之事死于路上，顶多也就治当地官员一个不查之罪罢了。

他们刚烧好一壶茶，孙主簿他们便回来了，还大包小包拎了一堆东西，苏文月小脸闪着兴奋的光，看上去收获不错。

“我打听到不少有意思的事儿，”苏文月洗了手，拿起桌上的点心就开吃，“这里每年都要祭祀龙神，有钱的给钱，没钱的给东西，哪怕一碗米都可以，然后由徐州城里据说最有名气的法师主持，要平息龙神的怒气，祈求风调雨顺。”

她狼吞虎咽地吃了两块点心，又灌了一大杯茶水，道：“对了，你们应该知道不远处有一条河，叫什么龙葫芦？听说之前没有祭祀龙神一说，也不知道是从什么时候就开始了……”

君无咎道：“这倒是个安抚民心的好办法，那些祭品呢？就都扔到河里？”

苏文月道："哪能啊，祭祀哪里用得了这么多东西，你想，全城的人都要献上一份祭品，哪怕一人一碗米那得多少？据说就是三牲五谷祭祀，多出来的说要送进庙里，但是最终去了哪里谁知道呢？"

君无咎眨眨眼，看向成杨。

成杨道："这个办法应该给这些官员捞了不少好名声吧？"

苏文月点头道："人人都夸呢，几乎没有人说知府不好的。我还听说若是有人打跟钱财相关的官司，有的时候知府会自己掏腰包安抚输家……想一想就觉得不可思议，竟然用这种方式捞名声吗？那这一年得掏出去多少钱？"

"怕什么，不是有那些给祭祀拿的钱吗？"成杨冷笑道，"一手敛财，然后用敛来的钱财买名声，取之于民用之于民，这些人倒是聪明。"

"然而并没有什么用啊，这里照样发水，隔几年就发一次，发完水之后据说祭品要更多。"苏文月大大咧咧地耸肩道，"而且都是自发性的，一本万利。"

君无咎突然问道："那么那条河一直都叫龙葫芦？"

苏文月好奇道："为什么你会这么问？"

"传说，传说，有人传才会有人说。如果之前便有这种恶龙作乱的传说，为什么从来没有人想起来祭祀呢？会不会是有人为了祭祀从而改了这条河的名字？这种事也并不是没有过，我见史书上就有不少记载，因为什么事改了山川河流或者乡镇村落以及府城名字的事例比比皆是，只是当时我看书的时候并未注意是有多少因为改了名字增加了祭祀的。"君无咎一本正经道，"如果对方是用祭祀这个办法捞名声敛钱财，那么会不会为了这个办法而去改某些事物的名字呢？"

成杨想了想道："我去找人调查一下，看看江苏有多少发水的河流改过名字，或者现在有多少是因为发水而开始祭祀的。"

君无咎点头道："这只是一个切入点，祭祀会麻痹百姓们的心，认为发水并不是朝廷不作为，而是因为龙神发怒。这样的话每次龙神发怒，官府只要拿出一部分钱和粮食稍作安抚，就会让百姓安静下来。但是造成水灾的原因却无法解决，也就是如何能够不发水，或者减少发水的次数。”

苏文月面带嘲讽道：“若是不发水了，他们还去哪里敛财？就因为时不时地闹水患，才会让百姓觉得往年没有水患的时候是因为祭祀龙神得到的好处。”

孙主簿听了半天，最后开始和稀泥，“好了好了，只是打听到这么一点儿消息而已，你们居然就想了这么多，该吃饭了吧？哎呀，吃饭吃饭。”

果然，年轻人的队伍里还是得有个年长的同伴会比较好，否则年轻人太过容易激动，一番话说下来都开始义愤填膺，最后被孙主簿温声细语地降了温。

几个人准备吃饭了，又看到小二拎着食盒子进了对面章书生的门，然后拿了几件脏衣服出来，面无表情地走了。

苏文月探头探脑地看向对面，小声道：“那姓章的也真有趣儿，除了那天晚上我就没看见他出门，是不是出恭也要在屋里解决啊？”

成杨听完就给了她一筷子，怒道：“这是要吃饭呢，你胡说些什么？”什么出恭不出恭的，小丫头家家管得还挺多。

苏文月撇了撇嘴，把视线从对面拉了回来，“我就是好奇啊，别说你不好奇。”

“我好奇也不会在饭桌上说这种话！”成杨夹了个鸡腿丢到苏文月碗里，“你若是真好奇，晚上蹲房梁上去看看，以你的功底，想必对方察觉不到。”

“师兄你可真行，你让我一个黄花大闺女跑去蹲陌生男人的房梁！”苏文月瞪着圆溜溜的双眼，“有你这么做师兄的吗？”

成杨又把另一个鸡腿给了孙主簿，回嘴道：“行了你，说得就跟你没蹲过一样，当初在京城是谁跑去蹲云家小公子的房梁了？那时候……”

“哎呀，吃饭都堵不上你的嘴！”苏文月要跳脚了。

苏文月十几岁的时候，喜欢过云家的小公子。那云家也算得上一个小世家，原本祖上崇尚武艺，但是后来渐渐地没落了，一家子男丁靠吃老本活着，肩不能挑手不能提。但是就出了个聪明过人的云公子，据说几岁的时候就会作诗，长得也英俊，又有一双桃花眼儿，看谁脸上都带着笑，是不少姑娘小姐喜欢的类型。

苏文月那时候跟一群臭小子在一起学武，还成天被裴大学士念叨要学姑娘样子，恨不得连走路姿势都规范出来，逼着她做出一副大家闺秀的样子，还让裴夫人带着她去一些女孩子多的场合，要跟人家学学。

苏文月就是那个时候见到最受欢迎的云小公子的，几乎一见倾心。于是她做了一件最奇葩的事儿，就是半夜跑去蹲云小公子的房梁了。也就是那时候，发现云小公子跟自己的好几个丫鬟不清不楚，一颗少女心顿时碎成了八瓣，从此再也提不起兴致，甚至连家里给她说亲都吓得不行。再后来进了大理寺，完全就是一副女侠风范，特别喜欢打抱不平，能从街头打到街尾，揍遍纨绔公子无敌手。

裴大学士因为这个差点儿气得中风，但是皇上喜欢，还夸奖过好几次，让那些弹劾苏文月的文官不情愿地把这股子憋屈气咽了下去。

他们在饭桌上也不讲究食不言，尤其是苏文月，不让她说话简直能要了她的命。一边儿吃一边儿讲着自己今天出去遇到的各种趣事儿，尤其是他们中午在一家食肆吃到的美味小吃，让她说得天花乱坠，似乎不去吃就枉来徐州一趟了。

好不容易等她告一段落，孙主簿便岔开了话题。

“翰飞，你还记得邹副使邹明自尽的那个案子吗？”

成杨筷子一顿，道：“自然是记得，不是已经都判了吗？”

孙主簿似笑非笑地看着他。

成杨嗨了声，道：“孙大人是想要问什么，还是知道什么内情？”

孙主簿神秘兮兮地点了点头，道：“你知道，这个案子最后的卷宗是我整理的，其中有一部分……欧阳大人和刑部那边不让写进去，所以你们查看卷宗的时候也查看不到。虽然这件事皇上没有表态，但是……”他挑了挑眉，“其实也有一些风声出去了，你真的不知道？”

成杨用筷子尖儿指了指天上，“你说的是……大皇子？”

孙主簿点头，他向周围看了一圈，又看了看君无咎，最后把目光落在成杨脸上，“据说前一晚，有人看到大皇子的人进了邹明家中。后来宫中死了个太监，据说这太监就是给邹明那把匕首的人。”

成杨听完就笑了笑，微微地摇了摇头。

君无咎曾经听过成杨讲宫中那些事儿，知道如今的大皇子不但是皇后所出，还是年龄最大的一个，如今已经开始参与朝政了。而且此人温和聪慧，应该是最有可能被封为太子之人。

然而既然已经这样了，为什么大皇子还会做出这种事？

孙主簿道：“这件事不管是不是大皇子的人做的，是栽赃陷害或者有别的什么，案子都没法往下查了，而且还会让皇上对大皇子起疑心。这怀疑的种子点下去，说不定什么时候就得冒出来什么事。”

“一个邹副使换皇上心中一点疑心，还是很划算的。”成杨冷哼着笑了两声，“不但能让皇上对大皇子不喜，还顺带着黑其他几位皇子一把，但是二皇子是皇后的人，三皇子也是皇后所出，不管怎么样，这个计划挑拨得还算是成功。”

孙主簿叹气道：“谁说不是呢？随着幼小的皇子们一个个长大，其他皇子也逐渐出生，再过个十来年怕又是另一番景象了。”

君无咎艰难地问道：“难道皇上就这么看着？”

成杨道：“不然呢？不管皇上做什么，都会引起朝中一番争斗，而皇位又只有一个。就算是册封了太子又有什么用呢？最后坐上皇位的未必是太子，这在历朝历代也不是什么新鲜事。”

君无咎表情仍旧纠结。

孙主簿哈哈笑道：“天家无父子兄弟，为了那个位置……哎，我好端端地说这个做什么？吃饭吃饭，这菜都要凉了。”

回到自己房中，君无咎有些闷闷不乐。他十分讨厌这种无力的感觉，只是因为一个人的念头，就会让那么多人跟着折腾，最后把自己的老师都搭了进去，就不能都好好地当官吗？

他坐在罗汉床边，手里握着一册书卷，盯着跳动的火苗发呆。

岳鸿之很少会跟他们讲述这些官场上黑暗的地方，他说的最多的就是如何观察尸体，查看案发细节等。也许是他知道这其中的黑暗，不想让自己的女儿和唯一的学生涉及，然而……

成杨也在发呆，他总觉得今天孙主簿说的这番话，似乎并不是随口而说。孙主簿在大理寺做了十来年的主簿了，见过太多案子，人精一样，自然知道什么该说什么不该说。邹明这个案子其实成杨也隐约听父亲提过一两次，知道是涉及了皇家内幕，所以被按住不查了。孙主簿应该知道他和苏文月都会知晓这案子内情，毕竟苏文月还有个裴大学士的义父。这一桌不知道的也就只有君无咎和湛之君了。不过湛之君人脉也有，兴许也能听到什么风声，而君无咎就是彻底的一个人，他知道的所有关于朝内的事，基本都是成杨告诉他的。

那么，孙主簿为什么突然会提邹明这个案子？他真的只是闲聊，还是有别的什么原因？

想了半天，成杨又觉得自己有些风声鹤唳了，或许孙主簿真的就是闲得没事找个话题聊，毕竟他们之间也没有熟到无话不说……

深夜，一名醉汉在月光下跌跌撞撞地走着，他脚步踉跄地撞向一扇黑漆大门，大门没有锁，被他身体的重量缓缓地顶开了。醉汉茫然地翻身起来，他扶着门框，抬脚走了进去……

“走水啦，走水啦！”

凄厉的呼喊声划破宁静的夜空，然后就是急促的铜锣敲响，火光熊熊，几乎照亮了半个徐州城。

君无咎猛然惊醒，他睁开眼，看见初一正在跟成杨说着什么。

“怎么了？发生什么事了吗？”他撑起身子问道。

因为院子里住了个喜欢半夜出来梦游的陌生人，君无咎被迫与成杨睡在一张大床上，好歹两个都是男人，倒也没有什么避讳。

成杨就站在不远的地方，没有披外衣，应该是刚被叫醒，但是为了避免吵醒君无咎便离开了床，然而君无咎还是醒了。

“那个院子走水了，”成杨回头看他，“是不是感觉很巧？”

他说的那个院子，就是徐家的宅院。

君无咎一下子清醒过来，他撩开被子起床，诧异地问道：“那院子不是有人看守吗？怎么还会走水？我记得他周围两家似乎也都被抓走了，两边的房子都是空的，怎么走的水？”

成杨哭笑不得，“我如何能知道这么详细？初一也是刚刚才告诉我这件事。”

初一道：“君公子，我也是刚看见那院子走水，火势很大，便急忙来与少爷说了。”

几人走出房间，向东边看去。

火还未完全熄灭，滚滚浓烟蒸腾而上。只是远远看着，就能感受到那迎面扑来的热浪。

成杨与君无咎面面相觑，低声道：“看火势，怕是不只把徐家院子烧了吧？”

君无咎面无表情地看了一会儿，便转身回了房间，成杨叹了口气，也跟着走了进去，“怎么了？”

君无咎看了看外面，初一就在门口守着，那喜欢梦游的书生也悄无声息地没出来。

“有火油，”他道，“那火势不只是普通的走水，只有浇了火油，才会如此猛烈，而且还有黑色的浓烟。”

成杨的脸色瞬间就沉了下来。

火油很少能进入民间，基本上都有朝廷把控，因为这东西附着力很强，而且极易燃烧，哪怕是在水里都能烧得滚烫。可是这徐州城里，怎么会有火油？为何又将那徐家的宅子烧了？

“我总有一种感觉，也许，这并非是巧合，而是有人希望我们去查徐家的事，以及……徐州知府的事。”君无咎突然打了个冷战，他用力抓着自己的手臂，“我们这两天没有动静，对方或许是等急了。”

“他是要逼迫我们现身？”成杨的眉头拧成疙瘩，“若是这样，徐州城的事或许能办，但是其他地方怎么办？”

君无咎抬头看着他，哪怕在深夜里都能看到他闪闪发亮的眸子，“也许他们有办法，可以让我们介入这件事。对方这么谨慎，怎么可能想不到这个？”

成杨刚要说些什么，就听“嘎吱”一声，对面章书生的门开了。

章书生仍旧披头散发，穿着白色的中衣，晃晃悠悠地走了出来。他先是围着院子里的小水池转了几圈，然后向外走去。

“初一！”成杨低声轻唤。

初一像游魂一样，悄无声息地跟了上去。

又过了半个时辰，那章书生晃晃荡荡地回来了，他站在院子里面向东方，突然跪下磕了几个头，然后低垂着脑袋回了房间。

“少爷，他就在前面一直溜达，哪里都没去。”初一回来禀报。

这个章书生里外里地透着一股子古怪，实在是令人看不透。

“院子里没有其他人起来吗？”君无咎问。

“苏姑娘和孙大人房间里有动静，应该是醒了，但是可能刚才看见我们，就没有出来。其他人……”初一略一思索，摇了摇头，“这里毕竟与走水的地方距离略远，其他人未曾听到动静也情有可原。”

君无咎想了想，自己也是被初一他们惊醒的，旁人可能也没有这么灵通的消息，于是便释怀了。

然而第二天天还未亮，客栈就被官府的官兵团团围了起来。

“官爷，哎呀官爷……我们这里住的都是普通的客人，谁会私藏火油那种东西？”掌柜的声音从前院传来，“况且客人们都只带了自己的行礼包裹，火油那个哪里能放在包裹里带进来嘛！”

“少废话，”差官把掌柜的推了个趔趄，“老子天还没亮就爬起来了，就是提防这个！院子里的人呢？都给老子喊起来！”

掌柜的愁眉苦脸地劝，“官爷官爷，您想啊，如果有人做下这样的案子，岂不是早就跑了？哪里还会在这里等着？”

“我说你，怎么总给那人找借口？你是不是拖延时间呢？滚一边儿去，否则连你一起捆！”随着争执的时间越来越久，一群官差闯进了小院子，“出来，都给老子滚出来！”

官差大吼着。

成杨抿了抿唇，他觉得自己终于知道对方要用什么办法让他们去接近这件事了。

他推开门，一脸惊慌失措，“啊，这是怎么啦？各位，各位老爷，发生什么事了？”

那官差扫了他一眼，继续嚷嚷，“就你一个啊，其他人呢？都出来！”

孙主簿与湛之君也出了门，苏文月打开门，瑟瑟发抖地站在孙主簿身后，“爹，发生什么事啦？”

君无咎慢吞吞地躲到成杨身后，看了眼宋书生和章书生的房门，里面仍旧毫无动静。

“你们什么人哪，来徐州做什么？”那官差问道。

孙主簿上前一步，点头哈腰，一副市侩商人的模样，“各位官老爷，小的是在京城经商的，去年糟糠去了，今年带孩子们去苏州给孩子他们娘烧个纸钱……”他一边儿说着，一边儿从袖子里摸出个荷包，不动声色地塞进那人手中，“前两天进了徐州城，还被堵在外面好几个时辰，原本想着在这里休息两天就走的……这是出了什么事儿啦？”

那官差左右看了看，收了荷包，大声道：“经商的？昨天夜里城中走水，有人私带火油！”

“哎哟喂，官老爷，你看看我们……我们打京城来，还有路引的。管家，那个路引呢？”

湛之君连忙掏出路引递了过去，小心翼翼地赔笑道：“官爷，这到底发生啥事儿了？”

那官差装模作样地看了看路引，“发生什么事？着火了，死人了！

昨天晚上那么大动静你们没听到？”

湛之君大吃一惊，“什么，哪里着火了？我们夜里睡得死……真的不知道啊！”

那官差似乎也知道这里距离东城略远，听不到动静很正常。他捏着荷包的硬度，心中高兴，话也多了起来。“真是晦气，不知道是谁搞到了火油，将那徐家的宅子烧了，两边的宅子都受到牵连，幸亏里面没有人住……”他说到这里，凑近了湛之君，神秘兮兮道，“你们可知那徐家宅子里，住的是什么人吗？”

湛之君露出惶恐又好奇的表情，“这个真的不知道，毕竟我和老爷也是初来乍到的……官爷，那宅子里住的谁啊？”

官差向左右看看，掌柜的离得远，身边不是这商人的儿女就是自己人，他啧了两声，道：“是咱青天大老爷小妾家里人的宅子，哎呀呀，那宅子还是咱大老爷给买的，一把火，全没了。”

湛之君一惊，也凑上去压低声音道：“小的们刚来的那天，听了那么一耳朵……说是那宅子里……”他话就说到一半，然后看向官差。

“怕是全徐州城都知道了，大老爷的小妾被灭了满门，如今大老爷每日急躁，谁知道又遇到这种事。”官差冷笑一声，说完，稍稍退了一步，装出一副什么都不知道的模样，大声道，“你们的人都在这里了？”

湛之君连忙点头道：“是的是的，这是小的的老爷，这是两位少爷和小姐。那边那两个是我们家下人，赶车啊收拾东西啊什么的……”

官差点点头，看向他们对面的屋子，“那边住的什么人？”

“这……”湛之君瞅着戳在门口的掌柜的，“说是住了两个书生，但是与我们都不熟，平日里也没怎么见到过。”

官差做了个手势，他手底下两个人走到对面，咣咣地敲门。其中一扇门一推就开了，屋里空荡荡的没有人在，就是姓宋的那书生的屋子。另一间半天才把门打开，章书生脸色十分难看地站在门口，“你们这是做什么？简直打扰别人清净，书都读不下去了！”

官差不理他，直接把人推开冲了进去，乱翻一顿之后跑过来跟他的上司道："什么都没有，就是个穷书生。"

君无咎心道：这可不是什么穷书生，能每日里住在这里，一天两百个钱，五天就是一两银子呢！他当穷书生那阵儿，一两银子能用一个月呢！

另一间屋子也被翻了一顿，仍旧什么都没发现。

那官差大声道："最近世道不稳，你们最好暂时什么地方都别去，待这风声过了再走。"说着他看向孙主簿，"就是说的你们，这贼人胆大包天，你们只是行商，万一被人盯上就麻烦了。不如在这城中多住几日，等风声过了再离开。"

"是，是，谢谢官爷！"孙主簿连忙道谢。

那官爷刚要走，打外面急匆匆地跑进来一名小兵。小兵脸色十分难看，他凑到这人耳畔低声说了几句什么。

官差大惊，"竟有此事？"

小兵点头道："大人说了，必须全部都搜到，挖地三尺也要找到才可以！"

官差怒道："说得容易，十多个人怎么找？行了行了知道了，你去跟其他人说吧，这边我负责了！"

小兵得了准信儿，又急匆匆地跑掉了。

"把这里的人都盯住了！"官差大声喊。然后他手下那几名小兵都分散开来，守在门口的，守在外面的，一个个做出凶神恶煞的模样。

湛之君看到这副情景，忍不住问道："官爷，这，这又是怎么了？"

那官差不说话，先是在院子里转了一圈，左踢踢右看看，磨叽半天来到湛之君身边儿，摆出一副天气不错的模样。

湛之君立马懂了，他又从自己荷包里捏出个小元宝，塞进官差手中。

那官差掂了掂手里的元宝，"去去，我要去你们屋子里搜一下！"

湛之君抽了抽嘴角，让了开去。

官差走进屋子里，先给自己倒了一大杯茶，咕咚咕咚喝完，“哟，你们这茶水不错。”

湛之君连忙从行李中拿出一罐茶叶，道：“官爷好品位，这个可是我们老爷在京城的朋友送的，据说都是那些官老爷们喝的茶。”

官差收获颇丰，扯了一把椅子坐了，看着跟在后面进来的几个人，神秘兮兮道：“你们可知道刚才发生了什么事？”

成杨让初一他们守在外面，将门半掩上，得到了那官差一个赏识的眼色，“这小哥不错。”

成杨从来没有被人如此夸奖过，笑容差点僵在脸上。

孙主簿捻着胡须，让湛之君再煮上一壶茶，然后问道：“发生了什么事？唉……大人你看，我们不过是来歇个脚，竟然遇到这么多事。”

官差冷哼一声道：“也让你们赶上了，平日里这城中十分安逸，谁知道突然发生这么多奇怪的事儿。”他说完，看了看空荡荡的桌子，又啧了声。

成杨转了转眼睛，从旁边柜子上拿下了一个点心匣子，里面都是昨天刚买的点心，“大人累了吧？先吃点儿垫垫，这一大早的。”

“谁说不是呢？”官差捏了块点心塞进嘴里，又喝了一杯茶，才道，“我就是瞅着你们都是实在人，而且估计这院子里也没有什么乱七八糟的事儿，就顺便歇个脚跟你们说道说道。”他狼吞虎咽地吃了一顿，拍掉身上的点心渣，看旁边人都有些急不可耐了，才缓缓地开了口，“刚才那小兵跟大爷我说，徐家那十几口人的尸首不见了。”

“什么！”湛之君忍不住高声叫出来，“十多个，怎么就不见了呢？”

“你问我，我问谁去？”官差扫了他一眼，“这不是让查吗？十多具尸体，一宿全没了，让掘地三尺也要找到，这上哪里找去？”

君无咎听到这里，不禁看向成杨。成杨对他轻轻摇了摇头。

湛之君给那官差倒了杯茶，小心翼翼道：“这，这也不可能藏到客栈里吧？这么多……这能藏到哪里？”

“谁说不是呢？哎，你们说，那贼偷尸体做什么？又不能吃又不能喝，这么多尸体能藏哪里呢？”官差又塞了块儿点心，估摸着吃饱喝足了便站起身来，抖抖衣服袖子，“行了，就这么点儿事，大爷走了。若是你们看到什么奇怪的事就去衙门找我，我姓刘，人称刘三刀，记得了？”

“记得了记得了，”湛之君连忙将人送去门口，“官爷放心，只要是看到什么不对劲儿的，小的立马去知会您。”

“最近也别出城，乱得很。”官差大摇大摆地出了门，“行了行了，这边也没啥东西，走吧！”说完就跟带着一群小鸭子的老鸭子一样，一摇一摆地走了。

他前脚走，后脚掌柜的就端了一堆丰盛的早点进来，“各位，各位实在是不好意思，唉……出了这事儿谁也不想，各位多多包涵。”

“放心，没事儿。”湛之君看着掌柜的离开，便回了房间关上门，与房间里的人面面相觑。

苏文月憋了半天了，总算可以张嘴说话，“我的天，这徐州城也够乱的，那衙门里的人究竟是做什么吃的，十多具尸身一宿全没了？怎么听上去这么不可信呢？”

君无咎急忙问道：“翰飞，那尸身初一他们可看过了？”

成杨点头道：“昨日他们就是去调查这件事，然后听到了走水的声音，便急忙回来了。那时候尸身还在，谁知道……”

“尸身上可有什么异常的地方？”君无咎又问。

成杨将初一喊了进来，道：“你与清悦说说吧，那尸身究竟是怎么回事。”

昨天夜里，初一他们二人潜入衙门仵作的房间，徐家的十多具尸体一整溜地排在那里，只有一名年老的官差在旁边的小屋子里打瞌睡，估计谁也没料到会有人半夜来偷尸体。

由于现在3月天气已经逐渐开始回暖，但是因为夜里还是比较冷，尸体倒也没有怎么腐坏，尤其是身上的刀口清晰可辨。

"没有挣扎的痕迹？"君无咎问。

初一点头道："没有，我都看过了，哪怕是在院子里被杀的那几人都没有任何挣扎的痕迹，所有尸体都是身中两刀，一刀在胸口，一刀在脖颈。"

君无咎继续问："表情呢？"若是在清醒的情况下被人杀害，那表情就是不一样的，面部至少会留有惊恐的表情。

初一摇摇头道："十分正常。"

"十分正常？那才是真的不正常。"君无咎看向成杨道，"那天我见到初一他们画的图就有一种奇怪的感觉，如今听了这一番话，奇怪的感觉就更浓了。"

成杨道："你可是觉得他们死得不对劲儿？"

君无咎道："我觉得他们死之前应该是已经昏迷了。"

"那院子里的人呢？"湛之君问道，"若是昏迷，怎么还会有人在院子里？难道是走到院子里才晕倒的吗？"

君无咎叹了口气道："未必是走到院子里晕倒的，很有可能是昏迷之后被人摆放在院子里杀掉的，为的就是伪造现场。"

一个伪造的现场，如今又被一把火烧光了，还残留了火油的气息。这件事怎么想怎么觉得不对劲儿。

正在他们逐步分析这件事的时候，对门的宋书生神情慌张地跑了回来，一头撞进自己的房间，"咣"地甩上大门。

君无咎不经意地往外看了一眼，片刻之后咦了声，"那宋书生的衣服上，好像有火燎过的痕迹……"

宋书生喜欢穿青色的衣衫，可是他刚才看的那一眼，看见了他袍角上有些焦黑。这种焦黑不像是在哪里蹭的，而像被火苗扑过。

"难道他当时在徐家的宅子附近？"成杨也站起身来往外看了看，然而什么都瞧不见。

"我想去徐宅看看。"君无咎道，"这件事实在是太过于奇怪，不看看我总觉得有些不放心。"

成杨道："我陪你去。"

徐宅外面仍旧有一群看热闹的百姓，他们聚在一起窃窃私语，君无咎听了一会儿，发现他们大多说的是徐家人做了什么伤天害理之事，如今老天爷都不放过他们，有人看不过眼，便将徐家人都杀了。

甚至还有人觉得这是一件好事，因为薛知府终于可以摆脱这些"讨厌的亲戚了"。

总而言之，听了一圈下来，并没有人觉得这件事十分可疑，也没有人觉得徐家人死得蹊跷，更不觉得这是一件残忍的事。而是统一地认为徐家死得好，薛知府也不容易。

君无咎忍不住对身边议论纷纷的人问道："如此残忍的凶手不但杀了十多个人，还烧了这个院子，甚至牵连了其他人，为何你们却觉得这是件好事？"

那几人看了他一眼，道："这是替天行道，难道不是一件好事？"

"可是却牵连了无辜的人，不是吗？那些被烧毁房子的人家不可怜？而且人既然都杀死了，为何还要烧毁房屋？"君无咎反驳。

其中一人上上下下地打量了君无咎，突然问道："你竟然为徐家申冤？难不成你得了徐家的好处？"

君无咎莫名其妙道："这徐家人都死了，我又如何能得到什么好处？我不过是有些疑问罢了。若是你们觉得那凶手是替天行道，若是他被抓了，难不成你们会替凶手喊冤？"

那人没想到君无咎会如此问，他张了张嘴，结结巴巴地说："这，这……若是抓住，必定是件好事。可是这徐家被杀，也是一件好事。"

"那既然做了好事，为何还要被抓？"君无咎继续追问。

那人皱着眉，似乎有些生气，他瞪了君无咎一眼，怒道："你懂什么！"说完便一甩袖子走了。

君无咎……

这是什么人哪！

成杨笑着扯了扯他的胳膊，低声道："薛知府在这里的声望还是很高的，而且这里的人基本都觉得这件事是好事，对薛知府来说也是一件好事，你若是质疑，他们自然就会生气。”

“可是这样很奇怪啊！”君无咎看看左右没人，也压低声音道，“你不觉得很奇怪吗？发生了这样的事，居然没有人质疑。”

成杨微微地摇了摇头，“没有人质疑是因为不会有人让他们质疑，但是这种事毕竟我们没有证据，所以不太好说。”

“没有人质疑，要么就是因为那薛知府是个真正的好人，要么就是有强权压制。若是个真正的好人，为什么之前还会让个小妾的兄弟如此鱼肉百姓？”君无咎越想越觉得气愤，“我就不信邪，原本就是他纵容的，如今却又有人替他说好话，简直岂有此理嘛！”

成杨再次拽了拽他的胳膊，道：“你也小声点儿，如果让别人听了找我们麻烦，就麻烦大了。你不是要看看这里吗？先转一圈再说。”

徐宅被烧得十分彻底，而且空气中确实残留了浓重的火油气息。若是一个人只是想要放火烧掉这里，怎么可能还要准备火油？普通的菜油之类就足够了。之所以要用火油就是因为火油燃烧时间长，而且不容易扑灭，所以徐宅变成了如今漆黑一片的废墟。而两边被牵连的人家因为没有火油的缘故，好歹抢救下一部分，并没有被彻底烧毁。

因为围着看热闹的人不少，所以他们二人夹杂在这群人里面也并不显眼。匆匆地看完徐宅的情况，君无咎就想要回去，突然见到前面一群人开始骚动。

“薛大人来了！”

“薛大人！”

一群人呼啦啦地跪成一片，其中不但有普通百姓，甚至还有不少秀才书生。

秀才是可以不跪官的，然而这里却十分诡异，似乎大家都对那薛知府无比爱戴，就连秀才都毫不迟疑地跪了下去。

作为装扮成商人的君无咎和成杨，自然也不能避免，只是找了个角落半跪半蹲，让自己不要太显眼了。

君无咎偷偷抬头看去，那薛知府长得十分清瘦，面皮很白，几缕长髯修整得十分美观。若不是穿着一身官服，看上去倒像个仙风道骨的道士。

薛知府还未说话，先开始流泪，声音带着哭腔，“各位，各位父老，请赶紧起来，莫要跪我啊！如今徐州城出了这样的事，本官身为知府却没有将那凶手缉拿归案，十分愧对各位啊！”

“啧！”成杨咂舌，“真是亲民。”

君无咎撇了撇嘴，再次偷摸抬起头来，正好看见薛知府后面的十几名官兵正目光如刀地四下巡视，于是连忙垂下了眼帘。

“我徐州城平日安详和乐，如今出现了这种事，真是让本官，让本官无颜面对各位乡亲父老！”薛知府那眼泪一串串地往下落，甚至把周围的百姓都感染了。

“薛大人，这种事就是报应，那徐家人素行不良，自己招惹了祸端，却让薛大人受累！”人群里不知道是谁愤愤说道，“薛大人，小的倒是觉得，这家人死有余辜！”

薛知府连连摆手道：“莫要这样说，莫要这样说！唉，是本官约束不严，导致他们招惹了祸端，这都是本官的错，本官……唉！”他说着，还抬起手臂擦了擦眼泪，看上去无比悲戚。

君无咎被酸得牙都要掉了。

一群人连连应和这并不是薛知府的错，这都是徐家的错，让薛知府千万不要因为这件事伤心和自责，气氛搞得十分感人。

薛知府又发表了一番治下不严，匹夫有责之类的话，然后带着那群官兵呼啦啦地走了。

跪在地上的百姓们这才站起身，还沉浸在刚才的感动之中，不少人眼里泪花满满，连连说薛知府是大青天，大好人。

君无咎实在是受不了了，拽着成杨就跑掉了。

“这都是什么跟什么！”他现在看出来了，这徐州城里的人似乎都被洗了脑，盲目地认为薛知府无论做什么都是好的，怪不得他质问了几句就惹人生了气。

“嘘……”成杨也察觉到不对劲儿，如今这大街上都是人，万一他们说的话被有心人听到告发了就不妙了，“回店里再说！”

“居然有这样的事？”苏文月目瞪口呆，“我竟然没有查出来！”

“这城里估计四处都是那薛知府的眼线，能让你查出来也都是说他好的。”孙主簿摸着胡子，连连摇头，“这种事老夫也曾经听闻，但是都是在一些闭塞偏僻的地方，还有那种荒蛮之地野蛮部族才会发生，没想到这人来人往的徐州城居然也会这样。”

成杨道：“这薛知府真是有些本事，能让整个徐州城都向着他，这都快成了土皇帝了。”

君无咎道：“未必所有人都向着他，我怕的是如果有人对他提出质疑，很有可能无法在徐州城生活下去……就是不知道能不能找到说真话的人。”

“这事儿包我身上！”苏文月豪气地拍了拍胸脯，大包大揽下来。她说完，又问道，“君公子，师兄，你们去了那徐宅，除了这薛知府，还看到了什么？”

君无咎摇摇头道：“徐宅被彻底烧毁了，而且确实是用了火油。烧毁徐宅的那人估计是生怕有人前去查探，看到什么不该看的东西。”

“也就是说，这徐宅其实有着一些不可告人的秘密？”湛之君问道。

君无咎点了点头，又摇了摇头，“这都是我自己的感觉，但是这件事毫无头绪，实在是不太好查探。唯一让我感到不正常的就是那个薛知府，也是因为他的不正常，让我觉得这徐宅发生这些事，很有可能与他有关。”他想了想又道，“若是我猜得没错，这火油之事应该也会跟之前找凶犯之事一样，最后不了了之了。”

他们好歹也在这里待了几天，除了第一天徐州城表现得很紧张之外，就再也没有什么太过的动静，似乎就保持了一种好像在寻找凶犯，但完全没有认真去找的样子。后来又出了这种事，薛知府跑到徐宅面前演了这样的一场戏，但是火油这种东西可并不像菜油那样容易得到，又要烧掉整个两进的宅子，怎么可能会是普通百姓所为？而且能烧掉两进宅子的火油可不是很小的数目，那么这些火油究竟是从何而来？

“我去查！”苏文月听完君无咎的疑问，又接了下来，“既然这东西出现了，那必定是要有出现的原因。有火油的那个人未必只是为了烧掉徐宅才弄来火油，很有可能是还有别的用途，或者是曾经用过，如今还剩下些许。我只要去查火油的源头，那么就能查到究竟是谁将火油弄来徐州城的！”

徐州城里紧张的气氛似乎因为这个知府出面一次之后变得缓和了许多，居民们对城中是否还有着犯下如此大案的凶手存在一事表现得十分淡定，甚至某些茶肆酒馆还出现了几位说书先生，开始颂扬这为民除害的英雄。

“简直莫名其妙！”君无咎出去转了一圈回来，对城里发生的这些事有些无语，这让他觉得徐州城越来越不简单了，仿佛背后有一只无形的手在操纵推动这件事的发展，企图将那十多口人被杀害之事掩盖住，还要给那凶手平反，将他颂扬成一名英雄！

成杨也对城里的事感到疑惑，他道：“总觉得这薛知府好像变了个人似的，与那档案记录得完全不同。”

君无咎神色猛然一凛，他一把抓住成杨的衣袖问道：“会不会……会不会此薛知府非彼薛知府？”

他话音一落，满屋子的人都看了过来，成杨的脸色瞬间变得黑沉。

君无咎说的这个情况不是没有先例，大盛国土辽阔，四品以下的官员调动，皇上那边几乎很少过问，基本都是吏部操作。而且四品以下的官员成百上千，很少会有人能混出个熟脸，所以就会导致某些人杀了要上任的官员，然后拿了官印和上任文牒代替那官员上任，之后大肆敛财。当然，虽然其中也不乏做得不错的，但是这并不能证明他就是一个好官。

这种事要比买卖官职更加可怕，官职买卖至少还能查到那官员籍贯，而这种鸠占鹊巢之事，却无从查起，因为所有的线索都指向原来的官员，而后来的这个若是无人揭发，几乎可以一直做到辞官为止。

十年前就曾经发生过一件这样的事。

当年西北地方有不少山贼，经常打家劫舍，后来有一波山贼居然打杀了一名调任至此的七品官员。

这群山贼吓得不行，后来不知道是谁出了计谋，找了一个与这官员长相差不多的同伙拿了那官员的官印文牒，披上官服直接上任去了。不但如此，还将与自己相熟的那群山贼都带到上任的县城，多多少少给了新的职位，过上了大老爷的日子。

但是因为这真县令许久未曾归家，书信也没有一封，于是家人前来寻找，结果发现任上那人完全不认识。这件事让原县令的家人大惊失色，经过多方打听之后得知当年来上任的县令就是此人。

那家人也算是沉着，一路艰辛来到帝都击鼓鸣冤，这件李代桃僵之事才大白于天下。

先皇得知此事震怒不已，下令严查，最后也只是查到了几名十分不起眼的小官儿头上，最后此事不了了之。

“若是一般人，怎么能有这个心计冒充朝廷官员？别的不说，就这里里外外人情世故，其中还有一些小的调任动荡、与上级的来往，若是后面没有人指使教唆，一群什么都不懂的山贼竟然能在任上做了好几年？十年前那件事虽然我也有所耳闻，但是也得知那官员最后畏罪自杀，他为什么要做下如此惊人之举，背后是否有人指使，谁也不知道。”君无咎听成杨说完当年那件事，摇头道。

孙主簿摸着自己的胡须，笑道：“当年此事发生之时你们都还太小，老夫那时还未曾在大理寺任职，但是对此事也知道了不少。这冒充之人姓曾，县令做得无功无过，偶尔也能办几件实事，当年被抓捕归案的时候曾供出一人，然而此人牵连甚广，最后在先皇那里就将此事按下。说是畏罪自杀，其实……就如同君公子说的那样，若是没有人在背后指使，一群山贼怎么能在这种位置上待如此多年？若不是那家人找来，竟然都没有人揭穿他们。”他说到这里，表情有些莫测。

成杨顿时明了，那时先皇身体已然出了些问题，几名皇子上蹿下跳闹得十分厉害，更别说那些藩王了，恨不得先皇立刻殁了，好去抢夺那个人人羡慕的位置。而这个冒充的县令供出来的那人，必定与保皇派有联系，先皇为了打压藩王，平衡皇子间的权势，必定是要保住此人的。

那么，这个人是谁？

安王当年也是保皇党，难道是他？

如果是他的话，那么安王为什么如今把自己整得如此落魄？按说他已经可以打下不错的根基了啊……

孙主簿突然又道：“当初审理这个案子的那位大人，就是岳鸿之大人。”

君无咎心中一惊。

成杨看了一眼君无咎，又把目光放回到孙主簿身上，问道：“那当年岳大人突然辞官，会不会跟这件事有关？”

孙主簿没想到成杨会如此问，他沉吟了片刻，摇了摇头。“老夫也不是很清楚……不过岳大人确实是在这件事之后辞的官，先皇一开始并不同意，后来也不知道怎么的，就同意了。”他想了想，又道，“岳大人做出的贡献是卓越的，想必先皇不想让如此优秀的官员辞官，但是也不想看到岳大人为难……但是究竟是为了什么而为难，这……当初老夫官职低微，确实不清楚。”

他虽然是这么说，但是话里话外却有一种岳大人辞官是有隐情的意味，这隐情是否跟那个假县令口中供出的那人有关，他拿不准，但是却极有可能。

“哎呀，言归正传，难道现在的薛知府也是个假的？”苏文月有些着急，“我记得有不少人都认识这薛知府，他若是假的，怕是很早之前就要李代桃僵了吧？”

孙主簿笑道：“这倒未必，只要是这薛知府背后有人，假的也就成了真的，真的也许会变成假的。至于那些结交好友之类，还不是一句话的事？”他说完，又诧异地看向苏文月，不解道，“苏姑娘对此等事应该并不陌生，却为何显出如此心急的模样？”

苏文月笑嘻嘻道：“那说书的还得要个捧场的呢，如此有趣的事自然要烘托一下气氛。”

孙主簿无语。

湛之君听了满满一耳朵的八卦，冷汗都下来了，“竟然会发生这样的事！简直岂有此理！在他们眼中还有没有王法！”他原本以为自己经历过的那些官场之事就已经十分叵测难挨了，谁知道出来之后见了世面，竟然还有贼人替代原本官员上任的奇事，简直闻所未闻！

“倒卖官职，李代桃僵，这种事若是看得多了，便觉得这国家之大，却没有一处净土了。”成杨突然冷笑了一下，“幸亏幸亏，还有湛大人这样单纯之人。”

湛之君鼓着眼瞪他，不满道：“成大人在挖苦我？”

成杨摇摇头，正色道：“非也，只是有所感慨。这世上还是需要多一些湛大人这样一心为了国家的好官。那些肮脏的地方，就由我们大理寺的人来处理。”

湛之君一瞬间有些呆愣，他看着眼前正坐的成杨，突然发现这平日里总是笑嘻嘻看上去有些不靠谱的大理寺最年轻的少卿，竟然有些光芒万丈。

苏文月这个时候猛地一拍桌子，把湛之君吓得差点没跳起来。

苏大小姐道：“既然有这样的猜测，那必定是因为他确实露出了狐狸尾巴。只要露出尾巴，就没有我苏文月揪不出来的狐狸！”

成杨举手呱唧呱唧给她鼓掌。

苏文月挺了挺胸，一副十分自豪的模样。

湛之君眨眨眼，突然道：“那我们岂不是要在这里停留很长时间？当初不是说住几天便要走的吗？若是在这里时间长了，会不会引起他人注意？”

苏文月哈哈一笑道：“湛大人太看不起我的情报网了，如今我只要去查这薛知府平日交往之人，以及往年对他述职评价之人，便能抽丝剥茧，找到我们想要知道的东西。这世上可没有什么不透风的墙，若他真的不是薛知府，那一定会有什么地方露出马脚。”

“还有火油之事，”君无咎突然补充道，“这徐州究竟哪里能用得到火油？他们要用火油究竟来做什么？如果火油是薛知府自己储存的，那为什么还要在城中大肆寻找有火油之人？他是想要声东击西，还是真的不知道城中有火油的存在？”

火油本就是朝廷禁止的东西，大多数都用在了军事上，不允许官员私下储藏。

既然如此，这徐州城既不需要像关外那样御敌，又没有那种大规模的内患，为什么会出现这种本不应该出现的东西？

“放心，这原本就应该查探的！”苏文月看外面天色还早，突然笑道，“这徐州城里有个戏班，戏班里有个红角儿叫月玉莲，听说那薛知府甚是喜爱此人。那戏班一票难求，但是本姑娘有本事弄到了几张戏票……各位，今天是月玉莲的戏，要不要去捧个场？”

孙主簿喜爱听戏，前两日就听说这月玉莲的戏唱得十分的好，如今听苏文月一说自然是满口答应。

君无咎犹豫了一下，道：“苏姑娘应该不只是单单去看戏吧？今日那薛知府也会去？”

苏文月冲着他眨眨眼，“你猜？”

君无咎忍俊不禁，“既然如此，那一定要去捧场了。”

进入玉莲楼后，君无咎四处打探了一番，这玉莲楼内雕梁画栋装修得很是别致，而且它并非是独楼一座矗立在院中，而是类似于客家围屋，是一整幢内部镂空的围形建筑，戏台就露天地坐落在正北方，由实木垒得很高，上面也有许多精美的浮雕，雕刻着戏文中一些经典场面。戏台之下的一方天地也是普通看客的位置，顶着日头，一群人挤在一处甚至连杯茶水都没有，君无咎三人也处于这些人中，摩肩接踵被挤得窘迫至极，好不容易挤到了前排落座。而二楼相比于这里也可以说是天壤之别，那里被隔成一个个雅间，有专人服侍，茶水点心样样俱全，仔细观察可以看到每个雅间上的名字起得皆是花名，却几乎暗含坐在里面听戏的官员姓氏，看来这一个个雅间竟是为这些官员专门设置的，真是有趣至极。

果真，不多时薛知府和徐州大小官员轻车熟路地被引上了二楼，一进屋便有人将纱帐放了下来，挡住了外界视线，君无咎本想要更进一步地探查一番，无奈只能放弃。

“这听戏果真就是个障眼法，这玉莲楼设计得这么复杂，纱帐一挡，谁知他们背地里在一起都在暗暗商量什么勾当，再看看那雅间上的名号，竟是专人专属，看来他们必是经常聚在这里，这薛知府果真是心思奸滑，在众人眼下结党营私，又做得滴水不漏，还博得与民同乐的好名声，城府颇深啊！”成杨顺着君无咎的视线扫了一圈后说道。

君无咎赞同地点点头，他们二人想到一处去了，这个玉莲楼果真是处处透着蹊跷，仅仅一个戏园子，楼里的装修却暗含许多心机，不说二楼雅间背后暗藏什么玄机，就连这戏台也莫名透着一股诡异之感。这戏台上刻画的戏文场面似乎是完全对称，而且其中人物君无咎皆能大致看出出自哪一折戏文，而立于中间的人物君无咎却完全想不起出自哪里，那人身骑战马，十分威武不凡，而且他掌心向上作托举状，手上似乎是一团熊熊燃烧的火焰。

“不知翰飞可知那戏台底端中央雕刻的是何人？”君无咎疑惑地看向成杨，成杨将一直盯着二楼的视线收回，顺着君无咎的指引看去，思索了半晌，也没看出个所以然，正当两人陷入沉思时，湛之君悄然说道：“我总觉得那人掌心处那团火焰有问题！”

“湛之君为何如此说，可是看出什么端倪？”君无咎连忙问道。

“我也只是猜测，因为了解一些水利及建造方面的事，当初涉猎过一些巧技。”湛之君一边看了看君无咎和成杨二人，一边小心地指着那火焰中心继续说道，“你们看那火焰中心雕出的小孔，像不像一个放大的钥匙孔？”

果真按湛之君的话来看，这孔越看越像一个放大几倍的钥匙孔，难道这戏台底部是个可以开启的门？

“这么说这玉莲楼还藏着暗室！”君无咎和成杨同问道。

“没错，你们看，如果将这个孔看作中心再看两面的雕纹，可以看到两者是完全对称的，唯独这个中心处左面比右面缺少一个半圆，从平面来看，只是缺少一个小小的半圆，不过从机关的角度来看，这个半圆完全有可能便是机芯，开启密室的关键！而且从雕纹底部的磨损程度来看，底边近乎磨平，说明戏台这面底部经常滑动，或是移动，导致这浮雕底部近乎磨平！如果我没猜错，这戏台之下应该还有一个密室。”湛之君话音刚落，锣鼓声骤然响起，接着掌声四起，月玉莲在千呼万唤中走了出来，她小脸玲珑，眼含秋水，腰肢若风摆垂柳，楚楚惹人怜惜，水袖轻挥，眼眸流转，圆润的唱腔与动人的身姿结合，使众人看痴了。

曲子还未过半，楼后突然乱了起来，一个添送茶水的伙计一边跑一边大喊着：“茶房走水啦，茶房走水啦！”

曲子骤然停止，月玉莲一个转身消失在戏台之后，一直在角落里打鼓的老班主赶忙出来维持，对着躁动不安的人群说道：“大家冷静一下不要四处乱跑，正门就在那，从那里缓缓出去，老头子我保证大伙都安全，火一时还蔓延不到这，大家不要走错了，走错了进了楼内部，大火烧起来，保不齐更危险……”

君无咎三人本想趁乱进玉莲楼中查探一番，谁知刚到门口便被一个小厮拦在外面，指着正门方向，示意他们三人赶紧离去。

三人无奈只得离去，拥挤间君无咎耳边突然传来一个女人细微的声音：“君大人……”

君无咎抬起头四处寻找，并未发现什么可疑，成杨和湛之君也听到了，寻遍周围并未发现异常，而在低头时一抹娇丽的身影从他们身边一闪而过，而君无咎手中莫名多出一方手帕。他赶忙打开仔细查看，上面赫然绣着一首小诗：“锦瑟无端五十弦，一弦一柱思华年。”

“莫非是锦瑟……啊，是刚刚那个女人！”君无咎突然激动地朝着早已挤到前面的女子大声喊道。他早该想到的，月玉莲虽名满徐州，但到这里来听戏的人纯为她唱功所来的可谓少之又少，几乎都是为她美色倾倒，一掷千金，只为一睹娇颜，哪里还顾得戏唱的什么，而且此地的票价十分昂贵，多是富家子弟及权贵散金的地方，一票难求，基于这两点，来这里听戏的女子便少之又少，而且刚刚那个女子在入场时君无咎并未见到，“真是太大意了，明明擦肩而过，差一点就抓到她了！”君无咎看着闪出门外消失不见的身影自责道。

“清悦不要自责，这女子有些手段，她故意设计如此，想来我们如何也是抓不到她的，而且这玉莲楼的火应该也是她放的。她如此用尽心思交一方手帕给清悦，想必这手帕中定藏有玄机。我们赶快回去，和孙主簿他们一同研究一下这手帕！”成杨拍拍君无咎的肩膀，让他冷静下来不要太过焦急，然而他自己心里却也有些理不通顺，这锦瑟是如何识得君无咎的呢？为何要将手帕传递于他？在遇到我，出仕之前，他只是一个闲适秀才，毫不与外人往来！她是如何一眼便识得他呢？……难道她是受何人之命给君无咎传递消息吗？君无咎在这里又扮演什么角色呢？可是想到君无咎当时未抓到锦瑟时焦急的模样和这些时日下来的相处，成杨赶忙将脑海中的那些怀疑抛开，仔细想来他还是觉得君无咎应该也是某人局中的一枚棋子，他们都一样，在这盘棋局中他们如同被束缚住了腿的马，被人牵引操纵着，他恨死这种感觉了，他相信君无咎和他的想法一样，也憎恨这种感觉，并且同他一样想要挣脱出这张恐怖的网。虽说他一直告诫自己在案情明朗之前，不要相信任何人，不能放弃任何人都有嫌疑的想法，可他还是愿意选择相信君无咎，这一路走来，他早已将君无咎归为知己，他相信自己没有看错，君无咎的一身正气，他眼神中一直隐忍的伤痛，大悲大痛之后的淡然，他全能体味得到，如此他才会想将他留在身边，经历过如此伤痛，却还未被复仇之心蒙蔽双眼而丧失良知，相信他在办理案件之时定会推己及人，秉持公正，如此才真正难能可贵！

一会回到客栈，三人赶忙来到孙主簿房间，此时苏文月还未回来，孙主簿说他们三人走后，苏文月也气鼓鼓地离开了，说今天不进去玉莲楼誓不为人！成杨无奈地摇头，笑了笑，“哈哈，她啊！还誓不为人，在我这里她早都不是人了！”成杨话音刚落，孙主簿同他哄笑作一团。

“苏小姐，不会有事吗？”君无咎看看成杨和孙主簿有些担忧地问道。

“不会的，清悦，你别担心，这丫头虽然风风火火的但遇事还是十分有分寸的！而且以她的身手，想必也没几个人能伤得了她。”成杨捂着肚子一边笑一边努力使自己平静下来。

之后君无咎将玉莲楼中发生的事详述了一遍。着重提到了玉莲楼中的密室和锦瑟的这方手帕。

孙主簿拿起这手帕反反复复看了好多回，也没看出个所以然，只是一方单纯的手帕，别的全然没有！

“这上面绣的‘锦瑟无端五十弦，一弦一柱思华年’，是否有什么玄机？难道是什么暗语吗？”湛之君也反反复复看了许久毫无头绪地说道。

听到湛之君的话，成杨当场坏笑起来，还话里有话地冲着君无咎说道：“有玄机，当然有玄机了！不知清悦那本十分重要的清宫图可贴身携带了？不如我们拿出来对对？”

“清宫图？什么清宫图！”湛之君不明所以。

“哪有什么清宫图？翰飞你不要打趣我，再说你也知道，咱俩已经用那本藏有密语的清宫图解读过这句话了，不就是动手的意思嘛！”君无咎连忙看着众人焦急地解释道。

“哦？原来是动手的意思，不知清悦兄平日里是喜欢动左手还是动右手呢？”成杨再度坏笑着调侃道。

这下君无咎的脸瞬间涨得通红，一时间支支吾吾说不出话来，“翰飞……你……”

“好了好了，只是和清悦开个玩笑而已，不曾想他竟然这般当真……”

说罢他又开始捧腹大笑，搞得孙主簿和湛之君也有些忍俊不禁！

“你们都在这笑什么呢？可真是累死老娘了！”未见其人先闻其声，是苏文月。她大模大样地走了进来，身上的衣服早已不是晨起的那套裙装，而是玉莲楼小厮的装扮，而且弄得灰头土脸的，想来她真的混进了玉莲楼，而且成杨从她这副神气的神情来看，想必她还真的得到了什么有价值的线索。

她走到众人聚集的桌前端起眼前的茶猛喝了一气，心急得还将茶水洒到了身上……

“你小心呛到，看看你哪里还有些淑女的样子！”成杨看着她笑道。

“没事。”她边说边随手拿起湛之君刚刚放下的手帕，擦拭嘴脸和胸前的水渍，“淑女又如何，淑女美是美，但是她能打探到我打探到的消息吗？我这叫术业有专攻，淑女负责美，我呢，负责我的案子！”她一边擦拭水渍，一边暗示他们快来问自己消息，谁知他们几人竟齐刷刷地盯着她手中的手帕，成杨一着急直接将手帕抢了过来。

“干什么！”苏文月吓了一跳……

“你可知这帕子有多重要，你竟然用来……”成杨话还未说完，突然被手帕起的变化吸引去了注意力，随即几人都发现了那帕子的变化，手帕上沾上水的一角隐隐约约现出字迹……

孙主簿连忙将帕子摊开将水均匀地洒了上去，洇湿了的手帕渐渐将字全部显现出来……上面写着：尸体，玉莲楼戏台下。火油，月十五，葫芦山，太虚道观。

众人看完后面面相觑，锦瑟这是在向他们传递尸体和火油的所在地吗？尸体和火油是徐州案件的关键，也关系到官职买卖和私藏火油的答案，而且有可能和那个在京中操控一切的人有关！锦瑟为何会将这两个至关重要的线索传递到他们手中，她到底属于哪一派呢？是否和那个坐镇京中的大人有关联？……

“我总觉得这潭水下潜着两拨人，一拨是与买卖官职和岳鸿之先生旧案有关的扰乱朝纲的人，而另一拨似乎是企图通过各种手段将那批人暴露出来的人，而我们便是他们揭露那批人的工具……他们想借我们之手铲除那拨人，那利用我们的这拨人是谁呢？他们比那拨人潜得还要深！”成杨思索了一会儿看着众人说出了自己的想法，君无咎和湛之君赞同地点点头，苏文月还沉浸在这两句话中无法自拔，而孙主簿则只是端起茶杯，轻抿了口茶，什么都没说。

线索越多事情反而更加扑朔迷离，成杨首先抛下眼前的死角，吩咐初一去玉莲楼打探密室的事情，又让十五去葫芦山探探这个什么太虚道观的虚实，但切莫打草惊蛇……

初一和十五接到命令后都各自准备好去执行了，剩下屋内几人还在思索个中信息。

“对了，苏小姐可是查到了什么线索？”君无咎突然回过神来，看着苏文月问道。

被君无咎这么一问，苏文月才回过神来，方才她全然沉浸在锦瑟这两句话中了，本以为锦瑟只是同安王府有仇所以才施计弄得安王府鸡犬不宁，可她竟对徐州一案也有如此深的了解……

“我查到了一个惊天的大线索，真被你们说中了，现在的薛知府果真是假的，应该是通过买卖官职的手段上来的……”苏文月一边说一边手舞足蹈地重现了当时的情景……

原来君无咎、成杨、湛之君三人抢了票跑走后，苏文月动用了徐州的情报网，伪装成每日为戏班清洗戏服的人员混进了玉莲楼，但是月玉莲和一众戏班成员正在戏台演出，大小主事的小厮侍女又都在侍候徐州城中的官员，整个玉莲楼人声嘈杂乱哄哄的，自然没有人注意到这个小小的送衣倌已换了人。

她混进玉莲楼偷了玉莲楼小厮的一件衣服，趁火灾之乱在玉莲楼四处游走，畅通无阻，而且几次还被管事小厮抓住，吩咐千万不能让火燃到戏台……当时只以为戏班重视戏台，不曾想戏台下竟暗藏密室……

“之后，我便偷偷潜入了二楼，果真这二楼的设计和布局别有洞天，其实二楼不只有从在一楼露天之处所看的小雅间，而且背后还暗开几道门，直通一个大厅，这大厅位置极为隐秘，不进入这玉莲楼中完全看不出，而且这大厅背后则有一间可直上直下的由暗轨操控的小隔间直通一楼后院，从那里，可直接出玉莲楼而不被发现……”

“我说的嘛，当时大火混乱之际我没有看到薛知府他们出来，原以为他们躲在玉莲楼里，不曾想竟然早已从那里走了。”君无咎一边说一边看向苏文月继续问道，“那你又是如何得知薛知府身份是假的呢？”

“进入玉莲楼后，我兜兜转转不知不觉经过了月玉莲的房间，看到薛知府立在月玉莲身前，一口一个师弟叫得十分亲切，而且亲切中还透着一丝恭敬。而月玉莲则在一旁斥责他，说他既已发觉有人盯上他们，就不该叫徐州大小官员聚在这里，然后又询问他对于调查他们之人的身份是否知晓！薛知府连连应下斥责，一边赔笑说绝不会留下破绽，早有应对之法，一边又说已经查明，调查之人应与大理寺有关。而他说完这句话后月玉莲却斩钉截铁地说什么叫应与大理寺有关，就是那个大理寺少卿成杨几人！”

“竟知道得如此确切，一路走来我们一直小心翼翼没透露半点风声，他是如何得知我们的身份的？看来火烧徐府定是他们察觉到什么才会毁尸灭迹……”君无咎皱着眉头思索许久，依旧想不通哪里露了破绽！

“我说的嘛！怪不得这个薛知府背地里丧尽天良，而百姓却对他有口皆碑，原来真实身份竟是戏子，怪不得处事如此圆滑通透，看来他这薛知府自打粉墨登场以来，这画在脸上的脸谱便再也没摘下来过……如此两面三刀之人任知府一职，真可谓徐州百姓之难啊！”成杨指尖轻轻敲打着桌面说道，脑海中浮现出那日徐府中姓薛的虚伪嘴脸！

“如此看来这个薛知府必定和徐家一案有关，这个徐氏弟弟徐德福，平日里为虎作伥，明里暗里为薛知府做尽了坏事，背尽了骂名，如今他死薛知府也算是一箭双雕，既隐藏了狐狸尾巴，也平息了民怨，将所有的怨气全部引导到他身上，而薛知府也还是那个两袖清风、爱民如子的好官……”孙主簿一边叹息一边又给自己添了杯茶。

“确实，现在种种迹象都指向薛知府，而且薛知府的嫌疑也确实最大，只是话虽如此，这一切只是我们的推测，并无证据可言啊？如今我们既不知薛知府的杀人动机是什么，也不知他是如何作案的，想解开这些谜题证据还是太少了！”君无咎皱着眉说着，学着孙主簿也给自己倒了杯茶，做饮酒状，一饮而尽！

“清悦也不要这般消沉，没有证据我们可以查啊，况且我们手中还握着锦瑟这两条重要线索，也得知了薛知府的真实身份，我们一定会守得云开见月明的！清悦属实不必如此担心……可苦了这杯子！”边说成杨边将君无咎手中死死握住的茶杯拿了下来，“既然薛知府已得知了咱们的真实身份，大不了过几日咱们就去会会他，说不定靠近他，从他那里入手反而看得更全面更清晰……”

君无咎点点头，没再说什么……

没多久十五便回来了，他已探明，这葫芦山便是位于龙葫芦河西面的一座矮山，山上有一道观名为太虚观，这太虚观平时几乎并不开观迎接往来香客，仅是承办每年的龙葫芦河祭祀大典……

“承办龙葫芦河祭祀大典……事情真是越来越有趣了！那火油呢，可有打探到藏匿火油之处？”成杨想到锦瑟暗指火油藏在太虚观，而又在太虚观前加上了明确的日期，本月十五，莫非本年的祭祀大典竟在本月十五举行？那届时太虚观和薛知府又会有何动作呢？

正想时，一直侍候他们的小二跑过来敲门问道：“客官打扰啦，不知几位爷晚饭打算吃点什么呢？是到大堂来吃还是给您们送进来哪？”

成杨眼珠一转，说道：“晚餐还按往日份例来，多加一尾清蒸鲈鱼即可，送到这来吧……”

“好嘞，客官，您稍等……”

不多时，店小二就拎着食盒走了进来，“客官，您的晚餐我给您送来啦，请慢用，小的一会儿再来收拾餐具。”

“小哥留步，成某听闻这徐州境内有一太虚观，有仙人常驻，在此炼丹，灵丹妙药包治百病，故带父亲来此求药，治愈顽疾，不知小哥可知这个太虚观？能给我们讲讲入观后可有什么风俗禁忌，以免冲撞了仙人……”成杨叫住店小二，往他手里塞了一锭银子。

“知道知道，小人知道，不就是太虚观嘛！是听说那里的道长十分喜爱炼丹，没日没夜地携众弟子在山中炼丹，有好几次丹炉在夜半十分炸了，还引发好几次山火呢……不过还好离龙葫芦河近，薛知府又救得及时，这才没危及山下平原上的庄稼……还有太虚观一直以来都不对外开放的，闻名而来求仙问药的人络绎不绝，但太虚观一直闭门谢客，所以我想老太爷这丹药应是求不成了……”

“这是何道理？自古没有听过一直闭不见客的道观，再说了，这一直闭不见客，道观的香火银山和炼丹的银钱从何而出啊？”湛之君不解地问道。

“哎呀，太虚观才不会在意这几个小钱呢！为了感谢他们举行祭祀大典有功，薛知府每年都会将大典收上来的银钱捐给他们作香火钱……而且不仅如此，听闻这太虚观上面可是有大人物照应的，太虚观就是为了这位大人物炼丹的，所以连薛知府都很敬着太虚观呢！”

小二一边说还一边故作神秘地压低了声音，仿佛怕别人听见似的。

“大人物，不是吧，这道长莫不是徐福转世，能炼得或求得仙丹什么的！还专门为大人物炼丹……”苏文月一边说，一边拿起手边的点心放到嘴里，太饿了，这群人一门心思扑在案子上，菜都快凉了。

“小姐可是不信我？我在这客栈中跑堂这些年，什么人没见过，什么消息打探不来？就今年年初，徐州陆陆续续来了好几拨人，都是先住在这客栈然后又陆续进入这太虚观中的，听说是大人物派来先行探查的人，不久薛知府就进入太虚观闭关了好多天，在葫芦山上未曾下来，大约半月有余，明眼人都看得出来这薛知府是入观陪同那个大人物了……”小二一边看着苏文月一边梗着脖子说道。

“没没没……家妹并不是不相信小哥，只是没见过世面，没听说过什么大人物，好奇而已……”成杨边说边又拿出一块银子塞入他手中，继续说道，“以后还有很多事要劳烦小哥，小哥多担待……”

小二，点头哈腰地道了几声谢，正准备离开，突然想到什么似的又转回来说道：“几位爷，可以十五去龙葫芦河边碰碰运气，看爷的手笔，几位爷也定是不俗之人，十五那日去河边定能碰到道长，就看道长肯不肯通融了！”

成杨道声谢，点点头。

小二离去后，君无咎、成杨和孙主簿都陷入了沉思，湛之君也坐在一旁一头雾水地想这个大人物……

“我说能不能吃饭了？这鲈鱼都要凉了……各位公子，咱们快快入席可好？”苏文月率先打破了沉默，她着实是饿了，今天折腾了一天从早到现在她可是半粒米都没吃，如今这一桌子的佳肴摆在那里却只能看着，想来也着实痛苦……

“哈哈，师妹说得对，大家快入席吧，忙碌了一天，大伙早该饿了！”成杨笑着拍了拍君无咎的肩膀让他落座……

“你们说这大人物会是……”君无咎一边坐下一边说道，话还未说完便被成杨接了过来，“清悦还是先吃饭吧！”边说边夹了一块鱼放入他碗中，“查了一天案，已经很累了，若是再吃不好，累出病了反而得不偿失！快趁热吃，很鲜的！”

君无咎不想再说些什么，可最终只是点点头，安静地吃饭。

晚饭后，众人正要准备回到各自房间，初一则赶了回来……

“公子，查到了，尸体果真就藏在戏台下面。我本想趁人不备偷偷潜到戏台里查看，不过戏台旁始终有人员把守，苦于没有机会下手正打算离开时，我看到薛知府从内楼里走了出来！我今天在那里蹲了一天并未见薛知府从正门而入，想必他便是从苏大人口中的那个小隔间进来的，鬼鬼祟祟，势必有鬼，我便一直在那守着！果真不多时便看到从戏台下涌出许多人，他们将这些尸首绑上石头，装入罐子里，感觉想要毁尸灭迹！薛知府本想吩咐人将这些尸体带走，可被月玉莲说些什么阻止了……”

"毁尸灭迹？那他为何要如此大费周章？那日大火将尸体扔在徐府，一场大火烧个干净，反而更能摆脱嫌疑……"湛之君问道。

如此，几人都陷入了沉思，君无咎也有些想不通，他再次拿出徐府人员尸体位置的图纸仔细研究，男人都死于屋内，在睡梦中被杀死，从血迹来看，现场几乎毫无挣扎痕迹，而女人和小孩则死在了门外，这一点是徐府屠府案一直没有破解的疑点，难道这是凶手特意布置过的场面？可是从现场的血迹来看，这就是第一案发现场，那如此诡异的情状到底如何发生的呢？他们到底漏掉了什么细节呢？一定有漏洞的，他觉得自己一定漏掉了什么关键的问题，他感觉离这件案子的真相已经很近了，可是就差那么一下，他漏掉的关键点……

"不如我们明天再去徐府看看吧，我总觉得那里有我们想要的东西！"君无咎一边说，一边看向成杨。

成杨点点头说："上次徐府人多眼杂，为了不打草惊蛇只是大致地看了一下，如今徐宅已成废墟，几乎没有人想要靠近那不祥之地，这回去仔细探探，一定能有所发现……还有，师妹，既然我们都确定这场灭门惨案同薛知府有关，那就仔细排查一下薛知府和徐府背后到底有哪些利益往来，最近可有什么纠纷？我觉得从那个小妾入手就很好，听说徐府也是因为这小妾嫁给薛知府，才一人得道，鸡犬升天的。"

"好，放心交给我吧，我明日便去查。不过现在我要回去睡啦，太累了，今天不管那个章书生如何怪叫如何吓唬人我都不怕了，老娘见识过了，老娘要好好睡上一觉……"苏文月边伸懒腰边打算离开……

然而，苏文月却被君无咎拦下了，"苏小姐，麻烦等一下，在下也有点想法想询问大家的看法……初一说薛知府和月玉莲将徐家人尸体放入罐中还坠上了石头，看来必是想抛尸无疑，而这徐州境内河流也就只有龙葫芦这一条，而尸体这么多，无论以何种方法，现在运出城肯定会引起众人注意，所以我怀疑薛知府会在两日后趁运送祭祀之物时趁乱运出城，如此最为方便安全！可我又不敢排除薛知府会趁夜将尸体运出城去的可能，虽打开城门要大费周折，然而毕竟他是知府，这些规矩对他来说可轻易破解，所以想听听大家的意见……”

“清悦考虑得十分周到，这些尸体可是揭发薛知府十分重要的证据，绝不可让他毁尸灭迹！初一，今天起你去每天看住玉莲楼动向，务必掌握好这些尸体的动向！”成杨看向初一说道。

“好，属下这就去……”初一说完闪身便离开了。

翌日，君无咎和成杨被四合院中嘈杂的声音吵醒，君无咎出门查看，发现宋书生房门口乱哄哄地挤满了人，刘三刀带着一众官兵和仵作在里面进进出出地察看，君无咎心里咯噔一下，如此情景，宋书生定是出事了！想到这他努力搜寻章书生的身影，发现章书生立在门角一旁恸哭，虽看不出有几分真心，却也着实掉下几滴泪疙瘩。

之后成杨几人也闻声走了出来，几人也一起聚在了宋书生房前向里张望。

宋书生的尸体当当正正地摆在屋子中央，已不知他死前是何状态，只能看到他额前有大片的创口，头发上有大片的血污……

君无咎想往近前去察看，然而屋里屋外已被官兵围得水泄不通，不允许闲杂人等近前。

正无办法之时，刘三刀从里面吆五喝六地走了出来，一大清早这店里的小二便来报案，害得他连觉都没睡好就赶来了……

“哎哟，这不是刘官爷嘛，这大清早的，辛苦了……不如进小人屋里吃早点休息一会儿啊！”湛之君上前拱手邀请刘三刀说道。

刘三刀听到这话，仔细看了看眼前人，恍然记起这是那日出手十分阔绰人家的管家，赶忙回道：“如此甚好，可累死本官了。”

说罢便舒展舒展身体，同湛之君几人进了屋，一边吃早点一边聊天，这刘三刀话匣子一开，便同他的胃口一般，滔滔不绝。

“这大早上的可真不吉利，就赶上我当值发生这破事，一大早上就见血，还是被什么东西砸死的，那血连脑袋下那块床褥都浸湿了，这书生一口气还噎在嗓子眼里，没吐出来呢，这横死之人的这口气，别提多晦气了，我这点儿也太背了……”

【贰】

苏桥 著

中國廣播影視出版社

目录

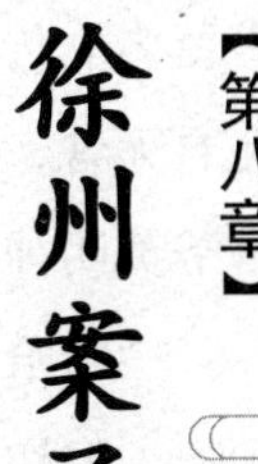

【第八章】徐州案了

“刘官爷是说这书生是被人切断喉咙致死？具体死亡时间大约几点呢？”君无咎看着刘三刀问道。

“哎，你这小兄弟倒是有趣，怎么对官府的案子这么关心？我可得好好查查你，看你们跟这凶杀案可有什么关系？”刘三刀一边斥道，一边目光如炬地看向湛之君。湛之君立马领会了他的意思，刚要拿银子给他，就被成杨抢了先，这回成杨直接将一锭金子塞到了刘三刀的手中，笑着说道：“怎么可能，刘官爷知道的，我们一家都是良民，只是我这大哥，平日里好书和戏文，自己也好编排点传奇小说之类的东西，所以对什么鬼神传说，凶杀案件什么的格外感兴趣，总想改编一下，将这些编为话本……”

“原来如此，这读书人的口味就是不一样，不过这编排话本什么的倒是十分有趣。”刘三刀一边摩挲着手中的金子，一边问道，“那啥，你要是写话本的话，这其中可有俺刘三刀啊！”

成杨一听这话瞬间反应了过来，没想到这刘三刀一介武夫，竟还想着留名立传，莫非还想青史留名？心中虽有鄙夷，但成杨还是暗自碰了碰君无咎，君无咎也明白成杨的意思，只得不情愿地说道：“当然了，官爷英明神武，料案如神，如此风姿不记录下来，委实可惜了。”

“哈哈，那既然如此，一会你便跟在我身后，一同进入那书生的房间吧，但切忌不要乱动，谨言慎行，看看本官如何查案，大致了解一下流程……”刘三刀端起茶杯说道，神情颇为神气。

“噗……”刘三刀话音刚落，苏文月一个没忍住笑出声来，“不好意思，小女不小心呛到了……”

成杨忍俊不禁……

君无咎……

不久仵作处理好一切后，便差人来叫刘三刀，果真刘三刀竟带着君无咎光明正大地走了进去，章书生在门外看得一脸茫然，君无咎不禁多看了他几眼，他面色惨白，似乎受到了极大的惊吓，浑身发抖，止都止不住，而且一直站在十分明亮而且官兵较多的地方，看来他好像是在畏惧什么，从这举动看来，他在寻求安全感，莫非他知晓宋书生被害的内幕，还是说宋书生本就是他害的呢？

宋书生屋内充斥着大量的血腥味，床头被血浸染，君无咎上前查看了一下血的凝结状态，查探宋书生尸体是根据尸僵的程度，推测出宋书生大约是在昨日丑时之后寅时之前被杀害的。

这个时间正是章书生平日里梦魇的时间，难道真的是他错手杀了他吗？君无咎仔细观察了宋书生额头前的创口，很钝，面积很大而且很深，不过看起来并不是致命伤，那还有哪处伤口呢？

“陈仵作，这作案凶器可查明是什么了吗？”刘三刀向门口的陈仵作招招手问道。

“查明了，是砚台，从创面和额角沾染的墨迹可以看出，宋书生是被砚台所伤……”仵作低头回话。

“只有这一处伤口吗？”君无咎问道。

“对，只有这一处伤口。”

君无咎觉得奇怪，怎么可能？这一定不是致命伤，如果真如仵作所说莫非症结出在内伤？如此只能晚上偷偷去停尸房验尸了……

“大人，凶器找到了……”一个官兵拿着一方带血的砚台走了进来，“是在客栈的马厩中找到的。”

仵作拿起来同创口对比，吻合。

“去让人问问，可有人认识这方砚台！”刘三刀话音刚落，只见章书生冲了进来，“官爷，这砚台是学生的，这砚台是学生的！”他吓得嘴唇发紫，牙齿都在战栗。

“原来是你，我就说嘛，什么人能用砚台杀人，定是你这书生没跑了……来人，先把他抓起来，一会儿由知府大人亲自过审。”

“官爷，小人冤枉啊，小人真的不知自己的砚台为何会出现在这里……”

刘三刀审讯章书生时，君无咎一直在思考宋书生的致命伤，他趁刘三刀没注意掀开尸体上的白布仔细察看，突然留意到宋书生光洁的胸膛上的几处红点……不出意外，这是针灸？君无咎仔细留意了一下这几处红点的穴位，果真这才是害死宋书生的关键，这几个穴位同时运针，会导致心脏骤然停止跳动……如此看来，这杀害宋书生的人并不是章书生，而是懂些医术之人。

“刘官爷，不知这位官爷是……”仵作突然发声，而且眼睛紧紧地盯着君无咎，对于他发现这些红点看起来十分紧张。

“啊，这是我一小兄弟，我来带他见见世面，都是自己人，陈兄无须在意。”刘三刀一边说一边让君无咎退后，“干什么呢？不说了让你老实点，不要动手动脚的嘛，这是干什么呢！人家陈仵作刚验好的尸，岂容得你小子乱动……”

君无咎没说什么，又观察了一会儿，和刘三刀打了个招呼便离开了。

“怎么样，我看章书生被抓了，可真是他所为？”成杨拉着君无咎焦急地问道。

“还真是知人知面不知心，这宋书生肯定无论如何都想不到，这章书生会杀他……”湛之君沉声叹道。

“不是，并不是章书生所为，我看了额头上的伤并非致命伤，真正的致命伤在心口处，是银针所为……”君无咎边说边详细叙述了屋内及尸体呈现的状况。

“清悦是觉得，杀害宋书生的凶手懂医术？”成杨思考了一会问道。

“对，而且我觉得那个陈仵作很有问题，他明明验出了心口那处关键的致命伤，却加以隐瞒，而且他非常害怕别人发现那处伤，极力在隐瞒什么，我觉得他定与宋书生的死有关联。而且他是仵作，平日里也一定跟过一些案子，这栽赃嫁祸的戏码他也一定没少见，如此也可以想见他为何会用章书生的砚台来伪造杀人了……”

“十五，你去查一下这陈仵作的底细，一定要快……而且你动动关系，招呼他们照顾一下章书生，我怕他也难逃一劫！”成杨听完立马吩咐十五去看住陈仵作，直觉告诉他，他也可能会对章书生下手。

逮捕章书生后，刘三刀不久也带人离开了，离开前还特意跑来问君无咎话本的事，搞得君无咎很是无奈。

他们离开后，君无咎几人跑来章书生房内察看，推开门被一阵腐朽的气息冲得头疼……

“这味儿，这章书生够可以的，天天藏在屋子里搞他的酸腐学问，这境界都出神入化了！”苏文月掩住口鼻，嫌弃至极。

君无咎和成杨也闻到这股味道，霉味中夹杂着些许怪味，这味道有些熟悉，但两人又想不清楚到底来自什么。

巡视了一圈，并没有发现什么有用的信息，只有这刺鼻的味道萦绕在他们心头，久久不曾散去……

“翰飞，我总觉得这宋书生的死和徐府灭门案有关，你可还记得那日他衣衫上被火燎过的痕迹？”君无咎出来后脑子中总是不自觉将这两件事联系到一起……

“有可能，既然清悦如此认为，我们何不现在就再去一次徐府，查探一下有什么遗漏的线索，以免夜长梦多！”

“好，咱们这就动身……”

君无咎和成杨离开后苏文月则去调查徐府小妾之事，而湛之君和孙主簿则去龙葫芦河一边调查太虚观，一边研究当地的水利工程。

再度来到徐府已是一片废墟，早已没当初大门大户的繁荣景象，看得君无咎没由来一阵伤心，先不论这徐府的功过，整个徐府瞬间幻灭崩塌，从老到少无一幸免，这世道不堪，这人生无常，真是令人唏嘘，由此再想到老师、秀秀，他们的音容笑貌仿如昨日，而如今却天人相隔……

“清悦怎么了，怎么闷闷不乐？”成杨看着君无咎问道。

“没什么，只是想起一些往事了！”君无咎收起忧郁的神色，继续说道，“上次仅在外庭探查过，今日倒可以到后庭，去仔细查探一番了。”

二人一路走来，并未获得什么有价值的线索，二人渐渐由希望满满转为失落。最终二人本不再抱什么希望，可途经徐府后院的小花园时却被偏僻处的一口枯井，吸引了目光。

那井上的巨大的方石井盖虽已被烧得焦黑，但井角错位的一部分却暴露出不久前它曾被人移动过。

二人默契地来到井边，果真在石岩处发现几处干涸的血迹。他们赶忙将石板挪开，向枯井深处望去，果真，井壁边缘可看见的地方皆有斑驳的血迹。

“还好不是很深，走，下去看看！”成杨边说边从腰部拿出了两个火折子。

井下乌黑一片，二人拿着火折子摸索前行，一路都血迹斑斑，而且越通向井中央血迹越多，大面积的呈涂抹状，君无咎通过眼前的景象脑中浮现出极为残忍的一面，他俯下身用火折子仔细察看，发现这井底有许多屠刀的刀痕，而且每一个刀痕都有细微的肉丝，上面附着着一些细小的蛆虫……

“分尸，这里竟然是一个分尸现场！”君无咎无由来一阵恶心，他叫成杨过来一同察看，然而成杨却在井角发现了一把屠刀，屠刀上血迹早已干了，而且刀口都有些卷刃，这必然是作案凶器了。

不曾想这徐府竟有这样一个案发现场，死在这里的人是谁呢？又是谁下如此杀手，又出于什么目的呢？

“清悦，你看这儿！”成杨突然声音里透着一抹激动，君无咎赶忙上前，看到原来在岩壁一个突起的石角上，挂着一抹青色的布条，“这是……这是……宋书生那件青衫！”

“正是！”成杨肯定道。

“如此便能解释得通了，宋书生衣角的那些火燎痕迹也解释得通了。真是想不到宋书生竟是如此残忍之人，只是不知这惨死之人是谁！”君无咎一边叹息，一边四处寻查，希望能够找到更多的线索。

两人再度察看了许久依旧没有寻到什么线索，两人收好刀，离开了徐府。

在回去的路上两人一路无话，都在思索刚刚的案情，突然成杨想到什么似的对君无咎说道：“清悦，你还记得章书生房间里的那股怪味吗？和刚刚井底的气味好像很相似？”

“你是说……”君无咎突然反应过来，“你是说那尸体藏在章书生的房内？”

成杨点点头，两人赶忙赶了回来，果真，这回章书生的房门口也聚满了人，房中徐徐不断地散发出一阵恶臭，陈仵作和刘三刀又带着一批人，挤在屋里四处察看，旁边的客栈老板愁眉苦脸，唉声叹气，这早上客栈刚刚死了个人，现在又找到了暗藏许久的碎尸，这生意可真是没法做了。

“哎哎哎！小兄弟，你快进来，来见识见识，丰富丰富素材！”刘三刀一见君无咎进来，赶忙招呼他进来，他对这所谓的话本还真是很上心。

“刘官爷，这又是发生了什么？”君无咎向前谦虚地问道。

“我就说吧，那章书生不是什么好东西，如此穷凶极恶，竟身犯两命！我看宋书生这案都可以结了！”刘三刀一边说，神里神气的。而看他进来，陈仵作再度紧张起来。

君无咎对刘三刀附和地点点头，并未说什么，注意力却被眼前的尸体吸引住了，他蹲下身，仔细查看这些被分离得十分细致的碎块，从尸骨的尺寸来看，这明显是一个女性，从毛发和衣物来看，应该是一个少女。

少女，徐府的人几乎都记录在册了，这个女子又是谁呢？从头饰来看，这绝不是普通的侍女，身份应该相对于尊贵一些，既然身份尊贵，为何徐府案中并未提到过这个人？

他努力回想自己还漏掉了什么信息！无奈一无所获。

回到房中，君无咎将自己查探到的一切和大家一一叙述了一遍，正巧苏文月也赶了回来，听到一切后，突然说道：“女子？难道是宋书生上次口中的那个富家女？”她深刻地记得宋书生那次要娶丞相之女，位极人臣的狂言，“莫不是他因被这女子拒绝，因情起了杀心？”

“可是并未听闻徐府有一位千金啊！”君无咎疑惑至极，这方面方才他也想到了，只是无法理顺徐府为何会突然多出一人……

“这个好办，我去查！”苏文月赶忙喝了口茶，风风火火地便出去了。

成杨正要询问他徐府小妾的事，奈何她一阵风似的消失了……

孙主簿叹口气道：“这丫头……”

“如此看来莫不是宋书生和章书生二人在井下杀这小姐时正赶上这徐府遭火灾之时？难道是这二人看到了什么，被徐府案的凶手发现，所以要杀他们灭口？”湛之君想了一会后，觉得现在唯有这个猜测能将这一系列事情串联起来了。

“确实这样想来案情便清晰了，如此这女子的身世便成了本案的关键，而且这女子到底是何时死的？到底是在徐府灭门之时？还是在徐府大火那天？如果是大火那天死的也有可能并不是徐府之人，而是其他女子，被宋书生和章书生二人弄到徐府杀害的？”孙主簿吸了口烟袋，缓缓说道。

“可是那日徐府尸体还未丢失，都摆放在徐府中，当时还有官兵看护，他们二人是如何进入这徐府的内宅的呢？”成杨边说边将带回来的刀包好，小心安置好。

“要是现在能提审章书生就好了！”君无咎想了想脱口而出。

十五赶回客栈，他方才去查探这陈仵作的底细时险些被发现，因为他发现这陈仵作私下竟与薛知府私交甚密，可以畅通无阻地出入薛府内宅……为了能够跟进薛府，十五险些被薛府的家丁发现。

“果真他在为薛知府做事！”成杨手指轻轻点着桌面说道。

“而且属下在房梁蹲守时还隐隐约约听到他们二人在谈论章书生……我怀疑他们可能要对章书生下手！”十五再度说道。

“这便全对上了，如此看来徐府案的幕后黑手必是这个薛知府无疑，如今要杀章书生灭口，必定是他二人有这个案子至关重要的证据，如此提审并保护好章书生便十分重要了。”君无咎看着众人说道，“只是我们的身份……这如何是好？”

“只能如此了！明日我们便去薛府，是时候会会这个道貌岸然的薛知府了，这出戏该结束了！”成杨收起手，眼中透出一抹坚定。

“是啊！这丑角是时候要谢幕了……”孙主簿磕了磕烟袋继续说道。

夜已深，几人一边商讨明日向薛知府摊牌的相关事宜，一边等苏文月回来，可等了许久也不见踪影。

君无咎有些担心，怕她遭遇不测，虽说他们目前并没有公开身份，不过从上次月玉莲的话来看他们已经暴露了，距今她去抓他们死命想要收回的狐狸尾巴，恐怕会刺到他们痛处……使他们狗急跳墙。

“清悦不必太过担心，师妹向来有分寸，我这就让十五去看看！”成杨拍了拍君无咎的肩膀，继续说道，“回去休息吧，养足精神，明日我们的对手可是一只老狐狸，我们可要打起十二万分的精神！”

君无咎点点头，不再说话，可心中还是十分担心，苏文月怎么说也是因为他的疑问才风风火火地跑去调查的，如果真的出了什么事……若是真如老师和秀秀一般……仅是想想，君无咎便沉重地透不过气。

次日清晨，君无咎起身来到孙主簿房间时看到苏文月正在孙主簿房间里吃早餐，瞬间安心了许多……

“君公子起这么早，来一起吃早餐啊！”苏文月一边看着他一边喊小二添副碗筷。

君无咎摇摇头，说等成杨他们一起吃就好。苏文月也没再要求。

“一夜没睡吗？”君无咎看着她有些疲倦的眼睛说道。

“嗯，查完那个徐府女尸，关照章书生那的人又来了消息，说章书生在狱中险些被陈仵作毒害！我一收到消息又赶忙去那看了看！”苏文月，边吃边说，狼吞虎咽，没有一丝闺秀气质。

可君无咎却莫名看着欢喜，看着苏文月的吃相，他感受到了浓浓的活力与生命力，让他觉得可靠、顽强、安全。

“干吗一个劲地盯着我吃饭，看我笑话？我知道我吃相不好，难道你就不紧张章书生有无性命之忧吗？”苏文月被君无咎看得有些局促，筷子都快要拿不稳了。

“你既已回来，还能安稳地坐在一起在这吃早餐，就说明这章书生，并无大碍！”君无咎将视线挪开，笑着说道。

“果真什么都瞒不住你，章先生已被救下，而且狱丞也说昨晚只有陈仵作来看章书生，他走了没多久，章书生便开始口吐白沫，抽搐不止，若不是我们的人发现得及时，他的命早就保不住了！”

说到这儿，苏文月就气愤得不行，“我们的人中有一人在这薛知府手下做推官，他在为章书生做完笔录之后，便去向薛知府提议收押陈仵作进行审查，谁知薛知府竟以证据不足为由，不理不睬……着实可恨！”

“这有何可气的？这陈仵作做的这一切本就是授薛知府的意，薛知府当然要保他！”成杨一边伸懒腰一边打着哈欠继续说道，“清悦，你起怎么不叫我？”

“我看你昨日因担心苏小姐，睡得很晚，所以寻思让你多睡会！”昨日成杨虽然嘴上各种安慰君无咎不要担心，实则暗地里也担心得不行，一直在等十五的消息……

“哟，听君公子这口气也是一直没睡，莫非也是在担心我？”苏文月看了看君无咎又看了看成杨，继续说道，“哎哟，师兄，你又不是不知道我，以前我经常彻夜查案的……不会有事的！”

“今时不同往日，还是小心为上，你可别再冒冒失失的了！害得我们担心……是不是啊，清悦！”

成杨这声清悦喊得话里有话，使君无咎没来由一阵脸红。

“好啦，师兄，你不要闹了，那女尸我已经查清了！”

苏文月离开客栈后，几番周折，找到许久之前在徐府做奶妈的一个妇人才知道，这徐府一直隐秘的有一个养女……

相传这个女儿是薛知府和那个小妾生养的女儿，儿时备受宠爱，然而十二岁的时候不小心打碎了薛知府准备上贡的瓷器，薛知府一怒之下，将她扔出薛府，要她自生自灭！

这小妾既心疼自己的女儿，又不敢违背薛知府的命令，只得偷偷将女儿送回了娘家，改名徐妍，由徐府偷偷抚养……平日里从不抛头露面，除了徐府之外的人几乎没有人知道她的存在，就连薛知府都以为他这个女儿早就不在人世了！

“如此心狠，竟然连自己的亲生女儿都不放过！”湛之君也摇摇晃晃地走了进来，昨夜想到龙葫芦河过两日就要举行祭祀大典，便心血来潮地画了一夜的龙葫芦河整修图纸，直至寅时才睡……

“亲生女儿？想必那时候的薛知府可能便已经被替换了吧……”君无咎猜测道。

“没错，我也是这么想的，薛知府抛弃女儿是在四年前，而且四年前薛府上下大换血，连一直跟随他的老管家都被他赶出了薛府，而且又休了正妻，接连纳了两房妾室，只因这徐氏实在貌美，才将她留在身边！想来四年前这薛知府便鸠占鹊巢了！”这一切则是苏文月从那个被赶出薛府的老管家口中查到的！

“好，今天我们就去会一会这个人面兽心的薛知府！”成杨一边说一边叫小二准备早餐。

湛之君则去叫孙主簿，孙主簿醒来后，抽了半晌烟袋，说道：“真是老喽，你们在我房里说了这么久的话我都没察觉到……”

“孙主簿一点也不老，可谓正值盛年，您起晚了，还不是您等我等得太晚了嘛！”苏文月笑着说道，声音中还隐含着一抹撒娇。

孙主簿直到黎明之前见到她才入睡的……这份心意让苏文月感动至极。她再度扫视了一遍屋内的人，觉得能遇到他们，真是人生幸事。

吃过早饭后，几人整装出发，直奔知府衙门而去。

途经东市，被闹哄哄的人群挡住了去路，湛之君上前查看，一眼又看到了刘三刀，他带着一群人将一家肉铺围了起来。

“刘官爷，这大清早的，这是怎么了？这是……”湛之君上前问道。

“哟，是你们啊，晦气呀，又一个碎尸案，那个谁，那个小兄弟呢？话本写怎么样了？”刘三刀一边说，一边四处寻找君无咎的身影。刘三刀觉得自己的推理十分完满，自己满意极了，不由分说便带着部下准备撤离，还安顿君无咎一定要将他的风姿好好地展现出来……

这回他拍打君无咎的手却被成杨拿了下来，“刘三刀，先收了你那扬名立传的虚荣心思吧，在衙门当差了这么久，也不知你手上到底有多少冤假错案……罔顾多少性命！”

“哎，真是给你们点脸，不知道天南地北了！”刘三刀的手被成杨握得生疼，他使劲地挣扎，声音却有些虚，成杨不怒自威，看得他心里毛毛的。

为了打气，刘三刀还让属下将成杨他们几个围了起来，仗仗声势。

孙主簿上前亮出官牒，说道：“刘官爷有空在这里逞英雄，还不如赶快去找找这尸体的其余部分！”

刘三刀身体前倾，扫了眼官牒，没太看清，只看到大理寺三个字，就吓得一哆嗦，赶忙揉了揉眼睛，再细致一看，吓得瑟瑟发抖，想不到自己这几日呼来喝去的人竟是大理寺的密探，现在他真是想死的心都有了。

“哎，各位大人，是小人有眼不识泰山，这几日一直狗眼顶撞各位大人，大人们见谅啊。”刘三刀弓着腰，做出求饶的姿态继续说道，“大人们有什么事，尽管吩咐，小人愿为大人们鞍前马后。”

孙主簿收好官牒，摆摆手说道：“还不快去找其余尸体！”

“哎！哎！小人这就去找……”刘三刀像狗腿似的应和着，正准备离开时却被君无咎叫住了！

“等等，仔细查探一下附近粮铺有没有人员在昨晚失踪！”君无咎边说边目不转睛地看着卡在指甲里的几颗米粒，小米大米各几颗，指缝深处还有结痂的白面附着在里面。这深夜十分，并非饭点，想来也只有粮铺之人才会同时接触到这几种粮食吧！

“粮铺！粮铺！好，小人记下了，这就去办！”刘三刀领命后便带人离开了。

一行人一路未曾停歇，不久便来到了知府衙门，谁知薛知府早已立在衙门前来迎接……

看到成杨一行人走来十分有眼色地向前拱手问道：“请问几位可是大理寺的大人？”

“这官牒还未奉上，薛知府是如何得知我们便是？”成杨不屑地看着薛知府问道。

“下官听人来报，几位大人今早曾在东市现身，气宇轩昂，便立马出门迎接，看到几位，便领略气宇轩昂为何物了！”薛知府笑着说道，十足是一只老狐狸。

他这段话听得苏文月没由来一阵恶心，薛大人的戏可真是好，没做回老本行，可真是亏了。

孙主簿看了眼薛知府，会意地将官牒递给了他，薛知府恭敬地拿过官牒，仔细看了几遍，又双手奉还。

“不知几位大人，莅临下官处，有何贵干呢？下官这几年一直兢兢业业致力于为徐州百姓谋福，并无何过错，每每上京述职，圣上都曾说在下这徐州府治理得十分妥当啊！”

“薛大人慎言，这普天之下，莫非王土，大人这将徐州府纳为麾下的言论，上达天听，可是要杀头的啊！”湛之君看着眼前的薛知府也没什么好脸色，这人嘴脸着实让人讨厌。

“大人，下官一时口误，只是急于表明心迹啊，大人明察！”薛知府看起来有些慌乱，这个下马威让薛知府认识到，这几人并没有原本想象中的那么好对付。

不过还是孙主簿老练，他接过话说道：“大人莫急，大人衷心勤恳，我们这几日在徐州府暗访时已经见识到了，本想就此离开，只是闻得两件事，方才留了下来！”

“不知是哪两件？”薛知府边说边做了一个请的手势继续说道，“几位大人，不如我们进衙门内详谈……”

众人点点头，随薛知府进到衙门内堂。

“这头一件事便是听闻明日便是徐州府一年一度举行祭祀龙葫芦河大典的时日，届时热闹非凡，如此盛况，孙某几个倒是想亲眼看看。”孙主簿端起手边的茶杯，喝一口说道。

看了一眼孙主簿的神色，成杨几人也端起茶闻闻，轻抿一口，没有出声。

“这第二件事，则是徐府灭门案的事了，听闻此案许久还未侦破，几乎一点线索也没有！而我们身居大理寺，最擅长的便是侦破疑难杂案，如此便来帮薛大人的忙了！”孙主簿摩挲着茶盖，环视这府内的装饰继续说道。

“劳烦各位大人操心了，如此小案子，下官一人处理便可！……不必……”

“这案子的受害者实属薛大人亲属，薛知府理应避嫌，此案还是交给我们全权办理，薛大人只要从旁协助便可！如此我们早早查明真相，也算安抚薛大人痛失家属之心！”成杨接过话斩钉截铁地说道。

看着成杨话里有话，而且毋庸置疑的神情，薛知府一阵紧张，他拿起茶杯喝一口想要压压惊，可这一口茶进肚，反倒起了反效果。

这个管家真是猪脑袋，为了侍候好这几人竟拿出这贡茶，虽说平日里他们喝的一直是这贡茶，可今日为了迎接这几人，他匆匆忙忙吩咐家丁将这内宅中的值钱摆件全都撤了，为的便是博一个清廉的名声……

可谁知这蠢货竟将贡茶献了上来，实属画蛇添足……

“薛大人，我们闲话少叙，咱们先来提审你昨日刚刚收押入牢的章书生吧！”君无咎着实没有兴趣和他继续互相恭维，直接开门见山地说道。

“提审章书生？此人不过是杀了同袍，昨日被收押，并未有什么特别之处，不知大人为何要提审他呢？”薛知府隐藏住内心的不安，故作镇定地分析道。

“让你提审，照着去做便可以了……”成杨看着薛知府，声音透着令人无法抗拒的威严。

“是，下官这就去办。”薛知府边说边吩咐身边的人去准备升堂！

“还有陈仵作，把他也叫上来……”苏文月插话道。

这薛知府正要再说些什么，却也被苏文月用成杨的方式怼了回去：“让你做你就做！”

刘三刀找到后开心地向君无咎招手：“来来来，你再看看这个，这个有意思，也是个碎尸案，不过就只找到一个残手，肉铺家婆娘发现的，今早她家狗叼回来的，一直在啃。”

君无咎无奈地看了看刘三刀，上前查看了一下那只残手，这手已面目全非，但从指骨和指甲来看是一名女子的手……

“仵作说了，这手是个女人的手，那这一看这凶手就是那个书生啊！这附近翻遍了也没找到尸身，说明这手应该是章书生房间里那具女尸的手，他在转移尸体时，不小心遗落了！”刘三刀说完还看着君无咎得意地一笑。

君无咎哭笑不得，看那残手上的薄茧和冻疮分明不可能是个富家千金的手，再看这腐烂程度也有所不同，这只残手的主人，死亡时间明显要晚于徐妍，应该是死于昨夜。如此严重的残破看似是腐烂，实则是被狗不规则啃食造成的……

薛知府气得瑟瑟发抖，一群品阶低于自己的小官竟然对自己呼来喝去，可他看了成杨几眼又不敢发作，再说这几人明里应是密探，有皇上撑腰，他也不敢做些什么！

升堂后，薛知府看着坐在一侧的成杨等人，他如坐针毡，战战兢兢地思索着如何能够将这件事掩饰过去。

章书生被带上来时已经虚弱至极，看来上次的毒几乎已经伤及根本。看到薛知府疯了似的磕头喊道："知府大人，小人冤枉啊！知府大人，小人并没有杀人，还望大人明察啊！"

薛知府看他小鸡啄米似的将额头磕得血肉模糊，用力拍了一下惊堂木，吓得章书生瑟瑟发抖，呆愣地看着成杨……

"章书生，本官接下来问你的话，你要如实回答，否则重刑伺候！"薛知府说完后偷瞄了成杨几眼，发现成杨并未看他，而是看着缓缓被带进来的陈仵作。

"小人定如实回答！小人定如实回答！"章书生顺着薛知府的眼神望向了成杨几人，今日审讯这阵仗仿佛与以往有些不同，看薛知府的神色仿佛很是惧怕这几人，只求这几人能够公正廉明还他一个清白。

"章秀庭，本官问你，为何要杀宋书生？你床下那女子又是何人？"薛知府又假意地问着上次升堂时问的问题！

"大人明鉴，广维兄是我好友，小人同他情同手足，又怎会杀他？而那个什么女尸小人更是不知！"章秀庭一边说一边爬向成杨几人。哐的一声惊堂木的声音将他止住。

"大胆，还不退下，你这信口雌黄的小人，本官审你几次你都如此回话，那杀害宋书生的凶器分明就是砚台，而那女子也是客栈小二在整理你房间时在你床下封盖严密的洞中发现的！如此证据确凿，你还敢抵赖？”

薛知府边说边向章秀庭喊道：“看来不对你动刑，你是不会说真话了！来人，先打这章书生二十大板，打到他给我说真话为止！”

“大人饶命！大人饶命！”章秀庭大哭着求饶，又一边转向成杨他们呼喊道，“大人救命啊，小人是被冤枉的！大人们救救小人吧！”

君无咎看着羸弱的章书生，想到，这二十大板要是打下去，可能这章书生也就一命呜呼了，如此便拦了下来，“先等等，薛大人，我有话想问问陈仵作，不知大人可允？”

“您问，您问……”薛知府一边说，一边向陈仵作使了个眼色，心中更加慌乱。

而这边章书生看到自己可以逃过一劫，长舒口气，瘫软在一旁。

“陈仵作，我接下来问你的话，你可要如实回答！不可有半分虚假。”

“大人放心，小人定知无不言，言无不尽！”陈仵作低着头看似谦虚地说道。

“宋书生胸前的红点，想必陈仵作定是看到了吧！你难道不知那才是宋书生的致命元凶吗？”君无咎开门见山。

陈仵作早就料到君无咎会问这个问题，赶忙上前答道：“小人并未曾注意，小人在验尸时只查出额头上一处伤口。”

“胡说，现在宋书生尸体在何处？你可敢当堂查验？”君无咎直直地盯着陈仵作厉声喝道。

“小人当然敢，只是宋书生原不是徐州人氏，尸体无人认领，便于早晨时已经火化了，无法再与大人查验！”陈仵作说完，薛知府悬在嗓子眼的心落下来了。

“你……这停尸还未满三日，你们又如何得知他的家属不会来寻，你们可有问过章书生，他家人在何处，便擅自将他的尸体火化！”苏文月气愤地指着陈仵作问道。

陈仵作只低头听着，并不作声，一副死猪不怕开水烫的模样，来一出“死无对证”！

正当君无咎思索如何与陈仵作对峙时，有官兵来报，刘三刀找到今早东市上发现的女尸的其余尸体了！

“让他退下，晚上再来禀报案情，现在先处理宋书生之案！”薛知府随口打发那官兵说道。

“让他进来！”君无咎拦下那官兵，说道，“马上带他进来！”

薛知府不知君无咎是何用意，点点头让官兵将他带进来，只见陈仵作脸色当场沉下来。

“大人，找到啦，找到啦！这尸体就被扔到东市那倒污水之处！”未见其人，先闻其声，刘三刀领着手下抬着臭烘烘的尸体便进来了，一见到成杨等人更加兴奋。

“大人们都在啊，快看，我找到了！这尸体……小人的办事效率还算可以吧！”刘三刀边说边还拿起一块残尸递到成杨面前！成杨一时无语。

“刘三刀，碎尸案姑且放一放，我问你，陈仵作查验宋书生的尸体时，你可有跟在身前一同察看？”君无咎打断刘三刀的自夸问道。

“说实话，那时小人在几位大人屋内吃茶，并未全程跟查，不过小人大致看了几眼！”刘三刀有些不好意思地说道，现在想想当初做的那些荒唐事就心惊，这一不小心得罪的就是京中的大人物啊。

“那你可有注意到，宋书生胸前心口处，可有几处红点？”君无咎再度问刘三刀，可眼睛却未离开过陈仵作，一直观察着他的神情，果真问完这句后，陈仵作的脸瞬间黑了！

“哎！别说，这我还真看见了，不就那几个红点嘛！当初我看着奇怪，还随口问过陈仵作一句，陈仵作当时告诉我那是热痱子！”

刘三刀一边说还一边笑，“你说有趣不有趣，这三月天的宋书生竟起了痱子，也不知他每日做些什么！”

刘三刀话音一落，陈仵作瞬间面如死灰。

薛知府也有些不知所措，自乱了阵脚。

"陈仵作，还不快说！难道真的要等着对你动刑吗？"君无咎声音冷峻至极。

陈仵作吓得赶忙跪了下来，"大人，是小人才疏学浅没有认得那是致命之伤，方才撒谎只是怕说出真相，怕知府大人认为小人无法胜任仵作一职，从而丢了饭碗！大人明察啊，小人上有老下有小，一家人全指着小人奉养呢！"

"满口胡言，我看你真是不见棺材不落泪！"君无咎看着他气不打一处来。

这时成杨冲着一直立在薛知府一旁的一个小推官使了一个眼色，只见那人便款款走入堂中，拱手向薛知府说道："知府大人，关于陈仵作，下官有事禀报。"

这个推官名唤周炎，他向知府和成杨等人拱了拱手说道："前几日，章书生中毒一案，实有蹊跷，下官现已查明，此事便是陈仵作而为。"

说完他从怀中拿出看押章书生的狱丞的证词，继续说道："狱丞说，当日来探望章书生的只有陈仵作一人，他以查探章书生身体状态为由进去牢中，并谎称章书生高烧不止为他行针医治！"

"你是说行针医治？"君无咎眼前一亮。

"正是如此，而且下官已经查明，在进入衙门做仵作之前，陈仵作曾做过一段时间的江湖散医，尤其擅长针灸，而且据他亲密之人而言，还善运针使毒。"

"果然如此……"君无咎暗自喃喃，当日他便怀疑杀害宋书生之人必然懂医，而且陈仵作从各个方面都符合作案条件，只是当时苦于没有证据！现在种种证据皆指向陈仵作，只差一个直接证据指明他的作案动机。

不过他们都心知肚明他是受薛知府指使，只是想让他承认这一点着实太难。

"还不快快招来，你为何要杀害宋书生栽赃陷害章书生？"薛知府一看当前形势，忽然自乱阵脚，虽说他已当了知府几年，可并未真正办过几个案子，到现在为止几乎连基本的流程都掌握不清。

一看到陈仵作同众人对峙处于下风，他就慌了，突然想要择清自己，所以使劲一拍惊堂木，叫陈仵作速速招来。

这惊堂木敲出的响亮的声音，吓得方才一直神情恍惚呆滞在一旁的章书生一个激灵……这个案子从上午一直审到傍晚，现在天都擦黑了，整整审了一日，这章书生早已虚脱，体力不支，可方才这一声响，反而使他精神起来，与方才判若两人。

他一看到跪在一旁的陈仵作突然来了精神，“就是你想害老子是不是？啊！我都看见你杀了秀庭兄了，你还想杀我是不是？”刚说完他又看到了旁边的砚台突然再度暴躁起来，“对，你还想嫁祸给老子，你想污蔑是老子杀了秀庭兄，是不是？”

这一幕惊呆了堂上众人，薛知府震惊了好一会，才意识到叫人将一直暴怒揪住陈仵作衣领的章书生拉开。

众人一头雾水，成杨猛然反应过来问道：“你说陈仵作杀了章秀庭，那你呢？你是谁？”

“我是谁？我当然是宋广维啊，平日里你们明明见过我，如何此时装作不认识？”章秀庭两手一摊，看着他们烦躁地说道。

成杨和君无咎不动声色地互看了一眼，如此诡异的事情，他俩都第一次遇见，这章秀庭突然从气若游丝变为精神活力十足，如此大幅度的转变，到底是为何？

君无咎冲成杨点点头，先故作镇静地看着章书生问道：“你说你看到了陈仵作杀害章秀庭？”

“正是如此，学生有梦游症，每到夜深都会不自知地出来游荡，然而那日我却被章兄房间内的响动惊醒，借着月光我看到一人正在章兄床前鬼鬼祟祟，不知在做些什么？”

边说他又拿起那方砚台说道：“而且不多时，他又跑到我的房间，在我床前游荡了许久！没找到我后就随手拿起这个砚台又返回章兄屋内，用它砸烂了章兄的头！栽赃于我！”

“大人明察，这章秀庭满口胡言，他一时称自己是章秀庭，一时又称自己是宋广维，此乃疯人，话绝不可信啊！”

陈仵作将头磕得乱响，痛哭着喊道！

“陈仵作，你休要再诡辩了，你在狱中企图加害章秀庭，已是证据确凿！用章书生的话来说，你本是想同时加害两人！在客栈时没有得手，如今又在狱中痛下杀手！说，你到底为何要这么做！”成杨厉声喝道。

然而陈仵作依旧不认，而且绝口不提作案动机，如此僵持了许久。苏文月突然说道：“不知陈仵作如此嘴严可是因为同湖巷二十六号的一家老小？”

苏文月边说边扫了一眼薛知府继续说道：“你的一家老小现已被接到了客栈，你大可放心，你要知道，很多事情你不说不代表我们查不出来，而且很多事也不是你守口如瓶就能保住你一家老小的！屠门灭口的事，你又不是没见过！”

前几日十五查陈仵作底细时，便发觉他一家老小仿佛被控制住了，所以苏文月便觉得陈仵作应是被人威胁了，所以如此卖命！

而苏文月话一说完，薛知府手抖得几乎都拿不起惊堂木！

陈仵作看了看成杨等人，又看了看薛知府，思考了许久，痛哭着匍匐到君无咎身前，说道：“大人，小人都招，小人都招，只求大人能够保我一家老小的性命。”

“你一家老小现已安全，如今就看你是否选择戴罪立功了！”君无咎看着他冷冷地说道。

“是是是，小人这就招！”陈仵作一边说一边看向薛知府，“其实小人做的这一切都是授命于知府大人，他听闻我之前做过江湖游医，有点功夫傍身便诱惑小人为他做事，小人财迷心窍，便答应了知府大人！可谁知……谁知……”

说着说着他竟开始哽咽，“谁知事成之后，知府大人竟出尔反尔，拿小人一家老小的性命威胁小人！威胁小人一直为他卖命！”

“哦，陈仵作你是说你做的这一切都是授命于薛大人喽？”成杨缓缓起身，绕到君无咎的身边。

陈仵作赶忙回道：“正是如此，薛大人吩咐小人将这两位书生处理掉，谁知那夜我潜入客栈之时却发现章书生并不在房中，小人怕章书生逃脱，被知府大人责罚，便使出嫁祸章书生之法，想要神不知鬼不觉地处理掉他！”

陈仵作这边说着，那边章书生却闹了起来，大喊着自己并没死，死的是章秀庭，不知这仵作为何满口胡言。

成杨先命人制止住暴怒不堪的章书生，上前询问陈仵作：“那薛知府可有说为何要处理掉这两个书生？”

“知府大人这倒没说，只听他提过这两人知道了什么不该知道的事！”陈仵作看着一直挣扎的章书生莫名地有一些害怕。

而此时的薛知府，已经瘫软在椅子上，想拿起惊堂木，而这惊堂木却似有千斤重。

“陈仵作……你休要信口雌黄，本官何时，何时曾让你做过如此丧尽天良之事……”薛知府努力平稳住自己颤抖的声音，想让自己看起来无辜一些！

“既然现在矛头直指薛大人，而且还有人控诉薛大人的罪行，本官便不能不管，看来知府大人要屈尊移步到下面来了，这案子，从现在起，便交由本官开审。”

成杨边说边步步紧逼，薛知府吓得赶忙让位，然而他腿抖得挣扎了几次，才勉强地站了起来。

成杨落座知府位后，孙主簿和君无咎立在他的两旁，苏文月和湛之君则依然坐在方才的位置上！

“对于现在的局面，不知清悦有何看法？”成杨首先看向君无咎问道。

“现在局势已明，如此章书生杀害宋书生的嫌疑便可全部解除，而且现也查明本案的元凶是薛知府，只是目前还有两个关键点还未查明。”君无咎边说边吩咐刘三刀去将在章书生房中搜到的碎尸拿了上来。

“这其一，便是章书生房中的这具女尸，章书生杀害宋书生嫌疑可解，然而身负的这条命案却还未查明……这二则是薛知府了，这薛知府为何要杀两名书生灭口，他到底想要隐藏什么呢？”

成杨点点头，十分赞同君无咎的说法，“现在就从这两方面入手，我们重新梳理一下案情！”

成杨怀疑薛知府之所以要杀这两名书生定是因为他二人在杀害徐妍时，不小心撞破了薛知府杀害徐府一家的秘密，所以只有揭开徐妍之案便可揭开一切谜底了！

刘三刀抬着碎尸上来时，章秀庭的脸色立马就变了，和上午时的神色全然不同，上午时，在提到他床下的碎尸时，章秀庭一脸茫然，仿佛真的什么都不知道，然而此时他却神情躲闪，仿佛生怕被拆穿，从而努力地隐藏着什么。

“章秀庭，这碎尸为何会出现在你房中，还不快快从实招来！”成杨用力地拍了一下惊堂木说道。

这惊堂木的声音吓得章秀庭一抖，可他依旧不理会成杨的问话，一脸烦躁地喊道：“我才不是章秀庭，我是宋广维，宋广维啊！要我说几遍你们才能听懂！”

“不管你是谁，先安静如实地回答本官的问话！不要耍这种为了逃避罪责而装疯卖傻的诡计。”成杨再次拍了几下惊堂木，示意他安静下来。

“不知道，我不知这碎尸是如何出现在我的房间的！”章秀庭对这女尸的事全部否认，闭口不谈！

然而由不得章秀庭不认，成杨让湛之君拿出那天他在徐家井下找到的那把屠牛刀，还有那天的青布衣衫。

“仔细看看这两样东西，都是在徐府家花园井下找到的！这可是你和宋书生的东西！”成杨边说边将这两样东西扔到章秀庭面前。

“好好看看这刀，这刀上有打造这把刀的铁匠铺的标识，我命人查过，前几日傍晚时分，你曾去铁铺买过这一把屠刀，因为看个文弱书生来买屠刀，所以那铁匠店的老板对你印象极深……我们给他看你的画像，他已经指认是你无疑。”

说完成杨又指了指那青布条，刚要开口说：“还有这宋……”

话还未说完，突然被孙主簿拦了下来，只见孙主簿轻轻拍打了一下成杨，示意他先不要说这句话，而是接过话茬，说道：“还有这青布条，可是你常穿在身上的那件青衫？”

这话问得成杨和君无咎不明所以，可一直烦躁的章秀庭的状态却起了变化，他痛苦地看着布条和刀，又看看那一团碎尸，疯了似的哭喊：“是她该死，是这个贱人该死，她明明和我宋广维情定一生，谁知暗地里竟又和章秀庭勾结在一起，若不是那日傍晚我去找她，撞见这一切，她和章秀庭还不知要背着我做些什么！”

“因为她背叛了你，所以你一怒之下就杀了她？”孙主簿循序渐进地问道。

“对，我就是受不了她背叛我，那章秀庭是什么东西，只不过是我一个远得不能再远的远房亲戚，家中贫寒，一直寄居在我家！我宋府供他吃、供他穿，我又待他亲如兄弟，如今他竟做如此龌龊不堪之事，如此对不起我……”

一边说他还一边气愤地啐了那碎尸几口，说道：“而且这女子也是贱胚子，暗地里和我私订终身，谁知竟在我们幽会的井下和章秀庭偷情，真是令人作呕，我当然要杀了她，让她永远留在我的身边，让她永不得安息……”

听到这里，君无咎和成杨同时心下一惊，如此说来杀人分尸这事仅是眼前这个自称为宋广维的章秀庭一人所为，与死去的宋广维无关，这时二人才猛然回想到那次说他两人互穿衣物之事……

现在章秀庭虽已坦白交代一切，可却依旧说不清章秀庭为何会如此诡异地自称自己是宋广维！

问题到底出在何处，如若宋广维并未参与此次谋杀，那么他为何还会惹来杀身之祸？

"宋广维，那本官问你，你可知这薛知府为何要派人杀你和章书生？"成杨按着孙主簿的方式问道。

"这我又如何得知，这狗官想要杀我，我又如何知道！"章秀庭又开始如此一问三不知，僵持了许久，一转眼这天已经亮了，这案子整整破了一天一夜。

而清晨十分这章秀庭突然倒了下来，仿佛全身的力气被抽了似的，冷水泼醒后，再度一副羸弱的样子……

成杨再度询问他是谁，他则是不明所以地说："学生章秀庭啊，不知大人为何如此发问？"

这章秀庭瞬间转换身份性情大变，惹得众人面面相觑，实是想不通他为何会如此。成杨再度看向孙主簿，孙主簿则上前冲章秀庭问道："章秀庭我问你，你可知薛知府为何要杀你和宋书生灭口？"

"学生，隐约好像知道，能引起知府大人杀心的，想必是学生知道薛知府是假知府的事了！"章秀庭疲惫地倚在地上说道。

同一个问题，两种不同的回答，到底哪个是真哪个是假？众人陷入了深深的思考中。

成杨看他两种性情下的状态神情截然不同，全然不像伪装出来的，而且从孙主簿的处理方式来看，仿佛孙主簿已经明白是怎么回事了，而且也觉得他并不是为逃避罪责伪装的，难道这章秀庭身上也有什么秘密吗？

不过现在他也无暇顾及许多，也无法当场询问孙主簿对章秀庭的看法，现在他的注意力全然被他那句薛知府是假知府的话吸引过去了。

"哦，假知府！章书生此话怎讲？"成杨手指轻轻敲打着桌面问道。

"学生与广维兄几个月前，偶然认识徐家养女徐妍，后来广维兄曾与她暗地里私订终身！”边说他边下意识瞟了旁边的碎尸一眼，不禁吓了一大跳。

“这……这不是徐小姐吗……我认得她头上那只金钗，那是广维兄送给她的定情信物啊！”章秀庭一边说一边激动地爬到碎尸面前，痛哭流涕，喊道，“徐小姐，你这是怎么了？你和广维兄，还真是一对苦命鸳鸯，九泉之下你俩可一定要相遇啊。”

这章秀庭哭得情真意切，仿佛真的很伤心！

“章秀才，你冷静一下，继续回答本官的问题。”成杨拍了拍惊堂木，让堂下的人肃静，不要再窃窃讨论章秀庭的事！

“是！大人，学生只是太伤心了，一时间没能控制住情绪。”章秀庭擦干眼泪，对成杨继续说道，“相熟久后，徐小姐便向广维兄讲述了她自己的身世。她说自己其实并非徐家养女，而是徐州知府——薛知府的女儿，母亲则是他的小妾——徐氏！”

章秀才一边说，他还一边回想了许久：“徐小姐本是十分痛恨薛知府抛弃她的，然而一日她竟跑来和广维兄哭诉，原来这薛知府竟不是她的父亲，而是他的杀父仇人，他买卖官职冒名顶替了薛知府，还杀害了他！”

“你……你休要胡说，信口雌黄地往本官身上泼脏水，买卖官职，这可是天大的罪，下官是断然不敢做的！”薛知府气得瑟瑟发抖，他看着章秀庭说道。

“小人句句属实，徐小姐曾同广维兄说过，这一切都是她的亲生母亲徐氏告诉她的，而且她还说徐氏为了报复他抛弃孩子的事情，她便威胁他，让薛知府为徐府牟利！徐小姐还曾经答应为我二人谋得一官半职呢！”

话说到一半他又有些失落，叹了口气继续说道：“只不过后来徐小姐便消失了，再后来见过广维兄和我，要知道广维兄和徐小姐在一起后，平日里傍晚时分都会通过一条密道穿进徐府的后花园，穿到那枯井中与徐小姐相会！而后来广维兄如何等候都不见徐小姐出来，无奈还同我买醉过一阵！”

这时君无咎恍然记起那日初到客栈时遇见两人的模样，那宋书生喝得酩酊大醉，还叫嚣着富家女有什么的，未来他还要娶丞相之女，位极人臣……不想此间竟有这些波折。

“你是说，徐小姐曾说要让徐氏为你们二人谋得一官半职？”成杨依旧手指轻轻地敲打桌面，如此看来一切的问题便水落石出了，看来这个徐氏应该是不经意之间得知了薛知府早已被替换，眼前这人是买官顶替的！

而徐氏又拿此事威胁薛知府，如此才惨遭灭门！可是那日大火时宋书生为何又会出现在徐府呢？成杨无暇顾及这些，现在首先要先了解薛知府的杀人案，而后还要查问他关于买卖官职的事……

“薛知府，现在可以摘下你的面具了吧……说！你到底是何人，又是从何渠道买到的这个官职？”

薛知府对于官职和真实身份的事，闭口不言，只是一味地说：“对，就是我恼羞成怒杀了徐氏满门和宋书生，我认罪伏法，你们杀了我吧！其余的事，我一概不知……”

“姓薛的，你别以为你什么都不说，我们便什么都查不到。”苏文月气得跳脚。

可薛知府依旧仿若没听到一般，低着头咬紧牙关，沉默不语。

此时，立在一旁的推官周炎则上来说道：“成大人，下官听闻这薛知府与玉莲楼的来往甚密，而且有传闻说那月玉莲便是他的师弟，下官认为，玉莲楼跟这件事定关系匪浅，那月玉莲定是知道这假知府大人的真实身份。”

其实此事苏文月这边也一直在跟进，自从上次在玉莲楼，她听闻这薛知府唤月玉莲师弟时她便开始暗地调查了，其中就有他们安插在徐州的人员周炎。

只是过了许久，都只有一些蛛丝马迹，这薛知府幕后之人果真心思缜密，不露破绽，竟将自己隐藏得一干二净，到最后查了许久也只查到薛知府与月玉莲的关系匪浅，而且薛知府仿佛还要受命于月玉莲……个中复杂便不得而知了！

“好，这便唤月玉莲来这堂上，刘三刀，你去带人彻查玉莲楼，一点蛛丝马迹也不要放过！而且要亲自将这月玉莲带到本官面前！”成杨看了看刘三刀，命令他速去速回。

刘三刀得令后，满脸恭敬迎合，前几日没少得罪这几位大人，他们随意审一审案子就能将薛知府踹下马，如今自己可要小心为妙，如果能将功赎罪，获得几位大人赏识岂不是更好?

想罢他便带着一行人浩浩荡荡地去了玉莲楼。

而不多时，一直在玉莲楼暗查徐府尸体的初一却来到了知府衙门，跑到成杨身边，说了几句话。

初一来到衙门时成杨着实一惊，十分担心徐府那些尸体。

然而初一却附在他的耳旁说道：“大人，刚刚刘三刀带人前去搜查玉莲楼，刚说明去意，月玉莲就痛苦地伏在地上，直呼终于有青天大老爷能救他脱离苦海了。”

初一一边说还一边压低了声音，“而且那月玉莲，还命人将戏台的密室打开，将徐家那几口人抬了出来，说是要状告薛知府，这些便是证据！”

果真，初一的话说完不久，刘三刀就将月玉莲带了进来，未带妆的月玉莲脸色很苍白，美颜清俊中带着妩媚，十分瘦小，虽年仅十五，但浑身却散发着说不出的狠戾和老辣。

他一进门便扑倒在堂上，大哭着喊道：“青天大老爷，您可要为小人做主啊！小人这几年备受压迫威胁，无奈与这猥琐小人为伍，真是备受煎熬啊！”

“哦？备受煎熬！那你倒是给本官说说，这薛知府是如何压迫你的，而你现带来的徐家尸体又是什么意思？可是你盗走了这些尸体，又藏匿家中？”成杨顺着他的话往下问去。

果不其然，月玉莲看了看这个假薛知府说道：“大人，此人可不是什么薛知府，薛知府早几年前便被这个贼人杀害了，而他只不过是我的师兄，名唤月玉蓉罢了！只不过是因他与那薛知府面相极为相似，而且师兄他戏唱得十分好，模仿一个人只是瞬间的事，所以极少有人发现他的真实面目！”

说完他还看了那徐家的尸体几眼，继续说道：“而且就算有，也全被师兄杀人灭口了！”

“那这月玉蓉如此丧心病狂，几乎杀掉所有知道他不是真知府秘密的人，而你为何还能活下来呢？”君无咎冷冷地看着跪在地上的月玉莲，真是你方唱罢我登场，这月玉蓉刚刚退场，这月玉莲又开始上场，企图挽救这一切。

月玉莲闻声抬眼多看君无咎几眼继续说道：“师兄他极为忌惮他人知道他的秘密，可他为隐藏这个秘密始终还是需要一个帮手不是？而我也是那个本就完完全全清楚他底细的人，而我一无权势，二无背景，于他来说，最好利用的人便是我了！”

说罢他顿了顿，声音又带着一丝哭腔：“所以他便恩威并施，胁迫我为他做事，就如同徐家这些尸体，便是他吩咐我为他藏匿的！他本吩咐我今天趁乱将他们投入龙葫芦河。”

月玉莲说这些话时，君无咎已经走到了装着尸体的罐子前仔细查看。这些尸体已经开始腐烂了，露出的骨头中现出淡淡的黑色，君无咎挨个查看了一遍，果真皆是如此！

他走到陈仵作身旁，在他的验尸箱子中找出一根银针，轻轻地探进尸体，果然银针的尖瞬间变黑了。果真是毒，全家人都中了毒，为何被人二次伤害身体？而且为何当初女人和孩子死在了门外？凶手为何要将现场布置成这样？

“月玉蓉，我问你为何早已将徐府一家毒死，却又将这些尸体弄得如此诡异，你如此布置案发现场，可是有什么隐情没有坦白？”君无咎拿着银针给成杨看了看，又转身询问月玉蓉。

月玉蓉不说话，依旧闭口不言，只是时不时用吃惊失望而又释然的表情看着月玉莲……

“大人，此事小人知晓，小人都招，只求能够将功赎罪，求大人不要责罚小人包庇之罪……”月玉莲一边说一边看似十分虔诚地向前爬了几步。

“杀了徐府满门之后，师兄坐立不安，他曾嘱咐手下杀人时，作案手法一定要复杂，作案现场也要重新布置……因为他做了知府这些年虽不懂破案，却觉得如此可以扰乱视听，能够让他更加完全地置身事外！”

说到这里，月玉莲指了指那些尸体继续说道：“然而，事成之后，师兄整日坐立不安，他觉得自己画蛇添足了，他又觉得自己做得多反而有可能错得更多！所以便让人将徐府的尸体都偷了出来，逼迫小人将他们藏在玉莲楼中，还一把大火烧了徐府！”

“你倒是择得真清，一口一个逼迫，难道在这些杀人案中你就一丁点也没参与进去吗？”苏文月看着他质疑道。

其实现在君无咎和成杨这几人全部心知肚明这月玉莲绝不简单，就连这月玉蓉很多事情仿佛还要听命于他，所以他不可能没有参与这些事情，只是，现在月玉莲如此一来，而月玉蓉又三缄其口，倒真是毫无证据指明月玉莲和这几起案子有关了。

“小人真的没有！小人年龄尚小，每每见到死人都惊恐得不行，又何谈去杀人？真的要不是师兄以身家性命相逼，我断然也不会为他掩盖罪责！不信大人审问师兄，我说的这一切都是不是真的？”说完月玉莲看向了月玉蓉。

两人四目相对，月玉蓉的眼中充满了痛苦，他犹犹豫豫地思索了许久终是别无他法，他猛地将头伏于地上，哽咽着说：“大人，其实一切实属小人所为！事到如今小人都招……”

接下来月玉蓉便写下了他的供词，七分真，三分假，全都避过了买官职的渠道，而且也将月玉莲彻底择出，为让月玉莲的清白看起来更真实，他顺便也将陈仵作择出，说全是受自己指使！

然而月玉莲可逃罪责，陈仵作却不行，无论如何，陈仵作手里都犯有宋书生这件案，哪怕不是主谋，也是从犯。

到此，徐府灭门惨案算已告破，由此引出的一系列案子也算查明，如今只有这买卖官职一事还没有什么头绪，但成杨和君无咎都知道再审下去也没有什么结果，便将他们先全部收押。

而成杨也当场写了一封八百里加急信件，送与皇帝手中，将事情完完全全地叙述一遍，禀明徐州当前已无知府等局面……

退堂之后君无咎又和初一说，让他盯好章秀庭，看看今日傍晚之后他可会起什么变化。

回到内堂时分，天已大亮，成杨累得几乎躺在那里便能睡着，而苏文月和湛之君则饿得怨声载道！就连孙主簿都赶忙点了一支烟袋，来提提神。

只有君无咎还在皱着眉思索这月玉莲和买卖官职案件的关系，想来这月玉莲定是和宫中背地里操控买卖官职案件的大人物有所联系。

“饿死了，在这可真是没有在客栈方便，这都吩咐下去多久了，这早饭还没弄好，我都快饿死了！”苏文月没有力气地瘫在桌子上，叹气说道。

“就是，这知府衙门厨房的效率可真是和这薛知府的班子一样，效率如出一辙，真是低得不能再低了！”就连湛之君都开始忍不住吐槽。

“来了来了，我闻到味了……”苏文月忽然来了精神。

话音刚落，几个下人便端着餐盘走了进来，灌汤包、南瓜粥、鸡蛋、小菜，样样俱全，看得苏文月直流口水。

大家连忙聚到一处去吃早餐，谁知，成杨竟已倒在床上睡着了，呼吸均匀，谁也不忍心打扰他，只是吩咐厨房时刻将饭热着，等他醒来再吃。

“孙主簿，我有件事想要请教您一下！”君无咎吃完放下碗筷后问道。

“可是章书生性情大变的事？”孙主簿也将碗筷放下，反问道。

“真是受不了你们俩，太酸腐了，食不言寝不语的，就不能边吃边聊吗？都快饿死了，还顾着你们那虚伪的君子之风！”苏文月看着两人无奈地吐槽道。

君无咎这才意识到自己一直沉迷案情，如此劳烦孙主簿确实不妥，赶忙说：“不忙不忙，孙主簿还是吃完饭，我们再聊！”

而孙主簿则是摇摇头，笑着说：“已吃好了。”

孙主簿再度点起那支烟袋，看着君无咎说道：“在大理寺待得久了，见识的案例和各种令人匪夷所思的事便多了，昨日章书生性格大变时我突然想到几年前我在大理寺案宗里见过的一个案子。这个案子因为太过离奇，以至于我到现在还对它印象深刻。”

“是什么案子啊，孙主簿？你这么一铺垫我都好奇得不行了，快说说看！”苏文月一边吃一边着急地说道，口中的声音弄得呜呜咽咽的。

搞得君无咎忍俊不禁，绷了一天一夜的神经，突然松了下来。

“笑什么，不许笑……”苏文月看着君无咎笑她，莫名又有些害羞。

两人你来我往互相斗嘴说了好多句，就连湛之君都看不下去了，刚要开口，谁知成杨竟醒了，他看着两人说道：“你俩人再这样斗来斗去，我都觉得你俩莫不是那戏文中的欢喜冤家了？”

瞬间两人都蔫了，君无咎赶忙招呼成杨过来吃饭，而另一旁的苏文月则转移话题让孙主簿快快讲那个案子。

孙主簿点点头，眼光仿佛回到了几年前，那时案宗里记载了一件曾轰动京城的案子。那便是一个大儒的儿子犯下的连环杀人案。那案宗上说，这大儒的儿子名叫孟轲，年十七，十分的俊俏潇洒，只是身体一直不济，看起来总是病怏怏的。从小到大一直在用中药调理，却始终都不见好转。众人都道可惜。

因为这孟轲十分的有才气，贯通古今博学多才，大家都觉得在不久的将来，他可能会超过自己的父亲成为一代鸿儒。为此他的父亲十分骄傲，也十分欣慰，对待他也更加严苛，因为对他寄予厚望。

可是事与愿违，这孟轲的身体却一日比一日弱，没过多久竟开始神情恍惚，请了无数名医，皆找不到病症。

之后这京中便出现了连环杀人案，作案的手法完全一致，而且死者的类型也十分的相似，有贪赃枉法的官员，也有烧杀抢夺无恶不作的贼人，更有甚者还有几个皇亲，所说这几人皆是纨绔子弟，但涉及皇亲和众多高官，这大理寺也不得不重视起来，要迅速破案，不能造成百姓的恐慌。

起初，查了两日，并无什么头绪，只是从死者身上的剑伤可以看出这人身负极高的武功，而从他杀害的人的身份背景来看，无疑是江湖中所谓惩凶除恶的行径，带有一定的江湖气。

所以大家从此处入手调查，将京中所有和江湖人士有关联的地点人员全都查了个遍，可依旧一无所获。

正当大家毫无头绪时，竟有江湖人士前来报案，告的便是这孟轲。说是在这孟轲行凶之时，被他正好逮了个现行。

当时没有一个人相信这江湖人的说法，可审讯时却发现这孟轲同以往不同，他英气逼人，浑身散发着十分冷硬的气息，而且整个人精神抖擞，全无久病卧床的神态。

这时就连匆匆赶来的他的父亲，都不敢相信这是他的儿子。

之后的审讯孟轲供认不讳，只说想要惩恶扬善，看不惯现在腐败的朝廷，软弱无能，官官相护，毫无作为。所以他便要杀尽奸臣恶人，还百姓一个太平盛世。

说这话时孟轲的神情与口气十分的自负，完全没有往日的谦逊恭敬，更有甚者，他竟将矛头直指朝廷，在他父亲看来，他简直就是疯了。

既然这孟轲已认罪伏法，那这连环杀人案便也算了结了，可谁知将他收押后的次日，他竟又同往日一样羸弱不堪，并要求翻案，全然不记得自己做过什么。

在几日得不到回应后，他便一头撞死在狱中，说要以死自证清白。

所以到此时大家也不知这孟轲为何会在一夜之间性情大变，都只道他是得了失心疯。

而他的父亲也日夜恸哭，自责是自己逼死了他的儿子。

众人问他何故这么说，他才将一直隐藏的事说了出来，原来这孟轲从小聪慧，只是心思却从不在儒学上，而是十分喜欢舞刀弄枪，但这大儒却觉得他舞刀弄枪有辱家族门风，故此便每日逼他用功读书，动辄家法侍候。

渐渐这孟轲便茶饭不思，身体越来越弱……而且时不时暴怒不堪，对家中下人拳脚相加，大打出手……

大儒说可能从那时起，自己便将他的儿子逼成了失心疯！

自责了几日之后，这大儒便也患了急症，驾鹤仙去了。

“这么轰动的案子，我怎么没听闻？”成杨不禁问道。

“唉，许久的案子了，要不是我整理案宗也没有听闻过……”

“那孙主簿您的意思是这章书生性情大变的原因同这孟轲有相似之处？”君无咎仔细思索后问道。

“没错……”孙主簿点点头。

“我知道！我知道！我听懂了，按孟轲这案子的思路来看，那这章书生的症结应当在他化身宋书生时说的那几段话！”

苏文月接过话茬，回想到昨日堂上的场景，继续说道：“昨日那章书生变身宋广维时曾不屑地说这章书生寄人篱下，还做出龌龊之事，面上极为不屑嫌弃，所以我想这便是他心中的隐情。”

“没错，这章书生那日的话着实暴露了他没有的自卑与压抑，他企图成为宋书生，每日和宋书生相伴，巨大的落差感害他越来越偏激极端，为此得了这种罕见的失心疯也是有可能的！”孙主簿再度点点头说道。

“那如此想来那日我竟是误会了宋书生，他说的娶丞相之女位极人臣的话想来都是气话！那么那天他衣衫上的火烧痕迹，会不会是因为太过思念徐小姐，碰巧到了徐府呢？”苏文月失落地说道，眼中还透着隐隐的自责。

“这一切已不得而知了，这世上哪能事事都通过蛛丝马迹便推测出来呢？尤其这事又事关人心，事关情爱，此间的事最为复杂了……”君无咎不知想起了什么，深深地叹口气说道，眼中也满是自责。

一时间屋内安静了下来，仿佛空气中都隐隐约约地流动着伤心的味道，大家都知道，君无咎这是想起了自己的恩师和秀秀了……

“那个什么，今天晚上龙葫芦河就要举行祭祀大典了，你们都不打算去看一看吗？我倒是十分好奇呢！”湛之君首先打破沉默。

众人这才想起，今日已是十五，锦瑟在手帕上提到火油时曾提到过三月十五，太虚观！这太虚观想必会在今日里有所行动，看来现在得马上动身去太虚观了……

众人赶忙洗漱更衣，带了一些必要之物，骑马向太虚观奔去。

这一路来来往往皆是向龙葫芦河行进的百姓，这庆典乃是徐州每年最大的庆典，徐州百姓每每这日都如同元宵赏灯，必然聚在这龙葫芦河两边，届时河边景象，人潮涌动，热闹非凡。

而且另一旁还有大量的官兵成队地拖运这成堆成堆的五谷和猪羊等祭祀之物向龙葫芦河赶去。

“如此大的阵仗，届时河边混乱，什么事都有可能发生。真不知这锦瑟所指为何事？”湛之君看着来往的人群说道。

“还会有何事，想来定是和火油有关，看来咱们得先去拜会拜会这太虚观了！”说罢众人赶忙驱马快速前进。

然而刚刚到葫芦山脚下，便看到一众官兵围在个十分浅的河岸边，对着里面仔细研究着什么。

他们近前来查看，发现他们围住的竟是一节泡得发白的人腿，是清早来挑水的村民发现的，吓得赶忙去当地的县衙报了官。

君无咎仔细观察那节人腿，是人小腿的下半部分，骨棒很纤细，不过可以看出这是一个男性，只是年龄较小罢了，再从这节长度，推测此人的身量，可以猜到这应该是个大约十五六岁的少年。

只是线索还是太少了，只有这一节人腿，完全再看不出其他有用的信息。

成杨本以为只是一个普通的碎尸案，只要将它交由本地的县衙门调查即可，正要拉着君无咎赶快去太虚观，谁知君无咎却沉思了一会儿，然后对他说：“翰飞，我不知为何总是将这起案子同昨天早上东市发生的那起凶杀案联系起来，脑中总有一个声音在同我说他们之间有某种关联！”

“你是怀疑它是一起连环凶杀案？”成杨诧异地问道。

“嗯！”君无咎点点头。

看到君无咎肯定地点了点头，成杨马上亮出官牒，一边命令他们赶快去找其余的尸体残骸，一边让他们将手里掌握的资料一并整理好交到知府衙门。

安顿好这一切，他们才又再度向太虚观赶去。

这葫芦山看似很矮，但爬上去便可以发现里面别有洞天，这山上的林子种得十分密，而且地势绵延回环，湛之君仔细观察了一下这里的树，大部分都是近几年种上的，并非是原始的林子，而这蜿蜒的山路也有人工整改的痕迹。

“好像有人并不想太多人进入这山中。”湛之君观察了一会儿说道。

成杨和君无咎会意地点点头，走了这么久，他们俩也发现了这山的诡异之处，不过还好是跟着湛之君同行，否则他们定会迷路，深陷在这葫芦山无疑。

一行人又走了许久，本以为半个时辰便可到达的路程，如今已走了两个时辰……把孙主簿累得气喘吁吁。

终于他们隐隐约约地望到了坐落在山顶的太虚观，这使他们一扫疲惫，使劲地向目的地爬去。

到达太虚观后，他们敲了许久的门都没有人开。直至好一会儿，才有一个小道士极为不情愿地来开了门。

一边开门，一边嘴里还嘟囔道：“没人开门，意思就是不让进，一直敲什么，没个眼力见。”这小道士的口气极为不耐烦，听得苏文月一阵不爽。

她走上前直接推开了小道士打开的门缝大声说道：“你不情愿给我们开门，我们还不屑同你说话呢，去，去把你们道长给我找来。”

“就凭你们几个，还想见我们道长，门都没有！赶紧哪凉快哪待着去！”说罢这小道士便要关门。

门被苏文月劈手挡住，喝道：“不知天高地厚的家伙，知道我们是谁吗？竟敢对我们如此说话！”

“哟，我管你们是哪里来的村夫，说我不知天高地厚，哼，要知道这当今王爷来我们……”

“道鸣休得胡言，还不给我速速退下！”这小道士话还未说完，便被一个徐徐走来的威严男子打断。

这男子虽一身道袍加持，却毫无仙风道骨之感，反而给成杨和孙主簿一种久居官场之感，他的神情状态，像极了在官场斗争中混得如鱼得水的官员。

听到这男子的声音，小道士吓得一个激灵，缩在门后，小声地叫了声：“道长。”

道长没说什么，轻摆拂尘示意他赶快下去。

“敢问这位可是这太虚观的道长？”成杨问道。

“正是，叫在下虚清即可。不知几位是何人？为何来我这太虚观呢？”这道长扬了扬拂尘，做了虚礼问道。

成杨直接将官牒拿出，递给了他。这道长接过官牒，仔细查看了一番，脸色变了几变，却始终镇定，看来他早就得知成杨这一群人的身份和他们要来太虚观的消息了。

“我们也没有什么事，就是一同来观看这龙葫芦河祭祀大典的，顺便来你这太虚观赏赏风景……”成杨环顾了一下四周，看似散漫地说道。

“啊！如此甚好，大人们肯亲临此地，真是使小观蓬荜生辉啊，几位大人，里面请……”道长一边说，一边侧身迎他们进观。

一进观内，君无咎便仔细查探起来，然而这观的格局构造与其他的道观并没有什么不同。

再进内堂供奉神明之处查探一番，依旧没有什么问题。然后绕到神像的背后君无咎则发现了一个观中的诡异之处。

一个道馆，竟然让自己信仰供奉的神明神像背后落满了灰尘，这灰尘厚到可以和这神像身前的部分有一条清晰的分界线……看来这前面如此干净也可能是这几日抓紧打扫出来的。

君无咎默默地看了看成杨，成杨默契地点点头，没有说话。

再往后走，则是两个掩映在假山树林中的钟鼓楼，他们东西对称，看起来十分别致。

这是太虚观有名的双丹阁，这便是太虚观炼丹的地方。一路仔细看下来，这个双丹阁整体看起来竟要比供奉神明的主殿还要大上几倍。而且阁内丹炉众多，可以说在众多道观中可谓独树一帜了。

“这丹炉真有这么神奇，能够炼出灵丹妙药吗？”苏文月一边说一边准备打开她身旁的丹炉，想看看那所谓的仙丹到底长什么样子。

“大人快住手……”只见那道长一边说一边慌忙赶来，将那炉盖按下继续说道，“大人有所不知，这炼丹全凭一口真气支撑，如今丹还未成，大人如若此时打开这丹炉，那便功亏一篑了，这丹便也是废了！”

苏文月撇撇嘴，只好将手拿了下来。

“道长，这双丹阁内什么味道，隐隐约约的有些呛人！”湛之君蹲在丹炉那仔细研究丹炉的构造，想看看是否藏有什么玄机。谁知，一阵穿堂风吹过将一阵有些呛人的味道带进了他的鼻子中，熏得他好半天没缓过神来。

“最近多雨时节，这山中的树木都十分的潮湿，所以生火时总会有一些青烟，比较呛人，而你又蹲在离火那么近的位置，那湿柴火一燃，烟味肯定呛人。”

湛之君点点头没有再问。之后将太虚观整个都逛了一遍也没有发现有什么问题，而晚上又即将要举行祭祀大典，所以道长和观里的弟子都十分忙碌，道长着实没有时间一直陪在成杨几人的身边。

后来成杨一行人只得吃一些斋饭便离开了。然而成杨却留下了初一来暗地里观察观里的动静，还要死死地盯住这个虚清道长，一有什么问题，马上过来禀报。

一行人离开道观时天已擦黑，龙葫芦河岸两边已经热闹起来，河里漂满了河灯，各式各样的精美极了，传递着人们祈求风调雨顺的心意。

不仅仅只有来祈福的百姓，还有一些小商人，看见了这个商机，在这里摆一些小吃摊，卖糖人、炒栗子什么的，商品应有尽有。

夜越深，这河两岸聚集的人越多，越热闹。

这边祭奠开始前的大鼓已经敲起，一声声震天响，气势非凡，使得百姓们的热情更加高涨，之后便是官兵和太虚观内的小道士们将祭祀之物整齐地摆在河边……

距离吉时还差半个时辰，突然一群女子身着徐州十分有特色的传统服饰出现在岸边，赤着脚，跳着优雅的舞蹈。

一舞过后，吉时已到，虚清道长带着一众弟子席地而坐，手扬拂尘开始不停地念些什么。

成杨饶有兴致地看着眼前的一切，笑着拍了拍君无咎的手臂说道："这道长以前混礼部的吧，肯定承办过不少典礼仪式……别的不说，单单这祭祀大典举办得还算不错……"

"是啊，十分能展现徐州当地的风土人情，而且百姓们也十分喜欢，权当是为数不多的一种娱乐了。"君无咎看着远处的河灯笑着说道。

"不过这仪式可以保留，但这治理河流的方法却不可取，这样根本没有什么作用，还浪费民脂民膏。"湛之君一边说一边看向那道长，"就在那无关痛痒地念上几句话，就能治理河流，也真是太可笑了。"

"是啊，之君说得有道理！这种歌舞娱乐和祈福的形式可以保留，但祭祀这一步，还是去掉比较好！收了百姓那么多钱，却中饱私囊，如此着实过分。”

孙主簿看着远处堆积如山的米粮，缓缓说道。

就在几人还在讨论祭祀大典之时，初一突然出现在了成杨身旁，向成杨禀报说他在暗查道观时遇到了一个小道士。

那小道士大概十二三岁，一直躲在一个假山里哭，小人千方百计地询问他为何哭，他说每日同他一起的一个叫道萤的小道士失踪了，而且他听道长的意思是，道萤永远都不会回来了……

“永远不会回来了？”成杨默默地重复着这句话，总觉得哪里不对！

“清悦，你可还记得今早在龙葫芦河畔发现的那个残腿？”君无咎猛然想到。

“你是说，这残尸的主人有可能是这个道萤小道士？……”成杨不敢相信地问道。

君无咎虽犹豫了一下，依旧点点头……

这龙葫芦河的祭祀大典已渐渐进入尾声，苏文月眼尖，发现刚刚还坐在众小道士中央的虚清道长此时已经不见了踪影。

“那道长呢？这典礼还未结束他怎么不见了？”苏文月焦急的喊声引得成杨和君无咎抬起头，向祭祀台望去，果真，现在坐在中间的那人已不是虚清道长，只不过是一个普通的道士顶替罢了，难道他趁乱要做些什么？……

就这样他们分散开了，在人群中寻找，奈何人太多，行动非常迟缓不便，找了许久依旧不见那道长的身影。

正在君无咎急得团团转时，身旁突然闪过一个熟悉的身影，他看着那背影，瞬间便想起了玉莲楼那日塞给他手帕的那个女子。

“锦瑟，竟然是锦瑟……”君无咎暗自喃喃，赶忙跟了上去，奈何人太多，使两人中间一直保持一定的距离。然而那女子仿佛并未想逃，而是走得很缓很慢，想故意引君无咎跟着她走。

果不其然，在走到摆放祭祀物品那里，锦瑟停了下来，君无咎冲上前一把抓住了她，而她也并未躲闪。

“锦瑟……你故意引我到这里！上次也是神神秘秘地将手帕交与我手中！说！你到底是何目的？”君无咎死死地抓住她的手腕不肯松手。

“小女子并未有什么目的，小女子只是想来帮助大人！”锦瑟一边说一边挣扎了几下，君无咎抓得太紧，她的手腕生疼……

“你想耍什么花招，安王府一案种种疑点都指向你，而你却消失不见，如今为何又频频现身？……”君无咎并不相信她的话，抓住她的手也并未放下。

“大人，小女子这回并没有耍什么花招，是真真切切想来帮助大人，而且也是要来投案伏法的。上次的那方手帕便是我的诚意。”

锦瑟边说边又试图挣扎了几下，继续说道：“小女子老家本就在这徐州，虽因种种家族原因没落，但暗地里还是有一些盘根错节的势力，查到这太虚观和这假薛知府的疑点。”

“难道故意引我们来江南的人是你？说你到底是什么人？小小女子竟有如此能力……”君无咎目不转睛地盯着她问道，这女子身上有太多的疑点，着实令人生疑。

“小女子……”

锦瑟话还未说完，苏文月突然跑到君无咎的身边，着急地说道：“终于找到你了，你哪去了？找了你半天，成杨都急坏了！怕你被人报复……”

“我没事，那虚清道长找到了吗？”君无咎问这话时，苏文月一直在打量锦瑟。

“没，找了许久也未见这虚清道长……咦，不过这女子是谁？”

“锦瑟……刚刚她引我来这里，不知是何意图？……”

君无咎话音刚落，成杨、湛之君、孙主簿等人也找来了！成杨一眼便看出了这是锦瑟。

他看着她邪魅一笑，说道：“不知锦瑟姑娘此次现身，又意欲何为啊？”

“大人，请你们相信我，小女子真的是来帮助各位大人的，而且小女子也说了关于张云东的事，小女子一定会认罪伏法的……可还请几位大人给小女子一点时间，听小女子细细道来。”

这锦瑟眼中透露着真诚，看起来楚楚可怜，惹人怜爱，然而君无咎却一秒也不敢放松，“那你快说这太虚观和这个虚清道长，可有什么名堂？”

“大人此事不急，刚刚我听你们言语中说这虚清道长已经不见了，我想大人们还是赶快回知府衙门看看吧，我想那月玉莲应该也不见了！”

锦瑟一边说，还一边抓起旁边米山上的米递给君无咎，“不知大人看到这米，可有想到什么？”

君无咎接过这米，发现里面共掺杂了三种米，有大米、小米和高粱。他揉搓着这米粒，又看了看旁边堆积如山的白面。猛然想起东市发现的那只断手，原来竟是这样，他本以为能同时接触到种类如此多的粮食的人，定是粮铺的人员，不曾想竟忽略了这祭祀大典准备祭品的人员。可这杀人之人又为何杀一个小小的祭品准备人员呢？

想来这些人不过都来自平民百姓，不过是临时被召集来做这件事罢了，她又为何会遭受这无妄之灾呢？

君无咎思考着，成杨已经赶忙吩咐十五快马加鞭地赶回知府大牢去看这月玉莲是否还在……并且让初一去将那个一直哭的小道士找来，以便之后询问。

之后几人本欲再探一次太虚观，但却被锦瑟阻拦住，她说：“各位大人，现在太虚观早已人去楼空，再去那里已经没有任何意义了，不如我们先回衙门处理这碎尸案！”

君无咎本也觉得这太虚观可能再无什么有价值的线索了，可被锦瑟这么一说，君无咎反而觉得这太虚观非去不可！

“你在手帕上曾说，这太虚观藏有火油，又暗指三月十五这日太虚观会有所动作！为何到现在为止，除了虚清道长失踪外，其余全未印证？”君无咎问这话时目不转睛地盯着锦瑟的脸，不想放过她每一个表情。

“小女子也只是收到消息说这火油就藏在太虚观中，具体在何处，小女子也不知道，小女子只是想帮助各位大人，才去献上那方手帕，不曾想却被几位大人误会得如此深。”锦瑟说得委屈不已，一时间竟眼眶泛泪，梨花带雨看得人心疼。可君无咎却无论如何对她也是没有什么怜香惜玉之情的。他死死抓住她的手腕说道：“今日这太虚观，我还非去不可了！”

说完君无咎朝向成杨的方向投去了询问的目光，成杨点点头表示同意。其实成杨也正有此意，他的内心也着实无法相信这锦瑟，她一会儿消失一会儿又现身，神神秘秘的，谁知道她打了什么算盘。

“我怎么觉得她的出现好像就是在拖延时间似的……”苏文月突然开口说了这么一句。她也不知自己为什么这么想，只是脑中突然闪过这个念头。

这锦瑟自打出现便再未提过和太虚观有关的任何事宜，只是一味地引导君无咎去查探这接连发生的碎尸案，仿佛在隐藏着什么秘密。

为了抓紧时间，几人拼命地向葫芦山顶爬去，有了上次的经验，这次大家少走了许多弯路，一个时辰便就到了，然而虽然这时间缩短了一半，可这时已接近子时了。

龙葫芦河的热闹已渐渐退去，人们都开始陆续地离开了。只留太虚观的小道士在那艰难地准备将那些粮山拉回观中。

一到观中，君无咎便察觉到了不同。这偌大的道观静悄悄的，而且早已没有上午的整洁，仿佛遭了贼一般。

肯定有大批量的人同时进入这太虚观中过。

而且从这杂乱无章的状态来看，来人很匆忙，似乎还未来得及将一切整理好便离开了。这里到底发生了什么呢？

君无咎狐疑地看了锦瑟一眼，锦瑟一脸淡然，似乎此事和她并无关系一般。

接着他们走到了双丹阁，这里更是狼狈，而且有许多丹炉都不见了，而且剩下的丹炉也都熄了火，不再日夜不停地炼丹了，整个炼丹阁仿佛被人洗劫一空。

“这儿的丹炉呢？怎么就剩这么几个了？这又大又笨重的丹炉，是谁偷的？偷它做什么？”苏文月不解地问道。

湛之君仔细看了看脚下，发现一些断断续续移动的轨迹，这轨迹有两行，纹路看起来十分熟悉。

湛之君一边琢磨一边走到了未被运走的丹炉前，看那丹炉的底座仔细地研究一番。

而君无咎几人则还在探讨这太虚观的疑点。突然“咔”的一声，仿佛有什么重物落地，吓了众人一跳，也惊起许多飞鸟。

原来是湛之君在观察那丹炉许久之后突然在那丹炉的下方看到一个滚动的圆球，他轻轻转动它，那丹炉下方的三足忽地收回了一个，而另两足旁突然降下两个坚固的圆轮以那两足为轴，安稳地立在地上，将丹炉撑起。

“真是巧夺天工，真是巧夺天工！”湛之君一边说一边蹲下来抚摸那两个轮子，如此不论这丹炉如何笨重，想要移动它也是十分的容易了。

这时君无咎几人也围了过来，看着这丹炉瞬间变成了一个可以移动的小车，几人很是惊讶。

但瞬间众人也反应过来，这丹炉的作用远不只表面上炼丹那么简单。如此精工打造，为的就是要隐藏它本来的目的，可它本来的目的又是什么呢?

“肯定和火油脱不了干系！”苏文月一边说一边开始四处查看。

“这太虚观用锦瑟的话来说，这最大的秘密便是火油，那么这丹炉莫非是用来放置火油的？”苏文月一边说一边盯着锦瑟的脸观察。

果真在她提到这丹炉可能是存放火油之时，锦瑟的脸色变得晦暗不明，但瞬间便恢复了常态，看到苏文月看她，还回敬了一眼。

“没错，我突然想到我上午闻到的那股刺鼻的味道，现在想来好像并不是什么湿柴的味道，反而更像是火油的味道。”湛之君一边抚摸着丹炉一边说。

君无咎和成杨若有所思地对视了一眼，都明白了为何上午苏文月要开丹炉时那虚清道长为何如此紧张了。

众人谈话间，小道士们已经回来了一批，他们推着装满粮食的小推车，累得气喘吁吁。

然而一进门就发现道观乱作一团，赶忙跑进来查探，一进双丹阁便看到了君无咎等人。他们忙拿起手头的棍棒等物将他们团团围住。

“哪里来的贼人，竟到我们这太虚观撒野！”说完他们扫视了一圈双丹阁，看着不翼而飞的丹炉气愤地说道，“原来竟是奔着丹药而来……”

一边说他一边让旁边一个较小的道士去报官。

“等等，不必报官了，我们上午方才来过，小道长难道不记得了吗？而且我们一到这太虚观，这观中已然如此了！”成杨一边说一边拿出官牒，递了过去。

那小道士接过官牒仔细地看了看，又看了看他们的脸，有些狐疑地说道：“就算是京城来的官，难道就能免除你们偷丹药的嫌疑吗？”

君无咎……

成杨……

“小道长，你看，这里的炼丹炉就剩这么几个，说明那些贼人便是来偷这些丹炉的啊！如今这丹炉不翼而飞，我们却还在这里……如何说是我们来偷这丹药？”孙主簿上前缓缓说道，想缓和两方的局面。

可谁知那小道士竟然说：“谁知道是不是你们贪心，将其余的运走后又不想放过这几个，便又折返了回来！”

孙主簿……

这时气氛一度僵持之际，君无咎甚至都怀疑这一切是不是锦瑟的一个陷阱，她故意用反计来诱使他们非在这个时间上来太虚观查看，而暗地里却做出这许多事来嫁祸于他们，束缚住他们的手脚，拖延他们办案。

然而看锦瑟紧张的神色，君无咎又有些犹豫，这锦瑟看起来一脸茫然，对小道士们说的话，还显出几分心急，好像并不想让君无咎他们被困在这里！

这女子到底在想些什么，真是让人琢磨不透。

正当气氛越来越紧张之时，初一带着一个小道士走了进来，那小道士迷迷糊糊的，刚一清醒看到这么大的阵仗，吓得瑟瑟发抖。

初一说这便是上午躲在假山里一直哭的小道士了，他在龙葫芦河岸时找了许久也未找到，在众道士堆中也未寻到，这才想到他是不是还躲在那假山之中呢！故此跑去一看，果然在那。

原来这小道士在初一走后一直在哭，哭着哭着就累得睡着了。谁知方才不多时看到虚清道长回来了直奔双丹阁来，他本来要出来寻他，谁知一群黑衣人冲了进来，而道长也一闪身消失不见……

之后他便躲在假山里不敢出声，看着那群黑衣人将炼丹炉运了出去。直至初一找到他，他还躲在假山里瑟瑟发抖地强睁着瞌睡的眼睛，不敢睡。

有了这小道士的证词，君无咎几人的嫌疑算是洗清了，而随之而来的疑点便也来了，如此说来这虚清道长前不久回到过这太虚观，那那批黑衣人到底和这道长是不是一伙人呢？

洗清了嫌疑，众小道士便放下了防备，陪了几个不是后整理出几间客房让君无咎几人先在那里休息，而他们则分成两部分人，一部分去寻找虚清道长的踪迹，另一部分继续去上下运粮。往年都会有官兵帮他们运上来，如今这薛知府下了马，早已无官兵再管这些事情。

君无咎几人又查了一会儿，依旧没有查出什么端倪，而这夜又深了，众人连续折腾了这么久，体力都有些虚脱，便也打算在这道观休息一晚。

而几人离开时，苏文月透过月光看到一丝白影模模糊糊地缠绕在一个丹炉的炉耳上……

她小心将它摘下放到手中一看，竟是一缕拂尘，上面还沾染着些许血迹。她刚想喊成杨和君无咎，将这个消息告诉他俩，可看了看君无咎身旁的锦瑟，她便将这个发现隐瞒了！

回到客房后，君无咎始终看着这锦瑟，无论锦瑟再三声明她不会逃，可君无咎依旧不理睬，最终只好成杨、君无咎、锦瑟三人共住一屋。

苏文月本想避开锦瑟和君无咎、成杨单独聊一下那缕拂尘的事，然而现在只能推后。

回房后君无咎和成杨看着屋内的锦瑟一时无语，折腾了许久，几人也都睡不着……

“锦瑟，你和引我们到江南来的人有何关系？你不是说你是来认罪的吗？安王府的案子你到底在里面扮演了什么角色？”君无咎实在是忍不住，看几人都没有要睡的意思，便审问起锦瑟来。

“大人，您的问题小女子不能全然回答，但小女子承认安王府之案确实是小女子所为，然而这一切都是安王府应当承受的！”锦瑟说这话时眼中满是狠戾决绝。

“小女子其实并不叫锦瑟，而是姓苏名明鸢，本是前任户部尚书之女，满门被杀后辗转流落风尘！而这害死我满门之人则是这安王！你们说我难道不该让安王府血债血偿吗？”这苏明鸢一边说竟一边堪堪流下泪来。

“这事我有所耳闻，当年皇上刚登基不久，政权不稳，接连发生了几件大事，其中惹皇上十分震怒的便是户部尚书谋反案！”成杨揉搓了把脸，驱赶困意继续说道。

“哼……谋反，欲加之罪，何患无辞？我苏家本为保皇党，皇上登基我父亲鞍前马后，做了多少事，为了巩固皇上的政权，我父亲又是如何奔波！我父亲如此忠于皇上，我苏家如何会谋反？这一切不过是安王为逆转家族衰败的局面，独揽功勋的做法罢了。”苏明鸢一边说，一边拿出手帕擦拭自己徐徐不断涌出的泪水。

梨花带雨，看起来无比柔弱的女子，在提起安王府时显示出的不屑与憎恨令人周身一冷。

“你话虽如此，可当时确实证据确凿，安王确实呈交了户部尚书联系外戚，结党营私的信件，而且苏家的管家也曾供出户部尚书意图勾结江南一带地方知府，共同商讨谋反之事，这其中唯一一个与你父亲同流合污的便是这江南知府裴忠义！他二人的来往信件，这老管家可全部上交了啊！”

成杨喝口茶，继续说道，他着实是有些困了，连熬了两日，总是有点无法集中注意力，然而他又同君无咎一样，十分好奇这锦瑟同安王府的关联，所以无论如何都不肯睡。

“那些信件，真是可笑，不过伪造和陷害罢了！可真是单单凭这些信件和安王的一面之词便将我苏家满门抄斩，未免也太可笑了吧！若不是大人凭一己之力将我救出，如今的明鸢早就身首异处了，谈何还能立在这里同几位大人讲话？”苏明鸢一边说一边深深地看了君无咎一眼。

“大人！你说的大人是谁？”君无咎瞬间认识到这个大人肯定是个至关重要的角色，也有可能是他引他们来这江南。

“君大人，我说了有些事我无论如何都不会说的，今日来见您只不过是因为徐州之案已经告破！想必你们对当前的局面也有所了解！现在有人通过买卖官职，结党营私，笼络政权，而且……”

说完她神秘地看了两人一眼，继续说道：“而且现在还有人在大量地收集火油，图谋不轨，就连安王府也参与其中，他家密室藏有大量的火油……现已被我转移了！”

“安王府家竟也暗藏火油，如此说来莫非这安王府也有反心了？那这京城中还有几人能脱得了干系呢？”成杨一边思索，一边细数京城中的各色人等，上到皇亲贵戚，下到各级官员参与此事的可能性！越想越觉得这是张恐怖的大网，将他们紧紧勒住。

想来皇上也早已知道这件事了吧，所以才会派他翻查这一系列的案件。如今皇上身边真是危机四伏，他真正可信任的人想来只有他们成家罢了。

“京中还有何人参与其中，这些便只能仰仗各位大人来查探了，明鸢知道的仅有这些了！”苏明鸢一边说一边再次看向了君无咎。

君无咎静静地看了她许久后起身去拿纸墨，说道：“现在你将如何杀害安王次子张云东，动机为何，又将火油藏匿在哪里，你将这些一一复述一下，这将是你之后的供词！”

说完君无咎想了想，眼神中又透出一丝怜悯，他继续说道：“再把安王是如何构陷苏大人的一一详细叙述一下，回京后我们会详细调查，如果你所说的是事实，我们会为苏大人和苏氏一族翻案的。”

君无咎话音刚落，苏明鸢的眼中居然有泪缓缓滑落，她轻声哽咽道：“大人说的果然没错，君大人果然公正廉明，为民做主！只是现在无论是苏明鸢的事还是安王府的事都不是首要的！”

她边说边擦了擦眼泪：“如今最主要的便是官员买卖官职一案！”

“据明鸢所知，扬州知府林海贤手中有一个册子，这册子上记载着买卖官职的人员，和买卖官职的银两账目！这扬州知府怕之后东窗事发，又怕背后的人有一天会杀人灭口，便将这一切偷偷地记载在一本册子上，秘密保管起来，以求必要的时候能够保命。”

苏明鸢说完便叹口气，神情哀怨之极，“除此之外，明鸢也再无什么地方可以帮助到君大人了！只希望大人能够查出真凶，荡除浊气，清君侧！”

苏明鸢这几句话说得君无咎心中一动，他仔细地看了看眼前这女子，发现她明媚动人，但发丝间早生华发，眼角也有许多不符合她年纪的细纹，沧桑得令人心疼。

他突然想到了自身，恩师离去，与秀秀也天人永隔，他同她一样在这世间早已再无亲人，为了复仇她选择用同样的手段加倍奉还，而他自己则是想要抓出真凶，将他的罪行公之于众！

他两人身负同样悲惨的命运，然而选择的道路却不同，如今也导致了人生际会的不同，他同情她，感同身受地同情她，同情这个用纤弱的肩膀承担起血海深仇的女子。

他内心十分想要为她翻案，可她却什么都不肯说，他不知自己该如何帮助她，心中莫名生出一股自责。

成杨看着一直提着笔僵在那里的君无咎说道："清悦，不如我们先睡吧，今日着实太累了，不如明日回到衙门大家聚在一起，由孙主簿主笔记录如何？"

君无咎放下笔点点头，疲惫地说道："睡吧，苏小姐睡床吧。"

"对对对！我和清悦兄在椅子上对付一会就行，这天就快亮了！"

苏明鸢摇摇头万万不肯自己睡在床上，而且还说要侍奉二位大人更衣入睡，自己则在门口处守候一晚即可。这被成杨和君无咎断然拒绝了。最后君无咎看着苏明鸢说道："我还得看住你呢，你若是趁我们入睡再次神不知鬼不觉地消失可如何是好？"

君无咎这话尽量说得自然，但苏明鸢还是听出了其中的好意。她不再推托只是笑着说："君大人果真如大人所说，这般心善！"

"大人？你口中的大人竟然认得我？"君无咎一边去给成杨拿床被子盖上，一边说道。这成杨在几人说好要如何睡时，直接趴倒在桌上，瞬间睡得人事不知。

苏明鸢假装没有听到君无咎的话，闭着眼躺在床上没有吭声，渐渐便也沉沉睡去。

君无咎等了多时，都未听到回音，便也伏在案上，可是无论如何却都睡不着。

他实在想不通这苏明鸢口中的大人是何人？他从未和京中某一高官深交过，为何会有人看似无比了解他的性情？

再者便是这锦瑟，失踪多时本已亲手报了家仇，本应逃之夭夭，为何又调查这其余许多事情，并在明知道他们一定会逮捕她的情况下现身呢？

还有她的父亲谋反案之谜，这其中到底发生了什么？一个个疑团不时地冲进他的脑子，使他完全没了睡意。

就这样直至天亮，君无咎还毫无睡意，他看了看桌子另一侧熟睡的成杨和床上呼吸均匀的苏明鸢，突然莫名地放下了心防。

他随意地洗漱了一下，便走出了门，清晨的道观很美，清风徐来，一切都说不出的平静，君无咎看着远方的朝霞，烦闷了一夜的心突然开朗了许多。接着他便走到道观后面依山而建的花园，慢慢地在碎石小路上踱步。

可能是思考得太专注，君无咎完全没有注意到旁边溢出的枝丫不经意地将他的衣摆滑破，就这样走了许久，直至天彻底亮了，他才起身回房，想来此时成杨和苏明鸢已经起了吧。

果真他回来时，众人已经聚集在他们房间了，看到君无咎回来，赶忙询问去何处了，早饭上了许久都不见他踪影。

“我差点就要跳起来去找你了！师兄还发话，非得等你回来，你不回来，我们不开席……”苏文月跑到君无咎面前抱怨道。

君无咎赶忙上前作揖道歉，此举反而吓了苏文月一跳，她赶忙扶他起来说道：“哎呀，你真是一根筋，不过是和你开玩笑而已。”

苏文月一说完大家便哄笑起来，气氛也比昨日轻松多了。早餐便是在如此氛围中结束的，苏明鸢虽然什么都没说，眼圈却始终红红的，这里让她感受到了许久未感受到的家的感觉。

吃完饭后，大家便一路赶回了知府衙门，君无咎一边忙于看那两个碎尸案的进展，一边又着急月玉莲的下落，这初一一夜未归，看来这月玉莲定然也是出了什么事。

一回到衙门，他便匆匆忙忙地要去牢里探查，临行前却被苏明鸢拦住了去路，他指了指衣摆上的口子，说道：“大人还是换身衣服吧，也不急于一时，如此实属不太雅观！”

听了苏明鸢的话，君无咎这才意识到自己的衣袖竟不知何时被划破了，他突然脸色涨红，赶忙回房换了一件……

出去后成杨早已在门口等候他了，看了看他涨红的脸坏笑道："清悦兄，我倒是觉得这苏明鸢很是关心你啊！"

君无咎打掉他一直拍打自己的手说："你休要胡说！"说完便也不知回些什么了。

两人一路互相调侃，不多时便来到了大牢，一进大牢查探，果真狱丞说，昨夜这月玉莲被一推官传少卿之命，将这月玉莲带出去提审。

"想来初一一定是查到了什么线索，跟了上去！不然他不会得到消息而不回来禀告的。"成杨拍了拍君无咎的肩膀说道。

君无咎点点头，两人正欲再次查看碎尸案的进展时，苏文月却急匆匆地赶来，声音满是焦急，甚至还有些哽咽地说道："苏明鸢她……她服毒自尽了……"

听到苏文月的话，君无咎感觉脑中轰的一下，他突然想起在京城时拿到的苏明鸢写的那封信，她说大仇得报，她定以死谢罪，不承想她竟真的选择如此。

来不及细想，他和成杨赶忙同苏文月赶回知府衙门，果真此时苏明鸢的尸体早已被安置在草席之上，身体已经凉了。

而在君无咎的床上整齐地叠放着上午那件被刮坏的长衫，长衫上叠着一封信，这信十分厚，早晨这短短的时间内，她绝对写不完，想来这信是她早已准备好的。

君无咎上前拿起信，那上面写着君大人亲启。他正要打开这信，却被信下的衣服吸引住了目光，那被划破的衣摆处，已绣好了一枝梅花，栩栩如生，浑然天成，全然看不出这是为了挽救这个衣服而绣上去的，还以为是别出心裁，另有一番风味。

看到这枝梅花，君无咎震惊不已，这梅花无论是花样还是绣法都与师父衣服上的极为相似。

君无咎记得师父极为喜欢梅花，他认为梅花高洁，不同流合污，洁身自好，而且最重要的是，它象征着"梅花香自苦寒来"。

老师一心认为只要内心一直坚持便一定能取得成功。

为何这苏明鸢会绣这个花样，不可能是巧合，一定不会是巧合。

想到这里，他连忙打开了信封，快速地浏览了一遍后，为苏明鸢的死更加感到悲凉，他吐了口气，颓然地坐在了椅子上，苏文月焦急地问他苏明鸢到底说了些什么，可他却仿佛陷入沉思，神情恍惚，全然没有听到，急得苏文月赶忙将这信从他手中抢来，拿到一处同众人一起看。

而君无咎这边脑中只反反复复地重复苏明鸢信中结尾处的两句话，她说："君大人，这便是明鸢的一生，明鸢为复仇而活，也为复仇而死，明鸢知道自己选择的这条路不对，可明鸢别无他法！明鸢知道大人的路才是能够真正解决一切问题的路！明鸢相信大人一定能够傲立寒冬，香自苦寒来！"

"香自苦寒来，香自苦寒来！"君无咎默默地重复着这几句话，没错，这女子定是和师父有关联，然而师父早已仙去，她又是如何与师父相识的呢？

难道是因为灭门惨案？君无咎记得，那时师父还是当时的大理寺卿，这件案子一定会经由他手，以师父的脾性，他一定是要将此事查得水落石出的！

可为何这案子最后却被定了个满门抄斩？这一定不会是师父的本意。难道师父的死也和这件案子有关吗？

一时间君无咎的脑中都是疑问，一个个疑问压得他几乎不能喘息，突然他心中升起一股奇异之感，他看着苏明鸢的尸体仿佛就像看着自己，他深深地吐了口气，偏激地认为仿佛那样才是解脱。

可当他如此想时，他的脑中竟一闪而过苏明鸢的话，她说君大人，您的路才是对的，您一定会守得云开见月明的！

而这边苏文月等人越是看这封信，越为苏明鸢的死抱不平，她实在是气愤为何如此好的人反倒要经受这一切，虽然现在并没有证据表明苏明鸢写的是真的，可依照苏文月的性格，内心早已认定这便是真相，为此她竟然气愤地说道："我要是苏明鸢我也会像她这般做，如此血海深仇，让我如何不报？"

原来，苏明鸢在这信中详细地叙述了她是如何谋杀张云东的，而且也详细地叙述了苏家与安王府的血仇。

其实之前苏家同安王府一样都是保皇党，他们从辅佐皇上登基到巩固政权都出了不少力，皇上对他们也是荣宠有加。可之后皇帝政权安稳后，便开始了集权运动，想要将当初释放在保皇党手中的权力渐渐收回，首先当然是要拿这些异姓亲王开刀。

这安王为人十分圆滑，从皇上未继位时便各方势力都不得罪，跟随形势随风倒，所以从保皇党来说数安王家功劳最小，所以这安王怕手中的权力被削弱，便急着揽功。

虽然这之前的功劳安王府比不上其他保皇党，可是没有功劳，他们可以创造功劳啊，就这样，安王府秘密联合了某些人污蔑苏大人谋反，以图得保卫皇帝的功劳！

这苏大人当时正是皇上身边炙手可热的红人，他官至之部尚书，他其中的一个女儿被皇帝看中，封为贤妃，地位十分尊贵，而且这位贤妃还为皇上诞下一位公主，虽然不及皇子能够让她母凭子贵，可皇帝却很疼爱这个女儿。

因此这苏家皇恩日盛，直接威胁到了曾经一些保皇党的地位，可众人虽然嫉妒，可却依旧观望，并未出手，直至贤妃再度怀孕，这些担心被削弱势力的保皇党便炸了锅。

生怕贤妃这一胎会诞下个皇子，如此这苏家的地位便不可撼动了，如此便会直接威胁到很多人，大到皇子、贵妃，小到各种早已选好站队的官员，这贤妃的肚子，于他们来说无疑是一个不安分的闷雷。

如此京中便有许多人散布起贤妃父亲手握重权，贤妃家族外戚干政，仗着皇上对贤妃的宠爱为所欲为，做出无数蔑视皇权的行为。

起初皇帝并不相信这些传闻，可传得久了，他心中便也种下了怀疑的种子。

之后便是安王府出手了，他先是拿出苏大人与各个地方官员的私信，那信件上都按有苏大人专属的官印。信上面的内容全部都是大逆不道，皆是为贤妃腹中胎儿结党营私之语，说什么让众位大臣认清形势，如今贤妃受宠，苏家在京城可谓是一人之下万人之上，只要这皇子出生，日后必定是社稷之才！

当时皇上看到这些信件当场龙颜震怒，他指着苏大人破口大骂道：“拉着肚皮去结党营私的，你苏大人算是千古第一人！”

当时便下旨革了贤妃的妃位，打入冷宫，将苏家满门送进了大牢。

这贤妃进入冷宫之后，日夜愁思，滴水不进，最后病死在冷宫之中，一尸两命。而她的大女儿也因思念母妃，不久便病逝了。

之后苏家衰败，一蹶不振，而此时，苏府的老管家却又上交了苏大人与江南知府裴忠义的往来书信，书信的内容同之前的不尽相同，只是这回却有了回音，这裴忠义竟同意同他一同谋反！

当时，安王府已经与裴忠义家定了亲，安王府的嫡子张云海已同裴忠义的女儿定了亲。定亲之时大家都说两人是天作之合，然而裴忠义谋反事一出，这曾经赞同这件婚事的人一律都闭了嘴，反而开始中伤起这门婚事。

可安王张惑之却大义灭亲，作为当时一力承办这谋反之案的主办官员，他不仅没有一丝通融，反而是铁面无私地将裴忠义一家都送进了天牢。

听说这件事发生后张云海和父亲大吵了一架，听闻这裴忠义当初未被调到江南，在京城担任官职时，这裴家女儿和这张云海一同长大，两小无猜，青梅竹马。

两人从小便暗生情愫，许下誓言要相伴一生。裴家谋反案刚刚发生时，裴家小姐裴淑云曾来求过张云海，这张云海信誓旦旦地说一定会保裴家上下性命无虞。可谁知没过多久，安王张惑之便将裴家满门送进了天牢，不多久便会斩首示众。

为此张云海同父亲起了争执，一怒之下便离家，打算只身去江南暗查消息。为了能够在问斩时及时赶回，张云海一路快马加鞭，谁知在途经山路时却发生意外，摔断了腿，毁了容，落得终身残疾。被救回后张云海生无可恋，完全没有了生存的欲望，但几次自杀都被安王救了下来。

在几次轻生未果之后，张云海本打算浑浑噩噩地度过这一生，可暗地里却不小心得知当初他坠落山崖根本不是什么意外，而是有人在马掌上动了手脚，这马一路疾行，马掌松动脱落，在行山路时，马蹄不堪重负，在绊到一块山石后，直接摔倒，顺着山坡滑了下来，最终害得张云海落魄至此。

正当张云海调查此事时，苏明鸢化身锦瑟来到了他的身边，他俩于乐馆相识，那时张云海每日花天酒地，夜夜笙歌流连于花巷乐馆。锦瑟利用张云海企图复仇的心理，将他的恨意慢慢引导到张云东身上，她本身想要挑起他二人的争端，搅得安王府上下不安。

可谁知随着她调查的深入，她发现她的怀疑竟然是真的，那马果真是张云东叫人动了手脚，而且后来在与张云海的谈话过程中锦瑟才知道其实当初为张云海出谋划策，让他去江南调查证据的便是张云东，而且这里竟然还有安王的手笔。

那安王十分不喜这张云海优柔寡断的妇人之仁，他着实不能将安王府的未来，交到他这种满腹儿女私情的人的手中，而此时次子张云东的狠辣决绝则受到了他的赏识，只是他本意只是给大儿子张云海一个教训，让他长长记性，谁知二子出手却如此狠辣，害得张云海前途尽废。

奈何安王只有这两个儿子，现在只有张云海满足继承的条件，安王只能压下这件事，默不作声，只能一次次救回企图自伤的长子，来弥补内心的愧疚。

查明这一切后，锦瑟便同张云海摊牌了，她向他坦诚了自己的身份，也阐述苏家与裴家的关系。讲明这些之后，锦瑟将加害苏家和裴家的幕后黑手告诉了张云海，起初张云海并不相信，他以为这一切不过是锦瑟一方面的说辞。

她不过是想挑拨自己和父王、兄弟的关系，可是架不住锦瑟手中的证据，如此张云海彻底崩溃了，他无法接受自己最爱的人，竟然是被自己最信任的父兄害死，而自己如今混得如此落魄的局面竟然也出自父兄之手。

为此张云海彻底愤怒了，在毁容、断腿之后，张云海的心态已经出现了一些问题，他已经变得特别极端，当得知这一切之后他变得更加疯狂，他没日没夜地计划着复仇的事情，如此便更加容易利用了。

当时无论锦瑟说些什么，张云海都十分赞同，甚至沦为了她的附属，只求她能为自己出了胸中这口恶气，他当初堂堂的安王府嫡长子，如今竟落得如此，这口气已经憋得他五内郁结。

之后他便在书房为锦瑟暗自开了一个密室，让她便于在安王府收集信息，这是锦瑟提出来的，为的是作为她帮助他复仇的交换。

之后锦瑟便想方设法地接近了张云东，使尽浑身解数，张云东果真情迷于她，日日留宿于乐馆，锦瑟同张云海说只要找到合适的时机她便会出手杀掉张云东。其实自打张云东留宿乐馆以来，锦瑟早已有过很多机会，只不过，她要在安王府查看一些事，便迟迟没有出手。

暗查安王府时，锦瑟被自己查探到的一件事震惊了，她当时一直不懂这安王姬妾众多，可谁知子嗣稀少，除王妃后几乎没有哪个姬妾再为安王诞下子嗣，即使怀上，不多时便会滑落，不是发生意外，便是这姬妾身体有问题。

然而这事背后竟然暗藏诡谲，原来安王的王妃怕其他姬妾争宠，便暗自里使用了一些下三烂的手段迫害安王这些还未出生的子嗣，其中一个手段便是在这些姬妾的睡枕中暗藏伤胎之药。

而这药也最终害死了她未出世的孙儿。其实安王的母亲早已发现了这件事，但是她却从未阻拦过，因为这安王并不是她的亲生儿子，因为当初她无所出，便过继了安王做嫡子，可是当时老王妃并未相中张惑之，只是因为老安王喜爱他，便只能如此。

果不其然，当这张惑之继承王位后，果然并未对老王妃如何孝顺，如此她便睁一只眼闭一只眼，完全不顾及他的子嗣问题。

直到张云海失去了继承的权利和张云东被杀害后，老王妃便打起了让安王的弟弟继承王位的心思，最终导致这王府各色势力暗潮涌动，最终落得家破人亡的境地。

看到这些肮脏的尔虞我诈的事情，锦瑟着实觉得无比恶心，起初复仇时，锦瑟并未想要害死张云东未出世的孩子，虽然她与安王府有着血海深仇，却从未想过要伤害未出世的生命，只是不曾想，这安王府竟最终被自己私下涌动的龌龊暗流生生淹没。

苏文月等人在读完这封信后，都陷入了长久的沉默，所有人都怅然若失。君无咎更是如此，看完此信后他静静地坐在椅子上，摩挲着那件被绣上梅花的衣服，眼泪在眼眶打转。

成杨叹息着，不知如何来安慰君无咎，只能走过去拍了拍他的肩膀："清悦，不要自责了，我知道你现在一定将苏明鸢的冤屈担到了自己的身上，而且也联想到了自己的身世，不过万万不可如此伤心，以免伤了身体。"

他一边说，又一边拿起他手中的衣物看着他继续说道："不管苏明鸢和岳大人有何关系，但是她信中的话却所言不虚，她知道你走的路才是正确的，虽然前路定然无比艰险，只是只要我们坚持，便一定会像这梅花一般，寒香自来。"

成杨说完这话后，君无咎的脸色缓和了许多，他看着他深吸口气，笑了笑："你别担心，我没事的，只是苏明鸢这事与太多的旧人旧案有关，一时间我还没有消化罢了，过几日想明白了，我便会释然。"

成杨点点头，还想说些什么，看到君无咎再度瞬间出神的眼神，他叹了口气，再未说些什么，他知道，现在应该给他一些独处的时间。

就这样君无咎在那里呆呆地坐了许久，苏文月一直在一旁给成杨使眼色，想让他活跃一下气氛，可成杨并未说话，他依旧觉得此时不应该打扰他。气得苏文月气不打一处来。最后她终于忍受不住，跑到君无咎身边，将信放在他手里："我知道苏明鸢的事勾起了你的伤情，让你沉溺在过去无法自拔，然而你也要想想现在啊，你的朋友都在担心你，所有人都不希望你一蹶不振，你伤心可以和我们倾诉……"

一口气说完这些后，苏文月的语气温和了许多，她看着他眼中闪过一丝温柔，“其实你内心的伤痛我们都懂，我们也愿意为你分担，只要你不要将事情都埋藏在心底，自己一个人承担，那样着实太累了。”

苏文月说完，君无忌收回神思，看着她苦涩一笑，说道：“好，我知道，我真的没什么事，别担心了，我只是整理一下情绪，希望不要影响我之后思考案情的思路。”

说完这些，君无咎深吸一口气，看着众人说道：“清悦让大家担心实属不该，现在清悦已全部整理好，定不会影响接下来的行程！翰飞，我们接着去看看那碎尸案进展得如何了……”

成杨正要拒绝，让他好好休息一下时，初一风风火火地赶了回来，他一进门就气喘吁吁地看着成杨说道：“月玉莲死了！”

“什么，怎么会？他不是越狱了吗？”湛之君一脸不解地问道。

“我也不知到底发生了什么，小人昨夜受公子之命来到牢中查看月玉莲，谁知刚刚行至大牢门口，竟看见前几日一直在月玉蓉身边鞍前马后的小推官带着月玉莲鬼鬼祟祟地走了出来。”

说完他从怀中拿出一个令牌继续说道：“小人觉得事有蹊跷，便赶忙跟了上去，谁知跟了不久便看到几个人将月玉莲带上了一辆马车，驶出城中！小人一路跟到郊外，在十分偏僻之处这几名黑衣人竟将月玉莲拽下马车，准备将其杀害……”

听到这里成杨和君无咎对视了一眼，意识到当初他们的猜想看来是对了，这月玉莲定是和买卖官职的幕后黑手有关联。如今那背后之人唯恐事情败露，便要杀人灭口。

“小人怕月玉莲被害后，会影响公子破案的线索，便上去殊死一搏，想要救下月玉莲，只是小人一人不及那几人之力，最终还是眼睁睁地看着月玉莲被他们害死！不过小人却得到了这个！”

初一指着这个令牌说：“小人是从那其中一个黑衣人的身上得到了这个，不过小人看了许久也不知道这是哪一个机构哪一处所用的令牌，作用为何，小人也不知晓。”

成杨接过令牌后仔细看了一番，也没看出什么名堂，他又将这令牌递到了君无咎手中，君无咎仔细看了一番也是摇摇头。

只见这令牌上雕着一个伏在云层里的龙，这龙才刚刚将头从云中探出，望着头上方的一团火焰。

“哎？你们不觉得这火焰十分像玉莲楼戏台下的那个浮雕吗？那个暗藏的机关和这团火焰的形状几乎一模一样！”突然湛之君惊讶地说道。

果真，经由他这么一说，众人都联想到玉莲楼那戏台下的整幅浮雕，他们还记得那浮雕是一个身骑白马、看起来十分威武的人，他手中托着一团火焰，那火焰的形状同这令牌上的形状如出一辙。

“这两者一定有所关联，之前我们猜测这月玉莲是为那买卖官职的幕后黑手做事的，那如今来杀害月玉莲的这群人也应是奉那人的命令，那这令牌想来便是他的一种信物或是象征。”君无咎一边说，一边将这令牌举到众人眼前。

“你们看这云中龙，此人竟敢用龙来自比，想来定是身份尊贵，更可怕者便是此人极有野心，恐怕是有反心！”君无咎一边说一边指了指令牌中这个雕工极为精致的龙，眼神中满是忧虑沉重。

“果真，如今的朝堂是危机四伏啊！”良久未说话的孙主簿突然说道，说完又点起一根烟袋深思地走到一旁，吸了几口，吞云吐雾，继续说道，“看来又有一场血雨腥风即将到来了。”

“那月玉莲的尸体呢？”君无咎突然反应过来，急忙看着初一说道。

“那尸体不见了，小人逃出来之后，在城郊隐藏了一会，再返回想要看看还能看到什么线索时，那里早已被清理干净，仿佛什么都没有发生一般。”初一一边说手一边不停地抖。

苏文月一眼便发现初一胳膊上缓缓流出的血，慌忙地问道：“初一，你怎么了？是受伤了吗？”

听到苏文月的话众人这才发现初一的异样，他脸色苍白，额头上细密地布满汗珠。左手一直在抖，深色的衣袖被血一点点浸染。

“初一，你受了这么重的伤怎么也不说一声！”成杨担忧地抬起他的左手，声音听起来有些责备。

“公子，我没事的，我一着急也没发现受了伤！”初一勾起一抹惨笑，似没心没肺地说道。

“胡说，如此刀伤，竟说没有察觉，我看你也真是太不爱惜自己的命了！我告诉你，你这命由我看着呢，你以后给我仔细点！”成杨一边说一边叫下人去叫大夫来为初一医治。

初一被成杨严肃的声音吓了一跳，转而眼中却流出了感动的泪水，跟从如此的主子，他初一还求什么呢！

不久大夫便来了，查看之后说并无大碍，伤口并不深，只是浅浅划过！上过药包扎好，休息几天即可。

成杨点点头，如此才算放了心。

手忙脚乱了一上午，众人都忽然觉得疲惫不堪，成杨看了看君无咎说道：“睡个午觉吧，醒来我们再去查探那碎尸案，也不急于这一时。”

边说边吩咐下人赶忙准备午饭，“那县令如今还未将那碎尸案的案情陈述整理好交上来，所以一会咱俩还得亲自去一趟。你饭后好好睡一觉，一会儿我叫你！”

君无咎看着成杨真挚的眼神点点头说道：“好，我就睡一会儿。确实是没有什么力气了，刚刚看到苏明鸢的尸体，不知怎么整个人突然就疲惫不堪了。”

说话间午饭便上来了，几人快速吃完午饭后，便各自回屋了，君无咎躺在床上没多时便昏昏沉沉地睡过去了……

这一睡他做了个梦，梦中他回到了在小村中做一个闲人的时光，又破又小的茅草屋中有秀秀忙碌的身影，她贴心地询问他晚饭想要吃些什么。

而在屋子东侧的阴凉处，老师也就是岳父大人在悠闲地叼着烟袋同他人下着棋。

如此悠闲安稳，让君无咎的心中竟升腾起一丝甜蜜。然而突然间眼中的一切开始剧烈地抖动，他看着瞬间坍塌的一切，心剧痛无比！

“君无咎，你内心的痛苦可以和我们倾诉，不要一个人闷在心里！”一个声音猛然传入他的耳中，竟然是苏文月。他猛然惊醒，发现天色已经擦黑了。

他竟然不知不觉睡了一个下午。梦中苏文月的声音还久久回荡在他的耳边。他迅速起身整理好一切发现成杨、苏文月等人都不见了，竟无一人在这知府衙门，他赶忙拉过一个下人细问。原来成杨和苏文月去龙葫芦县令那里去调查碎尸案了，而湛之君和孙主簿则去安葬苏明鸢，让她入土为安。他们临行前曾专门叮嘱过一定不能吵到君无咎，让他好好休息一下。君无咎内心虽然急于破案，但是看到大家为他做的一切依旧感动不已。

而这边成杨和苏文月一吃完午饭便匆匆赶来管辖龙葫芦河这边的县衙门，一进去竟发现里面乱作一团。

原来这衙门中的县令，竟然携家带口的逃走了，昨日早晨的事，他谎称要同家人踏青，坐上马车扬长而去，直到现在还未回来。

这衙门中的官兵和师爷也不知县令去了何处，急得团团转。看到成杨一行人进来时，吓了一跳，不知所措。

成杨得知这个消息后已经猜到八成这个县令也是和月玉蓉同流合污之辈，如今怕被查到，铤而走险，竟丢官逃跑。

如此昏官成杨无暇顾及他，直接写了一个通缉令，全程通缉这县令，想来他也逃不了多久。

之后他们便询问这龙葫芦河碎尸案的事，整个衙门竟无一人能够详细地叙述案情和最近调查出的线索。

无奈成杨和苏文月只得从头做起。他们先询问附近可有失踪人口，刚好前一阵朝廷人口普查，这几日去普查刚刚完成，昨日还进行了确认。

师爷这里刚好有记录，这龙葫芦河附近并无失踪人口，除了太虚观中那个叫道萤的小道士。

成杨想到当时君无咎的分析，想来这尸体的主人应该是可以确定了，应该便是这道萤。

成杨继续询问了一阵，发现衙门这些人竟然一问三不知，只得带着那道萤的尸体返回知府衙门了。

而此时的君无咎已经在调查东市碎尸的那个案子了，自从在龙葫芦河边发现自己调查的方向错了之后，他便调整了方向，将失踪人员定在了为祭祀大典准备粮食和淘洗米菜的妇人身上。

果真不出一日便来了消息，失踪的是城郊的一个独居的寡妇，名叫兰儿，父母早亡，而丈夫被官府征兵，前年已死在了攻打南夷的战场上。

果不其然，这两名死者都与这太虚观有关。

成杨回到知府衙门时，君无咎已经在审讯那个从太虚观带回来的小道士道鸣了。

一看成杨回来，君无咎赶忙起身问他可有什么收获。

成杨摇摇头说："只把那段残腿带回来，这县衙门效率太低，连尸体其余部分还未找到。不过我已经大致能够确定他的身份了，如你所说应该是那个叫道萤的小道士。"

听到这话，君无咎还未做任何表情，这道鸣率先痛哭起来，他大叫着喊道："一定是道长杀的他，一定是道长杀的道萤！"

"哦？小道士，你为何这么肯定是道长杀了他呢？"成杨有些疑惑地问道。

"刚刚你未回来时，他便也一直说是那虚清道长将道萤藏起来了。因为道萤最后是被虚清叫去打扫丹房，可进去丹房后就再也没有出来过。"

君无咎一边说一边让那道鸣去仔细辨认一下，可否能确认这残腿到底是不是道萤的。

谁知这道鸣仅看了一眼便痛哭着喊道："是他，一定是他，这小腿肚上的疤，是他前两日在双丹阁烫的，还是我为他上的药，我记得这个疤……"

如此这残尸的主人，便确认了。

而按道鸣的说法这道萤的死和虚清有关，那兰儿的死呢，是否和虚清有关呢？

想到此处，君无咎赶忙询问道鸣，可认识兰儿？不曾想道鸣竟点点头说认得。

那兰儿好像和虚清有着不清不楚的关系，从道鸣的描述来看这兰儿应该是虚清的情妇，她时常来道观中，这一待便是几日，而且一直留宿在虚清的房中。

有了这个切入点，案件瞬间便明朗起来，果然这两人都同这虚清有关。

道鸣说虚清对那兰儿十分的好，两人如胶似漆，众道士看到此事都十分的气愤。

而且每年筹备祭祀大典祭品的事虚清都会交与她做，明里暗里她捞了许多油水。今年同样如此，可不知为何一日兰儿和虚清在双丹阁大吵了一架后，虚清便把她手中的权力收了回来，还打发她去做淘米工，之后便再未见她来过道观了。

"按道鸣小道士的话来说，两人死前都和这双丹阁发生过关系，而我们都知道这双丹阁可能是虚清用来藏匿火油的地方，如此看来这两人定是发现了这一秘密，所以虚清才会痛下杀手！"君无咎一边想那日在双丹阁的发现，一边说道。

"如今线索实在是太少了，而两人死前确实同时同虚清和双丹阁发生过关系，如此便只有这一种推理最为合理了！"成杨点点头回答道。

"我想可能最终连这虚清自己也死在了双丹阁！"说罢，苏文月从怀中拿出那缕被包在丝巾里的拂尘。刚刚有机会提起这件事，她突然觉得这虚清应该也是凶多吉少了。

“这是虚清的拂尘？你在何处发现的？”成杨接过拂尘仔细地查看，他之所以能够一眼认出，因为这虚清的拂尘质地与其余小道士的不同，它是用麈毛制成的，极为珍贵，而其余小道士的则是由马毛制成的。

“我在双丹阁的一个丹炉上发现的，当时便想和你们说，只是心里防备着苏明鸢，便一直隐瞒了下来。”苏文月看着成杨和君无咎说道。

“这拂尘挂到丹炉上，说明当时的虚清十分焦急，而这上面又沾染血迹，这血迹会是谁的呢？是他自己的，还是别人的呢？如若是他自己的，想来他已经凶多吉少了。”成杨看着拂尘上那一抹血迹说道。

“你们还记不记得苏明鸢在太虚观坦白一切的那晚，她曾说过安王府藏匿的火油被她转移了，而她被捉去太虚观中那日，对太虚观轻车熟路，莫非这太虚观的火油也是被她转移走了吗？”

苏文月突然想到那日苏明鸢的话，这女子虽然坦白了许多，可是她身上依旧有许多谜团还未解开。

“苏小姐说得十分有道理，方才我也在思考这件事。”君无咎肯定地点点头继续说道。

“不过，如此事情便复杂了，当时她现身来引我，说明她有把握这太虚观的火油应该早已转移完毕，这需要庞大的力量和众多的人手，这就说明她的身后绝不只她一个人，定是有人帮她，或者说她也是在为某人卖命。”

君无咎说完，成杨脑海中突然闪出“大人”二字，他赶忙说道：“对了，苏明鸢经常会提到一个大人，她说她是被这大人所救，也是这大人帮助她向安王府寻仇，那这一切会不会和她口中的那个大人有关？”

成杨话音刚落，君无咎赞同地点点头，确实如此，他感觉他们是两方人马博弈的棋子，而且这种感觉越来越明确，果然是有两方人马。

这其中一方是苏明鸢和他大人为代表的想要利用他们查办买卖官职和火油的一方，而另一方则是以月玉蓉、月玉莲和那个令牌主人为代表的想要逃避查探的一方。这两方的博弈其中到底暗含着怎样的利益，他不得而知，他只是不想再这样被人玩弄在股掌之间了。

如此太虚观一案便只能告一段落，所有的线索都断了，再一直僵持下去也不过只是浪费时间。

最后他们又向道鸣询问了一下这虚清的来历，便整理好案情，准备将它交由新的知府来继续查看。

之后道鸣则讲述了这虚清的来历。起初这太虚观的道长并非是这虚清，只是不知哪天起，这道观里来了一批十分有权势的人，强行让这虚清做了这道观的道长。当时观中不服的道士便都同当时的道长云游去了，只剩下这些无处可去的小道士，留在了这里。

其实从那虚清的做派便可以看出他全然没有一个道士的样子，一副俗尘做派，只是这道观得罪不起那些权势，只能容忍。

而且自从这虚清到这太虚观之后，这太虚观经常会散发出一些怪味，而且这双丹阁还起了几次火，将这葫芦山都烧了。

那之后薛知府带人来抓走了许多小道士，说是他们看护失职，因火灾殃及百姓，最终都判了死刑。

后来这虚清道长便明文规定在没有他的允许下谁都不许进入这双丹阁。

道鸣的话让君无咎想起了那日初到太虚观时那开门小道士的话，君无咎问道："是哪个王爷年初去过太虚观？"

道鸣摇摇头说不知道，他全程穿着斗篷，全程围得极为严密，谁也不知道他是谁，只是听闻是京城中的一个王爷，地位十分尊贵。

这个尊贵的王爷引起了君无咎和成杨的极大兴趣，他们思索了许久都未得出答案。

只能暂时收回心思，整理好最近几起案件，并将未查明之事也一一记录好，以便新知府查看。

这新知府明日清早便会到了。皇帝收到信件后，连忙安排一位自己信任的官员来做这徐州知府。

如今这徐州政权也算安稳地掌握在皇帝的手中了。

整理完这一切，天已经黑了，这时湛之君和孙主簿才堪堪赶了回来，他们在城郊的一座山上为苏明鸢寻了一个风水十分好的地方安葬了。

处理完这一切两人又跑到了龙葫芦河再度分析了一下这河流的形势。想要明天新知府来时，和他请命来治理这龙葫芦河，避免百姓再遭受那无妄之灾。

次日清早，君无咎等人刚刚吃完早饭，这新徐州知府的队伍便进了这徐州城，不多时便来到了知府衙门，成杨几人出门迎接，这新任的徐州知府赶忙连连作揖，报出名号，说自己姓方名斌，字元敬。

成杨等人互相报了名号后赶忙迎这方斌进府。

“这方知府长得也太英俊了吧。”苏文月跟在成杨和君无咎身后小声地说道。

成杨撇撇嘴，弹了苏文月额头一下，说道：“你就不能关注一些重点！你难道就没看方知府一身正气吗？只知道盯着人家的脸看！”

苏文月捂着额头吐了吐舌头继续说道：“当然看到了啊，要是没看到这一身正气，我又怎会夸他好看？那月玉莲长得也不错，你又何时见我夸过他？告诉你，我这人也是有底线的！我的底线便是要心术正！”

成杨被苏文月的说辞逗得哈哈大笑，走在前面的方知府将这一切尽听在耳中，羞得两颊通红。

这方知府刚进府落座，众人再度寒暄几句，茶还未喝上一口，便被君无咎等人说的案子吸引了注意力，而且时不时赞叹成杨等人着实厉害，竟然在如此短的时间，侦破了几件大案，而且还惩治了徐州这方的昏官，揪出了买卖官职的线索。

君无咎和成杨叙述完后，方知府一口答应定会不遗余力地来侦办这案子还未查明的部分，之后如果得到什么消息，定然快马加鞭地传给他们。

一切案子交接完毕，湛之君提出了要请命去治理龙葫芦河的想法。

激动得方知府赶忙说好。这龙葫芦河每年在暴雨时节都会发生大水，淹没河两岸的村庄和人家，造成人员伤亡和财产损失，这龙葫芦河泛灾一事无疑是他的心头病。

如今湛之君主动请缨来治理龙葫芦河，他实在是再高兴不过了。

吃过午饭后，他们几人便出发来到这龙葫芦河边。

湛之君看着这龙葫芦河的形状说道："其实不必我说大人也能够看得出来，这治理河流的关键还是得疏通，这葫芦嘴，阻拦河水，造成淤堵，河流运行不通畅，造成河位太高，一到雨季便冲破河堤，造成水灾。"

"依照湛兄所说来看，确实如此，只要疏通便可改善这龙葫芦河，减少水灾的发生，我这就命人去准备，明日便来凿通河道！"方知府一边审视着龙葫芦河，一边欣慰地说道。

"可是方知府最好也要关注一下民声，在他们看来这龙葫芦河里镇压着恶龙，如果擅自将这葫芦嘴疏通开，那这恶龙便会逃出来危害徐州一方天地。"

孙主簿走上前看着远处忙完耕种的农民说道："这个想法在他们心中根深蒂固，如果此事贸然疏通河道，恐引起民怨，造成恐慌，酿成大祸啊。"

"这有何难？来之前对于此事我已有所听闻！虽然此时兰儿和道萤一案并不能完全确定是虚清所为，不过我们可以利用这一点做出一个反击那传说的言论啊！"方知府一边自信地笑了笑一边说道，"这虚清接连害死了两个人，事情公之于众便可向百姓们说这虚清本就是个妖道，他为蛊惑人心，串联前任知府散布这个恶龙谣言不过是为了大肆敛财！"说着说着他又看向众人神秘的一笑，继续说道，"之后皇帝便听闻此事，派了钦差来处理，将这妖道和那昏官绳之以法，如此真龙天子之福庇佑徐州难道还阻挡不住那恶龙之气吗？"

这方知府的口才说得君无咎他们一愣一愣的，过了一会儿，苏文月瞬间反应过来，他看着君无咎和成杨一脸认真地问道："难道你们这些漂亮男人都这么会骗人，这么会蛊惑人心吗？”

君无咎……

成杨……

方知府瞬间脸涨得通红。

视察完毕后，这湛之君便连夜画起了图纸，他知道君无咎和成杨内心焦急，关心案子的进展，时间不能耽搁得太久，为了节省时间，他便和方知府派了的人，连夜商讨这龙葫芦河水利的事。

果真，这方知府的言论散布出去后，百姓们一致地改了观点，全部开始支持这疏通河流的想法。

其实这徐州百姓早已无法忍受这年年水灾泛滥的龙葫芦河了，而且每年为举行祭祀大典，知府都会从他们手中收去一大笔祭奠银来举行典礼。百姓早已负重不堪，却苦于担心黑龙作怪，才迟迟不敢疏通河道。

不出一日，湛之君的图纸也画好了，他将它交给方知府后，君无咎一行人便打算启程，谁知道方知府却极力阻拦，非要将他们留到明日。

为使百姓对他的言论深信不疑，便请了个神算子，假装将吉日定在了明天，在明日举行疏通河道的庆祝仪式。

无奈君无咎等人只得在此多留一天。次日大家一早便聚在了龙葫芦河的两岸，他们到达时，河两岸早已聚满了百姓，今日的盛况完全和那日祭祀大典有一拼。

然而今日庆祝的过程，却没有那日的复杂，无非是方知府上前讲了一番豪言壮语，想给百姓留一个好的印象。

之后便是燃放爆竹，在震天响中，君无咎等人听到了百姓们兴奋的呼喊，内心也竟一同觉得激动无比。

庆典没一会便结束了，之后便是开凿河道了，百姓们都很兴奋，兴致勃勃地帮忙一起干，想必不多时这河道便会治理好了。

而成杨和君无咎一行人也整理好一切，离开了徐州，向下一个目的地扬州赶去。苏明鸢曾说那扬州知府手上有一本册子，上面记载着买卖官职的重要信息和账目，只有得到它，这案子才能更进一步地明朗起来。而且说不定在这扬州知府的身上能够发现更多和那个所谓王爷有关的线索。

只有这样，顺藤摸瓜，他们才能最终将那个幕后黑手揪出来。无论他多么狡猾，事情只要做了，总会露出马脚。

他们几人驱马奔驰在官道上，那马蹄扬起的尘土像迷雾般将他们紧紧包围，却无法阻止他们一路向前。

【第九章】失踪案

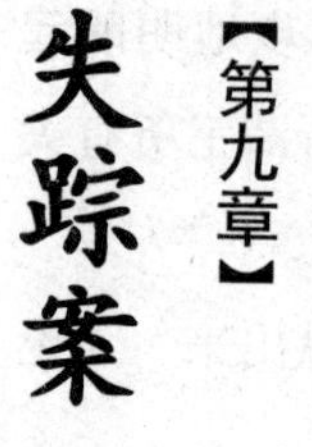

君无咎一行人离开徐州后马不停蹄地赶往了扬州，大约走了半月有余，终于来到了扬州地界。

行到扬州城城郊时，时值正午，大日头直直地照射在几人的头上，仿佛要粘在他们身上似的，如何也摆脱不开。

孙主簿连夜赶路，加上这日头太毒，体力有些不支。几人只得缓缓前行，打算在城郊寻一个小茶摊，喝几口凉茶，休息一会让孙主簿缓缓身体。

然而走了不久便有一个小酒楼映入眼帘，装修得十分豪华，只是生意看起来十分冷清。

“如此偏僻之地，竟开了一个如此豪气的酒楼，实属奇怪，城郊往来的人员稀少，客源稀疏，生意必定十分冷清，如此，它如何维持这日常开销？”苏文月十分不解地看着这酒楼说道。

成杨和君无咎看着她赞同地点点头，两人也觉得这酒馆着实奇怪。

“哈哈，各位大人，你们就是什么都用审视的眼光来看，一点不合常理之处，你们便觉奇怪！如今有这酒楼不正好与孙主簿方便嘛！让他歇歇脚，吃点东西补充一下体力。”湛之君一边说一边笑，在他看来这几位大人着实是太谨慎了。无论对待什么都逃脱不出他们审案时的心理。

被湛之君如此一说，君无咎等人也觉得可能是自己太过紧张了，在徐州那几日脑中的弦着实绷得太紧了，到此时还未放松半分。

“好，那我们赶快进入吧，我也着实饿了！不想那么多了！有吃的不吃，那是傻子！”苏文月一边开玩笑一边下马，向那酒楼走去。

众人跟着她相继走向那酒楼，可一走近这酒楼，苏文月几人便察觉不对，这酒楼的朝向便十分有问题。

扬州城的这条大路是南北朝向的，即使不按照所谓的坐北朝南的坐向，那无论是为了更好地迎合城中的客人还是迎接官道上而来的行人，这门也应该是朝南或朝北开啊。

如今它竟然坐东朝西，着实令人费解。进入酒楼后发觉这酒楼的生意还真是冷清，里面几乎一位顾客都没有。

而他们几人进来，那店家反而吓了一跳似的，紧张地问道：“几位客人这是打尖啊还是住店啊？”

说话时还不时打量几眼苏文月，被苏文月回瞪回去后，依旧眼光十分猥琐，令人反胃。

“把你那狗眼移开！”成杨脸上已露出不悦之色，君无咎看起来脸色也极为不好，黑着脸，没有说话。

“哎！哎！几位爷误会了，小人这是天生的眼疾，不知道几位爷想要吃点什么啊？”那小二一边说，一边上下翻了几个白眼，似开玩笑似的想要缓和气氛。

君无咎和成杨冷着脸没有说话，湛之君看了看孙主簿，想了想冲那小二说道：“先上一壶凉茶吧，菜呢两荤两素，外加一个凉菜，然后米饭即可。先这样吧……”

“好，几位爷稍等，小人这就去置办……”说罢那小二便跑了出去。

凉茶首先上了上来。上凉茶时，小二已经换了一人，这人英气十足，可举手投足间有说不出的妩媚。眼波流转，似处处留情，却又似完全冷漠无情。

“几位客官，您的凉茶！请慢用！”这小二将茶放在桌上，缓缓说道，声音不卑不亢，声音中满是清冷，可莫名又让人觉得妩媚。

“哇，这酒楼也太极端了吧，刚刚那个小二哥就像那臭水沟中的癞蛤蟆，而这个小二哥就像天边清冷的月，又如那时聚时散的晚霞。”苏文月一边给孙主簿倒茶一边说道。

“什么小二哥，那明明就是一名女子！”成杨一边抿一口茶，一边缓缓说道。

“女子！”苏文月惊讶地感叹道。成杨这么一说，果真如此，“如此精致玲珑的脸庞，如不是有那股英气撑着，谁又能将她认作男子？”

“如此女子，一看便非凡夫俗子……为何会在此处做一个端茶送水的小二？这酒楼，果真有蹊跷。”

茶上来后成杨这两桌人便迟迟没人来照看了，而那些饭菜也迟迟没有上来。

“小二！这都等了半个时辰了，怎么还不上菜？”湛之君有些等不及了，冲着柜台喊道。

“店里没有食材了，方才那个小二去买了，几位客官再耐心等等吧！”那个女扮男装的女子说道。

“什么，这么大的酒楼竟然什么食材都没有？你们怎么经营这酒楼的？”湛之君等得久了，饥肠辘辘，瞬间有点烦躁。

“几位客官少安毋躁，几位客官这已经非常好了！在小店吃饭，只是付出点时间，有人进了这店，可是连……”

那女人声音听不出情绪，话还未说完，那小二拎着食盒风风火火地跑回来了。

他笑嘻嘻地冲着君无咎几人说道：“几位爷，久等了！饭菜买回来了，都是在扬州城里最好的酒楼买回来的！我们酒楼这几日厨房正在整修，菜没法再做了，您多担待！”

这小二说完便叫那女子过来一同摆菜上桌，成杨一边打量那女子，一边思考她方才那话的意思……

而且这小二方才说是厨房在整修，而那女子却说没食材，两人说法也不一致，这其中定是有鬼。

“既然厨房在修缮为何方才还留我们在这里浪费我们的时间？……”成杨阴沉着脸问道。

小二赶忙一脸赔笑说道：“这不是心疼几位爷一路奔波劳苦嘛，所以便想自己跑跑腿，为几位爷分忧！”

“胡说……如此烂俗的借口……”苏文月正想说些什么时，那女人突然将凉菜摆在了她面前，说道：“小姐，这菜一路用冰捂着带回来，十分脆爽，最适合解热，您快尝尝吧。”

苏文月看她，那女人也看着她，并将筷子递给她。看似不着痕迹，实则仿佛在阻拦她继续说下去。

苏文月瞬间明白了她的意思，没再说什么，拿起筷子开始吃饭，暗暗思考这女子到底为何如此。而她一直别有深意的话到底暗示着什么呢？

菜摆好后，两个小二相继退了出去，留下沉默的成杨几人，他们互相使了个眼色匆匆把饭吃完，赶忙收拾要离开。

结账时，那女扮男装的女子先出来收拾餐具，她辗转许久，不着痕迹地往苏文月手中塞了一个纸条。

苏文月将纸条攥在手里，没有声张。

一出门，她赶忙摊开手中的纸条，只见上面只有用炭灰写的小小的两个字：“小心”。

“小心！她什么意思？难道有人要对我们图谋不轨吗？难道方才的饭菜有问题？”苏文月紧张地问道。

“应该不会，我刚刚特意留意了一下，并没有察觉饭菜里有什么问题。”君无咎仔细想了想说道。

“我也如此觉得！”成杨想了想也如此说道。

苏文月点点头，放心了许多。可是依旧不明白这反常的女子为何会接连做出这许多事情！

行了没有多远，成杨突然摆摆手让大家停了下来，他们方才已经走进了这护城林中，这是要进入扬州城的必经之路，穿过这个林子便是扬州城了！

“有人！小心！”成杨环顾了一下四周，这接连惊起的飞鸟，预示着这暴风前的宁静。

君无咎和苏文月也感受到了这不寻常的气息，他们下意识和初一、十五将孙主簿和湛之君围在里侧，以确保他们的安全。

果真，在僵持了良久之后，那群黑衣人终于按捺不住从树林里接连冲出，大概有十来人，来势汹汹地冲了过来。

成杨看了看受伤的初一，还有孙主簿和湛之君，心中盘算着取胜有几成把握。

正想时，这群人攻了上来，成杨、君无咎等人奋力抵抗，打倒了冲在前方的几人。

然而正当他们要再次发力时，却发觉手绵软地使不出力气，再回头时孙主簿和湛之君已经倒在了马上。

“果真是下了药，师兄，你和君公子不是说没有什么异常吗？”苏文月看着君无咎二人有些晕晕乎乎地说道。终于在话音落下时支撑不住倒了下去，差点滑下马。

“师妹！”

“苏小姐！”

成杨和君无咎同时紧张地看着她喊道，突然两人眼前的一切也开始旋转，他们也找不到重心，更别提反抗了。

如此局面，定是必死无疑了！成杨想到他们在徐州查到的线索一定是阻拦了某人的路，现在他的狐狸尾巴藏不住，只能将他们灭口……

而君无咎不知为何，在晕倒前内心竟然有一丝释然，虽然最终没有完成老师和秀秀的遗愿，没能让真相水落石出，然而一想到闭上眼便能同老师和秀秀团聚，便也觉得安心。

此时，那些黑衣人看着他们倒的倒、晕的晕，当即发起了猛攻，虽然方才成杨、君无咎他们几人已经就地斩杀了几人，可是如今他们毫无反击的能力，只能闭上眼等死。

一个离着成杨十分近的黑衣人上来便先斩断了马腿，马瞬间跪了下来，疼得嘶鸣，成杨的身体也不受控制地往下掉……

而就在此时从远处突然飞来几支飞镖，精准地将企图杀害成杨、君无咎的黑衣人杀掉，然后从天极速而降，将手臂挡在了成杨即将要磕碰到头的石头上。

成杨本以为这一摔，等待他的将是浑身的剧痛，可谁知头却跌落在一个温暖的臂弯。

他睁开眼看到那个既清冷又妩媚的女子，她将他缓缓放下，从袖中突然抽出一把精致的短刀，三两下，便将剩余的那两个黑衣人打败了，那二人本要落荒而逃，也被她飞出的两支飞镖结果了性命……

成杨看着她徐徐走向自己，查看一番，他本想开口问她为何会出现在此地，然而却完全没有力气，身体瘫软在地上，像一摊泥。

只见这女子从怀中拿出一个鼻烟壶，放在成杨鼻下让他闻了闻，又跑到苏文月身边温柔地将她从马上扶了下来，也将鼻烟壶放在她的鼻子下面让她闻了几下。

之后几人以此类推，她都是拿她那个鼻烟壶给他们闻了一会儿，只是过程却没有像对待苏文月那般温柔，非常随意罢了。

在众人还未清醒时，成杨已经率先缓过来了，他看着那女子说道："谢谢姑娘了！敢问姑娘高姓大名，救命之恩成某定当报答！"话一出口，他又觉不对。

这女子女扮男装，定是不想让人发现她是女儿身，如今他如此坦荡地将她要极力隐藏的秘密说出口，想来定会引起她的不快。

谁知她并未说些什么只是看着他摇摇头笑了笑，说道："小事，不足挂齿！"

这一句话干脆飒爽，隐隐约约给成杨一股江湖儿女的感觉。而她这一笑，更是让成杨失了神。

成杨第一次见她只觉她英气逼人，清寒刺骨，并未看出苏文月所说的妩媚，他之所以一眼便看出她是个女子，是因为她眉眼中总是隐藏着一抹似有似无的哀怨，眼波流转间楚楚可怜，却还有着十分坚毅的味道。

他本以为这样的她是不会笑的，或者说是不适合笑的，如果笑便会打破她身上的那股劲儿，然而她这一笑中又飒爽不羁，举手投足间尽是洒脱，不禁让见识过万千佳人的成杨在这一瞬间都失了神。

在两人谈话间，其余人都陆续地醒来了，这女子走上前，专门查探了一下苏文月的状态。

看她已全然恢复，说道："赶快离开这里吧，再不要去城外的那个酒楼，照顾好她。"那女子一边说一边看向苏文月。

弄得苏文月一头雾水，还想询问她为何会出现在这里时，她已经头也不回地离开了。

之后当苏文月得知是这女子救了他们时，突然兴奋地说道："怎么办？她怎么对我这么温柔？她不会是爱上我了吧？嘤嘤嘤……"

成杨一时无语。

而孙主簿则在一旁插话道："这怎么可能？苏大人又胡说了，那可是一名女子……"、

"现在为了安全起见我们还是赶快进入这扬州城，那女子叮嘱我们小心，想来她一定对于刺杀我们的人有所了解而且她也一定清楚那酒楼的古怪。"君无咎无奈地岔开话题。

他看着成杨等人继续说道："我们先去见林知府，然后让他调兵来查这酒楼，看看能不能找出什么证据。"

"哈哈，君公子，你莫不是害羞了，竟然如此急于岔开话题！"

君无咎没有理她，假装没听到，逗得苏文月捧腹大笑！这个君秀才，真是永远一本正经，酸腐得不行，她就喜欢逗他，看他无法招架的样子。

一路上苏文月叽叽喳喳说个不停，但是并没有人理会她，说得她口干舌燥到最后也就没了兴致，十分蔫地跟在后面。

来到知府衙门后，成杨将官牒递了上去，说完拜访林知府，并给了那小衙役一两银子。

果真那衙役是先收了银子，才接了官牒，可仔细看过那官牒后，那衙役又有点惶恐，总觉得刚刚自己接过来的这一两银子着实烫手。

通报过后，这扬州知府林海贤赶忙迎了出来，拱手邀请成杨几人入府，边走还边说："久仰几位大人多时，不曾想今日竟来到我这小小的知府衙门，真是让下官这里蓬荜生辉啊！"

林知府说完后，成杨假意地同他敷衍了几句，便想将话题岔开，提一下去搜查城外那酒楼的事。

可谁知这林知府却又提出要为几人接风洗尘的想法，一边说还一边安排厨房去准备。

连忙被成杨推托了，他赶忙开门见山地说道："知府大人，方才翰飞一行人在城郊的酒楼里被人下了药，并且在护城林中又遭遇伏击，几经波折，我们怀疑那匪人定是同那酒楼有关！还请大人允许我们带上几人前去调查！"

提到那酒楼，林知府的笑容有一秒僵在了脸上，不过他瞬间便调整好继续说道："如此大胆，青天白日之下，竟然有如此匪徒做这等可怕之事，下官这便调遣人员，和几位大人们一同去调查。"

说罢这林知府便拖动着笨拙的身体走了出去，像一只怀了崽的笨熊。

不出一炷香的工夫，这林知府便安排好了，如果不是事前得知这林知府是参与买卖官职案的一员，他们绝不会想到这个看起来十分笨重，总是一直笑呵呵的林大人，心思竟然如此龌龊。

林知府本来安排了三顶轿子，但是奈何并没有人去做，最后只有这孙主簿和林知府坐在了轿子中，其余人依旧骑马前行……

他们浩浩荡荡地向郊外的酒楼行去，这无疑让君无咎等人尴尬不已，这阵仗着实太大了！

他们本就担心，在前往知府衙门浪费的时间中，那些有用的线索早被抹杀掉了。如今这么大的阵仗，还未出城，那酒楼便能得到消息，还如何去查？

然而令人诧异的是，当他们赶到这酒楼时，这酒楼一切如旧，那猥琐的店小二和那女扮男装的女子依旧在那里，仿若什么都没发生过。

甚至当他们几人进去时，他们都记不得他们中午方才来过一般。

这林知府一进门，便十分气愤地大骂他们这酒楼是黑店，还让他们去将掌柜的交出来。

谁知这两个店小二竟然一问三不知，都说掌柜的每天神出鬼没的，不知何时回来查探一下账目，谁也不知他现在何处。

“那你们这偌大的酒楼中就没有一个掌事的人吗？”林知府看着规规矩矩站在他面前的三人问道。

这整个酒楼中就只有一个厨子和那两个小二，而那个厨子手里拿的还不是什么炒菜的铲子或是切菜的道具，而是一把铁锹。这几人都看起来灰头土脸的，仿佛刚才是在修缮厨房。

那个多话的小二赶忙点头哈腰地说道：“大人，真的就剩我们几人了，这酒楼的营生不好，没看连这修缮厨房的工匠都没钱去请，只能由小人几个来修葺。而且就连这厨子还是个傻子，只不过炒菜好吃，掌柜的才将他留下了。”

在此谈话期间，成杨的眼睛一直未离开过那女子，她脸上沾染的黑灰最多，几乎看不出她本来的面目了，只是那一身的清冷，却不曾消散。

她并未注意成杨而且死死地盯着林知府，眼神竟有一丝狠戾。在意识到成杨看她时，她望向成杨做了一个轻微摇摇头的动作，眼神中还有一点祈求，仿佛求他不要说出自己的事。

这仅一个眼神成杨便觉得自己有些消化不了，他赶忙低下头，不再看她，脸颊发红，一直红到了耳根。

这小小的一幕不经意间却被苏文月捕捉到了。她突然反应到，原来师兄爱的是这一款啊。

那知府大人听完几人的回话，一时间竟不知还该问些什么，只能一个劲地重复："你们这就是黑店。这几位京城中的大人说了，被你们这店坑害了，你们这就是黑店。"这林知府一边喝茶，一边十分轻松地说道，将成杨他们的话断章取义。

引得这店里的三人全部用疑惑的目光看向成杨三人："大人，您说我们是黑店可有什么证据？"那个一直给林知府赔笑的小二率先发问。

"本官并未说过你这店是黑店，只是本官几人在你这里吃的东西被人下了药，晕倒在护城林中，险遭杀害，此事与你们酒楼脱不了干系，与你脱不了干系吧！"成杨看着他冷冷地说道。

"大人，口说无凭，您们可不能冤枉小人，大人你们说自己在小店吃完饭便晕倒了，可是您又没有晕在小店，而且您们说自己晕在了护城林外，可除了您们自己，谁人又能证明？"他一边说嘴角竟然还挂起一抹嘲讽。

"那照你这个意思，竟是我们几人合起伙来污蔑你了呗！"湛之君气愤地看着他们说道。

"小人没有这么说，小人的意思是既然大人在没有证据的情况下也能推断出小店是个黑店，那小人是否也可以如此想呢？"

小二一边说又一边看向放在柜台上的食盒，继续说道："再说，大人可还记得这个食盒！记得这个食盒，便也应该记得大人们吃的那些菜并非是小店做的，可都是扬州城里那醉香楼做的。那大人要查下药的事情，也应该去那里查，来这里又能查到什么呢？"

"你将自己择得倒是干净，怎么？你的意思是在整个过程中竟没有一丝嫌疑吗？"湛之君不快地看着他，冷冷地说道，声音中透着几分嘲讽。

“小人绝无半点要谋害大人之心！天地明鉴！”那小二举手，信誓旦旦地做发誓状。

“好，本官相信你，不过既然你要起誓证明你的清白，那本官也没有办法，那本官便允许你起这个誓了！你说有半分假话，明日便暴毙街头……”成杨手指轻轻敲打着桌面，看着那小二邪魅地说道。

那小二当场脸色惨白，不过还是无奈地将成杨的话一字一句复述了一遍。

看到这伶牙俐齿的小二吃了个哑巴亏，苏文月高兴地直想笑。

而此时良久未曾开口的君无咎也看着那小二缓缓说道：“你也不必在此强与我们争辩，你做过与否，我们自会去查。天网恢恢，疏而不漏！”君无咎这话看似并没有说些什么，但由他口中说出，竟让人倍感有力量。

“小人，没做过，就是没做过，再说小人这店才不是黑店！”往返这几句话后，店小二仿佛突然词穷得不知道说些什么了，磕磕绊绊地竟似有耍赖的气势。

“哦？刚才的嘴皮子哪去了？莫非方才那些话是有人教你说的？”孙主簿看着那窘迫的小二突然开口问道，目光如炬，吓了那小二一跳。

“都不要争辩了，下官以为这样下去也不会有什么结果了，不如我们先回去，之后再慢慢详查。”天色渐晚，这林大人突然有些坐不住了，有些焦急地说道。

这些官兵在这里楼上楼下地查了许久也确实未曾查到什么问题。

成杨与君无咎再次一起四处看看后，也觉得再查下去也是浪费时间，便点点头，同意离开了。

离开前成杨突然走到酒楼那三人面前，看似不经意地说道：“如以后遇到什么事，或者想起什么线索便去知府衙门找我，就说有事要找我成杨成翰飞即可。”

说完，他看了看那女子的方向，他女子低着头，并未看他，不知在想些什么。

而苏文月在一旁却已要笑出声来，她狠狠地捏着坐在她旁边君无咎的胳膊，以防自己笑出声来，手劲大得让君无咎直流汗。

众人启程离开时，太阳已经西落，他们还未走到门口时，那厨子突然手敲着铁锹着急地说道："白肉，白肉！煮汤……煮汤……"

"他说什么？"君无咎敏感地回头看向那个傻厨子，问道。

整整一个下午那傻厨子几乎都未说过一句话，为何此时竟然如此兴奋？

"啊，他特别喜欢研究新菜品，掌柜的为了让他不耽误干活，便说只有太阳落山之后才可以做，所以每到这个时候他便会特别兴奋……胡乱说话……"

君无咎点点头，又仔细听了一下，那厨子口中依旧念叨着两句话："白肉，白肉！煮汤，煮汤！"

听仔细后君无咎没再说什么，同大家一同离开了。

回去的路上，苏文月突然来了兴致看着君无咎，说道："以后遇到什么事，就去知府衙门找我，就说有事找成杨成翰飞即可。"

君无咎被她的语气酸得倒牙，赶忙将马骑到成杨身边，也调侃地说道："成大人，小人来找你了，小人遇到了这个缠人女子，您可要出手管管。"

君无咎这话音刚落，众人哄笑作一团，苏文月几乎要笑出眼泪来！

"我说的有事来找我，意思是有什么线索了来找我……"成杨的脸瞬间通红，他看着哄笑的众人，无力地辩解道。

"懂懂懂！我们都懂，师兄这是心系案子！"苏文月再度调侃道。

这林知府听到众人大笑，也伸出头来问他们在笑些什么，他们立马默契地摇摇头只说在开无聊的玩笑而已。

一回到知府衙门，林知府赶忙来到了后院，去看他的夫人。

他们一行人回来时，正赶上这林夫人出来等候这林知府，几人便也一同拜见了这林夫人。

原来这林夫人已经身怀六甲，怪不得这林知府如此着急，原来是担心这林夫人。

只见他刚看到林夫人便马上冲了过去，问她是否进了晚饭，可有哪里不舒服，还特意问她的侍女林夫人的安胎汤可按时喝了……

如此伉俪情深，倒让成杨一行人刮目相看。听闻这林知府与这林夫人是从少年夫妻一直走到这里的，林知府十分疼爱这个妻子，即使她多年无所出，他也未曾想过要纳一房妾侍。

如今这林夫人有孕，林知府可谓是高兴坏了，老来得子，自然是十分爱护小心。

“汤还没喝……夫人说……觉得有些腻！”那侍女小心翼翼地说道，看起来有些惶恐。

“什么？还没喝？要你干什么吃的，我嘱咐你的话你都听到狗肚子里了吗？夫人怎么能不喝安胎汤呢？万一不小心动了胎气怎么办？”林知府突然目若无人地暴怒起来，吓得那小侍女一直哭。

“你别说她了，是我不想喝的，我总觉得那安胎汤有些腥，还有些腻！所以不太想喝！”林夫人拍了拍林知府，温柔地说道。

林知府立马安静了下来，点点头哄道：“真是辛苦你了夫人，但是这汤还是无论如何都要喝的！他是我求来的偏方，非常补的。”

林夫人温柔地点点头，推了推他，示意他冷落了这几位大人，让他赶快请他们进屋。

林知府这才意识到一直将成杨他们晾在一旁，赶忙将他们迎到了屋内，吩咐下人开始准备晚宴，他要为几位大人接风洗尘。

成杨等人本想拒绝，却被林夫人劝下，大家着实不忍驳了林夫人的面子，便一同留下来了。

吃饭时，君无咎观察到这林夫人举手投足间皆是优雅，十分有闺秀气质，全然不像许多出嫁多年的女子，让细碎的生活冲淡了原本的韵味，如风干的花，没有了颜色，只剩下暗沉。

而与这林夫人形成鲜明对比的，便是这林知府，他做派粗鲁，如莽夫一般，但是对待林夫人却是粗中有细，看起来极为情深。

饭吃到一半，那侍女端着那重新热了一遍的安胎汤端了上来。而看到她手中的汤，林知府却皱起眉头，看起来有些紧张。

林夫人以为林知府怕她不喝这安胎药，所以不高兴，她赶忙将这一小盅药，捏着鼻子一口气喝了进去。

隔得很远，君无咎都闻到这安胎汤的腥气，他看了看林夫人，忽然觉得她身上充满了母性的光辉，果然，一个母亲为了自己的孩子，什么苦都可以吃下，什么罪都可以忍受。

“确实是有点腥了，我闻着这腥味都有点重，这安胎汤是怎么个做法啊，不能和厨子说一下去去腥吗？”苏文月好心地看着林夫人说道。

“这是下官求来的一个偏方，必须得如此原汁原味地做，所以不能去这腥气……”林知府一边说，一边摆摆手，示意那个侍女将那个汤碗赶快拿下去。

“好吧！真是难为林夫人了，不过有效就好。”苏文月看着林夫人温柔地笑着，她也不知为何十分喜欢亲近这林夫人，她真的是给人一种高贵而又和蔼可亲的感觉。

晚饭后，众人便各自散去了，君无咎和成杨两人去后花园里散步消食，而苏文月则去缠着林夫人，说要陪她一起绣小衣衫和小鞋子的花样，为未出世的孩子做准备。

而湛之君和孙主簿则去扬州城中四处逛逛。

这扬州不仅风景优美，而且位处漕运重地，还是南方经济的中心，这里的繁华可见一斑，即使深夜，这花街酒巷依旧繁华如白昼。

如此经济文化重要之地，竟能交由这个大腹便便，粗鲁莽撞的糙汉来掌控，这官职的水分可见一斑。然而连如此重要之地，那幕后黑手的触角竟然也能触及，想想便可怕。

“也不知这林知府会把那个册子藏到哪里？”成杨一边欣赏园中风景，一边说道。

“不清楚，会不会在林夫人那里？感觉这林海贤很是信任他的夫人。”君无咎跟在成杨的身侧，徐徐说道。

“确实如此，只是我看这林夫人十分优雅单纯，全然不似沾染如此肮脏之事的人。如果这册子藏在她手中，想必她不知晓此事也难……”成杨一边说，一边看向君无咎，想听听他的意见。他总觉得这林夫人没有参与到这些诡谲的官场之事中，为何如此想他也不知道。

君无咎赞同地点点头，林夫人身上优雅淡然的气质实在是太特别了，他将她的怀疑也排除了。

“我说你们可真单纯，就同人家吃了顿饭，就将人家的嫌疑排除，我就想问问你们到底还是不是混大理寺的了！”

苏文月突然出现在他们身后，调侃着说道，想要吓他们一跳，谁知两人却依旧面色平淡地向前走。

原来君无咎和成杨早就发现一直鬼鬼祟祟跟在他们身后的苏文月了，只是没有戳穿她罢了。

“那你呢？粘了林夫人一晚上，可有什么发现？”成杨弹了弹她额头笑着问道。

“发现倒是没有什么发现，不过我倒是打听了一下那安胎汤是如何制成的，打算你们二人大婚时送与你们做礼金。”苏文月话一出口便后悔了，她小心翼翼地看了看君无咎，生怕戳到他的痛处。

不过君无咎却十分配合地笑了笑并没有说什么。

而苏文月为了避免尴尬，赶忙改口继续说道：“哈哈，不过想来你们也用不上这个方子，你们二人成亲嘛，要这方子干吗？”

“我让你再玩这个语言游戏。”成杨一边说一边抬起手要使劲弹她的额头，奈何她一直躲在君无咎的身后，害得成杨无法下手。

“别闹了，那打探出来了吗？那安胎汤的方子有何特别之处？”君无咎立在那里不再走了，看着两人无奈地说道。

“还没打探出，林夫人说她也不知道，王爷未曾告诉过她，听闻好像就是猴脑加一些药材熬制而成的。”苏文月摇摇头，她着实是上到夫人下到侍女都打听过了，都没打听出来。

“没打听出来，你还敢过来调侃我们！”说罢成杨和苏文月再度打闹起来。

“翰飞！苏小姐！你们难道就不觉得这个安胎汤有问题吗？仅仅一张安胎汤的方子，为何整个林府只有林海贤自己知道？他不讲这个方子的原因难道不是为了隐瞒什么吗？”君无咎说完，看着远处的假山继续说道，“而且刚才吃饭时，他也好像并不想我们看到这安胎汤，想来定有问题！”

“对啊，我也是觉得有问题才去查的，晚宴上我就觉得那林知府脸色不对，难道你们还真以为我是为了和你们闹着玩吗？”苏文月调皮地吐了吐舌头说道。

君无咎看着她活泼的模样，忍不住笑了笑，笑容中竟然有少见的宠溺，看得苏文月莫名心漏跳了一拍。

她赶忙转移视线继续追着成杨跑，还好这夜色能帮她隐藏住这脸红。

“好，那师妹你来查这个安胎汤的事，我一会让初一去查一查这林夫人和林知府的背景，看看由此能不能得到什么思路，联想到册子藏在哪里。”说完他又顿了一下，继续说道，“清悦你和我呢就继续跟踪那城郊酒楼，我总觉得那里一定隐藏着什么惊天的秘密，而且刺杀我们的人也一定和他们有联系。”

君无咎点点头非常赞同。

苏文月也笑着说道：“好，交给我，他林海贤越不想让我知道这方子是什么，我还非要调查清楚不可！老娘就是这么执着有魅力的女子。”

几人散完步后，正打算各自回房，谁知湛之君和孙主簿却神色匆匆地赶回来，聚到成杨房间，将他们都叫了过来。

“方才我和湛大人随意逛逛时，看到一平常经营街道杂耍卖艺的男子，正哭天抢地站在道旁痛哭，说他的妻子女儿突然都不见了！而且报官无人理，反被打了一顿，赶出了衙门！”

湛之君他们觉得奇怪便上前询问其他围观的人，果然此人所言非虚，确实他前几日同他的妻子和女儿在这里卖艺，一家人分工明确。

那小女孩也就十三四岁，十分聪明伶俐，一身技艺了得，众人都对她印象深刻……这几日确实不曾再看到她，只听那卖艺的汉子说，前天妻子和女儿两人清晨去城外挖野菜后便再未回来。

他将附近都找寻遍了，也没见妻子和女儿的身影，故此来衙门报官，却还遭受了一顿毒打。

“竟有此事！这林知府竟如此作为，咱们这就去找他理论。”成杨听着气愤不已，说着便要去找林知府理论。

苏文月赶忙将他拦下说道：“师兄，你先不要冲动！林知府此时和林夫人肯定睡下了，你这满是愤怒去和林知府理论，万一惊到林夫人怎么办？不如先让十五去看看？帮忙找找？明日再问那林知府？”

成杨想想觉得确实有些冲动了，但他内心知道这林知府本就买卖官职上来的，非常厌烦他，如今听说他不作为，更是生气，如此才升起一股无名之火。

君无咎也点点头，拍了拍成杨的肩膀说道：“是啊，我觉得苏小姐说得很有道理。咱们还要寻那册子，万不能和林知府闹得太僵。”

成杨点点头，连忙吩咐十五去按苏文月说的办，众人又商讨了一会儿便各自回房睡下了。

次日一早，吃过早饭，成杨和君无咎便来找这林知府，询问他那卖艺汉子所说的失踪案。

然而这林知府却一脸茫然地说：“并未有什么人前来报案，说妻子与女儿失踪了啊，并没有人将这案件呈与下官！”

“果真如此吗？可听说你手下的衙役可是将人家痛打了一顿，丢在了街道上呢！”成杨看着他质疑道。

“哎哟，几位大人可真是冤枉本官了，下官真是没有接到过这个案子嘛！下官这就去衙门调查此事。”林知府一脸委屈地看向成杨两人，边说边还做出立马要去查明真相的架势。

“如此当然是最好了。那本官和君大人就和你一同去吧！”成杨看着他，挑挑眉说道。

这林知府再没有声音了，只得领着他们二人一同去询问。

几人一到前堂，林知府立马叫来了值班的守卫询问此事，谁知林知府刚刚提及此事，那守卫便跪地大呼求饶！他说：“小人不知道大人是如何得知这件事的，小人没有上报给大人，着实是小人的过错。只是小人曾询问了那卖艺的汉子，他说话支支吾吾、吞吞吐吐的，什么也说不明白，后来仔细一问他又不是我扬州城内的人，只是一闲散到处游荡的卖艺之人，属实不必细管。”

“胡说八道！难道平时里我就是这么叮嘱你们办案的？如今你一时偷懒，犯下这样的事，知道的说是你不懂事，不知道的该都以为是我这知府大人言传身教的呢！”林知府气愤地狠狠地拍了一下桌子，意味不明地说了这么几句话，便要这个守卫下去领罚。

这守卫一听要重责十个大板，吓得连忙哭喊着求饶：“大人，放过小人吧，小人以后再也不敢了，而且小人后来真的跑了几趟去查了！那汉子，天天来缠着，小人没办法，曾按他说的去查了一下，后来查到他的妻子女儿不过是被他卖到大户人家做下人罢了……”

“哦？你是说这汉子报假案？”君无咎审视地看着他问道。

“正是如此，小人后来查明，这汉子的妻子和女儿并没有失踪，而是被卖到了城中大户——金府家做下人，这汉子好赌，输完卖银后再去向金府讨要，金府不给，他便跑到衙门闹事，想让金府难堪，怎么赶都赶不走，所以小人才将他痛打了一顿，想让他长长记性。”

听完他的话后，林知府的脸色看似有所缓和，但依旧说道：“虽然你最后有查明真相，但是你办案不依法度，还是该罚，下去吧，领五板子。”

林知府说完，这顿打守卫知道再没有余地能够回还，为不惹几位大人动怒只得乖乖地下去了。

“两位大人，这回可是能相信我了？下官真的没有接到这个案子！”林知府边说，一边吐了口气，浑身仿佛轻松了许多。

而此时，十五也探查回来了，他低声在成杨耳边说了几句，这林知府伸直了耳朵也没听清到底说了什么，内心惴惴不安。

原来经过一晚上的查证，十五也发现这卖艺汉子的妻子与女儿并未失踪，而是被卖到了金府，妻子做了涮洗下人，而女儿过几日则要被纳为侍妾。

成杨点点头，十五便离开了，他向君无咎使了个眼色后说道：“这初来扬州城还没有到处逛逛，不如咱们俩也出去走走？”

君无咎点点头，表示赞同。而那林知府则是一脸迷惑地看着二人说道：“怎么？两位大人！这个失踪案就不查了吗？”

成杨点点头，笑着说道：“知府大人不是已经让你那个守卫结案了吗？”

林知府一时无语，只得赔笑着送二人出门。

一出衙门，君无咎问成杨为何不继续查下去。

成杨摇摇头说：“想必清悦也看出来了方才这林知府与这守卫如同唱戏似的，你来我往，几句话间便将这件事了结，还没添什么假话，想来咱们再在里面也查不到什么，不如去坊间打听打听，说不定消息更多。”

君无咎点点头说：“确实如此，翰飞兄说得极是。而且我们已经知道那失踪二人如今便在金府，我觉得一会我们也应该去会会这个金府了！”

两人先是来到那卖艺的汉子经常卖艺的地方，可是却找寻不到那汉子的身影了，他们四处查看了一下，发现这对面便是醉香楼，平日里往来食客众多，想来是为吸引更多人驻足观看，所以将位置定到了这里吧。

“从醉香楼里望出来视野开阔，进去问问吧，看看这店家可有人看到过什么线索。”君无咎看着那醉香楼和成杨说道。

成杨扫视了一下那醉香楼，高两层，从二楼栏杆处向下看来，定是什么都看得清楚，便点点头，同君无咎一同走了进去。

一进门便有一个十分伶俐的小二跑了上来，问道：“客官几位，想要吃点什么？”

君无咎看着他，伸手拿出一锭银子给他，笑着说道：“在二楼给我们找个视野开阔的好位置……再来一壶好茶，上几样点心！”

“好嘞，小的这就去办。”那店小二拿过银子机灵地将两人领到了二楼位临栏杆处的位置，向外远眺，可以看到扬州城许多景色。

最重要的是在这可以清清楚楚地看到那汉子曾卖艺的地方。

“小兄弟！这底下的卖艺的呢？前几日就听闻在这里看那杂要甚为有趣，今日来，特此一看，怎么一人也没有？”成杨手指轻轻地叩击着桌面，问道。

“听两位客官的口音不是本地人，定是这两日刚来扬州游玩的吧，二位有所不知，那卖杂要的人应该再也不会来了，而且客官这几日游玩时也要小心！”他看着君无咎小声地说道。

“哦，小兄弟这是何意？我二人初到扬州，对此地知之甚少，小兄弟如此一说，我二人反倒惶恐得不行！”成杨看着那小二说道。

“二位爷也不必惶恐，只需多多注意便可，这几日城中一直传闻有妇女和儿童失踪，而且多是流动人员，不是这扬州城人……那楼下卖艺的听闻也是妻子和女儿失踪了……”那小二边给他们递茶水边压低声音说道。

“失踪这么多人，难道当地的官府就无作为吗？如今这些案件可有眉目了？”君无咎拿起茶问道。

成杨看小二环顾四周似乎有所忌惮，他赶忙又拿出一锭银子递给他说道：“小兄弟，你说的这些着实是引人好奇，不如再讲得详细点！”

那小二赶忙收起银子，有些神秘地说道：“其实，这些事我也只是听说。听说官府不仅不查此事，还动用了官兵镇压了那些聚众讨说法的流民，官府给出的通知是镇压这些聚众闹事的乱民，而那群流民的说法则是自己的家人失踪或是被人掳走了！不知谁真谁假。”

“被掳走了！”君无咎心下一惊，林知府到底做了些什么？如果这小二说的是真的，如此可真令人触目惊心。

那小二走后，君无咎和成杨脸色都有些沉重，看早上那林知府的模样，定是知道此事，而今早那守卫的反应，想来这扬州城上下早已互通一气，想要查明真相可就难了。

“不如先去金府看看？”君无咎和成杨在茶楼坐了一会儿，君无咎提议道。

“好！去看看这金府有什么说辞！”说罢，两人便起身，一起向金府走去。

这金府门面气派，位于扬州城十分繁华的地界上，位置十分显眼。

他二人刚要走近金府的大门，便有家丁上来驱赶，说让他们这些人离金府远点。

成杨亮明了身份，这家丁才赶忙进去禀告，唯唯诺诺地将他们迎了进去。刚一进门，金老爷便迎了出来，笑着说：“金府何德何能，竟能迎两位大人入府！”

成杨和君无咎摆摆手，示意不必在意这些虚礼，说：“我们二人不过是来查失踪案的，还望金老爷行个方便。”

“什么？失踪案，小民可从未听闻过有什么失踪案！金府更是跟这种事毫无关联啊！那都是一些无用之人胡乱造谣罢了！”那金老爷看着成杨两人情真意切地说道。

“无风不起浪不是吗？金老爷！本官从未说过金老爷和此事有关，不过是来此查看一番，金老爷不必紧张！”成杨看了他一眼，笑着说道。

“是是是！小民明白，大人要查什么？金府上下定当全力配合！”那金老爷边说边将两人引到了正厅，端茶奉水，好不殷勤。

“金老爷，听闻你前几日买了醉香楼下的两个杂耍艺人作奴婢？”成杨端起茶轻轻抿了一口。

“是！前几日那卖艺的汉子无力偿还赌债，便将她们卖到小民这里了！”那金老爷子边说，目光一边在他两人的脸上来回扫过，想要揣摩两人的心思。

“将她二人带来，本官问他们几句话！”成杨抬起眼，撞上金老爷有些慌乱的眼，义正词严地说道。

这金老爷还想说些什么，看起来极为不情愿，但最终还是让下人将那两人叫了上来。

上来时，那两人的眼睛红肿不堪，身上看起来也受了不少的伤。成杨指着那小女孩受伤的伤口问道：“金老爷，这是为何？”

那金老爷赶忙心虚地说：“哎呀，下人嘛，刚刚入府，不懂规矩，管家在调教罢了！”

“调教？嗯！”成杨挑了挑眉重复了一遍。

“小姑娘，你不要怕，本官问你什么你如实回答即可，本官会为你做主的。”成杨弯下腰叫小姑娘抬起头，不要害怕。

可小姑娘依旧浑身都在发抖，她看了看温柔的成杨，又看了看现在他旁边的君无咎，小心翼翼地点点头。

“你叫什么名字啊？”成杨看着她身上的伤，心疼地问道。

“春……春桃……”小姑娘说着说着就哽咽着快哭了。

“春桃，那本官问你，你和你母亲是如何被卖进这金府的？可有什么委屈，你不必顾及，全盘说出即可，本官会为你做主的！”成杨的话说得极为诚恳，有安抚人心的力量。

春桃点点头，犹犹豫豫地说不出话，抬起头看了眼成杨二人身后的金老爷，眼神中充满了恐惧：“小女……小女……并没什么冤屈……只是，只是被父亲卖进这金府的……”

春桃边说，眼泪一边止不住地往下流……连唇角都在颤抖。

成杨顺着她的眼光望了过去，果真那视线的尽头是金老爷。

“春桃，你不要怕，有什么放心说，我们会为你二人做主的。”君无咎缓缓走过来，挡住了金老爷，从袖中拿出一条手帕递给春桃，那手帕上绣着一个十分精美的“秀”字。

小女孩伸出手本想接住那条手帕，可看着自己脏兮兮满是伤痕的手，又摇摇头小心翼翼地收了回来。

君无咎正欲再问些什么，那夫人却从一旁冲上来跪下哭喊道："两位老爷，我们真的是被黑子卖进来的，你们就不要再问了，那黑子无情无义，连亲生女儿都不放过！你们就不要再问伤这孩子的心了。"

春桃见那妇人跪了下来，自己也赶忙跪了下来，看那妇人哭，她便也跟着哭，两人哭得撕心裂肺的，让人揪心。

见此状况，成杨和君无咎都再也问不下去了，他两人默契地看了彼此一眼，便决定先离开金府，再做打算。

而正当他们打算离开时，突然被门外的争吵吸引住了注意力。

"少爷，少爷！你不要闹，府里有贵客！少爷……"老管家一直追在一个瘦弱的男子的身后说道。

"滚……都给我滚……"那男子一边说一边急火火地往里面走，迎面撞上了成杨和君无咎。

君无咎瞬间闻到了一身酒气，这金少爷脸颊通红，双目迷离，撞到成杨和君无咎，眼都不抬一下，反倒推了他二人一下，咒骂道："好狗不挡道！"

"你这个……你这个逆子！还不给我滚回屋去，你这是要气死我吗？"金老爷一边说，一边作势要去打他。

他也不躲，反而又推了一下金老爷，直奔春桃跑去，手指勾起她的脸："你就是我爹要用来冲喜的女子吗？哈哈哈哈……爹你这口味可真是越来越嫩了！"

"逆子，你这逆子，你再胡说八道……"金老爷气得说不出话来。

他一面让下人赶忙将少爷带下去，一面向成杨两人赔不是。

成杨和君无咎摇摇头，表示并不在意，便一同离开了金府。

"我还是觉得有问题。那春桃的话定是有假，看来这金府也早有防备。"成杨摩挲着手指，思索道。

"确实如此，而且我想春桃和她母亲在我们之后免不了要受皮肉之苦。”君无咎皱着眉，声音里满是愧疚。

“我这就让十五来看着。”成杨气愤地说道。

“即便如此，十五也不可能出手露面啊？这是金府的家事，我们没有权利干涉！”说完君无咎看着远方，叹息着说道，“为今之计，便是快快侦破此案，如此才能结束春桃她二人的悲惨生活。”

成杨点点头，两人都莫名觉得沉重，这一路走来，可以看出此失踪案的背后竟然有扬州的官府撑腰，那就说明这失踪案背后的元凶很有可能便是林知府。

看来如今这林知府不仅和买卖官职一案有关，还同这拐卖人口的案子有关，这二者之间又有什么关联呢？

一回到知府衙门，苏文月赶忙迎了上来，焦急地说：“我让十五出去寻你们半日了，怎么才回来？”

成杨和君无咎一听她的语气，便知出事了，赶忙走上去问道：“出了何事？如此紧张！”

“城郊那个猥琐的店小二，上午被人发现死在护城林中了！”苏文月边说边带他们往大厅走去。

“什么，他死了？怎么回事？”成杨赶忙焦急地问道。

“不清楚，死于剑伤，和咱们那日遇到的黑衣人剑法类似。”苏文月一边回想那日的事一边说道。

“那，那个女子呢？那女子可有事？”成杨突然想到，内心里紧张得不行。

“没事，她现在也在衙门听候调查！”

听到苏文月这话成杨一颗悬着的心落下了。

一进门就看到林知府挺着大肚子，在那里焦急地来回踱步，一看到成杨马上迎了上来忧心忡忡地说道：“这可如何是好啊大人？你让他暴毙街头，今日他当真便暴毙街头了！这案子一传出去，对大人您的影响实在是不太好啊。”

“对我的影响不好？对我有何不好的影响？他又不是本官谋害的，

他自己起了誓说会暴毙街头，那如今应验了，知府大人，为何不说是他撒了谎？”成杨脸色不好地扫了林知府一眼，没好气地说道。随后他赶忙和君无咎一起去查看尸体。

君无咎查看尸体时，仵作已经查完一遍了，他打开遮在尸体上的白布，直接看到胸口触目惊心的剑伤，伤口很深，伤及心脏，其余地方依旧有很多伤口，很像在逃跑的过程中受的擦伤，那心口处的剑伤便是致命伤。

从他的尸僵程度来看，他应该死于昨日凌晨，夜半时分，他出逃跑到林中被人杀害！他们离开酒楼后到底发生了什么？他到底知道什么才到了非死不可的地步呢？

而且杀他的人还同刺杀他们的人是同一波，如此看来这个酒楼也和京城那个幕后黑手脱不了干系。如此看来找到这个酒楼的掌柜，便十分重要了！

“君大人，可有看出什么？……”林知府上前，一脸的低姿态，君无咎甚至觉得在他的脸上看出一丝紧张。

“没有，就是仵作记录的这些，并没有别的异常……”君无咎淡淡地说道。

“啊！这样啊，这样就难办了！”林知府一边点头有些可惜地说道。可君无咎依旧在他的脸上看出一丝侥幸。

君无咎不知这是不是心理作用，只是他现在准是烦躁，外加他已经清楚这林知府一定是和买卖官职案有关，所以心里更是反感他，所以现在看到他无论做出什么举动都觉得虚伪无比。

“那酒楼里另一个店小二呢？把她叫来提审！”成杨看着林知府说道。他现在很想见她一面，他一直同自己说，自己只是想确认自己的救命恩人的生命安全。

可是去提押那店小二的衙役，去了许久才匆匆忙忙地赶回来了，原来那店小二竟然越狱了！

成杨整个人“嗡”的一下。林知府赶忙写了通缉令要全城通缉他。

成杨内心焦急不已，他曾见识过那女子的身手，知道她身手不凡，在知府衙门非常忙乱的时候越狱，想必对她不会造成伤害。

然后他担心的是，难道她和这个命案有关吗？为什么她永远这么神秘？她从那些黑衣人的手下救下他们，就说明她一定清楚这些黑衣人的目的，那这个店小二呢？那些黑衣人杀他的时候她有没有参与？在此之前她清不清楚？

他有好多疑问想问她，也好担心她，他不懂这突如其来的感觉是怎么回事，她与他明明只见过数面而已，然而他早已沦陷在她的神秘之中，他感觉自己仿佛身在迷雾，而她只是迷雾中的光影，他想抓住她却触不可及。

苏文月察觉到了成杨的不安，她赶忙上前拍了拍肩膀，安慰他放松下来，但在林知府面前她也不好说什么。

“如果抓住了这个店小二，切不可动刑，第一时间通知我和成大人。她对于此案而言十分重要！”君无咎扫了林知府一眼，声音充满了震慑力。

林知府点点头，慌忙说好。

至此这案子便没了头绪，他们也审问了那酒楼的厨子，奈何他痴痴傻傻的，一问三不知。众人拿他没办法，只能放他回去……

然而林知府放话让他回去之后，却被君无咎拦了下来，他看着众人说，再等等，这太阳马上就落山了。

果然，太阳落山之后这厨子便手舞足蹈地看着众人喊道：“白肉！白肉！熬汤……熬汤……”

“不是要研究新菜品吗？为何你一直只识得白肉？”君无咎看着他有些怀疑地问道。

可那厨子依旧不理，冲着君无咎哭喊着说道：“白肉！我要白肉！我的汤！我的汤！……”

看到厨子抓狂，林知府赶忙命人将他带了下去……

“君大人，实在是太多疑了，他一直念叨这白肉，定是这道菜还没有做好。哪有一道菜品一日便研究成功的道理？”那林知府走过来，开玩笑似的说道。似乎是想要活跃气氛。

“林大人，对此倒是十分了解。”君无咎没有说话，这话却被成杨接了过来，语气十分不好。

那林知府尴尬地闭上了嘴，不再说话。

众人又询问了一下在周边的搜查结果，和是否有目击的人等问题，答案都是否定的，至此这案子便是彻底陷入了绝境。

君无咎和成杨等人离开知府衙门，只同林知府说想要出去走走，然而一路上他们却感觉到被人跟踪了。

成杨的心情十分低落，他差点十分冲动地想要将那跟踪的人揪出来，但是被君无咎和苏文月拦住了。

之后几人便七绕八绕地将那跟踪的人甩了下去。

他们来到那护城林中，想要再次查探一下这个第一案发现场，看看那府里的衙役可有所隐瞒。然而到那案发处，依旧没有什么有价值的线索。

众人便分散来四处查探。突然成杨在林子的深处看到了一个十分熟悉的令牌，就是那个木质的上面雕刻着龙和火焰的令牌。

成杨赶忙心急地想要将它拾起，完全没有意识到后面从天而降的黑衣人，就在成杨意识到那人时，他已经离那黑衣人的剑只差一指的距离了，完全没有反抗的余地。

可此时那个拿着剑指着他的人却站在他面前牢牢不动了，像定住了一般，半晌，和手上的剑一起滑落了。是熟悉的飞镖扎进了那黑衣人的胸膛。是那女子！想到这里成杨突然激动不已，他转过头看她，果然她就站在他的背后，刚刚收起出镖的手。

“大胆女子，青天白日之下竟敢越狱？”看到她紧张得不知如何是好，想了半天竟问出一句十分想抽自己脸的话。

“怎么，莫非大人要抓我回去吗？”那女子看着他，淡淡地问道，声音好似被风吹到他的耳中。

成杨想点头说是，却又做不到，可他的心中还无法允许自己漠视王法。

纠结了良久，他终于下定决心似的说道："你越狱，便是犯了王法，我必须抓你，不过，若是你有隐情，说出来，我可以酌情处理，我可以为你减轻刑罚。"

成杨一口气说了许多话，声音满是焦急。

那女子看着焦急的成杨眼神竟然有一秒钟的动容，她看着他，轻声问道："哪怕我救了你两次，也不肯放过我一回吗？……"

成杨纠结了许久，终于还是点点头。

看到成杨点头的一瞬间，那女子竟然笑了，笑得十分明媚，她看着他说道："大人！我若是能早一点遇见你该有多好……"

她一边说一边一步步向成杨走近，"大人，我可以和你走，你可以将我抓起来，只是我有一定不能见到知府大人的不得已的理由，还望您能成全。"

这女子向他走来，成杨反倒一时间手足无措，他十分紧张地想问很多问题，一开口却是，"你还未说你叫什么名字……"

远远赶来的苏文月看到这一幕，笑得前仰后合，她第一次看到她师兄如此窘迫。

君无咎……

那女子也被成杨的问题弄得摸不着头脑，不过还是笑着回答道："我叫袁雅琳，字黛凝！"

"黛凝！好美的字！"苏文月跑到成杨身边，用肩膀戳了戳他，笑着说道。

看到苏文月如此，袁雅琳也有些害羞，她低着头将方才风拂乱的头发别在耳后，苏文月看呆了，觉得惊为天人。

"姑娘方才说，越狱是不能看到林知府，不知姑娘可否详细地讲明此中缘由。"君无咎缓缓走来，终于问了一个还算正常的问题。

袁雅琳看了他们许久终于下定决心似的说道："因为，我逃了林知府判给我的死刑。”

袁雅琳话音刚落，众人吃惊不已，她看着众人惊讶的表情，苦涩地笑了笑，说道“我就是炎明镖局的少主，今年年初刚刚被林知府灭了满门。”

成杨一听炎明镖局立马有了印象，这炎明镖局未被灭门之前，曾是名动天下的天下第一镖局，而且听闻其中最厉害的镖师便是他们的少主，只要她走镖，向来万无一失。只是不曾想这个少主竟是一名女子。

“炎明镖局，我记得今年年初林知府上交给皇上的折子上曾提到过这件事，听闻这镖局与乱党有关，而且之前还被裴忠义和苏知府压迫送过许多重要的东西。”苏文月看着袁雅琳说道。

袁雅琳哀怨地点点头说道：“可是我炎明镖局从未与林知府说的这两人有过往来。我们炎明镖局向来只在江湖中行走，从未参与过朝廷中的争斗。”

“那林知府为何要谋害炎明镖局？”成杨赶忙问道。

袁雅琳看着他们欲言又止，不过最终还是摇摇头说：“我还不是十分的信任你们，此事我暂时还不会告诉你们。不过关于那店小二之死和你们一直在查的人口失踪案，我倒是有些线索和证据可以告诉你们。”

成杨几人关于袁雅琳的身世本想再深问，但是看到她坚决的表情，大家便也再未多问下去，可是大家心里却都已认定她是清白的。

“不如我们去那酒楼再详谈，那里有一个关于林知府的秘密，我也是昨天晚上才发现的。”袁雅琳一边看着众人，一边有些神秘地说道。

“可是去那里，你不怕被发现吗？”成杨有些担心地问她。

她摇摇头，继续说道：“最危险的地方便是最安全的地方。”

接着她便带着众人走一条十分隐秘的小路，兜兜转转走了许久，终于停了下来，这里已经是林子更深处了。

君无咎几人十分不解，他甚至开始留意周围的一切做出防备的姿态。

“你们看这里！”袁雅琳走上去使劲晃动一棵三人粗的大树，不多久，那大树便被缓缓地移开，露出一个深不见底的密道。

“这树竟是机关，这也太隐秘了吧！”苏文月看着这密道不禁感叹道。

袁雅琳点点头说道：“这条密道便是直通城郊那个酒楼的，我要和你们说的林知府的秘密便也藏在这里。”

袁雅琳说完便率先走了进去，成杨跟在身后细心地拿出一个火折子递给她，她感激地笑了笑。

进去后不知道走了多久，苏文月感觉自己都快缺氧了，袁雅琳终于开口了。

方才几人太累一路上都在走神，谁知当袁雅琳将这个小密室的灯点亮后，众人彻底惊呆了，这里都是小孩的骸骨，以头骨最多。还有两个襁褓中的婴儿，在那里张着嘴干哭着，完全听不到一点声音，想来喉咙已经完全嘶哑了，而在他俩的旁边，蹲着一个三岁左右的小男孩，呆滞地盯着身旁的头骨，一直在瑟瑟发抖。

“怎么多了三个孩子？”袁雅琳突然问道，不过瞬间她便释然了，想来又是刚刚拐来或是抓来的。

“怎么？黛凝，你是说方才这几个孩子不在这里吗？那现在我们在这里会不会有人已经发现了？”成杨看着袁雅琳问道，这一声黛凝叫得十分自然。

袁雅琳看着他摇摇头说道：“应该不会有什么危险，现在这个时间还好，如果一会儿太阳落山了就不好说了。”

“太阳落山之后，莫非是那厨子有问题？”君无咎突然联想到那厨子在太阳落山之后总会焦急地说那两句话，白肉和熬汤。

“没错，每到傍晚，太阳落山时分那厨子便会下来抓上去一个孩子，用他的脑来熬汤！”袁雅琳一边说，一边似乎在回忆十分不好的场景。

“昨日，在你们走后，那店小二让我离开，我便偷偷地跑到了酒楼的楼顶来观望，谁知便看到那厨子在你们走后手舞足蹈地抱着一个襁褓中的婴儿，走到厨房，杀死了孩子……当时我还没有反应过来，瞬间愣在了那里！”她一边说，眼神中又显出一丝愧疚之意，仿佛在责怪自己当时没有将这个孩子救下来，“熬好的汤放置一边……不多时……我便看到林府的老管家来取它。”

“林府的管家！莫非那个安胎汤？”苏文月瞬间反应了过来，反胃得差点吐出来。

“没错！”袁雅琳点点头，继续说道，“之后那店小二出去了一趟，为了看这厨子到底在做什么，我没有跟那店小二出去，可谁知他一回来便慌慌张张地整理东西，看起来十分慌乱！之后他便偷偷打开这个密室，跑了进去。”她指了指身边的残骸继续说道，“当时进来后我整个人都惊呆了，看到这些头骨我无法想象这里到底死过多少孩子！后来我仔细地查看了这里是否还有生还的孩子，可惜没有，所以在看到这三个孩子时也着实吓了一跳！”

“定是这林知府命人抓来的，这个惨绝人寰的老东西，真是该遭天谴！不仅自己做如此丧尽天良的事，还害得林夫人……”苏文月气到了极点，一想到林夫人，她不禁更加难过了。

君无咎也深吸了一口气。缓了许久，看到这些孩子的白骨，真是沉重压抑得不行，他看着情绪低落的苏文月，贴心地揉了揉她的头，他也不知自己这一举动意味着什么，他只是想安慰一下她……

然而他这一瞬的温柔，却悄然钻进了苏文月的心脏，跟着血液流遍全身。

“那后来呢？你可有看到那店小二是如何死的？”君无咎收回手，平稳了一下呼吸问道。

“看到了！只是我赶去时，那群黑衣人已经得手，若不是我出手，可能他的尸体第二天也不会被人发现躺在那护城林里了。”袁雅琳看着君无咎说道。

“原来是这样……杀这店小二的人与杀我们的人是同一批，看来这店小二知道的事也定是与我们要查的有极大关系。”成杨听了袁雅琳的话，看向君无咎缓缓说道。

君无咎一时无语，他看着成杨笑道："翰飞，你到底为何如此紧张，语无伦次？这个结论明明几日前便是定论了啊！"

"哈哈，君公子，你就不要调侃我师兄啦！我师兄只是突然急于证明一下自己的实力罢了！"苏文月看着君无咎眨眨眼，笑着说道。

君无咎也默契地点点头，用一种十分了解的目光看向成杨。

成杨一时无语脸涨得通红，只能支支吾吾地回道："清悦，你和师妹学坏了！"

袁雅琳假装没有听到他们的打趣，微微低头看着他们继续说道："定是有关系的！那日那店小二离开前，这里的掌柜其实就在厨房，他给那个店小二使了个眼色，当时我以为他们要对几位大人图谋不轨，所以便出来提醒苏大人。"

接下来袁雅琳一五一十地向他们讲述那天遇刺前发生的事情。

原来她之所以会混进这酒楼当店小二，是因为她在查自己家满门抄斩的案子时，无意间发现最近接二连三发生的妇女失踪案的线索，而这些线索的矛头都指向这个酒楼，很多线索的完结是在这里，而很多新线索的发现也是在这里。

所以她便想方设法地混到了这里。起初这里的人对她都是十分防备的，奈何那个掌柜最近好像特别缺人手，便将她留了下来。她虽在这里留了几日，可依旧没有查到任何线索，这里的老板和那店小二对她都十分防备，而且不时还会对她旁敲侧击。

对她进行的种种考验，还好都被她一一识破，虽然还没有取得他们的全部信任，但总算对她看得不是那么紧了。如此她才逐渐发现了一丝蛛丝马迹。

这酒楼的掌柜，是一个十分神秘的人，她自小在扬州城长大，却从没听说过这里有这一号，从体态上来看，她能够看出他非常的年轻，最多超不过二十五岁。

可是他却通过简单的易容术将自己打扮得非常老成，穿的衣物也都是颜色花样非常暗沉老气的款式，仿佛有意将自己打扮成一个中年男子的样子，期望能让别人觉得他成熟稳重。

那日成杨几人进来后，那掌柜的忽然很紧张，时不时询问那个在前面伺候的店小二关于你们的样貌和情况，而且还指示那个店小二做些什么，只是暗号她没有看懂。

当时袁雅琳以为这掌柜的只与妇女儿童失踪案有关，以为他只是想要谋害苏文月，所以才提醒苏文月要小心。

袁雅琳本以为成杨几人离开酒楼后便会平安无事，以为这掌柜看到成杨一群人气质不凡，不敢招惹，便放他们走了。

可收拾碗碟之后她才发觉事情并非如此，那菜中下有江湖中十分隐蔽的涣魂散，服用过后作用如蒙汗药一般，只是厉害之处便是无色无味，十分不容易发现。

袁雅琳还是在偷听掌柜和那店小二谈话时方才知道，那掌柜问店小二："可得手了？"

那店小二笑着点点头。之后那掌柜便消失不见了，如今想来定是从这密道出去，通风报信了。

所以我就赶忙跑到林中，怕这群人对苏大人图谋不轨，罔顾大人们的性命。

可知道几位大人之后，我便觉得当日事情不是我想的那么简单。事后想来那掌柜十分在意几位，止不住地询问你们的样貌和人数。他一再确认，我觉得他好像就是想要刺杀你们……不过出于什么样的目的，我就不得而知了。

君无咎听后点点头："没想到当日竟还发生过这等事情，如此一切便理得通顺了，那掌柜应该同月玉莲一样都是那京中的大人物的爪牙，如今我们手上掌握了越来越多的线索，他应该是坐不住了。不过越是如此，他那狐狸尾巴露出的便越多……"

"对，而且刚刚在林中我之所以会再度遭到暗杀，也是因为这个！"成杨一边说一边将一直握在手心的令牌拿了出来，他方才一直紧张，忘记将此事告知君无咎和苏文月了。

“方才我发现这令牌，正要捡起来仔细查看时，便被人从后偷袭了。”

君无咎将这个令牌拿起来看了看，想起这个与之前从那杀害月玉莲的黑衣人身上夺下的令牌一模一样，如此心中便更加确信这点了。

“那林知府定然也和这酒楼关系匪浅，他的管家一定是受他的命令一直往来来取那安胎汤，如此残忍……”苏文月一想到此事便气愤不已……之前她只听闻过有些人不知从哪里听闻的偏方，说是生吃猴脑，能够强身健体，使自己更加聪明伶俐。

那些人便将活的小猴固定在桌子上，直接用锤子砸烂，吃里面的猴脑，说如此吃才是最新鲜的。

刚刚听闻这个传闻时，苏文月都无法正视豆腐脑了，一看到它眼中总是飘过脑浆四溅的场景，令她感到无比恶心。

而如今，这林知府竟然让自己的夫人几乎是在生食人脑，真不知他又听到什么偏方，有些人为了利己，可真是什么丧尽天良的事，都可以做得出来。

“如今怎么办，我绝对不能再眼睁睁地看着林知府再伤害这些无辜的孩子了，我们如何能够在不暴露我们已经知道这里密道的情况下，阻止林知府？并且将其正法……我们不能打草惊蛇……”苏文月有些纠结地问道。

“看来如今应是别无他法了，不论是否打草惊蛇，都是先救这些孩子要紧。如果不将这里查封，我们可能依旧无法阻止林知府私自命人再去抓这些孩子……”君无咎想了想，又看到一直蹲在一旁颤抖的孩子，心疼地说道。

“对了，黛凝，那上面那厨子是真的傻吗？除了做菜、白肉、煮汤之外，真的什么都不会说吗？”成杨突然转过身看着袁雅琳问道。

袁雅琳点点头，说道：“嗯，我在这里几日，他除了平常会做饭外其余什么都不会做，而且一整天都不会说一句话，只会在太阳落山之后说那白肉、熬汤两句。”

“如此，便好办了！”成杨拍了一下手继续说道，“这样我们便可以上去，将这厨子控制起来，等林府管家来了之后，将他抓个现行，然后再回去和林海贤对簿公堂。”在众人不解的目光中他继续说道，“上面那厨子并不会暴露我们已经知道这密道的事，我们只要说是自己发现方才来这里调查，正巧看到这厨子杀害婴儿。而且这林管家又来取这人脑，如此证据确凿，便由不得他抵赖。”

“是一个与林知府对峙的好方法！不过师兄，这个方法自然会将这个酒楼查封啊！”苏文月看着成杨一边说一边指了指这密道，“我们回去，将此事和林知府对峙，为了搜集更多的证据，我们定是要来这里搜查，届时，无论如何也必须将这酒楼查封！”

“那便查封吧！打草惊蛇便打草惊蛇吧！为今之计唯有这打草惊蛇才是上上策，如此便可以敲山震虎，让他不敢再为所欲为，想来会收手一阵，如此也算是挽救一些妇女和孩子的命。”

君无咎一边看着火折子，一边说道：“这光实在是微弱……连这小小的一方密室都照不真切。”

“好，既然如此，我们便这么办！咱们先小心一点上去……”成杨一边说，一边想要打开密室的隔板。

“太危险了，还是我来吧，如果这酒楼中还有其他人，你们便暴露了……”袁雅琳一边说，一边示意他们退后。

成杨不肯，十分担忧地看着她问道：“那黛凝你呢？”

袁雅琳笑了笑，看着他说道：“我没事，你们不要担心，怎么说我都是这里的店小二，我总还是能找到说辞的。”

可正当袁雅琳要打开隔板独自上去的时候，她却被苏文月抱住了，只见苏文月略带撒娇地说道：“不行，袁姐姐，如今我们是一队了，而且还是过命之交，我们早就把你当成了自己人，对于自己人，我们向来是同生共死的。”

苏文月的一席话在空气中与火折子燃起的火花碰撞在一起，让人觉得炙热，此时不仅仅袁雅琳一人心中觉得感动。就连君无咎内心都觉得升腾起一股温热。成杨点点头，走上前，先将那隔板拿开，首先爬了上去，还好酒楼之中只有那厨子一人。

如此大家就安顿袁雅琳先不要上来，留在密室照看那三个孩子，君无咎怕他们带厨子离开后，会有人进入密道伤害这几个孩子。

袁雅琳点点头，让他们放心将这三个孩子交到她的手中，如果有什么危险，便以茶杯掷地，她会马上上来营救……

就这样成杨他们三人，一上来就先将那厨子控制住了，那厨子呆滞着也不反抗，君无咎巡视一周，果然，那人脑已经被放置在碗中，用热水泡着。

苏文月仅看一眼，只觉要把腹中之食尽数吐出来了……

等了一会儿，果然那林管家鬼鬼祟祟地走了进来，坐在大堂向厨房喊道："傻二！白汤呢？"

成杨几人一直躲在厨房，看着林管家并未进来，只是在大堂向里屋喊，便先松开了厨子。

不多时，那林管家便不耐烦地喊道："傻二！白汤呢？"

果然那厨子摇摇晃晃地端着人脑走了出去。那林管家接过人脑后将它放到食盒中，整理好后便要离开。

刚要走，便被成杨他们拦住了去路。成杨几人的出现，吓得这林管家差点打翻了食盒，还好君无咎眼疾手快地将它接住了。

"林大管家刚来，怎么不坐坐，吃点茶点，就匆匆忙忙地要走呢？"成杨看着他邪魅地问道。

"成……成大人……小人只不过是……是来取这安胎汤，林夫人还……还着急喝呢……小人怎么能在这里闲坐？"这林管家支支吾吾地双腿直发软，抖得都站不直了。

成杨赶忙一手扶住他说道："林管家，您可别在这倒啊，咱们还有事要和你家知府大人谈呢。"

说完苏文月和君无咎便押着这傻二，而成杨则押着林管家走出酒楼……

临行前，苏文月曾偷偷地跑到密道告诉袁雅琳他们先行离开，让她一个人在这里务必小心。

回到林府后，林知府本是笑盈盈地迎上来的，然而看到林管家和傻二之后笑容一下子便僵在脸上。

“几位大人，不知我这老家奴犯了何罪，竟劳驾大人们亲自动手将他押来。”林大人上前，点头哈腰地问道。

“犯了何罪难道林知府你不知道？”苏文月一边说，一边从君无咎手中拿过食盒，打开来递给他，说道，“这是什么？难道你不清楚吗？你日日让林夫人喝的这个安胎汤，难道你不清楚是什么？”

那林知府看到那脑浆，脸色一秒便不好了，可依旧嘴硬地问道：“苏大人，到底什么意思？这不过是我夫人日常喝的安胎汤罢了，不知哪里有问题？”

“日常喝的安胎汤？林大人说得可真轻松！怪不得林知府一直不肯透露这安胎汤的方子，原来这安胎汤竟是由人脑做成！”君无咎看着他冷冷地说道。林知府这道貌岸然的嘴脸，看起来真是令人作呕。

“什么？人脑……大人你可不要吓唬林某，林某自从做了这知府后，每每处斩他人，内心都惶恐不已，痛苦不堪，这杀生罔顾他人性命的事，下官是断然不会做的……”他一边说一边将那盛有人脑的食盒拿至眼前查看。看了许久装作什么都看不懂的模样继续说道，“这无论如何下官也看不出是个人脑啊！而且下官之所以不告诉诸位大人这安胎汤的方子，是因为下官也不知这是什么，下官一切都交与林总管一手承办的。”

林知府这话一出口，那林管家扑通一声便跪下了，看着众人大哭着说道：“老爷，您责罚我吧！都是我如今让您背上这罪名，几位大人，其实这一切都是小人做的，老爷并不知情啊！”

“胡说八道！林夫人有孕，林知府算是老来得子，事无巨细，他能够不问这安胎汤是用何物做成的便让林夫人食用？二人这话未免也太欺人无知了！”君无咎看着二人冷冷地说道。

听闻林知府在堂前受审，林夫人急急忙忙赶来，不知道昨日还好好的几人，今日为何会在堂前剑拔弩张。

她跑过来，看着跪在一旁的林管家和颤颤巍巍立在一旁的林知府她焦急地看向成杨问道：“成大人，不知道这林管家犯了何事？以至于几位大人如此严肃！”

看到林夫人，几人都有些犹豫，苏文月赶忙将那食盒盖好，可惜还是被林夫人看到了。

她不解地看向众人问道：“几位大人，这不是我的安胎汤吗？不拿去后堂，怎么反而放到了这里？……”

她一边说，一边又看向林管家，“莫非是这安胎汤，有问题？”

她联想着问道，看到成杨等人脸色变了又变，心中便觉不好！她看着林知府问道：“大人，到底发生什么事了？这安胎汤到底有什么问题？”

林夫人焦急的声音中透着几分哭腔，苏文月看她情绪激动，似乎都有些站不稳了，她赶忙上前扶住她，温柔地说：“林夫人，您还是先回去吧，注意身体！现在事情还未确定，我们还在调查，调查中的事我们不方便向您透露的。”

“可是，这件事……这事……”林夫人还想问些什么，可这时林知府却黑着脸看向林夫人身旁的侍女说道：“还不赶快扶夫人回房！”

那婢女吓了一跳，赶忙扶着林夫人要带她走，林夫人挣扎不过，只得随她走，只是内心无比慌乱。

林夫人退下后，这林知府的脸色还没有缓过来，成杨接着君无咎的话审问他：“林知府，你就不要再装傻了，这人脑的事你定然一早便是知道的。虽然我不知你是从哪里听闻这种鬼话说是可以安胎的，可是你伤害如此多幼小的生灵，难道就不怕林夫人和她腹中的孩子遭到反噬吗？”

成杨的话刚刚说完，林夫人的贴身丫鬟便匆匆忙忙地跑了出来，看着林知府哭着说道："大人……夫人……她，夫人她说她腹痛……"

"什么！夫人怎么了？快去叫大夫！快去！"突然这林知府如同疯了一般，他突然提起那食盒疯了似的跑到了林夫人的房间，看到林夫人已经痛倒在床上，断断续续地喊着疼……

"夫人怎么会这样！你们都是干什么吃的，怎么照顾夫人的？"林知府看着侍女大喊道。

"这……我们也不知是怎么回事！方才突然出现一陌生男子，同夫人讲这安胎汤……是人脑做的！夫人就……"丫鬟断断续续地说道。她话音刚落林夫人便痛得大叫一声，脸色惨白……

"夫人……夫人，你怎么样？你怎么样？"林知府焦急地看着林夫人，不知如何是好，他竟然企图扶起林夫人继续说道，"夫人，快把今日的安胎汤喝下，只要把安胎汤喝下，便什么事也没有了……"

说罢，它赶忙舀起一勺那脑浆，想要喂林夫人吃下，谁知林夫人一下打翻那脑浆，看着林知府哭着说道："海贤！你到底做了什么？当初我和你在一起，就是看中你忠厚老实，可如今你竟然罔顾人命……竟然还对襁褓中的婴儿下手！"

"夫人，你别说话……你别说话了！我这就让傻二再给你做一碗……你别管它是什么做成的，只要它能安胎就够了，他们说这能安胎！夫人啊！你怎么就不能体会我的一片心呢……"

林知府也哭了，他看着林夫人痛得在床上辗转反侧，恨不得要代她忍受一般……

"糊涂啊，海贤……你怎么如此糊涂……如此鬼话竟也相信！伤害这么多无辜性命，是要遭天谴的！又怎么会安胎保命呢？海贤……是你自己败光了我们孩子所有的福气啊！"林夫人的声音越来越小，几近昏迷……

衣服已经全被汗水湿透，苏文月看林夫人如此，内心无比焦急，她赶忙到门口张望，期望大夫能够赶快赶来。

君无咎上前查看了一下林夫人的状态，并为她号了号脉，从这脉相上来看，林夫人这孩子应是保不住了，如果不赶忙将腹中胎儿滑出，这林夫人也会有性命之忧。

可是君无咎并不懂这滑胎之法，只得施了几针，为林夫人阵痛，减轻她的苦楚……

不多时，大夫便赶来了，他上前查看了林夫人的状态后，得出了和君无咎同样的结论。

他看着林知府紧张地说道："知府大人，这胎儿如今已经保不住了……如果在……"

"保大人！保大人！无论如何都要保住我的夫人……算我求你了……"林知府一边说，竟一边生生地跪在了大夫的面前。

这大夫惶恐不已，赶忙连声应道："小人定然竭尽全力！竭尽全力！……"

救治林夫人时，林知府和成杨几人都被大夫请到了外面，苏文月看着丫鬟端着一盆盆的血水进进出出，担心得都要哭了。她内心一直祈祷，希望林夫人平安。

君无咎拉住一直在反复走的苏文月说道："深呼吸，没事的！我刚刚诊了一下林夫人的脉，她能熬过去的。"

苏文月委屈地点点头，安静地站在君无咎身边，双手握住他的手。

君无咎整个身体激灵一下，他本想抽出手，可苏文月握得很紧，他感受到站在他身边的她一直在抖，莫名有些心疼。这几日她同林夫人的关系最好，如今发生这种事情，想来她也是最难过的。

君无咎没再说些什么，任由她握着自己的手，只是整个身子都僵直得不自然了。

夜深时分，那大夫终于筋疲力尽地走了出来，看着林知府说道："知府大人，夫人已经没事了。"

听到这句话，几人都松了一口气，林知府赶忙冲了进去，苏文月激动地一下子抱住了君无咎，君无咎皱了皱眉，但也没说些什么……

在确认林夫人无恙后，林知府随着几人来到了前堂，正厅。

湛之君和孙主簿此时刚刚从扬州城转回来。近几日他们正在秘密地暗访失踪人口，因为有官府的打压，很多当初来衙门举报的人现都已消失不见，所以这几日他们便忙于找寻这些人，来寻找线索。

如今林知府已经百口莫辩了，方才的事已经完全暴露了他知晓这人脑的事……他直勾勾地看着成杨等人说道："就是你们害死我儿子的，都是你们！我一定会让你们偿命的！"眼中的狠戾看着让人生寒。

"林海贤，你难道还不觉悟吗？害死你孩子的人，从来就不是别人，而是你自己……"君无咎用同样冷冽的目光看着他说道，"如果不是你用所谓的人脑保胎法，如今也不会发生这种事……"

"就是你们，你们这些道貌岸然的小人！方才侍女明明说是有人同我夫人说了此事，她才动了胎气……知道此事的人就你们几个……你们表面上同我夫人交好，背地里却想要害她！"他看着众人狠狠地说道。

"林海贤，我看你是被愤怒冲昏了头！方才那侍女明明说是一个陌生男子。再说事出时，我们都在前堂与你对峙，如何去告诉林夫人人命的事？"苏文月气急，与他理论道。

林知府听到这句，整个如遭受了晴天霹雳似的，愣在那里，君无咎看他的模样，察觉到他应该是知道是谁做的了，便徐徐问道："那男子你可知是谁？"

林知府愣了一会儿，表情十分痛苦，他看着几人，深吸口气摇了摇头，说道："既是陌生男子我又如何能得知是谁？……"之后便咬紧牙关什么都不肯说了。

再问有关人口失踪案等事，他也闭口不谈！君无咎等人没有询问他买卖官职一案的相关事情，如今手头并没有证据和线索直接表明这林海贤同买卖官职案有关，仅凭苏明鸢的一面之词，他们不敢轻举妄动，怕打草惊蛇，以至于那林知府销毁手里记录那买卖官职的官员和账目的册子。

之后再询问这林管家，他也说什么都不知道，只是一心赴死，到最后还说一切与林海贤无关，一切都是他撺掇他家老爷做的，很多事他家老爷并不知情……

最终无奈只得先将他二人关押到大牢，等证据确凿后一并审理。

吸取了上次在徐州城的教训，这次他们在天牢加强了守卫，而且安插了很多自己的眼线和亲信，以确保不再发生上次的事情……

接着成杨赶忙派官兵去查封那酒楼，他亲自带队！折腾了这么久，已将近子时，他真是十分担心袁雅琳的安全。

君无咎和苏文月也同湛之君和孙主簿等人，讨论失踪案的线索。

这边成杨匆匆忙忙地带着官兵赶到酒楼后，假装不经意间找到那个密道，打开隔板后，发现密室已经被清扫一空，什么痕迹都没有留下，他拿出一个火折子小心翼翼地向密道深处走去……

看此情景，这密室一定是有人来过了，而且清扫得这么干净，定是这酒楼老板或是那批黑衣人，他的心再次悬到了嗓子眼，他不知袁雅琳带着三个孩子，是否会遇到危险?

在走了没多久，成杨突然看到一个抱着孩子蹲在那里的熟悉身影，她看起来疲惫至极，襁褓中的孩子被她牢牢抱在怀里，而那个大一点的孩子则紧紧地依偎在她身边。

听到响动，她十分警觉地掏出短刀，仿佛要展开一场殊死搏斗，然而在看清来人后，她微微地吐出了一口气，整个人放松下来。

“怎么样，有没有遇到什么危险？”成杨走上前，一边温柔地抱起那两个孩子，一边说道。

“没事……刚刚在你们走后不久，这家的掌柜便来了，我听到密室上有响动，便赶忙带着几个孩子跑了出来，就躲在酒楼的附近。看到他将一切清理好，又离开了。”

说完她也抱起那个依偎在她身侧熟睡的孩子继续说道：“我觉得最危险的地方，便是最安全的地方，所以依旧在这里等你。”

“等我吗？”成杨温柔地问道，内心仿若春水缓缓融化。

袁雅琳点点头，看着他坚定地说道：“我相信你说来，便一定会来。”

成杨看着她开心地笑了笑，赶忙叫来官兵，说在这里发现了被暗藏的孩子和女人……如此便也将袁雅琳的身份转为安全。

官兵听到成杨的声音，忙下来查看，成杨让他们接过袁雅琳和自己手中的孩子，继续说道："在这密室中发现这几人，你们再去其他地方仔细查探一下，看看还有没有类似的密道或密室……"

官兵们点点头，赶忙四处散开，继续查找，查看了许久也没有发现其他的可疑之处了。成杨一行人便打道回府了。

一回到衙门，成杨就赶忙命人去请大夫来医治这三个孩子，他们还在熟睡，君无咎先为他们诊了一下脉，没有什么大碍，只是体力不支，应是多时没有进食造成的，而失声也应是长时间的哭喊，伤到了喉咙。

一看到袁雅琳，苏文月赶忙上前亲切地问道："袁姐姐，你饿不饿？想吃点什么？我这就去吩咐厨房去做……"

袁雅琳看着苏文月笑着说道："不用麻烦了，我不饿，只是折腾这一天，我倦得不行，不知是否方便为我腾出个能睡的地方……"

袁雅琳说完，苏文月这才发现她脸色有些不好，很苍白，看起来是在强打着精神，她赶忙牵着她的手说："当然可以啊，袁姐姐你跟我来，今晚你就住在我屋吧，明日我便命人为你单独整理出一间客房……"

袁雅琳刚要十分不好意思地说打扰了，可话还未出口，就迷迷糊糊地晕倒了，吓得苏文月大叫一声："袁姐姐，你怎么了？"

成杨被苏文月这一声叫喊，吓得不轻，连忙抱起她将她安置在苏文月的房间……焦急地等待着大夫的到来。

君无咎也跟了上来，看了看袁雅琳，还好，并没有大碍，只是疲劳过度罢了。

君无咎虽如此说，可成杨依旧担忧不已，觉得是自己去得太晚，才害得袁雅琳如此辛苦。

苏文月看着焦急的成杨不知如何是好，只能安慰她："她只是太累了，休息一会儿便好了……"

成杨点点头，没再说些什么，可依旧守在袁雅琳的身边不肯离开。苏文月看劝说不开，只得一个人先跑去了厨房打算为她熬一些清粥什么的，如今这个时辰，下人们早就睡了，她一个人在厨房里摸索……

不多时，这大夫又匆匆忙忙地赶来了，睡眼惺忪，成杨担心这大夫会认出袁雅琳，便将床上的纱帐放了下来，只让那大夫诊脉。

大夫看完脉相后得出的结论和君无咎差不多，开了个方子，说按此调理几天恢复了元气即可。

成杨点点头，那大夫又接连为那三个孩子医治，也是没有什么大碍，只要这几日吃些补食即可，然而那两个襁褓中的婴儿则最好由母亲喝补药，然后喂养孩子，通过奶水来消化药效，补回元气。

一提到奶水，君无咎等人便犯了愁，如今去哪里找这两个孩子的母亲？他们这几人都是糙汉，根本不懂如何来照看这孩子。如今又提到要用奶水喂养，他们便更是不知该如何是好。

“我记得林夫人前几日曾请回来一个奶妈，说是提前先接进来调养身体，我觉得不如先将这三个孩子交由那奶妈照顾？”细心的孙主簿突然想起来前几日聊天时，林夫人曾提到过寻了一个极好的奶妈，刚刚接进府。

“如此，便好了……”君无咎立马松了一口气……而此时厨房却又传来“乒乒乓乓”的声音和冒出滚滚的浓烟，君无咎和湛之君赶忙冲上前去查看，果然苏文月差点没将这知府衙门一把火点了……

君无咎赶忙扑灭冒出来的火，看着黑脸的苏文月询问道：“怎么样？有没有受伤？……”

苏文月摇摇头，有些委屈地说道：“我没事，只是这里的柴实在是太潮了。我怎么点也点不着……我在京城的时候真的是会做饭的。”

“简单的几样小菜还是做得来的。”苏文月也不明白自己为什么一定要说这一句来证明自己，她突然发现自己好像和师兄一样陷入了尴尬的境地。

君无咎点点头，并没有反驳他，只是让她小心退后，然后独自将火点了起来……

“你看看还有没有什么可用的食材，折腾了一晚上，大家也应该都饿了，多做一些，大家一起吃吧！”

苏文月说声好，连忙跑去四周去寻找简单易做的食材，如今夜已深，大家简单地吃点便可睡了，实没有必要做一些太复杂的菜肴。

湛之君看着配合默契的两人，觉得也没有自己什么事了，便转身回到了前堂，他去帮忙照看那三个小孩。

不多时君无咎和苏文月就端着一些清粥小菜上来了，孙主簿和湛之君看着苏文月的小花脸笑着调侃道：“原来我们苏大人，这不是去做饭了，而是去唱戏了。”

逗得众人一阵哄笑，苏文月面子上挂不住，羞红了脸赶忙放下小菜，跑进里屋，去叫成杨……

谁知成杨不肯出来，偏要守在袁雅琳的身边，苏文月拗不过他，又只得一人出来了。

君无咎看她一人出来，便知成杨定是要留在袁雅琳的身边，只得盛上一碗粥，拿上一碟小菜给他送到房中，叮嘱他多少吃点，毕竟已经奔波了一天，几乎什么都没有吃。

成杨点点头示意他不要担心，君无咎便将粥放在一旁，悄悄地退了出去。

吃完饭后，君无咎等人着实是疲倦不堪，便各自回屋休息，苏文月先跑到林夫人房中，看了看她的状况，看到她呼吸均匀整个人都稳定了，便放心了，又跑到成杨房中，查看袁雅琳的状况。

刚到成杨房中，苏文月发觉成杨已经累得伏在床边睡着了，旁边的粥一口没动，她找了一件衣服披在成杨的身上便悄悄地退了出去。

看到师兄为了袁雅琳这样，她心中竟莫名觉得感动。师兄是一个不容易动情的人，有多少女子为他枉费了青春，他都不曾多看一眼，那时她不懂师兄为何会辜负如此多的真情，原本她以为他没有心，今日她才知道，她的师兄并不是没有心，而是真心只有一颗，要交给对的人。

“那谁又是我的良人呢？”苏文月现在外面看着天上的月亮，喃喃自语。她曾说过一定要找一个能打得过自己的人，可是真的只要能打得过自己就行吗?

她独自一人这么久好像还从未想过自己到底喜欢什么样的人，而什么样的人才是真的可以依托。

她看着月亮静静地想着，可谁知月亮上竟映出来君无咎淡淡微笑的脸，吓了她一跳……

她瞬间脸涨得通红，跑回房间，蒙上头想让自己不去想他，可是忽然发觉自己竟然做不到，她一想到他心就怦怦地跳，想到他温暖的手掌，他的温柔，他的体贴……

他的一切一切都让此时的苏文月内心柔软，他也不知这样想了多久，终于沉沉地睡去……

在睡梦中她依旧能看到君无咎，她叫他的名字，可是他却不理睬，他一直在迷雾中穿梭，只为寻找一个人。

她听到了他口中不停念叨的名字，是秀秀……

次日清晨，天还没亮，袁雅琳便醒了，她看了看伏在床头的成杨，又看了看床边那碗早已凉透了的粥，内心柔软不已。她微微起身，想要坐起来，本是不想要惊醒他的，谁知她一动，成杨立马醒了……

他赶忙摸了摸她的额头问道：“怎么样？有没有舒服一点？”

袁雅琳点点头，有些羞涩地看着他：“成大人莫非在这里守了一晚上？”

成杨点点头，看着她，满眼真挚地说：“嗯！我担心你，离你太远我不放心……”

这一句话便让袁雅琳羞红了脸，她不敢再看他，只是温柔地说：“成大人，辛苦了，趁天还未亮快快再去休息一阵吧！我已经没事了……”

看她害羞，成杨突然很开心，他看着她温柔地笑了笑说道：“我没事，精神着呢，你呢？昨天一天都没有吃东西，饿不饿？”

袁雅琳摇摇头，说不饿，让他不要再忙了，可成杨却叮嘱她让她再睡一觉，自己这就去吩咐下人准备早饭。

袁雅琳只得按他说的再度躺回床上。

不多时众人都醒了，发觉今日的早餐着实比平常来得早了许多，苏文月又去林夫人房间看了看，林夫人还未醒，但看整体状态已经没有大碍了，再来到成杨房中，此时袁雅琳已经起床倚靠着床头，成杨正温柔地喂她喝着昨天大夫开的药。

“袁姐姐，有没有好一点？”苏文月走到床边看着她问道。

“好多啦，哪有那么娇气！”袁雅琳笑着看着她说道。

“那便好，师兄昨日可担心坏了！对啦喝完药，你便和师兄一起来吃早饭吧，我们等你。”苏文月说完正想要离开，却被袁雅琳叫住了。

“苏小姐，请留步！”

“怎么啦？袁姐姐？”苏文月停下脚步，看着她好奇地问道。

“没事，只是……只是想麻烦苏小姐借一身换洗衣物给我……我这……”袁雅琳有些不好意思地说道，她这一身店小二的衣服一连穿了几天，着实该换一下了。

“好！袁姐姐，我这就去拿。然后吩咐下人准备好洗澡水，我侍候你泡个澡如何？……”苏文月一边想，一边说道。

“那怎么行？怎么能让苏小姐……”

袁雅琳连忙拒绝，却被苏文月打断道：“袁姐姐，你就不要同我这么见外了，我只是非常喜欢袁姐姐，心里同你很亲近，姐姐你是江湖儿女，怎么还拘泥于这些虚礼呢！”

苏文月一番说辞，说得袁雅琳说不出话，她只好点点头，感激地看着她笑了笑。

成杨此时已经自觉地退了出去，出去前看着两人说道：“那早饭我告诉他们先吃吧，留一部分在厨房热着，你们洗漱好再吃，如何？”

“好，就这么办！”苏文月一口答应下来，便赶忙跑回自己的房间去挑选适合袁雅琳的衣服。

成杨出来时，君无咎和湛之君等人正在讨论失踪人口案的疑点。

这几日湛之君和孙主簿二人隐隐约约地查到许多线索，最近这扬州城果然失踪了许多人，多是无家可归的流动人员，多是妇女和儿童，也有少量的流浪汉。

而这些流浪汉失踪的原因应和那些妇女及婴儿的原因不同，他们多是报案后被镇压，从此消失不见的。

他们之所以能查到这些消息，还是那日在一个偏僻的胡同撞到一个十二三岁的小乞丐，那小男孩惊慌失措地一直逃窜，不小心撞到了他们身上。小男孩当时吓得脸色青紫都说不出话来，口中还一直念叨着"不要杀我，不要杀我！"湛之君和孙主簿询问他到底发生了什么，可这孩子一脸防备，什么都不肯说。直到湛之君和孙主簿带他去吃了一顿饱饭，让他填饱肚子，并对他嘘寒问暖，他才渐渐地放下了防备，打开了话匣子……

原来这小乞丐名叫栓子，这栓子在撞到湛之君他们之前，好像一直在被人跟踪。这栓子向来机灵，在闹市时便发现情况不对，便往他熟悉的巷子里拐，想要甩掉他们，可谁知那些人却紧追不舍，若不是遇见湛之君和孙主簿，想来他也凶多吉少了。

那孩子告诉湛之君和孙主簿，说最近扬州城内的流浪汉越来越少了，而且少的这些流浪汉，都是当初一起在衙门口聚众示威的人，他们其中很多人不是走失了妻子，便是丢失了刚出生的孩子……

还有很多在扬州城谋生的小贩，他们也是接二连三的消失，就连他们巷子口那个卖馄饨的小哥，前几日也离奇不见了，他曾偷偷地跑到他家看过，那挑馄饨的担子还在，那小哥不可能撇下这担子离开的。

当初觉得好玩，他也曾跟着那些人在衙门口闹过一阵，他什么都不懂，只是觉得有意思，可这几日看着周围的人接连消失他越来越怕了……

"那现在呢？当初聚众抗议的人只剩他一个吗？"君无咎焦急地问道。

湛之君点点头，说道："没错，当时我们询问他可还有别的人存在时，栓子说还有几人聚在城外的一个破旧的简易棚子下，那是当初袁府施粥的地方。可是等我赶到时，那里一个人也没有了，随地散落着破碗和一些破烂衣物，看来是被人抓走了。"

"竟是如此！"君无咎叹息着，眉头皱在一起，"那栓子呢？你们可有将他带回来？如今他可是这件事唯一的证人了。"

"带回来了，安置在衙门里了，你就放心吧！昨日这衙门府乱作一团，我便没有将他带出来。"孙主簿一边看着君无咎，一边说道。

"如此，那现在便将他叫出来，我和清悦审一审他。"成杨喝了口粥，看着孙主簿和湛之君说道。

"好……"湛之君点了点头，正要回房去叫栓子起床，而此时苏文月领着袁雅琳款款向众人走来，换上了女装的袁雅琳着实让众人惊讶。

苏文月特地为袁雅琳选了身红衣，衬得她十分的美颜，初见这衣服时，袁雅琳还担忧地看着苏文月说："苏妹妹，我从未穿过这种颜色的衣衫，会不会看起来很怪异啊？"

袁雅琳从小到大几乎都是按男子养的，走镖时为了行路方便，她从来都是穿墨色黑色等衣衫，为了让自己看起来更加干练富有杀气。

"怎么会怪异？一定是美极了，这件衣服当初我喜欢得不得了，可是我并没有袁姐姐这样清冷妩媚的气质，所以仅仅只穿了一次，便放下了，如今看到姐姐，我觉得这件衣服天生便是为姐姐准备的。"苏文月一边帮她整理衣服，一边看着她诚恳地说道。

袁雅琳看着她温柔地笑了笑便同她一起来见众人，果然众人也一致称赞她还是穿这种亮色好看，尤其是这红色，和她的气质配起来简直相得益彰……

就连成杨也说："师妹，这红裙果真还是更适合你袁姐姐……"

成杨和苏文月正在打趣时，初一风尘仆仆地回来了，他看着成杨拱手道："大人，你命我查办的事已经查清了……"

成杨见他回来，赶忙让他先休息一下，吃些早饭，初一摇摇头继续说道："谢谢大人，小人没事……"

"大人，那林知府原来并不是这扬州人士，而是旁边的滁州人，当时小人四处打听这林海贤时，当时滁州并没有这一号人，而打听到最后，小人才发现原来林知府上任前并不叫林海贤，而是叫林娃儿，是滁州大户张家的家丁，后来一路做到了张家的管家。而现在的林夫人，便是当时张家的大小姐。"

"一个家丁！他是如何娶到自家的小姐的？"湛之君难以置信地问道。

"对，这当时在滁州还是一段佳话，更令人惊奇的是大家拍手称道的不是这张家下嫁自己尊贵的女儿，而是对当时的林娃儿赞不绝口。"初一看着众人如说书一般说道。

"什么？莫非是这林夫人在出嫁时有什么不好的传闻？"湛之君这句话刚问出口，他便后悔了，苏文月的眼神就像刀子一般，杀得他体无完肤。

"我没有别的意思，我的意思是……万一这林夫人是被人陷害了呢？"湛之君看着苏文月又颤抖着补上了一句。

"倒不是有什么不好的传闻，不过这林夫人当初确实定过一门亲事，那家也是滁州的大户，姓王，是几家当铺的老板，田产和房产也有许多，可谓富甲一方，当时与张小姐可谓是绝配。"初一说完忽然觉得口渴不已，正找时十五竟已经贴心地将茶水送到他手边，十分的积极。

"这十五，还真当是听书呢。"孙主簿看着十五笑着说道，一边说也一边点起了烟袋……

众人一阵无语。

"不过天有不测风云，这王家不知私藏了什么东西，被当时的滁州知府判定私藏乱臣贼子谋反朝廷的信息，被判了满门抄斩……王家一下便没落了，这张府差点因为这段姻亲而受到牵连。"

"信物？什么信物可有查到？"君无咎敏感地问道。

"信物是什么，倒是没查清，不过听闻那物件并不是王家人私藏的，而是前几日有人刚刚送到这里，不到两日这滁州知府便带着人浩浩荡荡地查封王家，最终王家所有的家产也都充了公。”

初一刚说完不久，话便被苏文月接了过来：“充公？我看都充了这滁州知府的口袋了吧！”

苏文月话音刚落，初一便用赞叹的目光看了看苏文月说道：“不愧是苏小姐，正是如此，那王家的家产最终尽数进了这滁州知府的腰包。”

说完初一又喝了口茶继续说道：“之后那张家也很惨，不知为何，那张老太爷好像忧心女儿的婚事，没过几年便抑郁而终了，打理整个张府的重任便落到了张小姐的手中，最初几年这张府被张小姐打理得井井有条，可后来不知为何收入与支出一直不成正比，那张小姐别无他法，最终只能将自家的老宅卖了还债。”

“那林娃儿乘虚而入对不对？”苏文月看着初一说道。

初一点点头，这一点头不要紧，苏文月气愤地放下手中的茶杯继续说道：“哼，我几乎都能猜到接下来事情是如何发展了。”

她边说边一脸笃定地看向初一，继续说道：“之后这林娃儿定是对张小姐不离不弃，最终张小姐无以为报，还无人可依靠，便嫁给了这林娃儿，对不对？”

“正是正是！不愧是苏大人，一猜一个准！正是如此，那林娃儿为了养家便在当时的滁州知府衙门谋了一个职位，后来也不知怎么便步步高升，升成了这扬州知府。”初一接过话，一脸敬佩地看着苏文月说道。

“怎么升？这知府向来都是由皇帝亲自任命，况且又是这扬州如此重要之地，怎么会任由一个家丁出身，什么学识都没有的人来担任知府？如此便更可验证他这官职是买来的了，而且我想，这张府的没落说不定还有他的手笔。”君无咎在一旁淡淡地说道，他不相信这张府和王府会突然发生这么巧合的事情，事后两大家族接连没落，这其中定是有人暗中使坏，而从得利最多的人来看，除了那滁州知府，便是他林娃儿，也就是如今的林海贤了。

“确实如此，我在查访这些事情时，隐隐约约都有感觉到当初这林娃儿曾和那滁州知府沆瀣一气，做过很多贪污腐败的事情，这林娃儿几乎可以说是当时滁州知府最得力的爪牙。”

初一说完，苏文月十分气愤，仿佛要把手中的茶杯捏碎了一般，“他如此害了林夫人……不，是张小姐一家，张小姐却嫁与贼人为妻，我真是替张小姐咽不下这口恶气！”

“事到如今，我们还是不要将这件事告与林夫人为好，她这刚刚小产，身体便已吃不消，若是再听闻这个消息，定是承受不住……我们绝对不能再给林夫人带来伤害了！”孙主簿吸了一口烟袋，缓缓地说道。

成杨几人赞同地点了点头，袁雅琳拍了拍苏文月的肩膀，让她不要太激动，事到如今，对待林夫人最好的方法，便是让她平静安稳地将养身体。

就在众人还在探讨林夫人与林知府过往之事时，突然林夫人的贴身丫鬟来报，林夫人醒了！

苏文月赶忙急急忙忙地跑去看她，一见面，林夫人的眼泪便如断了线的珍珠，一颗颗地滑落，都滴在了苏文月的心上，荡出一个个的小漩涡，搅得苏文月心疼。

“张……林夫人，你怎么了？你别哭啊，这身体刚好一些。”苏文月着实恨透了林夫人这个头衔，这个恶心的头衔在张小姐什么都不清楚的情况下，如枷锁一般勒在她的身上，不知不觉带给她的只有伤痕累累。

然而她又不能揭露这个事实，她怕真相伤害到她，让她从此一蹶不振。

“我没事，只是海贤呢？他怎么样？他一直为人忠厚，我知道他犯下如此伤天害理的大错，我本不应再说些什么，只是他是我的丈夫，我了解他，他定是不知从哪里听说了这偏方能安胎，才会一时糊涂，他做这一切其实都是为了我……这一切的杀孽都是我造的啊！”

林夫人一边说，一边哭得快要透不过气，苏文月赶忙将她扶起，轻轻地拍了拍她的后背继续说道："林夫人，你不要这样说，这一切事情都是林海贤他一人做的，又与你何干呢？你就不要再想，安心地养好身体，好吗？"

苏文月的安慰十分的苍白无力，她不知如何是好，她不敢多说安慰她的话，她怕自己一开口便不小心将林知府如何害她家族没落的事情说出来……

"林夫人，不要再想这些，好好将养身体，过几日我们离开扬州之后便会途径滁州，难道夫人不想回老家看看吗？"君无咎在一旁看着林夫人开口说道。

他话一开口，苏文月便向他使眼色，生怕他不小心说漏嘴。

"可是滁州哪还有我的家呢？我早已把祖宅卖了！"想到这林夫人再度伤心起来，她直勾勾盯着窗外的天，哭着说道，"父亲，都是女儿不孝，竟让偌大的家业，全部败于我手，如今女儿便是死，也无颜面见列祖列宗了！"

林夫人哭得更伤心了，看到林夫人如此难过，苏文月的鼻子也跟着酸了起来，她没好气地瞪了君无咎几眼，正要想法子安慰林夫人……

可谁知君无咎却走上前看着林夫人说道："林夫人，你安心养伤便好，这张府等你回到滁州之日，自然会物归原主的。"

听到这话，林夫人果真整个人都来了精神，她狐疑地看着君无咎说道："不知君大人此话何意？"

君无咎看着林夫人好奇的目光，突然有些调皮地说道："如果林夫人想知道我的话到底什么意思，到时候和我们回滁州，走一趟便知了。不过在此之前林夫人可一定要养好身体，不要拖慢了我们的行程。"

听完君无咎的话，林夫人果真精神了许多，光复家族的欲望暂时击退了她心中的部分伤痛，如此看来君无咎实则是在她心中埋下了一颗希望的种子，这让她才能够不至于觉得前路暗淡无光而丧失活下去的动力。

从林夫人房间出来后，苏文月看着君无咎笑着说道：“你刚刚可是在张小姐面前夸下了海口，说是能将张府还与她，你这话不是说说而已吧？”

“当然不是了！方才听闻初一那几句话我觉得这滁州知府也肯定有问题，我们绕路去一趟滁州，说不定会有什么新的发现，顺便解决一下林夫人一家的冤屈，有何不可呢？”君无咎摇摇头，看着她笑着说道。

“哎呀，都和你们说了，不是林夫人，是张小姐，张小姐就是张小姐，和那个林娃儿没有半分关系……”苏文月看着君无咎十分认真地说道，提到林知府则是满口的嫌弃。

“好好好！是张小姐，不过你和这张小姐才相识几日啊，便和她这么好这么信任她啊！”君无咎看着她略微好奇地问道。

“我也不知道为什么，第一次见到她便觉得无比的亲近，我看着她每日摸着自己的肚子和腹中胎儿讲话的样子便会觉得感动……还有我陪她一起为孩子做小衣服时，她的仔细温柔流露在每一针每一线上，这一切都让我的内心觉得柔软……”苏文月一边说，眼中也流露出同等的温柔，说罢她眼中突然染上一抹失落，她抬起头看了看君无咎继续说道，“可能这就是母爱吧，看到她，我总会想起自己的母亲。在自己出世之前，是否也是如此满怀期待的模样？”

苏文月的话莫名让君无咎觉得心疼，他不知道该如何安慰她，只能看着她苦涩地笑了笑说道：“这一点，你我还真是同病相怜，我从小也是由我老师带大的，母爱是什么感觉我几乎也没有体会过。”

君无咎话音刚落，苏文月突然转过身将他抱在了怀里，十分温柔地说道：“对啊，就是这样，你想象一下张小姐，可能我们都没有见过母亲，没有长时间地陪伴在她身边，听她的循循教导，可是看着小姐我们便也可以知道，她给我们的爱，定也是她能够付出的最多的了……”

君无咎在苏文月的怀中身体僵直，不知如何是好，她的怀抱很温暖，有治愈人心的力量，可他不能贪图这温暖，他只能承认，是她方才那一席话感动到了他，而绝不会承认，是她的怀抱，她的体温才让他觉得平静、温暖……

“我们得去湛兄的房间了。他们都去那里审问栓子了，我们也该去看看……”君无咎推开苏文月，优雅而不失礼貌地说道。

说完便起身走在前面，只留一个背影给她，其实方才那个拥抱并不是苏文月一时冲动所为，她是故意的。这几日的失眠已经让她确认了自己的心意，便是她真的喜欢上了君无咎。

可是她却无法确认他的心意，她知道他心中有一个她永远也达不到的位置，那便是秀秀，可是一直高傲的她竟然觉得哪怕能在他心中占有一席之地也是好的，所以刚才她故意抱住了他，用尽她长大以来最大的温柔，可依旧没有等到他的回应。

他的手始终没有反过来将她抱住……现在她看着他的背影深吸一口气，暗自喃喃道：“苏文月啊，苏文月，看到了吧，这回该死心了吧！”

君无咎以为她在同自己说话，可是声音太小没有听清，他转过身回首看她，她一下没停住，和他撞了个满怀，苏文月摸着自己怦怦跳的心脏，无奈地撇了撇嘴，看来仅这一下触碰，她这心便死灰复燃了。

君无咎赶忙扶住她，问她头磕得痛不痛，可她却没有理他，赶忙跑向了湛之君房中。

他们二人来到湛之君房中时，众人已经在这里坐了有一会儿了。

成杨看着苏文月羞红了的脸庞本想要打趣他们俩，来报这几日他们打趣他之仇，可是在看到君无咎的脸色后他识趣地闭上了嘴。

那栓子从来没有见识过这么大的阵仗，被一群官老爷围在一起审问，吓得他瑟瑟发抖都快哭了。

“栓子，你别哭，没事，这几位大人不过是向你询问一些事情，你只要将你知道的都说出来便好，不要怕，而且他们还会保护你的安全。”袁雅琳看着栓子温柔地说道。

那栓子仔细打量了一下袁雅琳，突然由悲转喜，抹干净鼻涕眼泪，小声说道：“你是……你是炎明镖局的少主！”

见他认出自己，袁雅琳有一秒钟的迟疑，不过最终还是点点头，笑着说道：“是我！”

“我认得你，在城外那个施粥铺子，你和金家大公子在那里施粥时，我见过你们。你们可真是郎才女貌，天作之合。”栓子看到袁雅琳十分有安全感，话也变得多了起来。

原来这袁家每月都会抽出七天在城外那个施粥铺子施粥，来救济那些贫苦的人和流浪汉，当时出面主持这一事宜的便是袁家少主——袁雅琳。所以栓子认定袁雅琳是大好人，和她在一起的人也一定是好人、好官，如此才彻底放下心来。

成杨听到栓子这话心中突然酸酸的，有些不是滋味，他突然想到那日同君无咎去金府见到的那金公子，现在想来确实是一表人才，只是那时他醉酒，又做出那等不雅之举，所以根本没有将他放在心上。

“哈哈，小栓子你可不要乱说哦，那金公子于我来说只是兄长，我俩不过是从小一同长大罢了，我可是从小便立志一定要嫁一个能够打得过我的人呢，金哥哥那文文弱弱的身子，定是不行的……”袁雅琳一口气说了许多，说完后她便有些后悔，她同小栓子讲这些干什么呢，他又不懂什么，只是方才小栓子说完这些后她突然很着急，她下意识地看了看成杨，看到他脸色不好，内心便非常紧张。

“不是，我就想知道一件事，你们这些身手好的女子，这婚配的条件莫非都是这种吗？”湛之君看了看袁雅琳又看了看苏文月笑着调侃道。

苏文月回手打了湛之君一下笑着说道：“就你话多，你懂什么，这叫儿女豪情……”

成杨……

君无咎……

湛之君……

“啊，竟是这样，可我明明听闻你和金大公子有婚约啊，还说今年夏天便完婚来着。”栓子看了看袁雅琳不解地说道。

“哈哈，那个婚约是我父亲和金叔叔定的，于我和金哥哥而言并不作数的。”袁雅琳说完，成杨整个人都松了一口气。不过袁雅琳叫这金公子一口一个金哥哥，他的心里也是十分的不爽。

“好了，小鬼，别说那些没用的了，我问你，你知道抓你的那些人是什么人吗？”成杨看小栓子还要说些什么，赶忙打断，将话接了过来。

看到成杨问话，那小栓子赶忙严肃起来严阵以待，成杨现在的脸色很不好，完全和他刚刚进来时不同，方才刚进这屋时他觉得最好说话的便是这成大人了，因为他总是笑，看起来十分飒爽。可如今他的脸色却让他胆战心寒。

“好像……好像是官府的人……”小栓子一边说一边陷入了回忆，“那些人我都不认识，而且抓别人的那些人我也没见过，所以不能确认。可是昨天在闹市跟踪我的人，有一个我却认得。”

他边说边十分肯定地看向成杨继续说道：“我认得他，化成灰都认得，因为那天我掺和在人堆里在衙门口聚众示威，本是为了玩耍，可是那人却拿着长矛指着我，差点将那长矛插进我的肚子里……”

他一边说一边模仿那官兵凶残的模样，用手指直直地指着肚子继续说道：“这样我便记住他了，他脸上有个刀疤，很好认的……因为他是官兵，所以我猜其余的人也有可能是官兵。”

“你小子，倒是机灵还会推理呢！”成杨拍了拍栓子的脑袋继续说道，“不错，那本官现在交给你个任务你可能做好？”

“能，一定能！”看到成杨的笑脸，小栓子松了一口气，他十分机灵地站了起来，看着成杨保证道。

“好，痛快！机灵！是个可塑之才……”说完他又拍了拍栓子的肩膀说道，“其实也不是难事，只是让你去指认人，一会我便将衙门里的官兵全部召集到一处，由你来指认，看到参与镇压你们和抓你们的人便将他指认出来。做得好，有奖励！”

栓子一听奖励，更加干劲十足，恨不得现在便冲出去去指认那些官兵，不过却被成杨按了下来，成杨一边吩咐人去召集官兵，一边看着栓子说道："一定是要你真的看到哦，要实事求是，不许撒谎！"

栓子使劲地点点头，使得众人忍俊不禁。

不多时，知府衙门内所有的官兵包括衙役都聚在了大堂，成杨冲栓子点了点头，那栓子便如离弦之箭，冲了出去，他在每个官兵面前都驻足停留一会儿，看看这，看看那，首先将那个脸上带刀疤的官兵认了出来，他抓住他的袖子将他带了出来……

栓子看着成杨说道："就是他跟踪我，想要抓我！"

成杨点点头，栓子又跑到人群中仔细辨认，在这辨认期间君无咎的眼神也没有离开过那些官兵，他仔细地观察着那些官兵在栓子经过他面前时他们的表情，有些泰然自若，有些则紧张地不停地流汗，其实如此便可以看出一大批有嫌疑的人。

不过成杨和君无咎依旧不动声色地看着栓子来识别这些人……走。栓子来辨别这些人总是比他们推理得出的更加准确，也更加能够服众，不多时，栓子已经差不多将半数的官兵都选了出来，指着他们向成杨说道："镇压那天……他们都在……"

成杨看着栓子肯定地点点头，夸赞他做得不错。栓子则神气十足地当着那些官兵的面站到了成杨的面前。

那些官兵看着成杨玩味的眼神吓得腿都有些抖，尤其是那个脸上有刀疤的男子，腿软得直接跪在了地上，看着成杨便拜，说道："成大人，饶命啊！成大人，饶命啊！"

看到他如此，其余的那些官兵也一并模仿着跪了下来，也冲着成杨喊饶命。

成杨手指轻轻地敲打着桌面，良久没有说话，那个脸上带有刀疤的官兵，微微地抬头，想要查看成杨的脸色，谁知成杨却黑着脸，冲他说道："我让你抬头了吗？"

吓得那官兵赶忙将头伏得更低了，颤抖着说："成大人，饶命啊！这一切都与我们无关！都是知府大人的命令啊，小的们也不得不从！"

“哦！不得不从，那他让你们做杀人放火罔顾人命的事，你们也做吗？”成杨低头睥睨着，他的声音有说不出的威严。

“小人不敢，还望大人明察……”那一众官兵将头伏得更低了，异口同声地说道。

“那还不快快将你们做的那些肮脏事情一一道来，莫非你要本官一件件与你们细数吗？”成杨看着他们突然厉声说道，这一声震得这些官兵魂都没了。

“大人，从今年年初，便陆续有人来衙门报案，说自己家里有人口失踪，这失踪的人员多是妇女和襁褓中的婴儿，大一点的也不过是两三岁的孩童。而且来报案的人都不是扬州城本地的人，都是那些流民，如此便也没人愿意管他们的事情。”

那官兵微微抬起头，看了看成杨的脸色继续说道：“我们虽然懒得查办这件事，却也从未想过要伤害这些流民，这一切都是林知府下的命令啊！”

“他下了什么命令？”成杨依旧手指敲打着桌面看着他淡淡地说道。

“在几位大人来的前两天，这些流民竟然聚集在衙门口闹事，让知府大人审理接连发生的失踪案，这知府大人看着他们聚众闹事，便觉不好，表面上便以流民造反为由，让我们对他们进行镇压，当时就在镇压时发生踩踏事件，也造成了不少人员的伤亡……”

“哦？踩踏事件，信口胡说，你难道敢说不是你们动的手？”那官兵话音刚落，成杨便寒气逼人地看着他问道。

吓得那官兵赶忙磕头说道：“大人，给小人们几条性命，小人也不敢乱杀无辜啊！那日场面着实激烈，那群流民的情绪十分激动，一直想要往知府衙门中涌，我们当时只能全力组织，慌乱间便发生了踩踏事件，死了有十数人。”

“十数人，那后来这十数人是如何处理又是如何上报的呢？”成杨继续问道。

“当时流民看到现场死了这么多人，一时间也不敢靠前，最终便都散了，知府大人后来来审查这些死尸，看着看着突然对我们说不如将剩余那些作乱的流民也都抓起来，省得日后大人们来，扰了大人们的清净。”那官兵小心翼翼地回答。

“莫不是你们将他们都抓了起来，像那些踩踏致死的流民一样，也将他们杀害了吗？”

那官兵赶忙摇了摇头，看了看成杨又继续说道：“怎么会？大人！小人们真的不会罔顾人命的！小人们只是按照知府大人的命令将他交给了城郊那座酒楼的老掌柜。知府大人说，只要将流民交与他便可，他自会处理。”

“城郊酒楼的掌柜！”成杨一边暗自重复了一遍，一边与君无咎默契地对视了一眼，果真这一切绕了一个圈，又回到原点。

“酒楼老板！那你可知现如今那酒楼掌柜的在何处？”君无咎忍不住上前问道。

“这个小人并不知晓。那酒楼掌柜的十分神秘，每每将流民交与他手中时，他都戴着黑巾蒙面，不过从眉眼来看，此人十分年轻，年龄在二十三四岁左右。”官兵只对那酒楼掌柜有这一点了解，实则还不如袁雅琳知道得多。

成杨看了看袁雅琳，袁雅琳默契地开口说道：“确实如此，我在酒楼暗查那几日，也见过几面这酒楼掌柜，着实很年轻，只是很善于伪装自己。”

袁雅琳说完，成杨点了点头。如此所有的疑点便都指向了这个酒楼掌柜，这林夫人食用的人脑来自这里，而最终那些失踪的流浪汉也消失于他手中，如此想来那些妇女应该最终也都流落到了他的手中。

“如今唯一的突破口便是春桃和她的母亲。”君无咎突然想到，看着成杨及众人说道。

“春桃和她的母亲？”成杨有些疑惑地看向君无咎。

“从官兵的话和食用人脑的事，我们可以推断出最终失踪的人口都落到了这个掌柜的手中，而如今唯一还联系得到的失踪人口便是春桃和她的母亲……”君无咎一边说，一边走上前看着众人。

“这春桃和她的母亲如今沦落至金府，便说明这金府定是和那掌柜的有所勾结，一定是有某种关系，或是某种往来，如果不然，那掌柜绝不会冒着巨大的危险将春桃和她的母亲交于金府，所以我们接下来的突破口便是这两人，而且也是金府。”

君无咎的表情十分严肃，如今这件事几乎将扬州城全部牵连进来，上到官府，下到富商，而最后受到迫害的人却是这流民，这些穷苦百姓。如果一个知府衙门贪污腐败无所作为便称得上是一个败坏朝纲的坏官奸臣了，那如今这些参与伤害百姓、食百姓骨血的人又算是什么呢？他们都是恶魔！

笼罩在一方天地上，肆意地散发着瘴气，企图谋害那些无辜的人。

“原来如此！那如今看来接下来的关键便是这金府了。上次便觉得这金府诡异，奈何没有证据。看来我们要再探一次这金府了。”成杨一边说一边看了看袁雅琳，她的脸色很不好，只是没有说些什么。

对于这些官兵，成杨先将他们关到了大牢，这些人虽然在此时将事情和盘托出，然而在之前搜查客栈的过程中他们却一直没有站出来讲明一切，以至于他们查案废了这么多力气，走了这么多弯路。

关押这些官兵之时，这些官兵一直在哭天抢地地求饶，孙主簿看着他们，无奈地叹了口气说道：“你们现在一直抓住自己是奉了知府大人的命令，所以这些事情都与你们无关。可是你们摸着你们的良心想想，真的是这样吗？”他一边说一边走向前，看着他们继续说道，“其实我们每个人内心都有决断，在林海贤下达这个命令时，你们的内心便有了判决，你们明知这一切是错的，还依照他的命令继续行事，这不是忠而是愚，我知道你们其中肯定有很多人内心是不情愿的，可是却因为种种原因屈服了。你们千不该万不该就是，在我们来了之后，还一直隐瞒真相，助纣为虐！”

孙主簿这席话，让所有官兵都噤了声，他们耷拉着脑袋，不再说些什么，任由其他衙役将他们带了下去。

“此事如何断夺，便交由新的扬州知府来判吧，前几日我已经将密信送回了京中，不多时皇帝便应该会派遣自己的得力干将来掌管着扬州了吧！”成杨看着孙主簿等人说道。

孙主簿点点头十分同意成杨的看法，说：“如此甚好！”

打理好一切，几人便决定再次出发去金府查探，然而去金府袁雅琳便有些不便，她的脸几乎整个扬州城都熟，更别提是一直与袁家交好的金家了。

正当袁雅琳踟蹰时，成杨看着她贴心地说道：“黛凝，不如你先在这衙门等我们，先不要去了，以防被金老爷发现你的真实身份。”

袁雅琳犹豫了一会儿，最终还是摇摇头，继续说道：“我还是女扮男装吧，然后简易地易容，应该不会被人发现……金府受到牵连我是一定要去看看的，毕竟我两家一直是世交。”

“难道你就不担心金公子会认出你吗？”成杨看着她有些担忧地问道。

袁雅琳笑着摇摇头：“就算他认出我也没关系，他无论如何都不会出卖我的。”

成杨点点头没有说话。众人便等着袁雅琳收拾妥当后，便一起向金府出发。

刚刚离开衙门府，行至金府所在的那条大街，便发现这里的气氛十分不同，整条街都挂满了红绸，十分的喜气洋洋。

再往远处的金府望去，府门前车水马龙更是热闹非凡。看着熙熙攘攘前来道贺的人群，君无咎倍感不妙，想来那日金公子曾提及金老爷冲喜之事，今日不会是这金老爷要纳春桃为妾的日子吧？

“这可怎么办？金老头那个大色鬼要强占了春桃！”苏文月一边看着金府满堂的红绸和灯笼，一边着急地说道。

她话音刚落，那边的鞭炮便噼里啪啦地震天响了起来。

君无咎几人赶忙加快了步伐，他们一定要赶忙查明这件事，还春桃

一个公道和自由。

刚踏入金府，金府的管家赶忙迎了上来，一边拱手一边看着他们说道："几位大人贵客贵客，快里面请，小人这就去通知我家老爷，来迎接几位大人！"金管家说完，便赶忙跑进了内堂去叫他家老爷。

不多时金老爷便风风火火地跑了出来，连忙拜见各位大人，目光扫到袁雅琳时有片刻的迟疑，思索了一会又自顾自地摇摇头仿佛难以置信一般。

"几位大人，有失远迎，快请进，快请进，几位大人能在今日驾临金府，金某倍感荣幸啊！"金老爷一边说一边将成杨他们几个往府里迎，而且还赶忙让人在屋内为他们摆上一桌酒席，来与那些坐在露天的人们区别开来，以显尊贵。

"金老爷，不必准备这些了，想必您也猜出来了我们几人并不是来吃喜酒的。"成杨摆摆手，止住了金老爷鞍前马后的身影，让他脸上的笑容立马僵住了。

"成大人，如此说小人便不知大人是何意了？"金老爷装傻地看着他们说道。其实按理说这金府一直与知府衙门有联系，纳妾的请柬他本想送到这衙门府去，可后来一想这林知府如今已被关押在牢里，他本想和这几位大人套套近乎，可是一想到这几位大人严谨的作风，便打消了这个念头。

如今他们登门造访，想来定是对春桃和她母亲的案子有关，他们终究还是不信这春桃她们娘俩是被她的丈夫卖到这里来的。

"金老爷心思敏捷，怎么会不知道我们为何事而来？看来我们还是得亲自讨金老爷嫌啊！"成杨缓步走进堂内，坐了正位，金老爷侍奉在侧，君无咎等人依次不客气地落了座。

"金老爷，既然你一直在打哑谜，那本官也就直说了！我们是为了春桃的事而来，本官现在已经掌握了充足的证据可以证明这春桃先是失踪，而后出现在你们金府了。"成杨手指轻轻地敲打着桌面，看着金老爷说道。

“哦？证据，既然成大人谈到了证据，那就请成大人拿出来，空口无凭我们也不好谈不是吗？”这金老爷虽然卑躬屈膝地立在一旁，可口风依旧咬得很严，话很硬，眼中还闪过一丝狡黠。

成杨看了看金老爷的嘴脸，没有说话，依旧用手敲打着桌面，看起来十分悠闲，使这堂内的空气都仿佛凝结了起来。

半晌他才缓缓开口，抬起眼看着金老爷说道：“金老爷，你与那城郊酒楼掌柜私下里的事，难道就真的以为神不知鬼不觉吗？”

成杨这话一开口，苏文月等人都摸不着头脑，他们并没有直接的证据表明这金老爷和那掌柜的有联系，一切不过是他们的推测罢了。

不过君无咎的表情却很淡然，其实他早已知道成杨这话的用意，因为这是来之前他们二人共同商议的结果，便是要先诈一诈这金老爷，看看能不能套出什么有用的线索。

第十章 袁家平反

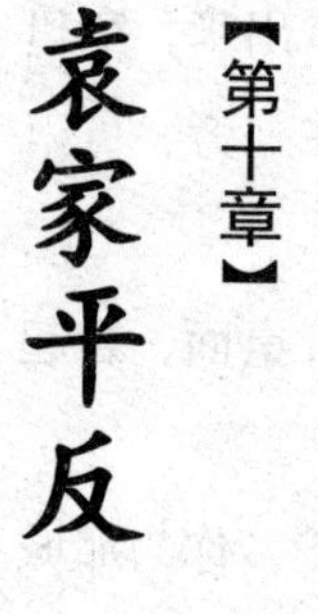

听到成杨这话，那金老爷脸色微微一变，他看着成杨，小心翼翼地说道："成大人这又是在说我听不懂的话了。什么城郊酒楼的掌柜？这号人小人从来都不认得啊！"他谨慎地一边说，一边揣摩成杨的脸色。

成杨看着他不屑地一笑，继续说道："你，林海贤，还有那掌柜的，沆瀣一气，平日里做了哪些见不得人的事你们心里最清楚，不光是人口失踪案吧，那袁府灭门的事，也是出自你们手笔吧！"

成杨突然提起袁府的事，金老爷的脸上有些挂不住了，这袁府年初便被灭门，等成杨一行人来时，袁府的风波早已过去，他又是如何得知此间的事呢？莫非他们真的知道点什么？……

金老爷的脸色越来越不好，一直弯着腰，腿也有些抖，君无咎看着他种种表现，长舒了一口气，看来他们是猜对了，果然这袁府之事也与他们有牵连。

刚刚他与成杨商讨用此计策时，两人的心中都没有底，怕被这金老爷拆穿反而打草惊蛇，最终什么都没有询问出，然而此时虽然没有十足的把握证明这所有事情的关联，但毕竟大的脉络已经清晰，只要顺着这个方向查下去，一定会有所收获。

金老爷心神不安时，成杨看了看身旁的袁雅琳，果然她一脸的疑惑，她不懂与自己家一直交好的金叔叔为何会与她家的案子有关，她一个劲地告诫自己这不是真的，可是眼前的一切却由不得她不信……

现在她只想去见金哥哥一面，她要向他问清楚，一切究竟是怎么回事？她相信，金哥哥不会对她撒谎的，正当她要悄悄地离开，去找金公子时，她的衣袖被成杨轻轻地拉住，她低头看他，成杨只是向她轻微地摇了摇头……

袁雅琳知道他是看穿了自己的想法，冷静地站在那里想了片刻，是自己太冲动了，此举不仅容易暴露自己的身份，还有可能给成杨他们带来危险，被有心之人安上一个包藏罪犯的罪名。

“袁……袁府！这大人更是在开玩笑了！大人可以在这扬州城随处打听，何人不知我们金家与这袁家是世交，我又怎会害他？听闻成大人这话的意思，莫非是查到这袁家案子有冤屈不成？”他一边说一边小心翼翼地打量这成杨的脸色。

成杨转过头，看着他笑着说道：“原来金家与袁家是世代交好，那这袁家押送谋反之物，金府莫非是早就知道了？只是一直有意包藏罢了？”

“哎哟！哎哟！成大人如此说可是折煞小人了，小人再大的胆子，也不敢做这包庇之事！成大人，话中有话，小人着实承受不起！”

这金老爷一边说一边扑通地跪倒在成杨面前，吓得瑟瑟发抖，看成杨这意思他是怎么样都要将他归于这袁家案子里，他到底是何意？金老爷着实猜测不出。

就在僵持之际，金管家突然急急忙忙跑了进来，先对各位大人行了礼，看自家老爷在地上跪着，也赶忙跟着跪了下来……

成杨看他进来，便问他何事。

他赶忙低着头禀告："大人，我们老爷的吉时已到，如此时再不去拜堂，这恐怕会不吉利啊！"

那金管家说完，金老爷赶忙抬起头，小心翼翼地看着成杨，不知如此是否可以脱身一会儿，他赶紧出去想想对策，如今一直同这成杨斗智斗勇，真是太耗心神，他真怕自己一个不小心便露出破绽。

"吉时？拜堂！你们老爷这到底是纳妾啊还是娶妻啊！竟然要与妾氏拜堂，他将你们夫人的脸面置于何处啊！"湛之君看着金管家说道，他着实搞不懂哪有要和妾氏拜堂成亲的道理，这如今大张旗鼓办宴席，便已经冲破了祖制，如今又要拜堂，那他可真是不顾正妻的脸面了！

"大人……这……这……便是小人的家务事了，拜堂与不拜堂，都是小人的家事，如今吉时已到，还望大人成全！"说完那金老爷给成杨磕了一个重重的响头。

可谁知成杨并没有理会他，他只是看着金老爷淡淡地说道："难道金老爷是忘了本官此行的目的了吗？本就是为了阻止你纳妾，在真相未查明之前，只能委屈金老爷了！"

"哎呀！这可使不得啊！成大人！使不得啊！小人纳这房妾，如此大张旗鼓，铺张破费，并不是因为被色欲冲昏了头，小人其实是为了我夫人冲喜啊，我夫人如今病入膏肓，小人这是为了救她的命啊！"金老爷跪在那里言辞恳切地说道，声情并茂让闻者伤心。

这金老爷刚刚说完，君无咎便想到那天金公子烂醉如泥后抓着春桃问道："你就是我爹找来冲喜的那个人？"

想到这里看来这金老爷所言非虚，想来这金夫人定是身患重病，不过这冲喜还是借机会满足自己的色欲，便只有金老爷自己心里清楚了。

"果真是一丘之貉，这林海贤为了保胎，进食襁褓婴儿的脑浆，而你为了所谓的冲喜，则要残害一个花季少女！真不知你们那些孔孟之道都念到了哪里！"苏文月在一旁看得着实气愤，她一听这金老爷的话便气不打一处来，满足私欲就是满足私欲，非要说得这么冠冕堂皇，真是令人作呕。

苏文月这话让跪在地上的金老爷一时接不上茬，他心痛地看着苏文月良久，竟生生地流出泪来，继续说道："苏大人，定是没有体味过即将失去挚爱的感觉，或是时刻担心失去挚爱的感觉，如今只要能救我夫人一命，哪怕是让我以命换命，我都认了，这冲喜虽然只是迷信，但是我还是愿意去试一试！"

金老爷一边说，一边看着苏文月，眼神中的真挚让苏文月有些恍惚，她忽然也搞不清这金老爷说的到底是真还是假了，如果是真的，可他种种举动难道不会更加伤了他夫人的心吗？

此时这金老爷一个劲地求着成杨让他去拜堂成亲，而成杨则毅然决然地要提审春桃母女二人，那金老爷不肯，成杨正要强来时，突然有下人慌张地跑来冲着金老爷喊道："老爷，不好了……不好了，夫人上吊自杀了！"

此时成杨等人的心都突然咯噔一下，金夫人自杀……苏文月默默地重复了一遍这句话，难道真如她所说这金夫人伤心了吗？以至于没有了再活下去的欲望。

"干娘……"袁雅琳也小声地说道，声音有些哽咽，从小到大，金夫人都待她如亲生女儿一般，无论金家对袁家做了什么事，她都相信她的干娘，从小到大对她流露出的真情，一定不是假的。

她强忍住泪水，不想让别人发现自己的异样，她好想现在便飞奔过去，去看看她的干娘，她失去了所有的至亲之人，如今就连干娘也撒手人寰，她本以为她已经习惯了这种撕心裂肺的苦楚，可当她再一次体会到时，依旧苦不堪言。

成杨和苏文月也察觉到了她的异样，苏文月紧紧地抱住她的胳膊，希望能够给她一丝依靠，而成杨则是轻轻地拍了拍她的肩膀。

此时的金老爷已经慌乱不堪地向门外跑去，刚刚跑至门口，忽然又从东面急急忙忙地跑来了一个丫鬟，看到老爷便大哭着跪在地上说道："老爷，公子他……公子他不知怎地躺在床上没了呼吸，怎么叫都叫不醒！"

这丫鬟话音刚落，金老爷一个脚步虚乏，踩空绊倒在门槛上，摔了个结结实实。

袁雅琳听闻这个消息，同金老爷一样站都站不稳了，她无法想象金哥哥那个生龙活虎的少年如今竟没了呼吸，她不信，在没见到他的尸体之前她是不会信的。

苏文月紧紧地扶住她，以防她一个不小心便会摔倒，成杨则是在一旁看着她，眼里说不出的心疼。

这金管家赶忙将金老爷扶了起来，一时间这金老爷痛苦得不知该向何处迈步，夫人的房在西侧，而金公子的房在东侧，此时他恨不得将自己撕成两半，好能同时赶到自己的妻子和儿子身边。

"去！你们去把他们抬到正厅！"金老爷痛苦地吩咐下人，让他们将金夫人和金公子的尸体，一同抬过来，他要同时看到他们二人。

可此举却被君无咎拦了下来，他看着金老爷说："绝不可如此行事，如此会破坏案发现场，我们还是去仔细查看便好了。"

金老爷看了看成杨等人，不敢否定他们的决定，便叹息着点点头，说道："走，先去夫人那里……"

金老爷这句话，莫名让苏文月心中一痛，看来这金老爷是真的很爱金夫人，能够在如此时刻抛下自己唯一的儿子，便可见一斑，在这个注重子嗣、轻视女子的时代，金老爷的抉择真的证明了方才他说金夫人是他挚爱那话不假。

不知道金夫人知道此事后会不会后悔现在做的选择。

君无咎听闻金老爷要先去金夫人房中，便赶忙叮嘱湛之君和孙主簿，麻烦他们先去金公子的房间，查探一番，一定要确保不要有人破坏了现场。

孙主簿和湛之君点点头，便在下人的带领下，匆匆忙忙地赶去了金公子的房间。

而君无咎几人也和金老爷匆匆忙忙地赶去了林夫人的房中。

一到金夫人房中，君无咎便觉得诡异，这金夫人房间摆有许多蜡烛，看起来十分奇怪，尽管是白天这里的蜡烛也依然被点燃。

君无咎不解地向金老爷询问道："金老爷，不知夫人房中的这些蜡烛，是有何用处？"

金老爷看着一地的蜡烛，痛苦地说道："我夫人，她的病如今已经开始牵连到了眼睛，她的眼睛越来越模糊，当房间点满蜡烛时她便会莫名的安心，虽然如此，可她依旧视力越来越差，这几日竟然到了无法视物的地步……"

君无咎点了点头，没有再说些什么，他又在房间四处打量了一圈，发现整个房间都井然有致，除了这些蜡烛并没有什么不合常理的地方……看来这个金夫人应该是受不了刺激，所以选择上吊自杀了。观察了一周后他暗自想到。可是当他看到了金夫人的尸体时，立马打消了这个念头，他赶忙让金老爷将整个金府封起来，所有人都不许出去……因为这金夫人的尸体告诉他，她不是自杀，而是死于他杀。

金夫人的尸体整个面目已经非常难看，她的手和脚都已弯曲变形，双手蜷缩着呈半握拳状，胳膊僵直，脖子上有一道红色痕迹，成一字形，脑袋往后仰……

这种死法乍一看是由于上吊而造成的窒息死亡，实则并非如此……金夫人这是被人勒住脖子活活勒死后，又伪装成上吊自杀的样子……实属他杀……

成杨看到君无咎如此紧急地让金老爷封锁金府，便知这金夫人的死因很不简单，他看着君无咎问道："清悦，到底怎么了？"

君无咎看着成杨，又看了看众人缓缓地说道："金夫人不是自杀，是有人用绳子从她的背后套住她的脖子向后使劲才导致金夫人身亡的。"说完他看着众人惊讶的表情继续说道，"凶手只能等金夫人身体体温完全冷却后才用绳子套住她的脖子挂起制造出一种被害人自杀的假象。"

接着他走向金夫人，示意众人去看金夫人的手脚，她的手脚都弯曲着，手蜷缩成半握拳状僵直，这表明："金夫人在死前曾本能地用双手往上拉住套在自己脖子上的绳子，这手便是表明此迹象的依据，而且金夫人的双脚本能地弯曲，用脚掌抓住地面以示抗争的迹象。”

他分别分析了金夫人手脚形状的奇怪之处后，看着众人继续说道：“金夫人的尸体保留了她死前一定的姿态，如此看来，金夫人定是他杀无疑……”

“他杀！怎么可能是他杀？……我夫人与世无争，从未与谁有过恩怨，对待下人则是极为宽厚，谁会对她痛下杀手呢？”

金老爷一边看着君无咎一边哭诉，一时六神无主，他竟然跑去求成杨说道：“成大人，你一定要为我夫人做主，只要你能为我夫人查明冤屈，我愿意什么都说……我什么都交代！”

他一边说又一遍走到金夫人的旁边，看着她扭曲的身体，他心疼地抱住了她，痛苦地说道：“夫人啊，你这死前得遭遇了多少痛苦啊！都怪我……都怪我！是我没有照顾好你……”

听到他情急说要交代所有的东西，君无咎和成杨对视了一眼，都没有说话。

成杨一边思索所有事情的联系，一边企图想要撬开金老爷的嘴，让他说出一切，毕竟从他方才的口风来看，他是知道一切的。

而君无咎则去询问第一个发现金夫人上吊自杀的丫鬟的情况，因为当他赶来时，金夫人已经被抱下来，安置在了床铺上，而且屋内一切都已打扫整齐，已经破坏了案发现场……

所以现在他只能事无巨细地询问这个小丫鬟，希望能够找到一些被遗漏的线索。

那小丫鬟看到夫人自杀已经吓得说不出来话，如今听闻夫人是他杀，更是觉得恐怖不已，已经呆愣愣的，什么有价值的都问不出。

无奈君无咎只能让她复述一遍她刚进金夫人房中看到的一切。那小丫鬟平复了许久，终于哽咽地低着头，说道：“我进来时夫人就吊在这房梁的中央，垂垂地吊在那里，吓得我要死，而那个圆木凳歪斜着滚落在夫人脚边。”

那小丫鬟只记得这么多了，看到那一幕后，接着她便脑袋一片空白，疯了似的尖叫，引来众人，将金夫人抱了下来……

君无咎仔细地拎起脚边的那个圆木凳，方才并没有太仔细地注意到它，如今他仔细地检查了一番，突然在凳子的斜侧发现了蛛丝马迹……

这是一片很小的碎片，应该是布类或者是绸类，他仔细辨认后，是绸类无疑。

非常小的一片，应该是从衣物上掉下来的，而且根据这小碎片的纹路来看，这个是一片因为被火苗燎过之后而不小心脱落的碎片，他拿着这个碎片看了一会儿，又看了看这房间的火焰，看来这个凶手在行凶时不小心碰到了这里的蜡烛。

因为火苗十分的小，便也只是轻轻地燎了一下，并没有燃起，然而凶手走动时，那被火燎过的地方，便不小心脱落了，掉到了这个凳子下面，而没有被凶手发现……

如今找到凶手的关键，便是这个小碎片了，他仔细地研究了这小碎片许久，也看不太清它上面的花纹和样式了，被火燎化了，着实看不太清，看来想要通过比对花纹来辨认凶手这条路是行不通了。

接着他便想到，那凶手身上定是有一个或几个被火苗燎过的痕迹，只要按照这个方向找，定是能抓住这个杀人凶手。

可是此时他并没有将他发现的这个碎片说出来，人多眼杂，他怕这个线索传到凶手的耳朵里，给了他们隐藏罪证的机会。

接着君无咎等人便赶到了金公子的房间，而私下里，君无咎已经开始让湛之君和孙主簿留意是否有人的衣摆处有被火烧过的痕迹……

到了金公子房中，君无咎走上前去查看金公子的尸体，这金公子尸体上的迹象便更加明显了，因为这金公子是中毒死亡，面目乌青，虽然没有诡异的黑斑，但是从他的大黑的唇色来看，便知其死因不对，脱掉他的衣物来检查他的身体，可以看出他的身上有诡异的黑斑，身体青一块紫一块。

他拿出银针，在他的嘴唇上探了一探，果真这银针一接触到他的血，便变得乌黑……

“这可真够毒的！”湛之君看到后，不禁感叹道。

而此时的金老爷，则已经哭哑了嗓子，他将金公子死死地抱在怀里，一声声地叫道：“我的儿啊！我的儿啊！……”

这一声声哭喊叫得袁雅琳鼻酸，她看着他，眼中的泪也如同断了线的珠子不停地滑落，她的心中也如同金老爷一样，一遍一遍地看着他唤道：“金哥哥，你醒醒，你醒来看看黛凝，黛凝没死！黛凝回来找你了……”

可惜于事无补，金公子依旧躺在那里，紧闭着双眼什么都感受不到。

成杨和苏文月一直在安慰袁雅琳控制好她自己的情绪，还好现在金府乱作一团，没人会发现她的异样……

君无咎在查看完尸体过后，依旧在当中四处查看，并没有查到什么有用的线索，他又照例去询问那个第一个发现金公子死亡的丫鬟，这个丫鬟倒是十分镇定。

因为当时她只以为公子是睡着了，不曾想公子竟是被人毒害了……

她说她进来时这房间便是这样，并没有什么不同，而且她并没有动这房间的一切物品，除了她之外最先进来的人便是湛之君和孙主簿了，所以这个案发现场保存得还是十分完整的。

君无咎点点头，便没有再说什么了。这案发现场保存得十分的好，也没有留下什么有用的线索，既然是用毒，这毒定是从口入，看来只有先询问一下这金公子最近都吃了些什么，想来才有可能找到破案的关键。

君无咎一边想着金公子，又一边想着金夫人，这两人的案子会不会有什么牵连，这两起案子发生的时间如此凑巧，甚至可以说是一致，只是作案手法不太一样，这两起案子到底可不可以并案调查呢？

君无咎陷入了沉思，而此时成杨发现了君无咎的疑惑，看着他说道：“我方才也在想这个事情，在想这两起案子会不会是同一个凶手所为，可是在我询问过这金公子刚才和今日都吃过些什么时，我觉得还是先将这两个案子分开来看吧，毕竟作案手法有那么大的差距！”

原来就在刚刚成杨已经问过了一直服侍金公子的丫鬟金公子这一日可有吃过什么，然而那丫鬟却说公子自醒来什么都没有吃过，因为昨夜宿醉公子头疼，便只去花园里散了散步，回来便接着睡下了……

如此看来，杀害金公子之人心思缜密，运筹帷幄，说不定便是想要借杀害金夫人的凶手来掩饰自己的罪名，看来这金公子的死才更有隐情，也更难办。

因为杀害金夫人的人虽然也将案发现场伪装成他杀的模样，而且也几乎没有留下证据，可是他犯了一个致命的错误便是他使用的这种手法，这种手法便从很大的程度上暴露了这个人应该是第一次作案。

因为如此杀死金夫人，其中还是会有很多风险因素的，比如被金夫人挣脱，虽然金夫人身体病弱，可是这也不是完全没有可能的，而且如果金夫人的叫喊或是什么其他的举动让人发现，赶来救援，那么他便也不会得手。

不过他事后的伪装却暴露了他绝对不是即兴作案，因为他知道事后伪装，便说明这件事他已经预谋很久了，到底谁和金夫人有这么大的仇恨呢？

又是谁和金夫人有利益上的最大牵绊？这件事想了许久君无咎也想不明白，正如金老爷所说，金夫人卧床多年，并没有和谁有过利益上的往来，又是谁能对她下此毒手呢？

看到他愁眉不展，苏文月上前说道：“先不要想这些了，我们先去确认真凶，确认到底是谁对金夫人痛下杀手，找到真凶后，作案动机便也随之明朗了。”

苏文月的话给了君无咎很大的启发，他总是喜欢事先想太多，如今手头的证据并不足以支撑他再想些别的，还不如先去确认凶手，这可是最大的线索，最大的证据，找到他一切便迎刃而解了，他这个总是喜欢陷入死循环的毛病也不知怎么才能改改。

他一边这么想，一边冲着苏文月感激地一笑。

而此时孙主簿着急地走了进来，当着成杨几人说的话，使成杨等人震惊不已，难以置信。

孙主簿说："已经找到那个衣服上有火烧过的痕迹的人，是春桃和她的母亲……"

当时孙主簿装作不经意去暗查金府中的人，此时却看到春桃鬼鬼祟祟地从喜房跑出，去找她的母亲，她跑时，孙主簿正巧看到她的喜服后面有被火燎过的痕迹，因为是粉色的喜服，所以看起来十分明显，当时孙主簿的心中也是一惊，他赶忙偷偷地跟了上去，发现春桃是去找她的母亲，而她的母亲身上，也有这浅浅的痕迹。

"春桃，怎么可能？她还是一个孩子啊，那么小的孩子怎么可能会用如此凶残的方法杀人？"苏文月看着孙主簿，一脸难以置信。从上次君无咎的口中得知，她觉得春桃是一个十分胆小的女孩，她瘦弱容易受到伤害，因为不知名的原因或者威胁一直隐藏自己的冤屈，可是如今她又为何这么做，难道是为了复仇吗？

可是复仇她为什么不伤害金老爷而去谋害金夫人呢？这一切又是为了什么？

成杨赶忙命人将春桃母女抓了起来，送到正堂审讯，那春桃再度见到成杨和君无咎吓得瑟瑟发抖，更加不敢开口说话。

"怎么，敢用那么穷凶极恶的方法杀人，现在却不敢回本官的话了吗？"成杨手指敲打着桌面十分威严地问道。

吓得春桃哭得更凶了，她知道事情已经败露了，方才君无咎已经详细地和她列出了所有证据，如今她想赖便是也赖不掉了……

看到女儿哭泣，那春桃的母亲终于是忍受不住了，匍匐在成杨面前，痛苦地说道："青天大老爷，你饶了我的女儿吧，其实一切都是我的主意，和我女儿无关啊！"

她一边说一边使劲地磕头，都快将头磕得头破血流了，成杨冷冷地看着她说道："你们为何如此？还不快快招来！"

那妇人见已经隐瞒不住，便将所有的罪责都往自己的身上揽，她看着成杨继续说道："大人，其实是我看到女儿马上要飞上枝头变凤凰，所以便起了歹心，我想让自己的女儿做正妻，不想让她做妾室，位于人后，所以才对金夫人痛下杀手，再说金夫人那身体健康想来也不会熬得太久，不如我就此便为她解脱……"

"胡说，他人生死，可是由你可随意断夺的！"成杨被这妇人的话，气得气不打一处来，脑中竟然莫名浮现出一句话便是可怜之人必有可恨之处，如今这春桃和她的母亲为了自己的利益，竟然罔顾他人性命，这和金老爷、林海贤还有什么分别！

"你们可知本官这次来到金府是为了什么？本官就是想要救你们出去，不想让你们的人身受到威胁，不想让你，你……春桃，不情愿地嫁给金老爷做妾……"成杨一边说脸上竟然流露出一丝痛苦的表情，他指着春桃继续说道，"本官本算好了一切，可是不曾想如今你还未嫁到金府，竟然为了争宠做出如此事情，你让本官如何救你们……那日，你们在本官面前流露出的委屈与不甘难道都是假的吗？"

苏文月看到成杨这个样子明白师兄是真的伤心了，他见过师兄这个样子，上一次便是他亲手将一个年仅十六岁的歌姬送进大牢，事情和此次如出一辙，那歌姬本是被高官强占了回去，那时师兄刚刚当上大理寺少卿，一腔热血，打抱不平。成杨为此事和那个高官杠上，可谁知那歌姬进府没多久竟然杀害了那位大人十分宠爱的小妾，只是为了争宠……

听到成杨的话，春桃泣不成声，她看着成杨和君无咎从没像现在这般后悔过，她本以为所有当官的都是一丘之貉，所以她将成杨和君无咎也看成了是金老爷的同伙，她以为他说要救她出去的话，也就是说说而已……

不曾想今日他竟然来说要带自己出去，她没办法，她也只是想为自己谋一天生路罢了，她不想一直这样被人打压着活着，她也想拥有一些权利，一个能够堂堂正正做人的权利。

想到这里，她看了成杨良久，毅然决然地撞死在了大堂的柱子上。

春桃此举惊呆了成杨等人，成杨赶忙命人去叫大夫，可惜于事无补，春桃头上的血汩汩地往下流，身体已经绵软地滑落到地上，春桃的娘亲看到春桃如此，疯了似的冲上前将春桃抱进怀中，用手拼命地按住春桃额上的伤口，不想让血一个劲地流……可能在她的心里，如此春桃可能还有活的机会。

不过君无咎上前查看一番后，终究是叹口气，冲着成杨摇了摇头。成杨看君无咎如此，便是春桃再无救醒的可能。

他深吸了一口气，看着春桃的娘亲说道："节哀吧，春桃已经去了……"

那妇人听到成杨这话，突然红了眼，她看着众人，一边哭一边绝望地说道："是你们，都是你们害死了我的女儿，我一定要你们陪葬！"

说完她顺手拿起手边的凳子，疯了一般地向金老爷砸去，金老爷赶忙躲在成杨身后，吓得瑟瑟发抖，他一边指着下人喊："都傻了吗？还不将这个疯婆娘拉下去……"

金老爷又一边冲春桃的娘亲骂道："你这个贱人，还有你那个贱蹄子的女儿，搅得我金府上下不宁，我真是瞎了眼了，竟然会买你们两个进门！你那女儿早死了也好，如今证据确凿，你们早晚都是要偿命的！"

那妇人被金老爷这么一激，更加愤怒地冲向他，不过被冲上来的家丁拦住了，成杨看着她不停地挣扎，身体牢牢地被家丁控制住，胳膊和腿上已经有许多因挣扎而留下的伤痕……

成杨心中很是不忍，他看着她说道："从一开始本官便同你和春桃讲过，你们若是心中有冤屈，你们可以同本官讲，本官定会为你们申冤，然而你们最终却选择了以暴制暴，难道你们自己经历过的痛苦你们都忘记了吗？你们可还记得己所不欲勿施于人？"

成杨发自肺腑的话并没有让那妇人冷静下来，她更加疯狂地看着他们说道："都是你们，你们不过是一丘之貉，如今却来这里道貌岸然地说要救我们？你们若是真的想救我们脱离苦海，那我家男人又如何会被抓走，到如今都没有音信？”

成杨看着她不知再说些什么，她想问题着实是非常偏激，可这件事也并不完全是她的错，是她的地方官没有给她足够的安全感，以至于她的心中一直积压着怒气，由她可见，如果各个地方的官员一直如此，民怨越来越深，水可载舟，亦可覆舟，想想也是十分可怕。

成杨本想安稳住她，从她口中问得实话，来证明她们并不是由自己的丈夫父亲卖到这里来的，可是这妇人一直不受控制，成杨也着实没有办法，一切突破口便只能放到金老爷身上。

这时孙主簿刚刚派去知府衙门的家丁已经回来了，身边跟着十数个官兵，成杨让他们先将那妇人押下去，带回大牢，那春桃则直接择个地方让她入土为安。

春桃和那妇人相继被送离金府，成杨说要为那春桃择一块地让她入土为安时，金老爷是拒绝的。

他看着成杨气愤地说道：“这春桃怎么说还算是我们金府的人，如何处理她的尸体是我们金府的事。”

金老爷说这话时，满眼的怒火，成杨感受得到金老爷那骨子里的愤怒，他猜得到，如果将春桃的尸体交由他处置，想必他一定会将她挫骨扬灰。

成杨摇摇头，看着金老爷说道：“金老爷此言差矣，这春桃已身犯命案，处理她人身的权力便交由到知府衙门的手里，金老爷莫非要和朝廷与法抗争对峙？”

成杨这席话说得金老爷毛毛的，他小心翼翼地打量了几眼成杨的脸色，撇撇嘴，没再说些什么。

“金老爷方才的话，不知何时兑现啊？”君无咎实在是不想再同这金老爷打哑谜，他便看着他开门见山地说道。

那金老爷看到君无咎提及此事，吓得瑟瑟发抖，突然装作失忆似的，表示听不懂君无咎的话。

“小人不懂君大人的意思，什么话？小人从方才一直沉浸在丧妻失子的伤痛中，无法自拔，并未向君大人和各位大人承诺过什么啊！”

金老爷说完这话，眼神中还闪过一丝狡黠，他以为如此便可以抹去他方才说过的一切。

君无咎眯着眼看着他，仿佛早就猜到他会如此，他看了看他，又看了看成杨，成杨向他肯定地点了点头，示意他继续说下去。

君无咎则起身绕到金老爷身边看着他，缓缓说道：“金老爷莫不是忘了，金公子的案子，可还未破呢，这杀害金公子的凶手可不是春桃母女俩这么鲁莽的人，此人心狠手辣，而且十分有手段，他为何会杀害金公子的原因我想你一定也能猜到几分，如今金公子已经遭到谋害，难道您觉得您可以逃得掉吗？”

君无咎说这段话时其实就连他自己都不知道自己说了些什么，不过他总是莫名将金公子的死同金老爷和最近发生的事情联系起来，所以他便想在金老爷的心中也埋下一颗怀疑的种子，看看是否他们手中真的有些什么，才会惹此杀身之祸。

虽然苏文月不懂君无咎在说些什么，但是他们都大约已经懂得他的套路了，他大概是还在使用他们出门前商议好的对策，只是不知这次会不会成功。

果然，君无咎的这番话一出，这金老爷的神色变得有些不自然，他一边看着君无咎，又暗自在心里默默盘算，最终得出决定。

“那你们得先破了我家安晏的案子，我才能将这一切告诉你们。有些事情我需要验证，等验证清楚了我自然会告诉你。”金老爷看着君无咎和成杨犹犹豫豫地说道，他一定要君无咎在此案中查到一些线索，如此对比，才能知道这件事到底是不是因为自己心中的那件事而发生的，如果真的是，那他也只能鱼死网破了……

金老爷说完这话，成杨和君无咎默契地相视一笑……

可还未等成杨和君无咎开口，苏文月便气愤地看着他说道：“骗子，你方才出尔反尔谁又肯再信你，如今又这般说，更是不过只是想要利用我们而已，口说无凭，我们现在便立字据！”

苏文月一边说，便一边让家丁去找笔墨，君无咎看着眼前像炸了毛的小鸟的苏文月，莫名地想笑，他温柔地阻止她说道："此次与上次的状况不同，他自己的命他还是惜的，苏小姐不必太过担心了……"

"不担心！怎么不担心？他整个人狡猾得很，现在敢当着我们这么多人的面出尔反尔，之后还不知道他敢做些什么呢！"苏文月一边看着君无咎一边嘟囔着说道。

"那你现在让他立了字据又有什么用呢？尽管这字据摆在这里，可他依旧说一些有的没的来搪塞我们，毕竟这字据中他绝不会提及他要说的事，所以如此也依旧不能控制他啊！"君无咎看着她笑着说道。

苏文月看着他，撇撇嘴，没有别的办法，只能嘟囔着嘴说道："哼，狡猾的人总是能想出各种的幺蛾子……"

这话平常苏文月断然不会说出口，所以这话刚一从她的口中说出，逗得君无咎一个没忍住，竟然笑出声来……苏文月见他笑，又不好意思地用拳头轻轻地怼了他两下，君无咎也未躲闪，只是赶忙止住了笑，恢复严肃，严阵以待地看着金老爷。

"苏大人，方才的话说得可着实有问题，你说我只是想利用你们查出我家安晏的死因，可是苏大人你要搞清楚，就算小人什么都不说，各位大人也依旧要将此事查明，毕竟这本身就是你们的职责所在不是吗？"

金老爷一边说一边抬头看向苏文月，苏文月刚刚对他积累起的改观仅因这一个眼神全都消失殆尽，这个眼神中充满了得意和算计，全然看不出方才的伤心，苏文月如此看着他，越来越疑惑，这金老爷到底哪一面才是真的，他到底是会伪装自己呢，还是他只是更在意自己？

苏文月还想说些什么，但张张嘴，终究没有发声，因为苏文月看着他便够了，她清楚自己已经没有必要再同他讲些什么，一个人有一个人的处世方式，她直截了当，而金老爷则喜欢一个诡计套另一个诡计地来欺骗别人，他的世界里与别人只有利益，没有信任和真情。

君无咎看苏文月再未说话，瞬间便理解了她的意思，她累了，她总是这样当接触到自己不喜欢的人和事时，起初她可能还会有干劲想要改变这个状态，可是每每当她发现无力回天时，她便会很累，累得提不起力气，累得不想同那人再说一句话。

君无咎没有别的办法，只能轻轻地拍拍她的肩膀，看她疲惫乖巧地站在袁雅琳的身边。

其实有时他还很羡慕苏文月这种冲动，其实现在他即使看到一些自己无法忍受的事时，他已经没有力气再去与之争辩了，因为当他第一眼看到这一切便会累得提不起力气。

成杨看着两人，心里清楚两人在为什么痛苦，不过他不能让这种情绪在他们之间一直蔓延，因为他们还有更重要的事情要做。现在的第一要义便是去查明金公子的死因。

想到此成杨看了看众人说道：“我们开始着手调查金公子金安晏的死因吧，清悦，你可有什么想法？”

君无咎看向成杨，缓缓走出来答道：“目前还没有什么特别的想法，现在我们手头掌握的证据十分有限，想要查出金安晏的死因，我们还需要更多的线索，以防刚才混乱我们遗失了什么重要的线索，不如我们现在再从头调查一番如何？”

成杨想了想点点头，如今也只有这一个办法。

正当成杨他们打算提审一直侍候金安晏的丫鬟时，外院突然大闹了起来，只见金管家匆匆地跑了进来，冲着几位大人拱了拱手，又看着金老爷说道：“老爷，外面的客人们闹起来了，他们说如今这杀人凶手已经找到了，无非是那金老爷新纳的妾嘛，是你们金家自己家门不幸，为何要将我们扣押在这里？如今这太阳都快落山了，莫非还要留我们在这金府院子里过夜不成？”

金老爷听金管家学这一番话，气得气不打一处来，他恶狠狠地盯着外院骂道：“都是些什么东西，树倒猢狲散，如今敢在我的地盘上败坏我的脸面，想之前，为求我办事时，在这扬州城内可敢说我一个不是……”

金老爷一边说一边气得气喘吁吁，苏文月看着他只是冷笑，现在他也算是尝到了自己种下的苦果，一切都是有因才有果，有果才有报，这一切不过是对他以往的为人处事的报应，他连自己的世交袁家都可以出卖，又有谁不可以出卖他呢?

看到金老爷只是气得跳脚并未给出什么实际性的指令，便急得像热锅上的蚂蚁，看着金老爷继续说道："老爷啊，快想个法子，这群人快把这金府拆了，再待下去，可了不得了！"

这金管家说完，金老爷依旧没有什么法子，他急得只能求助眼前的成杨，成杨看着他恳切的眼神摆摆手说道："金老爷莫急，本官这便出去看看。"

说罢成杨和众人一同走了出去，他疾步走在前面，其余的人则在他身后快步地跟着，一到外院这群本来上午还在欢喜地喝着喜酒的人，如今就如同在耍酒疯一般，拼了命地叫喊，看到金老爷出来更是破口开骂……

说从一开始便不该来参加他这喜宴，这一来可倒好，丧气了一天。这话一出应和者甚多，都叫喊着让金老爷送他们出去，说他们实在是容忍不了整整一天都待在这个一天之内死了三个人的宅子里，着实太晦气……

这金老爷气极了，一时间竟然不顾规矩冲到了成杨面前指着那些叫嚣的人大骂道："当初是我金某人求着你们来的吗?还不是你们上赶着来给我金某提鞋来了！"

金老爷这一番话激得宾客们怨气更重了，他们通通恶狠狠地看着他，恨不得冲上来将他杀了，食其肉，寝其皮。

金老爷被这个场面吓了一跳，这群人在这外面等了这么久，心里的怨气早已不是用什么君子之道能够控制得住了，这些愤怒都写在脸上，一副吃人模样，着实令人害怕。

就在那些人马上要冲破家丁的阻碍时，成杨站了出来，他看着众人冷冷地说道："如果你们不想从这里转去大牢的话，便都安静下来，给我老老实实地待在这里。”

成杨的声音极具威慑力，而且他又提到了大牢，很多胆小怕事的人便都闭了嘴。

“大牢，哼，你们官爷办案也要讲究王法吧，如今我们在这里被扣了一天，一点说明也没有，再说这杀人真凶都早已找到，你们还扣押我们是何意？莫非是你们办案不力，想要拿我们充数不成？”人群中有一着灰色衣衫的男子，躲在人群背后，大声地说道。那男子体形单薄，看起来尖嘴猴腮的，不是什么富人做派，反倒像谁家府上的家丁，或者一个店小二。如此鬼鬼祟祟地煽动宾客制造混乱，定是有什么目的……

君无咎看着那灰衣男子，仔细想着这男子为何如此焦急，冒这么大的风险来煽动这些宾客呢？苏文月看到他陷入沉思，知道他一定是不小心又钻入了牛角尖，他总是这样将最显而易见的抛弃，因为他实在是太聪明了，所以他想问题的方式总是快人一步……

在他眼中，那么简单的错误他不会犯，或者那么简单的问题谁都会注意得到，不过苏文月知道，这是他一个聪明人的遐想，其实现实中并没有多少人会如他一样，想到这些……

“那灰衣男子，想要借用全部宾客的力量出府。”苏文月悄悄地走到君无咎身边，在他耳边轻声说道。

这时君无咎才反应过来，他看着苏文月说道：“什么？还没将他拿下吗？……”

君无咎这话刚说完，苏文月便无奈地笑了笑，果然他的脑中在陷入沉思高速运转时已经以为这简单的一步早已经完成，所以他的思维自动跳到了下一步，便是思考他们之间的关联——这灰衣男子与这案子的关联。

成杨也察觉到了这灰衣男子的不对劲，在听到君无咎的话时立马将他抓了起来，看着他，也看着众人说道：“本官说过了，如果你们安安静静地在这里待着，一切都好办，如若扰乱办案过程，这便是犯了扰乱公堂之罪，本官是一定要将你们送进大牢的。”

他一边说一边指了指这灰衣男子，他看着他说道：“此人，如今便是犯了此罪，他煽动你们，让你们与朝廷作对，与知府衙门作对，扰乱公堂，阻止办案，你们说他该不该抓呢？”

众人一时都噤若寒蝉，只有那灰衣男子看着成杨大呼求饶，此时的他没有人群的阻挡，没有人群的掩护，胆子早已是破了，他看着那成杨气度非凡，而立在他一旁的君无咎眼神中似乎有洞察一切的能力，为此更是吓得站都站不起来了。

见此情景，宾客没了声音，赶忙回到了自己的位置上，悄悄地当作什么都没有发生，成杨看着这群被暴晒了一日的人呀，心中也实属不忍，他看着他们，口气缓和了许多，缓缓说道：“只要你们认真配合查案，本官会尽量做到让你们在夜深之前离开金府。希望你们能够再容忍一下，毕竟人命关天！”

看到成杨的口气好了许多，宾客的胆子再度大了起来，企图同成杨商议在天黑之前回去，成杨看着这群人莫名觉得又可气又可笑……他没有再说话，只是冷着眸子，看着众人，果真半晌又没了声，所有人都安静下来，静静地坐在桌子前，鸦雀无声……

成杨看到这一幕也是说不出的心累，不过他并没有将此表现出来，他依旧用冷脸来掩饰自己的失望与无奈，可是在离开前，他还是悄悄地吩咐金管家让他们照顾好这些被扣押的宾客，要准备晚饭和茶水，最好一应俱全。

那金管家赶忙点点头，他揣测不出眼前的大人到底是何用意，还在黑着脸镇压这些人的大人，不知为何此时却如此关心他们，虽然他有这么多的好奇，可是他不能问清楚，他只能按照他所说的做，可是成杨为官的姿态却深埋在他心中，给他留下了一个疑问。

成杨命人押着那灰衣男子来到后院正堂，他要在这里和君无咎他们重新审理金安晏的案子。

一回到正堂，成杨就赶忙命家丁将一直贴身侍奉金安晏的丫鬟带了上来，让她仔细地回想一下，金安晏在今日可曾吃过什么东西，接触过什么可疑的人，并且让她一五一十地将金安晏的行程交代出来。

那丫鬟立在那里良久也没有想到这金公子一整日里吃过什么可疑的东西，接触过什么可疑的人……

因为他家公子昨日在云翎楼宿了一夜，喝得烂醉如泥，并且一回来便一直睡，中间都未醒过，直至中午的鞭炮声将他吵醒，他觉得心烦，又不想看老爷纳妾和前院热闹的景象，便独自一人去花园里赏花，赏了没多久，也就一刻钟便回来了……

回来后，这丫鬟曾经问过他，是否要吃些什么，他却只是说困，要继续睡一觉，什么也不想吃。

“只是说困？”君无咎默默地重复了一遍这句话，看来这也是金安晏死亡的一个关键，从花园散步回来后，没有精神，反倒更困了，而且没多久便中毒身亡，看来，他这个困一定有问题……

而他又是从花园回来后才觉得更加疲乏的，看来现在有必要去这花园探探虚实了……

君无咎想到这里，他看向成杨说道：“我觉得现在的关键，便是去花园排查，看是否有线索……”

一提到去花园，那灰衣男子的脸色立马就变了，他下意识地扫了一眼跪在那里的丫鬟，然而那个丫鬟只是低着头并没有看他……

这一小小的举动被君无咎捕捉到了，他不知道这灰衣男子的眼神意味着什么，是想要和她传递信息啊，还是不满她说出金安晏去花园散步的事呢？他们二人到底有没有牵连，到底认不认识呢？

不过看那丫鬟不知所措和无辜的表情，君无咎觉得她不是装出来的，毕竟她所有细微的表情都很真实很单纯。如果这一切都是假的，那么就只能说明这个丫鬟隐藏得太深了。

说罢众人便一同走向金府的花园，一路上君无咎一直在留意那丫鬟和灰衣男子，看他们是否有所沟通或者是暗通消息，然而并没有，这一路上两人风平浪静，甚至连一个眼神的接触都没有，那灰衣男子自打出了正堂就再没看过那丫鬟一眼，仿佛刚才那个意味不明的眼神，不过是他随意地瞄了一眼不小心瞄到她罢了，如此想来，君无咎松了一口气，也对两人放松了监视，转而去努力观察这花园，看看可否有什么有价值的线索。

“你家公子平日里比较喜欢这花园的哪一处景致？”君无咎缓步走到了那丫鬟的身边，轻声问道。

此时他发现了这灰衣男子和这丫鬟再度开始联系，君无咎刚刚放松警惕，他们便开始暗通消息，君无咎虽然看不懂那个手势是什么，不过他知道这普通的丫鬟是绝对不会懂这种密语的，这个丫鬟一定不是一个简单的人，她定是和金安晏的死有关，和这灰衣服的男子认识，只是不知道这两人在这个案子里到底扮演了怎样的角色，是主谋还是奉了谁的命令？

那丫鬟被突然走近的君无咎吓了一跳，那还来不及收的手势尴尬地摆在身前，君无咎轻轻地提着她手腕上的衣袖将她的手抬起，看着她问道：“这是什么意思呢？”

说完他又走到那灰衣服的男子身边，也提起他的手看着他说道：“还有你呢，你们二人这是在打什么哑谜呢？可否说与我听听呢？”

君无咎的话将所有人的目光都吸引到了这个丫鬟和灰衣男子身上，当众人看他们时，他们已经快速地将手收了起来，无辜地看着众人……

这群人全都选择相信君无咎的话后，成杨看着那丫鬟突然十分有威慑力地说道：“君大人问你们话呢，还不快快回答！”

仅一声那丫鬟便又吓得大哭起来，她看着成杨马上跪在了他的脚边，说道：“大人明鉴啊，小女自出生便是一个孤儿，一直流浪直至遇到好心的公子被他救起，做了他的贴身丫鬟，小女在公子身边已经整整服侍了三年，这三年里，小女一直在尽心尽力，从未做过半分伤害公子之事，还望大人明察啊！”

成杨看着哭得极凶的丫鬟，并未怜香惜玉，这种掩饰他在大理寺已经见过太多了，哪有一分真情，却演绎得丝丝入扣……

“我没问你与公子间的情分，我只问你，在与那灰衣男子通什么手势？”成杨依旧十分严厉地问道。

那丫鬟看并未将成杨的思路引走，一时间也乱了分寸，不知如何是好，只能闭上嘴，一声不吭……之后不管成杨再向她询问什么，她都不肯回答。

“好，你不说，那你呢？”成杨看出再问这丫鬟也应该是问不出什么了，他便将身子一转，转过身来看着那灰衣男子继续问道。

那灰衣男子同那丫鬟一样，从此便没了声，只是跪在地上疯了似的喊冤，说自己从未做过杀人害命的事情，还望成大人他们明察。

然而他们两人如此执拗的态度，其实反倒暴露出他们之间可能存在问题。

看成杨和君无咎并不相信，他赶忙将手提起，让他们看自己手上的红包，他说这是刚刚进花园里时被虫子叮的，所以他方才只是在挠手止痒，并没有别的意思。

听到这话，成杨和君无咎都不禁快要笑出声来，如此烂俗的理由真是让人觉得无语，看来一会回到房间，还真的要将这两人仔细盘问一番。

“花园……这金公子平日里最喜欢在这花园里哪一处散步啊？你还没回答我呢！”成杨看着那丫鬟问道。

“在东南侧假山背后的那一侧……”那丫鬟战战兢兢地答道。

成杨他们没再询问他二人，而是向他们说的位置走去，走到那里后，成杨等人被眼前的一幕惊呆了，这也太美了，这里绽放着大片火红的岭雪花，这花同金银花一样都是双生花，然而它却是一面是红色的，一面是白色的，看似清纯又妩媚……

他们甚至觉得仅用语言可能根本无法精准地形容这一片花园的美了，原来这一片花海平日里没有金安晏的命令是谁都不许来的，生怕会有人不小心伤害到这里的任何一朵花。

正当众人都还在欣赏这个美景时，一个扛着锄头的花农走了出来，他看到这么多的人，好奇心的驱使也让他走了过来……

可当他一看到那灰衣服的男子竟然亲密地对他喊道："铁柱啊，你怎么来了呢？前几日你不都出去待着了吗？怎么如今又进来了呢？哎哟，你这衣服可真不错，之前明明是粗布，如今竟然换成了绸子，铁柱，看来你这是发财了吧？"

那灰衣服男子看到那花农时，整个脸瞬间垮了下来，好像十分不愿意被他套近乎，可谁知那花农竟看着那大丫鬟继续说道："哎！凌凌啊，还是你将他推荐给我当几天花农帮了我的忙呢！"

他一边说，又一边做了一个想要上前拉住丫鬟的动作继续说道："你快来认一认，是不是他？你快看，现如今他竟然已经穿上了绸喽，成了贵宾啦！"

那花农说完，那丫鬟的表情更加难堪了，她赶忙甩开那花农的手说道："我都说过了，我不认识他……"

看到那丫鬟否认，那花农赶忙冲了上来，一把抓住了那灰衣男子，说道："我说你们这是怎么了？当我面还装作不认识，怎么的，你们自己发了财，想瞒我不成！"

"你别在这里胡搅蛮缠，发财？我发了什么财？我何时见过你？……"那灰衣男子一边转过头不去看那花农，一边说道。

"铁柱，你还和我装，你再装一个试试，我还不认识你吗？怎么这狗套上人皮就成主子啦？说在哪发财了，要不我就把你和凌凌的那点破事捅出来！"

那花农一边说，一边还上身去那灰衣男子的身上胡乱摸索，半天也没有摸到什么。

那灰衣男子一下将他推到一边，说道："你别跟我在这胡搅蛮缠，你一个金府花农，我如何认得你？我可是来金老爷这里喝喜酒的贵客，你也敢造次！"

"贵客！我呸，从哪混了这么一身狗皮，上这里嘚瑟来了？怎么又想背地里和凌凌偷情不成？"那花农气得在那里乱喊乱叫，气得金老爷上前一把抓住他说道："你这成什么样子，难道没看到几位大人在这里吗？你要是惊扰了几位大人，你有命赔吗？”

看到金老爷发火，那花农赶忙跪在地上，连连磕头认错，说：“老爷明察啊，我这只是一时心急，想要帮老爷抓住这个外贼！”

“抓住外贼，你也不能在几位大人面前撒泼啊！还不滚下去……”金老爷一边说一边冲着那花农使眼色，苏文月觉着不对，便看着那花农喊道：“等等，哪位大人发话让你走了？”

那花农听到苏文月的话，赶忙停住脚，又折了回来，看到苏文月说道：“哎哟，这里还有一位女大人呢！看来还得是女大人，女大人心细，听得出小人这话都是真话……”

君无咎和成杨也觉察出不对，还未开口，这人便让苏文月留了下来，不过这花农也确实胆大包天，看着苏文月竟还话里有话，着实诡异……

“本官问你，你可真的认得这个灰衣男子？”成杨心知苏文月不爽，便将她挡在身后，以免她做出什么过激的事情，然后看着这个花农问道。

“认得认得，当然认得，不就是铁柱吗？如何不认得？……”那花农赶忙连连答道。

“胡说，大人，小人真的不认识他，小人从未进过这金府后院一步，更别提这后花园了，这花农在污蔑小人，他定是做了什么见不得人的事。”那灰衣男子一听花农方才义正词严地说认得他，赶忙跪下来看着成杨说道。

“口说无凭，那花农，本官问你，你可有证据？”成杨将两只手合到一起，左手手指轻轻地敲打着右手，看起来在想什么事情……

看到成杨如此问，那花农突然起身跪着冲到那灰衣男子身边，将他的右手的衣袖挽了上去，上面露出一块不规则的黑色胎记，他指着这个胎记说道：“大人，您看，这个胎记便是证据，他之前同我一起在这花园中干活时，天热，热的时候，他捋起袖子的时候我看到了……”

那花农一边说一边使劲地拽着那灰衣男子的袖子，那灰衣男子看他要捋自己的袖子时，就拼命地挣扎，奈何那花农手太快，最终还是将他这块黑色的胎记暴露了出来……

成杨看到这胎记，低头睥睨着这个灰衣男子说道："怎么，现在你还想狡辩吗？再不说真话，现在本官就将你抓进大牢，治你个杀害金公子的罪名！"

成杨说完，吓得那灰衣男子赶忙匍匐到他脚下，一边说，一边哭着求饶："大人明察，大人明察，切不可冤枉好人啊，小人都招，小人都招！"

"还不快说！"成杨使劲甩了甩脚，将那灰衣男子从自己的脚边踢开……

"小人说……小人说……小人名叫铁柱，其实并不是什么达官贵人，而是……而是……扬州城李府的一个家丁……小人这三番五次地来到金府，其实都是，都是为了……"

这铁柱话说到一半，再度看向了那个丫鬟凌凌，那丫鬟见他要和盘托出，赶忙疯了似的冲上前，跪在他身边说道："不能说……不能说啊……"一边说，一边急得直流泪。

那铁柱看到凌凌哭，也心疼地跟着一并哭了起来，但依旧没骨气地看着她说："凌妹啊，你不要怪柱哥，柱哥也是没办法，柱哥不想进大牢啊！"

君无咎一直不动声色地看着两人，从刚才的谈话中，他发现，这两人的关系好像真的并不简单，就如那花农说的，莫非他二人之间真的有私情，那会是他们两个合力杀害了金安晏吗？为的又是什么呢？是求财，还是求些别的东西，又或者说他们也只是受人利用？

凌凌看无法阻止他，便哭着自言自语地说道："不能说啊，不能说啊！会浸猪笼的……会浸猪笼的……"

君无咎听到凌凌这句话，立马便明白了他们二人之间的关系，果然他们二人是花农所说的那种关系……

当今社会，这些丫鬟都是家主的私人财产，并没有自由可以随便和人谈情说爱的，他们的婚姻大事都是由家主决定，家主将她许配给谁，或是送给谁，全凭家主的喜好，而如果这些丫鬟与人通奸而被家主知道后，那是要浸猪笼的。

后来这铁柱还是将一切说了出来，为了摆脱自身的责任他还同成杨他们说，是凌凌先勾引他的，让他潜进金府来做花农方便私会，他还说，一切都与他无关，这一切都是凌凌自己安排的，是她饥渴难耐，所以才会做出这等龌龊之事……

铁柱这话一出口，使得众人感到一阵恶心，更伤心的当指这凌凌了，她泪眼婆娑地看着他说道："你竟然这般说，难道你忘了你当初说过的话吗？你用甜言蜜语、山盟海誓来哄骗我，如今却又将所有的责任推到我的身上，你到底有没有良心！"

那铁柱只是看了看凌凌没有说话，凌凌一直在哭，哭得嗓子都哑了。

他也跟着哭，看起来仿佛心疼似的，可是从他的所作所为来看，这一切又有什么用呢？他终究是没有担当……

金老爷一听如此更是气急，他一着急竟然上前旁若无人地给了凌凌一个耳光，大骂道："真是不要脸，败坏我们金家门风，如果不是为了查清案子真相，我现在就把你送去浸猪笼……"

此时的凌凌已经十分绝望了，如今她和铁柱的事一出，算是清白已毁，以后不管案子与她有没有关系，她断然都是活不下去的，一想到这，她竟然由内而外升出一股天不怕地不怕之感，她看着金老爷，啐了一口吐沫说道："哼，我败坏了金家的门风，你这金家的门风怕是早就败坏了吧！今有小妾杀死正妻，前有你亲手谋害世交，这里的哪一样，不比我犯的事重，说我败坏，那老爷您呢？您的君子之道、之乎者也，都念到了狗肚子里了吗？"

金老爷被凌凌这么一说气得要死，他一抬手，便要再给她一个巴掌，谁知直接让苏文月和袁雅琳拦住了，袁雅琳只是拦住了他，并没有说些什么……

那金老爷还想挣扎，却被跟过来的苏文月说道："够了，现在这凌凌还是嫌犯，金老爷你无权私自处置她……"

金老爷看了看袁雅琳和苏文月，又看了看成杨他们，只好就此罢手，不再说什么……

袁雅琳则是对苏文月感激地一笑，她方才听到这丫鬟提到袁府，又看到她对待感情这等模样，便觉得金哥哥可能并不是她害的……

因为正如她所说，她跟在金哥哥身边三年，每每见她，她都觉得这小姑娘十分聪明机灵，讨人喜爱，对待金哥哥也是极好的，从未有过一丝忤逆，是发自内心的好。虽然她不知道她一直隐瞒的是什么，但是看到她遭到爱人的背弃，她也十分的伤心。真是"士之耽兮，犹可脱也；女之耽兮，不可脱也"。

成杨一看她方才提到了袁府的事，便想到她是否知道什么真相，如果真的知道便好了，如此他便可以为袁雅琳昭雪了。

而此时的凌凌却一直盯着袁雅琳看，本来由怒气止住的泪水又源源不断地涌了出来，这凌凌自打见到袁雅琳便觉得她眼熟，总觉得在哪里见过她，但是就是想不起来，然而在她刚刚出手相助时，她一眼便认出了那个神情。

是袁雅琳，袁小姐，那个潇洒哀怨的神情，定是她没错的。

袁雅琳看着她的眼神，知道她是认出了自己，看着她，她心里也是没底的，如果她现在当场拆穿她的身份，那么如此一来，一切便都完了。

她小心地将食指放在嘴唇上做了一个让其闭嘴的动作，那凌凌竟然点了点头……

正当成杨想要继续问凌凌袁府的事时，那金老爷突然像想到了什么似的，看着那铁柱说道："你说你来了我们金府做了几日花农？你说，你都做了些什么？"

那铁柱本已立在一侧盘算自己到底还有没有脱身的可能，可金老爷这么一问又把他吓一跳，吓得他赶忙说道："小人什么都没干啊，金老爷，小人不过是松松土，种种花……”

“只有这些？”金老爷再度怀疑地问道。

那铁柱止不住地点头。

这时跪在一旁良久的花农突然说道：“这个我能证明，老爷你看这一片的花，都是我同他一起种的，花种还是他带来的呢，都是无偿的。”

花农说这话时还笑着看了铁柱一眼，看起来十分友善，仿佛就是在毅然决然地为他证明清白，这铁柱一听他为自己做证，也赶忙像抓住救命稻草一般狂点头说道：“正是这样，正是这样，小人却是也为金府出力来着，这里的花都是小人种的，花籽也是小人买的。”

金老爷点点头没再说话，只是一副若有所思的样子。

就在此时那花农看着成杨等人，突然磕了个头说道：“大人们，现在也都查明了，这里并没有小人什么事，就放小人离开吧，小人有一片花圃还未照看，若是再不浇水，那花儿就都死了。”

说完他瞄着成杨的脸色，又看了看金老爷，那金老爷自是同意他走的，只是碍于成杨而不敢开口。成杨看了看这花农，想着此案也与他没有什么干系，便点点头，放他走了。

那花农走后，成杨看着凌凌问道：“你方才说金老爷亲手谋害了他的世交袁家，何出此言？”

这个问题刚问出口，他立马感受到了袁雅琳的目光，她看着他，眼里满是感激，她知道他是想为她沉冤昭雪，她感受得到他这份心意。

还未等凌凌说话，金老爷自己倒先急了起来，他看着成杨马上焦急地说道：“我的成大人啊，这丫鬟的话可不能信啊，她如此龌龊的事情都做得出，诬陷我这事，她也是张口就来啊……”

看成杨不理他，他急得直转圈，拉住成杨的衣袖继续说道：“大人啊，怎么又绕到这里来了，方才您都已经质问过小人这件事了，事情不是已经问明白了吗？怎么如今又要听信这等小丫鬟的一面之词？”

“金老爷，袁家之事有没有你的手笔，你心里自然清楚，难道等你儿子的案子查明之后，莫非这些事情金老爷还想隐瞒吗？看来金老爷从一开始，便没想着要实话实说啊？”成杨看着他，将自己的衣袖抽了出来，看着金老爷那狡猾的样子，他实属反胃。

他和君无咎都知道，这金老爷是不会和盘托出，全然说实话的，方才之所以会同意和他做那笔交易，正如那金老爷所说，即便是不做，他们也照样会将金安晏的死因查明，这就是他们的职责。

至于这个金老爷，不管他说不说实话，他们终究还是会从他的话中发现蛛丝马迹，因为为了搪塞他们这金老爷不会一味地只说假话，而是会掺杂一些能够将他择出去，不会牵扯到他的线索，说的话中一分真九分假……

不过，对于成杨和君无咎来说，这仅仅的一分真话，便是他们将所有案情串联到一处的突破口。

“大人，小女真的从未谋害过少爷，当初一直不承认与铁柱相识，也是怕此事公之于众，我会被浸猪笼，铁柱哥也受到伤害，所以在大人审问时，一直否认与他相识。”凌凌一边说，一边再度看向铁柱，眼泪再度流了下来，“他今日来这里，不过是想趁着人多眼杂将我带出去，带我私奔……他刚才在前院急于出府，也不过是发现事已至此我同他是绝对不会一同出去的……所以他得回到李府，再晚便被发现了，少不了一顿杖责。”

凌凌如此说，她和铁柱的事便已明朗了，这不过是整个案子里的一个小插曲，虽然她已说明白，但是案子在查清之前成杨和君无咎还是不会放他们走，毕竟他们还是有嫌疑的。

成杨看着凌凌继续问道：“好，你说的证词，本官现已了解，孙主簿也都记下了，可是本官问你的关于袁家的事，你还没有回答……”

那凌凌看着成杨，又看了看袁雅琳说道：“其实事情的原委，小女子并不知情，不过方才那么说也并非是气话，因为这是我家公子最近一直在调查的事，他一直在念叨他的袁妹有冤屈，而且这个冤屈很有可能是他们金府一手促成的，他一直很愧疚，每日喝得酩酊大醉，为的就是要麻痹自己。”

听到凌凌这话，袁雅琳心中一痛，她方才看到金哥哥的尸体时，非常难过，但是她只觉得一切不真切，所以她一直告诉自己没事，金哥哥不过是睡着了，但是时间拖得越久，她越清楚一切都已经无法挽救了。她的亲人一个也没有了，再也没有人会一直叫她袁妹，任由她使性子、耍赖，其实袁雅琳在袁家一直是按照男孩子来养的，所以她一直肩负着重责，很少有人见过她穿女装，看过她调皮不成熟的一面……

不过金哥哥则不同，他真的很宠她，就如同他的亲哥哥一样，他一直同她说：“袁妹，你不要总是自己去承担那么多，有什么事，你可以同我说，我可以与你分担，或者是替你承担。”

现在袁雅琳的心里突然有一个十分不好的预感，她觉得金哥哥的死，很有可能是因为他在调查袁府的事，因为有人害怕他查到什么名堂，阻了自己的路，所以他便出手，先杀了金哥哥，以防后患。

此事定不是金老爷所为，那么参与谋害袁家的林知府如今已在大牢，那么如此说来迫害袁家的还有第三人，难道是那个郊外酒楼的掌柜吗？

凌凌说完这些话后，成杨下意识地看了看袁雅琳，她的脸色很不好，看起来像强打着精神似的，他猜想她定是想到了她同她的金哥哥的美好回忆了，不过如此看来，她的金哥哥也是真的很宠她，说不定，他的死都与他想为袁府沉冤昭雪的事有关……

想到这，成杨突然有些担心，他怕他在袁雅琳的心中再也无法超越这个金安晏，因为如果他活着，他可能还有赢的可能，可是如今他一死，他所有的好都会烙印在袁雅琳的心中，她可能会一直存着对他的念想，就如同君无咎对秀秀一样。他怕，怕再没机会走进袁雅琳的心里。

正当他这么想着，那边的金老爷却急了起来，走到那凌凌身边焦急地问道：“什么？你是说安晏，他是在查袁府的事？”

凌凌点点头，说：“好像是这样，前几日公子回来时，还十分兴奋地说，有眉目了，有眉目了，说马上就能够为袁府和他的袁妹沉冤昭雪了……”

听到凌凌这话，金老爷的脸色变得很难看，君无咎看着他的脸色，便知道，这金老爷可能已经清楚这杀害他儿子的凶手是谁了，此人定是他曾经的合作伙伴。

“金老爷，如此看来这金公子的死，很有可能和他查到的证据有关，想来这回金老爷应该能猜到自己的儿子死于谁的手里了吧！”君无咎看着他，颇带暗示性地说道。

那金老爷没搭话，只是皱着眉头，在那里沉思，半晌，看着君无咎说道：“君大人，你想说的话我都明白，不过小人已经说过了，必须先查明小儿的死因，小人才会向大人说出一切。”

这金老爷虽然表面如此说，可是暗地里却在思索，如今看来那人已是有意要除掉知情的人了，那么是否就要轮到他了呢？今日是有成杨和君无咎等人到场，如果他们不在，那么是否现在他也已经变成了一具尸体了呢？不行，他一定要为自己另谋出路。

“这是自然，调查出金公子的死因，是我们的职责。”君无咎看着金老爷说道。

接下来他们便继续查看眼前的一切，凌凌说过这金安晏是从这一处花园走回去后才开始嗜睡而后身亡的，而且前后时辰推断不超过一个时辰，如此看来，定是这花园里有什么问题！

那凶手下手想来也是因为在这花园里才更加神不知鬼不觉。

他们看来看去，这片花园什么诡异之处都没有，只有大片大片的岭雪花在风中摇曳。

君无咎看着这片岭雪花，又看着那凌凌问道：“你家公子，为何喜欢在这一片花园内闲逛，莫非与这花有关？”

君无咎问完，他的眼神不经意扫到了袁雅琳，果然她的眸子里染上了一抹哀怨，看着这花，似乎若有所思，看来这花定是与她有关了。君无咎暗自想到。

果然凌凌的话验证了君无咎的话，只见她点点头，看着君无咎又看了看袁雅琳说道："正是，这花是我家公子最喜欢的花，因为他曾说这花像极了一个人，便是他的袁妹，清冷而妩媚，相得益彰。"

听到凌凌的话，袁雅琳深吸一口气，没有说话，身子只是不住地在抖，脸色更白了，苏文月赶忙贴心地暗自扶住她，十分担心她的身体。

成杨看了看袁雅琳，发现她就如这风中岭雪花一般飘摇，看起来摇摇欲坠，她这身体才刚刚好，真不知她是否还能撑住这接二连三的打击。

"岭雪花花海！"君无咎看着这些花暗自喃喃，这片园子除了这些花便再没有别的什么东西，而他又再三问过凌凌这金公子可还在花园遇到过别的人，那凌凌摇摇头说："不可能！这岭雪花自种好之日起，这金公子再未让任何人进来过这里，一直都是由他一人亲自打理，所以今日他来时并没有让我陪同，只是命我候在一旁，而我守候时并未看到有人进过这地方，而公子出来时脸色也并没有什么异样，看起来并没有人曾经闯入过这里。"

君无咎点点头，看来可以排除是有人曾在这里与金公子接触过这个嫌疑了，那么问题到底出在哪里呢？这个花到底有什么异样吗？

君无咎一边想，一边看着众人问道："这岭雪花，我倒是看着新鲜，不知可有人了解这花，可与普通的花有什么不同？"

君无咎一边说，一边下意识地看向袁雅琳，关于这个花的事，他想只有她更清楚了吧。

那凌凌以为君无咎是在问她，摇摇头看着他说道："这个小女子便不知了，小女子只知道我家公子和袁家小姐十分喜欢这花，对这花十分的珍爱，因为袁家小姐喜欢，那金公子为使袁小姐开心，才在花园种下了这片花圃。"

说完她又再度看了看袁雅琳继续说道："不过自从袁家出事后，金公子伤心难过，日日买醉，以至于疏忽了这片花园，这花十分娇气，缺少了公子的照料，这些花便全部枯萎了。所以前几日我想着能让公子开心些，便托铁柱带来了这花籽，他也找了许久才寻到。"

君无咎点点头，没有说些什么，而是下意识地看向袁雅琳，袁雅琳深吸一口气，为自己提了提力气，她看着君无咎说道：“君大人，小人曾有缘见过一面这花，对它的习性略知一二。”

“哦？戴兄请讲。”君无咎看着袁雅琳赶忙说道，他们出来时曾怕暴露袁雅琳的身份，便让她化用自己的字来取一个名字，名叫戴宁，所以此时他才看着她说，叫她戴宁。

“这花非常美，也非常清冷，他们有一个非常重要的习性，便是要想开花，必须最少要用三种花的花蜜来涂抹它的花苞，它才会开花，如果照料它时，少这步骤，它是断然不会开花的。”

袁雅琳一边说一边回忆她与金哥哥一同照料这花的时刻，那时她会在空闲的时候收集好三种花蜜，来同他一同来照看它们，那时他总是会背着她偷吃花蜜，那时为此她没少和他吵过嘴架……

如今再想那时候的时光，果然哪怕是同他拌嘴，她也愿意让他活过来，她真希望他只是睡一觉。

“三种花蜜？”君无咎皱着眉思考着，这确实是一个很别具一格的习性，他想了一会又看着袁雅琳说道，“戴兄，那这三种花蜜确定需要什么花吗？”

袁雅琳摇摇头说道：“据我所知，不需要，因为它没有确定的花季，只要温度允许，它便可一直开花，然而很多花的花期却有时段，所以并不需要固定的三种花，只要能够集齐三种便可以了。”

君无咎点点头，仔细想了一会儿，又看着凌凌问道：“那你家公子，今日，可有为这些花涂蜜？”他看着还有一小片未开的花，问道。

那凌凌想了一会说道：“这我便不知道了。平日里公子如果要给花涂蜜的话，都会先吩咐我去收集那些花蜜，今日并没有，想来公子也没有花蜜来涂这些花吧！”

听完凌凌的话，君无咎点点头，他走到那片还未开的岭雪花旁边，观察了一会儿，然后用手轻轻地抚摸了一下，竟然有粘腻感。

他又挨个抚摸了一下，果然如此，这么说来，这金安晏今日定是为这些花涂了蜜的，那他的蜜从何而来呢？这蜜会不会有什么问题？

他搓了搓手指，本想将这蜜放到鼻尖下闻一闻，但是刚抬起手他便止住了这个念头，为了安全起见，他还是从袖口拿出一枚小银针，用银针轻轻地在花瓣上探了探，没有问题，并没有毒？！

这是为何？难道这些花蜜真的没有问题吗？

看到他疑惑，成杨等人也上来看了一下，袁雅琳也用手抚摸了一下这花瓣，果然这些花已经被涂了花蜜，想来一夜之后，明日便会一齐开花了吧，只可惜金哥哥却再也看不到了。

她下意识地将花蜜放到鼻子下面闻了闻，其中有一股味道引起了她的注意，好生奇怪，这味道好像并非花蜜的味道，她因为要照顾这岭雪花，曾接触过很多花的花蜜，所以闻到这花蜜，她一下便识别出这里不仅仅有三种花蜜的味道，还有一种草的味道，但具体是什么她也说不清……

她将这个疑惑说给了君无咎，君无咎听后赶忙看向凌凌问道："你家公子可会在花蜜中掺杂一些别的东西？"

君无咎问完，凌凌便断然地摇了摇头说道："我家公子绝对不会，他爱惜这些花爱惜得不行，宝贝得跟什么似的，他曾吩咐我让我找三种花蜜时还再三叮嘱过我让我一定不要掺进去杂质，这花娇气，他怕会对它有影响。"

听过凌凌的话，君无咎点点头，现在他心中的大方向已经有了，想来定是有人利用了植物相生相克的这一点，做了手脚，给花涂蜜的事，定是这金府的人才知道，而且这给金公子送花蜜之人，这金公子也定是识得，说不定还非常信任，而此人能心思缜密到如此地步也真是可怕……

看着这片花田，君无咎立即命人寻回之前指证铁柱的花农。

那花农裤腿沾着泥土，手里的锄头也没放下，又被叫了回来，看着这一大片的岭雪花，他敛下眼底的惶恐，毕恭毕敬地跪下，道："几位大人，请问找小的有什么事？"

君无咎瞥了他一眼，问：“你叫什么名字？帮金少爷打理花园有些年头了，对这片岭雪花有何见解？”

那花农垂首回道：“小人姓马，大家伙儿都叫我马老头。这岭雪花娇气得很，少爷可不肯让我们这种粗手粗脚的下人侍弄，平日里小人也只是帮少爷担担水松松土。小人也不敢有什么见解，只听说若是饮了酒，绝对闻不得花蜜。具体为何闻不得，小人就不知道了。”

君无咎见花农马老头慢慢地向后退，便开口道：“你后退什么？”

马老头摇着头，说：“小人之前偷偷喝了酒，担心离得太近，伤了这岭雪花。”

君无咎哭笑不得地说：“我又没让你碰花。”

马老头见状，往前挪了几步，整个人抖得跟筛子似的，也不知道在怕什么。

成杨笑着说：“胆子未免也太小了吧！”

没等成杨笑完，只见那马老头的身体抖得更厉害了，众人眼看不对劲，君无咎立马上前查看，不出半刻，马老头抽搐着倒地身亡。现场一片寂静。

君无咎看着马老头，自责不已，明明当时他已经说过他喝了酒断然是闻不得这花蜜的，他本以为他没有近距离接触这些花蜜是没有问题的。

是他太急了，他实在是太想知道这花蜜中是什么了……这一次着实太不冷静了，不仅没有问出线索，还害了马老头。

看到君无咎满眼的愧疚，成杨知道他一定又是将所有的责任都揽到自己身上了，他拍了拍他的肩膀说道：“你又胡乱往自己身上揽责任了，你可还记得那金公子是在接触花蜜之后，大约半个时辰之后才毒发身亡的，而这马老头才被我们审了几句便如此，想来他定然是之前便已经被人下了毒的，而且他自打到了这里并没有接触过那些花蜜啊！”

成杨一边说，一边回想金公子的死状，然后看着君无咎说道：“如今我们也已经知道，这金公子的死，定然是和这马老头有关系，就是他将这掺了东西的花蜜交给了金安晏，并且也从他的口中得知，这花蜜中有能致金安晏死的成分，所以这金安晏的死因算是明确了。总算是有收获，你不要再难过了。”

君无咎看着他，感激地笑了笑，他知道成杨分析的是对的，也知道其实马老头可能很早便被人下了毒，为的便是杀人灭口，只是马老头上一秒还好好地活在他面前，下一秒却如此，他总觉得是因为自己的失察，自己的粗心大意才造成如此，内心十分的痛苦。

“那如今，便没人能够快速地辨识出这花蜜里有什么了。”君无咎叹息着，看着成杨说道。

“没事，如今这大的方面已经确定，在场听过马老头的话的人，都是证人，这花蜜的成分倒也不是非知不可的事了，不过我这就命人将这片岭雪花收集下来，这件事就交给我吧，我会快马加鞭地处理好的。”成杨说完再度拍了拍君无咎的肩膀，君无咎领会了他的意思，他应该是要动用暗中力量，来寻求能够识别这花蜜的人了。他再度看着他感激地笑了笑……得此知己，人生真是足矣，君无咎终于明白当初自己为什么会选择和成杨一起走，放弃隐居的生活，当初本想着他是自己的伯乐，借用他的力量能够帮助自己查明老师和秀秀的事。

而走到今天，成杨对于他已经再不仅仅是自己的伯乐和上级官员，于他来说，成杨亦师亦友，他突然庆幸自己当初的选择，能够和成杨一起查案办案，真的是他的幸运。

看到君无咎面上放松了许多，成杨也放下心来，他赶忙命仵作再度来查看一下这马老头的尸体，然后同众人说道：“事已至此，金安晏的死因基本便是可以确定了。”

说完他走上前，指着那些涂了花蜜的岭雪花说道：“方才那马老头也已经说了，这花蜜若是饮了酒，是绝对闻不得的，而凌凌也曾说过，这金公子是饮了一夜的酒，天亮才回到金府睡了一会儿的，可见这酒也并非全然醒，当这公子来到花园后，这马老头不知用了什么手段将这花蜜给了金安晏，让他独自将这些花蜜涂抹到花瓣上，如此便让这花蜜与金安晏有了近距离的接触……”

说到这里成杨顿了顿，他看着众人说道：“不过，我想大家也已经猜到了，这幕后黑手断然不是这马老头，马老头被灭口，定然是那幕后黑手怕暴露自己，所以毁灭证据罢了……如今已经查明凌凌还有铁柱与这个案子没有关系，铁柱你可以走了，凌凌你还要留下来，我们还需要向你询问关于你家公子的事。”

成杨说完这些突然又想到了前院的那些人，赶忙看着金老爷，说道：“金老爷，如今想来那凶手应是早已不在金府了，或者说那凶手应该是从始至终从未来过金府，他只不过是将一切都安排好了。罢了！让那些宾客离开吧！”

成杨说完，金老爷连忙点点头，吩咐金管家去将那些宾客放走。那金管家接了命令，赶忙跑了出去，这些宾客可整整闹了一天了，差一点就要将金府的前院拆了，这金管家早就想要将他们赶出去了。

那铁柱看着成杨一脸的难以置信，他腿软得站都站不起来，那金老爷本想将铁柱扣押下来，但是碍于成杨的颜面，便只好任由那铁柱离开了，那铁柱离开时不住地向成杨叩头，念叨着谢谢大人，跑着离开时，竟没有回过头来看一眼凌凌。

凌凌望着他的背影苦涩地笑了笑没有说话，不过金老爷的样子却仿佛要把凌凌吃了似的，对于金老爷来说，这凌凌做了有辱金府的事，那铁柱能跑，她可是跑得了和尚，跑不了庙！他一定会将她浸猪笼，来证明他们金府的家风。

苏文月看出了金老爷的意思，她本来非常担心，但是看到成杨她便知道这金老爷是没有机会做这种事情的，无论是成杨还是君无咎都不会允许这事的发生，而且这金老爷身上还不一定背负着什么案子呢，想来到时候真相大白，他自己都躲不开牢狱之灾，又如何来管凌凌的事！

如今这花园里也再没有什么好查的了，成杨和君无咎等人便相继离开了这后花园，转身来到了前堂，那金老爷身体实在熬不住了，便说自己要回去休息，成杨想了想点点头，却命孙主簿全程陪在他的身边，以免他会发生什么意外，或者和谁暗通消息。

君无咎本想将金老爷拦下来，让他兑现承诺，说出他之前一直隐藏的事情，可谁知那金老爷再度要起了无赖，看着君无咎等人说道："凶手大人您抓到了吗？这不是还没抓到吗？大人你不要急啊！"

君无咎看着这金老爷叹了口气，知道再问也问不出什么，只好放他回去，嘱咐孙主簿一定要看好他，保证他的性命无虞。

孙主簿点点头，让他放心，两人便离开了。然而这金老爷在离开时，却深深地看了袁雅琳一眼。看得袁雅琳毛骨悚然，那一眼她总觉得这金老爷认出了她。

金管家则前前后后地打理金府夫人同公子的丧事，将红绸换为白绸，整个金府在一日之中由承办喜事，转成操办丧事，气氛一瞬间转换，总是让人觉得说不出的凄凉。

在所有人都退出去的时候，那凌凌突然靠近袁雅琳，看着她小声地说道："袁小姐，你果然还活着。公子成日里都暗自说你一定没有死，我本还不信，他说得竟然是真的。"

袁雅琳听她说这话十分惊奇，她转过头，看着她问道："他一直觉得我活着？"

凌凌点点头，说道："公子他说得十分肯定，他说要将这个案子查明，这样便能够为你沉冤昭雪，便不用躲躲藏藏了。"

袁雅琳听着心内一阵感动，当初她出去走镖，回来后袁家便发生了大火，被烧的只有她的房间，当时她还以为自己会成为逃犯，可是她逃了许久却发现朝廷并没发出通缉她的文件。后来她打听过才知道，这袁府的人竟然所有人都被收录在案，而袁雅琳也登记在册……

原来那日失火，已经有人代替她死在了那个屋子中，她不知道这件事到底是如何发生的，也不知这会不会是父亲的安排，她只是因此逃过了一劫，只是不知那个替她死去的女子是谁。她从身形来判断，觉得那是她的贴身侍女，不过她不能确定。每每想到这，她都会愧疚不已。

金哥哥能一眼认出不是她，想来便是认出了那身形不是她……

“金哥哥他后来过得好吗？”袁雅琳想了许久，不知说些什么，看着凌凌问道。

“不好，公子过得一点都不好，他一直在查袁小姐家的事，而且日日在醉笙楼买醉。”那凌凌一边想一边皱着眉有些忧愁地说道。

一提到醉笙楼，凌凌突然像想到什么似的，她看着袁雅琳，压低声音，小心翼翼地说道：“对了，袁小姐，我想到了，公子曾经提过那醉笙楼的妍女，他好像提过那妍女知道些什么消息，我想你要是去那里问一问的话，想来能得到什么线索。”

听到凌凌如此说，袁雅琳才想到金哥哥的这个红颜知己妍女，那妍女她早就认识了，是当初金安晏亲自介绍给她的，说是他的红颜知己，那时她见这女子时，也十分惊艳，只觉这女子真的很别致，她虽然混迹烟花之地，可是她却给人一种出淤泥而不染的感觉，她一直觉得金哥哥钟情于他，只是碍于金老爷，所以不能将她娶进门，毕竟这金老爷说什么都不会允许金哥哥娶一个名妓为妻的，哪怕她只卖艺不卖身。

金哥哥最近一直宿在她那里，想来她可能真的有什么消息，看来她是时候去醉笙楼去见见这妍女了。

凌凌和袁雅琳说这些话时，一直在避着成杨和君无咎等人，她以为他们并不知道袁雅琳的真实身份，所以她将声音压得非常低。

成杨他们并未听到凌凌说了什么，而且也不好意思上前打探。

说完这些成杨和君无咎再度向凌凌询问了那金安晏最近的起居事情，事无巨细。不过，凌凌却没有将妍女的事告诉成杨他们。

袁雅琳知道这凌凌应该是想要保护她，她怕这些事会暴露她的身份，她感激地冲着凌凌笑了笑，看着她说道：“没事的，这几位大人都早已知道了我的真实身份。”

凌凌听到袁雅琳这样说惊讶不已，不过不久她便释然了。她想到最近的事情，再看看成杨和君无咎，便理解了。

这几位大人确实与她以往见过的不同，他们确实如戏本上所说的一样，一身的浩然正气……

如此凌凌便放心地将妍女的事同君无咎他们说了。君无咎和成杨几人听到之后，都感觉柳暗花明又一村，如果这妍女手中真的握有关于袁家一案的证据，那么，为袁雅琳洗清冤屈的过程便会简单许多……

大家又商议了许久，夜已深，大家便也都有了困意，最终商议定于明日由苏文月陪同袁雅琳去找妍女，而成杨和君无咎则继续查金府和那掌柜的事……商议好这些后便赶忙各自去休息了。

次日清晨，苏文月和袁雅琳梳洗好后，便一同来到了这醉笙楼。

一到醉笙楼，本来掌事的以为有了生意，还很是热情，但当苏文月提到妍女时，那醉笙楼的掌事竟说这妍女身体不适，不宜见客。

苏文月正发愁没有办法去见到妍女时，袁雅琳却走上前对那掌事说道："你上去，就同妍姑娘讲，戴先生求见，她是一定会见的！"

那掌事狐疑地看了看两人，看两人器宇不凡，虽然心中犹疑，但最终跑到了楼上，去向妍女通报。

果然不多时，那掌事的便跑了出来，躬身请她们二位进去……

一进到妍女房中，袁雅琳便看到妍女和衣躺在床上，脸色惨白，看起来十分不舒服，而且她眼睛红肿，看起来是哭过了，还是哭了很久的样子。

她看着袁雅琳二人，努力撑起身子，想要向二人施礼，但被袁雅琳拦住了，袁雅琳看着她说道："妍姐姐，你身体不适，快快躺着，不要起来了……"

袁雅琳这一声妍姐姐叫出来，这妍女的眼泪立马从红肿的眼眶流了出来，她看着袁雅琳说道："黛凝，黛凝，你果然还活着，安晏说得没错，安晏说得没错！"

她一边说话，眼泪一边止不住地流，她紧紧地抓住袁雅琳说道："安晏最终还是没有见到你，他若是能够见到你平安无事便好了，你知道他最疼你。"

妍女如此一说，袁雅琳的眼泪也如同断了线的珠子一般落下来，她看着妍女说道："妍姐姐！妍姐姐！是我不对，我本该第一时间来见金哥哥和你的，都是我的错，是我太任性了！我本想查明一切再见你们，我怕我的有罪之身，会牵连到你们！”

“胡说……你怎么能这么想呢？”妍女一边哭着说话，一边无力地用手打着袁雅琳的手臂。

哭了许久，妍女看着她继续说道：“你明知你金哥哥的个性，他怎么会容忍让你一人来承担这些事情，他一直坚定地相信你没事，可是却一直不见你来见他，越等他越没有了自信，以至于到最后日日买醉，自责自己没有保护好你！”

妍女的话刺得袁雅琳的心一阵剧痛……于是她一直哽咽着，不知如何是好。

妍女同她哭了许久，苏文月立在一旁局促不安，不知道如何来安慰两人，不过不久那妍女竟然将袁雅琳揽在了怀里，同袁雅琳说道：“不要哭了袁妹，你金哥哥一直希望能够为你沉冤昭雪，他未完成的事，我会为他完成的。你不要怕，我会同你金哥哥一样守护你。”

袁雅琳听到这话，心中更加感动，她轻轻地拍了拍妍女的肩膀说道：“妍姐姐，黛凝何德何能可与你和金哥哥做一生知己！你们为黛凝做的事，黛凝无以回报，黛凝只能来世做牛做马再来报答你们的大恩了！”

见袁雅琳如此说，妍女立马露出了不悦的目光，看着她说道：“几日不见，黛凝你竟然变得如此生分，我和安晏都待你如亲妹子，我们如何会要你回报些什么！”

妍女一边说一边挣扎着起身，走到自己的化妆镜前，轻轻地敲了敲镜面右上角，谁知这镜子竟然自己缓缓地升了起来，露出来一个隐藏的四方小盒，她从这盒中拿出了两封信，还有一个令牌，交到袁雅琳手中继续说道：“这两样物品便可以证明袁家的清白了——这两封信都是金老爷同林知府的亲笔信，这令牌也是林知府同这信一同交给金老爷的，证明自己嘱托他来办你们袁家！”

她一边说又一边打开了这封信，指着中间金老爷和林知府商议如何来处理袁家的对话说道："安晏看到这部分时十分心痛，他一时间甚至不知该如何是好，他想为袁家申冤，却不曾想到暗下黑手的竟然是自己的亲生父亲！"

袁雅琳颤抖着双手，接过信仔细地看了看，这信中确实记录了那金老爷和林知府的计策往来，十分详尽，看得她心中怒火中烧！

"不过，你金哥哥最后还是想着要大义灭亲的，他本来想公布这些证据来为你鸣冤昭雪，可是奈何那时还是林知府掌权，他没有能力，也不敢将这些证据公布出来，怕胳膊拧不过大腿，得不偿失。不过前几日他听闻来扬州视察的几位大人亲手将林知府送进了大牢，他一阵欢喜，正准备将一切证据准备好，交到几位大人的手中，不曾想还未如此做，便遭到了迫害……"

妍女一边说，一边再度哭了起来，看得袁雅琳和苏文月肝肠寸断，袁雅琳赶忙握住妍女的手说道："妍姐姐，你相信我们，我和几位大人一定会查明真相，为金哥哥报仇的。"

妍女点点头，似欣慰地看着袁雅琳笑了笑，只是脸色更加白了。

说到这里，那妍女似乎又想到了什么，她赶忙打开首饰盒，从里面拿出一个玉扳指，那玉扳指的外部雕刻着一条被云隐隐约约遮挡住的龙，将它递到袁雅琳的手中说道："这个便是当初他们有理由污蔑你们袁家的物件。"

她一边说还一边扫了苏文月一眼看着她说道："这个玉扳指，今年年初，有人用盒子密封严实，将它交到了你父亲手中，并让他一月之后压往苏州，此事不许他同任何人提起，包括你，所以当初此事事发，你也并不知内情……"

袁雅琳接过玉扳指，仔细想了想，确实记得过年时父亲曾同她说过，过几日自己要亲自走一趟镖，那时袁雅琳还不知是何重要的物件能让父亲亲自出山，想必定是十分重要的物件，毕竟当时父亲已经将镖局全权交由她打理，他已经三年没有出过一趟镖了。

不曾想，这重要的物件竟是这个玉扳指，可是当初父亲并不知这是何物，那父亲能够同意亲自运镖必定是出于给某个重要人物的面子。可是谁的面子能这么大，大得到能请动父亲，毕竟当初这林知府让他们保管一样东西，父亲都没有亲自理会，而是全权交由她负责。

袁雅琳正在想时，苏文月接过了她手中的玉扳指，细细地看了起来，她仔细地看了一会儿，突然觉得这玉扳指上雕刻的图案，看起来有些眼熟，突然她想起了那个木质的令牌，上面的龙和这个龙的感觉如出一辙，这到底是怎么回事？莫非这个也是那京城中某位重要的大人的信物吗？那它又为何会出现在这里呢？莫非那位大人，在笼络什么人吗？

想到这里，苏文月一时拿不定主意，她看着袁雅琳说道："袁姐姐，我觉得这些东西还是尽早交到我师兄和君公子手中为好，他们早一点看到这些证据，也能使你早一点沉冤昭雪。"

袁雅琳看着苏文月赞同地点点头，她正要说些什么，却被妍女的话打断了，那妍女看着苏文月说道："君公子，莫非是君大人？"

"哦？妍小姐如何得知这君大人的？"苏文月看着她，疑惑地问道。

那妍女笑了笑，看着她说道："看来苏大人还不知自己同其他几位大人在这扬州府有多出名，前几日你们亲手将林知府送进了大牢，你们的事迹早就在扬州城内传遍了，人人都道，几位大人是青天大老爷呢！"

听到妍女如此说，苏文月打消了心中疑虑，不过也被她说得有些不好意思，连忙说他们也只是在尽自己的职责罢了……

两人互相客套了一番后，那妍女看着苏文月隐隐约约地问道："这君大人，今日怎么没陪同黛凝和苏大人一起来呢？"

看到妍女提到君无咎眼神中有些躲闪，苏文月一时摸不着头脑，一时间，她心中的疑虑便再度涌了上来，她看着那妍女说道："君大人还有别的事情要办……"

妍女看苏文月说话的语气不对，连忙看着她笑了笑说道："我只是想一睹君大人的风采罢了，听说他器宇非凡，一身正气，我……

我……”

苏文月听了只是点点头，没再同她说些什么，而此时袁雅琳则接过话，看着妍女说道：“妍姐姐，我们要先回去了，金哥哥的案子还未彻底地查明，成大人他们还需要人手，我们得尽快回去帮忙，我想我手中的证据，应该不仅仅能够为我们袁府申冤，而且能够帮他们查明许多其他的事情。”

袁雅琳一边说，又一边将妍女扶回了床，安顿她好生休息，自己回去处理好一切后，便会再来看她，到时袁府申了冤，她便能够再回袁府，那时她便回来将妍女赎出来，两人一同回袁府生活。

听了袁雅琳的话，妍女看起来十分的感动，她牵起嘴角，看着她温柔地说道：“若真能如此，该有多好！”说完她还温柔地摸了摸袁雅琳的头，看起来十分不舍。

“这有什么不可能的呢？妍姐姐你等我，不出几日，我便来将你赎出来……”袁雅琳握住妍女的手，斩钉截铁地说道。

妍女点点头，看着她沉思了一下再度开口说道：“现如今，我还有一件事要求你，希望你能帮帮忙……”

看着妍女脸上显现出难过和受伤的表情，袁雅琳说道：“妍姐姐请讲，只要是我能做到的，我都会尽全力去帮你。”

妍女看着她欣慰地点了点头，说道：“我希望你能助我在安晏出殡那天，去他的棺材前上炷香，这是我如今最大的心愿了，我知道金老爷不会同意的，他觉得我踏进金家的门，有辱金家门楣，所以现在我只能求你，求你让我再见安晏最后一面。”

袁雅琳听了妍女的话十分感动，她看着她庄重地点了点头，说一定会为她想办法，让她放心，这几日只要养好身体便可。

听到袁雅琳答应她这件事情，妍女激动得喜极而泣，如此她再没有什么事情要嘱咐她了，便起身要送她和苏文月离开，袁雅琳赶忙将她按在了床上，为她掖好被子，整理好一切，悄悄地和苏文月退了出来。

从醉笙楼出来，她们便赶忙回到了金府，成杨和君无咎一见她们回来，赶忙迎了上来，问她们可有什么收获。

袁雅琳将那两封信件交到了成杨手中，并复述了妍女的那些话。苏文月则将手中的玉扳指递给了君无咎，指着上面的龙纹说道："君公子，你看这个，可觉得熟悉？"

君无咎一眼便认出这龙纹和那令牌上的龙纹的关联，无论是从神态还是形态上来说，都如出一辙，应是出自同一工匠之手。

"这玉扳指哪儿得来的？"君无咎的声音吸引了成杨，他也赶快走过来看这玉扳指，果然他也一眼便认出这玉扳指的蹊跷之处。

苏文月看着他二人赶忙将妍女的话重复了一遍，说这是某人托付给袁雅琳父亲的，此物就连袁雅琳都不知情。

袁雅琳也将自己的疑惑同成杨和君无咎说了，她说父亲有很久都未接过镖了，此事就连她都觉得奇怪……

君无咎听袁雅琳如此说，心中也疑虑不已，这玉扳指的出现到底意味着什么呢？为何这袁镖头在不知那盒子里是何物时便会接下这个镖，而且要亲自押送，托付给他这镖的人，到底是谁呢？

看来一定是对袁镖头十分重要的角色，莫非是那京中的那位大人，那如此说来这袁家可是真的与反党有勾结？

君无咎一边如此想又一边否定了自己，如果真和京城里的那位有关联，那么他们今日也不会被林知府和金老爷合谋陷害了，如此看来，这事还是有蹊跷。

袁雅琳看到君无咎紧皱着眉头拿着这玉扳指思考事情，便知道他定是怀疑他们袁家真的与那反贼有勾结，她赶忙走向君无咎看着他澄清道："君大人，请你务必要相信黛凝，黛凝可用自身性命为誓来向你证明，我们袁家从不插手朝廷之事，一直只是混迹江湖，在卷入此次纷争前，袁家从未与朝廷中的任何一派势力有过牵连。"

袁雅琳的话拉回了君无咎的神思，君无咎看着她点点头说道："袁小姐，你别紧张，我信你。"

君无咎此话出口，袁雅琳才放心地呼出一口气。成杨见她紧张，笑着安慰她道："你不要紧张，清悦就是如此，有什么可疑的地方他都是要想明白的，并不是真的觉得袁家与反贼有牵连。"

袁雅琳点点头，没再说些什么。

而此时苏文月则开心地跳了起来，看着成杨和君无咎说道："这回好了，有了这几样证据和妍女的证词，袁姐姐的冤屈终于可以洗清了，她终于不用再每日费尽力气地易容了。"

她这话将君无咎等人都逗笑了，成杨点点头说道："好，现在我们先去处理金公子的案子，等回到知府衙门，我们立即升堂为袁家平反。"

听到这话，在场的几人都莫名地激动，这可能是几人在扬州城这几日中最开心的事情了。

说罢他们赶忙走向了停放金安晏尸体的偏房，走到那里时苏文月发现，十五已经在那里等候多时了，原来他方才向成杨等人报备自己查到的线索，刚报备一半，便被苏文月和袁雅琳回来的消息打断了。

原来昨日，成杨回房后暗地命十五拿着那花蜜去找能够辨别出它成分的人来辨别花蜜中的植物，十五寻了一夜，方才才得出结果，急急忙忙地跑回来复命。

其实昨日那仵作和那个大夫都猜对了，这花蜜中确实掺杂了马莲草和铃花草，只不过是这两种草药都通过提纯加了进去，这两种草药对上岭雪花虽然表面上并没有什么害处，然而它们却有一个共同致命的因素，便是不能碰到酒，如此同酒起了反应，它们便会化作比砒霜还毒的毒药顺着呼吸进入人的内脏，从而麻痹人的心脏，导致人的死亡。

如此金公子的死因便是彻底查明了，如今只差这凶手，他还未被逮捕归案，不过君无咎和成杨都觉得杀害金安晏的凶手定是那城郊酒楼的老板，因为从金老爷的神色中他们也察觉到了忌惮和惧怕，所以此人定是要杀他们灭口！如今无论如何都要说服金老爷同他们合作。

一听到查明死因，那金老爷匆匆忙忙地赶了过来，看到成杨和君无咎便问真正的死因是什么，一边说还一边深深地看了袁雅琳几眼，如此目光，就连君无咎和成杨都觉察到了不对，这袁雅琳心中更是莫名觉得胆寒……

成杨和君无咎再度向金老爷复述了一遍金安晏的死因，并且同他谈了合作的事，成杨说最起码可以保证金老爷的生命安全，可谁知这次金老爷却变得非常决绝，绝口不提当初约定好要和盘托出一切的事，以为如此成杨和君无咎便拿他没办法……

成杨一怒之下便命人将金老爷拿下，押到了知府衙门，金老爷争辩说成杨等人没有证据，没有权力抓他。

可成杨却说，那日他当着众人的面亲口说清楚失踪案的一些线索，当时在场的人都是证人，所以如今绑他也不为过。

说完一行人便浩浩荡荡地回到了知府衙门，一回到衙门，成杨和君无咎等人连休息都未休息，立马来到大堂准备升堂。

现在证据确凿，他们要为袁家平反，为袁府洗脱冤屈。

升堂时，成杨又命人将金老爷和林知府押了上来，将那两封信和令牌掷于他们面前，让他们仔细查看自己当初陷害袁家的证据……

那金老爷和林知府看过信后，都矢口否认，说这信并不是他们写的，他们绝没有污蔑袁家，当时袁家参与谋反，证据确凿，他们才没有构陷他们呢。

可是容不得他们狡辩，这信上的笔记确实是他二人的笔记，而这令牌也的确是林知府的贴身令牌，他只有要交代特殊的事情时，才会将这个令牌交与办事的人，来证明那人是直接代表自己的身份的，当初成杨他们初到知府衙门时，曾见过这林知府使过这令牌……

可是尽管如此，那金老爷和林知府还是不认，只是一味地说他二人并没有写过信，不过证据确凿，再加上妍女的证词，这金老爷和林知府算是坐实了这个构陷他人的罪名。

成杨命孙主簿将这案情整理好后并未立马宣判，他知道这两个人身上一定还牵扯别的案子，他和君无咎打算将它们一并破了之后，记到一起，将这些案件陈述交到新来的知府大人手里，这案子给他定夺就好了。

现如今对于他们来说最紧要的就是要公布袁家无罪，为袁家众人平反，成杨赶忙写好道文令，命衙役全城张贴，向众人宣布袁府上下并没有人参与谋反，也公布了袁雅琳还活着的事实。

一切事情处理完毕，真相终于公之于众，袁家的冤情得以昭雪，袁雅琳也可以恢复自己的真实身份，不必再和做贼一样的躲躲藏藏了。

那金老爷和林知府却气急败坏，那金老爷一个劲地冲着成杨说：“那信根本就不是我和林知府写的，我若真想同林知府互通什么消息，又怎么会留下这么致命的证据呢？”

那金老爷说完，看向成杨。成杨没有说话，而是看向了君无咎。君无咎确实当初也有过这个疑问，而且他也同成杨说过，为何这信上记录的事，事事详尽，完全不像是两人互通消息，而是一个人从第三视角将这一切写下来，或者说是复述下来，仿佛就是等着日后被其他人观看似的。

当时成杨听君无咎如此说，内心也十分疑虑，但是苏文月却拿着信看着他们说道：“我说你们是不是疑心太重了？这明明是妍女交给我们的，说是金公子死前查到的，而金公子又因为这些证据惨遭杀害，难道还不能证明这证据的真实性和重要性吗？”

听苏文月这样说，成杨和君无咎虽然还有隐隐的不安，但也只能暂时打消心中的疑虑，可是如今被金老爷如此一说，君无咎又隐隐约约地觉得哪里不对。

那湛之君本来就看不起这金老爷，听闻他如此说，便走上前，不悦地看着他说道：“你就胡说吧，你这就是欲盖弥彰，想要扰乱我们的想法，收起你狡猾的那一套吧！”

金老爷被湛之君说得不知反驳些什么，只是反反复复地说自己从没写过这种信，也从没和林知府有过什么接触来构陷袁家。

说完他再度死死地盯着袁雅琳，眼神十分恐怖，而且他一边盯着她一边还十分诡异地冲着她说了一句话，他说：“黛凝啊，你若是有冤屈便来同金叔父讲啊，你如今在这里构陷叔父又是为何？你要知道这袁府可再没有别人了？莫非你觉得你还会有第二个贴身丫鬟？……”

他这话说完袁雅琳想了许久，也没搞懂这话的含义，不过成杨和君无咎却听出了隐隐的威胁，他们二人相视一眼，彼此都觉得袁雅琳可能会发生什么危险。

之后成杨和君无咎再度向金老爷询问那郊外酒楼老板的事，然而他却闭口不提，完全没有了往日的胆战心惊，而那林知府看着金老爷却莫名一阵紧张，仿佛担心他会说出什么一般。

成杨和君无咎从一开始便知这林知府与那掌柜的有联系，奈何那林知府也同金老爷一样死活不肯交代，如今看他如此紧张那掌柜，君无咎不禁联想到那掌柜会不会和林知府有什么关系。

君无咎暗中将这个猜想同成杨说了，成杨十分赞同，他赶忙命初一去打探，打探林知府周边的关系，从之前到现在哪怕有一点可疑的地方都要查探明白。

初一接到命令后，便直接离开了。他可能先要赶到滁州，重新调查一下林知府的家族关系。

一切事情都处理完毕，袁雅琳突然想起自己承诺过妍女的话，她想这时日尚早，想到妍女十分想要再见金哥哥一面，她赶忙收拾好一切，同成杨等人说道：“各位大人，如果没什么事，黛凝就去醉笙楼了，我想陪妍姐姐去趟金府。”

成杨本来点点头，想让她离开，可不知为何眼中却又闪过那金老爷恶毒的眼神，他赶忙叫住她说道：“黛凝，正巧我们也没事，不如一同去吧！”

正好君无咎心中一直有疑惑，而且通过苏文月的描述，他总觉得那妍女并不简单。他也走上前看着她说道：“正是如此，不如袁小姐也带上我们吧！说不定此行还会有什么收获……”

袁雅琳没有多想，点点头说道：“好，那便一同去吧！”

君无咎和成杨既然要去，那苏文月定然也是要一同去的，孙主簿和湛之君则留在了知府衙门，整理这些案件，以便之后的新知府看明情况。

袁雅琳一行人不多时便来到了醉笙楼，那掌事看到戴先生去而复返，赶忙上去通知妍女，而这回妍女是亲自下来迎接的。

看到袁雅琳，妍女走上前去拉住她的手说道："如此快地便来了，是事情已经查明来向我报喜的吗？"

袁雅琳笑着点了点头，激动地看着妍女说道："全都仰仗妍姐姐和金哥哥的帮助，如若不是你们，我今日也不会如此轻松摆脱这罪名。"

妍女微笑着，赶忙谦虚地说道："这怎么会是我们的功劳呢？明明是这几位青天大老爷的功劳，如若不是他们，我都不敢将这手中的证据交出……"

她一边说眼神不住地打量着君无咎，看得君无咎不明就里。

不过他还是正视了回去，道出了他心中的疑惑，"妍小姐，本官对这证物有几处疑惑，不知妍小姐可否能将这证据的来源过程原原本本地同我们讲一遍吗？"

见君无咎如此问，那妍女看着他莫名地笑了笑说："我也不知它是如何得来的，它们都是安晏交给我的。"

"原来如此！"君无咎点点头，没再说话。

"不过凌凌说金公子是听闻你手中有证据，才开始着手查的啊？"君无咎虽然不语，但苏文月却看着妍女好奇地问道，她一直在打量君无咎她也看到了，她心中也越发觉得奇怪。

方才她和袁雅琳来时，她便十分好奇君无咎，然而此时她又是如此，如果说是想瞻仰京中大人的风采，那成杨当为更加合适，这女子到底同君无咎有什么渊源呢？

"这……定然是凌凌那丫头记错了，我一直在醉笙楼，几乎足不出户，我若是能听闻什么消息，也不过是在这醉笙楼中，听到的罢了，不过此事我确实没有得到过任何消息……这所有的证据都是金公子交给我的。"

苏文月和君无咎点点头，没有再细问，袁雅琳不知君无咎他们是怎么了，一来竟然像审犯人似的开始审问妍姐姐，她赶忙焦急地看着他们说道："妍姐姐是不会说谎的，你们这是……"

苏文月拉住袁雅琳的手说道："袁姐姐，我们并没有别的什么意思，这一切只不过是例行检查罢了。"

听到苏文月这话，袁雅琳才放心下来，她再度转过来，拉着妍女说道："妍姐姐，我不仅是来同你报喜的，我还是来带你去见金哥哥的，如今金老爷已经被抓，金府再没人能阻止你的出入了。"

听到袁雅琳的话，妍女激动之极，她看着袁雅琳竟生生流出泪来，她拉住她的手，看着他们说道："袁妹，各位大人，麻烦你们等等，我去换一下素服……"

成杨点点头，示意她快去快回。不多时妍女便一身白衣走了下来，就连鬓上的花，都换成了白色，她款款走下来时，楚楚动人，看得袁雅琳莫名感动。

她拉住袁雅琳的手说道："我本是想为他披麻戴孝的，可是我是个艺伎，我怕我如此做反而会玷污了他的名声。"

听她如此说袁雅琳的眼泪刷的一下便流了下来，她总觉得这世俗给这对爱人带来了太多伤害……

不过苏文月看着这妍女却总觉得哪里奇怪，这妍女的做法在她看来总觉得有些刻意，不过到底是哪里奇怪，她又说不清……

寒暄过后，几人便一道向金府走去，妍女的这一身素服吸引了很多人的目光，一路上指指点点的声音不断，不过她没有理会旁若无人地走到了金府……

一到金府，妍女看到金安晏的棺材痛哭不已，苏文月甚至看她哭得如此撕心裂肺，甚至觉得她可能下一秒便要撞到那棺材上，同金安晏一同赴死……

袁雅琳也害怕妍女会控制不住自己的情绪而做出什么傻事，赶忙上前一直拦着她。

君无咎倒是没说什么，只是一直在一旁冷眼旁观，看那妍女的神态，能够体会到她是真伤心，可是这伤心中仿佛又夹杂着一些说不清道不明的成分，让他觉得诡异。

那妍女哭了一会儿，又冲着袁雅琳等人说道："袁妹，我想同你金哥哥说一会儿话，你能和几位大人回避一下吗？我想和他说一些知心的话。"

袁雅琳一听赶忙理解地点点头，贴心地嘱咐她一定不要激动。说完便同成杨等人离开了。

那妍女温柔地抚摸着金安晏的棺材，将脸紧紧地贴在棺材上，不知哽咽地说了些什么，不多时又抹干了眼泪，起身来同袁雅琳道谢，感谢她满足她的心愿。

袁雅琳赶忙笑着和她说这都没什么。可谁知妍女却一阵眩晕差点就要晕倒，袁雅琳赶忙将她扶起，问她怎么了？她看着袁雅琳说道："黛凝，我有些不舒服，你能扶我去你金哥哥房间里休息一会儿吗？"

袁雅琳点了点头，扶着妍女来到了金安晏的房间，并叮嘱她好好休息，说自己这就去给她准备点吃的东西，忙乎了一上午，她还什么都没吃呢！

妍女看着她感激地笑了笑。

袁雅琳离开后不久，妍女佯装眯了一会儿，见没有什么动静，赶忙起身四处看了看，开始在金安晏的房间里摸索了起来，她几乎将每个地方都找遍了，依旧没有找到什么东西，正一筹莫展时，君无咎走了进来，吓了妍女一跳……

其实君无咎早就躲在了门外，妍女所做的一切尽收他眼底，他走进来看着妍女说道："不知妍姑娘在找什么，可以说与本官听听，本官帮你一同寻找。"

那妍女看君无咎的表情便知他已经对自己起疑，赶忙摆摆手同他说道："小女并没有寻找什么东西，不过是想随意找一个安晏一直贴身用的东西留作个念想。如此小女人心思，怎么能劳烦君大人动手呢？"

君无咎不说话，只是静静地打量着她，他的眼神仿佛能将人穿透一般，看得妍女心中毛毛的，她本来还能故作镇定，见招拆招，可是君无咎一直不说话，只是一直打量着她，仿佛他手中有什么牌，能彻底将她掌控，她现在所做的一切不过就是一个跳梁小丑罢了。

不过她还是稳住了自己，没有让自己表露出半点心虚。

“妍姑娘，你这身上这瑞香花的花香可真是好闻，这如今并不是瑞香花的花期，妍姑娘能在醉笙楼楼后的花房中种得这瑞香花，也真是不易。”君无咎看着妍女话中有话地说道。

其实他自打第一面见这妍女，他便被她身上的味道吸引住了，起初他并未想起这香味的来源，想了许久，心中莫名记起一首诗，是“幽香结浅紫，来自孤云岑，骨香不自知，色浅意殊深”。他也不知为何会想起这首诗，只记得这首诗应该是形容千里香瑞香花的。

这花十分的不易得，享有花贼之名，说是它之所以会有如此奇香全是因为它偷了其他花的香味，将百花之香融进自己的香气中，如此才酿成这奇香。传说别的花闻到这瑞香花的花香都是要枯萎的，虽然这一切都是谣传，不过这也展现了这花香之奇。

妍女听到君无咎提到瑞香花，脸色立马就变了，变得十分惨白，她这才意识到自己犯了一个多么严重的错误，便是她动了真心……

当时酿花蜜时，她知道自己即将要害死一个善良、正直且又深爱自己的人，她十分不忍，所以她便穿了这一身素衣去那花房采花，既是祭奠那花，也是祭奠她心中对金安晏的那份感情。

可却算漏了这一项，这瑞香花的花香一直留在了她的素衣身上，如今还被君无咎发现了。那他既然已得知醉笙楼楼后的花房，那么想来一切他也已经知晓了。

她突然松了一口气，十分泰然地看着他，仿佛一切既然已经如此，她自己的结果如何，她已经全然不介意了一般，她转身妩媚地走到金安晏的床前，坐在床上看着他说道：“我果然没能比过你，大人说得是对的，你的路才是对的。”

再度听到这种话，君无咎心中又是一惊，他突然想到当时苏明鸢的话，如出一辙，大人，又是那个大人，而且通过和她二人的接触，君无咎能够感受到这个大人并不是掌管那个雕刻龙纹令牌的人，也不是他的盟友，他仿佛是站在那人的对立面的，如此这个大人到底想干什么？

为何他身边的人都会对他说出此番话，难道他认识我？可既然他觉得我做的一切才是对的，我走的路才是正确的，他又为何要引导他身边的人去加害别人呢？他求的到底是什么？

看到君无咎陷入沉思，妍女看着他笑了笑，说道："你果然很厉害，我本以为自己能赢你的，我不明白大人为何非得选择那么迂回的方式做事，我以为他老糊涂了，没有胆量了，不曾想他的考量果然是对的。"

"你把话说清楚，什么大人，他与你们什么关系又与我有什么关系？"君无咎一脸的迷惑，他总觉得这个所谓的大人就像生在他背后的一双眼睛，他什么都看得到，他仿佛了解他的过去，甚至又能够猜测到，或者说是可以影响到他的未来……如此神秘的人，到底是谁？他百思不得其解。

他实在无法忍受自己一直被人利用，他突然觉得自己就像那个大人手中的一把刀，现在全凭他的引导，将刀刺向哪里好像全然是他说了算，就像此次扬州之行，他们本是计划要查明买卖官职的案子才下江南的，可是却在徐州得到苏明鸢的消息，说这扬州知府手上有那个记录买卖官职的人和银两的手册。

正是如此他们初来扬州便将全部的注意力用在了这个册子身上，如今一无所获，他忽然觉得自己脑中的想法全然被这个大人左右了，他都不确定现在的自己在处理这些案件时，脑中是否还有自己独立的想法。

妍女听到君无咎如此问，歪着头看了他许久说道："君大人，很多事情想不清楚，便不要想，大人最担心的就是你这一点，你的思维总是比别人转得快，也十分喜欢钻牛角尖，大人说，这样是很消耗你的心神的。"

妍女这话一出口，君无咎竟然隐隐约约地听出一股熟悉的味道，他脑中突然闪现过一个轮廓，不过他连忙摇摇头，不！这绝不可能，老师他老人家早已被那些人迫害致死，又怎么会……如今这一切定然是眼前这妍女为迷惑他才说的。

“随你怎么想吧，你定然是觉得我为迷惑你，所以才胡编乱造地说出这些话，不过不论你怎么想，我都要告诉你，大人是不会害你的，他所给你的指引，只是为了帮助你更好更快地破案，而不是为了影响你的判断。”

妍女说完，看着门后缓缓走近的成杨，那成杨看她的眼神同君无咎一般，她想这君无咎应该是要将他发现的事告诉他了吧！

果不其然，成杨见到她开口说的第一句话便是：“妍女，你的心思可真深，你如此利用别人的感情，难道就不会觉得痛心吗？”

看到成杨如此说，妍女倚在床头邪魅地笑了起来，笑着笑着嘴角竟然升起一抹苦涩，她看着他说道：“心痛啊，当然会心痛，若是不会心痛我又怎么能让你们发现我？”

妍女一边说一边轻轻摘下了发鬓上的白花，轻轻地放到金安晏的枕头上，看着那枕头说道：“你们所有人都说他是真的爱我，说到最后我自己都信了，我做了他枕边人这么久，他说我是他的知己，他的心思我都懂，确实如此，我每次见到袁妹的时候我都会见袁妹笑得一脸单纯，调侃她的金哥哥最爱的人是我。”

她一边说，眼泪一边止不住地流，落到了那枕头上，那白花上，像雨滴打湿了花瓣，她一边轻柔地抚摸着金安晏的枕头一边继续说道：“可是呢……可是不是这样啊！我确实是他的红颜知己，所以他所有的心思我都懂，就比如他只爱岭雪花，而我最爱的却是瑞香花，同是奇花，可这瑞香花，却永远都入不了他的眼。”

妍女如此说完，成杨和君无咎瞬间便明白了她的意思，当初他们都以为这金安晏的挚爱是妍女，不曾想他心中的人竟然是袁雅琳，不过就算妍女说得如此伤心，君无咎依然冷静地看着她说道：“你定然不会是因为感情而杀了金安晏，你心思如此缜密，你断然不会为了所谓的真情，而去冒如此大的风险去杀害他。再说，那你呢？你又是真的爱他吗？你从一开始接近他不也只是为了利用他吗？只不过经过长期的相处，你才会对他生出一丝愧疚之情吧！"

听到君无咎如此说，妍女赞赏地笑了笑，她看着君无咎说道："说我心思缜密，君大人也不差啊，心细如发，仅凭我身上的味道，便将所有事情推断出来，输给你也算是值了，不过有一样你还当真永远都不会赢我，那便是绝情……"

妍女一边看着君无咎一边缓缓向君无咎走来，君无咎看着妍女摇摇晃晃仿佛马上就要支撑不住的身体却又故作妩媚毒辣的样子，十分不解，这妍女到底哪一面才是真的，她真的是一个十分复杂，也十分偏激的人，她喜欢在心里告诉自己，自己是一个什么样的人，然后表面为营造这种感觉一直做出努力……

这样时时戴着面具，她也是很累的，因为她的心中时常又会窜出不同的声音，告诉她，她内心真实的自己。只是面具戴久了，她都不知什么才是真的，何又谓之是假的了。所以她好像从没有搞明白她自己内心真实的需求……

她是一个可怜人吗？对于君无咎来说她不算，她是一个可恨的人吗？确实如此，她残害他人满足自己的欲望，谁又能说她不是一个可恨的人呢？只是现在，君无咎看着她摇摇晃晃的身体，心中升腾起更多的便是可怜之感，于君无咎来说，这是一个可怜人。

【第十一章】私矿塌方

妍女在君无咎和成杨的注视下缓缓地走了过来，她走到君无咎的身边，轻轻抚摸了一下君无咎的脸说："我都说给你听啊！只要你想知道的，只是你是否能够告诉我一件事，我错在哪里？"

君无咎一时无语，他不知该如何回复眼前妍女的问题，他更不知她问的错与对到底指的是什么，可否和他心中想的问题是一样的？君无咎看着她，轻轻地退后了一步，同她保持距离，说道："我不知你要问的问题是什么，也不知自己是否能够回答。"

看到君无咎非常君子地退后一步，却又伸手扶住了她摇摇晃晃的身体，她笑了笑，说道："其实，已经不用再问了，你方才这个行云流水般的动作，已经告诉了我答案，我对你来说，是你从不想靠近的，活在泥潭里的人，你一直想要远离和摆脱我这样的人，可是看到我们有难，却又能伸出援手，果然，从这一点来说，我输得彻彻底底。"

妍女这一番话，君无咎觉得自己听懂了，可是你要是想让他细细道来这妍女到底说的是什么意思，他又解释不清，不过他的心里确实已经意会了她的意思。

他用一只手扶住她的手臂，想要带她回到床上，让她坐下来，以维持体力，因为她一直在抖，君无咎担心她的身体会出什么状况，又或者像当初的苏明鸢一样服毒自杀，所以他连忙趁扶住她时号了一下她的脉，还好，并没有什么问题，只不过是忧思过度，体力有些透支吧！

如此忧思，她却依旧无法正视自己的内心，承认自己已经真的爱上了金安晏，如果有一天她真的意识到了这一点，想来她一定承受不住她亲手给他造成的伤害……

“你既然说什么都要告诉我们，那你便说吧！你的证词本官会亲自整理好，如若你交代的线索对破其他的案子有帮助，本官会酌量为你减刑的。”成杨看着君无咎将妍女送回到床上后，冲着妍女说道。

“可以啊，我一定会将全部的事情都告诉你们的，包括那城郊的掌柜是谁。只不过，在我说之前，我想要听听君大人的看法，我想知道，君大人对于我所做的事情到底了解到了几层，又是如何发现的。”妍女有气无力地倚在床头，看着君无咎说道。君无咎知道她心里的那张面具不知何时又显现了出来，她又想要和他争强斗胜了，她嘴上说着甘拜下风，可是如今却又升起一股不服气的感觉，她想哪怕在某一个问题上，君无咎算错了一分，又或者是并没有发现她这一问题，想必她都会觉得庆幸，也觉得自己小胜了一把，这是一种退而求其次的心理安慰，往往发生在弱者身上。

“好，既然如此，我便来详细地分析一下你是如何害死金安晏，又是如何害得袁府家破人亡的。”君无咎看着妍女，爽快地说道。

那妍女一听到君无咎说是她害得袁府家破人亡时，整个脸色都变了，仿佛就像自己苦心经营了许久的一手好牌，被人当着自己的面彻底撕碎，当君无咎这话一出口，妍女便知道自己输得连回旋的余地都没有了，如今她可能连那一丁点的心理安慰都祈求不来了，可是她依旧得硬着头皮听下去。

听到君无咎的话，成杨也吓了一跳，他难以置信地看了看君无咎又看了看妍女，君无咎方才往金府来时并没有同他说是妍女害了袁家一家的事，他只提到了醉笙楼和妍女身上的花香，并请他让十五偷偷潜伏进那醉笙楼去查探，果然在那花房中，查到了有种过铃花草和马莲草的痕迹，只是他去查时大部分已经被焚烧销毁，留下的一些细碎的根茎被十五拿去辨认，这才识得是那些花草。

所以当十五回来禀报时，成杨几乎都不敢相信，眼前这个在金安晏棺材前哭得死去活来的女人，竟然是杀害他的凶手，她不是他的红颜知己，一生挚爱吗？他几乎不敢相信，再三向君无咎确认，问他为何会如此说，君无咎只是叹息地看着他说道："因为她身上那抹若有若无的瑞香花香气，这个香气我在那日的花蜜中也曾闻到过，只是那花蜜的味道被打得很散，那花香已经很微弱了，若不是瑞香花香气逼人，能够盖住那两种花的花香，我想我可能也不会辨认出来……"

当时君无咎一边说，还一边看了看苏文月说道："上午苏大人和袁小姐带着证物回来时我便隐隐地觉得哪里不对，不过一直没有想清楚，所以心里一直想着要见一见这个妍女，直到见到她我才想起，原来上午之所以会觉得不对，正是因为那证物上隐隐约约地沾有瑞香花的气息，提醒着我，真相可能还隐藏在云层之下。"

当时通过君无咎的大致说明，成杨立马串清了金安晏被杀案的一切疑点，金安晏这酒是在妍女这喝的，他接触得最多，最信任的人也是这妍女，她知道他所有的生活起居和生活习性，所以她才会如此了解岭雪花的习性和作用，也才能想出如此隐秘的杀人方法。

而那个花农马老头，她也是一开始便将他收买了，与其说是收买，不如说是威胁，十五曾查到，原来这马老头是金安晏当初带来帮妍女打理一些妍女照顾不好的花草的，妍女便是通过这个方式认识了马老头，并且一直控制着他让他为自己所用……

她的信条便是，你若是想要控制一个人，光是收买是没有用的，你必须要下狠心，将他牢牢地威胁住，而且威胁他的人身安全，远不如去威胁他的家人，为了他的家人，他就是死，在未经过你的允许的情况下也是不敢的。

所以她便利用花农马老头将这花蜜递于金安晏的手里，因为提及是妍女亲手酿制的，所以尽管这马老头一直躲在那片岭雪花园子中，只要他提及手中的花蜜，那金安晏自然也不会太过于责罚那花农，因为心里总归会念及妍女的一些好意。

就这样金安晏喝的酒也是妍女亲手灌的，花蜜也是她亲手做的，是她亲自将他送到了死亡台上，这全程并没有那所谓的酒楼掌柜的参与，她当初说自己有关于袁家的证据时也不过是想将这一切的疑点，引导到那掌柜身上，本来已经得手了，却因她的画蛇添足使一切都失败了……

君无咎上午同成杨讲他的分析时，就讲到了这里，再多的便没有再说了，所以方才君无咎提到所谓的构陷袁家，他才会显得那么吃惊。

君无咎看着成杨疑惑的眼神正想和他说，这一点他也是方才才确定时，却听到门外有什么东西哐的一声摔到了地上，君无咎和成杨赶忙赶出去看，是袁雅琳……

她端着一小碟精美的糕点，加上一碗清粥，看起来准备得十分用心，如今这个金府乱作一团，金老爷被抓，金府上上下下除了金管家，大小丫鬟侍从都跑得差不多，想来这些饭都是袁雅琳亲手做成的，只不过如今这粥和糕点已经全然洒在了地上……

而袁雅琳则呆愣在一旁看着妍女说道：“妍姐姐，你和两位大人，在这里胡聊什么呢？黛凝怎么听不懂呢？”

看到袁雅琳装傻，妍女苦涩地笑了笑，成杨和君无咎也觉得心中不忍，如此袁雅琳定是要再度受到伤害了，今日她方才洗清了家族的冤屈，内心方才平静一些，这又发生了这样的事。她要再度掀开伤口，来面对被自己信任的人欺骗利用的绝望。

“袁妹，是我对不起你，我从不曾想，会遇到过你这样的人，如果我能够预料到我会与你相识相知，那自打安晏带你进醉笙楼的那一刻起，我便不会见你，如此也不必像今日这般，我们会变成仇人……”妍女边说，一边挣扎着想要走近袁雅琳，然而袁雅琳看着她却不知要如何是好，她甚至变得有些木讷，口中只会循环往复地说一个不字。

“不……不会的，我不信，妍姐姐我们平日里那么好，你、金哥哥和我，我们是知己是亲人。你怎么可以如此对待我和金哥哥？你怎么下得去手？黛凝实在不明白，你为什么要这么做？如今袁府和金府可以说变相地因为你全部破败，我知道金老爷他罪该如此，可是那些无辜的人呢？你为何要伤害那些无辜的人？”袁雅琳扶着门，看着妍女，眼眶瞬间通红。

妍女听她如此问，苦涩地笑了笑说道：“袁妹，在我的世界里没有无辜之人，只有可利用的人和没有价值的人，而袁府、你和你金哥哥对于我来说，便是最可利用，也是最方便利用的人。”

妍女的话彻底刺痛了袁雅琳，她的眼泪止不住地往下流，声音也有一些嘶哑，她看了她良久，缓缓说道：“你扪心自问，你说的都是真的吗？”

袁雅琳问完，妍女愣了几秒，正如君无咎方才想的，妍女她自己也弄不清自己的真实想法。所以她的脸色才会变得如此纠结，而又要佯装镇定。

“没什么……真不真的！若是想要成事，就必须要舍得……”妍女看着袁雅琳，故作狠决地说道。

袁雅琳颤抖地倚在门口，良久地看着她没有说话，半晌她终于开口问道：“你说我们袁家皆是可利用之人，好！那我问你，陷害我袁家的目的是什么？”

“我有什么目的，你其实心里最应该清楚，如果不是你手上的东西，那么你们袁家就不会遭受这灭顶之灾。”妍女一边说一边打量地看着她，她看着成杨和君无咎有些局促不安，突然说道，“你不会还没有将你手中的东西交给他们？”

袁雅琳看着她，没有接话。这回则轮到君无咎和成杨迷惑了，她们到底谈论的是什么东西？如此重要竟然能葬送袁府所有人的性命？

想到此成杨和君无咎都用迷惑的眼光看着袁雅琳，她依旧没有说话，她看着成杨和君无咎，又看了看妍女，纠结地张张口，说道："我不知道该如何处理……我还不能将它交给别人。因为看过这个东西，我真的无法轻易地相信别人……而且如今发生了你这件事，我更无法再相信别人，你接近我是为了得到这个，那其他人，其他人接近我呢……"

妍女看着她叹口气说道："我接近你确实为了这个东西，但也不全是，我承认这个东西如果落到我的手中并不是一件好事，我可能会用我自己的方式来处理这一切事情，但是君大人不同，和他相处的这段时日我相信你已经体会到了，他才是真正能将这件事情解决之人。"

妍女一边看着袁雅琳一边说道，这一席话让旁人听来竟然有一丝循循善诱的滋味，果真袁雅琳听到这些话，马上警觉了起来，她看着妍女说："你同君大人只见了这么两回面，如今这交情倒是不浅，从一早你便询问君大人的事，现在又让我将东西交给君大人……你是何居心？"

见袁雅琳怀疑自己，君无咎上前一步，看着她说道："袁小姐，属实误会了，我连你们谈的那东西是什么我都不知道，我又如何会因为那东西而接近你？"

"是吗，人心叵测，就连她都可以伤害我，你又如何？从现在起我不再相信任何人，我只相信我看到的，我查到的，如今我只想知道，这女人是如何一步步置我们袁家于死地的？"

袁雅琳说着，声音中透着与以往不同的狠戾，如今她谁也不信，她说这话时，眼神一一从妍女、君无咎和成杨脸上扫过，在与成杨相视时，她的心中闪过一丝迟疑，接着她又想到了苏文月，那个一直叫她袁姐姐，同她很亲的人，她不敢相信这些人是怀揣着同一个目的来接近她的。

可是再一想到妍女，她还是下了狠心，她当初有多相信她，她现在便有多受伤，所以她绝不会再交付自己的真心给他人了，无论是成杨还是苏文月。

看到袁雅琳如此，妍女不知再同她如何讲，她其实绝没有想要污蔑或者是牵连君无咎的意思，她说的所有的话都是发自肺腑的，她希望她能将手中的东西交给君无咎，是因为她真的知道如此不仅可以帮助到君无咎，也可以帮助到袁雅琳，避免她再次遭遇杀身之祸。

可是如今的袁雅琳是再也不肯相信谁了，她只想知道真相，讨个说法罢了。所以她一直冷着眼看着妍女，向她询问她的目的，和她是用何种手段迫害袁家的。

妍女叹了口气，看着她，准备将这些事慢慢地同她讲，这些事本来还是她想要和君无咎博弈的筹码，可如今她却觉得这些了无乐趣，她想了想，想到底从何说起，才能让袁雅琳更好地明白……想了许久她终于开口，看着她说道："袁妹，你可还记得去年年末，你父亲亲自接的那个镖，那个镖便是我托付于你父亲的，那盒子里的物件正是我那日交给你的玉扳指，而后我将这个消息透露给了马老头，让他假装在不经意之间，将这个消息透露给金老爷。我知道金老爷觊觎你家家业许久了，如此机会他定然不会放过……"

妍女一边说，一边看着袁雅琳，看看她是否大致理解了自己的意思，可袁雅琳却淡漠地看着她，同她说道："你不要再叫我袁妹了，你没有那个资格。"

妍女听她如此说，心里莫名有一丝难过，可是她的脸上依旧是一副毫不在乎的神情。

而此时的君无咎无暇顾及这房间内的感情流动，他只仔细在听妍女的话，看看能否发现一些他不知道的线索。

果然，这妍女刚说了这么几句他便发现了问题，他看着她，打断了正要开口的妍女，继续说道："你说是你托付袁镖头去压的镖？"

"没错！"妍女点点头，回答道。

"那你又是如何请动袁镖头的呢？"君无咎问完这话，袁雅琳也立马反应了过来，他的父亲已经不接镖许久了，为何她能说服他重新出山？

"这个，我自有办法，虽然我请不动袁镖头，但是不见得他的故人请不动他啊！"妍女一边说，一边再度看向了君无咎。

“故人？又能请得到袁镖头出山，这定然是袁镖头的老友，或者是更加亲密的关系，如此他又为何会加害于袁镖头呢？”君无咎看着她不解地问道。

而此时的袁雅琳也十分疑惑，这父亲是非常有原则的人，虽然说这么多年他江湖上的朋友不少，亲如兄弟的也有许多，他们都曾明里暗里地提示过父亲，想让他帮忙亲自走趟镖，然而他都拒绝了，为何此次又出现了一个莫名其妙的故人，让他不惜为他打破自己的选择？

“我从未说过这个故人要害袁镖头，他到现在还不知袁镖头发生了此事，我不过是利用了那故人的名号罢了。”妍女看着君无咎，回答道……其实仔细想想就算她如今不被君无咎等人抓住，那她断然也是没有退路的了，因为她利用的这个人，正是她家大人，如果她家大人得知了此事，她定然会为此付出代价。

“原来如此，故人竟有如此大的能力，想来一定不是什么平平之辈，不过我想你定是不肯说出这人是谁吧！”君无咎挑了挑眉，看着她邪魅地说道。

妍女也笑了笑，说道：“看来君大人如此是已经掌握住了一定的套路了，如此甚好，毕竟你之后还是会和我们的人打交道的，有些事该让你知道的，你一定会知道，而有些不该让你知道，你其实都没有必要问，反而浪费口舌。”

妍女说完话，再度扫了君无咎一眼，果然这君无咎又开始仔细琢磨她这句话，这毛病还真是如大人所说。看来他定然是在想这大人到底是谁，为何会一直派人左右他探案的进程和思路？

果然不出妍女所料，君无咎他果然想的就是这件事。

而此时袁雅琳实在受不了这二人一直在这里打哑谜，却不肯说正事，她打断了正要开口说话的君无咎，继续询问道：“之后呢？之后你又做了什么手脚？”

妍女看着袁雅琳如此急切，便也不再理会君无咎的疑惑，毕竟他的疑惑她无论如何都不会为他解答的，毕竟现在还不到时候。

她转过头看着袁雅琳笑了笑说道："之后，便没有我什么事情了，这金老爷收到消息，一定会联系与他同流合污之人，我只要坐收渔翁之利罢了！其实如此对待袁府，我也并非仅仅为了你手中的那个东西，只是因为我得知君大人他们要来这扬州城了，我总要考验他一下……"

她说完顿了一下，继续说道："当初听闻林知府去袁府查你时，发现你死在了自己的房内，因为手炉使用不当而引发的大火，我着实吓了一跳，好像那几日就连林知府都夜不能寐了，还好后来安晏来我这里，一口咬定那死的人不是你，我才放下心来。"

妍女这话，话中有话，既是说给袁雅琳听的，也是说给君无咎听的，希望他能够从自己的话外音中得知袁雅琳手上的东西到底是什么，现在这金府人多眼杂，她如袁雅琳一样谁也不信，所以她断然不会明白地将那东西说出来，以免被有心人听了去。

听到妍女叫金哥哥的名字，袁雅琳的眼神再度暗淡了，她本想冲着她再度厉声地说："我不许你叫金哥哥的名字，你没有资格。"可是她却无论如何都说不出口，因为她怕金哥哥听不到妍女唤他，他会伤心的。

袁雅琳纠结了良久，方对妍女说道："考验君大人，就要屠我满门，伤害金哥哥，利用我们对你的信任……你可真是心狠……"

说到这里，袁雅琳再度说出来心狠这个词，让妍女本就乱作一团的心，更加慌乱了……她突然有些讨厌袁雅琳永远用如此单纯的心思面对一切，更加讨厌她一直说自己在利用金安晏……那金安晏……他不也是在一直利用自己吗？

袁雅琳一直讲金安晏对她的情分，她突然十分不爽，她忽然觉得为何他死了她还要为他守着他的心思，为何不如一并说了出去，一切也落得干净，如此金安晏九泉之下也算了得心愿。

于是她忽然挺直了脊背，看着袁雅琳冷冷地开口说道："你总是在说我在利用你的金哥哥，那你的金哥哥呢，他又何尝不是利用我？我是什么人，我只不过是一个艺伎罢了，你的金哥哥又何尝看得上我，我对于他来说不过是稳住你的一个说辞，他怕他自己的心思被你发现，便无法再靠近你，怕你会从此离开他罢了！其实他内心深处的人从来都不是我……一直都是你罢了！”

妍女略带自嘲地说完，便静静地看着袁雅琳，袁雅琳难以置信地看着她说道：“你……你胡说！你自己做出伤害他的事，如今又来污蔑他对你的感情。”

“我污蔑他，你看他对你的感情，他可以为了你去死的，为了洗刷你的冤屈，他可以不顾自身的危险，甚至连家族利益都可以舍弃，你再看那满园的岭雪花，难道你还不懂吗？”

说完袁雅琳愣了一会儿神，看着她不知是哭是笑，只是一阵无奈，她看着她说道：“我终于懂得金哥哥为什么会和我说他和你在一起很累了，他说他同你在一起就像是博弈，他觉得你爱他，可又总觉得不是，他觉得你在他身边想的仿佛并不是两个人如何才会更好，你总是在想你如何能赢。”

袁雅琳一边说，一边擦了擦不受控制的眼泪，对着妍女继续说道：“我之前一直不懂金哥哥说的话是什么意思，但他确实曾和我说过，他觉得爱你真的很危险。他亲口曾和我说的爱你，为什么你却一直不信？”

“他说爱我吗？那只会是在你面前吧，他只不过是想让你吃醋罢了，在我面前他从没说过爱我，他只是会一直问我，阿妍，你到底想要什么？”妍女一边说，一边回想他和金安晏往日的温存，当时总觉得是费尽心思留在他身边，现在想来却觉得很温暖。

到底想要什么？她也不知道，她想要的到底是大人同她讲过的，还是金安晏给她的？到底是她的心气，还是她的心？她也无法确定……可是现在听到袁雅琳如此说，她不知道为何，自己的心竟疼得这般发紧，她突然有一种冲动，便是想要拉出金安晏亲口问一问他，他到底爱的是谁？这种话，她从前从未问过他，她总是装作很大度，装作自己是心甘情愿被他利用……

“你们为何都聚在妍女这儿？我找了你们好半天！”苏文月方才去了趟后花园，去赏那刚刚开放的岭雪花，可是一转眼的工夫，成杨和君无咎他们就不知道哪里去了，她找了许久都未找到，若不是凌凌说见到几人进了金公子房中一直未出来，她还以为他们回了衙门呢！

“没什么，只不过，是在审案子。”君无咎看着她说道。

“审案子？审什么案子，袁家的案子不都已经结了吗？还有何事要问妍女呢？”苏文月不明就里地问道，她不懂为何袁姐姐眼睛这般红肿，止不住地流泪，而师兄和君无咎则一直深皱着眉头，不知道在想些什么。

“在审这妍女构陷袁家，杀害金安晏一案。”君无咎淡淡地回答道。

听到这话苏文月吓了一跳，再仔细看看这屋内众人的表情，知道君无咎并不是在同她开玩笑，他说的这一切都是真的，她下意识上前想要扶住袁雅琳，想要给她一丝安慰，却被袁雅琳不着痕迹地躲开了，袁雅琳此举让苏文月一愣，因为她感受到了她散发出的那股冰冷之意，僵住的手不知如何是好。

而此时凌凌却端着几杯茶走了进来，这是方才苏文月命她准备的，她方才赏完花，觉得有些口渴，便想着一并给众人送来一杯，只是不曾想现在竟发生这等事。

凌凌端茶进来时听到君无咎说是妍女杀了她家公子，惊讶得差点没有打翻手中的茶盘，她走进来慌张了许久，看着那凌凌难过得说道：“妍小姐，你怎么会……你如何能对我家公子痛下杀手，你们明明不是很相爱的吗？”

方才袁雅琳如此说，现在凌凌也如此说，她们都说金安晏爱她，这不禁让她觉得烦躁，她看着凌凌升起一股无名之火摆摆手说道：“谁跟你说他爱我，他根本就不爱我！”

“你怎么能如此说呢？”凌凌一时情急，竟然没有将茶递给几位大人，而是直接将茶盘放在桌上，走到床头，从金公子的枕头里拿出一个荷包，将它放置到妍女的手中说道，“公子曾说，这里装的是他的心意，他说他要在今年的乞巧节亲手交给你。”

那妍女颤抖着摸着荷包上的妍字，忽然想到，这不是去年的乞巧节曾向自己讨的礼物吗？那时他和她说，想要一个荷包，上面要绣着她的名字，她允了……

她打开这荷包，被荷包里的花籽吓得震惊了，那是上好的瑞香花花籽，而且里面还有一张字条，上面写着：“长相守，莫相弃！”

看到这里，妍女的眼泪再也止不住地往下流，她看着凌凌哽咽着问道：“你家公子可还有再说过些什么？”

凌凌想了一会儿，看着她说道：“公子说，本是想在金府的花园中将花种好了来带你赏，就是之前那片种岭雪花的地，是公子亲自整理的，可谁知花籽还未种上，袁府便出了事，为了安慰公子，那片地便种上了岭雪花……”

凌凌说完这一切，妍女已经彻底呆住了，就在此时袁雅琳看着她大声地喊道：“你难道还不明白吗？金哥哥对你的感情，这一切都不过是你自己太过偏执罢了！”

袁雅琳的话不禁让妍女哭出声来，哭了许久，她终于稳住自己的情绪，看着众人，眼神说不出的决绝，仿佛心中已打定了什么主意。

君无咎看着这个眼神，心中忽觉不好，他记得那时苏明鸢最后的神情也是如此，这妍女莫不是要同她一样了结自己的性命？

果然，她看了看众人，良久，缓缓开口说道：“我是个罪人，一切都已明了，袁小姐，我知道自己对不起你，本想同你说下辈子做牛做马再来偿还你，可是转念一想，你可能就连下辈子都不想再见到我了吧！”

一边说她一边转了转手上的戒指，满眼愧疚地看着袁雅琳继续说道：“如今我已交代一切，我愿承担我该承担的一切，只求你能够放下，放下防备，不要因为我而丧失你的单纯美好……”

妍女十分真挚地看着袁雅琳说道，可是袁雅琳却并未理会她，妍女自嘲地笑了笑，没再说些什么，而是转过头，看着君无咎说道：“君大人，那枚玉扳指是我费了好多心力才得到的，它的主人是谁我还未查到，只知道是朝中的一位异姓王爷，这个王爷与买卖官职的案子和火油的案子都有关联，甚至有可能是幕后黑手，这一切我本想用自己的方式调查，然后杀尽这些贪官贼子，只是我知道我错了，我把我知道的这一切现在都告诉你，一切都交给你了……”

妍女说完再度转了转手上的戒指，君无咎刚要说话，却被她打断了。妍女看着他继续说道：“对了，我突然记起，你们一直在调查那城郊酒楼的掌柜，他十分神秘，其实我掌握的消息也不多，我只在金老爷和林知府还有他三人来醉笙楼喝酒时，见过他一面，那时我听金老爷对林知府说，令郎果然厉害之语，所以我想这掌柜有可能是这林知府的私生之子，碍于林夫人的面子一直没有接进府吧，你们顺着这个线索去查，说不定能得到什么消息……”

说完这些话，妍女的脸色已经越来越白了，她的体力仿佛连呼吸都支撑不了了，嘴角竟然缓缓流出血来，君无咎发觉不好，赶忙跑了上去询问妍女怎么回事？

然而妍女却笑了笑，看着他说道：“我没事，我只是想见安晏了，我有事想要问他，也有很多事要告诉他……”

君无咎赶忙给她把脉，竟然中毒，而且这脉象紊乱，想来是无力回天了。

妍女看君无咎如此，看着他有气无力地笑着说道：“别白费力气了，这毒无解的，其实这对我来说才是真正的解脱不是吗？你不要管我，只要好好走好你自己的路就好了，你要知道，现在所有的希望都在你的身上。”

说完她便开始口吐白沫，倒在了金公子的床上，看起来十分的痛苦，身体抽搐了一阵后，便彻底不动了，君无咎赶忙查看妍女的尸体，他不懂为何一直在他们眼皮底下同他们说话的妍女，是如何中毒的，当看到她还在缓缓向外流血的拇指后他终于想明白了……那个戒指里看来早已藏好了毒。

袁雅琳看到妍女死在了自己的面前，心突然痛得无法呼吸，她本觉得自己恨妍女至极，可是如今亲眼看她死在自己的面前，她还是受不了。虽然她的死并不会让袁雅琳原谅，但是她依旧会为妍女心痛，为那个她和金哥哥喜欢的那个妍姐姐心痛……

袁雅琳不说话，扶住心口往外走，她准是太累了，想逃离，逃离眼前的一切，无法再承受这接二连三的打击。

苏文月察觉到她的不适，赶忙跟了上去，成杨和君无咎则留在这里处理妍女的尸体。

君无咎命凌凌去告诉管家买一口棺材，找一个合适的地方，便将她葬了吧。凌凌点点头，赶忙跑了出去……

一日之内发生这么多的事情，说实话，不仅是袁雅琳，就连成杨和君无咎都觉得有些乏力，一日之内，物是人非，真是任谁都会升出一股悲凉之感。

君无咎赶忙提醒自己不要沉浸在这种情绪中，现在他们已经有了方向，从妍女那得来的这两条线索，对于他们来说无疑是十分重要的，那玉扳指代表了某位王爷，只要顺着这条线查下去，一定会查到许多东西。

而那酒楼掌柜，现在也有了方向入手，果然同他想的一样，这个掌柜果然和那林知府有关系。

君无咎将自己的想法说给成杨听，成杨点点头表示赞同，他看着君无咎说道："如今重要的便是等十一回来，看他是否能查到什么消息，而我们也回知府衙门去查一下，看看有没有关于这人的记录，或者林夫人是否对这人有什么印象。"

两人商议间便决定要先回知府衙门，奈何却不知苏文月和袁雅琳去了哪里，这天已经暗了，得抓紧时间赶回知府衙门了。

正当他们四处寻找时，远处忽然升腾出一簇烟花，是淡紫色的，这是苏文月，成杨突然紧张地喊道。

这是他和苏文月特殊的联系方式，如果遇到危险时，便赶忙发出这个信号，以方便在远处的人赶过来救彼此。

看这信号苏文月定是遇到危险，而且自己无法应对了，看这方位，这是金府的后花园……

“我知道他们在哪个位置了，他们定然是在那岭雪花那里。”君无咎说完，两人对视了一眼，赶忙向那花园跑去……

果然，赶去时苏文月和袁雅琳已经被一群黑衣人围住了，苏文月和袁雅琳看起来摇摇晃晃的，仿佛喝醉了一般，再看散落在旁边的几个酒坛，看来她们二人当时定是在这里喝酒了，加上这岭雪花的作用，她们肯定是醉了，怪不得应付不来这几个黑衣人。

成杨和君无咎马上加入了进来，将袁雅琳和苏文月挡在了身后，经过几个回合的较量，成杨发现这群黑衣人身手了得，看来上次刺杀没有成功，这次派出的人手加强了。他和君无咎两人才堪堪能够护住苏文月和袁雅琳再同他们打成平手。

而此时的苏文月和袁雅琳不仅不是得力的帮手，反而可以说是两人的破绽。她二人喝得实在是太多了，而且一边喝还一边吃了几朵岭雪花红色的花瓣，这是苏文月第一次如此喝酒，也是第一次体会这种感觉。

当时袁雅琳从妍女那走了出来，直接跑到了金家的酒窖拿出几坛好酒，一边喝一边走向这花园，当时她心中什么都没想，只想在这里同她的金哥哥大醉一场……

可苏文月却因为担心她一直跟着她，也陪她饮了这许多酒……想陪她一醉方休，消了这些忧愁。喝着喝着不知不觉便喝了这么许多，两人醉得几乎都无法出手……

就在两方焦灼的时期，那些黑衣人竟然开始放暗器，君无咎和成杨一时间有些招架不住……

说时迟，那时快，一个暗器竟然直冲冲地向袁雅琳冲了过来，成杨想都没想下意识地便将她挡在了身后，侧身来躲这个暗器，然而还是差一点点，被那个暗器从手臂处擦过。

正当几人手足无措之时，突然出现一批人冲到了这花园之中，原来是十五等人看到了苏文月的求救信号，还有一些暗自的势力，怕苏文月等人出事，便匆匆地跑来救援……

那些黑衣人，见事情不好，便匆匆逃了，那些没能逃走的，被生擒的也都立刻服了毒，自杀了。

这金府的花园终于平静了下来，君无咎怕那暗器有毒，赶忙来查看成杨的身体，还好，只是普通的伤，并没有毒，正当君无咎为成杨包扎时，突然听到苏文月大声地喊道："小心……"

等君无咎抬起头时，那袁雅琳已经将他的一切视线挡住了，她挡在君无咎和成杨身前，不知怎么了身体开始缓缓下滑……

原来刚刚竟从远处射来一支箭，这箭不偏不倚，正好冲着成杨，却被袁雅琳挡下了……十五冲箭来的方向，将箭飞了过去，果然这个黑衣人从那个花丛中倒了出来……

成杨不知这是袁雅琳第几次救了他的性命了，他担心地赶忙将她抱在怀里，以防她会掉下去，他赶忙叫君无咎来查看袁雅琳的伤势，袁雅琳泪眼蒙眬地看着成杨说道："成杨！我痛……"

成杨看着她说道："没事，你忍一忍，一会把箭取下就好了，清悦说了，没毒的，你这伤又不是致命的地方，别担心，忍一忍……"

袁雅琳一边点头，又一边仿佛没有听懂他的话似的，泪眼蒙眬地看着他说道："成杨！我痛……"

成杨按住她的肩膀说道："很痛吗？很痛吗？清悦，你快来，清悦……"

君无咎赶忙跑了过来，他仔细看了看她的伤口，对成杨说道："别担心，这伤只伤在了肩膀，没有大碍。我这就为她取箭。"

君无咎一边说一边看向袁雅琳，对她说道："袁小姐，你忍一下，箭拔出后，我为你包扎好伤口，便没事了……"

君无咎一边说，一边仔细地观察她肩膀上的箭伤，不多时，君无咎的脸色黑了下来……原来袁雅琳的伤口已经开始有黑血流出，这箭头有毒……

看着君无咎的手僵在那里，良久不动，成杨着急地看着他说：“清悦，你怎么，快点啊，黛凝她说痛得不行。”

君无咎回过神，没再去取箭，而是拿起她的手腕给她号了号脉，于事无补了，这毒已经遍布全身了……他僵硬着身体不知道如何开口将这件事告诉成杨和苏文月，苏文月此时已经跑了过来，帮着成杨按住袁雅琳的伤口，她还去找了找那些未喝完的酒，想来为袁雅琳消消毒，好包扎。

看君无咎如此，成杨已经大致猜到了结果，他紧张地看着君无咎说道：“君无咎你说……你有办法的，你一定有办法的！”

君无咎最终看着他摇了摇头，成杨看他如此，眼泪瞬间痛苦地流了下来，他没办法接受这一切，袁雅琳救了他这么多回，他还以为这次能够换自己来保护她，可是一切却依旧如此……于事无补……他不信，他抓住君无咎说道：“我一定要救她的，你帮帮我，清悦，你帮帮我……我欠她许多命的，你把我的命拿去怎么样？”

苏文月看成杨如此，也只能在一边跟着他哭，她无能为力，她不知自己再做些什么能够帮助他们，她能感受到他们的痛苦，她感同身受，却无济于事……

袁雅琳看着成杨，轻轻地抓住他的手，温柔地看着他说道：“看到你哭，我的伤口倒是不疼了，只是心却疼得不行。谢谢你，谢谢你方才肯替我挡那一刀，谢谢你再次让我相信了人与人之间是有真的感情的。”

成杨看着她，将她紧紧地搂在怀里，对她说：“你不要用这种口气说话，你一定没事，一定没事的！我最讨厌别人用这种口气和我说话，仿佛在交代后事似的，我一定会救你的，一定会的……”

“成杨，我没事……现在我突然觉得自己的内心无比轻松，我好像没有什么顾虑，我什么都可以放下可以释然了，只是对你，我觉得很遗憾，这几日的相处，不知为何总是很喜欢与你亲近，从小到大，父亲一直是将我按男孩子养大的，我还从未依赖过谁，可不知为何，见到你竟有了想要依赖你的感觉……”

袁雅琳一边艰难地说着，一边咳出几口血，成杨心疼地看着她让她不要再说了，保存一下体力，可是袁雅琳却毫不在意，她看着成杨说道：“我真的没事，我只是心中不想留有遗憾，我只想对你说，谢谢你，谢谢你让我体会到这些情感，我不知道你对我的感觉如何，我只是希望日后你能够时常想起我，那个像岭雪花的女人……”

袁雅琳的话说得成杨十分感动，成杨点点头，告诉她来日方长，他想想到她时便能见到她，而不是只是将她记在心底，如果真是这样，他定然不会记得她的，他会选择将她忘记……

袁雅琳听到这话，先是愣了一下，然后看着他说道：“好，忘了也好，忘了才不会觉得有负担，我不想成为你的负担……”

她一边说，一边不顾肩膀上的疼痛，从怀中拿出一个密封扎实的袋子，这袋子不大，边口被线牢牢扎紧了，针脚很密，她将这个塞到了成杨的手中，看着他说道：“这便是妍女说的东西，我现在将它交给你，你一定不要辜负我对你的信任，好好地利用它，查明所有事情的真相，造福百姓。”

成杨将那个小布袋攥在手中，有些担忧地看着她说道：“你休息一会，不要说话了。你一直在吐血，心疼一下自己可以吗？不要一直让别人担心……”

袁雅琳很高兴成杨如此说，她看着他，微笑着，温柔地说道：“成杨，你别担心，我其实一点都不痛了。”

她边说又指了指那布袋继续说道：“这是今年林知府托付给我的东西，让我走一趟镖，奇怪的是这个镖并没有实际的目的地……而是我亲自带在身边，一直押着，直到他亲自来取……”

她一边说，血咳得更厉害了，她越来越虚弱，几乎有气无力，但她依旧坚持着对成杨说道：“年初，我走镖回来后，发现袁府满门抄斩，我气急不过，便打开了他让我一直押管的这个东西，我打开看后才发现这个东西的可怕之处……我本想去告他，但看了这个东西又觉得上告无门……如今交到你的手里，我总算放心了……谢谢你，为我洗清冤屈……谢谢……你们……”

袁雅琳之后的话几乎都被她咳血的声音淹没了，苏文月看她如此，眼泪止不住地流，她拿出手帕，一边帮她擦血，一边轻轻地抚摸着她的心口，对着她说道：“袁姐姐，你不必谢我们，一切都是我们应该做的，但是你三番五次救我们的情谊，我们却无从报答……袁姐姐，文月是真的喜欢你，真的将你同亲姐姐般看待，并不像你同妍女所说……”

袁雅琳看着一直在流泪的苏文月点点头说道：“我知道，我明白你的心意，你待我同她不同，方才我们喝酒时我便已经知道，我的内心无论如何都不会不相信你的……”

苏文月点点头，这些话，她是俯下身将耳朵贴在袁雅琳耳边才听到了的，她的话已经几乎没了声音……

之后她便再也说不出话来，只是静静地看着成杨，那眼神中有说不出的温柔哀怨，她努力地张了张口，不知说了句什么，成杨俯下身，听了许久都未听清她到底在讲些什么，可是当他再抬起头时，袁雅琳已经没了气息，眼睛也已经闭上，那温柔又哀怨的眼神早已消失不见，化作一滴晶莹的泪，挂在她的眼角……

成杨抱着她的身体，痛苦地吼了一声，声音嘶哑，他低下头温柔地吻了吻袁雅琳眼角的那颗泪……

这时夜已经深了，凉风吹到几人身上，让几人莫名地打了个冷战，君无咎看着成杨劝说道：“将她放下来吧，她的身体已经凉了……”可成杨不肯，就这样一直坐在那里，在风中抱着袁雅琳渐渐冰凉的身体……

苏文月看到成杨如此，也劝他放手，她轻轻地拍了拍他的肩膀说道：“师兄，让袁姐姐入土为安吧，你这样她也会担心，无法安心走的……”

“没办法安心吗？我就是让她无法安心啊！她让我记得她，如今却又这般离去，这是何道理呢？她本就该不安心的……”成杨抱着袁雅琳，头也不抬地说道。

苏文月知道成杨说的这些都是气话，不得已她只得起身让十五赶忙去选一口上好的棺材来，并且打听一下袁家坟地和祠堂在哪里，明日好将袁雅琳送回袁家……

十五接到命令离开后，苏文月再度跑到了金家的酒窖拿出了几坛好酒过来递给君无咎和成杨，看着他们说道："袁姐姐今日本是想一醉方休的，不如我们陪她如何？"

成杨接过那酒，什么话都没说，直接猛喝了几口，君无咎看他如此，也敬了他一下后便猛喝了几口，两人不多时便将这几坛酒喝光了……

看到他们如此饮酒，苏文月却不敢多喝，她吃了那岭雪花的白色花瓣，希望自己能够清醒一些，以免一会再出什么意外时，他们三人都无法照应。

如此喝法，不多时君无咎和成杨便醉了，君无咎虽然醉得迷迷糊糊的，可手中却一直握着当时成杨随手放在地上的那个小布袋，他担心他们喝醉后，会有人将它拿走，便一直将它抱在怀里，看起来十分滑稽……

但苏文月却理解他，知道他会如此完全是因为他的内心实在是太想破案了……他害怕一切有利于自己的证据被别人夺了去，让所有的努力功亏一篑。

而成杨此时则是一边抱着袁雅琳的尸体一边哭泣，他恨恨地说道："你为什么要让我欠你那么多，你救了我这么多次，为何却如此吝啬，哪怕一次都不肯给我机会，让我补偿你……为什么……为什么要让我欠你这么多？"

师兄一喝醉便喜欢反反复复地重复一句话，小时候他们二人，喝酒后，师兄便是如此喜欢一直训导她，抓住她的错误不放，只是一晃，师兄都有多久没有喝醉过了，看来这次师兄是真伤心。

就这样苏文月守着成杨和君无咎一直等到了天亮，吹了一晚上的风他们都清醒了许多，正巧此时十五抬着棺材回来了，并且告诉了苏文月那袁家的坟地和祠堂……

此时的成杨酒也醒得差不多了……他看了看那棺材，将袁雅琳抱了进去，此时他已经冷静下来了，知道如此才是对她最好的安排，他对着苏文月感激地笑了笑……

君无咎此时也醒了，他醒来时第一件事便是寻找昨日握在手中的那个小布袋，看还在怀里，心中便安心许多，他起身帮成杨料理一切，又安排十五回到知府衙门调来几个人，将袁雅琳的棺材抬到袁家祖地，又将她的牌位立在了她家祠堂……

打理好这一切，他们便起身回到了知府衙门，一路上无话，回来后孙主簿和湛之君都早已得到消息，他们紧张地走上前，看着他们问道："怎么样，有没有受伤？"

君无咎和苏文月摇摇头，成杨没有说话，这一日的凉风吹得三人都受了一些风寒，林夫人这几日已经可以下床走动了，看到他们几人神色暗淡，身体不适，赶忙要叫大夫来，却一同被三人拒绝了……无奈她只能亲自去为他们熬些姜汤驱寒，苏文月则陪着她一起去了……

此时君无咎在同孙主簿详细地讲昨天发生的一切，以便他能够更好地整理案情，然而听到袁雅琳死的那部分，成杨低着头，没有看众人，轻轻地说道："折腾了一日，我有些累了，我先回去睡了。"

众人看他如此状态本想再和他说些什么，却也只能点点头让他离开，确实他也该好好休息休息了……

之后便是这个布袋了，提到布袋，孙主簿和湛之君都十分好奇这布袋里面是什么，君无咎本想留下成杨一起拆开这布袋，看他神色着实倦怠，便也没说什么，让他离开了……

看到孙主簿他们好奇，君无咎说道："我想这个应该是咱们要找的那个册子。"

"什么？竟然是那个册子！没想到这林知府竟然将这个册子用如此方法藏了起来，真是心思缜密。"湛之君抚摸着那个小布袋，一脸惊奇地说道。

孙主簿没有说话，只是默默地点起了烟袋，看着那布袋良久，说道："那咱们打开看看吧，看看这册子里都记载了什么？"

君无咎点点头，伸出手正要打开这个布袋，谁知孙主簿的椅子却突然外翻，孙主簿一下被椅子带得往后仰，他挣扎着想要坐稳，手使劲往前伸，不小心将刚点着的烟袋掉到了桌子上，那火星瞬间落在了那个小布袋上，将它点燃了，君无咎和湛之君看孙主簿摔倒赶忙去扶他……

回过身来，君无咎才发觉这布袋已经被烧掉了一半了，他赶忙将火扑灭，将册子从烧坏的布袋中拿出来……

看着这个被烧得只剩半本的册子，君无咎心下一阵绞痛，多日的努力仿佛功亏一篑了……他方才有多大的期望，现在便有多大的失望。孙主簿见到册子被烧，慌乱得都快跳了起来，看着君无咎一再说是自己的错，都因为自己不小心，犯了这个不可弥补的大错……

君无咎摇摇头，看着孙主簿说道："不关你的事，孙大人，是小生没看好它……"

孙主簿的脸色很不好，满脸的愧疚，湛之君看了看那烧得只剩半册的册子，也十分担忧，但看了看孙主簿的神色，又不好意思再说什么，怕他和君无咎的心里都不舒服……

君无咎看着那册子脸色已经黑得像暴风骤雨前的乌云，只是碍于孙主簿，不好说些什么，努力将心中的失望隐藏起来……

他小心翼翼地翻开那册子，生怕再给那个册子带来什么伤害，打开一一细看，林海贤和当初那徐州假知府薛知府的名字都历历在目……还有许多不认识的名字，大小官员遍布全国，君无咎一边翻看，一边心里仔细琢磨这些地方和官员，在翻到后几页时突然看到一个熟悉的名字——欧阳定贤。

"这里为何会有欧阳大人的名字？"君无咎盯着那册子诧异地问道。

孙主簿听到君无咎的话也赶忙拿出那册子仔细看，果然上面欧阳定贤四个大字写得十分清晰，他后面的备注写的是买卖官职，和经由他手买卖的官职的人名，这薛知府和林知府等几乎都经由他手，重要的官职一般都出于欧阳定贤之手……而其他一些小的地方官员则是交由这些从欧阳定贤手中买走官职的人处理的……

由这半本册子看来，那幕后黑手通过买卖官职这一渠道，已经将京城与地方织成了一张巨大的网，而这网的触须伸得到底有多长，一切便不得而知了。那么这剩下的那半本被火烧尽的册子中到底记载了些什么，幕后黑手是谁，就显得尤为重要了。

君无咎正想时苏文月和林夫人端着姜汤走了进来，让他们赶紧趁热喝，看到君无咎盯着手中的册子沉思，苏文月问道："怎么样，有没有发现什么有用的线索？当初听苏明鸾的口气，这册子想来是十分重要的。"

她边说边将姜汤递了一碗给君无咎，突然发现君无咎手中的那个册子竟被烧去了一半，她惊呼道："这是怎么了？我这刚出去一会，这册子刚刚还不是好好的吗？"

听到苏文月的问话，君无咎张了张口没有说话，湛之君正要回答她时，孙主簿看着她先开口说道："这都怪我，方才我这椅子莫名滑了一下，不承想这刚刚点好的烟竟然掉到了那册子上……"

孙主簿一边说，一边神色愧疚地看着苏文月，声音竟还有丝丝哽咽。苏文月见是孙主簿，见他神情又如此的恳切，也不好再说些什么，只好不再说话……

一时间几人陷入了沉寂，还是君无咎率先开口打破了这个局面，其实他方才一直在想怎么和苏文月开口，毕竟这欧阳定贤是她和成杨的老师。

"苏大人，不如你亲自看看吧……"君无咎一边说，一边将手中的册子递给了苏文月，苏文月看到君无咎的表情有些奇怪，看起来欲言又止，她赶忙接过来，看看这册子里到底有什么猫腻……

她打开册子一一看下来，起初心中的想法同君无咎一样，惊讶于那幕后黑手不知不觉已经掌握了这么多的地方官员，可当她看到欧阳定贤的名字时瞬间如雷劈了一般，僵在那里良久……她这回领会了君无咎方才的欲言又止，原来这背后有的竟是这等隐情……

苏文月看着这册子不知如何是好，她从入欧阳定贤门下便清楚地知道老师能在官场混得如此风生水起，绝不是什么大善人，然而她也从未想过老师会卷进这趟浑水，因为在她的印象里，老师一直信奉的是明哲保身。这册子记录的一切到底是真是假，她一时无法确定……

她看着君无咎，有些不确定地说道："君公子，你可有想过，这册子会不会是苏明鸢她背后的势力动了手脚，为的便是利用我们来除掉异党？"

听到苏文月话语中的不确定，君无咎知道她是怕自己误会她顾及私情。君无咎摇摇头，看着她说道："这就有待调查了，你说的这些方才我也想过，怕是那两方势力其中的一方，为了排除异己将这些信息真真假假地融合到一起，让我们辨不出真伪。"

听到苏文月和君无咎都如此说，孙主簿也赶忙松了一口气说道："如若不是真的，那就太好了。不小心烧了这半本册子，我可心疼死了。"

他说完这话，湛之君看了看他，不加考虑地说道："哎呀，孙大人，君大人和苏大人都说了没你什么事，你还那么在意干吗？你不要太紧张了，这册子从方才打开到现在，你那烟草都快燃尽了，你也没吸上一口。"

湛之君这么一说，君无咎和苏文月的目光瞬间都看向了孙主簿，孙主簿赶忙摆摆手说道："哎呀，你们都这么看着我干吗啊？我这心里都快愧疚死了，这么重要的线索被我毁了，我能不紧张吗？方才手都一直在抖，又怎还顾得上抽这烟？"

君无咎和苏文月移开目光，不再盯着孙主簿看，而湛之君也慌忙拍了拍孙主簿的手臂说道："几位大人，你们这么认真干吗？我随口说说的，我只是担心孙大人手中这烟罢了……在破案方面我脑筋不好的。"

湛之君笑得憨憨的，赶忙摆手冲着众人说道。

君无咎和苏文月没说什么，只不过君无咎却深深地看了这两人一眼，心中总觉得哪里有些怪怪的……

良久，苏文月终于再度开口，她看着君无咎说道：“这事我得告诉我师兄……”说罢她便拿着册子跑了出去，直奔成杨房中……

苏文月离开了，君无咎几人才发现一直默默站在角落里的林夫人，她自方才将姜汤递给他们之后便退到了角落里，不发一声，生怕打扰到他们讨论案情……

“林夫人，您快坐，方才我一直在想案情，无暇顾及您，我还以为您已经回去了。您身体不好，快坐这里歇息一下。”君无咎一边说一边走上前将她扶了过来。

林夫人感激地笑了笑，她着实是有些虚脱，坐下来后，她苦涩地看了看君无咎说道：“方才，苏大人在看那册子时，口中曾念叨了海贤的名字，所以我便立在那里，想等几位大人商谈完毕来询问一下，这到底是什么意思？”

看了看林夫人的身体状态，君无咎真不知到底该不该和她说清这一切，他思考了一会儿，终于下定了决心，他还是决定将一切都告诉她，他觉得之后他们离开了，她也是要在滁州独自承担起张家重任的人，所以这一切事情她应当知道，也理应承受，不然一直欺骗她，日后她若得知真相，一时崩溃他们又不在身边照拂反倒容易酿成惨剧。

他轻轻端起姜汤，一饮而尽，看着林夫人笑着说道：“林夫人，真是好手艺，这姜汤很好喝，喝起来让人心里觉得暖暖的……”

林夫人笑着点点头，说道：“君大人谬赞了，我自己的手艺我自己清楚，想来味道一般，但终究还可以驱寒……还望大人们不要嫌弃。”

君无咎赶忙摇摇头说林夫人过度谦虚了，互相寒暄了一番，林夫人看着君无咎突然非常庄重地说道：“君大人，有什么话，您便直说吧，我承受得住，我知道海贤他定是还犯了别的什么大错了。其实从我知道他杀害那些无辜的孩子的时候，他在我的心中便是死了……无论他身上再背负其他别的大事，我都不会惊讶，我只是想知道这一切，日后好为他赎罪。”

林夫人这番话，说得情真意切，君无咎也深吸一口气，准备好将一切同她和盘托出，其实买卖官职的案子君无咎心里倒是没什么不能同林夫人说的，只是这张府是因这林海贤而遭到迫害的事到底同不同林夫人说，其实君无咎的内心是非常纠结的，不过林夫人这一番话最终让他下定决心要把一切原原本本地告诉她……

“林夫人，其实这册子上记录的事倒不是别的事情，而是这朝中买卖官职的人员。这册子上记录，这林海贤的官职，实则是他买下的，并非是他科举得中而得来的……”

听到君无咎这话，林夫人仿佛并不是很诧异，她点点头，看着他说道：“海贤，上任扬州知府的这几年里我大致已经猜到了，他才疏学浅，根本不能担此重任，只是当初他同我说得到这任命时我万万没想到，这官会是他买来的，我从未想到他会有这么大的胆子……他怎么能做出这种事情，当初那个忠厚老实的他哪里去了？”

林夫人说着，眼中已噙满泪水，君无咎看她如此叹了口气，对她说道：“林夫人，其实您被骗了，这林海贤从来不是什么忠厚老实之人。其实您家的败落，还有曾与您有过婚约的王家的败落，其中都有这林海贤的手笔，不然他是如何得来那些钱财来买的这个扬州知府呢？”君无咎说完这些，林夫人彻底呆住了，她不敢相信自己的耳朵。

林夫人更不敢相信君无咎说的是真的，这么多年她一直待在林海贤身边，当初之所以会选择嫁给他，也完全是因为那些风风雨雨都是他陪她一起走过来的，她感激他，信任他，可是如今告诉她这一切都是林海贤的阴谋，这让她如何承受？

她赶忙摇摇头否定道：“不可能的，君大人，你一定是搞错了，当初是我自己做出来错误的决定，才导致了张家的没落，这一切与海贤没有关系啊，若不是他帮我承担起那些债务和后面的事宜，想来早就没有今日的我了。”

君无咎叹息着摇摇头继续说道：“其实之前初一已经查到了林海贤在还作为你们张家家丁时，便已经与滁州知府沆瀣一气了，他为那滁州知府献计，除掉这滁州两大门户，所得相互平分，那张家老宅，其实到目前为止还在林海贤的名下，是他的家产之一……”

君无咎一边说一边观察着林夫人的神色，她的眼神从难以置信一直转换到绝望，君无咎内心清楚，她一定是理解了他的话了，再详细的，他便并未再同她详细叙述……

林夫人努力张张口，本想再向君无咎询问些什么，可是最终也没有发出声音，其实她早已意识到，这些话问与不问都没有必要了，她挣扎着想要站起来，摇摇晃晃地看着君无咎等人，说道：“几位大人，你们慢慢聊，我有些累了，便不在这里叨扰你们了，我这便回去了……”

她一边说，一边打算转身离开，可谁知脚步虚浮，一个没站稳便晕了过去，君无咎赶忙将她扶起，送回了她的房中，孙主簿和湛之君也担心地跟了过来，好在君无咎为她诊了脉，并无大碍，不过是身心受了太大的打击，一时间承受不住，修养一阵便会好了。

听到他如此说，几人也放下心来，慢慢走回了方才的屋内，打算继续探讨这册子的事，并且进一步制订计划，接下来他们该从何处入手来处理这些事情……

回到屋内，君无咎发现成杨和苏文月早已坐在了那里，对着桌子上的册子仔细研究……

君无咎没有询问成杨感觉如何，他不想再提及那些伤心的事情，再徒增他的悲伤，让他回想起不好的记忆。

湛之君看到成杨起床，本想要问他是否好点了，却被孙主簿拦了下来，他十分有眼色地看穿了君无咎的心思，如此三人都默契地当作什么事情都没有发生过似的走了进来，谁也没提昨日的事……

“怎么样，翰飞你对这个册子有什么看法？”君无咎让自己的语气听起来十分自然，和往日没有什么不同地坐在他身边，看着成杨问道……

成杨拿起那册子，仿佛也什么都没发生过地看着他说道：“这册子的前半部分记载的官员许多我们都已经接触过了，如此看来这册子还是具有很高的真实性的，而且黛凝说过，这册子是林海贤亲自交到她手中，她一直贴身保管，并未经过其他人之手，所以我想这里记载的应该都是真实的……”

成杨十分自然地说出这些话，仿佛并没有什么不对的地方，当“黛凝”两个字从他的口中说出时，整个房间都像被寒风吹过了似的，几个人似乎都不敢呼吸了，然而成杨却毫不在意，仿佛什么事都没有发生一样……

从成杨这段话来看，几人知道了成杨是肯定了这册子的真实性，成杨的话音刚落，孙主簿的脸色就不好了，再度满脸愧疚地看着几人说道：“这可如何是好，这一下我可是真的闯大祸了，方才苏大人说这册子有可能是苏明鸢背后势力篡改的，当时我才释然一些，如今成大人如此说，我真是死的心都有了，是我害得大家丢失了重要的线索。”

孙主簿说完，君无咎和成杨都没有搭话，成杨只是拿着那册子说道：“这些线索足够了，我们一个一个查，哪个线索断了，就再换个人入手，这册子虽然只有一半，但这册子上的东西就够我们查上一阵了，将这些全部查得明明白白，我就不信，还会有什么遗漏的……”

成杨说完，君无咎赞同地点点头，他接着他的话看着众人说道：“如今，这买卖官职的案子我们算是已经有了重大的线索，破这个案子不在一朝一夕，我们得细致地调查，不过眼下那个酒楼的掌柜才是问题的关键，那些被掳走的妇女如今都到了哪里？还有那些流浪汉，他们又去了哪里？这些未解之谜，只有找到他，才能查明真相。”

君无咎说完其余几人都思考了一会点点头，没再说什么，而孙主簿的脸色也缓和了许多，看起来并没有那么难过了……

一提到那个掌柜，苏文月的心里便有些着急，他看着成杨说道：“师兄，这初一去了有多久了，为何还未回来，莫非他出了什么事？”

“苏大人，小人回来了，小人好着呢，什么都没有发生，多谢苏大人担心了……”

未见其人先闻其声，果然话音刚落，这初一便背着包袱走了进来，一脸的风尘仆仆……见他没事，还有心情和自己打趣，苏文月笑着说道：“没事就好，正担心你来着，快快来这喝碗姜汤，然后同我们讲讲查到了什么。”

初一感激地从苏文月的手中接过了姜汤，一饮而尽后看着众人说道：“那掌柜的身份，我已经查得差不多了，不过就是没有查到他的行踪，也不知他到底去了哪里。”

“哦？那你快说说看，这掌柜到底是个何人？”湛之君十分好奇地看着初一说道。

“说出来你们一定不信，你们虽然猜到这掌柜同林知府有关系，但是你们肯定猜不到他们是什么关系……”初一一边说，一边神神秘秘地挤眉弄眼，看得众人不禁想要发笑……

他越是这般神秘，苏文月越是起了玩心，她看着他无情地说道：“不就是父子关系吗？有什么好稀奇的？那掌柜的定然是这林知府的私生子！”

苏文月昨日已经听到妍女的话了，如今再看到初一这副模样，大致已经猜到了妍女说的是对的，所以她刚才故意如此说，来同初一逗趣。

果然初一一听苏文月这话，立马像霜打了的茄子，他看着她问道：“苏大人是如何知道的？莫非几位大人已经抓到了他，已经审明了案子了？”

初一问完，苏文月摇摇头说还没有，只不过得到了一些线索罢了。

“好了，初一，不要闹了，快说你查到了些什么！”成杨打断了他同苏文月之间的斗嘴，看着初一继续说道……

初一看成杨脸色苍白，声音又有些沙哑，身体看起来极为不舒服，本想关心地问一问他发生了什么事，不过看到苏文月的眼神，他忍住了，还是老老实实地回答成杨的问题了……

“那掌柜的名叫林瑞，是林海贤的私生子，这林海贤看起来与林夫人恩爱非常，全然不在意林夫人这些年无所出，然而他背地里竟然偷偷地养了一个歌姬，并生下了这个林瑞，全程没有透露半点口风，一直将林夫人蒙在鼓里。”那初一一边说，一边还有些为林夫人感到愤愤不平，他着实为那林海贤当面一套背后一套的作风感到气愤，每每想到这里他便觉得恶心……

“那袁……这林海贤大约在二十岁至二十五岁之间，如此说来这林瑞是林海贤在娶林夫人过门没多久后，便生下来的。如此说来这林海贤早就背叛了林夫人，这已经不是什么他在意林夫人多年无所出的借口能够打发掉的问题了，他这明明是从一开始便背弃了林夫人……”

苏文月刚开始本想说是通过袁姐姐的话来推断，这林瑞大致在什么年龄，但是看到成杨她又把这话咽了下去，不过成杨仿佛什么都没听到一般，全然不在意……

初一一看苏文月的想法同自己一致，也气愤地看着她说：“对啊，就是如此啊，真是气死小人了，小人还从未见过如此道貌岸然之人呢！”

“什么从一开始便背弃了林夫人，他根本就是从一开始便是在欺骗林夫人，哪有什么真情所在，说不定在他的心中娶了她，便已经是对她最大的恩惠了。”湛之君在一旁也气冲冲地接了话，他本就性子直，也着实看不惯林海贤这等人，如今再听他如此的事迹，着实是反胃……

“就查到了这些吗？可还有查到些什么？”成杨没参与他们之间的对话，而是十分冷静地看着初一问道。

初一看成杨问话，赶忙连声说道：“有有有，还查到了这个画像，这画像便是那林瑞本人没错，是我找当初侍候他母亲的人画的，很多的消息我也是从那人那里打探到的。”

初一徐徐打开那幅画，君无咎突然莫名觉得熟悉，他总觉得在何处见过这人……

仔细想了半天，君无咎才突然回想到，这人曾经来过这知府衙门，是被林管家领进来的，就在林夫人滑胎那一日，那日林管家带着他走进了林海贤的屋子，仿佛日常一些什么人来同他报备事情一样，并没有什么异常，当时他也没有在意……

突然，他想到林夫人的贴身丫鬟曾说过，林夫人滑胎那日曾有一个十分奇怪的男人同林夫人说了几句，不知说了些什么，这林夫人便脸色骤然变了……接着便腹痛难忍，现在通过这林瑞和林海贤的关系推断来看，这林夫人滑胎，说不定正出自他手……

他赶忙命人去将林夫人的贴身丫鬟寻了来，让她来看这画像上的人可是她那日见过的人……

那丫鬟在画前仔细辨认了一会儿点点头说道："定然是他，他那眉毛我怎么都不会忘的？"

那丫鬟说得确实如此，那林瑞的眉毛整个连在了一起，看起来十分的好笑，却也十分的凶残，一脸的凶相……

君无咎问那丫鬟，她事后可曾有听夫人提到过那男子那日同她说了些什么？

那丫鬟仔细想了想后，说道："夫人倒是没说，不过我曾问过夫人，夫人说那人也没说什么，只是上前一脸乖张地看着她说，今日这熬人脑已经煮好了，问夫人打算何时喝？当时夫人诧异，问他这熬人脑是什么？那人便把那安胎汤的做法原原本本地复述了一遍，还说是知府大人安排他这么做的……"

听到这里苏文月瞬间反应过来，这林瑞是特意来气林夫人的，他故意通过这种方式来刺激林夫人，他知道林夫人心善，定然受不了他们去罔顾无辜之人的性命。她气愤地说道："这林瑞可真是够凶残，和他爹如出一辙，这林瑞还真是个'好儿子'！"

"是啊，他被自己的儿子算计，倒打一耙也是报应。"孙主簿一边吸着烟袋，一边徐徐地说道。

那贴身丫鬟听到苏文月等人说到这林瑞是林海贤的儿子，着实吓了一跳，这么多年她从未见过知府大人在外留宿，而且对待夫人仿佛从无二心，他又是如何生下私生子的？

她本想向几位大人打探清这一切，回去好同她家夫人讲，可是想想又打消了这个念头，因为林夫人方才才晕倒，她的身体可再经不住这打击了，可是如果她将这事打探清楚，她又忍不住不告诉她家夫人，如此还不如什么都不知道的好。

君无咎再度向她询问了这林瑞的奇怪，还可曾在哪里见过他？这丫鬟摇摇头，回答不知，君无咎便也放她回去了，并且嘱咐她让她好好照顾林夫人……

刚刚得到这个消息的苏文月气不打一处来，她使劲地敲打了两下那个画像，生气地说道："我非得亲手抓住这个人面兽心的畜生不可！让他好好跪在张小姐面前忏悔不可……"

初一也跟着气鼓鼓地点点头说道："苏大人，算上初一一个，初一也一定要为抓住这道貌岸然的家伙出一份力。"

初一说完，苏文月冲着他笑着点点头，此时湛之君也抬起手看着他们说道："算我一个，我也看不惯这林海贤和林瑞，实在是欺人太甚了……"

正在众人气势汹汹地讨伐那林瑞时，突然有衙役跑来禀报，看着成杨等人说道："几位大人，大事不好了，这天翠山塌方了，埋了许多人，而且这些人中还有当初使用的那些流浪汉。"

"塌方？这天翠山如何会发生塌方？"成杨焦急地起身看着那衙役问道。

衙役摇摇头说道："这个小人也不清楚，听闻那里是林知府曾经吩咐别人采矿的地，但这一切都是林知府秘密执行的，小人也只是听闻，并不知这个中真假。"

成杨点点头，没再继续问下去，而是赶忙同其他人说道："我们赶快去到哪里查看一番吧！看来这次应该就能查出那些流浪汉失踪的真正原因了。"

君无咎点点头，十分赞同成杨的说法，他赶忙收好初一带回来的那幅画，交给那衙役，命他全城搜捕这个人，将他的画像贴遍全城，提供确切消息抓到犯人者重重有赏……

那衙役点点头赶忙将那幅画收了起来。

之后成杨几人便马不停蹄地赶到了天翠山，果然这山中大面积的塌方，湛之君走上前仔细查看，发现这山体都快被掏空了……

“这山里到底有什么？竟然已经被挖成了这样……”苏文月仔细打量着这天翠山，一边疑惑地问道。

湛之君仔细地查看了一下旁边散落的还未来得及被带走的石块，发现这竟然是一块铁矿石。从这采石量来看，这铁矿石的质地十分好，而且矿藏非常大，如此规模如若是要开采，是一定要上报给皇上，由皇帝来亲自决断的，如今这林知府竟然私自开采，想来一定是有问题……

他将自己的想法说给众人听，众人都点了点头，表示赞同，正在说话间，苏文月突然看到了一个洞口，这洞口看起来很深，仿佛直直地通进山体内部，而在这洞口死了很多人，仿佛都是当初想要逃出来却没能逃出来的人……

苏文月赶忙喊众人快来这里查看，湛之君赶忙跑了过来，他一来首先查看的便是这里的地质，而君无咎一来则是先查看这地上的尸体……

湛之君确认了这便是采矿时传送矿石的出口，从此进入不出意外应该会看到更多尸体，那些应该是还在采矿而来不及逃出来的人……

而君无咎在查看完这些尸体后发现他们的死因并没有什么蹊跷之处，确实是死于塌方，被乱石砸死的，而且这洞口共有四具尸体，其中三具都是那失踪的流浪汉，当初他曾做过统计，并且命人按那小乞丐栓子所说，将那些流浪汉都画出来，他一一记在心间，也好方便日后寻找……

如今这四具尸体中有三人都是流浪汉，而另一人的穿着打扮却十分的奢侈，想来也不是这进山采矿的人，而很有可能是负责监督他们的人，那么这么说来这些失踪的流浪汉是都被那林瑞转移到这里了吗？

他一边想一边在那个穿着华贵的人身上仔细摸索，果然发现了那个带着龙纹的木质令牌。果然现在的线索又指向了那个操控这龙纹令牌的人，他将这令牌收好，看着众人说道："我想进这洞里看看，我怀疑那些流浪汉便是被他们押到了这里做苦工，我想进入查看一下，我想得到底对不对。"

君无咎说完，成杨赞同地点点头，继续说道："好，我陪你进入……"

苏文月也赶忙跑到了成杨身边说道："你们也算我一个……"

"几位大人，我看这山体的结构，它土质松软，现在进去会有危险。"湛之君一边仔细地向洞口里张望，又一边担心地说道。

"那这样吧，我一个人进去就好了，我就进去查探一下死在里面的人是不是当初失踪的那些流浪汉，我速去速回。"君无咎说完便要进入，谁知却被成杨拦了下来……

成杨看着他说道："那些流浪汉的长相我也记下来了，要去一起去，那洞里昏暗，你一个人进去查看要查到何年何月？在里面待的时间越长危险越大，我是绝不可能放你一个人进入的。"

成杨如此说完苏文月也跑来凑热闹说道："那你们更要带上我了，我虽然没有记下那些流浪汉的样子，可是我进去可以帮助你们拿火折子翻尸体什么的，这些活都可以交给我来办，也能节省一部分时间，我也断然不会让你们两个单独进去的……"

苏文月的话音刚落，便被君无咎和成杨十分默契地否决了，他们二人都不同意她进入，可是苏文月执意不肯，这时湛之君走了过来说道："既然要决定进去我们便速去速回吧，我同你们一起进去，帮你们看着这山体，有什么异样的时候我喊跑，你们一定要跑，切不可久留。"

湛之君如此交代了一番，成杨等人总算不再争执了，最终决定他们四人一同进入，就这孙主簿在这洞口看着，如有什么危险也赶忙唤他们出来，如此既是双重保险，也考虑到了孙主簿的身体……

几人说干就干，马上拿好火折子，便走进了洞口，一进入洞中视线立马昏暗了，灰尘的气息扑面而来，苏文月赶忙点好两个火折子，本想自己拿着走在前面为他们照明，却一一被君无咎和成杨拿走，并用身体将她挡在了外面……

他们往里没走几步，便又看到了两具尸体，正如苏文月所说他们都是头朝地面趴在那里，君无咎和成杨赶忙将他们翻了过来，仔细查看果然是那流浪汉中的两个……

看到这两具尸体，君无咎和成杨的心中几乎已经可以得到这个结论了，不过他们还是决定再深入里面看看，看看是否能得到些别的线索。

这洞口越往里走反而越空阔，里面的空间很大，山体几乎已经被完全凿空了，如此宏大的工程，如不是年久的积累造得，便是动用了大量的人力，想来这里定是不仅仅抓来了那几个流浪汉来充人数，看来这里定是还有些从其他地方掳过来的人……可是为什么各个地方没有失踪人口的案子呈到大理寺呢？

湛之君一边往里走，一边看着几人问出了心中疑惑，君无咎拿着火折子一边查看地上的那些尸体，一边说道："他们若是下手定然会在他们控制的地方官员管辖的地区动手，而且从这些流浪汉来看，他们下手的人群也多是流动的，不好查明身份的人群，如此一来，这案子自然便被压下了……"

"这也着实太可恨了，为了满足自己的私欲，竟然视人命如蝼蚁。"湛之君看着这满地的尸体，愤恨地说道。

成杨和苏文月没有说些什么，他们看着这地上的尸体，内心十分沉重，真是不出京城不曾想，地方如今已是这般景象了……不过仔细想来年初京城里发生的那一系列的事，也可以看出，这股黑暗势力已经发展到什么地步了……

说白了，如今他们在地方就好比土皇帝，而从年初京中杀人案来看，他们已经迫不及待地将手伸向了皇城，看来他们的贼心竟然是动摇江山社稷。

君无咎一一查看了这些尸体，果然这里的大部分人已经不是那群流浪汉了，他们都是陌生的面孔，君无咎认不得他们，也叫不出他们的名字，只看得到他们满身的伤痕……

除了被碎石、石块砸死的致命伤外，他们身上有许多鞭痕，生前定是遭受到许多殴打虐待，想来到这儿的这段时间里，过得定是十分苦楚……

君无咎看着这些尸体，几乎没有一具尸体是完好的身上没有伤痕的……这让他十分痛心，他默默地下定决心，他知道今日不可能将他们的尸体全部运送出去，但他向他们保证，只要他在一日，定然会帮他们申了这冤屈……

“这会不会是那群丧心病狂，将他们抓来的人做的？我看这塌方有人为的痕迹……”湛之君一边仔细观察那塌方起源地的石壁，一边疑惑地问道。

“什么？你说这塌方是人为的？你如何得知的？”苏文月走上前看着湛之君问道。

“你看这墙壁的这处，有被火烧黑的痕迹，而且面积巨大，这塌方的起源则是从这里开始的，这里当初一定发生了什么事，或者什么意外……”湛之君冲着苏文月点点头，然后指着石壁向她说道，此时成杨和君无咎也凑了过来，查看他说的墙壁。

“什么意外能够将这山石弄得这么碎？这定然是非常强大的力量，仅凭火烧应该不会造成这么大面积的塌方吧！”苏文月一边看着湛之君一边分析道。

“那可不一定，还有一种……”

“嘘，别出声！”

湛之君话刚说到一半，便被成杨打断了，他将食指放在唇上，做了一个不要说话的手势……之后便将耳朵贴在了他身旁的石堆上，众人见他如此，十分不解……

君无咎静下心也察觉出有些不对，他模仿成杨也将耳朵贴在了那石头上，看着苏文月和湛之君等人，指了指石壁那儿，示意他们也过来听一听，苏文月和湛之君狐疑地将耳朵贴在了上面，屏住呼吸，过了一会儿苏文月瞪圆了眼睛看着成杨他们说道：“里面好像有人……”

君无咎和成杨神色凝重地点点头，他们也不知这里面的到底是何人，到底对他们有没有危险。

“不会是那群监工躲在里面吧？这样才逃过一劫，以免自己同那些流浪汉一样死在这里？”湛之君小心翼翼地看向成杨和君无咎问道。

他们两个点点头说道：“有可能，不过这里也有可能是那些幸存的被抓来当苦工的人……”

他们两人说完这话，大家都沉默了，谁都不知该如何是好，如果打开这些碎石救他们，万一是那些穷凶极恶的监工，定然不会让他们这一行人活着出这洞，必将他们杀人灭口……

可是如若不救，这里面的人万一是那苦工怎么办？他们绝不能眼睁睁地看着他们死在自己面前，而不伸出援手……

几番纠结后，他们达成了一致，便是将那石块移开，他们四个人一同努力移了许久，才将那个半人高的石块移开，移开最后一块石头后，他们看到一群少年瑟瑟发抖地拥成一团，他们看到成杨、君无咎等人十分惊恐，其中几个年龄比较小的都已经吓哭了，一直在问为首的将他们护在身后的少年说：“师兄，我们怎么办？我们怎么办？……”

看到他们的状态，君无咎等人立马明白这群少年也应该是被那群人绑来的，他们立马友好地看着他们，对着他们说道：“你们不要怕，我们是来救你们的，来，过来，我们带你们出去……”

君无咎和成杨说完，那些少年依旧在那里打量着他们，并没有动，其中那个为首的少年看着他们，上下打量了一会儿，鼓起勇气冲着他们说道：“你们是何人？为何能找到这里来救我们？”

那少年声音有些颤抖，火折子明明灭灭的，君无咎和成杨看不清那少年的目光，只是蓦然地觉得他很有担当……

“这里塌方了，我们是朝中来的官员，今日接到了这里塌方的消息便赶忙赶了过来查看，不想发现了你们实属万幸，你们快出来，这里太危险，我们出去再说。”成杨话说得很温和，生怕吓到这群少年……

可是成杨这话并没有人领情，那些少年听闻是朝中来的官员，吓得更加抖了，其中有几个胆小的都哭出了声来，大叫道："道杰师兄，完蛋了，这又来了批朝中官员，他们定是知道了这塌方是我们捣的鬼，如今又来打我们了，而且不知道又要将我们带到哪里去做苦力了……"

那胆小的少年这一段话中透露给成杨和君无咎等人两个信息，一是这塌方事故果然是人为的，是这群少年做的，而且当初他们被抓来是一群朝中官员所为……

"你们是被一群朝中官员抓来的吗？你们相信我们，我们与他们不同，我们是大理寺来的官员，这位成大人是大理寺少卿，他此次来便是专门来查看你们被绑架的案子的，你们不要怕，只有出来说明一切我们才能帮助你们啊……"君无咎分析完那两句话后对着他们循序善诱地说道……希望能够打消他们的顾虑。

这话说完那边良久没有声音，过了一会那个为首的，名叫道杰的小道士说道："大理寺来的官，可是那成大人和君大人？"

这道杰问出这句话反而使君无咎等人诧异了，他们相视一眼，然后冲着那道杰说道："正是我们，你们是如何知道的？"

"几位大人，我们是徐州太虚观中的小道士啊！"那道杰一边说，一边起身叫其他的少年起身往成杨等人那里走，他当初在道观中服侍他们的道长时曾见过这成杨和君无咎，那时他们好像来观中查什么案子，而且后来道长和双丹阁里的炼丹炉也都消失得无影无踪了。

不久他们陆续地走了出来，大概有十几个人，成杨和君无咎等人仔细看来，果然发现了一些熟悉的面孔，有些是在龙葫芦河祭祀大典那见过的，有的是在道观里见到的……

真的都是那太虚观中的小道士，只是浑身脏乱，脸上又染满了灰烬，所以成杨和君无咎一时之间没有认出他们……

"你们不是在道观中打理太虚观吗？怎么如今跑到这里来了？"湛之君看着他们着急地问道。

苏文月看着他们后来抬出来的一个年龄较小的少年，他的腿被石块砸得血肉模糊，实在不忍直视，苏文月赶忙从怀中拿出常备的金疮药，涂在了伤口上，并且撕下一块衣服来为他包扎，苏文月做这些时，君无咎也查看了一下那少年的伤势，苏文月的这些举动可能只能减少一些他的伤痛罢了，其实他这条腿应该已经废了。

那道杰看到苏文月的举动，内心也安稳了许多，终于放下心防看着他们说道："回几位大人的话，当时几位大人离开没有几天，便来了一批朝中官员，他们说我们道长如今在他们那里，要在别处建道观，去那里造福当地的百姓，便让我们一同跟去，而且手上还拿着我们道长的亲笔信，我们一看是道长的命令，便也没有多想，便同他们一并去了……不曾想却被拐来了这里。"

道杰说完这些话，诚恳地看着君无咎等人，看起来并没有说谎，君无咎点点头看了看他，又看了看成杨，心中暗自思索个中关系……

"你是说你们被一群自称朝廷官员的人带走的？他们可有详细明说是哪个官员的部下？可是之前那个所谓的去你们那的王爷的部下？"成杨看着他们，先于君无咎问道，君无咎赞同地看了成杨一眼，果然他们二人想到一处去了。

"他们并没有说自己是哪里的官员，也没提什么王爷，只是拿了我道长的亲笔信和他的信物拂尘，所以我们才相信了他们的话。"道杰一五一十地看着他们回答道。

成杨点点头，小声地喃喃："这群人果然做得滴水不漏。"

正当几人还在谈论时，突然听到山体上方雷声大作，仿佛马上要下雨了一般，湛之君一听到这雷声，赶忙紧张地看着众人说道："不经意间已经在这洞中待了这么久了，这一下雨就有可能再度发生塌方，我们得快点出去了，如果雨水倒灌，冲刷泥石进来，形势紧迫我们赶快离开，出去再谈……"

湛之君一边说，一边上前使劲将那个受伤的小孩背了起来，看着众人说道："快走啊！再不走就来不及了！"

果然这雨说下就下，大雨瓢泼从石缝中漏了出来还夹杂着泥沙打在他们的脸上，接着这雨水渗下得越来越多，已经不仅仅是夹杂着那些泥沙，而是将一些石块带了下来，因为要照顾这群受伤的小道士，成杨、君无咎等人走得很慢，而且一边走还要一边躲避那些掉落的石块，十分惊心动魄。

一行人抓紧时间，努力地往前走，洞口就在眼前，突然一块巨大的石块松动，马上就要掉了下来，可是几人并没有察觉，还好湛之君通过渗下的雨水察觉到了，他使劲往前冲，向众人猛地一撞，差点将众人撞了一个跟头，苏文月一直在照顾一个受伤的小道士，一个没站稳，直接倒了下去，她回头有些不满地看着湛之君喊道："湛大人，你干什么啊！"

话音刚落，"轰"的一声，那巨石掉了下来，正好砸在了他们方才站的地方，吓得众人咂舌，这巨石如若真的砸到他们身上，想来这五脏六腑，都成了一摊烂泥了吧！

苏文月看着那块巨石，又想了想方才自己的语气，十分的惭愧，不好意思地看着湛之君说道："湛大人，抱歉……我误解你的好意了……"

听到苏文月如此说，反倒将湛之君弄得不好意思了，他看着苏文月挠挠头，笑着说道："哎呀，苏大人，你言重啦，我们快出去吧，这里实在是太危险了！"

湛之君一边说一边嘿嘿地笑了两声，看起来十分的憨厚，弄得苏文月心里十分的愧疚，她赶忙站起来，又扶起旁边的小道士，几人互相搀扶着赶忙离开了这危险之地。

"哎呀，可担心死我了，我在这洞口听见轰隆一声，这不知道到底发生了什么可把我急坏了，我正准备进去寻你们。"孙主簿在洞口急得像热锅上的蚂蚁，看着他们平安无事地走了出来，终于松了一口气，看着他们继续关心地询问道，"怎么样？有没有受伤？这些人是谁？"

"这些人是徐州太虚观的小道士们，孙大人可还有印象？"湛之君一边背着那小道士走近孙主簿，一边说道。

"小道士？"孙主簿仔细地辨认了一会儿，赶忙说道，"哎哟，还真是那群小道士，他们怎么会到这里来啊？”

“这就说来话长了！孙主簿，我们先想办法回去吧，回去后我们再同你详说，如今这孩子们身上都有伤，这雨势又这么大，我担心会加重他们的伤势。”成杨一边看着孙主簿一边焦急地说道，而这时突然从远处传来了响亮的马蹄声，众人担忧不已，走近一看发现竟然是初一和十五，他们带着几件蓑衣快马加鞭地赶来……

初一和十五一见到成杨等人，赶忙下马拱手行礼说道：“几位大人，小人们来迟了，几位大人快把这蓑衣穿上吧，莫要着凉了！”

成杨和君无咎一看到他们二人眼前一亮，他们赶忙接过他俩手中的蓑衣，将它们穿到了那几个伤势严重的小道士身上，并嘱咐初一和十五将他们几人带回去，再回来时赶两辆马车，并多带一些蓑衣……

成杨和君无咎二人的话音刚落，苏文月赶忙走了上来看着他们说道：“不行吧，他们伤势如此严重可还经得起颠簸，不如先让他们带走几个还没什么大碍的，等到他们将马车赶来再将那几人带回去？”

苏文月说完，君无咎和成杨一齐摇了摇头，说道：“你说的这个问题，我们不是没有想过，不过现在最要紧的还是将伤势较重的带出去……”

成杨说完，看苏文月并不理解，君无咎赶忙解释道：“你看这天，阴得仿佛黑了一般，说明这雨还要下上许久，而且这雨势如此大，天翠山已经被挖空，说不定一会便会有山体滑坡、泥石流等事情发生，这天翠山的路便有可能会被封上，到时候进出不得，可能会在这里滞留一夜，那些伤势重的小道士，有可能会支撑不住的……”

君无咎如此解释，苏文月便懂了，她点点头，后退一步，不再说什么，而去照顾那些小道士……

“孙主簿，你也同他们一起回去吧……”君无咎一边帮初一和十五他们扶小道士上马，一边看着孙主簿说道。

孙主簿一听这话赶忙拒绝道：“我又没受伤，怎么能搞这种特殊待遇？我没事，快让这群孩子们先回去吧！”孙主簿一边推辞，一边往后站，表明自己的决心……

不过君无咎看了看他湿透的衣衫和在寒风中瑟瑟发抖的身体，继续说道："孙主簿，我们都明白你想在这里照顾我们，可是这知府衙门也需要一个照应的人，而且这些小道士回去后怎么安顿，也全要仰仗您了，所以说您的职责更重，您还是回去帮我们照料一下吧！"

君无咎言辞十分恳切，虽然每句话都好像让孙主簿更加操劳，可是孙主簿却明白其实他在关心自己的身体，自己总是年长于他们，身体也不如他们那般硬朗，背地里没有少受到他们的照拂，每每想到这里孙主簿的内心都有一丝丝的感动。

他仔细想了想，没有再拒绝君无咎的好意，他知道他也拒绝不了，他们既然执意让他回去，无论如何都不会改变想法的，所以他做好他们交代的事，如此才是对他们的好意最好的回报，也只有这样才不算辜负了他们。

孙主簿点点头，先上了马，初一和十五一人带了两个伤势比较严重的小道士，孙主簿带了一个，另外还有四匹马，君无咎命其余几个会骑马的小道士跟在初一他们身后一同回去，如此一来，这些小道士也差不多都被带了回去，还剩四位比较健壮的小道士同君无咎、成杨他们四人留在这里……

孙主簿他们离开前，成杨特意叮嘱如果大雨封路，无法进入这山里，千万不要硬来，一定要保证自己的安全，他们会互相扶持，挺过这一个晚上是没有问题的。

成杨嘱咐完，初一等人得了命令便赶忙离开了，争取能够用最快的速度再赶回来。

这天翠山到知府衙门行程最快也需要一个半时辰，君无咎等人瑟瑟发抖地堵在那栋楼等了将近三个半时辰也未见初一等人的身影，成杨等人心里清楚，这定是大雨封路了，他们无法走过来了，想来今夜就要在这里待上一晚了，好在这洞口还没有坍塌，能够稍稍帮他们遮蔽一些风雨，可是他们是断然不敢再往洞里去一点的，那里应该早已被泥石流占领，不仅危险，而且连下脚的地都没有了吧。

他们几人互相依偎在一起努力地取暖，希望能够保持住身体里的温度，不让它流失得太快，以免受了风寒……

起初还好，可是随着时间的推移，夜晚的来临，气温越来越低，寒气逼人，几个小道士还好，他们近来一直是这么露天过来的，早已对这种状况免疫了，也并不觉得有多冷，然而君无咎、成杨等人便不可同日而语了，他们平日里从未经受过这些，昨日之所以能在那金府花园中睡上一晚，那完全是因为有那烈酒在暖身子，如今别说什么烈酒，哪怕是一口热水都没有了，难熬程度可想而知。

正当几人都疲惫不堪时，湛之君突然从怀里掏出了一个小包裹递到了成杨等人的面前，小心翼翼地打开，是四个烙饼，君无咎和成杨看到这烙饼十分的诧异，看着他激动地问道："你哪来的烙饼？你不会是去哪都背着吃的吧？"

湛之君憨憨地笑着说道："这是林夫人早上亲手烙的，回来后你们都没吃，方才大家说要来这天翠山，我之前有经验，怕在这里发生什么意外，所以就揣了这几张饼，不曾想，还带少了。"

"有就十分好了，那还能抱怨多少，平常一直觉得你憨憨的，不承想，你竟然还能懂得未雨绸缪！"苏文月看着湛之君手中的饼，笑着调侃他。她准是饿了，也明白君无咎和成杨等人也一定是饿了。从早上到现在他们也就喝了一碗姜汤，除此之外便什么都没再吃过了，想来定是饿惨了，这四个饼到底如何分才好呢？……

正想时，苏文月抬眼看到了那几个小道士渴望的目光，他们瑟瑟发抖地蜷缩在那里看着这些烙饼直咽口水，看到苏文月看他们，那道杰十分懂事地说道："几位大人们吃吧，我们几个不饿，我们习惯了，大人们可万万饿不得。大人们的身体珍贵着哩，小人们皮糙肉厚的什么事都没有。"

道杰的这番话，突然听得苏文月鼻子一酸，看他们的状态，定然也是许久没有吃饭了，如今却还如此说……

"身体都是同样的，每个人的生命都是同样珍贵的，并没有什么高低之分，你们要记得，你们同样珍贵，永远不要这么妄自菲薄。"苏文月一边拿起饼递给他们一边说道。

那道杰犹豫了一下，看着苏文月诚恳的眼神，终于接下了那张饼，感动得快要哭了，噘着嘴看着她说道："谢谢大人！"说完便将饼分成了三份递给了那几个小道士……

苏文月又拿起一个正要分给君无咎、成杨和湛之君，谁知他们都一同说道自己并不饿，让她同那几个小道士一同分了吧。

湛之君更是有趣，他看着她赶忙将手中的饼全然塞给了她，笑着说道："哎呀，说真的，要吃也该你们吃，这林夫人烙的饼实在是太好吃了，你们还未回来时我一口气吃了好几张，现在胃里还没消化呢！你们就不要跟我客气了，我可不吃了，不是不想吃，是真的吃不下。"

苏文月见几人都是如此，拒绝得十分决绝，心里明白他们同自己一样都是希望别人能够吃得饱些，她看着他们感恩地笑了笑，随后将手中的饼全然递给了道杰，温柔地说道："拿去平分吧，多吃点，被困那么久定然是饿坏了吧，我们来时已经吃过许多东西了，还扛得住，但是你们一定要照顾好自己。"

道杰看着苏文月有些犹豫，最终将饼接了过来，如此算来他们四人便可以一人分得一个饼，他接过饼，整个人的眼睛都仿佛放了光一般，开始大口地咀嚼了起来，他们准是非常饿，在未塌方之前他们每日便是饥一顿饱一顿的，可以说是食不果腹，之后又在那石洞中困了那么久早就饥渴难耐，如今这饼对于他们来说宛若珍馐……

苏文月看着他们狼吞虎咽不多时便将这个饼全部吃完，心中知道自己做的这个决定是对的，而成杨和君无咎等人看到他们如此，心中也着实心疼……

可是自打君无咎走进这洞口躲雨后，他的脑中便一直在思索一个事情，便是这群小道士是如何造成这塌方的，而且有一件事情不得不面对，便是如果这塌方是他们做的，那么死在那洞里的人，便皆算死于他们手中，虽然他们是受害人，可这不能代表他们就可以逃避掉伤害别人性命的罪责，如此到底如何是好……

他纠结了许久终是没有想明白对策，便想回到知府衙门同成杨等人商议后再决定，虽然定然不会饶恕他们害人性命之罪，但如何量刑还需要仔细斟酌……

“方才在洞里我听见有个小道士说这塌方是你们弄出来的，这是为何？”君无咎看着道杰开口问道，他打算先调查好这一切，查明事情的因果，更有助于之后的定夺。

道杰看着君无咎想了想，毫无保留地开口说道：“我们实在忍受不了这里的生活了，每天饥寒交迫，吃不饱穿不暖，还要忍受着毒打，我们实在是忍受不住才出此下策的，我想着只要这里发生事故或者是火灾，外面的人定然能够发现我们，然后过来将我们救出去，就像现在这样，几位大人发现了坍塌，就赶来救我们了……”

道杰一边说一边十分感激地看了看君无咎等人，说着说着忍不住眼泪都掉了下来，可见这些事有多么的令人伤心。

“事故或是火灾？这么说你们当初并没有想制造这场塌方？”君无咎听过道杰的话后迷惑地问道。

道杰点点头，继续说道：“是的，起初我们只是想引起些响动，或者是火灾什么的，如此也不会伤害到太多的人，只是起到一些警示作用，可谁知最后却造成了塌方，害死了这么多人是我们不对，我们不该这么做，作为道士我们本应该为这些亡灵作法，让他们走好，可是我们却无能为力，因为我们的手上已经沾染了鲜血，我们没有资格再为他们做法事。”

道杰一边说，眼泪一边止不住地流，听到他如此说，那其余三个小道士也跟着一同难过地哭了起来，一边哭还一边自责地说道：“都是我们的错，我们本也应该一同死去的，我们也不该活着的，如果能够和这些人一同赴死，想来也不会这般罪孽深重了。”

道杰几人沉浸在自己的悲伤中不能自已，君无咎虽然也很同情他们，可是他却依然十分着急，因为这道杰一直也没有回答他的问题，便是他是如何造成这塌方的，到底使用了什么手段……

他有些焦急地看着道杰安慰道："不要再哭了，你们只是无心，无心酿成了这场事故，既然你们的心底都有愧疚，也有要偿还的信念，如此便好，这一切我们之后定会公允定夺审判，也给你们一个偿还的机会，现在你一定要好好回答我的问题，你们到底是如何制造这场坍塌的？"

看到君无咎如此严肃，道杰赶忙擦了擦自己的眼泪看着他说道："其实起初我们并没想过这样会造成塌方，之前我们还在太虚观时看道长炼丹，用硫黄、硝石磨成粉末在炼丹炉里炼丹，几次不小心都造成了大的事故，那炼丹炉炼着炼着，突然像天边的雷轰的一声便裂开了，而且四处冒火，险些将双丹阁震塌，而且因此还造成了好多次山火。"

道杰一边回忆一边说，想到那炼丹炉神情有些犹豫，他看着君无咎等人顿了顿继续开口说道："之后我想利用这种方法造成大的响动，或者造成山火，如此便能引得外面的人来救火，顺便将我们救下。可谁知我们按照道长的方子就地取材大致进行仿做时，它竟然会造成如此大的威力，竟然震得这山体坍塌，害死了这么多人……"

道杰一边说一边叹气，他方才之所以会停顿，不过是想到了炼丹炉平常的作用罢了，那炼丹炉向来是人们抱着美好的心愿，企图长命百岁而用来炼丹的，不曾想到了他们的手里却用来伤害别人的性命，如此想来他还真是对不起自己一直信仰的神明。

君无咎听完他的话觉得颇为神奇，成杨和苏文月也是对他所说的十分不解，他们转过头看向湛之君问道："湛兄，不知你可有听过这种说法，或者明白这其中的道理？"

湛之君看到众人都在看他，赶忙说道："方才苏小姐在洞中问我时我便要回答来着，当时我心中便是如此猜测的，因为看到当时地上留下的硫黄和硝石的残余粉末，还有那火的痕迹都让我觉得他们定然是用了硫黄伏火法……"

“硫黄伏火法？什么是硫黄伏火法？”众人听湛之君如此解释反倒更加听不懂了，他们看着他赶忙继续问道……

湛之君偏过头，仔细地想如何才能将这件事说得更加清楚，想了一会他看着众人说道：“其实这硫黄伏火法也是一个道士发明的，那人追逐于成仙之梦，一直沉迷于炼丹，将各种材质的东西混合在一起，企图炼出长生不老药，可是谁知最后长生不老药没有炼出，反而炼出了这硫黄伏火法。”

君无咎一边说，又一边向众人详细地解释了这硫黄伏火法，他说：“这硫黄伏火法，就用硫黄、硝石研成粉末，再加皂角子，将这三种药料放在一起，然后用火点燃后，便会出现方才道杰小道士所说的那种效果……其实这些东西你们经常见到的，只是现在单拿出来说，你们反倒陌生了。”

“经常见？哪里有见过？”苏文月好奇地问道，她实在想不来除了在炼丹炉里她还在何处见过这东西。

“就是你平日里见的那些爆竹和烟花啊，它们很大一部分都是用这种方法制成的，而且还有平时你们看到的那些所谓的吞云吐雾的幻术。其实都是那些方士用这种法子来迷惑你们的眼睛罢了。”湛之君十分详细地向众人描述着，听到这里成杨和君无咎点点头，表示理解了。

听到湛之君的叙述，苏文月歪过头想了良久说道：“这东西如此厉害，如果将它用来打仗后果实在是太可怕了。”

听到她如此说，君无咎的眉头突然皱得特别紧，他想了想又看着他们说道：“我一直在想那幕后黑手要收集火油的原因，苏大人方才这么一说，我突然有一种不好的预感。”

“你是说他们收集火油也很可能是用来谋反？”成杨看着君无咎说道，看他沉思的眼神他已经猜到了他的想法，当初他们本以为这些人之所以会收集火油，是因为他们打算走私给蛮夷，扰乱国家安定方便他们谋反，如此也可以得到蛮夷势力的支持，如此便是通敌叛国，可是方才苏文月的话突然也提醒了他们。

这火油最适合火攻，攻势甚猛，如得天时地利人和，这火油的攻势不可阻挡，到时一定会造成很多人员的伤亡，造成很大的混乱，如此想想几人便觉得忧心忡忡。

“对，我就是怕他们并不是像我们之前想的那样是用于走私的，而是他们为自身准备的，我现在甚至开始担忧他们会不会已经掌握部分军队了。”君无咎一边皱着眉，一边看着他们说道，看起来形势十分的严峻！

听到掌控军队，湛之君一脸的难以置信，他看着成杨、君无咎说道：“不会吧，这军队的调控，没有皇上的军符是没办法随意调遣的，他们又如何能够掌控这些军队呢？”

湛之君说完，苏文月看着他叹口气说道：“他们还有什么是不敢干的？买卖官职，罔顾人命他们都做得出，伪造军符在他们眼里，想来也不是什么难事。”

苏文月说完，几人都长久地陷入了沉默，那几个小道士已经昏昏欲睡了，虽然现在越来越冷，可是那群小道士实在忍受不住那困意，他们提心吊胆了这么久，今日好不容易能够安稳地卸下提防，能够睡一个好觉，即便是寒风也无法阻止他们。

君无咎几人看了看那些小道士，很是心疼，但是看他们还能入睡，心里也突然平稳许多……

苏文月拍了拍他们几人说道：“我们也像他们那样凑得紧一点吧，大家不要再想那些还没确定的事了，这越来越冷，越想越难过，我们先过好今天吧！这实在是太冷了！明天回了知府衙门，再仔细向这些小道士询问铁矿的事，看能不能得到什么新的线索……”

苏文月说完，成杨点点头，也拉了拉他身边的君无咎和湛之君，大家凑到了一起，互相依偎着汲取彼此的体温，终于暖和一些……

苏文月本来是立志不睡的，可是不知不觉却昏昏沉沉地睡了过去，成杨无奈地笑了笑，看着成杨说道：“刚才数她说要挺到天亮的声音最大。”

君无咎顺着他的目光看了看，苏文月和湛之君都已经熟睡了，如今就只剩他和成杨还清醒着，“你也睡一会儿吧，睡着了，这长夜便好熬了。”君无咎看了看成杨说道。

成杨苦涩地笑了笑，用双手揉搓了一下脸，抬头看了看星星说道：“睡不着……一闭上眼便是黛凝的音容笑貌。”成杨的声音有点苦涩，整整一日了，成杨第一次正式提到黛凝，第一次面对这个问题。

“总要放下的，袁小姐也不希望你因为她而一直难过，就像我说的，漫漫长夜，说不定像袁小姐这般才能熬得过去，才感受不到痛苦。”君无咎也抬起头看着天上的星星，声音满是无奈……

成杨没再说什么，叹口气轻轻地笑了笑，心中却苦涩不堪，对于君无咎的这句话，成杨是十分赞同的，因为在长夜中，痛苦总是由清醒的人承受的，就如现在的他和君无咎，也如那些小道士和黛凝。他们睡着了，说不定才是更幸福的选择。最终他叹口气，拍了拍君无咎的肩膀说道：“别担心我，天总会亮的，等太阳出来了，一切都会好起来的。”

君无咎点点头，没有说话，其实同成杨一样，他的心中又如何不想秀秀呢？时间虽然过去了这么久，可他对她的感情却历久弥新，从未改变过，他最大的愿望便是和她过着采菊东篱下的生活……可如今这个动乱的社会，想来无论如何他也无法给她心目中的安稳生活的，所以他最大的梦想应该便是申明老师的冤屈，查出那些一直企图颠覆朝纲的黑暗势力，如此他们才能过上真正安稳的生活。

不知不觉他和成杨便这么坐了一整夜，天亮时分，这雨也停了，当阳光照射到几人身上时，暖洋洋的感觉让众人都舒服地伸了个懒腰……

“天终于亮了，一会初一和十五应该就来了。”苏文月一边伸着懒腰一边看着众人说道。

众人点点头，都松了一口气，这一晚着实是过得太辛苦了，湛之君醒来时发现一旁的四个小道士依旧迷迷糊糊地没什么精神，他本想叫他们起来，可离近时又察觉到不对，他们的额头布满了细密的汗珠，脸上烧得滚烫，一直在说胡话，看起来十分辛苦……

君无咎看到湛之君的一系列动作也察觉到了不对，赶忙走了上去给几人诊脉，恐怕是得了风寒，他们身体着实虚弱，这病来势汹汹，得赶忙需要医治才行。

“既然如此着急，不如我们几个一点点地将他们背出去，如此也能更快地迎上初一他们，让他们早点得到治疗。”成杨一边看着那些小道士，一边冲着众人提议道。

成杨的话得到了大家的一致认可，他们赶忙将那些小道士背了起来，步履蹒跚地在泥泞的山路上前行。走了没多久，便看到了初一和十五艰难地牵着马和马车赶了上来，看到成杨等人他们赶忙冲了上来，帮着成杨等人将那些小道士扶上了马车，而其他几人则上了马，大家一路艰难地行走，在跋涉了两个时辰后，终于回到了知府衙门。

一回到衙门，君无咎就赶忙找来郎中来给这些小道士医治，而苏文月则又风风火火地跑去和林夫人一起给大家熬姜汤和做午饭，本来林夫人已经做足了午饭，可谁知那些小道士们实在是太能吃，风卷残云，将林夫人都吓得呆住了。

吃饭时君无咎看着这群小道士问道：“小道长们，你们可知道这群人挖这些铁矿到底是为了什么？他们到底有什么目的？”

那些小道士一边努力嚼碎嘴里的食物，一边努力地回想君无咎的问题，一个小道士匆忙咽下食物后，看着成杨说道：“回大人的话，我们也不知那些人挖这些矿石用来干什么，只听说他们要将矿石运到很远的一个地方，好像叫边……边什么来着？”

那小道士一边说一边努力地回想，一旁一个小道士着急地接着说道：“什么边什啊，那地儿就叫什边城……”

什边城？君无咎和成杨等人都在心头默默一惊，那里已经是边疆了，最近外族一直入侵，那里战乱不断，这些铁矿石为何要运往那里？莫非难道他们真的与那些外族有关系，如此看来莫非他们通敌贩卖的不是火油而是这铁矿吗？

“贩卖铁矿的后果，想想都让人觉得心惊，要知道那些蛮夷的作战能力十分的强悍，而且他们特别骁勇善战，这些年之所以一直输于我们，完全是因为他们的作战装备过于落后，而且冶铁技术并不完善，如今他们将这铁矿卖与他们，帮助他们提升自己的军事实力，如此看来这不是自掘坟墓吗？”湛之君一边看着众人，一边十分严肃地说道。当初他们说那军符的事，他已经感到难以置信了，如今又发生了这种事，他着实是疑惑不已，这个世界到底是怎么了？为何会有人为了自己的利益来罔顾国家和人民的利益，难道他们就一点良心都没有了吗？

这一次江南之行，他确实见识到了无数他曾经想都未想过的事，他是从寒门爬上来的，本以为他自己经历的那些丑恶已经是极限了，不曾想，这些时日经历的事，才让他体会到这世界的暗角到底存活着什么样的妖魔鬼怪。

“如此说来，着实太危险了，我们一定得先将这个事禀报给皇上……”成杨一边说一边叫来了初一和十五，这事叫谁去他都不放心，必须初一和十五两人一同去方才保险，如今塌方那些人定然也意识到他们已经暴露了，他们定然会加强防范，如此一来，这个消息传进京中的速度一定会被他们想方设法地拖着，前路艰险，他必须让初一和十五两人一同前去，他才安心。

初一和十五得了命令后犹豫了一下，最终还是出发了，这么久以来他们几乎没有一起执行过命令，如今他们二人共同前去，成杨身边便一个心腹也没有了，他们十分不放心……

初一和十五走后，成杨心里依旧不平静，心一直悬着，这扬州的秘密着实太多了，一个方解又来一个，每一个都如同一个结，交织在一起，缠缠绕绕缠得他头疼，他现在十分担心皇上的处境，这内忧外患的情形他可清楚？他可有做准备？

他一边想，又一边想到了自己的兄长，他一直在军中，可察觉到军中有异，抑或是可有发现边疆有人在暗自倒卖铁矿？

“新的知府大人何时到？”成杨一边想一边有些焦急地看着孙主簿问道。

孙主簿想了想看着君无咎说道："从之前的信件来看，最快也得四五日，这扬州是重城，所以皇上命人命得十分谨慎。"

"四五日，好！这四五日我们加速调查手头还未完结的案子和有疑点的线索，最好能够做到在这四五日内结案，处理完这一切之后，我们要先赶往什边城去查探一下，我总觉得这事情没那么简单。"成杨一边说，手指一边轻轻地敲打着桌面，看起来有些焦急……

"那那个林瑞怎么办？那个林瑞到现在还不知所踪，如果在新知府来之前我们不能将他抓到，那我们也直接离开吗？"湛之君看着成杨问道，这个林瑞可是个十分重要的人物，他定然知道许多还未被察觉的内部线索，得到这些线索，才有可能更进一步地解决这些互相勾连的案子。

"这几日我们争取将他捉拿归案，但是如果没有抓到我们也不能一直在这里和他耗下去了，他有时间咱们没有，咱们现在是要争分夺秒地查明这一切事情的真相，因为我们还不知道，他到底会在何时动手，我们必须要做准备，如此才能万无一失。"成杨一边说，一边看了看君无咎，仿佛想征求他的意见，君无咎点点头，十分赞同他的想法，他们已经在扬州耽搁的时间太久，随着目前查到的线索越来越多，许多一直沉在水下的案情也越来越清晰，可是这回案情越是清晰他反而没有当初那些喜悦与激动了，这次取而代之的是沉重和害怕……

这些线索向他们展示了一个十分恐怖的真相，如今的状况真的十分紧迫，就如成杨所说，如若不争分夺秒地查下去，晚于人后，将可能坠入万劫不复的深渊。

"可是，你们可还记得我们曾经答应过林夫人要将她送回滁州，而且要将她的祖宅拿回来还给她，我们不能说话不算话！"苏文月看着君无咎、成杨二人向他们提醒道，她心里清楚林夫人现在唯一活下去的希望便是当初君无咎的这个承诺，如果君无咎失信于她，想来林夫人在这世间也就真的再没有什么可留恋的了。

君无咎点点头，看着她说道："我想到这个问题了，那张府一直在林知府的名下，我们派个得力的人将这张府整顿一下然后回去交给张小姐如何？如此既可节省时间，又可帮她完成心愿。”

君无咎说完看了看成杨，成杨点点头，说他会找个得力的人去办这件事的。

君无咎感激地点点头。可是苏文月却十分反对这个想法，她觉得应该亲自将林夫人送回滁州，这林知府出了这么大的事，她独自一人回到滁州，定然会遭受流言蜚语，她一个人若是承受不来怎么办？而且那前任滁州知府曾经污蔑她的未婚夫王家当铺曾经收过一个谋反的证物，那个物件到底是什么？他们到现在还没有调查清楚……

他们此行下江南便是来调查买卖官职的案子，那现任滁州知府的名字赫然写在那本册子上，如何能不先去查探此事呢？铁矿的事虽然同样很紧急，可是可以等初一和十五回来派他们去查看一下，或者派遣一个得力的人，动用暗部的力量去查，为何一定要去边关呢？此行他们并没有同皇上说过要去边关啊！

成杨听明白了他的意思，沉思了一会儿说道：“我明白你说到的这些，只是我之所以会如此担心这铁矿的事，是因为我担心最近会有政变发生，怕他们会联合外族犯我边境，我们必须提前去查明一切，好禀报给皇上，让他早做准备……”

他一边说一边再度看了看苏文月的眼睛，继续说道：“买卖官职的案子，相比于这件事留给我们的时间还比较多，毕竟那滁州知府在没有确实的证据被发现他是犯案人员时，他定然不会离开，或是辞官回乡的，毕竟当初他之所以会买卖官职便是他内心对权力的渴望，他绝对不会轻易放弃的。”

听了成杨的话，苏文月再没什么可说的，可是她的内心却依旧没有完全赞同成杨的话，不知为何她总觉得这趟滁州之行是一定要去的，因为她心里也不知为何总是隐隐约约地觉得滁州会有什么十分重要的东西在等着他们。

“政变，这么快？这一路看来，我觉得他们应该还没有这个实力，或者说并没有准备好。”湛之君看着成杨和君无咎有些惊讶地说道。

君无咎点点头，看着他回答道：“确实如湛兄所说，他们的实力可能还没有达到可以发动政变的能力，可是如今他们许多事情都已暴露，时间拖得越久，他们便越危险，所以我和翰飞都是担心他们会狗急跳墙……”

君无咎说完湛之君便也不再说话了，几人默契地仿佛都一同屏住了呼吸一般，察觉不到一点声音。方才谈到要去什边城时，君无咎便命人将那些吃完饭的小道士们叫了出去，这少了那些小道士吃东西的声音，这屋内显得更加静谧了。

良久成杨终于再度开口，声音十分严肃沉重，“就这么定了，大家这几日先按我说的做，争取最大的努力将扬州的这些案子结案，现在我们先来统计一下还有多少疑点没有查明，一一细数出来我们好分工来查，加快速度。”

君无咎点点头，看着众人先说道：“现在最大的疑点便是林瑞的去向，找到他了很多事情便迎刃而解了，比如那群女子的去处，还有刺杀我们的那群人到底受谁的指派。他抓的那些流浪汉，并将他们送到了天翠山，如此看来他一定也十分清楚控制那群人去采矿的人的出身，其实现在所有的线索都指向了林瑞。”

君无咎一边思考，一边看着众人再度说道：“所有的方向都指向了林瑞，而且除了他我们没有任何有价值的线索，如此看来说白了，我们的首要任务还是要找到他，不过既然条件不允许，我们现在就只能使用一个比较笨的方法了，那便是反推，从我方才说的那些疑点处入手，一点点地往回推，最终查到有关林瑞的线索和他的踪迹，不过只有四五日的时间了，我不能保证会有收获，不过现在便只有这一个方法了。”

几人听过君无咎的分析后，一同点点头，大家都知道君无咎现在所说的便是最好的方法了，事到如今，根本没有什么捷径可言。

“那我去查那些失踪女子。”苏文月看着众人说道，她一直十分担心这件事，所以便主动承担起了这个责任。

成杨点点头，看向君无咎，君无咎说道：“我会继续跟进天翠山的事，我还会再找那些小道士详细地谈一谈，看看有没有什么被遗漏的信息。”

成杨点点头，继续说道：“天翠山铁矿的事我同你一起查，师妹，让湛兄和你一起查女子失踪案吧，我们要尽最大的努力来节省时间。”

成杨又再度看向孙主簿说道：“孙主簿，你还是详细地将发生的这些案子整理成册，好方便新来的知府查看，将所有的线索再度整合一遍，然后拿给我们分别查看一下，看看是否有什么遗漏的地方。”孙主簿点点头，说会尽快整理好的。

几人谈论了太久完全没有发现外面竟然下了一整日的雨，大雨滂沱，扬州城中的街道上一个行人也没有，都纷纷躲在屋里，来躲避着大雨……还好君无咎、成杨等人在天还晴的时候走了出来，如若再耽搁一会儿，可能要在这天翠山里待上一夜了。

几人正说这大雨时，突然有几个衙役跑进来禀报，看着成杨拱手行礼说道：“大人，不好了，出事了，那天翠山整体脱落了下来，正巧掉到了山脚下的村落上，几乎将整个村子湮没，房屋全部倒塌，家畜死伤无数啊！”

听到这话，成杨的脸立马黑了下来，他看着那衙役赶忙说道：“人呢？可有人员伤亡？”

君无咎等人也十分焦急地看着他，同样担忧地问道：“人可有问题？”

那衙役摇摇头，看着成杨说道：“索性并没有人员伤亡，那山体滑坡前，被一童子发现，大叫拯救了全村的人。”

这衙役说完，众人都松了一口气，没有人员伤亡就好……

【第十二章】滁州瘟疫

“赶忙找合适的地方，将这些村民安置好，然后我会去财库支出一部分银子给你，你拿去寻人帮他们重建一下村落，弥补一下他们的损失。”

成杨看着那衙役说道，不过湛之君却阻止了成杨，他看着他十分认真地说道：“成大人，还是等一等再去重盖新村，等雨晴，我想亲自去看看，看看那里可还会发生滑坡泥石流的事，如若之后还会如此，那新的房屋即使盖好也是无用功。”

成杨听闻点点头，说道：“那就如你所说，天晴时，你直接调人和你走一趟吧，如果有什么问题，你直接处理就可以了，这方面的事，你比我懂得多，就不用往返向我禀告了。”

湛之君点点头，看着成杨说道：“成大人，谦虚了，术业有专攻而已，下官是个榆木脑袋，也就喜欢钻研这些事，如若碰上案子，我这脑子完全都不会转了。”湛之君一边说，一边憨憨地笑着。

“你也不要妄自菲薄，你专攻的这方面对百姓很重要，也是造福百姓的一方面啊！”成杨一边说，一边笑着看了看湛之君。

苏文月无语地深吸一口气看着两人说道：“我的好师兄，我的好湛大人，你们就不要再互相称赞了，你们都很厉害的，这些客套的话我们就不要说了，如此大的雨，想来也是没有办法出去查案子了，今天都累了一天，你们身上的衣服都还潮着也不想着换，这样是会生病的，赶快都去泡个热水澡吧，泡完澡，我们一同吃个晚饭就早些歇息，明日好早早出发。”

苏文月说完，君无咎几人才发觉自己身上的衣服还潮着，这用体温温了一日，黏在身上十分的不舒服，他们尴尬地看着彼此笑了笑，便听话地按着苏文月的话，一一回去泡澡了。

几人走后苏文月也回到了自己的房间，她拿出一个香囊，那是她同袁雅琳一起喝酒时，袁雅琳交给她的，她说那是她在知府衙门时闲来无事绣的，一共绣了两个花样，一个是岭雪花，一个是湘妃竹，绣得十分精美，她觉得成杨的气质十分像那高洁的竹子，狂放不羁，所以她将那个竹子的留在身边……

求苏文月帮她将那个岭雪花的香囊送给成杨……当时她还调侃过袁雅琳胆小，可谁知这香囊还未送出，就发生了那种事，这个香囊她也迟迟不敢送给成杨，不知如何是好，她怕再度刺痛师兄的伤口，成杨这一日看起来已经完全调整好了状态，她绝不能再让他难过。

想了许久她终于下定决心，将香囊好好地收好，放到了包袱里……

不多时她便听到了成杨等人的声音，他们都跑出来吃晚饭了，这舒舒服服地泡过澡后，反而觉得有些饿了，几人都胃口大增，仿佛那几个饿了多时的小道士……苏文月擦了擦眼泪，确保不会被看出后便走了出来，同他们吃饭，他们几人狼吞虎咽，而且君无咎和成杨一边吃一边调侃彼此，整个氛围看起来其乐融融，苏文月看着他们，开心地笑了笑……

次日清晨，君无咎被衙门外的响动吵醒了，他赶忙起来查看，发现新来的知府竟然已经端端正正地坐在了后院的大堂中，看着君无咎过来，马上起身恭敬地看着他问道："不知这位大人是……"

"下官君无咎，大人可是新上任的扬州知府？"君无咎看着他的官服疑惑地问道。

他点点头，赶忙将自己的官牒递了上来，君无咎打开仔细地查看了一下，发现眼前的知府大人姓李名乘风，人如其名，十分的俊朗飘逸……

君无咎看过后赶忙将官牒交还了回去，看着他说道："没想到，李大人会来得这样早，实在有失远迎……"

李乘风笑了笑，看着君无咎说道："君大人，客气了！"

而此时成杨、苏文月和孙主簿也闻声赶了过来，看到李乘风身上的官服都吓了一大跳，君无咎赶忙向他们介绍道："这便是新上任的扬州知府李大人。"

成杨几人赶忙拱手作揖，李乘风也赶忙冲着成杨做了回礼，几人互相寒暄了一番，李乘风开口说道："皇上一接到成大人的消息，便吩咐在下快马加鞭地赶了过来，看看有没有什么可以帮助几位大人的……"

成杨点点头，看着他说道："不瞒大人，翰飞手中确实还有几个没有处理完的案子需要交送到大人手中，还劳烦大人日后若是查到什么线索定要写信通知翰飞……"

"那自然如此，几位大人有什么事大可吩咐，在下定然会尽全力帮助几位大人……"李乘风看着成杨等人十分诚恳地说道。

成杨点点头，一边示意孙主簿去取案宗，一边看着李乘风继续说道："眼前便有一件十分棘手的事，便是一个叫林瑞的人，我们几人查了许久都没有查到他的踪迹，还希望大人日后留意……"

成杨说完，孙主簿便带着案宗走了过来，成杨翻开其中画了林瑞长相的那页递给李乘风看，可谁知李乘风看到那人的长相，十分的惊异，并且拿到手中仔细辨认了一番，不多时竟看着成杨等人说道："成大人，如此看来在下可是为你们带来了一份见面礼。"

李乘风说完，看着成杨笑得十分灿烂，成杨不知他这是何意，赶忙上前一步看着他问道：“大人此话怎讲？”

李乘风赶忙吩咐他的侍卫去将他上午塞进大牢里的那人带来，然后看着成杨说道：“成大人稍等片刻，一会儿便知在下说的这个惊喜指的是什么了。”

成杨点点头，没再说话，不多时他看着远方被带着徐徐走进的人，心中一阵激动，看那人的身影……那人竟然是林瑞。

成杨看到他立马明白了李乘风的意思，他十分感激地看向他问道：“大人，你是如何抓到这人的？”

李乘风笑着说道：“其实这便很凑巧了，我在官栈换马时，曾看到这人在那里鬼鬼祟祟地不知在干些什么，仿佛在等些什么人，当时我觉得不对，便让我的侍卫跟上了他，不多时竟然发现他带着许多女子往滁州的方向走，我的侍卫察觉不对，便赶忙将他抓了起来……”

李乘风话音刚落，那林瑞已经走近了，李乘风看着他继续说道：“我询问了那些女子，才知那些女子都是从附近被掳来的，她们什么都不知道，而审问他时，他又什么都不肯说，我便将他带来了这里。”

李乘风说完看着成杨等人，成杨、君无咎都很激动，孙主簿也摸着胡子，看着众人说道：“真是踏破铁鞋无觅处，得来全不费工夫。”

李乘风看众人如此在意这个林瑞，便知道他定然十分重要，他赶忙翻了翻手中的案宗，果然如此，如今这林瑞就如同一把钥匙——开启所有疑点的钥匙。

林瑞见到成杨等人十分硬气，依旧是什么都不肯说，看着他们时眼中全是不屑，大有一种你能奈我何之感，这令成杨十分生气，成杨走上前直接朝他的腿踹了一脚，让他跪在了自己的面前，然后看着他十分狠戾地问道：“说还是不说，若是不说我会有一千种方法，折磨到你想说为止。”

成杨说这话时，看起来十分凶狠，跟往日十分不同，可谁知那林瑞抬起头嘴角带着嘲笑，看着他说道：“大人，你莫不是要动私刑？你难道要让小人屈打成招吗？”那林瑞说这话时，一脸的不屑，那副嘴脸让众人觉得十分的恶心……

成杨看着他皱了皱眉，然后十分邪魅地笑了笑，叫衙役来上刑，而且是重刑，不多时便有衙役带着一排锋利的铁桩走了过来，起初那林瑞见到这铁桩时，并不惧怕，还一边看着成杨，一边调侃地说道："大人，您可是清官、明官，您断然不会知法犯法，将我屈打成招的。"

成杨看着他说道："对于你来说，任何的刑法都是理所当然，都是一种破案的辅助，完全没有什么屈打成招一说。"

说完他便命四个衙役分别抬起了他的手脚，将他悬空放置在那铁桩之上，只要他一声令下，便可以将他从上面扔下，任由那些铁桩穿透他的身体……将他的身体打得千疮百孔。

林瑞被放到上面时，他才有些怕了，这才发觉成杨和他往日里看到的那些自命清高的官员不同，他瑟瑟发抖，眼神从不屑转为惊恐，看着成杨略带哭腔地求饶道："大人，你放过小人吧，小人知错了，大人您随意问，只要小人知道，定然会知无不言，言无不尽的。"

成杨并没有相信他的话，而是十分威严地看着他说道："我就在这问，你就在上面答。"

成杨说完林瑞赶忙点了点头，看着他说道："好，大人，您快些问，您快些问啊！"

成杨点点头，特意缓了一会儿，没有说话，欲擒故纵地看着他，过了一会他转过头看着君无咎示意他来继续问，君无咎点点头，走了上来，看着那林瑞说道："林瑞，我问你，那些你掳走了的女子，被你送到了哪里？还有那些铁矿石，到底是作何用处？"君无咎开门见山地问道，完全没有一句多余的废话，他知道众人都在担心这个问题，担心那些女子的生命安全，也十分想知道那些铁矿被送到什边城到底是为了什么。

"我……我……"林瑞有些支支吾吾的，十分迟疑，看起来并不想说出真相，表情十分的不情愿……

不过他扫了一眼成杨和君无咎两人的脸色后，赶忙眨眨眼，看着众人说道："小人将那些女子送到了滁……"

"啊！"那林瑞还未说完，外面突然响起了一阵突兀的鞭炮声，众人抬头，不明就里地看向外面时，只听到林瑞传来一声惨叫，待到他们低头再看时，那林瑞已经跌进了那排铁桩，身体被铁桩插得面目全非，鲜血横流，十分恐怖，看得人心惊肉跳。

成杨等人一脸的难以置信，不知道到底发生了什么，是如何发生的，正当疑惑间，李乘风走了出来，看着众人，指着那四个衙役中的一个说道："是他做的，方才那爆竹声一响，他便松了手，将林瑞扔了下去。"

成杨赶忙冲上去要抓住那个衙役，可刚冲到他面前，那衙役也倒在了他面前，君无咎跟上前仔细查看了一番，发觉他竟是咬舌自尽……

又是如此，满门灭口，死无对证，从月玉莲开始，成杨都快记不清这是第几个了，每每事情要有突破性的进展时，便会发生这种事情，到底是为了什么，难道那些人的力量已经无处不在了吗？已经强大到可以随意干扰他们的破案进程了吗？

成杨一边想，一边十分沉重地命其余的衙役将他们两人的尸体抬下去，处理掉……而那群奉命去抓放爆竹的衙役也都无功而返……

成杨和君无咎等人此时的内心都十分沉重，尤其是成杨，他觉得这一切的后果都是他造成的，如若不是他为了吓唬林瑞，让他招供，他可能就不会死得这么惨。

君无咎看着成杨的脸色，知道了他心中所想，像往常他安慰自己一样，拍了拍他的肩膀，看着他说道："你不要自责了，这不是你的错，其实从那爆竹声来看，这一切是有预谋的，有些人定是要让他死的，所以最后就算不是死在这铁桩上，也会死于别的原因，因为那些人顾及他会说出事情的真相。"

君无咎说完，成杨点点头，看着他说道："我知道，我也能想明白这个中关系，只是我怪自己的疏忽罢了，他如此重要，我早就应该吸取往日的教训，将他好好地保护起来，不让任何可疑的人接近他……我只是怪自己怎么可以这么大意。”

君无咎叹口气，看着他说道：“其实结果都差不多，你若是将林瑞按你说的那样将他好好地保护起来，那按照他那个态度，他无论如何都不会说出真相的，因为他心中始终在抱着一个态度，便是会有人救他出去，他们的人一定会救他出去。”

君无咎说完后，李乘风和苏文月也一同走了过来，看着成杨说道：“正是如此，成大人，你就不要再自责了，其实最起码我们还是有收获的，方才我曾听到那林瑞吐出一个滁字，通过我在官栈发生的那些事推理来看，他们定然是将那群女子送到了滁州，几位大人不如去滁州看看，说不定会查到些什么新的线索。”

李乘风说完后，苏文月是十分赞同他的观点的，她也觉得那滁州应该去一趟，可是成杨和君无咎此时又陷入了纠结的状态，纠结了良久，也不知该如何是好，在他们心里可以说是两方面都是同等重要的，那些女子的命很重要，可是挽救朝纲同样重要，这可如何是好？

“不如等初一和十五回来的时候再定夺吧！”就在两人一直纠结时，孙主簿突然开口说道。

孙主簿往前走了一步，看着两人再度开口说道：“初一和十五既然是去将此事禀报给皇上，那么皇上说不定也会有什么指令通过他们传达下来，如此再做决定也不迟啊！”

孙主簿的话终于将两人从深渊里面拉了出来，他们看着他点点头，觉得他说的话十分有道理，如此他们便在这扬州再待两日，等初一和十五回来后再出发，不然成杨本是打算直接出发的……

说到出发，这时成杨等人才发现湛之君不见了，赶忙询问府中的下人，那下人说，湛之君一大早便带着几个人出去了，说是去查看天翠山的情况，可能得午后才能回来，告诉几位大人，午饭便不必等他一起吃了。

成杨几人点点头，便让下人下去了，几人本想回到房中继续商议之前的案子，可谁知这李知府是一刻也闲不住，他看过那些案情陈述后，立马便要升堂，第一个要审的便是那林海贤。

听闻这李知府要审案，成杨几人马上来了兴致，跟在他身后来到了衙门，打算看看他是如何审案的。

那林海贤刚刚被带到堂上时，已经哭得没有力气了，原来他已经得知了林瑞被铁桩刺死的消息，一边哭天抢地，一边大喊道："我的儿啊！我的儿啊！你不是说他们会救你的吗？你不是说他们会救你的吗？"

李乘风一听这话，赶忙拍了一下惊堂木，震得那林海贤噤了声，李乘风看着他问道："你如实说，你口中的他们，指的是谁？"

那林海贤看着这李知府，茫然地摇摇头说道："我不知道，我什么都不知道……我只知道我儿，他说过自己能脱身的。"

林海贤一边说，一边再度哭了起来，他哽咽地看着李乘风，因为李乘风几次曾拍惊堂木让他控制情绪，他吓得打了一个嗝，然而他却还是一直不停地念叨，说自己只有这么一个儿子，说自己家的香火就要断了。

之后不管李乘风再问些什么他都说答不上来，只是在那里痴痴地笑着，一会叫他的儿子林瑞，一会又叫林夫人的名字……

李乘风最后只得按照君无咎等人查到的证据来结这个案子，最后他判了这林海贤满门抄斩，听到这个消息，苏文月吓得一抖，她走上前看着李乘风理论道："不知李大人为何要判满门抄斩？那林夫人本是无辜之人，这一生已经受尽冤屈，难道如今还要让她承担这不该承担的一切吗？"

苏文月气得发抖，声音十分的冷硬，李乘风看着她解释道："苏大人，律法如此，无论是到哪里都该如此判，而且她的儿子林瑞罪责更加深重，之前判的时候，便是该判满门抄斩，无论如何，她都是逃不掉的……"

李乘风说完这话后，苏文月更气了，她突然改变了自己初见他时的印象，初见他时，她觉得他十分的俊逸，可不曾想竟也是块榆木脑袋，比她养父还不懂得变通。

“可是如此一来，大人也算得上是罔顾人命了啊！林夫人原本什么错都没有，却无端遭受这无妄之灾，大人你可忍心？”苏文月十分恳切地看着他，希望他能回心转意。

然而他却十分淡漠地看着她，继续说道：“法是法，人情是人情，苏大人莫要因为人情，而罔顾了法。”

“那如果这法是错的呢？”苏文月话一出口，成杨等人惊出了一身冷汗，十分害怕这李乘风会较真，因为此话而治苏文月一个罪名，不过这李乘风愣了良久后竟然看着苏文月，笑着说道：“苏大人果然有男子之勇，敢言他人不敢言者，怪不得能在大理寺任得这寺正一职。”

看到李乘风松了口风，林夫人可以得救，苏文月本应该感到高兴才是，可是她却一点都高兴不起来，她看着他说：“我并没有什么男子之勇，我只有这女子之勇，不过事实证明，这许多的男子之勇也不一定能及得上我这女子之勇。”

苏文月说完这话，直直地盯着李乘风看，李乘风笑了笑，冲着苏文月说道：“是在下说得不对，不小心冲撞了苏大人，还望苏大人见谅。”

李乘风一边说一边看着她赔罪似的笑了笑，当场表明责不及林夫人以及其他无辜的人，他看着他们说道：“君子圣贤，我又何尝不想这样呢？当时之所以会那般判案，不过是想看看几位大人的态度，在下想知道几位大人是否是那种迂腐之人，如今亲眼见的，心中佩服不已，是小人眼界狭窄，竟然妄想在几位面前班门弄斧！”

听到他如此说，成杨、君无咎等人都松了一口气，尤其是苏文月，她看着李乘风笑着说道：“你早说嘛，吓死我了！”

这回李乘风又恢复成她眼中那个十分俊逸的男子了。

晚饭时分，湛之君终于回来了，他风尘仆仆看起来很疲惫，看着众人都在等他，他擦了擦脸上的汗说道：“我查看了一下，这天翠山还剩下一半山体在那，表面已经没有植被了，不久之后便是雨季了，如果还将村子安置在那山脚下，时间久了，一定会发生问题的，到时候定然伤亡惨重。”

说完他又看着成杨继续说道：“所以，大人，下官的建议是不要将村子建到天翠山的脚下了……”

李乘风点点头，赶忙起身看着湛之君说道：“这位便是湛大人了吧，久仰久仰，既然湛大人如此说，定是如此行事方才最好，在下遵从便是。”

湛之君看了看李乘风身上的官服，又看了看成杨，谨慎地说道：“这位难道是新来的知府大人？”

成杨点点头，也起身介绍道：“这位便是刚刚走马上任的李知府。”

湛之君点点头，拱手行了个礼看着李乘风说道：“不想知府大人会这么快来到扬州，正巧下官有事要禀告，那天翠山脚下的村子，下官的建议还是另选村址比较好。”

李乘风点点头，连忙说辛苦湛大人了……

如此成杨等人在同李乘风的寒暄中结束了晚餐，结束了一天的忙碌，几人本想早早入睡，不曾想初一竟然风尘仆仆地赶了回来，满身的伤痕，一身衣衫已经被血浸泡，看到成杨后，他一直支撑自己的那口气终于散了，他虚弱地倒在了他的面前，将手中被血浸泡的信交到他手中……

成杨看到初一如此，心中咯噔一下，他赶忙将初一扶住，看着他说：“你怎么样？快快来这里躺下。”成杨一边说一边要将他扶到自己的床上，可是初一死活不依，他看着成杨说道：“大人，万万不可，小人怎么能躺到大人的床上呢？小人真的没事，小人还有事要向大人禀报。”

成杨一直劝他，让他先去休息，他不依，最后成杨无法，便佯装生气，看着他说道：“这是命令，你现在难道连我的话都不听了吗？”

听到此话，初一只能乖乖地躺了上去，看着成杨一脸的感激和感动。

看到初一终于躺了上去，成杨欣慰地点点头，然后他马上叫人去找君无咎等人，再叫衙役赶忙去请大夫。

不多时君无咎等人匆忙赶来了，看到初一都吓了一跳，可再看到成杨的脸色时，几人心跳得更厉害了，果然成杨看着君无咎说道："十五出事了！"

成杨说时脸色已经阴得像这连绵的阴雨天，声音竟然有一些哽咽，大家心里都清楚初一和十五对成杨的重要性，这么多年，在成杨的心里早已不将初一和十五当作下人了，而是如兄弟一般看待，不仅成杨，就连苏文月也是如此，平日里她也经常和初一、十五打闹，从未想过什么阶级之类的事情……

如今看着躺在床上的初一，苏文月的心中十分害怕，初一已经受了如此重的伤，那十五呢？师兄说十五出事了，为何他没有回来？难道他已经……

想到这苏文月不敢想下去了，她眼泪在眼眶里打转，看着成杨问道："师兄，你不要这个样子，你不要吓我，十五到底怎么了？可有性命之忧？"

成杨摇摇头叹口气说道："我也不知道，初一说在徐州时他们遭遇追杀，十五为了让信安全地送到，便只身引走了一批追杀的人，初一在约定好的地方等了他一夜也没有等到他，他怕出意外便赶忙回来将信交到我手中……"

"一定没事的，一定不会有事的，十五身手了得，之前那么多危险他都能安然躲过，这次也定然不会有事的。"苏文月赶忙走上前拍了拍成杨的肩膀说道，看似在安慰他，实则也是在安慰自己。

孙主簿也点点头走了上来，看着成杨点点头，说道："对啊，成大人，你也不要太忧心，吉人自有天相，相信十五定然会逃过这一劫的。"

在众人都在安慰成杨时，君无咎已经上前去查看初一的伤势了，初一伤得很重，他的肋骨下方有一道二指深的伤口，深可露骨，令人触目惊心。

君无咎又轻轻地给他号了号脉，他的脉象十分虚弱，看起来失血过多，如若得不到及时的救治，很可能会伤及性命。他看着初一咬紧牙关，连一声疼都没有喊过，内心十分的敬佩，伤势如此竟然还能坚持完成任务，这份坚定的信念着实令人敬佩。

正在君无咎焦急之时，大夫已经匆匆地赶来了，他赶忙过来先帮初一处理伤口，君无咎在一旁为他打下手，帮他拿药和缠纱布。

一切都处理完毕，初一喝过药后渐渐地睡着了，李乘风闻声匆匆地赶了过来，他看着初一焦急地对成杨说道："成大人，这是怎么回事？这位是？"

成杨摇摇头说道："李大人别担心，这是我的一位兄弟，帮翰飞做了事，遭到异己的追杀，身受重伤，如今已没什么大碍了。"

"没有大碍就好，成大人也莫要太过忧心了！有什么在下能够帮上忙的，您就直说，在下定然竭尽全力！"李乘风担忧地看了看成杨说道。

成杨点点头，没再说些什么，不过如今他没有当着李乘风的面提皇上传来的那封信，他现在还无法相信这个仅见了一面的人，现在初一和十五出此事情，他更觉得危机四伏，虽然他是由皇帝亲自任命，送到这里来的，可是他还是不能信任他，就如他无法信任他的老师一般……

等了一会儿，看并无什么事情可插手，李乘风便离开了，这时大夫也已离开，屋内再无其他人，这时成杨才看着众人，从怀中拿出那封信，说道："这信是方才初一交到我手中的，我还未打开看，咱们一起看看吧！"

"果然如孙主簿所说，皇上确有指令传来。"湛之君看着成杨说道。

成杨点点头，小心翼翼地拆开信，信写得十分简洁，"滁州瘟疫，速去处理，什边城事勿急，尽在掌握中。"

"看来皇上的意思是让我们先去滁州。滁州离扬州这么近，可是它那里发生瘟疫，为什么这里没有得到一丝消息？”君无咎看着众人疑惑地问道。

成杨点点头，也疑惑地说道：“皇上说什边城的事尽在掌握，也就是皇上早已得知了什边城的事。如此看来皇上定然不是对这些事全然不知，而且在看滁州的事，这瘟疫的消息，被封锁得如此严密，可是皇上却十分清楚，想来皇上定然也是有准备的……如此想来我们也不必这么忧心了。”成杨一边说一边看了看众人，他虽表面上如此说，可是心里却十分的纠结，他不知道皇上是如何得到这些消息的，从之前的案子来看，很多地方已经全被异己控制住了，而且从成家传来的消息来看，如今朝堂之上，暗流涌动，站在皇上身边的人越来越少……

皇上背后的势力越来越薄弱，成杨不知如此形势，皇上为何还会如此清楚各个地方的事，而且这些事如果不深入内部，断然是不会如此清楚的，如此可见皇上身边定然有一股暗藏的势力，在帮助他来查探这些事，这股暗藏的势力到底是谁呢？他们在这一切事情中到底扮演一个什么样的角色？

这一切的事越来越乱，他心中总是隐隐地觉得之前他们感受到的两股势力的博弈，这里面会不会有皇上的手笔？

其余几人一直在探讨滁州瘟疫的事，君无咎察觉到成杨的不对，他拍了拍他的肩膀问道：“翰飞，你怎么了？”

成杨摇摇头，看着君无咎说道：“没事，只是觉得有点闷，我想出去走走，不知清悦兄可否陪同我出去一下？”

君无咎点点头，便跟着成杨一同走了出去，众人看着他俩的背影，不明就里……

成杨和君无咎相约着走到了花园，一路上两人都没说些什么，直到走到了花园深处，君无咎看着成杨说道：“翰飞可是有什么话要同我说？”

成杨笑着点点头，然后说道：“这么明显吗？如此屋内几位大人可能要多心了！”

果然成杨话音刚落，苏文月便从远处冲了出来，跑到他们两人中间，看着两人说道：“你们两人要说什么秘密？还要背着我们？”

成杨看着君无咎笑着说道：“看，来了吧！”

君无咎也点点头说道：“是啊，不过翰飞应该早已习惯了吧！”他一边说一边冲着他使了一个眼神，这个眼神碰巧被苏文月看到，她赶忙抓着他说道：“君公子，你这是什么意思？”

成杨看到这一幕，开怀地笑了几声说道：“习惯了，习惯了，早已习惯了！哈哈哈哈……”

“师兄，你竟然也这样对我……”苏文月气急，她反手打了成杨两下，说道。

成杨摆了摆手，看着他们继续说道：“好了，你们不要闹了，我要和你们说个正事。”

“什么正事？搞得这么神神秘秘的？怎么？师兄你连我们都不信了吗？”苏文月看着成杨疑惑地问道。

成杨笑着摇摇头说道：“并不是不信你们，只是这事我心中还不太确定，模棱两可的，所以还不好和你们说，所以打算和清悦兄商议一下，不想你便冲出来了。”

“原来如此，什么事啊？方才看你感觉忧心忡忡的。”苏文月点点头，恍然大悟。

君无咎也点点头，看着他说道：“翰飞可是在担忧那封信的事？”

“正是如此，之前我一直觉得皇上身边可用的人十分少，因为我们成家一直只忠于皇上，所以我们一直比较清楚皇上身边的人和势力，之前我本十分担忧皇上现在的形势，可是如今看完这信，我突然改变了自己的想法，我总觉得皇上身边有一股我们不知道的力量，一直在暗中帮助着皇上……”

成杨说完，苏文月看着他说：“师兄怎么如此糊涂？向来圣心不可测，就连我们大理寺都会培养一些暗部势力，皇上又为何不会为自己培养一些人，以备不时之需？”

成杨点点头，又摇摇头，看着他们继续说道："你说的这些我也想过，只是皇上从未将此事向成家提及过，这一点才让我十分疑惑，我们成家世代扶持皇帝，而且此事我们也是奉命来查，按理说如有许多线索皇上已先知道，为何不提前告知我们，方便我们查案呢？就像什边城的事，皇上说一切尽在掌握，可是这事我们却历经千辛万苦方才查到……皇上为何不提前告诉我们一下呢？"

成杨如此说完，苏文月也陷入了沉思，确实如此，皇上为何要向他们隐瞒这些事情，却还要让他们去查明这些呢？这一切到底是为什么？难道皇上有什么难言之隐吗？

"成杨兄的疑虑定然不只这些对吗？"君无咎看着成杨说道。

成杨点点头，看着他说道："你也如此觉得？"

君无咎点点头，继续看着成杨，成杨看到他点头，心里也对自己的想法多了一点肯定。

"你可有觉得苏明鸢和妍女两人出现的时机都十分的巧合？她们仿佛算准了似的，将她们得知的事告诉我们，给我们一些头绪和接下来案子的方向。这些线索她们从一开始便得知了，而且她们也十分清楚我们此行的目的，仿佛一切的线索就是专门为我们准备的一般，这种状况和皇上现在的状态十分相似……"

"不是吧？师兄！你现在是在怀疑苏明鸢和妍女背后的大人是皇上吗？此话可不能乱说的，虽说苏明鸢和妍女都各有冤屈，最后也认识到了自己的错误，可是她们做的都是罔顾人命的事啊，皇上如何会容许他的人做此等事情呢？"

苏文月难以置信地看着成杨，她属实不敢相信，皇上会做这样的事情，虽说为了得到一些权力和巩固手中的权力，很多人都会使用一些肮脏的手段，可是苏文月从未想过皇上会如此，他是一国风气之本，无论出于什么样的目的，也不该为了巩固自己手中的皇权，而一次次罔顾人命，要知道水能载舟，亦能覆舟……

成杨摇摇头，看着她继续说道："我倒不是说她二人是受命于皇上，我只是觉得她二人背后的势力所辅助的人应该是皇上，不过他们用的手段，皇上知情于否，我就不清楚了。”

君无咎也附和地点点头，说道：“方才我也有这种预感，所以翰飞叫我出来时，我便大致猜到了他要同我说什么，此事关系重大，牵扯到皇上，在未确定之时，是断然不能随意说出的，所以翰飞才会有此顾虑。”

成杨点点头，笑着看着苏文月点点头说道：“正是如此，知我者，清悦兄也。”

“好好好！就你们俩是知己行了吧，别人的脑子都是摆设，可以吗？话都说得如此清楚了，我当然也明白这个中关系，定然不会再说出去的，我又不傻……”苏文月撇撇嘴，看着两人嘟囔道。

看到苏文月如此，君无咎和成杨两人都被逗笑了，成杨戳了戳苏文月的额头说道：“你呀！你这张嘴，真是拿你没办法！”

苏文月一边揉自己的头，一边看着他们二人笑了笑，不过她突然想起了一件事，然后看着君无咎说道：“君公子，你以前可在朝中认识某位大人？他可对你赞赏有加？”

“某位大人？并没有啊！之前我只跟着老师，从未接触过什么朝中的大人。”君无咎一边说，一边仔细回忆，他知道苏文月问这个问题的原因是什么……

当初无论是苏明鸢还是妍女，都对他表现出了十足的兴趣，就像她们原本便认识他一般，而且她们提到的那位背后的大人，更是如此，仿佛对他了如指掌，如此才着实令人可疑。那苏明鸢自杀便曾为他绣了一株梅花，而妍女也曾说过，她想同他比试比试，看看他们二人到底谁的方法才是对的。

如此看来她们早就知道了他，而且仿佛对他老师的喜好还十分清楚，那她二人背后的那位大人想来定是认识君无咎的人，那位夫人是如何得知君无咎的？他两人又是否见过？这一切都困扰着君无咎，让他十分的迷惑。

“对呀，之前便也听你说过，朝中并没有认识的人，可为何她们却对你如此了解，还十分的感兴趣，那到底是谁会对你如此了解呢？难道是你老师的好友，所以一直在背后关照着你？”苏文月一边看着君无咎一边分析道。

君无咎低下头又仔细地思考了一番，看着她说道：“其实仔细算来，我老师生前为人清廉，刚正不阿，着实也没有什么朋友，只有一个老友，便是如今的大理寺卿欧阳大人。”

君无咎说完这些，成杨摇摇头，看着他继续说道：“不可能是老师，先不说他就出现在那册子中，可以看出两方人所处的阵营本就不同，就从老师的性格来看，老师也绝不会如此，他十分喜欢明哲保身，在各类事情中将自己择得十分干净，再说他又不是保皇党，他断然不会是那个背后势力的大人。”

成杨说完，苏文月陷入了沉思，想了许久后，她无奈地看着二人脱口说道：“这也不是，那也不是，那又会是谁呢？认识君公子的大人就只有一个，那便是他的老师，难不成还是他的老师在这背后操控这一切吗？要知道他的老师早就仙去了啊！”

苏文月本是无心之话，却说得君无咎心中咯噔一下，其实他的脑海中曾经无数次冒出过这个想法，只是每每想起，他便将这个念头打消了，一来是此位大人的行事风格十分的狠辣，为了自己的目的不择手段，这和他的老师有很大的不同，要知道他的老师可是十分的正直，断然不会如此行事的。

而且再想来老师早已死在了卸任途中，又如何来操控这一切的事呢？

“清悦，我之后要说的话，可能有些冒昧，也可能会唐突了岳大人，不过还望你能谅解。”成杨也思索了苏文月的话良久，再度抬起头看着他说道。

君无咎点点头，示意成杨但讲无妨。

“不知清悦兄可曾亲眼见证岳大人之死，而岳大人又死于何因呢？”

君无咎想了想，看着成杨答道："清悦并没有亲眼见证家师之死，一切都是秀秀同我说的，但是秀秀是断然不会骗我的……"

君无咎一边说，一边回想着，眼神望向远方的星光，仿佛穿过那道光，便可以回到从前一般。

他一边回忆，一边看着成杨叙述了当日秀秀曾对他说的话，他说："那日秀秀回来后曾哭着同我说，家师在辞官归来的路上被一群人追杀，最终惨遭杀害，那时她被老师安置在了一口井中，方才躲过一劫，可是出来时便发现家师已经不见了，地上一摊血迹，而血迹之上留有一封信，那封信曾提到，如若见到此信时，便是家师已经遇害了……"

"如此看来岳大人早已知晓有人想要加害于他，所以写了一封信，留给你，只是清悦，我有一事不解，如若岳大人已惨遭杀害，他又如何有时间将那信放在血泊之上，而且尽管他有时间如此做，可谁又能保证那些追杀他的人不会将这信拿走呢？"成杨十分不解为何如此简单的破绽，君无咎没有看出，反而连一点怀疑都没有……

君无咎点点头继续说道："此事我也想过，可是秀秀一口咬定这信是老师留给她的，而她又亲眼看到了家师仙逝，我着实不得不信……秀秀她绝对不会对我说谎的……她说的定然便是真的。"

听了君无咎这话，成杨无奈地摇摇头。

"君公子，不曾想你也有如此不理智的时刻，查案子最忌讳的便是随意相信别人的话，而且是深信不疑，我并不是说秀秀小姐说了谎欺骗了你，只是你可有想过，秀秀小姐在发生这一系列的事情之后，肯定早没了主见，吓得慌了，所以当她看到地上的那摊血时定然会先入为主地认为那是她父亲的血……"

苏文月对于君无咎方才的话实属无奈，便抢在成杨前头开口说道，她一边说，还一边看了看君无咎的表情，看到他的表情十分痛苦，她便也将口气放得平和一些，继续说道："如此秀秀小姐心中定然是会觉得岳大人很有可能早已遭遇了不测，而再读岳大人留下的那封信时，更加确信了这个想法，就像你对秀秀小姐深信不疑一样，秀秀小姐同样也对她的父亲深信不疑，如此有可能造成了这一切的误会……”

“误会？你说我老师的死是误会？那你又如何解释那场暗杀，老师绝不是如此心机之人，我知道苏大人没有明说的话是什么，你是想说我老师用了金蝉脱壳这一招，想躲避仇家对吗？我告诉你，这是绝对不可能的，秀秀同我说时那种后怕的心情绝不是装出来的，定然是有人曾经威胁到了她的生命安全，然而我的老师是绝对不会将秀秀置于危险的境地的。”

苏文月的话莫名地让君无咎觉得气愤，他十分讨厌别人玷污他老师的名声，他觉得自己的老师高洁一生，为此还付出了自己宝贵的生命，如此竟然在身后还会遭到他人的诽谤，他着实十分气愤……

看到他不快，苏文月也不知该如何说，她本想一口气将心中的疑虑全部说出来，她向来是直性子，有什么说什么，这次她便是觉得君无咎陷入了一个感情的怪圈，如此才会影响他的判断……

君无咎一直在用一种你们谁都不了解我的老师和秀秀的状态在思考这种问题，在这里他定然是陷入了两个怪圈不可自拔，其一便是他绝对信任他的老师和秀秀，其二便是他不能忍受他二人的背叛，如今若是确定这幕后的“大人”便是岳大人，那对于君无咎来说，便是遭受到了人生中最大的背叛，他一直敬爱崇拜的老师，却做出许多伤天害理之事，任谁一时间无法接受……

正当苏文月想向他点明这一切时，却被成杨拉住了，成杨看着她摇摇头，示意她不要再说下去了，他感受到了君无咎此时心中一团乱麻，而且已经陷入了一种反抗机制中，无论你说什么，只要是关于他老师任何不好的话，他的反抗机制便立马被触动，在如此状态下，你同他说什么都是无用的，一切还需要让他自己慢慢想明白才好……

成杨看着君无咎缓缓地走上前，安慰性地拍了拍他，看着他说道：“清悦兄，放轻松，我们都清楚岳大人的为人，也清楚他高风亮节，我们并没有说他就是那幕后的大人，也从未想过要玷污岳大人的名声，只是某件事如若有疑点，我们总是要查明罢了……还望清悦兄见谅。”

成杨如此说完，君无咎点点头，没再说话，现在他满脑子都是苏文月和成杨的话，尤其成杨说的“疑点”这两个字，听得他心惊肉跳，什么叫疑点？在他的世界里老师和秀秀的话从没有疑点，如今被苏文月和成杨如此分析，他虽然一直在拼了命地反对，可依旧觉得哪里有逻辑上的不对，现在他心焦不已，着实不知如何是好。

看到君无咎的状态越来越不对，成杨十分贴心地转换了话题，他看着苏文月说道：“十五到现在还下落不明，我十分担心，方才本想联系暗部势力帮忙查探一下消息，却因为皇上的信耽搁下来，一会我还要回去照顾初一，联系暗部的事便交给你来做吧，切记一定要嘱咐他们全力追查，我活要见人，死要见尸……”

成杨说这话时看起来十分决绝，但眼神看起来却十分的伤感，听到他如此说，苏文月心中也十分酸楚，她赶忙打了一下成杨说道：“呸呸呸！你说什么呢？什么活要见人死要见尸，十五他定然吉人自有天相，才不会出事呢！”

苏文月说完，成杨点点头，又摇摇头，苦涩地笑了笑说道：“你还说清悦兄太过感情用事，那你呢？当面对你身边的人出了此事时，你不也是如此……”

这一句话，让苏文月瞬间没了声音，她知道成杨说得十分正确，他将事情考虑得十分全面，而她在心中却只想相信好的那一方面，这种自欺欺人同君无咎又有什么分别，可是她不管，只要一切还没有定论之前，她无论如何都相信十五定然是平安无事的。

成杨的这番话没有警醒苏文月，却让君无咎清醒了许多，他看了看苏文月才发觉，确实如成杨所说，人们只愿意相信他自己相信的那一面，而选择性地忽略那不想相信的部分，其实如此看来他自己用信任为由来忽略那些疑点，不也是一种自欺欺人吗？……

想来他便觉得心惊，可是他还是不敢相信老师会为了使出金蝉脱壳这一计，会连自己都骗，而且他更不相信秀秀也会骗自己。

想到这里，他突然急匆匆地拜别成杨和苏文月，因为他想回房再次仔细查看一下老师留下的那封信，看看可能找到什么线索，毕竟这封信，自秀秀交到他的手中他便只看过那一次，因为每每看到那信，他便会想起师父，心中十分难过，便也再没有勇气打开第二次，如今既已发现这么多的疑点，不再好好查看一下这信，是万万不能了。

君无咎并没有告诉成杨和苏文月二人自己离开是要干什么，只是说自己有一些不舒服，因为老师曾在信中嘱咐过他，让他切莫给别人看这封信，除了他之外，谁都不行……

成杨和苏文月没有多想，还以为提到岳大人和秀秀，君无咎真的有些不舒服，便赶忙陪他回房，安慰了他几句便离开了，让他早些休息。

成杨和苏文月离开后，成杨赶忙从怀里拿出那封信，仔细查看，这信他一直放在身上，寸步不离，如此就如同老师和秀秀从未离开过他一般……

他打开信来仔细读了起来，越读越难过，这字里行间满满的都是老师对他的嘱咐和期望，而且还提到了一些近些年他查到的案子和线索，其中牵扯众多，老师都一一罗列在这信中，为他现在破案也提供了许多帮助。

他仔细看着，可是突然读到，“此事牵扯重大，望清悦切莫为为师报仇”这句时，君无咎猛然发现了这封信的不对之处。

这莫字是老师的父亲名字中的一个字，为了避讳他父亲的名字，老师每当写这莫字时都会少上一笔，而且每次都是少那最后一笔。

可如今这封信中的莫字却原原本本地出现在这里，完全没有避讳，如此看来，这信定然不是老师亲笔所写的，可若不是老师亲笔所写，这字迹却又同老师的一模一样，如此看来这并不是代写，而是有人模仿老师的字迹写了这封信，目的便是让他认为这信出自于他老师之手。

这封信是假的，并不是老师的亲笔信。想到这里，君无咎的头嗡的一下，他不敢相信，也不想相信自己珍藏了这么久的一封信竟然是假的。

那如此看来按照苏文月的推理老师并不一定是仙逝了，秀秀也没有看到老师的尸体，如此看来老师同十五一样是生死未卜。

他当时很有可能被伪造一封信的人抓走了，想来抓走他的人，便想让所有人认为他已经死了，如此看来老师没死的可能性十分大，因为伪造这封信的人，定然是不想让老师死，才会伪造这封信的，不然他若是真想让他死，何必如此麻烦，千方百计地制造出这些事情，何不当时一刀将他杀害，将尸体留在那里，那样不久此事便会传遍京城……

毕竟当朝前任大理寺卿在辞官回乡路上被人杀害，定然会轰动朝野，如此反响不比他留下这封信好得多吗？

想到这，君无咎是又兴奋又担忧，他兴奋的是老师可能还活着，却也担忧那背后的大人真的是老师，他无法相信老师会做这种丧尽天良的事情，尽管他是为了查明所有事情的真相才不择手段，可他依旧无法接受……

想到这里，他再度读了一遍那信，信中陈述案情的部分牵扯到了朝中许多势力，君无咎看着这封信，一时间没了主意，他不知这信中所提的事有几分是真，几分是假，按理说他应该是全然不信的，毕竟这是一封伪造的亲笔信……

可是经过这次的南下，他又发觉信中说的很多事都是真的，仿佛是故意要给他一点提点一般，现在他真的是糊涂了……不知如何是好。

翌日，君无咎、成杨一行人，收拾好行李便拜别李乘风，向滁州赶去，成杨临走前便将初一托付给了李乘风，让他看在自己的面子上，好好照顾他。

李乘风点点头看着他说道：“成大人放心，我一定会将他照顾好的。”

如此几人便放心地上了路，苏文月也在清晨将成杨的命令传达到了暗部势力的手中，让他们尽快寻找十五的下落。

一群人快马加鞭地向滁州赶去，可是行到滁州官道时竟然发觉这个官道被巨石堵死了，成杨、君无咎看着这些巨石都不明白发生了什么，这里十分开阔，既没有发生过滑坡，也没有发生过泥石流，为何这里会出现许多的巨石？难道是有人故意将这路拦了下来吗？这么多的巨石，就连成杨几人一同来搬都搬不动，想来定然是个大工程，那能一同召集这么多人的，定然是官府了……莫非滁州有人不想让他们去？

“成大人你看这些石块，会不会是那滁州知府做的？为的便是阻拦我们进那滁州城？”湛之君使劲地搬了搬他身前的那块巨石，那巨石纹丝不动。

成杨思索了一会儿，不确定地说道：“我也不确定，没有十足的证据我也不能确定，而且这石头也不一定是要阻拦我们进入滁州城中，还有很大的可能性是为了封锁滁州百姓出来。”

他一边说一边回头看向君无咎等人继续说道：“皇上的信中曾提到过，这滁州现已发生了大面积的瘟疫，肯定会有很多难民，而到如今扬州城内都没有接收到一个难民，由此可见，这也可能是为了封锁消息……”

“那如此一来，我们又如何去滁州呢？如若从别的城市绕，定是要浪费许多时间了。”苏文月看着成杨问道，十分担心。

“那看来，只能走山路了。”成杨一边说，一边看着大家，争取大家的意见，“你们觉得如何呢？”

君无咎点点头看着成杨说可以，表示支持，苏文月和湛之君自然也没有问题，大家都是比较担心孙主簿和林夫人，虽然林夫人这几日已将许多事情都考虑明白，可是她的身体还是十分虚弱，这前去滁州的路怎么说也要赶一个晚上……如若走这山路可能会更困难一些，最近南方阴雨连绵，如若晚上在山中遇到大雨，不知她是否能承受得来。

孙主簿和林夫人看到众人的眼光，都清楚他们实在担心自己，孙主簿连忙说道：“你们几个后生，且不要小看我，走这山路说不定我还比你们有经验哩……”孙主簿一边说，一边摸了摸自己的胡子，口气十分有趣，将苏文月逗得哈哈直笑。

林夫人更是怕自己拖累众人，君无咎、成杨等人肯带她回滁州，她已经十分感激了，她赶忙看着众人说自己没事，年轻时一人承担张府时什么苦没吃过，这走山路没什么的……

成杨欣慰地点点头，既感动又感激，他知道大家都在照顾集体的利益，尽管自身条件不允许也依旧坚持着，这让他很是感动，他点点头看着苏文月和湛之君说道："既然如此我们便出发吧，师妹，你照顾好林夫人，湛兄你照顾好孙主簿。"

苏文月和湛之君点点头一口应承了下来，而且苏文月还调皮地看着他，让他改口，以后不许叫林夫人为林夫人了，要叫张小姐。

成杨无奈地点点头，看着她说："好，一切都依你。"

几人一边闲聊，一边走上了山路，这山路盘旋，成杨本担心它会十分崎岖，不能骑马，可是进了深山才发觉这里的路虽然不宽，但一人一马足以通行，而且还十分的平坦，仿佛有人特意修整过一般。

"这深山里莫非还有人家，怎么这路整顿得这般平整？"孙主簿疑惑地看着几人问道，不过成杨几人也想不明白这到底是因为什么。

走了不久，这路越来越宽，成杨几人甚至可以并驾齐驱，这里被人工改造的痕迹太明显了，定然是有人将这林中的树都伐了，而且将弯曲的小路拓宽，能做到如此大规模的事，想来生活在这山中的人一定不少。

"莫非这山中有流匪？"君无咎话音刚落，就听到张小姐和孙主簿等人一声惨叫，接着君无咎、成杨等人也觉得不对，他们身体向前猛冲，这是马倒了。

成杨仔细向下一看，竟然有一条绳子十分隐秘地藏在前方的草丛中，几人一直在寻找人家，并没有发现这陷阱。

君无咎、成杨等人挣扎着想要从马上站起来，突然四处却响起了噼里啪啦的鞭炮声，将马震得惊了，张小姐掉下马后，被那马踢了一脚，吓得晕了过去。

苏文月赶忙挣扎起来想要过去扶住她，可这时却从天上降下来一张巨网，将他们众人扣在了里面，不一会儿，便冲出来一批人，将他们团团围住。

君无咎本来担心会是那些拿着令牌的杀手，但他仔细辨认了一下他们身上所穿的衣物，粗布麻衣，手中拿着刀枪，站在那里仿佛在等什么人的指令。

看来被他猜对了，这山中果然有流匪。

不多时从那群人的背后走出一男子，那男子斯斯文文的，说话声音也十分的小，看起来像个秀才，不过此人一看便是在这流匪中地位很高，他一身的衣衫都是由精美的绸子制成，衬得他十分的贵气。

他将网里的几人扫视了一周，在看到君无咎后定了定眼神，笑着说道："收网吧，就他们了。"

那些跟在他背后的小喽啰赶忙说了声好，便将成杨、君无咎等人从网中捉了起来，在缠好绳索后，才将他们身上的大网拽了下来，还好张小姐被一个人扛了起来，并没有太多地为难她。

他们簇拥着君无咎、成杨等人，一路风风火火地向前走去……此时他们的眼睛都已经被蒙住了，君无咎只能感受到他们前进的大致方向，却说不清他们到底走向了何处，如果不出意外，想来定是这群流匪的老窝了。

可是这群流匪劫他们到底是为何？仅仅是劫财吗？看起来不像，方才那斯文男子看他的眼神，让他觉得似曾相识，他心头一惊，暗自想到，那眼神像极了苏明鸢和妍女第一次见到他时的眼神，难道此人也是……

想到这里，君无咎不知如何是好，他记得自己左手边的一直都是成杨，他赶忙拉了拉成杨的衣袖，良久都没有反应，终于他忍不住轻轻地冲着他的左面喊了一句："翰飞！"

这次他终于得到了回应，只是这个回应并不是成杨给他的，而是一个十分清冷的声音，冲着他说道："君大人，不要再喊了，此处只剩你一个人了。"

那男子说完，便将他头上的黑布拿了下来，瞬间阳光将他的眼刺得睁不开，他仔细观察着四周，发现不知何时，成杨他们竟已全都不见了，他们已经来到了一座依山而建的寨子中，他被单独地带进了一间房中。

看来他是猜得没错了，君无咎叹口气，如此想到，看着君无咎的眼神，那男子笑了笑，说道："君大人，果然厉害，还未与我交谈，便已看穿了我的身份，如此真是一个可敬的对手，怪不得妍妹会败在你的手里。"

"苏明鸢是为了给我传递消息，妍女是为了用她的方式同我博弈，那你呢？你这次来又是为何？听你方才唤妍女的口气，莫非你是要为她报仇？"君无咎目光毫不避讳地看向他，仿佛已经做好了应对一切的准备。

"哦，君大人竟然觉得我是来报仇的吗？小人可没有那么暴力，再说，我若是将你如何，大人定然是会翻脸的，我何苦要惹他不快？其实小人此次来不过是为了给君大人上一课，让大人知晓人情冷暖罢了，其余便是君大人多想了。"

那男子十分缓慢鬼魅地说完这些话，眼带笑意，看起来深不见底，君无咎搞不清他的真实目的到底是什么，不过他清楚地感受到了，他对他没有善意，他没有苏明鸢和妍女面对他时的欣赏，眼神间尽是玩弄，如此看来他实则是比妍女更要有想要赢他的想法，可是为何他又表现得如此不温不火？他到底想做什么呢？

"想要给我上课，想来你可能还没有资格，为什么不让我的老师岳大人来呢？既然他觉得我这关门弟子有很多欠缺，何不亲自现身一教？让你这等人来教我，算什么？"

君无咎感受到这男子十分自傲，便字里行间故意去贬低他，这种人，如被贬低很有可能会恼羞成怒，一冲动，便说出许多事情，露出很多破绽。

而且在这里他提到了岳大人，不过是想诈一诈他，试探一下这幕后的大人到底是不是他的老师岳鸿之，这一点十分重要。

"君大人，你莫要在这里逞口舌之快了，一会我看你还能否继续如此硬气，白白夸你聪颖，如此简单几句，便想套我的话，君大人也实在是太小瞧我了……不承想原来君大人竟然是岳大人的学生，如此可真是为岳大人丢脸……”那男子一边说，一边不屑地看向他，一字一句说道。

君无咎低下头，不再看他，也挡住了自己的眼，让他无法第一时间看透自己，其实方才尽管什么都没有问出来，但对于他来说已经足够了，方才他装作第一次知道他是岳鸿之的学生，可是当时君无咎只同他提了自己的老师是岳大人，并没提到他的名号是岳鸿之，他却如同知道是哪一人一般，这天下之大，姓岳的大人和儒学大家定然不在少数，他又是怎么知道是哪一位岳大人？

而且从他后来的话君无咎可以听出浓浓的敬意，想来他也是十分尊敬此人。他明明知道自己的老师是谁，却装作不知，而且字里行间还透露着对他的尊敬与崇拜，如此自负之人会对何人如此呢？想来也只有他身后的那位大人了吧！

君无咎一边想，眼神一边变得十分的暗淡，如此一来苏明鸾为他绣的那株梅花便解释得通了，如此看来这背后的大人定然是老师无疑了。

可是老师为何会如此？他怎能让他的学生做这些罔顾人命的事？他到底抱着什么样的心态来推翻他曾经的信念呢？

而且如今他做的这一切又到底是为了什么呢？君无咎思索着，头特别疼，他想不清自己的老师为何会变成现在这个样子，可是现在却由不得他不信了，所有的证据都指明了他的老师，他只能面对，别无他法。

现在他只想见到成杨，将这些事一一说与他听，让他同自己一同分析，现在他能完完全全信任的人想来也只有他了。

“君大人，现在起我同你说过的话，你可要听仔细了，如若理会错一句，那后果就由您自负了。”那男子一边说，一边斜眼看着君无咎，直到君无咎抬起眼看他，他才继续说道，“君大人，从现在起，你要同我形影不离，我说往东你绝不能往西，而且我说的话，你也绝不可以反驳，如若有一点做不到，我便杀你一个同伴，这件事，你不许同他们说，半点也不能透露，无论他们说你什么，你都不可以解释，如果你想让他们活命，就照我说的去做。”

那男子说完这些话后，便给君无咎松了绑，他看着君无咎说道：“怎么样？君大人，劳累了一整日，想来定是疲乏了吧，快来与我同去入席吧，今日的晚宴可是特意为你准备的。”

说完他便挽住君无咎的手，将他带了出来，果然一出门君无咎被眼前的景象惊呆了，这里的人很多，数量非常巨大，他不能理解为何此处会有如此巨大的流匪，朝廷却一直没有收到消息，来派兵镇压。

而且当他从房间走出，才发现这个寨子建得十分别出心裁，这看起来就是寨子安插在一个断山的切面中，看起来是十分的险峻，实则十分的牢固安全，因为此处地点，如若不是十分熟悉地形的人将他们带出，初来乍到的人，定然是走不出去的，而且这里依山傍势，易守难攻，如若朝廷真的来派兵打压，想来也是十分困难的。

看到君无咎一直在打量寨中形势，他拍了拍他，笑着说道：“君大人，就不要再做无用功了，你就是将这里的天看漏了，你也飞不出去。”

君无咎点点头，看着他也笑着调侃道：“原来这种感觉便叫做逃不出生天。”

君无咎莫名其妙的话，让那男子一愣，他不知道该如何接下去，只是使劲地将他往前拽了拽，继续说道：“君大人，既然还有心思调侃，就可以看出这逃不出生天的滋味，体味得并不是很彻底啊，接下来，小人就让你尝尝，什么叫做痛苦得连死都做不到。”

君无咎没有再说话，他只是默默地跟在他背后，他已经猜到了，这男子方才告诫他的那段话是什么意思，他应该是想用离间计，给他和成杨几人中间制造矛盾，埋进去怀疑的种子，如此手段着实高明。

不多时，走过弯弯曲曲的长廊，来到了寨子中央，一路上所有见到那男子的人都低头行礼，叫他方公子，他也都微微颔首便是回礼，看起来他在寨子中地位很高。

寨子的正东面坐着这寨子的寨主，正坐在那里吩咐众人将晚宴搞得热闹一些，而苏文月和成杨等人则被捆绑着，放在了寨子中央的木台上。

张小姐从未见过这种世面，她吓得瑟瑟发抖，看着成杨和苏文月说道："他们这是要做何？难道要杀了我们祭祀吗？这难道便是祭台？"

张小姐一边说，一边看了看身下的台子，声音紧张得一直在抖。就在这时，她发现了一直跟在那男子身后徐徐走近的君无咎，她赶忙拉了拉一旁的苏文月说道："苏大人，你看，那不是君大人吗？"

苏文月闻声抬起头，仔细看果然看到了君无咎的身影，他早已被人松绑，还被那领头的男子挽着，一同入了席。

成杨也看到这一幕了，他的心中一直在思索方才的问题，其实刚才那男子初问君无咎的眼神他也捕捉到了，甚至他同君无咎一样，开始怀疑那男子是否和苏明鸢、妍女是一类人。

他们都受命于背后的那位大人，也都对君无咎青睐有加，就像方才，一进寨子他便发现君无咎不见了，他问其他寨中人，君无咎被带去哪里了，周围的人都没有回应，而如今他被那男子带出，并坐在了十分尊贵的位置，这一切到底意味着什么？是君无咎背叛了他们，还是发生了什么事是他们不知道的？

君无咎落座后，那寨主还亲自走过来，给君无咎敬酒，那土匪头子的声音十分大，就连成杨这面都能清楚地听到他们在说些什么。

土匪头子举了一碗酒，看着君无咎说道："君兄弟，其实今天这个晚宴都是为你准备的，听说你是方公子的兄弟，我当然也是要敬你一杯的，来干了这碗酒，我们便也是好兄弟了。"

那人说完，端起酒碗一饮而尽，看起来十分豪放，君无咎本不想接这碗酒，奈何那方公子却向他使了一个眼色，他只得端起那碗酒，一饮而尽。

看他喝得同样豪迈，那土匪头子十分开心，笑着拍了拍君无咎的肩膀，说道："好样的兄弟，是个好汉，以后你就叫我一声青山大哥就可以，有什么事，只要你说一声，大哥定然满足你的要求。”

君无咎点点头，象征性地看着那青山，叫了一声青山大哥，然后便不再说话了。

湛之君看到这一幕后，疑惑地问道：“这是为何？这群土匪为何要对君大人如此客气？莫非他们这寨子中发生了什么案子不成？还有那方公子，怎么就是君大人的兄弟了呢？以前从未听他提起过啊！”

湛之君说完，苏文月听得气不打一处来，她回过头看着湛之君气鼓鼓地说道：“湛兄，你是不是傻啊！这寨子中能发生什么案子啊，再说，你见过哪个土匪窝里发生案子会请大理寺的推官来破案子啊？他们是急着去投胎吗？”

苏文月一段话说得湛之君没了声音，他点点头，身体往后靠了靠，怕再开口会惹苏大小姐生气。

成杨看着苏文月，拍了拍她说道：“师妹，你怎么总是这样，一生气便冲着湛兄发脾气，你真是太肆意妄为了，就知道湛兄不会反驳你，会一直让着你，你就这般的肆无忌惮吗？”

被成杨拆穿后，苏文月有些气急，可是她又不知如何是好，她意识到是自己做得不对，可就是无论如何都下不了决心同湛之君道歉。

湛之君看着她笑着，冲成杨说道：“成大人，你千万不要如此说苏大人，她并没有冲我发脾气，真的是我太笨了，很多简单的问题都想不清楚。”

湛之君说完，成杨看着他说道：“湛兄，你总是妄自菲薄。文月这丫头，性子时好时坏，你理解一下，还望不要见怪。”

湛之君听了这话，赶忙摆摆手说道：“成大人言重了，苏大人一直都很好的。”

他这话一出口，他们几人之间的空气瞬间凝固了，成杨看着湛之君涨红的脸察觉到，可能事情没有那么简单，看湛之君现在语塞的状态，仿佛像说出了什么见不得人的秘密。

要知道这湛之君平日里十分的憨厚，说话也很少会直白地夸谁，尤其是女子，言语方面他从不敢越界半分，如今冲着苏文月脱口便说出她一直很好，想想就觉得可疑。而此时的苏文月也不知为何觉得浑身都不自在。

看到众人的反常，还是孙主簿率先打破了尴尬，他想了想，看着君无咎的方向说道："那青山说只要君大人开口，事情若是能办，他必定会竭尽全力，他都如此说了，君大人为何不同他说将我们放了？"

"可是君大人如今却和那些流匪纵情声色，你看他同那方公子有说有笑的，眼中全然没有你我了。"张小姐一边看着君无咎，一边说道。她着实不敢相信君无咎会暗通流匪，在此之前，他们一行人中，她最信任的便是他了，现在她的心里伤心极了，仿佛再一次经受了背叛。

而就在此时，成杨却开口说道："不是，清悦定然是有原因的，你看他坐姿，虽然一直在面向那方公子，方便两人的觥筹交错，可是他却和他保持了很远的距离，拧着的背一直在冲着我们。"

说完他便再度同众人详细解释道："清悦兄对人，虽然表面上一直温文尔雅，其实他骨子里的警惕性是十分高的，就像南下这一路上因为种种原因我们都对许多接触过的人产生了信任之感。"

他说完顿了顿，再度开口说道："可是清悦兄却从未如此过，一路上他遇到自己不喜欢的人时，都是用这种看似十分优雅实则十分抗拒的方式，在同他相处着，那感觉我见过，和今天如出一辙，所以我相信清悦兄，他定然没有背叛我们，只是发生了一些我不知道的事，他需要如此周旋罢了。"

苏文月仔细观察了一会儿看着成杨说道："正是如此，师兄你着实说得太对了，你看君公子的手，他一直在模仿你的动作，轻轻地用几个手指敲击着桌面，想来定是要你信任他。"

成杨听到苏文月如此说，也赶忙仔细看了看君无咎的手，果然如此，他正在用手指轻轻地敲击着桌面，虽然他从未与他对视过，但他就是能感受到那手指就是敲给他看的。

正当他思考之际，苏文月突然挣扎地冲着君无咎和那方公子骂道：

“君无咎，我真是看错你了，方才在晚宴之前，我还以为你是被人抓走了，还为你担心了一阵，不曾想你竟然暗通流匪，表面上清廉高洁，背地却做如此勾当，着实令人作呕。”

苏文月骂得十分起劲，嗓门极大，自从君无咎与她相识起，还从未见过她如此泼辣的一面，看得人心惊肉跳的。

不过也多亏苏文月这浮夸的表演，君无咎才意识到，他们并没有真正的误会，同他反目成仇，其实这一切不过就是他们顺水推舟罢了，想看看那方公子接下来到底想做些什么。

君无咎一边心中窃喜，一边不经意地抬起头看着那方公子，问他自己到底如何说。他表现得十分焦急，仿佛事情真是如此一般。

那方公子看着他继续说道：“怎么打击他们怎么说，拿出你的狠劲，狠狠地说她一顿。”

君无咎佯装十分纠结，绝不能让他发现自己心中到底在想什么，他踟蹰了好久，终于冲着苏文月说道：“你是真的关心我吗？难道现在不是想引起我的注意才如此和我说话的吗？”

听到君无咎如此反驳，方公子内心一阵想笑，这算是什么反驳呢？明明是过度自大吧，还以为所有的女人同他说话都是想引起他的注意。

果然苏文月立马用方公子心中的话反驳了君无咎，君无咎再度纠结了许久，着实不知道如何说话才能让对方决绝一些呢？

最终他只是淡漠地看着苏文月说道：“闭嘴吧，一天叽叽喳喳的，就数你最令人生厌。”

君无咎着实是厉害，他狠戾的表情连苏文月都吓了一跳，如果不是他的手指一直在敲击着桌面，她还当真以为他说的是真的，他确实如此厌恶他们。

看到他们之间剑拔弩张，一直躲在背后的方公子递给君无咎一碗酒，看着他说道：“怎么样？十分有趣吧，你的伙伴不信你了。”

他一边说一边用自己的碗碰了碰君无咎的酒碗，两人一饮而尽。

喝过这酒后，那方公子突然奇奇怪怪地走到了成杨他们面前，为他们松绑，看着他们状态不佳，还笑嘻嘻地开口说道："你们也没想到我们君大人竟是如此道貌岸然之人吧，他向来只求自己活路的，你知道他是如何能够在这大寨子中进出自由的吗？因为他将你们买了，方才能求得他的平安。"方公子这段话其实说得十分没有逻辑。

说真的其实方公子有些喝多了，他一直在灌君无咎，只是不承想君无咎的酒量这么好，他输了，想来也从君无咎口中套不出什么话了。

还不如将他的这些同伴放了，让他们互相制衡，说不定之后矛盾升级，反而能暴露出更多线索，比如他们的破案思路，等等。

苏文月听了方公子的话，假装十分生气，她看着君无咎更加气愤地骂他，一直说他不要脸，为了苟且，竟然出卖朋友。

看到苏文月如此，那方公子仿佛更开心了，他又大口地喝了许多酒，然后走到了君无咎的身边，大笑着说道："兄弟，你这人品也不行啊，竟没有一个人信你，还真是孤独啊！"

君无咎推开一直凑近的他，他口中的酒味熏得他难受，那方公子见君无咎推他，立马脸色就变了，看着成杨他们就气着说道："君大人，你看看外面这几颗头，你想要哪一个？"

君无咎沉默着没有作声，其实他心里十分清楚，方公子不会为难成杨他们的，毕竟他们直属大理寺，而且也是为了帮助皇帝，而且从之前的推测来看，他幕后的那个大人，也定然是为了皇帝办事，如此一来他们便构成了一种利益关系，他是绝对不会伤害自己的合作伙伴的。

他自己便不能确定了，因为这方公子很明显便是冲着君无咎来的，只不过现在还无法确定他到底要干什么。

青山察觉到方公子的状态有些不对，他赶忙命人将方公子带回去休息，然而这方公子临走前还死死地抱住君无咎，无论如何都要和他一起睡，一边说还一边威胁他，如若他不听话，他就要杀掉成杨他们。

声音大得成杨他们早已听到……君无咎一时无语，方公子还真是不能喝酒，这一沾酒就性格大变，突然像个小孩子，君无咎想起了宋书生和章书生，那个一到夜晚便性情大变的案子他记忆颇深，现在他都有些怀疑这方公子会不会有些这方面的毛病，不过显然不是。

他着实无法理解这方公子到底是个什么样的人，他突然开始有点好奇，无奈那方公子一直在死死地拽着他，他只好按他说的，同他一起睡。

苏文月方才还明明十分担心，可是现在看到方公子像个小孩子似的粘在君无咎身上，也是觉得蹊跷无比，一边想还一边自顾自地感叹，“这酒可真是不能轻易喝，着实是会耽误大事的。”

她说完这话，成杨也笑着弹了一下她额头说道：“你真是看热闹不嫌事大，耽误了什么大事啊？是耽误了杀我们的头，你着急啦？”

成杨说完，苏文月吐了吐舌头，没再说话。

君无咎和方公子离开后，青山也给成杨几人安排了住处，并为他们准备了晚饭，侍候得十分周到。

成杨莫名觉得这一场劫持就像是闹剧一样，他们到底是想做什么呢？

而且成杨方才又仔细观察寨子中的那些土匪，可以看出他们的纪律十分过硬，种种做派不仅一点土匪的影子都没有，竟还给成杨一种军队的感觉。

难道这一批土匪都曾是军队里的人？为何会聚集在这里？难道是被什么人调到这里吗？他们要做些什么？

再看那寨子的设计，防御能力极强，一看便不是普通的土匪老窝，如此严密的布守，到底要保存什么秘密？想到这成杨无论如何都睡不着了。

而此时的君无咎也是十分痛苦的，那方公子挂在他身上，竟然还要赖，一边要赖，还一边看着君无咎说道：“你看看你，自己交了这么多不信任你的朋友，你都不知道，你可真是太蠢了，他们一个个都不信你，你都和他们做朋友，为何不和我做朋友？君清悦，君清悦……你着实是令人讨厌。”

君无咎听方公子如此说，更加摸不着头脑了，这到底是怎么一回事？上午那个圆滑缜密的方公子哪里去了？为何这个却如此黏人，而且还知道君无咎的字，他是如何知道的？

君无咎搞不清这些问题，而他喝得也有些醉了，他拼命推开那方公子，想要快快入睡，可谁知那方公子却依然锲而不舍地凑过来抱住他，怎么都不肯松手。

嘴里嘟嘟囔囔地只会说一句话："朋友……朋友……"

君无咎完全不理解他这话的含义，难道在他心中朋友是十分重要的吗？

天还未亮，君无咎便醒了，而此时他身边的方公子早已不见，他本以为他醒了离开了，可是不多时，一个打扮考究的方公子便走了过来，坐在椅子上远远看着他。

那精明的眼神让君无咎觉得那个方公子又回来了，他也起身准备起床，方公子吩咐了一声，便有许多侍女端着洗漱的用品走了进来，君无咎摆摆手看着他说道："方公子，我不需要这么多人服侍的，我自己来就好。"

那方公子笑着点点头，让那些女子放下东西全部离开了，他颇为玩味地看着君无咎说道："清悦兄，还真是一直都这么清高啊！"

那方公子说完，就一直看着君无咎，君无咎总觉得他哪里和昨晚相比有些不同，可是哪里不同，他又说不上来。

他洗漱完毕，便抬起头回看那方公子，想借着他自负的缺点来激一激他，他缓步走到他身边，坐下似笑非笑地说道："方公子的酒量着实是不怎么样，昨日方公子给我上那一课，自己可有什么体会？"

"你不必在这里嘲笑我，你那一直敲打桌面的手，难道你以为我没有看到吗？一切都只是不想拆穿你罢了！"他一边说，一边拿起桌面上的茶壶，倒了一杯，品了品发觉竟是凉的，十分不悦地叫屋外的侍女，让她赶忙去煮一壶。

这一幕君无咎十分不解，看起来他是十分讨厌这凉茶的，可这茶在昨日傍晚就已经是凉的了啊，昨日回来后饮酒过多，君无咎口干舌燥，到处找水喝，喝到这凉茶时，虽不喜欢，却也别无他法，不曾想看到他喝茶，当时大醉的方公子也喊着要喝，君无咎同他说这是凉茶，他还点点头，笑着说道：“凉茶好啊，凉茶就不用再吹冷了啊！”

君无咎一时无语，想来昨天的方公子定然是醉极了，竟连喜好都变了。

不多时茶上来了，他喝了口还觉得泡得不好，同昨晚大大咧咧的方公子很是不同。

“你不必看着我，还是关心你自己吧！昨日里为何要给他们传递讯号，来证明你并没有背叛他们，你不还是怕他们不信你吗？你若是不能坚定地一直信一个人，又何苦一开始便给他希望呢？”方公子一边吹那手中的茶，一边看着君无咎说道，看起来十分的有深意。

君无咎虽然没有搞懂他话里藏着的意思到底是什么，不过也反驳地看着他说道：“人与人之间的感情是需要维护的，而不是用来互相伤害的，我信任他们，他们都是我的好友，不过反过来想想，我若是他们，晚宴前可能会一直信我，晚饭时分也可能会信我，当青山寨主敬我酒时也可能信我，倒是这一日过后呢，我若是一直说伤害他们的话，做伤害他们的事，他们又如何信我？要知道，信任之感是来自双方的。”

君无咎说完，方公子点点头笑着说道：“是啊，人与人之间的感情是需要维护的，信任之感也是来自双方的，只是有时候有的人往往也会因为自身的喜好，不顾真相去选择相信本来已经撒谎的那个人，不是吗？”

方公子这话，本是笑着说的，可是在君无咎看来竟然莫名有一些伤感，他不知这伤感来源于何处，只是微微地觉得这仿佛是自己种下的因果。

“君公子，怎么还不去吃早饭？师兄叫我来叫你一声。”苏文月一边说一边欢快地走了进来，君无咎看着她如此自由心中吃了一惊，这是怎么回事？难道成杨现在也可以在这寨子中自由行走了吗？

不过他吃惊了片刻便也就释然了，昨日他便已经分析出他们之间是有最本质的利益联系的，所以方公子绝不会对他们做些什么，只是不知他昨日里演那一场戏到底是为了什么。

不过还未等君无咎开口，苏文月倒是吃了一惊，她盯着方公子看了许久，仿佛难以置信，她说："方公子，你是如何在我之前赶来这君公子房中的？方才我明明见你在那园中摘花来着，我离开时你还在花园中，怎么这时又在这里？"

"苏大人如此发问也着实令人生笑，如此大的寨子，莫非苏大人已经完全摸清了？你可知这寨子到底有多少机关暗道，我又是从哪里来，你如何能得知？说不定我现在还在这里，只需片刻我就会出现在离这很远的大堂呢！"

方公子的话说得十分不屑，也将苏文月说得晕了，虽说可能会有机关暗道达到如此效果，只是她还不知哪个机关暗道走一遭能将人的性格大变一番。

方才她在花园偶然遇到方公子时，她本想装作没有看到，快步离开，可不曾想他竟然十分热情地叫住了他，还送给了她一朵花，说她人比花娇，当时弄得苏文月也云里雾里的，还以为这方公子酒还未醒，然而此时……

不过苏文月也不甘示弱，她看着方公子说道："从方公子身上看来，这寨子果然别有洞天，匆匆在暗道走上一番，这隔夜的酒都醒了不少吧！"

方公子知道苏文月这是同君无咎一样在嘲笑他昨夜醉酒的事，然而他却并不在意，只是随口说了一句："苏大人竟然还有空在这里同我斗嘴，看来大人这是又不饿了。"

苏文月这才想起来她来找君无咎的正事，她的肚子早已饿得咕咕叫了，昨晚虽然最后青山也为他们安排了饭食，只是经过那一日的折腾，她真是一点胃口都没有。

可经过这一夜，她着实是非常饿了，看着君无咎和方公子说道："那快走吧，青山寨主可是还等着二位呢！"

“既是青山寨主在等着，青山为何不派人前来，竟然叫你这个连路都还不熟的人……怎么？不会被我猜中了吧？苏大人，莫非你真是来这寨子中查看方位路线的？”方公子轻轻地放下茶杯，缓缓地站起来，看着苏文月说道。

苏文月瞬时陷入了被拆穿的境地，其实她是真的饿了，也听闻厨房在准备早饭，只是还不知好没好，她一早起来便跑到这寨子中随处转悠，本来想打探一些情况，奈何却什么都没发现，不知不觉就走来君无咎这里，这一路上无一人曾阻拦她，让她一直悬着的心刚刚放下，可是当她看到方公子在君无咎这里时，她除了诧异还是有一些害怕的。

毕竟方才她以为方公子一直滞留在花园中，所以才如此肆意妄为地在寨子中闲逛，不曾想他竟然瞬间出现在了这里。

苏文月正想着如何回答比较好，只见一个侍女走了进来，打破了他们之间的尴尬，她向方公子行了一个礼，然后看着他们说道：“方公子，寨主请您和几位大人去吃早饭。”

方公子点点头，表示知道了，便让她下去了。接下来方公子再没说什么，只是看着他们说道：“怎么还不动身？这是都不饿？”

君无咎匆忙起身，而苏文月则笑着说道：“饿！饿极了！不如方公子也带我们走一次密道吧，不是那种嗖的一下就可以到了吗？”

方公子没有理会她，只是静静地走在前面，大概走了有一刻钟，他们终于来到了那大堂，途中并没有经过花园，君无咎心中的疑惑渐渐地放下了一些。

方才听苏文月和方公子的对话他便觉得疑惑，看苏文月的表情，这方公子确实不该如此快地出现在君无咎的房中，而且当时方公子在君无咎的房中已经待了有一会了，如此一来便更令人生疑，虽然方公子的说辞解释得通，可是他也隐隐约约地觉得不对。

然而方才他们并没有经过那花园，而且来到这大堂的时间也用时非常短，用苏文月的话来说也是不可思议，所以君无咎如此想不通自己到底在怀疑方公子什么，想不通什么。

来到大堂，成杨等人都已落座，看君无咎来成杨十分激动，看到苏文月和方公子后，他便瞬间明白发生了什么事。

君无咎也仔细观察了一下，今日这早饭的座位很有意思，青山寨主竟然让成杨坐了主位，而自己坐了次位，接下来就是方公子，而君无咎则被安排在了成杨身边。

君无咎落座时，成杨看着他笑了笑说道："清悦兄昨日睡得如何？"

君无咎看他还有空调侃自己就知道，今日成杨他们已经十分安全了。

果然不多时，那青山寨主便看着成杨说道："成杨大人，真是多有得罪，小人昨日没有看到几位大人的官牒，所以才如此鲁莽，一直将几位大人绑着，不过晚宴后一发现，赶忙赎罪，还望几位大人不要介意。"

其实这青山寨主的话假得可以，昨日方公子威胁君无咎时，便已经知道了成杨几人的真实身份，而今青山寨主又如此说，不过是为了给彼此一个台阶下罢了。

成杨也只好顺水推舟，看着那青山寨主笑着说声言重了。

不过此事湛之君却突然耿直起来，他看着青山寨主说道："青山寨主既然是看了我们的官牒才将我们放了，那平日里呢，你平日里抓走的那些平民百姓是如何处理的呢？"

湛之君说完，察觉到忽然整个大堂空气都似乎凝住了，孙主簿向湛之君使了个眼色，湛之君这才反应过来，现在他们最忌讳的便是谈论这件事了吧，毕竟他们是官，而这青山寨主和那方公子是贼，官与贼谈论贼的作奸犯科那属实有些没意思。

更何况他们现在就是刀板上的肉，如若这个时候惹怒他们，绝对没有什么好果子吃。

这面湛之君懊悔不已，而那面成杨却没说什么，他其实也想问这句话，只是没有找到合适的时机，现在从湛之君口中问出，倒也觉得没有什么，毕竟他想要试探一下，看这些人的背后到底是什么属性，到底是官是匪，而且隐藏在这里的目的又是什么。

青山寨主听到这个问题十分尴尬，他看着成杨等人支支吾吾地说道：“大人们误会了，其实我们并不是什么匪徒、贼人，我们不过是世代在这村子里住的，那个什么，什么来着，对了，《桃花源记》几位大人读过没？我们寨子里的人就是那个意思，我们祖上为躲避战乱，便带着家族的人躲到了这深山之中，然后……然后……就形成了这么个寨子，我们还从未劫过人呢！”

青山寨主这段解释着实引人发笑，不过成杨等人也大致观察了寨中情况，似乎并没有什么人是被掳上来的，而且反观这里的生活，确实很安逸，不过无论如何，那寨主说的一定是假话。但是为了不使那寨主尴尬，成杨、君无咎等人都笑着点点头说道：“读过读过，当真与那桃花源如出一辙。”

成杨说完后冲着湛之君使了个眼色，湛之君懂了成杨那意思，又故作耿直地问道：“寨主既然说从未劫过人，那昨日为何要布好陷阱来劫我们？”

湛之君如此问完，青山寨主支支吾吾半天，也回答不出来，青山寨主看起来便是那种比较憨厚，不会巧言令色的人，不过这话却被坐在一旁的方公子接过来，他看着众人微微一笑，说道：“几位大人不要误会了，请几位上山的意思并不是青山寨主下的命令，而是在下，在下在青山寨主面前卖了个人情，让青山寨主不得不帮我将你们几位请上来，而且昨日寨主一得知你们的身份，并赶忙将我训斥了一顿，便将你们放了出来。”

成杨面露笑意点点头，没再说话，这方公子言语十分缜密，想要再问什么也是问不出的。

不过君无咎却抬起头看那方公子轻轻说道：“想来方公子最在意的人应该还是我吧，既然如此，不如就将我留在山上，将其他几位大人安全送到滁州如何？”

君无咎说完，方公子看着他笑了笑，说道："不急，青山寨主还想留几位大人在这寨子中玩几日呢！这里的景色可是极美的，几位大人还不好好观赏观赏，急什么呢？"

方公子说完，果然青山寨主也看着他们应和地说道："正是如此，多玩几日，都多玩几日，我们这寨子就像桃花源似的特别好客。"

青山寨主说完，君无咎一阵无语，他知道这方公子是铁了心要将他们留下来了，只是不知道他如此到底是为什么。

苏文月十分担心滁州的瘟疫事宜，她焦急地看着青山寨主，冲他说道："难道青山寨主不知道滁州现在瘟疫，正急着等我师兄去察看吗？您将我们留在此处，拖得越久，可能处理得越不够及时，如此可是人命关天的大事啊！"

苏文月说完，一直盯着青山寨主看，她看他为人宽厚，可能会比较好说话，而从她方才说话后，她从始至终都没有看方公子，因为那方公子一看就说不通。

可谁知她越不想同谁说话，可那人偏偏要同她说话，只见方公子接过话，看着她说道："哼！瘟疫，你们倒是想得简单。这滁州年年瘟疫，而这瘟疫又从不出滁州，你们就不觉得奇怪？而且这滁州每年都会往上汇报，而今年死伤最为严重，却从未汇报，你们又觉如何？"

君无咎一听此话，便觉不对，他看着方公子着急地说道："对于滁州的瘟疫，你可是知道什么？难道这瘟疫背后也有什么隐情？"

看他如此焦急地想要知道，方公子反而笑了笑把嘴闭得死死的，什么都不肯说了，良久，他又再度开口看着他调侃道："这么重要的事，我又如何敢告诉你呢？你又不是我的朋友……"

方公子将朋友这两个字的音拉得很长，似乎在故意逗他，一瞬间君无咎竟然在他身上看到了昨晚那个方公子的影子，这回他终于叹了口气想到，可能真的是他多心了，这方公子并没有什么问题。

他们这早饭吃了许久，坐在这里的人哪里有这么好的胃口，不过是双方在这里博弈罢了。既是早饭总有结束的时候，吃罢早饭，君无咎等人百无聊赖，他们心知这方公子和青山寨主是绝不肯放他们走的，如此还不如像他们所说，好好欣赏一下这秀水青山。

听闻他们几人要出去转转，那青山寨主本是要陪同的，却被成杨等人拒绝了，他们说实在不敢劳烦寨主，他们就随处看看，便可以了。

青山寨主本想再说些什么，却被方公子打断，他看着他笑了笑说道："寨主，你就不要再劝了，他们打着自己的算盘呢，他们想要借此机会打探一下我们寨子的虚实，您若是一直跟着，那他们多不方便。"

方公子说完，君无咎、成杨两人无言以对，而青山寨主也笑着点点头，表示领会了方公子的意思，不过他还是十分畅意地看着他们说道："去吧！去吧！几位尽管看，我们这寨子，可美极了……"说罢便拍了拍方公子，二人一同离开了。

苏文月看着二人离开，再度笑着吐了吐舌头，她冲着成杨和君无咎等人说道："咱们这小心思，都被人发觉了。可是我怎么觉着这青山寨主和这方公子并没有什么恶意呢？"

"有没有恶意我不敢说，但是他们却有十足的把握，我们是走不出这个寨子的！"成杨笑了笑看着苏文月说道。

苏文月被成杨如此一说，也蔫了不少，她嘟囔了几句之后，便没了动静，几人便出发一同来观赏这寨子。

走了没多久，湛之君就发现了这寨子的奇异之处，他指着种在寨子外圈的树说道："你们可有觉得这树，哪里有些不对？"

湛之君如此一说，君无咎等人才发觉出不对，不仅这树有些不对头，就连这山体都似乎有些变化，这到底是为何？昨日见这山体定然没有如此陡峭，可是今日这山体竟然笔直地立于寨子的背面，如此光滑的切面，他们的寨子是如何在这里驻扎下的呢？

他们想不清这到底是为何，再度依着山上的栈道往上走，他们看到山的上方好像有一座祠堂，如果能到达那祠堂，定然能发现一些线索，毕竟这祠堂供奉的都是他们的祖辈，想来总会找到蛛丝马迹……

可是谁知他们一直在走，可是无论如何都无法靠近那祠堂，他们从远处望去，总觉得距离从未被拉近过，无论他们走多久，那祠堂与他们的距离，仿佛一直都是等量的。

就在他们行得十分焦急的时候，湛之君指着他左手边栈道上的木桩说道：“你看，其实我们又绕回来了。”

原来湛之君就已经察觉到了不对，他便用手刀在那木桩上做了一个记号，可是现在他们又到了这里。

“不对，我们没有绕回来，是这栈道发生了问题，你看……”君无咎一边说，一边将手指指向湛之君做记号的木桩旁的一个木桩。

当时他也察觉到了不对，便从怀里拿出那个秀秀绣的手帕，将它系在上面，而他做这记号时，湛之君是走在他前面的，他清楚地看到，湛之君等人并没有在这木桩上做记号。

如今这两个记号凑到了一起，到底是怎么回事？难不成在他们走动的过程中，这栈道的木桩可以自动调换吗？

“湛兄，你觉得栈道自己能够调换，这有可能吗？”成杨听完君无咎的话后，看向湛之君问道。

湛之君低下头仔细地考虑了一会，看着他们说道：“有可能是有可能，只不过这需要巨大的机关，而且这个机关绝不会非常隐秘，比如想要在我们不察觉的状态下自动活动，一定需要一个巨大的锁链和齿轮，就算不做在栈道这头，也一定是嵌在山体里的。”

湛之君一边说，一边轻轻抚摸着山体。山体十分光滑，并没有人工开凿的痕迹。

君无咎在听过湛之君的话后也摸了摸那山体，凿面非常光滑，并没有嵌入东西的痕迹。那这栈道又是如何达到自我转动而不被他们察觉的呢？

“而且，虽说用那个机关能够完成这种变化，不过其实多少还是会有一些震感，在上面的人仔细留意定然是会察觉到的。可是你看这里，我们完全没有察觉到这种感觉啊！”湛之君一边想一边看着这栈道说道。

“会不会是他每块板子都能察觉到我们的重量，而当我们走上去时，它那几块板子是不会转动的，但是离它较远的则会开始转换呢？”苏文月也一边思考，一边说道，这个栈道着实奇异，可以说不只是这个栈道，整个寨子都可以说是十分的奇异了。

湛之君仔细地想了一会儿，点点头说道：“苏大人如此说，倒是也有可能，只不过如果想做到如此精密，实属一个巨大的工程，而且要对机关十分了解。”

君无咎一边说，又一边看向山寨，他指着山寨后面的那些树继续说道：“你们看，那树的位置又变了，如此看来，莫非这个寨子也是整个机关带着的吗？若真是如此，这个机关定然十分壮观，应该是这山体里外全是机关，才有可能将这么大的工程带动。”

湛之君一边说，眼睛一边放光，他一直喜欢钻研各种机关，如此巨大的机关，想必十分震撼，他真是想要亲眼见识一下，还想见见设计这个机关的人，向他请教。

“怪不得，方公子那么有把握我们出不去，原来我们每走一步，这个寨子都在变化，所以掌握不了一个规律，发现不了破绽，我们是绝不可能走出去的。”就像现在他们走了这么久也没能离开这寨子多远。

成杨想了想看着湛之君问道：“湛兄，以你的能力，能否找出这些机关的规律？”

湛之君想了想点点头说道：“找倒是能找得出，只是这花费的时间比较长，因为要观察它的变化，定然需要一些时日，而且我看它们变化多端，如果要破解这些机关，想来需要更多的时间。”

湛之君说完，成杨摇摇头，叹口气，花费那么多的时间定然是不行的，滁州现在瘟疫，他们奉旨来查办此事，也不知现在滁州状况如何，这瘟疫传播速度十分的快，绝不是小事，不可耽搁那么多天。可是如今除了这个办法又不知有何办法能够走出去。

成杨看着湛之君，眼神中寄托着希望，他看着他说道：“湛兄，一切就交给你了，你先留意一下，能越早发现规律越好，我和清悦再想想其他的办法，看看能不能尽快脱身。”

湛之君点点头，君无咎也走上前看着他们说道：“好，我觉得最快的办法就是说通方公子，我觉得他想留下的人只是我罢了，如果实在没什么办法，我就先留在这里，你们先去滁州。”

君无咎这话故意说得云淡风轻，什么留下来，其实就是留下做人质罢了，成杨一听赶忙否决，看着他说道：“不行，既然是我带你们南下的，我就要确保你们都没事。一起去滁州，一个也不能少！”听到成杨如此说，君无咎心中一阵感动。

“其实，你们有没有想过，你们把问题想得太复杂了。”未见其人，先闻其声，方公子从栈道上方的云雾中缓缓走了出来，看着众人说道。

他走过来时，手里捧了一大捧花，仿佛是刚刚采下来的，他经过君无咎身边时，君无咎只闻到一股浓烈的花香，那方公子一边看着他，还递给他一朵花，那花是金黄色的，很美，像极了金菊……可是仔细辨认下来可以发觉不是，那香味也要浓烈得多。

送给君无咎后，他又依次送给了其他人，在送给苏文月后，他又笑嘻嘻地看着她说了一句：“人比花娇……”

苏文月着实摸不着头脑，不过她还是象征性地看着他笑了笑，然后说道：“方公子，真是好雅致，这刚吃完早饭，便又去采花。”

那方公子嘿嘿地笑了几声后，看着她说道：“你这一提早饭，我还真有点饿了。”

他一边说，一边揉了揉肚子，然后猛然看到那柱子上的手帕，他敏锐地看到上面一个“秀”字，他一把将它抓到手中看着君无咎问道：“这是你的吗？”

君无咎点点头，谁知那方公子竟然直直地将它向栈道外扔去，君无咎着急得差点飞身跳了下去，还好被成杨拦住了，君无咎正要发火，那方公子便像变戏法似的将那手帕从袖口拿了出来，递给他说道：“你看，你总不信我，不和你玩了……快和我回去吧！别再往上走了。”

君无咎心有余悸地将那手帕揣到怀里，下意识地看了一眼那个木桩，发现旁边湛之君做的记号不见了，难道它又自己滚动走了吗？可是明明他们一直站在这里来着，怎么什么都没有感受到？

来不及细想，那方公子便再度催了起来，当他们往下走时，湛之君指了指那寨子说道："你们看，一切竟然再度恢复了原样。"

他说完君无咎等人顺着他的手指望去，果然如此，这树和山体都恢复了原样。真的是太神奇了，湛之君一路上一直如此感叹。

成杨和君无咎也想不清这到底是何道理，不过君无咎看着走在前面的方公子却再度起了疑心，这方公子怎么又性情大变？

从他方才的话中，总是感觉他仿佛并没有吃早饭，那方才和他们一起吃早饭的那个人又是谁呢？要知道和他们一起吃早饭的那个方公子定然不会说出他们前面这个方公子所说的话来。

这个方公子就像昨日一定要拉着他入睡的方公子一般。

他小声地将自己的疑问说给成杨听，成杨也觉得怪怪的，他看着君无咎说道："那你觉得这其中到底有什么蹊跷？"

君无咎摇摇头，说他也不能确定，然后他小心翼翼地看着成杨说道："你可还记得那个章秀才？你说这方公子会不会和他有同样的问题？"

君无咎说完，成杨点点头，仿佛现在也只有如此才能解释得通了。

可是一直跟在他们身边的苏文月却看着他们说道："难道你们就没有想过，这方公子根本就是两个人吗？今早我真的看他在采花，我觉得不管是什么速度，他也不可能比我早地出现在君公子的房中。而且他早上采的也是这花，你早上可有闻到你房中那个方公子身上有这花香？"

苏文月说完，君无咎仔细地想了一会儿，看着她欢喜地说道："苏大人真是细致入微，虽然这衣衫是同一件衣衫，可这人却不一定是同一个人啊！"

他如此说完，成杨和苏文月也点点头，如今就差找一个方式来验证自己的想法了。

走到了寨子中，君无咎才发现一直走在他们前面的方公子不见了，怎么寻都寻不到。

他们一同去了君无咎的房间，一边歇歇喝口茶，一边讨论一下如何找到方公子不是一个人的证据。

就在这时，那方公子突然出现了，不过已经换了一身衣服，眼神中都是精明能干，他看着君无咎桌子上的那些花，笑着说道："怎么样？再度体会了一次人比花娇的感觉了吧？"

他如此说完，苏文月的脸蓦地就红了，她能感受到方才那个方公子说这话时是出于真心的，而此时眼前的方公子，语气中更多的是调侃，她看着他也没好气地回敬道："想来这回方公子又是在密室中换的衣服吧！"

此话一出，方公子愣了一下，随即哈哈大笑，他看着苏文月说道："苏大人着实是有趣！"

他如此感叹一番，但并没有否定什么，只不过看着他们再度说道："说你们出不去，便是出不去，莫要再耍什么小心思了，不要看青山寨主憨厚，就一直触动他的底线，小心他一发怒，全将你们做成人肉包子。"

方公子一边说，还一边故作恐怖地看了看他们，君无咎一时无语，越看眼前的人，也越觉得幼稚，明明是他不放他们走，还要拿出青山寨主做垫背，明明彼此心里都清楚，还要找这种冠冕堂皇的理由，真是让人受不了！

看出了君无咎的嫌弃，方公子也没说什么，只是神秘地笑了笑，看着他说道："君大人不要这么鄙夷在下啊，在下今夜还是要缠着君大人一同睡，好好同君大人增进一下感情，省得君大人总是误解我的好意。"

这段话从方公子的口中说出，就像一阵绵绵无力的风，一直往你的脖子里面钻，吹得君无咎不禁打了个冷战，而其余人更是，成杨和苏文月早就受不了方公子这口气，撇撇嘴，看着君无咎一边笑一边打了个冷战，而湛之君和孙主簿都没有说话，只是低下头，轻轻地笑了几声。

君无咎看到几人猥琐的笑，就知道他们心中在想什么龌龊的事情，果不其然，苏文月用手戳了戳成杨说道："完了师兄，你失宠了怎么办？"

成杨本来也在那里窃窃地笑，听到苏文月如此说赶忙打了苏文月一下说道："你再胡说，我就把你从那栈道上扔出去。"

看到这一幕湛之君和孙主簿也着实忍不住了，看着他们大笑了起来，君无咎看着众人如此开怀，十分无奈，但是一想便算了，不和他们做这些无用的争执了。

"方公子，不如给我们找点事做吧，你们将我们囚在这寨子中，我们也不能白吃白喝不是，不如交给我们做一些事，如此我们也不会那么不好意思。"成杨率先打破了君无咎的尴尬，看着方公子说道。

那方公子再度用一种我都看穿了你们的手段的眼神看着成杨说道："寨中都是小事，怎么能劳烦几位大人？不过其实留几位大人在山上还确实有一些目的。"

"哦？方公子请讲。"成杨看着他，一边说，手指一边轻轻地敲打着桌面。

这一举动被细心的方公子捕捉到了，他看着成杨说道："原来，这竟是你不经意的小动作，我说君大人昨日为何会一直做这个动作。"

他一说完，成杨立马认识到了自己的手势，赶忙停了下来，不过方公子也不在意，他看着他们继续说道："其实，之所以请你们留下来，是因为听闻君大人医术非常好，尤其是行针之术特别厉害，其实青山寨主的夫人偶染小疾，病不重，只是一直拖拖拉拉的没有治愈之法，这次请几位大人上山，私心便是想请君大人帮忙医治一下这青山夫人的命。"

方公子如此说完，君无咎一时无语，他看着他说道："你对我那么了解，难道没有调查过我的医术吗？清悦只是略懂而已。"

君无咎说完，方公子便笑着看着他说道："在下早已了解君大人的医术并不是很精湛，不过在下听闻君大人的行针之术非常了得，君大人何不用此法，来医治一下那夫人呢？”

方公子一边说，一边看着君无咎，眼神中透着不容拒绝的光。君无咎再度无语，他现在几乎可以确定这方公子定然是自己老师的人了，因为他这行针之术从未同任何人透露过，而且在外他也从未展现过这一本事，这还是当初跟着老师时，老师的一位故友教他的，那位故友一直云游并没有人知道他的踪迹，想来他定然不会同别人说这消息。

除此之外，知道他会行针的人就只有他的老师了，若不是他的老师告诉他们的，还会有谁呢？想到这里，君无咎的内心再度充满了苍凉和疑惑，不能理解老师为何会变成这样，现在这种想法已经变成了他心中的一根刺，一直扎在那里，隐隐作痛。

成杨察觉到了君无咎的不对，但他并没有表露出来，只是静静地听着他与方公子的对话，打算一会儿再同他好好谈谈。

君无咎在沉默了良久后终于看着方公子说道：“可以，如果想让我用行针之术来医治那青山夫人，那你便要放他们离开，护送他们安全到达滁州，毕竟你想留下的就只有我不是吗？”

君无咎说完，方公子笑着看着他说道：“就猜到你会如此说，那不可能的，我的君大人，要知道，你现在并没有谈条件的权利，我说让你如何你就得如何，不要以为我现在对你们如此敬重，你们就觉得真的不会有什么事情发生，我可是说过，青山寨主可是很鲁莽的，他若是气急，我可也拦不住。”

方公子说这话时眼睛一直盯着君无咎，声音中充满威胁，成杨知道，无论君无咎如何努力，这方公子定然不会放他们离开的。

既然他们的利益原本是系在一处的，他相信，这方公子也不敢对他们做出什么过分的事，更不敢违背他们的命令，如此看来他一直将他们留在寨中，迟迟不肯放他们出去，想来也定是有什么道理。

成杨赶忙拍了拍君无咎的肩膀，示意他不要再说下去了，他看着方公子继续说道：“方公子，我明白你的意思了，我会好好同清悦兄说一说的，清悦兄方才爬栈道已经爬得累了，现在应该休息一下，不如我们晚点再谈如何？”

成杨说完，方公子思考了一会儿点点头，看着他们说道：“如此甚好，既然君大人累了，那便好好休息，在下就不烦扰大人了，我这就走，不过午饭我会命人来叫你们的。”

成杨点点头，笑着目送方公子的离开。而看到君无咎情绪低落，他看着其他人也说道，爬了一早上的栈道，想来都累了，都快休息去吧，他在这里安慰君无咎几句便也离开了。

苏文月离开前为了调节氛围看着他们调侃道：“怎么？师兄，这么快就想好计策来争宠啦？”

成杨白了她一眼，作势又要打她，吓得苏文月赶忙跑了出去。

苏文月等人走后，成杨看着君无咎说道：“清悦兄，你怎么了？可是有什么心事，如果不介意的话，可以同我说说，我可以为你分担分担！”

君无咎苦涩地笑了笑，看着成杨说道：“知我者，翰飞也，我正有件事想要告诉你，只是不知如何开口。”

君无咎说完，成杨笑着拍了拍他的肩膀，看着他说道：“和我你有什么可犹豫的呢？说吧，说出来总比一直压抑在心里要好。”

君无咎点点头，看着他良久，终于下定决心似的看着他说道：“翰飞，我猜到苏明鸢和妍女背后的大人是谁了。”

“是谁？”成杨赶忙问道，不过看着君无咎的脸色，成杨已经大概猜出了几分了。

君无咎看着他痛苦地说道：“应该是我的老师，其实昨日我便想同你说这件事，只是一直没有机会，而且我也不是十分确定，今日我才彻底确定，那人应该就是我的老师了。”

“清悦兄如此说可是查到了确切的证据？”成杨疑惑地看着他问道，但心中却能感受到他的痛苦，他知道被自己一直信任的人背叛是何种感觉，也知道他心中定是颇为复杂。

“其实，昨日我回去查看老师留给我的那封信时，发觉那封信竟是假的，他没有避讳老师的父亲的名字。如此我再联系种种迹象想到可能是秀秀也同我一样，先入为主的因为信任，所以没有再怀疑老师的死。只是不曾想原来老师一直都还在人世，只是不曾与我们联络罢了。”

君无咎如此说时，声音有些哽咽，一个你珍重的人失而复得，你本是应该欢喜的，可是这人却全然改变了，变得面目全非，你又如何识得他便是当初那个你珍重的人？

“其实，清悦兄，你有没有想过，有可能并不是岳大人不同你联系，而是岳大人没有办法和你联系，也不能和你联系，如你所说，岳大人是被人带走的，然后伪造假死，金蝉脱壳，这一切你要想到，背后可还是有一只手的，只是这只手是谁？我们都不言而喻了。”

成杨看着他，眼中满是同情，他循循善诱地和他说道，希望能够开解他几分。

君无咎这才想到，之前一直沉浸在这种得失忧患之中，竟然想漏了这一层，他看着成杨，十分惊讶地看着他说道：“你是说，那人很可能便是皇……”

“嘘……”成杨赶忙将食指放在嘴唇上做了一个噤声的动作，这种事情只可意会不可言传，他看着他继续说道，“对，就是你想的那样，你我心里明了便好，切勿说出来！”

君无咎点点头，但是心却止不住地一阵狂跳，如若真的是皇上，那现在老师所做的一切到底是受命于皇上，还是他自己决定的呢？这一切皇上到底知不知情？

君无咎觉得他离真相越来越近了，可是离真相越近他反倒越痛苦，因为当初被掩埋的伤痛，如今又要再度被重提，而且结果无论他受得住受不住，他都要承担。

看他如此，成杨再度笑了笑，拍了拍君无咎的肩膀说道：“不要想了，我们先做好眼前的事，我总觉得我们离真相越来越近了，只要我们踏踏实实地走完现在要走的每一步，我有一种预感，只要查明那个买卖官职的案子，就可以查明一切真相，到那时说不定我们就能够明白岳大人为什么会选择现在这条路了。”

成杨说完，君无咎再度思考了许久，然后抬起头看着他感激地笑了笑，成杨这段话对他十分有益，也让他释然了许多，无论如何做好眼前的事最重要，其余的之后再谈，而现在他们最重要的事情就是如何先从这寨子脱身。

将话同成杨说出来后，君无咎的内心轻松了许多，不多时那方公子便走了过来，看着君无咎说道：“君大人，青山寨主准备了午宴，请几位大人一同聚聚，而且此次青山夫人也会参加，君大人快快收拾，一同去拜见夫人吧！”

君无咎对他这套说辞实在是无语，还什么聚聚，明明从昨日聚到了今日……不过既然能见到青山夫人，说不定还有可能发现什么之前没有留意的事。

说罢，君无咎便赶忙起身，同成杨和方公子一同出发赶去大堂，一进大堂一众人都已经坐好，主位依旧留给了成杨，青山寨主和夫人坐在次位，一进门君无咎便注意到了那个坐在青山寨主身旁的女子，她看起来很羸弱，十分的没有精神，看起来确实病了许久，而且这病一看便知病得很重。

君无咎行过礼后，便也落了座，青山寨主对君无咎十分热情，还亲自为其布菜，君无咎看出青山寨主是有事想说，通过方才方公子的话来看，他定然是想求他为青山夫人医治，只是一时间不好开口罢了。

不过君无咎并没有直说，只是不动声色地看着这青山寨主，不久那青山寨主终于开口说道：“其实此番将君大人留在山上，是有一件事想要劳烦君大人。”

“寨主请讲！”君无咎看着青山寨主说道。

青山寨主点点头，又看了看自己身旁的夫人，然后再度开口说道：“鄙人的夫人缠绵病榻已经许久了，一直断断续续看了许多名医，都没有什么起色，不知君大人可有什么法子医治，鄙人听闻，君大人的行针之术非常了得。”

青山寨主说完，君无咎佯装思索了一会儿，然后看着他点点头说道：“其实寨主高估在下了，在下会的也不过是一些雕虫小技，不过既然承蒙寨主信任，在下愿意一试，也定当竭尽全力，不过在下只有一事要提前向寨主说明，无论这医治结果如何，还望寨主不要将此事波及我的朋友。”

青山寨主连忙点点头，看着他说道：“这是自然，君大人肯帮忙，我已经感激不尽了，又怎会伤害君大人的朋友？今天我在这里向诸位大人保证，只要君大人能医治好我家夫人，我立马送几位大人下山，安全到达滁州，如若依旧没有办法医治，我也不会牵连到几位大人。”

君无咎点点头，但是他并没有看冲着他起誓的青山寨主，他反倒是比较关心方公子的脸色，不过那方公子倒是对青山寨主的这句话没什么异议，看来他也是赞同青山寨主的做法的，并没有想要为难他们，不过如此就更解释不通，他昨天那一幕是在唱什么戏了，他的心里到底想什么呢？

他说要为他上一课，那课的含义究竟是什么？感受到君无咎的目光，方公子回望回去，看着他非常儒雅地笑了笑，仿佛一切都事不关己，这让君无咎琢磨不透，他到底在想些什么？

吃过午饭后，青山寨主便扶着夫人回房，他二人走在前面，君无咎、成杨等人跟在后面，此时的方公子又消失了。

可是当他们来到青山夫人房中时那方公子又悄无声息地走了进来，君无咎一直在留意他，他神出鬼没的，不知方才消失的那段时间出去做了什么。

看到君无咎在打量他，他十分调皮地看着他笑了笑，那眼神看起来很清澈，没有什么城府，而且十分的活跃，和之前的那个他很不一样，君无咎再度感到疑惑，不过这次他已经有了目标，便是一定要确认这方公子到底是不是一个人。

青山寨主将青山夫人安置在床上之后看着君无咎说道：“有劳君大

人为我夫人诊治一下了！”

君无咎点点头，走上前正要查看夫人的病情，然后猛然想到了什么，赶忙停住脚步，看着青山寨主说道：“青山寨主，清悦有一事要事先同你明说，不然这病我是不好诊治的。”

青山寨主连忙走上前看着他说道：“君大人，请说，是何要紧的事？”

君无咎思索了一会儿，看起来有些难为情，不过最后还是下定决心看着他说道：“如果我要是确定夫人这病我能医治，我可能便要行针，不过这行针一定要贴近肌肤，所以我可能要唐突夫人了，还得请夫人和寨主见谅，如若两人无法接受，恕清悦也无能为力了。”

君无咎说完这话后，青山夫人是无论如何都不肯让君无咎为她医治的，然而青山寨主在纠结良久后，终于涨着紫红的脸看着君无咎说道：“君大人医者仁心，我当然放心君大人，只要君大人能尽力医治我夫人便好。”

说完他还走到一旁去劝了青山夫人良久，最后终于让青山夫人同意配合医治。

当这一切都处理好后，君无咎才走到青山夫人的面前，轻轻地为她诊脉，从脉象上来看，君无咎发现这青山夫人并不像表面上那么羸弱，她的身体底子十分的好，而且可以看出以前也定是一个高手，只是被这病魔蚕食了许久，才成了今天这副模样。

他一边仔细号脉，一边仔细思索可有在别的什么地方见过这病症，突然他发觉到了什么不对，这青山夫人的病并不是内因引起的，这病明明就是中毒了的迹象啊！

君无咎一边看，一边冲着青山寨主问道：“敢问夫人这是病了多久了？”

“一年多了！”青山寨主不假思索地答道。

一年多了！听到这句话君无咎内心十分吃惊，怎么会如此？这毒看起来很凶猛，可缠缠绵绵却一直浮于表面，没有侵入骨髓，这是怎么回事？想来寨子中定然还有一个十分厉害的医者在这里，一直在帮助青山夫人内调，来控制她体内的毒不伤及内脏骨髓，来保她一命，如果没有此人，想来这青山夫人早已不在人世了。

君无咎一边想，一边看着青山寨主再度问道："不知青山寨主这寨子中可是还有一位高医在为夫人调养身体，不如将他请出来，我同他了解一下夫人的病史，如此也才能更好地帮助夫人。"

青山寨主听到君无咎如此说，有些为难，他装作不经意地扫了眼方公子，然后看着君无咎说道："如此可能有些不方便，那位高医在几位大人来之前，便已经离开了。"

"离开了？"君无咎十分震惊，他看着青山寨主躲闪的眼神，便知道这事有蹊跷，那名医定然还在府中，定然是有什么原因所以才会如此。

想到此他也顺着青山寨主的眼光望了过去，发觉他正在看向方公子，仿佛在征求他的意见。

那方公子本来是在冲着青山寨主摇头，看到君无咎看他后他赶忙止住了动作，然后看着他们说道："你们都看我干吗？我又不知那名医去了何处。云游……云游……难道你们听不懂吗？"

方公子如此语气，就连湛之君都察觉出不对，眼前这方公子怎么又如喝醉酒了一样，又全然变换了一种风格。

对于这方公子身份的事，君无咎倒不是很在意，他知道自己已经确定了，他无论如何都是要找到这位方公子不是一人的证据，眼下他关心的其实是这位名医，他定然也和这方公子有着千丝万缕的联系。

君无咎正在走神之时，青山寨主忙看着他问道："君大人，如此查看了一番，我这夫人的病，可还有法子医治？"

君无咎思索了一会儿点点头，看着他说道："有倒是有，不过如果那名医若是还在的话，清悦的把握可能更大一些。"

他一边说又一边看向身旁的青山夫人，然后继续说道："其实不瞒青山寨主，夫人这病并不是病，而是中了毒，这毒十分的凶猛，一直残留在夫人的体内，没有被排除，多亏这位名医一直在内调夫人的身体，压制住了毒性，只是可能找不到比较安全的排毒之法，所以一直没有将毒排出，导致夫人一直缠绵于病榻。”

听到君无咎如此说，青山寨主激动地看着他说道：“君大人果然厉害啊，竟然一眼便看出我夫人这病是中毒所致，可是方才君大人也提到那位名医没有找到合适的排毒之法，其实正是如此，只是不知这君大人可有什么比较安全的方法将我夫人身体中这毒排出去吗？”

君无咎想了想点点头，继续说道：“可以行针一试！我可以试着在夫人身体的经络上行针，让毒缓缓地排出，不过我也没有十足的把握能够将所有的毒排净，所以我才说如果有那位名医在就好了，通过他的内调说不定夫人的病还真的可以根治。”

听到君无咎如此说，青山寨主看起来十分的兴奋，他一直看着君无咎说有劳大人了，有劳大人了，一连说了几遍。

君无咎看他如此状态，仿佛已经确信他的夫人定然能被治好一般，想来那名医定然还在这寨子中，只是不知因为什么样的原因，不愿出来相见罢了。

君无咎不再想这些，他相信只要这人还在寨子，就一定会显露踪迹，他相信自己一定会找到他的，而且他觉得就算自己不去找他，他也会来找他的。

他拿出自己的针，用火挨个燎一燎，一边如此，一边看着青山寨主说道：“还请寨主命人为夫人更衣吧！”

青山寨主赶忙点点头，命人为夫人更衣，成杨等人都十分有眼色地先行告退了，可只有这方公子却没有离开的意思，君无咎看了看他，又看了看青山寨主，发现青山寨主也没有让他离开的意思，如此他也不好再插手。

青山夫人赤裸着同君无咎等人相见时，十分的不好意思，她看着青山寨主都快要哭了，君无咎看着她安慰道：“夫人切莫有什么心理上的负担，于清悦来说你是清悦的病人，而清悦对你来说，清悦是你的大夫，一切都是为了医治您的病，我对您一定是怀着医者之心的，请您一定要放轻松，配合我的治疗。”

听到君无咎如此说，青山寨主也看着她安慰道：“正是如此，夫人，你我向来都不是拘小节之人，你定要安心治病，你能病愈，这是我最大的心愿。”

听到青山寨主如此说，青山夫人感动地点点头，也放松了许多，放下了心理防备。君无咎拿起针，首先从青山夫人的头部开始下针。

下针时，青山夫人还未如何，这青山寨主反而止不住地抖，看起来十分担心，君无咎笑着看着他说道：“寨主切莫担心，这行针是极为安全的，定然不会伤害到夫人。”

寨主点点头，可是手还是止不住地抖，君无咎笑笑没有再管他，他下针时，方公子也走近了，在一旁看得十分仔细，仿佛他也对这一切有一定的研究，因为行针之时要十分专注，所以君无咎没空去留意其他的事，所以他并没有发现方公子正在一旁仔细地记下他行针的穴位。

不多时，银针已经遍布了青山夫人的身体，青山夫人平躺着，一动也不敢动，而君无咎此时也满头大汗，每次斟酌针该落在哪个穴位时他都要花费一番心思，生怕会下错针，使这次治疗的效果达不到最好。

当最后一根针扎到青山夫人的脚趾上后，君无咎终于松了一口气，他看着青山夫人问道：“夫人，你可有感觉到什么不适？”

青山夫人看着他小心地翕动双唇说道：“并无太大的不适，只是觉得浑身火辣辣的热。”

君无咎点点头，看着银针再度说道：“那倒无妨，那是毒顺着经络在往外排，夫人要忍一忍，而且要多忍一会儿。”

君无咎说完，青山夫人轻轻地点点头，说道：“这点小疼我还承受得住。”

就这样过了大约两炷香的时间，君无咎上前查看了一下状况，便决定拔针了，此时青山夫人的皮肤已经全部泛红，浑身炙热无比，看起来十分的痛苦，但青山夫人一直在忍着，并未吭一声，君无咎看到她如此能够忍耐，心中十分敬佩，想来这要是换作旁人，想来一炷香的时间内便会挺不住了吧！这青山夫人当真是坚强至极！

不过君无咎知道，这也应当就是青山夫人的极限了，不能再等了，无论如何这一日也是不可能将这毒排清的。

他看着青山夫人说道："夫人，你忍一下，我要拔针了，可能会比方才下针时痛一些。"

青山夫人点点头，说无妨，但是一旁的青山寨主倒是心疼不已。

君无咎小心翼翼地开始拔针，每拔一个他便仔细观察一番，发现他的银针进去皮肤的部分已经变得乌黑，看来是奏效了，部分的毒已经排出来了，只要坚持几天，相信以夫人的底子，也就无大碍了。

君无咎看着这针，冲着青山寨主和青山夫人说道："寨主，你看这针上的乌黑，便是夫人身上的毒，如今已经成功地开始往外排了，以夫人的底子，想来不需几日便可痊愈了，待清悦走后，寨主可命人准备一桶热水，让夫人在里面多泡一会儿，切记定不要让那水冷了，一定要多泡一会儿，如此效果会更好一些。"

君无咎说完，青山寨主赶忙点点头，十分开心地看着君无咎，感激地说道："实在是有劳君大人了，君大人好生去休息吧，晚宴青山一准备好，便亲自去请大人用宴。"

君无咎赶忙谦虚地说道："寨主客气了，晚宴只要令人通知一声我自然便去了，切不可寨主亲自去请，这反而让我十分不好意思面对寨主了。"

君无咎说完才发现身旁的方公子一直在看他手边的银针，观察得十分仔细，也不知在想什么。

君无咎直接从他手中拿过银针装到针包里，说道："方公子切莫碰伤了自己，这针上可是剧毒，这便给在下吧，在下回去还要处理这些银针。"

君无咎说完，那方公子看着他嘿嘿地笑了两声后，说道："你骗谁呢？那针上是毒不假，不过它既已附在了你这银针上，定然是无法再害人了。”

他如此说完，反倒让君无咎无话了，他说的确实如此，他本欺他不懂医，不曾想他竟然知道。他到底是何人？定然不是上午那个方公子，如今事情都处理完毕，他是时候要想个法子来验证这一切了。

回到房间后，成杨等人都在等着君无咎，问他医治得如何，君无咎点点头，说是已经找到方法医治青山夫人了，而且已经见效，几日青山夫人痊愈后他们便可以离开这山寨了，听到君无咎如此说，成杨等人都十分开心，他们都着实担心滁州的状况了，如今被困在这寨子中，消息被封锁，什么消息都得不到，更是让他们心急。

清洗那些银针时君无咎留下了一根藏在了他的袖口上，这根银针他另有用处，而且十分重要。

一切事情都处理完毕后，君无咎不知为何突然觉得疲乏无比，便走到床边说要休息，而此时成杨等人也觉得特别困，不知道为何自从来到这寨子中，他们总是觉得睡不醒。看到君无咎要入睡，成杨等人赶忙离开了，他们也要趁晚饭前多睡一会儿，这青山寨主今日高兴，说不定这晚宴又不知道要举办多久呢，要是夜深前还不结束，可真是要了他们老命了。

成杨几人刚离开，君无咎便睡着了，睡得十分香甜，什么梦也没做，这让君无咎觉得十分神奇，要知道他自从老师和秀秀出事后他便再没睡过一个如此安稳的觉了。直到方公子过来叫他，他方才醒来，看到外面天已经擦黑了。

原来青山寨主已经命人来叫过几遍了，可是他就是没醒，那些下人也不敢深叫他，青山寨主本想亲自前来唤他去参加晚宴，却被方公子拦了下来，他顺便为他带来了一束鲜花，就是他们上午看到的那个。

叫了许久，终于将君无咎叫醒，君无咎也十分迷茫，不懂自己为什么会睡得这么死，不过他也没有深究，觉得可能是自己太累了。

来到晚宴之后，君无咎看到一切叹了口气，果然和他预想的不错，这晚宴的阵仗比昨天的还大，有许多男子轮番上前舞剑为大家助兴，而且青山寨主还高兴地接连向君无咎敬酒，热情得大有要将君无咎灌倒的架势。

君无咎连忙推辞，说明日一早还要为青山夫人行针，切莫因为这酒而误了大事，最终青山寨主也不好再劝，外加心疼青山夫人，如此才就此收手。

这君无咎不喝，成杨等人便尴尬了，因为这青山寨主这下盯上了他们几个，一直敬他们，这盛情难却，成杨着实没办法，只能硬着头皮，配那青山寨主一碗又一碗地喝着。

看到成杨如此落魄，君无咎也忍不住在一旁小声地笑了几声，这一笑让成杨气不打一处来，他看着青山寨主便拆君无咎的台说道："寨主，其实清悦兄的酒量好着呢，你切莫被他骗了，他其实就是不给您面子，不想同您喝而已，他找的那些都是借口，他就是抓住了你在乎夫人的病势的软肋，才如此欺骗你的，你切不可信他啊！"

成杨此番话说完，气得君无咎直瞪他，不过成杨却装作没看见，谁让方才他一直替他挡酒他却在背后笑他，也要让他吃些苦头，君无咎瞬间便知道了成杨的意思，再度笑了笑，看着那寨主说道："寨主啊，我说的都是真的，这酒若是喝多了，我的手会抖的，那你想想我行针时手一直抖，会如何？那定然是会出差错的啊，所以请恕在下不能同大人饮酒了，其实这位成大人才是真正的海量呢！"

【第十三章】青山寨

二人你一言我一语，都将青山寨主绕懵了，再加上喝了点酒，青山寨主更不知如何是好了，不过这青山寨主却一直都认准了一点，那便是自己夫人的病一定要治愈，所以无论如何他都是不敢得罪君无咎的，他的话必须听，如此糟糕的便是成杨了，一直陪同他喝酒。

不多时方公子回来了，看着青山寨主说道：“寨主时候不早了，不如我们都早些散去吧，如此好好休息一番，明日君大人才能更好地为夫人诊治啊！”

方公子说完此话，才将成杨从青山寨主的手中拯救了下来，各自回屋之前，成杨看着君无咎笑着说：“你等着，我一定是要报这一酒之仇的。”

君无咎点点头像是随时欢迎他来，他无所畏惧。

回屋后，果然那方公子也跟了过来，方才劝说青山寨主时，君无咎看他明明十分清醒，并没有喝太多的酒，而此时他却醉得有些糊涂，看着君无咎便死死地抱住他，叫他清悦兄，吓了他一跳。

君无咎好不容易将他弄上床，让他安静一会儿，可却在方才拖拽他时，在他身上隐隐约约地闻到了花香，他想这定然是上午采花时沾染到身上的吧，可是再仔细闻闻，发觉他的身上竟然还散发出一股药香，这香味从内而外地散出，仿佛从这方公子的皮肉里面发出来的，其实昨日他便隐隐约约地闻到这个气味了，只是没有细想，他发觉这药香在方公子身上时有时无的，这绝不是像章书生那种病能够相比的。

而且这些发自骨髓的药香，也不是随随便便能沾染上的，这定然是常年与药为伍的人才能做到的，莫非那个名医就是眼前的方公子？

君无咎一边想一边低下头掀起方公子的衣袖向他手臂上嗅去，想要证明自己的观点。可谁知这一幕正巧被刚刚走进来的苏文月看到，她吃惊了一下，立马露出了意味不明的笑，看着他调侃道："怎么？君公子这当真是抛弃我师兄啦！"

苏文月说完，君无咎也懒得解释，他知道苏文月定然知道真相是什么，而且她那口气明明就是要逗他，他又何苦反驳她，浪费口舌？

看到君无咎不理她，苏文月撇了撇嘴，看着他说道："本想来告诉你，我师兄是如何计划报复你这一酒之仇的，不曾想你竟然不理会我，这回我还不告诉你了呢！"

苏文月说完，君无咎被逗得笑了，看着她说："翰飞的手段，我早就猜到了，明日他定然要同我以茶代酒大喝一通，他明知我喝茶喝多了肚子不舒服，他定然会故意如此的。"

君无咎说完，逗得苏文月笑了起来，她看着他说道："你们果然是知己，他想什么你都知道，不过如此看来，你们两个也真是幼稚。"

君无咎也点点头，然后又摇了摇头，他也不知自己到底幼稚还是不幼稚，管他呢，还是办正事要紧，他从袖口上拿出那根毒针，在方公子的手背上找到一个他感受不到痛的位置，轻微地扎了一下，果然不多时那手便有了反应，起了一个小红点，如果没人注意的话根本发现不了。

看到君无咎如此，苏文月关心地问道："莫非这便是君大人来辨认方公子的方法？”

君无咎点点头，示意她小声一点，他说方才留这毒针便是用来做这件事的，那毒针扎过他之后虽然不会对身体造成危害，但是会在创口留下一个小红点，如果不仔细看，一定发现不了的，还以为仅是一颗小痣而已。

苏文月听到君无咎的解释，觉得他处理事情真是缜密，她今日想了一日，都没有想清楚到底如何能够揭穿这方公子的真实身份，而此时君无咎想的方法着实是妙。

苏文月又同他闲聊了几句后，便离开了，君无咎看了看身边的方公子，又仔细地观察了一下那个小红点，心中想到，明日能否查清这方公子，全在此一举了。

一切整理完毕，他也困了，直接倒头便睡。第二日，清醒时那方公子已经消失了，他十分的焦急，生怕自己为他做的那个记号会被他发现……而他不知道另一旁向他这里赶来的成杨等人，在那花园中再度偶遇了方公子，那方公子又送了他们一人一朵花，还命他们给君无咎带一枝，拿花时苏文月十分仔细地看了那人的手背一眼，发现那红点还在。

她有一些小失落，生怕这个方公子只有这一个人，任何时候都不会变，再有一个便是他发现这个红点了，所以无论是真的还是假的，都会被点上这个红点，如此的话，君无咎的计策便失败了。

她一边想一边同成杨等人来到了君无咎这里，发现此时那方公子也在这里，又是瞬间移动，苏文月如此想便觉得无趣，可是就在此时，她突然发现这方公子手上并没有那红点，那他身上没有这个标识，是否就代表眼前这个方公子不是昨晚的那个方公子？

她一边想，一边向君无咎递了一个眼色，并将那花递给了他，他瞬间明白苏文月定然是又在那花园里见到了方公子，而看她欣喜的劲，想来定然是在那个方公子的手上发现了红点。

而且他方才同这个方公子接触时，发现他身上并没有那药香，看来他们真的猜对了，这方公子不止一个人。

那方公子此次来，依旧是叫他们来吃早餐的，不过他有些事就先行离开了，他走后苏文月赶忙同君无咎说清楚了一切，而君无咎也向众人说明他发现了这方公子到底有哪些不同。

“我看那方公子不像是被人假扮的，而且这方公子到底是什么人啊？竟然还会有替身，而且我这几日在同方公子的接触中，我一直仔细地观察他来着，他那张脸绝没有易容过，都是他自己真实的容颜，这一模一样的长相，如何能断定是有替身呢？”湛之君一边看着君无咎一边思考着说道。

君无咎见他如此说，笑着反驳道：“湛兄，谁同你说那方公子就一定是用的替身啊？不知湛兄可听说过孪生子？”

君无咎如此说完，在座几人瞬间便明白了，湛之君更是恍然大悟，佩服君无咎心思如此细腻，竟然连此都能想到。

谁知君无咎却笑着摇摇头说道：“并非我心思细腻，只是我少时曾接触过一对双胞胎，那时我正跟从老师的好友学习行针之术，不经意救了一个被丢弃在寺庙的小儿，不想过几日老师的好友竟然一同带回来两个小儿，那小儿长得一模一样，而且正是我那日在寺庙中救得的那孩子的模样，只是当时面对他二人时我却分不清自己救的是谁了。”

“哦？竟然如此神奇，那后来呢？后来你可有分清哪个被你救过？”苏文月好奇地看着君无咎问道。

君无咎思索了一会儿，思绪仿佛回到了遥远的未来，他看着她说道：“没有，我曾问过他们我救得到底是谁，可他们俩却异口同声地说到不是自己，好像我谁都没有救过一般，然而等我不确定地再问一次时，他们却都又异口同声地说自己都是被我救的，如此我也搞不清我到底救了谁。不过他们都同我很好。”

“如此便有趣了，一同承认，又一同不承认，果然是孪生子，那这方公子很有可能也是孪生子，你看他时常性情大变，便可看出，那根本就不是一个人，只不过有同样的样貌罢了，这样看来君公子如此解释便最合理了，只是不知道，他二人为何要用同一个身份活在这寨子中，是在我们来之前便是如此，还是在我们来之后才隐瞒起来的呢？”

苏文月一边说，一边道出了自己的疑惑，而此时她却发觉君无咎走神了，他仿佛在想什么，并没有听她说话，看他神情恍惚的样子，似乎是回忆起了什么不悦的过往，她摆摆手，将君无咎唤了过来，再度向他问了刚才的问题。

可他也是有些心不在焉地答道，这一切还需要调查，他自己也不太清楚。

成杨觉得君无咎的感觉怪怪的，便笑着问他：“清悦兄，你怎么了？可是想到了些什么？不妨同我们说说，说不定我们可以帮助你分析分析。”

君无咎想了想摇摇头说没有什么，看着成杨感激地笑了笑便再没说话，只是神情依旧恍惚，好像一直在想些什么。

为了让气氛活跃一些，成杨给了君无咎一拳，看着他笑嘻嘻地说道：“我知道你在想什么了。你定然是担心我今日来报那一酒之仇，是不是？哎呀，你不要担心了，我没有那么小气……”

成杨如此说完，苏文月都被他夸张的语气逗笑了，君无咎也不例外，他回打了一拳，看着成杨说道：“怎么这回不打算请我喝茶啦？”

君无咎调侃完，成杨撇撇嘴继续说道：“看你悔过得不错，就饶过你了……”

成杨和君无咎等人一同来到大堂吃饭时，那方公子的手上还是没有那个小红点，然而等到吃完饭后君无咎再度为青山夫人行针排毒时，那一直陪同在侧的方公子手上的红点竟然消失不见了，君无咎还特意留意了一下眼前的这个方公子，果然他的身上有那抹淡淡的药香……

这次行针之后，青山夫人挺了大概有三炷香的时间，状态也便好了许多，这是超出君无咎预料的，他没想到她会恢复得这么好，昨日他诊治时觉得她定然不会发生如此大的变化，不曾想今日竟然恢复得这么好……

在叮嘱一些注意事项后，君无咎便准备离开了，不多时他便看到许多人在准备热水，让青山夫人来沐浴，他被那热水散发的味道吸引住了，他上前查看了一番，发现这不是普通的热水，而是药汤，这竟然是在为青山夫人准备药浴……

君无咎仔细辨认了一下这药汤里的药材，搭配得十分诡异，然而却是实实在在医治之法，如此配药的方法君无咎还是第一次见，相生相克，要不是君无咎懂些药理，他可能就会以为这药汤配的是毒药了。

看他为这药汤驻足停留，方公子也走上前看着他问道："君公子，为何看这水许久，莫非这水有什么问题？"

君无咎抬起头看了看方公子，又看了看这药汤说道："是你吗？"

听到君无咎如此问，那方公子也愣了一下，他看了他一会儿，然后故作轻松地笑着说道："君公子在说什么？是什么？在下听不懂……"

君无咎看他的神态，仿佛察觉到了什么，他便也不再说什么，只是再度笑着说道："没事，只是你总是叫我君大人，方才突然唤我这一声君公子，我没缓过神罢了，所以才看着你问，这还是平时的那个你吗？"

听到君无咎一语双关，这方公子也不甘示弱，他看着他也笑着调侃道："无论是君公子还是君大人，这看谁都可疑的本事倒真是没变，想来是从小到大都是如此吧！"

方公子说完，君无咎点点头，有些落寞地看着他说道："对，这曾经是我最致命的缺点，为此我还失去了两个朋友，后来查明真相后，我便决定只要是我认准的人，我便会信任到底的，除非有了十足的证据。"

君无咎看着方公子说时，眼中是满满的真诚，那真诚让一直站在君无咎身边的方公子有一秒钟的愣神，不过他很快便调整好了状态，看着他再度说道："除非有十足的证据，如此分析看来，君公子曾经在没有证据的情况下怀疑了你的两个朋友，现在也有一个有十足的证据可怀疑的对象了吗？"

君无咎没有说话，他现在几乎完全可以确定这个方公子是谁了，只是他不敢认，也不敢同他们用以往的关系寒暄，因为他不确定他们会原谅自己。

他没再说什么，只是随意地笑了笑便起身离开了，他一边走一边回忆过往，往屋内走时，他突然觉得好累好困，这是今日第几次如此有困意了，君无咎一边想，一边觉得不对，一定是哪不对劲……

浑浑噩噩地走回屋子后，发现成杨等人都早已候在屋子里，一踏进屋内，君无咎反而清醒了许多，看到他回来，成杨等人赶忙迎了上来，问他方才单独同方公子在一起时可切切实实地找到了他的可疑之处……

君无咎点点头，看着他们说道："我不仅找到了他的疑点，而且我几乎可以确定他们二人是谁了，只是我不能去确认，不能当他们的面去质问他们罢了！"

"清悦兄为何如此说？莫非你同那方公子之前认识？"

君无咎叹了口气，犹豫了一会最终点点头，然后看着他们说道："你们可还记得我上午和你们说的我救的那对孪生子吗？"

他们几人点点头，成杨听到君无咎如此说，便预感到这两者间的关系，他看着君无咎说道："莫非这对孪生子便是你那时救过的那对？"

成杨说完，君无咎点点头，他看着他继续说道："正是如此！"说完他的思绪便飘回了遥远的从前……

老师的那位故人，没人知道他的名字，只知道他的名号，唤做乾陨山人，他不知从何处将那对孪生子带回来后，亲自教导，带在府中，那乾陨山人除了君无咎外再无弟子，而且君无咎还只喜欢学行针之术，其余都不感兴趣。所以便也动了要收他们二人为徒的心思，可谁知他们其中一人却对医术一点都不感兴趣，也没有天分，不过每日却能将乾陨山人的生活起居照顾得十分好，而且能帮助他打理一切事宜，这便是孪生子中的哥哥，名唤铁儿……

而另一个锄儿则与他的哥哥不同，他十分有天分，也十分喜欢钻研医术，不过他感兴趣的方面却是乾陨山人十分不喜欢的那面——炼毒。尽管乾陨道人根本不怎么管他，也不会很用心地指点他，可他依旧学得很出色……

“炼毒！如此看来那在寨子中帮青山夫人医治的名医，会不会就是这锄儿？也就是那个有红点的方公子。”成杨一边听，一边看着君无咎说道，如此一来这一切便都解释得通了。

看君无咎点点头，成杨再度开口，疑惑地问道：“既然你们从小便相识，那为何今日反倒认不出彼此了呢？这中间是发生什么事了吗？”

成杨问完，君无咎点点头，叹口气继续说道：“当时我和秀秀曾养过几只小兔，那兔子秀秀极为喜欢，可一日却莫名全部病死，当时我看时发现那些兔子竟然中毒而死，当时年龄小，我直接便怀疑了锄儿，在没有证据的情况下便指责他，而且不接受他的反驳。”

君无咎长长地叹了口气，看到成杨等人疑惑的眼神，便硬着头皮讲下去了：“当时我直接便将他告到了乾陨山人那里，那乾陨山人本就不喜欢锄儿炼毒，如今一听他用活物炼毒便火冒三丈，他一气之下直接将他们赶了出去……”

“他竟然用活物来炼毒，如此残忍之事都做得出，日后将那炼毒之术用到人身上也是有可能的，早一些赶出府，也是好事。”湛之君一边听一边说道。

不过成杨却听出了这件事肯定没有那么简单，君无咎方才一直在提两个字，便是证据，他一直在说自己在没有证据的情况下，便指控这锄儿了，想来当时他应该是冤枉他们了。

果然听到湛之君如此说，君无咎立马反驳道：“其实当初错的并不是他们，错的是我和秀秀……”

原来那锄儿为了能够方便自己钻研毒术，曾在园子里种了一小片毒草，他曾明令禁止一切人入这个园子，可不曾想他种的这毒草竟被有心之人利用了。

秀秀曾经训斥了一个被她亲眼看到的手脚不干净的家丁，不过那家丁苦苦哀求，又同她说自己要赡养自己的老母，她念其可怜，便没有将他逐出府，可是不承想那人竟然对她怀恨在心，便偷了这些毒草喂给了那些兔子。

查明这些真相后，君无咎曾寻找过他们许久，想要乞求他们的原谅，谁知找了许久依旧找不到，当时他甚至想过他们是否已经饿死街头了，为此他曾难过了许久。

说到这里，大家都清楚了这事情的来龙去脉，此时良久未曾说话的孙主簿，看着君无咎问道："那君大人，可是在怀疑那方公子是在报当初你们冤枉他们之仇？"

孙主簿说完，君无咎摇摇头，他现在也不清楚他们到底想做什么了，他发觉每当事情同自己有所关联，他便总是变得不冷静，看问题也不够全面。

不过此时成杨想了一会儿后，看着君无咎说道："我倒觉得他们并不是来向你复仇的，这几日他们待我们一直很敬重，除了第一日外，他们再没做过什么过分的事，所以我觉得他们不曾想害清悦兄，这其中反而有一种捉弄的成分。"

听到成杨如此说，君无咎也点点头，他隐约有这种感觉，只是他们既然不想为难他，为什么要一直将他困在这寨子中呢？一直不肯让他们去滁州。

君无咎说出自己心中的疑惑后，成杨看着他笑着说道："我反而觉得他们将我们留下来并不是要为了为难你，因为我们之前推算过，这寨子背后的势力应该是……"

成杨还未说完便看到君无咎的脸色，他仿佛不想让成杨将他老师的事这么早便讲出来，成杨看着他点点头，让他放宽心，然后继续开口说道："这寨子背后的势力应该属于之前苏明鸢和妍女背后的大人的势力，而苏明鸢和妍女虽然在处理事情的方式上过于极端，可是最终他们总是在帮助我们，所以我想……"

"想什么？"孙主簿看到他们两人交换了一下眼色，赶忙开口好奇地问道。

看到孙主簿如此心急，成杨心中有一秒钟的疑惑，他不知为何突然间有些警惕起来，而且蓦然间脑中想到了之前他将那买卖官职的册子烧毁了一半的事……

当时他们都当作意外处理了，可是其实细细想来全是疑点，怎么就那么多的巧合，都凑到一起了呢？

此时成杨留了一个心眼，看着孙主簿继续说道：“所以我推测那大人很可能是想借我们的手来除掉那个一直十分神秘没有露过面的王爷，所以如此看来我们的利益是相同的，他们一定不会阻拦我们查到什么有利于他们的线索，一直将我们留在这里说不定是他们想背着我们自己在滁州做些什么，所以才一直扣押着我们。”

成杨如此说完，孙主簿点点头，没有再说些什么，而成杨却发现他好像一直在琢磨这几句话，前几句是他们之前早就一同推理出来的，而他同君无咎两人的猜测他没有当着这些人的面说出口，他越来越发觉在真相查明之前，他谁也不能信……

看到成杨并没有将他们推测的事说出口，君无咎长吐出一口气，安下了心，因为这事关他的老师和皇上，在未有直接的证据表明这一切时，什么都不可胡乱猜测，而且就算是有十足的证据也不能说。

正当几人都沉浸在各自的心思当中时，苏文月突然气喘吁吁地跑了回来，看着他们说道：“不……不……不好了！”

“怎么了？慢慢说。”成杨一边说，一边将手边的茶递给了苏文月，苏文月赶忙拿起，喝了几口，顺了顺气，再度开口说道：“我方才在那花园中发现了尸体，而且……而且不只一具……”

苏文月如此说完，君无咎和成杨等人立马严肃起来，看着她说道：“怎么回事？”

苏文月深吸两口气看着他们继续说道：“我也不清楚，刚看到时吓了我一跳。方才我无聊，便也跑到了那花园中去采花，可是不承想竟然走着走着差点被绊倒，我低下头一看，给我吓坏了，竟然是死尸！尸体腐烂得十分严重，看起来触目惊心。”

苏文月如此说完，君无咎和成杨等人立马紧张了起来，赶忙让苏文月带着他们去查看。

他们一行人浩浩荡荡地来到花园的事，瞬间便传到了方公子和青山寨主的耳朵中，他们二人赶忙赶了过来，看着他们问道："不知几位大人这是做何？"

成杨指着泥土里的尸体，看着他们说道："我们来这里干什么，这里有什么难道你们不清楚吗？"

看到那尸体，方公子和青山寨主的脸色一瞬间变得很难看，他们赶忙走上前，装作什么都不了解地看着他们说道："这是怎么回事？怎么会有这么多的尸体出现在这花园之中？"

青山寨主这话，看起来是表达他内心的疑问，实则看起来更是想让方公子找说辞，果然青山寨主说完这一句后方公子赶忙应和地看着他说道："寨主莫急，清者自清，浊者自浊，既然我们本就不清楚这些尸体来自何处，我们便问心无愧，便将这件事交给几位大人来查吧，也还我们寨子一份清白。"

听到他如此说，成杨也没再逼问些什么，只是静静地扫了他和青山寨主两眼，便同君无咎一起来查看这些尸体了。

君无咎虽然将注意力一直放在那些尸体上，不过他依旧下意识地打量了一下那方公子的手背，没有红点，想来这便是铁儿了，铁儿擅长处理事务，如今换他出来，意图再明显不过了，无非便是想将这件事处理好，如此看来，这些死尸定然是同他们有关联了，真是此地无银三百两啊！

这里一共找出三具尸体，两具已经开始腐烂了，而另外一具却十分的新鲜，看起来是刚刚死过不久，而且很有可能是今天早上，方才埋到这里。

查到这，君无咎猛然想起之前每天早上锄儿都会来这花园里采花，莫非他每天早上来这里并不是为了采花，而是为了掩盖这些尸体？

君无咎一边想，一边拿银针察看了一下这尸体，果然这三具尸体都是中毒而亡。中毒！想到这里君无咎不禁打了一个冷战，他不自觉地便想到了锄儿，难道上次他将他逐出师门之后，便给他的心里留下了阴影吗？反而使他真的用人来做实验？

看到君无咎的脸色，在一旁站了许久的方公子走上前看着他说道：“哎哟，君公子这副表情，也不知这回又是在怀疑谁呢？”

听到铁儿的话，君无咎的心里很不是滋味，他突然意识到自己可能再度先入为主了，明明什么证据都没有指向锄儿，他却觉得是他做的，这种心理着实是太过武断了。

不过还未等君无咎说话，那苏文月便看着铁儿和青山寨主说道：“寨主你们寨子风俗可真是够豪放的，竟然用真人来做这花料。”

苏文月说完，那青山寨主马上走上前笑着看着苏文月说道：“苏大人着实是说笑了，我们连这里有尸体的事都不知晓，又如何是拿他们来做肥料呢？”

苏文月白了他们二人一眼，没再说话，而这时君无咎却发现了这三具尸体的奇怪之处，他们身上的毒，仿佛和青山夫人身上的毒是同一种。

想到此处，他赶忙看着青山寨主问道：“敢问寨主，夫人那毒是在何处染来的？”

君无咎问完，那青山寨主并没有直接地回答他，而是转过头，看了看铁儿，见他点头后，继续说道：“我夫人那毒，是在去滁州施粥时，遇到那些感染了瘟疫的难民时得来的。”

“瘟疫……”君无咎静静地重复了一下这两个字，猛然想起从栈道上下来时，铁儿曾对他们说的话，说他们将一切事情都想得太简单了，难道这瘟疫真是如他所说有什么猫腻吗？

他和成杨默契地对视了一眼，然后继续问那青山寨主说道：“哦，不曾想夫人竟然还会在瘟疫期间亲自去滁州施粥，那想来定是对瘟疫的情况有所了解，你不介意我们询问她几句话吧？”说完他和成杨便站了起来，这里的一切他方才都已经看过了，并没有什么大的问题，而且这尸体，君无咎也已经检查过，能确认的便是中毒了，而且是和青山夫人类似的毒，但还有许多不同之处，现在的线索只有这么一点，与其一直在这里耗着，还不如去找找与此有关的人查看一番。

听到君无咎和成杨如此发问，这青山寨主再度看了看铁儿，铁儿也还是不着痕迹地点了点头。如此那青山寨主便同意他们去询问青山夫人了。

离开前，湛之君看着这些尸体，还没有缓过神，他看着他们十分直白地问道："就这么走了吗？不再挖挖，万一这里还有别的尸体，可怎么办？"

湛之君说完，青山寨主和铁儿脸色瞬间变得十分尴尬，见他如此，成杨忙说还要检查一番，可谁知那青山寨主却不同意了，他看着成杨继续说道："如今这园子都已经被翻得底朝天了，你们还想怎么样？这花都被踏坏了，你们竟然还想继续挖，难不成你们是想毁了我这园子？"

青山寨主越是如此，他们反而越觉得他隐藏了许多东西，便命令人一定要挖，而且要当着他们的面，立刻马上动工。

这次彻底惹怒了铁儿和青山寨主，他们二人看着君无咎等人，十分狠戾地说道："你们最好认清楚你们的身份和局面，难不成你们又怀念那一直被绑着的滋味了？"

"哦？方公子威胁我们？可是你们越是如此我才越觉得这里面有什么不可告人的秘密，如果没有，你们为何要这么紧张？"

"倒不是紧张，也没有什么不可告人的秘密，一切不过是看不惯你们罢了，看不惯你们这一副反客为主的模样，这里是哪里你们自己心里没有数吗？既然青山寨主不允许你们再挖下去，那便不可以再挖下去，说什么都不行。"

成杨和君无咎感受到气氛的凝重，也感受到了铁儿身上那股肃杀的气息，觉得还是不要轻举妄动为好，毕竟他们的命还握在他们的手中，虽然有把握他们因为共同的利益可能不会害自己，可是他们还是会担心，还是小心为上比较好。

想到这里，成杨叹口气便不再同那青山寨主和铁儿纠缠，而是同他们说，现在便要去探望青山夫人。

可谁知此时那青山寨主和铁儿竟然来了脾气，看着君无咎等人无论如何都不同意他们去看青山夫人，以她身体虚弱为由，断然拒绝了他们的要求。

君无咎一时无语，却依旧没有办法同青山寨主和铁儿再度理论，如此他们只能原地返回，连处理这些尸体的机会都没有。后来君无咎才知道他们走后那些人再度收拾了尸体，依旧将其埋在那花园，当作花肥。

君无咎一时无语气极，便独自一人去那栈道上徘徊，没让任何人陪同，他不知自己走了多久站在山上的高处后才发现，这次这个寨子更加诡异了，它完全哪里都没有变，一切还是在原来的位置，而他不知不觉来到了那座祠堂的面前。这次怎么可以如此轻松地来到那栈道？看来这次脚下的栈道没有动。

这到底是怎么回事？难道是那机关今天出了什么问题？他来不及细想，赶忙走进了祠堂中，他怕以后那机关要是再度运转起来，可能即使这祠堂近在眼前，他也没办法到达了吧！

进入祠堂后，君无咎便闻到一股怪味，这味道有些酸腐，还夹杂着一些药的味道。

这种味道一直吸引着他往祠堂深处走去，可是不多时，锄儿却走了出来。他看起来十分的慌张，因为这次他穿的衣服同铁儿的不同。

他赶忙拦住他，看着他说道："君公子是如何走到这里来的？"

君无咎没有提前说话，而是不动声色地观察着锄儿，如今他问他是如何走到这里的，话语间便有一丝他不会走到这里的感觉，甚至对于他能够走到这里，还有一丝吃惊。

君无咎笑着摇摇头，看着他装作无辜地说道："我就是觉得着实无聊，便走出来看一看，一边想事，一边走，不知不觉便走到这里来了。"

锄儿虽然看起来有些不信，不过还是没有再说些什么，而是看着他缓缓说道："走吧，我送你下去，这祠堂以后再也不要来了，这是青山

寨主明令禁止进来的地方。”

君无咎无奈地点点头，只能退了出来，跟在锄儿身后，回到了房间。

而此时的成杨等人也不知去了何处，竟然都不见了。君无咎十分想要同成杨讲栈道的事和山上祠堂的事，可是怎么寻也没寻到，这成杨到底去了何处？

一直找不到他们去了何处，君无咎便一人开始细细地沉思起来，他记得前不久他曾经问过湛之君可有将这寨子中机关的规律摸清，湛之君摇摇头，说这实在太难了，这个寨子的机关鬼斧神工，几乎每日都找不到一个同样的规律。

听到这里，君无咎十分崩溃，不过他内心十分清楚，这里定然是有特定的规律的，如果没有规律，铁儿和青山寨主又是怎么将人带出去的呢？

想到这里他突然打了一个喷嚏，才发觉今天一直想得太入迷了，都没有闻到自己身上的味道，刚刚在那花园中，沾染了太多的香气，如今香味直直地灌在鼻子中，让他止不住地想打喷嚏。

突然君无咎意识到什么了似的跑到门口仔细观察这个寨子，因为这个寨子建得比较高，所以山中的雾气一直缭绕在寨子的上方，会不会这雾气如今已经不是雾气了，而被人加了毒变成了瘴气？目的便是不让别人轻易地进来和离开。

如此想来君无咎便豁然开朗，他突然想到前几日，自己总是十分的困倦，而且为何那锄儿那日，会在栈道上每人送他们一朵花？想来那花的香味便是这一瘴气的解药，如此每每闻到这花香他才觉得清醒，才能够不在栈道上迷失自己。

看来这个瘴气里，应该被加入了致幻的成分，如此他们才会看到如此诡异的寨子和景象。

想到这里，成杨等人便回来了，君无咎看着他们急忙询问道：“你们去哪里了？怎么一直不见人影？”

成杨说几人在君无咎走后觉得身上的花香实在太重，便通过青山寨主的介绍，去山后的一汪温泉里泡温泉了。

自打下江南之后，就没有像今天这么舒服过。说完成杨便打了个哈欠，说着说着便困了。

君无咎赶忙站起来，在他们三个人的身边转了一圈，如此成杨等人立马清醒了许多，嫌弃地看着君无咎说道：“清悦兄，你身上这花味实在是太重了，还是快去洗洗吧！”

成杨说完，君无咎却突然再度靠近他们，压低自己的声音，看着他说道：“我刚才又到那山顶的祠堂了。”

“什么？你竟然走进那祠堂了？你怎么办到的？找到那机关的规律了？”苏文月震惊地看着他，不可思议地说道。

君无咎笑了笑，继续说道：“其实一直以来我们都受人误导了，查错了方向。”

“查错了方向？这是何意？”成杨看着君无咎也好奇地开口问道。

君无咎点点头，继续说道：“你们可还记得方才自己的困意？有没有发觉自从上了这寨子之后，我们总是莫名的便困了，然而一碰到我身上这花香便立马清醒了起来？”

君无咎说完，众人思考了一会，不太相信他的话，看着他继续说道：“真的是因为闻到这花香才清醒的吗？为什么不觉得可能是这香味太重太刺鼻，才将我们弄醒的吗？”

听到他们如此说，君无咎佯装生气地看着他们说道：“你们竟然不相信我，太过分了，不过你们可还记得我们在栈道迷失时，那时候锄儿突然出现，送给我们每人一朵花，得到那花后，一切都归了原位，好像什么都没有发生一样。”

听他如此说，成杨等人都共同回忆了一下那日在栈道上发生的事，果然如君无咎所说。

可是有一点他们依旧疑惑不已，那便是即使这瘴气中有致幻的成分，他们会产生幻觉，可是每个人产生的幻觉不应该是不同的吗？为什么他们能看到同样的事情，感受到同样的感觉？

湛之君将这个疑问提了出来，其他人也十分的赞同，觉得这一点解释不了，君无咎的这个想法便行不通。

君无咎想了想后，看着他们说道："这其中的原理我也不是十分的清楚，我只是觉得既然是幻觉，受心理的影响也是很大的，当时我们几人一直都在一处，彼此的心理暗示也是巨大的，就像湛兄，你指着寨子说寨子移动了后，我们脑子中便有了这个现象，然后致幻成分便将这一切表露出来了。"

君无咎一边想，一边同他们说，成杨点点头，觉得君无咎说得可能是对的，可是湛之君却沉迷在他那个巨大的机关的思维中走不出来了，他着实是十分向往他心中的那个大机关，他真的希望能亲眼看一下，然后再挑战一下自己，看看自己是否也能完成这个机关。

这几日闲来无事，他也在画图纸，本想在最后破案时找到那位设计了这里的人请教一下，让他看一下自己设计得如何，然而不曾想，这一切都是他的一场梦，着实让他伤心不已，说什么都不想相信。

就在此时苏文月突然开口说道："想要证明君公子的话正确与否，这还不好办？只要我们每个人拿一朵花，再上一次栈道不就行了？如果顺利到达了祠堂，那便是君公子说得没错，如果按君公子所说，我们并没有上去的话，便说明这个想法是不对的。"

君无咎听到苏文月如此说，赶忙点点头，说道："如此甚好，那我现在便去取那花。"

君无咎说完正要离开，却被苏文月拦了下来，她看着君无咎说道："还是我去吧，我去一次摘那么多花，也不太会让人感到奇怪。"

苏文月说完，便匆匆忙忙地跑了出去，本来就是摘几朵花的事情，应该不多时便回来了，可君无咎、成杨等人却等了她许久，也没将她等回来。

正当他们担心她出了什么事，要四处寻找时，才赶上她回来了。

然而苏文月却是空着手回来的，她看着他们无奈地说道："说出来，你们有可能不信，那片花园被收了，现在一朵花都没有了，当时我觉得诧异，便想到上午的那个方公子送我们的那朵，我便赶忙回去取，你们所有人的房间，我都挨个去过了，然而令人无语的是那些侍女都说将那花扔了，如今全部换成百合。”

苏文月一边说，一边气愤不已，看她如此，君无咎笑了笑说道：“苏大人不要急，如此看来我的猜测应该便是真的了，他们先下手为强，毁了这花，这样没有这些花的帮助，我们便总会浑浑噩噩地待在这山寨中。”

“是啊，他们定然是怕我们知道了这个消息，怕我们在那花的帮助下有能耐离开。”成杨一边看着君无咎一边说道。

君无咎点点头，不过被证实了想法他还是十分开心的，毕竟如此他们便知道想要出去，可能没有想象中的那么难了，君无咎一边想，一边看着他们，笑着说道：“都别灰心，这寨子里的人身上定然有代替那花的物品，我们都留意一些。”

君无咎说完，成杨点点头，看着几人继续说道：“没错，我们之后都要留意他们身上有什么共通之处，如果能够早日找到出去的方法，就可以赶快赶去滁州了。”

君无咎点点头，接着成杨的话继续说道：“那现在我们首要的事便是查清这花园里死尸的案子。”

君无咎点点头，几人很快便达成了一致。

不久铁儿突然走过来，对君无咎说道：“君大人，出事了……”那铁儿看起来非常的焦急，仿佛发生了什么不得了的大事，而且他这次来首先找的竟然不是成杨，而是同他说，君无咎的心中已经猜出了几分。

君无咎心中有些不好的预感，看着他试探地问道：“可是青山夫人出事了吗？”

铁儿点点头，看着他继续说道：“青山寨主现在一直守在青山夫人的身边，没办法来亲自请你，现在还劳烦你快快去看一眼。”

君无咎赶忙点点头，起身便同铁儿一起前去，成杨几人一听青山夫人出了问题，也赶忙一同同他们赶了去，去探望她。

一到青山夫人的房间，君无咎便闻到了一股非常浓重的药味，他赶忙上前查看，青山夫人看起来已经非常虚弱了，不停地在出虚汗，青山寨主一直在旁边为她擦汗，青山夫人胸口止不住地起伏，看起来十分的痛苦，看到君无咎，青山寨主赶忙起身，看着他说道："君大人，您快来看看，这是怎么了？方才我夫人突然将刚进过的饭食全部吐了出来，而且一直止不住地干呕，现在都已经开始咳血了。"

青山寨主看起来十分的痛苦，他一边说一边止不住地流汗，他抓住君无咎的手，手止不住地抖，声音也有些沙哑。

君无咎赶忙拍了拍他的手，说道："寨主，你先别着急，我这就来查看，我一定会尽力医治夫人的。"

青山寨主点点头，便起身给君无咎让位置，君无咎上前为青山夫人诊脉，他突然发现，这青山夫人身上的毒竟然变得重了，而且这毒与之前相比仿佛有些不同，青山夫人身上的毒怎么会突然发生变化？她到底经历了什么？

君无咎想到这里，赶忙抬起头看着青山寨主问道："夫人今日可曾接触过什么人，还是吃过什么东西？"

青山寨主想了想，看着君无咎说道："并没有啊，她近日一早便说身体有些不适，便没有起来，除了你来针灸外，便没有接触过任何人，他所吃的饭食，都是我亲自喂的，绝不会有任何问题。"

君无咎点点头，再度陷去了沉思，在他离开之后才发生了这种事情，他上午给青山夫人行针时诊过脉，并没有任何异样，为何此时突然发生变化？这之后，青山夫人到底发生了什么？想到这里，君无咎突然意识到——药浴。

青山夫人在行针之后还泡了药浴，莫非是那药浴出现了什么问题？可是他明明见过那药汤啊！

他赶忙叫来青山夫人的侍女，问她可有青山夫人泡药浴时剩下的药渣，那侍女摇摇头说那些药汤早已经倒掉了，什么也没有留下。

那药汤是锄儿准备的，从锄儿和铁儿同青山寨主的关系来看，定然是不会伤害青山夫人的，那到底是什么原因造成青山夫人身体里的毒发生变异的?

如今查不明青山夫人到底中了什么毒，他也不敢随意医治，他本就不懂毒，而且此次的毒十分的诡异，同他之前见过的都不相同，他一时间也不知如何是好。

只能拿出针先为青山夫人止住痛苦，并且延缓这些毒侵入内脏和骨髓的速度。

行针时，君无咎发现身边的铁儿突然不见了，而取而代之的是锄儿，他这次离君无咎很近，看着君无咎如何行针，而且观察得十分认真，这让君无咎十分不解，不过他已经顾不上这些了。

这次行针比以往都要难上许多，每下一针他都要思考良久，不多时他头上的汗都快比青山寨主多了。

同他一样锄儿的头上也布满了汗珠，仿佛同君无咎一样紧张，君无咎的手止不住地抖，在下过最后一针后，他终于松了一口气，而看到青山夫人渐渐平静后，他终于放松了些，而在他身后的锄儿也吐出一口气，仿佛将一颗悬着的心放了下来。

青山寨主看到青山夫人因为过度劳累已经睡了过去，赶忙拉起君无咎激动地说："君大人，实在是太感谢你了，要是没有你我真不知道该怎么办了。"

君无咎点点头，但是叹息地看着他说道："寨主，是清悦不才，不能完全地医治好夫人的病，夫人身上这毒，发生了十分诡异的变化，清悦一时间也无从入手。青山寨主最好还是让之前请到寨子里的名医来看看吧，从内里调，我觉得还是得他来，我可能只能从外来缓解这个毒。"

君无咎一边说，眼神止不住地在锄儿身上扫，其实现在他大致已经猜到了锄儿便是那个名医了，只是他没有挑明，他方才说的那番话，便是说给他听的。

锄儿仿佛领会到了他的意思，也没有再说些什么，只是深皱着眉头，也没有做什么表示，而不多时便消失不见了，取而代之的又是铁儿。

君无咎离开后，他又偷偷地还了回来，他想此番行针过后，不知这青山夫人还会不会泡药浴，或者这锄儿会不会调配一些药来给青山夫人喝，解她体内的毒。

君无咎偷偷地潜藏在青山夫人的屋顶上，为了自证清白，他还拉上了苏文月，苏文月一时无语，看着他调侃道："我们都清楚君大人是医者仁心，并不是那梁上君子，如今这君大人自己倒心虚起来了。"

听到苏文月如此说，君无咎也一时无语，他反驳道："我倒是可以清者自清，只是若不小心被人看到，又或者被青山寨主误会，那可百口莫辩了，毕竟看到我躲在人家夫人的屋顶上偷看，仅此一条便够别人先入为主地认为我在做那小人之举。"

看到君无咎如此紧张，还涨红了脸，成杨不禁笑着看着他说道："清悦兄你不要如此紧张，我师妹不过是在同你开玩笑，我们都清楚你的为人，你如此紧张反倒让我们觉得自己是那小人了。"

听到成杨如此说，君无咎擦了擦头上的汗，点头说道："如此玩笑可开不得，开不得啊！"

听到君无咎如此说，苏文月笑着看着他说道："君公子啊，君公子，你就是一个彻彻底底的酸儒。"

虽然苏文月满脸的不情愿，但是她还是同意同君无咎一同去查看。看到苏文月嫌弃的表情和君无咎一脸的紧张，成杨赶忙上来缓和气氛，冲着苏文月说道："你又不是没上过人家房顶，如今还扭捏起来。"

苏文月瞬间便听出成杨话中的意思，生气地看着他说道："师兄，你竟然拆我老底！"成杨笑了笑，佯装求饶，笑着和他们说不要闹了，赶快去吧。

君无咎点点头，也同苏文月说道："现在还是抓紧去查看青山夫人的事吧。"

苏文月点点头，不再同成杨打闹，他们二人小心翼翼地来到了青山夫人的房顶，果然此时青山夫人的状态已经好多了，只是浑身疲倦。

她依偎在青山寨主的怀里，并没有泡药浴，而不久锄儿便端着一碗药走了过来，亲手递到了青山寨主的面前。

那青山寨主接过药，全程没有看那锄儿一眼，君无咎感受到了锄儿和青山寨主之间的异样氛围。

果然不多时，锄儿便扑通地跪在了青山寨主的面前，声音有些哽咽，看着他说道："寨主，都是我的错，求你饶恕我吧，小人定然会全力医治好夫人的病的，请您一定要相信我。"

锄儿的话说得情真意切，可是那青山寨主并没有理会他，甚至全程都没有看他一眼，那锄儿就一直在那跪着。

青山夫人有些看不过去了，她虚弱地看着青山寨主，拉了拉他的手，看着他说道："这事不怪他，是我让他不要告诉你的，其实一切都是我求他这么做的，我真心想要帮助那些人。"

"帮助那些人，你也要注意自己的身体啊，你难道不知道你不爱惜自己的命，我有多心痛。"青山寨主气得手一直抖，不过依旧十分温柔地喂青山夫人喝药，照顾得无微不至。

那青山夫人轻轻地拍拍他的手，虚弱地笑着说道："你别担心我，我真的没事的，我知道君大人和方公子定然能医治好我的病的，只是这事不好方便同君无咎开口，用我来试验是最好的办法了。"

青山夫人一边说，一边示意锄儿先站起来，那锄儿不肯，说如果青山寨主不原谅他，他是不会起来的。

那青山寨主没办法，只好叹口气看着他说道："起来吧！"

锄儿看着青山寨主感激地说道："多谢寨主！"说完又起身上前查看，号了脉之后，他的脸色终于没有那么凝重了，他看着青山寨主和青山夫人，真挚地说道，"毒大致已经控制住了，应该已经没有太大的问题了，我会每日帮夫人好好调理，再加上君公子的行针之术，定然可以彻底根除的。"

听到锄儿如此说，青山夫人赶忙看着他问道："你可有明确记下那君大人是如何行针的？穴位你可有记清？”

锄儿点点头，看着她说道：“记下了，我每日都会来看的，已经记下来，我每日都会勤加练习，希望可以将此术练得熟练。”

青山夫人点点头，听到他们二人的对话，青山寨主的脸色才缓和了一些，看着锄儿继续说道：“下次如果青山夫人再做如此冲动的决定，你一定要拦着，而不是要纵容她去以身犯险，我知道你们都是好心，不过你们也要懂得惜命。”

锄儿点点头，看着青山寨主说道：“谨遵教诲！”说完青山寨主便让他离开了。

君无咎看到这些本想下去直接向他们问清楚，看如此情况，这青山夫人是早知道自己中毒的事，而且有可能是自己刻意策划的，她为何要如此折磨自己，而且从他们的对话来看，他们是为了某些人才会共同策划这件事的，而且锄儿他竟然私下记下了自己的行针之法，莫非有同样的人也身患此毒？

正当他刚要下去同他们对峙时，他被苏文月拦了下来，苏文月做了一个不要说话的手势，然后带着他悄然地离开了青山夫人的屋顶。

到达了一个安全的地方后，君无咎看着苏文月有些不悦，他说道：“你方才为何要阻拦我去找他们理论，他们费尽心思来演这一场戏，来骗我，锄儿也参与其中，他们到底想做什么？我如今越来越看不清了，我要直接问他们，我要问锄儿为何要骗我，这毒定然是他下给青山夫人的，他为何这么做？我一定要让他说清楚。”

看到君无咎如此，苏文月气愤地看着他说道：“你看你，事情一牵扯到锄儿你便又冲动了，他们费尽心思给你演了一场戏，可你也要想到青山夫人为了演这场戏可是差点连自己的命都搭进去了，而且他们也提到了是为了什么人才如此做，如果你现在去质问他们，保不齐他们便会将那些人隐藏起来，我们再想查起来可就困难了。”

苏文月一边说一边安慰君无咎，看他的神色渐渐平静，再度开口说道：“不如我们先自己查看一番，在查到一些线索后，再同他们对峙，如此他们便也不能抵赖了，而且先找到那些人，才对我们更加有利。”

说完这些，她十分真挚地看着君无咎，君无咎点点头，没再说些什么，决定回去同成杨商讨一下这件事，一切从长计议。

君无咎一路走回房间后，也冷静了下来，十分感激苏文月将他拦了下来，否则他真的差点犯了大错，因为一牵扯到锄儿下药的事，他便冲动了，他十分矛盾，想要锄儿亲口同他说这件事，他害怕他真的做了些什么，或者他们提到的那些人，是否都是锄儿做的手脚？

看到君无咎如此紧张，成杨也拍了拍他的肩膀看着他说道：“你别如此瞎想，在整件事里你们二人都忽略了一个人，便是青山寨主，整件事情他也知道，而且按那青山夫人的话来说和锄儿的行为来看，他们仿佛是为了救某些人才如此做的，目的是好的，好像并不是害人。”

成杨的安慰起到了巨大的作用，其实君无咎从他们的对话中也察觉到了他们可能是为了救什么人才如此做的，只是他不敢确信，他已经与锄儿和铁儿分开得太久了，他不确定自己当初的错误会不会给他们造成了伤害，以至于他们一直耿耿于怀，以至于最终真的会犯错误。

直到成杨等人离开后，君无咎还一直在想这件事，突然他脑中记起了那祠堂中的那股药味，那味道真的是同他方才去青山夫人房间里闻到的十分类似。

莫非这两者有什么联系？他一边想一边觉得不对，锄儿和铁儿仿佛都不想他发现那个祠堂，千方百计地阻拦他上到那个祠堂，为了杜绝他再次登上那祠堂，还将那花园里的花全部清除了。

他仔细闻了闻自己身上的味道，发现那花香还是很浓，并没有散去很多，他趁着身上的花香还在，赶忙动身去那栈道，还好那栈道并没有被封。

折腾了一整天，天色转瞬便黑了，趁着夜色，君无咎行动还比较方便，并没有人察觉到他独自上了栈道。

他一边走一边小心留意自己身边的情况，发觉那些木桩并没有变化，看来他身上的花香依旧可以起到作用。

不多时他已经来到了那祠堂前，那祠堂已经被锁上了，君无咎尝试了许久都没有打开那锁，正当他要放弃时，突然从祠堂后面传来窸窸窣窣的声音，他赶忙躲了起来，看到铁儿和锄儿一同爬了出来。

他们在小声地谈论些什么，离得太远，君无咎没有听清楚他们到底在说些什么，不过这是他们二人第一次一同出现在他的面前，第一次直面证实了他们是双生子的这个事实。

待他们二人离开后，君无咎绕到了那祠堂的背后，仔细地查看，果然看到有一部分的草皮有松动的痕迹，他小心地掀了一下这个草皮，竟然真的将它挪动了，映在眼前的是一条密道，他小心地将身子探了进去，仔细地查看了一番。

这部分应该是祠堂的地下，原来这祠堂的下面竟然别有洞天，既然是密室，定然藏着什么不可告人的秘密，想到这里，君无咎决定趁铁儿和锄儿二人不在的这段时间内，进去查看一番。

他向下走了许久，这路越往里走就越开阔，不多时他的面前便出现一道石门，他轻轻地用手去推动那个石门，发觉那石门竟然被推开了，并没有什么复杂的机关。

推开门的瞬间，一股巨大的药味将君无咎包围了，他看到这密室里聚集了很多人，他们成排地躺在这密室中，每两个人之间也隔着不过两指的距离，君无咎仔细查看了一下，发觉这个密室里竟然有近百人，而且多是女子。

他们躺在那里痛苦地呻吟着，一动也不动，君无咎赶忙上前查看，看到是陌生人，那些人吓了一大跳，其中还有些体力的人大喊着：“方公子……方公子……”

虽然这是密室，铁儿和锄儿应该不会听见他们的叫喊，但是君无咎的内心着实还是十分担心，他赶忙看着他们说道：“你们不要怕，我不是来害你们的，我只是来为你们治病的。”

君无咎说完，那些人不再胡乱喊叫了，而是看着他警惕地说道：“你既然是为我们治病来的，为何没有方公子的陪同，或者是青山夫人的陪同。他们曾告诉过我们，不是他们带来的人，都是来害我们的。”

听到他们如此说，君无咎的心里有底了，他知道这些人并不是锄儿囚禁在这里炼毒的，而是将他们安置在这里进行救治的，只是不知道为什么救个人还要做得如此隐秘，这其中到底有什么隐情。

他看着这些人说道：“你们不要害怕，虽然我不是方公子陪同进来的，但是我们是朋友，我是大理寺少卿手下的一名推官，我救你们都来不及，又怎么会害你们呢？”

君无咎不说这句还好，说了这句反而起了反效果，那些人一听君无咎是个官更加警觉了，眼神中充满防备，而那些一直在痛苦呻吟的女子，如今都哭了，仿佛极为难过。

“你是个官，那你就是坏人，你定然是要来抓我们，再来害我们的。”那些人说着，再度暴躁起来。

君无咎看着局势有些压不住，十分的焦急，看着密室一角上立着的人形木偶突然灵机一动，看着他们说道：“你们的方公子最近可是用行针之术来医治你们了？”

君无咎说完此话，那些人面面相觑，有些难以置信，不知道这眼前的当官的是如何得知这件事的。

原来角落里的那个人形木偶上布满了银针，而且那穴位同他为青山夫人医治时的穴位一样，所以君无咎猜测，那锄儿定然也是想将此法套用在这些人身上，以此来医治他们身上的毒。

看到这些人的警惕心理有所松动，他再度看着他们开口说道：“其实，不瞒你们说这行针之术还是这两日你们方公子同我请教的，说为了医治你们体内的毒，而且你们这密室也是他告诉我的，不然你们想一想，这里这么隐蔽，我是如何能够找到这里来的呢？”

君无咎说完，那些人的内心已经松动了，开始有些相信君无咎的话了，不过还是有人抓住君无咎是个做官的这件事不放，还一个劲地质问他说：“你也是个做官的，官官相护，没一个好东西，你定然也不是什么好人。”

那人说完，君无咎一时无语，他看着他们解释道："官与官也是有很大的区别的，我不知道你们为何如此恨当朝官员，但是我们确实是由皇帝亲派来滁州办案的官员，皇上爱民如子，我和我家大人是奉了他的命而来，我又如何会害你们？"

说这些话时，君无咎十分真挚，眼神清澈，看着他们，每字每句都发自肺腑。

那些人听到眼前这官竟然是领了皇命而来的大官，而且是从皇帝身边来的，便都赶忙向他叩头，求他救救他们。

君无咎见此赶忙将他们扶了起来，问他们为何如此，方才一直质疑他身份的那个男子，走了过来看着他说道："大人，您既然是从皇城里来的大人物，那就求您救救我们吧，好好查办一下我们滁州知府衙门里的那些衙役，他们用莫须有的罪名将我们抓了起来，关在一个地方，逼我们喝各种汤药，害得我们都身患重病，方公子说他们是给我们下毒了，可是我们逃出去的人将此事状告到知府，知府大人却不肯管我们。"

他一边说，一边竟还哽咽起来，看着君无咎继续说道："知府大人他官官相护，他不为我们做主。"

听到这里君无咎心中一寒，这哪里是仅仅整治一下衙役便可处理的事情，这事明明那知府也有参与其中，如果不然，如此多的人被抓，而且还是用来炼毒，想来这知府不会得不到一点消息，也定然不会坐视不理，除非他本就参与了这件事，而且有可能是个主谋。

"那你们又是如何到这里来的呢？不是之前一直被关在别的地方吗？"君无咎疑惑地看着他问道。

听到他如此发问，那人竟然突然警觉起来，再度看着君无咎问道："方才大人不是说自己是方公子的朋友吗？而且还告诉了你藏匿我们的地点，既然他将什么都告诉了你，为何没有将我们是如何来到这里的事告诉你呢？"

这群人实在是被折磨得怕了，三番五次地被骗，以至于现在他们都变得十分谨慎了，一有风吹草动，他们便像刺猬一般，将自己缩进去，只将锋利的刺对向别人。

看到他如此发问，君无咎想了想，再度解释道："他只同我讲过救你们出来，却没讲过具体的过程，没见到你们之前也没想着问，如今你们既然提到要整治官吏，这些事都是要问清楚的，以后这些可都是要作为证据的，这样才能扳倒那些伤害你们的衙役和官员。"

君无咎说完，那人思考了一会，觉得君无咎的话听起来有些道理，并没有什么问题，这才看着他再度开口说道："其实我也不太清楚这方公子是如何救的我们，那时我们都身患重病，只觉得一日被突然冲进来的一批人，从那暗无天日的地方劫了出来，之后便被安排到这里了，而且照顾我们照顾得极为细心。"

他一边说又一边指了指旁边那些重病的女子，看着君无咎再度说道："想来方公子已经同大人说过了，我们不是同一批被救来的人，这批女子是被新救回来的，所以身体里的毒还未排出，不像我们这老一批，虽然余毒还未根治，但是身体已经恢复许多了。"

听到这里，君无咎点点头，拿起他面前那男子的胳膊，诊了诊脉，果然这男子身上的毒是青山夫人之前身上所中的毒，已经被调理得差不多了，只是同青山夫人一样，有一些毒还未被排出体外。而那些女子身上的毒，也是同青山夫人近日中的毒一模一样。

而方才这男子说这批女子是新被救回来的，看来那些下毒的人如今已经改进了这毒，让它的毒性更猛更加顽固了。君无咎不禁一阵恶寒袭来。

钻研此毒者定然是一个十分残忍的人，早知道这毒不同于那些剧毒——服用之后当场暴毙，此毒是一种非常绵长的毒，它一直活跃在你的体内，让你承受各种痛苦和煎熬，最后才会致死，期间这过程会痛苦无数倍，生不如死，如此残忍的手段他们到底是想要做什么？

而且看这数量，数量如此巨大定是在筹谋一件大事，这事是否会和那个神秘的王爷有关系呢？

想到这里，君无咎有些走神，这一路来他们查办了这些事情却依旧对那背后的势力一点头绪都没有，只知道是个什么王爷，如此寒酸的线索真是着实难下手。

一是你不能确定那真就是某个王爷所为，万一是那幕后黑手，为了隐瞒自己的真实身份而动的手脚呢？

二是就算那真是一个王爷，他有反心，做这一切事情，可是他们现在没有十足的证据又如何下手呢？要知道那可是一个王爷，轻易动不得的。他背后的势力绝对不容小觑。

君无咎正想得入神，突然被身边咳嗽的女子惊醒，他看到这女子竟然生生地咳出血来，君无咎赶忙为她号脉，发觉她体内的毒竟然呈现抬头之势，他赶忙从自己的怀里拿出银针包，将那些银针在火上燎了燎后，准备为那女子行针。

如此时再不行针，去压制她体内的毒，她可能便要暴毙了。

君无咎拿出那银针后，他发觉他眼前的男子对他的信任仿佛又多了几分，他看着他，手脚麻利地帮他将那女子的衣衫脱去。

他说之前他一直在帮方公子打下手，很多事已经很熟练了，起先君无咎面对这个陌生女人还有一些害羞，可谁知他身边的那男子却全然不以为意，看来，他经常见锄儿如此吧，他懂得他们都是为了挽救这些女子的命，并无他念。

看到君无咎用赞赏的目光看着他，他立马明白了君无咎的意思，他笑着看着他说道："大人，你莫要这样看我，看得我都不好意思了，俺虽然什么书都没读过，只懂种田放牛，但俺明白人命可贵，尤其在经历了那些事之后，谁还会在意那些俗念？俺知道大人是真心为了救治俺们才这样的，俺们中之前有个秀才，他便说得十分的好，他说这叫医者仁心，单纯得很。"

"那秀才倒说得好，他呢？哪里去了？"君无咎一边行针，一边不经意地问道。

突然身旁是良久的沉默，君无咎不解地抬起头，看了看身旁的男子，发现他的眼里竟然满是泪水，有些哽咽地说道："他死了，被活活打死的！当初拼尽一切跑出去的人就是他，他有学识说要替我们打官司，替我们呈状子给知府，来救我们大伙，不承想，他好不容易躲避了追杀逃到了知府衙门的门口，本想寻求庇护，可却被知府大人活活打死了。"

那男子说到这里，眼泪便掉下来，他抹了抹眼泪，看着君无咎继续说道："后来那些衙役将他满身是血地拖了过来，给我们看，让我们长记性，作为前车之鉴，如果还想死就同他一样，不想死就老老实实地待在这里，当时那秀才已经一丝力气都没有了，却依然十分有骨气地反驳那些衙役说无论如何都是死，你们又何必在这里杀鸡儆猴？"

君无咎听到这里，也不禁十分敬佩那个秀才，他没有枉读圣贤书，到最后也没有委曲求全，为了救这些人不惜付出生命的代价，不失为一名君子。

那男子看着君无咎痛心的表情，他总算放下了最后的心防，他终于相信眼前的这位大人是真的来救他们的，他眼中流露出的真挚欺骗不了人的。这次他的心里再度充满了希望，他希望他能够救他们脱离苦海，为秀才和他们申冤。

之后君无咎便没有再说话，而是专心致志地在为眼前的女子行针，渐渐的这女子终于平稳了下来，停止了咳血，君无咎再度为她诊脉，发觉脉象已经平和了许多，折腾了这么久，她也着实太累了，没有一丝体力，虽然针还在身上扎着，但是她已经睡过去了。

君无咎在一旁看着她的状态，一边在给其他人诊治，发觉这些人其实已经被调理得很好了，看他们的状态发病时间应该已经很久了，而如今依旧很有生命力，想来这定是锄儿的功劳。

君无咎一边想一边在心里对锄儿赞赏有加，而且心中莫名地特别自豪，越是这么想，他心里就越愧疚，他想等一切都水落石出后，他一定要郑重地向他道歉，求得他的原谅，告诉他自己当初有多么后悔将他赶了出去。希望还能和他们和好如初，像从前一样还是很好的朋友。

正想时，那石门突然转开了，旋即锄儿和铁儿拎着药走了进来。

看到君无咎，两人同时怔住了，良久两人才反应过来，铁儿首先开口说道：“你是怎么找到这里来的？不是说不让你靠近这祠堂吗？”铁儿一边说，一边脸涨得通红，仿佛被人抓包做了什么不好的事。

而此时的锄儿却无暇关注这些，他的注意力都集中在那个被君无咎行针的女子身上，他观察了良久才开口问道：“为何这个行针的穴位，有些同你给青山夫人行针时的穴位不同？”

锄儿问完，君无咎看着他笑着说道：“这医病都讲究个对症下药，你又不是不懂，为何此时却乱了阵脚？虽然这症是同一病症，都是中了毒，可以用同样的汤药解读，却不能用同样的行针之术来医治。”

听到君无咎如此说，锄儿十分不解，他看着他再度开口说道：“那这又是为何？明明是同一病症为何不能用同样的方式来解？”

君无咎看着他再度笑了笑说道：“因为每个人的体质不同，他能承受的行针之术的程度和力度也不同。你看看青山夫人的身子骨，再看看这女子的身子骨，她们之间是有很大差别的。青山夫人的身体底子可是十分的好，所以可以承受得住比较强力度的行针法，而此女子十分虚弱，如果按照青山夫人的行针法来行针，很有可能会要了她的命。”

听到这锄儿也吓了一个激灵，他没想到这行针之术也有这么多的门道，他本以为既然病症一样，便可以用同样的方法医治，不曾想却差点害了这个人，怪不得这女子越医病得越重。当时他还没想明原因，不承想问题竟然是出到了这里。

君无咎一直在回答锄儿的问题，没顾得上回答铁儿，铁儿便红着脸再度向前走了一步，看着君无咎问道：“谁让你进来了？你就这么擅自进来，怎么这回看到这些人，没再误会我们是拿他们炼毒啊？”

听到铁儿如此说，君无咎也有些不好意思，他脸一阵红一阵白，看着锄儿和铁儿说道：“锄儿，铁儿，实在是抱歉，是我对不起你们，当初不分青红皂白冤枉了你们，求你们原谅我。后来查明真相后我真的找过你们，只是找了许久都没有找到。”

君无咎说得十分真挚，希望能感动两人。看到君无咎如此，铁儿瞬间愣神，他本以为君无咎会同他争论一番，不曾想，他竟然什么多余的话都没有而是直接向他们乞求原谅，他心中原本准备了一肚子的话，准备与他对峙，如今反倒什么都说不出来了，这是他第一次嘴笨成这个样子。

就这样憋了许久，铁儿终于驴唇不对马嘴地说道：“谁叫锄儿和铁儿啊？那么俗气的名字，我和弟弟现在有名字了，我叫方清，他叫方明。”

方清一边说，一边将下巴抬高，看着君无咎，仿佛有几丝炫耀的成分。

这让君无咎想起起初这锄儿与铁儿本是没有名字的，被救回来之后乾陨山人问他们叫什么，他们摇摇头，说不知道，当时乾陨山人说，没名字可不行。铁儿便求君无咎，说想让他来赐个名字给他俩。

不过这个提议被君无咎当场拒绝了，他当时觉得自己本就是小辈，而且当着乾陨山人的面，他如何能给他们赐名字，这事自然应该交与乾陨山人，只是不曾想这乾陨山人如此随性，看到园间的一把铁锄便随口给二人起名唤作铁儿和锄儿，当时为此事他们二人还埋怨他许久。

君无咎听到他报出自己的名字，赶忙回应道：“这两个名字好，有清风朗月之意，也有一切事情最终都会清晰明朗之意，着实是个好名字。”

君无咎夸赞完方清，方清又不知道说什么好了，而此时方明则走过来看着方清说道：“看你笨的，平常不是属你最能说吗？如今怎么什么话都说不出了？”

他一边嫌弃地看了看方清，一边冲着君无咎问道：“我且问你，你这次刚进这密室中，可有再怀疑是我将他们囚禁在这里，用他们来炼毒？”

君无咎摇摇头，看着他继续说道：“没有，我进来后曾为他们诊脉，知道是你一直在维持他们的性命，而且这位兄弟也曾同我说了，是你们将他们救了回来的，我没有怀疑你，反而内心觉得极为自豪。”

听到君无咎如此说，方清和方明同时看向现在君无咎身旁的那个男子，他赶忙点点头说道：“这位大人一进来，说自己是你们的朋友，我才同他讲这些事的。”

“朋友……”方清轻轻重复了一遍这两个字，眉眼间闪过一丝喜悦，方明更是，感觉开心得都要跳起来了，不过他依旧故作镇定地看着君无咎说道，“你是从何时发现我们的真实身份的？”

君无咎想了一会儿说道：“前几日，去为青山夫人诊治时发现的，起初并不知道是你们二人，只是猜测你们是孪生子，不过在确定你们是孪生子后，我突然发觉你们其中一个十分懂得医术，还有制毒，这一切从青山夫人的药汤中和这寨子中的瘴气便可推测出来。”

君无咎一边说，又一边笑着看向两人，继续开口说道：“不过最终让我确定是你们的则是我们刚入寨子时的那场恶作剧，你们说要给我上一课，后来我仔细地琢磨了一下你们这课的含义，后来我才发觉你们不过只是想让我体验一下不被信任的感觉罢了，想让我感同身受，体会到你们之前所受的委屈对吗？”

说到这，君无咎抬起头看着他们两人，他们点点头，有一种被拆穿以后的愧疚和不好意思，像两个做错了事的小孩子。

君无咎看他俩如此，心中也是一阵愧疚，他俩还真是同小时候一样，见到他后，便会特别的乖，他说什么他们俩都会特别听话的遵循，他想不清当初的自己为什么会那么浑，竟然能忍心伤害两个小孩子，可能真的是少年气盛，不懂得证据和信任的重要性。

他看着他俩，再度开口说道：“其实你们俩做得是对的，以我对你们的伤害来看，其实你们俩就算真的将我绑起来都不为过，是我害得你们后来无家可归的，都是我，你们恨我也是应该的，现在我不乞求别的，只是希望你们能够接受我的道歉，我这个迟来的道歉，不是为了让我自己的心里更好受，而是希望能够抹平你们心中的伤痕。”

说到这，君无咎的声音有些哽咽，而方清和方明的双眼竟然盈满了泪水，方清张张口，想要说些什么，但最终咽了回去，方明则不同，他直接跑过来，冲到君无咎的身旁看着他说道："我们怎么会怪你呢？不管怎样我们都不会怪你的，因为你……你是我们……"

"方明……住嘴！不要胡说……"方明的话还未说完，便被方清制止住了，那方明看到方清的脸色吓了一大跳，纠结了良久看着他点点头说道："明明是你自己说过的话，如今却不允许我说……行，我不说行了吧！"

方明说完这句话，他们三人之间的气氛突然陷入了一种诡异的境地，谁都不知道该如何开口打破这诡异的气氛，君无咎本想问自己是他们的什么，可是想想既然那方清不肯说，他也不好继续追问。

就在此时，那个满身银针的女子痛苦的呻吟声打破了沉寂，君无咎这才反应到，一直同他们二人说话，竟然忘记了这个女子，不过这个女子挺的时间也着实是短，她的身体着实是太虚弱了。君无咎本想让她再多挺一会，如此效果可能会更好，谁知那女子尖叫着，仿佛一秒钟都无法再继续下去了，君无咎知道这已经是她的极限了，便赶忙上来准备拔针，那方明和方清也手忙脚乱地准备上前帮忙，却被君无咎拒绝了，他看着他们，让他们不要上手，这先拔哪根后拔哪根都是有说法的，切莫乱了次序。

拔掉这些银针，君无咎再度为这女子诊脉，毒已经压制住了，不会进一步地侵蚀五脏六腑了，只不过这彻底解毒之事，还得依靠方明的内调，他能做的只是更好地辅助他，给毒一个排出来的方式。

他为那女子诊过脉后，方明也为她诊脉，诊脉过后，他惊喜地看着君无咎，这次的行针与往日他的行针比真的见效了，而且扭转了她病得越来越严重的局面。他知道现在最重要的便是内调了，他赶忙将方才拿来的汤药，盛出了一碗，给那女子缓缓灌下，原来方才他们二人离开便是回去熬药了，因为人数众多，他们一回要熬上许多，如果不是他二人一起来抬，是完全拎不到这祠堂来的。

喂完这个女子，他们又赶忙将那药分了出去，让每个人都喝上一碗。

看着众人喝完药后，君无咎静下心来看着方清和方明二人，向他们问道："这到底是怎么回事？这怎么会出现这么多中毒的人？"

君无咎问完，方明看了看方清，方清向他点点头，既然君无咎已经看到这一切了，他们便也没有必要隐瞒了。方明得到肯定，看着君无咎说道："君公子，你肯定想不到，他们便是滁州这场瘟疫的受害者。他们便是滁州知府上报的感染瘟疫的人。"

他一边说，一边看着密室中那些人，再度开口说道："那滁州知府勾结一些江湖术士来制这种诡异的毒，他们都是滁州知府抓来试药的人，直到那毒药成功后，便会放置到滁州城中的大小井中，只不过药量会稍微小一些，中毒的人，症状便是呕吐腹泻不止，同那瘟疫类似。"

"这滁州知府竟然如此丧尽天良……"君无咎一边说，一边狠狠地攥紧了拳头，他看着方清和方明，再度开口说道，"既是如此，你们又是如何从他们手中救下这些人的呢？"君无咎疑惑地看着方清、方明问道。

方明看了方清一眼，笑着说道："这可全都多亏了哥哥，他一直隐瞒身份在那滁州知府身边做事，每次都是他冒着极大的危险，去将这群人救出来的，前几次他还让我们帮忙，只是最近那滁州知府有些怀疑他了，所以他便只身犯险，说什么都不肯再让我和青山寨主参与此事了。"

方明说完，方清有些不好意思地笑了笑，他看着君无咎腼腆地说道："哪有方明说得那么夸张，我只是觉得自己一个人行动方便一些罢了！"

虽然方清如此说，可是君无咎还是担忧不已，他看着他嘱咐道："一定要小心，若是真有什么危险，不要一个人扛着，和我们说，我们一同陪你想对策。"

君无咎说完，方清点点头，脸上绽开一抹微笑，而方明也拍了拍方清的肩膀，笑着说道：“怎么样？君公子夸奖你了，你高兴了吧！”

方清点点头，看起来就像受到了巨大鼓励的孩子，和他之前的精明形成了巨大的反差。

君无咎不知道为何方清和方明不仅不怪他，反而还如此尊敬他，在意他，一时间他也想不清楚，不过他却想起一件事，看着方清赶忙问道：“我听闻有人前一段时日一直往这滁州运送了一批女子，你既然一直跟在滁州知府身旁，对于这些女子的去向，可有什么消息？”

君无咎问完，方清那刚刚舒展开了的眉头，又皱到了一起，他看着君无咎叹息着说道：“其实那批女子也是被抓来试药的，那滁州知府有意向要将这毒变得更加凶猛，所以需要大量的试药的人，方才您医治的那个女子便是他们其中的一个。”

方清如此说完，君无咎的心中便明了了，当初扬州遗留下来的这件事，就像一块大石头，一直压在他的心上，如今查明了这一切他本以为能将这块巨石挪开了，可是他发觉自己仿佛更加不能呼吸了，拿人炼药，他着实想象不到，人心会丑恶残忍到这般，到底还有些什么事是他们不会做的呢？

君无咎一边想，一边看着方清说道：“那批女子，就只救出她一人吗？其余的人是否还被困在那里？”

君无咎问完，方清点了点头，看着君无咎说道：“上次不知那滁州知府从何处得了消息，在我带那些人离开时，他竟然带兵追了过来，若不是有青山寨主接应，我应该也交代在那了。”

他看着君无咎的眼神，顿了一下，继续开口说道：“不过好在我没暴露，我已经计划好了，明日我便去再潜入那里将她们救出来。”

“那知府会不会将那些女子转移了啊？”方明一直在旁边听着，听到这里，他疑惑地看着方清问道，正巧君无咎也有此想法，刚要发问……

方清摇摇头，看着他们说道：“应该不会换的，之前这滁州知府为了防止这些试药人被救，已经换了三个地方了，这个应该是他准备的最后一个比较安全的地方了，而且这是最后一批试药人了，我看他的进度应该马上就要成功了，如果此时多此一举将这些人转移，不仅会延缓他们的速度，还很有可能暴露，所以我猜他们应该只会加强守卫，而不会转移。”

听到这里，君无咎放心地点点头说道：“如此就好，如此就好，既然你计划明日去救那些女子，那算上我一个，我一同陪你去，决不能让你只身犯险。”

听到君无咎如此说，那方清十分感动，他笑着看着他，说道：“君公子，十分感谢你愿意和我一同去救那些女子，只是我方才就已经说过了，那知府已经怀疑我了，这回他们定会十分的谨慎，若是人多反而有可能会暴露，你相信我，我有我的方式，定会救出那些女子。”

听到这里，君无咎还是有些迟疑，他一听那知府已经察觉出方清的异样，他便觉得方清如果只身前去，定会十分的危险，他自打听到他明日便要去的消息，心里便慌慌的，他不知自己这种感觉到底来源于何处，他只知道自己不想让他孤身前去，他想陪他一起。

看到君无咎还一直在犹豫，方清和方明拉住他说道：“君公子，您就不要再想了，这些人也该休息了，我们早点离开吧，晚上我还要熬明日晨起他们喝的药呢！”

看到他二人如此，君无咎也不好再说些什么，只好点点头，同他二人一同离开了这祠堂，走到栈道上时，君无咎发觉自己身上的香气已经被密室里的药味覆盖住了，他走在那栈道上便觉得自己一直在绕圈。

看到君无咎如此，方明赶忙从自己的怀里拿出一个香囊，递给君无咎，君无咎放到鼻子前闻了闻，果然清醒了不少，他看了看方清和方明，发觉他们二人身上都挂有类似的香囊，想来这便是他们能够在这寨子中行动自如的原因了。方明竟然将那花制成解药放到了这香囊里，着实隐秘。

往下走后，君无咎突然想到在园中发现的尸体的事，他看着他们问道：“那花园中的尸体可是那些无法医治的百姓？”

听到君无咎的问话，方明点点头，说道：“他们被救回后，已经奄奄一息了，我虽然拼劲了全力，还是无法挽救他们的性命，而以现在的条件，又不能找到他们的家属，所以便将他们葬在了那花园中。”

君无咎点点头，没再说什么，如此一切变得清晰明了了，只是有一点，为何他们会拦住他们，不让他们前往滁州呢？按照当前的形势，他们更应该赶快到达那里，如此才能更快地找到证据，将那滁州知府绳之以法啊！

想到这里，君无咎便看着方清和方明问道：“如今滁州的形势已经如此严峻了，为何你们还拦住我和几位大人，不让我们去那滁州，这不是在影响我们破案的进程吗？而且你一直在那滁州知府的身边，想来也有许多的证据，为何不将他绳之以法呢？”

听到君无咎如此发问，方清和方明有些犹豫，不过最终还是看着他开口说道：“现在你们去，着实太危险了。”

方清看着君无咎想了想继续说道：“前段时间，我在那滁州知府身边当差时，发现他接到了一个密令，便是让你们一行人走不出这滁州，无论是用什么办法，也一定要将你们留下来。”

说到这里，方清的眼神满是阴郁，看起来极为不快，他想了想再度看着君无咎说道：“你不知道知府那人手段有多么的毒辣，想来你们刚见他时，定然不会设防，即使是设防也定然防不胜防，我和方明定然不会让你深陷险境的。”

方清和方明如此说完，君无咎的心中十分感动，不过他还是严肃地看着他们说道：“即使是这样，你们同我讲明一切就好，我们自然便会处处留心，为何还用此方法将我们困在这寨子中呢？”

听到君无咎如此说，方清以为君无咎不悦，看起来十分的委屈，他张张口想说些什么为自己辩解，但最终还是没有发出声音。

看到方清如此，方明也难过地低下头，没有说话，他默默地从君无咎手中拿回那个香囊，如今他们已经下了这栈道，他知道方清定然不会同意君无咎一直拿着这个香囊的。

方明拿走香囊时，君无咎还没有反应过来，看着那香囊被拿走，便已经领会了他们的意思，他们二人这是怕他趁机离开。

“难道事到如今你们还不想让我去那滁州吗？”君无咎看着方清和方明气愤地问道。但他们二人没有说话，只是将他送回了房间。

这一夜，君无咎辗转反侧，他想不通方清、方明二人的态度为何会转变得如此之大，他明明感觉得到他们的好意，感受得到他们感情中的真挚，为何如今竟会如此？君无咎着实不解。

他本想将自己一肚子的困惑去同成杨说，但是回来时夜已经深了，想来成杨应该早就入睡了，他还是不要去打扰他了。

这一夜君无咎过得十分疲惫，他也不知道为何事情会变成这样，一切都已超出他的预料，起初他以为方明和方清会恨自己，所以才做出这一系列的事来难为他，可是经过今日的相处，他发觉并非如此。

方明和方清从心底定然还是将他视作朋友的，可是为何会这样呢？为何如今他们已经相认，他们还要如此阻拦他，他们心中到底怎么想的？

想着想着天便不知不觉地亮了，他赶忙起身，收拾好一切来到了成杨的房间，而此时成杨方才起床，看到他如此急匆匆地赶来，吓了一跳，还以为发生了什么事。

君无咎摇摇头，同他说并没有发生什么事，不过是昨夜他同那两位方公子见面了。

听到君无咎如此说，成杨也十分的感兴趣，他赶忙询问详细的细节。君无咎便将昨日发生的一切仔细地同他讲述了一遍。

听到那滁州知府用人炼毒时，成杨同君无咎一样，也是气得握紧了拳头，他看着君无咎说道：“我原以为那瘟疫是天灾，不曾想竟是人祸，还是这滁州知府一人造成的，真是祸乱百姓。”

成杨说完，君无咎便又同他仔细讲述了他同方清、方明的事，听到这里成杨也为君无咎感到高兴，毕竟这君无咎对于自己冤枉了他二人的事，一直耿耿于怀，如今事情说开了，也就不阻挡人与人之间的情谊了。

成杨想到这里便觉得高兴，最重要的是，他以为如此解开了误会，方明、方清二人就会放他们离开寨子，让他们赶快去惩办那滁州知府，不曾想，君无咎之后的话也让成杨一时间摸不着头脑。

君无咎同成杨讲述了他们二人不肯放他们出去，还详细地讲述了那香囊的事。成杨终于明白君无咎为何会如此匆忙地来找他了，不曾想竟为的是这个原因。

两人一同分析，却许久也没想明白他们二人到底在想什么。不多时苏文月等人也来了，聚在一处后，君无咎再度将这事向几人复述了一遍，几人的表现都同成杨一模一样。

突然方明和方清竟然一同出现在了成杨的房间，他们看着成杨拱拱手，算是行礼，然后又看着君公子说道："方才去您那里叫您吃早饭，一看您不在房间，便猜到您是来这里了。"

他们说完，发觉成杨、苏文月等人都十分震惊地看着他们二人，他们便不好意思地笑了笑，看着他们说道："想来君公子已经同你们说了，在下是方清，这是我弟弟方明。"

今日方明和方清特意穿了不同颜色的衣衫，以方便成杨他们分辨。

成杨点点头，算是同他们的见礼，苏文月看到他们二人同时出现在自己的面前也着实觉得震撼，之前她已经从内心接受了他们二人长得一模一样的设定，可是如今一同看来，还是觉得不可思议，她之前一直听说过孪生子，也见过一些，但是相似度如此高的，她着实是第一次见。

几人寒暄了一番后，便一同去大堂吃早餐了，青山寨主出来迎接他们几人，还特意向他们赔不是，他知道他们已经知道了方明和方清的事，自己一直帮着隐瞒，对于此事他内心也着实十分愧疚。

成杨摆摆手说没事，之前的事他一概都可以不追究，只有一件事，便是今日要放他们离开这寨子。

听到成杨如此说，青山寨主有些为难，他不知如何是好，但是在方清为他使过一个眼色后，叹息着摇摇头说道："成大人，您再等等，我是绝不会放你们走的，等事成之后，我一定放你们离开。"

青山寨主说完这话，成杨一阵疑惑，他看着他不解地问道："事成之后？不知道寨主这是要办什么事？"

成杨问过后，青山寨主为难地笑了笑，看着他继续说道："这便恕小人不能告诉大人了，几位大人还是在在下这寨子中好生将养几日，过几日自然会放几位大人离开。"

成杨看他如此，知道再说什么也没有用，他便不再说话，无语地在那里吃粥，君无咎也没有说话，他也十分生气，所以一直也没有看方明和方清，他们二人同他说话，他也不怎么理会。

见他如此，方明和方清像两个受伤的孩子，他们也不再说话，食不下咽。最终方明着实受不了这个气氛，便起身看着众人说道："几位大人，寨主慢用，我去祠堂看看那些中毒的百姓。"

听到他如此说，君无咎也赶忙起身，看着他说道："我同你一起去吧，我可以为他们行针，如此他们也好得快些。"

看到君无咎主动同他说话，方明开心极了，他赶忙笑着说道："那着实太好了，我替那些百姓在这里谢过君公子了。"

君无咎没有说话，只是走到了他的身后，看到如此，方明的情绪再度低落了下来，他不再说话，委屈地看看他便准备离开。

谁知这时方清也站了起来，看着君无咎和方明说道："我也陪你们一同去吧，那汤药太多，我担心你们提不动。"说完方清也走了过来。

君无咎见他走过来，十分冷漠地拒绝道："不必了，那点汤药我同方明还是能抬上去的，你还是在这里好好吃早饭吧。"

君无咎如此说完，方清当场愣在那里，脸色十分不好，但是他什么都没说，按君无咎所说又坐了回去，动作生硬地喝着粥。

君无咎也不知为何会如此生方清的气，他只觉得这一切定然是方清搞的鬼，方明什么事都听他的，而方才青山寨主也在看他的脸色说话，所以这不让他们下山的主意定然是他出的，他到底想做什么？想到这里，君无咎便十分的气愤。

来到祠堂时，他和方明已经累得满头大汗了，这栈道着实是太高太长。而这汤药也着实是太多了，整整四大桶，他和方明挑了两个扁担才将它们运了上来。

一到祠堂，他们二人便喂这些百姓喝药，喝过药后，君无咎便开始为这些人行针，他行针之时，方明就在一旁看着，也不敢讲话，方才从出了大堂一直到现在，君无咎没有同他讲过一句话，他知道君无咎是真的生气了，他不理解他和哥哥为什么不肯将他们放出去。

看到方明扭捏的样子，君无咎的心里也有些不是滋味，觉得自己有些过火了，他将他叫过来说道："过来，我给你讲讲这行针的方法和力度。"

听到君无咎同他讲话，方明开心极了，他赶忙凑过来看着君无咎问道："君公子当真肯教我这行针之术吗？"

君无咎点点头，看他如此欣喜，也不好意思再板着脸，他叹口气，看着他说道："怎么会不肯教你呢？只要你肯学我自然愿意教你。还有不要一直叫我君公子了，我们是朋友，叫我清悦就行。"君无咎一边行针，一边看着他说道。

听到君无咎如此说，方明赶忙摇摇头看着他说："如此可不行，我哥绝对不会同意的。"

君无咎不明就里，不懂为何唤个名号他也会不同意，看到君无咎不解，方明再度笑了笑，看着他说道："我哥哥可是很尊重您的。"

说到这里，方清轻轻地推开了石门走了进来，看到君无咎在教方明行针之术，二人有说有笑，他不知如何是好，只好站在那里。

方清不知所措的样子，全映在了君无咎的眼中，他看他如此，着实心痛，他叹了口气看着他说道："你难道不是来帮忙的吗？一直立在那里干什么？"

听到君无咎如此说，一直在走神的方清，赶忙跑了过来帮忙，看着君无咎说道："我这就来……"

整整忙了一上午，君无咎才将其中病重需要及时行针的几人诊治完，这里的人着实太多了，他忙了这么久还有许多人未诊治，不过他大致为他们号过脉，他们那些老一批的试药人身体中的毒已经解得差不多了，并不急于这一时，虽然他很想帮他们继续诊治，只是条件却不允许了，他的银针不能这样继续使用下去了，一定要拿回去清洗，用药水来泡，不然定会出事。

收拾好一切，君无咎三人已经累得大汗淋漓，他看着二人说："看来只能明日再来行针了，我这针至少要泡半日的。"

方明和方清点点头，让他赶忙回去休息。他们知道一上午的行针已经耗尽了君无咎的精神。

他们几人一同从祠堂走了出来，方清和方明二人再度亲自将君无咎送回了房间，临走前又将那香囊拿走了，一点余地都没有给君无咎留，但君无咎早已猜到这个结果了，也没再说些什么径直地走回了房间。

一上午的行针着实让他费劲心神，再加上昨日一夜未睡，他便更加疲乏了，倒在床上不多时便睡着了，而且睡得十分香甜，等他再醒时，天已经擦黑了。

他看到自己的屋子里不知何时燃起了安神香，怪不得会睡得如此好，原来竟是因为它，君无咎瞬间便猜到是方清和方明两兄弟做的，心里着实感动。

果然不多时方清便走了进来，看君无咎已经醒了便说道："我还以为我走前你不会醒了呢！"

"走？你要去哪里？"君无咎一脸迷茫地看着他问道，这刚刚才睡醒，脑子着实转不过来。

后来他猛然想到，他昨日说过，今日要去救那些女子，想来这离开便是指的此事。

"这就要走了吗？"君无咎赶忙起身，看着他关心地问道。

方清摇摇头，看着他说道："再等等，等夜深，所以我特意来看您醒没醒，若是醒了，想让您陪我小酌一些。"

"小酌？你一会就要去只身犯险，如何现在还敢喝酒？这绝对不行，你若是说让我陪你一同救那些女子，我倒是愿意欣然前往，只是这喝酒的事，我是绝对不会同意的！"君无咎看着他断然拒绝，他本就担心他出事，他竟然还敢来找他喝酒，着实是要将他气死了。

"君公子，你莫生气，我只是想小酌一下放松自己的心情，我现在着实太紧张了，而且我每次去救人，都会小酌几杯来稳定情绪，之前一直是方明陪我，如今您在这里，我便想让您陪我。"

方清说完这话很有些不好意思地看着君无咎，像一个想要乞求糖果的小孩子，见他如此，君无咎心中着实不忍，便看着他点点头说道："既然如此，我便同你喝一点，只是我们以三杯为限，绝不可以超过三杯。"

听到君无咎如此说，方清高兴地点点头，他赶忙去准备酒，不多时，便取来一坛上好的陈酿，一开坛，飘香四溢。

君无咎看到如此一大坛酒着实一阵无奈，明明说好只喝三杯，拿这一大坛酒又是为何？

方清看着君无咎笑着解释道："这是我珍藏的最好的一坛酒了，是今日要同公子您喝我才肯将它打开的。"

听到方清如此解释，君无咎点点头，没有再说什么，而是向他表示了自己的感谢，感谢他将如此美酒同他一同分享。

君无咎首先端起酒杯，看着方清说道："今日清悦就借着你的美酒向你和方明郑重地赔个不是，都怪我不好，如果不是我，你们二人也不会遭受冤屈，我希望你们能够原谅我，这一杯我先干为敬。"

听到君无咎如此说，那方清赶忙端起手中的酒杯看着他说道："不曾想此事竟然让君公子愧疚许久，还请君公子务必放下此事，其实我同方明从来都没有怪过君公子。"

说完他也将那杯酒一饮而尽。听到方清还叫自己君公子，他佯装不悦地看着他说："你同方明和我总是那么生分，一直叫我君公子，君公子的，反倒让我觉得我们之间的关系十分生疏，可是我们明明是从

小到大的朋友啊！虽然你同方明小我很多，可这并不能阻止我们之间的情谊。”

君无咎如此说完，方清笑着看着他有些不好意思地说道：“我和方明都知道君公子是真心实意待我们为朋友的，我们又何尝不是呢？我们也是打心眼里敬仰您的。”

这方清说来说去，又将话绕了回来，君无咎一阵无语，他同他和方明讲话，总觉得自己特别的老，仿佛长他们一辈一般。

不过他又不能如此说，他能感受到他们二人的那份真挚，发自肺腑地敬爱他的感觉。

君无咎笑了笑，将手中的酒再度喝光，然后看着他说道：“此去，一定要注意安全，那滁州知府，既然已经开始怀疑你了，他便必然加派人手来看管那个地方，你千万要小心，若是出了问题，一定不要逞强，先保证安全，回来同我们一同商议。”

方清点点头，看着他说道：“君公子不要担心我，我没事的，这几次救人我已经救出经验了，绝不会发生什么意外的。”

听到方清如此说，君无咎的心神终于稳了稳，看着他说道：“那就好，千万要小心，你不让我同你一起去，我着实是担心不已。”

方清点点头，他主动端起手中的酒杯，看着他说道：“君公子，我敬您一杯，希望您以后的生活，能像您所想的那般恬静，采菊东篱下……”

方清说完便一饮而尽，主动敬这杯酒，方清鼓了很大的勇气，他心中还有好多话想同君无咎说，可是又不知道从何说起，他只希望他以后的生活能越过越好。他的前半生着实是太苦了，只希望他的后半生能够过得比较顺遂。

听到方清如此说，君无咎再度感动不已，这句话让他想起了秀秀，想到了很多事，他曾答应过秀秀，要带她过这样的生活，只是不曾想最后竟然食言了。

一想到秀秀，他又想到了老师，这些沧桑变化物是人非之感一直在吞噬着他的心，让他的心隐隐作痛。不过他还是很感动方清如此说，他知道他是真的关心他，想让他放下过往，好好生活。

看到君无咎走神，方清意识到君无咎定然是想起秀秀了，他叹口气，责怪自己又提起了君无咎的伤心事，他不敢向他问为何突然伤心，就是怕再度揭开他的伤口。

君无咎看出方清有些为难，笑着看着他说道："我没事，不过是想起一些从前的事罢了，你能如此说我十分感动，我会好好的，你也一样，此行一定要平安回来。"君无咎说完，又拍了拍他的肩膀。

方清点点头，看了看天色，然后对君无咎说道："君公子，我得先行离开了，我要去收拾准备一下，一会儿便要出发，最晚明早，我便能将那些女子救出来了。"

君无咎点点头，再度拍了拍他的肩膀，心中十分的不舍，紧紧握住他的手臂，不想松开，良久终于看着他，哽咽地说了一句："万事小心！"

方清点点头，便离开了。君无咎看他那背影，心中莫名一阵酸楚，那清风吹过，衣摆飘动，看起来就像远处的云雾，时聚时散。

方清走后，君无咎便一直心神不宁，他坐立不安，赶忙去找方明，在看到方明之后他这心才稍稍安稳一些。

方明此时也同君无咎一样，心中毛毛的，他也不知为何会如此，前几次方清去救人时，他虽然也会担心，但从未如此惊慌过，此次这种烦乱的心绪不知从何而来，只让他坐立不安。

看到君无咎后，两人相互询问，发现彼此竟然有同样的感觉，心中一阵胆寒，升起一股不好的预感。

"君公子，你说……我哥他会不会要出事啊？"方明一时心急口不择言，看着君无咎如此说道。

君无咎赶忙打了他手臂一下，看着他说道："不要胡说，方清他没有十足的把握，定然不会如此决绝地前去的，我相信他定然能处理好这一切。"

君无咎的声音十分严肃，吓了方明一跳，他赶忙点点头，看着君无咎说道："君公子说得是，方清他定然会没事的。"

两人就这样在这里焦躁不安地等到了后半夜，然后便看到青山寨主整装待发，点了许多人，拉了许多驾马车，说是要去接应方清。离开前，他来见方明和君无咎。

方明看着他有些疑惑地问道："寨主今日怎么比往常早出发了一个时辰？不怕会出问题吗？"

青山寨主摇摇头，看着他说道："我也不知为何，这心中总是毛毛的，我怕有什么变数，打算早一点去接应一下方清，若真有什么事情发生，我也好搭一把手。"

听到青山寨主如此说，君无咎的心里更乱了，他赶忙走上前，看着他说道："青山寨主，您带上我吧，我功夫还可以，绝对不会给你们添麻烦的。带上我，怎么也算得上一个帮手。"

君无咎十分焦急，希望得到青山寨主的首肯，可谁知那青山寨主纠结了良久后，看着君无咎说道："君大人，实在抱歉，我已经答应了方清，无论如何都不会带您去的，您就不要为难我了。"

看到青山寨主如此说，方明也赶忙点点头，看着君无咎说道："真是如此，我也无论如何不会让君公子离开的，无论何时，我都要保证君公子的安全，这是哥的使命，也是我的使命。"

君无咎看两人如此，一阵无奈，他着实不知该如何是好，他现在十分担心方清，他总有一种不好的预感，而且他更怕，怕他的预感会成为现实。

无论君无咎作何努力，青山寨主就是不同意带他去，君无咎无奈，最终只能放手让他一人离开。

他同方明从天亮等到天黑，可是一直没有青山寨主和方清的消息。

这一下君无咎和方明都急了，他们二人都有些坐不住了，方明甚至要出寨去查看，但是被青山夫人拦了下来。

青山寨主一直没有回来，青山夫人也有些心急，便跑来询问情况，看到方明和君无咎坐立不安的样子，心中更加毛躁，不过她依旧稳住了，她怕此时如果连自己都不能冷静，那么想来君无咎和方明绝对会失控。

她看着他们安慰道："现在我们一定要先稳住自己，不要做出冲动的决定，我会派人出去好好查探，等得到了确切的消息，我们再决定如何做，以免拖累他们。"

说完她便叫了一个人出去探探消息，青山夫人的这一举动将方明稳住了不少，如若不是她赶来，方明差点已经收拾东西要离开寨子了，而且差点忘记了方清的叮嘱，要带着君无咎一同离开，直到被青山夫人阻拦下来，才意识到自己方才差点酿成了大错。

又等了许久，那派出去的男子终于带了消息回来，他汗流浃背，气喘吁吁地看着青山夫人说道："夫人，青山寨主让我同您说，还得一阵子才能回来，你们先安下心神，不要担心。"

听到这句，君无咎等人一直悬着的心才算沉了下来。君无咎赶忙看着那男子问道："方清和那些女子呢？他们可有危险？"

君无咎问完，那男子有些踟蹰，看着他们支支吾吾地说道："没……没什么……大碍，也是告诉你们不要担心。"

那男子犹疑的姿态，让君无咎起了疑心，他总觉得是发生什么事了，可是再仔细询问，他却又什么都不肯说了。

无奈他们只能继续等下去，又从白日等到了黑夜，期间君无咎只陪着方明熬过一次药，其余时候都是在漫长的等待中度过的。

成杨等人见君无咎如此焦急，也纷纷过来安慰他，说方清吉人自有天相，定然会没事的。

君无咎点点头，没有说什么，只是手一直止不住地抖，心止不住地跳。

突然青山寨主归寨的号角声响起，君无咎和方明赶忙跑出去迎接，青山夫人也由苏文月搀扶赶忙出来相迎。

可是当他们见到青山寨主的时候，都当场愣在了原地。君无咎看见青山寨主的马上伏着一个人，那人浑身鲜血淋淋，看起来极为骇人，方明看到那人，感觉自己仿佛连呼吸都静止了，他不敢相信眼前的一切是真的，他赶忙冲上前去，来到那马前哽咽地说道："哥，你不要吓我，你一定又是恶作剧了对不对？看我拆穿你。"

方明一边说，一边轻柔地去给他号脉，他希望能感受到那个生机勃勃的脉搏，可事与愿违，那脉搏十分虚弱，若有若无，方明心里十分清楚，拥有这种脉相的人已经无力回天了。

看到方明的表情，君无咎已经猜到了一切，他沉重地走上前，看着奄奄一息的方清，心下一阵剧痛，眼泪竟不知不觉地滑落了。

君无咎看着方清一直伏在这马上有些生气，他看着青山寨主气愤地说道："如此伏在马上，他得多难受，怎么就不能将他安置在马车上呢？"

看到君无咎指责青山寨主，方清用尽全部力气拿手抓住他的衣袖，看着他说道："君公子……不要……不要怪寨主，他也是为了救我。"

方清说完，青山寨主也不看他继续说道："正是如此，当时他身受重伤，惨遭包围，我本想上去救他，他却打出信号，让我不要暴露，没有办法我只能让我的马冲进去，打乱那些包围的人，看看是否能冲出一条血路。幸好，它的出现将他救了下来。之后半路为他换车，我怕他会更痛。"

君无咎点点头，有些抱歉地看着青山寨主，他方才的确是太心急了，以至于错怪了他。他向青山寨主赔了不是，青山寨主看着他笑着说道："没事，我知道你也是关心方清。"

君无咎点点头，没再说什么，君无咎赶忙和方明将方清抱了下来，他们要赶忙为他救治，希望他们二人合力能够将他救下来。

方明为他诊过脉后，赶忙出了方子吩咐侍女熬药，而这边他赶忙去研磨草药，来为方清止血，他身上的伤着实太多了，而且有的伤口极深，深可露骨。

君无咎则行针为他止痛，希望能够让他舒服一些，现在的方清痛得呲呲地喘着气，虽然他一声不吭，但是君无咎能够感受到他的痛苦。

他们二人忙碌了许久，终于稳住了方清的伤势，所有人问他感觉如何时，他都笑着看着他们说道："没事，有两大名医亲自为我医治，这就仿佛是乾陨山人亲自出手，想不好都不行。"

听到方清如此说，方明和君无咎都舒了一口气，再为他诊脉发觉脉象确实有所好转，便也信了方清的话。

君无咎和方明劝说他，让他赶快睡一会，休养生息，可谁知方清却摇摇头不同意，他看着他们费力地笑着说道："我真的没事，你们不要担心我。我有一些关于那些试药女子的事，要同君公子讲。"

虽然君公子也十分想要得到那些女子的消息，可是看着此时方清的状态，他着实担心方清支撑不住，便好言相劝，让他先休息一阵，等休息好了再说也不迟。

然而方清却坚定地摇摇头，看着君无咎说道："我真的没事，我现在一定要说，若是此时不说我心里定然不舒服。"

君无咎拗不过他，只得同意他继续说下去。看到君无咎如此关心他，方清十分开心，就连状态也好了许多，他看着他连忙说道："君公子，方清辜负了您的期望，没能救出那些女子，方清不曾想自己此次行动他们早已知晓，而且做了严密的部署，那里看守的人员达到平常的十倍之多，而且他们还故意引我入内，方才动手，如此我便彻底暴露，没能将那些女子救出来。"

方清一边说，一边陷入了深深的自责，他看着君无咎，觉得自己没能完成他交给自己的任务，不过此行虽然没有将那些女子救出来，可是在潜进那个地方时，他打探到了一件极为隐秘的事。

想到这，他赶忙看着君无咎说道："君公子，你要小心，咱们这寨子中有内鬼。"说这话时，方清以不舒服不想让太多人打扰为由，将其他人都请了出去，只留君无咎和方明在屋内。

听到方清如此说，君无咎也瞬间紧张了起来，他看着他赶忙问道："为何如此说？莫非你发现了什么？"

君无咎说完，方清点点头，看着他继续说道："起初我刚潜入那藏匿那些女子的地方时，听到两名侍卫在谈论这次围捕我的事，他们说就是从咱们这儿得到的消息。"

"从内部得到的消息？"君无咎皱着眉重复了一遍，内部人会是谁？是这寨子中的人，还是他们的人？毕竟在他们来到这寨子之前，方清每次行动从未出过事，而在他们来之后便出现了内鬼，他们的人着实脱不了干系。

可是他实在是想不到谁会做这件事，这一路来他们一行人同甘共苦，同生共死，他不相信会有人摒弃他们之间的情谊，来出卖彼此，他想相信每一个人，到如今所有的证据都指向了他们，他也只好冷静下来，决定客观地分析此事。

听到这个消息，君无咎首先想到的便是成杨，不过并不是怀疑他，而是想同他商议，因为所有人中他最信任的人便是他了，对于此事他相信成杨定然能给出他十分好的建议。

君无咎思索时，方清看着他继续说道："君公子，我得知这个消息，非常害怕，我怕有人会对你图谋不轨，其实我和方明最大的愿望便是你能好好的，不要再出什么意外，所以请你务必小心，不要中了贼人的圈套。"

方清说这些时，已经用尽了全力，此时的他几乎快透不过气了，不过他依旧强撑着。

君无咎领会了方清的好意，看着他点点头说道："我没事的，你不要替我担心，现在最重要的便是你要养好自己的身体。"

方清听了君无咎的话，虚弱地点点头，勉强勾起嘴角看着他说道："君公子，我有些累了，你同方明都出去吧，我想睡一会儿。"

听到他如此说，君无咎和方明赶忙点点头，让他好好休息，如果有什么事，随时叫他们就可以，他们会一直在外面候着的。

方清感动地点点头，在他们离开前，他叫住方明，看着他说道："你一定要照顾好君公子。"

方明点点头，同君无咎离开了。

方清这一觉睡得十分漫长，他做了一个梦，梦到自己再度回到了那个破庙，那时他身染重疾，与其说是重疾不如说是一种毒，很不幸，那时他曾被人捉去试炼毒药，当时和他一同被抓去的还有方明，为了让方明不受痛苦，他每次都会利用一样的样貌来假扮方明服药，如此方明便可躲过一劫，不过他心里清楚，长久下来这样不是个办法，只有逃出去，他们才能自救。

如此他拼尽全力在那些看守人员往外运送尸体时，带着方明逃了出来，当时他们就躲在那个破寺庙里，孤苦无依，他本来已经做好了死的打算了，只是他不放心方明一个人，才一直苦苦支撑。

不承想在方明出去乞讨时，君无咎如神明一般降临了，他焦急地上前查看他的伤势，当时他还以为君无咎是来追杀他的人，他吓得瑟瑟发抖，一直往角落里缩，而君无咎则拉住他的手，冲着他亲和地说道："你不要怕，我是来帮你的。"

他的声音很有安慰人心的力量，他也不知为何当初便放下了防备信任了他，其实他的心底也是期盼奇迹的，他很希望自己能够活下去，如此他便能一直照顾他的弟弟了。

当时君无咎对他用的便是行针之术，君无咎还说要带他回家，给他更好的治疗，可这时外面却传来了细碎的脚步声，方清吓得瑟瑟发抖，止不住地哭泣。

君无咎察觉到了他的异样，问他怎么了，方清哭着看着他说道："他们……杀……杀……我！"

此时，脚步声已经越来越重了，想来他们已经穿过了正殿了，马上便会找来这里，君无咎赶忙将他藏到了佛像背后，并拿一旁的蒲草将他盖了起来。君无咎转身跑了出去，引开了那些坏人。当时君无咎让他等他，说他回来救他，他本想等他的，可为了保证方明的安全，他还是选择和乾陨山人一同离开了。

不过他想这辈子最幸运的事便是他能在乾陨山人那里见到君无咎，

他觉得这可能花费了他一生的运气，不过他觉得很值，即使后来君无咎和秀秀误会他们，他也从没有怨恨过他。

这个梦着实漫长，漫长到方清已经不记得这是梦还是现实，有时他觉得自己已经醒了，他还在那破庙中，那时他没同乾陨山人一同离开，而是一直在等君无咎回来。

那时君无咎如约赶来了，他笑着对他说："你看吧，我没骗你，我这就带你离开。"

他十分开心，笑着向那光影中的人伸出了手。

方清睡了许久，一直没有发出一丁点的声音，此时药已经熬好了，君无咎和方明决定先让方清喝完药再睡。

可谁知当他们再进屋内时，方清的身体已经凉了，君无咎和方明当场愣住，他们不明白原本已经开始好转的方清为何会变成这个样子。

后来君无咎才想明白，原来当时方清用尽了最后的一丝力气，将内力凝结到一起，护住了五脏，营造出他已经好转的假象，为的便是和君无咎说出那些话，现在想来君无咎十分自责，他十分憎恨自己，憎恨自己怎么就没有发现他这一举动，不过现在无论说什么都晚了。

成杨等人闻讯也赶忙赶来了，看着他呆立在那，心里清楚他十分难过，想要安慰他，却又不知如何开口。君无咎已经担心了一日，本以为方清已经没有事了，谁知最后竟是这种结果，这种失而复得的感觉，定是最为伤痛。

而方明起初本是不信的，可是他心里清楚，他从医这么久，一个人是否离世他还是能清醒地辨认出的。

所以当他反应过来时，他直接痛苦地跪在了方清的面前，没人知道他现在到底有多心痛，这最珍爱的哥哥，这一生他唯一的依靠，如此便离他而去了。

此时他觉得天都塌了下来，因为这么多年，他的天，一直都是有他方清撑着的，即使现在他已经完全有能力保护自己了，可是他依旧很依赖方清，觉得只有他在，他才最安心。

此时方清的身体凉了，他觉得自己的心也跟着凉了，他不知道今后的路该怎么走，只觉得一切都暗淡无光了，方清的恩情，他永远都还不清了。

看他恸哭如此，青山夫人也忍不住啜泣了起来，方清、方明是同他们一同来这里建这寨子的，这几年她早已将他们当作了自己的亲人，而且方清和方明一直是青山的左膀右臂，她从未想过他们会离开，即使是离开也不是以这种方式。

君无咎看着方明如此，心中钝痛非常，不自觉也流出泪来，他走上前，轻轻地扶起方明，看着他说道："方明，别哭了，方清之所以最后会选择以这种方式离开，为的便是不想看见我们这样，他内心着实不愿我们如此伤心的。"

他一边说，一边轻轻地拍了拍他的肩膀，看着他说道："方明，不要再哭了，你要相信……即使方清不在了……"

说到这里，君无咎也有些哽咽，他看着方明努力地平复自己，冲他继续说道："即使方清不在了……你还有我……我会一直在你身边的，方清如何待你，我也会如何待你，虽然我不能保证做到他那般无微不至，但是我会尽我最大的努力。"

君无咎说完，方明才仿佛回了些神，他缓缓抬起头，看着君无咎，君无咎的眼眶很红，他的双拳紧握，一直在压抑自己的情绪，方明知道为了不让自己过度恐慌，过度伤心，君无咎已经做了最大的努力来安慰他，给他依靠，他虽止不住心痛，但是他想到了方清临死前对他说过的话。

方清嘱咐他，让他照顾好君无咎，方明知道方清这辈子最大的愿望便是君无咎能一直好好的，能够实现他最后脱离乱世的愿望。

最后青山寨主出手料理了方清的后事，为了避免方明和君无咎触景生情，他全程没有让二人插手，所以君无咎和方明便一直游走在这群操办丧事的人之外，两人每日如失魂了一般，茶饭不思，日渐消瘦。

一日傍晚，君无咎本在那里熬药，方明这几日一蹶不振，他便承担起他平日里熬药的职业，并将熬好的药送到祠堂，来医治那些中毒的流民。

不曾想今日方明却来到了这药房，看到君无咎愧疚地笑着看着他说道："君公子，实在抱歉，这几日辛苦你了。"

君无咎摇摇头，说方明太见外了，这些不过是小事，本就是他应当承担的，反过来说，他还应该感谢他和方清呢，他们二人主动承担应该由他和成杨等人要承担的职责。

不小心提到方清，君无咎不自在地看了看方明，他怕再度触碰了他的伤心事，谁知方明却笑着将这话岔开了，直接走了过来，帮他一同熬药，一同上山来治疗那些流民。

忙完这些，夜已经深了，君无咎本想先送方明回屋，谁知方明却笑着看着君无咎说道："君公子，一同喝几杯如何？"

君无咎点点头，看着他说道："好啊，你既有如此兴致，我定奉陪到底。"

方明笑着点点头，提议一同去山顶，边赏月边饮酒，也不失为一桩美事。

君无咎点点头表示赞同，只是为难地看着他说道："可是这酒还得再回寨中去取，着实有些麻烦。"

君无咎说完，方明看着他神秘地笑了笑说道："不必那么麻烦，这里就有几坛，是当初我和哥哥放在这里的，当初这些人刚刚被救来时，我和哥哥经常在这祠堂忙到后半夜，每每这时，我和他便会到山顶喝几杯，舒缓一下，如今还剩下许多，拿来很方便的。"

方明这些话说得云淡风轻，君无咎并没有感觉到伤感，君无咎十分伤感地看着他，怕他将心事藏到心中，如此是很消耗身体的。

看到君无咎如此看他，方明立马反应过来君无咎在想什么，他笑着看着他说道："君公子，你真的不必再担心我了，其实这几日我已经想清楚了，我已经长大了，我可以很好地照顾自己，我只有照顾好自己，完成好哥哥交代的事，如此才能让他安心。"

听到他如此说，君无咎欣慰地笑了笑，他能够想通再好不过了，他点点头，不再提方清的事，而是转过头看着他说道："走，喝酒去，我们大醉一场，明日之后，我们都要好好活下去。"

听到君无咎如此说，方明也笑着点点头，他们二人一同拿着酒，趁着月光爬上了山顶，夜风微凉，拂在他们脸上，将心事吹散，两人惬意地饮着酒，将一切烦恼都忘却。

两人一边聊以前的事，又一同畅想未来，嘻嘻哈哈地笑了良久，笑着笑着方明突然认真地看着君无咎说道："君公子，你知道我哥是如何看你的吗？"

【叁】

苏桥 著

中国广播影视出版社

图书在版编目（CIP）数据

推官君无咎 ：全3册 / 苏桥著. -- 北京 ：中国广播影视出版社，2020.1

ISBN 978-7-5043-8347-1

Ⅰ. ①推… Ⅱ. ①苏… Ⅲ. ①长篇小说－中国－当代 Ⅳ. ①I247.5

中国版本图书馆CIP数据核字(2019)第243675号

推官君无咎：全3册

苏 桥 著

责任编辑 王 萱
封面设计 禾 禾
责任校对 张 哲

出版发行 中国广播影视出版社
电 话 010-86093580 010-86093583
社 址 北京市西城区真武庙二条 9 号
邮 编 100045
网 址 www.crtp.com.cn
微 博 http://weibo.com/crtp
电子信箱 crtp8@sina.com

经 销 全国各地新华书店
印 刷 河北鑫兆源印刷有限公司

开 本 710毫米×1000毫米 1/16
字 数 1010（千）字
印 张 73.75
版 次 2020 年 1 月第 1 版 2020 年 1 月第 1 次印刷

书 号 ISBN 978-7-5043-8347-1
定 价 186.00元（全3册）

目　录

【第十四章】危险解除

看到方明如此郑重，君无咎一时摸不着头脑，他看着他说道："当然是朋友啊，我们从小玩到大，当然是特别好的朋友了。"

君无咎说完，方明摇摇头，看着他说道："不是……其实你不知道哥哥一直都奉你为神明，而且在他心中你也一直是父亲般的存在。"

"父亲般的存在？"君无咎听到此话，十分震惊，他不解地看着方明问道。

方明看到君无咎如此表情，笑着说道："怎么样？吓了一跳吧！方明一直不让我告诉你，他不允许我说，是怕你有负担。"

说完他猛喝了一口酒，看着君无咎再度说道："君公子一直都没分清我们两人中你救的是谁吧？其实你救的是哥哥，当时他本想等你来找他的，可是为了我的安全，他选择了与乾陨山人一同离开。"

听到这些话，君无咎十分震惊，他之后确实去找过他，可是他已经不在那破庙之中了。后来在乾陨山人那见到他，他曾询问过他们二人到底发生了什么，可是他们谁都不说，见他们不说，君无咎后来也就不再问了，事情便就这样过去了。

今日方明再度提起这些往事，君无咎着实震惊，一时间还不能消化，甚至不知道该说些什么。

方明看到他局促不安，笑着将酒递给他，同他共同喝了一口，笑着说道："原来哥哥说得是对的，君公子果然觉得有负担。其实谁都不知道我为什么会这么迷恋炼毒，因为我想要拥有解尽天下毒的能力，当初我眼睁睁看着哥哥受尽毒药的折磨，看到很多人在我眼前被毒活活折磨致死，当时我就恨自己，恨自己为何没有救治他们的能力。"

听到方明如此说，君无咎才知道当初自己和乾陨山人都误会他了，他原本以为他学毒会最终误入歧途，不曾想他竟是抱着如此真挚的心在学炼毒，如此君无咎便更加愧疚，他一直都明白在不了解一个人时，永远不要先入为主地去揣测别人的道理，只是不曾想做起来却如此的难。

人们总觉得自己能够做到正视他人，实则很多时候都逃不过自己的喜好，你喜欢的人做你喜欢的事，你自然看起来事事顺眼，若是反之，结果可想而知，你不认同某件事，这件事里定然藏着你对这个世界的认知，你的认知即是如此，即使嘴上说，我不了解这一切，我不会对他做任何评价，但是当你将自己彻底从这件事中择清时，便也透露出你心中的不耐烦，其实"正视一切"四个字说起来容易，做起来太难。

"对不起，当初错怪了你们。"君无咎在拿着酒坛不停地摩挲。

看到君无咎如此，方明赶忙笑着说道："君大人，从认出我们起，你都已经道歉多少次了，真的不必再说啦，其实我和哥哥心中从没有怪过你。在我们心里，你永远都是我们最敬爱的人，当初那个恶作剧是我一时贪玩，哥哥本来不同意的，最后拗不过我，只得陪我演了一场，你一定不要放在心上。"

君无咎摇摇头，看着方明，眼神中依旧充满愧疚，"其实那件事是我应受的，我从没放在心上过，在我心里，其实你同方清打我骂我都不为过，只要你们肯原谅我，让我弥补我当初的错误，我便心满意足了。”

听到君无咎如此说，方明点点头，又邀请君无咎共同喝了口酒后，沉思了良久，看着他继续说道：“君公子，放手吧，不要再查了，前路困难重重，何必为一直欺骗你的人卖命呢？你不是一直都想隐居，逃避这些纷争吗？为何不就此放手，独善其身不好吗？”

方明这段话说得极为隐晦，但是君无咎还是听懂了他的意思，他没看方明，而是躺了下来，看着满天的星星继续说道：“那你呢？你又为何会一直追随他？”

君无咎问完，方明也同他一样躺了下来，看着他继续说道：“我们有着不可离开的理由，但是君公子你没有，我想以你缜密的心思早已经能够猜到是谁在掌控这一切，既然他欺骗你在先，利用你在后，你又有什么不能离开他的呢？”

方明说完，气氛低沉了许久，君无咎良久都未再说话，他一直在想方明的话，这话直指他的老师，指老师欺骗他自己没死的这件事，因此害死了秀秀。

如今他又利用自己在破案方面的能力，来解决当初自己弥留下来的问题，着实令人气愤。不过，就算如此想，君无咎还是无法放手，他对于这一系列的事有很强的执念，如今已经查到了这么多的线索，现在就只差吹开云雾的那一股东风了，只要能找来这股东风，一切事情便迎刃而解。

他绝对不会放弃一切查明真相的机会的，他一定要知道老师为何会如此，知道秀秀到底被何人所害，他要为她申冤，还有苏明鸾，还有很多很多人，他一定要为他们伸张正义，他不想再看到有人受他一样的苦，更不希望有人会像秀秀一样因那些丑恶的事情而丢了性命。

最终君无咎摇摇头，看着他继续说道：“你说你们有不可退出的原因，其实我同你们一样，我也有着不可退出的原因，虽然我说出来可能会很可笑，但是我知道我的身上肩负着巨大的责任，我不可能独善其身。”

听到君无咎如此说，方明叹口气，一连喝了许多，无奈地看着君无咎说道：“果然，还是说服不了你，那如果我同你说未来的事我愿意替你来做，你可愿安心地回归山野，不再过问庙堂之事？”

听到方明如此说，君无咎一时不解，他赶忙看着他问道：“你说的话是何意？什么叫做未来的事你来替我做？”

君无咎问完，方明侧过头，看着天空沉思了许久，继续说道：“因为你便是我和哥哥不可退出的原因，其实我二人之所以会参与到这件事中来，就是因为我们二人想要替你去查这些事，当初你一进寨子我们便将你扣押到此处也是这个原因，因为这滁州着实太危险，我们想先独立处理完这一切，便将你送回山野，让你再也无法参与到这件事中来。”

听到方明的话，君无咎彻底蒙了，他不曾想方清、方明二人背后竟为他做了这么多事，他感动不已，他看着方明说道：“我竟不知你们背地里为我做了这么多，为我承担了这么多苦楚，你们如此待我，我着实不知该如何报答，清悦着实承受不起。”

他一边说，一边坐起身来，十分郑重地看着方明说道：“之后我绝对不肯再让你涉险了，我答应过你哥，一定会照顾好你的，所以接下来要放手的人是你不是我，我要你好好地活下去，为自己而活，而不是为了我。”

君无咎说完，方明苦涩地笑了笑，他没再说话，而是端起手中的酒一饮而尽，他着实不知道该再说些什么，无论他说什么，君无咎都会反驳，他清楚君无咎的性格，他既已认准这件事，定然是不会再改变的，这让他痛苦不已。

他之所以能够走出失去方清的痛苦，便是因为他想到方清临走前的嘱托，虽然别人听不懂他的意思，但是方明知道，那是一定要护君无咎周全，让他摆脱一切的束缚，回归真我的意思。

可是如今他又做不到了，他突然感觉世界再次暗了下来，他再度变得有些颓废，只是没有在君无咎的面前表露出来，他害怕君无咎会为他担心。

而君无咎则一直处在自责中，他觉得自己真是糟糕透了，竟然害惨了方清和方明，将他们二人的生活搅得一塌糊涂，想来如果不是因为他，方清可能也不会死，越是如此想，君无咎便更加下定了决心，便是他一定要保护好方明，绝对不会让他有事。

就这样，他们各自怀着心事，在这山顶吹了一夜的风，二人都一夜无眠，只是二人却未说过话，两人的心事都随着风飘到了远方刚升起的那颗星中，一肚子心事说与那星星听，害得那星星手足无措，慌张不已。

这夜转瞬即逝，今日便是方清出殡的日子，青山寨主按照方清的想法实行了火葬，马上时间点就要过了，可却一直不见君无咎和方明的人影，去那祠堂找，还是没人，直到青山寨主在祠堂的一间隔间里发现少了的酒，才猜到他们二人应该是跑到这山顶来喝酒了。

当他们赶到山顶时，君无咎和方明已经喝得烂醉如泥，虽然两人都没有睡，但是二人已经醉得无法独立行走，还是青山寨主让下人将他们抬了下来。

折腾了许久，才将他们二人从山顶上抬下来，方明一路上本是老老实实地躺在下人身上的，可当他看到了方清的尸体再度抑制不住地大哭了起来。

原来那方清的尸体，被放在高高垒起的木桩上，方明心中清楚，这便马上要火化了，这可能是他最后一次再见到他的哥哥了，一想到这，他便心痛得无以复加，眼泪一直止不住地往下流。

可能是酒的催化作用，君无咎看到方明如此，又看了看方清的尸体，一时间，心中也苦涩不已，他从未想过他在方清的心里会有如此高的地位，他一直以为他同自己一样，当彼此是从小玩到大的朋友。

所以当方明说出方清视自己如父亲时，君无咎惊呆了，他从未想过，虽然他年长许多，但也从未想过，他对自己会有如此深沉的感情，一想到这里，君无咎便非常心痛，如今对他来说，他失去的已经不是一位挚友了，更是一位至亲。

不多时，时辰便到了，青山寨主拿着火把上前，将木桩点燃，瞬间那木桩被大火吞噬，看起来十分恐怖。

方明看到方清的尸体渐渐被火舌包围，焦急地往前冲，想要阻止这一切，但是他却被身边的下人死死地拉住了。

不多时，方清便化作了一捧灰。青山寨主亲自上前，将骨灰收到罐子中，并把它交给了方明。

此时的方明再度陷入了颓废，他摸着那冰凉的瓷罐，他的内心一阵冰凉，想来之后的哥哥永远便是这个温度了，凉凉的，没有一丝人情味。

一切都处理完毕，成杨开始着急离开了，君无咎这几日一直很无力，对待很多事情都提不起热情，一切大小事情，便都落到了他的肩上。

不过在此期间，君无咎曾经和他讨论过他的老师岳鸿之的事，当时说已经可以确定下来他老师就是那位大人了。

这便更加令成杨不安，虽然之前很多事他和君无咎都已经推断出来了，可是如今事情被落实，还是让人震撼不已。

此事不仅君无咎想不通，其实他也想不通，他不懂到底什么事能将一直刚正不阿的岳大人逼得至此，最终竟然选择了以暴制暴的手段。这按照之前的岳大人来看，是绝对不屑去做的，可是如今竟连他都要下水，才能将这件事情牵起一丝涟漪，看来此事的水是极深的了。

越这么想成杨便越待不下去，他去找青山寨主，问他们一行人何时才能离开。

谁知这回青山寨主竟然改了主意，青山寨主看着成杨静静地说道："随时都可以走，哪怕是现在就走都没问题，但是我有一个条件，便是一定要留下君无咎，我不允许他同你们一起离开。"

说完青山寨主给每个人都发了一个香囊，唯独没有君无咎的。

成杨不懂青山寨主这是何意，但是青山寨主却什么都没有解释，为了防止成杨等人将君无咎偷偷带走，他竟然将君无咎藏到了密室之中，每日饭菜由他亲自送，不允许任何人与他见面，当然除了方明之外。

如今成杨连君无咎被关在哪里都不得而知，尽管他心急如焚，可依旧无能为力，所以一直迟迟没有动身，等青山寨主回心转意，只可惜青山寨主一直都不肯松口。

君无咎被关在密室之中，一直也心急不已，他既担心成杨他们已经离开寨子了，怕他们抛弃自己，一边又担心他们没有离开寨子，怕自己耽误了滁州事宜的进程。

一日，方明又来看他时，君无咎十分痛苦地看着他说道："方明，你觉得就这么一直控制着我便是真的对我好吗？你们怕我在这滁州受到伤害，在这一整个案子中受到伤害，可是你就不怕我有一日实在忍受不了被困在这里的日子，便一头撞死了？难道你真的读不懂我心中到底想要的是什么吗？"

听到君无咎如此说，方明有几秒钟的犹豫，他看着他十分纠结地说道："可是……君公子……我哥说……"

听到方明如此说，君无咎赶忙打断他，看着他继续说道："你不能一直捧着方清的话来说，你好好想一下，方清难道不想你我都过得开心吗？而我最开心、最充实的事，便是能够侦破此案。"

君无咎的话让方明的内心有些松动，其实他从一开始也不是很赞同方清的说法，他总觉得这种帮助人的方法在不经意间会让人觉得很有负担，而且这种帮助人的方法也有一意孤行的意思，反而更加容易让人受伤。

突然他转变了观念，便是既然君无咎想要参与到这个案子中，那便让他参与到案子中就好了，他只要在一旁顾好他的安全便可以了，如此一举两得，何乐而不为呢？

想到这里，方明终于下定决心放君无咎离开，不过前提是他一定要让方明随时跟在身旁来保护他的安全。

听到方明肯放他离开，君无咎十分开心，他激动地看着他说："谢谢你，方明，你不知道查明此案对我来说有多重要，你肯放我离开，就如同真的救了我的命一般。”

君无咎激动的样子也感染了方明，看到君无咎开心，方明也感受到了前所未有的开心，他同青山寨主商量了一番后，青山寨主准备了一场盛大的晚宴，来与他们告别。

成杨十分感激，虽然他也十分好奇青山寨主和青山夫人的身份，又十分想要探查这青山寨到底有什么秘密，不过他已经没有时间了，如今最要紧的便是那滁州，那滁州知府用毒将整个滁州笼罩在瘟疫的阴影中，着实可怕。他们要赶忙先去那滁州，处理这滁州知府了。

终于能够离开这山寨了，张小姐是十分高兴的，如此她便能回到自己的家了，能够拿回祖宅，对于她来说是十分重要的事，不过成杨却十分抱歉地同她说，她的事要先往后拖一拖，如今除掉那滁州知府才是最主要的事。

张小姐通情达理地点点头，她知道他们现在面临着很严峻的事，他们肯帮她这个大忙她已经感激不尽了，如今出事了，她既然帮不上什么忙，但是也不能再为他们添乱了。

就这样，晚宴后的第二天，君无咎、成杨一群人便离开了寨子，而方明则一直缠绕在君无咎的身边，无论何时何地，这令君无咎十分无语。

刚到那滁州知府衙门，滁州知府并没有出来迎接成杨、君无咎等人，那日的日头特别足，他便一直让他们在外面等着，借口说在辨识官牒的真假。

这一等便是一个时辰。一个时辰后，那滁州知府赶忙迎了出来，看着他们说道：“哎呀，几位大人，里面请，里面请，让几位大人候了这么久，着实是下官的不是，不过下官也是怕了，这最近一直有人冒充几位大人，所以下官这也是谨慎办事。”

那滁州知府说完后，成杨没有同他多说一句废话，而是直接走到了知府衙门的大堂，坐在正位，看着那滁州知府说道：“不必说那些，你这滁州瘟疫势头如此的猛，为何没有上报给朝廷？”

看到成杨如此直白，开门见山，直奔主题，这滁州知府吓了一跳，他知道这成大人定然不是个善茬。

“回大人的话，其实并非下人有意隐瞒，只是也不知为何，这滁州年年遭瘟疫，每年我们都会上报给朝廷，朝廷便会发赈灾银下来，不过通过这几年的经验来看，我发觉其实那赈灾银一点作用都没有，这银子是大把大把的花，可是作用却一点都不起，这瘟疫可是顽固极了，所以我今年便没有上报给朝廷，私下想着为朝廷省一笔银子。”

那滁州知府一边说，一边仔细地观察着成杨的表情，不敢放过一分一毫，他想凭借这些表情猜透成杨的内心，谁知那成杨深藏不露，他观察了许久，也没观察出个所以然来。

成杨听到他如此说，一阵反胃，不过面上却像什么都没有发生一般，成杨看着他冷酷地说道：“一派胡言……你说将那赈灾银子用到了百姓当中，那为何之前朝廷调查，发觉知府大人你可是连个施粥棚都没搭啊，如今却又好意思说你将钱用到了百姓身上。”

听到成杨如此说，这滁州知府一时间不知道该说些什么，他思考了良久才反应过来，看着成杨狡猾地说道：“成大人此言差矣，小人虽然没搭什么粥棚，但这并不代表下官没有去救治这些百姓。”

他一边说一边再度贼眉鼠眼地扫了成杨几眼，看着他继续说道：“成大人，你还别不信，我是如何救治这些百姓的呢？便是买了许多药材，请了许多名医，让他们没日没夜地赶工，配制出解药，来救治那些百姓。”

听到这滁州知府这番话，成杨感到更加恶心了，他也没有好气地说道：“哦？既然你找了那么多名医，又买了许多的药材，真是下了一番苦心思，那解药呢？解药在哪里？”

话一出口，成杨便察觉出不对，方才他着实是有些着急了，听到那滁州知府说到名医和药材，他便直接想到了毒，不承想竟直接质问他解药在何处。如此直接暴露了自己知道这滁州瘟疫是他用毒造就的，如此底牌便亮了出来，成杨真是懊悔不已。

听到成杨的话，那滁州知府也愣了半晌，这解药而已，成杨问了两遍，他也是听得清清楚楚，看来如今他所做的事已经全部暴露了，看这成杨的手段，想来他也定没有好日子过，不如一不做二不休，就照上面说的，让这些人走不出滁州。

虽然他心中已经想好了对策，不过面上，他依旧笑着看着成杨说道："解药？什么解药？小人没有听懂大人的意思。"

那滁州知府一边说，一边装作十分不解的样子看着成杨，成杨知道事已至此，如今便可以打开天窗说亮话了。他直接直视着他，冷峻地说道："佟大人，你不要揣着明白装糊涂，你自己在这滁州地界为虎作伥，做了些什么丧尽天良的事，难道你自己不知道吗？"

成杨如此说完，可那佟大人依旧没脸没皮地看着成杨继续笑道："成大人如此一说，下官就更加糊涂了，大人有什么话您直说便可，这意味不明的一番话，下官可理解不透。"

"哦？竟还有您这知府大人琢磨不透的事？"这话音刚落，君无咎便带着方明走了进来，原来他们刚下寨子，君无咎和方明便担心祠堂中的百姓，便又再度上去查看了一番，如此才会比成杨他们晚一点到达这滁州的知府衙门。

君无咎和方明来到这衙门门口时，还未通报，也未递上官牒，那衙役便让他同方明进去了，原来他们将方明认成了方清，他们都还以为方清是知府大人手下的红人，从未想过他与知府大人之间发生过什么过节，所以赶忙放他们进去了。

见到那些衙役如此，君无咎突然心生一计，他要转变方清当初一直潜伏查案的路线，他以为一直潜伏在那滁州知府的身边，便能摸出大鱼，实则他错了，想来这滁州知府也不够资格接触到那顶层之人，还不如直接掐断他这条线，让那幕后黑手不能再利用他来继续残害他人。而这斩断他的方法，便是这方明，想来方清定然不会和这滁州知府谈及方明的事，而如今那滁州知府也定然以为方清身负重伤，没几日活头了，或者他应该很坚定地认为，方清早已经死了，如此他便可高枕无忧，毕竟知道他众多内幕的老人已经不在了。

如今方明再度出现在他的面前，想来他定然也会将他认作是方清，他定然会十分慌张，不小心便会露出蛛丝马迹，而且就算他装作什么都不知道的样子，也可以让方明来假扮方清，同这佟大人对峙，方清是最大的证人，由不得这佟大人抵赖。

果然，当方明随着君无咎走进来时，那佟大人当场愣住了，他盯住方明仔细看了许久，都没有看出什么异常，他想不通这方清为何会没死，他明明亲眼看到，他受了极重的伤，定然活不了，而且就算能活下来，也不会在这几日内便恢复如初，到底是哪里出了问题？

不过如今方清出现，一切已经不容他再多说，只要他将一切说出，他便彻底暴露。毕竟成杨他们现在等待的便是一个机会，一个能彻底将他压垮的机会，而方明便是这个机会。而且这方明一直跟在君无咎的身后，而君无咎又同成杨是一条心。如今看来，他已经没有了退路，只能做生死一搏了。不过他依旧不动声色地看着君无咎说道："这位大人的话更是有趣，仿佛我佟某还非得知道些什么才行。"

佟大人说完话，君无咎没有理会他，而是径直走到了成杨的身后，而方明则是按照君无咎的吩咐，静静地走到了佟大人的身后，笑着看着佟大人说道："大人，我回来了。"

佟大人看到方明如此，心跳如鼓，他气不打一处来地看着他说道："你如何站在我这边？你应该站在几位大人的身后才是，我这棵树着实是太小了，栖不了你这么大的鸟。"

佟大人如此说完，方明倒也没有拒绝，而是继续看着佟大人说道："大人教训得是，谨遵大人教诲。"说完便走到了君无咎的身后。

成杨看到方明和君无咎如此，立马领会了君无咎的意思，他赶忙看着佟大人说道："大人，你如此吩咐方清站队，可是已经想清楚了，决定要供认你的罪责了？要知道，方清早便将你所做的一切告知我们了。"

成杨说完，那佟知府没了声音，他一直知道成杨他们查到了不少的线索，那上面也说，他们极为有能力，不容小觑，只是他绝没想到，这些人再有能力，能将奄奄一息的方清救了回来，如此仅是想想，便觉得恐怖。他想了想，看着他们再度说道："成大人，除了方清，你手里可还有别的牌？对于他的话我若说是他的一面之词，你们又可会强行抓我，对我屈打成招？"

听到佟大人的话，成杨等人一时无语，君无咎冲着方明使了个眼色，方明便走了出来，看着那佟大人说道："佟大人此言差矣，方清跟在您身后，很多问题也看得很明白了，您难道真的觉得我不会留一点证据来防您吗？要怪就怪您太冲动，竟然想杀我灭口，而不是好好想想如何同我做交易，您才能获得最大的利益。"

"方清，你是我的人还是成大人的人？我们都心知肚明，你再在这里说这些，不觉得可笑吗？你从一开始便和我走了相反的两条路，难道你觉得我会相信你能将你手中的证据隐而不发吗？"佟大人一边说，一边不屑地看着方明，仿佛自己早已经洞察了一切一般，而且他仿佛已经有了主意，他并不是很在意方清是否会将手中的证据交给成杨。

成杨听到佟大人如此说，便笑着看着他说道："哦？大人你这是承认了吗？承认这一切都是你做的，既然你认罪伏法，不如将你做的一切全权交代了吧！"

成杨一边说，一边叫两旁的侍卫，上前来抓住这佟大人，那佟大人被捕后，倒也没说些什么，也没有喊冤也没有认罪，只是老老实实地跪在那里一声不吭。无论成杨问他什么，他也不回答。

其实成杨他们最担心的便是那批从滁州运来的女子的安全，自从上次方清之后，再无人知道她们准确的消息，如今也不知道她们怎么样了，只是无论他们如何逼问这佟知府，他都不肯说出分毫，只是笑着看着他们说道："有本事，你们就继续去查啊！你们不是挺有能耐的吗？啊！方清，从我眼皮子底下弄走了多少人？若不是我发现得及时，我可就被你害得功亏一篑了。"

听到那佟知府如此说，成杨真是气不打一处来，他指着那佟知府，气愤地说道：“佟莽，你不要敬酒不吃吃罚酒！你不要真的以为本官不敢对你行刑。”

成杨说完，那佟知府依旧没有什么改变，依旧看着他笑着说道：“大人，那你想让佟某说些什么呢？那些女子是佟某最后一根稻草，佟某可是要用她们来救命的，又怎么会轻易地告诉你她们在何处呢？如此我可真是太蠢了。”

那佟莽说完，成杨着实气不过，便叫那些侍卫上前，打这佟知府二十杖，得到这个命令时，几个侍卫面面相觑，都不敢说话，更不敢上前动手。

看到如此景象，成杨更是气极，直接指着那群站在一旁的侍卫说道：“都过来，都给我打，我看谁不动手，你们一人打他一杖，若是不动手者双倍责罚，你们心里要清楚，此人早便不是你们的知府大人了，他现在是那人人得而诛之的罪犯，虽然现在还没有查清你们当中有没有同谋，不过今日不打者便一并算作那同谋吧！”

成杨说完，威严地扫视了那群侍卫一眼，吓得他们赶忙跑了上来，拿起那木杖一人一杖，绝不含糊，打得那佟知府哭天喊地，衣衫被点点血迹慢慢浸透。

不过好在这侍卫不到二十人，虽然他们为了证明自己的清白，打得很用力，但也不至于伤到这佟知府的性命，但是也绝对让他尝到了苦头。

可是尽管如此，无论成杨和君无咎问什么，他都咬紧牙关，不肯透露半分，只是冲着他们狠狠地说：“方清不是在这儿呢吗？你们全问他不就好了。”

他一直如此，成杨等人尽管再气也没有办法，现在一切都未查明，也不能当场处决他啊！

最终，一切只得作罢，先将他收入大牢，之后再行处理，处理完这一切，君无咎上前同成杨说道：“翰飞，通过前几次的经验，这次我们不得不防患于未然。”

成杨点点头，他清楚君无咎指的是什么，他怕这佟大人会在牢中被人杀人灭口，又或是被人救走。他本下意识地去叫初一，想让他去那大牢中看住这佟知府，可谁知他唤了好几声都没有人应，他这才意识到，初一还在扬州养伤，如今也不知身体恢复得如何了。

如此一想，成杨便又想到了十五，如今也不知道他怎么样了，虽然他们一直没有放弃调查，可是依旧没有得到丝毫和他有关的消息，这令成杨心焦不已。可尽管如此，成杨依旧不会放弃，他活要见人，死要见尸。

看到他愁眉不展，君无咎心中清楚他在想些什么，他深知痛失亲人的感觉。他走上前，拍了拍他的肩膀，看着他说道："不如我去牢中看着他吧！而且我也继续套一套他的话，看看能不能问出什么线索。"

君无咎如此说完，苏文月也走上前，看着他们说道："还有我啊，我也可以帮忙的，我们可来回替换，君公子若是累了我便去看。"

看到要劳烦君无咎和苏文月，成杨心中很是过意不去，他笑着看着他们说道："都是翰飞没有处理好一切，如今还要劳烦两位亲自过问此事，不过这样也好，我们三人亲自来看守他，也会稳妥许多。"

听到成杨如此说，君无咎和苏文月都笑了，不过他们看着他摇摇头说道："由我们二人来看就好了，如今这佟莽被抓，滁州定然有许多事亟待处理，这便需要翰飞来处理了。"

说完这些，苏文月还看着成杨调皮地说道："其实相比于我们，师兄才是最辛苦的，因为在这新的滁州知府到来之前，这一切事情可都得交由师兄了。"

成杨被苏文月调皮的模样逗得舒心了一些，眉眼不再那么沉重了，他看着他们继续说道："如此看来，我得尽快派人去将那官道上的巨石除去，省得它阻了我们这新任知府的路。"

说完，几人都被他逗得笑了。之后君无咎便同他们告辞，打算只身一人亲自去查看那佟莽。谁知还没走出那大堂，天上突然升起了一串紫烟，一看便是某种信号。君无咎、成杨等人发觉不妙，赶忙前去查看。

还未走到那知府衙门，便被匆匆赶回来的侍卫挡住了去路，只见他们扑通一下跪在了成杨和君无咎的面前，哭着说道："大人！大事不好了！那佟知府……那佟知府被人劫走了。"

果然，这一切还是发生了，君无咎十分自责，怪自己为何没有再缜密一些，亲自陪同他们到那大牢，看到成杨他们都如此自责，湛之君走了出来，看着他们说道："几位大人还是不要过度自责了，其实，如此看来这佟莽定是早有准备，他应该在大人交上官牒的那一刻起，便已经为自己铺好退路了，要不然他也定然不会是方才那般从容，那般理直气壮。"

湛之君说完，苏文月也深吸一口气，看着成杨等人说道："湛大人说得很对，想来这佟莽应该是早已准备了万全之策。狡兔三窟，他为虎作伥这么多年，想来定然会为自己留一条后路，这事不是我们能够提前预知的。"

苏文月说完，君无咎和成杨点点头，没再说什么，而是沉默着走回了大堂，成杨回去后便不说话，一直在给皇上写信，表明这里的情况，并且让他再甄选一位滁州知府，派到这里。

而君无咎进这知府衙门后，直接带着方明转到了衙门府的后院，这是佟莽安置内眷和平日里生活的地方。他心中有一个疑问，一定要亲自来这内院看一看，方能解开佟莽被劫之谜。

原来君无咎一直担心劫走佟莽的人，可能并不是为了救他，而是为了杀他灭口，他怕这佟莽在心里已经认定方清死了，所以并没有准备什么退路，所以他担心滁州还会有另一只更隐蔽的手在操纵一切。

终于来到后院，君无咎发觉这里已经人去楼空，哪里还有什么内眷，就连平日里侍候外侧的仆人也所剩无几，仅剩的那几人也早已听说了佟知府的斑斑劣迹，看到君无咎来都吓得瑟瑟发抖，因为他们为了同那佟莽摆脱干系，正在收拾包裹打算离开。

方明随手抓住了一个正小心翼翼准备逃跑的男子，看着他问道："为何在这里鬼鬼祟祟的？可是偷了什么东西？"

方明说完，那下人吓得瑟瑟发抖，赶忙跪在了君无咎和方明的面前，大喊着大人饶命。

这一起一伏，不小心身上的包裹便被晃散了开来，散出许多银器，方明看到这些，看着他冷笑着说道："不曾想，你竟真偷了这些东西。"

那下人看到东西散落了出来，吓得脸都绿了，而一旁正在收拾准备逃跑的人，看到如此一幕，也都不敢再动了。

君无咎拍了拍方明，示意不要再吓唬他了，他还有正事要问他，看到君无咎缓缓走向他，那下人吓得慌忙说道："大人饶命，小人再也不敢了，小人是看别人都这样做，小人方才拿了这些银器，小人只是为了以后还能活下去，才动了歪心思拿了这里的银器。"

他一边说，眼泪也一边止不住地往下流，他猛地磕了几个头，求君无咎饶命，然后继续说道："小人本以为会在这知府衙门干到死的，可谁知这知府一家现在人去楼空，留了一身的罪名，也不知道会不会波及我们这些下人，小人着实是怕死，才动了这歪心思，小人也是为了活下去啊！"

听到那下人如此说，君无咎点点头，看着他说道："不要再磕头了，起来回话吧，我有话要问你。"

听到君无咎如此说，那人赶忙点头说道："大人，您请问！"可是他并没有要起来的意思，而是一直跪在那里，看得君无咎心里很不是滋味，他走上前将他扶起，看着他说道："真的不用跪着回话，只要我问你什么，你如实回答便可以了。"

君无咎说完，那男子拼了命地点头，看着他说道："谢谢大人，谢谢大人，大人您尽管问，只要是小人知道的，小人定当知无不言。"

听到他如此说，君无咎点点头，说道："我问你，这佟知府的家眷是何时离去的？可有说要去哪里？除了带走这些家眷还要带走什么？"

君无咎问完，那男子仔细地思索了一会看着君无咎说道："这知府的家眷是今日早时陆陆续续离开的，走的都是后面的小门，知府大人特意通知谁都不可喧闹，将此事闹到前院去，如果被几位大人听到了，定是格杀勿论。”

那男子说完，君无咎点点头，看来定然是成杨他们候在衙门外那一个时辰之间发生的事了。如此看来，他果真是提前做了准备，看来他果然是被人救走了，而不是被杀人灭口了。

“还有……还有那大人除了带走了杨管家之外，便再没有带走什么旁的人了，其余的人是在听说知府大人出事后收拾收拾都从那后门中逃走了，而我们几个走得慢，便被大人当场抓住了。”

“你们几个走得慢？我看是你们太贪了吧，拿了这么多银器想来行动都不方便呢！”方明看着那男子，又看了看那些人，如此调侃道。

方明说完，那男子不敢再抬头看他们，也不敢再说些什么，君无咎看他如此，轻轻地拍了拍方明的手臂，示意他不要再说下去了。

他怕这人会心有芥蒂，会有所隐瞒，他想了想再度看着他说道：“你不要怕，只要你将你知道的一切如实说出来，这些银器你大可以拿走。”

说完那男子才再度抬头看着君无咎，眼中闪着光，看起来极为激动，赶忙说道：“大人，请问！”

君无咎看了看他的样子，点点头笑着问道：“和我说说那杨管家如何？最好详细道来。”

“杨管家……”那男子一边思索，一边喃喃自语，突然他像想到什么似的看着君无咎说道，“说来大人可能不敢相信，他们都传那杨管家其实从一开始并不是佟知府的管家，相反他曾是那佟知府的主子，不知是何因缘际会，那杨管家如今甘于屈居佟知府这里当一个管家，这件事一直在我们下人之间流传。”

这男子说完，君无咎不解地思索了一番，他忽然想到了那林海贤，为何这佟莽的身世和这林海贤的如此相似，莫非他们之间可有什么勾结？

他再度向那男子询问，那男子边说除了这些他也再不知什么了，如此君无咎只好让他们离开了。

那男子小心翼翼地逃走后，其余的人也跟着他一同逃跑了，方明看到君无咎此举十分的不解，他看着君无咎疑惑地问道："君公子，你将这些人全部放走，那日后我们的生活起居由谁来照顾？为何不将他们留下来照顾我们呢？"

方明问完，君无咎看着他笑了笑说道："放他们离开吧，在这里他们定然会每日胆战心惊，怕自己受到牵连，这是在他们没有问题的情况下，而如果他们真的有问题呢，看此状态，我们如何逼问，他们也不会吐露半分，只是若是他们有问题你又敢留他们在身边吗？你就不怕他们对你下手吗？"

君无咎说完，方明才恍然大悟，他笑着看着他说道："原来如此，还是君公子考虑得周到，如此看来，还是君公子此举于我们来说最安全。只是近几日我们的生活可就难了，也不知苏小姐烧的菜能不能吃。"

方明说完，君无咎笑着看着他说道："为何在方明心中，我们这饭一定是要由苏小姐来烧，莫非仅仅是因为苏小姐是个女子？难道在方明的心里，这女子做这烧饭洗衣的事才是天经地义的吗？"

君无咎说完，方明才意识到自己不知不觉中竟会抱有如此愚蠢的心理，他看着君无咎不好意思地笑着说道："真是让君公子见笑了，我也不知为何方才竟然极为自然地便说出这等话，如今被君公子一语道破症结，真是惭愧至极！"

君无咎摇摇头，看着他笑着说道："这不怪你，其实很多人都是这样，潜意识里便被这种思维同化了，我们总是在潜意识里将烧饭、洗衣同女子联系在一起，可是你可曾想过，苏文月是大理寺的寺正，其实更能代表她价值的说不定是在当职寺正时的表现，而不是是否有这烧火做饭的能力。"

君无咎说完，方明点点头，说是自己太过狭隘了，日后的饭菜便都由他来准备好了。

听到他如此说，君无咎赶忙摇了摇头，看着他笑着说道："你还是放过我们吧，谁人不知你烧的那菜就如你熬的药那般苦涩至极。我在为青山夫人医治时，她可没少同我提起过你的这些囧事。”

听到君无咎如此说，方明笑着看着他辩解道：“才不是这样，青山夫人那是胡说，现在我的厨艺已经练得出神入化了。”

说完君无咎也没有理会他，只是笑了笑，继续往前走，走了一会才想起什么似的看着他说道：“饭菜还是我来准备吧，只是每日还得有劳方大公子去买菜了。”

听到君无咎说亲自要烧菜，他本是想阻拦的，不过在看到他认真的模样后，便点点头，笑着说道：“好，我给你做副手。”

说完，二人便一同来到了那正堂，已经过了这么久，成杨的信还没有写完，看来他有很多事要向皇上回禀。

其实并非如此，实则成杨在这里坐了许久也不知道该如何下笔，他想向皇上询问那青山寨的事，可是他又不敢随意问，随意提及此事，他知道皇上未将此事告诉他们，定然有他自己的考量，圣心难测，如他便这么贸然询问，想来不仅有可能会触怒龙颜，还有可能什么有用的线索都得不到。

所以思来想去，他便着重地写了这滁州知府的事，也着重地写了这滁州瘟疫的成因，其他的都未提及，最后又思索了许久，才将它封好，交给苏文月，命她找一个可靠的人，将这封信传递出去。

信写完后，成杨的心还是十分沉重，如今他越来越看不懂局势了，虽然通过他们的一同努力，事情已经渐渐明朗，很多事情都已经清晰了，他相信只要他们坚持走下去，一切都会水落石出的。

可是走了这一路，他们得到的又是什么呢？收获的又是什么？是一个个至亲深陷险境，还是揭露一个个信任之人的可恨嘴脸，走了这一路，他们到底得到了什么？又失去了什么呢？

正如现在他的心里已经陷入了危机，他之所以能够体会君无咎在得知那背后的大人是他的老师时的内心感觉，因为在他心里曾有同等地位的人，那便是皇上，他向来知道龙心不可测，知道为了皇权，定然也会有很多龌龊丑陋的事情发生。

只是在他心里皇上一直都是一个明君，他爱民如子，绝不会看着自己的子民一直深陷险境，可是这次为何他能够让这滁州瘟疫持续这么久呢？

青山寨已经在这里建了几年了，想来他们定然早就知道这瘟疫并不是真正的瘟疫，而是由毒炼制而成的，可是既然已经掌握了这些事，为何不能解决他们？不早些将这滁州知府抓起来，还百姓一个安稳生活，皇上他到底在等什么？

成杨自打写完信后，便一直坐在那里，手不住地敲着桌面，君无咎看出成杨定然是有什么心事，便走到他身边，笑着看着他问道："在想什么？这么久了，也未说句话。"

他一边说一边递给他一杯茶，成杨很疲惫地笑了笑，端起那茶饮了一口，仅一口本来从容不迫的脸却皱成了一团，他赶忙将那茶放下，看着君无咎小声地问："这茶不会是方明煮的吧？"

说完众人哄然大笑，君无咎点点头，看着方明说道："没错，正是他！"

君无咎说完，成杨抬起头看着他笑着说道："方明啊！方明！我本以为你是烧菜苦而已，不承想，你连茶煮得都同那药一般，有这种能力，也着实是非常别致。"

听到成杨和君无咎一同调侃他，方明再度不好意思地笑了笑，他看着大家再度说道："虽然我这茶煮得极为难喝，但是我这茶总算起了些作用，他让成大人的眉头舒展开了。成大人，以后若再是遇到什么烦心事，你就想想我今日这茶，便知道没有什么苦难是熬不过去的，再苦有我这茶苦吗？"

方明如此说完，成杨心中莫名觉得温暖，他笑着看着他说道："我收回我方才的话，这方明最别致的能力不是在于他烧了一手苦涩的东西，而是他竟然有能力让人在品尝过这些苦涩的东西后还觉得甜蜜。"

成杨说完，君无咎跟着点了点头，他觉得成杨这话说得很对，不过他还是同两人开玩笑地说道：“如此便好了，方明，你同你的成大人，一个周瑜，一个黄盖，以后你这苦涩的甜蜜便全都交给你的成大人好了。”

君无咎说完，苏文月赶忙附和地点点头，方才这茶端上来时，她着实太渴了，便猛喝了一口，不承想，这味道竟然如此要人命，她差点将它们尽数吐出，只不过现在身居公堂，她不好如此做。

方明知道君无咎只是在同他打趣，所以并没有觉得不快，只是看着他们一直笑而已。

而此时成杨却起身，看着君无咎说道：“清悦兄，不如陪我随意走走吧，我想同你谈谈这佟莽的事，想看你有何高见。”

成杨说完，君无咎便听懂了成杨的意思。他点点头，说好，便跟在他的身后，同他一同往后院走，在他们离开时，那孙主簿突然叫住他们说道：“两位大人，既然是要讨论这滁州知府的案情，何不就在这里说说看法呢？我们大家可以一同琢磨，如此效率不是更高吗？”

孙主簿问完，成杨并没有直面地回复他，他只是看了他一会，将他看得有些不敢抬头直视他，再度开口说道：“孙主簿，你先将今日审理的案情整理好便可了，如若真的发现了什么重大线索，我和清悦兄定然会告知几位的。”

说完，他便和君无咎一同离开了，他们二人离开后，这孙主簿在那里懊悔了许久，觉得自己说错话了，最近他着实太心急了，要知道以前，他是从未如此主动地干预过成杨的事的，而且看刚才成杨看他的眼神，想来已经不再信任他了，看来他暴露是迟早的事了，他一定要为自己谋一条后路。

看到孙主簿一直出神不说话，湛之君有些担心，他轻轻地唤了几声孙主簿，问他：“孙主簿，您这是怎么了？”

孙主簿这才缓过神，冲着湛之君笑着摇摇头说：“我没事，只是折腾了这么久有些累了。”

听到他如此说，湛之君便放心了，他赶忙看着孙主簿说道：“那我扶您去休息吧！”

孙主簿笑着点点头，看着对他满是关心的湛之君，孙主簿若有所思。

而一旁的方明和苏文月也不知该去干些什么，这君无咎和成杨走了，湛之君和孙主簿也走了，那他们怎么办呢？现在去查案，这天色已晚，又没什么新的线索，思来想去，苏文月想到了一个好的事情，她看着方明笑着说道：“走，咱们去烧饭去，你给我当副手。”

苏文月说完，方明狐疑地看了看她问道：“烧饭？你行吗？我还是等着君公子来烧吧！”

苏文月看到自己被质疑，生气地看着方明说道：“让你来，你就来，哪那么多废话，今日本小姐就亮出自己的手艺让你们尝尝。”

不得已方明只好跟着苏文月一同跑去厨房煮饭。而这时的君无咎和成杨已经在去往这知府花园的路上了。

成杨向君无咎叙述了他方才所想，君无咎想了一阵子后看着成杨说道：“翰飞其实早就明白这一切，只是不肯接受罢了，就如同我一样，我现在若不是亲自见到我的老师，我还是不敢相信他会做出如此事情。不过我们心里都清楚这事情已经真真切切地发生了。”

说完他停顿了一会儿，思考一番后，再度说道：“再说圣心，其实你我都清楚皇上他最想要的是什么。他最想要的不过就是集权，他在位的这些年里，一直在加快集权的进程，将地方的权力收回中央，削弱重臣的权力，将一切事情控制在自己的手中，其实如此想来，这条集权的路上会有多少政治权谋，会沾染多少人的血，今日这一切便也不足为奇了。”

听到君无咎说完，成杨叹了口气，他看着他继续说道：“其实，你说的这一切我都懂，只是我如今想不通的是，皇上为何不从一开始便铲除这佟莽，而是要借我们之手除掉他？想来上次信中，他提到这滁州瘟疫，猜想他便已经知道了此事，既然如此，他为何不自己动手，尽早除掉这个祸害百姓之人，而是一直等到我们处理完扬州之事才叫我们去处理这件事？”

成杨说完，君无咎也想了良久，还是没有想通这一切，不过他们知道皇上一定会有自己的考量，只不过是什么考量竟然让他以牺牲百姓作为前提呢？看来这件事一定和皇权有关。

成杨再度将自己的分析说给了君无咎听，君无咎点点头，然后看着成杨说道：“不知翰飞可还记得，那什边城，当初那铁矿可就是被送往了那里，那时你还担心有人会借此机会来扰乱朝纲，伤害皇上。”

成杨点点头，看着他继续说道：“我当然记得，而且到现在为止我都觉得我们应该去那里看看，我总觉得在那里我们能够找到很关键的线索。”

听到成杨如此说，君无咎点了点头，看着他再度说道：“既然翰飞想去那里查探一番，那我们便去那里勘查一次，等滁州这的事一完结，我们便即刻动身去那如何？”

听到君无咎如此说，成杨笑着点了点头，见他终于露出了笑颜，君无咎也才放心些，看着他继续说道：“其实皇上并没有像你说得那样彻底地抛弃了他的百姓，他其实还一直吩咐方清和方明来救治他们，想来他定然也是有什么两难的事情，才会做出如此决断，不然一个连自己子民性命都不顾及的皇上，我们为何还要一心为他卖命呢？”

其实君无咎这句话说到了成杨的症结上了，他心里一直在意的便是此事，虽然成家一直为皇帝所用，是皇帝手中的一把利剑，可他还是担心，担心他所卖命辅佐的人是一个昏君，他绝对承受不起这种打击。

不过听过君无咎方才的分析，他心中才好了许多，他笑着看着君无咎说道：“真是知我者，清悦兄也。”

就这样他们走了许久，也谈了许久，谈着谈着君无咎才想到自己还没同他说方清交代给他的话，他赶忙停了下来，看着成杨说道：“翰飞，我怀疑我们一行人中有那所谓王爷那一方的人。”

君无咎说完，发现成杨并没有太大的惊讶，他赶忙继续问道：“莫非翰飞早已知道此事了吗？”

成杨摇摇头，看着他继续说道："没有，我并不知道此事，我只是心中有所怀疑罢了，所以今日你愿意陪我出来我便也没有太过惊讶。"

成杨说完，君无咎点点头，看着他小声地问道："不知翰飞怀疑的人可是……"

"孙主簿！"

"孙主簿！"

两人异口同声地说道。原来这君无咎和成杨早就怀疑这孙主簿了，从上次的买卖官职的册子开始，君无咎本来没有怀疑什么，他总觉得他们几人一直同甘共苦，经历了这么多事，彼此的为人都应该早已了解，在他心里孙主簿一直是个博学忠厚的人，他从未想过他会背叛他们，只是那日方清说完那一席话后，他才开始有所怀疑，毕竟这孙主簿同其他人相比有太多奇怪的地方。

成杨与君无咎不同，他可以说是早就怀疑这孙主簿了，从上次的买卖官职的册子开始，很多事他便开始避开他，单独同君无咎谈了。

因为他那件事，让君无咎嗅到了不同寻常的气味，哪会有那么多凑巧之处，可是那天这孙主簿却一时间全部占齐了，其实不必说，这定然有鬼，而且在烧毁一半的册子上赫然发现了欧阳定贤的名字，想来孙主簿是谁的人，便可想而知了。

这孙主簿费尽心思不惜惹众人怀疑自己也要掩饰的人，定然是十分重要的人，或者便是他们认识的人，这林海贤定然接触不到，所以定然也不会记录在那册子中。那便只剩下一个选项了，即他们认识的人，这人便只有欧阳定贤一个，而也只有这一个人值得孙主簿为他不惜一切代价去掩饰了。

听到成杨如此说，君无咎好奇地看着他问道："你说这孙主簿愿意为了欧阳定贤赴汤蹈火，翰飞何出此言呢？"

君无咎问完，成杨思索了一会，看着君无咎继续说道："其实此事真正的原委我也不知是什么，当初在大理寺时，听闻别人提起过，我这老师好像因为什么事情，曾救过孙主簿一家，所以这孙主簿一直十分听从他的话，很多老师不好出手的事，一直由孙主簿出面解决。”

听到成杨如此说，君无咎大致也懂了他的意思了，如此看来这欧阳定贤的名字，定然不是那林海贤为了污蔑他随意加上去的。这孙主簿本来想要替那欧阳定贤隐瞒，不承想却反而坐实了欧阳定贤的嫌疑，可见他真的是心虚了，不然换作是平常的他，定然不会做出如此莽撞的事。

讨论完这些，君无咎看着成杨继续问道：“不知翰飞得知这一切可有什么打算？”

看到君无咎如此问他，他便知道君无咎定然以为他在得知自己的老师参与这件事时，伤心不已，不过他却笑着拍了拍他的肩膀继续说道：“这种话，你还是等着拿去安慰我师妹吧，我倒是不必了。”

说完，他看君无咎有些不解，看着他继续说道：“从小跟着老师时，我便察觉出他很多地方不对劲，所以在很多方面我并不是很信任他，只不过实在是对破案感兴趣，而当时他也可以称得上是这京城中在此方面造诣最深的人，如此我才拜他为师，只是在很多方面，他的想法我还是不敢苟同。”

他如此说完，君无咎才点了点头，如此他便了解这一切了，确实欧阳定贤在审案这一方面的才能是有口皆碑的，就连老师也曾对他的才能称赞不已。其实仔细想来老师和这欧阳定贤还是故友呢，只是不承想最后竟走到了这对立的位置。

想到这，他突然感慨颇深，看着成杨说道：“翰飞，得你做知己真是一生所幸，希望我们能永远像今日这样坦诚相待，而不会因为利益的驱使而背弃彼此。”

君无咎说完这话，自己都觉得酸得不行，不过成杨却能感受到他的那份心意，知道他是发自肺腑同自己说这番话的，他点点头，看着他继续说道：“放心，我永远不会成为我老师那样的人，而我也知道你也永远不会成为岳大人那种人，所以我们定能做一辈子的知己。”

成杨说完，君无咎欣慰地点点头，踏着月光他们决定回去了，君无咎还惦记着要和方明一同去烧菜呢，毕竟过一会就太晚了，大伙吃的可能就称不上晚饭而是夜宵了。

不过离开前君无咎和成杨已经确定好了之后要如何对待孙主簿，最后他们决定要以不变应万变。看他到底要做到什么地步，如此掌控了他，便也变相地掌控了欧阳定贤。

回到后院的正堂，君无咎和成杨竟发觉满屋飘香，他们本来是不饿的，不过闻到这香味，倒觉得饥肠辘辘了。

走进屋内的成杨一眼便发现了苏文月脸上的黑灰，他笑着夸赞道："师妹，可以啊，之前一直没看出来，你竟然有这好手艺。"

成杨说完，君无咎才发觉这苏文月脸上的灰，也笑着说道："真是士别三日当刮目相看啊！"

可谁知他们二人说完，那方明便一直在那里憋笑，而苏文月也一脸没好气地看着他。

成杨不解地问他俩为何如此，只见方明看着他笑着说道："什么士别三日啊，这苏大人差点没把房子点了，这些菜可都是从天香居定的。"

听到方明如此说，君无咎等人恍然大悟，成杨看着苏文月说道："莫非师妹又将这厨房点了不成？"

成杨说完，苏文月白了他一眼，看着他们说道："好心没好报，以后再也不给你们做了，你们总是这般调侃人，谁还有热情做给你们吃？饿死你们算了。"

苏文月说完，成杨和君无咎等人以为她真的生气了，赶忙向她赔不是，说心里都知道她的好意，不过是同她亲近，才这样开玩笑罢了！

看到他们如此认真，苏文月笑着说道："好了，我没生气，只不过每次我都是十分认真的，却不曾想会被你们如此说，所以内心有一点点伤心。"

苏文月说完，成杨和君无咎都没有再说话，而是静静地低下头吃饭，都有些不好意思，确实总如此同苏文月开玩笑，没有照顾到她的心情，是他们疏忽了。

吃过饭后，他们便各自休息了，君无咎收拾收拾也赶忙睡了，他打算明日早些起床，来给大家做早饭。

一转眼，便又是一日，天刚擦亮，君无咎就收拾好一切，准备去厨房做早饭，可就在这时便有一个衙役跌跌撞撞地跑到了内院来找成杨大人。

君无咎赶忙扶住他，看着他焦急地问道：“你这是怎么了？”

看到是君无咎，那衙役也仿佛见到了救星似的，看着君无咎说道：“大人……不好了，城中暴发瘟疫了！”那男子说完便倒在了地上，君无咎着实吓了一跳，他本以为他死了，不过还好，只是晕厥而已，但是君无咎仔细查看了一下，发觉这衙役身上竟然沾染了那毒，而且毒性十分猛烈。

他赶忙拿出怀里的针，为他行针，将他身体里的毒稳住。接着他再度走上街去查看，发现街上出现了好多百姓，原来他们都赶去问诊，从昨夜开始，便有人开始陆续地呕吐腹泻不止，严重者已经开始咳血，而且已经有许多老人与妇孺死于昨夜了。

君无咎看着街上的人，这些人有的看起来很重，而有些看起来又很轻微，甚至有人并没有染上这毒，君无咎不解为何会造成如此状态。

君无咎赶忙去叫成杨等人，君无咎来到成杨屋内时，成杨还未醒，看到君无咎如此慌张，强撑了精神，起身睡眼惺忪地看着他问道：“清悦兄，天色尚早，为何如此慌张？”

君无咎看着成杨十分焦急地说道：“不好了，翰飞，好像全城的百姓都中了那毒了！”

君无咎说完这话，成杨立马便精神了，他难以置信地看着他再问了一遍：“清悦兄是说全城的百姓都中了那毒了？”

成杨问完，君无咎点点头，看到君无咎如此庄重，成杨知道他定然没有同自己开玩笑，他绝不会拿百姓的性命之事来开玩笑的。

他赶忙穿好衣衫，而趁这段时间，君无咎赶忙去叫方明，如今方明的作用是至关重要的，只有他才能有办法通过内调来稳住这毒的病发，所以君无咎要赶忙将他叫醒，同他一起去医治那些百姓，早些医治，便能多挽救几条性命。

君无咎去叫方明时，方明已经起床了，他正准备出发去找君无咎，毕竟昨日他们已经约好一同去做早饭。看到君无咎找到这里来，那方明无奈地看着他说道："不是吧，我的君大人，我都起得这么早了，你还要催啊！走走走……我这便能走了。"

他说完，君无咎摇摇头，拦住他的去路，说道："现在没时间开玩笑了！出事了！"

听到君无咎如此严肃地说出"出事了"三个字，方明的心咯噔一下，他意识到这事定然极为严峻，他赶忙看着他问道："怎么了？莫非是毒的事？"

看到君无咎如此急匆匆地找他，他心中也大致猜到了几分，看来定是与毒有关了。

方明说完，君无咎点点头，看着他极为严肃地继续说道："恐怕，现在全滁州城的百姓都或多或少地中了那毒了。"

听到君无咎如此说，方明的表情并没有很惊讶，毕竟这件事他已经经历了大概两个年头了，每年那滁州知府都会在流经滁州的那条河里面下毒，这河是滁州城的水源，全滁州城的人几乎都靠那河里的水生存。

他如此做便是为了做出瘟疫的假象，向朝廷申请救灾银两，不过每年他的毒量都控制得非常小，只让这些百姓呕吐腹泻不止罢了！

持续一段时间后，等朝廷的赈灾银两拨下来后，他便会搭一个施粥棚，做做样子，那施粥棚中的粥虽然如此清汤寡水，甚至连几粒米都没有，清似白水，但其中却有解药，那些百姓经过那一阵折腾，没有了生产力，早就几乎倾家荡产，如今这朝廷施粥，当然一定会去抢上几碗，来填饱自己的肚子。

如此一来，这解药便顺利地送到了滁州百姓的手中，他们的毒便也就全解了。

起初朝廷对这一切并没有什么太大的怀疑，这佟莽申请赈灾银两，朝廷便也批准了。可当第二年，他用同样的套路来向朝廷要赈灾银两时，便引起了皇上的注意，皇上曾派了好几批钦差大人到那里查看，许多人是还未到滁州，便身首异处，还有几人是刚踏上那滁州地界，便被人杀害了。

其实那滁州知府不过是贪图朝廷那赈灾银两罢了，所以才会年年如此，可能今年也不例外。

方明将自己知道的情况同君无咎讲了，可是君无咎依旧十分焦急，他看着他继续说道："你让我如何不急，这次百姓中毒的迹象，可不像你说的，像往常那两次那般轻微，这一夜之间已经死了许多人了，而且还有好多人一直在咳血，也不知他们能挺到何时。"

听到君无咎如此说，那方明也有些慌了，他看着君无咎继续说道："一夜之内死了许多人！怎么会这样？莫非他们这次将那新研制的毒下入了那河水中？"

方明说完，君无咎点点头，看着他继续说道："正是如此，而且这次毒药的剂量想来也是非常大的，要不也不至于一夜之内便毒死了那么多的人。"

君无咎说完，方明点点头，忧心忡忡地看着他说道："看来那佟莽是疯了，他想毁了滁州城，拉着滁州城来为他陪葬。"

方明说完，君无咎十分赞同地点点头，而此时成杨带着苏文月等人出现了，当时成杨收拾好一切后赶忙去将苏文月等人叫了起来，并向他们陈述了这件事。

苏文月等人听到这件事极为震惊，完全想不到这佟莽竟然如此丧尽天良。

他们赶忙一同出府来到街道上检查那些中了毒的百姓，而且成杨还赶忙昭告全城百姓不可再喝从河里打上来的水，就连自己的井水也是不行，让他们务必要容忍一段时间，他们会尽快处理好这个问题。

其实成杨不让百姓们喝水是为了保住他们的性命，可是他却不能说他们是中毒了，因为如此说完，定然会引起恐慌，百姓也会觉得朝廷办事不力，竟然连这坑害百姓的官员都处理不了。

所以成杨在这份告示中一直在安慰百姓，告诉他们要先稳住心态，之后，事情会慢慢得到解决。其实就连成杨也不知如何才能喝上水，毕竟知府衙门里的这口井，成杨也不知道它能不能喝。

想来是不能喝的，毕竟这佟莽最恨的便是他们，当然不会让他们好过，说不定还会在那口井里加了数倍的毒药，如此来解心头之恨。

成杨写完这告示后，赶忙让那些还没有事的衙役四处张贴，确保百姓们能够看到。

而这边的君无咎和方明则号召那些生病的百姓不必再去别处寻医，而是直接来这知府衙门便好，如此方便方明和君无咎为他们医治。

君无咎也将这事书写到纸上，让那些衙役全城张贴，希望能够救治更多的人。

不多时这知府衙门便被中毒的百姓们围得水泄不通，其中有几个贪生怕死的乡绅，在打听到是君无咎和方明可以医治他们后，赶忙抱着银子来到了君无咎和方明的面前，十分直白地将包里的银子递给君无咎和方明，让他们看在钱的面子上，先医治他们，那副嘴脸看得君无咎和方明一阵反胃。

君无咎和方明非常直白地拒绝了那些乡绅，非常明确地看着他们说道："本官医治病人的原则是看病情的轻重缓急，绝不是因这银子，你们不要再动什么歪心思了，本官一定会一视同仁的。"

听到君无咎如此说，那些无钱无势的百姓们一阵叫好，觉得自己遇到了一个好官，而那些乡绅也面若死灰，不知如何是好。

突然他们想到了君无咎那句病情的轻重缓急，他们立马来了主意，满地地打滚叫喊，吸引君无咎的注意。

那些乡绅一倒地哭喊着叫痛，君无咎便拿不定主意到底要不要先为他们问诊，他心里清楚他们很有可能是装的，可是他若不救，这里若是有一个是真的，他便会终身愧疚遗憾。

然而君无咎在接连诊治过三个乡绅之后，看着他们冷冷地说道：

“从现在开始，只要你们再说自己病得很严重，那我绝对会先来医治你们，只是我若发现你们并没有你们表现得那么严重的话，那医治过后，你们便去领十个板子，没有可回旋的余地，本官说到做到。”

君无咎说完这些，那几个一直在闹事的乡绅都老实了起来，不敢再多说话了。

方明在没看到这些百姓时，心里本来还是有些把握的，虽然他在此之前，没有将那解药研制出来，但是大致已经可以控制住那毒了，可今日看到这些百姓方明才有些慌了。

看来那佟莽已经将那最新的毒研制成功了，那些女子呢？想来也凶多吉少了，这毒一旦炼成，这些女子应该便也没什么用处了，想来不是惨遭杀害，便是直接毒死了吧。

而这被改良后的毒，毒势凶猛，变化诡异多端，就连方明一时间都一筹莫展，束手无策。只能由君无咎先用行针之术，短暂地控制一下毒性的蔓延。

可是病人实在是太多了，光凭君无咎一己之力是绝对无法医治这些人的，虽然苏文月、成杨等人一直在帮忙照看这些病人，可是他们最终还是不懂得医术，无法帮助他们医治这些病人。

起初，君无咎想到了本城的郎中，想让他们过来搭把手，尽管他们无法解开这些百姓身上的毒，但是最基本的急救和病情观察，他们还是懂的。

可是君无咎命人找了许久才发现，这城中的郎中也几乎全部中招，中了那毒，根本无暇顾及别人的死活，因为他们连自救都来不及。

面对如此形势，方明担忧不已，他看着君无咎从早上忙到了晚上，一口饭未吃，一口水未进，担忧不已，而且再看看众人，辛苦忙碌了一天，也还一口水未喝，如果一直这么熬下去，想来这些百姓还没被医治好，他们便累倒了。

想到这里，方明默默地做了一个决定，他看着君无咎说道：“君公子，我想我应该想到方法能解此毒了，而且是根治此毒。我想我之前研制解药时，少加了一味药材。”

听到方明如此说，君无咎开心至极，他的眼中闪出希望的光，期待地看着他说道：“方明，你说得可是真的？你真的有办法解这毒吗？”

君无咎激动的声音吸引了成杨和苏文月等人的注意，他们也赶忙凑上来，看着他激动地说道：“方明，这是真的吗？有什么办法你快说啊！”

方明见到大家都如此激动，温和地笑了笑继续说道：“我也不能确定是否真的能治好，我先去试试，做一下尝试，看看能否成功，先麻烦几位大人，在这里受累了。”

方明说完，成杨赶忙笑着看着他说道：“我们有什么好受累的，这都是我们应尽的职责，倒是你方明，你本来没有义务来做这一切，如今你却成了我们的希望，成了这群百姓生的希望。”

成杨说完，方明感动地点点头，没再说什么，拱拱手便离开了，君无咎看着方明的背影，莫名觉得十分落寞，可是他却不知造成这种现状的原因是什么。

而且由于现在实在太过忙碌，他也无暇顾及，等医好这些百姓后，他要亲自烧几个好菜来慰问大家，尤其是方明，他要同他好好聊聊。

方明整整离开了一个晚上，再度出现时他脸色苍白得没有什么血色，看起来疲惫至极。

而这一夜君无咎他们也没有休息，君无咎的银针都因为使用了太多次而有些变形了。君无咎一共有两副银针，他之前一直是两套换着用，其中一套用过后，便放在他熬的药汁中泡着，来祛除银针上的毒性。

如今来这知府衙门的百姓越来越多，严重的更是比比皆是，君无咎根本无暇再将那银针浸泡，只能每次用之前用火烧上一番。

君无咎本是累得心力交瘁，在看到方明后，他却瞬间来了精神，他赶忙看着他问道：“如何？可有进展了？”

方明疲惫地看着他点点头，继续说道：“我昨日配了解药，撒到了咱们衙门的井里，井里的毒算是解了，咱们有水可以喝了。只不过，那水太多，冲淡了解药的药力，所以那井水并没有什么解毒的作用。这解药之后我会亲自熬的，然后送到每个人的手中。”

君无咎点点头，看着他笑着说道：“方明考虑得很是周到，如今这整个滁州城，便只有这一口井可以用了，若是往这井中放了太多汤药，想必我们也没法烧饭喝水了。虽然熬药会辛苦些，但是我和翰飞还有苏小姐他们会来帮你的。”

君无咎如此说完，方明点点头，看着他笑了笑说道：“你们都累了，不如回去喝点水吧，我刚刚已经煮了一壶茶给你们喝。”

方明说完，一旁的成杨看着他笑着说道：“哈哈，我们家的方明又煮茶了，快都来喝一杯吧！”

成杨说完，苏文月、湛之君等人也跟着一同笑了起来，成杨觉得大家累了一夜本是想活跃一下气氛，不承想方明的脸竟然变得极为苦涩，成杨瞬间便想到昨日的苏文月，觉得自己可能是玩笑开得有些过火，导致这方明心里有些不快。

他赶忙走了过去，拿起茶杯，倒了一杯茶，喝了一口后竟然惊讶地发觉，今日的茶并不苦涩，而是极为的清新，同他以往喝的茶全都不同，他赶忙看着众人说道：“方公子今日这茶煮得着实别致。”看到众人疑惑地看着他，他才反应过来，其他人可能是误会了，他赶忙摇摇头，看着他们继续说道，“你们不要误会，我并没有调侃谁，这茶着实沁人心脾，不信你们尝尝看。”

成杨一边说，一边倒好了一杯，递给君无咎，君无咎细细地品尝了一口，也点点头赞不绝口，还直问方明是如何做到的。

而方明只是笑，并没有说些什么，而苏文月先是将那茶放到鼻尖下闻了闻，然后又细细地品尝了一下，果然唇齿留香。她赞赏地看了看方明，然后继续说道：“我和你们说，你们就不能瞧不起我们这种，说不定哪天我们露出一手，吓坏你们。”

说完，她再度看了看成杨和君无咎继续说道：“你们继续忙吧，我这就再去为你们准备饭菜，相信我这次一定会成功的。”

成杨和君无咎笑着点点头，并没有反驳她的话，不过成杨还是默默地示意了一下湛之君，让他陪苏文月一同去。

苏文月和湛之君走后，方明也看着君无咎和成杨笑着说道："既然如此，我也得赶快去那厨房划出一个位置熬药，不然这厨房若是被苏小姐毁了，那可就完了。"

方明说完这话后，君无咎和成杨都无奈地笑了，看着他说道："好一个方明，大家如今不再说你了，你倒是反过来调侃别人了。"

听到这话，方明向他们做了一个鬼脸，转身便离开了。方明走后，君无咎和成杨又一连喝了好几杯那茶，又赶忙投入医治百姓中去。

又忙碌整整一个上午，君无咎和成杨的身上都被汗水打湿了，额头上的汗珠一直不停地往下流，君无咎看着那越聚越多的百姓，感觉自己仿佛连气都喘不上来了，他不知道如何才能彻底地解决这件事，救治好这些百姓，安稳住民心。

君无咎越想便觉得头越胀，他觉得自己甚至都要晕厥了，而就在此时，方明出现了，他拎着两桶药，缓缓地走了过来，看起来更加疲惫了，他看着君无咎和成杨笑着向两人说道："成大人，君公子，这解药我已经炼制成功了，几位大人喂给这些百姓们喝吧！切记每人喝一小盅即可，这药极为珍贵，哪怕是那一小盅也极为珍贵，还望几位大人小心，切不可造成一丝浪费。"

方明说完，君无咎点点头，看着他说道："方明我们明白，你放心吧，这里人员众多，解药稀少，我们定然会好好节省地利用这些解药的。"

君无咎如此说完，方明点点头，看着他们说道："如此便好，那便有劳几位大人去喂这些生病的百姓了，我现在便回去开始准备下一批的药。"

方明说完，脸上已经没有一丝血色，看起来极为奇怪，君无咎有些担心，便看着他说道："方明，你不如回去先睡一会吧，我先替你顶着，你可以把你那方子交给我，我来亲自熬。"

君无咎说完，方明迟疑了一下，最终点点头回屋了。

在方明离开后，君无咎小心翼翼地将解药一盅一盅地喂给了那些中毒较深的百姓，君无咎本想在他们服过解药之后，再为他们行针，双管齐下来医治这毒，可是不承想奇迹竟然发生了，不等君无咎为第一个人行针完毕，那些喝过解药的人便退烧了，上吐下泻也止住了，着实神奇，君无咎都想不到这一切到底是如何发生的，那药便已经起了作用了。

他想不到如今方明制毒解毒之法竟然已经练得如此出神入化了，在这么短的时间内，竟然能够研制出解药，而且如此的有效，完全不像之前只是通过控制毒性，然后实现缓慢地治疗，他越想越是对方明佩服不已。

许多中毒轻的人，通过君无咎几次行针，也已经完全治好了，而当初那些中毒较深的人，服了方明准备好的解药后，也毒性全解，恢复了身体，只是还有些虚弱罢了。

而剩下的那部分则是病得没有那么重，而又没有喝上解药的人，通过君无咎的行针之术也已经控制住了体内的毒。

只是他们都十分着急，一直叫喊着要喝解药。

不管怎么说，今天的局势总算控制住了，君无咎和成杨一直紧绷的神经也终于放松了一些。前堂局势稍稳一些，君无咎便走到方明的屋子里去找他，看到他来，方明有些吃力地看着君无咎说道：“君公子，你怎么来了？”

君无咎看到方明如此，突然十分担心，他总觉得方明病了，可是他却不肯说。

君无咎走到床边，看着方明继续说道：“我来给你诊诊脉吧，我看看你到底怎么了，怎么脸色一直这么不好？可是累病了？”

君无咎一边说，一边想要拿起方明的手臂，为他诊脉，谁知方明竟然将手缩了回去，不让他诊脉。

他笑着看着君无咎说道：“我真的没事，君公子不必担心，我就是熬药熬得有些累了，并没有什么大碍。你这诊治了一天，看谁都像是病人，我才不要诊脉，被当作病人呢！”

听到方明如此说，君无咎以为方明在耍小孩子脾气，看他活跃起来，便以为他没事了，便放心地不再强求他帮他诊脉了。

看到君无咎过来，方明心中清楚，定是那解药已经分完，他便来找他再熬一些的，他非常迅速地看懂了君无咎的心思，他知道君无咎是担心他太过劳累，所以才迟迟未提熬药的事。

方明笑着起身，看着君无咎说道：“君公子，我这偷懒，睡了这么久，觉得自己精神抖擞，不如你也去休息一下吧，我这就去熬药，之后便由我来照顾那些百姓，你放心，等解药一到，他们的毒便全解了，看护他们没有什么难的。”

听到方明如此说，君无咎笑着摇了摇头，看着他继续说道：“没事，我不累，我之所以来找你，便是想着和你一同来熬药的，你太累了，我想为你分担一些。”

君无咎说完，方明很感动，他知道君无咎是真心担心他过于劳累，并没有别的目的，只是他有些担心，担心他发现自己的秘密，他纠结了良久最终点点头，笑着说好，他知道还是同意他帮自己比较好，要不以君无咎心细如发的性格，定然会有所怀疑。他不能让君无咎发现自己到底做了什么，不然他一定会阻止的。

一同来到厨房，君无咎和方明惊呆了，这苏文月和湛之君竟然在那里像模像样地炒出了几个菜，而且君无咎一询问，湛之君马上说自己并没有做什么，这一切都是苏文月亲手做的，他只是在一旁做副手和帮忙提点罢了。

听到湛之君如此说，方明和君无咎都佩服地看了看苏文月，苏文月也有些不好意思地看着他们笑了笑说道：“哪有你们夸的那么好，其实只是看起来没有往常那么不可下咽罢了，实则味道没有什么太大的进步。”

听到苏文月自谦，君无咎拿起筷子，尝了尝苏文月烧制的茄子，味道不错，对于苏文月来说，已经是很大的进步了。

君无咎品尝过后，苏文月一直眨着亮晶晶的眼睛看着君无咎想要知道味道如何，君无咎细细地回味了半晌，故作迟缓地说道："这菜烧得……"

"烧得怎么样啊？你倒是快说，不要卖关子！"苏文月着急地看着君无咎说道，她知道君无咎就是想逗她心急，她本想沉住气的，可是却做不到。

"这菜烧得很好，你和方明真是一对天才。"看到苏文月如此着急，君无咎便笑着看着她和方明说道。

听到君无咎如此夸自己，苏文月很是开心，觉得自己的努力得到了别人的肯定，不过她依旧摇摇头，看着君无咎和方明说道："哈哈，君公子说话不要太浮夸，我知道自己做菜有很大进步，但我知道我这小小的进步定然是不能同方公子比的，要知道他可是救了上百条的人命啊！"

听到苏文月如此夸自己，方明十分不好意思，他指了指厨房里那些准备充足的饭菜笑着说道："苏小姐此言差矣，我哪有你说得那么厉害，如果说我解决了他们身体上的疼痛，那苏小姐便是解决了他们的温饱问题，这又如何算不得救治百姓呢？要知道民以食为天。"

方明说完，苏文月不好意思地笑了笑，而一旁的湛之君则是极为耿直地看着他二人说道："原来这民以食为天还可以这样用，一语双关！精彩！"

湛之君说完，君无咎也再度笑了笑，说道："你们二人，就在这里互相吹捧吧，大可以当我们不存在。"

君无咎说完，众人哄笑作一团，笑过之后，苏文月和湛之君便端着饭菜离开了，他们打算去前堂，给那些百姓分一些，他们的毒刚刚解，身体极为虚弱，多少需要吃点东西来维持体力。

苏文月和湛之君走后，君无咎和方明便准备熬药了，方明先准备好药材，然后一一将它们交给君无咎，让他先拿去熬。

君无咎拿走后，仔细地看了一下那药材，发现那药竟然都只是些补身体的草药，对于解毒的作用根本不大，甚至可以说几乎没有。

可是这方明又是如何将这些草药炼成解药的呢？

方明看到君无咎盯着药罐走神，便猜到了他在想什么，他便笑着看着他说道：“君公子定然是在想如何解开他们的毒吧！其实这里的药材并不是熬这解药的全部药材，其实这药熬得差不多时，我会亲自往里添上一味药材，对于那解药这味药材才是至关重要的。”

君无咎听了恍然大悟，他点点头看着他好奇地问道：“那味药材是什么？竟然有如此神奇的功效？竟然能以一己之力扭转整罐汤药的药性？”

君无咎问完，方明纠结了一会儿，看着他继续说道：“哈哈，如此机密便不再方便告诉君公子了，君公子还是不要再细问啦！”

方明不肯说，而且回答君无咎的话也是模棱两可，君无咎不明白他为何会如此，他从没怀疑过他会是卧底，或是别的人，他一直非常信任他，哪怕他现在对他有所隐瞒。

他总觉得方明哪里不对劲，可是具体哪里不对他又说不上来。看来他可能真的有难言之隐，如此君无咎便不再追问他了，他看药熬得差不多之后，他便主动离开了，君无咎知道方明在下最后一味药材时应该不喜欢有其他人在场。

果然不多时他便带着那解药走了过来，这次君无咎在喂别人喝解药时，先仔细地闻了闻那解药，果然，它的味道还是那些补药的味道，他完全没有闻到那新药材的味道。不过他也没有再询问过他这一味药材是什么，他尊重他的选择。

虽然君无咎不知道这解药中最后加的一味药材是什么，但是这解药还是药到病除了，大家都十分佩服这方明，竟然有如此本事。

不过随时救，便会有人随时来，现在这知府衙门不只前堂，就连后院都已经住满了人，这滁州着实是太大，百姓太多了，这样一直下去肯定不是办法，一定会将他们累倒的。

他想了想便同成杨和方明商议解决办法，君无咎想了想看着他们说道：“如今哪有什么捷径或者方法可言，唯一的方法便是方公子的解药，不过看方公子的意思，这解药并不能一口气制上许多，所以我们能不能直接将解药投到那河中，让百姓们从日常的饮水中便将毒解了？”

君无咎说完，方明摇了摇头，看着他们说道：“此法行不通，那河水水量太大，太湍急，那解药一投进去便被溶了，起不到什么作用。不过现在滁州城里别处的水应该也可以喝了。”

成杨不解地看着他问道：“为何这样说？”

看到成杨发问，方明耐心地解释道：“正值雨季，那水量大而且湍急，那毒药想来早便被溶解了，除非那佟莽会不间断地往那河里投毒，不过通过衙门里的井水可以判断出，他并没有这么做，毕竟这几日咱们的饭食都是用这口井里的水做成的。”

方明如此解释完，一切便明了了许多，君无咎也点点头，说：“如此便可以让那些身体已经好转的百姓回家了，这知府衙门着实容不下那么多人了。”

君无咎说完，方明和成杨都点点头，不过成杨还是十分担忧地看着他们说道：“可是我现在最担心的还是那佟莽，他现在躲在暗处，非常危险，我们谁都不清楚他还会不会再次投毒。虽然现在我们已经掌握了解药，但是每次消耗的人力、物力着实太大，而且滁州的百姓也实在经不起这个折腾了。”

成杨说完，君无咎、方明点点头，方才刚刚放松一些，如今又紧张不已。

毕竟谁都不知道那佟莽到底藏到了何处。

“这几日忙得焦头烂额，一直也没去佟莽炼毒的地方查看，想来那里早已人去楼空，不过我想下午时去查看一番，看看能否查到什么线索。”君无咎一边思索，一边看着众人说道。

成杨点点头说：“我陪你一同去，这里有师妹和湛兄照顾，应该还忙得过来。”

“你们放心去，不要担心，这里还有我呢！”方明看着他们笑着说道。

他如此说完，君无咎和成杨都感激地看着他笑了笑，不过君无咎还是担忧地看着他说道：“可我总觉得你脸色极差，你若是不舒服，可千万别强撑。”

君无咎说完，方明笑着点点头说：“我没事，你别担心，倒是你和成大人，去那危险之地，一定要注意安全。”

君无咎和成杨点点头，便一同离开了。他们不太能确定那地点的位置，便赶了许久的路先回了青山寨，想要寻青山寨主一同前去。

到达青山寨时，君无咎和成杨发现，整个寨子十分忙碌，青山寨主和青山夫人等人仿佛要动身离开这里。

看到君无咎和成杨进来，青山寨主赶忙走过来迎接，看着他们笑着说道：“你们怎么到这里来了？滁州百姓的事解决了吗？”

君无咎摇摇头，看着他好奇地问道：“你们这是？要离开吗？”君无咎看着寨子中一直忙碌着在打理行囊的人说道。

青山寨主点点头说：“这滁州着实有些危险，不太适宜居住，我打算另谋一个地方安营扎寨。”

这借口着实有点弱，君无咎和成杨相视了一眼，君无咎看着青山寨主的表情，便知道多问无益，那青山寨主知道这是借口，成杨和君无咎这两个聪明人是不会信的，但是他还是如此说了，为的便是让他们知道，他无论如何都不会说的，让他们意会而已。

君无咎、成杨很快便领会了他的意思，笑笑他没再多问，而是问他们祠堂上的那些百姓可安置好了。

青山寨主点点头，说已经放他们下山了，而且都给了他们碎银子，保障他们近来的生活无忧。

君无咎和成杨听完放心地点点头，而一直在一旁看着的青山夫人，赶忙拍了青山寨主一下，看着他笑着说道：“君大人和成大人远道而来，还一口水都没喝，你就站着同人聊天，赶忙将人家邀进屋内来坐。”

青山寨主这才反应过来，赶忙看着成杨和君无咎，笑着邀请他们去正堂喝茶。

君无咎和成杨摇摇头，笑着同青山寨主和青山夫人说道：“寨主，夫人，你们就不要忙了，我们今天来其实是有一件事要请寨主帮忙。”

君无咎和成杨说完，青山寨主赶忙看着他们说道：“两位大人请说，同青山不必如此客气。”

成杨笑着点点头说：“之前方清去救人时，一直是由寨主您接应的，而且上次他出事，也是您出手相助，想来您定然知道那炼毒的地点在何处，我们想让您帮忙带个路，一同去查看一番。”

成杨说完，青山寨主有些为难地看了看他们说道：“那地方叫后道沟，离这颇远，如果去查看，想来当夜是赶不回来了，因为我已经和下面的人说好了，今夜午时便动身离开。”

听到青山寨主如此说，成杨和君无咎知道他是不能陪他们去了，只是听他这话里话外的意思，感觉他们非常着急离开，片刻都不允许耽搁，莫非是上面下了什么命令，还是出了什么事情?

君无咎看着青山寨主颇为为难，便赶忙看了成杨一眼，然后看着青山寨主继续说道：“那也无妨，寨主只要将那地点详细地说与我们便可，我和成大人去便可。”

听到君无咎如此说，青山寨主纠结了许久，最终点点头看着他继续说道：“也只能如此了，你们随我到这正堂来吧，那里着实太隐秘，光是复述一遍，我担心你们找不到，我这就画张地图给你们，你们大致地对比着，如此也好找一些。”

君无咎和成杨赶忙点点头，同青山寨主一同来到了正堂，那青山夫人为青山寨主准备好笔墨，青山寨主便开始画了起来。

画完那地图，青山寨主叫成杨和君无咎凑过来，他要仔细同他们讲解一番。他指着东南方向的一座山说道：“这座山在滁州城的东南角，名叫后道山，滁州人都知道这座山，你们一路打听过去，便可到达这里。到了这山前，先不要爬上去，绕着它往山北走，在那山与山之间有个缺口。”

青山寨主一边说，一边用手比画着，为了方便他们更好地理解。看到君无咎和成杨都点头，表示听懂后，继续说道：“那个形成缺口的地方便叫后道沟，从那个缺口进去，一路往里走，大约走两刻钟后，便能看到一棵被雷劈成一半的老树，由此处向上爬，爬到半山腰，便可以看到一座破庙，那庙下面建了一个牢房似的密室，那里便是佟莽炼药的地方了。”

君无咎和成杨听完，深吸一口气，这果真是够隐秘的，但是现场是一定要查看的，毕竟那现场十分重要，残留着佟莽当初命人炼药的痕迹，说不定会找到一些线索，甚至有可能推测出佟莽现在藏在何处。

“好，实在是太感谢青山寨主了，您说的我们记下了，今日要赶到那炼药之地，可能不能来为寨主和夫人饯行了，我和清悦兄在这里以茶代酒，敬二位一杯，祝二位一路平安。”成杨收好地图，和君无咎端起方才上来的茶，冲着青山寨主和青山夫人如此说道。

青山寨主点点头，也看着他们说道：“一路小心！你们今日很可能要在那里留宿，那里着实偏僻，你们千万要小心，别出什么意外。”

青山寨主说完，青山夫人也颇有感触地看着他们二位说道：“确实，两位大人一定要小心，还有两位大人稍微等一等，我命人为二位大人准备一些干粮带上，那里路途遥远，若是留宿可能会饿肚子。”

青山夫人说完，成杨和君无咎都感动不已，连忙谢道：“青山夫人考虑得着实周全，我们在此谢过了。”

青山夫人笑着点点头，亲自将那刚做好的点心打包递给了他们。

一切准备完毕，君无咎和成杨便离开了青山寨，青山寨主和青山夫人一直将他们送到了山下，但送君千里终有一别，分别之后君无咎和成杨的心里都很不是滋味，虽然当初被他们二人强制地留在了寨子中，但是他们感受得到他们并非坏人。

方明曾和君无咎提到过，其实当初青山寨主和青山夫人并不赞同方清将君无咎和成杨等人扣留在这青山寨，但是方清用青山夫人的病威胁青山寨主，说他若是不帮他，他便不让方明为青山夫人医毒，青山寨主不理解他同方清这么多年的朋友，他为何会同自己反目成仇，但是为了青山夫人便答应帮他将成杨等人留下。

其实方清说那些话也不过是为了吓一吓青山寨主，凭借他们二人这么多年的交情，他又如何会伤害那青山夫人呢？

而这边的青山寨主也不过是顺水推舟罢了，他早就知晓方清不会害他的夫人，但是他既然说出这话，就代表他求他的事非常重要，凭借他们多年的交情，他又如何能不答应他？只是又不能违背上面的命令，还不如做戏做全套，如此到时候上面责怪起来他也有一些说辞。

他们一边走，一边想着方才在青山寨中的情形，那青山寨已经整理得差不多了，原本拥挤喧闹的寨子变得冷清空旷，大有一种人去楼空之感，是什么事让他们走得那么急？看之前寨子的状况应该是有长久驻扎在这里的打算，到底发生了什么？竟然让青山寨主拔除了整个寨子？

成杨看君无咎一直在走神，心里清楚他一定在想青山寨的事，他看着他轻声地问道："怎么样？可有想到什么？"

君无咎摇摇头，看向成杨继续说道："还是没什么发现，想了许久也没想通青山寨主他们为什么急着离开，而且山寨中用的水，一直是那山上的山泉，水源同滁州城并不相同，而且那佟莽有再大的本事，要是没有香囊他也无法靠近寨子半步，对于滁州城来说，最安全的莫过于那青山寨了，他们为何还要以此为借口离开呢？"

听到君无咎如此分析，成杨也十分困惑，想了一会儿后看着他说道："如此便只有一个解释便是上面来了命令，说不定是岳大人命令他们撤离，也许岳大人掌握了什么关键的事。"

听到成杨一直称呼自己的老师为大人，君无咎感激地笑了笑，毕竟南下这一路走来，许多命案都有老师的手笔，其实对于他们来说，现在的老师就是那鼠，而且是只大鼠，而他们的职责便是将这个大鼠抓出来，让他不能够再伤害别人。

君无咎将心中所想同成杨说了之后，成杨笑着看着他继续说道："清悦兄啊，清悦兄，小小事情你便感动得一塌糊涂，你这心思也着实太过细腻了，我们虽然掌握到了那些人背后的大人就是岳大人，可是我们到现在也没有搞清楚岳大人的目的是什么，所以很多事也不好妄下定论。"

成杨说完，君无咎看着他笑了笑，继续说道："你就不要再安慰我了，我心里清楚无论他的目的如何也不能打着正义的旗号去伤害别人，他没有权力为了达到自己的目的而不顾及他人的感受及权益，他如此做和那些不择手段也要达成目的的匪贼有什么区别？"

说完他有些哽咽，停顿了一会儿看着成杨继续说道："其实我心里已经大致明白老师要做什么了，他要惩治那些恶人，那些当初他查到却无力查办的人，只是他选错了方式，他如此做已经同他当初厌恶的那些人没有什么分别了，所以拿到证据后我一定不会对他手下留情的，因为这便是他当初教给我的为人之道。"

君无咎说完，成杨笑着点点头，看着他满是信任地说道："清悦兄，你一定会青出于蓝的，而且岳大人的心中对于你也是认可的，你可还记得苏明鸢和妍女死前的话，她们都说你走的路才是正确的，都说她们背后的大人也如此说，说你走的路才是正道。如此看来他的心中也是清楚一切的，而且他十分的相信你。"

成杨说完，君无咎点点头，没有再说话，他的内心极为复杂，也极为矛盾，他突然感觉自己的老师也可能如此，他有着高洁的灵魂，却受到恶魔的侵蚀与摧残，最终沦落到被恶人控制，仿佛一切也不是他能控制的。

"不要再想了，如此说来我们可是天涯沦落人呢，你让我如此安慰你，你难道就不怕我伤心吗？要知道我可有一个热衷权力、结党营私、买卖官职的老师，他所犯的事哪一条抽出来，都够灭满门的了，谁知他竟然坐上了大理寺卿，这还有没有天理了？"

成杨这段话说得颇为无奈，君无咎听出他话中的自嘲，正想要安慰他，却马上被成杨制止住，成杨看着他笑着说道："清悦兄就不必再安慰我了，从小到大我已经见惯了这一套，成长在皇城之中，什么样的人我没见识过？什么样的阴谋诡计我没经历过？师徒之间互相算计已经是见怪不怪的事了，更甚者父子之间、兄弟之间也是常有的事。"

君无咎听到成杨如此说，心中也豁亮了许多，他着实佩服成杨这种洒脱的性格，这种品质正是他所缺少的。

就这样一路闲聊，他们已经走了两个时辰，走走问问，终于来到了这后道山。这山很巍峨，山尖高耸入云，山间云雾缭绕，若是将那庙建到半山腰，有了云雾的遮挡，着实不容易被发现。

他们审视了一阵这山后，便绕着山根往山北走了，此时的太阳已经快落山了，不知不觉已经走了这么久了，他们一定要争取在天彻底黑之前，赶到那破庙中，要不夜深之后想要再进山便难了，而且很容易发生意外。

他们这样想着，便不知不觉地加紧了步伐，谁知走了许久也没有发现那缺口，成杨和君无咎急得大汗淋漓，他们倚在山脚下喘着粗气，一边仔细地对照着地图，一边寻找那后道沟。

看了许久，成杨突然说道："不对！这后道沟的入口定是被人动了手脚。"

"翰飞，你也如此觉得？"君无咎看了看地图，又看了看那后道山说道。

成杨点点头继续说道："看来咱们俩想到一处了，你来看，青山寨主标记的后道沟的入口应该离咱们俩现在坐着的这个位置不远，可是咱们找了许久却都未找到它，想来它定然是被人刻意地隐藏起来了。"

分析到这里，君无咎和成杨都有些兴奋，毕竟这里被人为地隐藏起来，就说明有人不想让他们找到这里，而阻拦他们来到这里的目的，想来只有一个，定然是这里留下了什么线索是他们不想被发现，而又无法带走的。

想到这里，君无咎赶忙起身照着那地图仔细地查看，然后又仔细地观察山体的形状与走势，这时他们二人可是极度地想念湛之君啊，想来他若是在这里一眼便可以看出哪里有些不同吧！

君无咎在查看山体时，成杨则在底下有一脚没一脚地踢那后道山，踢着踢着，他突然感觉到有一块土的土质和别处的极为不同，他赶忙叫君无咎过来一同查看，而此时的君无咎也将视线定在了那个地方的上空。

之前一直没注意，而且有云雾挡着也没看清，其实这便是两山连绵的地方，方才他辨认了许久，才在云雾时涌时散间看清楚了一切。

他也赶忙走到这里，肯定地同成杨说道："应该就是这里了。"

成杨点点头，顺手抓了一把土，仔细地研究，看了许久他冲着君无咎说道："他们一定是利用了最近的雨制造了这么一场假的泥石流，将后道沟埋了起来，看来从这里咱们便得爬了，爬过去，遇到谷地便向下走，想来那里便是后道沟了。"

成杨说完，君无咎十分赞同地点点头，他背上行李，拴好马，便向成杨点点头，表示随时都可以出发。

从这里向上爬，他们爬得十分吃力，爬了许久，终于翻了过来，看到了那谷地，而此时天已经擦黑了。

成杨看了看天色，又看了看君无咎说道："他们既然如此费力地想要隐藏这一切，想来那棵被雷劈了的老树定然也是不见了，我们不要一直找那老树了，我们大致估摸着位置，在差不多的位置向上爬就可以了。"

成杨说完，君无咎点点头，他将那地图拿出，和成杨仔细比对着，果然来到了那个差不多的位置时，没有见到老树，但是他们并没有犹豫，而是十分果决地向上爬去，趁着天还有亮，他们一定要赶快爬上那破庙。

爬了许久终于爬到了半山腰，但是那里并没有什么破庙，成杨愣神地看着那里说道："他们不会连这个庙都拆除了吧，那密室呢？他们可还会留着？会不会早就毁掉了呢？"

“没道理啊！若是他们一早便想好将这里毁掉，为何还要做那些阻止他人进入这里之举，毁掉这里已经一了百了了，何苦多此一举？”君无咎看着眼前的一切，也十分不解地说道。

成杨点点头说：“清悦兄说得十分有道理，我们还是找找看吧，说不定会有什么收获。”说完他便从怀中拿出了两个火折子，将其中一个递给了君无咎。

谁知在交接火折子时，有一个小火苗不经意地落下，点燃了君无咎脚边的一片枯草，瞬间燃起一片大火。

君无咎和成杨看到这片火都焦急不已，他们十分怕引起山火，造成不必要的损失。正当二人焦急地想要将那些火扑灭时，谁知一片草烧着烧着突然掉了下去，轰的一声，还吓了君无咎和成杨一跳。

而另一边的火烧着烧着便烧到了十分潮湿的树枝，便也就灭了，这时君无咎和成杨才发现只有当初火苗旺盛的地方是干草，而其余部分的草都十分的潮湿。

君无咎冲着掉落的草皮使劲地又踹了几脚，轰隆一声这整片草皮都落了下去，露出一个四四方方的狭窄的路口。

“就是这儿了！”君无咎和成杨看到这里都十分的激动，他们兴奋地彼此看了一眼，便默契地拿着火折子往下走，君无咎走在前面，看着漆黑的长廊，对成杨连说了几句小心。成杨拍了拍他的肩膀，示意他不要担心，注意安全。

他们往下走了许久，发现这密道的两旁是有灯托的，只要将它们点亮便可以照亮整个密道，不用如此胆战心惊地在这里穿行了。

成杨飞身点亮了几盏灯，这密道瞬间亮了不少，那灯光晃得君无咎瞬间有些愣神，他看着自己在灯影里的影子，仿佛看到了方清一般。

方清死后他曾无数次想过方清死前到底经历了些什么，到底走过什么样的路。

方才走这暗道时他心中便一直想着方清的感觉，他定然是不敢点燃这些灯盏的，他定然只能摸黑前行，前行的路上他都在想什么，拯救这些无辜的百姓吗？定然是有的，但不是全部。

因为他想的是代替自己，他要代替自己走这段危险的路，代替自己经受一切，以确保自己的平安。

自己何德何能呢？不过只是救了他一命，这又算得了什么？

想着想着他们已经来到了密道的尽头，这里出现了一道石门，君无咎、成杨摸索了半天也没有找到什么机关，最终只好上蛮力，谁知他们竟然撞对了，那石门被他们用力一推，竟然轻轻地转动了，他们欣喜若狂，赶忙走了进去，里面相比那密道开阔了许多，别有洞天。

君无咎和成杨仔细检查了许久，发觉这里已经被清扫得非常干净了，什么痕迹都没有留下，甚至连一具尸体都没有。

“怎么会如此干净？他们费尽心思到底想隐藏什么？莫非就是一个毫无价值的密室？”成杨在查看了几遍后，不解地看着君无咎说道。

君无咎同样十分迷惑，不过他突然想到什么，对着成杨继续说道：“你还记得方清曾提过，这里有一个像监牢的地方，曾经关押过那群女子吗？”

君无咎如此说完，成杨立马反应了过来，可是他环视一周，也没有发现这里有哪一部分像监牢，突然他意识到这里说不定还有别的密室。

他将这个想法说与君无咎听，君无咎点点头，只是不知道开启下一个密室的机关在哪里，如果现在湛之君在这里便好了。

他们俩再度如此感叹道。前两次的机关他们全是无心插柳，这一次莫非还是要靠运气？这也太不切合实际了。

没有办法，他们俩只能逐一排查，这个地方是为了炼药临时造的，想来机关设计定然不会很复杂，不然建成这个密室则会消耗很长时间，从石门那个机关便可以看出，这些机关都是最原始的，并没有太过复杂。现在他们能做的便是一点点的摸索，凭借经验，应该可以找出那个机关。

他们摸索着找了许久，突然，君无咎发现有一块地砖有些松动，果然是最简单的机关，君无咎非常激动，赶忙叫成杨过来，成杨按了按那松动的地砖，确定这定然是机关。

他们用力地按了按那个机关，本以为会打开一个密室的门，谁知却有一根长箭射了出来，还好他们两个反应迅速，躲了过去，君无咎和成杨心有余悸地看了彼此一眼，看来这里并没有他们想象得那么简单。

不过他们却从冲出箭的那个暗格里找到了一个小小的格子，君无咎两人看着那个小格子十分的犹豫，不知道该不该再按，也不知道按过之后会发生什么。

不过两人最终还是决定按下那个按钮，无论如何还是要拼一下。成杨让君无咎躲开，自己来按，说如果出事君无咎还可以善后，不过成杨的这个想法被君无咎当场拒绝了，他本想同成杨说让他来，毕竟凭借成杨的身份地位，一切水落石出才有可能。

但是话到嘴边他却又改成我们一起来吧！君无咎内心清楚他不会让成杨一个人承担风险，那成杨也会同他一样，他断然也不会舍弃他的朋友，所以有什么是不能两个人共同面对的呢？

想到这里，君无咎便笑着和成杨说："无论如何是要同你一起面对这一切的，我们此行没有什么善后不善后的，有的只是同生共死。"

君无咎说完，成杨心中一阵感动，他看着他笑着说道："好，我们来共同面对。"

说罢，他们共同把手放到了那个按钮上，努力地向下按去，其实他们已经做好了要经受一切的准备了，谁知等了许久却什么都没发生，而眼前的这个暗格竟然向下凹，慢慢地打开，形成了一条通往下面的楼梯。

此时的成杨与君无咎都十分激动，他们什么都没有说，而是默契地看了彼此一眼，便一同往下面走去。

走到下面他们果然看到了那个监牢，而且更让他们惊讶的是那监牢之中竟然泡着两具尸体。

成杨看了看君无咎，他不懂医，不知道这是在做什么，他本要走上前查看，却被君无咎制止了。

君无咎一边从怀中拿出一块手帕递给成杨，让他捂住口鼻，一边说道："那泡尸体的水怕是有剧毒，千万小心不要吸到身体里面。"

成杨点点头，再度看向君无咎，问他怎么办，君无咎摇摇头，说自己还有衣袖，他用衣袖捂住口鼻后，和成杨一同来到那两具尸体身边，那尸体已经被泡得发胀，但是依旧保存完好，按理说这两具尸体已经放置多时了，按照现在的天气，早就该腐烂了，然而在这里却保持得如此完好。

君无咎仔细观察了一番，发现这两具尸体应该就是最后那批被用来做实验的女子了。查看过后他将成杨拉到一边，拿下衣袖说道："这应该便是那群人没有彻底毁掉这密室的原因了。"

成杨赞同地点点头，可是他十分不解，看了看那尸体，又看了看君无咎继续问道："只是他们为何要将这两具尸体留在这里？"

君无咎仔细地想了一阵摇摇头说道："手头没有工具，我现在没有办法亲自查看那两具尸体，而且我也不是很懂毒，所以也不太清楚他们为何会将那尸体留在这里，不过我的推测是他们十分想保管好这两具尸体，所以才将她们泡在这毒药之中，想来如果想要带走她们极为麻烦，而且到最后很有可能会损害他们一直想保存好的这两具尸体。"

君无咎说完，成杨点了点头，他仔细地想了一会说道："如此看来他们定然还会回到这里，为了查看这两具尸体是否完好。"

成杨说完，君无咎点了点头，瞬间他们两个警惕了起来，因为他们发现上面那个密室里的灯灭了。

看来也有人来过这个密室，而且来人对这里极为熟悉，想来无处可藏唯有一战了。

可是等了半天也没有等到上面有人下来，君无咎和成杨面面相觑，看来上面的人也在等，在等一个合适的时机，将他们一举擒获。

到底要不要主动出击，君无咎和成杨想了许久，最终决定要出去，毕竟在这里一直躲着反而让逃出去的机会更加渺茫，还不如痛痛快快地一战，说不定还有逃出去的可能。

成杨看了看君无咎，问他准备好没，君无咎点点头，然后数一二三，君无咎将下面的灯也吹灭了，如此双方都看不到彼此，这样才算公平。

数到三后，他们俩默契地开始往上面走，君无咎和成杨已经猜到了那些人定然堵在那出口处，他们二人同时都抽出一把短刀，直直地冲着那出口。

果然，一到出口便短兵相接，还好君无咎和成杨顺势跳了上来，黑暗里三把兵刃纠缠在一起，时不时地擦出一丝火花。

君无咎和成杨这才意识到对方好像只有一个人。怎么对方只有一个人？莫非是佟莽？可是君无咎和成杨曾经见过他，并不觉得他有如此的好功夫。

不管了，一试便知，只见君无咎冲着那人大声喊道："佟莽，不要再反抗了，你已经没有机会了。"

听到君无咎的声音那边的人果然收了手，还疑惑地问道："莫非是成大人与君大人！"

君无咎和成杨一听这声音，一直悬着的心终于放下来了，这分明就是青山寨主。他们二人也赶忙收回了手，成杨拿出火折子赶忙将灯点了起来。

看到真的是彼此，他们都松了一口气，成杨和君无咎看着青山寨主疑惑地问："寨主为何会出现在这里？"

青山寨主收了刀看着他们说道："我不放心你们，你们走后我在寨子里坐立不安，满脑子都是方清的身影，我知道若是方清他断然不会同意两位大人孤身来到这里的，所以思前想后我便赶来了。"

青山寨主一边说，一边看着他们称赞地笑了笑，继续说道："不过你们也实在是厉害，我看到那缺口被堵住还以为你们找不到了呢，所以以为进去这里的人并不是你们，而是佟莽那几人，不曾想你们二人如此厉害，在什么标志都没有的情况下找到了这里。"

青山寨主说完，君无咎和成杨笑着摇摇头，向他道谢。

君无咎和成杨向青山寨主道谢后，青山寨主十分不好意思，他看着他们笑着说道："如此小事不足挂齿，当初强留两位大人在山寨之中，已很是对不住了，而且君大人还帮助医治好了我夫人身上的毒，如此大恩，不得不报！"

听到青山寨主如此说，君无咎和成杨赶忙摇头，说扣留他们也并非他的本意，实属情非得已。而治疗青山夫人本就是他们分内之事。

如此互相寒暄一阵之后，君无咎突然想到青山寨主他们要离开的事，他看着他说道："寨主你不是说今夜便要离开吗？莫非计划有变？还是您为我们延迟了行程？"

君无咎问完，青山寨主点点头，看着他继续说道："我担心你们，所以便急匆匆地赶来了，怕晚了追不上你们，你们不必在意这些小事，推迟一晚上没什么的。"

青山寨主说完，看着他们继续笑了笑，成杨和君无咎深受感动。

忽然成杨想到了下面的两具尸体，便走上前看着青山寨主问道："大人，不知您可知道这下面的两具尸体有何诡异之处？"

成杨一边问，一边引这青山寨主来到了这下面的密室，点燃灯指着那尸体继续说："我和清悦兄都觉得这佟莽是因为这两具尸体才没有毁了这密室的，所以这尸体定然有诡异之处。"

成杨说完，青山寨主凑近了仔细查看了一番，然后看着他继续说道："我是个粗人，并不懂毒，也不知这二人为何会出现在这里，不过我知道他们定然是邪物，所以我们还是尽快将尸体毁了为妙。"

青山寨主说完看了看成杨和君无咎，他们二人仔细地思考了一会儿后点点头，说道："就按寨主说的办，我们赶紧将这两具尸体焚毁吧！然后便离开这里，佟莽那人神出鬼没，不知道他何时可能会再度来到这里。"

君无咎说完便拿起火折子打算将那两具尸体烧毁，然而就在这时，君无咎等人对面的那面墙中突然开了一扇门，三五个黑衣人从那扇门中钻了进来，看到君无咎、成杨等人也吓了一跳，仿佛事先并不知情。

而此时的君无咎已经走到了那两具尸体的旁边，一手拿袖口捂住口鼻，另一只手拿着火折子，见这几人进来，完全腾不开手。

而那些人看到君无咎要烧毁这两具尸体，有些着急，看起来手忙脚乱，其中一人甚至直接冲了过来要阻拦君无咎，却被君无咎一个闪身躲开了，而那人却不小心掉到了盛尸体的木桶中，瞬间中毒而死。

看到此间情形，君无咎认识到了泡这两具尸体的毒药的厉害，他赶忙将火折子扔到那木桶下，不知那药中有何物，遇到火竟然燃了起来。

其余的黑衣人见到这一幕感觉不妙，赶忙用力将其中一个还未燃起的木桶掀翻，那药浆随着尸体四处飞散，君无咎就是躲都来不及，他赶忙掩住口鼻，然而于事无补，他感到了一阵剧烈的眩晕，不多时眼前便黑暗一片，什么都感受不到了。

成杨和青山寨主发觉不妙，他们直接掏出短刀，向那黑衣人的方向发力，两把短刀旋转着飞了出去，直直地割断了那几名黑衣人的咽喉，他们当场毙命。

危险解除，成杨和青山寨主赶忙掩住口鼻，走上前将君无咎背了起来，而另一旁的火势越烧越猛，已经波及了另一具尸体，瞬间那具尸体也燃了起来，散发出刺鼻的味道，让成杨和青山寨主莫名觉得头晕。

不过最终他们还是逃了出来，逃出来后二人也觉得有些体力不支，但是呼吸到了新鲜空气，便也清醒了许多。他们强撑着将君无咎带离了后道山，一路飞奔着赶回了知府衙门。

刚到衙门口，成杨和青山寨主再也支撑不住，二人同时吐出一口鲜血，险些从马上摔下来。

知府衙门门外的响动，惊动了一直守在外面的衙役，他们看到成杨和君无咎，赶忙跑过来将他们扶下来，带回了衙门，送到了后院。

这方明本来一直在忙着熬药，听到君无咎和成杨回来了，赶忙出来迎接，但是在看到他们三个人的状态后，他的脸黑得可以滴出墨来。

他赶忙命人将他们安置在床上，他亲自为他们诊脉，果然是毒，而且是剧毒，他叹口气看着着急的苏文月等人说道：“成大人和青山寨主没有大碍，只要服用一碗解药便可以痊愈，只是君公子……”

说到这里，成杨十分犹豫，眼神晦暗不明，苏文月看他如此十分焦急，赶忙看着他继续问道：“有什么你倒是说啊，你可真是急死人了，君公子可有什么生命危险？”

方明点点头，想了想又摇摇头，他看着苏文月和湛之君等人笑着说道：“这毒是很严重，也危及生命，但是你们相信我，我是不会让他死的。”

方明如此说完，苏文月和湛之君等人的脸色才稍稍缓和些，一直悬着的心也终于放了下来。方明让苏文月帮忙去将解药拿来，而他则是再度仔细地为君无咎诊了一次脉，脉象微弱，呈死相，这一次君无咎中这毒无解，除非……

他一直眉头紧皱地思索着，完全没有发现端着药急急忙忙地赶回来的苏文月，她看着他忧心忡忡地也不好再打扰他，便自己将那解药喂与成杨和青山寨主。喂完药后，她才又回到君无咎的房间，发现方明还在那里思索，一动不动仿佛入定了一般。

苏文月着实担心他再想下去，君无咎就要毒发身亡了，赶忙拍了拍方明的肩膀说道：“方公子……方公子！你在想什么？”

方明在苏文月的声音中回过神，他看着她苦涩地笑了笑说道：“没想什么，只是又有一件事要劳烦苏大人了。”

苏文月赶忙上前看着他说道：“方公子有什么吩咐，请讲！”

方明看着她再度笑了笑说道：“也不是什么难事，不过是我现在要去准备一些药材脱不开身，想让苏大人去城中跑一趟，帮我找来五位资质还算不错的医生。”

方明说完，苏文月也没有过多地探寻方明的目的，她知道他定是要救君无咎，定然是不会害他的，所以便赶忙奔赴城中去寻找靠谱的大夫。

这滁州人听说君无咎有难，都自发地要来衙门府看君大人，而且还有十来个大夫自告奋勇地站了出来，同苏文月来到了这知府衙门。

回到知府衙门后方明已经准备好了一切，他看着苏文月和那些大夫笑了笑，笑得十分苦涩。他简单地向那几位大夫询问了几句，便让他们都进去了，那些大夫进去之后，方明看着苏文月说道："辛苦苏大人了，在这么短的时间内竟然找到了这么多不错的大夫，真是令人佩服。"

苏文月看着方明，一时间不理解他为何会如此客套，平日里他从不这样说话，她摇摇头，问他怎么了。

他笑着说没事，然后从袖口拿出一朵花，正是当初种在青山寨的那朵花。苏文月接过花后，方明开心地笑了笑，然后对着她十分动容地说了一句："人比花娇。"

苏文月不知道他此番是在干什么，但是她依旧想到了在青山寨的时光，那时方明经常同她说这句话。

"你今天这是怎么了？怎么这么反常？"在苏文月的心里，方明一直是一个比较活泼的人，相对于方清也更有趣些，只是自从方清死后，他便深沉了许多，而且性格越来越贴近方清，今日这性格更是反复无常，苏文月一时有些理解不了。

方明摇摇头，笑着说道："哪有什么反常？只不过是今日在打理这花时，突然想到了在青山寨的日子。"说完他又低着头，不让苏文月直视自己的眼睛，看到自己的真实情绪，然后继续说道，"对了，我把那补药的方子写好了，就放在了那小药房，等君公子醒后，你帮我把那药方交给他，让他按那个药方喝，补身体便可以了。"

"那你呢？你怎么不自己同他说？这医药的事，我不懂。"苏文月不解地看了看方明再度说道。

方明点点头笑着说："君公子也懂医，你给他看，他自然会明白，还有我为他诊治完定然会消耗大量的体力，那时候我要休息很久的时间，所以这段时间里还是有劳苏大人照顾君公子了。"

苏文月听他如此解释便也没再多想什么，而是点点头答应了他，可是这时她发觉那方明正抬起头望着她，眼神中充满了泪光，他看着她

说："等君公子醒后，你和他说，我想回青山寨！切记一定要同他说，我想回青山寨！我想见我哥哥。"

说完一滴泪悄然从他的眼角滑落。苏文月点点头，莫名觉得心痛。

苏文月也不知道为何，心中一阵慌乱，她看着他假装不耐烦地说道："要说你去自己说，不要让我在中间传话，我才不管。"苏文月心中隐隐约约地察觉到了方明的不对，可是她不敢相信，也不敢面对，便只好如此说。听到苏文月如此说，方明的脸色瞬间惨白了许多，不过他没说话，只是苦涩地点点头，便转身进到了君无咎的房间中，而苏文月则是在外面焦急地等着。

进去房间后，那君无咎的屋内静得蹊跷，苏文月和湛之君还有孙主簿一直等在门外，却没有察觉到君无咎房间中一丁点的声音。孙主簿有些担心想要推开门进去查看，但是被苏文月制止了，她看着孙主簿说道："方公子说，诊治期间谁也不能进。"

苏文月说完，孙主簿看着她，皱着眉担心地说道："但是那屋内一直没有动静，要是出了什么事可怎么办？"

苏文月摇摇头，无论如何都不允许他打开房门，她相信方明，他说能救君无咎就一定能做得到，她一定不会容许别人去打扰他。

就这样他们几人一直从天亮等到天黑，孙主簿站了一天，两条腿疼得发麻便先回去休息了，苏文月看了看一直站在一旁的湛之君说道："你若是也支撑不住了，也回去休息吧！"

湛之君摇摇头，看着苏文月笑了笑说道："我没事，我陪你在这里等，再说君大人还在里面躺着，我怎么能够睡得着？"

湛之君说完，苏文月看着他笑了笑，说："好，那我们在这里一起等。"

话音刚落，君无咎的房门终于打开了，然而走出的却不是方明，而是苏文月找来的一位大夫，他显得筋疲力尽，看着苏文月等人叹息着说道："君大人……君大人没事了！"

那大夫说完，苏文月和湛之君兴奋地赶忙要进去看看君无咎，谁知那大夫却拦住了他们，看着他们继续说道：“两位大人要做好准备，方公子他……”

“他怎么了？”苏文月赶忙十分焦急地问道，她的心再度悬了起来，她害怕自己的预感会成真。

“方公子他为了救君大人，以命换命了。”那大夫低着头，叹口气继续说道。

苏文月赶忙跑了进去，看到方明静静地倚在君无咎的床前，虚弱到睁不开眼睛，听到脚步声，他知道是苏文月，他张张口，想要同她说上几句话，但最终却什么都没有说出口。他挣扎了许久，最终一滴眼泪从眼中滚落，缓缓闭上了眼睛。

苏文月看着方明的样子，心中剧痛无比，而一旁的湛之君更是被震惊得说不出话，他都不敢相信眼前的这一切是真的。他走上前查探了一下方明的鼻息，已经没有了呼吸，他这才将自己从幻觉中拉回现实，他本以为这一切都是梦，都是幻觉，不曾想，这一切竟然是真的。而一旁躺在床上的君无咎已经呼吸平稳，没有什么大碍了。

苏文月不解这一切到底是怎么回事，便看着那几个大夫问道：“这到底是怎么回事？为何方明能够以命换命？这是什么法子？他怎么能……”

看到苏文月问起，那大夫叹了口气，看着她继续说道：“方公子曾再三叮嘱，不允许我们说出来，但是我们仔细商量了一番后，还是决定将这一切告知大人。”

那大夫说完，便回头看了看另外几位大夫，看到他们共同地点点头，便继续说道：“其实方公子是用了换血的方法才救了君大人一命的。”

“换血的方法？”苏文月不解地问道。

“没错，方公子从小到大一直在与毒为伍，为了练就百毒不侵的功夫，他平日里都会拿自己来试毒，日深月久，他早已百毒不侵，因为他的血液早已有了解百毒的能力。而君大人中的这毒，可谓是极为凶险，世间无解，而且君大人被送回时，那毒已经融遍全身血液，几乎已经没得救了，若不是及时地将方公子身体中的血换进去，他定然命不久矣。”

那大夫说完，苏文月瞬间明白了几分，她忽然想到前几日这毒大面积爆发时，方明一夜之间研究出解药的事情。当时她还疑惑他为何在青山寨研究了那么久也没有发现那解药的秘密，为何这初来滁州府，他便如有神助般瞬间研究出了解药。

想来那时他便是用自己的血来医治这些病人了吧！怪不得，那几日一直看他的脸色苍白如纸。

知道了一切真相，苏文月不知自己心中到底做何感想，她一边敬重他，觉得他伟大至极，一边又十分的气愤，觉得他真的是傻到家了，竟然如此的不惜命。

苏文月的想法十分矛盾，她既感谢方明救了滁州百姓和君无咎，又难过于他如此便将自己的性命交托了出去。

然而湛之君却同她有不一样的看法，他觉得方明如此才称得上是孔子所说的博爱，他如此无私奉献于他人的精神才着实值得别人学习。

苏文月听着湛之君长篇大论地说了一番，心中不知在想些什么，她感觉自己有许多想说的，却又不知该从何处说起，最终她只默默地叹息，问自己这样做到底对不对，若是对，对在何处？若是错，又错在何处呢？

最终也没有想明白答案，如此莫测的疑问，她都不清楚自己到底从何处生出，当然到最终也是无解。

苏文月决定不再想那么多，她看着方明的尸体，努力地让自己平静下来，现在成杨和君无咎二人都卧于病榻，现在要承担起这一切事的人只有她了，她一定要稳，一定不能慌。

如此想着她便命人去打一口上好的棺材，她吩咐的那人刚走，后脚成杨和青山寨主便急匆匆地赶来了，他们担心君无咎的伤势，可谁知却碰到了这样的事情。

看到方明的尸体时，成杨的心咯噔一下，脑海中只有“惋惜”两个字，在苏文月详细地同他讲述了方明的所作所为后，成杨的眼中再度流露出了敬佩的神情，他无法想象当初那个在青山寨里顽皮潇洒的方明，会在此时做出如此宏伟的决定，他没多说什么，只是深深地望了他几眼，便冲孙主簿说道：“孙主簿，您一定要将方清、方明两兄弟的事，记录清楚，在一切尘埃落定之后我要将这一切献给皇上，让皇上封给他们应得的荣誉。”

孙主簿点点头，看着成杨说：“成大人放心，一切都已详细地记录在案。”

不多时那买棺材的人便回来了，买了一口上好的红木棺材，成杨本来想趁着君无咎还不知道这一切时，偷偷地将方明运出去，避免他的死再度对君无咎造成不可磨灭的伤害，但是思前想后，他觉得如此做，以君无咎的能力，定然会发现破绽，到时候他不仅会更伤心，更有可能会让他们之间的友谊蒙上一层灰尘。如今他唯一能做的事，便是陪着君无咎一同面对，一同走出这伤悲。

一切处理完毕，青山寨主本是要赶回寨子带领寨中人离开的，可谁知却经历了这样的事情。他本是想在这里一直陪着的，直到方明入土为安，但是对于他来说，上面传达的命令高于一切，他昨天为了成杨和君无咎已经推了一天一夜的行程，如此他便已经要受到责罚，所以如今他断不能再在这里多作停留了。

向成杨等人阐明了一切后，他便离开了。第二日，君无咎果然醒了。

醒来之后，他自己都有一些难以置信，他不明白自己为何还能够活下来，他清楚那毒的毒性，在那毒撒到他身上的那一刻，他已经认识到，自己必死无疑了，所以那刻他十分的淡然和从容，他有一种感觉，现在的证据已经足够了，甚至可以说马上到了可以收网的时候了，就算是没有，成杨和苏文月等人也可以处理得很好。对于这点，他是深信不疑的。

君无咎问成杨："方明呢？好小子，肯定是他救了我，没想到他来一趟这滁州城，这医术噌噌地一路飙升啊！实在是太厉害了！"在他面前我这行针之术真是小巫见大巫了。

君无咎的心情十分好，毕竟他也是刚从鬼门关走过一趟的人了，所以今日还能平安归来，他还要好好地谢谢方明，他感受得到，他今日能在这里平安地活过来，方明的努力定然是占了绝大部分。

正当君无咎在等方明却如何都等不来时，成杨匆匆忙忙地赶了回来，他不说，谁都不敢同君无咎讲方明的事，他们都怕他承受不住，却又不知该如何安慰他。

成杨刚进入这屋时，君无咎本以为是方明，谁知看到是一脸为难的成杨。他赶忙看着他问道："翰飞，你这是怎么了？那日我们离开那后道山后，你可有受伤？"

成杨看着君无咎摇摇头，让他放心不要担心自己，然后看着他再度开口说道："清悦兄，我同你讲件事，你一定要稳住，无论我接下来要同你说些什么，你都要稳住自己。"

成杨说完这话，君无咎心中已经有了一种不好的预感，他眉头紧锁地看着成杨，眼中竟然含有一丝祈求，他乞求他心中想的话不要从成杨的口中说出，可是一切已经发生了，他无力阻止。

成杨走上前，轻轻地拍了拍君无咎的肩膀说道："方明……方明他去了！"

这个消息如同一个响雷直直地砸在了君无咎的头上，使他头皮发麻，眼眶瞬间红了，他强忍着泪水，抬起头看着成杨问道："是因为我对吗？一切都是因为我是吗？"

成杨看着君无咎颤抖的肩膀，心中一阵难受，他点点头为难地说道："没错，方明为了救你，为你换了血，将自己的血引到了你的身体里，将你身体里的毒血排了出来，如此才将你救了回来。"

成杨一边说，声音也有些哽咽，他看着君无咎低下的头，有些不忍再说下去，但是他心中明白君无咎是一定要面对这一切的，不然这件事将会永远地变成一个结，埋在他的心里，无法解开。

想到这里，他咬了咬牙，继续坚持着说道：“而且其实之前的那些解药，也并不是真正的解药，而是用他的血熬成的，因为他的血有解毒的能力。”

听到这一切，君无咎已经哭出声来了，他现在感觉自己仿佛已经窒息了，他脑中突然浮现了方清的脸，他还记得自己当初的誓言，他曾向他保证过，他一定会照顾好方明，可如今他却食言了，他们两兄弟全因他而死，他何德何能？他一条贱命如何能够承受得起他们二人如此的厚恩？

看到君无咎如此痛苦，苏文月十分担心，她看着君无咎说道：“君公子，你一定要稳住情绪，不要太过伤心，你身体刚有好转，万万不可再伤身了。”

苏文月本以为君无咎会听不进去，谁知他竟然点点头，看着苏文月说道：“我知道我知道，我不伤心我不伤心！我这条贱命是方清和方明拼死保下的，我有什么资格不好好对待它？我要留着我这条贱命，我要誓破此案，我要为他们报仇！”

君无咎一边说一边剧烈的咳嗽，手腕处的伤口一直在撕心裂肺的疼痛，他突然意识到从现在起，他已经不是一个人了，他的身体里流着方明的血，就仿佛方明一直陪在他身边同他战斗。

君无咎死死地咬着下唇，都快要渗出血来，他定定地思考了良久，终于看着成杨继续说道：“方明呢？我要见他，我想见他最后一面。”

成杨点点头，带着他来到了方明的面前，君无咎看着如同安详地在沉睡的方明，安逸的样子仿佛什么都没有发生一样。

君无咎就这样看了方明许久，然后笑着同他说道：“你放心，我不会顾影自怜的，你和方清的心意我都懂，当初你说方清待我如同子对于父亲，而你与他不同，你与我的距离感少很多，我以我们也经常在一处玩，我知道对于你我是友，可是无论是于父还是于友，我都做得很不到位，其实我并没有你们想象得那么完美。”

君无咎一边说，眼泪止不住地往下流，他说了这么多，可是方明依旧在那里安详地躺着，君无咎努力地深呼吸，平稳自己，然后看着他继续说道："我知道自己不配让你和方清如此对我，但是我绝不会让你的付出白费，你们相信我，我一定会带着你们走到天明，我一定会将一切查得水落石出，至死方休。"

君无咎一口气说完这么多话，然后呼吸有些急促，成杨发现了君无咎的异样，知道他太过激动导致身体不适，成杨赶忙将他扶了回去，劝他一定要注意身体，就像他自己所说，为了方清和方明也要好好照顾自己。

君无咎点点头，说自己一定会注意的，他表面上一直表现给众人他十分积极的一面，从方才到现在他的态度整个有了一个一百八十度的大转变，你仿佛完全看不出他哪里伤心，仿佛他已经完全走出阴影了。

不过成杨知道君无咎如此压抑自己的情绪，意味着他心中有着更深层次的伤痛，只是他不愿意再将这一切表露出来罢了！

苏文月去准备了一些清粥小菜，而且他按照方明的药方熬了补药来给君无咎喝，君无咎看到那药方自顾自地笑了笑说道："我就说这臭小子在骗我，我就说那哪是什么解药吗？明明就是补药，这小子可真有他的！"

君无咎说完将那药一饮而尽，然后看着苏文月道了几次谢。苏文月看着君无咎眼神无光，知道他内心并没有他现在表露出来的这么活泼，这一切不过是他为了骗过他自己和众人而制造的假象而已。

她将清粥小菜放到他身旁的桌子上，然而他并没有多看一眼，仿佛一点胃口都没有，可是他已经足足饿了两天两夜了，打被救回来到今天他一直都没有吃东西。

苏文月看着他这样着实担心，她突然想到了方明进去君无咎的房间时同她说的话，他说他想回青山寨想要见他的哥哥。

看来这是方明最后的心愿了，苏文月看着君无咎和成杨说道："我知道方明最后的心愿是什么，他曾经同我讲过。"

听到苏文月如此说，成杨和君无咎都赶忙问道：“他说了什么？”然而她却摇摇头，看着他们笑了笑，继续说道：“你们吃了这些粥我便告诉你们两个，要知道你们两个自打被救回来就粒米未进，这样太伤身体了，你们若是不听话，我便不会将他最后的心愿说给你们听！”

苏文月这一招果然十分有效，君无咎和成杨都乖乖地拿起粥碗，不到片刻便将粥吃得精光，然后他们看着她异口同声地说道：“你快说，方明最后的心愿是什么？”

苏文月点点头，看着他们继续说道：“其实方明说他想回青山寨，想见他的哥哥。”

苏文月说完，君无咎和成杨都不再说话，苏文月通过他二人的眼神知道他们再度回想起在青山寨内的生活，虽然只有短短的几日，但是过程其实也是十分美好的。

“好，那我们现在便动身送方明回青山寨。”君无咎思考了一会后看着苏文月说道。

成杨也附和着点点头，然而苏文月却十分担忧地看着君无咎问道：“现在就去吗？你身体如此虚弱，能支撑得住吗？”

苏文月问完，君无咎郑重地点了点头，苏文月知道她犟不过君无咎便只好同意他和成杨的建议——即刻送方明回青山寨。

经过一段时间的跋涉，他们一行人终于来到了青山寨，而这青山寨早已人去楼空，什么都没有了。这几天一直很忙，苏文月一直没有得到青山寨里的人已经离开了的消息，看到如此景象，心中突然升腾出一股物是人非之感。

而成杨和君无咎更是如此，虽然他们之前已经有了准备，但是再来到这青山寨，发现这里从当初的人声鼎沸，到现在的荒凉，这种落差，着实令人心痛。

之前方清是由青山寨主主持火葬的，然后埋到了栈道依附的那座山上，如今方明既然是想要去寻找他的哥哥，那么他应该早就打算好了，自己也要火葬。

君无咎邀请成杨来主持这场葬礼，成杨点点头同意了。这场葬礼其实十分简单，只有一个火葬仪式，最后炼成骨灰，由君无咎亲自装到了瓷瓶中。

他们将他葬到了方清的身边，同他们兄弟二人说上一番话后便离开了，君无咎看着他们笑了笑，让他们先回去，他说自己还有一些话，向他们二人说。

成杨点点头，便带着众人离开了，君无咎轻车熟路地来到那祠堂，从那里拿出一坛酒，走到了他们二人的墓前，敬了他们一杯后，自己猛灌了一口，看着他们的墓碑继续说道："方明，那日你同我在那山头饮酒，我还没喝够呢！今日我们一醉方休吧！如今加入了方清，我们这酒喝得定然更加热闹。"

说着说着，君无咎的眼泪便流了下来，他突然感觉自己仿佛在这青山寨度过了一世，现在离开青山寨来到滁州的人，已经不再是上一世的他，上一世的他在青山寨中，同两个人从相遇到相知，最终一同走过了一生。

一切都过去了，一切都会新生，我是如此，你们也是如此。

君无咎一边说，一边又敬了方清和方明一杯酒，自己又猛地饮了一口，不知不觉他感觉自己有些醉了，身体软得竟然连那酒坛都抱不住了，还好这时成杨和苏文月及时出现，将他带下了栈道，回到了知府衙门。

【第十五章】安王之死

君无咎清醒后，成杨坐在他的屋子里，一脸凝重，吓了他一大跳，他以为又发生了什么事情，赶忙起身，看着成杨问道："翰飞兄，你这是怎么了？"

看到君无咎清醒，成杨一边递给他一封信，一边看着他说道："佟莽落网了！"

"这不是好事吗？什么时候抓住的？我这就去审他。"他接过信，不解地看着成杨。

成杨摇摇头，看着他继续说道："不是我们抓到的，是青山寨主，但是他将人带走了，皇上在信中提及了此事。"

"皇上提及了此事？"君无咎一脸吃惊，他赶忙拿起信仔细地读了起来。果然皇帝今日的信同往常的有所不同，一共两封，其中一封是皇帝亲写，而另一封看口吻应该是青山寨主呈给上面大人的信，信里交代了佟莽的所作所为。

原来这佟莽交代，他前几次用毒制造瘟疫，为的便是朝廷发下来的赈灾银两，滁州在他刚上任之前发生了水灾，他从这次朝廷分发下来的赈灾款中尝到了甜头，之后便想尽办法地制造了这几场瘟疫，为的便是这笔巨款。

君无咎一边看，一边感叹这个佟莽是被猪油蒙了心，如此丧尽天良，恐怕他贪的那些银两，最终也无福消受。

不过君无咎心里清楚这次的炼毒肯定不只是为了银两，不然他为何封锁消息，这次的瘟疫制造仿佛更像是一场实验，毕竟在他们未到滁州之前，滁州百姓几乎没有人感染这些毒的，中毒的都是那些用来做实验的人。

后来之所以会爆发如此大的中毒事件，无非是佟莽为了报复君无咎、成杨等人，也为了给自己的逃跑制造机会，想来他这次的目的一定更为复杂。

君无咎一边想着一边往下看，果然不出他所料，青山寨主在后面直接说了，这佟莽说什么也不肯交代这次炼毒的目的，不过最终熬不过刑罚终于开口，说是受卖他官职的人指使，让他帮忙做这件事，如果他不答应，就将他贪墨一事捅出去，他没有办法，做了此事。

青山寨主审讯到这曾问他卖与他官职的是何人，他说他也不清楚，只知道是朝中一个挺显赫的官，但他从未真正的露过面，一直都是书信往来。

青山寨主一直盯着他，清楚他并没有说谎，便没再继续询问下去，而是话锋一转，提到了那日在密室里保管的那两具尸体。

青山寨主问他那两具尸体为何会一直保存在那里，佟莽说那两具尸体便是他们最后炼成的毒源，他们本想将他们提炼后交给那位大人，谁知还没等他们完成，君无咎和成杨便找来了，还将那两具尸体焚毁了。

看到这里，君无咎深深地呼出一口气，他看着成杨说道："幸好，幸好，我们将那尸体毁掉了，如若不然定然不知道会危害多少人！"

成杨点点头，看着他说道："没错，果然那两具尸体有如此大的作用，怪不得当初没有将那密室销毁。"

“不过，不知道那青山寨主是如何抓到这佟莽的，又为何会将他带走审问呢？”君无咎十分不解。

成杨也摇摇头，不知道为何会如此，君无咎拿出第二封信，皇上那封信还没有拆封，看来成杨也还没看，君无咎看看信又看看成杨说道：“翰飞兄为何没有看这封信？”

成杨把信接过来，一边打开一边说道：“还未来得及，我刚看完那封信你便醒了。”

成杨说完，点点头，便凑过来和他一同看那封信。

那信中开篇便提到了青山寨，皇上首先问成杨心中是否存有疑惑，之后皇上便自问自答地解释了这个青山寨为何会矗立在滁州。

皇上首先提到这青山寨主成杨的兄长也知晓，他曾是一名武将，跟在他兄长手下，后来被调到了这青山寨调查一些比较隐秘的事，而那佟莽逃跑时曾误打误撞跑到了青山寨，他也懂些毒，所以没有受到瘴气的太多影响，所以在寨子里隐藏了许久，发现了一些他不该知道的事，所以皇上便让青山直接将这佟莽带走了。

君无咎和成杨看到这里心中已经有些底了，看来这皇上已经和他们摊牌了，这青山寨主就是他的人，不过他却只口未提岳鸿之，也没提青山寨主在办的比较秘密的事到底是什么。

他们没有纠结于此处，而是继续往下读了起来，接下来皇上在信中提到的事，让他们心中一惊，皇上说安王无故死于家中，让他们在接到新的滁州知府后，妥善善后，速速回来京城查办此事。

“安王竟然死了！”这到底是怎么回事？成杨一边读着这信，一边看着君无咎说道。

君无咎摇摇头，看着成杨说：“这事想来比较复杂，不知道这安王到底死于何人之手，毕竟他们现在知道下水的一共有两波人，其中一方便是君无咎的老师岳鸿之，而另一方则是那个一直没有露面的某王爷。所以现在我们还不清楚到底是哪一方的人出手杀害了安王。”

成杨听君无咎如此说完，也点点头，不过他想了想又看着君无咎说道："我看着应该不是岳大人出的手，毕竟岳大人应该是站在皇上这一方的，而皇上方才在提及此事时，仿佛并不知情，所以我想会不会是安王阻了那幕后黑手王爷的路，所以才会惨遭杀害。"

听到成杨说完，君无咎点点头，继续说道："翰飞说得也有可能，但是也不能完全排除我老师的嫌疑，毕竟他虽然身处皇上这一方，但是他所用的手段皇上却不一定知晓，所以我们还是等回到京城，具体查办此案时再说吧，毕竟现在所想的一切都是猜测，并没有实际的证据来证明我们的论断。"

君无咎说完，成杨点点头，继续说道："也只好如此了。"

和成杨讨论完这两封信，君无咎才想起来问道："今日怎么不见苏大人、湛兄和孙主簿？"

成杨收起信，看着他皱着眉头说道："师妹这两日特别忙，今早出去后，到现在还未回来，而湛兄和孙主簿我还没有通知他们二人过来一起看信，我有些怀疑他们，所以想看看这信中到底有什么，会不会有一些不该让他们知道的事，我比较担心，所以先来你这里和你谈谈。"

君无咎听成杨说完，点了点头，他清楚成杨一直在怀疑孙主簿，而他也觉得孙主簿的行为有些诡异，成杨此举可以说是十分稳妥了。

不过转念一想这也是个机会。君无咎仔细地思索着，而成杨看他许久不说话，便问道："清悦兄在想什么？那么出神！"

成杨的话将君无咎拉了回来，他赶忙看着他说道："我在想一个方法，让这个内奸自动现形。"

君无咎说完，成杨十分的感兴趣，他赶忙问道："是什么方法？莫非是和这信有关？"

成杨说完，君无咎笑着点点头，看着他继续说道："看来，翰飞也已经想到了。"

成杨点点头继续说道："我方才是这样想过，不过我有些担心，怕会适得其反，万一没有抓到那人，而这信中的一切又被暴露，那很可能要出乱子，毕竟我们谁都不清楚皇上在办的那个秘密的事情到底是什么。”

成杨说完，君无咎也点了点头，他再度陷入了沉思，他承认成杨说得很有道理，不过如果此时不将这人抓出来，日后定会出大问题，所以到底该不该行此举呢?

君无咎和成杨纠结了许久，然后默契地抬起头，看了彼此一眼，笑着看着彼此说道：“看来我们又想到一处了。”

他们俩最终还是决定要行此举，这人不能再留着了，他们马上就要回京城了，他们心里清楚，之后要面对的是什么，一定会凶险万分，如今还要将敌方的内应留在身边，保不齐是要出什么乱子的，所以一定要在他们回到京城之前，将这人抓出来。

“清悦兄可有想到什么比较稳妥的办法？”成杨一边看着君无咎一边说道。

君无咎想了想，走到成杨身边喝了口茶，看着他继续说道：“我也没太想好有什么万全之策，我方才只是想到了我们像平日里那样，装作什么都不知道的样子，共同读信，皇上在信中提到了青山寨又提到了秘密的事，想来那内应定然会坐不住，如此他一定是想赶快将这个消息传递出去。”

君无咎一边说，一边思索，他看到成杨的手指也在不住地敲打着桌面，便知道他也在想对策，他笑着看了看成杨继续说道：“而当他传递线索时，便是我们的机会，我们一定要利用这个机会将他一举拿下。”

君无咎说完，成杨点点头，他仔细地想了想，看来读完信后，我们一定要看好他，千万不能让那内应逃脱。

君无咎点点头，表示赞同。

不过君无咎想了想，看着成杨继续说道：“我们既要看着他，又不能将他牢牢看住了，不能让他察觉到我们在怀疑他，否则他很有可能便会藏好他的狐狸尾巴，让我无从下手。”

成杨想了想，点点头看着君无咎深思道：“这个我们两人可能控制不了，我去再调一些人手，这样也能好控制一些，要不我怕只有我们二人没办法做到面面俱到。”

成杨说完，君无咎点点头，二人计划好便一同来到了大堂，叫人将湛之君和孙主簿叫来，而此时苏文月正巧也赶了回来，君无咎见她回来便将皇上来信的事告知了大家。

他一边说，一边仔细观察着这些人的表情，苏文月无精打采的，不知道在想些什么。而湛之君则是一脸虔诚地看着君无咎，这很符合湛之君的性格，湛之君忠厚忠君，他听闻君无咎说皇上的信到了，赶忙支起耳朵听，和平日里没有太大的差异。

而孙主簿依旧气定神闲，和往日一样，看不出什么差别，他同往日一样只是凑了过来，看起来并不是很刻意，仿佛并没有很在意信的内容，而是在等待一个指令罢了。

成杨看了君无咎一眼，君无咎微微地点了点头，然后成杨便开始将信打开，这信方才君无咎和成杨已经将它封好了，看起来和未开封时并没有什么不同。

信打开后，成杨便将信拿给他们一一传看，他们看过之后同君无咎和成杨刚看完这封信时一样，十分的震惊。

湛之君直接难以置信地看着成杨和君无咎说道：“没想到这青山寨竟然和皇上有关，真是没想到。不过他们胆子也是够大的，竟然敢违背皇上的命令，将我们扣在那里。”

湛之君说完，成杨和君无咎也点点头说道：“是啊，不曾想他们之间竟然有关联，更重要的是他们还将那佟莽带走了，也不知道他们到底在执行什么秘密的指令，竟然如此怕被佟莽那些人知晓。”

君无咎和成杨是故意这么说的，他们发出深深的疑问，仿佛十分好奇那青山寨主到底在秘密地执行什么事情，而且将这件事特意刻画得十分重要，他们相信，现在事情越发明朗，那幕后黑手便也越来越着急越来越慌乱，如此说，他们肯定会按捺不住。

君无咎和成杨说完，湛之君点点头，赶忙说道：“抓住就好，抓住就好，皇上要办的这件事连成大人都没说，想来是极为隐秘的，如果被这佟莽知晓了，岂不坏了大事？”

湛之君说完，成杨和君无咎对视了一眼，这湛之君真可谓是一个十分好的推手了，他如此一说，更将君无咎和成杨的心意表露了出来，他们二人本想如此说的，但是考虑到他们二人平常并不会如此，便忍住了，因为他们担心会露出马脚。

他们二人赞同地点点头，表示极为赞同湛之君的话，还看着他们说道：“还有那尸体，幸好处理了，不然可就坏事了。”

君无咎说完，湛之君也肯定地点点头，看起来松了一口气，然而直到此时苏文月和孙主簿依旧一言未发，只是静静地想着信中的事。

“你们就不关注这安王吗？皇上这么急于叫我们回去，就说明这安王定然是死得极为蹊跷，很多疑问没有揭开，或者说真凶还没有找到，想来是如此皇上才急召我们回去。”苏文月揉了揉头，看着他们疲惫地说道，她看起来有些焦头烂额，不知道到底发生了什么。

君无咎和成杨都十分担心她，因为她的状态看起来是着实不太好，不过他们知道现在并不是询问她这件事的时候，成杨看着地点点头说道：“当然我方才便想同你们讲这件事，但是想到还是皇上的事比较重要，才先将关注点放到了那青山寨上。”

成杨说完，苏文月疲惫地点点头，没再说话，而孙主簿从始至终都没有说一句话，成杨假装沉思了一会，然后抬起头，看着他说道：“孙主簿，您呢？您是如何看待此事的？”

孙主簿抽了一口他的烟袋，低头想了想，然后看着他继续说道：“我同大家的想法一致，这佟莽归了案便好，千万不能让他坏了事，至于这安王，之前安王府发生的事情就十分诡异了，想来他定然也和我们查的整件事脱不了干系，所以现在推断我怕太过武断，还是回到京城仔细查看一番后再说吧！”

孙主簿说完又抽了一口烟，吐出的烟雾模糊了他的双眼，看不清他到底在想些什么。

成杨点点头说：“既然如此，我们便等着新来的滁州知府到来便可以了，明日我和清悦兄先去处理一下张小姐的事，毕竟我们当初已经答应要将张宅还给她，而孙主簿和湛兄便留在衙门里准备交接的事宜吧！”

成杨看着湛之君和孙主簿说完，又转过头看着苏文月，苏文月看起来已经疲惫至极了，不知道她到底在忙些什么，成杨便没再吩咐事情给她，而是看着她说道：“你这状态看起来怎么这么不好？赶紧回去好好休息吧！”

苏文月点点头，说道：“我没事，你们不用关心我，我也有自己的事情要忙。”

苏文月说完，便低着头不再看成杨，成杨看她如此以为她在同自己闹别扭，成杨想不清自己何时得罪过自己的这个小师妹，平时宠她还来不及，怎么反倒惹到她了呢？但是他知道现在绝对不是一个好的时机来问她这些事情，便没再说什么，而是叹了口气让大家各自回房睡觉吧！

看到众人各自回了房间之后，君无咎和成杨悄悄地来到了一处，他们现在就只能等，等一个确切的消息，只是不知道这个人会不会今日便出现。

如果他按捺不住今晚出现，毕竟他们两人今日都在，如果明日出现，出了什么事他俩保不准能够抓到他，毕竟他们方才说要去处理张宅的事是真的。

就这样他们等了半宿，一点风声都没有，而就在这时，苏文月突然走了进来，吓了成杨和君无咎一跳，君无咎差点就躲起来了，好在是听到了苏文月的声音才稳了下来。

苏文月一进门就笑着看着君无咎调侃地说道：“怎么君公子没有藏起来啊？我还以为进门后会是从床下面发现你呢！”

君无咎一时无语，看着她问道：“苏大人你怎么来了？”

“我就是特意来看你们俩的啊，我就知道，今天晚上你们俩肯定在一处，如果这里找不到你们，我便要去君公子那里了，想来你们二人不在这里便在那里。”苏文月随意找了一个位置坐下，笑着看着他们说道，不过看起来还是没有什么力气。

成杨抬起头，倒了杯茶给苏文月，看着她说道："哦？师妹为何如此说？"

"这还不简单，你们两个肯定不会放过这么好的机会，说白了你们一定会借皇上的这封信，来试探孙主簿。"苏文月接过茶，感激地看着成杨笑了笑，然后继续说道。

成杨点点头，也喝了口茶问道："师妹为何如此肯定是试探孙主簿？"

"他有时着实有些奇怪，而且现在你们两人就坐在这里，我知道你们两个绝对不会怀疑湛大人，他满脑子都是忠君爱国仁义之道，所以定然不会做背叛我们的事。我们之中就这么两个人，这样一排除，便很清楚地猜到你们要试探的人是谁了。"

苏文月说完，成杨笑着看着她说道："不愧是我的师妹，总是这么聪颖。"

苏文月听他如此说，一阵无语，真是不清楚他到底是在夸自己还是夸她，不过她还是很赞同聪颖这两个字的，她笑了笑让成杨不要调侃她，她在同他说正事。

苏文月看着成杨和君无咎再度开口："你们就不怕那孙主簿察觉到什么吗？毕竟他心里知道我们已经有些怀疑他了。"

苏文月说完，君无咎点点头，看着她说道："一切都不无可能，就看他能不能沉得住气了。如果他能沉得住气，那我们这次肯定失败了，不过经过最近的调查，我们能明显地感觉到，那个幕后黑手有些坐不住了，这种慌乱的心理定然会传递到那个做内应的人那里，所以人一慌乱，就容易失了分寸，我想他露出马脚的可能性十分的大，我们现在能做的，便只有等了。"

君无咎说完，成杨点点头，苏文月也若有所思地点点头，然后看着他们继续说道："好，那我们等等看吧，我今日来也没有别的事，便是我知道你们是在试探孙主簿，便想着明日张小姐的事我先同她一起去吧，你们就在衙门里来处理这件事，张小姐的事我来就可以，还是眼下抓住内应这件事比较着急。”

苏文月说完，君无咎和成杨感激地点点头。

成杨想了想继续说道：“不过我想明日我和清悦兄还是应该假意出去，这样便能让那内应放松警惕，毕竟我们二人不在府中，他也更好得手一些，而我们二人出去后再悄悄地返回，说不定能将他抓个正着。”

成杨说完，君无咎点点头，表示赞同，苏文月也十分的赞同，看着他们说：“你们决定就好了，想来你们想好的事，便是最好的决定了。”

苏文月说完正要离开，谁知道差点跟急急忙忙冲进来的人撞上，她一看那人，便黑了脸色，问他到这里来干什么。

那人看出了苏文月脸色不好，赶忙笑着说道：“大人，没撞到您吧，着实抱歉，不过我这是来向成大人禀报……”

那人话还没说完，苏文月马上心急地问道：“禀报什么？”

那人知道苏文月心急了，赶忙低着头说道：“孙主簿……孙主簿他鬼鬼祟祟地跑到了花园里去了，我让人小心跟着了，这边便赶忙来向成大人禀报。”

那人说完，苏文月才缓缓吐出一口气，还好她这些表情都是背着成杨和君无咎，他们二人并没有发现她的异样。

她向那人使了个眼色，那人摇摇头，苏文月这回才彻底放下心来，而此时成杨和君无咎赶忙起身走了过来。

成杨看着苏文月说道：“师妹也别回去了，我们一同去看看吧，看看这孙主簿到底玩什么把戏。”

成杨突然响起的声音吓了苏文月一跳，整个人都抖了一下，成杨看她如此笑着调侃道：“怎么了师妹？头一次见你如此胆小。”

苏文月摇摇头，说方才走神了，所以突然有声音从背后响起便吓了一跳。

说完便别过脸不再看成杨和君无咎，让人琢磨不透她的心里到底在想些什么。

成杨点点头，没有继续调侃她，毕竟现在揭露孙主簿是正事。他们几人匆匆忙忙地赶到了花园，那孙主簿果然躲在一棵树下，不知道在做些什么，仿佛在刨土。在那里折腾了一阵后，又四处看了看，便赶忙离开了，君无咎和成杨悄悄地跟了上去，而苏文月则来到那树下仔细查看，果然发现了异样，原来那孙主簿往那树下埋了一封信。

苏文月赶忙拿着信去找成杨和君无咎，说可以拿着这个证据进去揭露孙主簿了。

君无咎和成杨看到这封信都十分开心，正要冲进孙主簿的房间时，君无咎忽然将大家叫住了，他察觉到了不对，那信封上只写了“亲启”两个字。看起来并不知道这信是交给何人的，就算这是他以往传递消息的策略，但是君无咎觉得还是小心为妙，不要打草惊蛇。

于是，他们先回到了成杨的房间，命令那些人先守好孙主簿，他的一举一动都要向他们禀报。

回到成杨的房间后，他们小心地打开了那封信，谁知那封信里只写了一句话：“花好月圆，岁月静好。”

他们几人相视了一眼，都庆幸方才没有贸然冲进去，同那孙主簿对峙。

“这孙主簿可真是个老狐狸。”苏文月一边看着那信，一边同君无咎等人说道。

成杨点点头，赶忙将那封信按照原样弄好，然后看着他们说道：“看来那孙主簿也在试探咱们，他想将消息传递出去，但又怕暴露身份，便想出了这么一个办法，来试探咱们，咱们若是真的拿着这封信冲了进去，他大可以反驳我们，说他只是一时来了兴致，想同这草木吟诗作对又有何不可？”

成杨说完，君无咎点点头，笑着说道：“孙主簿确实厉害，他知道我们内心渴望抓住内奸，所以很可能在看到埋这封信后，便冲动地追进去，同他对峙，如此他便算是掌握主动权了。”

君无咎说完，成杨点点头，笑着说道："幸好，幸好清悦兄发现得及时。"

君无咎谦虚地摇摇头，看着他们继续说道："现在我们第一要紧的事，就是赶紧将这封信放回去，以免一会那孙主簿过去查看时发现信不见了。"

成杨和苏文月点点头，他们一同来到那树下，摸黑又将信完完好好地放了进去。

放进去后他们便找了一个隐秘的位置等着，果然这孙主簿不多时便过来查看，他重新刨开那土堆后，发现那信还在那里，有一秒的迟疑，当时君无咎和成杨的心都悬到了嗓子眼里，生怕他发现了什么。

不过还好，孙主簿将那信打开来，借着月光看了许久，好像没有发现什么异样，便将那信带走了。

孙主簿离开后，君无咎等人也离开了，如此一折腾，苏文月睡意全无，她也留在了成杨这，说要同他们一起等。

一夜无眠，但是孙主簿那里却没了动静，苏文月有些担心，看着君无咎和成杨说道："这孙主簿莫不是发现了我们动过那封信？"

成杨听她如此说，也有些担心，但他仔细思考了一番后，看着她继续说道："应该不会，拆信之前我曾仔细地查看过，是否有什么特殊的标记，但是并没有，所以应该没有发现。我们先都别急，不要自乱阵脚，在孙主簿的心里，我们都是明日才离开的，所以在他心里明日才是最安全的，一切就看明日了。"

成杨说完，君无咎看着他笑着说道："我的成大人啊，你莫不是过糊涂了？哪里还有什么明日啊？这已经是今日了。"

听到君无咎如此说，成杨这才反应过来他们已经整整在这里坐了一夜，他看着他们不好意思地笑了笑，然后继续说道："好，那就一切且看今日了。"

君无咎点点头，看着他们笑着说道："大家都放松些，既然孙主簿会试探我们，就说明他心中定然有鬼，一定是有问题的，既然如此，就算他这次稳住了，下次有什么事情时他还是要禀报的，只要我们处处留意，就一定能够找到证据，而且既然我们心中都已经确定就是他了，那我们日后也可以对他多加防范，不至于重要的消息再被他透露出去。”

君无咎说完，成杨和苏文月点了点头，没有再说什么，天亮之前他们各自回屋了，为了看起来显得自然一些，他们不能在早饭时让孙主簿看出异样。

果然这次竟然是孙主簿亲自来叫他们吃饭，他说他今日起得早去花园晨练了一阵，便顺路来叫他们吃饭，不过成杨他们心中已经有数，这孙主簿一夜之间如此多的反常之举，已经间接地证明他就是他们要找的人了。

成杨、君无咎和苏文月他们稳住自己，一切依照计划行事。早饭过后，苏文月便先走出了知府衙门，不多时君无咎和成杨便带着张小姐出了知府衙门，而孙主簿一直默默地看着他们离开，什么也没说，仿佛有什么心事。

君无咎和成杨一出府，便将张小姐交给了苏文月，苏文月便带着她离开了，去处理那个老宅的事情。

而君无咎和成杨便偷偷地潜回了知府衙门，知府衙门中，湛之君正在忙忙碌碌地整理案件，而孙主簿则坐在一旁不知道在想些什么。

他一直坐在那里抽烟，在抽完整整一袋烟后，他起身同湛之君说道：“我有点事，出去一趟，你先帮我整理一下，等我回来后，会将它们总结归纳的。”

孙主簿说完，湛之君点点头，然后看着他好奇地说道：“什么事？要紧吗？要不要我陪你一同去？”

孙主簿摇摇头，看着他继续说道：“没事，你先忙，我一个人处理得来。”

孙主簿就这样离开了，留下一脸不解的湛之君，毕竟平时孙主簿去办些什么事，一直都是他陪同的，不知今日为何却将他推得远远的。

孙主簿离开后，成杨和君无咎赶忙跟了上去。只见那孙主簿一直走，七拐八拐地走到了一个十分隐蔽的胡同，那胡同的尽头等着一个人，那人戴着一个斗笠看不清样貌。

孙主簿走上前，四处打量了一番，之后将一封信交到了他的手上。

就在这时，君无咎和成杨赶忙出现，将他们二人控制住，那戴斗笠的人看到成杨、君无咎挣扎着想要逃，但是无能为力。

而孙主簿看着君无咎和成杨，脸色瞬间变得惨白，最终苦涩地笑了笑，没有说话。

君无咎夺下那封信，发现上面还是写了亲启两个字，君无咎一阵担心，害怕这也是孙主簿在试探他们，不过他扫了一眼孙主簿的脸色，看到他脸色铁青，渐渐放下了心。正当他要打开信看时，那戴斗笠的人竟然开始不住地抖了起来，最终倒在了地上，君无咎赶忙上前查看，但为时已晚，此人已经中毒身亡了。看来当他们抓住他时，他便已经服毒了。

君无咎一时无语，成杨走上前，拿下那人的斗笠，看到那人的长相，又看了看孙主簿，什么话都没说。

君无咎也顾不上先看那封信的内容，而是让一直藏在后面的暗卫过来将这人的尸体抬回去。

君主簿和成杨就这样一路将孙主簿押回了知府衙门，湛之君看到三人一同回来，惊讶地问道："咦？怎么几位大人一同回来了？莫不是半路碰到了一处去？"

君无咎和成杨没有说话，孙主簿一直低着头，不看湛之君，不知道在想些什么。成杨沉着脸，直接走到椅子旁坐下，看着君无咎说道："清悦兄，那封信呢？把那信拿来看看。"

君无咎将信拿了出来，递给成杨，而一旁的湛之君一脸困惑，他不知道现在这种尴尬的气氛到底是因为什么，他走近孙主簿，看着他再度问道："孙主簿，你们怎么了？成大人和君大人为什么这么严肃？莫不是发生了什么大案？"

孙主簿依旧低着头，没有回答他，而成杨则默不作声地在那里给信开封，君无咎看到湛之君一直在那局促不安地站着，赶忙走上前，看着他说道：“湛兄，你先别急，事情还在调查，很快就水落石出了，一会儿你便会知道一切。”

君无咎说完，拍了拍他的肩膀，让他安心。

君无咎如此说完，湛之君便点点头，不再继续问了，而是盯着成杨手中的信，他以为这信又是皇上传下来的，京中又出了什么事？

谁知成杨越看那信，脸色越沉，看过之后，他抬起头看着孙主簿淡淡地问道：“孙主簿，这信是写给谁的？”

成杨问完，孙主簿摇摇头，看着他说：“我不知道，我不知道这信会交到谁手上。”

“你撒谎！”成杨一边说，一边看着他嘲讽地笑了笑说道，“你当真以为我不知道那个戴着斗笠的人是谁？他跟了我老师这么多年，你以为我会认不出他？”

成杨说完，只见孙主簿的脸色瞬间变得青紫，他赶忙摆摆手，焦急地看着成杨和君无咎等人说道：“不可能，绝不是欧阳大人指使的，成大人，您一定不要错怪了欧阳大人，这人说不定同我一样，也是安插在欧阳大人身边的人，毕竟我也是安插到他身边的人，奉命监视他的一举一动，不想他却将我派到你们这了。”

孙主簿有些焦急，一口气说了这么许多，成杨不屑地看着他笑道：“怎么？孙主簿还当我是那三岁的小娃娃，你三两句话，就能将我搪塞过去，我还没问什么呢，你就说出这么许多，你如此维护老师，有些此地无银三百两了吧？”

成杨如此问完，孙主簿便沉默了，坐在一旁静静地低着头，湛之君越听越觉得不对，他赶忙走上前，看着成杨和君无咎问道：“孙主簿的话到底什么意思？什么叫做他是安插到我们身边的？”

湛之君一脸疑惑，成杨皱着眉没有说话，直接将手中的信递给了他，湛之君接过信，仔细地读了起来，越读越是震惊。

虽然这信并未说是写给谁的，但是信上所写的内容，都是他们经历过的事，而且事无巨细。

还有昨天皇上那封信里的内容也着重地在信里提到了，还说皇上有个不可告人的秘密，让那位大人速速调查。

最让人气愤的是那信里还有他们整理的案宗，这滁州发生的大小案子都详细地记录在册，看到那些触目惊心的话，湛之君就觉得心惊，他从未想过孙主簿会是内应，这可是将他们卖得精光啊！

他难以置信地看着孙主簿，心下剧痛，毕竟江南行这一路，他同孙主簿最亲，因为他性子陈腐、忠厚，君无咎、成杨和他玩不到一块去，他心里清楚，而苏文月呢他又不敢靠近，因为他觉得苏大小姐是打心眼里看不上他这种人的，她只适合和君无咎、成杨那样的人一起，所以这一路他几乎一直同孙主簿在一起查案、办案。

孙主簿在很多方面都给了他许多帮助，对于他来说，孙主簿亦师亦友，他从未想过他会出卖他们，所以如今事情被揭露出来，他一时间有些接受不了，他看着孙主簿无奈地说道："孙主簿，您怎么能这样？您怎么能如此辜负我们的信任？"

湛之君说完，孙主簿低着头没有说话，良久，他故作镇定地抬起头，看着他们说道："你说信任？那你问问成杨和君无咎他们何时真正地信任过我？"

孙主簿说完，成杨勾起嘴角，看着他笑着说道："孙主簿，收起这副嘴脸吧，若不是你不值得信任，我们又如何会不信你？路都是你自己走的，你竟还怪我们？"

成杨一边说，一边用手指轻轻地敲打着桌面，最后看着他再度开口说道："其实在你烧毁那本买卖官职的册子前，我们从未怀疑过你，甚至在那之后，清悦兄都没有怀疑过你，怪就怪你出卖了方清。"

一提到方清，君无咎的脸色瞬间就变了，确实如成杨所说，在方清未出事之前，他从未想过他们身边会有那个王爷那边的势力的内应，所以当他确认是孙主簿时，他震惊了，当时他想杀了他的心都有，他想用他的命来换方清和方明的命，但是他知道自己不能这样做。

成杨说完，孙主簿抬起头，看了看君无咎，他看到君无咎眼眶红了，他知道君无咎想到了方清和方明，他也跟着十分的痛苦，痛苦使他的脸扭曲。

他看着众人几乎有些哽咽地说道：“其实我也不想，我从未想要出卖你们，和你们南下这一路，我体验到了前所未有的真挚和快乐，我也想和你们一同走下去，收获正义和感动，可是我不能，我也有不得已的理由，我必须要那么做。”

孙主簿一边说，混浊的眼中流出几滴泪，看起来更加苍老了。

君无咎看着他摇了摇头，继续说道：“这并不是你出卖别人的理由，你说你心中并不想如此做，你心中向往的是好的，是和你所作所为完全不相符的，可是一切你都只是想想不是吗？你还是选择了阴暗，一切都是你的选择，你的原则呢？你的心呢？为了你的不得已，就可以将别人弃之不顾，将别人的性命视为蝼蚁吗？你的君子气节呢？”

君无咎一口气说完这些话，微微有些喘，他着实太气了，尤其是看到孙主簿这副样子时，更是气不打一处来。

孙主簿听了君无咎的话，便不再说话，成杨知道君无咎是真的生气了，他没有说话，轻轻地拍了拍君无咎，君无咎点点头，示意他自己没事。

这是方清去世后，君无咎第一次发如此大的脾气，之前他一直在心中默默隐忍，虽然他不说，但他的心中都清楚。

成杨接着君无咎的话，看着孙主簿继续说道：“说吧，孙主簿，趁着我们之间仅剩的这一点情谊，将你知道的一切都说出来吧！难道你还想让无辜的人被伤害吗？你难道还想一直错下去吗？”

成杨说完，孙主簿看着他痛苦地摇摇头，一副欲言又止的模样，最终他叹了口气说道：“不要问我了，成大人，我什么都不会说的。”

孙主簿说完，成杨看着他笑着点点头说道：“好，你可真是冥顽不灵，就算你不说我心中也清楚，其实你一直暗中通风报信的人就是我的老师欧阳大人，不是吗？你以为你这么做是忠于他、是在帮他，可是你心里应该清楚，你这么做算是什么？你这是愚忠，根本就是错误，而且错得很彻底。”

成杨说完，孙主簿低着头，不敢看他，不过最终还是轻声地开口说道：“不管怎样，我已经同你们说过了，不是欧阳大人，欧阳大人是被陷害了，信不信由你们了。”

孙主簿的话音刚落，苏文月就赶了回来，她看到气氛诡异，便猜到一切已经真相大白了，她走上前看了看孙主簿，揉了揉头说道：“真的是你啊，孙主簿！这么久了将我们耍得团团转。”

孙主簿没有说话，苏文月走到成杨身边，拿起那封信仔细地查看了一番，然后看着孙主簿不屑地笑了笑，继续说道：“果然，您老人家办事还真是严谨，我还以为您只会在昨日试探我们之时，才不在信上署你收信人的名字呢，未承想，这封信上竟然也没有，而且通篇只称那人为大人，怎么和苏明鸢她们学的？还大人！”

苏文月一番调侃，也没换来孙主簿一个字，苏文月当初有多信任这孙主簿，现在她就有多恨他，她清楚地记得方明给君无咎换血那天，他多次想要闯进去，现在想想，当时肯定是目的不纯，若不是她信任方明，说不定君无咎现在已经被他害死了。

苏文月站在那里，十分强势地看着孙主簿，谁知道此举适得其反，反而有些激怒了孙主簿，孙主簿抬起头，看了看君无咎，看了看成杨，最后又看向苏文月，恨恨地说道：“那苏大人最近又在忙什么呢？”

孙主簿一边说着，一边抬起头扫了苏文月一眼，看她僵立在那里，继续说道：“苏大人这两日一直在忙进忙出的，忙什么事？可有和成杨大人说？我想还没说呢吧。”

苏文月的肩膀微微发抖，她看着他气愤地说道：“孙主簿果然是一个称职的内应，竟然处处留心我们的事，怎么我在忙什么你知晓吗？你若是知晓我有什么见不得人的事，你便告诉我师兄啊，在这里话里有话地挑拨算什么呢！”

苏文月说完，孙主簿再度低下了头，不同苏文月他们对视，其实他只知道苏文月最近很忙，好像在处理什么比较棘手的问题，而且独自一人承担，并没有同君无咎和成杨说，所以他自己分析这事可能苏文月并不想让他们二人知道，他本想查明是什么事，但是他没有那个能力。

毕竟苏文月一直在跟她手下培养的暗卫联系，这些暗卫他根本接触不到，就算是能够接触到，他们也绝对不会同他说苏文月到底在做什么，他们的嘴都严着呢！

其实苏文月敢如此有底气地看着孙主簿如此问，其实也是基于对她的那些暗部势力的信任，因为她知道，孙主簿若是想要从那里下手查她，根本是一件不可能的事情。

虽然孙主簿没了话，但是成杨反而有些怀疑了，他清楚苏文月的底气来源于何处，这就更加说明她这几日在忙什么事情，而且正如孙主簿所说，她并不想让他知道。不过他并没有当场质问苏文月，他信任她，他知道就算她在做什么不想让他知道的事，她也绝对不会出卖他。

“好了孙主簿，我师妹到底在查什么，这与你没有关系，而且就算你现在知道，你还能将这个消息通知给你所谓的大人吗？”成杨如此说完，苏文月看着他，眼神中充满感激和不安，那感情十分复杂，就连成杨都搞不清她到底在想些什么。

不过在成杨的提醒下，苏文月倒是想起了那个所谓的大人，然后看着成杨问道：“师兄，还没审出那位大人到底是谁吗？”

苏文月说完，成杨点点头，不过看着她沉思了一会，再度开口说道：“不过有一点线索可循，方才我们抓孙主簿传递消息时，顺便抓到了一个人，只不过这人已经服毒自杀了。”

成杨说完，苏文月一阵心惊，她抬起头看他再度说道：“他死了？可是在他身上发现了什么线索？”

君无咎点点头，看着她说道：“你去看看，可能就会心中有数了。”

君无咎说完，苏文月便亲自去看了那个戴斗笠的人，看过那人面容后她震惊得说不出话，苏文月看着成杨磕磕巴巴地说道：“他……他……他是老师身边的人，难道师兄……你是怀疑……老师？”

成杨点点头，看着她继续说道："难道你不觉得奇怪吗？这人跟了老师许久，而孙主簿又同老师的渊源颇深，想来不管老师是不是那个大人，他肯定是无法洗刷嫌疑的。"

成杨说完，苏文月点点头，没有再说话，如果是在这次江南之行之前，她可能还会质问成杨为何不相信自己的老师，因为那时的她相对于现在还有些稚气，不太成熟，但是经过这一次的江南之行，她心中很清楚，什么都是有可能会发生的，连你最亲最信任的人，背叛你可能只是片刻的事，而此时他们都会有一个很好的借口，便是他们不得已。

成杨担心她会有些难过，看着她安慰地说道："我只是说老师有嫌疑，并不确定就是老师做的，说不定老师也是被人陷害的。"

成杨说这段话时，声音十分小，仿佛他自己都不太相信自己的话，看起来十分没有底气，而君无咎站在一旁也没有说话。

苏文月苦涩地笑了笑，她心里知道成杨不过是在安慰她罢了，其实这么多年她暗地里也培养了一些人脉，或多或少也听到过许多关于老师的流言蜚语，不过她一直当作是诽谤，毕竟老师身居高位，想要整垮他的人不在少数。

不过今日的氛围，苏文月已经感觉到了不同寻常，她清楚师兄想来将一切分得很清楚，不会过度的感情用事，所以当他说出老师难以洗清罪责时，便说明老师定然是有无法推脱的地方，幸好这一趟南行她已经做好了准备，不会随随便便被击垮了。

她点点头，笑着对成杨说道："没事的师兄，你不用安慰我，我脑中有我的原则的，那便是秉公执法，我清楚我自己该怎么做。"

苏文月说完，成杨点点头，没再说些什么，之后他和君无咎又审了这孙主簿许久，可是他却什么都不肯说，而成杨他们又不敢轻易地将他放进滁州的大牢，根据以往的经验，他们总是担心会发生什么事情，所以他们决定轮流来看守孙主簿。

处理完孙主簿的事后，成杨和君无咎才想起苏文月是带着张小姐去处理张宅的事了，他们抬起头，问她处理得怎样了。

苏文月点点头，看着他们说道："一切都已经处理妥当，前几日我们不就已经将房契要回来了吗？今日我只是去帮张小姐打理一下，让那些原本住在张宅的人搬出去。"

"住在张宅的都是些什么人？"君无咎一边整理案宗，一边不经意地问道。

苏文月想了想，摇摇头，说道："我也不清楚，我询问他们时，他们说自己同林海贤一点关系都没有，我也想不清林海贤为何会让他们住在那里。"

苏文月说完，君无咎点点头，没再说话，不过片刻，他却有些担忧地抬起头，看着苏文月说道："我怎么越想越觉得诡异，那些人同林海贤无关，为何林海贤会如此慷慨，将自己名下的房产交给他们居住，苏大人可有查明，住在那里的人到底都做些什么？"

苏文月摇摇头，看着他说道："我当时惦念这里的事，所以大致地处理完一切便赶回来了，没顾得上那么许多，你现在如此一说我心中也隐隐不安，这滁州城处处透着诡异，是我大意了，不过我回来前安排了两个人在那里守着，避免发生什么突发状况。"

君无咎听到苏文月说在那里留了人，一颗悬着的心渐渐放了下来，他见识过苏文月那些暗卫，身手都十分了得，所以他相信他们在应该不会出什么太大的事。

不过他还是有些担忧地看着苏文月说道："我还是觉得我们应该去张府看看，说不定能发现什么，如果没有什么那更好，那么张小姐的安全便也有保障了。"

君无咎说完，成杨赞同地点点头，他看着苏文月再度说道："当初我也以为那张宅可能已经是一所废弃的宅院了，又或者是林海贤的亲属居住在那里，如今看来，那张府说不定真的存有什么秘密，我们还是一同去看看为妙。"

君无咎和成杨说完，苏文月点点头，看着他们说道："正好，我离开时，张小姐说为了感谢你们，晚上要举办晚宴来招待你们，我本来想推托掉，现在正好借此机会前去查探一番。”

说去就去，成杨和君无咎将孙主簿交给了湛之君，并且安排了几个人牢牢地看着，不允许孙主簿踏出房门半步，处理好这一切后，他们便离开了。

张府离这知府衙门只有两条街，所以他们很快便赶到了张宅这里，张小姐见到他们几人一同来，喜出望外，赶忙将他们迎了进来，一进到这张宅，苏文月便察觉到了不对，她发觉她上午清走的那些下人现在又都尽数回来了。

她看着张小姐不解地问道：“张小姐，他们如何都回来了呢？”

张小姐看着她笑了笑说道：“在你走后，这宅子里的管家过来同我说，他们没有安身立命之所，如果离开了张宅他们完全不知道去哪里讨生活，希望我能将他们留下来，我见他们可怜，便将他们留了下来。”

张小姐说完，苏文月开始仔细地打量那张宅中的下人，发觉他们也在偷偷地打量他们，眼光尤其在成杨和君无咎身上徘徊。苏文月看了君无咎和成杨一眼，他们向她点点头，表示自己也留意到了。

进入到正厅，张小姐赶忙邀请成杨他们上座，还让那个管家过来看茶，那管家赶忙走了上来行礼作揖，又跑下去端茶，看起来十分机灵。

但是君无咎和成杨却看着他觉得有些不对，他们看着这管家的腿脚，看起来分明是有些拳脚功夫，而且笑里藏刀，看起来就并不简单，这样的人甘于留在这里当一个小小的管家，想来他定然是有所图谋，只是不知道他到底图谋的是什么。

张小姐吗？肯定不是，张小姐回来时他便已经在这里了，那么图谋什么呢？莫非是这个宅子？

那管家急急忙忙地将茶端了上来，挨个递给了成杨和君无咎等人，成杨一眼便看出了不对，他的这个上茶的姿势，明明就是宫中的规矩，而且他一边上茶，还在一边察言观色。

成杨将茶拿到唇边，但是并没有喝，仅仅吹了两下便将它放下了，然后看着张小姐问道：“不知道张小姐自打回来后，可有四处看过？”

张小姐点点头，看着他继续说道：“看了，这郭管家陪我四处看的，他将我们这张宅打理得井井有条，我四处查看了一番，十分满意，便放心地让他们留下来了。”

成杨点点头，没再说话，他和君无咎也四处查探了一番，这宅子并没有什诡异之处，看来应该就是这郭管家等人不想走了。

成杨支开了郭管家，然后看着苏文月问道：“师妹来请这院子里的人走时，可有看到他的主人家的样子？”

苏文月仔细思考了一番，摇摇头说道：“未曾看见！”

“那与你一同处理交接事宜的，可是这位郭管家？”成杨继续问道。

苏文月摇了摇头，继续说道：“我记得不是，那人很瘦，模样看起来十分轻巧，不像郭管家这般胖。”

苏文月说完，成杨点了点头，他抬起头看君无咎，君无咎也向他点了点头，果然他也觉得这郭管家有些问题。

等郭管家办完成杨交代的事，回来之后似乎有些气喘吁吁了，看他回来，成杨赶忙看着张小姐说道：“听闻张小姐晚上要举行晚宴。”

张小姐笑着点点头，看着成杨说道：“没错，为了向你们表示感谢，若是没有你们，便没有我的今天。”

“哦？既是如此，我想要吃天香居的菜。”成杨笑着看着张小姐说道，如此行为看起来极为不雅。

张小姐听到成杨如此说，顿了一下，然后才笑着向他说道：“我本想亲自做给你们吃。”

“张小姐不必麻烦了，最近在这滁州，我只吃得惯天香居的饭菜，你最近一直同我们住在一处，难道不清楚吗？”成杨这话说起来十分的纨绔，倒应极了他的身份。

张小姐是个聪明人，看到成杨如此说，立马明白了这里面肯定有问题，她抬起头赶忙笑着看着他继续说道：“记得，一直记得几位大人吃天香居的，只是我私下里寻思，我亲手做的可能会更有诚意，既然如此，那便天香居吧！”

说完，张小姐喊了郭管家一声，郭管家赶忙过来哎了一声，而张小姐则是吩咐他去那天香居点菜。

那郭管家看着成杨问道：“不知道几位大人，要吃些什么？”

成杨笑着看着他说道：“不用那么麻烦，你就到那里同那掌柜的说，按照我成杨平时在那里点的上便可以了。”

成杨说完，那郭管家点点头，退了出去。苏文月担心地看着他说道：“你什么时候在那天香居点过菜？”

成杨摇摇头，让她别担心，而是让张小姐将其他的下人聚在了一处，来让苏文月辨认上午同她交接的那个人。

苏文月一眼便看到了那个很瘦的人，她将他叫了出来，而成杨直接让他跪了下来，他看着成杨的威严，吓得瑟瑟发抖。

“怎么？敢在我的面前使这障眼法，你们是不想活了吧！”成杨的声音中说不出的狠戾，而那个人则不住地磕头，低声地说：“小人不知道哪里得罪了大人，还望大人饶恕。”

“饶恕，我若是饶恕你了，你家主子——那位郭老太监能够饶恕你吗？！”

成杨说完，所有人都吓了一跳，他看到他们的状态，便知道自己猜对了，他赶忙趁热打铁看着他们厉声说道：“你们当本官什么都不知道吗？你们若现在不说清楚你们为何会在这张宅，信不信我立马就有办法将你们投入大牢！”

成杨说完那跪在前面的人，已经止不住地在抖了，一紧张声音也变得尖细非常，他看着成杨连忙叩头，喊着：“成大人饶命，成大人饶命，其实我们都是跟着郭老爷混口饭吃，当初他是从那个林娃手中要下这座宅子的，所以我们一直以为这宅子就算作是我们郭老爷的了，不承想今日这苏大人带着张小姐到了这里，我们无处安身，郭老爷便带着我们留了下来。”

“那留下来之后你们打算干什么？你把话给我说清楚，如有一句假话，我让你们的后半生都交代在那大牢之中。”君无咎十分狠戾地看着那人说道。

那人想了想，成杨的话最终冲破了他的防线，他说：“郭老爷说，让我们看准机会，最终鸠占鹊巢。”

“鸠占鹊巢！怎么你们还想害张小姐的性命不成？”苏文月听到这里着实心惊，而且她不明白这里为何会出现如此多的太监。

看到那人已经招供，在后面一直哭泣的几个女子突然跪了下来，看着成杨等人哀求道：“几位大人，其实小女子根本不是张宅里的婢女，而是被那郭太监强抢过来的，几位大人要为我们做主啊！”

那几名女子说完，成杨看了苏文月和君无咎一眼，看着她们继续说道：“只要你们如实交代一切，本官自然会救助你们。”

那些女子想了片刻后，抬起头看着成杨等人哭着说道：“如此便好，这次我们总算遇到了青天大老爷了，我们曾将这郭太监告到了佟知府那里，谁知道他们沆瀣一气，反倒将我们打了一顿，还威胁我们。”

“原来这郭太监竟然还与佟莽有关系。”苏文月一边想一边看着成杨说道。

成杨点点头，没说话，而是看着那个很瘦的人，继续问道：“你可知道，郭太监为何会与林娃和佟知府相识？”

成杨说完，那人左思右想，最终叹了一口气，看着成杨继续说道：“因为……因为那林娃和这佟知府……都是因为这郭老爷才买到了现在这个官职……”

这人说完，成杨、君无咎和苏文月的心里咯噔一下，他们互相看了彼此一眼，正想要继续问下去，谁知那边苏文月的一个手下将那郭太监带了回来，看着成杨等人说道：“几位大人，这人想要逃跑，他还有些三脚猫的功夫。”

成杨点点头，先让他退下了，他看着那人问道：“郭大太监，您这是跑什么啊？”

那郭太监沉默着叹息着，他看了看那些跪在地上的下人，猜到他们已经将自己出卖了，他看着恨恨地骂道：“你们这些没根的家伙，嘴上也软得很！我要你们何用？”

等郭太监说完，那瘦瘦的家伙看着那郭太监反问了一句：“难道你就不是没根的家伙了吗？”

成杨皱着眉看着他们说道：“住嘴！郭太监我问你，你还不说实话吗？你是用了什么办法将那官职买卖给了林娃儿和佟莽？”

成杨问是问了，可那郭太监就是咬着牙，什么都不肯说，只是阴狠地看着他们说道：“你们什么都别想从我的嘴中挖出来，有能耐你就审这些家伙啊，你看看你能从他们的嘴中审到什么？”

郭太监的话说得十分的横，看起来那几人定然是不知道这里的事了，谁知那个瘦子却突然来了精神，看着成杨等人说道：“我知道，几位大人，我知道，他每次都是和什么安王直接联系的，我曾偷看过他们的来往信件，上面写的便是那安王。”

那瘦子说完，郭太监便起身要打那瘦子，谁知那瘦子不知道从哪拿出一把刀，直接捅向了郭太监，他一边捅，还一边骂骂咧咧地骂着那个郭太监。

突然发生的这一幕吓了成杨等人一跳，成杨赶忙冲上前制止，但是已经来不及了，那郭太监已经死了，而那个瘦子看到自己杀了那郭太监，赶忙看着成杨等人颤抖地说道：“几位大人，几位大人，我杀人了，我杀人了，我这是失手杀人，我这是失手杀人啊，我只是看着他气不过而已，我最烦他如此说我了。”

那瘦子说完，苏文月看着他不屑地说道：“还失手杀人，你倒是懂得多，不要再在这里演戏了，还什么郭太监写信给安王，你亲眼看见的吗？整个一个满口胡说，上午我将房契拿给你时，你看都看倒了，竟然还要在这里狡辩，当真你们二人演出的这场戏我们分辨不出吗？还不快点说实话。”

苏文月看着他们，厉声问道，那人看到自己被揭穿，咬紧牙关什么都不肯说，而是看着成杨的人笑着说道：“想要从我的口中套出话来，你们将事情想得太简单了，我是……”

那瘦子话还未说完，远处突然射出了一支箭，直直地穿透了那瘦子的背，成杨赶忙命人去追，谁知那人已经消失得无影无踪了。

成杨脸色阴沉，在心中默默地想着那根箭的来源，想来那人的功夫极为了得，毕竟能在那么多暗卫的眼皮子底下出入自如，而且他和君无咎还没有发现，功夫定然是极深的。

这张府一下死了两个人，这张小姐吓得不轻，苏文月赶忙命人将这张府清理了一下，张小姐这才安稳了许多，多亏这几日跟着成杨、君无咎等人，经历了不少惊心动魄的事，如今看到这些尸体也算是免疫了，所以她深呼吸了几次也还算能接受。

张小姐将那些郭太监带了的人全部遣散了，发生了这种事，她着实不能再相信他们，而府中的下人一时间她又不知道该从何处来找，便只能求助地看着苏文月，苏文月明白她的意思，点了点头，让她放心，她会亲自帮她甄选一些人，来帮她打理张府。

而君无咎此时比较好奇的则是成杨为何能够一眼看出那人是个太监，他将心中的疑问说出来后，成杨也叹口气看着他们说道：“我从小出入宫中，所以对于他们还比较了解，那郭太监上茶时非常符合宫中的规矩，想来这是他的老习惯了，一时间没有改过来，而且虽然他嘶哑着喉咙说话，但其实他的喉结十分的小，几乎没有，这是从小便入宫成了太监的人的一大特征，所以我猜测，他很有可能是从宫中出来的太监。”

成杨说完，君无咎恍然大悟地点了点头，然后看着他继续问道：“那么你觉得方才他们二人的对话，有几分是真，几分是假？”

君无咎说完，苏文月则是抢先回答道：“我觉得都是假话，没有一分真！”

苏文月如此说完，君无咎抬起头，看着她问道：“苏大人为何如此觉得？”

苏文月想了想看着他继续说道：“方才我已经说了，一个连房契都拿倒了的人，说自己看到了那郭太监和安王的信件，那不是很搞笑吗？只要微微推理，便可以得出他说的是谎话。”

苏文月说完，君无咎点点头，思索了一会。而成杨则是转过头，看着他问道：“不知清悦兄是如何看待此事的呢？”

君无咎想了想，看着他们回答道：“我的推断，是基于两位的基础得来的，想来这安王被杀的消息，已经传到这里来了，而方才那瘦子与郭太监演的那出戏，为的便是将所有的疑点全都引到安王身上，如此所有的疑点都放到了一个死人身上，想来这案子也将会不了了之，因为安王一死，这案子便会成为一个悬案，再无从查起。”

君无咎一边说，一边再度仔细地想了想，然后继续开口说道：“他们就是想要将我们的注意力引到安王的身上，混淆视听，让我们自己乱了阵脚。”

君无咎说完之后，成杨赞同地点了点头，然后看着他们继续说道：“看来，这人为了撇清自己的嫌疑，将要搅得满城风雨了，想来方才那个郭太监和那瘦子也是中了计，本以为他们如此做，他背后的人会救他们脱身，不承想，却被灭了口。”

君无咎和成杨如此分析了一阵，天便晚了，成杨看了看张小姐有些担忧地说道：“张小姐今日不如还同我们回知府衙门去住吧，等小月找人将这里彻底整理了之后，您再回来吧！”

成杨说完，那张小姐有些犹豫，而苏文月则走到她身边，笑着看着她说道：“走吧，张小姐，这天马上就黑了，我放你一个人在这里，也不放心，您还是同我们一同回去吧，过几日再搬回来。”

苏文月如此一说，张小姐终于点点头，笑着看着他们说道：“如此也好，不过今日我本是想准备晚宴宴请大家的，但是没想到出了这些状况，想来我也不能亲自动手为几位大人准备晚宴了，但是既然几位大人方才提到了天香居，那我们便去那天香居吃晚饭吧，先说好了，由我做东。”

张小姐一边说，一边满怀期待地看着他们，但是成杨等人担心湛之君和孙主簿，赶忙摇了摇头，拒绝道：“张小姐，今日还有些急事，不能接受您的邀请，但您的好意我们心领了，咱们还是快快回去知府衙门，简单地吃点便好了。”

成杨说完，张小姐以为他们是因为不好意思才推托的，看着他们，非常强硬地说道：“不行，谁也不准走，今日这饭我请定了，最近一直受到几位大人的照拂，却一直没有表明自己的心意，心中着实过意不去，今天几位大人若是不去，我心中着实难过。”

张小姐如此说完，苏文月和成杨都陷入了两难的境地，都不知道如何是好了，纠结了良久，君无咎看着那张小姐开口说道：“张小姐，您看不如这样，咱们去那天香居将菜订上，让他们送到知府衙门，我们便在知府衙门办这场晚宴，如此我们吃得也自在开心，不比外面有束缚。”

君无咎说完，成杨也赞同地点点头，然后张小姐想了想，最终同意了君无咎的提议，但是她同他们说，这饭钱无论如何是要由她来付的。君无咎和成杨拗不过她，只好点点头。

回去的路上君无咎突然想起一事，他看着成杨说道：“翰飞，你是如何放心地让郭太监去天香居点菜的，还说按照你平时里的样子做，我们平时里从未在天香居吃过饭啊，除了苏大人做晚饭的那次……”

君无咎说完，苏文月黑着脸白了他一眼，没有说话，成杨看着苏文月如此，被逗得哈哈大笑，他看着君无咎继续说道：“其实我之所以敢如此说，是因为我知道那天香居有我们的人，这滁州城内最大的酒楼便是这天香居，而且这天香居中鱼龙混杂，是最适合收集消息的地方，所以师妹一到这滁州，便在那里安插了我们的人。”

成杨如此解释，君无咎这才恍然大悟，几人一路上说了许多，不多时便回到了这知府衙门，君无咎和成杨第一件事便是去看孙主簿和湛之君。

幸好，什么意外都没有发生，孙主簿还老老实实地待在那里，而湛之君则是不眨眼地盯着他，就这么盯了一天。

孙主簿见到君无咎和成杨急匆匆地跑来看他，苦涩地笑了笑，然后看着他们说道："你们放心吧！我是不会逃的。"

孙主簿如此说完，成杨和君无咎没有说话，而是看向湛之君说道："累了吧，快去休息一下吧，这里我们看便可以了。"

成杨和君无咎说完，湛之君摇了摇头看着他们继续说道："这有什么累的，不过就是一直坐着罢了！如果两位大人还有别的什么事要忙，便去吧，我在这里看着便好。"

他们寒暄之时，那天香居已经将饭菜送了过来，君无咎和成杨想了想，便带着孙主簿一同出来吃晚饭了。

那张小姐还不知道发生了什么事情，见到孙主簿时，还是很热情地同他打招呼，并且向他表示感谢，然而孙主簿则无精打采的，没有什么力气回应她，只是苦涩地笑了笑。

不过成杨等人并没有揭穿他，而是让他好好地吃了这顿饭，觥筹交错间，君无咎有些恍惚，他突然觉得仿佛一切都没有发生过一样，他们刚刚聚在一处，要前往江南，这场江南之行才刚刚开始，他们信任并依赖着彼此，事情还没有变成今天这种局面，一切依旧非常美好。

不过君无咎心里清楚，他现在怀念的一切，可能以后都只是一个梦了。

不知不觉之间，夜已经深了，晚宴早已结束，张小姐已经在苏文月的陪同下，回去就寝了，而成杨和君无咎则是聊了一会便也分开了。

今日先由成杨看守孙主簿，成杨是想借着晚上的时间，再同他谈一谈，谁知道他却连只字片语都不肯说。成杨无奈，也只好放弃。

就这样一夜光阴转瞬即逝，清早，君无咎、成杨等人刚刚吃完早饭，便听到了外面传来铜锣的声音，十分的热闹。

君无咎和成杨一听，便知道这是新的知府来了，他们也终于松了一口气。

这下他们终于能够赶回去处理安王的事了，想来那案子也是十分棘手，如今拖了这么多天才回去，也不知道还能不能再见到那安王的尸体，若是见不到，想来会错过很多有用的线索。

君无咎和成杨听那声音越来越近，赶忙起身前去迎接，刚走到那衙门门口，便看到那知府大人走了进来，也是十分年轻，一表人才，他看着成杨轻轻地作了个揖，笑着说道："在下文洋，是新到任的滁州知府，在这里见过几位大人了。"

成杨、君无咎等人赶忙回礼，报了姓名，那人看着他们笑着说道："久仰各位大人，风姿果然百闻不如一见！"

那文洋说完，成杨和君无咎不好意思地笑了笑，没说什么，而是直接问他可有用过早饭。

没多久，几个年轻人便熟络起来。君无咎将案宗整理好，小心地交给了他，那文洋先打开大致地看了几眼，然后看着几人充满感激地说道："几位大人阻止了那毒瘟疫，真是救百姓于水火之中，着实大义大善之举。"

文洋如此说完，君无咎和成杨都十分的不好意思，他们赶忙摆摆手，说他们现在所做的一切，不过是他们的分内之事罢了！

说完，便不再同那文洋寒暄，而是赶忙去收拾行李，打算尽快返还京城。

但是今日同文洋的交接工作还未处理完，想来今日是无法赶回去了，只能等到明日。

就在那交接案宗时，君无咎发现了几处疑点，不懂孙主簿为何会如此写，便赶忙去向孙主簿询问。

孙主簿看着君无咎的到来，苦涩地笑了笑，看着他说道："你终于一个人来找我了，我可是等了你很久了。"

孙主簿如此说完，君无咎一脸疑惑，他不解地看着孙主簿问道："清悦不明白孙主簿此话为何意。"

孙主簿看着他笑着摇摇头，又点点头，良久都未说出话，最终他叹息着看着他说道："君大人，这冷风灌堂了，您还是把门关上吧！"

君无咎听他如此说，明白了他话中的意思，这天气如此的晴朗，哪里见得到一丝风，想来这孙主簿是有什么话要同他说。

果然，当君无咎将那扇门关上后，孙主簿看着他笑着说道："君大人，我知道您心善，所以我有些事想要托付给您，虽然老朽做了很多对不起您的事，但是还希望您大人有大量，帮帮我！"

那孙主簿虽是笑着看着他说的，可是声音却十分的苦楚，听得君无咎心中十分的难受，他点点头，看向他继续说道："孙主簿，有什么事您直说吧，能满足你的，我会尽量满足你，只要你肯说出你那个幕后凶手是谁。"

君无咎说完，那孙主簿摇摇头，看着他继续说道："你知道我无论如何都不会告诉你们我背后的那位大人是谁的，君大人现在如此说，又让我如何开口求您呢？"

孙主簿说完，君无咎一时无语，他看着他痛苦的模样，最终点点头，继续说道："好，那你说说看，我若是帮得上忙，我一定会帮的。"

君无咎这话一出口，孙主簿的脸上立马有了光彩，他看着君无咎感激地说道："君大人果然大人有大量，大人有大量啊！"

孙主簿说完，君无咎皱着眉头，看着他继续说道："赶快说正事吧，现在说了半天，你也没说到底想让我帮你做什么。"

君无咎说完，孙主簿连忙看着他说道："君大人，您是清楚我家中情况的，我上有老下有小，我那小儿现在才十岁啊，我担心我出事之后，他没有人照拂，也怕他会出事。所以我想将我那小儿交代给君大人，我知道君大人重情重义，一定会待我那小儿好的。"

孙主簿看着君无咎小声地说道，君无咎仔细地思索了一下他说的话，转过头看着他低声问道："怎么？你是说有人会伤害你儿子？"

君无咎说完，孙主簿赶忙摇了摇头，看着君无咎继续说道："君大人，我从未这样说过，我只是担心小儿无人照拂，所以想将他交到你的手里，我想应该不会出什么意外，若是真的出了什么意外，君大人只需要质问小儿为何不懂事、不听我的话便可。"

孙主簿这一段话都话里有话，听得君无咎颇为疑惑，他仔细地思考了一番，笑着看着孙主簿继续说道：“怎么？孙主簿你既然这么急着为自己的公子铺一条活路，就说明你骨子里也不信任你背后的那位大人，你清楚他可能为了达成自己的目的不择手段，可是你为何还要冒着如此大的风险，一直替他遮掩呢？不如你现在就将他供出，如此你的公子便也安全了。”

君无咎说完，看着默不作声的孙主簿继续说道：“按我所说，便是最好的办法，何苦还要如此大费周章？”

君无咎说完，孙主簿低着头，沉默了许久，看着他继续说道：“君大人，您还要让老朽说多少遍，老朽也有不得已的理由，君大人就不能信我一次，帮老朽一个忙吗？”

孙主簿说话时，手止不住地抖，声音也一直在颤抖，君无咎看着他这副模样，知道他也是山穷水尽了，不然依照他如此心智，又怎能不选择自保呢？

君无咎思前想后，最终看着他继续说道：“既然如此，我便答应你，你放心吧，你的儿子，我会替你照看着的，我一定会尽我最大的努力，保证他不受到伤害。”

听到君无咎这样说，孙主簿终于放下心来，看着君无咎点点头，留下两行热泪，满含着无限感激地说道：“君大人大恩，老朽没齿难忘！君大人既能说出这些话，老朽便相信您定然会做到。”

孙主簿说完，君无咎无奈地笑了笑，这孙主簿心思果然缜密，事到如今还怕他说话不算话，竟然用刘备对诸葛亮那战术对待自己，他点点头，看着他继续说道：“孙主簿，这个你放心，君子一言，驷马难追。”

同孙主簿说完这些后，他又再度同他对了对那些案宗，最后确定那些不过是笔误而已。确定完这些，君无咎便从孙主簿的房间走了出来，继续同那文洋交接。

晚饭后，成杨看着君无咎说道：“清悦兄方才为何在孙主簿房中待了这么久，他可是交代了什么？”

成杨说完，君无咎摇摇头，看着他继续说道：“他倒是没有交代什么，但我总觉得他话里有话，他将他的儿子托付给我，让我照拂他，而且他话里话外一直在暗示我有人可能会伤害他的儿子。”

“会伤害他的儿子？”成杨一边说，一边思索着，他不解地抬起头看着君无咎说道，“既然他觉得有人要伤害他的儿子，为何还要拼命地为他掩饰？如此不是将他的孩子置于危险之地吗？”

成杨说完，君无咎也摇了摇头，他也不明白那孙主簿为何会如此，他看着成杨想了想说道：“我也不知道他为何如此，我曾问过他，但是他什么也不肯说。”

君无咎说完，成杨点点头，仔细想了一阵后看着君无咎继续说道：“如此看来，那我老师的嫌疑便更大了。走，我们去诈诈这老家伙的话去。”

成杨说完，拉着一头雾水的君无咎匆匆忙忙地跑到了那孙主簿的房间，推开门，他们发现孙主簿已经和衣而睡了，成杨轻轻地唤了那孙主簿几声，发觉并没有回应，这下君无咎和成杨有些急了，他们赶忙走上前查看，这孙主簿已经没有了呼吸。

君无咎为他号了脉，号过脉后，他的脸色乌黑，看着成杨摇了摇头。

“救不回来了？”成杨看着君无咎颤抖地问道。

君无咎点点头，看着成杨说道：“无力回天了！”君无咎的心情同成杨一样沉重，这孙主簿现在是他们掌握的唯一能够揭开那层暗纱的人，谁承想，如今这条线索也断了。

那孙主簿尸体旁放了一封信，上面写着成大人、君大人亲启，那信中无非阐明了两件事，其中一件便是他愧对成杨他们，他不该背叛他们，不过如今木已成舟，说什么都已经晚了，只能乞求来世做牛做马再向他们赔罪了。

而这第二件事，便是同君无咎说的，他再度强调了一下他单独交代给君无咎的事，让他一定要信守诺言，保护好他儿子的性命。

君无咎看完这封信，十分自责地看着苏文月说道：“都是我的错，这一切都是我的错，当孙主簿同我交代这些事情的时候，我就应该意识到，他可能要自杀，毕竟他是在同我交代一些身后事，我怎么就这么笨，连这么简单的事情都没有发现。”

君无咎说完，成杨拍了拍他的肩膀，他看着君无咎继续说道：“这件事怎么能是你能够控制的呢？毕竟当初他还同我们说过他一定不会逃走的，而他现在的所作所为不算是逃避，又算得上是什么呢？”

孙主簿的死惊动了前院那些还在忙碌的人，苏文月等人匆匆忙忙地赶了过来，那文洋听闻了消息，也赶忙赶了过来，看着君无咎等人问道：“几位大人，发生了什么事？这孙主簿是怎么了？”

他问完，成杨深吸口气，看着他继续说道：“孙主簿畏罪自杀了。”

听他们这样说，那文洋十分吃惊，他赶忙看着成杨继续问道：“那成大人，可是要留在滁州几天，继续处理这件事？”

文洋说完，成杨摇摇头，看着他继续说道：“我们不能再留在这里了，京城的事迫在眉睫，我们现在要赶紧回京城处理那里的事情，片刻也不能够耽搁。”

成杨说完，文洋点了点头，看着他们继续说道：“如此也好，那几位大人便放心地将孙主簿交给我吧，我会替几位大人处理好此事的。”

文洋说完看着众人贴心地笑了笑，成杨也报以感激的微笑，没有继续说话，而是转过身拍了拍君无咎的肩膀，让他放松。

君无咎看着成杨苦涩地笑了笑，没有继续说话，不过通过成杨的开解，他已经释怀了许多，在所有人都离开之后，他一脸不解地看着成杨说道：“翰飞，方才你拉着我来这里时曾说，孙主簿死前拜托我，你便更加能够确定，孙主簿背后的人便是那欧阳大人了？”

君无咎说完，成杨想了想，看着他缓缓开口，说道：“因为这世上能够让孙主簿为之卖命的，除了他的儿子，便是我的老师了。”

成杨一边说，一边抬起头看了看那安静地躺在身边的孙主簿继续说道："清悦兄，你可还记得我之前曾同你提过，老师好像曾救过孙主簿满门的事情吗？"

成杨说完，君无咎点点头，看到他点头，成杨继续说道："前几日我曾经命人查过这桩旧案，当初本以为是谣传，那时我不相信老师会有如此大的能力，能够凭一己之力，力挽狂澜，所以孙主簿同老师的事我便当作一个笑话，从未仔细地打探过。而出事后我曾命人去仔细地查探过一番，不曾想那案子竟然另有玄机。"

"哦？那案子可有什么特殊之处？"君无咎听到成杨如此说，十分焦急地问道。

成杨想了想，手指轻轻地敲打着桌面，看着君无咎继续说道："其实年轻时，那孙主簿曾经经历过文字狱，当时有人从他所作的一篇赋中，找到了一句意味不明的话，便说这有影射先皇传位的事，所以这篇赋一传出来，便被有心之人利用了，他们将这篇赋拿出来，在皇上耳旁扇风，发动了文字狱事件，但是皇上刚刚登基，基业不稳，一直都在担心有人会对他图谋不轨，而且更加忌惮那文人墨客的酸腐文辞，说那便是扰乱民心、煽动叛乱的滥词滥调。"

成杨说到这里，君无咎有一点印象，他隐隐约约记得当初，好多文人墨客都栽到了此事上，尤其是一些寒门子弟，当时老师岳鸿之曾经忙前忙后地奔走，就为了帮助那些受了冤屈的文人墨客申冤，为此还惹得皇上有几分不悦。

"那孙主簿犯的事，对于当时的情况来说，可不是小事，应该算是诛灭九族的重罪了吧？他为何又能够安然无恙？"君无咎一边回想，一边看着成杨问道。

成杨想了想，看着他有些迟疑地说道："其实当初那孙主簿已经被定了满门抄斩的罪名，不过最终被我的老师拦了下来。"

"那欧阳大人，可是为孙主簿翻案了？若是没有翻案，他仅仅是被欧阳大人救下来，那孙主簿为何现在还可以为官？应该只能解甲归田了吧？"

君无咎说完，成杨点了点头，看着君无咎继续说道：“没错，这孙主簿当初确实被我的老师救了下来，只是那救人的方式，听说并不是为他翻案，而是为他找了一个替死鬼。”

“替死鬼？”

“没错，那个替死鬼，是一个在文学上比较有造诣的人，然而他在官场上颇为失意，听闻老师是直接将这人拉出来为孙主簿顶罪的，老师用这人的满门，换回了孙主簿全家人的命，还有他的仕途。”

成杨一边说，手一边不住地敲打着桌面，看起来十分的紧张，君无咎见他如此，知道他的心中是有心理负担了，他赶忙拍了拍他的肩膀继续说道：“翰飞，你现在所说的一切，都不是你做的，而且发生这事时你也没机会阻止，所以你不要有心理负担，因为这事本来就同你没有关系。”

君无咎虽然如此安慰成杨，但是他的手其实也在止不住地抖，他从未想过孙主簿身上会背负着整个家族的命运，更无法接受一个人为了逃避自己的罪责，而将另一个无辜的人拿来做垫背的事情。

其实文字狱一事于孙主簿来说，孙主簿也是受害者，既然他也是受害者，那他心里便应该清楚受害者有多痛苦，他不仅没有这种同理心，而是去迫害另一个无辜的人，只是为了救赎自己，难道这样他就真的能将自己救赎了吗？难道他能过得去自己良心的那一关吗？

君无咎虽然如此想着，但是他却没有表露出来，他看着成杨依旧十分稳重的样子，就是为了让对方不要有心理负担。

成杨在他的安慰下稳定了许多，这么多年，他虽然早已习惯不再信任任何人了，就算他的老师也不例外，但是当他得知这件事时，他还是一阵反胃，他无法忍受自己竟然拜了这样一个道貌岸然的老师，他为了达到自己的目的，竟然不择手段。

“文字狱的事过去之后，老师便一直提拔孙主簿，一直将他提到了身边，作为他的心腹，所以我才说，孙主簿能够如此维护的人，能够在和他的儿子权衡之下，依旧能够赢，能够得到他拼命掩饰的人，想来也只有老师了。”成杨看着君无咎继续说道。

听完成杨的话，君无咎仔细地思索了一番，然后看着他继续说道：“翰飞，我相信你说的这一切都是真的，只是你调查此事时可曾有发现什么证据，能够直接证明这件事？毕竟如果搜集到了证据，我们不仅能够借此机会好好地调查一下欧阳大人，而且还可以替那个可怜的文人翻案。”

君无咎说完，成杨无奈地摇摇头，他看着君无咎继续说道：“我查这个案子时，这个案子很多地方已经被人为地掩盖了，再加上这个案子已经过去一段时间了，查办起来有一定的难度，毕竟我手下的人曾同我说，就连在大理寺的案宗中，对于这个案子，也只能找到只字片语，并不能窥其全案，所以很多证据，都是当初经历过这件事的人口述的。”

成杨说完，君无咎看着他点点头说道：“那如此一来取证便困难了，按照翰飞的说法，我想他们已经开始在人为地毁掉关于这件事的证据了，想来无论我们怎么查，可能都查不出真相了。”

君无咎说完，成杨点点头，看着他叹口气说道：“其实我已经想到了，不过无论如何，这个案子也算是为我们提供了一个方向，这方向便是我的老师，看来我们回京之后也要好好查查我的老师了，这次南行经历的事，我总隐隐约约觉得和他有关。”

成杨说完，君无咎点点头，拍了拍他的肩膀，和他一同走出了孙主簿的屋子，“看来一切真相我们只能回到京城后再查明了，回到京城后一定会有一场血雨腥风在等着我们，我们一定要做好准备。”

君无咎说完，成杨也点点头，看着他继续说道：“正是如此，今日天色已晚，清悦兄也赶快回去休息吧，明日早起好好收拾一下，我想明日便离开，想来这安王的案子定然是极为棘手的，我们已经耽误了太多的时间了。”

成杨说完这话后，君无咎点点头，拱手同成杨道别，回到了屋内。

但君无咎却没有直接休息，而是打开了当初别人伪造老师笔记的那封信，如今要再度回到京城了，他总觉得这封信上所说的事可能就要成真了。

不过君无咎却不敢确信那信上的内容，毕竟那信不是老师亲自写的，所以信上的内容难辨真假，一时之间他也不敢相信这信上的内容，但是他还是将那信拿出来仔细地读了一番。

毕竟那信上的许多内容都已经被证实了，就算他接下来说的是真是假，这一切都可以证明，但是无风不起浪，这封信将整个京城的人几乎翻了个底朝天，几乎将他们都搅进了这个案子之中，更有甚者还将那一群病怏怏的温王爷府牵扯了进来，不过这些是真是假还有待查证。

就这样，将这信仔细地读过一遍后，君无咎便也睡意全无了，这信上提到了老师同那欧阳大人的过节，说那欧阳大人从一开始便是狼子野心，虽然他早年曾与老师岳鸿之是朋友，但是后来两人道不同不相为谋，两人便分开了，而到底为何分道扬镳这信中却未提及，只是说到，让他多多留意此人。

当初刚在京城中结识这欧阳大人，君无咎本还按着这个信留意着这个欧阳大人，可是后来证明这封信没什么真实性后，他便排除了自己对他的怀疑，不曾想，现在所有的矛头再度指向了他，他想了想猛然发觉这封信上的内容还是有一定可信度的。

就这么一直想着，不知不觉中，他便睡着了，因为昨夜实在熬得太晚，所以第二日清晨，他没有起来，是被苏文月叫醒的。

苏文月过来问他可有整理好一切，他点点头看着她说道："东西早已打包好了，为了可以随时出发做准备，现在也没有什么要收拾的了，拎上包裹便可以走了。"

君无咎说完，苏文月点点头，便带着他同成杨等人集合了，他们吃过早饭，那文洋亲自来为他们送行。

君无咎、成杨等人同文洋相互寒暄了一番后，便要上马离开，谁知这时远处传来了一个熟悉的声音，将他们拦了下来，那身影极为熟悉，成杨在看到那身影后，眼睛瞬间湿润了，他赶忙向他招了招手，大声地喊道："初一……"

听到成杨的声音，初一也十分的激动，他快马加鞭地向他们奔了过来，跳下马，看着成杨说道："幸好大人们还未离开。"

他一边扫视了一周众人，然后气喘吁吁地看着成杨继续说道："吓死小人了，小人还以为赶不上了，幸好几位大人还未走，这几日小人没能陪伴在几位大人身边，整个人都没了精神。"

看到初一再度出现，成杨整个人激动极了，他轻轻地拍了拍初一，看看他的筋骨恢复得如何，然后抬起头，关切地看着他说道："可有全部恢复好了？若是还需要静养，千万不可以逞能，一定要好好休息。"

成杨说完，初一点点头，拍了拍自己的胸口，看着成杨继续说道："我真的很好，一点事都没有了，公子不要担心。"

虽然初一如此说，可是成杨还是有些不放心，他看了看君无咎，正想要说什么，但是还未等他开口，君无咎便懂了他的意思，他赶忙走了上来，抬起了初一的手，仔细地为他诊了诊脉，良久，他松开手看着成杨说道："翰飞不必再担心了，初一已经彻底恢复了。"

君无咎说完，初一赶忙看着他充满感激地说道："小人何德何能，能够得到公子的关心和君大人亲自诊治，小人这心里真是……真是……小人不会表达，就是特别的感动。"

君无咎看初一有些哽咽，也笑着看着他说道："你如此健康地回来，任我们谁看了都是十分欢喜的，你千万不要再在那里妄自菲薄了，不然你家成公子可是要伤心的。"

君无咎这话将众人都逗乐了，可谁知苏文月却一直眼圈通红，不小心还落下了几滴泪，初一看到苏文月哭，赶忙上前看着她说道："苏小姐，你不要哭啊，我已经没事了，我这不是好好地出现在你身边了吗？"

初一说完，苏文月点点头，没有说话，反而更加控制不住自己，成杨看着苏文月如此，眼圈也有些红，他看着她和初一开口说道："苏小姐是喜极而泣，我知道，看你回来她高兴，其实你和十五不在我身边的这些日子，我觉得自己仿佛就像折断了两只手，做什么都不方便，如今你已经回来了，我现在最大的心愿便是十五也能够回来。”

成杨说完，初一使劲地点了点头，看着成杨继续说道：“大人放心，十五的身手想来没有几人能够伤害他性命，他一定会没事的，等明日我便去各处打探他的消息，一定将他给您带回来。”

初一说完，成杨开心地笑了笑，而此时苏文月却脸色惨白，一言不发，她的牙齿死死地咬住下唇，看起来，想让自己冷静一些，这些君无咎虽然看在眼里，可是他却不知苏文月为何会如此，所以更不知该如何安慰。

君无咎低下头压低声音，看着她轻轻地问道：“苏大人，你可是哪里不舒服？”

君无咎感觉苏文月一直在隐忍，不想让自己被别人发现，所以为了不让她尴尬，君无咎一直压低声音，装作不经意地问她。

苏文月摇摇头，看着他说自己没事，君无咎便没再说话。而从现在起初一便算是正式归队了，这对于成杨来说是极为开心的，毕竟京城风云动荡不安，他还是急需初一这样的得力干将在身边的。

如此他们几人便快马加鞭地出发了，成杨和君无咎的计划是两天一夜便要回到京城，中间除了打尖，几乎是全程不停歇。

整整赶了一天一夜，他们已经赶完了一多半的距离。

他们本以为时间是非常充足的，谁知却算漏了天气，这天公成心不作美，竟然下起了瓢泼大雨，喷薄而下的泥石流直接挡住了他们的去路，而且其余的山路泥泞蜿蜒难行，走山路也是不可能了。没有办法，他们只能找到最近的客栈安顿了下来，等那官道修复好再离开。

就这样在那客栈中等雨停时，成杨和君无咎都坐立不安，他们着实太着急了。他们担心等他们回去，那安王的尸体早已被处理了。可惜时间一分一秒地过去，这雨就是不停，越是如此，君无咎和成杨便越是烦躁。

而初一则觉得闲来无事，便想去查看十五的事，然而苏文月却死活都不同意他离开，一会说那雨太大，不宜出行，一会又说那初一身上的伤刚刚好，更加不适合，出去了万一再出事……就这样一直推三阻四的，无论初一如何求她，她都不允许他出去。

成杨本就烦躁，看到苏文月此举又觉得十分奇怪，他记得前一阵找十五找得最欢的便是她了，为何如今又不同意别人去找了，他如此想着，突然想起来，她查了那么久竟然一直没有向他提到过一回关于十五的消息，最近着实是太忙了。

成杨察觉出了苏文月的反常，他看着她眯着眼问道："师妹，你不会是有什么事瞒着我吧？你可是有查到什么关于十五的消息，却没同我说？"

成杨说完，苏文月当场愣在那里，不敢直视成杨的眼睛，她从未和他说过谎话，她也不知道该如何同他说谎，所以当现在他如此问她时，她便紧张得有些不知所措了。

成杨看到苏文月如此的表情，心中咯噔一下，他有一个十分可怕的念头，便是十五出事了。

成杨赶忙走上前看着苏文月继续说道："师妹，我求你，你不要同我说谎话好不好！求你告诉我你是不是得到了十五的消息，他现在在哪？你说话！说话啊！"

成杨焦急的声音让苏文月再度难过地哭了，她看着成杨继续说道："师兄……十五……十五他……他走了！"

"走了？去哪儿了？"成杨看着苏文月继续说道。

苏文月看着成杨如此，嘴角挂满苦涩，她心里清楚成杨就是在故意地听不懂她所说的话，为的便是能够不去面对残忍的现实。

苏文月摇摇头，看着他说道："师兄，你别这样。你知道我说的到底是何意思，你既然已经明白，便不要再担心他了，我已经受不了了，可以说是完完全全地走不出这屋子了。"

苏文月如此说，成杨可以说是彻底懂了，而苏文月怕他再度装傻，看着他直接说道："十五他，已经去世了。"

这话如同一声响雷，让成杨等人都沉默了，尤其是初一，他的脸色更加不好。

君无咎突然想起苏文月前几日的反常情况，看来从那时起，她便已经知道这个消息了。

“为什么不告诉我？独自将这个消息隐瞒下来？”成杨黑着脸，看着苏文月说道。

苏文月委屈地一直在流眼泪，她看着他们说道：“我不是……我不是有意的，我是担心……担心师兄知道此事会受不了。”

苏文月如此说完，成杨便再没有说话，他低着头，心中十分难过，可是又无处发火。

这一路上他们一直在互相帮助，为了防止君无咎伤心，这样的事，他同苏文月还一起做过呢，所以现在他无权去审判苏文月，也不好意思去审判她，对于他来说，苏文月永远是那个可爱的善于为他人着想的师妹。

想到这里，他看着苏文月，将声音换得缓和些，不再那么尖锐了，然后看着苏文月问道：“师妹，你回答我，你是查到十五是如何死的对吗？他是如何死的？莫非他死的方式就连我都承受不了吗？”

成杨说完，苏文月叹了口气，看着成杨点点头，继续说道：“师兄，谢谢你理解我，其实我从未想过要瞒你任何一件事，唯独这件，我知道你心中将初一和十五当作兄弟，所以我也不确定，当你得知十五的死因之后，会不会动怒，会不会承受不了。”

“你便放心说吧，一切我承受得起。”成杨说完，真切地看着苏文月。

苏文月没有办法，最终只好点点头，看着成杨继续说道：“其实，我手下的人曾经调查到，十五最后经历的最可怕的事，便是凌迟处死。”苏文月一边说，一边痛哭地皱起了眉头，说完凌迟处死几个字后，她沉默了一下。

然后看着成杨继续说道：“听说最后那些关押他的人，一直在问十五问题，他若是不回答，便从他身上割下薄薄的一片肉，以此来折磨他。然而十五却咬紧牙关，没有向那些人吐露半分，最后被那些人活活折磨致死。”

苏文月如此说完，成杨和君无咎等人都愣住了，如此手段着实太残忍了，竟然凌迟，他们甚至可以感受到十五临死之前的痛苦。

成杨听到这个消息后，果然心痛得说不出话，他沉重地看了眼苏文月问道：“师妹，你可有查到他的尸骨被葬在哪儿了？”

成杨说完，苏文月摇摇头，看着成杨继续说道：“这便是个谜了，我查了许久都未查到，想来应该是被那些人随意丢在某处了吧，毕竟他什么都不肯说，生前都没有利用价值，死后对于他们来说就同一块烂肉有什么区别呢？他们总是这样视人命如草芥。”

苏文月说完，成杨沉默了许久，当他再度抬起头时，心中已经下了一个决定。

他看着他们郑重地说道：“就算找不到十五的尸体，但无论如何，我也要为十五立牌位，我会每天携带，回到京城，我便将那牌位送到寺庙中，让僧人日夜为他诵经超度，早登极乐。”

成杨说完，初一也流出了眼泪，他赶忙走上前，看着成杨说道：“大人放心，这一切交给我准备就好了，您千万要注意身体，切莫太过伤心。”

成杨点点头，看着他苦涩地笑了笑，继续说道：“我没事，你别担心，倒是你千万要小心，无论如何你都不可以再出事了。不管怎样，我都要照顾好你。”

成杨说完，初一感动地点了点头，不过仔细想了想，再度抬起头，看着成杨说道：“公子，其实我们的使命便是保护您忠于您，我知道十五心里也一直都是这么想的，我们都认为我们两人的命早就是您的了，所以能够为您而死，反倒是我们的荣幸，您千万不要过度伤心自责，如若真要如此，我们反而会觉得有负担了，其实我们的目的很单纯，就是一切为了您。”

初一说完，成杨点点头，不过良久却又抬起头看着他们再度说道：

“你们一定不要这样，如若这样，我都不清楚当初我收留你们到底是对还是错了，我现在就给你下命令，从今天开始你要好好为自己而活，听到了吗？”

成杨说完，初一感动地点了点头，不过他没有继续再说什么，而是告辞离开了，去处理牌位的事，转身离开的瞬间他脑海中只有一句话，便是如此好的公子，他又如何能够不同十五一样豁出性命去护他？

初一走后，成杨仿佛被掏空了所有力气，呆滞地坐在那里，苏文月就是怕看到他如此状态，才会在私下里背着他查这件事，她痛苦地看了看，想让君无咎去安慰一下成杨，君无咎点点头，但又摇摇头，他看着苏文月说道：“这件事突如其来，他一时间还无法接受，你放心吧，你给他一点时间，让他慢慢地消化这件事，其实我们现在的安慰，对于他来说可能起不到什么作用，稍微给他一点时间，晚饭时我再来看他。”说这话时君无咎已经带着苏文月等人，走出了成杨的房间。

苏文月虽然担心，但是也只能听君无咎的话，他们坐在大堂中，静静地看着窗外的大雨，哗哗的雨声，仿佛尽数落在了他们的心里，让他们痛苦非常。

湛之君虽然没有他们如此强烈的痛苦，但内心也感到隐隐的忧郁，这一路来他们失去了多少人，前几天是孙主簿，今天又是十五，而前路却越来越艰险，真是不知道，他们还会遇到什么危机。

他一言不发，静静地坐在苏文月的身边，想要给苏文月一些力所能及的依靠。

而过了一段时间，君无咎还是有些坐不住了，他直接上楼去找了成杨，虽然还未到晚饭时间，但已经过去两个时辰了，他觉得不能让成杨继续萎靡下去了。

他端着热茶走了上来，成杨看到是他，抬起头，苦涩地笑了笑，君无咎将茶递给他，看着他说：“放下吧，只有放下我们才能更加轻松地踏上新的征途，也只有这样，我们才能心无杂念地揭露真相，为他们报仇，让他们沉冤昭雪，相比于我们独自在这里伤心，这样做才是更好的，不是吗？”

君无咎说完，成杨点点头，他声音有些沙哑，看着他们继续说道：“我方才心中细数了一下，这一路我失去的人，越想反而越平静，越想也越坚定，正如清悦兄所说，只有将一切查个水落石出，才能对得起他们。”

成杨说完这话，君无咎才彻底地放下了心，他知道成杨已经彻底走出来了，他将热茶递给他，成杨笑着接过来，突然他看着君无咎的身后，惊讶地说道：“清悦兄，雨停了。”

君无咎转过身，看了看，雨果然停了，他笑着看向成杨，再度开口：“是啊，一切都会雨过天晴的。”

雨停后，这官道修整的进度也进展得十分迅速，君无咎和成杨不禁感叹，这几任知府，可真是没有白换，最起码做起事来不会拖拖拉拉，不成个样子。

就这样，几人等了不到一日的时间，那官道便已经修整好了，君无咎等人仔细思考了一番，决定还是要连夜赶路，看着满天的繁星，君无咎和成杨知道，今夜应该无雨，他们在这里着实已经耽误了太久了，再不出发，想来皇上也要等得心急了。

就这样，大家日夜兼程，第二日下午，便到达了京城，一到京城成杨便带着君无咎回了崇王府，交代了几句话，便赶忙去向皇上述职。

这刚走进宫中，迎面便碰到了欧阳定贤，这欧阳定贤想来应该已经得到了孙主簿自杀身亡的消息了，看到成杨，一脸悲痛地看着他。

成杨见是欧阳定贤，不得已只好停下脚步，向他问安。

欧阳定贤点点头，看着他继续说道：“平安无事回来便好，你交上的案宗，我大致看了几遍，真是心都提到嗓子眼上了，就是担心你们会出事，如今能够平安无事地回来，我便放心了。”

欧阳定贤说完，成杨点点头，看着他继续说道：“让老师担心了，我们没事，这一路虽然惊险万分，但也收获了许多，想来定然马上就能将一切查得水落石出了。”

成杨说完，仔细看着欧阳定贤的脸，想要从他的脸上，看出一些蛛丝马迹，然而欧阳定贤的脸色却没有分毫变化，而是看着他继续说道："那便好，那便好，能够查明真相那最好不过了，对啦，有什么需要老师帮忙的，你尽管开口，无论如何你老师我也是个大理寺卿，许多问题上应该也能帮得上忙。"

欧阳定贤说完，成杨点点头，思索了一会，看着他再度开口说道："您还别说，小徒还真是有一件事要请您帮忙。"

成杨说完，那欧阳定贤赶忙笑着看着他继续说道："什么事尽管开口，只要为师能够帮得上忙的，定然竭尽全力。"

听到欧阳定贤一口应承下来，成杨笑了笑，看着他继续说道："老师想来已经接到了孙主簿的死讯了吧，其实这孙主簿在去世之前曾经要给某位大人这信，传递消息，被我们发现了，没能成功，现在我们要做的便是调查这位大人。"

成杨一边说，一边仔细地观察着他的脸色，不错过一点点的表情，他顿了顿，然后继续说道："我知道这孙主簿跟了老师多年，想来老师对他是最为了解，所以我想将这件事交与老师，麻烦老师费心帮我们查一查此事，看那孙主簿幕后的大人到底是谁？如何？"成杨说完，目光依然没有从欧阳定贤的脸上移开。

那欧阳定贤没有想到成杨会当着他的面将话说得如此直白，他一走神，脸上便闪现了一秒钟的迟疑，不过他什么都没说，而是转过头，看着成杨笑了笑，继续说道："那没问题，孙主簿出现此事我也非常的心痛，但更多的是懊悔，毕竟当初是我让他跟着你们的，本以为他能够给你们带来帮助，不承想差点害了你们，这一切都是我的错啊，所以这事我一定会仔细查办的，你就放心吧！"

欧阳定贤一边看着成杨一边笑着说道，但眼神看起来极为亲切，成杨早已见惯了欧阳定贤这样，知道他善于演戏，这种戏码他已经从小看到大了。

他点点头，看着他笑着说道："如此我便在此谢过老师了。"

说完他又看了看天色，然后看着欧阳定贤赶忙说道："老师，这皇上还在等我，我不能再同你说了，日后定当亲自去府上拜访。"

成杨说完，欧阳定贤赶忙给他让开一条路，看着他说道："快去吧，快去吧，想来皇上有许多想要问的，别在我这里耽搁时间了。"

欧阳定贤说完，成杨笑着向他拱拱手，便离开了。欧阳定贤看着成杨的背影，意味不明地笑了笑，走出宫门他便被管家接上了，管家同他说，方才看到那成杨进去了。

欧阳定贤点点头，笑着说道："我看见了，这小子现在还想套我的话了。"说完不屑地笑了笑。

看到欧阳定贤如此说，那管家赶忙谄媚地笑着看着他说道："那是自然，大人未雨绸缪，又怎么会将这等黄口小儿放在眼里呢？"

那管家说完，欧阳定贤舒心地笑了笑，不过片刻他又严肃地看了看，继续说道："不过，千万不能再掉以轻心，前一阵他调查我和孙主簿的陈年旧案，想来定然是已经发现了什么蛛丝马迹，之后我们一定得小心行事，千万别再发生什么意外了。"欧阳定贤说完，那管家赶忙点点头。

成杨同欧阳定贤分开后，赶忙来拜见皇上，皇上见到他后，叹口气说道："爱卿总算回来了，安王出事这几日，朕是日日盼着你赶快回来啊。"

皇上如此说着，成杨便低着头听着，皇上说得情真意切，但是成杨心中却没有什么感觉，对他来说，这不过是皇上的一种怀柔手段罢了，他本想问问皇上青山寨的事，但是仔细思索了一番后，还是打消了这个念头。

毕竟君心难测，皇上竭力要隐瞒的事，他现在贸然来问，说不定反而会惹怒他。

皇上说完，成杨仔细思考了一番，看着皇上赶忙跪下回话，他说："皇上，是臣办事不力，才将进程拖慢了。"

成杨说完，皇上笑着将他扶了起来，然后继续说道："爱卿快快请起，这怎么能怪你呢？朕心里都清楚，你已经尽了最大的努力了。”

皇上说完，又缓缓走了回去，坐下看着成杨继续说道：“这一路上的事，你已经都在信中同朕讲明了，朕此次这么急地唤你前来，并没有别的意思，不过是急于调查安王的案子，所以朕希望你能够尽快投入调查之中。”

皇上说完，成杨赶忙点点头，看着皇上说道：“是，臣明了了，臣一回去便着手调查，定不负皇上之命。”

皇上说完点点头，便让他退下了，而离开时，皇上突然叫住了成杨看着他说道：“朕记得和你同行的有个叫君无咎的推官是吧？”

皇上说完，成杨赶忙转过去，点点头，说道：“是，之前臣曾向您说起过，是前大理寺卿岳鸿之的弟子。”

成杨说完，皇上若有所思地点了点头，看着他继续说道：“前一阵你曾在信中提到他出了一场大事故？现在身体可无恙了？”

皇上说完，成杨想了想点点头，然后看着皇上继续说道：“已经无事了，说到此事，臣想到还有一事一直想向皇上禀明。”

成杨说完，皇上点点头，让他回禀，成杨便将方清、方明两兄弟的事，仔细地向皇上禀告了，并为二人求了功名。

皇上听过后，也是一阵沉默，他点点头，让成杨先回去，这件事他会仔细考量的。

就这样成杨在禀明一切后，匆匆地赶了回来，这成母在成杨出去前，曾千叮咛万嘱咐地告知他处理完一切后要早早回来，她亲手准备了晚饭，让大家好好聚聚。

成杨回来后，发现整个崇王府都在一片喜庆之中，成杨一脸疑惑，他一进门正巧苏文月提着一个食盒走了过来，成杨看她匆匆忙忙地赶忙问道：“这是怎么回事？你提着个食盒干什么？”

成杨一脸疑惑的样子，将苏文月逗笑了，她看着他笑着说道：“师兄，你莫不是忘了？王妃说晚上准备晚宴，大家一同聚聚的。”

“不就是普通的聚聚吗？为何要弄如此大的阵仗？”成杨不解地看

着苏文月继续问道，“你呢？你这是要干什么去？”

苏文月笑着摇摇头，继续说道：“王妃可没说这是普通的聚聚，她说要为我们接风洗尘，就连老师和孙主簿一家他都已经请来了。”

看着成杨犹如晴天霹雳的表情，苏文月再度笑着说道：“我是去酥记取点心，王妃说这个晚宴不比平常，点心还是拿酥记的比较好。”

苏文月说完，成杨无奈地点点头，从她的手中拿过食盒，看着她继续说道：“还是我去吧，你回去帮我母亲招待一些客人吧！”

成杨说完，苏文月点点头便转回去了，成杨一路走，一路思考着，不知道该如何面对孙主簿的家人和自己的老师，发生了这么多事，他也着实不知道自己如何还能做到同老师把酒言欢，如何能做到心情平静地面对孙主簿的孩子。

不知不觉，成杨已经来到了酥记。

那酥记的伙计看到是成杨赶忙热情地迎了过来，看着他说道：“哎哟，竟然是成大人，真是多日未见了，可是取王妃先前定的那些点心？”

店小二说完，成杨点点头，说道：“正是！”

成杨说完，店小二赶忙冲着后面喊道：“五盒蛋黄酥、五盒雪花酥给成大人打包带走。”

后面的人赶忙应了一声，“哎，这就来。”

在这等点心的时间里，那小二突然向成杨这里凑了过来，看着成杨神秘兮兮地说道：“大人，可有听说安王那里发生的事？大人一直在大理寺查办案子，这安王府的案子是不是那邪祟在作怪？”

成杨听到那小二如此说，一脸的疑惑，他看着他不解地问道：“什么邪祟？”

那小二看到成杨如此说，笑得一脸心知肚明的感觉继续说道：“小人明白，小人明白，这案子正在调查之中，成大人如此有原则，定然是不会透露半分的，小的明白了。”

那小二说完，点心已经打包好了，成杨接过食盒，满腹疑惑，邪祟，什么邪祟？为什么皇上从未在信中提过此事？到底发生了什么事？看来这安王府还有许多秘密在等待他们查明。

想着想着，他便已经走回了王府，王妃见他回来，赶忙拉住他的手，温柔地问他为何如此地慢，大家都等了他许久了。

成杨笑着看着她说道："回来时，想事情，走得慢了些。"

他说完，王妃没再说些什么，而是亲自拉着他入席，因为欧阳定贤到场，大理寺的人都来了，而且今日有老崇王亲自作陪，说是为成杨等人接风洗尘，但是成杨他们反而过得有些不自在。

尤其是在面对欧阳定贤时，君无咎的脸色整个黑得就像一团墨，成杨知道他心情不好，但现在却无从安慰他。

而另一旁的孙夫人和那孙主簿的儿子孙鹏飞，两个孤儿寡母穿着一身孝服坐在那里，成杨不懂母亲为何要请他们二人前来，成家并未同孙主簿家有过联系。

后来成杨私下问了崇王妃后，他才明白，那孤儿寡母根本就不是成杨的母亲请来的，她根本就不认识他们二人。那人是欧阳定贤带来的。

听到王妃如此说，成杨的心中便有了决断，他想欧阳定贤应该是想用他们二人来试探他和君无咎的，只是不知道他们会怎么做。

成杨一直小心防备着，谁知直到这晚宴结束，对方也没有什么动静，他看到了欧阳定贤一直在冲着那孙鹏飞使眼色，然而那孙鹏飞就如同看不到一般，最后那欧阳定贤无奈，只好冷着脸地坐在那里，不再看那娘俩。

晚饭后，崇王便送客了，因为天色属实已晚，然而这时那孙鹏飞却哭闹着要去后花园玩，那孙鹏飞一哭闹，欧阳定贤本来还是十分开心的，可谁知那黄口小儿哭闹，竟然只是为了去那花园玩。

不管孙夫人是打是骂，那小孩都不肯听，崇王妃看到这小子这般胡闹，本是有些不悦的，可是君无咎却觉得有哪里不对，毕竟这孩子看起来并不是不懂事之人，为何如今会如此作怪？他赶忙走上前看着崇王妃，向她说道："王妃，鹏飞还小，不识大体，惊扰了您与崇王，着实不对，但还是希望崇王和王妃能够见谅，清悦愿意承担一切罪责。”

君无咎说完，成杨赶忙笑了笑走上前看着君无咎说道：“清悦兄严重了，这又不是什么大事，不过是鹏飞想要去那花园中玩不是吗？我与你一同陪他去又有何不可？如此甚好吧母亲！”

成杨说完，又转过头看了看崇王妃，笑着说道。崇王妃见成杨如此着实没有办法，便点点头，看着他说道：“如此也好，不过这夜深了，千万别着凉。”

说完她又转过头看着君无咎，笑了笑，慈爱地继续说道：“哎呀，小孩子嘛都比较活泼顽皮，我和崇王哪里就有那么小气了，由你们去玩吧！再说就算我们真的小气，他又同你有什么关系呢？”

崇王妃说完，君无咎笑着向她和崇王行了个礼后，继续说道：“都知道崇王、崇王妃大人大量，今日清悦狭隘了，方才王妃问我为何会护着这个孩子，其实是因为他的父亲孙主簿，他父亲临终前将他托付给了我。”

君无咎说完，崇王妃点点头，然后笑着看着他继续说道：“既然如此，你快带着他去吧，去那后花园玩。”

崇王妃说完，君无咎赶忙起身道谢，和成杨带着孙鹏飞离开了。

来到那花园之中，那孙鹏飞看着君无咎说道：“我父亲当真是将我托付给你了？”那小鹏飞抬起头，看着君无咎有模有样地问道，十足一个小大人。

那孙鹏飞说完，君无咎点了点头，然后看着他问道：“怎么？莫非你父亲曾向你提及过此事吗？”

君无咎问完，那小鹏飞点了点头，然后看着他继续说道：“父亲前一阵同我说他要出一趟远门，要去南方办一些事，如果崇王府的成大人回来后，他还没回来，就让我告诉母亲，一定要想办法来到这崇王府，按照他所说哭闹一番，如此之后，第一个出来为我求情之人，便是可信任之人，他说他将我托付给了那人。”

小鹏飞说完后，成杨和君无咎相视一眼，他们实在想不到这孙主簿竟然在南行之前便已经做好了如此的打算，着实令人心惊，看来他早已经做好了必死的准备，看来他心中也清楚，他所走的那条路是一条不归路。

君无咎看着小鹏飞，又仔细想了想之前发生的一切，无奈地看着成杨叹息地说道：“没想到孙主簿竟然有如此心智，如若不是用在那……那些事情上面多好！”

君无咎说完，成杨也点点头，心中十分惋惜。

不过成杨更是十分好奇，他们是如何让那欧阳定贤肯带他们来参加晚宴的。

成杨看着小鹏飞，将心中的疑虑问了出来，小鹏飞想了想，看着成杨说道：“也是父亲说的，说此举定然能够进入这崇王府。”

“是何办法？”成杨赶忙走上前，看着他们疑惑地问道。

小鹏飞仔细地想了想，笑着看着他们说道：“很好办啊，父亲让我和母亲去求欧阳大人，说让我母亲当着欧阳大人的面说一套说辞，那欧阳大人定然会将我们带来这崇王府的。”

“那你父亲让你母亲说的是什么说辞呢？”成杨看着他十分不解地问道，也有些焦急，这事对他们来说至关重要。

“父亲说，无论如何不可以将此事告知你们，所以我现在是不会说的。”小鹏飞看着成杨等人坚定地说道。

君无咎看着他笑了笑，走上前揉了揉他的头继续说道：“告诉我们又无妨，我们一定会为你保密的，而且你想要什么，只要你肯告诉我，我和这位成大人一定会买给你的。”

君无咎说完，小鹏飞摇了摇头，看着他们哭着说道：“不行，我想要父亲，两位大人能给吗？两位大人能将我的父亲还给我吗？既然不能，那为何还不能容许我遵守对我父亲的诺言？”

听到小鹏飞如此说，君无咎和成杨都沉默了，他们虽然同孙主簿的死毫无关系，内心也都清楚他的死是他自己畏罪自杀，可是如今在面对小鹏飞之时，他们心中依旧十分难过，还莫名地生出一些愧疚之情。

而且面对如此聪颖孝顺的小鹏飞，君无咎和成杨二人心中是十分佩服的，他从未想过他小小年纪，竟然能够如此稳重，能够忍下这许多诱惑，只为坚守一个同父亲的约定，其实别说一个孩子，有多少成人都无法做到这一点。

君无咎看他聪颖，内心十分的喜欢他，但是他什么都不肯说，君无咎心中清楚，孙主簿既然安排他们见面，就一定是要传达些什么，定然不会仅仅只是要他们认识彼此，如果只是如此目的，他完全可以等君无咎去他家之时再见，为何会在今日，在大庭广众之下行此举呢？

“既然你什么都不肯说，为何还要在今日一定要见到我呢？”君无咎将心中的困惑问了出来。

那小鹏飞仔细地想了一会儿，然后摇摇头，看着他们继续说道：“这个我便不知是为了什么了，父亲说一定要让我在崇王府，在大庭广众之下这么做，但是却没有告诉我原因。”

小鹏飞说完，君无咎点点头，没再说些什么，便要亲自送他回去。

谁知他没有话问那小鹏飞，可那小鹏飞却瞪着圆溜溜的眼睛看着君无咎说道：“君大人，你会像父亲所说的一直照顾我吗？”

那小鹏飞的话不知道触动了君无咎哪根神经，他看着他可爱稚嫩的小脸，心中十分的心疼，他点点头，看着他肯定地说道：“放心吧，我会像你父亲说的那般，好好地照顾你，你有什么需要，都可以和我说。”

君无咎说完，小鹏飞放心地点点头，他牵住君无咎的手，看着他说道：“那这就是我们之间的约定了，你一定要好好遵守哦！”

君无咎被小鹏飞此举逗笑了，他点点头，可是转念一想，心中又有一些心疼，这孩子反复几次向他确认此事，这是多没有安全感啊，就如同他一样。

小时候的他一直是在老师身边长大的，年少便失去了双亲的他，很能懂得小鹏飞现在的感受，而且他的父亲还被判了重罪，若不是成杨和他拦着，说不定他们孙家已经被满门抄斩了，毕竟之前有一档子文字狱的事，虽然已经被人顶替了，可是案底总是有的。

重罪之下的孙家，定然已经被众人的口水淹没了，这孩子想来早已听过了不少的流言蜚语，他只希望这些流言蜚语，不会对他造成太大的影响。

看到君无咎坚定地点头，小鹏飞开心地笑了，他牵着君无咎的手，笑着说道："那你送我回家好吗？"

君无咎点点头，将他轻轻地抱了起来。成杨看到君无咎如此，也赶忙跟了上来，看着他继续说道："我同你们一起去吧！"

走到门口时，他们发现那欧阳定贤还在那里，君无咎赶忙拍了拍小鹏飞，让他在自己的怀中装睡，小鹏飞十分聪明，直接倒在了他的怀里，十分乖巧。

走到门口，欧阳定贤看着他们说道："哎哟，你们可算回来了，我在这等得腰都快酸了，赶快把孩子给我，我将他送回去。"

君无咎看着欧阳定贤，侧了身，躲开了欧阳定贤过来接孩子的手，笑着看着欧阳大人说道："不劳烦欧阳大人了，这孩子已经睡着了，我怕咱们二人递来递去的，会将这个孩子吵醒，还是由我直接送他和孙夫人回去吧！"

君无咎说完，成杨也赞同地点点头，然后看着他们继续说道："是啊老师，已经这么晚了，您也早点回去休息吧，这轿子我已经准备好了，就由清悦兄送他们回去吧，然后我来送您回去吧！"

成杨如此说完，欧阳定贤也不再执意要接过孩子，只好不悦地点点头，但是终究没有再说些什么。

君无咎送孙夫人和小鹏飞回去的路上，一路无话，不曾想小鹏飞竟然真的靠在他怀里睡着了，而孙夫人则是一路坐在轿子里，所以同君无咎并未有什么交谈，也怕他们二人的声音，吵到正在熟睡的小鹏飞。

终于将孙夫人和小鹏飞送回了孙府，临行前，那孙夫人看着君无咎点点头，笑着说道："谢谢你，君大人！"

君无咎笑着摇摇头，让他们不要客气，若是有什么问题便来找他，他会尽力为他们处理的。

在离开孙府时，君无咎四处扫了一眼，果然发现了一个黑影。

他方才便觉得身后一直有人在跟踪，看来这孙府果然还有什么秘密，或者还有人知道那个秘密，不然也不会一直有人如此紧迫地盯着孙府。

君无咎就这样深思着，一路走回了崇王府，正巧在门口碰到了成杨，他看着成杨激动地说道："翰飞，你这也是刚刚回来吗？"

成杨无奈地看着他说道："难道你看不出我在这里等你吗？我马上就要将这一片的星星数完了。"

成杨的话将君无咎逗笑了，君无咎看着他继续说道："好了，别闹了，你方才送了欧阳大人回去，可是发现了什么？"

君无咎说完，成杨摇了摇头，看着他继续说道："倒是没什么发现，只是发觉他很关心孙府的事，尤其是孙鹏飞和你的关系，一直在问我为何孙主簿会将小鹏飞托付给你，可是因为他同你说了什么。"

听完成杨的话，君无咎点点头，看着他说道："看来这欧阳大人是有些慌了，这也从侧面说明这小鹏飞，果真是知道些什么，定然是孙主簿生前同他说的。"

君无咎说完，成杨点点头，然后想了想再度开口说道："我终于想明白孙主簿为何一定要小鹏飞在大庭广众之下与你相认了。"

"为何？"君无咎赶忙焦急地看着他问道。

"因为他想给老师一个震慑，他想告诉老师他如果想要动孙家的话，还是要考虑清楚，毕竟孙家还是握有他的命脉的，想要用此来牵绊住老师。"成杨一边说，一边看着君无咎。

君无咎仔细地思索了一番，然后看着成杨点点头说道："确实如此，只是我现在十分的担心。"

"担心什么？"成杨看着他问道。

"担心孙主簿会聪明反被聪明误，他会适得其反。"

君无咎说完，成杨想了想，看着他继续说道："清悦兄为何会如此说？”

君无咎想了想，然后抬起头，看着他说道：“因为今日我送小鹏飞和孙夫人回去的时候，发现有人一直跟在我们身后，想来是有人在密切地注视着孙府的情况，我猜那人可能是欧阳大人手下的人，所以我担心……”

君无咎说到这里停顿了一下，然后仔细地思索了一番后，看着他继续说道：“我担心，孙主簿此举表面上好像牵制住了欧阳大人，但是反过来看，他也有可能会惹怒欧阳大人，若是欧阳大人心慌，无法容忍小鹏飞或是孙府别的什么人手里握着他的秘密，想来他便会动手除掉他们了。”

君无咎说完，成杨也点了点头，他知道自己老师的雷霆手段，他老师想要处理的事情，好像一直还未失手过，就像孙主簿文字狱的事件，本来罪名都已经下达了，他竟然能够使出神鬼手段，将这个案子移花接木到别人身上，也是着实厉害，每每想到这里，成杨便觉得疲惫。

君无咎方才的话让他陷入了深深的担忧，他赶忙将初一叫了过来，吩咐他小心地潜伏到孙府，保护好孙夫人和小鹏飞的安全，初一点点头，接到命令后便离开了。

回到正堂后，君无咎和成杨发现，此时苏文月竟然还留在这里，她坐在那里静静地喝着茶，仿佛在想些什么。

看到成杨和君无咎走了进来，苏文月赶忙回过神，看着他们说道：“你们可算回来了，我都快困死了。”

“那你怎么还不赶快回去就寝，现在天色已晚，你若是不想回去，我便让他们准备一个空房给你，你先在这睡一晚。”成杨看着苏文月笑着说道。

苏文月摇摇头，看着他们，继续说道：“明天就要去安王府调查了，案子的大概脉络你们都清晰了吗？竟然还好意思睡觉？”

苏文月说完，成杨和君无咎一阵无语，君无咎赶忙看着她说道：“莫非苏大人查到了什么？”

“听说这安王死得很诡异，其余的我也不是十分清楚，正打算明日起来仔细查明。”成杨也看着她开口说道。

苏文月摇摇头，看着他们继续无奈地说道：“明日我们便要去调查案子了，哪里还有时间现去了解案情，真是服了你们二人了，竟然一点都不心急，难道你们不觉得这火已经烧到了眉毛之上了吗？”

苏文月说完，二人一时间也十分无奈，他们看着苏文月，叹了口气，成杨起先说道：“看来师妹已经了解清楚了，那不如便同我和清悦兄讲一讲如何啊？”

成杨说完，苏文月白了他们一眼，然后看着他们继续说道：“师兄说得没错，这安王死得哪是一个诡异了得，而是十分的诡异。”

苏文月说的时候脸上换上了十分神秘的表情，看得君无咎一阵无语，这表情就仿佛她下一秒就要说书了一般。

成杨和君无咎虽然觉得无语，但都没有打断她，而是让她继续说下去，她看着成杨和君无咎没有反应，撇撇嘴，将声音和表情恢复了常态。

她说：“这安王在我们南下不久后又纳了一房小妾，名叫凝兰，听说这凝兰是锦绣馆的一名绣女，被他强占了来，直接纳为妾，而且自从这凝兰来到府内后，这安王是夜夜宠幸他，而他的死也和这凝兰有关。”

“你别同我讲这安王是被那凝兰杀死的，这哪里诡异了？”成杨看着苏文月撇撇嘴说道。

成杨的话气得苏文月直皱眉头，她看着他继续说道：“可不可以听我把话说完？师兄你好烦哦！”

苏文月说完，成杨笑着点点头，便是不再说话，那苏文月便再度开口。

“安王确实死在了凝兰的床上了，但是并不是死在凝兰手中，而是他同那凝兰行房事之时，不小心看到了从房上和地上源源不断爬来的蛇，吓得魂飞魄散了，最后便吓死了。”

“你是说这安王是被吓死的？”成杨看着苏文月疑惑地问道。

苏文月点点头说：“没错，确实是吓死的，当时凝兰直接吓得晕过去了，而那府中的下人，是在捕杀蛇的时候才发现了他们二人。”

“蛇？哪里来的那么多蛇？这里是皇城，怎么会有那么多蛇出现？”君无咎在听完苏文月的话后不解地看着她问道。

“没错，这便是这件事的诡异之处了，听说当时在那安王府搜捕出了大约百十余条蛇，都好像是凭空出现在那凝兰的房中一般。”苏文月看着君无咎回答道，一边说她都能一边联想到那个画面，只觉得浑身发麻，十分的害怕。

“凭空出现？怎么可能凭空出现那么多的蛇？这其中定然有问题，那凝兰呢？可有调查过那凝兰？她是如何说的？可有证词？”君无咎一边说，一边看着苏文月问了这么许多。

谁知君无咎问完之后，苏文月却叹了口气，看着他们继续说道：“其实这凝兰的证词根本没有拿到。”

“没有拿到？这是为何？”君无咎和成杨异口同声。

苏文月再度叹了口气，看着他们说道：“因为这事情发生的当晚，那凝兰便死了，上吊自杀。说是发生了这种事，羞于活在这个世上了。”

苏文月说完，君无咎和成杨都沉默了，他们仔细地回想着苏文月方才说的话，发现这安王府的案子再度陷入了死局，果然是十分棘手，怪不得皇上会如此着急将他们叫回来，这案子如果不尽快处理，想来会引起百姓的恐慌吧！

三人一直在讨论这个案子，一时间早已没了睡意，便喝着浓茶等天亮，之后他们决定先计划好各自的分工，如此便能更快更好地处理此事。

苏文月想了想后，便提议自己去查那凝兰的底细，毕竟她出身于锦绣馆。

那锦绣馆虽说只是一个绣坊，但是在这城中的地位可是无人不知，无人不晓的。

听说那锦绣馆，是由先皇后的妹妹一手建造的，所以皇室的衣物一般出自那锦绣馆，寻常百姓人家根本无法请动这锦绣馆来做衣服或者是绣花样，这安王敢强占锦绣馆的人，也不知他是如何想的，毕竟当今皇上可是十分护佑这锦绣馆的，毕竟先皇后是他的亲生母亲。

苏文月的提议得到了君无咎和成杨的赞同，成杨看着她贴心地叮嘱道："要调查这锦绣馆，你一定要打起十二万分的精神，其实之前大理寺也不是没有查过这锦绣馆，当初皇城发生了一些案子，我们都觉得与这锦绣馆有关，只是查了许久却什么都没有查到，这个锦绣馆无论是表面还是内里，都做得干干净净。"

成杨说完，苏文月点了点头，看着他们笑着说道："你们放心吧，我没事，我自然会有我的一套办法。那你们呢？你们明日先从哪里入手调查呢？"

苏文月看着他们笑着问道。成杨低下头想了想后看着君无咎说道："清悦兄，你觉得呢？你觉得我们应该先从何处入手调查？"

君无咎仔细想了想，然后看着成杨说道："我想先去看看那安王的尸体，也不知道这安王的尸体可有被保存下来。"

君无咎说完，苏文月看着他笑着说道："这个你别担心，皇上已经将安王的尸体冷藏起来了，为的便是等我们回来，虽然安家人几次求皇上，说要入土为安，但都被皇上拒绝了。"

君无咎听到苏文月这几句话，终于安心了一些，他笑着看着他们，继续说道："如此便是最好，只要安王的尸体还在，我们便有入手的地方，毕竟这安王的尸体会告诉我们他真正的死因。"

君无咎说完，成杨也十分激动地点点头说："好，那我们明日就按这个计划办，师妹你去调查凝兰的底细，顺便调查一下锦绣馆，而我和清悦兄则去查看一下那安王的尸体，然后顺便去安王府打探一番。"

成杨说完，苏文月笑着点了点头，然后看着他笑着打趣道："好好好！师兄的分工真可谓十分明确了，你那点小心思可真是暴露其中啊，每次都是你和君公子，好啦我知道，无论什么事都不会将你们分开的。”

苏文月说完，君无咎和成杨一阵无语，但是他们都清楚苏文月只是打趣他们并没有恶意。

不过成杨还是笑了笑，看着她开口说道：“师妹，你可不要太过分哦，从小到大你有多少囧事握在我的手里，难道你自己不清楚吗？”

成杨如此一说，苏文月马上笑着看着他求饶道：“我只是随口一说，同你闹着玩的，师兄你不要这么认真嘛，我错了，我错了！”

苏文月求饶之后，成杨笑了笑，没再说话，而是轻轻地端起茶杯喝了一口茶，手指轻轻地敲打着桌面，远方的天已经渐渐地泛起了鱼肚白，天亮了。

【第十六章】弗香夫人

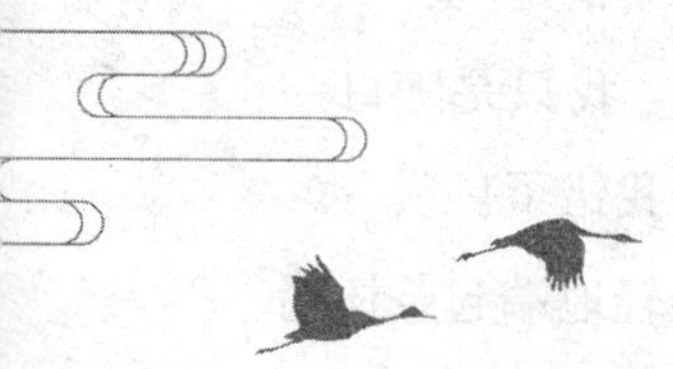

看到天亮，君无咎、成杨和苏文月等人赶忙收拾收拾动身了。

君无咎和成杨赶到大理寺时，正巧碰到了欧阳定贤，欧阳定贤见他们来得如此早，便猜到他们是要来看这安王的尸体。

皇上将安王的尸体交由他保管，让他安置在大理寺极为隐蔽的地方，说若是出了什么问题，让他用身家性命来陪，他也不清楚皇上此举是为何。

如果说只是将这个任务交给他，那完全没有问题。毕竟这本来就是大理寺应尽的职责，但是皇上却如此同他说，还说这安王的尸体是专门交给他看护的，若是出了什么事，让他用身家性命来还，如此便有违常理了。

欧阳定贤总是隐隐地觉得不安，他总觉得这皇上是在试探他，所以他迟迟地不敢对安王的遗体动手，他怕一个不小心便将自己赔了进去。

他看着君无咎和成杨走过来，赶忙迎了上去，看着他们笑着说道："杨儿，竟然来得这么早，一定是来看安王的吧，我来陪你们。"

欧阳定贤说完，笑着看着君无咎他们，成杨只好点点头，看着欧阳定贤说道：“有劳老师了！”

欧阳定贤摆摆手，笑着同他们说道：“这有什么的，你们同我还生分些什么。”说完便笑着看着他们。

就这样他们互相寒暄，一路走到了那个存放安王尸体的密室，那密室都是由冰块砌成的，若不是今日来见这安王的尸体，君无咎从未想过这大理寺之中竟然还有这么一处地方。

到了地儿，成杨笑着看着欧阳定贤说道：“真是辛苦老师了，不如就送到这里吧！我们二人留在此处便可了，这里着实太冷，学生怕老师会受寒。”

成杨说完，那欧阳定贤赶忙笑着摇了摇头，看着他们继续说道：“无妨无妨，我陪你们进去吧，这小小的寒冷我还是能够经受得住的，再说那皇上曾经说过将这安王的尸体交由我保管，这同我身家性命挂钩的事情，我是绝对马虎不得的。”

欧阳定贤说完，成杨点点头，笑了笑，看着他继续说道：“竟是这样？想不到老师竟然如此的不信任学生！”

成杨说完，那欧阳定贤赶忙拍了拍他的手臂，笑着说道：“哎呀我的翰飞啊，你这可就多心了不是，我这怎么可能是不信任你，我这只是担心会发生意外。我方才也同你们说了，毕竟这也是关乎着我的身家性命啊！”

欧阳定贤说完，成杨点了点头，没有再说什么，而是由欧阳定贤带领着，同君无咎一起进了那冰窖密室，进去之前成杨向君无咎使了一个眼色，君无咎点了点头。

一进冰窖，君无咎瞬间打了一个冷战，那安王的尸体就被放在了冰窖的正中央，保存得完好无损，君无咎和成杨凑过去看，发现那安王静静地躺在那里，宛若睡着了一样，只是脸色惨白，通体冰凉。

“我这就叫仵作过来啊？”欧阳定贤一边看了看成杨他们，一边说道。

成杨回过头，看了君无咎一眼，君无咎点点头，成杨便同那欧阳定贤说道："如此甚好，那有劳老师了！"

欧阳定贤赶忙摆摆手，看着他们笑着说道："哎呀，翰飞，如何跟我这般客气起来，我是你的老师，我当然要尽自己最大的能力帮你啦！"

欧阳定贤说得情真意切，成杨点了点头，看起来十分的感动，成杨心里想着，既然都是做戏，他又为何不演得真切一些呢？

没过多久，那仵作便来了，看到成杨和君无咎赶忙行礼问安。

其实这仵作早已经来这里看过安王尸体无数遍了，起初那欧阳大人曾来问他如何在不被人发现的状态下，悄悄地改变这尸体死亡的原因，他当时就摇了摇头，说这样是不可能的，毕竟这人已经死了，一切便已经被封存到了他的体内，若是再想通过外力改变这一切，那就肯定得通过外力来毁坏他们了。

听到他如此说，欧阳定贤赶忙改了主意，他不敢轻易地伤害那安王的尸体，怕日后他会承担一定的罪责，所以他便换了一种方法。

他曾对那仵作说，能否用什么办法来引导他们相信那安王就是被吓死的呢？当时那仵作说他也没办法，谁知他的话竟然当场惹怒了欧阳定贤，他看着他大骂道："小崽子，你若是不想活了，你便提前和我说一声，竟在这里同我推三阻四的，你到底想做什么？"

那仵作吓得瑟瑟发抖，赶忙跪下来，看着欧阳定贤赔罪，而那欧阳定贤则看着他说道："你要知道，你和你一家几口的身家性命，可都握在了我的手里，你若是不按照我说的办，想来你也不用再活着来见我了。"

所以那仵作见到君无咎和成杨之前便已经见过这安王的尸体无数次了，日日对着他研究，想着何种说辞能够更加的令人信服。

君无咎和成杨见到他，让他不要如此多礼，说现在最重要的事，便是先去查看这安王的尸体。

那仵作赶忙点点头，走上前对着那尸体假意研究了一番。然后便转过头看着君无咎和成杨说道："二位大人，小人并没有发现这尸体有什么异样，小人大致看来这安王就是被惊吓过后，内心惊惧，导致了死亡，小人看来这一切的根源应该归咎于这安王的心，看来他这心不太好啊！"

那仵作说完，君无咎没有说话，只是静静地看了看他，然后继续看着他说道："你说这安王的心有问题，你这只是表面上查看了一番，如何得知这一切的呢？这心上的问题，如此简单便能够看出吗？"

君无咎问完，那仵作看着他继续说道："看这位大人如此说，这位大人可是懂医？"

君无咎看着他笑了笑，摇摇头说道："并不懂，只是觉得你方才这话说得过于表面，听起来并不是十分的真实。"

君无咎说完，那仵作的表情突然变得十分的严肃，他看了欧阳定贤几眼，但欧阳定贤并没有看他，他只好低着头，故作强硬地看着君无咎他们说道："大人，你要相信我的判断，毕竟我懂医，而您则不是很懂。"

那仵作说完这话，成杨的脸上泛出一抹不屑的笑容，他轻轻地拍了拍君无咎的肩膀，看着他继续说道："是吧，清悦兄，你既然不懂医，便不要在这里随意发表言论了，我看这小仵作的话说得就很对。"

成杨说完，那一直提心吊胆的小仵作终于放下心来，谁知那成杨盯着他继续说道："这小仵作看来医术可谓十分的高超了，毕竟他将这问诊活人的望、闻、问、切的方法用到了这尸体的身上，而且用如此简单的方法，还能够得到这么明确的答案，着实令人震惊。"

成杨说完，那仵作的脸色瞬间变得青紫，止不住地发抖，成杨看他如此，赶忙走上来笑着看着他说道："老师，您看，这冰窖着实是有些冷了，你看这小仵作抖得厉害，看来他并不适合在这里查看尸体了，不如我们再换个人如何？"

成杨说完，那欧阳定贤笑着看了看那仵作说道："成大人说你不配做那仵作，你还不滚出我这大理寺，还在想什么？"

那小仵作听到欧阳定贤如此说，他赶忙跪下来冲着他们磕着响头说道：“大人，您大人有大量，饶过我吧，我上有老下有小，这一家老小可全都靠我养活呢，您要是将我赶出大理寺，我这今后便没有什么生路了。”

那小仵作一边说，一边磕头，那欧阳定贤看到他如此，赶忙看着他说道：“你说的这些，我做不了主，是成大人认为你不适合做仵作的，要是求，你也该向这成大人求饶。”

君无咎无奈地摇了摇头，这欧阳定贤的心机着实太深，明明是他将那小仵作赶出大理寺，如今又在这里将这一切引导到成杨的身上。

君无咎知道，这欧阳定贤是想要利用成杨的心软，让成杨继续运用这个小仵作来为安王验尸，他如此费尽心思地计划这一切，看来这安王的尸体中，定然藏着许多的问题。

君无咎看了看成杨，谁知那成杨毫无表情，冷漠地看着他们继续说道：“这大理寺的人事任职可完全不归我管，所以这仵作为何突然便不隶属这大理寺了，我倒是不清楚这内里原因，小仵作，你还是问问我的老师比较清楚。”

说完他又看了看那安王的尸体继续说道：“再者说，这安王的事情非同小可，如何只能用一个仵作便能确定如此严肃的事情，我不过是想让事情稳妥一点罢了，这还是老师当初教给学生的，为何如今又如此质疑学生的决定呢？”

成杨说完，那小仵作也没了声音，他看了看欧阳定贤，欧阳定贤也没有说话，而是向那小仵作摆摆手，让他赶紧走。

那小仵作看到欧阳定贤的手势，赶忙小跑着离开了。

如此便只剩欧阳定贤一人在这里陪同他们，那欧阳定贤看着他们笑着说道：“哎呀，翰飞，你如此说，为师这就有些难办了，这大理寺正是用人之际，现在这并没有多余的仵作，若是非要找其余的人来确认，想来最快也要明日了。”

那欧阳定贤说完，成杨看了看君无咎，君无咎点了点头，然后看着那欧阳定贤道：“既然老师如此说，那我们便等明日再来验这安王的尸身吧！”

成杨说完，欧阳定贤赶忙看着他说道：“好啊！好啊！既然如此我送你们出去。”

欧阳定贤说完，君无咎突然想到什么似的看着那欧阳定贤说道：“欧阳大人，您可知那凝兰的尸身到底在何处吗？”

君无咎说完，成杨也赶忙点了点头，看着欧阳定贤，那欧阳定贤想了想，看着他们说道：“这……唉，你们二人不知，那凝兰死的当日，在本官还未带人赶到时，那凝兰的尸身便已经被那安王府的人火化了。”

“火化了？”成杨疑惑地看着他说道。那欧阳定贤仔细考虑了一番后，无奈地看着他们说道：“唉，那安王府的人强行说那凝兰是祸祟，既然已死，便不可留了，所以便强行将那凝兰的尸体火化了。”

欧阳定贤说完，成杨无奈地叹了口气，而君无咎也眯了眯眼睛。

这事情着实诡异，莫非那凝兰之死也同那安王府的人有什么关系？不然他们为何要急于抹去那凝兰的痕迹？这安王府定然不是那种愚昧小民，怎么可能会用那种愚昧的话来搪塞他人？

他叹口气，看来这局势越来越复杂了，当初张云东的事便是如此，牵扯出了安王府的多少事来，如今看来，这安王府是该好好查探一番了。

想到这里，君无咎向成杨点了点头，成杨心中清楚，他这是已经检查完这尸身了，便转过头看着欧阳定贤继续说道：“老师，那学生今日便看到此，明日再来继续查看，还望您到时能够安排好仵作，来为安王验尸。”

成杨说完，欧阳定贤赶忙点了点头，看着他们说道：“好好好！翰飞放心，为师一定会为你们做好准备的。”

就这样欧阳定贤一边说，一边将君无咎和成杨送出了大理寺。

君无咎和成杨离开大理寺后，都皱着眉头思索了良久。君无咎一边想，一边看着成杨说道：“翰飞，通过咱们之前的分析我总觉得那皇上是清楚这欧阳定贤的底细的，为何还会将那安王的尸体交由他保管？”

君无咎说完，成杨笑着摇摇头，看着他继续说道：“清悦兄，不知这皇家的谋算，其实这正是因为皇上这不信任他，才让他保管的。”

君无咎听到成杨如此说，疑惑地看着他问道：“翰飞为何如此说？”

成杨看着他笑了笑说道：“清悦兄有所不知，这样正可以将那欧阳定贤控制到手中啊，你可还记得刚才进去时，老师曾同我们说过，说那安王的尸身安全是同他的命联系在一起的，如此看来当然非同小可了。”

成杨说完这句，又顿了一顿，然后看着君无咎继续说道：“要知道，皇上，可不是那孙主簿能比的，他可不会像孙主簿一样，给老师压力，而被他反噬。”成杨说完，君无咎点点头，大致懂了他的意思。

看来皇上的意思，便是用安王的尸身来牵制他，如此他反而不敢轻举妄动了。

他们如此说着，便来到了安王府。安王府一片寂静，整个府中被白绸笼罩，整个空气中都飘散着压抑的气氛，君无咎和成杨走进来时，发现这安王府竟然大变样了，就连曾经的管家都换了，过来迎接他们的人是十分陌生的脸庞。

成杨记得那管家在安王府做了大半辈子，为何突然便被换走了？这安王府到底发生了些什么？

成杨不着痕迹地看着君无咎使了一个眼色，君无咎点点头，让他放心，他们先来拜访一下霄云太公主，那霄云太公主之前得了中风，在家中闭门养病，听闻是成杨前来拜访，这才接见了他们。

成杨带着君无咎进去房间时，发现那霄云太公主正卧于榻上，看起来十分的疲惫，成杨和君无咎同她请过安之后，她才微微地睁开眼，看着成杨说道：“翰飞啊，你总算来了。你再不来我这安王府就要乱了套了。”霄云太公主的病已经治得好些了，她微微张口，断断续续地向成杨说了这么一句。

可这话音落下，成杨也不懂这霄云太公主话里的意思，在成杨的印象中，这霄云太公主可是害死自己重孙的罪魁祸首，如今为何又是此种态度？看起来十分的忧心劳累。

成杨不懂她话中的含义，上前一步，看着她继续问道：“听太公主的意思，这安王府最近可是发生了什么惹您烦心的事？”

成杨说完，那霄云太公主看着他继续说道：“翰飞啊，你如何来问我？你不会自己看吗？这偌大的安王府，如今已经成了什么样子了！”

那霄云太公主说完，成杨还是没有听懂她的话，但是却大致地读懂了那霄云太公主的意思，他仔细地扫视了一番身边的人，发现霄云太公主身边侍奉的人，也全然变了模样，而且十分警惕地看着他和霄云太公主，仿佛生怕他们之间的对话会出现什么纰漏。

莫非这安王府是被控制住了？成杨看了看君无咎，君无咎不着痕迹地点了点头，示意成杨他也发现了。

向那霄云太公主请过安之后，成杨曾向那霄云太公主询问过关于安王的事，但是霄云太公主却以身体不舒服为由，将他们打发了出来。

出来后成杨看着君无咎说道：“如今的安王府，处处充满了诡异，真是不知这段时间到底经历了什么。”

成杨说完，君无咎也点了点头，看着他说道：“我怎么觉得这整个安王府不仅仅被这些白绸掩埋，而且还被一股不知名的力量控制住了，到底是什么力量我还说不清楚，只是觉得整件事都怪怪的。”

君无咎说完，成杨点了点头，看着他无奈地说道：“看来只能顺藤摸瓜，一点点将真相揭露了。”

成杨说完，君无咎也赞同地点了点头，然后看着他继续说道：“现在我们再去那案发现场看看吧！”

君无咎说完，成杨点点头，他们赶忙吩咐家丁将自己带去那案发的地点。

说来奇怪，家丁带他们走了许久都未到达那地点，最后，成杨走得有些不耐烦，看着那家丁说道：“这都快走出了安府的主宅了，这还要往哪里去啊？”

成杨说完，一直在前面带路的家丁低着头，看着他们说道：“大人莫急，我们就快要到了，那地方隶属一个别院，是安王为了凝兰新置办的，因为太王妃不允许安王将那凝兰带回府中，所以安王没有办法，只能将凝兰安置在了那里。”

那家丁说完，成杨和君无咎点点头，并没有表露出什么，只是二人看这家丁的脸色却变了，但是还镇定地跟在他的后面。

因为成杨和君无咎都同他方才的话中发现了不妥，那人乃是安王府的家丁，无论是老一辈的家丁，还是新被纳入府中，他们称呼那安王都会称之为王爷，因为他是他们家王爷自家的家丁，所以在称呼自己家王爷时定然不会说安王如何如何，毕竟这是他们在区分别的王爷时才会将那王爷的名号加上。

而此时这个家丁，虽然处处都没有露出破绽，但只是这个称呼，就让君无咎和成杨心知肚明，这家丁根本不是安王府的人，甚至可以说他都不是这批新进去安王府的人，毕竟只要在这府中待过几天，都不会犯下如此错误。

那人还没有发现成杨和君无咎早已经发现了他的不对，依旧引导着他们往里面走，而君无咎和成杨则不动声色地跟着他。

那路越走越偏，君无咎和成杨本以为他是要对他们二人图谋不轨，竟然将他们带到了那安府的花园深处。

谁知他竟然并没有此意，而是带他们穿过那花园，来到了一个僻静的别院，那别院挨着安王府的花园，独立成院，修整得十分的别致。

那是一幢小楼，立于水中，它的四周皆环水，想要进去只有一个方法，便是划船，而那水池中则是种满了荷花。

看着院落的设计，成杨和君无咎不禁感叹这安王爷的别致雅兴，成杨看了看那荷花，同君无咎说道：“不曾想，安王爷这般粗中有细，能想出如此别致的方法，盖出这个院落，如此当真是出水芙蓉，莲中仙子，也不知这凝兰到底有多美。”

成杨说完，君无咎赞同地点了点头，没有说话。

谁知那一直走在前方引路的家丁，却看着他们说道："哼，如此雅致的想法，又怎么可能是那个浑浑噩噩的安王想出来的呢？"那家丁说完，竟然狠狠地摇了一下桨，一使劲将两旁的荷花给毁了。

君无咎和成杨看到这一幕，赶忙打起了精神，君无咎看着他极具试探性地向他说道："哦？如此说来，你是知道这楼阁是出自何人之手了？"

君无咎说完，便盯着那人的背影，他有些颤抖，双肩收得紧紧的，看着他们继续说道："这我当然知道，这定然出自凝兰的手笔，她最爱荷花了，想来定然是她画了图，吩咐那安王来办的。"

那家丁的话说得是十分清楚了，虽然君无咎和成杨心中早已经清楚他不是这安王府的人了，但那人好像全然不在意，而且好像还是故意让他们知道他的身份似的。

然而此时君无咎和成杨觉得事情好像更加复杂了，毕竟这小子竟然开始明目张胆地说这些事了，而不再是暗示。

成杨上前一下便将他禁锢住了，无论他如何挣扎都挣扎不开，他瞪着眼睛看着成杨和君无咎问道："几位大人为何如此？我好心好意地将你们带来，难道你们就是这般对我的吗？"

这人说完，他们的船已经靠岸了，成杨一路抓着他，将他带到了这楼阁之内。

这楼内装修得十分的简单，淡雅倒是和那凝兰的名字配极了，君无咎扫视了一周后看着那家丁问道："说说吧，你和那凝兰什么关系？"

君无咎说完，那人的脸色瞬间变得铁青，他赶忙摇摇头，说道："怎么可能会有关系呢？我不过是一个小小的家丁，怎么可能会同那安王的侍妾扯上关系？大人如此说，真是折煞小人了！"

那人说完，成杨和君无咎点点头，看着他继续说道："你已经无须狡辩了，你本来并不是这家的家丁，想来你也没有想瞒着我们，说吧，你来到这里到底是出于一种什么目的？"

他们说完，那家丁忽然疑惑起来，看着他们继续说道："听二位大人的意思，在进这里之前便发现了什么端倪，只要二位告诉我原因，我立马便告诉两位大人，我为何会潜伏在这里？"

那男子同成杨和君无咎说完，成杨和君无咎无奈地叹口气，无奈地将他唤安王的问题所在说了出来。

那家丁听完他们分析的原因，感到一时无语，看着他们无奈地说道："真是无法理解两位大人，竟然如此的心细如发，竟然此等事情也能留意得如此清楚。"

那下人感叹完，君无咎和成杨无奈地撇了撇嘴，看着他继续说道："不要同我们讲那些无用之事，你只要交代你为何会来到此处便可，你到底是怀有何种目的？"

君无咎和成杨问完，那家丁踌躇地思考了一会儿后，看着他们继续说道："其实我并不是来做什么，我不过是来取回我的东西。"

"取回你的东西？如此说来你同这凝兰还是有关系，还不速速招来！"成杨听那男子说完，赶忙看着他问道。

那男子想了想最终无奈地看着君无咎和成杨说道："其实我同那凝兰本是恋人的关系，若不是这安王爷从中阻拦，想来我们早已经成家了。"

那男子一边说一边叹气，还抬起眼扫视了一下四周，然后看着成杨和君无咎说道："我虽不是什么有头有脸的大人物，也不是什么皇亲国戚，但是好歹我也是一个布庄的少当家，我们布庄曾经向那锦绣馆送过一段时间的布匹，我便是那时结识了凝兰的。"

那家丁一边说，一边陷入了深深的回忆，他看着那楼下平静的湖水继续说道："我从没想过有一天凝兰会回应我的感情，可是事实上她确实是回应了，还说要赎身，同我成亲，不承想后来竟然发生了这种事——被这安王横刀夺爱。"那男子说完，再度十分气愤地看着成杨和君无咎。

听他说完，成杨和君无咎心中方才放松了几分，他们俩仔细地分辨过他的话，发现其中的可信度还是非常高的，他们没再说别的，而是用绳子捆着他的手，带着他一起往这楼的深处走去。

一路走来发现，这凝兰果然是十分喜欢荷花的，这屋内所有的摆件都同那荷花有关。君无咎一边看，一边思考这凝兰到底是一个什么样的人，毕竟许多人口中的她都是不同的。成杨看到这些荷花，笑着看着那君无咎说道："不曾想这凝兰的性子还有些孤傲。"

"翰飞是如何看出来的？"君无咎不解地看着他问道。那成杨指着桌面上那幅还未完成的画继续说道："你看，这幅画，她整整画了一整个河塘，但是她却只画了那么一朵荷花。"

成杨说完，君无咎赶忙凑了过来，看着那画仔细地思考了一番，但也没有发现什么异样。

而那个一直沉默不语的男人却突然开口说道："不瞒几位大人，我偷偷地潜入这里，其实为的便是取走这幅画，因为这幅画便是凝兰画给我的。"

那男子说完，成杨无奈地摇了摇头，看着他继续说道："你一直说自己在之前从未踏过这安王府半步，而这画仔细看来也是她日前画的，如何又成了送给你的？你之前未进过这安王府，又是如何得知这一切的？"

成杨说完，那人一时无语，不知道该如何同成杨说这个问题。他仔细地思索了一会儿，竟然挣脱了那绳子，拿起那图，直接跑了出去。他们连忙去追，可却晚了一步。

这楼同安王府的那处岸边，只有一条船，如今那人将船划走了，二人便如同被困在了这楼里，也不知何时才能有人将他们放出去。

看到那画被偷走，成杨和君无咎都十分的懊悔，是自己放松了警惕，才让那人有机可乘。

想到这里，君无咎看了看成杨继续说道："翰飞，你觉得那幅画到底有什么重要的意义？"

成杨仔细地想了想之后，摇摇头说道："我也没有发现那画到底有什么特殊之处，不过那人专程来将那画偷走，想来那定然是有十分重要的意义的。”

成杨说完，君无咎叹了口气，说道：“如果真是这样，我们的损失便太大了，但暂时没有办法了，我们还是继续去查探一下别的线索吧！”

君无咎说完，成杨看着他点了点头，他们便向更深处去了，接下来他们便走到了卧房，这里是案发现场，那安王便死在这里，死相是极为难看的。

君无咎和成杨在这里转过几圈后，依旧没有发现这卧室到底有何不妥，他仔细地观察着，不懂那些蛇到底从何而来。

虽然这别院靠近花园，可是要知道这王府的花园，可都是有专属的人员一直在打理的，又如何会在一时之间出现那么多的蛇？

就这样他们在这里绕了几圈也没有发现什么线索，成杨最终看着君无咎叹了口气说道：“看来我们还是要尽快地将方才那个小子抓回来，说不定那小子手里的画才是最重要的。”

成杨说完，君无咎点点头，看着成杨继续说道：“这个简单，等我们出去后，便吩咐那些人从城里的布庄查起，尤其是曾经为锦绣馆提供过布匹的布庄，相信很快便会得到那个男子的消息。”

君无咎说完，成杨也点了点头，突然他在床上发现了一些不规则的小点，不知道是什么东西留下的痕迹，只是在床边，别处并没有发现，他赶忙将君无咎叫了过来，让他来看，看看是否能够发现什么。

正当君无咎过来仔细查看时，楼内突然涌进了滚滚的浓烟，成杨和君无咎马上意识到事情的不对，想要往外走，可是门竟然已经被大火封住了。会是谁放的火呢？想来应该是方才那个人了。

君无咎和成杨十分的焦急，不知道该向何处逃，忽然君无咎发现这火刚刚将一楼点燃，火舌还没有蹿到楼上，他赶忙拽着成杨飞奔到了二楼，跑到了窗户那里，推开窗，同他一起跳入了水中。

终于得救了，君无咎和成杨不停地呼吸着新鲜的空气，方才在那楼内着实被烟雾熏得不轻。

君无咎一直询问成杨如何，成杨摇摇头，让他放心，说自己没事，可是他却向他提了一件十分诡异的事，他看着他说道：“方才落水前，我仿佛看到火影中站着一个人，那人并不是方才同我们在一起的那个小伙子，我看那身形，应该是个女人，只是不知道到底是谁要取我们性命。”

成杨说完，君无咎迷惑地皱了皱眉，方才他只顾着寻找逃跑路线，根本没有留意到火影中的人，所以他再度看着成杨十分慎重地问道：“翰飞，你可有真的看到了那个女子一般的身影？”

成杨点点头，十分肯定，他说：“我绝对没有看错，十分清晰，只是不知道她是如何神不知鬼不觉地出现的。”

成杨和君无咎正一头雾水地在那里仔细思索时，忽然听到安王府的后院炸开了锅，他们二人赶忙游上岸，向那后院奔去，跑到那里后，发现下人们都手忙脚乱地乱作一团，君无咎赶忙拉住其中一个乱跑的下人问道：“这是怎么了？发生了什么？”

“哎呀，安王妃遇刺了，大人，您快放了小的，小的得去宫里请太医啊！”那下人看着君无咎十分焦急地说道。

不得已君无咎赶忙放开了他，和成杨赶忙奔赴安王妃的房中。果不其然，安王妃的右肩上被一把短刀深深地刺了进去，血染红了衣衫，安王妃看起来十分的痛苦，额头上布满了细密的汗珠，她紧咬着嘴唇，仿佛不让自己喊出来。

看她如此痛苦，君无咎有些心急，他本想上前去医治她，却被那成杨拦了下来，成杨看着他不着痕迹地摇摇头，小声说道：“看她的伤势，应该不会危及性命，清悦兄，还是不要出手了，这里人多眼杂，而且若是清悦兄出手救了安王妃，这事想必会传到老师的耳朵里，若是如此，我们的手中可就没有底牌了。”

成杨说完，君无咎又仔细地考量了一番，他反复确认了那伤口中流出的血的颜色，确定那短刀上并没有毒，便也放下心来，想来太医马上就到了，还是成杨说得对，现在他万万不能出手，如果方才贸然出手，想来那明日他们便也看不到那安王的尸首了。

正想时，安王府的人已经将那太医接过来了，那太医一看到安王妃赶忙跑了过来，向她请安。

一切俗礼过后，方才为安王妃诊治，这一切看得成杨和君无咎一阵无语，这群人孔孟之道都只吸收了迂腐，这事有轻重缓急，他们这一番寒暄说不定就是一条性命。

成杨和君无咎想时，那太医已经开始要拔刀了，君无咎和成杨一直守候在这里不敢离开，据侍奉安王妃的下人说，安王妃被行刺之后便吓得晕了过去，他们将她叫醒后，她已经痛得说不出话了，他们也不知这行刺她的人到底是谁。

因此成杨和君无咎便只能等在这里，等这太医处理好一切，他们才能再度询问这安王妃，从她的口中查出那行刺之人的样貌和特征。

那太医一只手按住安王妃的肩膀，一只手握住那刀柄，额头上满是汗珠，看起来也极为的紧张。

成杨能够体会这位太医的心理，这安王妃此时出事绝对非同小可，而且安王府连续遭受到如此重创，现在整个王府就靠这安王妃操持，就连皇帝都曾在安王去世后夸赞过这安王夫人。

这安王妃若是在他的手中出现了什么差池，那他这罪过可就大了。

这太医也正是如此想，所以才迟迟不敢下手，不过其实拔这刀并不是什么难事，毕竟这刀也没伤到什么紧要的位置，不过他还是觉得自己倒霉，今日明明不是他当值，只不过那李太医有急事，便将他拽来了。

真不知那李太医到底有什么急事，这几年也不知他得到了什么特权，说走便走，太医院中时常找不到他的人影，然而皇上竟然还不去追究。

那太医一着急，便天南海北地乱想，君无咎实在是看不下去，看着那犹豫不决的太医说道："太医，还不下手拔吗？我看王妃的表情好像越来越痛苦了。"

君无咎说完，那太医才回过神，深吸一口气，终于下定了决心，一使劲将那把刀拔了下来，痛得王妃大喊了一声便晕厥了过去。

君无咎和成杨看此情景，无奈地摇了摇头，这王妃的身体着实太娇贵了，仅此刀伤便有如此反应，也不知她何时能够醒来，他们可在这里等着向她询问呢。

那随行的女医包扎伤口时，太医、成杨和君无咎等人为了回避便退了出来，成杨看着那太医询问道："太医，照您看安王妃的伤势，她大概会在何时醒来？"

成杨问完，那太医仔细地思索一番，然后看着他摇摇头说："安王妃的身体极为虚弱，想必是最近劳心伤神所致，所以想要彻底清醒，想来也得傍晚或是深夜了。"

那太医说完，成杨点点头，笑着看着他说道："如此便谢过太医了！"

那太医赶忙摇摇头，看着成杨说道："举手之劳，成大人太客气了！"

说完，那太医便离开了，留下了那女医一直在此处照顾。

成杨和君无咎仔细地考虑了一番，觉得最晚也就是到深夜而已，便在这里等上一等又何妨，他们可以四处转转，说不定能发现什么线索。

"两位大人，你们这般浑身湿透，可千万别染了风寒。"这时一个下人走了过来，看着他们二人说道。

现在安王府总算风平浪静了，所以这下人才注意到这湿漉漉的成杨和君无咎。

成杨和君无咎赶忙摇摇头，笑着看着他说道："我们没事，你别管我们了，去忙吧！"成杨说完，君无咎也点了点头。

不过那下人却摇了摇头说道："这么一直拖着可不行，这样吧，两位大人，进屋吧，我这就去给你们准备一盆炭火，你们二位进去烤烤吧！"

那下人说完，成杨和君无咎想了想，便点点头同意了，毕竟这天色越来越暗，这晚风也是十分的凉。

那下人端来炭火盆时，君无咎看着他说道："那个方才起火的凝兰别院现在的火可已经扑灭了？"

君无咎说完，那下人摇了摇头，看着他们说道："大致已经着完了。"

君无咎和成杨听完感到十分的疑惑，他们看着他不解地问道："什么叫做大致已经着完？这是什么意思？"

"二位大人有所不知，那凝兰别院四处环水，所以上面便下了命令，不必去救那火了，毕竟那凝兰别院也是不祥之地，留着反而让人担惊受怕，任由它着完便可，反正它也不会牵连到别的地方。"

那下人说完，君无咎和成杨都吃了一惊，他们赶忙看着他问道："上面下的命令？谁下的？"

他们问完，那下人摇了摇头，看着他们继续说道："这个我也不清楚了，管家传达下来的，我们便只有听从了。"

下人说完后，便向成杨和君无咎二人告辞离开了，只留君无咎和成杨二人坐在那火堆旁烤火，一边思考这一切。

君无咎想了良久，突然看着成杨说道："你可还记得我们在凝兰别院的大火中看到的那个女子的身影？"

成杨点点头，看着君无咎说道："怎么？莫非你猜到了那女子是谁？"

成杨说完，君无咎摇摇头看着他继续说道："其实我也不知道那人到底是谁，可是我总觉得那人好像并不是想要杀我们，我只是想不明白自己为何会如此想。"

君无咎说完，成杨看着他思索了一会，然后继续说道："你别急，再慢慢想想，现在离夜深也还有很长时间，等那安王妃醒来前，我们可以慢慢地思考这件事。"

成杨说完，君无咎皱着眉头，看着他继续说道："那就等等看吧，看那安王妃在今晚深夜到底会不会醒来了。"

成杨看着他不解地问道："清悦兄这么说是何意？可是有什么不对的地方？"

君无咎摇摇头，看着他继续说道："其实我有一个十分大胆的猜测，只是现在还没有什么把握，若是今天晚上那安王妃没有醒，我想我便能有些把握将它告诉你了。"

君无咎说完，成杨笑着摇摇头，看着他继续说道："清悦兄啊！你竟然还开始打起哑谜了。"

君无咎也笑着摇摇头，但是还是没有说话。

成杨知道，看来不等到深夜是不会知道君无咎他心里到底在想些什么了，他只能低着头，想了想，然后看着他继续问道："清悦兄，上午我们去看那安王的尸身，你可有发现什么问题？"

成杨说完，君无咎低下头，仔细地思考了一番，然后看着他摇摇头说道："因为没有接触到那尸体，所以我也不太清楚他的致命原因到底是什么，而且他的尸体表露出来的东西太少了，我也不能确定，不过……"

"不过什么？"成杨赶忙看着他问道。

君无咎抬起头，看着他继续说道："你可还记得咱们在凝兰院床上看到的那些黑点吗？"

君无咎说完，成杨点了点头，看着他继续说道："记得，印象非常的深刻。"

成杨说完，君无咎点了点头，然后看着他继续说道："那样的黑点我在安王的脚指头顶还有四肢上看到过，只是不知道那黑点到底是什么。"

"安王尸体上有这些黑点？为何我今早看时没有看到？"成杨看着君无咎，不解地问道。

君无咎想了想，叹口气摇了摇头。

君无咎看着成杨继续说道："这欧阳大人虽然将安王的尸体保存得很好，但是有两个地方他一定动了手脚。"

君无咎一边说，一边眯着眼睛，仿佛在回想早晨的事，然后他看着他继续说道："从那安王的尸身来看，安王应该被水泡过，而且泡了许久，他的尸体表皮有淡淡的冰霜，而且你看他的样子，有一种说不出的奇怪，当时从大理寺出来后，我便一直在思考这个问题，后来我才想明白，那是安王的四肢看起来十分的不协调，想来这便是被泡过之后的结果。"

君无咎说完，成杨点点头，看着他继续说道："清悦兄，你如此一说，我似乎也想了起来，当初第一眼见到那安王时，我便隐隐约约地觉得有些奇怪，可是到底哪里奇怪，我又说不出来，你现在说来我才想到，那是四肢不协调的问题。安王的身体和头比起来，呈现出一个十分奇怪的比例。"

成杨说完，君无咎点了点头，看着他皱着眉继续说道："没错，当时我不经意地在安王的头皮中看到了几个小黑点，觉得奇怪，便仔细地观察了一会儿，虽然没有什么发现，但是脑海中一直有个声音同我说，让我看看别处是否也有这些黑点。"

君无咎正说着，火盆中突然爆出一个火星，吓了君无咎和成杨一跳，这一下子将二人都逗得大笑起来，成杨捂着怦怦跳的心口，看着君无咎笑着说道："清悦兄，我们可真是草木皆兵了。"

成杨说完，君无咎点点头，笑着说道："是啊，不过由此看出咱俩到底有多专注了。"

君无咎说完，成杨点点头，看着他继续说道："没错，正是如此，那后来呢？清悦你后来可有再从安王的尸体上发现那些黑点？"

成杨问完，君无咎看着他一时间竟然想发笑，他笑着看着他说道："翰飞，你莫不是吓糊涂了？方才我才说过，我在那安王的手指和脚趾上发现了黑点。"

君无咎说完，成杨仔细地思索了一番，然后看着他笑着点点头，说道："确实是忘记了，方才着实听得入迷，不曾想被吓了一大跳。"

成杨说完，君无咎笑了笑，然后又用火钳整理了一下炭火，看着成杨继续说道："我看过那头顶上的黑点后，我便仔细地观察那安王的尸体，果然发现了十分诡异的地方，便是那安王的尸体就像被洗刷了一般，但有的地方还留着那隐隐约约的黑点的痕迹，就比如那手指和脚趾，但也只是轻微的，隐约的……"

君无咎说完，成杨点点头，看着君无咎继续说道："清悦兄的话我听明白了，清悦兄的意思是，这安王的尸体，其实已经被人处理过了。"

成杨说完，君无咎点了点头，然后再度陷入了深思，他想了想之后看着成杨再度说道："没错，而且看来这安王的死是一定有蹊跷了，如若不是，想必欧阳大人也不会浪费如此多的心力来处理这安王的尸体。"

君无咎说完，成杨点点头，看着那炭火若有所思地说道："没错，看来我老师绝对是有问题了，自打回到京城，他的所作所为，便没有一件看起来是合乎常理的。"

成杨说完，君无咎也只是点了点头，没再说什么。

不知不觉二人已经聊到了深夜，成杨看着君无咎说道："怎么说这安王妃也该醒了吧？"

成杨说完，君无咎点了点头，他们赶忙起身，打算去安王妃那处去看看，谁知刚走到一半，便被迎面而来的下人拦住了去路，他看着君无咎和成杨说道："二位大人如此急，可是要去看望王妃？"

那下人说完，君无咎和成杨点了点头，看着他说道："没错！王妃可是醒了，派你来请我们？"

那下人摇了摇头，小声地说道："两位大人，着实是抱歉，让两位大人久等了，其实王妃是让我来告诉两位大人，不要再在这里等下去了，明日再来吧，她现在虽然醒了，但身体着实是不舒服，可能没有办法招待二位了。"

那下人说完，成杨还想要再说些什么，却被君无咎拦了下来，他看着那下人继续说道："好，既然如此，还请王妃好好休息，我和成大人这就离开了，明日上午，我们再来探望王妃。”

君无咎说完，那下人点了点头，没有再说话，转身告辞离开了。回去的路上，成杨一直看着君无咎问道：“清悦兄，你这是为何？为何要一直拦着我？”

君无咎皱着眉头看着他继续说道：“翰飞兄可曾还记得我方才烤火时同你说的话？”

成杨想了一会儿，抬起头看着君无咎说道：“可是关于凝兰别院的那个？就是那个你的想法完全取决于今日安王妃到底见不见咱们两个？”

成杨说完，君无咎点了点头，看着他继续说道：“没错，其实明确说来并不是她会不会醒，而是她到底会不会见我们。”

君无咎说完，成杨有些不解，他看着君无咎说道：“清悦兄越说我反倒越糊涂了，清悦兄到底为何这么说呢？”

成杨说完，君无咎抬起头，认真地看着他继续说道：“其实我隐约地觉得这凝兰别院的火和这安王妃不无关系。其一，这凝兰别院一着火，这安王妃便被刺杀，如此一来整个安王府的焦点全部集中在了安王妃身上，下人呢忙进忙出，根本无暇顾及那凝兰别院。”

君无咎一边说，一边用手轻轻地比画着，想让自己说起来更加生动形象。

“而且这个时候，安王府的决策人竟然还下达了不必去救凝兰别院的命令，而这安王府现在实际的决策者是谁呢？是这安王妃！”

君无咎说到这里时，成杨也异口同声地看着他回答道：“安王妃！”

成杨说完，君无咎再度点点头，看着他继续说道：“其实由此看来便已经疑点重重了，其实仔细想来隐隐约约总觉得那安王妃不想让凝兰别院留下来，也不知道是出于什么目的。”

君无咎一边说，一边叹了口气，然后继续说道：“其二，便是这安王妃的伤，伤得很蹊跷，她说是遭人刺杀，可是我总觉得有些奇怪，因为当我进入那个房间时，发现那里面并没有打斗的痕迹，而且那安王妃受伤的位置也很奇怪不是吗？如果真是有人要刺杀她，以安王妃的体力身手，若是已经得手，又如何取不了她的性命？”

君无咎说得十分的无奈，他摊开手看着成杨，疑惑地说道：“翰飞，难道你不觉得这里面有问题吗？那个安王妃仿佛是故意如此做的一样，不是吗？”

君无咎说完，成杨也陷入了沉思，他看着君无咎思索了良久，最终颇有疑问地看着他说道：“难道清悦兄是觉得这一切不过是安王妃自导自演的一场戏吗？只是为了将那凝兰别院毁掉？”

成杨说完，君无咎点点头，看着他说道：“没错，我就是这么想的，我总觉得这安王妃有问题，上次进这安王府时我便如此觉得。”

君无咎说完，成杨点点头，再度抬起头疑惑地看着他说道：“莫非你觉得这安王妃是杀害安王和那凝兰的凶手？”

成杨说完，君无咎摇摇头，看着他继续说道：“这个我也不敢肯定，我只是觉得有问题，觉得对于安王和凝兰的死，这安王妃定然是知道些什么的。”

君无咎说完，成杨点了点头，叹了口气继续说道：“这安王府果然到处是迷，看来我们只有一步步来揭开这里的面纱了，现在我们便会去看看师妹调查得如何了，我们将她得到的线索整合一下，说不定能够发现什么。”

成杨说完，君无咎也点了点头，表示赞同，他们赶忙加紧了脚步，向崇王府走去。

君子咎和成杨小心翼翼地回到崇王府时，谁知正巧被那苏大学士逮了个正着，成杨和君无咎一脸疑惑地看着苏大学士问道：“大学士，这么晚了，您怎么来了这里？”

那苏大学士笑呵呵地看着成杨继续说道：“小月呢？这都回家几天了，她除了刚回来那天给我请过安外，她何时着过家门？我都几天没有见过她的人影了，你叫她给我出来。”

听到苏大学士如此说，成杨一阵无语，他赶忙笑着看着苏大学士说道：“大学士，您这有些夸张了吧，其实我们也刚刚回来三天而已，怎么在您口中便成了好多天呢？”

成杨说完，君无咎也点点头，赶忙应和着说道：“没错没错，而且苏大人并不是不回去看望您，而是最近案子繁忙，她实在是脱不开身。”

君无咎说完，那苏大学士上下打量了他几眼继续说道：“你便是君无咎？”

君无咎看着他笑着说道：“正是！”

君无咎说完，那苏大学士再度打量了他一会后，笑着说道：“不错，不错，没想到那岳老鬼，竟然有这么一个不错的弟子。”

那苏大学士说完，君无咎马上就坐不住了，他赶忙走近，看着那苏大学士，恭敬地问道：“苏大学士，请问您认识我的老师？”

苏大学士点点头，笑着看着君无咎说道：“不就是岳老鬼吗？有什么不认得？”

听到苏大学士如此说，君无咎十分的兴奋，他赶忙凑上来看着他说道：“既是如此，敢问大学士可知道我的老师在辞官回乡前后到底发生了什么。”

君无咎说完，那苏大学士想了想，点点头，然后又摇摇头，看着他继续说道：“其实具体发生了什么事情我也不知道，只知道那段时间他处于麻烦之中，被许多人弹劾，其中还有当时十分好的朋友——现大理寺卿欧阳大人。”

苏大学士说完，君无咎吃惊地看着他问道：“什么？最好的朋友？”

苏大学士点点头，笑着看着他说道：“怎么？难道你不知道吗？”

苏大学士说完，君无咎点了点头，看着他继续说道：“清悦确实不知，之前从未有人同清悦提过此事，而且清悦见到欧阳大人时，他也未曾提及过此事。”

“提及此事？哼！他可没脸提及此事。”君无咎说完后，苏大学士点起一袋烟，抽了一口后，不屑地说道。

君无咎和成杨对视了一眼，仿佛发现了什么重大的线索似的，将苏大学士团团围了起来，君无咎看着他赶忙问道："听大学士的话，好像是知道些什么，还请大学士明言。"

君无咎说完，苏大学士看着他笑着说道："胡闹，那只是我平日里调侃那老家伙才会说的话，刚才那么说只是玩笑，我若是现在同你们特别严肃地提及此事，那我可是诋毁当朝大臣，那可是有罪的。再说，一句胡闹话，又怎能当真呢？"

那苏大学士说着说着又犯起糊涂来，不过成杨和君无咎一眼便能看破他，知道他并不是真的不知道什么，其实他也是在这里装疯卖傻。

看到君无咎的心情十分低落，那苏大学士便笑着看着君无咎，若有若无地说道："一切哪里还需要我这个老头子来告诉你啊！我想那个岳老鬼，应该早就准备好了一切，只等你去挖掘了。"

苏大学士如此说完，君无咎的心咯噔一下，莫非这苏大学士也知道老师还活着的事？君无咎一边想，一边否决了自己，一定不可能的，老师这次复仇想来是已经做了万全的准备，这苏大学士又是如何得知的？还是说这苏大学士也是他的一员，一直在暗中支持着他呢？

君无咎想这些时，那苏大学士的眼神一直没有离开过他，看起来十分的微妙，仿佛这苏大学士能够看穿君无咎的内心，又好像这苏大学士只是看着君无咎在笑，并没有别的意思。

看到君无咎一直在纠结，一旁的成杨突然看着他开口，打断他说道："清悦兄，太奇怪了，为何师妹到现在还没有回来，会不会发生了什么危险？"

成杨说完，君无咎也有些担心了，他看着成杨点点头，着急地说道："这可怎么办？这可如何是好？那锦绣馆我们一直也没有接触过，不知道里面到底如何，危不危险？如今让苏大人一个人单枪匹马地过去，着实是咱们考虑得不周了。"

谁知君无咎刚说完这话，便从房顶上窜出来一缕声音，笑着说道："怎么？师兄，君公子，你们是在担心我吗？"那苏文月说完，稳稳地落在地上，这时她才反应过来，一直坐在上座摇着扇子的人，竟然是她的干爹苏大学士。

苏文月心中清楚，他定然是来抓自己的，她赶忙躲在了成杨的背后，吓得瑟瑟发抖，那苏大学士见她如此，笑着说道："小月，过来！怎么着？害怕我吃了你不成？"

那苏大学士说完，苏文月一个劲地点头，看着他说道："我是不会回去的，我着实受不了那么枯燥乏味的日子了。"

苏文月说完，那苏大学士已经笑得上气不接下气了，整张脸就像是一朵被揉皱了的花。

"我这次真的不是来抓你的，我这次找你来，是有事要同你商量。"

那苏大学士说完，苏文月立马喜笑颜开了，她赶忙走上前看着他问道："干爹，那你来此处找我到底是为了什么？"

那苏文月问完，苏大学士赶忙笑着看着她说道："当然是你的婚事了，这么久了，竟然一个靠谱的人都找不到，我着实是太着急了，而你已经回来多日，又不肯见我，今日我只能亲自来见你了，同你聊一聊这件事。"

本以为苏大学士会说出什么好话，然而却说出了这一番话，这番话彻底将苏文月打击到了，她千算万算，没有想明白这老师为何会突然如此说，要知道老师以前从来不会这样说。难道他真的是老了吗？

苏文月强忍着心中的愤怒，看着苏大学士笑着说道："没想到父亲竟然要带我去相亲，多谢父亲如此操心我的终身大事，只是不知道父亲物色的人到底是谁呢？"

苏文月说完，只见那苏大学士看着她神秘地笑了笑，然后说道："你觉得那工部主事湛之君如何？我还听说，江南行他是同你们一路的，不知小月同他走了这么久可有产生感情？"

苏大学士说完，苏文月一阵无语，她看着苏大学士赶忙摇着头说道："怎么可能？父亲，你难道说的是湛兄吗？这一路来我都将他当作自己的哥哥，您想想看，我们之间怎么会发生这种事？"

苏文月说完，那苏大学士看着她摇着头说道："我已经同你说了那湛之君的情况，我倒是觉得这个湛大人很不错。”

苏大学士说完，苏文月不知如何是好，赶忙看着他笑着说道：“父亲，我们这是在崇王府，我们先不谈此事了，毕竟这个问题我们还是要从长计议的。”

苏文月一边说，一边扫视了君无咎一眼，谁知君无咎竟然并未看她，她的心中一阵苦涩，其实这一路来她已经一直在克制自己的感情了。她已经告诉自己，对君无咎根本没有任何感觉了，她也以为她做到了，只是不曾想……她还是心痛不已，不过这次她也清楚地认识到了这一问题，便是她永远比不过秀秀。

其余的人她还可能同她比上一比，她甚至有信心自己可以赢，只是现在她知道，同秀秀比，她无论如何都会输，她没办法，比不过一个被在心中美化过无数次的人。

看到苏文月的脸色不对，成杨大致猜到了问题出在了何处，他赶忙走上前，看着苏大学士笑着说道：“大学士，天色已经这么晚了，不如您今晚就别走了，先在这住一晚，我和清悦兄还有许多重要的事同师妹商量，毕竟明日我们一早还要出去探案，现在谈这个不合适。”

那成杨说完，苏文月十分感激地看着他笑了笑，而成杨如此说，那苏大学士也不好再开口，只是笑着点点头，看着他们说道：“好好好！我也不在这里烦你们了，只是小月你要将我的话放在心上啊，过几日，便将那湛之君叫来府中，我要看看他如何。”

苏大学士一边说，一边转回了屋内就寝了。苏文月气得直跳脚，他不知道父亲是如何得知湛之君的，而又为何一定要撮合他们俩，而且成杨听到这件事都觉得莫名其妙，不过君无咎倒是没有什么反应，十分冷静地看着他们。

经过此事，苏文月发现自己的心真的已经彻底地凉下来了，她对君无咎再也没有那一片热血了，因为她懂，有热血又如何，不过是一腔孤勇罢了，她苏文月从来不会做如此傻的事的。她想她是时候该放过自己了，趁陷得还不深。

成杨拍了拍苏文月的肩膀，多少给她一点安慰，夹在他们二人之间，他也不知该如何是好。

“怎么样？你们可查出什么线索？那安王的尸体和安王府可有什么诡异之处？”苏文月率先开口，打破了沉默，她已经完全控制好了自己的情绪，于她来说，自己已经心如止水了。

苏文月问完，成杨赶忙看着她，将今天他们所查到的一切一五一十地说了出来，着重地讲述了在安王府中发生的事情和安王妃遇刺的事情。

听完这些，苏文月思考了一会后看着他们说道：“你们说，这刺客会不会是带你们二人去那凝兰别院的人啊？”

苏文月说完，君无咎摇了摇头，同她说出了自己的推测，而成杨也比较赞成君无咎现在的推测。苏文月叹口气，看着他们继续说道：“如果真如你们所说，这安王府着实藏有太多不可告人的秘密。”

苏文月说完，成杨和君无咎都点了点头，然后他们看着苏文月问道：“那你呢？在锦绣馆可有查到些什么？可是遇到了什么危险，竟然在那里待了这么久？”

他们说完，苏文月想了想，然后才抬起头看着他们继续说道：“别担心，并没有遇到什么危险，只是我潜进去调查时，被人发现了，便被馆主请去喝茶，一直聊到现在，才放我回来。”

“被发现？以师妹的身手，竟然也被发现了！”成杨难以置信地看着苏文月说道。

毕竟苏文月的身手，就算在京城中也是数一数二的，那锦绣馆在成杨心中一直只是一个绣馆罢了，不曾想，竟然有高手侍奉在里面。

“不错，就是被发现了！”苏文月无奈地笑着点点头，看着他们继续说道，“而且，你可知这拦下我的人是谁？”

“是谁？”成杨和君无咎一同问道，他们看苏文月那表情，便知道拦下她的人肯定不一般，不然苏文月不会一直苦笑。

果然苏文月叹了一口气，看着成杨深吸了一口气，继续说道：“拦下我的人是……是十五。”

苏文月的这句话，好似晴天霹雳，成杨当场便质疑地看着苏文月说道：“不可能，师妹，你不要逗了，你这不是在这里编故事吗？十五不是去世了吗？早在客栈时便是已经确定了的事，还是你亲口同我说的啊？”

成杨说这话时，表情十分的微妙，看起来有些痛苦，他仿佛想否认苏文月的话，但心中其实知道苏文月不会骗他，而且他不确定自己到底想不想否定苏文月这句话，其实在内心深处，他还是希望十五活着，而且最好不要经受那凌迟的酷刑。

成杨说完，君无咎也十分疑惑地看着苏文月说道：“对啊，我记得十五的身手并没有你好啊，怎么可能会发现你呢？”

君无咎说完，苏文月摇了摇头，有些怜悯地看着成杨继续说道：“师兄，你别这样，你知道我不会骗你的，我有预感，现在已经到了事情的末端，我们要有能接受一切的心理打算，你这样受情绪影响，对你对我们大家都不好。”

苏文月说这话时，脸色惨白，看起来十分的不舒服，她再度深吸了一口气看着君无咎说道：“是啊，那只是从前，现在的十五身手远远超过了我，我想以他现在的身手应该比师兄和君公子还要好了吧！”

苏文月此话一出口，君无咎便察觉出了不对，他看着她缓缓地吐出一口气，继续说道：“如此身手，肯定非一朝一夕能练成，如此看来，这十五的身手想来早就非同凡响了。”

君无咎说完，苏文月点点头，没有说话，而成杨的脸色青一阵白一阵，他苦涩地笑了笑，然后看着苏文月和君无咎再度说道：“如此看来，这十五是早就安插在我身边的人是吗？”

成杨说完这句话，便将头低下了，君无咎轻轻地拍了拍他的肩膀，而苏文月也只是叹口气，便没有说话。

良久，成杨抬起头，看着他们笑了笑，然后继续说道：“别担心我，我没事的，我只是觉得这一切发生得太突然了，这样不是更好吗？

这几天一直忙，我还在想什么时候，将十五的牌位送到寺庙中去，如此看来倒是不用跑这一趟了。”

成杨一边说，一边像想起了什么似的，赶忙回到自己的房间，将那个牌位取了出来，然后看着君无咎和苏文月继续说道：“既然十五活着，那这牌位便也不能留了，这不和咒人家一样吗？这可不行，得速速将这牌位上的字刮掉，然后将这牌位处理掉。”

看到成杨如此，君无咎站了起来，拉住成杨，安慰地说道：“翰飞，不急于这一时，我们明日再弄便可，真的不急，我们坐下来好好谈谈，正如苏大人所说，这一路走来我们早已经经历了种种磨难，现在已经到了最重要的关头，我们绝对不能再出什么差错。”

君无咎说完，成杨感觉自己浑身的力气都被抽掉了，成杨一直觉得自己是一个十分洒脱的人，在面对老师，在面对皇上，面对一切的一切，曾经他都觉得自己可以应对自如，他觉得自己从小便生于皇家。

皇家一切卑劣的手段，他早已经见识过了，他不在意，也根本无所谓，谁会讨好他，谁又会对他怎么样，他觉得自己见识过人性最丑陋的一面，父子相争，兄弟相杀，他觉得发生什么他都可以一笑置之。

现在他才懂得，他心中所想的这一切都不过是曾经罢了。原来这种事情，真正放到自己身上时，他才知道有多痛苦，才知道被人背叛的滋味，有多么的让人难以接受，因为是人便会有弱点，是人便会去信任一个人，而你若信错了人，你将付出代价，轻一点的代价，就如同现在的成杨，伤心不已，而最惨痛的代价便是你有可能为此付出性命。

当然对于某些人来说，这两种代价的惨痛程度是要调换过来的，毕竟在他的心里，情谊往往是重过性命的东西，而这种性格的典型代表，便是成杨了。

成杨手足无措地立在那里良久，终于下定了决心似的看着苏文月再度强调了一遍，这次他笑着看着苏文月说道：“其实，人没事就好。这种时候我又有什么资格去要求别人呢？毕竟人各为其主，既然我曾经真心待过他，那他没有因我而死，我心中便也算放下一桩心事。”

成杨说完，君无咎和苏文月都点了点头，夜晚的风轻轻地从他们身边吹过，让他们莫名打了一个冷战，苏文月默默地看了成杨一眼，果然他也打了个冷战。

苏文月笑了笑，突然有一种冲动，她像小时候一样，可怜兮兮地看着成杨说道："师兄，我冷！"

成杨看到了苏文月可怜的模样，便知道她在想什么。

小时候她经常淘气，便会被大学士罚跪，冬日时分他总是不忍心看她独自一人跪在祠堂，便经常偷偷跳到苏府来陪她，那时她每每说冷，成杨便会抱住她。

只不过长大之后他们便再没有如此亲密过了。成杨知道苏文月今日之所以会仿效小时候的样子向他撒娇，其实是为了给他一些安慰罢了。

成杨走上前，给她一个大大的拥抱，苏文月也轻轻地拍了拍成杨的后背，苏文月将头埋到了成杨的肩膀上，整个人都觉得无比的温暖，今夜她和成杨都是伤心人。

君无咎坐在外面眯着眼远远地看着这一幕，心中也觉得无比的温暖，他笑了笑没有说话，只是静静地看着他们，莫名也觉得在寒风中暖了许多。

良久，苏文月放开了成杨，她抬起头，看着成杨笑着说道："师兄，你真的是太像大黄了，总是那么暖。"

君无咎不懂地看着成杨笑着问道："大黄是谁？"

成杨黑着脸，看着他们笑着说道："这个小妮子，是在损我呢！大黄是她养的一条狗，小时候养的，有一阵她同我闹脾气，便不认我做师兄了，而是认那个大黄做师兄，后来我们和好后，她喊了我好一阵的大黄。只是好久她都没有这样叫过了。"

成杨说完，君无咎被逗得直乐，看着他说道："大黄，莫名的我已经想到了那只狗的神态了，总是想着可能翰飞跟它还是比较神似的。"

君无咎说完，苏文月捧腹大笑。

成杨气鼓鼓地上来想要打她，苏文月笑作一团地躲着，君无咎看着

他们，心渐渐安稳下来，他突然觉得就这样没什么不好的。

最后还是她打断他们，看着他们笑着说道："别闹了，一会儿天就该亮了，我们还有好多事没说，好多计划没做，咱们再来商议一下吧，明日我同你们一起去，毕竟我已经被发现了，再去那锦绣馆着实有些不方便。"

苏文月的声音将成杨和君无咎叫停了下来，成杨这才缓过神来，看着苏文月继续问道："对了师妹，方才被十五的事吸引了注意力，一直忘了问你，馆主见你了吗？还将你扣留到现在，到底是怎么回事？"

成杨问完这句话，君无咎也终于松了一口气。

其实方才他便想问这件事了，可是成杨一直沉浸在十五的事情中，他也不便立马再提到锦绣馆，而此时成杨自己提起这件事，说明他内心应该已经释然许多了，既然如此，他便也不用再顾忌伤害到他了。毕竟现在他们需要一同打起精神，来面对越来越严峻的一切。

苏文月同君无咎一样，方才一直不便提在锦绣馆的一切，现在成杨来问她，她才放下心，看着他继续说道："其实我也没有看到那馆主的真容，我只是隐约地看到她是个女子罢了！"

苏文月说完，成杨若有所思地点点头，不知在想什么。

苏文月见成杨良久不说话，赶忙走上前看着他问道："师兄在想什么？怎么一直都不说话？"

成杨抬起头，看着她说道："我在想那锦绣馆的女子。"

"那女子？难道师兄知道那女子是什么人？"苏文月疑惑地看着他问道。

成杨点点头，欲言又止，他也不是十分的确定，毕竟从未有人真的见过那锦绣馆的馆主，其实一切都是坊间流传，成杨唯一知道的确切消息便是那锦绣馆是当今皇后的亲妹妹建的。

成杨想了想，最终抬起头看着苏文月说道："我想，你应该是遇到了当今皇后的妹妹——弗香夫人了。"

"弗香夫人？就是那个传说中极为神秘的女人？不是说她已经死了

吗？说她当初建立这锦绣馆没多久便去世了啊！”

苏文月说完，君无咎也点了点头，看着他们继续说道：“没错，当初不还举行了国葬吗？怎么翰飞会说那女子便是弗香夫人呢？”

君无咎说完，成杨摇了摇头，看着他们继续说道：“其实这算是一件宫闱秘事了。”成杨话说到一半，突然想到了什么，他再度抬起头，看着苏文月说道，“对了，师妹，你说那人留你喝茶，可同你说了些什么？”

苏文月仔细地想了想，然后看着他摇摇头，继续说道：“她倒是没同我说些什么，我只是感觉她仔细地打量了我一番，然后静静地说了一句，不错，你们竟查到了我这里。之后无论我说什么她都不理我，直到这深夜，她将我放了出来。”

苏文月说完，皱着眉仔细地想着，生怕自己遗漏了什么细节，突然她想到了什么一样，再度看着成杨开口说道：“对了，我想起来了，她同我说，一转眼你和成杨都长这么大了。当时她的声音极小，我都不太确定我听到的到底是不是这么一句话，不过我现在仔细想来，就是这句话，没错！”

苏文月说完，成杨想了想，然后点点头，看着她继续说道：“没错，如果她真的说了此话，那她必然是弗香夫人没错了！”

“此话如何说？”君无咎看着成杨，不解地问道。

成杨想了想，向君无咎和苏文月解释道：“那弗香夫人见过小时候的小月和我。确切地说，小月便是她交由苏大学士抚养的。”

“师兄，你是说我是被她交由苏大学士抚养的？你是如何得知的？如此说来，她定然知道我的生父生母是谁了，对不对？”苏文月十分焦急地看着成杨说道，虽然这些年，苏文月一直没提过找寻亲生父母的事，可是在她心中，这一直是她的一个遗憾，其实她从未放弃过寻找自己的生父生母。

苏文月说完，成杨看着她缓缓地说道：“师妹，你先别急，听我慢慢说，其实这事我也是听母妃提起的，小时她曾同这弗香夫人一同长大，关系十分好，只是后来发生了一些变故。”

“到底发生了什么变故，会让皇家将一个人的痕迹抹去？竟然向天下人宣告她已经去世了，当初宣布她逝世时我就有过不解，这弗香夫人不过是皇后的妹妹而已，并没官封在身，为何会举行国葬？如今听到翰飞说她没死，也着实是吃了一惊。”君无咎一边说，一边看着成杨。

确实如此，当年他便对这个弗香夫人十分的好奇，如今是更加感兴趣了。

听到君无咎如此说，成杨点了点头，看着他说道：“确实，弗香夫人当初举行国葬，是十分不符合礼仪的，但这一切都被皇上找借口搪塞过去了。皇上登基的第三年，除夕夜宴上，弗香夫人曾以身犯险，为皇上挡了一箭，救驾有功，但是她自己却死在那场夜宴上，皇上以救驾为名，为她举行了国葬。”

成杨一边说，一边看了看君无咎和苏文月疑惑的眼神，看着他们笑了笑，再度说道：“其实，除夕那夜弗香夫人并没有死，她虽然身中剧毒，但太医院上下合力将她救了下来，可是事后皇上却向外部宣布了弗香夫人死亡的消息，那批太医院的人也都消失了。”

“那皇上为何要如此？为何要在世间抹去弗香夫人的一切？”苏文月听到这里，反倒越听越糊涂了，她不知道这里面到底隐藏了什么样的秘密，以至于皇上竟然如此做。

苏文月问完，成杨也摇了摇头，看着她继续说道：“这我便也不清楚了，方才的那些事，我还是听母妃提起过，那是宫闱秘事，母妃本来也是不知道的，只是有一日那弗香夫人不知道遭遇了什么麻烦，竟然易容来到了府中，来寻母妃，母妃也是那时才知道她并没有死的消息，但问她为何会如此，她却只字不提。”

成杨说完，苏文月点了点头，看着成杨和君无咎再度说道：“这弗香夫人倒是身上处处藏着疑点啊，她可真是个神秘的女人，而且我一直也想不通，她为何会将我留在锦绣馆，一直留到那么晚？”

“是啊，我也在疑惑此事，她到底出于什么目的将你留在那里呢？

她什么都没有同你说，只是让你静静地坐在那里吗？”君无咎听苏文月说完，也十分不解地看着她说道。

苏文月点点头，又想了许久，然后再度摇了摇头，看着他继续说道：“是啊，除了我方才同你们说的那些话以外，她真的再没同我说过些什么了，只是静静地坐在那里，让我陪她喝茶，她将我扣在那里，一直也未同我说话，隔着帘子，我也看不到她的表情，不知道她到底在想些什么。”

苏文月说完，成杨和君无咎都再度点了点头，没有说话，他们都相信苏文月的话，只是这弗香夫人此举真的是说不出的怪异，果然她同她的流言蜚语一样，让人觉得神秘。

成杨想了许久，最后点了点头，看着苏文月和君无咎继续说道：“既然如此，那我们明日若是有时间，便去会会这弗香夫人。”

成杨说完，苏文月和君无咎都点了点头。

“既然如此，我们便回去休息一会吧，没多久天便要亮了，想来又是忙碌的一天。”成杨一边说，一边伸了伸懒腰，苏文月点点头，也打了一个哈欠，看着他们说道：“是啊，我在那里坐了一天半宿，动都不让动，着实是累死了。起初我还以为要将性命交代在那里了，那时还想着怎么留下些线索给你们呢！”

苏文月说完，成杨笑着看着她，揉了揉她的头继续说道：“不要胡乱说这些胡话，师兄在一定不会让你出事的，快去睡吧！”

成杨说完，苏文月感动地点了点头，正要离开时，站在一旁的君无咎犹豫不决地将他们叫住了，他看着他们有些犹豫地说道：“那个……翰飞，其实我想听听更多关于弗香夫人的事，不过若是你们很累的话，那我们明日再谈也可以。”

君无咎不知为何，着实对这个弗香夫人上了心，他总觉得这个弗香夫人可能在整件事情中，会起到一个十分重要的作用，所以他才会在此时打断成杨和苏文月去休息的计划，谈到此事。

成杨和苏文月笑了笑，停住脚步，苏文月想了想，也看着成杨继续说道："其实说实话，我也有些好奇，不如师兄现在便同我们谈一谈那弗香夫人吧！"

苏文月和君无咎都开口同他说，成杨笑着点点头，同他们说道："你们可真是精神，熬了这么久都没有困意，好吧，那我便大致地同你们讲一下这弗香夫人。讲完大家都必须去休息了，毕竟明日我们还要折腾一整天，我怕你们身体会吃不消的。"

成杨说完，苏文月和君无咎赞同地点点头，摆出了一副期待听书的架势看着成杨。

成杨忍住笑意，看着他们缓缓道来："其实大家都知道，这皇后和弗香夫人都是本朝最大的世族宋家的女儿，这宋家曾经世代为官，而且家中的人每每入仕就没有低于四品官员的位置，最甚者官至宰相，一直是我朝的第一世族，势力雄厚，可想而知，而皇后和弗香夫人都是宋家的嫡女，身份十分的尊贵。"

成杨说完，君无咎点点头，看着成杨继续说道："这宋家我倒是听说过，之前一直是我朝的第一世族，就连皇上都要对宋家的族长礼让三分，只是当今皇上登基没多久后，那宋家族长便辞了宰相一职，回家安享晚年了啊！"

君无咎说完，成杨笑着摇摇头，看着君无咎说道："哪有安享晚年那么简单，宋家族长辞官之后，宋家分支在朝堂和地方的为官者都陆续辞官，退出了朝堂，可以说整个宋家渐渐地都脱离了朝堂，要知道当初皇上能够登基，和这宋家的支持不无关系，他们本可以如日中天，让家族更进一层，不曾想竟都退出了朝堂。"

成杨说完，君无咎点了点头，看着成杨继续说道："没错，这件事我也有所耳闻，听说这宋家现在转仕为商了，只是这件事同弗香夫人有何关系呢？"

君无咎问完，苏文月也点了点头，若有所思地看着他们说道："其实这宋家此举也并不是十分的难理解，要知道狡兔死，走狗烹，宋家的人之所以能够世世代代将家族打理得如此的好，便是他们能够认清局势，他们心中很清楚，他们若是再不退出朝堂，他们便会出错，而且很有可能是大错。”

苏文月说到一半，深吸一口气，缓了缓，然后看着他们继续说道：“皇上登基后，一直担心世家大族和异姓王会对他的皇位造成威胁，所以几次通过各种手段来削弱他们的势力，一直留在朝中的世家大族和异姓王都损失了不少，实力也没有以往雄厚，而且就算留在朝中为官，很多也都是被架空了的一个职位，根本没有什么用，还不如宋家全部退出了朝堂，规避了风险。”

苏文月说完，君无咎点了点头，看着成杨和她再度说道：“苏大人说得没错，方才我也在想一个事，便是当朝皇后的事，苏大人和翰飞都说这宋家已经陆续退出了朝堂，那他们在朝中的势力想必已经大不如从前了，那皇上为何还会选这宋家的女子为皇后？毕竟皇后之位也是为了平衡朝中势力的一种手段，皇上为何不选别的世族的女子？”

君无咎说完，苏文月摇摇头，看着君无咎笑着说道：“君公子啊，君公子，虽然你擅长推理、断案，但是这皇家之事，你还真是懂得少之又少啊！”

苏文月笑着说完，成杨摇了摇头，看着她继续说道：“清悦兄那是有才华，只是不屑陷于这些尔虞我诈的权谋之中罢了！”

成杨说完，苏文月点点头，看着他笑着说道：“好好好，我又没说他这一点不好，我的成大公子，你快快解释吧，不要同我浪费口舌啦！”

成杨笑着点点头，然后看着君无咎再度说道：“其实清悦兄这件事也算问到点子上了，毕竟回答这个问题，便牵扯到弗香夫人了，不过我还是先回答你为何会选宋家女儿做皇后这件事。”

成杨说到这里顿了一下，然后看着君无咎继续说道：“其实娶宋家女儿做皇后是最好不过的选择了，宋家的势力盘根错节，虽然他们已经退出了朝堂，但是他们的影响力还是十分的大的，但是他们已经在明面上做足了样子，为人做事又十分谨慎，皇上抓不到他们的把柄，便无从削弱他们的势力。”

“既然如此，娶了宋家的女儿为皇后，一方面，是皇上牵制宋家的一个手段，另一方面，便也算是得到了宋家的支持，如此能够更佳地巩固他的皇位。再说了，宋家没有势力在朝堂之中，那皇后干政的可能性便更小了，如此皇上便也更加放心了。”成杨说完，君无咎若有所思地点了点头，这成杨解释一番，他才懂得这其中的复杂，成杨若是不同他解释，他还真是想不到这么多。

看到君无咎一直在想这个问题，成杨再度开口说道：“不过说出来你们可能不信，皇上能够娶宋家女儿为皇后，很可能并不是出于政治目的，而是出于一片真心，听闻当初皇上是真心喜爱弗香夫人，对她一见钟情，在还未将她娶回来做皇后时，便已经封了她弗香夫人这个名号，只是不知为何最终却娶了当今皇后，而且也不知为何皇上会抹去她的存在。不过这一切都是个谜了。”

成杨说完，君无咎和苏文月这才反应过来，为何大家都传这弗香夫人十分神秘，现在听成杨如此说她的身世，他们也觉得惊叹不已，而且这女子如今还开起了锦绣馆，真是不知道这女子身上到底还有哪些秘密。

说完这些，成杨看了看远方，伸了个懒腰，看着他们说道：“不行了，这天都快亮了，我要赶快去睡了，实在困死了，怎么说我都要睡够一个时辰，一个时辰之后再叫我啊！”

成杨一边揉眼睛，一边转身往回走，苏文月见成杨离开，她也转过头，看着君无咎说道：“我也受不了了，我要回去了，我也是最起码要睡足一个时辰。君公子一会儿记得叫我和师兄。”说完也一边伸着懒腰，一边离开。

君无咎本来是不困的，但是看到成杨和苏文月接连如此，他便也有些困了，他赶忙起身，活动活动筋骨，最终挡不住睡意，最终还是决定回去睡一会儿，打算一个时辰后再来叫成杨和苏文月他们。

果然，君无咎的头一沾到枕头上便彻底地熟睡了过去，不知过去了多久，君无咎听到了一阵吵闹声，他赶忙起身，发现天已经大亮了。

他赶忙走出来查看，发现原来是湛之君来了，而且被苏大学士牢牢抓住，也不知是在做些什么。

崇王妃听闻此事也赶忙过来劝说，君无咎赶过来时，苏文月和成杨也刚刚才醒，想来应该也是被吵闹声吵醒的，成杨走出来本来睡眼惺忪，看到苏大学士抓着湛之君吓了一跳，他赶忙走了过来，看着苏大学士笑着说道："大学士，您这是？"

苏大学士笑着看着成杨，摇了摇头，说道："没有什么，我就是想同湛大人聊聊罢了！"

成杨见到这一幕是十分的震惊，更别提苏文月了，她伸着懒腰走出来时，看到这一幕整个人震惊得都说不出话来。

接着她赶忙往里面跑，想要离开，却已经迟了，她已经被苏大学士发现了。

苏大学士笑着叫住她："小月，你想去哪？还不快过来！"

苏文月只好笑着转过身，乖巧地走了过来。

崇王妃看到这一幕，也是一头雾水，她看着君无咎和成杨不解地说道："这到底是怎么回事？大学士，不如我们先进去聊。"

崇王妃这么说，苏大学士只好点点头，同崇王妃走到了正厅，成杨、君无咎、苏文月和湛之君只好跟在他们二人身后，一同走了进来。苏文月一边走一边冲成杨使了一个眼色，想让成杨帮助她脱身。成杨小心地摇了摇头，告诉她他也没有办法。果然，进入正堂后，崇王妃问苏大学士怎么了。

苏大学士笑着同崇王妃说道："崇王妃不要担心，我并没有怎么样，我不过是想同湛大人谈一些比较私人的问题。"

"父亲！"苏文月有些尴尬地看着苏大学士说道，"父亲，我们不要在崇王府谈这件事可以吗？我们……我们日后再谈这件事。今日我和师兄、君公子还有很重要的事要处理。"

苏文月说完，苏大学士笑着看着他们说道："哎呀，我就问一句，不耽误你们什么事的，对啦，你是湛之君是吗？”

“正是在下！”湛之君赶忙看着苏大学士回答道。

苏大学士点点头，看着他笑着问道：“老朽问一个比较私人的问题，还请你不要介意。”

苏大学士说完，湛之君赶忙点点头，看着他说道：“大学士请问！”

“敢问湛大人可已经婚配了？”苏大学士问完，苏文月的脸瞬间涨得通红，她咬着牙，努力地忍住了心中的尴尬。

湛之君突然被人如此问，也有些尴尬，他低着头，说道：“曾娶过一房妻子，不幸两年后便生病去世了。”

说完这话，湛之君的神色有些暗淡，苏大学士听到如此，赶忙看着他继续说道：“着实抱歉，又让你想起那伤心事。”

湛之君摇摇头，看着苏大学士说道：“没事。”

湛之君说完这句，苏大学士笑着看着他问道：“那湛大人可有要再娶妻的打算呢？你觉得……觉得……我们家小月如何？”

苏大学士说完这句话，苏文月的眼泪都急得快要掉下来了，她想发火，但看看崇王妃等人，只能继续隐忍。

湛之君听到苏大学士如此说，笑得有些勉强，不知该如何是好。

他扫了苏文月一眼，然后看着苏大学士说道：“其实，大学士这件事不必问下官，下官心中清楚，在下这种条件，实在是配不上苏大人的。”

“哎！湛大人你不要如此妄自菲薄，老朽看湛大人就十分不错，为人忠厚老实，又算得上是博学多才……”

“够了！”苏大学士的话还未说完，便被苏文月的话制止住了。

苏文月的声音十分大，将在场的人都吓了一跳，就连苏大学士也不例外。

可苏文月虽然从小顽皮，但是她从未同他这样大声说过话，也从未如此强势地打断过他的话。

“父亲，你的女儿就在这里，你女儿的诉求、你女儿的想法你都打算视而不见吗？在你的眼中你的女儿便这般恨嫁吗？若是我的生父生母在这里，他们绝不会像你这样。”

苏文月如此说完，在场的人都愣住了，尤其是苏大学士，脸色十分的不好看。

他心中清楚，苏文月一直惦记着自己的亲生父母，可是在此之前她从未在他的面前表露出来过，今日说得如此明确，看来是真的伤到她的心了。

然而，听到苏文月如此说，苏大学士又如何不伤心呢？他的表情看起来有些痛苦。

其实来之前他已经做好了同苏文月吵架的打算，只是没有想到这次会搞得如此的僵。

其实苏文月到底出不出嫁，嫁给谁他并不是很在意，只是他自己的女儿他了解，他冥冥之中感受到了这个小妮子对待君无咎的不同，然而他心中却无法接受君无咎，他知道君无咎心中另有他人，长此以往受伤的肯定是苏文月。

而且他知道君无咎现在所做的一切便是要为岳鸿之平反，要知道，这可是一件大事，前路漫漫，不知道会遇到多少危险，他更不能将苏文月交到他的手里。

所以他今日来，亲自在众人面前表露了自己的态度，为的便是让苏文月知难而退，他心中清楚，苏文月可能会怪他，但是他不后悔。

来之前，他曾经调查过湛之君，这孩子家世清白，为人诚恳，他十分喜欢，只是他也并不是真的要将苏文月许配给他，不过是他的一个计谋罢了。

而且他的出发点，只是对苏文月好，没想到这件事竟然引起了苏文月如此大的反感，一时间苏大学士也有些蒙，他突然间不知道自己做的到底是对还是错了。

但他突然意识到苏文月说得也对，一直以来都是他将自己的意愿强加给她，从未想过她到底想要什么。

他看起来有些尴尬，有些局促不安，他起身，颤巍巍地看着崇王妃说道："王妃留步，老朽在贵府已经叨扰了一夜，现在也该离开了。"说罢便起身往外走。

成杨赶忙跟了上来，扶住他，看着他说道："大学士，我来送您吧！"

苏大学士摇了摇头，看着他笑着说道："不用了，我知道你们还有正事要办，不要为我浪费时间了，你们快去吧，崇王府的车会将我送回去的。"

苏文月看着苏大学士的背影，心中十分难过，她也觉得自己方才的话有些过火，很可能会伤了他的心，她踌躇了片刻，终于看着那背影喊道："父亲，我送你回去吧！您一个人走，我不放心。"

苏大学士听到苏文月的声音，停下了脚步，但是他没有回头，只是叹了口气，静静地说道："不用了，小月，你去忙你的吧，为父自己能回。"说罢便离开了。

苏文月听着苏大学士有些哽咽的声音，心中难过至极，她不知道自己该如何做才能弥补方才对父亲说的那两句伤人的话。她心中清楚，伤人的话覆水难收。

苏大学士离开后，崇王妃安慰了几句苏文月，便也离开了。她清楚现在的氛围，她并不适合待在这里。

成杨看了看一直待在角落里的苏文月，叹了口气说道："小月，你还是先回苏府去吧，这里的事，我和清悦兄能够应付得来，我比较担心苏大学士。"

成杨说完，君无咎也走上前来，看着她如此说，然而苏文月思索了一会儿后，看着他们摇了摇头说道："我还是不回去了，现在父亲肯定不想见到我。"

苏文月说完，叹了口气，然后站了起来，看着成杨和君无咎故作镇定地笑着说道："哎呀，没事了，都别担心了，我们今日要去哪里调查？这都日上三竿了，我们赶快出发吧，免得晚了来不及。"

苏文月说完，成杨没有再说什么。他知道现在苏文月已经定了心思，她不好意思再回去见苏大学士，她觉得自己伤了他的心，无论他和君无咎如何劝说，她都不会回去的。

想到这里，成杨转过头，看着一直坐在一旁静默不语的湛之君问道："湛兄今日怎么有空来到我这里？可是有什么事？"

回到京城后，湛之君便被调回了工部，他们也有几日未见了。

湛之君的脸色看起来十分不好，方才苏文月说完话后，他便一直尴尬地坐在那里一言不发，如今成杨同他说话，他才回过神来，看着他苦涩地笑了笑，然后说道："其实我来没有别的事，就是听闻安王府的事十分复杂，怕你们缺人手，想来问问几位大人可有什么需要帮忙的，不承想这一来竟然给几位大人造成了烦恼，属实不该，还望几位大人不要介怀。"

湛之君说完，苏文月的脸色一阵青一阵白，她看着湛之君说道："湛兄，着实对不住你，我不知道我父亲竟会同你说这种事，给你平添了许多困扰，也请你不要介怀。"

苏文月说完，湛之君苦涩地摇了摇头，看着她继续说道："我是无妨的，只是希望苏大人不要介怀此事，不然反倒日后不好相见了。"

苏文月笑着点点头，没有再说什么。而成杨仔细想了一番后，也没有想出最近还有什么棘手的事需要湛之君的帮忙，左思右想后，他笑着摇摇头，同湛之君说道："湛兄，十分感谢你来，但是目前还没有什么事劳烦你，日后若是有什么棘手的问题，成杨定然登门求援。"

成杨说完，湛之君点了点头，没再说什么便同他们告别离开了。

湛之君离开之后，成杨看着君无咎和苏文月问道："饿不饿？我让下人去备早餐。"

成杨问完，苏文月摇摇头，看着他说道："不用准备我那份了，我没什么胃口，吃不下。"

苏文月说完，君无咎也点点头，看着他笑着说道："是啊，别忙了，我也吃不下，没什么胃口。"

听二人如此说，成杨更是没什么胃口，他点点头说道："好吧，既然这样，我们便去大理寺查看安王的尸身吧！"

成杨说完，君无咎和苏文月点了点头，三人便一同走了出去，向大理寺赶去。

成杨等人一到达大理寺，欧阳定贤便亲自跑出来迎接，看到苏文月，他还亲切地看着她说道："小月也来了，昨日没有见到你，还以为你去查别的事了。"

欧阳定贤说完，苏文月没有说话，只是看着他笑着摇摇头，继续说道："昨日有些不舒服，便留在了家中，没有出门，今日特意同师兄和君公子来拜见老师。"

其实苏文月之前，心里一直十分信服她的老师，虽然她曾经也听过许多的流言蜚语，但是她从没将那些话放在心上，总以为是有人在诽谤老师。

而今日则不同了，她通过成杨的讲述，大致已经清楚了老师的为人，她也再不想为他辩护了，毕竟事实都摆在那里。

"老师，请问这次可有安排另一个仵作？"苏文月说完后，成杨看着欧阳定贤问道。

欧阳定贤赶忙点了点头，看着他笑着说道："早安排好了，你昨日说完，我便觉得十分的有道理，今日已经安排了两个，而且还不包括昨日的那个仵作，今日你们便好好查探一下这个安王的尸体吧！"

欧阳定贤说完，成杨点点头，笑着看着他说道："实在是有劳老师了，如此费心地帮我们安排。"

成杨说完，欧阳定贤摇了摇头，看着他们说道："哎！跟老师怎么还如此客气，这一切本就是我应该做的。"

他们一边说，一边一同来到了那个冰窖做成的密室，一进屋众人便觉得寒气逼人，苏文月不禁打了一个冷战。

成杨走在前面没有发现，君无咎赶忙走上前去看着她问道："很冷吗？要不你在外面等我们吧！"

苏文月摇摇头，没有说什么，君无咎说完，成杨才反应过来，看着苏文月冻得瑟瑟发抖，笑着说道："冷吗？衣服拿去给你披啊？"

成杨说完，苏文月也笑着摇摇头，看着他们说道："好了，别把我想得那么弱，我没问题的，你们先忙吧！"

苏文月说完，成杨便转过了头没再看她，他知道自己的这个师妹十分要强，他若是一直叮嘱她，她会不高兴的。

君无咎见成杨如此，也跟着成杨走了过去，继续查看那安王的尸体。这次也是一样，无论欧阳定贤安排了多少个人来查看这安王的尸体，可是他们也都只是不动手在远处看，仿佛只要看，就能看出门道一般。

君无咎着实无语，他看着那几个仵作不悦地说道："怎么？你们验尸的时候就是这样验的吗？手都不带触摸尸体的？你们这样能查到什么？"

君无咎说完，几个仵作面面相觑，谁都不敢动手，而是转过头看向欧阳定贤，那欧阳定贤看到君无咎如此说，赶忙冲上前，看着他们说道："哎呀，这尸体可不能动，这可是安王的尸体，怎么可以随意动呢？"

那欧阳定贤一边说，一边看着尸体带着沉痛地开口说道："我知道你们心里是怎么想的，你们是不是想解剖这安王的尸体？我知道你们着急，但是不行。那安王的尸体可不能随意动得，那霄云太公主也是不会同意的。"

欧阳定贤说完，君无咎等人一时无语，成杨走上前看着欧阳定贤说道："老师，敢问可是皇上亲自下了命令说这安王的尸体不能解剖？"

成杨说完，欧阳定贤的脸上闪过一秒迟疑，不过他瞬间便反应了过来，看着他们笑着说道："哎呀，翰飞啊，你们还是太年轻，一点都不懂得揣摩圣心，这件事就算皇上不下旨，你心中还不清楚该如何处理吗？你觉得皇上会因为此事而同霄云太公主闹僵吗？"

欧阳定贤说完，成杨还真仔细思索了一阵，他心中清楚欧阳定贤说得其实是极为正确的，只要有霄云太公主横在那里，安王的尸体是无论如何动不得的。

不过成杨还是想试探一下欧阳定贤，他看着他颇为强势地说道：“一会我便去宫中请旨，让皇帝同意我们自行处理安王的尸体，我相信皇上为查明真相，定然会秉公办理的。”

成杨说完，果然那欧阳定贤的脸色变黑了，他看着成杨十分严肃地说道：“翰飞，你怎么就不肯听为师一句劝呢？现在你若是进宫请示此事，只是自己去找不愉快罢了，要知道皇上本以为你能够懂他的意思，不曾想你竟然将麻烦事抛给了他，你如此不会为皇上分忧，皇上日后还如何将事情交由你办？”

欧阳定贤说完，成杨低下头，做出了思索的样子。

不过，其实从一开始，他本就没有想去找皇上请旨，他知道皇上是不会下这道旨意的，他如此说，不过是想看看欧阳定贤的态度，果然一试便知。

从前他若是同他说这官场或是朝堂之上的事，总是苦口婆心的，今日直接黑脸，他完全无法掩饰自己的表情，就说明他心中知晓这安王的尸体是有问题的，他一直在想方设法地掩饰此事。

如此便可得出两点结论，其一便是他同安王的死脱离不了关系，其二便是他在帮杀死安王的真凶掩饰此事，这样看来，便可得知，他肯定是知道那个真凶是谁的。

成杨将脑中这些想法仔细过滤之后，看着欧阳定贤笑着点点头，说道：“多谢老师提点，老师若是不说，翰飞还真的没有意识到此事。翰飞谨遵老师教诲，便不去同皇上说此事了。”

成杨如此说完，那欧阳定贤的脸色才有所好转，他笑着拍了拍成杨的肩膀，说道：“这就对了，孺子可教也。”

一直立在一旁的苏文月看到这一幕，十分无奈，其实他们两人之间的博弈谁又看不出呢，而且仔细想来，他们两人自己也是心知肚明，只不过都不好拆穿彼此，借着这虚假的情谊来探对方的虚实。

就在成杨在明里暗里同那欧阳定贤较劲时，君无咎已经被安王的尸体吸引去了全部的注意力。

君无咎仔细地观察这安王的尸身，发现昨日他发现有黑点的地方，有的几乎已经看不到黑点了，不过，那头皮上还留下了几个，可若是不仔细看，也是绝不可能发现的。

君无咎装作不经意地看了看那尸体上的黑点，并没有让人看到他已经发现了这些东西，尤其是躲开了欧阳定贤的目光。

他又看着那安王的手指和脚趾，君无咎暗自皱眉，这手指和脚趾已经被处理得十分干净了，同昨日相比这尸身更加毫无漏洞可言。

君无咎看着那尸体，又扫了那欧阳定贤一眼，心中烦闷不已，想来这尸体昨日又被处理过了。

看来这欧阳定贤真是小心到一定的程度了，他要掩盖的真相一定很大，所以愈发担心被他们察觉，才临时又将这尸体仔细地处理了一遍。

一想到此事，君无咎就十分懊恼，他怪自己昨日没有更加仔细地将安王的尸体查探一番，怕是错过一些重要的细节或者线索。

看到君无咎一直在那里研究安王的尸体，欧阳定贤心中也有些不安，他看着君无咎笑眯眯地说道：“君公子啊，我瞧着你在那里看了那么许久，莫非你是懂医？”

欧阳定贤说完，君无咎摇了摇头，不过欧阳定贤却笑着说道：“君大人怎么如此谦虚啊？本官听闻，之前那滁州百姓的瘟疫可还是你治好的呢！”

欧阳定贤如此说完，君无咎和成杨的脸都黑了，他十分警惕地看着欧阳定贤问道：“哦？不知欧阳大人是如何得知此事的呢？”

君无咎的心中十分的复杂和愤怒。他想定然是孙主簿同他暗中通的消息，才让他得知了这一切，而昨日自己和成杨的否认好像成了一个笑话。而且如此看来，方清的性命很有可能都是他间接害死的。看到君无咎如此紧张，欧阳定贤十分开心，他觉得自己方才从成杨那里输的，在这里已经扳回了一局。

欧阳定贤笑着看着君无咎说道："哎呀，君公子如何这种表情看着本官，君公子在滁州的事迹早就传到了京城来了，本官又怎么可能不知道呢？"

欧阳定贤说完，君无咎才渐渐冷静下来，他知道自己方才有些失态了。

不过这欧阳定贤也着实沉得住气，还十分的巧言令色，君无咎心中清楚，他之所以能够得知此事定然有孙主簿暗中相告的成分，如今却能推得一干二净，着实是高明。

想到这里，君无咎总算想明白了，这欧阳定贤为何会急匆匆地再度处理安王的尸体，原来怕的便是他会发现什么。

"其实不瞒欧阳大人，下官着实不懂什么医术，只会行针之术罢了，当初在滁州之所以能将那百姓诊治好，全都是依附于另一位名医，若不是他调的解药，我无论如何也不可能救治成功的，只是那名医为此付出了生命，这名声竟然全都落在了下官的身上，清悦着实是不敢当。"君无咎一边看着那欧阳定贤，一边笑着说道。

然后他转身缓缓走到了成杨的身边，仿佛自己并没有发现什么。

成杨看君无咎如此说也笑着点点头，看着君无咎说道："清悦兄，你也不要妄自菲薄了，你的行针之术如此高超，还这般谦虚着实让人受不了。"

成杨说完，君无咎赶忙看着成杨笑着回答道："成大人过奖了，不过是小小行针之术，其实只是皮毛，和医者相差甚远，不敢相提并论罢了。"

君无咎和成杨两人在欧阳定贤的面前互相寒暄，苏文月看着着实是无语，不过她心中清楚，他们二人不过是在演戏给那欧阳定贤看罢了。

欧阳定贤也笑着看着成杨和君无咎，不知道心中到底在想些什么，等了良久，他看着他们继续说道："好了，咱们还是快办正事吧，快让这几个仵作再来查查这安王的尸体吧！"

那欧阳定贤说完，成杨向君无咎使了一个眼色，他们二人默契地看着欧阳定贤点点头，没有再说什么，而是跟着他一同走到了那安王的尸体前。

欧阳定贤假意扫了扫安王的尸体，然后看着那几个仵作继续说道：“今日安排你们几个来查看安王的尸体，便是看中了你们的能力，知道你们平日里都是有些真本事的，这次安王的验尸有些特殊，只可远观，不可接触，你们看看，可有什么发现？”

欧阳定贤说完，成杨、君无咎和苏文月则饶有兴致地看着欧阳定贤和那几个仵作，他们心中几乎都确定了那几人要说什么了。

果不其然，那几人看着欧阳定贤和成杨等人说道：“从安王的面部特征来看，这安王很有可能是死于惊吓过度，导致心或内脏出了问题。你看他脸色青白，嘴唇乌黑，这是很明显的表现。”

那几个仵作说完，君无咎和成杨一时着实无语，而苏文月则走上前，看着他们疑惑地问道：“你们确定这不是因为在这冰窖冻的吗？”

苏文月说完，那几个仵作瞬间脸色变得铁青，他们看着她干笑了两声，然后继续说道：“怎么可能是冻的呢？这安王死后，血液早就不流通了，身体状态就维持成死时的模样，又怎么会有变化呢？”

那几个仵作说这话时，一副义正词严的样子，苏文月见状知道再多说也没有什么用，于是住了口。

而成杨和君无咎已经对他们见怪不怪了，毕竟昨日他们已经经历过了一次，昨日成杨批评的那个小仵作说的也是今日这套说辞。想来他们早已经计划好了一切，他们注定是在这安王的尸体中再得不到什么有用的线索了。

想到这里，君无咎无声地叹息，成杨察觉到了他的失落，轻轻地拍了拍他的肩膀，然后看着他和苏文月继续说道：“既然如此，清悦兄，师妹，不如我们先离开吧，想来这安王也是如这群仵作所说，死因很简单。”

成杨一边说着，又一边将头转向了苏文月，他看着她继续说道：“我们离开吧，既然几个仵作都如此说，看来安王的死已经没有什么可疑之处了，我们再去调查些别的线索吧！”

成杨说完，君无咎和苏文月赶忙点了点头，跟在他的身后，打算同他一起离开。

谁知欧阳定贤却走过来将他们拦住，看着他们说道：“既然如此，还要查什么呢？不如就此定案吧！”

欧阳定贤说完，成杨一脸疑惑地看着他说道：“定案？老师说什么定案？”

成杨问完之后，那欧阳定贤看着他说道：“既然方才你们已经认定了，这安王的死因同那些仵作所说的一样，那这样看来，安王的死应该也没有什么可疑惑的地方了，为何还不速速结案呢？”

欧阳定贤说完，成杨看着他说道：“老师此言差矣，这安王的死因虽然大致已经确定了，但是还有许多疑点没有查明啊，老师身为大理寺卿，肯定清楚真相的重要性，所以怎么能够如此胡乱地断案呢？”

成杨说完，欧阳定贤有些无可奈何，却不好再说什么。

而且成杨则看着君无咎和苏文月说道：“清悦兄，师妹，咱们走吧，咱们趁早赶去安王府吧，昨日安王妃遇刺了，今日我们快点赶早去拜访她吧。”

成杨说完，君无咎和苏文月点点头，便跟着他一同往外走，欧阳定贤不知再同他们说些什么，只好笑着将他们送出了大理寺，叮嘱了几句，便回去了。

君无咎、成杨和苏文月一路赶到了安王府，来拜访那安王妃，起初安王府的张管家看着他们到来，赶忙迎着走了上去，看着他们说道：“几位大人，可是来拜访王妃的？”

张管家说完，成杨点点头，看着他继续说道：“正是，我们今日正是来拜访安王妃的，昨日王妃遇袭，我们一直担心，无奈昨日王妃身体不适，所以今日便再来拜访。”

成杨说完，那张管家为难地看着他，想了想，然后才继续说道：“几位大人，着实是抱歉，王妃今日还是身体不适，不能见客。”

那张管家说完，成杨同苏文月和君无咎对视了一眼，然后思索了一会儿后，成杨正色地看着张管家继续说道："既然如此，那本官只好暂缓来看安王妃的计划了。"

成杨说完这话，转过头，看着君无咎和苏文月继续说道："清悦兄，师妹，那我们便进入正题吧，去调查一下安王的事。"

说罢，成杨便带着君无咎和苏文月往安王府里面走，谁知却被那张管家拦了下来，他看着成杨等人为难地说道："几位大人，你们不要在这里为难我。王妃说了，这几日王府闭门不见客。"

那张管家说完，成杨冷笑地看着他继续说道："还要我把话说得更清楚一些吗？安王妃闭门谢客，可以啊，我们决不会惊扰到她，但是这安王府本官也是一定要进的，毕竟本官奉皇上的命令来调查这安王的案子，安王府如何要阻拦本官进去？"

成杨说完，那张管家着实犹豫不决，他看着成杨等人有些惶恐地继续说道："还请几位大人在这里稍微等等，小的这就去请示王妃的意思，委屈几位大人了。"

成杨本来想直接闯进去的，但是看这管家态度还算不错，于是觉得还是先等在这里比较妥当，而且这安王府里面谜团重重，还是不要打草惊蛇的好。

就这样，成杨等人在那安王府门口等了大约一刻钟，那张管家便匆匆忙忙地跑回了，看着他们说道："几位大人，快快请进吧，王妃本来说是谁都不见的，但是听闻是成大人前来，便赶忙让小的请您进去，还将小的训斥了一顿，责怪我怠慢了几位大人。"

那张管家说完，苏文月和君无咎无奈地相视了一眼，这种冠冕堂皇的话，着实令人唏嘘，而且这张管家的态度，前后转变得这么快，其实不过是因为方才那成杨将皇上的旨意搬出来了罢了。

虽然皇上在安王的尸体问题上不好开口，但是处理安王的疑案方面，皇上可是绝对有话语权的，他只需一句为告慰安王的在天之灵，便可以堵住安王府中一切人的说辞。

毕竟表面上大家都是要为安王好，要将安王放在第一位的，如此一来这安王府就算不想见到成杨等人，他都必须将他们放进来。

君无咎和苏文月跟在成杨的身后，一路来到了安王妃的屋内，成杨和君无咎本以为那安王妃不过是找借口不想见他们，怕他们提及昨日刺客的事，谁知那安王妃的脸色惨白非常，她静静地卧在床上，看着成杨和君无咎十分没有精神地说道："着实是怠慢几位大人了，只是今日身体着实抱恙，还望几位大人不要见怪。"

成杨看着安王妃眼睛下的瘀黑，心中十分不解。

看来这安王妃昨夜也没有休息好，这有气无力的样子，看起来并不是装的，他只好上前一步，看着安王妃笑了笑，继续说道："王妃言重了，王妃如此不舒服，小侄还前来叨扰，着实是小侄不懂事，但是您知道，小侄心中着实是惦念王爷，想要为王爷查明真相。"

成杨说完，王妃叹了口气，点点头，看着成杨说道："成大人，我知道你好心，所以这便请你入府了，想查什么便去查吧，不必来过问我的意思。"

安王妃说完，再度有气无力地向后靠了靠，她着实是太累了，昨夜惊惧交加，折腾了一夜，她感觉自己都要疯魔了。

听到安王妃如此说，成杨走上前，犹豫了片刻，看着安王妃开口说道："安王妃，我想问您一下昨日刺客的事，您可有看清那刺客的长相？"

成杨说完，安王妃的脸色变了几遍，她低下头，看似仔细地思索了一番后，看着成杨继续说道："没太看清他的模样，他戴了面纱，只听说他好像是要为凝兰报仇，他行刺之时正巧赶上有人进来，他便吓得逃走了。"

安王妃说这话时，君无咎一直在目不转睛地盯着她，她说话时，表情一直没有太大的变化，而且看起来十分的真实，照这样看来，她说的这些话若都是真的，那昨日君无咎的推测，岂不是全部都是错的了？

君无咎一直在思考这个问题，难道是自己误会了安王妃吗？昨日遇刺根本不是她一手安排的，而是那个同他们一起走的那个男子动的手吗？

君无咎的脑中在飞速地运转着，他一直在思考此事，按照安王妃方才所说，每一件事都命中在那个带他们去凝兰别院的男人身上，如此巧合，真的就只是巧合吗？

君无咎正思维十分混乱时，苏文月轻轻地拍了拍他的肩膀，他转过头来看她，她笑了笑并没有说话。

而成杨此刻也只是点了点头，然后看着安王妃说道："王妃所说，翰飞已经记下了，翰飞定然竭尽全力去抓住真凶，不让安王枉死，也不让王妃白白地挨此一刀。"

成杨说完，安王妃笑着点了点头，看起来十分的疲倦，她看着成杨轻轻地说道："成大人，你们去查吧，我还是那句话，想查哪里尽管去，就不用回来再回禀我了，我着实累了，要休息了。"

安王妃说完，成杨和君无咎等人赶忙退了出来。

出来后，成杨拉住那张管家，看着他疑惑地问道："为何王妃今日的神色如此倦怠，可是昨日发生了什么？"

成杨问完，那张管家摇了摇头，看着成杨笑着说道："这……小人只知道，王妃昨日遇刺，身体无比的虚弱罢了。至于别的事情，小人就无从知晓了。"

张管家说完，成杨和君无咎等人无奈地点了点头，便向安府别处走去。

而他们离开后，那张管家赶忙跑回了安王妃的屋子，看着她继续说道："王妃，果然不出你所料，那几位大人果然询问您今日为何如此的憔悴。"

张管家说完，那安王妃赶忙虚弱地看着他问道："那你可有说漏了什么？"

那张管家赶忙摇摇头，看着她笑着说道："王妃放心，小的的嘴严着呢！"

那张管家说完，安王妃才放心地点了点头，没有再说些什么。

离开安王妃的屋子后，那苏文月看着君无咎问道：“君公子方才可是一直在想昨日你推测那安王妃遇刺的事？”

苏文月说完，君无咎赶忙点点头，看着她说道：“怎么？苏大人可有发现什么可疑之处？”

君无咎说完，苏文月看着他点点头，说道：“嗯嗯，那王妃在说谎。”

“王妃在说谎？你是如何得知的？”君无咎十分不解地看着苏文月问道。

苏文月想了想，看着他们笑着说道：“方才进去大理寺之前我得到了一份情报，那情报是我早上按你们昨晚所说的那凝兰别院男子的条件搜寻的。”

听到苏文月如此说，君无咎和成杨都好奇地凑了上来，看着她焦急地问道：“到底得到了什么情报？方才怎么不说出来？”

成杨和君无咎说完，苏文月叹口气，看着他们继续说道：“这一路哪有机会同你们说啊，在大理寺的时候，老师一直跟在左右，那也不是可以说这事的时机啊！后来我们便奔赴这安王府，一路上都在探讨安王妃遇刺的事，我想还是这件事要紧一些，便没同你们说，这就一直拖到了现在。”

苏文月说完，君无咎和成杨无奈地点点头，看着她说道：“那你查到的线索是什么啊？为何说安王妃在说谎呢？”

苏文月想了想，看着他们笑着说道：“其实昨天那个男人也同你们说了谎，他之前同你们说的那些身世不过是同你们随口扯的谎话，他只是锦绣馆的一个采办罢了，只是一直对凝兰小姐情有独钟，因为怕你们查到锦绣馆的头上才如此说的。”

苏文月说完，君无咎和成杨更是不解，他们赶忙看着她问道：“既然他撒了谎，在没有任何线索的情况下，师妹是如何查到他的信息的呢？还查得如此的全？”

君无咎和成杨疑惑地问完，苏文月笑着同他们说道：“这便叫做踏破铁鞋无觅处，得来全不费工夫。我其实本不是主要查他，我只是把命令散了下去，谁知一直在帮我查十五的人，却在锦绣馆明里暗里打探出了这小子的消息，他名叫孙铭，十分的精明能干，好像是个孤儿，一直被收养在锦绣馆中。”

苏文月说完这些，成杨和君无咎点了点头，但还是有些疑惑地看着她继续问道：“不过，你说了这么久，依然没有说出这安王妃到底说了什么谎，而这一切又与这孙铭有何关系？”

成杨和君无咎说完，苏文月神秘地看着他们笑着说道：“方才安王妃明里暗里一直将那刺客描述成把你们带到凝兰别院的孙铭身上，肯定是她得知了有人闯入了凝兰别院——毕竟那场大火，还有你们俩死里逃生，不会有人不清楚这件事，如此说来，这安王妃也定然知道此事。”

苏文月说完，成杨和君无咎都赞同地点了点头，看到他们俩如此乖巧地看着她，听她分析，她忍不住想笑。

不过苏文月知道现在不是玩闹的时候，一切当以正事为主，想到这里她便看着他们继续说道：“不过，这安王妃虽然计划得滴水不漏，可是她却犯了一个致命的错误。”

“什么致命的错误？”成杨和君无咎异口同声地问道。

苏文月低下头，仔细想了想如何能够解释得最清楚，想了一会儿后她站起来准备一边比画一边同他们说，可是当她说出孙铭是个左撇子的那句话时，君无咎和成杨便立马了解了。

原来安王妃讲述自己被刺杀时，君无咎没有仔细认真地听，那安王妃曾说过，她是感觉到身后有人才转过头来，正巧看到那刺客出现在她面前，将那刀子直直地插到了她的肩膀上方。

先不论这孙铭武艺如何，能否能在人毫无察觉的情况下就来到安王妃的身后，并且能够一击得手，我们单谈这伤口的位置，便可以得出安王妃所说的话是假话无疑。

因为王妃解释当时那刺客行凶时，说是因为张管家正巧赶到，所以那刺客吃了一惊，便匆忙逃窜离开了。

而后来那张管家也说，他亲眼看到了那个刺客，说他一进门便看到了那刺客将刀刺进了安王妃的身体，那举着刀的胳膊就在他的眼前晃悠。

张管家说这话时，他自己没有注意其实这安王妃受伤的是左肩膀，这张管家一进门后，正正当当冲着他的那个手臂应该是右臂才对。

因为按照安王妃所说，他同那个刺客是面对面的，而张管家又说那刺客行凶的手臂正好对着他的视线，由此可以得出，这样刺客便是用右手刺出这一刀的。

然而他们千算万算，却没有算到这孙铭是一个左撇子，而且如果按照安王妃说的情况，在刺杀这样关键的时刻，他因为习惯使然，绝对不会用右手出刀，所以这安王妃一定有问题。只是她到底在隐瞒什么，一切便不得而知了。

不过想要查出她到底在隐瞒什么也不是很难，毕竟那张管家就是一个很好的切入点，想也知道他定然是知道那安王妃许多秘密的。

整合好这些信息，君无咎看着苏文月赞叹地说道："苏大人着实是太厉害了，在获取情报和线索方面，清悦着实是自愧不如。"

君无咎说完，苏文月摇了摇头，看着他笑着说道："君公子过奖了，哪里是我的功劳，这一切都是那些拼死拼活在暗里调查的那些人，是他们的努力，才换来这些情报。"

苏文月说完，君无咎点点头，赞叹不已，而成杨则笑着看着她说道："确实有他们的功劳，不过师妹，你也别谦虚了，你还是有这方面的能力，如果你在这方面认第二，我还真想不到谁敢在这方面认第一。"

成杨说完，苏文月一时无语，师兄总是这么夸张地夸奖她，她着实也控制不了。

成杨说完这话，低着头不知道在想些什么，良久他突然抬起头看着他们笑着说道："如今我们能够查出这个孙铭是再好不过的事了，有了他，咱们便可以名正言顺地走进锦绣馆了，如此我们再顺藤摸瓜，一切便变得简单多了。”

君无咎说完，成杨和苏文月赞同地点了点头，他们正愁没有机会能够进去这锦绣馆呢，如此看来这就是老天赐给他们的一个好机会。

说完，成杨看着君无咎继续说道：“清悦兄，我们已经大致在这安王府转了一大圈了，感觉也没有什么发现，你看看我们还需要到哪里再检查一番？”

成杨说完，君无咎抬起头，仔细地思考了一番，看着成杨继续说道：“其实说实话，这个安王府已经没有再搜查的必要了，想来他们想要隐藏的东西，无论如何也不会再被人发现的，但是我还是想再去凝兰别院看看，我心中总是觉得那里藏着一切秘密的源头。”

君无咎说完，苏文月也赞同地点了点头，她看着君无咎和成杨继续说道：“是啊，我还没去过那凝兰别院呢，不如带上我一个，说不定我会有什么新发现呢！”

苏文月说完，成杨点点头，看着他们继续说道：“好，就按你们说的办，咱们现在便去那凝兰别院。”

成杨说完，君无咎和苏文月跟着点了点头，由成杨领路，走了许久，中午到了这凝兰别院，一日不见，这凝兰别院已经快被烧成灰烬了，不过好在别院四处环水，受火灾的就只有那独栋，其余有用的信息，应该被清理干净了。

虽然成杨如此想，但是君无咎和苏文月还是想要划船去那里面看一看。

然而刚上船，那成杨便吓得尖叫了一声，君无咎和苏文月十分不解地看着他问道怎么了，他小心翼翼地用手指指了指水下。

苏文月和君无咎往下划了划，看到了今生他们最不想见到的一幕——那水上漂着一层密密麻麻的虫子的尸体。

想来应该是那楼阁燃烧后，火烧大了的时候，波及了生活在河中的小虫，只是不曾想这里竟然有这么多小黑虫。

就在君无咎和苏文月研究这些小虫时，成杨一直眯着眼睛不敢往水下看，而且在船中直立起来，现在狭小的小船上，看起来十分的危险。

君无咎不解，他指了指成杨，又冲着苏文月继续说道："翰飞这是怎么了？"

君无咎说完，苏文月被逗得哈哈大笑，看着君无咎继续说道："你不用管他，他很怕虫子的，况且还有这么多。"

苏文月说完，君无咎赶忙上前亲切地同他说道："可有什么我们能够帮忙的？希望能帮助你变得更舒适轻松一些。"

君无咎说完，成杨脸色苍白地摇了摇头。

君无咎看到成杨如此窘迫的样子，也着实忍不住笑出了声，他从未见过这样的成杨，没想到一直叱咤风云的成杨竟然还有这样的一面。

无奈他只好同苏文月承担起了划船的重任，而且君无咎在划船的过程中发现了一个十分奇异的现象，便是离那楼越近，那里的小黑虫子便越多，看起来极为瘆人。

方才君无咎和苏文月一直想着嘲笑成杨，却忘了这小黑虫的诡异之处——家中的人造湖面，为何会出现这么多的小黑虫？这定然有问题，他伸出手拿起一个小黑虫的尸体，放到手中轻轻地一碾，便变成了一个小黑点。

这个小黑点着实让君无咎吃了一惊，他的脑中瞬间闪过了安王尸体上的小黑点，还有这凝兰别院中的楼被毁时卧室中的小黑点。

【第十七章】幕后黑手

君无咎的这个想法就像惊雷一样，突然闪进了脑海里，他看着他们仔细思索了良久，将这个想法同苏文月还有成杨说了。

苏文月听到君无咎如此说，也仿照他的模样拿出那个小黑虫子在手上轻轻地一捏，果然，那个小黑点便再度被碾碎了，依附在她的手上。

她仔细地观察了一会儿，看着君无咎点点头，赞同地说道：“我也觉得十分的相似，你看这小黑点，轻易是弄不掉的。”苏文月一边说，一边使劲地在手上蹭了两蹭，那小黑点牢牢地依附在她的手上，君无咎看到如此，也使劲地擦拭了几下，果然连褪色都没有褪色。

君无咎若有所思地点点头：“怪不得他们会多次处理安王的尸体，极有可能是因为这小虫子留下的痕迹。”

听到君无咎和苏文月如此说，成杨也忍不住好奇心，往下看了看，但是仅仅是扫了一眼便将眼光收了回来，他着实是受不了这密密麻麻的虫子的尸体，但是他还是看着他们问道：“师妹，清悦兄，你们可能分清这虫子是什么虫子？为何会大面积地聚集在此处呢？”

成杨说完，君无咎和苏文月都摇了摇头，他们也不确定这小黑虫到底是何物。

苏文月看了看君无咎说道：“别担心，这事可交给我去查，你们谁给我一个小袋子？”

苏文月说完，君无咎从怀中拿出一个小袋子递给了她，她小心翼翼地从河里捞出了几个小虫子的尸体，尽可能保存它的完整度，打算一回去，便找人去查。

划过了这河，终于到了那个曾经建有楼阁的地方，那里已经变成了一片灰烬了，君无咎和成杨不禁感叹，这一日之内，便已满目疮痍。他们走上去，这里已经一览无余，没有什么可再调查的，毕竟这里就算是曾经有过什么，也早已被大火夷为平地了。但他们还是仔仔细细地查看了一遍，果真什么都没有发现，如此他们便也安下心，以后不用再多次地往这边跑了。他们又稍微收拾了一番，转身正要离开。

苏文月突然立住了脚步，看着他们说道：“咦？你们有没有闻到什么味道？好香啊！”

苏文月说完，君无咎和成杨也仔细地闻了闻，果然闻到一丝丝香气，君无咎和成杨疑惑地看着苏文月说道：“很淡的香气啊，可能是从别处飘来的花香吧！”

君无咎和成杨说完，苏文月坚定地摇摇头，看着他们说道：“真的很香，不信你们蹲下来闻闻。方才我在看这楼的灰烬时闻到的，味道真的很浓郁、很特别。”

苏文月说完，君无咎和成杨仿照她的样子蹲了下来，仔细地闻上一闻，果然闻到了浓重的香味，君无咎抓起一把灰烬在鼻子下闻了闻，一阵扑面而来的香气，打到了他的脑门上，让他头痛不已。

君无咎闻完，苏文月看着他们说道：“这建楼的木头，燃尽之后，为何会留下这么浓重的香气？莫非这楼本身也有什么问题？他们为了抹掉某些痕迹，所以才烧掉了这楼吗？”

苏文月说完，成杨和君无咎若有所思地点点头，他们相视了一眼看着彼此说道：“莫非，这楼之所以被烧，真是安王妃所为？”

成杨和君无咎说完，苏文月看着他们笑了笑说道：“咱们想到一处去了，其实仔细想想，来到安王府的这两天，一切都变得十分的诡异，就像安王妃突然遇刺，而且更巧的是这安王妃遇刺的时间刚好是你们进入这楼查看线索的时候，这一切都太巧合了，如果说没有问题，我是绝对不会相信的。”

苏文月说完，成杨和君无咎也点了点头，苏文月现在所说，正是他们心中所想，那这件事仔细考虑下来，可真是细思极恐了，毕竟这安王的死，同安王妃有关，想想都令人觉得震惊。

“是时候探探这安王妃的虚实了，不如我们直接开门见山地去同她谈一谈这虫子和木头香气的事，诈她一下，看她如何说？”

成杨说完，君无咎仔细地思考了一下，然后看着他点了点头，良久，他突然想到了什么，看着成杨继续说道：“我们再等等，今天先不要直接去和安王妃摊牌，我们等等苏大人，等苏大人调查清楚这黑虫子到底为何物之后，我们再去诈她，如此也有些准备，不会被她看出纰漏。”

君无咎说完，成杨想了想，赞同地点点头，苏文月在一旁也十分支持地说道：“好，就按君公子说的办，我们不打无准备的仗。”

苏文月说完，又看了看君无咎继续说道：“再给我个袋子吧，我将这木灰装上一点，然后也让他们查一查这到底是什么木，会如此的香，又或是它是如何变得这么香的？”

苏文月说完，君无咎点了点头，再度拿出了一个袋子递给了她，她再度小心地抓起一把木灰，放到了袋子里，将它同那个装虫子的袋子，小心地放到了一处。

处理好这一切，君无咎等人便打算离开了，他们再度登上那艘小船，而成杨也再次闭上眼，紧挨着君无咎而坐，这次倒比来时迅速了许多，毕竟不用去研究那个虫子的尸体。

不多时，他们便上了岸，成杨踏到陆地上时深吸了一口气，看着他们说道："总算离开那个地方了，真是心有余悸啊！"

"平常看你胆子那么大，怎么还怕小虫子啊？"君无咎抬起头，笑着看着他说道。

成杨点点头，看着他笑着说道："什么叫怕虫子啊！那是密密麻麻的虫子啊，那么多虫子，没有几个人能受得了的。"

成杨说话时，苏文月一直在一旁憋笑，看着他们笑着说道："君公子，我师兄如何说，你就如何一听，听一下，过去了就可以了，毕竟我师兄嘴硬着呢，一只小小的虫子他是绝对不会怕的。"

苏文月说完，成杨拍了苏文月一下，笑着看着她说道："你就拆我的台吧，这么多年，你就专注地拆我的台。从小到大都这样，你不想想，难道你的良心都不会痛的吗？毕竟你若是有什么事，我都会一直照顾你，你竟然这样对我？"

成杨一本正经地说完，苏文月还以为他真的不开心了，赶忙走过来，看着他笑着赔罪道："师兄，我错了，你别生气嘛！我只是在同君公子开玩笑，其实师兄最有担当了，我方才那么说，不过是想活跃一下气氛罢了，师兄，你别生气呀！"

看到苏文月如此着急，君无咎笑着拍了拍成杨的肩膀说道："好了，翰飞，你别再吓她了，再吓上一会儿，她就要哭了。"

听到君无咎说得如此严重，他赶忙回过头来看苏文月，方才为了逗她，他一直是背对着她，捂着嘴偷笑的，而苏文月看着他一脸坏笑地转过身来，立马懂得了发生了什么，她看着他假装生气地说道："好啊，师兄，你竟然这样欺骗我的感情，不理你了！"

苏文月一边说，还一边打了成杨几拳，成杨都承受了，看着她笑着说道："好了好了，不闹了，我们都去忙正事吧。"

成杨说完，苏文月依然故作生气，不理会他，君无咎着实受不了这二人了，看着他们说道："你们俩都别闹了，这样互相骗来骗去的，咱们还有正事要做呢！"

君无咎的话将成杨和苏文月拉了回来，他们俩笑着看着君无咎说道："你不会以为我俩真的吵架了吧？哈哈，骗你也骗成功了，我们俩演得真是不错。"

苏文月说完，成杨也走过来，拍了拍君无咎的肩膀继续说道："清悦兄，你放心吧，我们无论如何都不会真的吵架的，我和师妹从来不将心事埋在心里，我们若是真的有什么误会了，定然会很快解开的，从来不会压在心底，让怨念越积越深，我们二人想来是打一架都可以，但是绝对不会冷战。"

成杨说完，君无咎笑着点点头，看着他们继续说道："翰飞和苏大人的情谊，着实令人羡慕，这是一种福分，是别人奢求不来的，不单说这青梅竹马的情谊，就是对彼此的这份信任，这么多年也不是谁都能够做到的。"

君无咎说完，成杨和苏文月点了点头，而成杨则是看着君无咎继续说道："现在这份情谊，不只是我和师妹两个人了，现在还包括清悦兄一个，我希望我们三个也能同我和师妹那样，心中永远都不要有芥蒂，一直能给彼此留一份信任。"

成杨说完，苏文月点了点头，看着君无咎说道："没错，君公子，你觉得如何呢？"

听到成杨和苏文月都如此说，君无咎的内心十分感动，他甚至都无法组织语言来表达他的激动之情了，他有些哽咽，看着他们笑着说道："清悦着实太幸运了。"

君无咎说完，深吸一口气，看着成杨和苏文月继续说道："其实我有许多不足之处，这一路上一直仰仗二位的照顾，承蒙二位不弃，君无咎感激至极。"

君无咎说完，成杨和苏文月都笑了笑，看着他说道："你不要总是这样客气啦，这样反而会让我们觉得很有压力，我们都是朋友，有什么事，招呼一声便好了。"

成杨说完，君无咎再度点点头，笑了笑，他不经意地摸了摸胸口，感觉到一片温热，好久都没有这样的感觉了，能够遇到成杨，想来他已经用掉半生的运气了吧。这些话，君无咎只在心中想了想，没同成杨他们说，他不好意思说出口。

而成杨和苏文月也能理解他的心意，因为他们三人之中，又有谁不是一片真心呢？

“走啊，那我们下一站是不是去锦绣馆看一看，毕竟我们掌握了孙铭的信息，以这个借口进入那里，应该没有什么问题。”成杨率先开口说道，他一直想探访那锦绣馆，也一直对弗香夫人有着深深的好奇。

听到成杨如此说，苏文月赶忙点点头，看着他们说道：“好啊，这次我们有了由头，我就不信他们还会将我们扣押在那里。”苏文月假装气鼓鼓地说道。虽然她表面上十分不喜欢这锦绣馆，但是她的内心深处却是十分期待能够见到弗香夫人的，毕竟成杨说过，当初就是她将自己交给苏大学士抚养的，如此看来，她定然知道她的生父生母是谁，她急切地想要知道，但是又不知该如何开口。

既然成杨和苏文月都要去锦绣馆，君无咎便也赞同地点了点头，说道：“好，那咱们一同去吧！”

君无咎刚说完，谁知安王府的前院却炸了锅，整个安王妃院中的下人，都跑了出来，喊的喊，叫的叫，不知道发生了什么。

君无咎、成杨和苏文月听到声音，以为发生了什么意外，赶忙跑到了前院，看他们到底在做些什么。

刚跑到那里，正巧看到张管家急匆匆地往外赶，成杨拉住他，看着他问道：“张管家如此神色匆匆，可是发生了什么不好的事？”

成杨说完，张管家叹了口气，同成杨等人说道：“几位大人，也不算是发生了什么事，不过是王妃梦魇了，我这是去请大夫呢！”

张管家说的时候，看起来十分焦急，成杨懂他的意思，他不想让成杨再拉住他，耽误他的时间罢了。

成杨想了想，便放开了手，看着他继续说道：“你快去吧，还是王妃的身子要紧。”

成杨说完，那张管家赶忙向他们几人道谢，之后便急匆匆地离开了。

君无咎和成杨几人，进入到王妃的住处时，里面已经乱作一团了，只见安王妃拿着一把剪刀站在院子里，她头发零散，眼神呆滞，眼周更是乌黑一片，看起来十分憔悴。

她赤着脚，挥舞着剪刀，在院子里，见人就刺，那些下人将她围在中间，可是谁都不敢靠前。

苏文月看到安王妃如此，狐疑地看着成杨和君无咎小声地说道："你们说，她是真的得了失心疯，还是根本就是装的，跟上次遇刺一样？"

苏文月说完，成杨和君无咎内心也不敢确定。若是演戏，那这安王妃的戏演得可真是太好太逼真了。

她赤裸的双脚已经被院子里的石块磨出许多深深的伤口，一直在不停地流血，可是她仿佛毫无察觉一般，一直在院子里面跑着。

成杨等人凑上前，想要听清她到底在说什么，然而看到苏文月，那安王妃就如同见了鬼一般。

她瑟瑟发抖地看着他们，然后拿剪刀直直地冲着苏文月说道："凝兰，我让你阴魂不散！我让你阴魂不散！"

她一边说，一边向苏文月的方向冲了过来，成杨和君无咎赶忙将苏文月护在身后。这次安王妃离他们十分近，君无咎这才发现，那安王妃的手指已经不知不觉被她自己用剪刀戳破了许多又深又长的口子，一直在不停地流血，而这同脚伤一样，她依旧毫无感觉。

君无咎这次可以确定那安王妃的身体应该是真的出了什么问题，如果演戏肯定不可能这样豁得出去。

他突然想起来，早上见她时，她的眼圈已经乌青了，莫非她昨夜也发作了吗？

方才张管家说她是梦魇，想来没错了，她应该是昨夜也梦魇了，不然今早肯定不会如此虚弱。

君无咎想这些时，成杨已经一个闪身，将安王妃控制住了。

成杨也看出了问题的所在，他觉得如果一直放任不管，这安王妃最后很可能会伤及自己的性命。

那群下人碍于身份，不敢贸然动安王妃，君无咎和苏文月则更不方便出手了，只有他的身份勉强撑得住，所以他赶忙将安王妃手中的剪刀夺了下来，以免她再度刺伤自己。

被夺下剪刀的安王妃，声嘶力竭地哀号着，成杨一直努力地控制她，可是她的力气却大得出奇。

她一直对着成杨拳打脚踢，而成杨则尽力地将她抱起，想将她抱回屋内。

可是那安王妃却一直冲着苏文月的方向破口大骂，说那苏文月是阴魂不散，故意来纠缠她的，苏文月不懂她为何一直看着自己骂，后来她发觉她好像并不是一直在看着自己骂，而是对着所有的女子骂，只要有哪一个女子靠近她，她便会对那个女子破口大骂。

这件事惊动了霄云太公主，她被下人扶着，颤颤巍巍地走了过来，看着安王妃，焦急地骂道："你这又是抽的哪门子的疯，还不速速给我清醒过来。"

说来也是神奇，那一直挣扎的安工妃，看到霄云太公主反倒冷静下来了，她好像有些怕她。

然而就在她冷静下来的瞬间，她便昏厥了过去。

成杨赶忙将她抱到了室内，霄云太公主看她满手满脚的血，气得直咳嗽。

还好张管家带着大夫及时地赶了回来，那大夫一进门看到安王妃昏厥在那里，十分焦急，哎哟了一声，看着他们问道："怎么会伤成这样啊？昨日明明都已经没有问题了啊！"

大夫说这话时，那张管家一直看着他使眼色，好像并不想让他提及昨天晚上的事，可是那大夫仿佛完全没有察觉一般，一直在一旁碎碎念，念叨昨天的事。

君无咎扫视了那张管家一眼，果然见他脸黑地立在一旁没有说话。

那大夫先为安王妃包扎了手上和脚上的伤，这时他们才看清楚伤口，着实是触目惊心。

大夫又为安王妃诊了脉，看着张管家说道：“这王妃的心中还是太过忧虑了，所以才会有一次又一次的梦魇，小人也只能为王妃开一些安神的药物，此外别无他法，毕竟心病还须心药医，这是王妃自己的心结，还是得靠她自己解开才行。”

大夫这句意味不明的话，让君无咎觉得十分奇怪，总觉得他好像在暗示些什么。

成杨不着痕迹地绕到了安王妃的床前，仔细打量了一番，并没有发现什么问题。

一旁的张管家接过药方之后，便命人将大夫送回去，那大夫临走前看了看成杨和君无咎，没有说话，便离开了。

君无咎不懂这大夫到底是什么意思，他最后的目光到底想表达什么，难道他知道些什么？

君无咎正思考时，那张管家已经走到一旁将香炉点燃了，他说这香安眠，安王妃最近焦虑得紧，只有闻着这香才能安然入睡，其他时候都整晚整晚的失眠，所以他担心安王妃再度梦魇。

起初君无咎并没有察觉出什么异样，但是他闻了会这香气后突然察觉到有些不对，他走到那香炉面前，仔细地闻了一阵，这香果然有问题，他抬起头，看着那张管家说道：“昨晚安王妃入睡时，可是也一直焚着这香来着？”

君无咎问完，张管家理所当然地点了点头，看着他继续说道：“这是当然了！方才我不是同你们说过了吗？王妃没了这香是睡不着的，这可是王爷在世时赏赐给她的呢！”

张管家说完，君无咎点了点头，欲言又止，成杨看出君无咎有些犹豫，他用借口，将君无咎叫了出去，看着他问道：“清悦兄，你可是发现了什么？那香是有什么不对的地方吗？”

成杨问完，君无咎仔细地思索了一番，然后点点头，看着他继续说道："没错，我从那香中查到了致幻的成分，也就是能够让人产生幻觉的成分。之前方明制毒时，曾经配过这种东西。"

君无咎说完，成杨恍然大悟地点了点头，看着君无咎继续说道："这样也就是说安王妃根本不是什么梦魇，或者是失心疯，她是中了这香的毒，所以产生了幻觉是吗？"

成杨说完，君无咎看着他点了点头，然后继续说道："我方才便想同众人说这件事来着，可是当我问那张管家这香料从何而来时，那管家说这香是王爷生前赏赐的，如此我便不知道到底该不该开口了，毕竟这是一个大事，我若说这香有问题，这可是关乎着安王的声誉啊！"

君无咎说完，成杨懂得了他到底在忌讳什么，他走上前拍了拍他的肩膀，继续说道："清悦兄别担心，此事好办，交给我。"

成杨和君无咎商议完，进去屋内时，苏文月正在苦口婆心地劝霄云太公主，原来这霄云太公主方才发了脾气。

她觉得方才请来的那个大夫，明明就是个庸医，她觉得这安王妃之所以三番五次的疯魔，并不是因为什么心内忧虑，而是因为她遇刺之后，身体虚弱，被那邪祟上了身。

所以她想要去请法师来这安王府作法，为安王妃驱魔。苏文月觉得霄云太公主想问题的方式过于陈腐，便一直在同霄云太公主说："最好还是不要请法师来这安王府作法，毕竟如此一来，人人都道这安王府有魔物了。"

苏文月说完，霄云太公主最初点了点头，但是她仔细思考了一阵后，直接摇了摇头，继续说道："不行，这件事不能拖着，就算让人觉得这安王府有魔物，也不能让那魔物一直留在安王府。"

霄云太公主说完，苏文月还想上去劝告她，但是被成杨拦了下来，他摇摇头，示意苏文月不要插手安王府的事，更不要插手霄云太公主的决定。

苏文月清楚成杨的意思，点点头，退了下来，没有再说些什么。而成杨则走了上去，小心翼翼地看着霄云太公主说道："太公主，听您的意思，您也见过那邪祟魔物吗？”

成杨说完，那霄云太公主一愣，仿佛想不到该如何回答成杨才得当一样。

不过不久她便瞪了成杨一眼说道：“翰飞，你这是如何说话呢！我怎么可能会见过那邪祟呢？我只是见王妃如此，心里着急罢了。”

霄云太公主说完，成杨点了点头，没有再说什么，但是成杨一眼便看出来霄云太公主有所隐瞒，只是不知道她到底隐瞒了何事。

而且她如此坚持要请法师来作法，不惜将家丑外扬，可见这霄云太公主也有些问题，莫非她同这安王妃一样，心中也在顾虑些什么？

成杨正想时，那霄云太公主突然抬起头，看着君无咎说道：“君清悦是吧？我听闻你的行针之术非常了得啊！”

霄云太公主突如其来的问话，吓了君无咎一跳，他赶忙点点头，看着她继续说道：“只是略懂一些皮毛罢了！”

君无咎说完，霄云太公主点点头，笑着说道：“君大人，大可不必如此谦虚，老身实则是有事，想要求君大人来帮忙。”

听到霄云太公主如此说，君无咎赶忙看着她说道：“太公主言重了，您请说，若是在下力所能及，定然尽力而为。”

君无咎说完，霄云太公主点点头，笑着说道：“其实对于君大人来说，不过是一举手一投足的事，大人可还记得老身前段时间得了中风，身体一直不是十分舒适，老身想请大人帮忙用行针之术治疗一下。”

霄云太公主说完，君无咎犹豫地看了看成杨，这可是一个消耗时间的活，他若是将过多时间消磨在这安王府，那这查案的重担可就全都落在了成杨和苏文月的身上。

看到君无咎看自己，成杨不着痕迹地点点头，示意他答应下来，君无咎见成杨让他答应下来，他只好点点头，答应了。

好在他便也想清楚了，这霄云太公主的要求是绝对不好拒绝的，现在答应下来也好，毕竟现在安王一案还有许多的疑点没有解释清楚，想来多一点时间留在这安王府也是一件好事。

那霄云太公主看到君无咎答应下来，微笑地点点头，一副很是满意的样子，然后看着他说道："那君大人，便每日晚饭后来吧，我也好不打扰大人办案。"

霄云太公主说完，便离开了，走时看着那张管家说道："明日别忘了把大法师请到府中。"

霄云太公主说完，张管家赶忙点点头，将霄云太公主送了出去。

君无咎等人则是一直留在了屋内，君无咎看着成杨不解地问道："翰飞，你方才不是说要处理那香料的问题吗？为何在霄云太公主的面前没有提及此事？"

君无咎说完，苏文月赶忙走上前，看着他们问道："你们在说什么？香料到底有什么问题？"

见到苏文月问，成杨笑着向她解释了这一切，然后笑着看着君无咎再度说道："清悦兄，莫急，我们慢慢来，这件事在太公主面前不好提及，无论出于什么目的，表面上她都不会允许有人抹黑或者诋毁安王，所以这件事还是得等到她离开，悄悄地处理。"

成杨说完，君无咎理解地点了点头，没有再说什么。不多时那张管家便从外面回来了，看到成杨几人赶忙上前说道："还望几位大人见谅，今天一天，发生了太多的事，为了处理这些事，怠慢了几位大人，还望几位大人不要怪罪。"

张管家说完，成杨摇了摇头，看着他说道："张管家太客气了，我们几人本就是来查案的，又不是来安王府做客的，无须那么多的虚礼，你方才如此说，着实是太客气了。"

成杨说完，张管家笑着点点头，然后看着他们继续说道："还是几位大人大人有大量，不怪罪小人照顾不周，着实是小人的福气。"

他说完这话，扫视了一周，然后继续说道："几位大人也见着了，我们王妃现已入睡，几位大人着实不方便再留在这里了。"

那张管家说这话时，表现得一脸为难，仿佛十分不好意思，成杨等人明白他的意思，这是在下逐客令了，好一个先礼后兵。

成杨笑着点点头，看着张管家说道：“我们本早就打算离开了，不想让张管家不好做，只是我有一件事想同张管家说，这件事可能会关乎安王妃能否治好自己的梦魇。”

成杨如此说完，那张管家果然来了兴致，赶忙上前一步，看着成杨说道：“成大人请说！成大人若是能治好我们王妃的梦魇症，这便是救了老奴一命，于这安王府，更是一大恩德啊！”

张管家说完，成杨赶忙摆了摆手，看着他继续说道：“张管家言重了，其实我方才发现，这安王妃日日点的熏香有问题。”

成杨说完，那张管家的脸色骤然一变，他看着他疑惑地说道：“大人，您知道的，这话可不能乱说啊！这熏香方才我已经同你们说过了，这可是王爷生前亲自赏赐给王妃的啊！”

张管家说完，成杨笑着摇摇头，看着张管家继续说道：“如此，张管家便较真了不是，我从未说过王爷赏赐这香时，这香有问题。”

成杨说完这话，张管家若有所思地想了想，然后看着他继续说道：“那……那……成大人的意思，是有人在这个熏香上动了手脚？”

张管家说完，成杨点了点头，看着他继续说道：“没错，这其实也正是我想要向张管家请教的，敢问在王爷生前王妃可曾燃过此香？”

成杨问完，那张管家赶忙点点头，看着他继续说道：“燃过啊，日日燃的，王妃曾说过，这香能安她心神，助她安眠。”

张管家说完，成杨点了点头，看着他继续说道：“这样啊，那王妃在此之前，可出现过梦魇的症状？”

成杨说完，那张管家仔细地思索了一番，然后看着他摇了摇头，继续说道：“这倒没有，在此之前王妃她从未出现过这样的症状。”

张管家说完，成杨看着他点点头，笑着说道：“这就对了，这样就说明王爷赏赐的这香没有问题，所以说，这问题出现在了别处，也就是说有人暗中动了这香，在里面加上了让人致幻的成分，而王妃现在本来就虚弱，所以她的身体抵抗不住这致幻的成分，就产生了梦魇或是失心疯的症状。”

成杨说完，张管家若有所思地点点头，看着成杨再度问了一句："成大人，您这话说得可是真的？"

成杨点点头，那张管家赶忙说道："那可得赶快，赶快把这香拿出去，不然一会王妃的身体又出问题了。"

他一边说，一边叫下人过来小心将那香炉抬出去，然后看着成杨等人笑着说道："多谢大人发现这一问题，救了我们王妃，只是如此看来定然是有人要加害我们王妃，还望大人能尽快抓出真凶。"

张管家说完，成杨赶忙点了点头，看着他继续说道："这是自然，张管家放心，本官定然会竭尽全力地侦办此案的。"

成杨如此说完，张管家点了点头，再度说了一遍有劳几位大人了之类的话。

和张管家寒暄一通后，成杨几人便离开了安王府，回去的路上，君无咎看着成杨疑惑地问道："翰飞，你觉得，那个在熏香中做手脚的人是谁？"

君无咎问完，成杨摇了摇头，看着他继续说道："这个我也不能确定，感觉谁都有嫌疑，这安王府实在是太诡异了，为何会接二连三发生这么多的事情，而在这背后，到底隐藏着什么呢？"

成杨说完，君无咎也皱着眉摇了摇头，看着他继续说道："是啊，这安王府中的每个人，好像都有秘密，仿佛就找不到一个没有秘密的人。"

君无咎说完，苏文月也点头说道："对，正是这种感觉，方才我就一直在想一个什么词，能够概括我在安王府中的感觉，君公子如此说，我便想到了，君公子的总结着实太正确了。"

苏文月一边说，一边扫了君无咎和成杨一眼，然后继续说道："方才一直忙乱，我听到一句话，不知道你们可听到了，就是师兄你在控制那安王妃的时候，安王妃说的一句话。"

苏文月如此一说，君无咎和成杨立马便反应了过来，因为那安王妃喊的声音十分大，当时他们俩靠得近，也听得一清二楚，只是他们二人后来被那致幻药物吸引了注意力，所以便将这件事放在了脑后。现在苏文月一提，他们立马想了起来。

“我记得安王妃那时好像在冲着你骂凝兰，莫非她把你看成凝兰了？”成杨看着苏文月十分吃惊地说道。

苏文月点点头，但是又摇摇头，看着他继续说道：“安王妃不仅仅把我看成了凝兰，靠近她身边的女子，她把她们都看成了凝兰。”

苏文月说完，君无咎若有所思地想了想，然后看着她继续说道：“看来这安王妃的幻象便是凝兰，她觉得凝兰一直在阴魂不散地跟着她，所以她十分恐惧，才会拿那个剪刀胡乱地砍。”

君无咎说完，成杨和苏文月都点了点头。

不过苏文月还是有些疑惑，她看着成杨和君无咎继续说道：“可是这致幻不经常只是看到一些令人匪夷所思的事，或者是恐怖的事吗？为何这安王妃一直看到的，竟然是凝兰？这幻象难道还可以固定吗？”

苏文月问完，成杨仔细地思考了一下，看着苏文月继续说道：“这致幻的成分，可以让人看到自己心中恐惧的一面，如此看来安王妃是十分恐惧这凝兰的，只是这幻象一次两次是凝兰还说得通，若是次次都是，就有些问题了。”

成杨说完，君无咎点点头，看着她继续说道：“没错，如果次次她的幻象都是这凝兰的话，便说明这其中有人为的引导。”

“人为的引导！”苏文月默默地跟着重复了一遍这句话，更加觉得这安王府的秘密着实是太多了，而且纵横交错，有一种怎么理都理不清的感觉。

三人就这样一边思索，一边走着，突然从远处飘来了阵阵的香气，君无咎、成杨和苏文月的肚子同时叫了几声。

声音大得彼此都能听见，这样他们反而没有那么尴尬了。

成杨看了看远处的酒楼，上面挂着“天下第一香”的大牌匾。

怪不得会这么香，这可是京城数一数二的酒楼，这酒楼那牌匾上巨大的香字还是先皇题上去的，这掌柜的十分有头脑，将那香字挂在了酒楼上，又另请了一位大书法家，在这前面加上了“天下第一”。

不过对于此时饥饿无比的三人来说，这“天下第一香”几个字可是名不虚传。

“走吧，咱们也去吃点东西吧，昨天忙了一天，几乎没吃什么，今日更是忙了大半日还滴水未进。”

成杨说完，苏文月赶忙点了点头，看着他继续说道：“师兄，你可终于发话了，你若是再不发话，我可就要饿死了。”

看到苏文月如此，成杨笑了笑看着她继续说道：“你还不知道我吗？我一忙起来，什么都忘，你若是饿了便早一点同我说啊，我总不会让你一直饿着肚子的。”

成杨说完，苏文月笑了笑，看着他继续说道：“哎呀，其实若不是闻到了这香气，我也忙得忘记了，早把饿这件事抛到脑后了，只是现在一闻到这香味，便走不动路了。”

苏文月说完，成杨点了点头，笑着说道：“好，那我们这就去好好地吃上一顿，如此犒劳一下这几日不辞辛劳的我们。”

成杨说完，便转过头，看君无咎，想要询问他的意思，君无咎也笑着点点头，继续说道：“着实是饿了，我们也不要在人家门口徘徊了，我们快快进去吧！”

君无咎的话，将成杨和苏文月都逗笑了，他们赶忙一同走了进去，挑了一个十分好的位置坐了下来。

一坐下来，苏文月便开始点菜，而成杨和君无咎则四处打量了一番，就在这时孙主簿的儿子被一个陌生人抱着走了进来，看到这一幕，君无咎觉得十分奇怪，他一直盯着他们看。

果然在不远处看到了初一的影子，那初一也看到了他们，但是碍于怕被发现，便没有走进来，直至那陌生的男子带着孙主簿的儿子进了一个包厢，那初一才小心地跑到了成杨等人的身边，向他们问安。

一连几日没有看到初一了，初一最近可以说是寸步不离地跟在这孙主簿的儿子旁边，每日风餐露宿，只为保护这孩子的安全。

这几日他们全靠飞鸽传书，但成杨想不到，仅仅几日初一竟然熬得如此疲惫。

成杨看着初一十分愧疚地说道：“都怪我，总是将如此辛苦的事情交给你做。”

成杨说完，初一笑着摇摇头，看着他继续说道：“大人，您不要如此，其实我一点都不辛苦，这样反而让我觉得生活充实了许多。”

初一说完，成杨点点头没再说什么，让他坐下来一同吃饭，却被初一谢绝了，他说他还得回去，继续看着那孩子，不能让他出事。

就在初一说完这话要离开时，君无咎叫住了初一，他看着他问道：“那个一直抱着孙主簿儿子的男子是谁？”

君无咎说完，初一看着他继续说道：“听说是他的一个远房舅舅，是来他家串亲戚的，顺便帮孙夫人料理一些家事，毕竟孙夫人一个人承担不起来整个孙家。”

初一说完，君无咎点点头，看着初一继续说道：“这本应是我做的事，如今就劳烦你多上心了。”

君无咎说完，初一笑着摇摇头继续说道：“君大人客气了，小人知道，君大人还有更重要的事情要做呢！”

说完这话，初一转过头，再次告别，看着几个人继续说道：“几位大人，若是没什么吩咐，小人便退下，继续去执行任务了。”

初一说完，成杨点点头，便放他离开了。

他离开之后，君无咎便忧心忡忡的，成杨看他如此，赶忙问道：“清悦兄，你怎么了？可是哪里不舒服？”

君无咎看着他摇了摇头，然后想了想继续说道：“我只是觉得方才那个舅舅有些怪怪的，但是哪里奇怪，我又说不出来。”

成杨听他如此说，知道他是担心孙主簿的孩子，叹口气看着他继续说道：“你别担心了，那边我会让初一仔细留意的，一定不会出问题的。”

成杨说完，君无咎点了点头，没有再说话，然而就是这片刻间菜已经上齐了，苏文月看着一直在聊天的成杨和君无咎继续说道："你们这也太厉害了吧，这菜都在这摆着了，还能聊得下去，都不吃吗？不吃我可吃了！"

苏文月一边说，一边夹起一个鸡腿放到了口中，大快朵颐，她着实是太饿了。

君无咎和成杨见她如此，都被她逗笑了，两人也赶忙一同拿起了筷子，开始争先抢后地吃了起来，这一顿美餐，可以说是三人这几日最幸福的时刻了。

成杨一边吃，一边看着他们笑着说道："看看你们这个吃相，哪里有一丁点的君子形象？"

成杨说完，苏文月冲着他们做了一个鬼脸，笑着说道："我一直都说过，我才不是什么君子，就你们才会喜欢那么酸腐的称号。"

苏文月说完，君无咎和成杨都被她逗笑了。吃着吃着，成杨突然正色看着他们说道："一会儿吃完了，我们便直接去锦绣馆吧，我们先商议一下，去那里使用个什么对策才能够见到弗香夫人的真容？"

成杨说完，苏文月撇撇嘴，看着他们笑着说道："这件事你们别看我，我是没辙，我上次可是被她困在屋子里困了整整一天。"

苏文月说完，成杨转过头看向君无咎，君无咎思索了一番后，看着他继续说道："我觉得这事只能走一步看一步，毕竟计划赶不上变化，不如我们到那之后再决定如何？"

君无咎说完，苏文月赞同地点了点头，看着他们继续说道："我觉得君公子说得十分对，到时候见招拆招就好了。"

说完苏文月再度抬起头，看了看成杨和君无咎才再度说道："师兄、君公子，一会儿你们二人先去那锦绣馆吧，我去找人调查一下这木灰和那小黑虫，一会儿就去找你们集合。"

虽然她也很想见弗香夫人，但想起怀里还有重要的东西，也只能先放下了。

苏文月说完，成杨赞同地点点头，看着他们继续说道："好，那就这样，我们分头行动。那就到时候到那见招拆招吧！”

成杨说完，便也开始安心地吃起饭来，吃完饭，他们便离开这“天下第一香”，苏文月先行出发，去调动暗部的人来调查这木灰和黑虫。

而成杨和君无咎则一路来到了锦绣馆，一进门便有人迎了上来，看着成杨和君无咎问道：“里面请两位客官，不知道两位客官要绣什么，还有我们这个锦绣馆有个不成文的规矩，想必两位客官应该已经知晓了吧，我们这锦绣馆不为皇室和朝中重臣之外的人承办活计。”

那伙计看着成杨和君无咎说完，成杨笑着看着他点点头，继续说道：“这个规矩本官知晓，只不过本官这次前来并不是有什么活计要交给锦绣馆承办，本官这次前来是来找孙铭的，他涉及了本官最近一直在查的一个案子。”

成杨说完，那伙计的脸色微微一变，他仔细思索了一会儿后，看着成杨和君无咎说道：“还望两位大人，将官牒与我家主人看一下，这件事我做不了主，要看我家主人是否同意你们见那孙采办。”

那伙计说完，成杨点点头，递上了他同君无咎的官牒。

他心里清楚这里不是他可以肆意妄为的地方，现在最上乘之计便是以不变应万变。

他同君无咎在那里等了许久，那伙计终于回来，看着他们说道：“两位大人请进，我家主人同意你们见孙采办了，你们随我来。”

那伙计一边说一边引着他们往楼上走去，到了二楼，他指着东边的那个厢房说道：“两位大人可看到了那间屋子？还望两位大人无论如何都不要闯到那间屋子，惊扰到我家主人。”

那伙计说完，成杨和君无咎点了点头，向那个方向望了望，成杨看到了一个熟悉的身影——十五，他正端端正正地站在那间屋子的外面。

正巧成杨看他时，他也正望向这里，四目相对，成杨瞬间觉得苦涩万分，他没说什么，收回了眼神，同那伙计继续往西走，在西南方的一个屋子外停下了脚步，那伙计看着他们继续说道：“几位大人，就是这里了，这便是孙采办平日里住的地方，你们进去吧，我就不进去了，有什么事叫我便可。”

那伙计说完，便退了下去，成杨和君无咎点了点头，没有再说什么，而是敲了敲孙铭的房门，不久门便开了，孙铭见到他们起初一愣，后来瞬间便笑了笑，知道他们已经查到了自己的头上。

他看着成杨和君无咎笑了笑，继续说道：“二位大人里面请。”

成杨和君无咎点点头，二人便相继进了这孙铭的房门，那孙铭此时正在品茶，他看着君无咎和成杨笑着继续说道：“二位大人来得很是时候啊，我这茶刚刚煮好，一起尝尝吧！”

君无咎看了成杨一眼，不懂这孙铭为何能够如此沉得住气，成杨看着他不着痕迹地点点头，示意他慢慢来。

果然那孙铭率先开口，他将茶递到成杨和君无咎手中之后，看着他们说道：“两位大人着实厉害，锦绣馆中的人也能查到，着实不可小觑啊！”

那孙铭说完，成杨笑着接过茶，品了一口，笑着看着他继续说道：“你不必同我们说那些没有用的话，我们开门见山，我就问你那日去凝兰别院到底去做什么，而且你从凝兰别院带走了一幅画，还有没有别的东西，都一起交出来。”

成杨说完，那孙铭喝了口茶，然后看着他笑着说道：“成大人着实太心急了，直接便开门见山，我若是什么都不说，你和君大人又能奈我何呢？”

听到他如此说，成杨也笑了笑，看着他继续说道：“孙铭，你不要以为自己是锦绣馆的人，本官就拿你没办法了，你要知道，本官是奉皇上的命来查办此案，今日在这里同你品茶，好言相劝，但是你若是敬酒不吃，那我也没有办法了，只能请你到大理寺走一遭了。”

成杨说完，那孙铭的脸色没有那么泰然自若了，不过他依旧保持着笑容，看着成杨和君无咎继续说道：“两位大人，其实那天在去凝兰别院的路上，我说的一切都是真的，除了伪造了自己的身份之外——毕竟我不能顶着锦绣馆的名字出去做这件事，但是我发誓，除了这件事，我其余说的都是真的。”

那孙铭一脸诚恳，成杨审视地看着他继续说道：“你已经说过一次谎了，又如何能够祈求别人相信你呢？”

成杨说完，那孙铭无奈地看着他叹息地说道：“唉，大人，事情我已经同你说了，信不信便是你的事了，我方才的话真的句句属实，你若不信我也没有办法。”

孙铭说完这话，成杨转过头，看了看君无咎，君无咎喝了口茶，没有说什么，而是看了看成杨，冲着孙铭问道：“既然你说你同这凝兰青梅竹马，那这凝兰进入安王府后，可曾同你有过联络？”

君无咎问完，那孙铭的脸色微微一变，继续说道：“这……这怎么可能呢？这凝兰入了安王府，便是这安王府的人了，而且安王府的女眷，我如何能够轻易地见得？”

孙铭说完，成杨拿起茶，勾起嘴角看着他说道：“哦？再也没见过了吗？那日你带我们去那凝兰别院时，我见你可是驾轻就熟啊！”

成杨说完，那孙铭手一抖，这一切都尽收成杨和君无咎的眼中，不过他俩依旧不动声色地看着孙铭。

孙铭看着君无咎和成杨的目光，这孙铭便知道他们二人并没有相信他的话，他尴尬地思索了一会儿，然后看着他们继续说道：“我后来是去过几次这凝兰别院，不过我并不是去找凝兰的，因为我去的时候，凝兰已经被他们用大火活活烧死了，我每次去那凝兰别院不过是为了去悼念她。”

孙铭说完，成杨想了想抬起头，看着他继续说道：“哦？仅仅是纪念她吗？那你拿走的那幅画呢？把那幅画交出来。”

成杨说完，那孙铭皱着眉头，想了想，然后看着他们继续说道：“唉，这恐怕不行了，那幅画我带回来之后，便同纸钱一同烧给了凝兰了，所以两位大人是见不到这幅画了。”

孙铭说完，笑着看了看成杨和君无咎，仿佛如此说来，君无咎和成杨便拿他没有办法了。

不过也确实如此，如果孙铭一直坚持咬定他已经将那幅画烧了，那君无咎和成杨也确实拿他没办法。

君无咎和成杨两人正在想如何继续询问孙铭时，苏文月敲了敲门，走了进来。

看到苏文月走了进来，那孙铭便理解了，他笑着看着成杨和君无咎继续说道："我说几位大人怎么可能查到我，原来是因为苏大人。看来苏大人被扣在这锦绣馆一日，也不是白扣的。"

孙铭说完，苏文月点点头，接过他递过来的茶，笑着说道："这就叫做天网恢恢，疏而不漏。"

苏文月说完，孙铭喝了口茶，没有说话，苏文月看了看成杨和君无咎，问他们这孙铭可将那带走的画交了出来。

君无咎和成杨摇摇头，并且君无咎向苏文月使了一个眼色，成杨理解了他们的意思。苏文月静静地喝过一口茶后，看着那孙铭继续说道："孙铭，喝完这杯茶，你便同我们去大理寺一趟吧，本官怀疑你涉嫌焚烧凝兰别院和刺杀安王妃，并且还阻拦官员办案，就这几条罪名，便够先关你一阵的了。"

苏文月说完，那孙铭难以置信地看着她说道："苏大人，你们不能如此不分青红皂白啊，我都同你们说了，我并没有焚烧那凝兰别院，我还要去那里悼念凝兰呢，我如何会烧了它？而且什么安王妃？我根本都没有见过她，又何来地刺杀呢？大人，你们可不要冤枉好人。"

孙铭说完，苏文月看着他摇了摇头，继续说道："这你便不懂了，我并未说你一定做了此事啊，我只是说你涉嫌啊，所以我们当然要好好调查。"

苏文月说完，看了成杨和君无咎一眼，他们都点点头，表示已经明白了她的意思，她不过是想要将孙铭收押，看看能不能诈出些什么，或者将他收押到大理寺，看看是否能够逼得这锦绣馆的人出手。

苏文月说完，孙铭无奈地放下了茶杯，仔细地盯着他们看了一阵，发觉他们是真的已经下定决心要将他带走了。

他本想向馆主求助，但是仔细思考了一番后，他便打消了这个念头。

他心中清楚，馆主既然能放成杨等人进来，就说明她已经放弃他了，就像当初她放弃了凝兰一样。

他垂下头，不再争辩挣扎，而是等着他们将他带走，君无咎等人看他已经准备好了，便起身将他带了出来，而刚走到门口，便被方才带他们进来的那个伙计拦了下来，看着成杨继续说道："几位大人这可是要带走孙采办？"

伙计的出现，点亮了孙铭眼中的光，成杨等人点了点头，看着他继续说道："正是，这孙铭涉及了许多案件，我们必须要将他带回大理寺进行审讯。"

成杨说完，那伙计点点头，笑着看着他们说道："好，小的并不是成心要打扰几位大人办案，不过我们馆主想要请几位大人一叙，还请几位大人赏光，这孙买办，小人会命人看管好的，等几位大人离开时，自然会原原本本地交到几位大人的手上。"

那伙计说完，孙铭眼中的光亮瞬间熄灭了，但他什么都没有说，只是低垂着头，因为他知道自己已经彻底是个弃子了。

那伙计如此说，成杨等人便再没有理由拒绝了，他们点点头，看着那伙计开口说道："能够见到馆主，真是荣幸之至，还请你带路。"

那伙计点点头，看着他们笑着说道："好嘞，几位大人这边请！"

伙计一边说，一边引着他们去了东厢房，走到门口时，成杨扫了十五一眼，可十五却一直低垂着眉眼，不敢看成杨，不知道在想些什么。

进入那房间时，一股清冷的气息扑面而来，苏文月躲在成杨和君无咎的背后，不知道为何，她总是隐隐约约有一些怕她。

那馆主静静地坐在屏风后，看着成杨等人走近，她轻轻地拿起一杯茶，抿了一小口之后才看着成杨等人开口说道："坐吧。"

成杨他们已经当她是弗香夫人，她开口让他们坐，成杨等人赶忙坐在了屏风的前面，向弗香夫人问安。

但是他们并没有称呼她为弗香夫人，而是称呼她为锦绣馆馆主，毕竟她一直隐瞒自己的身份，便是不想让别人知道，这点方便，成杨他们还是愿意给的。

成杨三人同那弗香夫人寒暄，但是那弗香夫人并没有怎么理会他们，而是静静地坐在那里一言不发。

苏文月不懂弗香夫人这是什么意思，她看了成杨和君无咎一眼，成杨和君无咎也摇摇头没有说话。

苏文月心直口快，她着实受不了再被扣押在这里。

上次是她潜入这锦绣馆，被逮了个正着，是她的不对，她没什么理由可为自己辩解，但是这次不同，这次并不是他们的问题，而是锦绣馆的问题，是锦绣馆的人涉及了他们在查的案子，这弗香夫人，现在还是如此态度，也着实有些说不通了。

苏文月一边想，一边气愤地看着那弗香夫人说道："馆主，您莫不是又想将我们困在这里一整日吧？我们可是很忙的，没有空多陪您了。"

苏文月说完，那弗香夫人端起茶杯喝了一口，然后叹息着看着苏文月说道："竖子不足与谋。"

成杨和君无咎听到这里都是一脸的迷惑，这句话明明是亚父同项羽说的话，为何如今用到了苏文月的身上？

难道上次她让苏文月在这里静坐可是有什么玄机？君无咎和成杨十分不解，而这苏文月更是一脸迷茫，她看着那弗香夫人，磕磕巴巴地问道："馆主此言何意？"

苏文月说完，那弗香夫人轻轻地叹了口气，看着他们继续说道："你们不要总是那么气盛，而是要静下心来，说不定如此便会多一番收获。"

那弗香夫人说完，将头偏了偏，从屏风外来看应该是偏向了君无咎的位置，她看着他继续说道："君清悦是吧？岳鸿之大人的得意弟子，为何你也如此的沉不住气？是时候该拿出一些真本事了，毕竟你们即将面临的是一场恶战。”

那弗香夫人说完，君无咎不知道该回她些什么，这弗香夫人能够知道他的老师是岳鸿之，这件事就很是蹊跷，而如今她又同他说这样的话，莫非她也牵涉到这整件案子当中？那她在这里面又起到什么作用？扮演着什么角色呢？

君无咎一直在想，竟然忘了回答弗香夫人的话，成杨轻轻地拍了他一下，示意他的所作所为不合乎礼节。

当君无咎回过神后，弗香夫人已经笑着看着他说道：“好了，你也不必再想那么多，你这刨根问底的毛病，还真是随了你的老师，好了，别再想我为什么会知道这么多了，现在你能做的最好是沉下心来。”

她说完，没等君无咎回话，而是转过头，看着成杨继续说道：“还有翰飞，你小子还在这里装模作样，我早知你已经认出了我，想来这君清悦和苏小姐，都已经知道我的真实身份了吧！”

弗香夫人说完，成杨挠挠头，不好意思地看着她继续说道：“着实抱歉，弗香夫人，翰飞本不该将您的真实身份告诉他人，只不过您这锦绣馆牵扯到我最近一直在查的安王府的案子，所以翰飞也是不得已而为之。”

成杨说完，那弗香夫人点点头，看着他们继续说道：“其实我并没有怪你的意思，而且同你们实话实说，我们这锦绣馆确实同这安王的案子有关，但是现在一切已经失去了控制，我也不知道事情到底为何会发展成这样，这一切还有待你们去调查了。”

听到弗香夫人亲口承认这安王府的事同锦绣馆有关，吓了成杨三人一大跳，他们都直直地看着她，不理解她话中的意思。

弗香夫人看他们三人如此夸张的表情，无奈地笑了笑，看着他们继续说道：“其实凝兰并不是安王强行霸占了去的，而是我安排在安王身边的人，我总觉得这安王有一些问题，所以便派凝兰潜伏在他身边，看看能否得到什么情报。可谁知最后事情竟然发展成这种局面，到底发生了什么？凝兰为何会死？这一切便都不得而知了。”

弗香夫人说完，成杨等人点点头，他们相信弗香夫人的话，成杨也知道这弗香夫人是言而有信的人，绝对不会欺骗他们，只是他们十分不解，为何这弗香夫人会想着去调查安王府的事，这么多年她躲在锦绣馆的背后，到底在做些什么？

最终成杨没有忍住好奇，看着她小心翼翼地问道：“弗香夫人，您说的话，我们都已经了解了，只是不知您为何会突然好奇这安王府的事，而且会亲自命人去调查此事。”

成杨说完，弗香夫人从容不迫地端起茶杯，喝了一口之后，看着他们静静地说道：“不然你们以为皇上抹去我的存在是为了什么？不过是让我建立这锦绣馆，来收集各种情报，监督朝中各色人等。”

弗香夫人说完，成杨和君无咎等人再度愣在了那里，他们不明白，这弗香夫人此刻为何会如此直白，皇上任命这件事想来是一个天大的秘密，皇上不惜利用假死来抹去她的存在，为的便是保持这锦绣馆的神秘性。

如今弗香夫人将一切都同他们和盘托出，这到底是为什么呢？这不是犯了大忌讳吗？

看出了成杨等人的疑惑，那弗香夫人笑着说道：“从一开始我便同你们说了，要静下心来，不要想太多，我已经同你们说了，我受命于谁，那我现在的意思代表谁的意思，你们便也应该清楚，而且方才我已经说过了，安王府现在的状况已经不受我的控制，现在只能靠你们来挽回。”

弗香夫人说完，成杨三人这才点点头，明白了这事情的原委，君无咎仔细地想了想，然后看着弗香夫人继续说道：“弗香夫人，您方才说，是派凝兰到那安王府去查探安王的诡异行径，不知您可有查到些什么？”

君无咎说完，弗香夫人想了想，看着他继续说道：“凝兰死前并没有查到什么，只是在安王府截获了一封信，里面记载的是南方的一座铁矿的事，便是你们呈报给皇上的那件铁矿坍塌的事，说铁矿石已经安全地运到了什边城，让收信人放心，说他们会妥当地处理好这一切的。”

弗香夫人说完，成杨看了看君无咎和苏文月，这私挖铁矿的幕后黑手终于找到了。

君无咎和苏文月也激动地看着成杨点了点头，他们心中清楚，这铁矿的事一直是一块巨大的石头，沉重地压在成杨的胸口，让他透不过气。虽然当初皇上写信，让他不必担忧此事，但是他不可能真的就把这件事情就此放下，毕竟此事非同小可，且关系到外交与外族入侵。

现在事情已经有了眉目，让他如何能够不开心呢?

成杨深吸一口气，看着弗香夫人继续说道：“弗香夫人，您考虑得果然没错，这安王不仅有问题，而且有大问题，他既然同这私挖铁矿沾上了边，便说明他有可能已经通敌叛国了。”

成杨说完，弗香夫人点了点头，但是又有着疑虑，看着成杨继续说道：“翰飞，你也不要如此贸然地得出结论，毕竟安王府那么大，而且人员众多，真的说不上到底是谁在做这件事。”

弗香夫人说完，成杨摇了摇头，看着她继续说道：“弗香夫人此言差矣，这安王府虽然人员众多，但是能够调遣那么多的人来私挖铁矿，可不是一般的无名小卒能够做到的，这安王府中除了安王，又有谁会有这么大的能耐呢？”

成杨说完，弗香夫人点了点头，但是她沉默了一会儿后看着成杨三人继续说道：“其实我也一直在想这件事，也觉得应该是安王所为，只是不知为何，凝兰死前最后向我传递的消息并不是关于安王，而是要我务必留意霄云太公主。”

“霄云太公主？”成杨听到弗香夫人如此说，也着实吃了一惊。而一旁的君无咎则也陷入了沉思，这凝兰本来是被派去调查安王的，为何到最后她并没有提到这安王到底在暗中搞什么鬼，而是让弗香夫人小心霄云太公主？这里面一定有什么问题。

君无咎一边想，一边回忆第一次见到霄云太公主的情景，这还是安王府上一次出事时候的事了，那个霄云太公主给君无咎留下的印象十分不好，尖酸刻薄，为了一己之私欲，害死了自己的重孙，可是他着实想不到一个老太，除了这些还会做出什么惊天地的事，竟然凝兰都说要小心她呢？

君无咎正想时，一旁的成杨拍了拍他，让他回过神来，然后看着他继续说道："清悦兄，那你之前答应为这霄云太公主行针治疗中风着实太正确了，这可是一个上好的机会，让我们能够接近这霄云太公主。"

成杨说完，君无咎点了点头，看着他继续说道："确实也只能如此了，我们现在对这霄云太公主掌握的线索可以说是少之又少，所以这确实是一个接近她的好机会。"

"嘘！安静！"君无咎刚同成杨说到这里，那边的弗香夫人突然做了一个噤声的手势，让他们不要说话。

看到弗香夫人如此，他们瞬间都不作声了，屋内鸦雀无声，起初成杨和君无咎不懂弗香夫人为何突然不让他们说话，还以为隔墙有耳。

谁知不久他们竟然听到了淡淡的声音不知从何处传了过来，那声音极小，若是不仔细听完全听不清楚，但是成杨和苏文月瞬间便听出了其中一个说话的人是谁，那便是他们的老师欧阳定贤。

那欧阳定贤小声地不知道在同什么人说着话，他说："下官感觉成杨这几个小崽子回来之后，这局势越来越不受我们控制了，他们回来后，下官的心就一直悬着，也不知道他们到底能掀起多大的浪来。"

欧阳定贤说完，能听得出对面的人十分的愤怒，那人对欧阳定贤怒吼道："能够掀起多大的浪，难道你自己心里不清楚吗？他们南下一路查到了多少证据，瓦解了我们多少势力，你自己难道没有脑子，计算不出吗？当初真的是看走了眼，怎么能将买卖官职的事交到你的手中？"

那人说到这，气得着实不轻，还虚弱地咳上几咳，然后冲着欧阳定贤继续喊道："本以为你重名声、懂道理，而且做事心狠手辣、雷厉风行，能够取得十分好的效果，不曾想，你是猪脑子，竟然为了财将求取官职的事做成了一笔买卖，只要给钱，什么样的人都能够买到官职，你忘了我当初同你说过什么了吗？我说我们买卖官职不是为了财，而是为了发展自己的势力，实则是为了结党营私。而你这个猪脑子，到底是怎么办事的？”

那人说完，欧阳定贤唯唯诺诺地同那人说道：“温王爷，您千万别动怒，要注意自己的身体，千万别因为这些小事伤了自己的身体，一切都是我的问题，是我不对，我一定会为您处理好这些问题的，如若不行，我就只好彻底除掉这几人了，为王爷永绝后患。”

欧阳定贤说完，那温王爷再次咳嗽了几声，继续冲着欧阳定贤吼道：“你自己看着办，把事情给我处理好，如若不然，我要了你的狗命。”

温王爷说完这句话后那边便没了声音，成杨三人面面相觑，不敢相信他们方才听到的话，尤其是成杨，他抬起头，看着君无咎说道：“清悦兄，你可有听清方才我老师称呼那人什么？”

君无咎点点头，看着他继续说道：“听清了，欧阳大人称呼那人为温王爷。”君无咎说这话时，脸上并没有太多的表情，因为方才他听他们对话时，忽然想到了他的老师留给他的那封信，也就是被某些人伪造的信件，那里便曾经提到过这温王爷，说他狼子野心，如今看来，果然是这样。

“说到这里我也想起了一件事……”苏文月突然看着君无咎和成杨开口说道，“我记得这温王爷一直体弱多病，所以他特别喜爱求仙问药，如此看来，当初那去太虚观的王爷是否便是他呢？”

苏文月说完，君无咎赞同地点点头，继续说道：“十分有可能，他可以借由访仙问药而离开京城，神不知鬼不觉地去到那太虚观，而且现在想来能将火油藏到炼丹炉之中，绝不是凭空想象得来的，定然是他平日里曾接触过这些，觉得有这个表象罩在外面，他藏在里面的内核才不会那么轻易地被人发现。”

君无咎说完，成杨点点头，看着他们继续说道：“不曾想这整个案件中还有温家的事，一直以为温家十分的低调，只求自保，不曾想这温王爷竟然如此的狼子野心！着实不能被人的表象所迷惑啊，温家的人看似个顶个的柔弱，都是病秧子，不承想胃口竟然都这么大！”

成杨说完，君无咎便也点点头，他思索了一番之后，叹息着同他们说道：“唉，可是即便我们现在已经知道了这一切，我们依旧没有办法将他们抓捕起来，毕竟我们没有确凿的证据，而且这锦绣馆还不能暴露，我们无论如何也不能说出方才那些信息是从锦绣馆听到的。”

君无咎一边说一边叹息，最后顿了一下继续说道：“唉，这明明知道犯人就在那里，我们却拿他无可奈何的感觉着实是太痛苦了。”

君无咎说完，成杨表示赞同地点点头，但是同时他也拍了拍他的肩膀安慰他，继续说道：“放心吧，清悦兄，我们已经离真相越来越近了，只要我们加紧步伐，一定会查到证据，将他们绳之以法的。”

成杨说完，君无咎点点头，没再说什么，而此时苏文月却好奇起来，她看着弗香夫人不确定地问道：“夫人，莫不是昨日您将我扣留在这一整日，便是想让我听到他们之间的对话是吗？”

苏文月问完，弗香夫人点点头，看着她继续说道：“昨日刚刚请你进来时，那边便传来了欧阳定贤同那温王爷的声音，我见你正巧在这，便想让你听一听，获取一些线索，不承想，你根本稳不住心神，直到欧阳定贤同那温王爷离开，你也什么都没有听到，我一气之下便将你留在了这里。”

弗香夫人说完，苏文月这回才理解地点点头，看着那弗香夫人继续说道：“那弗香夫人，您把我带到这个屋子来，是本来便想让我听老师同那温王爷的对话吗？”

苏文月说完，弗香夫人看着她摇了摇头，继续说道：“并非如此，昨日请你进来，最初的目的不过是为了见见你，看看你长多大了，是否成熟了，只是不承想……”

弗香夫人说到这里时停顿了一下，仿佛陷入了沉思，然后看着苏文月的方向继续说道：“虽然当初我将锦绣馆建在这，是有这么一层目的在这里，只是一直以来都未曾听到过什么有用的信息，昨日是第一次，这温王爷最近三番五次地来到大理寺找这欧阳定贤，想来他们是真的急了，你们回来给他们造成了巨大的压力，让他们心有不安，不知如何应对，看来真相马上要大白于天下了。”

弗香夫人说完，成杨和苏文月都十分吃惊地看着弗香夫人说道：“弗香夫人，您说什么？您是说这声音是从大理寺传来的？”

苏文月和成杨着实不敢相信这一点，毕竟在他们的心里这大理寺同这锦绣馆相隔甚远，如何能够在这里就听到大理寺内的事呢？

看到成杨和苏文月如此惊讶，弗香夫人笑了笑，看着他们继续说道：“这不过是用了一个障眼法，其实这锦绣馆同大理寺离得并不远。就算远，也同大理寺地下的密室离得并不远。”

弗香夫人饶有意味地说出这么一句话，成杨和苏文月仔细地琢磨了一番后，感觉自己好像有些懂了，但是又感觉什么都没有理解一般。

看着他们还是有些不解，弗香夫人继续说道：“翰飞、小月，其实你们都清楚，这大理寺并不是像它表面上看起来的那般大小，在地下挖的密室，能够从大理寺那延出两条街以外，是不是？”

弗香夫人说到这里，看着苏文月和君无咎的方向反问道。

他们二人思索一番后，不约而同地点了点头。看到他们俩点头，弗香夫人也笑着点了点头，然后继续开口说道：“这便是了，而在这众多的密室之中，欧阳定贤最喜欢的便是那隐藏得最深，离大理寺最远，最小的密室，他觉得那里最安全，不是吗？”

说到这，弗香夫人再度抬起头看着苏文月和成杨反问道，而成杨和苏文月则是再次点了点头。

看到二人机械地点着头，弗香夫人小心说道：“其实这锦绣馆便建在这间密室的旁边，我们离着这个密室只有一墙之隔。”

弗香夫人说到这，成杨和苏文月难以置信地摇摇头，看着她继续说道：“不可能，这密室是在地下，而我们现在位于地面上的二楼，怎么可能同大理寺的地下并排呢？”

其实听到这里，君无咎也十分疑惑，只不过他现在不太好插话。

听到苏文月和成杨如此发问，弗香夫人耐心地解释道：“其实这锦绣馆的楼从一开始打底时地基便比别的房子低，而且可以这样说，为了让这锦绣馆看起来不那么的突兀，这整条街房屋的地基都是向下打了两层。你们难道没有发现这趟街所有的房屋都是楼吗？而且没有低于三层的。”

弗香夫人如此说，君无咎便有了印象，他想起来确实这条街所有的房屋都是楼，一开始他本以为是京城的规划，不承想还有这一说法。

弗香夫人说到这里拿起茶杯，喝了一口茶，润润嗓子，然后看着他们继续说道：“其实这事非常的简单，毕竟这整条街的设计都是湛之君湛大人设计的。我们都清楚他工于巧匠，善弄机关，这种障眼法对于他来说，不过是十分简单的事情。”

弗香夫人说完，成杨三人便已经彻底理解了，他们三人恍然大悟地点了点头，而这时成杨突然想起一件事，他看着弗香夫人继续说道：“弗香夫人，如此说来，这皇上从来就没有信过我老师是吗？”

成杨说完，弗香夫人想了想，然后看着他笑着说道：“并不是，其实皇上哪任的大理寺卿他都不信，要不这锦绣馆怎么会在岳鸿之岳大人还在的时候便建成了呢？”

弗香夫人说完，成杨三人都呆呆地愣在那里，原来皇上从来都没有真正地信任过他们的老师，皇上如此多疑，又会真正地信任他们吗？

想到这里，成杨突然想到了站在门外的十五，他有些不敢相信，但还是缓缓开口，看着弗香夫人说道：“莫非那十五便是皇上派来监视我们的了？”

成杨说完，弗香夫人沉默了一会儿，然后点点头，看着成杨继续说道：“你可以这样理解，但也可以理解成是皇上为你们加派的人手，目的便是为了帮助你们，只是后来这里有些事需要他处理，便将他召回了。”

弗香夫人如此说完，成杨不禁发出一声冷笑，他十分失望地盯着那屏风上随风而动的花继续说道：“什么叫加派人手？难道现在加派人手都可以用欺骗的方式，不加以告知的吗？”

成杨刚说完这一句，后面的话还未说出口，便被苏文月和君无咎拦了下来，而弗香夫人也看着成杨十分严肃地说道：“翰飞，成熟点，这里不是你可以抱怨的地方，而皇上也不是你可以抱怨的人，身为臣子，你要相信为君者所做的一切定然是有他的道理的。”

弗香夫人说完这些也有点哽咽，但是没有再继续说什么，而是看着他们说道：“你们回去吧，不要再待在这里了，我也有些乏了，一切就交给你们了，你们务必小心。”说完，弗香夫人便起身从那屏风后头离开了。

苏文月本想同这弗香夫人询问一下自己生身父母的消息，但是看到成杨现在这个状态，苏文月心中清楚，现在不宜在这里久留，她害怕师兄会说出什么大逆不道的话来。

她知道这么多年，师兄虽然在大理寺中变得圆滑善于伪装，但是他的真性情却一直都没有变，若是某件事或者某个人真的让他付出了情感，那他便会卸下伪装，真心相待。

看到君无咎和苏文月都如此担心地看着他，成杨抱歉地笑了笑，看着他们继续说道：“我没事，害你们担心了，其实这几日我已经想明白了许多，我们都是各司其职，并没有什么可埋怨的。”

说完他又转过头，看着苏文月继续说道：“师妹，着实是师兄不好，害得你又一次错过探问自己生父生母消息的机会。”

成杨说完，苏文月摇了摇头，看着他说道：“没事，这事以后还有许多时间、许多机会再问，你不要太过于自责了，现在最重要的是，咱们所有人都好好的，好好地走下去，一同面对未来。”

听到苏文月如此说，成杨感动地点了点头，他们离开前那个伙计亲自将孙铭交给了他们，成杨和君无咎这才发现，那孙铭的身上早已经缚好了绳子，看来这伙计准备的比他们准备的都妥当啊。

孙铭见成杨三人在馆主的房间内待了那么久，虽然他早已经没有抱有什么希望了，但真的到了这一刻，他发现馆主毫无所动，将自己视作

弃子，他十分愤恨，难道他就不怕自己说出一切吗？

其实此时的孙铭并不知道，成杨三人就在刚刚已经知道一切了。

在将孙铭带回大理寺的路上，苏文月越想越不对，看着成杨和君无咎继续说道：“我怎么突然觉得将孙铭放到大理寺不安全？”

“哦？怎么说？”成杨看着苏文月，假装疑惑地问道。

苏文月想了想，她看着成杨继续说道：“从今日早晨老师的表现来看，他定然与安王府的案子有关系，若是将他放到了大理寺，说不定老师会顺藤摸瓜，最终查出锦绣馆的问题。”

苏文月说完，成杨点点头，然后说了声：“哦，竟然是这样啊！”

成杨说完，苏文月十分不理解地看着他继续说道：“什么叫做‘哦，竟然是这样啊’，师兄你这话又是什么意思呢？”

苏文月说完，君无咎也跟着着急地看着成杨继续说道：“翰飞，我觉得苏大人说得十分有道理，我想咱们还是不要将孙铭送到那大理寺了吧。”

看到他们二人都如此认真，成杨调皮地笑了笑，看着他们继续说道：“这是当然了，我怎么可能那么傻，将孙铭送到大理寺，我不过是将他送到我们成家的密室之中。”

说完，他又用手弹了一下苏文月，看着她继续说道：“真是笨死你了师妹，你难道不记得在大理寺附近，也有我们成家的密室吗？”

成杨说完，苏文月噘着嘴，委屈地说道：“行行行，你们成家家大业大行了吧！”

苏文月这句话，逗得成杨和君无咎开怀大笑，活跃了方才出来时几人一直心事重重的尴尬气氛。

走着走着，成杨突然看着君无咎问道：“清悦兄，这弗香夫人之前的话，你信吗？信的话，信几分呢？”

君无咎想了想，然后仔细地回答道：“刚开始我是不太相信她的话的，但是后来她准确地说出了私挖铁矿的事，我便觉得她说的可能有一定的可信度了，直到后来又听到欧阳大人同温王爷的对话，我便更加觉得这弗香夫人说的应该是真的了。”

君无咎说到这里停顿了一下，他仔细地思考了一番后看着他们继续说道：“我觉得弗香夫人同我们说的都是真的，但她只说了冰山一角，她知道的事，或者在她身上发生的事应该远不止这些，只不过她并没有同我们说罢了，我觉得她对我们，应该还是有所隐瞒的。”

君无咎说完，成杨和苏文月也点点头，十分赞同君无咎的观点，成杨想了想然后看着他们继续说道：“现在我们已经确定了这件事是同温王爷有关了，可是我们如何才能找到切入口，来着手调查这温王爷呢？”

成杨说完，苏文月皱起了眉头，想了一会儿，才看着他们开口说道：“这温王爷隐藏得着实是够深的，南下这一路，我还以为买卖官职最大的幕后黑手就是老师了，不承想，竟然是这温王爷，看来这温王爷果然心思缜密，将自己撇得一干二净。”

苏文月说完，成杨点点头，看着他们继续说道：“没错，若不是今日听到了老师同温王爷的对话，我也决不相信，温王爷拖着那副病怏怏的身体，能够图谋这么大的事。可现在我们虽然已经知道了真相，却拿他无可奈何，真是让人懊恼。”

成杨说完，君无咎拍了拍他的肩膀，看着他安慰道：“翰飞莫急，其实从方才欧阳大人的对话来看，这温王爷的心中已经种下了焦虑的种子，他这一焦虑便难免会犯错，就像这次他在密室约见欧阳大人一样，这是从前从未有过的事，而也正是因为这件事，他才露出了马脚，这就说明他已经稳不住，或者说按捺不住了，如此，便离他伏法的那天不远了。”

君无咎说完，成杨吐出胸中的闷气，才看着他回答道：“希望如此吧！”

听到君无咎如此说，苏文月也叹息着看着他们继续说道：“是啊，一定会有真相大白的那一天，只是不知道在这真相到来之前，我们还要付出多少惨痛的代价。”

苏文月说完这句，又转过头看了看孙铭，继续说道："你既然是这锦绣馆的采办，想必对很多事情都已经知晓了吧，你应该早就知道凝兰并不是真心嫁给安王，也并不是安王强逼她，而是她为了某些目的去接近他的吧。"

苏文月说完，那孙铭震惊地看着她，表情十分惊讶，仿佛这一切不该是苏文月能够知晓的事一般。

苏文月看着孙铭的眼神，便知道他早已经知晓这一切，看来那锦绣馆到底是什么样的存在，他定然也是知晓了，她心中也不知为何感到有些隐隐作痛，于是淡淡地看着孙铭问道："你不是说你深爱着凝兰吗？为何还会看着她跳进那深渊？你真的就一点都不为她着想吗？"苏文月说这话时，知道自己有些无理取闹了，但是她无法控制住自己，尤其在想到为了他们现在做的一切，他们付出的惨痛代价和南下时失去的那些人。

苏文月不自觉便想到了苏明鸾和妍女，因为她们也完全被仇恨驱使，为了达到自己心中的目的，不惜放弃一切，她一直都不知道她们这样做的意义是什么，这样一来她们又得到了什么。

就像凝兰她到底是为了什么接近安王，而对于她来说，这一切意味着什么？意味着她将失去自由，意味着她将失去爱人，更甚者她可能会失去性命，可是为什么还会有人义无反顾地冲上前去，去做这件事？

苏文月问完那句话，孙铭当时也愣住了，他想起馆主同他和凝兰说这件事的时候，他的心中是十分不快的，他不想让凝兰去，可是心中却认为她应当去，他不应该阻拦她，他也不知道自己为何会有这种想法，所以当苏文月如此问他时，他竟然语塞，不知道该如何回答。

他踟蹰了许久终于看着苏文月继续说道："我们没办法的，这是我们的宿命。"

"什么叫宿命？难道是宿命你们就认了吗？你可以带着她逃啊，天涯海角，只要你说一句，她若是真爱你，她可能会不同你走吗？"苏文月说完，孙铭再度沉默了，他不知道该如何回复苏文月，他突然心如刀割，后悔当初没有带她逃离那是非之地，好在……好在他应该还有弥补的机会，不然他一定会后悔当初做出的选择。

成杨和君无咎不懂苏文月的情绪为何突然会有如此大的起伏，成杨走上前，看着她温柔地说道："师妹，你怎么了？为何突然会同孙铭讨论这些？"

成杨说完，苏文月摇摇头，突然流出了眼泪，看着成杨继续说道："没事，师兄，我没事，我只是害怕。"

这是苏文月第一次在外人面前展露自己的脆弱，就连成杨都是第一次见，他看着一直在流泪的苏文月，有些手足无措，他赶忙走上前，帮她擦干眼泪，将她拥到怀中，摸摸她的头，继续问道："害怕什么？小月，别怕，师兄会一直保护你的。"

成杨说完，苏文月在成杨的怀中，摇了摇头，哽咽地继续说道："我……我……觉得事情越来越复杂了，南下一路，我们认识了许多人，又失去了许多人，这一切我都忍下了，现在回到京城，我知道自己也失去了一直视作父亲的老师，我也忍下来了，而今天却得知整件事情的背后，还有这么多复杂的因果，我突然就有些承受不住了，我特别怕，怕再会失去自己至亲至爱的人。"

苏文月说完，成杨叹息着温柔地抚摸着她的头，继续说道："最近一直发生的事，真是辛苦我们小月了，师兄最近一直在忙，竟没有发觉小月一个人承受了这么多，你一定很累了吧？"

成杨说完，苏文月点了点头，眼泪止不住地往下流，成杨温柔地拍着苏文月的肩膀，希望给予她最大的安慰。

君无咎听到这里，明白了苏文月为何会突然如此了，他叹了一口气，走上前，看着苏文月继续说道："苏大人，你方才一直在质问孙铭，你问他为何会放手让凝兰以身犯险，其实仔细想想一点都不难理解。"

君无咎一边说，一边走到成杨和苏文月的身边，看着一直在哭的苏文月说道："在我们看起来，你不也是一直以身犯险的那个人吗？比如说独闯锦绣馆，独自去办案，独自去查很多事，这些都是以身犯险啊！那你为了什么，其实你心中不是一直都很清楚吗？”

君无咎说完这些，静静地看着苏文月良久，直到苏文月慢慢地止住了哭泣，然后抬起头，看着君无咎。

君无咎看她已经止住了哭泣，然后冲着她继续说道：“其实，你心中一直都清楚，你为的是求一个真相，为的是为受害人申明冤屈，你想要的不过是一个正义。我们不能让迫害他人的人一直逍遥法外，这是我们的职责，而凝兰遵守的也是她的职责与使命。”

君无咎说完，成杨点点头，看着苏文月叹了一口气，继续说道：“对啊，小月，其实很多时候我们为了得到一种东西，就必须要有所付出，这个道理你应该一直都懂的。”

成杨说完，苏文月点点头，擦了擦眼泪，看着成杨和君无咎继续说道：“我知道……其实……这些我都懂，只是今日莫名想了这许多。”苏文月说完，深吸一口气，然后看着他们努力地展露几分微笑，继续说道，“你们不必担心我，我没事的，接下来还有更重要的事要做，我心中清楚，也准备好了。”

苏文月说完这些，成杨和君无咎都点点头，没有再说些什么，而是带着孙铭一直向着成家密室走去。

走的这一路，孙铭也一直没有说话，不知道在想些什么，被关到密室中时表情呆滞，不知道到底在想些什么。

成杨将他关在这里，并且派了一个十分信任的人在这里看守。

看了看这孙铭的状态，成杨三人没有再问他什么，便离开了。

因为君无咎还有十分重要的事要做——他答应了霄云太公主，为她治疗中风之症。

君无咎要前往安王府时，看着成杨和苏文月问道：“你们要同我一同去吗？还是我一个人去，你们先回去？”

苏文月和成杨想了想，看着君无咎继续说道：“我们同你一起去吧，想来这安王府定然还有许多秘密没有被揭开，所以我们还是陪你一同去，说不定能发现些什么，而且有我们二人盯着，你也不至于太过费神。”

成杨说完，君无咎笑着点点头：“好，如此甚好，我本以为你们会回去处理些别的问题，还担心会发生一些什么突发的状况我会无法及时处理呢。”

成杨也笑着说道：“清悦兄，以后你若是有什么想法直接同我们说便可以，我们来共同决策，看谁说得更有道理，你不要总是一味地退让，不发表自己的看法。”

君无咎感激地看着成杨，而苏文月也看着他们两人继续说道：“我们快快离开这里吧，毕竟同我们有约的人可是霄云太公主啊，可不能太迟。”

苏文月说完，君无咎和成杨几人便匆匆忙忙地向安王府赶去。

一来到安王府，君无咎三人便被眼前的景象惊呆了，整个安王府灯火通明，里面热闹非凡，围着许多的人，君无咎三人进来，竟然没有人发觉，也没人来迎接。

他们三人说着话便一路来到了后院，不承想这后院更加热闹，却也可怕至极，一群戴着面具、画着脸谱的巫师，将安王妃围在中间，对着她又是喷火又是喷水，看起来恐怖至极。

那安王妃虚弱至极，被捆在椅子上，无论她如何挣扎，都不会被放下来，整个人看起来特别的惊恐，想来从出生起，她还没经历过这种事吧。

君无咎三人看着安王妃如此，属实觉得不忍，也觉得这些巫师根本不是在治病救人，而是在折磨人罢了，可是这是安王府的家事，他们也不好插手。

毕竟找这些巫师来驱魔的命令是霄云太公主下的，而现在她就站在一丈开外的地方，静静地看着这一切，不知道在想些什么，静默地让人觉得可怕。

君无咎三人，走上前向霄云太公主请安，这霄云太公主才回过神来，看着成杨他们笑着说道："哎哟，你们都来了，我本来只请了君大人一人，不过你们来了也好，我可是十分喜欢热闹呢！"

霄云太公主站在那里说了一番意味不明的话，让人摸不着头脑，就在君无咎三人仔细揣摩她这话中意味时，那边突然有巫师拿着长鞭对着安王妃痛打起来，这着实让君无咎三人吃了一惊。

成杨赶忙冲上去，想要抓住那个施暴的巫师，不承想却被霄云太公主拦了下来，那霄云太公主拦着成杨慢慢地说道："翰飞啊，这件事你不要插手，巫师方才已经同我说了，这王妃的身体里被邪魔附体了，得驱逐啊，这不驱逐这邪祟可不行，要不她会一直发病的，你可不要上去破坏了驱魔的仪式。"

霄云太公主说完，成杨等人一时无语，但是既然霄云太公主已经开口，成杨断然不敢违抗她的命令，只好安静地立在那里，沉默地看着。

虚弱的安王妃被绑在那里时本是浑浑噩噩的，所以被抽打时，也没有什么比较激烈的反应，只是一直在痛苦地呻吟，身上的衣衫已经被一道道血痕晕染，看起来触目惊心，而且更可怕的是，这些巫师到后来变本加厉，看起来极为嗜血，仿佛要将安王妃抽打至死才可以。

成杨着实看不下去，他一个箭步冲了上去，拦住了那巫师，苏文月和君无咎紧跟在他的身后。

那霄云太公主看到成杨阻止了这个仪式，仿佛十分气愤，她走上前，颤抖地看着成杨说道："翰飞呀，翰飞，你这可是触犯了神灵，释放了魔鬼啊！"

她一边说，一边不断地叹息，看到她着急，方才一直施暴的巫师赶忙看着霄云太公主说道："太公主，您别动怒，其实这位大人无论阻止还是不阻止，对于驱魔这件事都没有太大的影响。"

那巫师说完，成杨三人都着实吃了一惊，他们抬起头看着那巫师，知道他接下来，定然还是要有一番说辞来解释他方才说的那句话的。

果然那霄云太公主看着那巫师，十分虔诚地说道："敢问巫师此话是何意呢？"

那巫师低下头，沉思了一番之后，看着霄云太公主继续说道：“这是因为这邪祟就算驱除了也还会有别的邪祟入府的，这是府中的气决定的，所以这邪祟无法根治。”

那巫师说完，霄云太公主立马紧张了起来，看着他继续说道：“什么！那邪祟竟然无法完全去除，那请问巫师我们安王府中的这气，可有破解之法？”

霄云太公主说完，那巫师看着她笑了笑说道：“想解此气其实十分的简单，只要这安王府尽快有人坐镇便可，这气无非是安王府最近受尽坎坷，庇佑家宅的灵气受损，才会让这些邪祟乘虚而入，若是这安王府有家主坐镇，定然不会发生这许多事情。”

那巫师说完，成杨三人立马理解了那巫师的意思，这巫师是要这安王府尽快地选出承袭安王的人啊！

他们仔细地分析了一下这巫师的话，突然便明白了，这哪是举办什么法事，这明明是霄云太公主的一个计策罢了，想来这一出戏她就是安排给成杨等人看的，而这巫师想来也定然是她安排好的。

成杨三人还记得第一次来到安王府的时候，那霄云太公主便想让老安王其他的子嗣来继承这安王王位，她为何如此处心积虑地想换掉安王，而她又想让谁承袭这王位呢？

那巫师说完之后，霄云太公主陷入了沉思，就仿佛陷入了两难的境地一样，她想了想，才有些手足无措地继续说道：“这可如何是好啊？这安王府之主的事也不是我能够决定的，这可要同皇上商议的，可是按你所说，一切又这么急！这可如何是好？这可如何是好啊？看来老身明日便得去面圣了，让他早做决定。”

听到霄云太公主如此说，成杨着实无奈。

他忽然发现这霄云太公主可真是会演戏，她自导自演了这么一场戏，将这种说辞同皇上说，用神魔之事对皇上施压，想来皇上一定会同意她的请求的。果然这霄云太公主城府颇深啊！

那霄云太公主说完，又将头转向成杨几人，痛苦地说道：“唉，你呢也看到了，我这安王府这一年可真是命运多舛啊，老身已经一把年纪，着实承受不起这接二连三的打击。明日老身便要去向皇上请罪，是老身没有照顾好这安王府。”

那霄云太公主一边说，竟然一边哭出声音来，成杨三人赶忙上来安慰她，而旁边一直昏昏沉沉的安王妃却突然呕出一口血来，直挺挺地晕倒了。

君无咎赶忙将她扶了起来，送到了室内，为她把脉，成杨看到君无咎好像要为安王妃诊治，赶忙将他拦了下来，看着他小声说道：“这是外伤，你的行针之术治不了的。”

君无咎看着成杨的眼神，知道他正在提点自己不要暴露，他赶忙收回手，看着霄云太公主说道：“太公主，安王妃着实太虚弱了，还是赶紧将大夫请来吧，否则可能回天无力了。”

君无咎说完，那霄云太公主想了想，点点头，可是整个屋子里并没有人动身去请大夫，这成杨心下着急，便赶忙冲着人群中高喊张管家。

可是喊了许久，一直没有见到张管家的出现，成杨心中疑惑不已，要知道这张管家之前可是寸步不离安王妃的，为何发生如此紧要的事，他竟然不在？

不过顾不上那么多了，成杨随手抓住了身边的一个人，让他赶忙去城中请大夫，而又吩咐另一个人，赶忙去太医院去请一位太医来为安王妃诊治，在现在这个紧要关头下，只能看他们谁能够先到了，多一个选择多一份保障。

君无咎则是在一旁照看这安王妃，他再度为她号了一下脉，发觉若是再不救治她可能撑不到大夫来了，这可愁坏了君无咎，毕竟他既不想看着有人眼睁睁地死在他面前，也不想暴露自己除了行针之术之外还懂一些医术的事。

想了想，他终于下定了决心，他着实狠不下心看着一个人在他面前死去，在他明明能够将她救下来的情况下。

他起身看了看霄云太公主继续说道：“霄云太公主，请允许我为安王妃行针，稳住她的心脉，然后再等太医或是大夫来治疗，不然恐怕安王妃凶多吉少了。”

君无咎说完，霄云太公主仔细思索了一番，然后看着他静静地摇了摇头，说道：“不妥，这王妃还在孝期，男女授受不亲，你还是不要为她行针了，还是等大夫或是太医来吧！”

这霄云太公主说完，苏文月着实无奈，这么蹩脚的借口她都能说出来，着实是太可笑了，要知道她可是要君无咎为她行针治疗中风的，难道君无咎同她就不是男女授受不亲了吗?

不过这种话，苏文月只敢放在心中想想，她绝对不敢直接说出这些话去质问霄云太公主，不然，冲撞了她，后果想来十分惨重。

君无咎见霄云太公主如此说，内心也十分的着急，他不理解这霄云太公主是真的迂腐，还是她另有目的，或者说，她好像根本不想让君无咎救了她，她到底在预谋着什么?只有救了这安王妃，一切才能得到答案。

看到君无咎如此纠结于痛苦中，成杨也意识到了事情的严重性，他知道若不是这安王妃真的撑不住了，君无咎绝对不会如此失了分寸的。想到此，他也转过头，劝说霄云太公主。

然而无论谁劝说，结果都是一个样，那霄云太公主不同意君无咎为安王妃行针，说是有辱家门，苏文月听着着实无语，便小声地在霄云太公主身边说道：“太公主，您别忘了，其实我们这次来安王府的目的就是陪君公子为您行针医治中风之症呢。”

苏文月说完，那霄云太公主立马听懂了她话中的意思，但是她的神色却十分淡然，转过头看着他们继续说道：“我从来不是那种不近人情的人，方才同你们说过了为何不让君大人为她诊治，因为她身上有孝，所以在此期间男女授受不亲，即使医者仁心也不行。”

说完这些，她又将头转过来，面向苏文月继续说道：“而对于我来说，情况便有所不同了，毕竟百善孝为先，我如今身体有恙，想来安王走都走得不安心，所以君大人为我行针，其实也是在为安王考虑啊！”

霄云太公主说完，成杨等人顿时都无语了。这种诡异的逻辑她到底是如何说得出来的呢？

苏文月还想同那霄云太公主争辩，却被君无咎拦了下来，他冲着苏文月摇了摇头，示意她不要再冲动了，看到君无咎如此举动，苏文月心中一凉，她知道君无咎如此阻拦她意味着什么。这意味着安王妃已经无力回天了。

成杨看到君无咎摇头，也心下一惊，看来他们注定不能从这安王妃的口中得到答案了。

只是令人痛苦的是，这是安王身边最后一个人，如今她也要离开这安王府了，想来霄云太公主铲除异己的做法已经取得成效了。

过了今晚，这安王府再没有老人的存在了，而这霄云太公主如此做，到底能得到些什么呢？

果然，太医和大夫还未赶来，那安王妃就已经咽了气，她临终前看起来十分痛苦。

苏文月看着安王妃伤痕累累的身体，气不打一处来，她心中清楚，杀害她的人和迫害她的人都是谁，可是她却无法将他们捉拿归案。

而且仔细算来她都可以算作是杀死她的人，因为她也是帮凶，她没有勇气直接出来为她对抗这一切，为她争取继续活下去的机会。

想到这里，苏文月的内心痛苦非常，她看了看成杨和君无咎，果然他们的脸色同她一样，也看起来十分的隐忍，她心中清楚，他们定然也同她想的一样，痛恨自己没能救她，反而成了害死她的帮凶。

就在君无咎等人陷入痛苦的情绪中难以自拔的时候，那霄云太公主突然抬起头，看着他们淡淡地说道："你们几个回去吧，老身今日有些乏了，不想再做什么行针了。君大人改日再来吧！"

霄云太公主说完，成杨、君无咎等人不知道该再同她说些什么，只能点点头，拜别了她。

回去的路上，三人一直都沉默着没有说话，他们都知道彼此心中在想些什么，也知道彼此因为什么而痛苦，可是他们却没有办法，没有办法去阻拦这发生的一切。

走着走着，苏文月突然停了下来，看着君无咎和成杨说道："我受不了了，我要去调查那几个巫师，我一定要拿到他们几个是受霄云太公主指使的证据。我非得查明真相不可，我着实受不了这个霄云太公主了。"

苏文月说完，成杨和君无咎都愣住了，他们心中清楚，这次霄云太公主的行径真的是将她气到了，否则她也不会如此激动。

不过君无咎和成杨拉住了苏文月，看着她继续说道："师妹，你先别那么冲动，那霄云太公主既然能够想到用这种方法，你觉得她会想不到我们暗地里会查那些巫师吗？想来她早已经做好了万全的准备，所以你一个人去，绝对不行，我担心你会受伤。"

成杨说完，君无咎也跟着劝她："没错，正是如此，那霄云太公主心思极为缜密，定然不会将如此大的漏洞留给我们的，所以这其中定然有问题。你还是等等，有机会我们两个同你一起去查看吧。"

君无咎和成杨说完，苏文月想了想，才看着他们开口："如此也好，我们三个人一同前去，彼此也能有个照应。"说完，他们又悄悄地潜回了安王府。

果然不久之后，那几个巫师便陆续从安王府中走了出来，而成杨三人则是默默地跟在身后，打算走到一个比较合适的地方将他们几人抓起来，审讯一番，可是走了大概还没有一条街的路程，那几个巫师却相继倒地，直挺挺地躺在那里不再动了。

君无咎三人看到这一幕，心中十分焦急，君无咎赶忙冲了上去，为这几个巫师诊脉，不出君无咎所料，这几个巫师都中了剧毒，此刻已经是回天乏术了。

苏文月看着满地的巫师的尸体止不住地叹气，看着成杨和君无咎说道："唉，好好的线索，到这里又断了。"

听到苏文月如此说，成杨和君无咎都叹了口气，但是他们二人的态度，却比苏文月好很多，成杨想了想，看着苏文月说道："虽然线索在这里断了，但是这并不代表我们什么收获都没有啊，现在这几个巫师全部出了问题，这就说明这霄云太公主是真的有问题，一切并不只是我们的推测。”

成杨说完，君无咎也看着苏文月开口说道：“正是如此，虽说这次霄云太公主处理得十分谨慎，彻底将他们解决了，什么线索都没有留下，可是她却留下了一个最大的破绽，便是此地无银三百两。虽然我们现在没有证据能够抓到她，但是我们既然已经识破了她，她若是再轻举妄动，想要收集些证据想来也不是什么难事。”

成杨和君无咎说完，苏文月无奈地叹了口气，看着他们继续说道：“你们这心态还真是好。”

“不好又能怎么样呢？事情已经发展成现在这个样子了，一切便只能如此，我们只能在此基础上，向更高更好的方面出发，现在一两次的挫折，并不代表我们一定会失败啊！”

成杨接过苏文月的话，而君无咎则也十分赞同地点了点头，看着苏文月开口说道：“正是如此，翰飞说得十分对。”

听到成杨和君无咎都如此说，苏文月最终点点头，看着他们说：“我信你们，我一直都觉得我们一定能查明真相，只要我们一直都不放弃。”

君无咎和成杨赞同地看着苏文月，然后成杨笑着看着她开口说道：“师妹你也累了吧，我们回去休息吧，今天折腾了一天，想来大家都是筋疲力尽了。”

成杨说完，苏文月点了点头。可是正当他们打算要回去时，一只冷箭突然射了过来，成杨等人立马感受到了，赶忙躲开，可那只箭不偏不倚地射到了他们脚下，而上面还绑着一个纸条。

君无咎蹲下身捡起了这个纸条，打开来看，发现上面只写了几个大字：张管家已死，在凝兰别院的护院河中。

君无咎将这个纸条拿给苏文月和成杨看，成杨和苏文月都着实吃了一惊，成杨突然想到方才他叫那张管家去请大夫时并没有人理会的事，他当时就觉得不对，只是没有细想，不承想，果然出事了。

他们赶忙动身，再次赶往安王府，可是安王府的大门已经紧闭，无论他们如何敲门，都没人来开。

君无咎几人无奈至极，苏文月想了想，看着他们开口说道："不是说张管家的尸体被扔到了凝兰别院的河里了吗？不如我们去那里，先去找找看，省得惊动了安王府的人，反而事情可能更加棘手了。"

苏文月说完，成杨和君无咎仔细地想了想，然后又仔仔细细地推敲了一番，才最终开口说道："好，就按照你说的办。"

就这样，他们三人偷偷地潜进了安王府，来到了凝兰别院，君无咎和苏文月二话没说下了河，打算去寻找那张管家的尸体。

成杨可惨了，他害怕地站在岸边，不敢过去，看到他如此为难，君无咎和苏文月都笑了笑，安慰他让他等在岸上就好，不必下来了。

可成杨又是十分的愧疚，看着他们不好意思地说道："可是这片河水，这么大，全凭你们二人找一定非常费时费力，都怪我如此胆小，不能帮助你们。"

听成杨如此说，君无咎和苏文月叹息着摇了摇头，看着他说道："你不必这般自责，没有问题的，我们两人可以，你在这里帮我们看着安王府的人，这样不也很好吗？"说罢，他们便离开往河水中走去了。成杨站在岸边，看着他们心中十分焦急，他看了看天上的月亮，发现今日云很多，月光并不是十分的明亮，如此来说，会不会就看不到河中的虫子了呢？这让他非常纠结。

成杨想了想最终下定了决心，决定要下去，同苏文月和君无咎一起找张管家的尸体。可当他走到河边，正准备要下去时，忽然发觉有人在悄悄地接近他，那人鬼鬼祟祟不知想干什么。

成杨佯装没有感觉到背后之人，一直面朝河岸站立着。果然，那人发现他并未察觉自己的存在，赶忙三步并作两步冲了过来，拿着一把匕首顶着成杨的后腰，缓缓地说道："让苏大人和君大人他们上来。"

听声音像是一个女人，成杨十分诧异，这个女子会是何人呢？难道是这安王府的婢女？

虽然成杨反手就能够将她捉住，但是他还是装作无法反抗，想看看她到底想要干吗，希望能从中探出一些线索。他按照她的话，冲着河面轻轻地喊了两声，让苏文月和君无咎赶紧上来。

这被焚尽的凝兰别院十分空旷，成杨的声音不大，但是也被传得很远，不过他倒是不担心会被别人听到，毕竟这凝兰别院离这安王府还有些距离。

成杨发觉下面没有动静，就又朝着河面喊了两声，这次他的话音未落，君无咎和苏文月便缓缓地走了上来。他们淡定地看了看成杨的身旁，便知道成杨为何叫他们上来了。他们听出成杨的语气很镇定，并没有表现出不安，便知晓他可以处理这一切，并没有生命危险。

如此他们二人便也不必那么担心了，对于成杨的目的，他们也心领神会。君无咎和苏文月借着朦朦胧胧的月光，仔细观察着站在成杨背后的黑衣人，她全身都被黑纱裹着，体形看起来十分娇小，这让苏文月和君无咎断定，那挟持成杨的人定是一名女子。

苏文月看着那女子灵机一动，十分动容地望向那女子，语气略带焦虑地说："你要做什么？有话好好说呀！可千万别伤害我师兄，没了师兄……"

君无咎看到苏文月如此，也瞬间反应了过来，静静地对那女子说道："没错，有什么话好好说，千万不要伤害他。"

成杨看到苏文月和君无咎都如此机智，内心十分欣慰，他用颤抖的语调对那女子说道："没错，有什么话，好……好好说，刀剑无眼，可别错伤了人。"

那女子略微沉思，目光冷峻，打断了他们的话："少废话，我问你们，可是来找那张管家的尸体的？"

那女子说完，成杨三人捣蒜般地点着头，一副贪生怕死的样子。君无咎转念一想，问道："你可是那个传信让我们来这里的人？"

当时他们接到那信，立刻被信上的内容吸引了，没有多想便手忙脚乱地来到了安王府，他们甚至忘了去想是谁会传信给他们的。看来此人果真图谋不轨，竟用这种方式将他们引来。

想到这里，君无咎十分的懊恼，觉得是自己大意了，不过还好没有更为危险的情况发生。现在所发生的事，都还在可控的范围之内，希望这次的冒失能够换来一些有价值的线索，不然他们可就太亏了。

这样想着，君无咎看着那女子淡淡地说道："你想方设法地用张管家的死骗我们过来，肯定是有什么事要同我们讲，又或者是要让我们为你做些什么，现在我们已经在这里了，你有什么事便直说吧。"

君无咎说完，苏文月也颔首表示赞同君无咎的话，并对她继续说道："没错，有什么事，你直说便可，只是万不可伤我师兄分毫。"

苏文月说完，那女子冷冷地看向他们，缓缓说道："谁说我骗了你们？我是用张管家的死，将你们引到了这里，可是我并没有骗你们，那张管家就是被人害死的，而且扔到了这河中。只不过现在这河中并没有张管家的尸体罢了。"

听到她如此说，成杨、君无咎和苏文月都十分焦急，赶忙问她："那张管家的尸体去了何处？"

他们问完，那女子冷笑着说道："当然是被我藏了起来，不然我又有什么资格在这里同你们谈条件呢？"

听她如此说，君无咎三人便安下了心，果然她是要同他们谈条件，这样或多或少，她都要透露一些自己的事，那么这样看来，他们便可以顺藤摸瓜，知道她到底是哪方的人。

成杨微微颔首，慢条斯理地说道："原来是这样，你既然能够第一时间得到那张管家被人害死的消息，想来你对这安王府定然是十分的熟悉，莫非你也知道这张管家是被谁害死的吗？"

成杨说完，暗暗观察着女子的神情。那女子十分狠决地盯着他们说："当然，我想再没有哪个人能比我更加了解这安王府了，哼！就连他们安王府中的人，也不过是当局者迷罢了。"

听那女子的声音中包含着满满的恨意，苏文月觉得十分奇怪，尤其是那句没有人比她更了解这安王府的时候，苏文月竟然会莫名地将她联想成凝兰，真是奇怪至极，毕竟那凝兰已经被安王府的人活活烧死了，以鬼神的名义，什么罪责都不必承担。

仔细想来，这霄云太公主也着实是可怕，竟然如此能够煽动人心，掌握人心，将鬼神之说运用得如此的淋漓尽致，着实恐怖。

“听你的话，你好像十分憎恨这安王府中的人，这安王府曾经给你造成了什么伤害？”苏文月看着她小心翼翼地问道，想套出一些话来。

不料那女子却十分谨慎，她看着苏文月，眼露寒光，冷笑着说道：“你不必在那里套我的话，我就明白地告诉你们，你们问我，恨这安王府的人吗？我直白地告诉你们，我恨，我当然恨，我恨不得食其肉，饮其血。”

女子恶狠狠的话语让苏文月哑言。那女子言语中的愤恨溢于言表，她到底在安王府里经受了什么，竟然会有如此狠决的想法。

苏文月总是控制不住自己，会不自觉地想知道这个女子的想法，因为她已自然而然地将她联想成凝兰，不知为何。

就在苏文月如此想的时候，君无咎却异常的平静，唇齿轻启，话已飘至女子耳边：“那你就说吧，到底想要我们做什么？我们要怎样做，你才能放了成大人，并且交出张管家的尸体？”

听了君无咎的话，那女子思索片刻，眼眸中收了刚才的戾气，换了一种几近哀伤的语气：“其实，我想求你们帮我的并不是什么难事，我想求你们放过孙铭，我知道那大理寺的监牢不是人待的地方。”

听到那女子提出如此要求，苏文月三人着实吃了一惊，苏文月突然看着那女子脱口而出：“你是凝兰。”

此话一出，对面传来了长久的沉默，空气仿佛也骤然凝结了，成杨和君无咎也恍然大悟。确实，如此了解安王府，又如此关心孙铭的安危，除了凝兰还能有谁呢？

想到这里，他们三人都十分期待得到她的答案，毕竟他们知道，孙铭一直深爱着她，也因失去她，而受尽折磨。

等了许久，那女子终于开口，仿佛经过了深思熟虑，她轻轻地说道："不，我不是凝兰。"

听到她如此回答，苏文月三人突然觉得十分奇怪。她的声音中满是无奈，仿佛说的就是违心话，苏文月不懂，她为何要矢口否认？

她着急地看着那女子问道："你说你不是凝兰，那你为何如此清楚安王府的情况，又为何如此担心孙铭的安危呢？"

苏文月的话让那女子再次陷入了沉默，良久才再度开口。那女子淡淡地说道："我到底是谁，你们不必知道，而且我也已经同你们说过了，我不是什么凝兰，你们也不要在孙铭面前胡说，凝兰早已经死了，我亲眼看到她被那场大火活活烧死了。"

女子的话语充满确信。苏文月也有些迷茫了，她不敢断定这女子到底是不是凝兰，而且听她说凝兰死于大火时眼中流露着哀伤，语调也十分低沉，莫非她是凝兰的亲人，或者同凝兰有什么关系，但并非凝兰本人？思索至此，她觉得以后有必要好好问问孙铭，这凝兰是否还有什么亲人或者比较亲密的人在世？苏文月出神时，成杨突然反手将那女子擒住，直接将她蒙在头上的面纱摘了下来。现在这女子的目的，他们已经知道了。此时他们更加好奇的是她的身份，现在除了见到她的真容，想来也没有别的更加直接有效的办法了，所以成杨便直接出手了。掀去头纱的女子十分震惊地看着成杨等人，仿佛还没有意识到，到底发生了什么事情，等到她反应过来时，赶忙十分痛苦地用衣袖挡住脸，一双晶亮的眼眸，流露出痛苦的神色。虽然那女子将自己的面容掩去，但是苏文月三人还是看到了她的真容，那是怎样的一张令人感到恐怖的脸！苏文月、成杨和君无咎看到那张脸时都窒息得说不出话来。

【第十八章】冰山一角

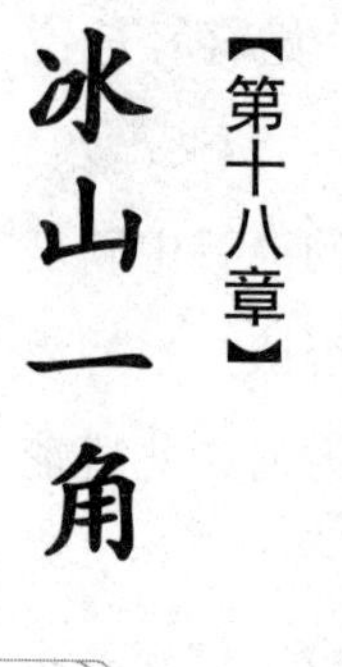

映入三人眼中的是一张面目全非的脸庞，五官糊在脸上，皮肉模糊的感觉，这张脸到底经受了什么？他们的视线下移，看向了她的脖子，发觉她的脖子也是如此，应该是大面积的烧伤吧，他们已经完全看不出那女子的本来面目了。也正因如此，更加无法确认她到底是何人了。

那女子看着他们的表情，心中清楚他们已经看到了自己的容貌了，她万分悲痛地将手放了下来，丑陋的脸上露出了苦涩的笑，无力地说道："看吧，这回你们可以确定了吗？我根本就不是什么凝兰。我是魔鬼，我是一个妖怪。"

那女子说完，泪水已经滑过了她凹凸不平的脸庞，在月光下显得更加恐怖了。

苏文月看到她如此伤心，心中也难免为她感到难过，她能感到这女子心中的伤痛，毕竟容貌对于一个人，尤其对于一个女人有多重要，这不仅影响着别人如何来看待自己，这也更加影响她自己，会让她内心感到自卑，无法正视自己。

成杨知道不能再继续这个问题了，如果再继续这个问题，他们之间的谈话将无法再进行下去，毕竟那女子一直沉浸在这种难过的情绪之中。

他走过去将那条头纱轻轻地递到了她的手上，他本想平复一下那女子的情绪，不承想那女子却像一只刺猬，将浑身的刺都竖了起来，怒目而视，冷冷地说道："不必在这里惺惺作态地可怜我了，我已经不在意这些事了，现在我还有更重要的事情要做，待我做完这件事，我便可以了结此生了，所以我不需要任何人可怜我。"

从女子的话语中，成杨三人听出了她心底深深的绝望，他们不知道该如何安慰她，毕竟现在他们也都混乱了，不知道她到底是谁，不知道从何处入手来安慰她，所以他们三人都选择了沉默。

良久，君无咎注视着她，哽咽地说道："我不知道你到底经历了什么，但是我能够向你保证我也曾经像你这样，想过要处理完一切事情，便离开这个世界的。"

君无咎说完，那女子低着头，并没有看他，而是近乎自言自语地说着："我已经说了你们不必可怜我，也不必安慰我，为了想要从我口中套出一些事情，竟然妄想用这种手段笼络人心。"

那女子说完，君无咎走上前去，用无比真挚又略带哀伤的眼神，看着那女子，无奈地说道："你说我为了笼络你，在编故事？你不了解我又凭什么这么说，方才我都同你说过，我不知道你发生了什么，但是我是十分客观地同你分享我的事，不承想，你竟如此误解别人。"

君无咎说完，那女子静静地看着他许久，不知道再如何反驳他，君无咎字里行间满是忧郁，确实有一种让人觉得痛心的力量。

君无咎看那女子不再说话，他再度开口，讲述自己压抑已久的心事："其实我在不久前接连失去了两位至亲，其中还有一个是我最爱的人，当时是我没有用，我没有保护好她，所以才害得她惨死，她就死在我的怀里，是为了救我才死的。当她在我怀中奄奄一息时，我曾同她起誓，我说当我处理好一切就去找她，可是你知道她说什么吗？”

君无咎反问那个女子，静静地等待着她的答复，那女子本想控制自己不去询问君无咎他的爱人到底说了什么。

可是她却止不住地望着君无咎，依旧问出了那句：“说了什么？”因为君无咎的话真的有那种吸引人的魔力，让她控制不住自己。

那女子问完，君无咎看着她十分苦涩地继续说道：“她想让我好好活着。”

君无咎说完，那女子陷入了长久的沉默，而成杨和苏文月也听得十分动容，苏文月轻轻地摸着自己的胸口，发觉里面只有满满的感动，却没有所谓的伤心、难过。

直到这时，她明白自己已经真的放下了。她对君无咎再不是那种依恋的感情了，而是转换成患难之交的情分，现在她只为他和秀秀之间的感情动容，也为君无咎坎坷的命运感到难过和心疼。

君无咎看那女子不再出声，则是尽量地平复了一下自己的情绪，然后缓缓地对她继续说道：“所以现在我只想告诉你，一定不要为一些本不足以为重的东西，而忽视了更为重要的事情。”

君无咎停顿了一下，给了那女子一段消化的时间，然后接着说道：“我不清楚你到底是不是凝兰，你若不是，我只想同你说，不要再抱有那种想要抛弃一切离开的想法，因为总有人希望你更好，不论他在不在这个世间了。”

说完这些，君无咎深吸一口气，换了种口吻，真挚地讲：“但是……但是你若是凝兰，那我便想同你说，我希望你能够考虑一下孙铭，你真的觉得失去容貌这件事会比失去孙铭更严重吗？如果你是真的爱他，你能否想到他失去你之后，每天承受的是什么？直到今日他还觉得是自己没有保护好你，今天的一切都是他的错。”

君无咎说完这些，自己的眼泪已经流下来了，而他却浑然不觉。虽然他口中说的是孙铭和凝兰，可是心中想的却一直是他与秀秀，秀秀的音容笑貌一直浮现在他的眼前，让他十分的怀念，他忽然觉得孙铭很有可能就是下一个自己。甚至他就是自己的翻版，他们都在默默地承受着失去爱人的痛苦，这种痛锥心刺骨，完全不是那些未经历过生离死别的人可以体味到的。

毕竟当爱人在身边时，若是日子久了不够爱了，那二人和平离开彼此就好，对于彼此也不会残留太多的执念，等到日后再提起这个人，心中也只会默默地想到，这个人我曾爱过，她曾是我的爱人。

对于彼此来说，或许是今生一场美丽的邂逅，然而若是在最爱一个人的时候，那人却同你阴阳相隔，那种心痛的感觉肯定痛彻心扉，而且心中也会留下深深的执念，让你久久无法释怀。

等到日后再提起这个人，你可能说的不是这个人我曾爱过，她曾是我的爱人，而是她是我最爱的人，并且一直爱着。

看到君无咎如此伤感，成杨和苏文月走了上来，拍了拍他的肩膀，给予他安慰，而那女子也是在那里沉思了许久，叹了口气继续说道："其实，我心中一直都清楚你说的才是对的，可是我却无法控制我自己，因为我不敢面对，我不敢以这副鬼样子去面对孙铭。"

那女子的话虽然隐晦，但君无咎三人已了然于心，如此看来她已经承认自己便是凝兰这个事实了。

苏文月走到她身边，也轻轻地拍了拍她的肩膀，看着她继续说道："凝兰，你别难过，其实我们都能理解你，只是你不能一直从一个角度去考虑事情，为什么不换一个角度来考虑问题呢？你试着想一想，你说你不敢用这副样子去面对孙铭，觉得他可能会不喜欢这样的你，可是你可曾想过这只是你自己的想法，并不是他的啊！"

苏文月说到这里，看到那女子直直地盯着远处的湖面，不知道在想些什么，便同她继续说道："其实你仔细想想，若是经历这些的不是你，而是孙铭，那你是想让他活着好好地守在你身边，还是想看到他一具冰冷的尸体，得到他去世的消息呢？"

君无咎和苏文月的这几番话，终于将她稳定了下来，她也听得十分动容。她抬起头有些哽咽地看着他们，迟疑地说道："真的吗？他真的还能接受现在的我吗？”

面对凝兰抛出的问题，苏文月坚定不移地点了点头，用坚定的口气说道：“当然，你活着对于孙铭来说，就是最好的礼物。”

听到苏文月如此说，那女子终于展露了笑容，她勾起的嘴角牵动了脸上的沟沟壑壑，看起来十分的诡异，可是此时，在苏文月三人的心中，却是一种别样的美。

凝兰轻轻地拿起成杨手中的纱巾，戴在了头上，鼓足勇气同他们说道：“我想见见孙铭，我愿意同你们说出一切，我只求你们能够将他放出来，我知道那大理寺的监牢不是人待的地方，他定然受不了那里的酷刑的。”

凝兰一边说，一边哀求地看向君无咎三人。成杨看她如此着急，笑着点点头，面露微笑地说：“凝兰，你先别急，其实我们并没有将孙铭关到大理寺监狱，而是在我们成家的密室之中，他在那里除了没有自由之外，其他一切安好，你不必太过担心。”

听到成杨的回答，凝兰这才长舒一口气，看着他们笑了笑，说道：“那便好，我还以为他在那大理寺中吃尽了苦头。没事就好，没事就好。”

凝兰在那边开心地碎碎念起来，看得成杨三人十分感动。

凝兰碎碎念之后，转过头，看着成杨几人缓缓说道：“既然如此，我便带你们去看张管家的尸体，看完他的尸体我们便去见孙铭好不好？见过孙铭之后，我会将我知道的一切都告诉你们，可以吗？”

凝兰着急地一口气说完，成杨见她如此想要见到孙铭，点点头，笑着答应下来，看到成杨应允，凝兰开心极了，她赶忙引着他们往安王府的后花园走去，走着走着来到了那后花园的假山旁。

凝兰左转右转，转到了一座假山的山洞之中。进了那山洞之后，凝兰指了指那个被泡得有些发胀的尸体，说道：“张管家就在那儿。”

成杨和君无咎点点头，赶忙上来查看，而苏文月则是在后面静静地观察这山洞中的一切，这山洞的另一旁放着一些干草，那草上铺了一床被子，看起来有些潮湿。

苏文月走到凝兰身边，有些心疼地看着她问道："难道这些天，你就一直躲在这里吗？"

见苏文月看到了自己的床铺，凝兰有些不好意思地点了点头，苦涩地说道："就这里最安全，也最方便看到安王府的人。"

苏文月了然地点着头，没有再问她更为详细的问题，她的心中着实心疼这个女子，她到底独自一人承担了多少事？

君无咎和成杨检查完张管家的尸体之后，心中大致已经有了定论，那张管家是直接被人用小刀割喉而死，然后抛尸到那河里的。

君无咎检查完这张管家的尸体之后，突然记起凝兰曾经说过，她知道这张管家的死因，便赶忙走上前询问："我记得你方才说，知道这张管家的死因，现在能同我们说说吗？"

听到君无咎的问话，凝兰点点头，正要开口，外面突然传来喧杂吵闹的声音，应该是安王府的家丁，只听到为首的人冲着其余的人大喊道："给我仔细地搜，仔仔细细，每一个角落都不要放过，有人夜闯安王府，意图不轨，快！快将他们找出来。"

凝兰听到那人的声音，十分焦急，面露难色地望向君无咎，对他们说道："怎么办？我不能让他们发现我，否则那霄云太公主一定不会放过我的。"

凝兰的话使成杨也紧张起来，看着他们说道："没错，咱们也不能被找到，而且我总有一种预感，这一切便是霄云太公主为了抓住咱们而设下的陷阱。"

君无咎对于成杨的说法十分赞同，接着他的话说道："翰飞说得没错，方才我们如何敲门都没有人开，想来安王府中的人已经知道是我们在敲门了，而霄云太公主也定然料定我们若是没有查清案子是不会离开的。"

成杨一边说，一边走到张管家的尸体旁边，将尸体扶起，语气有些沉重地说道："看来那霄云太公主料定我们会偷偷地潜入这里，来调查案子，所以便等我们潜入之后，派人来抓我们，幸好方才凝兰及时地将咱们带到了这假山之中。"

听着成杨的话，苏文月显得有些焦急，微蹙眉毛，语气有些责备地说："真是的，现在都火烧眉毛了，你们还有心情在这里分析霄云太公主的心理，而且师兄，你背那张管家的尸体干什么，你们早已经验明了，知道了他的死亡原因，这里还有凝兰这个证人在，你还背着他做什么，带着他很难逃的。"

听了苏文月所说，成杨撇了撇嘴，有些无辜地说："这怎么说也是一个重要的物证，若是日后，有十分重要的用处，现在弃了多可惜，那霄云太公主若是发现了他的尸体，定然会第一时间毁掉的。"

成杨此话不无道理，苏文月只能无奈地摇摇头，小心翼翼地看着成杨，说道："都随你吧，反正那尸体是从河里捞出来的，不知道哪处还藏着那虫子，你自己看着办吧！"

说完就带着凝兰同君无咎往外走，君无咎看着僵在那里的成杨，笑着拍了拍他的肩膀说道："还是将他放下吧，我也觉得苏大人说得比较对，这确实可能会拖我们的后腿，不过一切都看你自己。"

君无咎一边说，一边笑，然后手指轻轻地在张管家的头发上拨弄了一下，随后拿出了一只小虫子，放到了成杨面前，说道："哎，你看，这就是一个小虫子。"

看着君无咎手中的虫子，成杨整个人已经僵立在那里不敢动了，良久他终于鼓起了勇气，将那张管家的尸体丢了下去，然后拼命地追上苏文月他们，直到见到他们，他才缓缓地吐出一口气，看起来轻松了不少。

成杨跟上来之前，君无咎曾小声地同苏文月等人讲述了方才他逗成杨的那件事。

苏文月听后，笑得前仰后合，但是怕被人发现，她不得不一直憋住笑，十分辛苦。

凝兰则是十分迷茫地盯着他们，不理解到底发生了什么。

成杨跟上来后，看着他们微微地喘着粗气继续说道："清悦兄，你真是同我师妹学坏了，我记住你们了，下次你们等着，等着我……"

可是成杨还未说完话，便被苏文月打断了，她看着他笑了笑，然后不知道从哪里变出了一只小虫子，拿到他面前，笑着说道："师兄，你看！"

苏文月突然拿出小虫子吓了成杨一跳，他赶忙跳到远处，压低声音说道："你手中，为何也突然有这小虫子？"

苏文月想了想，看着他邪魅地说道："哈哈，你可别忘了，我和君公子方才也下过那河，你可千万要记得，不要离我们太近哦！"

成杨被苏文月气得想要拍一拍她的额头，突然又想到方才君无咎捉到小虫子的地方便是头发，想到这，他又把已经伸出的手，小心地收了回来。

看到成杨如此，君无咎也忍不住笑了，但又觉得有些抱歉，觉得自己不应该拿这件事来吓他，这样确实有些过分了。

他轻轻地拍了拍苏文月，看着她笑着说道："好了，不要再吓翰飞了，你看他脸色都吓白了。"

苏文月见他如此说，不再恶作剧，将那小虫子扔掉了。

就这样趁着夜色，他们离开了安王府，索性凝兰也有一些功夫傍身，所以他们逃出来，并不是太困难。

他们一路疾行，终于来到了那个关押孙铭的密室，打开门前，凝兰突然停了下来，看着他们有些犹豫，想打退堂鼓。一想到打开这道门，便会看到孙铭，她便有一种怯懦的感觉。

君无咎知道她有些不自信了，走上前，轻轻地拍了拍她的肩膀说："别想那些虚浮在表面上的东西，问问你自己，想不想他，想不想见他，难道你忘了方才是多么迫切地想要见到他！"

君无咎说完，凝兰笑了笑，深吸一口气，说："我知道了，几位大人，请开门吧！"

凝兰说完，又小心地将头上的纱巾裹了裹，她的动作刚好被君无咎捕捉到了，不过他知道自己这回也不能再安慰她什么了，这一切只能凭她自己走出来了，他知道她现在虽然鼓起勇气来见孙铭，但是心里依然无法抑制地想到自己的脸，会无法抑制地感觉到自卑。

打开门，成杨带路，带着他们绕了几绕终于来到了那密室前，守在密室前的守卫看到是成杨来，赶忙走上前向他们问好，看着他们说道："成大人，这犯人无论如何都不肯吃饭，他说他拒绝进食，直到您肯将他放出来为止，还说……还说……"

"还说什么？"君无咎看着他不解地问道，他不理解这人为何突然变得支支吾吾起来。

看到成杨发问，那守卫只好看着他如实地回答道："他说几位大人都是顶糊涂的，糊涂官断糊涂案，真是糊涂至极。"

听到孙铭如此说自己，成杨几人不禁被逗得发笑，而凝兰则是十分心疼孙铭，听到守卫说他一直都不吃饭，她便更加心疼。

成杨看出了凝兰的担忧，便看着那守卫笑着说道："快把门打开吧，我同他好好聊聊，听他好好说说，我们几个怎么就糊涂官断糊涂案了？"

成杨说完，那守卫赶忙过去将门打开了，门一开，他们走了进去，发现那孙铭直挺挺地躺在床上，听到有人进来，也不理会，而是冲着门口淡淡地说道："别再来劝我吃饭了，我已经想好了，若是不放我出去，我就饿死在这里。"

听到他如此说，成杨干笑了两声，然后看着他说道："好啊，那我就在这里看着，边吃美食边看着你，看你如何才能在这里将自己饿死。"

听到成杨的声音，孙铭突然反应过来这次进来的那人，并不是那守卫，而是成杨等人，他赶忙坐起身来，一边起身，一边说道："唉，几位大人你们总算来了，我真是被冤枉的，你们相信我。"

说这话时，他还没有抬起头，等他说完这话时方才抬起头，但是当他抬起头的那一瞬间，便愣住了。

孙铭十分紧张地盯着凝兰，苏文月等人以为他是看到凝兰呆住了，毕竟当初他一直以为凝兰已经不在了，如今看到这凝兰出现在这里，他才会如此震惊。

可是他说出的话，却轮到成杨等人吃惊，他看着凝兰十分焦急地继续说道："凝兰，你怎么也被抓到这里了？"

听到他如此说，成杨等人十分震惊，他们不懂他为何如此说，毕竟他之前一直同他们说，他以为凝兰早已经去世了啊！

苏文月赶忙转过头，看看凝兰，发现她也十分震惊地立在那里，看似也不清楚孙铭为何会如此说。

成杨不解地看着孙铭，然后继续说道："如此看来，你是早已经知道凝兰没有死的这件事吗？"

他听到成杨如此说，转过头看看成杨，又看看凝兰，叹息着说道："没错，当初，她被火烧之际，就是我将她救出来的。"

听到他如此说，在场的人都震惊了，凝兰也十分不解地看着他继续说道："你是说，是你救了我？可是你为何不同我说，装作不认识我的样子？"

凝兰说完，孙铭叹了一口气，继续说道："弗香夫人，不同意我告诉你，她说在你清醒之前，再将你放回安王府，这样你一定会被仇恨支配，这样便会一直留在安王府，来查明一切。"

孙铭说完，凝兰深深地吸了一口气，无奈地说道："果然，弗香夫人果然是了解我。"

凝兰说完，眼眸中充满了哀伤，她突然转过头，打算离开这里，孙铭见她要走，赶忙跑了过来拉住她，面露焦急之色，说道："你要去哪里？"

凝兰苦笑着看着他们继续说道："我能去哪呢，只是要离开罢了，毕竟你也并不希望我来这里不是吗？这么久了，你从未来见过我，想来你心里早已经没有我了。"

凝兰的话使孙铭痛苦万分，他将她背向他的身子转了过来，无可奈何地说道："你不要永远用自己的想法来想别人，你说我不爱你，你如何得知我不爱你？就因为我听从了弗香夫人的话吗？你也不想想看，我为何能够容忍她让你如此？"

孙铭越说越激动，甚至声音都有些哽咽，他带着痛苦的表情继续说道："她以你的性命相要挟，你知道吗？当初你在大火中伤得那么重，若是弗香夫人不出手，我根本救不了你，是她请了太医，才将你救了下来，但是当初救你时有一个条件，便是如此。"

孙铭说到这里，凝兰的眼泪也流了下来，她不知道该再说些什么，她有些哽咽地说着："我……我……"

可是孙铭还没等她将话说出口，便打断她，深情地凝视着她继续说道："凝兰，你先听我说，我知道你心中一直有疑惑，觉得我会因为你的容貌，而不再爱你，其实你完全不必这么猜忌我对你的心，难道我的真心你不清楚吗？"

孙铭一边说，一边轻轻地擦干她的眼泪，继续说道："你可知道我有多爱你，其实我从不想同你自夸，但是我就是想让你知道我有多爱你。前几日在凝兰别院还未被毁的时候，我偷偷潜入了凝兰别院，将之前亲自为你画的画像偷了出来，为的便是不让你再看到你之前的样子，伤心难过，所以才会违背弗香夫人的命令，冒险一去。"

孙铭诚恳的言语，终于让凝兰认清了自己的心，她将头轻轻地依偎到孙铭的怀中，在他怀中泣不成声地说道："我从来都不知道，你曾为我付出这么多，一直以来都是我太自私了，是我不够信任你，现在我再回到你身边，向你认错，你还能够原谅我吗？"

凝兰说完，孙铭也哭了，一直在流泪，看着她说道："哪里轮到我来原谅你呢？今日上午苏大人的一席话让我受益匪浅，听到她的话我才明白长久以来我为何会这么的难过，就是因为从一开始我便没有保护好你，而是放手让你离开。一切都是我的错，凝兰，其实我最想问的是，你愿意原谅我吗？"

凝兰在他的怀中摇了摇头，继续说道："我从来都没有怪过你啊，又谈何原谅不原谅呢！我从来都没有埋怨过你，除了在我认为你不再爱我的时候。”

凝兰的话让孙铭万分感动，他点点头，温柔地吻了吻她的额头，继续说道：“我爱你，我永远都爱你！”

看到他们二人和好如初，成杨几人都非常欣慰，苏文月更是十分开心，她走到他们身旁，看着他们笑着说道：“如此便太好了，有情人终成眷属，就是这样，既然彼此深爱着对方，又有什么误会是解释不清的呢？只要日后都好好地爱护彼此，便好了。”

苏文月说完，凝兰和孙铭看着她同时点了点头，也十分感谢苏文月他们给两人这个机会，能够让他们将一切说开，和好如初。

成杨听到苏文月如此说，笑着走上前，看着他们继续说道：“其实，这件事十分好办，只要你们将知道的一切都详细地告诉我们便可以了，这样不仅能够帮助我们破案，也能帮助你们了却一桩心事。”

成杨说完，君无咎和苏文月都笑着点点头，孙铭看着他们三人如此，则是笑得十分开怀，然后继续说道：“三位大人这意思表达得还真是十分直白啊，我还以为几位大人会继续打感情牌呢。”

成杨三人听罢孙铭的话，再度笑了笑，而苏文月则是走上前，看着他们二人继续说道：“你这是说的什么话，要知道，如此可是双赢的局面，这样对你们和对我们都是最好的局面。”

孙铭并不否认苏文月的观点，赞同地点了点头，对她继续说道：“是是是！苏大人说得是，只是这一切到底要从何说起呢？我们得好好想想。”

苏文月想了想，然后看着他们继续说道：“这有何难呢？便从一开始说起不就好了吗？从凝兰进入安王府说起。”

凝兰略微迟疑后，点点头，刚要开口讲述，不料，却被成杨拦了下来，他看着他们继续说道：“先等一等，我觉得还是先将张管家的死说清楚比较好，毕竟这件事刚刚才发生，手头也掌握了一些线索，更加好切入和分析，不是吗？”

君无咎想了想也点点头，整理了下思绪，说道："没错，我比较赞同翰飞的想法，毕竟从这里入手，我们可以先解决一个案件，也能对霄云太公主这次请巫师驱魔的事有一定的了解，这样安王妃的死，也能有更好的解释了。"

君无咎说完，孙铭和凝兰想了想然后对视一眼，最后点点头。凝兰看着他们继续说道："其实，那张管家也是被那些巫师杀死的。"

凝兰说到这里，无声地叹了口气，成杨三人听到她如此说，便更加好奇了，不明白那巫师为何会杀张管家。

看到成杨三人都一直在盯着自己，凝兰赶忙看着他们继续说道："这件事发生在你们还未到安王府之前，其实一开始那些巫师并没有要杀那张管家的念头，只是在他们想要将安王妃绑上祭台时，张管家一直加以阻拦，霄云太公主看得十分烦闷，便向那几名巫师做了一个手势。"

话至此处，凝兰再次叹了一口气，看着他们十分哀伤和惊恐地说道："其实……其实这霄云太公主就是一个魔鬼。她一直想要驱魔，说这个人被附体，那个人是妖女，其实她才是不折不扣的魔鬼，心狠嗜血，躲在鬼神论的背后，做一切肮脏恐怖的事，没人知道她到底想做什么。"

看到凝兰越说越难过，孙铭赶忙拍了拍她的肩膀，给予她安慰，她露出苦涩的笑，向他示意自己没事。而成杨三人则是继续期待地看着她，想要搞清楚到底发生了什么。

看着成杨三人如此期待，凝兰赶忙进入正题，看着他们继续说道："当那霄云太公主做过手势之后，那巫师便走了上来，看着她淡淡地说，说现在若是想要启动仪式，便一定要用人的鲜血来祭天，现在这张管家已经疯魔，显然是魔鬼的化身，拿他祭天最为合适。"

凝兰说到这里，大家便都已经了解了，想来那巫师说完，这霄云太公主便假装听从他的意见，勉为其难地同意了此事，所以张管家便被那几个巫师割了喉咙，一招致命，之后又被扔进了河中毁尸灭迹。

即使这张管家在如此大庭广众之下被杀，但这一切却看起来又同她一点儿关系都没有，一切都是巫师的决定，都是神的决定，谁让这张管家是魔鬼的化身呢，他死有余辜。

凝兰说完，所有人都陷入了深思，今日下午，君无咎他们三人已经领教过了，那霄云太公主的本事着实恐怖，那种操控人心的力量，让你几乎找不到突破口，就像她在君无咎三人的面前便打着这种幌子，杀了安王妃一样，君无咎三人毫无招架之力。

想到这里，君无咎突然觉得方才凝兰说的那句话十分的正确，她说那霄云太公主是一个魔鬼，果然这话一点儿都不假。

成杨看到几人都沉默不语，知道大家都在想霄云太公主利用鬼神的这件事，其实对于这件事的接受程度，还在君无咎几人的承受范围之内，毕竟他们深处皇城，曾见过很多人利用这种方式来排除异己。

所以今日看到霄云太公主暗示那巫师说出要重立安王时，他便知道这场驱魔的表演，不过是霄云太公主的一个阴谋，是为了达到她自己的目的罢了。

成杨走上前，看着他们说道："大家都别想了，我知道你们现在都在想霄云太公主的心狠手辣，但是这并不是我们停滞不前的借口，我们还是要继续下去。"

成杨说完，苏文月和君无咎接连点了点头，君无咎对其他人说："确实如此，既然我们心中已经清楚这张管家的死因了，也先别纠结于手上的证据是否能够扳倒这霄云太公主了，我们还是继续下去，将所有的证据整合一下，凝兰是最重要的人证，她现在说的话都是十分重要的线索。"

君无咎话语略微停顿，则是同苏文月默契地看向凝兰，凝兰低着头想了想，然后看着他们继续说道："好，几位大人现在还想知道什么，尽管问我，或者让我从头开始讲也可以。"

凝兰等着三人问话。苏文月突然想起了什么，然后看着她继续说道："对了，我突然想起，之前去凝兰别院时，看到那河中的小虫十分

诡异，所以派人去调查，现在还没有得到消息，还有你别院被烧尽的木灰，这里可有什么奇异之处吗？”

苏文月一边看着凝兰，一边缓缓说道。说完她忽然打了一个冷战，几乎快站不住了，成杨看她情况不对，赶忙走上前将她扶住，问道：“师妹，你怎么了？”

苏文月的意识变得模模糊糊的，甚至都没有听懂成杨在说什么，看面前的东西也有些模糊，苏文月摇摇晃晃地看着成杨，然后小声地对他说道：“师兄，我头疼。”

说罢便晕了过去，成杨赶忙抱住她。君无咎看到苏文月晕倒，也赶忙走了上来，摸了摸她的额头，非常滚烫，又号了号脉，这才长舒一口气，总算放下心来，看着成杨等人继续说道：“没什么大碍，应该是风寒入体，加上过度劳累，所以身体承受不住了，只要好好休息，多加调养便可。”

君无咎如此说完，成杨也才松了一口气，而凝兰也十分担心苏文月的状况，无暇再说下去了，孙铭则是紧紧地拉住凝兰的手，安慰她不要太过担心。

成杨和君无咎看到苏文月如此，也无暇顾及方才苏文月向凝兰问的那个问题了，成杨赶忙将苏文月背起，同君无咎等人一同离开了这密室，往崇王府赶去。

君无咎说这病虽不严重，却极为熬人，要尽早治疗才好，以免伤及根本，他摸了摸苏文月的额头，发现已经非常烫了，想来方才她就已经有些不舒服了，然而却一直挺到现在，这种坚强的性格着实让人佩服，但更让人心疼。

回到崇王府后，君无咎第一时间去为她熬药，而成杨则在一旁思考到底要不要将此事告诉苏大学士。

想了一会儿后，成杨最终下定决心还是不要通知苏大学士为好，他本来就不赞同苏文月入这大理寺，平日里已经为她担惊受怕，今日二人又曾因为亲事的问题发生了争吵，如果现在同苏大学士说，苏文月生病了，他肯定会担心地冲到这崇王府。

现在已是深夜，让他匆忙赶来也非明智之举，若因此再伤了身体，急火攻心，苏文月反倒要怪他的，想来苏文月也是不想让他赶来。

成杨想这些事时，凝兰则一直守候在苏文月的身边，一直用冷水来擦拭她的身子，为她降温。她着实烧得太厉害了，想来定是十分痛苦。

苏文月确实非常痛苦，其实在从安王府回来的路上她就已经不舒服了，只是她没有明说，因为她觉得凝兰的事比较重要，而且他们现在的时间很紧迫，她没有时间矫情。只是她如此想时，没考虑到自己的身体也并不是铁打的。她昏昏沉沉地躺在那里，能感受到身体传来的阵阵冰凉，这阵阵的凉意让她感觉很舒服，思维也清晰了许多。

恍惚间，她觉得自己入梦了，梦里皆是迷雾，她什么都看不清，只能感受到阵阵的凉风，这凉风同那身体上传来的阵阵凉意一样，让她觉得极为舒服。

她努力去找风的来源，这才发现自己竟然变成了一个襁褓中的婴儿，躺在摇篮里，咿咿呀呀地不知在说些什么。

摇篮则轻轻地摇晃，上方还传来阵阵的女音，仿佛在逗她开心，那阵阵的凉风也是那女子手中的摇扇传来的。

那女子温柔极了，苏文月努力睁开双眼，却依旧无法看清她的容貌，她同她之间永远隔着一层迷雾，这让苏文月十分伤心。她觉得自己非常依赖这个女子，她从小到大从未感受过这种温暖，她不知道这种感觉来源于何处，想着想着她突然明白了，这种感觉的来源，便是母亲。

这定然是母亲的感觉，只有母亲特有的温柔，才会让一个襁褓中的婴儿觉得无比的温暖，苏文月自打记事起，就从未感受过这种感觉，但是今日之感她却觉得并非是空穴来风，那是一种存在于她记忆深处的感觉，她最迷恋的感觉。

就在苏文月梦到母亲时，君无咎已经将药熬好了，幸好这是在崇王府，如此深夜，也能备齐所需的药材，着实不易。

他将药拿来时，凝兰已经帮苏文月换好衣物了，君无咎过来，轻轻地将她扶起，然后小心地唤醒她，想要喂她喝药。

可是在叫她时，他却细心地发现，苏文月的眼角缓缓地滑过一滴泪。这是君无咎第二次看到苏文月哭，而且全都集中在了今天，想来她是十分难受的吧！

想到这里，君无咎微微地叹了一口气，然后轻柔地唤苏文月的名字，果然将她唤醒了，她迷迷糊糊地抬起头，看着君无咎，说道："母亲呢？"

这一幕正巧被刚刚赶回来的成杨看到，他知道，自从遇到这弗香夫人之后，苏文月的身世便成了她的一个心结，让她无法释怀。

他想了想，走上前，轻轻地抚摸了一下苏文月的头，看着苏文月继续说道："小月好好养病，等你病好了，师兄便带你去问那弗香夫人，让她同你说清你的身世，好吗？"

成杨的话使苏文月安心了些，她缓缓地点了点头，却依旧止不住地流着眼泪，哽咽地对他说道："师兄，方才我梦到了自己的母亲。"

成杨会心地点点头，耐心地对她说道："是啊，你的母亲看到你生病，也十分的焦急啊，所以便来这里见你，照顾你，想让你赶快好起来，知道吗？"

成杨说完，苏文月点点头，看到她情绪已经稳定下来了，君无咎低下头，看着她缓缓地说道："来，苏大人，将药喝了吧！"

君无咎将药碗递向苏文月，苏文月想要接过药碗，但是实在没有力气，君无咎见她如此，小声地同她说道："好好休养吧，我来喂你。"

君无咎说完，苏文月没有再说什么，而是乖乖地将药全部都喝掉了。喝完之后，君无咎又小心地扶她躺下，然后贴心地帮她盖好被子，温声细语对她说道："苏大人，好好休息吧，别担心，很快就会好的。"

成杨待君无咎说完，也走上前来，笑着对苏文月说道："没错，你好好休息，我会一直守在这里的，有什么事叫我就好。"

成杨和君无咎的话让苏文月颇为感动，但是她却摇摇头，看着他们继续说道："我没事，你们都不要再担心我了，都赶快回去好好休息吧，师兄，你看你眼里的红血丝，这么熬非熬出病不可，还有君大人，今日你也在那河水中泡了许久，也赶快去泡个热水澡，驱驱寒吧。"

君无咎和成杨没有拒绝，都顺从地点点头，让她不必担心，他们会照顾好自己的，如此说完，苏文月才放心地合上眼睛，熟睡了过去。

而等她睡着后，他们却依旧守在她的身边，成杨看着君无咎摇摇头，笑着说道："清悦兄，你去泡个澡，休息一下吧！"

君无咎正想要拒绝，却被成杨拦了下来，成杨对他继续说道："这里有我，你还不放心吗？现在师妹已经病了，你可千万不能再熬出事。"

听到他如此说，君无咎叹了口气，无奈地说道："好，那我去休息一个时辰，一个时辰之后，来换你去休息，我看你那身体也已经熬到极限了，绝不能再熬下去了。"

成杨心中清楚，若是他现在不答应君无咎的话，他是不会离开的，便点点头，看着他笑着说道："好，一个时辰之后你来换我。"

君无咎离开后，凝兰已经靠在苏文月的床尾睡着了，想来方才一直照顾苏文月她也极为辛苦了，他去将守在门外的孙铭叫了过来，让他将她抱回客房之中好好休息。之后便坐在苏文月床头的椅子上，静静地看着苏文月，轻柔地用摇扇给她扇着风。

君无咎回去后，用最快的速度洗了一个热水澡，然后躺在床上，想要尽快入睡，但他辗转反侧，一直都睡不着，一闭上眼，全都是秀秀。

今日孙铭和凝兰恩爱的样子着实触动了他，让他既为之感动，也为自己心痛。

想着想着，他迷迷糊糊地睡着了，恍然入梦间，他看到了他的秀秀，秀秀还是那么的娴静温柔，她看到他后温柔地笑着说道："清悦，怎么这许久不见，你竟沧桑了这么许多？"

再度听到熟悉的声音，让君无咎瞬时流下泪来，他走上前想要拥抱她，但是却发现他尽管不停地走向她，离她永远都有相等的距离。

看着他一直拼命地往前跑，秀秀眼含泪光地看着他，心疼地说道："清悦，你停下吧，莫要累着了自己，这样我会心疼。"

那秀秀说完，他们二人之间开始起了雾，雾气越来越浓厚，逐渐模糊了彼此，君无咎声嘶力竭地看着她喊道："秀秀……"

"别忘了我同你说的话，我说过要你好好活着，为了我好好地活着，你要信守诺言。"

这是秀秀在消失之前，同他说的最后一句话，君无咎努力地听清了，可是他却不想放手，依旧努力地跑上前，想要握住秀秀的手，但是却冲进了迷雾，瞬间跌了下去，猛然醒了过来，怅然若失。

他起身，看了看天色，大约一个时辰了，该去换成杨来休息了。君无咎缓缓地起身，一直想着梦中的秀秀，突然十分感动，他相信这是秀秀惦念他了，所以来看他了，对于很多东西他瞬时便释怀了。

他突然觉得相爱可能不光只是局限于身体上的、实物上的享受，就像这样静静地将彼此放到心中，岂不是爱得更加绵长了吗？

想着想着他已经来到了成杨这里，成杨还在为苏文月扇摇扇，看到君无咎进来，笑着同他说道："清悦兄，你来啦！哈哈，我手酸了，你来吧！"

成杨十分幽默地举起一只手，将那个摇扇递给了君无咎。

君无咎接过摇扇，看着他笑了笑，说道："你也赶快去休息吧，再不去，这天可就亮了。"

成杨听后点点头，便转身离开了。君无咎则是接替了他在这里轻轻地为苏文月摇扇子，心中却乱乱的，不知道在想些什么。

也不知过了多久，大概天快要亮了，凝兰端着一碗清粥走了过来，看着君无咎不好意思地说道："不知怎么便睡着了，方才醒来看天马上就要亮了，便顺着孙铭的指引找到了厨房，做了这么点东西，大家一起吃。"

凝兰说完，君无咎感激地点点头，看着她微微笑着说道：“辛苦你了！”

凝兰摇摇头，将清粥、小菜放到了桌子上。

“哎哟，我的小月可怎么了？”未见其人，先闻其声，崇王妃匆匆忙忙地走了进来，看到凝兰她吓了一跳，但是因着她有很好的涵养，并未将这种状态表露出来。崇王妃直接奔向床边，看着君无咎焦急地问道：“清悦啊，我们家小月这是怎么了？可严重？”

崇王妃说完，君无咎赶忙起身，行过礼之后，继续说道：“王妃不必过于担心，苏大人没事，只是染了风寒。”

听到君无咎如此说，崇王妃才安下心来，侧坐在床头，轻轻地抚摸着苏文月的额头，说道：“没事就好，没事就好。唉！出了这么大的事，翰飞竟然不过来告诉我。”

那崇王妃，说到这时，正好成杨走进来，看到她笑着说道：“母妃，您又在这里说儿子，儿子想昨日那么晚了，不是怕您担心吗？”

成杨说完，崇王妃点点头，没再说什么，而是转过头，看着凝兰和孙铭问道：“这两位是？”

听到崇王妃问话，那凝兰和孙铭赶忙走过来，向她行了一个大礼之后，自报了家门。

听到他们都来自锦绣馆，崇王妃着实吃了一惊，然后看着他们叹了口气，继续说道：“看来你们已经知道了弗香夫人的身份了？”

崇王妃说完，成杨等人点了点头，看着她继续问道：“母妃，儿子知道那弗香夫人年轻时同您是挚友，您能同我们详细地说说她的事吗？她现在与儿子正在查的这件案子有十分重要的关联。”

成杨说完，崇王妃看起来十分的犹豫，她犹豫地看着他们不知道如何开口，突然一直躺在一旁的苏文月发出了轻微的声音。

崇王妃看到苏文月艰难地翻身，赶忙将这件事错了过去，避而不谈，而是转身轻轻地拍了拍苏文月想让她继续熟睡。

谁知感受到了崇王妃的气息，苏文月醒了过来，看到真的是崇王妃，撒娇地看着她喊道："王妃，您来了！"

崇王妃看着苏文月可怜的模样，将她揽入怀里，眼中充满了疼惜，幽幽地说道："我可怜的女儿，怎么生了这么重的病？真是让人心疼！"

苏文月用头在崇王妃的怀中蹭了蹭，也十分委屈地说道："干娘，小月特别想您。"

"傻孩子，才一日不见，再说干娘这不是在你身边呢吗？"

崇王妃说完，转头看向成杨，说道："你看看你，都没有照顾好我的小月，你是怎么做大师兄的？"

成杨看出她的母亲是有意想要转移话题，不想再谈论弗香夫人的事了，只好配合着崇王妃委屈地说道："母妃，您又冤枉我，从小到大，您为了这个小妮子说了我多少次了。"

崇王妃听到成杨如此说，轻笑着看着他，宠溺地说道："那每次，你不也是这般说吗？"

此话一出，苏文月在崇王妃的怀中被逗笑了，看到苏文月笑，崇王妃便安心地说道："我就是来看看小月，既然现在看到小月已经没事了，那我便回去了，我知道你们定是有事情还要处理，我也不在这里打扰你们了。"

崇王妃说完，小心地将苏文月扶着躺下，离开前看到那清粥、小菜，同成杨说道："看着你师妹吃些东西，生病的身子骨可弱着呢，不能不吃东西的。"

听了崇王妃的话，成杨看向她，点了点头，没有再说什么，而是看着她离开了，成杨心中清楚，母亲不想说的事，任由他人如何询问她都不会说的，想来她曾经对弗香夫人承诺过吧。

崇王妃离开后，成杨便开始喂苏文月吃东西，所有人都在那里看着她，让她十分的不好意思，她笑着看着他们说道："我哪有那么虚弱，我自己能吃的，不如你们陪我一同吃，大家一起吃，吃得还香呢！"

苏文月心中清楚，这些人为了照顾自己应该也是一直没有吃东西，所以才提出了这个建议。

成杨见她执意如此，便笑着点点头，看着她继续说道：“好吧，师妹既然坚持，那便如此吧，想必大家都饿了，我们也一同吃，多吃一些，吃饱了才有力气继续探案呢！”

成杨说完便命下人多添了几副碗筷，大家便一同吃起了早餐。

吃过早餐之后，苏文月突然想起了什么，她看着凝兰，继续问道：“凝兰，我昨日问你的事，你可说了？”

凝兰摇摇头，继续说道：“还未说，当时苏大人晕倒了，我们便赶忙回到了崇王府。”

凝兰说完，苏文月点点头，然后若有所思地望着她，又问了昨日的问题：“那你可知那虫子和那木灰到底是什么吗？我派人查了有些时日了，到现在他们还没有给我消息。”

听了苏文月的问题，那凝兰的脸色一变，看起来十分不好，也仿佛十分痛苦，这一切苏文月都是从她的眼神中判断的，毕竟凝兰现在容颜已毁，她真正的情绪特别不易察觉，苏文月生怕自己问错了话而伤害到她。

那凝兰想了想，最后叹了口气，看着他们继续说道：“其实，我也不知那小黑虫到底为何物。”

凝兰说完，苏文月等人都失望地叹了一口气，本想不再问下去，还是等着消息传回来再说，那凝兰却再度开口了。

她看着他们静静地说道：“但是那种小虫却十分的恐怖，我虽然不知道它们来源于何处，但是我却见识过它们真正的威力。”

凝兰说这话时，手一直在抖，孙铭则是在一旁轻轻地握住了她的手，给予她安慰。她看着孙铭，感激地笑了笑，然后转过头，看着他们继续说道：“其实，安王只是娶了我，却并未宠幸过我，因为我是锦绣馆的人，只要我说不愿意，他便从未强迫于我，这一点我也不知道是为什么。而且更让我想不通的是霄云太公主，我不清楚，霄云太公主为何会如此的讨厌我，竟然不让我进安王府的家门，而是给我建了这座别院。”

凝兰说着说着，便开始从头叙述起她到这安王府的情况了，苏文月同君无咎、成杨相视了一眼，看来，这次是问到了正点上了，从这里切入，想来，能将凝兰在安王府中了解到的东西都完整地串联起来。

凝兰的语气中透着气愤，她说：“不仅霄云太公主如此，就连那安王妃，也是如此，她看我各种不顺眼，处处找我麻烦，这一切到现在我都不清楚是为什么。而且有一日，那安王妃亲自划着船，在我那凝兰别院的河中，不知在做些什么，好像在撒什么东西。”

说到这里，君无咎三人都想到了那满满一河的小黑虫，突然觉得可怕至极。

果然凝兰的眼神充斥着惊恐，继续说道：“我无论如何都不会想到，那安王妃竟然是在往那河水中撒虫卵，当时我曾问过她在那河水中撒的是什么，她同我说是莲花种子，说王爷也喜欢莲花，想让他高兴一番，当时我虽知道她没有什么好心，却也不曾想竟然会下如此毒手。”

凝兰说到这里，冷笑了一下，眼中的光冰冷得就像隆冬的寒风，看得人心中发凉，她冷着声音，看着他们继续说道：“我想她一定是想要害我的，不承想，害人终害己，她害了自己的丈夫，害死了安王。”

听到她如此说，君无咎三人都吃惊不已，成杨赶忙问道：“凝兰，你说是安王妃害死了安王？”

凝兰并没否认，看着他们继续说道：“没错，一日家宴，不知为何，这霄云太公主竟然突然兴致大发，将我也叫进了安王府，一同吃晚饭，吃饭时分，那霄云太公主便暗示我要为安王府开枝散叶，说这安王府到现在还没有立下要继承王位的嫡子，这安王妃已经多年无所出，现在便全都靠我了。”

凝兰说到这时，君无咎不知道为何总觉得哪里怪怪的，后来他想清楚了，这怪就怪在了霄云太公主那里，她定然不是那种关心安王子嗣的人，突然如此，必然有鬼。

君无咎本想在此时直接说出他的想法的，但是想了想却停住了，凝兰还未讲述完，一切还存在着变量，想来还是等凝兰说完，他再说吧。他看着凝兰，凝兰则是十分痛苦地继续讲述着："霄云太公主如此说，我便只能假意应承下来，而当时安王妃的脸色已经十分的难看了，不承想，那安王竟然听了霄云太公主的话，选择了夜宿在我这里。当时那安王妃的脸色已经完全黑下来了，而且更为奇怪的是安王。"

说到这里，凝兰便停了下来，成杨三人赶忙焦急地看着她继续问道："奇怪？安王奇怪在哪里？"

成杨三人问完，那凝兰涨红了脸，十分难为情，也十分痛苦，她转过头，看了看身边的孙铭，深吸一口气，继续说道："那日的安王不知道怎么了，面目通红，一直想要对我动手动脚的，回到凝兰别院后，完全不顾我的想法，便想强要我，这同平日里的他有很大的区别，我也不知到底是因为什么。当时我一直极力反抗，还是被他压在了身下，还挨了他好多个巴掌。"

听到这里，成杨和君无咎都低下了头，不好意思再看凝兰，他们懂凝兰说出这些需要多大的勇气，而苏文月则是看着凝兰，为她感到悲哀，她看着她脸上的疤痕和瘦弱的肩膀，难过不已，她想象不到，如此瘦小的身躯是如何承受得住这些痛苦的。

看到成杨三人的脸色，凝兰苦涩地笑了笑，继续说道："几位大人不必如此，其实在凝兰选择去安王府时，便已经做好了面对一切的准备，不然又如何能够潜伏在这安王府呢？"

凝兰说完这话，成杨三人才再度正视了她的目光，这女子的眼光中，有种说不出的坚强，而一旁的孙铭，则是一直拉住她的手，给予她力量。

她深吸了一口气，继续说道："正当那安王在我的身体上肆意妄为时，远处突然传来了嗡嗡的声音，因为安王背对着它们所以并没有看到，那是一个十分恐怖的景象，一大群小黑虫，肆虐地飞着，仿佛一直在寻找猎物一般，最终落到了安王的背上和我的身上。"

想到这里，凝兰的眼光中布满了惊恐，现在想起当时的场景，她还会心有余悸，那个场景着实太可怕了。

她一边回忆当时的场景，一边继续说道：“当时那密密麻麻的小黑虫落在了安王的身体上，安王发出了惨痛的叫声，幸好，他挡在我的身上，我才没有瞬间被那些小黑虫包围。”

听到这里，成杨三人已经彻底地震惊了，他们完全想象不到一个大活人被一群虫子包围的感觉，那个场景着实太可怕了。想想就让人觉得心惊。

凝兰停顿片刻，再度深吸了一口气，然后继续说道：“可能是听到了安王的惨叫，安王妃突然带着一群人冲了进来。”

凝兰回想着当时的场景，现在还记忆犹新。那群人看到安王被虫子包裹，被吓得不轻，尤其是安王妃，整个人一直在尖叫，看着安王不停地尖叫。

安王妃不知道向那些虫子洒了些什么，那些小虫子迅速地向四周逃窜，有的还像被焚烧了一般，吱吱作响，最终消失不见。但是安王妃却没有理会凝兰，任由剩余的一些小黑虫嵌在她的肉里，吸她的血，那种感觉痛不欲生。

当时的凝兰甚至想直接了结自己，但是她被那些小虫啃食着无法动弹。她乞求地看向安王妃，希望她能帮自己一把，谁知她却命令她身边的下人，将火把丢在她的身上。当时火烧到她的身上，赶走了那些小虫，但是火在她身上越燃越大，将她整个包围。当时她已经被烧糊涂了，所以完全不记得，孙铭是如何过来将自己救下的。

听到凝兰讲述完这一切，成杨三人只觉得触目惊心，他们既无法想象安王被小黑虫包裹的场景，也无法想象凝兰被大火烧伤的场景，几个人立在那里良久都说不出话来。

此时孙铭则是满眼心疼，看着凝兰说道：“都怪我，是我去晚了，是我没有保护好你。”

说完，孙铭便开始向他们叙述之后发生的事，原来那安王妃命人将火把丢到凝兰的身上之后，便赶忙同下人抬着安王走了，虽然当时安王已经死了，但是安王妃还是疯了似的将他带回去，希望能将他救活。

而那天孙铭奉了弗香夫人的命令，去督促凝兰尽快取得情报，正巧赶上在火中挣扎的凝兰，便赶忙将她身上的火扑灭，带她离开了，并把她交给弗香夫人救治。第二日他曾去凝兰别院打探，发现那安王妃果然鬼鬼祟祟地不知道向那河里撒了什么东西。

孙铭说完这一切，成杨三人点了点头，仔细思考着他们所说的信息，苏文月突然反应过来，看着凝兰继续说道："凝兰，你方才大致说了那小黑虫，那个木灰会散发奇怪的香气，是怎么回事？你知道吗？"

凝兰仔细地想了想，然后摇了摇头，疑惑地继续说道："这个我便也不知道了，而且在你们同我说那木灰有香气之前，我从未在凝兰别院闻到过。"

凝兰如此说完，苏文月三人便感到更加奇怪了，那木灰如此香，想来那木头平日里定然也会散发许多香气，为何平日里，凝兰却没有闻到呢？难道这个木灰还有什么特别的诡异之处吗？想来这些只有等到苏文月派遣的那个人得到消息后，才可以证实了。

此时，君无咎则是抬起头，看着凝兰继续问道："那后来呢？你之后再度潜进安王府，可再发现什么？那日烧毁凝兰别院的人，可是你？"

君无咎问完，成杨和苏文月都吃了一惊，不懂君无咎为何说凝兰别院是凝兰烧毁的。

就连孙铭都一脸疑惑地看了看君无咎和凝兰，君无咎看着孙铭一脸疑惑的表情，才知道原来他也不知道这件事。

看到孙铭不解的目光，凝兰点点头，看着君无咎继续说道："敢问君大人是如何知道是小女烧的那凝兰别院呢？"

凝兰说完，君无咎看着她笑了笑，继续说道："那日，我同成杨跳进河中时，曾看到一名女子的身影，只是被大火和烟雾笼罩，看不清楚。当时我曾怀疑是不是安王妃为了掩盖什么而烧了凝兰别院，毕竟她后来的行为举止有些奇怪。”

“那为何现在又觉得是我呢？”凝兰看着君无咎好奇地继续问道。

君无咎想了想，看着她和孙铭继续说道：“因为孙铭，当时你一定想用这场大火来拖住我们，帮助孙铭逃跑，还有当时你还躲在这凝兰别院之中，你怕我们查到你在这里生活的痕迹，所以放火烧了这凝兰别院，阻止我们发现你的行踪，毕竟当时你还分不清我们到底是敌是友。”

君无咎如此说完，苏文月和成杨才恍然大悟，而那孙铭也看着凝兰满眼的感动。

而此时的凝兰则是点点头，看着君无咎继续说道：“君大人果然厉害，仅凭借心理，便推测出那放火的人是我，小女着实佩服。”

君无咎摇摇头，看着她继续说道：“不敢当，当时我也觉得安王妃不会亲自去做放火这件事，但是她阻止下人们救火，我就觉得有些奇怪，所以被这件事迷惑了，一直以为是她放的火，用来掩饰什么。直到今日遇见了你，又听了你同孙铭的故事，才觉得当初可能有些主观臆断了。”

君无咎说完，凝兰点点头，看着他继续说道：“大人已经十分厉害啦，之前心中对几位大人还多有疑虑，担心几位大人并没有处理好安王府事情的能力，所以同孙铭和你们过来，不过也是觉得成大人的背景有几分依靠。”

凝兰说这几句话时，躺在床上的苏文月都惊呆了，她想不到这凝兰竟然能将话说得如此的直白，而成杨也惊呆了，这么多年来虽然有很多人曾明里暗里地利用过他，但是如此直白地说要利用他的人，这凝兰还真是第一个。凝兰说完这些，君无咎也十分欣赏地看着她，这女子果然是个奇女子，十分有胆识。

凝兰说完那几句后，看着成杨和苏文月的反应，笑了笑继续说道：“同你们说实话吧，我本来没有对几位大人抱太大的希望，因为我同这安王府是有深仇大恨的，所以我一定要报仇，我本想来这里，利用你们掌握到的信息，再用自己的方式去报仇，但是今日我改变想法了。”

说到这里，凝兰顿了顿，看着他们继续说道：“今日不仅仅是你们之间的情谊感动到我了，你们三人之间的默契，还有侦办案件的能力都使我感到震撼，我突然觉得可能和你们合作，才是我能够报仇的唯一途径。”

凝兰沉着地分析了自己的看法，苏文月深吸一口气，看着凝兰继续说道：“凝兰姐姐，您这也太厉害了吧，这种话你也能够如此直白地说出，真是真性情，小月喜欢你。”

听到苏文月的话，凝兰笑着点了点头，看着她继续说道：“我也很喜欢你。”

而成杨则是点点头，看着凝兰继续说道：“现在我总算知道这弗香夫人为何如此重用你了，又为何一定要将你留在安王府，阻断你同孙铭的联系，因为她懂得你这种心性，她知道你一定会不达目的决不罢休的。”

听了成杨的话，凝兰不置可否，而此时孙铭也一直紧紧地抓着凝兰的手，他知道凝兰如此说的意思便不会再只身犯险，去那安王府了。

能够这样孙铭着实太开心了，之前凝兰曾将她方才说出来的想法告诉过他，他十分担忧，但是他也知道，只要是她下定决心要做的事，那是无论如何都阻止不了的，所以他本已经做好了同她一起赴死的准备，现在她能够改变心意，着实是太好了。

凝兰感受到了孙铭的开心，她十分感动，她知道他一直都希望自己能够好好的，现在她也已经想好了，同君无咎三人处理完这安王府的事，便同孙铭离开皇城，离得越远越好，一起去过他们的小日子。

凝兰正在想着，君无咎突然看着她开口说道：“对了，凝兰，你还没回答我，你后来在那安王府发现了什么？”

凝兰走上前，给自己倒了一杯水，喝下后，看着君无咎三人继续说道："之后留在安王府，我一直十分怨恨安王妃，我以为一切事情都是她搞的鬼，所以每日我都调查她，但是我并没有轻易地下手伤害她，因为我曾查到一封信，那信并不是从安王手中发出，我觉得奇怪，便一直留意着安王妃。"

凝兰说到这里，君无咎想起了那弗香夫人曾同他们说过，那凝兰曾经给她传信说自己截获了一封信，那信是开铁矿的相关事宜，但是署名并不是安王，更像是出自霄云太公主的手笔。

君无咎正想着，凝兰再度开口说道："果然，我调查到后来发现事情不对，这里面藏着许多的问题，我发现这安王妃十分听从霄云太公主的话，无论她要求她做些什么她都会同意。"

凝兰一边说，一边回想她曾看到的一切，那天安王府正在筹备安王的丧事，安王妃却被那霄云太公主叫到了房中，凝兰当时也悄悄地跟了过去。

这才发现害死安王的人并不是安王妃，而是那霄云太公主，原来那小黑虫的虫卵是她给安王妃的，当时安王妃怕她专宠，便同霄云太公主说了此事。

不知道为什么，霄云太公主也表现出了十分厌恶凝兰的样子，并且将那包小虫卵交给了她，让她用这小虫卵在安王宠幸凝兰时神不知鬼不觉地将凝兰杀掉。

当时的安王妃觉得这霄云太公主是在帮她，而且无论如何她也想不到，这霄云太公主会害安王。

以至于在安王死后，安王妃一度陷入了崩溃，一直跑去问霄云太公主为什么要害安王，当时霄云太公主则看着她笑着说道："不，那人不是我杀的，而是你杀的，你若是敢，便将此事说出去吧！"

就这样，那安王妃每日活在忧虑之中，时常精神恍惚，听到成杨等人还要来府中查案，她便更加乱了分寸。

那霄云太公主本想慢慢地神不知鬼不觉地将她杀死，不曾想她竟接连做了许多蠢事，便只好安排巫师直接干脆地将她杀害了。

凝兰说的这些都是通过安王妃和霄云太公主的对话中得来的，她将这些信息整合了一下，完整地叙述了下来。

君无咎听到这里叹了口气，点了点头，他果然猜得没错，他们一直都觉得这霄云太公主怪怪的，尤其方才凝兰说霄云太公主叫她去一同吃晚饭，还当场让安王去她那里，想来那日安王定然也是被她下了什么药物，不然为何会性情大变，对凝兰动手动脚?

君无咎正在想着，凝兰突然再度想起了什么，看着他们继续说道："对了，我想起来了，那安王妃用的熏香便是那霄云太公主搞的鬼，她偷偷地在香料中放了一些奇怪的东西，想让安王妃自己伤害自己。"

凝兰说到这里，君无咎便彻底地理解了，他终于明白为什么那安王妃每次致幻时，看到的都是凝兰了。他想了想，然后看着凝兰继续问道："你是不是在晚上的时候经常出现在安王妃的面前？"

君无咎说完，凝兰点了点头，看着他继续说道："我本是想去吓她的，她本来以为我死了，如果看到我这副样子出现在她面前，肯定十分的惊惧，定然会说出实情，或者道出什么事或什么人来。"

说到这里，凝兰无奈地叹了一口气，然后继续说道："可是，谁知道她看到我之后，整个人像疯了一般，将整个王府的人都惊动了，害得我赶忙躲了起来，什么都没有打探到。我一直都没有想明白这到底是为什么，后来我才知道，原来是霄云太公主在香料中动了手脚。"

君无咎听完凝兰说的，点了点头，看着她继续说道："如此，一切便说得通了，看来你便是那个引导者了，一直引导安王妃致幻的人是你。"

君无咎说完，凝兰点了点头，十分厌恶地继续说道："这一切都是她罪有应得，是她欠我的，若是她不害我，又为何会怕我？当我活生生站在她面前时，又为何会将我看成鬼？这一切不过是她自己的问题罢了，是因为她心中有鬼。"

君无咎三人无法反驳凝兰的话，只得无奈地叹了一口气，无言以对。

成杨想了想，看着他们继续说道："如此，一切便已经明了了，现在除了木灰那件事，其余的事情基本都已经明朗，而且现在我们也知道了那霄云太公主的目的是什么，她想另立安王，彻底地掌控安王府。"

"可是她到底为何要彻底掌控安王府呢，她本是太公主，而且还是老安王妃，地位、权力、荣华富贵，样样不差，她还想得到什么呢？要这么搅和安王府？"

苏文月说完，成杨笑着摇摇头，看着她继续说道："对于权力，贪心的人什么时候满足过呢？我不知道她控制安王府的目的到底是什么，但是我觉得很有可能是为了站队。"

"为了站队？"君无咎也疑惑地看着成杨继续问道。对于这争夺权力的事，君无咎真的是懂得不算多，甚至可以说对于这方面，他知之甚少，多亏有了成杨，很多事情才能够顺利地解决。

君无咎问完，成杨想了想，看着他继续说道："你们还记得日前我们听到的老师同温王爷的对话吧，我总觉得那温王爷图谋不轨，想来是他在结党营私，笼络了霄云太公主，来站到他这边吧！"

成杨顿了顿，思索一番后再度说道："有了安王府的支持，这温王爷的势力提升得可不是一星半点，那可是一大截，想来和皇上对峙，便也更有底气了吧！"

成杨说完，苏文月依旧有些不解，她看着成杨继续说道："师兄，我总觉得哪里怪怪的，你想想看，这霄云太公主怎么说也是皇上的姑姑，她不帮皇上就算了，竟然背叛皇家，去帮助温王爷，若是这温王爷当了皇帝，这天下可就改了姓了，她如何对得起自己皇家的出身？"

苏文月说完，君无咎也点了点头，觉得苏文月说得有一定的道理，毕竟这温王爷若是真的得势，那这霄云太公主又能得到什么？顶多还是保全这安王府罢了，而且如果那温王爷真的得了皇位，霄云太公主能不能保得住安王府，都是一个问题。

毕竟这霄云太公主是前朝公主，想来那温王爷定然会十分忌惮她，说不定会杀了她灭口，这霄云太公主诡计多端，如何能够犯如此低级的错误呢？

成杨一时间没有了头绪，想了许久他突然抬起头，看着他们警觉地说道：“莫非这温王爷也不是幕后黑手？”

成杨的话，使君无咎和苏文月二人心中一惊，彼此相视了一眼；一时间说不出话来。这着实是一个大胆的猜测，君无咎三人一开始以为这一切都是来源于这温王爷，毕竟目前他们接触到的权力最大的人，便是这温王爷了，而且君无咎的老师给他的那封信中，写的也是那温王爷，最终记载有问题的人也是这温王爷。

他们实在想象不到，除了温王爷还会有谁参与到这件事之中，毕竟安王已死，看这个样子，安王不过是一个棋子，又或者他可能拒绝参与到这件事中而惨遭杀害，现在唯一知道的是这温王爷能够号令欧阳定贤，一个能让大理寺卿为他鞍前马后的人已经极为可怕了。

那一个能让温王爷为他鞍前马后的人，又是谁呢？想到这里，他们三人都十分的紧张，本来以为马上要守得云开见月明了，不承想这里面的水，竟然还如此的深。

最后，苏文月深吸了一口气，看着他们继续说道：“哎呀，先别把事情想得这么复杂，说不定真的是我们想多了呢，现在我们做的便是先把手头的这一切查清，真相自然而然会慢慢浮出水面的。”

苏文月说完，君无咎和成杨点了点头，没再说话，突然君无咎想起了他的老师，他叹了一口气，同他们继续说道：“是啊，先走一步看一步吧，而且我总觉得我的老师可能会给我们一些线索，让我们能够在明面上将事情继续查下去。”

君无咎说完，成杨点了点头，看着君无咎继续说道：“我同清悦兄想的一样，也觉得岳大人会在某一时刻提醒我们，就像我们南下的一路上，他一直在用自己的方式提点着我们，然而让我比较担心的，则是岳大人的方式和手段，我担心他会伤害更多的人。”

听到成杨如此说，君无咎点了点头，心痛地看着他继续说道：“我也是如此想的，我总觉得师父是在酝酿着什么比较大的事情，毕竟从我们回到京城之后，他便再没了消息，所以我想他很有可能在酝酿或者策划着什么事情，就像我们南下时一样。”

听到君无咎如此说，苏文月也有些着急，看着他继续说道：“那可怎么办？那我们怎么办？”苏文月十分担心岳大人会伤害无辜的人，因为她清楚，这对于君无咎来说，意味着极为严重的事。岳大人南下路上的行径，一直是君无咎心头的一根刺，一直隐隐作痛。

听到苏文月向他询问他们接下来该怎么办，君无咎极为苦涩地笑了笑，看着她继续说道：“想来是没有什么办法了，只希望我们能尽快地找到他，这一切便都仰仗你了，苏大人，还希望你能帮帮忙，帮我调查一下我老师的踪迹，我知道他一定在这京城之中。”

君无咎说完，苏文月点点头，看着他继续说道：“君公子放心，我一定会竭尽全力地帮你，只是岳大人应该被更有能力的人隐藏起来了，所以我也不确定我是否能够找到他。”

君无咎有些失落地点点头，他明白苏文月并没有骗他，他们心中都清楚他的老师被谁隐藏了起来，他若是不想让人找到，若是寻找起来必定十分困难。

看到他们二人都有些消极，成杨赶忙出来，看着他们继续说道：“无论如何，我们尽力而为就好。”

成杨说完，苏文月和君无咎没有再说什么，是啊，一切尽力而为便好，若是尽力而为之后还得不到想要的答案，那这一切便都是天意了。

看到三人陷入了沉默，孙铭和凝兰虽然不知道到底发生了什么，也清楚这是一件极为重大的事情，而且听他们方才说的话，他们一直查的案子都牵扯到了温王爷，甚至整个安王府都只是陪衬，凝兰才意识到自己看到的可能也只是冰山一角罢了。

方才在那里还如此自大地同君无咎他们那样说话，现在想来真是羞愧至极。她十分不好意思地打破了他们的沉默，看着他们继续说道：“几位大人谈论的事太过深奥，小女子听不太懂，小女子只想请问几位大人，这安王府的事，要如何才能处理？几位大人可有良策？”

苏文月想了想，然后看着凝兰继续说道：“这十分好办，凝兰姐姐出堂作证便好了，有了凝兰姐姐这个证人在，那霄云太公主无论如何都逃不掉的。”

苏文月说完，君无咎摇了摇头，看着他们继续说道：“我觉得不妥，就怕皇上会将此事降至大理寺处理，那欧阳大人定然不会公平断案的，想他对安王尸体的多次处理，便可以想象他为了掩盖此事，会使出怎样的手段。”

君无咎说完，苏文月想了想叹了口气，不再说话，但是成杨想了想，站起身来看着他们继续说道：“这个有解，霄云太公主可是皇上的姑姑，按照尊卑，我们可以上谏皇上，不要让老师来审理此案，而是自己亲自审理此案，如此，有了凝兰姑娘的证词，想来便可以扳倒这个霄云太公主了。”

成杨说完，君无咎仔细思考了一番，正要开口，却被凝兰打断了，她十分悲伤地看着成杨三人继续说道：“两位大人，你们现在说的方法，都基于我是证人，可是还请几位大人想想我真的可以作为证人吗？”

说到这里，凝兰顿了一下，然后看着他们继续说道：“先不说我出来作证会不会将弗香夫人暴露，就是我现在出现在那霄云太公主的面前，她若是要质问几位大人，如何能够证明我便是凝兰，几位大人又如何说呢？”

凝兰如此说完，君无咎意识到自己漏掉了如此大的问题，说道：“没错，方才我便是想要说这件事，凝兰现在的烧伤程度，已经完全无法辨认出她本来的样子，若是那霄云太公主一口咬定，她根本不是凝兰，而是我们随意找人伪造的，我们又该如何是好呢？”

君无咎所言甚为有理，可一旁的孙铭则是极为着急，他焦急地说道：“当然可以证明了，难道我的话也不行吗？我这一生一世认定的凝兰就只有她一个，我又怎么可能会认错呢？”

孙铭说完，君无咎还是叹息着摇摇头。

看到君无咎无奈地摇了摇头，那孙铭的心一下子就凉了，他性子直，考虑不到那些弯弯绕绕的东西，但是今天与成杨和君无咎几个人相处了这一阵，他知道君无咎三人对于办案这方面十分的厉害，他们若是说了不可能，那便真的可能是没有什么希望了。

君无咎的话说完了，不只是孙铭，就连苏文月都长叹了一口气，看着他们继续说道："唉，这可让我们如何是好，想想那霄云太公主缜密的心思，她定然会抓住凝兰这件事不放的，即使我们几个为她作证都不行，她定然会说是我们找的人来演戏罢了。"

苏文月感到十分无助，凝兰也是痛苦万分，她的语气也弱了很多，"没错，正是如此，我担心的便是这件事。"

成杨想了想，突然眼前一亮，看着凝兰继续说道："对了，弗香夫人不是一直将你安排在安王府，想让你查明一切吗？她这么执着地想让你在安王府继续待下去，查明真相，想来她定然是有什么证据或者手段扳倒这霄云太公主吧。不如我们去找她询问一番呢？"

凝兰听了成杨的话，叹了口气，想了片刻，最终看着他们摇摇头，然后继续说道："此法行不通的，所有人都说我是弗香夫人身边最得力的人，其实我也是最了解她的人。"

说到这里，凝兰的眼中再度闪出了悲伤，看着他们叹口气，继续说道："其实她之所以会那么执着地将我放到安王府，便是因为她知道，以我的性子若是不遇到几位大人，我一定会折磨死这个霄云太公主的，无论是哪种手段。其实我想她应该就是想利用我的手来除掉她罢了，我不知道她为何想要借我的手除掉这霄云太公主，但是我知道她定然是这样想的。"

凝兰说完，君无咎几人都沉默了，苏文月更是难过，为凝兰感到难过，她一直认为这些事不是该她一个人独自承受的，可是命运却又总是在捉弄人。

成杨听到她如此说，也叹了口气，但是想了想，他看着众人都唉声叹气，便想开导下大家，说道："好，既然现在京城这条线断了，那大不了我们去查另一条线，去查霄云太公主命人开挖铁矿的事，如何？"

听到成杨如此说，所有人都眼前一亮，恢复了一丝生气，君无咎说道："查这条线？这条线在什边城，我们如何去查？想来现在皇上定然不会放我们离开的。"

成杨此刻思路清晰，看着他们笑了笑，神秘地说道："哈哈，当然不用我们赶过去了。现在若是我们赶过去，着实是太浪费时间了。"

成杨一直在卖关子，苏文月等人十分焦急地看着他，苏文月忍不住问道："哎呀，你到底有什么办法？快点说啊，不要在这里卖关子，我都要着急死了。"

苏文月说完，成杨看着她笑着说道："好了，我说，我说！就数你心急。"

说完，成杨看着他们继续说道："我给我兄长写封信，他现在在什边城练兵，我可以让他代为查看。"

成杨的话给了众人希望。君无咎和苏文月的眼睛都亮了起来，就连凝兰和孙铭都感觉看到了希望。

说干就干，成杨赶忙拿来纸笔，然后仔细思索了一番，便开始下笔写信，不多时便写完了，然后找了一个十分可靠的人，将这封信快马加鞭地送到什边城去。

写完这封信，大家都长舒了一口气，仿佛了却了一桩心事，接下来就等着成杨兄长的消息便可以了。

大家正在讨论时，有下人来传话说崇王气呼呼地回来了，成杨十分的震惊，不知道父亲为何动怒，他让他们先留在这里，自己先去前院看看。

说完便同那下人去了，留下了不知道到底发生了什么的几人，君无咎看了看时间，发现这崇王应该是下朝了，看来这使崇王动怒的事，应该是朝堂上的事，不出意外的话，就应该是霄云太公主上谏另立安王的事了。

不多时，成杨回来了，果然不出君无咎所料，这崇王烦心的事，便是这另立安王的事。

看到大家都十分好奇，成杨叹了口气，看着他们继续说道："你们想都想不到，这霄云太公主要立谁为安王。"

成杨说完，几人都陷入了沉思，既然成杨如此说，想来定然是一个最不可能的人了，一个谁都觉得他无法胜任做安王的人，安王兄弟几人之中有谁是这样的呢？君无咎不了解安王家的情况，但他知道，那人定然是像他想的这般，没有什么用处，不会影响了霄云太公主的利益。

成杨并未让几人多加思索，而是直接道出了答案："你们想都想不到，就是安王的那个游手好闲、好吃懒做的五弟，平日里什么都不会做，就是留恋烟花柳巷。"

成杨说完，君无咎点点头，叹口气继续说道："果然，这霄云太公主要架空这安王的权力，从而将权力控制在自己的手中，这样她便可以像翰飞说的，比较方便站队了。"

君无咎的结论深得成杨赞同，他看着他们继续说道："父王便是因为这件事生气的，因为父王在朝堂上一直据理力争，不同意皇上答应霄云太公主将老五立为安王，但是谁知竟然失败了，皇上竟然同意了，真不知皇上是如何想的，所以父王气得不行。"

成杨说完，君无咎想了想，看着他们继续说道："既然我们都知道这件事不符合常理，那皇上定然也是知道的，而且弗香夫人曾说过，她听皇上的，那么凝兰之前查到的事，定然皇上也是知道的。然而现在他还如此选择，定然是有一定的道理，我们还是再等等，选择相信皇上吧。"

成杨接着君无咎的话题说："我也是这样想的，也是这样安慰父王的，但是父王却担心霄云太公主也是利用皇上的这种心理，在皇上还没有准备好一切时，便抢先做出一些不利于皇上的事。"

成杨说完，君无咎叹了口气，无奈地点了点头，继续说道："看来我们只能加紧调查了。”

成杨继续说道：“那今日打探虚实的事，便交给清悦兄了，毕竟霄云太公主今日还让你去帮她诊治中风。”

君无咎微微颔首，望向其他几人，甚是无奈，说道：“看来也只能这样了，不过我觉得霄云太公主并不是真的得了中风，也不是真的需要我诊治。”

君无咎说完，成杨点点头，看着他继续说道：“我也这么觉得，我总觉得她那病真的很蹊跷，如果真的病了，我觉得她根本没有体力和心力，再做这些事了。”

“我觉得她也只不过是在利用我罢了，传统的诊治方法无法将中风彻底地治愈，她可能想利用我的行针之术，来洗掉身上这个中风的病，而不落下口实。”君无咎道出了自己的猜测。

君无咎说完，成杨则是十分赞同君无咎的想法。不知不觉已经时近中午了，成杨怕众人肚子饿，便说：“今天上午一直在整理线索，也没有出去查案，所以同往日相比，清闲了许多，不如我们好好吃一顿去吧，只待下午重振精神，继续去查案，如何？”

“你们怎么能这样啊！看我出不去，就都跑出去吃美味佳肴，这不是明摆着欺负我吗？”苏文月气愤地嚷道，完全看不出她此刻是个染了风寒的病人。

苏文月说完，成杨笑着点点头，看着她继续说道：“没错啊，你实在是太能吃了，太耗银子，今天好不容易摆脱了你，我们当然要去好好地吃一顿啦！”

成杨说完，还调皮地冲着她做了一个鬼脸，然后继续说道：“而且我们还要去‘天下第一香’吃呢！”

看到成杨如此说，苏文月气呼呼地不再理他，君无咎看着两人觉得实在是有趣，便笑着说道：“好了，你们不要再吵了，苏大人，你想吃什么？我会给你带回来的。”

听到有人说会带吃的回来，苏文月立马来了精神，她笑着看着君无咎继续说道："其实，我也不想吃什么，不过想吃点小点心，你随意给我带一些便好了。"

"好，我都记下了，你好好休息吧，我会为你带回来的。"君无咎一边点头，一边回答苏文月的话。

君无咎说完后，成杨便带着他们离开了崇王府，但是他们并没有带着凝兰和孙铭离开，而是让他们在府中吃过晚饭，便去客房休息。

方才只不过是君无咎同成杨演的一出戏罢了，他们其实并不是要去那"天下第一香"，而是要继续出去查案，不过为了不让苏文月担心着急，也要跟着一起去，所以便如此说了。

成杨和君无咎出来后，本想着去锦绣馆，去找弗香夫人，想询问一下她手上可有什么线索，毕竟弗香夫人的锦绣馆一直在暗中打探各种王公贵胄的消息，想来对于很多事情会比他们更加了解。

他们一边想，一边来到了这锦绣馆，刚进门，却被那个老伙计拦了下来，他看着他们摇摇头，笑着继续说道："各位大人，实在抱歉，我们馆主今日不在，锦绣馆暂不待客，几位大人还是请回吧。"

那伙计说完，君无咎和成杨叹了一口气，一时间也没有什么想法，不知该去哪里，但在这锦绣馆等着，又不知这弗香夫人何时回来，当真令人心急。

君无咎看了看成杨继续说道："翰飞，接下来，我们去哪儿啊？"

成杨想了想，十分看得开地笑着说道："事已至此，那就按我们方才同小月所说，去那'天下第一香'吧，一会也好方便给她带些点心。"

听到成杨如此说，君无咎有些犹豫，成杨看穿了他的心思，拍了拍他的肩膀，笑着看着他再度说道："清悦兄，不要这么一直紧绷着神经了，不如放松一下，现在所有的线索都断了，我们也在等消息，一直这么紧张，我们的思维都僵直了，即使有什么破绽也发现不了，还不如借此机会，我们放松一下，这样说不定更加有助于我们断案。"

成杨说完，君无咎看着他笑了笑点点头，成杨已经如此说了，他再没有什么理由好回绝他了，想了想便开口说道：“好，既然如此，我们便去好好地吃一顿吧，听你如此说我也真是饿了。”

君无咎和成杨这一路聊得正欢，刚走进那“天下第一香”就听到有人说：“成大人，您来了，还是之前的位置吗？”原来是那店小二看到成杨进来，赶忙迎了上去，看着成杨等人谄媚地笑着。

成杨看着他笑着点点头，开口说道：“没错，还是之前的位置，那里视野开阔。”

成杨说完，店小二便引着成杨和君无咎来到了二楼，找到了那临街视野开阔的位置坐了下来。

成杨贴心地问君无咎想吃些什么，君无咎想了想看着他摇了摇头，继续说道：“还是翰飞点吧，我吃什么都行。”

君无咎说完，成杨本想再邀他点单，但仔细想了想，最终没有开口，他知道君无咎不好意思，不好意思让他破费，每次吃完饭，他总是十分不好意思地想同他一同分担餐费，但是他知道他作为推官的例银有限，所以每次都不让他这样做。越是如此，反倒让君无咎更加不好意思了。

成杨大致地点了几个菜，然后看着君无咎笑着问道：“清悦兄可要同我喝几杯？”

成杨说完，君无咎摇摇头，看着他笑了笑继续说道：“不了，晚上还要去安王府为霄云太公主针灸，还是不喝了，清醒一些比较好。”

君无咎说完，成杨点点头，看着他笑着说道：“好，那就不喝了，那清悦兄，你多吃些菜，吃饱了咱回去好好睡上一觉，晚上我陪你去安王府。”

“好，能够有翰飞兄相伴自然是好。”君无咎半开玩笑地回答着成杨的话。

说罢，二人便吃了起来，君无咎这次是真的有些饿，也顾不上那些虚礼了，早晨的那点清粥、小菜对于他们来说，真的可以说是太少了，刚刚垫了个底。

成杨看君无咎吃得如此香，心中也十分的高兴，觉得君无咎终于同他不那么见外了。虽说君子之交淡如水，但是两个人既然已经是知己了，若是还在乎那些虚礼，着实是太见外了。

二人正吃着，突然又看到之前抱着孙主簿儿子小鹏飞的那个男子走了进来，不多时，初一也走了进来。

初一刚走进来，一眼便看到了成杨和君无咎，等到那男子带着小鹏飞进入厢房之后，他才走了过来，向成杨和君无咎等人行礼问候。

成杨看着他也十分的诧异，他笑着说道："咦？没想到又在这里碰到了你们。"

初一一直看护在小鹏飞身边，寸步不离，也没有回来向他们禀报有什么情况，想来应该是没有什么事情，所以成杨见到他并不是十分的紧张，反而同他谈笑风生，还让他坐下来一同吃一些，这么多天一直寸步不离地看守，想必也是十分的劳累了。

初一看着自己的主子如此的热情，赶忙笑着摇摇头，继续说道："公子，我不饿，您和君大人吃吧，小人不能坏了规矩。"

说完，他抬起头看了看君无咎继续说道："君大人，这小鹏飞，我一直寸步不离地看着呢，即使每日他舅舅带他来这'天下第一香'也不例外，您不要担心，到现在为止，他还没有什么危险。"

初一说完，君无咎点了点头，但是总觉得有哪里不对，便抬起头，看着他继续说道："你是说，小鹏飞的舅舅，每日都会带他来这里吗？"

"是啊，没错，自打孙主簿走后，这孙夫人十分的伤心，身体也大不如从前，所以一直也顾不上这小鹏飞，现在小鹏飞一直都是由他的这个远房舅舅来照看，而且这个舅舅对小鹏飞也十分上心。"对于君无咎的问话，初一都毕恭毕敬地回答。

说完这些，他想了想，然后他抬起头继续说道："这每日带小鹏飞来这'天下第一香'吃饭不就是吗？之前他同孙夫人说，小鹏飞最近一直都没有什么胃口，只能多少吃得进这'天下第一香'的食物，便每日带他来这里吃，银子都是他拿的，孙府可供不起他们日日来这里。”

君无咎听了初一的话，便更加觉得哪里有些不对了，他敏锐地从方才的话里面推断出一个重要的信息，便是小鹏飞最近的胃口特别不好，他抬起头，看了看初一继续问道：“先不理会其他的，你觉得小鹏飞最近如何，或者说有哪些奇怪的地方吗？”

君无咎说完，初一看着君无咎的神色，觉得他十分的严肃，自己也莫名地跟着紧张了起来，他仔细地回想了一番，然后看着他们继续说道：“没发现有什么问题啊，只是看他最近非常依赖他这个远房舅舅，不过好像是跟他舅舅的关系极为亲昵吧，并没有什么奇怪之处啊，再者就是像他的舅舅所说，他最近胃口是有些不好，不过他一直被那个舅舅照顾得十分的好，没有什么不妥的地方。”

初一说完，成杨点点头，看着君无咎继续说道：“清悦兄，初一办事你可以放心的，他向来稳当，处理问题十分谨慎，他观察了这么多日，觉得没事，那便应该是没事吧。”

“我当然十分信任初一的能力，南下这一路，我们一同经历了那么多事，我又如何会不相信初一呢？只是眼前的事有些复杂，这孙主簿临死前，将小鹏飞交托给我，我必须得时时留意，事事留心，若是不能照顾好他的话，我这没法同孙主簿交代。”成杨话音刚落，君无咎便接着说了此话。

君无咎说完，成杨和初一都十分理解地点点头，成杨看着他们继续说道：“没错，这件事确实得十分慎重，既然清悦兄心中有疑惑，不如我们好好调查一番如何？”

成杨想了想没有继续说下去，过了片刻，又看着君无咎再度开口说道：“清悦兄，你可有什么想法，或者方法，来入手调查此事？”

成杨说完，君无咎想了想，看着他们继续说道：“其实我也还未想好用什么办法来查此事，若是大张旗鼓地前去，那这远房舅舅若是没问题，我们反而可能会伤了他同小鹏飞之间的感情，可是若是不查，我这心里又十分不安。”

说到这里，君无咎叹了口气，看着他们继续说道：“其实，我也没有别的担心的地方，其实我就是十分担心小鹏飞的身体，听初一如此一说，我总觉得哪里怪怪的。”

君无咎说完，成杨点点头，然后仔细地考虑了一番，然后看着他继续笑着说道：“这个好办，若是我们直接去孙府查探，想来他们会有所准备，我们不能看到小鹏飞最真实的样子，这样，不如我们在这里便直接查探小鹏飞身体是否有恙，如何？”

成杨说完，君无咎和初一都十分诧异，疑惑地看着成杨继续问道：“这样如何查看呢？”

君无咎和初一问完，成杨笑了笑看着他们继续说道：“这个好办，我同这酒楼的掌柜说说，让清悦兄打扮成这里的店小二，然后去给那小鹏飞所在的厢房上菜，到时候见机行事即可，我同初一都守护在门外，里面若是发生了什么事，你直接叫我们二人便可。”

成杨说完，初一和君无咎恍然大悟，看着他赞叹地点点头。

说干就干，成杨赶忙同那掌柜商量了一番，那掌柜当场答应了下来，然后赶忙将一套店小二的衣服拿了过来，给君无咎换上，并且将方才那人点的菜推迟了一道，让君无咎亲自送进去。

君无咎准备好一切后端着那菜到门口时，成杨和初一也小心地躲在了门口，冲着他点点头，让他放心地进去。

君无咎端着菜走进去时，发现小鹏飞正背着他坐着，趴在桌子上，头抵着胳膊，看起来十分没有精神，而那远房舅舅则在一旁静静地吃着饭，然后时不时夹起一些菜放到小鹏飞的碗里，让他赶快吃。

看到是一个陌生人来送菜，那人当场警觉起来，开始质问君无咎：“怎么是你来上菜？之前那个小二呢？你看着很是面生啊！”

君无咎看他如此警觉，便觉得这里一定有问题，或者绝对不简单，他赶忙弓着身子，看着他笑着说道：“老爷有所不知，我是掌柜的远房亲戚，这几日才来这里做帮工，之前伺候老爷的那个小二让掌柜派出去采办了，便让我来侍候您了。”

听到君无咎如此说，那人一直挺直的身板终于放松了下来，看着君无咎淡淡地说道：“原来如此，那你将菜放到这里便可以了。”

君无咎谄媚地点点头，正要往前走，那小鹏飞听到了他的声音，挣扎着起身，回过头看他，眼光十分的震惊，那眼中的信息极为复杂，君无咎无空揣摩那眼神中到底表露的是什么，他看着他不着痕迹地摇摇头，示意他不要将他的真实身份说出来。

小鹏飞果然十分听话，他再度趴在了桌子上，仿佛什么都没有发生一般，而君无咎则又到那人同小鹏飞之间去上菜，然而走到他们中间时，他假装一个不小心，将菜全部撒在了小鹏飞的身上。

在看到这道菜是凉菜时，君无咎便已经计划好了，将菜撒到小鹏飞的身上，这样他便可以趁机为他诊脉了，他若是没事，他便赔罪退出来，若是有事便直接将小鹏飞带出来。

君无咎将那菜撒到小鹏飞身上之后，赶忙装作惊慌失措的样子，然后蹲下身来，擦拭孩子身上的菜汤，看到他如此笨拙，那人气愤地站了起来，看着君无咎大喊道：“你这个废物，什么都做不好，快叫你们掌柜过来。”

君无咎没有理会他，而是蹲在那里为小鹏飞号脉，突然，他发觉小鹏飞的脉象十分的微妙，明显是中了毒的脉象。

那人看到君无咎不动，便走上来，对他动手动脚，并且破口大骂道：“你难道听不懂人话吗？我让你去将你们掌柜叫来，而不是让你蹲在这里，碍我的眼！”

那人说完还想继续骂，却被起身的君无咎撞到了一旁，他将小鹏飞抱了起来，然后对小鹏飞说道：“鹏飞不怕，君叔叔在这里，任何人都不能伤害你。”

看到君无咎如此说着，那人十分焦急，赶忙走上前，想和君无咎争抢他怀中的小鹏飞，那人大声吼道：“你谁啊？竟然抢我们家的孩子，我要去报官，你赶快把我的孩子还给我，否则我让官府把你抓起来。”

那人说完，成杨缓缓地从外面走了进来，他听到了屋内争吵的声音，便知道这人有问题，便赶忙走了进来，看着那人继续说道：“怎么？我听这屋内有人要报官，本官来了，本官就是官，大理寺少卿成翰飞，若是有事，你同本官直说便可。”

看到成杨走了进来，又看到他十分自然地站在了君无咎那面，他心里大致已经清楚了成杨的用意，看来他们应该是一伙的。想到这里，他突然乱了阵脚，望着一边的窗户，便要从那里跳出去逃跑。

正当他要逃跑时，直接被初一抓了回来，看到初一他彻底地崩溃了，他大致已经猜到了成杨他们的来意了，毕竟他不止一次地见过成杨了，之前几次来这“天下第一香”时，便感觉到一直有人在跟踪他，他曾旁敲侧击地问过这里的店小二。问他们，每次他来这里和离开这里后，第一个进来和出去的人是谁之后，便知道了初一，他知道这初一是一直跟踪他的人，起初他以为是自己暴露了，所以他便想他到底是在跟踪自己，还是跟着小鹏飞。

然后，一日，他便让人抱走了小鹏飞，那日初一果然一日都没有出现在他面前，他这才放心下来，知道那人应该只是在暗中保护小鹏飞，并没有发觉他的身份。

但是初一的出现还是在很大程度上阻拦了他的进程，因为他的出现，他不能用太直接的方式来解决这小鹏飞，只能用如此迂回的方法，光是想想便让他觉得心累。

初一将他抓住了之后，成杨走上前，看着他继续问道：“怎么？你跑什么？方才不还是一直理直气壮地说要报官吗？怎么现在官来了，你竟然还要跑了？怎么心虚了？难道你不过是在贼喊捉贼？”

成杨说完，那人的脸色极为难看，看着成杨三人尴尬地笑了笑，装作不知缘由地说道：“我真是不懂你们几人在说什么，你说你是官，我便要信吗？在我看来，你们不过是那打家劫舍的土匪，我看着害怕，便想要逃离这个地方，有什么错吗？”

那人说完，成杨笑着看着他不屑地说道：“一派胡言！”然后拿起自己的官牒摆在他眼前，继续说道，“你也不必再说那些没有意义的话，既然你要报官，那我们便大理寺见，现在我们便将你带去那大理寺，让我的老师欧阳大人亲自关押你。”

那人听到成杨提了欧阳定贤的名字，吓得一哆嗦，然后看着他们继续说道：“你们凭什么抓我？我做了什么伤天害理的事？你们又有什么证据吗？”

那人说完理直气壮地看着君无咎三人，仿佛他若如此，他们便拿他没办法。

然而这时君无咎走了出来，拿出那个针尖泛着黑色的银针，看着他们继续说道：“那你看看这个呢，这回你总无话可说了吧。”

原来方才，在他们说话的时候，君无咎将他随身携带的银针对桌子上的饭菜一一试了毒，果然在其中一道最适合小鹏飞吃的、十分软烂的菜里，试出了问题。

君无咎拿着那针走过来时，那人一度十分紧张，君无咎察觉到他的异样，便看着他继续说道：“现在已经证据确凿了，你难道还要诡辩吗？”

君无咎说完，那人仔细地想了一会儿，看着他们继续说道：“我不懂你们在说什么，那菜里有什么我从不清楚，况且我们是在这里订的菜，若是有什么问题完全同我无关，几位大人查完，便去找那掌柜的去查吧。”

君无咎和成杨本就气不打一处来，听他这般狡辩，更是十分的气愤，君无咎不悦地说道：“好，你既然将这一切问题推到这家酒店身上，那我们现在便将掌柜和大厨等人找来，我们当面对峙。”

“这酒楼来来往往有这么多人，谁知道是谁动了手脚，光找到他们两人来对峙，又有何用处呢？”那人并不把君无咎的话放在心上，冷笑着看着他们。

那人说完，君无咎气急败坏地正想同他继续争辩，谁知他怀中的迷迷糊糊的小鹏飞却轻轻地拍了拍君无咎的肩膀，小声地说道："君叔叔，就是他，是他做的手脚，我看见过，我曾看到他趁我不注意，往菜中放东西，然后就一直让我吃。"

小鹏飞十分虚弱地看着他们说着，君无咎看到他如此虚弱，十分心疼，还好方才为他诊脉，他的脉象还算平稳，应该问题还不算大，所以现在才没有着急带着他回去诊治。

听到小鹏飞如此说，那人突然有些着急，看着小鹏飞继续说道："你不要在这里血口喷人啊，小鹏飞，我可是你的舅舅啊，我会害你吗？我一直照顾你，给你吃好的，喝好的，你这个小崽子，怎么能够在这里反咬我一口呢？"

那人十分愤怒地看着小鹏飞一直说着，面目十分可憎，仿佛都要冲过来打那小鹏飞的架势。

小鹏飞听到那人如此说，看着他继续说道："我只是小，但并不是傻，你做的事，我都看在眼里的，每日同你吃完饭我都会偷偷地跑去吐掉，要不然想来我早已经死掉了，今日怎么还可能见到君叔叔？"

小鹏飞说完，君无咎等人都震惊了，想不到这么小的一个孩子竟然有如此心智，君无咎轻轻地抚摸着小鹏飞的头，缓缓地对他说道："对不起，小鹏飞，是叔叔不好，是叔叔没照顾好你，都是叔叔的错，都怪君叔叔，你能原谅我吗？"

听了君无咎的言辞，小鹏飞委屈地在他怀中摇摇头，然后看着他眼含泪水地说道："鹏飞没有怪君叔叔，鹏飞知道，君叔叔一定会来救我的，你看我一直这样想着，你便来了。"

小鹏飞的话让君无咎十分难过，十分心痛，他轻轻地拍了拍小鹏飞，看着他继续说道："小鹏飞，相信君叔叔，以后君叔叔一定会好好照顾你的。"

君无咎说完，小鹏点点头，看着君无咎轻轻地说道："君叔叔，我相信你。"

那人看到小鹏飞对君无咎如此的信任，便知道自己已经走投无路，他看着小鹏飞，继续恶狠狠地说道："原来如此，我说这药的药效在你的身上作用如此的小，不承想你小小孩子，竟然如此有心机。真是怪我自已优柔寡断，早就应该给你一个了断。"

那人越说越气，他恶狠狠地盯着小鹏飞和君无咎，突然他的手不知道怎么摆弄了两下，一支暗箭从他的袖口射出来，直接射向君无咎和小鹏飞，君无咎赶忙一个闪身，便将那支箭躲开了，不过为了保护小鹏飞，君无咎自己还是被那支箭擦伤了肩膀，他仔细地查看了一下伤口，还好没有毒。

那人见到根本没有伤害到小鹏飞，更加愤怒了，不过他已经黔驴技穷了，他只能是痛苦地看着他们，成杨则让初一将他抓起来，带到大理寺审问。

不过那人在离开前看着小鹏飞，诡异一笑，然后看着他继续说道："小鹏飞，你这么小，心智便已经这么成熟，既然如此，那有些事，我同你直说想来你也能够听明白了。"

他说完，君无咎三人都停下了脚步，疑惑地望向他，想知道他到底想要说些什么，但是第一感觉却让君无咎觉得不对，他不想理会他，想抱着小鹏飞离开，不想让小鹏飞听到他接下来的话，因为他的预感十分的不好，总觉得那人说不出什么好话。

君无咎正要离开，却被小鹏飞拦了下来，小鹏飞拦着他小声地说道："君叔叔，你不要走，我想听听他到底要同我说些什么。"

小鹏飞如此说，君无咎便也再没有离开的理由了，便立在那里，冷眼看着那人，那人看到君无咎和小鹏飞都在看着他，颇为得意地回看他们，得意洋洋地说道："小鹏飞，我知道你老子死之前同你说过一些东西，将那些留给你作为保命和保全孙家的资本，但是我现在告诉你，你知道的那些事，现在已经成了烫手山芋，你若是敢说出来，我们便会让你付出惨痛的代价。"

那人说完十分狠决地看着小鹏飞，一旁的成杨见他如此，实在气愤不过，便有些恼怒地呵斥道："你在这里一直威胁一个小孩子，算什么本事，你现在也不必如此嚣张，不久我们便会将你背后的人也一网打尽的。”

成杨说完，那人一脸无赖的表情，看着成杨等人继续说道：“大人不必用那些假正经的标准来衡量我，我与几位大人不同，算不得什么君子，我不过是一个小人罢了。”

“既然你如此想，那我便也无话可说，既然你自己都不拿你自己当人看，又何必生而为人？”成杨不屑地看着那人，缓缓说出了此话。

成杨说完，便不再理会他，打算拉着君无咎一起离开，并让初一拉住那人往前走，但是正当他们要离开时，那人快速冲了上来，死命地拉住了君无咎的衣袖，然后盯着小鹏飞，恶狠狠地说道：“小崽子，老子现在同你说的话，你最好都给我记好了，我告诉你若是敢用你这张嘴胡说，信不信你的母亲立马就得死，不信我们走着瞧。孰轻孰重，你自己在心里考量考量。”

那人说完，君无咎和成杨都心中一凉，莫非这孙夫人已经出现了问题？君无咎和成杨赶忙让初一将他押到成家的密室中，然后他同君无咎一起赶去孙府去查明情况。

小鹏飞在君无咎的怀中十分焦急，他虚弱地哭着，看着君无咎继续说道：“君叔叔，怎么办？我母亲好像有危险。”

君无咎的心中十分的不舒服，他赶忙拍拍小鹏飞的背，看着他十分温柔地继续说道：“小鹏飞不怕，君叔叔会为你做主的，君叔叔一定会救出你的母亲，因为君叔叔失职，差一点儿害了你，今日君叔叔无论如何都会救出你母亲的。”

君无咎说完，小鹏飞点了点头，看着他继续说道：“君叔叔言重了，其实这一切并非君叔叔失职，我同君叔叔本就没有任何关系，君叔叔如今能来救我，对鹏飞和孙家已经是莫大的恩惠了，鹏飞怎么还敢怪君叔叔呢？”

小鹏飞如此的知恩图报，不免让君无咎十分感动，他看着怀中这个疲惫而又坚强的小孩十分心疼，他真是承受了他这个年龄不该承受的一切。

君无咎笑着摸了摸他的头，带着宠溺的笑容说道：“放心吧，一切都会好起来的，君叔叔会守在你身边的。”

君无咎说完，小鹏飞便安静地躺在了他的怀里，没有再说话，而君无咎则同成杨快马加鞭地赶到了孙府。

这孙府同之前比已经十分的凄凉了，大小家丁都已经被遣散了，没了孙主簿的支撑，这个家确实已经支撑不起那么庞大的开支了。

只有孙夫人的一个陪嫁丫鬟和一个老管家还守在这里，这些情况都是之前初一调查之后同他们说的，现在成杨和君无咎来到这里，首先便是找那老管家的踪影，但是发觉这孙府的大门竟然是虚掩着的，并没有严严实实地关上。

看到这里，君无咎和成杨敏锐地察觉到这里面有些不对，他们小心地推开门走了进去，发现这孙府安静得出奇，君无咎和成杨小心地走在这孙府之中，情不自禁地屏住了呼吸，十分小心，而他们也不知道自己为何会如此小心。

他们也只是觉得这气氛十分不对，所以才会如此。果然在通向正堂的路上，成杨看到了已经被杀的老管家，身首分离地躺在了路的一旁。

君无咎看到这一幕，赶忙将小鹏飞的眼睛捂住了，但是小鹏飞还是看到了，他吓坏了，想要哭，只是十分虚弱无力，而且他也感受到了君无咎和成杨的紧张，感受到了他们的小心翼翼，所以不敢哭出声，只能默默地流泪。

小鹏飞的眼泪划过了君无咎的手心，君无咎知道这小鹏飞定然是看到方才那一幕了，所以才会十分忧心，害怕他的母亲在他们还未赶到时，已经遇害了。

知道小鹏飞担心，君无咎小声地在他耳边安慰他，看着他温柔地说道：“鹏飞那么聪明，已经理解了方才那个坏人的话，他这是在用你母亲的性命，来威胁你不要将知道的秘密说出来，所以现在你的母亲对于他们来说是十分重要的，有这一层牵制，她定然不会有事。”

君无咎如此说完，小鹏飞才止住了眼泪，在他的怀中点了点头，看着他继续说道：“君叔叔，你放心，鹏飞虽小，但也分得清是非曲直，所以等我们将母亲救出来之后，小鹏飞便会同几位大人讲出小鹏飞知道的秘密，对于那些坏人，还望几位大人千万不要姑息。”

小鹏飞说完，君无咎点了点头，就连成杨都对小鹏飞投来了赞许的目光，这小鹏飞，果然又聪明又懂事，小小年纪，竟然已经能够如此自如地同他们交谈案件上的事，而且经历了这么多事，依旧相信正义，而且能够分清是非曲直，不会冲动堕入黑暗，这种心性，可是十分的难得。

想来他们一路南下，遇到了那么多的人，个个有才智有谋略，但是哪一个的心性能比得上这个小孩子呢，同这个小孩子一比，他们着实都差了太多。

成杨也点点头，看着小鹏飞安慰地说道：“鹏飞，你尽可能地放心吧，我同你的君叔叔定然会将这些坏人全部绳之以法，也定然不会让你再受到伤害。”

成杨说完，小鹏飞苦涩地看着他笑了笑，然后点点头，看着他继续说道：“我相信成大人说的话，这京城之中还有谁不知道成大人呢，铁面无私，正义凛然。”

若是这话从别人的口中说出，成杨定会觉得虚伪无比，但是他看着小鹏飞晶亮的眸子，感受到的却只有真挚和感动，他十分开心小鹏飞能够这样评价自己，也更加开心小鹏飞能够信任自己，成杨想无论如何自己都要做到最好，这样才能够给小鹏飞一个正确的引导。

成杨想了想，再度看着他同君无咎继续说道：“清悦兄，我莫名觉得这小鹏飞在心智和性情上，可是像极了你。”

成杨说完，君无咎点点头，他明白成杨的意思，自己同小鹏飞一样，在不久之前都经历过许多的磨难，但是幸好他们二人都没有走上歧路，而是依旧相信着这世上的正义，想来成杨说得像，便是这几点吧。

他们一边安慰小鹏飞，一边来到了正堂，正堂依旧十分安静，什么声音都没有，也仿佛什么都没有发生过一般，只是桌角有浅浅的血迹暴露出这里曾发生了什么。

看到了血迹的君无咎向成杨使了一个眼色，成杨也向他点了点头，表示自己看到了，那血迹一直蜿蜒着，通向了正堂中的一个偏室。

看到那血迹，小鹏飞的心再度悬了起来，他担心那血迹是母亲的，担心母亲已经出事了。

君无咎和成杨仔细地观察着那个偏室，那里静得出奇，但越是如此，君无咎和成杨就越发的谨慎，也更觉得诡异。

他们小心翼翼地顺着血迹往里面走，不多时，便来到了门口，君无咎和成杨相视了一眼，决定将门推开，进去查探一番。

他们推门时，那门嘎吱一声，成杨和君无咎的心都提到了嗓子眼，他们小心地推开门，发现那里果然躺着一具尸体，小鹏飞一看便认出了那人——他母亲的陪嫁丫鬟。

君无咎和成杨小心地走了上去，君无咎探了探那丫鬟的鼻息，已经没有任何气息了，想来已经彻底挽留不住了，君无咎摸了摸那丫鬟的尸体，发现尚有体温，说明她刚被杀不久，想来那杀她的人还在这孙府之中。

君无咎查探完这尸体，看着成杨小声地将他发现的这一切同他讲出，成杨听了，也眉头紧锁，十分担心，他明白君无咎话中的意思。

这意思便是他们现在的处境十分危险，毕竟这丫鬟刚刚才被杀死，而被杀死之后便被拖到了这里，这说明什么，说明他们将她杀了之后，察觉到了君无咎和成杨的到来，便小心翼翼地将那尸体拖到了这里，然后自己快速躲藏起来，毕竟这偏室会比正堂更加容易躲藏，如此说那杀人者，现在很可能就躲在这偏室之中，毕竟成杨和君无咎走了进来，一时间他们无处躲避，只能藏在这里。

成杨想到这里，向君无咎使了一个眼色，让他假装没有发现这件事，继续查看这丫鬟的尸体，而成杨则是小心地观察着这个偏室，看看这里到底有什么诡异之处。

君无咎会心地微微颔首，然后蹲下身，一边捂着小鹏飞的眼睛，一边低下头来查看那丫鬟的尸体。

她的死相十分令人恐怖，一直睁大着双眼，眼中充满了惊恐，仿佛无法相信死神瞬间的来临。她是被割断了喉咙一刀致命，所以才会流出大量的血，一直从正堂蜿蜒到这里。想到这里，君无咎就隐隐地觉得不对，这丫鬟被割喉，留下如此多的血迹，他们若是想要好好地躲藏起来，完全没有必要再将她拖到这偏室之中，如此反倒有可能将他们暴露，他们到底是怎么想的呢？如此思考着，君无咎突然意识到了一个十分严重的问题，便是他们根本不是为了躲藏才来到这偏室之中的，想来他们是有一个十分明确的目的的，便是他们要将君无咎等人引到这里来。

君无咎扫视了一下这狭小的空间，果然这里十分方便动手，想到这里，君无咎不禁惊出一身冷汗，想来他们已经落入别人的圈套之中，若是只有他同成杨两人也还好，现在他还抱着一个小鹏飞。

而且方才在“天下第一香”中他的胳膊还受了伤，当时成杨等人问他是否有事时，他撒了谎，摇摇头，看着他们说没有，毕竟他穿的是深色的袍子，即使被血洇湿，也不会被看出来，他用随身携带的银针，为伤口止住了血，只是现在的行动力肯定大不如前，真是不知道一会儿到底会面临什么样的危险。

察觉到不对，君无咎便赶忙转过身，看着成杨，想同他说，让他小心一些，这里应该有埋伏，谁知他话还没有说出口，便看到成杨十分严肃地盯着他的上方，看着他大声地喊道：“清悦兄，小心头顶！”

听到成杨如此焦急的声音，君无咎马上意识到坏了，果然那些引诱他们来到这里的人，按捺不住要动手了。

君无咎赶忙一个闪身，带着小鹏飞，逃离了方才的伏击，闪到了成杨那里，同成杨背靠背，看着方才想刺杀他和小鹏飞的人。

看到刺杀失败，突然从衣柜和床底又钻出了几个黑衣人，而方才从天而降的那人想来应该是一直躲在了房顶。

君无咎和成杨看了一下，这黑衣人大致有六七个，看起来身手都还不错，果然他们这是故意、有目的地引他们前来，已经做好了这么多的准备。

想来方才那人在“天下第一香”中，说的那番话已经是计划的一部分，而且那“天下第一香”中也定然有那人的眼线，看到他已经败露，事情已经失败，便只能实行第二套计划了。

设计此事的人心思实在是缜密，双重保障，不仅利用了小鹏飞的心理，也完美地利用了成杨和君无咎的心理，他心中清楚，只要那人对小鹏飞说出此话，君无咎和成杨定然会带着这小鹏飞回到孙府，他们只要布置好一切在这里守株待兔便可以了。

如此计谋实在是高！成杨不禁冷笑了两声，如此心思缜密又想致他们于死地的人还能有谁呢？肯定是他那可爱可亲的老师——欧阳定贤嘛。

欧阳定贤同那温王爷说过，如果成杨等人再堵他们的路，阻拦他们做大事的话，他便会亲自动手除掉他们的。

如今他们要是死在了这孙府，那一切再好办不过了，只要将一切伪装成这孙府遭抢了便可以，那欧阳定贤随意抓上几人，随意判个死刑，那这一切便都迎刃而解了，哪里还有什么他的把柄握在谁的手中，毕竟知道他把柄的人，全部被他灭了口。

想到这里，成杨十分心痛，也十分憎恨那欧阳定贤，他想着自己无论如何都要走出这孙府，而且一定要将他绳之以法，天子脚下，他便敢如此的肆意妄为，那别处又会怎样？这天下最终又会变成什么样子呢？

成杨想到的这一切，君无咎也已经考虑到了，他猜到这一切定然是欧阳定贤搞的鬼，也知道他定然知道更多的秘密，所以他同成杨想的一样，便是一定要从这里走出去，他一定要亲口问问他，当年他的老师同他到底发生了什么，他们不是朋友吗？为何他的老师最终落得如此的下场，而他却附庸于那些反动的势力，坐在大理寺卿的位置上高枕无忧？想到这里，君无咎轻轻地叹了一口气，看着成杨继续说道："我们拼一拼吧，若是我出了什么意外，还请你一定照顾好小鹏飞。"

君无咎说完，成杨摇了摇头，看着他继续说道："清悦兄，先不要说这种话，要走我们一起走，我们拼一拼，大不了就这一条命放到这里了，又如何呢？"

成杨与君无咎说定了，他们静静地看着那群黑衣人，等待着他们出手，毕竟他们现在能做的最好的办法便是守。

一个为首的人，一直盯着君无咎怀中的小鹏飞，他看着他们笑着说道："两位大人，其实一切都好商量，只要你们肯将那怀中的孩子交给我们处理，那么我们自然会放两位大人离开，两位大人好好想想吧，到底是自己的命重要些，还是这孩子的命更值钱？"

那人说完，歪了歪头，继续看着成杨和君无咎，没再说话，仿佛在给他们二人思考的时间，君无咎和成杨都看着他不屑地笑了笑，君无咎先开口，看着他说道："要动手就尽管来吧，这孩子我们护下了，无论如何都不可能交给你的。"

君无咎说完，他感觉到，一直抱着自己的小手一紧，是小鹏飞，他哽咽地看了看君无咎，感到无比的安全，也十分感动。

此时成杨抬起头，接着君无咎的话继续说道："你们可真是可笑，拿本官当那三岁小儿吗？你们现在如此说，不过是怕一会儿动手，你们失手，反倒无法夺走小鹏飞，而诱骗我们用小鹏飞来换自己的性命，但是你以为本官不知道你们打的是什么算盘吗？想必那小鹏飞一到你们手上，你便会动手杀我们了吧。"

成杨说到这儿，对他们的行径嗤之以鼻，不屑地看着他们继续说道："你们如此阴毒，想必这怀柔之策，也是同我那狡猾的老师欧阳大人学的吧。如此两面三刀，真是令人作呕。"

成杨说完，那为首的人吃了一惊，不清楚成杨是如何得知欧阳定贤的身份的，也不知道成杨是如何得知他们是被欧阳定贤派来的。所以成杨如此一说，反倒将他们诈了一下。

那为首的人，看着小鹏飞恶狠狠地说道："小崽子，你真是不要命了，这么说，你已经将一切事都同他们说了是吗？你难道真的不顾你母亲的死活了吗？"

听到那为首的人如此说，悲伤中的小鹏飞眼中突然闪现了希望，他方才看到母亲的贴身丫鬟已经死了，已经心如死灰，他还以为母亲也同那丫鬟一样，早已经惨死在这群黑衣人的刀下了，然而现在听那人如此说，是否意味着母亲还活着？想到这里，他便十分激动，他轻轻地拍了拍君无咎的手臂，摇摇头，想让他帮帮自己。君无咎和成杨听到那人说这话威胁小鹏飞，心下也松了一口气，他们终于确定，孙夫人目前应该没有生命危险。

君无咎担心那人误会，会对孙夫人不利，赶忙看着他否认道："这小鹏飞还没说什么，你们就自乱了阵脚，我们只不过是诈一诈你们，你们就绷不住了，想来欧阳大人养了你们这群废物也是十分头疼吧。"

听到君无咎如此说，那几人渐渐放下心来，虽然方才乱了阵脚，不小心已经把矛头指向了欧阳大人，但是他们没什么好怕的，今日他们便要将成杨几人，神不知鬼不觉地杀死在这里。

"哈哈，既然你如此说，就说明你们手中并没有十足的证据，这小崽子并没有将证据交给你们，即使你们全都知道了，又如何呢？你们手头没有证据，又能将我们怎么样呢？现在乖乖受死吧！"那人甚是不屑地看着君无咎，笑着说出此话。

那人说完，便向其余几名黑衣人挥了挥手，那几名黑衣人得到命令，都疯了似的向成杨和君无咎冲了过来，刀刀致命，下手极为狠戾，君无咎一边躲，一边保护着小鹏飞，不知不觉身上已经深深浅浅地被割了许多的伤口，君无咎简单地查看了下伤口，确定并没有毒，便也放心一些。

如此还能拖延一段时间，总不会直接毒发身亡。成杨则是在一旁一直掩护君无咎，他看到君无咎为了保护小鹏飞，已经受了伤，所以为了保护他们二人不受到致命伤害，他已经打起了十二万分的精神，一直在防着他们。

最后成杨想了想，觉得与其一直防守而处于下风，还不如同他们决一死战，说不定，还能杀出一条血路来。成杨这样想着，并且也真的这样做了，他从袖子中拿出一把短刀，直接同他们正面交锋，将君无咎和小鹏飞护在后面。

君无咎也时不时会帮他抵挡一下侧面的敌人，虽然成杨已经拼尽了全力，但也只是同他们打成平手，而且略显势微。

就在成杨以为自己快要支撑不住时，十五突然从天而降，扭转了局面，十五出现不久，初一也出现了，原来初一在将那人送到密室之后，便赶忙赶了回来，生怕成杨他们发生什么意外。

初一和十五的加入，让结果一下分明起来，初一和十五直接将他们挡住，还抓住了那个为首的黑衣人，将他按在了地上。

看到一切都尘埃落定，君无咎和成杨都松了一口气，成杨赶忙上来查看君无咎，他护住小鹏飞的手臂上已经布满了伤痕，成杨小心地触碰了一下那些伤，看着君无咎继续问道："清悦兄，怎么样？我们现在赶快回府，我去请大夫为你医治。"

成杨一边说，一边从君无咎的手中接过小鹏飞，他担心小鹏飞的重量会让君无咎吃不消。小鹏飞察觉到了君无咎受伤，也乖巧地跟着成杨。

君无咎本来是不想将小鹏飞交给成杨的，但是他看看自己受伤的胳膊，怕若是再发生什么问题，他不能更好地保护孩子，所以他最终点点头，将小鹏飞交给了成杨。

成杨看着那黑衣人，不屑地继续说道："其实现在本官都可以不必审你了，因为方才你嚣张时，同本官说的话，本官都已经记下了，而且心中也都已经明白，本官就当你已经做了证词，便是你是受欧阳定贤指使的。”

成杨说完，那黑衣人十分不服气，看着他们冷笑道：“几位大人，你们不要高兴得太早了，你们真的以为一切已经结束了吗？你们忘记了一个十分关键的人物吧，你们来到孙府这么久，可有见过孙夫人吗？”

那黑衣人说完，君无咎马上走上前，看着他问道：“赶紧说，孙夫人被你们困在哪里了？若是还想活命的话，便赶紧如实招来。”

那黑衣人无视君无咎的问话，笑着看了看君无咎继续说道：“大人，你们可真有意思，小的们的命不值钱，既然不值钱，生又怎样，死又怎样呢？但是小人清楚，这孙夫人的命现在对于你们来说可是十分重要的。”

那黑衣人说完，成杨走过来，看着他们继续说道：“你说吧，到底想怎样？”

听了成杨的话，那黑衣人看着他们笑了笑，继续说道：“这孙夫人现在就在她的卧室，到那里，见到她我们再聊，如何？”

“好，那便如此。”成杨听了黑衣人的话，思索片刻，同意了黑衣人的意见。

方才那人说完之后，成杨曾仔细地思考了一番，毕竟现在也没有更好的方法了，而且在他怀中的小鹏飞十分担心他的母亲，所以现在最要紧的便是带小鹏飞去见孙夫人。

他们一同来到了孙夫人的卧室，一推开虚掩着的门，果然看到孙夫人被困在那里，有个人拿着匕首，抵在孙夫人的脖子上。

今日一直十分冷静的小鹏飞看到母亲处于危险之中，终于露出了一个本应属于他这个年龄段的表情，他有些崩溃地大哭，看着孙夫人喊道：“母亲……母亲……”

此时的小鹏飞已经十分虚弱，孙夫人看到君无咎和成杨同小鹏飞在一起，十分不解，但她也终于放心了许多，今日不知怎么，突然有一大批黑衣人闯到了孙府，不由分说地杀死了一直阻拦的老管家。而她的贴身丫鬟，也是为了阻止那些黑衣人抓她时被杀的，她一直担心小鹏飞会有事，还好他被他的舅舅带走了，她才放点心，可是如今他的舅舅却不见了，只有成杨和君无咎带着小鹏飞回来了，看到这一幕，孙夫人十分不解，但是幸好这样也能保障小鹏飞的安全了，她也感到十分的庆幸。

劫持孙夫人的黑衣人，看到那为首的黑衣人已经被初一和十五抓住了，他看着他们冷笑着说道："可以啊，竟然可以走到这一步，大人果然没有算错，我还以为大人太高估你们了，不承想，你们真的可以走到这一步。"

那黑衣人如此说，虽然说得十分模糊，但是成杨等人心中已经十分清楚了，他们口中的大人定然指的是欧阳定贤，成杨叹了口气，着实无语。

成杨作为欧阳定贤的学生，虽然从他身上学到了很多本事，但是在他任职大理寺卿期间，他办案的方法一直十分迂回，模棱两可，其中很多时候就连成杨都看不懂，他还以为他的老师这么多年周旋于权位之间，早已经失去了当初断案破案时的初心。

如今看到他设计的这连环的陷阱，他才意识到，原来他的老师根本没有忘记自己那些厉害的手段，只不过现在将它们运用到不同人的身上罢了，他不仅没有将这些手段用于破案，反而是用这些手段来犯案，着实令人心寒。

成杨看了看那黑衣人一直抵着孙夫人脖子上的匕首，然后看着他们继续说道："你们到底想要怎么样？你将孙夫人放了，我可以将这几个黑衣人放了。"

成杨说完，那黑衣人摇摇头，看着他们继续说道："大人啊，难道走到这里了，你们还不懂吗？我们这些人的命不值钱，所以我们之间的筹码并不等价，他们几人的死活，对我来说都是没有意义的。你们若是想救孙夫人的性命，便拿出些诚意来。"

"好！诚意！那你们想要什么？你们先说出来，让本官听听。"成杨无可奈何地叹了口气，只能听从黑衣人的指示。

那人看着成杨笑着说道："原来这就是成大人的诚意啊，还说出来给你听听？难道你现在意识不到我们之间的筹码到底孰轻孰重吗？真是可笑，想不到堂堂成大人，竟然如此不分轻重。"

听到那人如此说成杨，初一十分气愤，他想上去同他们理论，但是被成杨拦了下来。

证据【第十九章】

成杨看着他们冷笑着说道："我们都已知晓彼此的意思，现在这一切不过是互相博弈罢了，你到底想做什么大可以直说，不必在这里同我口舌之争。"

成杨话音刚落，那黑衣人笑了笑，看着成杨继续开门见山地说道："好，既然成大人开门见山，那我便也同你们直说，我要小鹏飞交出来孙主簿曾经交给他的那些证物，只要他肯将那些东西交出来，我定放了孙夫人。"

那黑衣人说完，君无咎不着痕迹地看着成杨摇了摇头，他知道这一切不过都是黑衣人的套路罢了，他现在只是想诈出小鹏飞到底将那些证物藏在了何处，只要小鹏飞将那些证物交出，他们定然会人和物两空。

这样即使小鹏飞出堂作证，但是他小小年纪，说的话会被别人反说是因为教化原因，所以才会如此指认欧阳定贤，一切都不是真实的，如此一说，他们没有证据来证明，那一切便别无他法了。

成杨看懂了君无咎的意思，也知道那些黑衣人并未存什么好意，他玩味地抬起头，看着他们继续说道：“你们说交出证据之后定然会放了孙夫人，你们说的话，本官可能相信？”

成杨说完，那人笑着点点头，看着成杨继续说道：“当然，小人以性命担保。”

听了那黑衣人的话，成杨突然觉得十分的可笑，他再度玩味地看着他继续说道：“什么，你以你的性命担保？可是方才你说，你的命不值钱啊，在这里做不了筹码，如今又如此说，想来是不小心高估了自己吧。”

成杨说完，那人看起来有些愤怒，他拿着刀，冲着成杨等人比比画画地说道：“少废话，我说什么就是什么，我让你们现在去把证据取出来，还要把他们几个放了。”那黑衣人说完，又指了指那几个被初一和十五抓住的黑衣人继续说道。

不过当他说完话，一直未开口的孙夫人，看着成杨和君无咎十分不解地说道：“成大人，君大人，他们要找的东西到底是什么？怎么还牵扯了什么大人？难道他们不是打家劫舍的土匪吗？”

孙夫人说完，君无咎叹了口气，摇摇头，看着她继续说道：“其实不然，孙主簿生前在为某位大人做事，伤害了许多无辜的人，他临终前怕那大人对你和小鹏飞不利，便给小鹏飞留下了一些能够直接扳倒那位大人的证据，不过这虽然给你们提供了保障，但同时也给你们带来了危险。”

君无咎说完，十分真诚地看着孙夫人，而一直立在一旁的成杨则看着她继续说道：“没错，孙夫人，不仅仅是危险，可以说是危机四伏了，就像那个日日带着小鹏飞的远房舅舅，其实他根本不是你们的亲人，他也是那个大人派来想要取小鹏飞性命的。”

孙夫人一脸的难以置信，她看着君无咎迟疑地说道：“不……不可能的……小时候我曾带过他的，他和我很亲的。”

孙夫人说完，小鹏飞终于止住了哭泣，看着孙夫人十分难过地说道：“母亲，成大人并没有误会那个远房舅舅，他真的想要害儿子，这几日他一直在给儿子下毒，若不是儿子隐约地发现了不对，儿子的命想来早就没有了。”

小鹏飞所言使得孙夫人十分心痛，她看着君无咎和成杨十分纠结的表情，知道现在的局面对于他们来说，有多么的为难，那孙夫人深吸了一口气，看着小鹏飞继续说道：“鹏飞，你可还记得你父亲对你的教诲？我从未想过有一天你的父亲会知法犯法，做出两位大人说的那种事情，现在母亲同你说，一定不要步你父亲的后尘，要以两位大人为榜样，做一个好人，若是有能力，也要做一个好官。”

听到孙夫人如此说，君无咎和成杨心中透出隐隐的不安，他们看着孙夫人的眼神极为伤感，赶忙看着她对她说道：“您别担心，小鹏飞真的是我见过最聪明、最有天分的孩子了，而且他品性极佳，绝不会做出出格的事情的。”

孙夫人听到君无咎和成杨如此说，十分欣慰地点点头，看着他们笑了笑，继续说道：“二位大人如此说，老妇便放心了，还希望两位大人日后也能帮衬些鹏飞，老妇在这里先谢过两位大人了。”

孙夫人说完，就连小鹏飞都感觉到了气氛的不对，他抬起头，瓮声瓮气地看着孙夫人喊道：“母亲，你为何如此说？难道你不想要儿子了吗？母亲，你不要抛下儿子，儿子不想刚刚失去了父亲，如今又要失去母亲。”

小鹏飞伤心欲绝地望着母亲，孙夫人的泪立马就掉了下来，她看着他摇了摇头，然后继续说道：“鹏飞，你已经长大了不是吗？你已经能够独当一面了。从小你受到的教育便是邪不胜正，今日局面已经成为这般，母亲再不能拖累你们，鹏飞，你要知道，今日母亲的付出并不是白白付出的。”

孙夫人说到这里，已经泣不成声了，她哽咽着，然后看着他继续说道：“母亲今日便要为你上最后一课，那便是为了真相，为了正义，为了真理总是要有人牺牲的，希望母亲的牺牲能够缓解僵局，也能够弥补你父亲犯下的错误，小鹏飞，我最爱的小鹏飞，不要怪母亲不能再陪在你身边了，你总要学着长大。”

孙夫人说完这些，用十分深情的目光看了小鹏飞良久，然后淡淡笑了笑，看着他最后说了一句：“小鹏飞，娘不在你身边，你要照顾好自己。”

说罢便直接冲到了那匕首上，瞬间，那匕首穿透了孙夫人的喉咙，鲜血顺着孙夫人的脖子缓缓地流下来，那一瞬间，成杨赶忙挡住了小鹏飞的眼睛，但是却被小鹏飞推开，他十分痛苦地同成杨说道：“成叔叔，我想看着我的母亲。”那嘶哑的喉咙透出的小小的声音，让成杨十分的难过，他缓缓地放下手，只能轻轻地拍拍他的肩膀，给予他安慰。

君无咎则是十分痛苦地看着孙夫人缓缓滑下来的身体，孙夫人冲向那匕首时，在场所有的人都愣住了，但是已经有了心理准备的君无咎却反应了过来。

他冲了过去，本想将孙夫人推开，但是还是迟了一步，他低垂着眉眼，站在那里，紧紧地握住拳头，他现在想要杀了自己的心都有，他想方才孙夫人同小鹏飞说的话，内心感到更加的苦涩，他觉得完全是因为自己的原因，才造成现在的结果。是自己没有保护好孙夫人，没有保护好孙府，他曾经答应过孙主簿的事，如今几乎可以算作食言了，他没有照顾好小鹏飞，让他接二连三地遭受打击。

就在小鹏飞痛哭的那一瞬间，君无咎突然崩溃了，他觉得够了，他真的够了，这一路走来，只要与他有关，没有一个人没受过伤，没有一个人没有被人暗害过，又有多少人还付出了生命。

而他做了什么，他几乎曾同那些人都承诺过自己会好好地照顾他们，从秀秀到方清、方明，如今又到小鹏飞。

而且就连成杨这一路走来又受过多少伤呢？他突然觉得自己是个灾星，自己什么都完不成，却还自命清高。

小鹏飞哭的声音越来越高，君无咎便也越来越崩溃，他突然觉得痛得无法呼吸，他觉得身上的每个毛孔都在痛，每处刀伤都在痛，痛到他完全不能再忍耐了。

成杨感受到了君无咎的情绪，而他现在已经顾不上去安慰他，毕竟他怀中的小鹏飞已经哭晕了过去，他身体本就虚弱，如今一直哭，伤心郁结，便直接晕了过去。

小鹏飞的声音戛然而止，君无咎也随着声音的停止晕了过去，他的身体已经透支了，他实在承受不住了，他无法再坚持下去了，当他觉得这个世界天旋地转的时候，他突然觉得解脱了，觉得放松了，他突然想还不如就这样昏死过去。

君无咎晕倒时，成杨十分焦急地走上去，而一旁的十五则是将那几个黑衣人都敲晕了，初一则是上前抓住了那黑衣人，将其打晕了，而后便将这些黑衣人都交给了十五处理，而他则是走过去，去背君无咎，成杨在一旁看着十分焦急，他看着初一说道："快，我们先回崇王府，我现在去找大夫。"

初一点点头，赶忙背起君无咎就往崇王府飞奔，初一离开前除了让十五帮忙把那些黑衣人送到密室之后，便再没有同他说过一句话，他看到十五后，十分不解为何他会出现在此处，还以为是自己的幻觉，当他从成杨处了解到了一切之后，他便再未同他说过话，就连喜悦都觉得变了滋味。

初一起初是十分开心的，开心十五能够活过来，毕竟他们一直是出生入死的兄弟，也是最默契的搭档，得到十五死的消息，初一曾伤心了许久，可以说并不比成杨的心痛少半分，不承想他一直深信的兄弟，竟然如此欺骗他，他完全就是为了自己的目的接近他们，完全没有一分真心。

想到这里，初一就生气，他性子直，觉得骗了就是骗了，不真实就是不真实，如果一个人目的不纯地接近你，那他就不配做你的朋友，初一就是这么认为的。

再次遇到初一，十五也是十分开心的，但是他却不知道如何同他说，如何同他解释，他感动于他起初为他没死的兴奋，也心痛于他看他时失望的目光。

他本想好好同他谈谈，但是最终他放弃了，只是静静地保持了沉默。

其实今日他能够那么及时地赶到孙府并不是凑巧，今日，他们来到这锦绣馆找弗香夫人时，弗香夫人不在，她入宫了，那时十五同成杨几人只有一门之隔。

听到成杨他们离开，他竟然不自觉地跟了上去，就如同之前他还是身为成杨的侍卫一样，直到跟到这“天下第一香”，他本以为这只是一顿普通的午饭，不承想竟然发生了这么许多事，他本已经离开了，却在再次经过这“天下第一香”时，发现这里已经乱作一团了，他赶忙走上来，上前打探，这才知道发生了什么。

知道事情的原委后，他便赶忙跑到了那孙府，因为他隐隐约约地总是觉得会发生什么，所以才会如此着急，他赶到这里时，这里果然发生了如此大的事。

虽然初一并不理解他，但是成杨在抱着小鹏飞离开时，曾对他小声说了一句“谢谢”，当时他突然觉得有些恍惚，仿佛他们现在还是在南下，他依旧是成杨的侍卫，依旧同那群有趣的人吵吵闹闹地一路前进着。

想到这里，十五轻轻地叹了一口气，他知道一切都已经回不到从前，可是他从不后悔，他虽然觉得成杨很好，但是在他心中他的主子依旧只有一个，那便是弗香夫人，只要她一声令下，他决不会违背。

初一背着君无咎匆匆忙忙地回到崇王府，得到消息的苏文月，匆匆忙忙地赶忙出来，来查看君无咎的伤势，她焦急地看着初一问道：“这是怎么了？到底发生了什么？走的时候不是还好好的吗？不是要去天下第一香吃饭吗？怎么会受这么重的伤？这是怎么回事？”

苏文月查看完君无咎，突然发觉没有看到成杨的身影，她再度陷入了焦虑的情绪，抓着初一焦急地问道：“还有师兄呢？他不是同君公子一同出去的吗？怎么现在单单见到君大人，却不见师兄呢？”

看到苏文月如此焦急，初一赶忙看着她说道："苏大人，你先别急，这一切混乱，一时半会儿，我也同你说不清，你放心，成公子没事，他只是去请大夫去了，君大人伤得这么重，总是需要大夫来医治不是？"

初一说完，苏文月才渐渐稳下了心神，看着初一继续说道："没事就好，没事就好，吓死我了，还以为你们出了什么问题。"

看到苏文月在那里止不住地念叨，初一走上前，看着她继续说道："苏大人，你这身体刚好些，可不能这么折腾，你快快回床上休息，一会儿等成大人回来，我会去通知你的。"

初一说完，苏文月摇摇头，看着他继续说道："你别担心我了，我没事，这君大人都什么样了，我还是在这里照顾他吧。"

说罢苏文月让初一帮忙打了一盆温水，开始帮君无咎清理胳膊上的伤口。

不清理时看不清楚，清理干净后，苏文月才看清，这里有许多刀伤，而且有的极深，看到他胳膊上扎的那几根银针，想来应该是止痛止血的吧。

苏文月小心地避开这些银针，她怕把这些银针拔下来后，君无咎会更加疼痛，可是看着这些银针，苏文月的心中也很不是滋味。

想来他为了能够让自己看起来没事，让自己支撑下去，一直在靠这几根银针撑着，着实太辛苦了。这到底是一种怎样的毅力呢？

想到这里，苏文月不禁微微地叹了一口气，谁知这时，君无咎竟然反手握住了苏文月的手，在梦中胡乱地喊着秀秀的名字。

苏文月本想挣脱的，谁知她越想挣脱，君无咎便握得越紧，她突然意识到君无咎有多不想失去秀秀，生怕秀秀挣脱他的手，即使是在梦中也是如此。

其实君无咎做了一个十分漫长的梦，他再度梦到了秀秀，但是这次秀秀并不是触不可及的，她同他采菊东篱下，过着悠然自得的生活。

一切完好如初，什么都没有发生，他本以为这种状况会持续一辈子，谁知却有另一个秀秀突然出现，她用十分哀伤的眼神看着君无咎，她看着君无咎苦涩地说道："清悦，你不能一直躲在这里，这里不过是你为自己创造的幻象，你不能躲在这里，你也不该躲在这里。"

那秀秀的声音十分的苦涩，让君无咎听得心痛，他摇摇头看着她继续说道："秀秀，我不懂你为何要用这种哀伤的眼神看着我，我们明明过得很幸福呀。"

君无咎说完，秀秀摇摇头，看着君无咎继续说道："清悦，遇到问题，我们要去解决而不是逃避，你难道不想为我查出真凶了吗？那你之前同我承诺过的誓言呢？"

秀秀说完，眼泪便掉了下来，她看着他继续说道："不要再逃避了，我们好好去面对好不好？"

说完这话，秀秀便同君无咎离得越来越远，最后消失不见，君无咎深吸了一口气，突然睁开了眼，发现成杨等人都在那里关切地看着他。

看到他醒来了，成杨终于松了一口气，看着他继续说道："吓死我了，清悦兄，你总算醒了，你知不知道，你整整昏迷了一夜。你若是再不醒来，我便要去太医院请太医了。"

成杨说完，苏文月也伸了伸懒腰看着君无咎说道："你可终于醒了，这回能把我松开了吧。"

苏文月说完，君无咎低头看，这才发现自己竟然一直握着苏文月的手，他十分不好意思地赶忙将手松开，看着苏文月继续说道："苏大人，着实抱歉，是在下唐突了，在下在梦中，着实不知道自己到底做了些什么，不小心唐突了苏大人，还望苏大人见谅。"

苏文月摇了摇已经僵硬发酸的手臂，看着他继续说道："原谅？怎么原谅你？我的手都酸得动不了了，然而你们答应好了的点心却没有给我带回来，还让我付出这么惨痛的代价，我才不原谅你们呢！"

在君无咎昏迷的这段时间，苏文月已经完全了解了事情的经过，她感觉到君无咎心中巨大的压力，这一晚上，君无咎说了一晚上的梦话，他心中的压力一直陪在他身边的人大致都已经了解了。

苏文月不想让气氛太过尴尬，怕君无咎再度沉溺在不良的情绪当中，她便如此同他开了一个玩笑。

看到苏文月一直摇着手，君无咎十分不好意思地看着她继续说道："着实抱歉，苏大人，你看看我这一身的伤，想必也了解到昨日发生了一些问题，所以没能为你带点心回来，下次清悦定然为你补上。"

君无咎说完，苏文月点点头，看着他笑着说道："好，那可说好了，你可千万不要忘了，那你以后只要是路过"天下第一香"，便要为我买一份点心。"

成杨拍了拍苏文月的肩膀，说她胡闹，万一是处理正事呢，哪里有时间为她去买点心？

苏文月笑着向成杨眨眨眼，表示自己只是在同君无咎开玩笑罢了。成杨摇摇头，看着苏文月无奈地笑了笑，他真是拿这个古灵精怪的师妹没有办法。

正当苏文月和成杨互相使眼色时，君无咎却突然低下了头，叹口气继续说道："是啊，苏大人，还是不要同清悦约定某事了，毕竟同清悦做过约定的人，最终都……都因为清悦的失职而受到了伤害。"

看到君无咎突然如此失落，苏文月知道他定然是又将一切的罪责揽到了自己的身上了，又觉得一切都是因为自己的疏忽才会如此的，苏文月叹了一口气，然后看着他笑了笑继续说道："好吗君公子？你若是想耍赖，便直说嘛，不必如此说啊，我不管，我同你定了，必须每次路过"天下第一香"都要给我带一份点心，不管我吃与不吃。"

苏文月说完，还顽皮地看着他和成杨笑了笑，君无咎无奈地看着她，张了张口，最终什么都没有说，而苏文月则是想帮助君无咎打破心中的那个怪圈，让他不再偏执罢了。

君无咎不知道苏文月是如此想的，还以为她真的是在胡闹，但是一想到抓了她整整一晚上的手，着实是自己做得不对，他便只好点点头，答应了下来。

君无咎看着外面泛白的天色，知道自己已经整整昏睡了一夜，他有些担心地看着成杨问道："昨日没去霄云太公主那里为她行针，会不会错失了什么线索？"

君无咎倒是不担心霄云太公主会因为君无咎没有去为她行针而怪罪他，他相信，成杨定然会帮他处理好一切的。

只不过他心痛错失了一个十分好的、去打探消息的机会，着实让君无咎心有不甘。

听到他如此说，成杨走了过来，看着他笑了笑，然后继续说道："这件事你便不要再操心了，现在你最该做的便是好好休息。霄云太公主那里我已经通知好了，说这几日你要养伤，都没有办法去为她行针了，如此想来其实这件事也是一件好事。"

成杨说完，君无咎十分的不解，他看着成杨疑惑地问道："翰飞为何如此说？我们明明错过了打探消息的机会，为何你还觉得这件事也可能是一件好事呢？"

君无咎问完，成杨想了想，然后看着他再度说道："因为我们之前已经大致地分析了，霄云太公主之所以想让你为她行针，不过是想找个原因，摆脱所谓的中风之症罢了，如此我们不用去为她医治，她便会一直装作患病，说不定还能限制她一定的活动。"

成杨说完，君无咎赞同地点点头，没有再说什么，他环视了一周，突然发现没有看到小鹏飞的身影，他十分的焦急，看着成杨说道："翰飞，小鹏飞呢？小鹏飞哪里去了？"君无咎已经完全忘记了小鹏飞晕倒的事，当时天旋地转的时候他还以为小鹏飞好好地躺在成杨的怀中，并没有太大的问题。

听到他如此问，成杨想到了，他应该是不知道小鹏飞昏过去的事，便同他详细地讲了一番，君无咎听得十分的着急，他赶忙拉住成杨，看着他继续说道："那小鹏飞现在如何？可有生命危险？"

君无咎问完，成杨拍了拍他的肩膀，看着他继续说道："他没事，你就放心吧，体内的毒已经被大夫稳住了，等你胳膊恢复好了，便可以为他行针，将那些毒彻底地排出体外了。"

听了成杨的话，君无咎这才放心，看着他小声地说道：“我想去看看小鹏飞，他是否醒了？”

君无咎说完，成杨点点头，看着他继续说道：“你放心吧，小鹏飞一直交给我母妃照看了，昨日夜半便已经醒了，身体已经没有了大碍，就连毒都已经解了。”

听到成杨如此说，君无咎感动地点了点头，然后继续说道：“着实是麻烦王妃了，清悦这里真是感激不尽，真是太感谢王妃帮着清悦照看小鹏飞了。”

成杨看他在这里说得一脸虔诚，便看着他笑着说道：“清悦兄，你在这里发自肺腑地说着，我母妃也看不见，感受不到，又如何能够领会你的真心呢？我说你还是好好休息，等你身体好一些了，我便带你去看小鹏飞。”

成杨说完，君无咎摇了摇头，看着他继续说道：“不行，我一定要看到小鹏飞，现在我一时看不到他，我的心都怦怦地跳个不停。”

君无咎说完，成杨叹息着摇摇头，说道：“好吧，真是犟不过你，清悦兄啊清悦兄，你这人可真是固执，既然如此我现在便带你去母妃处吧，方才那话在这说没用，要到我母妃那儿，当她的面说才行。”

听到成杨如此说，君无咎点点头，看着他笑了笑继续说道：“可能……可能真的见了王妃之后我反倒说不出方才那些话了，我嘴着实是笨啊。”

君无咎刚说完这话，门背后便传来了声音，没想到竟然是崇王妃的声音，她一边走进来，一边看着君无咎笑着说道：“无妨，方才你说的那些话我都已尽数听到了，这回你倒是不必重复了。”

崇王妃笑着打趣君无咎，害得君无咎十分的不好意思，他腼腆地笑了笑，没有再说什么，而小鹏飞则是安静地躺在崇王妃身后下人的怀中。对于崇王妃来说，这小鹏飞多少有些重了，她着实是抱不动他。

成杨看母亲被君无咎方才的几句话逗得极为开心，也赶忙走上前，看着她问道：“母妃，您怎么这么早便起身到这里来了？”

成杨说完，崇王妃笑着看向君无咎，又指了指小鹏飞继续说道：“这二人算是想到一处去了，那小鹏飞一直问我这清悦的伤势，问他有没有清醒，这不一听说清悦醒了，说什么都要来看他，怎么拦都拦不住，所以我只好将他带来了。”

成杨看到崇王妃一边说话，一边揉了揉眼睛，便知道她的母亲这是困了，她为了照顾好小鹏飞，已经整整一夜未睡了，看到母亲的状态不佳，成杨十分的心疼，他看着崇王妃笑着说道：“母亲，您回去休息吧，这里有我同小月呢，小鹏飞，小月来看着也是可以的。”

听到成杨如此说，崇王妃想了想，看着他们点了点头，然后继续说道：“既然如此，我便回去了，这折腾了一日，我这身体竟然有一些吃不消了，果然是人老了。”崇王妃说完，成杨点点头，亲自将她送了回去。

崇王妃回去后，那一直被下人抱着的小鹏飞突然挣扎着下了地，跑到君无咎身边，看着他十分关心地说道：“君叔叔，您没事吧？听说你昏迷了一整日，鹏飞担心坏了，生怕君叔叔出什么意外。”

小鹏飞说完，君无咎看着他摇摇头，然后笑着继续说道：“君叔叔当然不会有事了，君叔叔还要照顾小鹏飞呢，不是吗？”

“君叔叔，鹏飞有个不情之请，还请君叔叔答应。”听到君无咎的回答，小鹏飞说出了自己的心事。

君无咎温和地看着他笑了笑继续说道：“你说吧，鹏飞，只要是君叔叔力所能及的事，君叔叔定然答应你。”

君无咎说完，小鹏飞便点点头，看着君无咎继续说道：“君叔叔能给我们孙府中人一个简易的葬礼吗？包括我的母亲，还请几位大人能够帮我为她出殡。”

小鹏飞说完，君无咎点了点头，看着他继续说道：“这是理所应当的事，你放心，君叔叔定然会帮助你的。”

君无咎说完，苏文月则是笑着捏了捏小鹏飞的脸，然后继续说道：“这些都不必担心啦，我师兄在昨日已经命人将一切都处理好了，还在孙府设了灵堂，这一切你便不需要担心啦，而且这几日你也不方便露面。想来要伤害你的人，还会很多。”

“几位大人，鹏飞知道这里面事情的利害关系，鹏飞可以不去灵堂为母亲守孝，但是还是希望几位大人能够让我去为母亲上一炷香。”小鹏飞深知事情的利害，并没有提出什么过分的请求。

小鹏飞说完，君无咎点点头，看着他继续说道：“好！君叔叔答应你。一切都是君叔叔的错，只要是你想做的事，君叔叔都会尽自己最大的努力来满足你。”

“君叔叔，你千万别这样说，若不是你，鹏飞定然已经不知死过多少次了。而且母亲这件事，同您并没有关系，这一切都是母亲自己的选择，我为我的母亲感到骄傲，即使已经是今日了，我依旧能够感受到母亲昨日的那番话，我受益匪浅。”听了君无咎的话，小鹏飞看着他摇了摇头。

小鹏飞说完，君无咎点点头，看着他笑着说道：“谢谢你，小鹏飞，谢谢你肯原谅我。”

君无咎说完，小鹏飞笑着摇摇头，看着君无咎继续说道：“哈哈，君叔叔我真的没事，你不要太过自责了，你知道未来的日子里，我可是要赖上你了，你可千万不要嫌我烦啊。”

小鹏飞说完这句话，苏文月和成杨都觉得这小鹏飞着实是厉害，他感受到了君无咎一直因为他的事陷入了过度自责当中，他懂得解铃还须系铃人，所以他会在这里同君无咎撒娇开玩笑，来逗君无咎开心。

君无咎看到小鹏飞如此，心中也总算好受些，然后他看了看小鹏飞，郑重地点了点头，继续说道：“小鹏飞，你放心吧，君叔叔定然说到做到，以后一定要照顾好你。”

君无咎说完，小鹏飞点点头，没有再说什么，而是坐在床头，轻轻地给君无咎摇摇扇。

君无咎也为小鹏飞诊了诊脉，发觉小鹏飞体内的毒已经控制住了，现在就等他恢复好了，能够为小鹏飞行针，这样小鹏飞体内的毒就彻底解了。

这一休整便是两日有余，成杨这两日也没有出去再调查什么，而是照顾君无咎和小鹏飞等人，这两日苏文月虽然已经恢复得差不多了，但是身体还是十分的虚弱，所以这照顾几人的重担便落到了成杨的身上，因为他不放心别人照顾他们。

这两日倒是风平浪静，没有什么动静，无论是安王府、温王府，还是锦绣馆，都平静得如一汪死水。成杨虽然这两日没有出门，却一直让人看着，留意着，毕竟他总觉得这是暴风雨前的宁静。说不定什么时候，他们便会折腾出一件大事，打得成杨他们措手不及。

不过这两日确实发生了一件比较棘手的事情，便是那日在孙府抓到的几名黑衣人，那孙府里发生的事，很快便传遍了京城，欧阳定贤一直在同成杨等人要人，毕竟那几名黑衣人没有死，而是被成杨藏到了成家的密室之中，为的便是不要落入欧阳定贤的手中。

因为谁都知道，落入欧阳定贤的手中意味着什么，这几名黑衣人本就是奉了他的命令前来办事，若是东窗事发，他肯定要杀他们灭口，来销毁证据。

虽然这几名黑衣人没有交到欧阳定贤的手中，但是也是十分的令成杨头疼，毕竟他们总是想自寻死路，同他们之前南下时遇到的那些杀手一样。

想来这些杀手也是十分的可悲，他们如若是出于忠心的目的，甘愿赴死的话，只能说他们跟错了人，或是一开始他们的想法便是扭曲的。但是成杨知道他们很大程度上并不是因为这个，他们甘愿赴死很大程度上是因为他们的亲人。

他们很多人之所以会走上杀手的道路可能是命犯重案，也可能是一家人已经走投无路了，他只能出来挣这份拿命换的钱。

很多时候，不仅他们自己没了自由，就连他们的亲人也是如此，为了能够更好地利用他们，他们的主人一定会想方设法地抓住他们的软肋，加强控制，所以每次任务执行失败后，他们几乎都会选择自行了断，为的便是保住自己的家人。

所以十五为了避免发生这种事情，在将这些黑衣人打晕之后，将他们后槽牙之中暗藏的毒药都拿了出来。而被关到密室后，这几人清醒过来，果然要一同赴死，但是却发觉暗藏在牙中的毒药已经不见了。为此他们曾撞过墙，咬过舌，但是都被一直守在那里的初一第一时间救了下来。那群人试过一切方法无果后，竟然齐刷刷地跪下来求初一放过他们，说是要保全一家老小的性命。

初一将这件事同成杨说过之后，成杨一阵无奈，但是更多的是心痛，一个人竟然会去求一直救他的人放弃对他施救，可以想象，生对于他来说是多么的痛苦，前路是多么的暗淡无光。

成杨想了想，最终还是亲自去见了那些黑衣人，见到成杨之后，他们都知道这是主事的大人来了，赶忙跪下来，向他磕头求饶，说自己甘愿赴死，决不能上堂作证，否则他的一家老小，便没有了活路。

那些黑衣人说完，成杨看着他们摇了摇头，叹口气继续说道：“那日你们在孙府里的兄弟，是有一个叫二牛吧？他当日便死在了孙府，你们可还记得？”

这个二牛是那日从天而降刺杀君无咎的人，后来他再度趁乱偷袭君无咎，被初一一刀斩杀了，当场死在了孙府。

成杨说完，那几名黑衣人面面相觑，不懂成杨到底要说什么，为何会在此时提起那个二牛，说实话，现在他们反而十分羡慕那二牛了，毕竟他已经死了，应该不会再累及家人。

成杨看到他们都十分不解地看着自己，摇摇头，叹口气看着他们继续说道：“我听初一说你们一心求死后，便去查了一下这个二牛，想看看你们背后的主子到底会怎么对待为他赴死的人，然而你们可知结果如何？”

成杨说完，那些人摇了摇头，焦急地看着成杨继续说道：“结果如何？”

成杨摇摇头，看着他们继续说道：“你们如此遵守同他的约定，可是你们的主子倒是说话不算话，这二牛的一家老小，早在他死后，便被你们的主子杀了，直接抛尸荒野，现在连个收尸的人都没有，其中还有一个未满月的小娃娃，现在你们可还愿意为你们的主子心甘情愿地赴死？”

成杨说到这里时，自己都觉得毛骨悚然，他无法想象他的老师现在已经变成了一个魔鬼，不达目的决不罢休，那么多鲜活的生命，他可以完全不管不顾，为了隐藏自己的罪状，别人的命便都不是命了，成杨想不通，自己的老师从什么时候起，已经视人命如草芥了。

毕竟当初他认识的老师，虽然不算完美，但是他也只是沉迷权力、阿谀奉承，并不是害人性命的人，看来他对他的了解，还是太少了。不过想想在孙府，他命人对自己痛下杀手，一切他便已经释然了。

因为他已经知晓他的老师已经完全不顾及他们之间这么多年的情分了，想到这里，成杨虽然伤心，但是更多的却是释然，当他要揭露欧阳定贤的种种罪行时，想来也不会十分的痛苦了。

听到成杨如此说，那些黑衣人是完全不信的，领头的黑衣人难以置信地看着成杨笑了笑，底气不足地看着他继续说道：“大人，你不要骗我们，我们知道你们之间为了得到证据或者线索，会彼此陷害，我们不相信大人的话，想来大人定然是想从我们身上骗到线索才如此说的，定然是想让我们出堂作证才如此说的。”

那领头的黑衣人说完，其余的黑衣人全部应和着看着成杨继续说道：“没错，大人你定然是在骗我们，您的心可是真黑，你这是不仅仅想害死我们，还想害死我们一家老小。”

那些黑衣人说完，成杨无奈地摇了摇头，看着他们叹了一口气，然后继续说道：“我不知道你们为何会如此信任你们的主子，还是你们只想相信你们心中想要相信的部分。”

说到这里，成杨顿了一下，然后看着他们继续说道：“其实，你们仔细想想，这一切都不难理解，二牛死后，你们主子最惧怕的是什么？就是怕这二牛嘴不严，曾经同他们的家人提起过你们家的主子。而二牛死后，他的家人若是不甘心，报官胡闹不受控制，被有心人发现了，又怎么办呢？”

成杨说到这，看着那些迷惑的黑衣人再度开口说道：“这一切你们可有想过？你们在跟着你们的主人时，他平常是如何处理事情的？难道你们没看到，他什么样的个性？难道你们不知道，为了他赴死，真的值得吗？你们想想吧！信不信由你们！”

成杨说完，再度看着他们同情地摇了摇头，十分的无奈，今日他同他们说的一切都是真的，绝没有欺骗他们的意思，在查到二牛家人都被杀之后，成杨十分的焦急，也曾命人去查其余黑衣人的家人如何。但是他去晚了，被他抓到的那些黑衣人的家人，全部已经不见了，想必是被人控制起来了，为的便是这些黑衣人们上堂作证时威胁他们，若是发现他们没有出堂作证，那便将集中起来的那些人一同杀掉，如此不仅省时而且省力。

成杨将这个情况也同他们说了，那些黑衣人听到后惊得目瞪口呆，但是仔细想想，这确实是他们主子的作风，毕竟当初很多这种事他们家的主子也是让他们如此执行的。

想到这里，他们突然意识到了事情的严重性，他们突然意识到，如果现在他们死了，可能他们什么都得不到，反而会害死他们的家人，他们知道自己犯的罪，即使是出堂作证，也没有生还的可能。现在他们已经认清了局面，他们觉得自己不能够枉死，更不能在死后白白地搭上自己家人的性命。

现在他们活着，他们的家人才能继续活着，毕竟如成杨所说，他们的主子还要用他们的家人来牵制他们呢。

想到这里，他们突然发觉现在能够依靠的人，应该只有成杨了吧，想到这里，他们赶忙抬起头，看着成杨说道：“成大人，求求你！求求你救救我们！我们知道您一定有办法的。”

那些黑衣人说完，成杨叹口气，仔细地思考了一番，然后看着他们继续说道：“好，我可以帮你们，但是你们也要答应我一件事。”

成杨话音刚落，那些人赶忙看着他焦急地说道："大人您说，只要能救我们的家人，您说什么我们都会听的。"

听到他们如此说，成杨欣慰地点了点头。

他十分郑重地看着他们继续说道："我不要求你们别的，只是希望你们不要再求死了，你们只有好好活着，才能有更大的机会救出你们的家人。"

成杨说完，那些人点了点头，看着成杨笑着说道："大人放心，小人们已经懂了大人的意思了，小人们绝不会再做那些蠢事了，只是希望大人能够同我们明说，到底有什么明确的方法能够救我们的家人。"

成杨思索了片刻，郑重且真诚地同他们说道："其实这件事十分的简单，你们定然也想得到，你们的主子为了牵制住你们，定然不会现在动手伤害你们的家人。"

成杨说完，那些人点点头，抬起头，再度看着成杨，继续说道："没错，大人，这一点我们也想到了，只是我们只知道如何能够保住家人的性命，却不知如何能够将他们救出来。"

"其实这个十分好办，只要你们出堂，你们的主子定然会同你们亮出自己的底牌，告知你们，你们的家人握在他的手上。"成杨思索后继续说着。

说到这里，成杨想了想，然后顿了一下，看着他们继续说道："这时候，你们便同他谈判，届时我会给你们这个机会的，趁那时，你们便同他谈条件，说要亲自确定你们家人的安全，才能按照他说的去做。"

成杨说完，那些黑衣人想了想，然后看着他继续说道："大人说的办法倒是十分的好，只是不知道接下来要如何做呢？即使我们确认了家人的安全，依旧没有办法救出他们啊？"

"你们让你们的主子将你们的家人带来，小心地隐藏在前来观案的人群中，就说你们要确认你们的家人的安全，剩下的交给本官便可以了，本官会为你们救出家人的。"成杨信心十足地说出了自己的策略，方法确实可行。

成杨说完这些，那些黑衣人简直不敢相信自己的耳朵，他们看着成杨小心翼翼地问道："大人，我们那么伤害您和其他几位大人，您还如此帮我们，不知您可有什么条件？"

成杨看着他们摇摇头，心中十分的无奈，他突然发现他们真的是又可悲又可怜，他们被人利用到自己都将自己当作一个工具，平常都是被开价，被提条件，才会有人帮他们，或者为他们做什么。如此的苟活，如此的小心翼翼，这就如同生活在暗处的虫子，无法见光。想到这里，成杨叹息着看着他们继续说道："其实并不是什么人都会有目的地去帮助别人，再说本官要帮助的人并不是你们，而是你们的家人，你们有错，但是你们的家人没有错，而且这件事你们也会出堂作证，会受到公允的惩罚。"

成杨说到这里，那些黑衣人点点头，沉默了一阵，他们真的有些悔不当初了，他们遗憾地看着成杨，对他说："大人，我们没想到在有生之年，还能遇到像您这样的大人，若是当初我们能够早一点遇到您，想来我们也不会沦落成这副模样。"

那些黑衣人说完，成杨清楚他终于将他们说通了，他看着他们笑了笑，然后继续说道："只要你们心存善念，现在开始悔改，一切都还为时不晚。"

成杨的话使黑衣人安下了心，感激地对成杨说："成大人，您放心，只要您能保住我们的家人，我们定然会上堂作证的。"

成杨叹口气，看着他们无奈地笑了笑，果然他们的思维模式一时间还是无法转变过来，在他们的思维模式中，现在他们还是在同他做交易，不过成杨却没有再说什么，而是看着他们笑了笑，现在这种情况他已经十分的欣慰了，不再求什么了。

明白了这一切，成杨知道他们不会随便地结束自己的性命了，终于松了一口气离开了，而这次放心下来的不只是成杨，还有初一，一直看守在这里的初一如今终于能够腾开手去处理别的事情了，而不是一直守在这里，看着这几个黑衣人，阻止他们寻死，这件事对于他来说，真是十分的痛苦。

初一陪着成杨一同回到了崇王府，看到他们回到崇王府，君无咎赶忙走了上来，然后焦急地问他们，事情处理得如何？

成杨笑了笑，看着他继续说道："清悦兄，你别担心，现在一切已经处理好了。"成杨将方才发生的一切同君无咎仔细地讲述了一遍，君无咎也松了一口气，看着他继续说道："这样就好，这样就好，这几名黑衣人怎么说，他们也是十分重要的证人，这样也就多了几分扳倒欧阳定贤的可能。"

君无咎说完，成杨也点了点头，这时小鹏飞却突然冲了出来，看着君无咎和成杨说道："君叔叔，成叔叔，今日可以带我回孙府去见我的母亲了吧？"

君无咎同成杨相视一眼，叹了一口气，想了想，最终点点头，看着他继续说道："好，叔叔们今日就带你去。"

其实君无咎和成杨本是想再等两日再去见他的，毕竟总是觉得这几天还是有些危险。不过他们前几日已经答应了小鹏飞，也知道小鹏飞思母心切，所以最终决定带他离开了。

君无咎和成杨二人去收拾了一下，又带上了初一和其他一些人，苏文月无论如何也要跟着他们，成杨本来无论如何都是不同意的，谁知苏文月却一直坚持，成杨想了想，知道自己无法阻止她，便决定让她跟着他们一起去了。

不多时，他们便来到了孙府，君无咎和成杨看着十分冷清的孙府，都叹了一口气，果然是树倒猢狲散，这孙夫人的灵堂已经在这里摆了三天了，但是却没有一个人来这里吊唁，小鹏飞还小，虽然他十分的聪明，但是还是不懂人情世故，所以也并没有感受到成杨和君无咎的这份心情。

不过对于这一点，成杨和君无咎感到十分庆幸，庆幸小鹏飞还不懂这些，现在他能见到他的母亲，想来便会有所安慰吧。

小鹏飞一到孙府，便从成杨的怀中跳了下来，十分焦急地想要冲到灵堂去见他的母亲。但是被成杨赶忙拦住了，看着他继续说道："小心点，慢慢来。"

成杨还是十分担心会有突如其来的危险降到小鹏飞的身上。小鹏飞理解君无咎和成杨的意思，便慢了下来，小心地跟在他们的身边，进到了孙府。小鹏飞看到孙府中的一切，心中十分的感动，他看得出成杨和君无咎已经十分的用心了，该有的一切都有，什么仪式什么东西都不缺，都是按照正常的方式为他的母亲准备的，一点都没有仓促的样子，让他的母亲走得很体面，就是这一点，让小鹏飞十分的感动，他回过头，看着成杨和君无咎，郑重地磕了一下头。

小鹏飞看着他们说道："谢谢君叔叔，谢谢成叔叔，鹏飞现在无以回报两位叔叔的大恩，长大之后定为两位叔叔效犬马之劳，以报恩德。"

小鹏飞说完，成杨赶忙上前扶起了小鹏飞，看着他笑着说道："小鹏飞啊，这些虚礼以后便不要同叔叔们讲了，你要知道，叔叔们是真心爱护你，最大的愿望便是希望你能够茁壮成长，叔叔们不求别的，知道吗？"

"没错，小鹏飞，你能够健康平安地长大，便是两位叔叔最大的心愿了。"君无咎的心情也是同成杨一样的。

看到这里，苏文月十分的感动，她也走上前，蹲下身，摸了摸小鹏飞的头，继续说道："是啊，我们小鹏飞一定要平安快乐地长大哦。"

说完，她又看了看前方的灵堂，看着小鹏飞继续说道："快去吧，小鹏飞，快去为你的母亲上炷香，想来你的母亲也十分想要见到你。"

苏文月说完，小鹏飞点了点头，看着他们笑了笑，然后转身望着那灵堂一步步地走去。君无感受到了小鹏飞的步伐十分的沉重，他的心也跟着沉重了不少。

小鹏飞心理十分坚强，他走到那里，从始至终没掉一滴眼泪，苏文月怕他心中憋得难受，便看着他温柔地说道："小鹏飞若是不舒服，要哭出来哦，一直将心事放到心里会生病的。"

其实苏文月一直都不希望小鹏飞强忍着伤心的情绪，小鹏飞的坚强超越了他的年龄，总是莫名地让了解他、喜爱他的人觉得心疼。

听到苏文月如此说，小鹏飞摇了摇头，看着她努力地笑了笑，继续说道：“不，苏大人，母亲定然是想看到鹏飞坚强的，所以鹏飞不哭，鹏飞要坚强。”

小鹏飞说完，苏文月再不知该说些什么，她点点头，十分温柔地抚摸了小鹏飞的肩膀，看着他继续说道：“你的母亲一定会为你感到骄傲的。”

小鹏飞带着笑容来到母亲灵位前，强挤出一抹笑容，跪在灵位前上完香，君无咎和成杨则共同走了过来，为孙夫人上了一炷香。

一想到孙夫人那日的壮举，君无咎和成杨便发自肺腑地觉得敬佩，孙夫人的心性之高，怪不得能够教育出这么优秀的儿子。

正当君无咎和成杨将香插到香炉中去时，孙府的大门突然响了，君无咎和成杨赶忙十分谨慎地望着那门，生怕会发生什么危险。

但是出人意料的是，那门开后，竟然是欧阳定贤走了进来，他十分快速地走到了成杨他们面前，看到他们十分惊诧的表情，他笑了笑，看着他们继续说道：“怎么我有那么可怕吗？你们都一副我要吃了你们的表情。我只不过想着来吊唁一下孙夫人，毕竟当初孙主簿一直在我手下做事。”

欧阳定贤笑眯眯地看着他们说道，成杨等人点点头，都没有说什么，而小鹏飞见到欧阳定贤则是不自觉地躲到了君无咎的身后。

欧阳定贤十分敏锐地发现了这一幕，毕竟自打他进了这孙府，他的眼神便没有离开过小鹏飞，他赶忙推开了君无咎走上前，想要抱小鹏飞，看着他十分亲切地说道：“小鹏飞，你难道忘了本官了吗？如何这么害怕本官呢？过来，让本官抱抱。”欧阳定贤一边说，一边冲着小鹏飞伸出了手，可是小鹏飞依旧十分的害怕，躲在君无咎的身后不肯出来。

而君无咎也是一脸防备地看着他，直接将小鹏飞抱了起来，虽然胳

膊上一直传来不断疼痛的感觉，但是他依旧咬着牙，紧紧地抱住了小鹏飞，看着欧阳定贤说道："欧阳大人，着实抱歉，小鹏飞前几日在孙府受到了惊吓，所以最近除了我，他谁都不跟的。"

君无咎说完，欧阳定贤意味不明地看了君无咎几眼，点点头，没再说话，而是起身到孙夫人的灵位前上了一炷香。

上过香后，欧阳定贤则是看着成杨和君无咎继续说道："怎么样？一同回去啊？"

欧阳定贤说完，成杨摇了摇头，看着他继续说道："不了老师，您先回吧。小鹏飞还想在这里陪一陪他的母亲。"

成杨说完，欧阳定贤想了想，然后看着他点点头，继续说道："哦，这样啊，那你们在这里吧，本官其实也没有什么事，不过是想着来吊唁一下罢了，既然如此，本官便先行离开了。"

说到这里，欧阳定贤就往前走，成杨等人则是跟着往前走，送他离开，谁知他走着走着突然转过身，看着成杨继续说道："对了，翰飞，那几日你从孙府抓到的那些黑衣人，关在哪里了？"

欧阳定贤问完，成杨先是愣了一下，但是很快便反应了过来，他看着他摇了摇头，继续说道："老师，您忘了，我之前不是同您说了吗？那几名黑衣人已经逃走了，学生并没有抓到他们啊。"

成杨说完，君无咎和苏文月都深吸了一口气，幸亏成杨反应快，要不差一点儿便被欧阳定贤把话套了出来，一开始成杨为了不将捉拿的几名黑衣人交到大理寺，交给他的老师处理，他曾同欧阳定贤说了谎，说那些黑衣人已经逃走了，他并没有抓住他们。

他知道欧阳定贤肯定不会相信他这套说辞，但是只要他一口咬定他们不在他的手中，那他便也没有办法。

不承想，欧阳定贤今日竟然出现在此处，如此问成杨，想来便是要套成杨的话，打得他措手不及。

谁知成杨说完，那欧阳定贤却并没有理会他，而是转过头，看着君无咎怀中的小鹏飞，继续问道："小鹏飞，你说，本官想听诚实的孩子说话，你告诉本官，你的成叔叔和君叔叔有没有在那日将那些黑衣人抓起来啊？”

此时因为欧阳定贤的一句话，成杨、君无咎和苏文月的心瞬间都提了起来，他们全部将注意力集中在小鹏飞的身上，担心他不知如何回答。

谁知欧阳定贤问完，小鹏飞却哭了，哭得十分的痛苦，他抱住君无咎，大声地喊道：“君叔叔，我怕！我怕！我不想再想那日的事了，我怕！”

君无咎赶忙轻轻地拍了拍他的后背，安慰地说道：“好好好！我们不想了，鹏飞不怕，叔叔会保护你的。”

此时君无咎怀中的小鹏飞已经哭得快要抽搐了，实在无法回答欧阳定贤的问题。

欧阳定贤只好作罢，独自摇摇头，便叹息着离开了孙府。欧阳定贤离开后，苏文月和成杨的心才缓缓地放了下来，看着哭得极为伤心的小鹏飞，两人赶忙走上前来安慰。

终于小鹏飞渐渐地平复了情绪，不再哭了，他看着君无咎三人继续说道：“叔叔，我方才那么回答可以吗？鹏飞属实不想说谎，便只能如此说了。”

听到小鹏飞如此说，君无咎三人都被逗笑了，而且成杨更加欣赏小鹏飞了，但是他也叹了口气，十分的无奈，因为他想到了方才自己同欧阳定贤说谎的样子，他不知道这给小鹏飞留下了什么样的印象，只是他知道这一切都是权衡利弊后最好的做法了。

现在的小鹏飞之所以能够坚守他不想说谎，是多么的可贵啊，不过这也就是孩童之语了，毕竟成人之后他会遇到更为复杂的局面。成杨不求他能够一直保持现在的这种品性。但是他希望他能够保持本心，做他觉得真正正确的事。

想到这里，成杨笑着点点头，同小鹏飞继续说道：“你说得对，说得很好。”

君无咎也点点头，看着小鹏飞继续说道："没错，正如你成叔叔说的，你做得很棒。"

听到君无咎和成杨如此说，小鹏飞十分的开心，他点点头，看着成杨和君无咎继续说道："那就好，鹏飞还一直担心自己说错了呢。"

说完这些小鹏飞挣扎着从君无咎的怀中跳了下来，因为他知道君无咎手上有伤，方才是害怕那欧阳定贤，才一直抱着他，现在他已经没事了，便不必再让他抱着了。他能感受到君无咎有些吃力，想来他一定是很疼的，所以他十分懂事地挣扎着下来，不再让他抱着了。

小鹏飞跳下来之后，成杨和苏文月连忙询问了一下君无咎的伤势，君无咎摇了摇头，示意他们他没事，让他们不必担心。

看到君无咎没有什么大碍，成杨点点头，看着他们继续说道："我想欧阳定贤今日来这里，完全是计划好的，他肯定是让人看着我们何时来这里，然后同我们前后脚赶到这里，为的便是一探虚实。"

成杨说完，君无咎点了点头，但是苏文月却不太明白他这话的含义，而是抬起头，看着他继续说道："可是师兄，我有一点想不明白。"

"哦？哪里没想明白？"成杨抬起头疑惑地看着苏文月，等待着她的提问。

苏文月想了想，看着他继续说道："师兄，我们哪里有那么傻，他来诈我们的话，而且用那么明显的方式，我们又如何会不知道呢？这样大费周章地赶到这里来套我们的话，他到底是如何想的呢？"

苏文月说完，成杨笑着点点头，看着她继续说道："对啊，如此大费周章，确实是不值得，但是他今日来不仅是套我们的话，还是来探虚实的。"

君无咎看出来苏文月还是没有理解成杨的话，便看着她继续说道："其实他今日来也没有指望他那瞬间一诈能将实话套出来，而且问小鹏飞这件事，他可能也只是想试试运气，看看能否从小鹏飞的口中问出什么，不过他肯定也没有抱太大的希望，毕竟他可能会以为我们曾教过小鹏飞怎样说，谁知我们从未教过他。”

说到这里，君无咎顿了顿，想了一会儿然后看着苏文月继续说道：“其实他今日来最主要的原因便是想探寻那些黑衣人到底有没有自杀，这一切想来完全是出于翰飞的态度判断的，若是翰飞十分的有底气，他便能猜到那些黑衣人还活着，若是他问起这事时，翰飞有一丝的慌乱，想来那些黑衣人便应该都已经死了。”

君无咎说完，成杨点点头，看着苏文月继续说道：“没错，想来欧阳定贤便是抱着这样的目的来的，毕竟对于他来说，那些黑衣人的证词，还是十分重要的。”

听到君无咎和成杨的解释，苏文月明白欧阳定贤如此大费周章地赶来这里上香到底是为了什么，让人觉得着实可怕，没想到他的心思竟然如此缜密，还好成杨和君无咎谨慎，不过成杨也想让他知道，那些黑衣人没死。

毕竟这些黑衣人的生死，尚能在一定程度上牵绊住欧阳定贤，也能在一定程度上延迟他对那些黑衣人的家人动手。

君无咎和成杨等人正在分析那欧阳定贤的来意时，小鹏飞却突然过来拉了拉君无咎的衣角，压低声音对他说道：“君叔叔，成叔叔，你们随我来，我要将父亲留下来的东西交给你们。”

小鹏飞说完，成杨和君无咎相视一眼，赶忙随小鹏飞一起走了，毕竟这几日小鹏飞一直中毒，身体虚弱，成杨和君无咎便也没好提起这个问题，怕引得他伤心，所以一直拖到今日，也没有询问小鹏飞他父亲到底为他留下了什么。

小鹏飞拉着君无咎的手，一路走，走到了他们家的祠堂，那里供奉着他父亲的灵位，小鹏飞走了过去，轻轻地转动他父亲的灵位，只见灵位下有一个暗格，瞬间被打开了，小鹏飞从里面拿出了一个布包，转身再度扭动灵位，将那个暗格合上了。

君无咎看到这些东西被藏得这么深，想到这事情定然不简单，处理好一切后，小鹏飞走到了成杨和君无咎的身旁，将那个小纸包交到了君无咎的手上，然后看着他们继续说道："君叔叔，成叔叔，这便是我父亲南下临行前交到小鹏飞手上的东西，小鹏飞虽然不懂这是什么，但是父亲曾说，若是我遇到危险，便一定要将这些东西交给两位叔叔，说只有这样，才能保我平安。"

小鹏飞说到这里顿了顿，然后看着君无咎和成杨继续说道："现在小鹏飞想通了，经过这几日接连发生的事，小鹏飞发觉这件事可能并不仅仅关系着小鹏飞的性命，更关系着许多人的性命，小鹏飞知道自己不能同父亲一般自私，所以鹏飞决定现在将这些东西交给两位叔叔，还望两位叔叔能够好好利用，将坏人绳之以法。"

小鹏飞说完，君无咎和成杨都笑了，君无咎接过小鹏飞手中的东西，而成杨则是将小鹏飞轻轻地抱起，看着他笑着说道："小鹏飞啊小鹏飞，你怎么这么乖，这么懂事啊！"

听到成杨如此说，就连苏文月都跟着笑了，她在他身旁笑了笑，然后看着他继续说道："是啊，没错，我们小鹏飞就是这么懂事。"

说完，苏文月忍住了笑意，然后看着他继续说道："好久没见过这么有正义感的人了，尤其是个小家伙，师兄，除了你，这是我第一次见到这么小就如此正义凛然的人了，你说他像君公子，我倒觉得他也十分的像你。"

苏文月说完，成杨点点头，看着她笑着继续说道："当然，我们都是君子，君子自然是有共通之处的，小鹏飞，你说是不是啊？"

成杨的话引得君无咎也笑了出来，小鹏飞则跟着笑了，苏文月更是无奈，她这个师兄，幼稚起来就像个小孩子似的。

君无咎在他们谈论这些时，轻轻地打开了那个小布包，打开来看，摆在上面的是一封信，上面赫然写着"君无咎亲启"。

看到这个，君无咎十分的好奇，听到君无咎疑惑地咦了一声，成杨和苏文月赶忙凑了上来，看看到底发生了什么，当成杨和苏文月看到这封信时也十分的诧异，苏文月赶忙看着君无咎说道："快打开看看啊，君公子，看看孙主簿到底写了些什么。"

苏文月说完，君无咎点了点头，打开信封，大致地看了一遍，而小鹏飞听到父亲留下了信，也十分想知道信的内容，便求君无咎一边看，一边读给他听。

其实可以看出孙主簿写这封信是十分的不情愿的，毕竟这信开头的第一句便是："君公子，其实我是多么的不情愿你会看到这封信啊，我也多希望我一直忠心跟随的人能够信守承诺。"

其实整篇信的内容同这开篇的两句话大致相同，抱怨了一下欧阳定贤，又希望君无咎能够替他照顾好小鹏飞，并且大致地叙述了一下他都留下了什么证据。

听完君无咎读的信，小鹏飞的眼中充满了失望，他看着君无咎小心翼翼地说道："君叔叔，你看到我父亲如此说，会感到厌烦吗？他明明什么都没有为你们做，而且从你们的角度来看，我父亲根本是背叛了你们，如今还用这些证据要求你们来照顾我，是不是太过分了呢？"

小鹏飞说完，君无咎走上前，温柔地揉了揉他的头，看着他继续说道："当然不会了，你的父亲之所以会如此，也是有不得已的苦衷，你不要一直对你的父亲心存偏见，要知道他做的这一切完全是出于一个父亲的心，因为他担忧你，爱护你，所以才会做这些事，可能他的方法不对，但是你不能怀疑你父亲有一颗爱护你的心啊。"

君无咎方才在小鹏飞的语气中听出了不确定，他知道小鹏飞定然是十分的没有安全感，一是对于他父亲的所作所为对他们感觉到愧疚，二是因为他还小，一下子失去了自己的双亲，当然一时间会惧怕很多事情，毕竟这一切都需要小小的他独自面对。

现在他能做的便是引导他，走出那种愧疚感，让他重新建立起自信，毕竟在他心里小鹏飞是十分优秀的。

君无咎说完，小鹏飞感动地点点头，他十分感激君无咎能够如此理解父亲，毕竟父亲的形象能够稍微在他心中再立起一些，不会让他感觉那么的伤痛。

苏文月此时也走上前，看着小鹏飞露出了笑容，继续说道："我的小鹏飞，你不要想那些事情了，你要知道我们喜欢你，并不是别的原因，而是因为你自己，因为你足够优秀，所以你要懂得排除那些情绪，不再想那些，因为那些并不重要，也并不能挡住你身上优秀的特质，你懂吗？”

苏文月说完，小鹏飞想了想，然后笑着点点头，见君无咎和苏文月都安慰得十分的好，成杨便也没再说什么，而是轻轻地拍了拍小鹏飞的后背，让他感到有所依靠。

君无咎安慰过小鹏飞之后，便将那封信好好地收着，然后再度打开了那布包下面的东西，那下面也有许多的信件，而且这些信件上的署名十分的明确，都是欧阳定贤的名字，而且还有欧阳定贤的信物，是一颗紫檀木珠。

成杨一眼便认出了那个木珠子，那是他最爱的檀香木手串上的，他十分的爱护那手串，他竟然能从那手串上取下这么一枚珠子交给孙主簿，想来定然是要让他办十分重要的事。

果然，其中一封孙主簿和欧阳定贤的来往信件中，便提到了这件事，信中提到了这颗木珠子的来源，也提到了那个记录买卖官职官员的册子。

原来这欧阳定贤竟然一开始也知道这么一个册子，这让成杨、君无咎和苏文月十分的震惊，他们之前还以为这件事是岳鸿之派人通知他们的，所以这只不过是他查到的消息。

后来这孙主簿之所以会烧毁它，不过是随机应变，怕暴露了欧阳定贤，不曾想原来这欧阳定贤竟然也知道这件事，而且这次南下之所以会派孙主簿跟着成杨他们，为的也是这件事。

那欧阳定贤曾同他说，让他务必在君无咎等人得到那个册子时，将它毁掉，而且拿这个手串上的木珠子，欧阳定贤做了约定，就是只要他南下一路做得好，他定然会让他升官发财，而且还会护住他一家周全，不过从孙主簿将这些留下来作为证据来看，这孙主簿是十分的聪慧了，他并没有相信欧阳定贤的话。

因为他知道，想要在成杨的眼皮子底下毁掉册子，定然不是一件容易的事，毕竟那是一件十分重要的证据，他们得到之后，定是会在第一时间来查看里面的内容，而为了阻止他们，他这次的行为定然会十分的明显激烈。

而以成杨等人的聪明才智，他们定然一眼便会识破他的图谋不轨，或者一眼便会猜到他有问题，就算他们可能会因为南下的情分，而选择相信他一阵，也定然会在心里埋下怀疑的种子。之后便会对他多加留意，而这欧阳定贤还让他每月通报重要的事情，所以不出意外他一定是会被暴露的，只是早晚的事情。而若是暴露，孙主簿能够选择的路，便只有死路一条，那么现在欧阳定贤向他承诺的话，不过都是空话，一点价值都没有。所以孙主簿为了自保，更是为了保住自己的家人，才将这些证据保留了下来。

大致浏览完那些证据，君无咎三人都深深地叹了一口气，为孙主簿感到不值，他出于报恩，出于忠心，一直到死都在维护欧阳定贤，而他又回报了他什么呢？

想到这里，君无咎缓缓走上前，为孙主簿点燃了一炷香，然后看着他的灵位静静地说道："孙主簿，你放心吧，既然我已经答应你好好照顾小鹏飞，我就一定会尽我最大的努力来照顾他，你放心吧，不必再惦念。"

说完，又转过头同小鹏飞说："来，小鹏飞，给你父亲磕个头，磕完头，我们就要离开了。"

君无咎说完，成杨轻轻地将小鹏飞放了下来，小鹏飞赶忙跑到了孙主簿的灵位前，跪了下来，重重地磕了一个头，看着孙主簿的灵位，继续说道："父亲，孩儿现在虽然不能理解您的所作所为，但是孩儿相信君叔叔的话，您也放心吧，孩儿已经长大，懂得是非曲直，定然会照顾好自己，好好听君叔叔的话的。"

小鹏飞说完这些，便站起身来，再度走到了君无咎的身边。君无咎看着他赞扬地点了点头，拉住他的手，同成杨和苏文月一同离开了。

君无咎向小鹏飞承诺，等到孙夫人出殡那天，一定会带小鹏飞再来看他母亲的。而成杨也向小鹏飞承诺，那日定然已经将欧阳定贤等人绳之以法，不会让他的母亲冤死。

听到君无咎和成杨的话，小鹏飞点了点头，开心地笑了笑，他知道两位叔叔一定不会骗他。

回到崇王府之后，君无咎抬了抬手，发觉手臂多少已经能够使上一些力气了，他看着小鹏飞，笑着说道："正好今日有空，你成叔叔整理那些证据证物，去面见圣上。我们在这里养伤，闲来无事，不如让君叔叔为你行针祛毒吧。"

君无咎说完，小鹏飞想了想，点点头，看着君无咎继续说道："好啊，君叔叔，这样等我好了，我便能照顾君叔叔了。"

小鹏飞话里充满了真诚和天真，君无咎笑着揉了揉他的头，然后让他躺在床上，为他行针，行针之后又让他泡了许久的药浴，小鹏飞中的毒本就不深，如此医治之后，体内残留的余毒已经十分的少了，只需再喝药调理一阵，便可以根治了。

君无咎治疗小鹏飞之时，成杨已经拿着他准备好的证据入宫了，其中既有那些黑衣人的证词，还有孙主簿留下来的证据。

皇上看到这些证据之后，看着成杨笑着点点头，看着他继续说道："翰飞你做得很好。"

皇上虽然如此说，但是成杨看得出，皇上并没有十分震惊的感觉，仿佛欧阳定贤的所作所为他早已经知晓了，所以并不觉得吃惊。

之后成杨很快便想明白了这一点，岳鸿之应该一直在为皇上做事，所以岳鸿之查到的消息，皇上定然也是知道的。

只是不知道皇上为何会一直留着欧阳定贤而不动手除掉他？毕竟将大理寺卿的职位交到这种人手中，可想而知会对朝纲有多么不良的影响。

皇上看成杨低着头，没有说话，一眼便看穿了成杨心中的疑虑，他看着他笑了笑继续说道："翰飞啊，有时候你是要懂得放长线钓大鱼的，这大鱼还没有上钩，没有动静，这鱼饵可是不能动的。”

皇上说完，成杨若有所思地点点头，然后抬起头，看着皇上继续说道：“那接下来，皇上打算如何做呢？还留着欧阳定贤，先不动他吗？”

皇上并不赞同成杨的观点，成杨说完，皇上摇了摇头，对他说道：“不，现在事情已经到了最后一步了，该往上钓一钓了，要知道这鱼很大，翻江倒海，说不定还会引出什么怪物呢！”

皇上说完，成杨看着皇上脸上狠决的笑容，知道皇上已经下定决心要扳倒那些人了，只是不知他到底打算如何做。

成杨虽然不理解皇上下一步的动向，但还是点了点头，看着皇上继续说道：“皇上既然要处决这欧阳定贤，可是这欧阳定贤一案由皇上亲自查办？”

“不！这件事当然不好交由朕办。这件事还是适合交给温王爷来办。”皇上缓缓地说出了自己的计划。

皇上说完，成杨立马明白了皇上的用意，看来皇上也早已经知道了温王爷的事，果然一切事情都瞒不过皇上，想来皇上早就知道温王爷等人图谋不轨了吧，只是苦于没有证据，所以没有动他们的根基，又或者皇上早已经有了证据，只是还在计划着什么罢了。

君心难测，这一切成杨便不得而知了，现在他只知道要按照皇上的交代来处理眼前的一切，皇上定然有他自己的考量。

向皇上禀报完这一切之后，成杨便离开了皇宫。皇上已经决定了，明日早朝时，便会同众臣说明这件事，并且将这一切交由温王爷一并处理。

离开皇宫时，成杨发觉李太医匆匆忙忙地正在往皇宫中赶，成杨突然发现自己已经有好久没有见过李太医了，之前就算是李太医当值，他也很少见到他。

这让成杨觉得十分奇怪，他赶忙拦住了匆匆忙忙赶路的李太医，看着他继续问道：“李太医，多日不见，你如此匆匆地往宫中赶，可是这

宫中有人出了事？”

成杨说完，李太医赶忙摇摇头，神色匆匆地看着他继续说道：“成大人莫要再问了，下官现在着实着急，还望成大人莫要再阻拦，下官现在得赶紧离开了。”

李太医说着，便要摆脱成杨，成杨便也不好再说些什么，点点头，只好放李太医离开。回去的路上成杨一直想不清这李太医为何如此神色匆匆，毕竟他刚从这皇宫中出来，并没有听到宫中有何人病重的消息，为何这李太医还如此的焦急，而且这李太医之前又为何消失了一段时间呢？

想到这里，成杨不禁叹息着摇摇头，这宫中的秘密还真是多，无论怎么想都想不通。成杨释然地摇了摇头，不再想李太医的事，而是急匆匆地赶回崇王府。回到崇王府之后，君无咎和苏文月赶忙走上来看着他询问皇上的意思。他们二人问完，成杨十分神秘地看着他们继续说道：“你们肯定想不到皇上将这件事交给了谁处理。”

成杨说完，君无咎赶忙看着他着急地说道：“什么？翰飞你的意思是皇上并不打算亲自审理此案吗？”

“没错，皇上并不打算自己亲自处理欧阳定贤的案子，而是将这个案子交给了温王爷，说明日早朝时分便将这件事交给温王爷全权处理，让咱们跟着他一同查办此事。”成杨淡定地说出了皇上的意思。

成杨说完，君无咎和苏文月都十分的震惊，因为他们同成杨第一次听到这话从皇上的口中说出来时的想法一样，他们同他一样都十分吃惊这皇上竟然比他们还早知道这温王爷的事。

基于这一点，君无咎突然想起了他老师留给他的那封信，那封信里也曾提到过让他留意那温王爷，君无咎突然意识到那封信真的可能是皇上当初留给他的线索，这个线索从一开始贯穿到现在，现在想想从一开始便知道一切的人就只有皇上。

只是不明白皇上明明知道这一切，为何不惩办他们呢？为何要大费周章地让他们来调查这一切呢？

君无咎正想着，苏文月已经问出来了，她看着成杨和君无咎十分诧异地问道："皇上既然已经知道这一切了，为何还让我们南下调查这些事情呢？而且只是在适当的时候给我们些指引呢？"

苏文月说完，成杨想了想，然后看着他们继续说道："我觉得皇上可能只是隐隐约约地察觉到了他们的问题和目的，毕竟从我们南下时岳大人给我们传递信息的方式可以发现，皇上手中应该并没有直接的证据能够证明他们有问题。"

说完这些，成杨看了看君无咎继续说道："毕竟岳大人交给我们线索的方式都是极为极端的，他一直是用一个很极端的方式来获取的消息，总结起来可以发现他一直是在以小案来牵扯出大案的方式，得到这些线索的。"

成杨说完这些，君无咎想了想，然后看着他们点点头，继续说道："没错，翰飞说得很对，这确实是我老师一直在做的事，所以现在想来，老师应该大致知道这些事情背后的人是谁，也大致知道他们的目的，只是手头没有实证，能够直接扳倒他们，所以才会选择这种以暴制暴的方式。"

君无咎说完，成杨点点头，继续说道："没错，而且你们想象一下，我们南下之前不仅京中有问题，而且地方势力也握在他们手中，这对皇上来说，是十分不利的，所以我们南下这一趟是十分重要的，毕竟这回地方势力大部分已经回到了皇上的手中，所以现在处理他们也更加稳妥。"

成杨说完，君无咎和苏文月赞同地点了点头。

说到这里，成杨突然想起方才皇上同他说了一句话，那句话中，皇上将温王爷比喻成那条大鱼，可是说完这话之后，皇上还意味不明地说了一句，说这条鱼非常的大，说不定会将这一潭湖水搅乱，说不准还会搅出什么怪物来。

成杨将这句话同君无咎和苏文月等人重复了一遍，君无咎和苏文月想了想，突然都想明白了成杨这段话的含义，君无咎突然抬起头，看着成杨继续说道："皇上的意思，这温王爷的背后还有隐藏的人，只是这个人皇上都不知道。"

君无咎说完，成杨点点头，看着他继续说道："没错，我们之前猜得不错，我们之前便觉得温王爷背后还是有问题，有人的，果然皇上同我们想的一样，而且这人隐藏得极深，想来他定然会将一切事情都交给温王爷等人处理，所以现在除了温王爷，应该没有人知道他是何人了。"

听了成杨的话，苏文月想了想，然后看着他们继续说道："那你们说霄云太公主呢？她会不会知道呢？毕竟她的身份无论如何都是高于温王爷的，想来她定然会比温王爷更加能够接触到那个幕后黑手吧。"

苏文月说完，君无咎和成杨想了想，然后赞同地点点头，成杨看着他们继续说道："想来她应该也是知晓的，只是她定然同那个温王爷一样，不会轻易地透露出这人的。"

成杨说完，君无咎和苏文月叹了口气，看来他们同这背后的人还要有一场恶仗要打了，只是不知道那人到底会用哪种方式登场。

成杨想了想，然后看着他们继续说道："哎，我们先不要幻想了，明日我们便要跟着温王爷一起办案了，我们定然要打起十二万分的精神来看着他，看看能不能发现什么线索。"

成杨说完，君无咎想了想，然后看着他们点点头，继续说道："没错，确实如此，而且明日我们的任务也是十分的严峻的，毕竟我们还要来这里好好处理那些黑衣人的事，毕竟那些黑衣人的家人还握在欧阳定贤的手中。"

君无咎说完，成杨和苏文月点点头，看着他说道："看来明日我们得准备一些人，想来明日看管那些黑衣人家人的人身手定然不错，而我们要在堂上，不能出手，所以还是要找一些靠谱的人。"

成杨和苏文月说完，便将这件事交给了初一，初一点点头，便赶忙动身着手去办了。

而君无咎三人则再度去查看了那些黑衣人的安全，然后再度整理了一下那些证据，回来之后，苏文月看着君无咎和成杨笑了笑，继续说道："我们好好休息吧，毕竟明日我们还不知道会面临什么样的状况，一定要养好精神备战。"

苏文月说完，君无咎和成杨点点头，然后成杨看着苏文月继续说道："师妹，你今日还住在这里吗？今日不回去看看苏大学士吗？"

成杨说完，苏文月沉默了，她没再说话，想了想，然后看着他们继续说道："明日之后吧，毕竟明日对于我们很重要，我不想今日再出什么问题，为了不要旁生枝节，今日我还是住在这里吧。"

苏文月说完，成杨点点头，没再说什么，他知道苏文月还没有准备好面对苏大学士，他知道她定然不是不想去见苏大学士，只是那日她说的话，将苏文月和苏大学士之间的关系，拉到了一个十分尴尬的局面，所以苏文月还没有想好如何去见苏大学士。

苏文月说完那些话，便离开了，只剩君无咎和成杨，他们二人再度核对了一下手头的证据，就都回去休息了。

一转眼，便又是一日清晨，君无咎三人收拾好一切，便等着皇上派人来通知他们，让他们同温王爷一同查办欧阳定贤。

果然不久便有人跑来了崇王府通知成杨三人去大理寺，并告诉他们，温王爷已经到达了那里，请成杨三人赶忙去一同办案。

那人通知完，成杨三人赶忙来到了大理寺，此时的欧阳定贤已经被收押了，成杨三人一来到大理寺，根本没有见到欧阳定贤，他们同温王爷询问了一番，才知道温王爷一来便将欧阳定贤收押了。

因为早朝时分，皇上将那些证据的副本交给了温王爷，温王爷在看到这些之后，便将欧阳定贤捉拿归案了。

谈论完这些，成杨三人若有所思地点点头，没有再说什么，那温王爷见他们三人都不说话，赶忙看着他们咳嗽了两下继续说道："哎，本王这身体你们也知道，着实虚弱，所以之后的许多事还是需要你们来帮助料理，你们若是有什么想法，是可以直接同本王说的。"

温王爷说完，君无咎、成杨和苏文月看着他着实无语，他干咳的那两声，令人觉得无聊，明明他的身体已经被调养得十分的好了，竟然还要在他们面前表露出这种模样，真是不知道他到底想要隐藏什么。

不过成杨三人并没有拆穿他，成杨想了想，看着他笑着点了点头，然后继续说道："敢问王爷打算何时开审呢？"

温王爷看了看成杨，笑了笑，赶忙说道："马上审，马上审。当然是马上审，毕竟皇上已经下了命令让我们赶快来处理这些问题的。"

温王爷说完，成杨点点头，看着他说道："好，那下官去准备证据，让人带那日刺杀我们的黑衣人来。"

成杨说完，然后想了想，看着他继续说道："下官记得今日皇上送来的通知上说，今日的堂审要公开进行，是允许百姓来观看的，皇上说，要借此安抚民心，毕竟最近京中颇多流言蜚语。"

温大人听过成杨的话之后，便笑着点点头，看着他们继续说道："对对对，翰飞不说，本王差点忘了这件事，本王现在便让人去张贴告示，我们一会儿就公开审案。"

温王爷说完，成杨点了点头，吩咐初一小心去将那些黑衣人带到大理寺来，而温王爷则通知那些侍卫将欧阳定贤带来。

温王爷坐在正堂主位，成杨等人侍候在一侧。那欧阳定贤一被带上来，第一眼便看到了成杨和君无咎，他冷笑地看着他们，然后缓缓说道："翰飞啊翰飞，都怪我眼瞎，当初收了你这么个好徒弟，你看看人家的徒弟，那老不死的岳鸿之竟然能够收到这么好的徒弟，一路上只为了他沉冤昭雪，而你呢？翰飞，老夫辛辛苦苦培养你这么久，竟然只培养出一个白眼狼。"

欧阳定贤说完，成杨深吸一口气，也看着他十分淡然地说道："可笑！你说你费尽心思地培养我，但是你的所思所想全都偏离正道，我反而庆幸自己没有受到你的影响，你今日说不认我，那正好，我更不想有你这样的老师，一个一直想要杀死自己学生的老师。"

成杨说完，欧阳定贤笑了笑，然后看着他继续说道："翰飞，你也不摸着良心好好想想，我又何时想要杀过你？我对你的好，别人都亲眼可见，我若不是真的欣赏你，我会在此之前一直想将女儿许配给你吗？你也不想想，我哪里会害我的学生呢？今日你将老夫亲自送到这里，你想想你可真的对得起我对你的教诲，对得起我们师生情分。”

成杨冷笑着看着他，继续说道：“欧阳定贤，你不必再说了，再说也只会让人觉得更为可笑，当初你为何想要一直拉拢我做你的女婿？想来你自己心中十分的清楚，你不过是看中了我们成家的背景，也想用你的女儿拴住我，如此我便可以为你所用，其实你所走的每一步都是算计好的，你当真以为我不知道吗？”

成杨说完，欧阳定贤叹了一口气，没有再说话，君无咎一直在观察着欧阳定贤和温王爷，他不清楚他们为何突然之间打起了感情牌？

君无咎不相信温王爷会救欧阳定贤，毕竟他若是早出手救这欧阳定贤，那么他隐藏已久的真实身份也定然会暴露，他们三人在这里一直看着，他一有所行动，他们一定会发现。他断然不会这么傻，傻到为了一颗棋子而放弃自己。

那他们现在演这么一出到底是想要做什么呢？君无咎十分的不解，突然苏文月上前一步，在他的耳边轻轻地说道：“君公子，我觉得怪怪的，我总觉得这温王爷和欧阳定贤想将师兄拉下水，你看欧阳定贤现在突然和师兄拉起了关系，这里一定有什么问题。”

听到苏文月如此说，君无咎瞬间反应了过来，他突然担心这欧阳定贤会在这里反咬成杨一口，虽然他只是胡搅蛮缠，但是温王爷就有借口让成杨退出这次审查了。

君无咎急忙上前提醒成杨，此时成杨也向他点了点头，示意他不要担心，君无咎这才放心地退了下来。正当那欧阳定贤看着他还要说些什么时，那些黑衣人被初一带了进来，君无咎向人群中望了一眼，发觉成杨已经安排了许多人在那里，其中还有十五，想来是昨日初一亲自去请他了吧。

想到这里，君无咎不禁摇了摇头，其实十五的心应该还是向着他的，只是命令难违，还好他们现在站在同一条战线，并不是敌对面，若是敌对面，那着实是太过尴尬了。

君无咎转过头，继续看着成杨这边，欧阳定贤已经被那些黑衣人吸引住了全部的目光。

成杨和君无咎对视了一眼，知道他们定然要有所行动了，果不其然，不久温王爷便以升堂太久，身体支撑不住为由，要求停止审讯，稍作休息之后，再来审讯，而那些黑衣人和欧阳定贤则一同暂被关押下去。

君无咎担心温王爷等人会在背后对他们动手，但是成杨看着他摇摇头，让他不要担心，毕竟这是大理寺，这么多百姓看着，若是真的在大理寺出了问题，这可不仅仅是温王爷的失职，而且他这么做可以说是损害了皇上的威严，所以届时皇上不需要其他的理由，便可以整治他一番，毕竟如此大的事他办事不力，这绝对是不行的。

君无咎放心地点了点头，看着成杨说道："那现在看来温王爷将他们放在一处，应该便是要同他们谈条件了吧？"

"不错，而且我若是没猜错的话，他们定然在密谋着将我陷害进去的事，毕竟温王爷已经看到了孙主簿的证据，知道欧阳定贤已经没救了，所以现在就算那些黑衣人一味地否定，也不能改变什么，还不如借此机会，拉一个人下水。"成杨此刻反而很淡定，带着笑容说完了这番话。

成杨说完，君无咎有些担忧地看着他，低声地继续说道："没错，毕竟不论是你，还是成家，在这件案子和朝廷之中都起着十分重要的作用，他们先要扳倒你，目的已经十分明显了。"

此时，苏文月正担忧地看着他们，忧心忡忡地说道："没错，这正是我担忧的，就怕那些黑衣人经不住诱惑，真的做出什么出格的事。毕竟我们对他们并不了解，不知道他们到底能否信守诺言。"

说到这里，成杨等人都有一点担心，但是成杨还是点点头，看着他们继续说道："我们还是选择相信他们吧，毕竟我们曾经晓之以理动之以情地同他们谈过，其中道理他们心中应该清楚。"

成杨说完，君无咎点了点头，苏文月则是一直皱着眉头，也没再说些什么。

不久温王爷从大理寺的内院走了出来，面色红润，看起来是休息好了，他坐在堂上，向成杨三人点头示意，成杨三人也十分得体地回了礼。

那温王爷看到成杨等人早已经准备好了，便命人带欧阳定贤等人上来，欧阳定贤等人过来后，又命人将那些黑衣人带上来，果然这些黑衣人性命没有任何问题。

成杨一直看着为首的那个黑衣人，那黑衣人转过头看了成杨一眼，不着痕迹地点了点头，仿佛想让成杨放心，成杨也看着他不着痕迹地笑了笑，他还是选择相信他们。

成杨留意着那群黑衣人的状态，而君无咎则是一直在留意人群中的动态，果然不多时人群中涌进来了许多人，君无咎看了看，发现这些人果然是悄悄被人押过来的。

君无咎看到这一切后便走上前，轻轻地拍了拍成杨，成杨转过头看了看，发现果然不出他们所料，那欧阳定贤果然用他们家人的性命来进行交换。

成杨看过那些家人后，他转过头，看了看那些黑衣人，欧阳定贤也给那些黑衣人使了一个眼色，他们都赶忙向人群望去，发现自己的亲人尽数都在人群中，那些黑衣人都松了一口气。

成杨看他们的表情，知道他们的家人应该都已经在这里了，便向隐藏在人群中的初一和十五点了点头，他们便不着痕迹地将看押那些家属的人抓住，带了出去，本来他们自身便有问题，所以被抓住时，他们也并不敢声张。

处理好这一切，初一和十五悄悄地向成杨点了点头，这一切发生得十分的迅速，以至于处在人群中的百姓都没有意识到，到底发生了什么。

成杨看到初一和十五已经顺利地处理好这一切，便向那为首的黑衣人点了点头，看到成杨冲着他点头，黑衣人知道事成了。

而此时的欧阳定贤和温王爷并不知道发生了什么，因为他们如何也没有想到他们在人群中安插的人，早已经被成杨安排的人清掉了。

看到那些黑衣人已经看到了他们的家人，温王爷和欧阳定贤还以为他们的家人一直控制在他们的手中，便十分自信地开始了审问。

温王爷先是看了看那些黑衣人的证词，然后看着他们继续说道："开堂审理前，本王先在这里同你们说明，污蔑当朝重臣，可是死罪，你们可要想清楚，千万不要同本王信口雌黄。"

温王爷说完，苏文月一阵无语，这是多么明显的暗示了，那些黑衣人在证词当中，提到的都是欧阳定贤，现在他如此一说，不过是想暗示他们改口，不要再咬住欧阳定贤罢了。

"谨遵王爷教诲，小人们定然句句属实，绝不会胡乱说话的。"黑衣人并没有被温王爷吓到，铿锵有力地说道。

那群黑衣人说完，温王爷想了想，然后点点头，看着他们继续说道："那好，那本官问你们，你们是否是受这欧阳定贤的指使去孙府刺杀成杨几位大人的？还有那绑架孙夫人来威胁孙主簿之子的命令也是他下达给你们的？"

温王爷问完，那些黑衣人看了欧阳定贤一眼，又看了成杨一眼，然后低下头，思索了一会儿。

成杨三人则是十分紧张地看着那群黑衣人，毕竟君无咎他们三人看到欧阳定贤的脸上透出一抹自信的笑，这笑看得成杨三人心里发毛。尤其是君无咎和苏文月，生怕成杨会受到伤害。他们都一直屏住呼吸看着那为首的黑衣人。

那黑衣人仔细思索了一番后，抬起头看着温王爷十分确定地说道："没错，王爷，就是欧阳大人指使我们去刺杀成杨几位大人的。"

那黑衣人这话一出口，君无咎三人都松了一口气，成杨则是放下了心，庆幸自己没有错付了信任。

那黑衣人说完，再度想了想，然后看着温王爷继续说道："而且王爷方才将小人们同欧阳大人关在一起时，欧阳大人还曾威胁过小人们，他说小人们若是不将刺杀这件事诬陷到成杨大人的身上，他便会杀死我们的亲人。”

听了黑衣人的话，温王爷十分的诧异，不知道哪里出现了问题，他赶忙看了欧阳定贤一眼，欧阳定贤的脸色则是更加难看，他黑着脸，瞪着这群黑衣人，仿佛在同他们说，你们给我等着。

那温王爷瞬间反应了过来，看着欧阳定贤继续说道：“他们说的这些事，你可认？你可有什么要为自己辩解的吗？”

温王爷问完，那欧阳定贤赶忙看着他矢口否认，然后看着那群黑衣人继续说道：“你们血口喷人，方才在狱中你们还同我说是受到翰飞的指使呢，所以才会去那孙府。”

那欧阳定贤一边说，一边向那些黑衣人使眼色，让他们看看人群，看看他们的人。

那欧阳定贤的眼神，瞬间便被成杨捕捉到了，他只是笑了笑，并没有再说什么，也是向那个为首的黑衣人使了一个眼色。

那为首的黑衣人很快便领会了成杨的意思，毕竟他们当初曾经试演了一番。

那为首的黑衣人没有正面地回应欧阳定贤的话，而是转而面向温王爷继续说道：“王爷，小人们的话可是句句属实啊，小人们的家人现在就在这人群之中，就是被这欧阳大人带来的，他为了威胁我们，才将我们的家人带来这里的。”

那黑衣人说完，温王爷假装表现出十分震惊的神态，然后看着他们继续说道：“什么？竟有此事？你们说的可是真的？”

那些黑衣人点点头，看着温王爷重申了一遍他们并没有撒谎。

如此温王爷别无他法，只好看着他们说道：“快快将你们的家人叫到堂上来，本王在这里，看何人敢对他们动手！你们只需同本王说实话即可，不用顾忌那么许多。”

温王爷如此说完，君无咎和成杨都相视一眼，非常默契地露出了一丝笑容。

听到温王爷这话，那群黑衣人赶忙从人群中找到了自己的亲人，让他们来到堂上，挨着成杨等人站在一起。

其实这件事黑衣人是按照成杨之前交给他们的方法处理的，成杨之前同他们说明，定然要在堂上直接说明他们家人的事情，如此那温王爷碍于很多事情，定然要让他们的家人来到这堂上来护住他们的周全。

如此他们的家人定然在离开这大理寺之前万无一失，毕竟这温王爷会亲自下令保住这些黑衣人的家人，若是在他的眼皮子底下出事，势必会引起民愤，对于他自身会有许多的影响。

这是成杨和君无咎能想到的最安全的方法了，在来这大理寺之前他们想到的，便让初一带那些黑衣人在来的路上向他们传达，没想到这群黑衣人真的全都听了进去，现在已经安全扭转了局面。

那温王爷看到那些黑衣人的家人都安然无恙地走上了大堂，假装十分诧异地看着他们继续说道："你们方才不是说你们的家人被人看押了吗？为何现在十分自如地上得这堂上？"

那温王爷说完，成杨笑了笑，走上前看着他们继续说道："温王爷有所不知，他们这是因为惧怕王爷的威严，因为王爷已经提前识得了他们的手段，他们已经黔驴技穷了，如若现在还有所行动，那定然是疯了，那不是在暴露自己吗？所以翰飞想这便是他们没有出手的理由了吧。"

听到成杨如此说，温王爷只得点头称是，看着成杨继续说道："没错，翰飞说得十分有道理。"

说完他又转过头，看着面如死灰的欧阳定贤继续说道："欧阳定贤你还有什么可说？现在证据确凿，你还想如何狡辩？你指使他们去杀害朝廷命官，而且还伤害了许多无辜之人的性命，就这几条罪状，便够你死去多次了。"

说完这些，温王爷看起来气不打一处来，气得一直咳嗽，而成杨见他没有提孙主簿留下的证据，便走上前笑着提醒温王爷。

温王爷咳嗽了两声，看着成杨没好气地继续说道：“本王知道，本王看见了，可是你们就不能给本王一点喘息的机会吗？你们也不看看本王被这个欧阳定贤气成什么样了？”

温王爷说完，成杨没有反驳他，而是微笑着退了一步，静静地看着他们，因为他心中知晓，温王爷和欧阳定贤已经到了进退两难的境地，但是他们最终还是要做出抉择，毕竟现在已经证据确凿，欧阳定贤已经再没有别的办法可以逃脱制裁了。

那温王爷喘过一阵后，拿起那个买卖官职的册子，那上面赫然有欧阳定贤的名字，这是君无咎和成杨今早将它当作证据交上来的，毕竟这件事非同小可，买卖官职那可是重罪，而且有孙主簿留下的证据，他们又如何能怀疑那册子的真实性呢？

温王爷看过一阵后，最终叹了一口气，看着那欧阳定贤继续说道：“如今证据确凿，真相已经大白于天下了，想来你也是没有什么好狡辩的了，现在本官便要判处你。”

欧阳定贤则一直呆滞地坐在那里不知道在想些什么，仿佛已经濒临崩溃的边缘了。

温王爷说什么欧阳定贤都没有听，而是一直在盯着君无咎，他看着他十分恶毒地继续说道：“君无咎，怎么样？现在你高兴了吗？终于为你的老师和秀秀复了仇，岳鸿之啊岳鸿之，没想到你个老不死的，竟然能够一手调教出这么优秀的弟子。”

欧阳定贤说完，君无咎并没有理会他，也没有同他对峙，甚至连看都没有看他一眼，这让欧阳定贤更加崩溃，仿佛他的一腔怒火都打在了软绵绵的棉花上，并没有怒气可以发散的地方。

温王爷看到欧阳定贤的情绪越来越失态，怕他造成不好的影响，赶忙敲了敲惊堂木，看着他继续说道：“欧阳定贤，你还不给本王爷住嘴！你身犯命案、贪污、买卖官职等多项重罪，你还有什么可说？竟然还敢在这里扰乱公堂！”

温王爷说完，那欧阳定贤不再说话，温王爷想了想看着他继续说道："本王爷要判处你死刑，车裂而死。而你的家人男子流配边疆，女子为奴为婢。"

成杨听到温王爷如此判案，叹了一口气，温王爷这案子判得可真是随意，处罚张口就来，全凭自己的心，不过皇上将这件事全权交由他处理，成杨等人也不便再说些什么。

只不过成杨转过身，看着温王爷继续说了一句："王爷，您如何判案，翰飞没有意见，也十分尊重您的决定，不过这里有一个问题，便是您还没有向这欧阳定贤询问，他可有幕后黑手？"

成杨说完这话，那温王爷的脸色有一秒钟的不自在，他一直以为自己隐藏得很好，并没有人发现他到底在背地里做了些什么，还全都认为他是那个病怏怏的王爷呢。

可谁曾想皇上竟然将这件事交给他来查办，想来皇上对他已经是有所怀疑，并且在试探他，起初他还不敢相信这一切，还以为这一切都是凑巧罢了，可是今日成杨如此看着他问如此问题，是否代表成杨已经知道他便是欧阳定贤背后的人，只是苦于没有证据呢？

这温王爷想了许久，然后看着成杨继续说道："唉，翰飞提醒得对，本王爷确实不太懂这判案的流程，所以什么时候该问哪些话，本王爷也不太知晓，若是没有翰飞的提醒，本王爷可是要闹了大笑话了。"

那温王爷说完，君无咎不禁想笑，这温王爷装傻的手段真是可以，看他那副无辜的表情，就令人无奈。

"王爷过奖了，这一切都是翰飞应该做的。翰飞本就是大理寺少卿，所以比较清楚这些事。"成杨看温王爷如此回答，只能无奈地顺着他的话说。

成杨说完，温王爷点点头，转过头看着欧阳定贤继续说道："就像翰飞所问，欧阳定贤，你可有幕后黑手？背后还有什么人指使你做的这一切？"

"小人认罪伏法，但是小人的背后绝无任何人了。这一切都是小人指使身边的人做的，是因为小人财迷心窍，所以才酿下如此大祸，小人现在认罪，小人做的一切，小人都认。”欧阳定贤看着温王爷，将一切罪过揽到了自己身上。

欧阳定贤说完，成杨三人没有再说什么，因为他们已经猜到了，这欧阳定贤定然不会将他背后的人交代出来，他心性极为狠戾，现在他失败被抓，他一定心里十分的不服气，他铁定还想着翻盘，所以他断然不会供出温王爷，为的便是这个他一直跟随的、十分有能力的人，能够为他翻盘。

那时即使他死，他的家人说什么应该也会得救。而温王爷听到欧阳定贤如此说，看起来十分的满意，他点点头，没再说什么，而是转过头，看着成杨继续问道：“翰飞，你现在觉得还有哪里不妥？还有哪里需要问吗？”

那温王爷问完话，成杨看着欧阳定贤想了想，然后摇了摇头，看着他继续说道：“下官没有别的想问的了，全凭王爷决断吧。”

“好，那就还是依从本王方才的决断，现在还是按照现在手头有的证据来判，先将欧阳定贤收押，我向皇上禀报之后，看皇上要定于何时来处决他。”温王爷很满意成杨的回答。

温王爷说完，成杨点了点头，没有再说什么，那欧阳定贤被收押之后，温王爷开始处理那些黑衣人，他看了看那些黑衣人之后，十分生气地说道：“你们不明是非曲直，被人利用做出那伤天害理之事，你们的手上沾染了许多无辜生命的鲜血，现在本王就要处你们死刑，你们可还有什么话要说？”

温王爷说完，那些黑衣人看了看成杨，看到成杨没有表态，他们知道自己的命运只能如此，就像之前成杨也只承诺过他们会救下他们的家人。

但是对于他们，成杨表示无能为力，毕竟他们身犯命案，对于成杨来说他们不顾那些人的性命便是不能容忍，尤其是他们害死孙夫人，害得小鹏飞痛失所有亲人。

这一切都是不能容忍的。那些黑衣人叹了一口气，只好低头伏法，那为首的黑衣人，十分痛苦地转过身来看着成杨继续说道：“小人们已经认识到了自身的错误，小人们愿意伏法，只是希望成大人能够保我们一家老小的性命。”

那黑衣人说完，成杨点点头，看着他们继续说道：“好，你们放心吧，你们的家人都是无辜之人，所以本官一定会护佑他们的。”

成杨说完这些，转过头看着温王爷继续说道：“不仅本官如此，就算是温王爷也不会允许这种事发生的。毕竟王爷已经亲眼看见你们的家人受到威胁，所以他定然也会庇佑你们的家人，不会允许这种事情发生的。”

成杨说完，那为首的黑衣人点点头，没有再说什么，他清楚成杨如此说，只是为了彻底断绝温王爷等人要报复这些黑衣人的家人的念头。

毕竟他这样说完，若是那些黑衣人的家人还会出事，在一定程度上就代表是温王爷办事不力了，在这个节骨眼上，他定然不会让自己陷入这种事中，毕竟这些黑衣人的家人的性命于他来说，取不取并没有多大的不同，不过是为了出口气罢了。

所以温王爷听成杨说完，他点点头，看着他们继续说道：“天子脚下，你们大可不必担心这种事情，你们的家人绝不会被人打击报复的，本王在这里承诺你们，你们要相信法，你们触犯了法，现在认罪伏法来赎清你们的罪孽是再正确不过的了。”

温王爷说完这些，然后看着他们继续说道：“就像翰飞方才所说，你们的亲人都是无辜之人，所以我们的法定然会庇佑他们的。”

这些黑衣人最终放下了心，不再说什么，等着最终的判罚，那群黑衣人的家人则是站在旁边哭作一团，他们看着跪在中间的黑衣人十分的痛苦。

君无咎看到这一面，十分的痛心，他摇摇头，叹息着真是不能犯法，真是不能做那些事，杀人犯法不仅破坏他人，也会破坏自身的幸福，现在这种同亲人生离死别的场面，定然是任谁都不想看到的。

君无咎方想到这，温王爷已经结案了，而这些黑衣人直接便被处决了，根本就没有等禀明皇上之后再做决定。

那些黑衣人被带下去时，什么都没有说，也没有反抗，成杨三人没有再看他们，一切都已成定局，再看则徒增伤心。

温王爷将这里的案件都处理完，便宣布了退堂，温王爷说完，便有人将一直围在外面的百姓驱散了。

处理完这一切，温王爷看了看成杨他们笑着继续说道："你们几位先回去吧，本王现在要去入宫面见皇上，向他禀明这一切，最终的决断还是要交给皇上的。"

温王爷说完，成杨三人点点头，同温王爷寒暄一番之后，将温王爷送走了。等温王爷走后，成杨等人安慰了一番那些黑衣人的家人，然后看着他们继续说道："放心吧，现在你们已经十分的安全了，不用再担心有人会伤害你们了，你们现在都回去吧。"

成杨说完，那些人点点头，向成杨等人表示了感谢。寒暄一番之后，成杨便让初一将他们送走了。

这些人走后，成杨和君无咎商议了一下，决定再去看一次那欧阳定贤，成杨和君无咎转过头，问苏文月是否要一同前去，苏文月摇了摇头，看着他们笑了笑，继续说道："师兄，君公子，你们先去吧，我就不去了，毕竟现在一切事情尘埃落定，我想回去见见我的父亲，一别几日，他定然十分的担心我。"

苏文月说完，成杨和君无咎点了点头，笑着同她继续说道："快回去吧，你能想通实在是太好了，你能回去，苏大学士定然会十分的开心。"

听了成杨和君无咎的话，苏文月点点头，看着他们笑了笑，继续说道："我知道，之前是小月任性了，昨夜师兄问过我之后，我想了一晚，终于想通，今日无论如何我都要好好向我的父亲认错了。"

说到这，苏文月有些哽咽，但是依旧微笑着，看着他们继续说道："父亲含辛茹苦将我养大，一切都为我考虑，如今我却如此伤他的心，实在不对。"

“去吧，回去看看吧，咱们之后在我家再集合。”成杨笑着对苏文月说着。

成杨说完，苏文月点点头，便转身离开了。离开时她正巧碰到了迎面走进来的湛之君，那湛之君看到了苏文月愣了一下，十分的不自在，看着她打了一个招呼，问她要去哪里。

苏文月也笑着同他打了一个招呼，说要回去见父亲，便急匆匆地走了，自从被苏大学士一闹，他们总觉得彼此之间的关系怪怪的。

湛之君看到苏文月离开，有些失落，其实那日苏大学士提起这件事时，他是十分的开心的，南下这一路，他见到了苏文月到底有多优秀，不过他知道，苏大小姐定然是看不上他的，毕竟那日她的态度已经证明了一切。

苏文月离开以后，湛之君马上走过来同成杨和君无咎打招呼，成杨看着湛之君十分诧异，问他为何会到这里。

湛之君笑着看着他们继续说道：“我听闻今天要审大理寺卿，两位大人的证据都已经递到了皇上的手中，所以赶忙赶来这里看审讯，看看你们可有什么需要下官帮助的。”

湛之君说完，成杨和君无咎笑了笑，十分高兴他能赶来，看着他继续说道：“哈哈，你能来已经很好啦，南下回来之后我们便再没有聚上一聚，今日既然你来了，我们便好好地聚一番，你可不能走，我们今日要不醉不归的。”

成杨说完，湛之君也看着他们笑了笑，心中十分感动，成杨和君无咎能同他如此说，让他觉得十分的亲切。正巧今日他也是来同他们告别的，所以大醉一场正好。他们三人相约着一起去大理寺的大牢去看欧阳定贤，并且约定好看完欧阳定贤之后，便去那“天下第一香”一醉方休。今日怎么说，也可以放松一下了，毕竟终于取得了阶段性的胜利，这是十分不易的。好好放松一番，来面对更加强硬的对手。

来到大牢之后，那欧阳定贤就定定地坐在那里，君无咎仔细观察着欧阳定贤，他发觉欧阳定贤瞬间苍老了不少，完全没有了往日的精气神。

欧阳定贤看到成杨和君无咎来大牢看他，他不屑地笑了笑，继续说道："两位大人如何能够到这种地方来见鄙人，可别脏了两位大人的鞋。"

欧阳定贤说完，成杨笑了笑，看着他继续说道："你不必再在这里阴阳怪气地说话，我之所以还会来这里见你，不过是顾及往日的师生情分，看看你还有什么心愿没有完成，我若是能够帮你，定然会帮你完成的。"

"你不必在这里假慈悲了，难道我真的不知道你们来这里见我是因为想要从我嘴里套话吗？当我真的是傻吗？"欧阳定贤冷冷地看着成杨，恨得牙根痒痒。

那欧阳定贤说完，然后顿了一下，看着他们继续说道："还问我可有什么未完成的心愿，你们不过是想要作为交换的条件罢了。难道我说得不对吗？你们这群小鬼，想同我玩心思，还是嫩了一些。"

欧阳定贤越说越激动，完全没有了往日淡然的态度，想来他内心真的是有些崩溃了，而此时的防线是最好突破的，毕竟他的头脑被情绪支配，所以他并不能清晰地思考问题。

君无咎想到这里，看着欧阳定贤也同样不屑地笑了笑继续说道："欧阳大人，您实在是太夸张了，成杨现在来这里看您，是真的出于情分罢了，难道你还真的以为你对我们有什么可利用的价值吗？"

说完这些，君无咎走上前，俯下身，看着他继续笑着说道："你当真以为我们不知道你背后的人是谁吗？那你也不想想，为何这回你的案子会交给温王爷来审理呢？难道你真的以为这一切都只是巧合吗？你的想法也太过单纯了吧。"

君无咎说完，欧阳定贤的头嗡了一下，他难以置信地抬起头，看着他们继续说道："不可能，不可能，你怎么会知道这些？我们从未露出过任何马脚。"

欧阳定贤听到君无咎如此说，彻底地崩溃了，他无法相信他说的一切都是真的，他确实也想过为什么温王爷来办他的案子，但是他万万没有想到自己已暴露了，毕竟对于他来说他觉得他将一切处理得很好。

而且温王爷也没有同他讲暴露的事，所以他还以为温王爷之所以会如此，定然是因为他向皇帝要求的，这样能够压住某些事情，并且将成杨和成家拉下水，他完全没有想到这一切竟然是成杨他们早已经料到的。

欧阳定贤完全糊涂了，思维一直跟着成杨等人在走，他方才的话已经完全确认了温王爷的嫌疑，之前他们已经确定，但是现在直接从他口中听到，还是十分的震惊，那就更别提湛之君了，他听到这些，已经完全地惊呆了。

因为湛之君之前并不知晓温王爷也参与了这件事，所以听闻这个消息时，是十分震惊的，温王爷若是也参与这件事，那事情肯定就不只是买卖官职的程度了，湛之君就算是再不懂官场上的事，但这些他也是明了的。

他看了成杨和君无咎一眼，君无咎和成杨点了点头，没有说话，也示意他先不要说话。

湛之君了解地点点头，知道他们现在应该是在变相审问欧阳定贤，那欧阳定贤安静地坐在那里看起来十分的痛苦，不过良久他突然回过神来，看着他们继续说道："没用的，一切都快到头了，马上就结束了，你们肯定无力招架的。一切都结束了，看我们谁笑到最后吧。"

欧阳定贤说完，君无咎和成杨都有些心惊，听欧阳定贤这个意思，他应该是知道那幕后黑手是谁，而且也知道他们最终的目的是什么。毕竟他这句话的意思指向性十分的明显。

其实欧阳定贤是故意将他知道幕后黑手的这件事透露给成杨三人的，虽然现在他已经沦落成了一个阶下囚，但是他还是十分享受这种被成杨和君无咎关注的感觉。

欧阳定贤享受这种只要他不说，他们就永远都没有办法的感觉，他喜欢看他们一筹莫展，喜欢看他们抓耳挠腮，他就喜欢看他们的窘态，谁让他们将他害得这么惨！

成杨和君无咎早已经发现了欧阳定贤这么无聊的心态，但是他们全然不在意，他们十分在意的是他说的那个背后的人，而且听欧阳定贤的意思，是他们已经一切准备就绪了，那么他们到底想做什么呢？看来铁定是要谋反了，能够让温王爷和霄云太公主参与其中的事，定然没有那么简单。

不过不论成杨等人再如何向他询问，他都不肯再透露分毫了，这让成杨三人十分的困扰，不得已最终只能离开了，湛之君看着他们二人十分的困扰，便看着他们安慰道："我觉得欧阳定贤不过是想给我们心中留下一个悬念罢了，他现在不好过，也想让我们不好过，你们也不要太过愁思了。"

湛之君说完，成杨和君无咎笑着点点头，让他别担心，湛之君看两人十分的困扰，便想不要再打扰他们了，想了想便决定不再同他们去天下第一香饮酒了。

湛之君看着他们笑着说道："其实下官这次不仅是来看审案的，也是来向几位辞行的，下官奉皇上之命要去承办一件事，可能许久都不能回来，所以提前向两位大人拜别。"

说完，他深吸了一口气，看着他们继续说道："下官想说的话都已经说完了，看两位大人如此的困扰，不如两位大人还是回去歇息吧，今日便不要去饮酒了。"

湛之君说完，成杨和君无咎都十分的诧异，成杨在朝堂上从未听闻皇上要让什么人去承办什么事，湛之君今日离去到底因为何事呢？竟然一点风声都没有。

但是成杨和君无咎都没有询问，因为他们知晓，这件事问不问的结果都一样，皇帝竟然封锁了消息，便说明这件事是绝对不能明说的，所以湛之君是绝不可能说出来的。

想到这里，成杨笑了笑，走上前看着湛之君继续说道："湛兄何出此言？我们方才已经说好了，要不醉不归，当然要遵守约定了，况且湛

兄即将离开，我们更要珍惜此次相聚，毕竟湛兄说要去的时日十分久，再聚首，就不知是何时了。”

成杨说完，君无咎也点点头，听到湛之君说要离开，其实君无咎心中也是十分难过的，因为他早已经将湛之君当作自己的老友了，毕竟南下一路他们经历了许多，现在老友离开，无论是君无咎还是成杨，心中都十分的不舍。

看到成杨和君无咎都如此真挚地相邀，湛之君也十分的感动，他笑着点点头，同成杨和君无咎等人一同往“天下第一香”走去。

不多时便来到了“天下第一香”，觥筹交错间，几人再度想起了南下时的一些事情，一同讲述起之前经历的种种，几人都十分的激动，甚至有些哽咽，君无咎和成杨知道湛之君要离开，便一同敬了湛之君一杯，说等他回来，大家一定要再聚一次。

湛之君赶忙点点头，十分激动地看着他们点点头，继续说道：“下官十分的木讷，很难同人交好，这南行一路备受两位大人的照顾，并且能够同两位大人成为好友，下官十分的开心，等下官回来，定然亲自登门拜访。”

湛之君说完，成杨和君无咎也是十分的激动，点点头，看着他继续问道：“湛兄如此说，实在是太客气了，南下这一路，很多地方多亏湛兄伸出援助之手，若是南下一路没有你，很多问题定然十分的棘手。”

说完这些，他们想了想，然后看着他继续问道：“湛兄，你何时走？我们二人去送你。”

君无咎和成杨说完，湛之君赶忙摇摇头，看着他们二人说道：“不劳烦二位大人了，而且毕竟自古伤别离，二位大人若是送下官，下官虽然十分欣喜，但想来更多的应是不舍，还望两位大人见谅，下官不愿让两位大人送行。”

湛之君说完，成杨和君无咎想了想，点点头，没有再说什么，他们又饮了几杯，直至深夜，最终再度寒暄了一番，然后拜别了彼此，离开前君无咎突然想起了自己承诺过苏文月的事。

君无咎让掌柜打包了一些小点心，看到他如此，成杨笑了笑，看着他继续说道：“清悦兄，莫非你忘了？师妹今日不在崇王府，他回苏府了，你带的这点心，师妹今日应该是吃不到了。”

成杨说完，君无咎看了看手中的点心，想了想，然后看着他继续说道：“毕竟我承诺过她，无论她是否能吃到，我都要遵守我的约定。”

君无咎说完，成杨叹息着点点头，今日的月亮很圆，二人都醉意蒙胧，成杨看着前方朦胧的月第一次想同君无咎谈论一下感情的问题。

成杨知道他师妹曾对君无咎动过心，他感受得到，从小到大师妹想什么，他可以说是十分的清楚，但是他一直没有看好过这段感情，毕竟他知道君无咎心中一直有秀秀，所以小月若是固执地和他在一起的话，很可能会酿成苦果。

所以对于君无咎和苏文月之间的感情问题，成杨从未表过态，今日他看着君无咎手中的点心，突然心里莫名地想问问君无咎到底是如何想的，可能是醉了，今日他突然想同君无咎谈清楚这件事。

毕竟成杨还不知道苏文月早已经对君无咎放手了，毕竟前几日苏文月曾因为婚姻大事同苏大学士激烈地争吵过，所以成杨还以为苏文月对君无咎还有爱意，全然不知她已经默默地将这份爱意消化掉了，转成了一种知已、至交的情分。

想到这里，成杨看着君无咎淡淡地问道：“那这么说来，你能给小月的只是你承诺过的事，是吗？其余的不能再给了吗？”

成杨问完，君无咎的头晕晕的，他抬起头，看着成杨不解地问道：“其余的？其余的什么？”

看他如此，成杨无奈地叹了口气，看着他继续说道：“我知道，你定然感受到了小月对你的心思，所以我想问问你，你对她的感觉到底是什么？你可曾对她动过心？”

君无咎想了想，看着远方的月亮，笑着对成杨继续说道：“翰飞，你问我苏小姐对于我意味着什么？你看到那白月光了吗？苏小姐对我来说就是那白月光。”

成杨听到君无咎如此说，十分的诧异，他赶忙看着他继续问道："此话怎讲？"

君无咎笑着摇摇头，继续说道："苏小姐对于我来说是同白月光一般美好的人，但是我们也只适合如此遥遥相望的，我不能给她想要的，毕竟我不是她的太阳，我给不了她应得的光亮。"

君无咎说完，成杨叹了一口气，明白了君无咎的意思，但是他突然好奇苏文月若是对他来说是白月光，那秀秀呢？秀秀对于他又意味着什么呢？

趁着酒意，成杨已经不顾那些如此问是否会让他伤心的事了，而是直接向他问道："那秀秀呢？秀秀对于清悦兄又意味着什么呢？"

成杨问完，君无咎十分温柔地笑了笑，他想了想，看着成杨继续说道："秀秀啊，秀秀对于我来说便是柴米油盐，是我身边最重要最能够感知不可或缺的存在。"

说完这些，君无咎眼中流露出十足的爱意，看着成杨再度说道："虽然现在她已经不在我身边了，可是我总是莫名地觉得她从未离开过，我想她可能变成我的一部分了吧。"

君无咎说完，成杨应和着点点头，看着他继续说道："了解了，清悦兄，今日将心中长久的疑问问出，我便也明了，今日属实有些唐突，还望你不要介意。"

"没有，我知道翰飞是担心苏大人罢了。"君无咎并没有怪成杨多管闲事，他知道成杨也是为了苏文月好。

成杨微微颔首，看着君无咎微笑着说道："你知道，我只有这么一个妹妹，我很疼她的。"

"我知道，而且苏大人适合遇见更好的，能够一心一意守在她身边的人。"君无咎真诚地说道。

成杨和君无咎一路谈论，不知不觉便回到了崇王府，赶忙各自睡下了，毕竟酒意中夹杂着睡意，一回到崇王府，困倦之意便向他们袭来。

成杨和君无咎回到崇王府之后，湛之君也回到了家中，他赶忙开始收拾要带走的东西，收拾了一大阵子，突然反应过来并没有什么需要带的，毕竟他去的那个地方应该早已经备好了一切。

现在湛之君终于明白了青山寨主等人为何会在那里安营扎寨了，原来他们在寻找皇陵的位置，他们是皇上派出去建造皇陵的一批人。

这件事不难理解，很多皇帝在登基之时便想到了百年之后的事了，在登基之时，便着手开始建造皇陵了，所以这青山寨主是被派遣出去建造皇陵的。

只是不承想，皇帝在听闻他工于机关之术之后，竟然秘密地让他也一同来承办此事，而且上次的选址因为种种原因已经被放弃了，现在他都不清楚自己到底会被带到何处。

其实湛之君有些想不明白皇上为何要隐瞒建造皇陵之事，后来他仔细思索了一番，大致也能想明白一些，可能皇上觉得现在政基不稳，很多事情还是应该谨慎一些。

想到这里，湛之君又不由自主地想起了苏文月，南下这一路，湛之君发觉自己竟然不知不觉已经对苏文月萌生了爱意，但是他一直觉得自己配不上她。

现在他十分懊悔没有好好地与她说明自己的心意，害得他们现在处于如此尴尬的境地。他已经下定了决心，若是等他回来之时，苏文月还没有心上人，那么他一定要尽自己最大的努力去追求她。

转天，成杨酒醒后，猛然想起昨日询问君无咎的那些话，他突然十分的不好意思，觉得着实是有些唐突了，见到君无咎反而有些不自在。

苏文月在吃过早饭后第一时间赶到了崇王府，看到成杨有些怪怪的，十分不解，她趁君无咎出去，赶忙问成杨他怎么了，为何同君无咎之间有些尴尬。

成杨想了想，最终还是将昨晚他们谈论的事，同苏文月说了，苏文月听完笑得不能自已，他知道师兄最不喜欢同他人谈论感情的事情了，他一直觉得那样十分的八卦。

不承想他竟然愿意为苏文月打破自己的原则，她笑着拍了拍成杨的肩膀继续说道："我的好师兄，放心吧，我已经整理好自己的感情了，你不必再担心了，我已经清楚地明白我自己的心了，它同我说，我和君公子并不合适。"

看到苏文月如此洒脱，成杨也十分的开心，他点点头，看她笑着说道："如此就好，如此也不枉师兄八卦清悦兄这一回。"

君无咎拿着点心走进来时，正巧听到成杨说这句话，他立马反应过来了，他在同苏文月谈论昨夜的事。

苏文月对他感情的转变，其实他隐约已经感受到了，所以他并没有觉得十分的尴尬，而是走上前看着他们笑着说道："你师兄，昨日可是十分感人，说你是他唯一的妹妹，他可是十分的疼你。"

君无咎说完，成杨的脸立马就红了，他转过头，语塞地看着苏文月继续说道："对啊，小月就是我的妹妹啊，那清悦兄，你还说小月对你来说是白月光呢。"

"没错啊，对于我来说，苏小姐就是白月光。"君无咎强压着心中的羞意，硬着头皮说道。

看到他们二人如此激动地对峙着，苏文月笑了笑，从君无咎手中拿过那盒点心继续说道："你们二位就相爱相杀吧，哈哈，妹妹我也喜欢，白月光我也觉得不错，但是我现在眼中还是只有这盒点心。"

苏文月如此说，将成杨和君无咎都逗笑了，尤其是成杨，他摇摇头，叹了口气，继续说道："小月啊小月，你可真是个机灵鬼。"

成杨说完，想了想，突然想起了苏大学士，赶忙看着苏文月继续问道："怎么样？昨天同苏大学士谈得如何？心结可已经解开了？"

"昨日回去之前，我想好了一千种一万种说辞，希望能够哄父亲不再伤心。谁知等我回去之后，父亲竟然什么都没有说，而是看着我十分慈祥地说了两句：'回来了就好，回来了就好。'当时我的眼泪便掉下来了，突然意识到自己之前做得有多过分，有多伤父亲的心。"苏文月十分愧疚地说着昨天发生的事情。

苏文月说完，成杨和君无咎也十分的动容，果然这世间最能够包容自己的，便是自己的父母了。他们总是如此无私地爱着我们，无论我们是否曾经伤害过他们。

“而且昨天我已经同父亲说清一切了，他十分尊重我想要找到亲生父母的想法，而且还同我说，我是干娘送到他府上的，我的身世他了解得并不多，若是真的想要知道，看来只能来崇王府询问干娘了。”苏文月话题一转，又说到了寻找亲生父母的事情。

苏文月说完，成杨点点头，看着她继续说道：“没错，不过我母亲曾和我说，你是弗香夫人送来的，所以若是真想搞清楚你的身世，想来还是得去询问弗香夫人。”

“这个我已知晓，师兄之前不是已经提过了吗？只是不知道这弗香夫人到底会不会同我们说。不过我想师兄之前不是提到，干娘和弗香夫人是十分亲密的朋友吗？所以我还是想问问干娘她到底知不知晓我的身世。”苏文月显然知道问题并不容易解决。

苏文月说完，成杨想了想，然后看着她点点头，继续说道：“好，既然你如此想问，那我便带你去问，只是之前母妃一直不想提弗香夫人的事，所以我也不敢保证她一定会同你说有关她的事。”

“好，我知道师兄，无论干娘说不说，我都不会勉强她的，我知道她自有她的考量。”苏文月也是抱着侥幸的心理，希望能问出些什么。

苏文月说完，成杨点了点头，君无咎看到他们在谈论这个问题，便有些犹豫地看着他们继续说道：“你们谈论家事，我不方便参与，要不我就不去了，你们先谈吧。”

君无咎说完，成杨看了苏文月一眼，苏文月笑了笑走过去，看着君无咎继续说道：“放心地一起来吧，君公子你知道我并不会在意这些的，而且如果干娘若是肯说，说不定还能牵扯到关于弗香夫人的事呢，有利于咱们办案，所以我觉得你也应该一同去听听。”

苏文月说完，君无咎仔细考虑了一番，然后看着她点点头，继续说道：“既然如此，那我便同你们一起去吧。”

来到崇王妃的卧室，成杨三人先向崇王妃请了安，昨日苏文月回府的事，她是知晓的，她也十分开心她能同她的父亲和好如初，但是今日他们一同前来她大致已经猜到他们到底是为何而来的了。

崇王妃叹了口气，看了看他们，让他们都免礼平身，但是苏文月却跪了下来，看着崇王妃继续说道："干娘，小月从小没有母亲疼爱，一直以来是干娘对小月疼爱有加，让小月体会到了母亲般的温暖，小月十分感激您。"

说到这里，苏文月一度哽咽，她抬起头，十分真挚地看着崇王妃继续说道："不过，您知道小月一直都渴望知道亲生父母的事，还希望干娘能够将知道的一切告诉女儿，小月只是想了却自己一个心愿罢了。"

苏文月说完，崇王妃叹了一口气，看着她继续说道："小月你先起来，你先容干娘想想好吗？你们现在突然问起这事，干娘一时间不知该如何答复你们，干娘先问你，你父亲对于你寻亲生父母的事是什么态度？"

崇王妃说完，苏文月看着她继续说道："父亲十分赞同我寻找亲生父母，他说这是孝，是自古融入血脉里的东西，是无论如何都抹不掉的，所以他十分支持我，希望我能够了却这桩心愿。"

苏文月说完，崇王妃缓缓地点了点头，端起桌上的茶杯轻轻抿了一下，终于深吸一口气，仿佛下了很大的决心。

【第二十章】最终结局

崇王妃看了看苏文月，又看了看成杨和君无咎，继续说道："我大致都能猜到你们的来意了，你们一个想来问清自己的身世，其余两个则是想要搞清楚弗香夫人这么多年到底经历了什么吧。"

崇王妃说完，成杨和君无咎尴尬地笑了笑，直接被崇王妃拆穿了心思，两人的脸上还真有些挂不住。

不过崇王妃最终还是叹了一口气，看着他们继续说道："算了，都说与你们听吧，知道你们一直想知道关于她的事。"

崇王妃说完这话，深深地叹口气，她注定要对不起曾经的好友了，对她的承诺恍如昨日，但是她知道这件事对于他们查案仿佛十分的重要，而且最近发生的大小的事，她大致都有所了解，这些事都让她十分的心惊，即使她从不过问政事，但是她还是敏锐地察觉到了这件事并不简单。

而且成杨三人几次在京城中遇险，弗香夫人也参与到这案情之中，崇王妃不知道她在这里扮演了什么样的一个角色，她只想让这件事早些结束，她不想看着她的孩子们出事。

基于这个考量，崇王妃最终决定对他们说出她所知道的一切。首先，她先向苏文月说明了她的身世。

她抬起头，看着苏文月继续说道：“其实你的父亲当初也在朝为官，是御林军的总统领，也姓苏，名叫苏耀，当时皇上为了护弗香夫人周全，便派遣了你的父亲来亲自护卫弗香夫人，只是后来……”

崇王妃说到这里，叹了一口气，苏文月赶忙看着她继续问道：“后来发生了什么？”

“后来弗香夫人遇刺，你父亲为了保护弗香夫人，便被杀害了，那时你娘正怀着你，听闻你父亲的死讯，一着急便早产生下了你，然而你母亲却因为难产血崩，追随你父亲去了。”

说到这里，崇王妃也十分的痛心，她看着苏文月泪眼模糊的样子，叹了叹气，继续说道：“干娘就是怕你太过悲痛，所以才一直不肯同你说这件事，让你徒增伤心。”

崇王妃说完，苏文月摇摇头，看着崇王妃继续说道：“不，干娘，小月现在并不完全是因为伤心才哭泣的，这里面还有喜悦，喜悦的是小月终于知道自己的亲生父母是谁了。”

说完这些，崇王妃也感叹地点点头，看着她继续说道：“你的父亲母亲都很好，父亲十分的勇猛，母亲温婉贤淑，天作之合，不然你为何又会生得这般优秀呢？”

崇王妃说完，苏文月点点头，十分的感动，更多的她没有再向崇王妃询问，她已经得知了父亲是谁，现在她只要着手去查便可，就算他保护弗香夫人的部分会被抹去，但是他之前的一切定然还是会记录在册的，毕竟他曾是御林军的总统领。

看到苏文月不再向她询问什么，崇王妃大致已经猜到了苏文月的心思，她深吸一口气，转过头来，看着成杨和君无咎继续说道：“现在该你们了，说吧，你们想问些什么？”

崇王妃说完，成杨笑了笑，看着崇王妃继续说道："知儿子者，母亲也，其实儿子也没有别的想问的，只是想知道皇上为何会派那御林军统领来保护弗香夫人。想来那时弗香夫人已经假死离开了，莫非还有什么人知道她的存在吗？而且她到底有何重要？皇上竟然派小月的父亲亲自守护她。"

成杨一口气问出了心中的疑惑，他看着崇王妃，君无咎也一脸疑惑地看着崇王妃，崇王妃听到他们如此问，始终叹着气。

最后她想了想看着他们继续说道："其实当初皇上要立为皇后的人并不是当今这位皇后，而是弗香夫人，而且皇上一直喜爱的人也是弗香夫人。"

说到这里，崇王妃拿起茶轻轻地喝了一口，继续说道："因为皇上刚刚登基，手中权力外散，他十分担心宋家会因此难以控制，便要求宋家退出朝堂。"

宋家人也同意了皇上的这个要求，只不过当时的宋家为了保住自己的地位，要求皇上一定要将弗香夫人姐妹两个共同娶进宫中，而且其中一个必须要入主中宫，当时皇上本想立弗香夫人为后的，只不过宋家人不同意，认为长幼有序，必须立姐姐为后。

当时皇上刚刚登基，实权并没有收回手中，所以对于宋家的话只能忍耐，然而宋家人也知道，现在他们如此逼迫皇上，日后若是有哪方面做得不对，皇上定然不会心慈手软，定然会拿他们宋家开刀。

所以宋家要挟过皇上之后，便都十分听话地退出了朝堂，如今生活得既悠闲又富足。

听到这里，成杨三人，都十分的震惊，想不到弗香夫人同皇上竟然还有这么一段情史，他们着实不敢相信。

苏文月更是如此，她抬起头十分不解地看着崇王妃继续问道："干娘，这弗香夫人做皇后，和她的姐姐做皇后又有什么不同呢？宋家人为何如此偏心，一定要她的姐姐做皇后呢？"

苏文月问完，成杨和君无咎也不解地点点头，看着崇王妃，他们也实在想不明白这一点，同为宋家的嫡女，为何会有如此的差别对待呢？

苏文月问完，崇王妃摇摇头，看着他们继续说道："其实他们并不是对两个女儿有差别对待，只不过他们有自己的打算罢了。"

崇王妃说完，苏文月赶忙走上前，看着她继续问道："什么打算？"

看到她如此的着急，崇王妃想了想便继续说道："因为宋家人知道皇上是真心喜爱弗香夫人，所以她即使不在皇后位，也一样会荣宠加身。而弗香夫人的姐姐便不同了，皇上对她并没有感情，她若是入宫并没有太大的意义。"

说到这里，崇王妃顿了一下，想了想，然后看着他们继续说道："即使皇上会看在宋家和弗香夫人的面子上，会分给弗香夫人的姐姐一些荣宠，但是那同她当上皇后的影响力比，也一定是不可同日而语的。"

听到崇王妃如此解释，成杨三人都着实吃了一惊，这宋家的人真是打得一副好算盘，仔细算起来这根本就是卖女儿，这些人为了权益的最大化，真是什么都能做得出，完全不考虑自己女儿真正的幸福。

两姐妹同时侍一夫，即使这个人是皇上，但是对于两姐妹来说，也定然会十分的尴尬。

听到这里，他们大概已经明白了当初到底发生了什么，只是不知这后来为何事情发展到如此地步。

成杨看着崇王妃问出了自己的疑惑："母妃，那弗香夫人既然已经入宫，为何还会假死出宫，而且还会被人追杀呢？"

成杨问完，崇王妃笑了笑，叹口气看着他们继续说道："后宫的黑暗着实让人难以想象，可能是后宫之人太过嫉妒他们姐妹二人的荣宠，所以一些人便暗中使用一些手段来加害她们姐妹二人。皇上为了保护弗香夫人，便同她演了假死这场戏。"

崇王妃说到这里，再度想了想，然后看着他们继续说道："听闻这一切都是弗香夫人自己要求的，她同皇上说不想再待在皇宫中，她想脱离那里的尔虞我诈，虽然皇上有所不舍，但是那时弗香夫人已经有孕，为了保障她的安全，皇上便将她送出了宫，将她的一切消息抹杀掉。”

崇王妃说到这里，成杨三人更加吃惊，他们看着崇王妃许久，但是想不到该再问她些什么，怪不得皇上要抹去这段历史，这段历史中果然隐藏的都是皇家宫闱的秘事。

如此的皇家丑闻，他定然不会想让后人知晓。崇王妃说完这些，仿佛有些疲惫，她看着他们继续说道：“后来的事情，你们便都已经知晓了，她建立了锦绣馆，一直隐藏在锦绣馆中过活，而之前的事，我也就只知道这些了，你们还有什么可问的吗？”

崇王妃说完，一直未开口的君无咎看着崇王妃继续说道：“敢问王妃，那弗香夫人的孩子呢？她的孩子现在在何处？”

君无咎问完，成杨和苏文月也瞬间反应了过来，这确实是十分重要的一个细节，毕竟那孩子也是皇家骨血，皇上定然不会让他流落在民间的。

“这便是上天对弗香夫人的不公了，最终她的孩子也没有保住，那胎儿都八个月了，但是为了躲避追杀小产了，小月的父亲也是在那次保护弗香夫人的过程中遇难的。”君无咎问完，崇王妃叹了一口气说道。

崇王妃说完，成杨、君无咎和苏文月都唏嘘不已，他们着实想象不到弗香夫人到底经历了些什么，她只不过是深爱一个男子罢了，只不过这个男子深处在权力的中心，她的爱很可能会化作一把利刃，最终将她反噬。

他们想到那个未出世的孩子就更加感到心痛，他们大约能够猜到弗香夫人到底为何会退出宫中，想来便是想让自己的孩子不要受到伤害，只是不曾想她做的一切努力还是白费，那些费尽心思想要置她于死地的人并没有就此收手，反而变本加厉地想要斩草除根。

想到这里，三人都为皇家的恶毒手段感到咂舌，这一切都是为了权力，为了荣宠，为了这些身外的虚名，他们可以丢弃人性，想想便觉得十分的可怕。

崇王妃看他们三人一直在想争权、争宠之事，并没有什么问题再要问她了，她便看着他们再度开口说道：“你们若是没有什么再想问的，便都回去吧，今日我是真的乏了。”回想起往日的事，确实让崇王妃觉得累了，她本同弗香夫人是极好的朋友，当初知道她爱慕皇上，她便为她担忧，但是后来她顺利地进入皇宫她也曾为她感到喜悦。只是不承想后来的一切竟然发展到如此地步，想想便让人觉得心痛。

成杨看出了母亲的疲倦，赶忙看着她说道：“母亲好好休息，儿子同师妹和清悦兄这就告退。今日叨扰母亲，还望母亲见谅。”

“无妨，只要这一切对于你们来说真的有用就行，只要你们能够平平安安的，不再受到伤害，我就知足了，你们南下这一路，虽然一直同我报平安，但是我还是跟着你们一路担心，生怕你们已经遇到了什么危险却不肯告知我。”崇王妃对成杨的话思索了一番，说出此话。

崇王妃说完，成杨三人都沉默了，他们确实是这样，一直同家人都是报喜不报忧的，君无咎更是孑然一身，他已经没有了亲人，所以很多时候赴死对于他来说并不是什么难事，也不是什么坏事，极端起来，他经常认为这是一种解脱，只不过他还没有为秀秀申冤，所以他心有不甘。

成杨再度安慰了崇王妃几句，他们便一同离开了，离开后三人都良久没有说话，在思考着各种关系。

突然苏文月开口，打破了静谧，她看着成杨和君无咎继续说道：“我有一个十分可怕的想法，我觉得是我最偏激，本想忍下来不同你们说的，但是又忍不住，所以我说出来，你们帮我分析一下如何？”

苏文月说完，成杨和君无咎都点了点头，看着她继续说道：“同我们何须如此，你尽管说便可以了，说不定你的思路便是正确的，能够为我们断案提供方向呢。”

成杨和君无咎说完，苏文月点点头，看着君无咎和成杨继续说道：“你们觉得，这弗香夫人被人加害到出宫的事，会不会出自她姐姐，也就是当今皇后的手笔？”

苏文月说完，君无咎和成杨都十分的吃惊，终于懂得方才苏文月说的那几句话的含义，成杨和君无咎虽然觉得十分的震惊，但是他们并没有直接地否定她，而是看着她继续说道："你为何如此想呢？说说理由。"

看到君无咎和成杨问她，苏文月仔细地思考了一番，整理好语言看着他们继续说道："你们想想，按照方才干娘所说来推断，弗香夫人被加害时，那皇后的长子已经出生了，虽然说弗香夫人一直荣宠加身，是令人嫉妒的对象，可是后宫之人手段如此狠辣，若是真的嫉妒她们姐妹，又如何能让皇后的孩子出生？"

苏文月说完这些，成杨和君无咎仔细地推算了一下，发觉真的是这样，按照弗香夫人出宫的时间来看，果然那时候皇后的孩子，也就是当今的大皇子已经出世。

本来一对一荣俱荣一损俱损的姐妹，为何只有弗香夫人受到暗害，而这皇后却能安然无恙地诞下皇子呢？

君无咎想了想，看着他们继续说道："是不是因为这弗香夫人肚子里的孩子，更让后宫的某些人感到害怕？毕竟皇上如此宠爱弗香夫人，所以他们担心弗香夫人会诞下皇子，日后被立为储君。"

君无咎说完，苏文月点了点头，然后看着他继续说道："君公子说得没错，可是请君公子想想看，在当时那个节骨眼上，还有谁更担心弗香夫人肚子里的孩子会威胁到她的地位呢？"

"师妹，你是说是当今的皇后吗？当时她也要产子，而弗香夫人也怀了孩子，她心中清楚皇上对她的宠爱远不及弗香夫人，所以若是两个孩子同为皇子，那么她的孩子定然是相争不过弗香夫人的。"成杨抬起头，十分震惊地看着苏文月说道。

成杨说完，苏文月点了点头，看着他们继续说道："所以我觉得这件事最大的受益者，便是当今皇后，弗香夫人离宫后，她的位置便彻底地稳固了，有当初皇上同宋家的约定，只要她不犯什么大错，皇上定然是不会废了她皇后之位的。"

说完，苏文月顿了顿，看着他们继续说道："而且弗香夫人离开宫后，皇后再也没有受到过任何威胁，还平安地产下了三皇子，想想看，这平静得出奇的一切，同弗香夫人的境遇相比，有多么的不同！”

苏文月说完，成杨和君无咎都叹息着点点头，成杨看着他们再度开口说道：“都说当今皇后十分狠戾，治理后宫十分的严谨，要不这么多年为何除了二皇子，从未有其余的皇子平安诞生？果然名不虚传。”

成杨突然提到这二皇子，君无咎便十分感兴趣，看着成杨继续问道：“翰飞，你说宫中除了二皇子，便再没有别的皇子是其他嫔妃所出，那这二皇子从何而来？又是哪位嫔妃的皇子呢？”

君无咎问完，成杨想了想，看着他摇摇头，继续说道：“其实这二皇子说起来也十分的传奇，因为除了皇上再没有人知道他的生母是谁，只知道是皇上南下时临幸了一名女子，诞下这孩子，后来被皇上接回了宫，但是他的母亲是谁皇上却从未提过。”

成杨说完，君无咎十分的震惊，看着他继续说道：“这二皇子如此的传奇，会不会同弗香夫人有关？”

君无咎问完，成杨想了想，看着他笑着摇了摇头，继续说道：“应该不是，毕竟按照皇上所说，二皇子的生辰比弗香夫人那个孩子的产期小上一年，只比三皇子大上一个月。所以按年龄来看，应该不是。”

成杨说完这些，看着他们继续说道：“我们当真被弗香夫人这件事搞得神经兮兮的，觉得什么事情都同她有关，不过毕竟她这里也是一个突破口。”

“我觉得君公子说得也不无可能啊，生辰的事情，只要皇上随口一改，谁又能说什么呢！而且当时所有人都以为弗香夫人的孩子死了，如此不是更加能够保护好他们的孩子吗？”苏文月想了想成杨的话，注视着成杨说出来这番话。

苏文月说完，成杨笑着摇摇头，看着他们继续说道：“我是觉得不太可能，毕竟母妃说那个孩子已经死了，母妃这次同我们和盘托出所有真相，想来她定然是不会骗我们的。”

“而且，这里我们忽略了一点，便是这二皇子先天脑袋便有些问题，总是痴痴傻傻的，什么都不懂，也没见皇上有多宠爱他，所以我觉得那二皇子不会是弗香夫人的孩子。”成杨将所想之事说了出来。

成杨说完，苏文月和君无咎叹了一口气，没再说什么，最终他们表示还是接受成杨的观点，毕竟这皇家的事如此的复杂，应该成杨会比他们更加了解吧。

想到这里，苏文月看着他们再度开口说道：“好啦，我们不要想了，咱们现在查的案子应该和后宫没有什么关系吧，毕竟现在能够继位的只有两名皇子，而这两名皇子还都是皇后所出，并不存在什么问题啊。”

苏文月说完，成杨和君无咎也点了点头，现在他们最紧要的事，还是盯紧温王爷和霄云太公主，找出他们到底在为何人做事。

想到这里，成杨看着他们继续说道：“清悦兄，今日你便按霄云太公主所说，每日傍晚时分去她那里为她诊治吧，看看能不能找到什么线索。”

成杨说完，君无咎点了点头，其实他也是这么打算的。

成杨看到君无咎点头，便看着他们继续说道：“我去锦绣馆打探消息，顺便盯着温王爷的动向，看看能不能发现什么破绽。”

听到成杨说完，苏文月看着他一脸疑惑地说道：“那我呢？我做什么啊？你们都有任务，我和谁一起呢？又或者我单独查些什么吗？”

“你先去查你的父亲母亲吧，这件事对你来说才是头等重要的。”成杨看着苏文月说了这番话，可见他是十分重视她的。

如此说完，几人都明白了自己的分工，君无咎也准备好一切，去见霄云太公主，成杨怕发生意外，便让初一跟着君无咎，君无咎本来是拒绝的，但是架不住成杨一直坚持，毕竟在成杨看来，这安王府可要比锦绣馆可怕得多。

下午时分，成杨便出发去了锦绣馆，而苏文月也早早地出去查她父母的事，只有君无咎留在崇王府，他整理了一下之前所有的证据，又看了看那封所谓的他老师留给他的信。

现在所有的证据最终指向的便是这温王爷，但是按照他们现在的猜测事情远不止如此，所以现在他们一定要小心，毕竟敌人在暗处，他们在明处，暗箭难防，也无法预料他们的下一步计划。

当然君无咎也清楚，现在不能一直采取以静制动的策略，这个时候恰恰是最关键的时候，毕竟背后的人已经察觉到了危险，或许已经知道了他们的下一步动作，如果逼急了，说不准这些人会狗急跳墙，使用非常手段，做出什么可怕之事。

傍晚时分，君无咎带着成杨出了崇王府，来到了安王府，霄云太公主正巧刚刚吃完晚饭，听闻君无咎来，十分的高兴，赶忙召见他。

两人见面后，先是寒暄了一番。接着霄云太公主询问了君无咎的伤势是否已经痊愈，君无咎点点头，看着她继续说道：“承蒙太公主关心，一切已经过去了，我身体恢复得很好。”

君无咎说完，霄云太公主若有所思地点点头，看着他笑了笑继续说道：“昨日听闻温王爷在大理寺亲自审问欧阳定贤，可有审出什么吗？最近发生的事着实让本宫大吃一惊，本宫也着实忧心啊。”

听了霄云太公主的话，成杨突然想起了安王尸体的事，昨日在公堂之上，成杨和君无咎本想询问欧阳定贤此事的，可是后来想了想，他定然不会承认，而且也什么都不会说，他们现在若是询问，必然会暴露出他们在怀疑霄云太公主，他们担心如此会打草惊蛇。

所以安王尸体被欧阳定贤处理过一事，君无咎等人就当不知道一样，不过成杨和君无咎已经大致猜到，这安王到底是为谁来处理的这安王的尸体。

看来他之前并不止为温王爷做事，还为霄云太公主做事，现在想来欧阳定贤肯定是直接听命于他们二人。

君无咎摇了摇头，表面上一副可惜的样子，看着霄云太公主欲言又止，犹豫再三，才说道：“也没有问出什么，就是一些买卖官职和刺杀之事，想来温王爷已经禀明皇上了。”

霄云太公主看着他似笑非笑地点点头，并没有再说些什么。片刻之后，才像想起什么一样，又说道："好，我们先不谈那些令人忧心的事了，君大人现在还是赶忙为我诊治吧。"

一旁的君无咎上前正要为她诊脉，她却摇摇头，看着他继续说道："诊脉便不必了，直接为我行针便可，就按照你知道的治疗中风的法子即可，本宫相信你。"

没等霄云太公主说完，君无咎便吓了一跳，他赶忙摇摇头看着她继续说道："万万不可如此，太公主，下官若是不知道您身体基本的情况，是绝对不能为您下针的，这可是关乎您的身体，绝不可如此马虎，就连药都要对症下药，这行针更是如此。"

霄云太公主打断了君无咎的话，说道："君大人，你怎么就这么死脑筋呢，我不是已经同你说了吗？我这病的基本情况便是中风了，你便按着这个直接医治便可，不要再拒绝了，我有些烦了。"

霄云太公主如此说完，君无咎便意识到，她是在威胁他，而且他现在也已经想清楚了她为何不让自己号脉，她可能根本没有中风，不过是怕君无咎为她诊脉，发现她是在说谎，如此便会暴露很多问题。

而现在君无咎不能为她诊脉，下针之时，定然十分的小心，不会伤及她分毫，如此她身体也不会受到损伤，明日还可以理直气壮地直接说，自己的身体状况改善了，也可以说自己的中风被医治好了，即使她如此说，君无咎也不能否认什么，毕竟从一开始他就不清楚她的身体状况到底如何。

霄云太公主一直在催促犹豫的君无咎，最终君无咎叹了一口气，点点头，看着霄云太公主继续说道："好吧，太公主，下官这就为您行针。"

说完，君无咎再度慎重地说道："想必太公主已经知道了行针的大致过程，还希望太公主不要觉得尴尬，医者，断然不会有其余的想法，只是想一心医治好您罢了。"

霄云太公主笑着点点头，心想这人做事真是谨慎。她收敛了一下心神，又说道："你们这些孩子，总是顾及这些虚礼，我早已经知晓这些，又怎么会尴尬？我知道过程，你放心行针吧，只要能医好我的病便可。”

君无咎十分谨慎地开始行针，为了避免意外，霄云太公主留下了几名侍女，不过初一是绝不可以留在这里的，最后初一只好离开，君无咎也担心会发生什么意外，更担心这是霄云太公主的诡计，便让初一候在门外，并暗示若是听到他呼唤，就赶忙冲进来。

初一心领神会，点点头，表示自己知道了，一定会按照他的吩咐守在门外。

处理好这一切君无咎便开始行针了，他先仔细斟酌了一番，后来突然想通了一件事，便是他不按治疗中风之症的方法医治她。

君无咎只按照强身健体之法来治疗霄云太公主，看看明日之后她会不会直接宣布她的中风之症被医好了，如此便可以知道她到底是不是在说谎了，虽然他们之前一直怀疑但是并没有确切的证据，无论如何，这样他们心中也算有一个确切的依据。

君无咎想完，便开始行针，每下一针，他都会仔细地斟酌，生怕会下错一针。

终于在夜深前，处理好了一切，行针之后，君无咎问霄云太公主感觉如何，毕竟他没办法，霄云太公主不让他诊脉，他只能通过询问的方法来确定一些问题。

君无咎接连问了好几个问题后，霄云太公主才模模糊糊地说道：“很好，虽然说不清，但是能够感觉到同往日明显的不同，感觉身体受自己控制了许多，不像以前那么不听使唤。”

明知霄云太公主是在说谎，君无咎也没有办法，只好点点头，附和着说道：“那就好，既然如此，太公主，您早些休息吧，明日下官再来为您行针。”

霄云太公主点点头，看着君无咎客气地说道：“好好好！你也赶快回去吧，不知不觉都这么晚了，劳烦君大人了。”

即便霄云太公主说的是场面上的客气话，君无咎也得对她更客气，便说太公主如此这样真是折煞小人了，两人寒暄了一番之后，君无咎便告辞离开了。

这君无咎一开门，见初一一直候在门口，一动不动地等着他，这让他十分的感动，他拍了拍初一的肩膀继续说道：“怎么样？十分累了吧？我们赶快回吧，你也早点休息。”

君无咎说完，初一摇摇头，看着君无咎继续说道：“我只不过守在门外，并没有什么，小人知道大人一直在里面为霄云太公主行针，如此才更加心力交瘁呢。”

初一的话让君无咎的心里极其的暖和，有这样的伙伴在身边，真是人生一大幸事。他笑着说道：“我们还是快些回去吧，明日还不知会发生些什么呢！”

之后君无咎便带着初一赶忙回到了崇王府，回到崇王府，君无咎惊喜地发现，成杨和苏文月一直在等他，问他在安王府都发生了什么。

君无咎将今日发生的情况，大致向他们叙述了一下，他们也点了点头，十分赞同君无咎做的决定。

君无咎说完了他在安王府的事之后，便赶忙看着成杨继续问道：“那翰飞你呢？你在锦绣馆可曾发生什么？”

成杨摇摇头，他今日的收获可是不如他。但是他也知道，任何蛛丝马迹都可能成为关键，于是说道：“什么都没有，我今日想方设法地将我们之前怀疑过的方方面面，都试探过弗香夫人，可是弗香夫人一点回应都没有。”

说完这些，成杨顿了顿，看着他们继续说道：“无论是我们之前怀疑是皇后迫害她，还是二皇子可能是她的孩子的事，我都旁敲侧击地打探了，可是她一点回应都没有，什么都没有同我透露。所以今日锦绣馆之行，可以说是一点收获都没有，不小心还被弗香夫人知晓我们知道她所有的事了。”

听了成杨的话，君无咎和苏文月都叹了一口气，不过君无咎还是拍了拍成杨的肩膀，安慰地说道：“想来弗香夫人还是有什么难言之隐，真心希望接下来的事同她无关，她已经遭遇过这么多的苦楚了，只希望她能够好好地度过这一生。”

君无咎说完，苏文月赞同地点点头。

二人谈论完毕，就一同转向了苏文月看着她继续问道：“你呢？调查得如何了？”

苏文月笑着说道：“大致都已经调查清了，尽数都同干娘说的差不多，所以我只是将父亲母亲的姓名和哪里人氏，还有祖籍大致地调查了一下，为了方便以后祭祖。”

成杨和君无咎都点了点头，毕竟是苏文月的私事，他们虽然关心，但是没有更加细致的打探，毕竟夜已经深了，是时候去休息了。

几人又说了一会儿话，便各自回房休息了，苏文月今日还是睡在崇王府，她已经同苏大学士说好了，调查案子的这几日，会一直宿在崇王府的，毕竟如此查起案子来，会方便许多。

转眼便是第二日了，成杨一直心心念念他之前写给他兄长的那封信，但是一直都没有收到回信，成杨十分的心急，他大致算了一下时间，那信件加急，他的兄长应该早已经收到了啊。

就这样，成杨还在想他的兄长为何没有给他回信时，他的兄长竟然已经悄悄地返还了家中。

成杨的兄长乔装成商人模样，带着许多人回到了崇王府，就连成杨第一眼都没有认出自己的兄长，他十分的诧异，赶忙迎了上来，看着他的兄长问道：“兄长为何这么急匆匆地赶了回来？皇上不是让你戍守什边城吗？”

成杨的兄长深吸一口气后，稳定了一下自己的情绪，才继续说道：“此次回来，也是皇上召我回来的，他让我最近先在不被人发觉的情况下接手御林军，皇上说近来他越发觉得有某些地方不对，觉得有危险靠近，旁人他信不过，所以便将我召回，让我秘密地接手御林军，承担起保护他的职责。”

成杨听了原因之后就放心了，便说道：“原来如此，不承想皇上现在已经做好了准备，那么如此我和清悦兄便也不必那么担心，那么手足无措了。”

成杨的兄长点点头，他是知道现在的情况的，他能回来，确实是最好的，“怎么样？翰飞，我没回你的信，你是否急坏了？”

“没错，今日醒来时，我还在想这件事，你若是再不回我，我定是要让人催你去了。没承想，你自己回来了。这真是太好了！”

成杨说完，他的兄长点了点头，看着他继续说道：“不是故意不回你，只是最近要交接的事情太多，着实太忙，而且你交代给我的事情，我总觉得在这紧要时刻通过信件来传达，十分的不安全。”

成杨听他话中的意思，是已经查明一切了，他赶忙凑了过去，看着他继续问道：“兄长如此说，可是查明了什么？快同我说说，我都快急死了，此事实在是难办。”

成杨的兄长点了点头，知道弟弟正为此事着急，便吩咐下人将他带回来的人，带上来。

成杨的兄长看着那些来人，同成杨和君无咎等人继续说道：“一切都已经查明了，就是他们拿着那些铁矿同外夷买卖之人做交易，卖国求荣，而且现在已经查明他们背后之人正是霄云太公主。”

成杨兄长的话，让成杨十分的震惊，他万万没想到事情是这样的，忙追问道：“兄长是如何查明这一切的？可有什么证据？”

成杨的兄长笑着点点头，看着他们继续说道：“有信件为证，当初我在查明他们与买卖铁矿一事有关联之后，便将他们控制了起来，后来那霄云太公主飞鸽传书问为何许久没有上缴最近卖出铁矿的银子，虽然她没有明确地说明自己的身份，但是已经大致表露出来了。”

说到这里，成杨的兄长走上前，抓住一个人，看着他们继续说道：“就是这个人，他便是霄云太公主下令来拿银子的人，我之前在信中假意同他约好了地点，他还是像往常一样来取银子，所以我当场便将这人抓住了，现在他已经供认，就是霄云太公主指使他前来拿银子的。”

成杨的兄长说完，成杨三人都十分的开心，按照他兄长所说，他们现在可是有十足的证据，能够证明这霄云太公主的问题了。如此一来便能够直接将她绳之以法了。

成杨也赶忙上前询问几人，发现其中一人竟然是当初守在那铁矿的矿工，他不仅承认了私凿铁矿之事，还承认了拐卖人口之事，这一切都让成杨和君无咎感到十分的气愤，天网恢恢疏而不漏，他们总算将这一系列的事情查明了，也算是对那些枉死之人有个交代。

想到这里，成杨看着他们继续说道："我现在即刻入宫，同皇上禀明这件事，让他直接调查安王府和霄云太公主如何？"

"正好，我与你一同去，你若是一个人前去，着实太引人注目，初一，你找一套衣服来，我伪装成翰飞的侍卫，如此进入皇宫，一切便都好办了。"成杨的兄长说道。越到最后，他们越要小心地面对所处的形势。

成杨觉得这个主意不错，赶忙让初一去拿一套衣服来给他的兄长换上，不过苏文月却看着成杨的兄长继续说道："难道成哥哥不需要休息一下吗？远道归来，一路奔波劳累，定是几日都没有睡了，真的不用休息一下再入宫吗？"

听到苏文月如此说，成杨也才反应了过来，看着他继续说道："正是如此，都怪弟弟心粗，没有体会到兄长的劳累，兄长还是休息一会儿我们再一同入宫吧。"

成杨的兄长笑着摇摇头，看着他们继续说道："多谢你们二人关心，不过没事，我本也应第一时间去向皇上述职，禀明一切的，所以还是即刻入宫吧！"生死时刻，他个人的一些事情就不用在意了。

成杨知道自己哥哥的性子，也没有继续劝下去，只好点点头，"好，那我们便即刻入宫，真是多亏了兄长，我们才能毫不费力地掌握了霄云太公主卖国的证据，如此才能将她送入大牢，以告慰她之前伤害的无辜性命。"

成杨的兄长很是欣慰，他这个顽皮的弟弟终于长大了，"没错，她既然做出了这等伤天害理的事，那么一切责任就只能她独自承担了。"

成杨的兄长说完，二人便一同离开，入宫去了，只留下苏文月和君无咎，虽然之前心里已经有了底，但是对于霄云太公主卖国求荣的事，苏文月还是不敢相信。

苏文月看着君无咎叹息着说道："我真是不敢相信，毕竟她是当今皇上的亲姑姑，她体内流的也是皇家的血，为何现在事情会变成这样？她已经是太公主，还是老安王妃，一身荣宠，她到底还想要些什么呢？对于权力的渴望，真的可以让她背弃这么多良知吗？"

对于苏文月的问题，君无咎只能摇了摇头，"我也不清楚，可能她已经被权力的漩涡搅得分不清她到底想要什么了，一心只知道追逐权力，就像一只一直向阳飞翔的鸟，它奔向的不是光明，而是疲倦与死亡，毕竟那太阳本来就不属于它。"

君无咎说完，苏文月看了看他没再说什么，她突然从他的这句话中读出来悲哀的意味，哀莫大于心死，想来君无咎的心中也不再对什么抱有希望了吧？他现在所想的应该只有侦破此案了。

君无咎发现了苏文月一直若有所思地看着他，但是并没有说话，他笑了笑，看着她说道："苏大人，别那么看我，你眼中的忧思吓到我了，我清楚你在想什么，方才那句话不过是我的一个比喻罢了，并没有更深的意味。"

苏文月低下头，君无咎故作谈笑风生的模样，也让她心疼，但是他既然开口，她就不会再表露出来，只是不知道下一个合适的时机会在什么时候。

就在君无咎和苏文月谈论霄云太公主的事时，成杨和他的兄长已经赶到了皇宫。

皇上一见到成杨的兄长便十分的高兴，他看着他笑着说道："爱卿，你回来了。舟车劳顿，为何不休息一下再来？匆匆赶来，想来十分的疲惫吧。"

皇上说完，成杨的兄长摇摇头，赶忙看着皇上说道："多谢皇上关怀，臣没事，臣一回到皇城，便感念皇恩，一心只想早些见到皇上。"

成杨兄长的一番话，说得在一旁的成杨脸都红了，这种话他是无论如何都说不出口的，他并不是说自己的兄长世故圆滑，而是十分赞叹他的兄长。

因为他心中清楚他兄长说的这一切都是发自肺腑的，他心中是真的如此想的，他的兄长一直以来对于皇上都是如此的衷心，不然皇上也不会一直将十分重要的事交由他来办，也不会一直如此信任他。

皇上的父王曾经很好地总结过成家，说成家一家流的就是忠君的血，这话成杨现在十分的赞同，他虽然不知道为何会如此，可能真的如皇上的父王所说，是存于血脉中的关系吧。反正这是令他感到十分震撼的。

成杨兄长的话，让皇帝很是受用。皇上笑了笑，拍了拍他的肩膀继续说道："朕了解成家对朕的忠心，朕一直都了解，要不也不会一直如此信任崇王府了，若是你们留意，应该早已经发现朕不止一次从异姓王的手中收权了，但是朕却一直未动过崇王府，反而还让你们二人身居要职，这一切也是朕对崇王府的诚意。"

成杨赶忙同他的兄长一同跪下来谢恩，皇恩浩荡，足够他们感念一辈子了。

皇上见他们二人如此，笑了笑，便让他们起身，看着他们笑着说道："快起身吧，你们兄弟二人今日一同入宫来见朕，想必已经查到了什么证据了吧。让朕猜猜，可是关于霄云太公主的？"

成杨和他的兄长都点了点头，他的兄长先是同皇上叙述了一遍他们是如何抓到那些买卖铁矿的人的。

原来在成杨未曾嘱托他让他调查此事时，他便在什边城发现了异样，他发现在边界之处，经常游走着一群人，秘密地同外族人接触，一直鬼鬼祟祟地不知在做些什么。

他没有打草惊蛇，而是观察了一阵，发觉他们竟然同外族人有生意上的往来，而且还是在交易铁矿。

早知道这些蛮夷最近经常骚扰边境，让边境的百姓十分的痛苦，他早已经下令，禁止边境的百姓同那些外族人有任何生意上的往来，更何况是如此重要的铁矿。

那些蛮夷之人十分的骁勇善战，唯独就是生产技术一直落后于他们，所以行军打仗的装备也并不完善，尤其铁更是他们十分稀缺的资源，现在他们竟然大肆地向他们出售此物，要知道这可是赤裸裸的卖国。

掌握到证据之后，他便将他们直接抓了起来，查获了大量还未来得及出手的铁矿，成杨的兄长说完，成杨想了想，突然想明白一件事，原来这霄云太公主当初动了他们南下时发现的那一处矿藏，不然这生意定然不会持续得如此久。

成杨正想时，他的兄长已经向皇上禀明了他们现在手中掌握的证据了。他的兄长禀报完后，皇上点了点头，看着他们笑了笑，继续说道："好好好！你们做得十分的好，如此一来这安王府便可连根拔起了。"

皇上说完，成杨的兄长点点头，但是成杨并没有说话，他听这话便觉得心惊，看来皇上要彻底收回安王府的世袭王位了，果然皇上要趁此次机会彻底收回手中的权力。

皇上见成杨一直都没有说话，便转过头看着他继续说道："那你呢，翰飞，对于此事你是如何想的？说说看。"

成杨知道，这是皇帝想考考他，想了想然后看着皇上说道："臣也不知该如何断此案，毕竟霄云太公主是皇室，臣无权来决断此事。"

皇上笑着点点头，看着他继续说道："你啊你，翰飞，总是如此的谨慎。放心，这件事朕不会交由你审的，毕竟现在大理寺卿的位置空悬，而且由于太公主的身份，也不便由外人来处理此事，就由朕亲自审理此案吧。"

皇上说完，成杨和他的兄长点点头，一致说皇上如此决断十分的圣明。

之后皇上便让成杨离开了，而将他的兄长留了下来，毕竟他是要留下来秘密地交接御林军的事，所以皇上便将他隐秘地留下来了。

成杨敏锐地觉得皇上仿佛有预感，甚至已经清楚那些背后的人到底要做什么了，不过他是如何得知这一切的，成杨便不得而知了，毕竟皇上的事，他无权过问，有时候知道得太多，反而十分不利，不过想来皇上现在应该已经做好了万全的准备，如此一来他便也就放心了。

他行过礼之后便离开了，离开皇宫之时成杨再度见到了那李太医，他急匆匆地往宫中赶，成杨看了看时辰，发觉这次出宫的时间同上次差不多，这李太医再度匆匆忙忙地往宫中赶，是否说明他这几日一直都是如此呢？

他每日赶到宫中到底又做些什么呢？这皇宫之中，到底有谁出了什么意外？为何到现在还秘而不宣？

成杨想着想着便走上前拦住了李太医的去路，李太医看到成杨叹口气，看着他焦急地说道："哎哟我的成大人，怎么又是你啊？你怎么老是拦住老朽的去路？"

"哎呀，我的李大人，你如此说可真是让翰飞伤心，翰飞见到您不是亲切吗？这上前同您打招呼，不承想竟然遭到您的厌烦，翰飞真是伤透了心呀！"成杨做出很伤心的模样，不露痕迹地看着太医前面的路，今日他一定要问出点什么。

"成大人，听老朽一句劝，很多不该你知道的事，就不必再问了，无论你如何询问老朽都不会说的，老朽还有急事，这就该离开了。"李太医对成杨的印象不错，不想让成杨也掺和进来。

那李太医说完，便绕过成杨再度匆匆忙忙地离开了，上次成杨还不觉得有什么，但是这次成杨便察觉出不对了，这宫中到底有什么人出了事？为何这件事皇上连他都不肯告知？

是否说明此事关系重大呢？成杨一边想，一边走，不知不觉之中已经回到了崇王府，一进崇王府的大门，就发现正堂之中摆满了用红绸包裹的礼品，看得成杨不明所以。

他赶忙走上前看着君无咎和苏文月问道："这是怎么一回事？是谁送的？这么大手笔。"

君无咎看着成杨着急的模样，无奈地苦笑了一下，这礼物，他是最不想收的。“还能有谁呢？当然是霄云太公主送来的。”

听到君无咎如此说，成杨立马反应了过来，想到之前君无咎去过的地方就配合着说道：“原来如此，想来这霄云太公主的病是已经全好了吧。”

成杨说完，苏文月也忍不住笑了，看着他点点头，继续说道：“没错，师兄，你猜得实在是太正确了，确实如此，我们这位霄云太公主一夜之间便已经痊愈了，送了这么多东西来感谢我们的君大夫。”

说完这些，苏文月顿了顿，然后看着他们又说道：“而且还通知他今日就不必再去安王府为她诊治了，今早她已经请太医来看过了，说是什么问题都没有了，现在身体恢复得十分的好。”

“哈哈，这下清悦兄神医的名声应该很快遍布皇城了，清悦兄啊，你说你给人家这霄云太公主拖得，这若是早治，不早就好了。”成杨哈哈大笑，打趣着君无咎。这下君无咎可就成了神医了！

“没错，也不知道霄云太公主是如何想的，竟然如此执着中风这件事，一定要治好这个病，她是否觉得洗清这个假病症，之后她便可以叱咤风云雷厉风行了？”苏文月接着说道。她觉得这位太公主真是够疯狂的。

“是啊，她若是真的如此想，那着实太过可笑，皇上已经收集好证据了，想来明日早朝一切便都会有决断了吧，只是不知道皇上到底会如何处理此事。”成杨是真想看看，明天那位太公主会是个什么样的脸色。

成杨说完，君无咎和苏文月也点点头，继续说道：“想来皇上应该会留她一命吧，毕竟皇上应该会念及血亲。”

他们二人说完，成杨想了想，看着他们说道：“想来不会，我反倒觉得皇上应该不会轻易地放过她，毕竟皇上说他要将安王府连根拔起，所以我想皇上应该是想彻底铲除安王府的势力了，若是留着霄云太公主，那么安王府在真正意义上，就不算被铲除，毕竟只要她在一天，皇

上就不好收回安王府世袭的王位。”

成杨的话一针见血，说得很明白，看来这霄云太公主定然会被皇上处理掉了，只是不知道到底会以何种方式，不过若是直接问斩也没有什么不可，毕竟她犯的是通敌、卖国之罪，按律当斩，无论是否是皇亲，应该都不可以法外开恩。

想到这里，成杨觉得就这样放过太公主，太便宜她了，于是说道：“你们先在这里等等我，我去见一下我的父亲，同他说明这一切，让他明天早朝有所准备，毕竟要问罪太公主这可不是一件小事，所以我得先去同他说一声，这样他在朝堂之上，可以谨慎一些。”

君无咎和苏文月都点了点头，让他快去，说完成杨便离开了。

成杨离开后，苏文月和君无咎开始清点那些礼品，君无咎本打算把这些东西送回安王妃处，但是却被苏文月拦住了，苏文月说君无咎实在是太不识趣，这霄云太公主如此大费周章根本为的不是给他送礼、感谢他，而是为了让更多人知道她的中风已经好了罢了。

他若是此时把礼品给人家送回去，那不是活脱脱地拆人家的台吗？所以还是应该尽数收下，后来君无咎仔细地思索了这话，也觉得她说得十分有理。

苏文月和君无咎清点完这些东西之后，成杨便回来了，看着他们笑了好一阵才继续说道：“这霄云太公主真是下了大手笔，哈哈，清悦兄一个妙手回春快赶上我一年的例银了。”

君无咎笑着摇摇头，拍了拍他的肩膀，让他不要再打趣自己了，然后看着他继续说道：“怎么样，崇王爷听你说霄云太公主的事，会作何感想？”

“我父亲没说什么，只是说怪不得这霄云太公主一直要另立新王，不承想竟是这般狼子野心。”成杨想起自己父亲当时的脸色，那可真是精彩了。太公主的所作所为，真是够让人吃惊的。

君无咎点点头，现在安王府的势力也算拔除了，那么那背后之人的左膀右臂已经被除掉了一个，现在只剩下温王爷了，只是这温王爷着实让人感到棘手。

自从那次审讯过后，温王爷对外便说身体不适，这几日一直称病没有上朝，而且一直躲在温王府中不出来了，不知在计划着什么，总之就是十分的谨慎，让人抓不住把柄。

君无咎将心中的疑惑同成杨和苏文月说了，他们二人想了想，赞同地点了点头，这几日成杨也一直派人盯着温王府，若是有什么动静一定要来禀报，但是直到今日，温王府都平静如水，什么问题都没有。

几人想了想，后来觉得还是应该从霄云太公主这里切入，说不定能从她的口中找到有关温王爷的事。

几人想着想着不知不觉已经到傍晚了，此时突然传来了霄云太公主自杀的消息，成杨三人十分的震惊，赶忙去安王府查探，君无咎大致地验了验尸体，发觉没有什么异样，果然就是自杀身亡。

成杨三人十分的不解，不懂这霄云太公主为何会突然自杀，他们随手抓住霄云太公主身边的侍女看着她问道："这霄云太公主在自杀前，可有什么奇怪的举动？或是经历了什么事？"

那侍女仔细地想了想，然后看着他们摇了摇头，继续说道："小人不记得有什么不合常理的举动，太公主今日本是十分高兴的，因为君大人治好了她的中风，所以她老人家心情十分愉悦，一直都很好。"

听到这里，成杨和君无咎点点头，不过依旧锲而不舍地看着她继续说道："你确定吗？是否还有什么遗漏吗？你仔细想想。"

成杨和君无咎仔细地询问着，虽然他们已经查明了这霄云太公主的死因是自杀，但是他们不能确定她是否自愿，生怕是温王爷出手，又或者是他们背后的人加害于她。

那侍女说完，再度仔细地思索了一番，看着他们继续说道："对了，我想起来了，方才皇上曾派人来过，来宣旨的，太公主以为是来宣布新任安王的事，十分开心地将那公公迎了进来，但是那公公却说不能当众宣旨，只能同太公主一人说。"

说到这里，那侍女停顿了一下，再度仔细地思索了一会儿，然后看着他们继续说道："之后我们便被留在了外面，不久那公公便离开了，不过那公公离开之后，太公主的神色便开始不好了，阴沉着脸不说话，不知道在想些什么。"

那侍女说完，成杨三人相视了一眼，大致了解了事情的经过，霄云太公主去得十分的安详，静静地躺在那里，甚至都已经穿好了自己准备的寿衣，他们在她的身边仔细地查探了一番，发觉她的手臂旁放有一道圣旨。

成杨打开来仔细观看了一遍，果然同他们所料不差分毫，原来皇上下午时分便将这些证据誊了一份，命人交给霄云太公主，并且在圣旨上面皇上已经写了自己了解她的罪责，但是念及她是自己的亲姑姑，血浓于水，他会保全她的性命。只不过是要将她移到后宫囚禁，直至离世。其实皇上如此说，等同于要霄云太公主的命无异了，毕竟这霄云太公主回到宫中之后再会发生什么，谁又能知晓呢？

成杨并不是在这里揣摩和抹黑皇上的意思，不过只是处于这权力的漩涡，他大致已经能想明白他到底在想些什么了。

想来这霄云太公主也已经想到了，所以这么安安静静地去了，不想再经历一些不可控的事情，而她的枕头边，还放了一封信，上面写着皇上亲启。

成杨看到这封信，想了想把它收了起来，打算入宫时交给皇上，不知她这信中写了什么，想来皇上应该不会再来见她一面了吧。

发生了这种事，即使她的葬礼皇上也不会来上一炷香，而且想来她的葬礼规格也定然十分的小。想想她今早的喜悦，再看看躺在床上的那具冰冷的尸体，君无咎突然心头莫名地痛了一下。

这无关别的，只关乎生命，原来转瞬即逝的生命无论是谁都有可能给你带来难过和怅然若失的感觉，毕竟你经常可能会因为此事而联想到自己，联想到自己会不会也在早间还笑颜如花，不承想只是短短半日之间，一切就物是人非了。

想到这里，君无咎轻微地叹了一口气，并没有将一切表露出来，成杨则是一直忙着想那封信的事，担心里面会提及温王爷的情况，所以一直想要进宫将它交给皇上。

而苏文月则是一直想着凝兰和孙铭，事到如此，他们便可不用东躲西藏，而且现在证据确凿，也不必凝兰再度出来作证，她不必再承受一次非议和伤害，苏文月是十分开心的，这回看来他们终于能够好好厮守，安然地度过一生了。

想到这里，苏文月甚至迫不及待地想飞奔回崇王府去，告知凝兰这个消息，这段日子里，她和孙铭一直躲在崇王府，因为他们实在没有别处可去，而且现在一切的事情都没有平息，成杨他们也担心他们二人贸然离开，会有什么危险，所以成杨便将他们留了下来。

君无咎感受到了成杨和苏文月的急迫，看着他们笑了笑，继续说道："既然你们都有急事要去办，不如现在就去吧，这里交给我，我再仔细地查探一下安王府，然后便回去，说不定会查到些什么，毕竟这么大的安王府，说不定会找到我们一直没有发现的秘密。"

君无咎说完，成杨和苏文月都点了点头，赞同他的提议，成杨担心他的安危，便再度让初一守在他身边，毕竟他同苏文月都是去往相对安全的地方，而这安王府，到底有没有危险，一切都还不好说。

成杨和苏文月离开之后，成杨再度仔细地查探了一番霄云太公主卧室中的情况，但是一无所获，他想了想便随便在安王府中走了走，初一则静静地跟在他的身后，十分的识趣，初一知道每每此时君无咎就是在思考一些问题，最不喜欢别人打扰的，所以他便跟在他身后，保护好他的安全便好了，毕竟他对于侦破案件这种事，懂得并不算多。

走着走着，君无咎突然走到了南下之前他曾发现密室的那个书房，走到这里，心中莫名出现了一个声音，便是进去看看，他想了想，决定顺从自己的心，进去看看，他推开门，发现那里面的结构同他上次进来时，几乎没有改变。他慢慢地走了进去，搜索了一番之后也没有发现什么。他想了想，便打开了密室，一进入密室，映入眼帘的便是一个小火盆，里面有一本未被燃尽的书。

君无咎轻轻地摸了摸那本书，发觉那本书上还有余热，而且火苗刚刚烧到书角，君无咎十分的震惊，这就意味着这本账目并不是霄云太公主之前在这里焚烧的，而是有人刚刚在这里焚烧，但是被君无咎进来的声音惊到就赶忙离开了。

想到这里，君无咎赶忙将那账本上的火扑灭，然后仔细地搜查着这小小密室的每一个角落，毕竟那人方才应该是从这个密室之中逃脱的，只是不知他是如何不声不响地离开的。

他在那里寻找了许久，依旧没有查到机关的位置，初一也是如此，他寻找了半天，然后看着君无咎十分沮丧地说道："唉，要是湛大人在这里就好了，想来他随意看看都可以找到机关在何处。"

君无咎笑着点点头，看着初一说道："没错，我现在也是十分的想念我们湛兄啊，只是想想湛兄应该早已经离开了。"

他们嘴上虽然如此说着，但是一直没有放弃寻找，君无咎仔细地查看密室中的痕迹，突然发现这密室中有一些地方的灰被蹭掉了一层，他就一路敲打着那些地方，果然在敲打一处靠下的位置时，那表面发出了一声清脆的声响，他们对面的墙赫然打开了一扇门，直接面对着安王府的后花园。

君无咎看着那门，同初一相视一眼。

初一看了看君无咎，本想同他说我出去查探一番，看看方才到底是谁在这里，想将那人抓住，可是转念一想又觉不对，怕他走后，君无咎会遭遇什么意外。

想到这里，初一便没有说什么，而是默默地跟在了君无咎身边，君无咎看到他欲言又止的模样，看着他继续说道："初一，有什么你便同我直说便可，不必拘束。"

"其实也没有什么，不过是想同你讲我要不要去追一追方才在这间密室中的人，但是后来转念一想，我不能将你独自留在这里，所以便也没有提这件事。"初一如实说道，他总是无法在君无咎面前说出任何一句假话。

“你想得着实周全，不过想来现在追已经追不到了，不过一会儿出去，在来看望霄云太公主的人群中，仔细留意这个，看看能不能找到什么。”君无咎说道。初一总是把他的安危放在首位，很多时候难免会束手束脚。

君无咎说完，举起一个小小的碎布片儿给初一看，初一看到那绛色的绸缎十分的惊奇，赶忙看着他问道：“此物大人是如何得到的？”

君无咎看着那一路不是十分明显被蹭掉的灰的痕迹继续说道：“在一个石缝中找到的，应该是不经意间被划了一小片，只是不知道一会儿出去之后他会不会发现这个问题。若是发现了，换了衣衫便不好办了。”

“大人，为何会觉得焚烧此物的人还会留在安王府？难道他不会为了躲避追击而离开吗？”初一想如果是他，一定会在第一时间想尽办法地离开此处。

“其实，我也只是猜测，不过，基于两种原因，其中一种他可能是这安王府中的人，手里掌握着一些事，是霄云太公主不知道的，现在她出了事，他怕波及自己，所以来这里销毁证据。”君无咎一边摸着自己的下巴，一边给初一解释了一遍，同时也在思考，他想的是否正确。

说到这里，君无咎想了想，然后看着他继续说道：“这第二点便是这人不是安王府的人，毕竟霄云太公主除了给皇上的那封信外，就什么都没有留下了，如此想来焚烧的这本账目肯定不是她交代下来的，毕竟这种事，想来她也会亲力亲为。”

君无咎说完，初一听到这里，若有所思地点了点头，然后继续看着君无咎，君无咎则继续说道：“如此便说明这人不是安王府的人，但是他对安王府却极为熟悉，他来这里看望霄云太公主说不定只是来探探虚实罢了，其实他的目的便是来这里销毁些什么，或者说这证据一直存在这安王府，只有他知晓罢了。”

说完这些，君无咎深吸了一口气，然后继续说道：“所以这人同安王府的关联应该十分的紧密，所以他既然来了，便不会离开，毕竟该做的表面功夫还是要做的。”

君无咎说完，初一这回算是彻底地听明白了。他笑了笑看着君无咎继续说道：“好，此事大人便交给我吧，一会儿出去之后我会仔细地查探的，看看到底方才是谁在这屋子里。”

君无咎示意初一随意后便低下头，小心地查看起了那些账目，不看不知道，一看吓一跳，这账目竟然是这安王之前贪墨的明细账目，初一仔细地看了看，发现这其中竟然与当初的裴家的贪墨案有关。

看到这里，成杨突然想到了裴家大小姐，也想到了苏明鸢，他答应苏明鸢的事，现在总算有进展了，这笔账目一出现，绝对能够洗刷她们两家的冤屈。

想到这里，君无咎赶忙将那账目揣到了怀里，然后同初一一起走了出来，他们赶忙赶到了前堂，前来看望霄云太公主的人都聚在那里，看起来十分的难过。

君无咎叹了一口气，知道这些人并不知晓这霄云太公主是因何自杀的，还为了同皇亲沾染一些关系，跑到这里为她哭上两声，真不知道明日早朝之后，他们知晓了这霄云太公主的真正死因以后脸上会作何表情，是否还会痛苦？

君无咎虽然颇带嘲讽地想着，可是眼睛却一直没有离开过人群，他在人群中仔细地扫着，并没有发现穿绛色绸缎衣服的人，他有些失落，正要去别处查看时，他竟然被好多人团团围住，应该都是高官，但是君无咎一个也不认识。

君无咎不知他们为何会如此，就连一直守在他身边的初一都有些紧张，生怕有什么人，会混进去伤害他。

不过并非他们想的那样，那些人反倒对君无咎十分的热情，原来他们将他围在这里，是因为其中有一个人认出了他，也听说他医治好了霄云太公主的中风，而且之前在滁州之时，还治好了瘟疫，所以现在全都想要请他到府上诊治，如此搞得君无咎十分的窘迫。

初一也不知道如何处理现在的局面，毕竟将君无咎围住的人都是一群高官，并不是什么不法之徒。他也不好插手，只能静静地守候在外面，看着君无咎无力地推托。

无论君无咎怎么说，那些人都说他是过分谦虚，现在他神医的名声早就传出去了，他还这么谦虚，就给人一种拿派头的感觉。

看到君无咎一直推托，那些人便有些不快，觉得君无咎有些不识趣，不过君无咎倒是无所谓也不觉有什么，毕竟这些人如何看他，他是十分的不在意的。

正当那些人觉得没趣陆续地散开时，一个人从霄云太公主的卧室中走了出来，君无咎仔细一看发现那人正是安王的异母兄弟，而他的身上穿的便是那绛色的衣服。

君无咎看到他，心中大致已经明白了一切，想来这人便是同安王一起做出贪墨并且诬陷他人的事，只是不知道为何安王死后他一直留着这账目，直到今日才想着销毁它。

君无咎看到了，那初一自然也看到了，他本想上前拦住那人的去路，却被君无咎拦下了，他看着他摇了摇头继续说道："先不要打草惊蛇，我们回去同翰飞商议一下，之后再行动。"

君无咎说完，初一点点头，便没有动手，继续跟在他的身后。又在安王府绕了几圈之后，依旧没有发现什么线索，君无咎便带着账目同初一离开了。离开前他看到那个安王的兄长一直若有所思地在看着他。

不过君无咎没有理会，也没有上前同他寒暄，因为他知道他应该已经知晓是他拿走了那本账目，毕竟只要现在他再回去那密室之中，看看火盆中的灰烬便会知晓。

回到崇王府后，君无咎发现成杨还没有回来，而苏文月则一直陪着凝兰收拾东西。他赶忙上前询问，问她们在做什么。

看到君无咎回来，凝兰十分的开心，赶忙向他俯身行礼，感激地说道："多谢最近君大人的帮扶，凝兰和孙铭能够有今日多亏了几位大人，凝兰真是无以为报，还希望大人能够收下凝兰此礼。"

凝兰拜完，孙铭也跟着拜了一拜，这倒是弄得君无咎有些手足无措，他赶忙走上前看着他们笑着说道：“哎，你们这是作何？这本就是我们应该做的，而且你们拜我，这让我如何是好？这里我根本没有出什么力，是翰飞的功劳。”

“好啦，”君无咎说到这里突然被苏文月打断了，她看着他笑着说道，“君公子，你不要如此客气啦，我回来时他们也是如此拜我的，起初我也十分的不好意思，不过，凝兰同我说，这样他们心中会好受一些，既然如此，我们为何不成全他们呢？”

“为何开始收拾包袱了？你们这是要离开吗？”君无咎问道，实在是想不到他们为何要离开。

“没错，想来明日早朝皇上便会宣布霄云太公主的事了，虽然会保留她一定的颜面，但是如此对于我们来说，已经算是了却了心愿了，明早之后，想来也就安全了，所以我和孙铭也该离开了，不能再在这里叨扰几位大人了。”凝兰说完，便给众人行了礼，她能有今日，多亏了大家的帮助。

君无咎早就知道，真相大白之后，他们必然是要分开的，也就不阻拦他们了，这皇城中的危险与非议太多，而且一直留在崇王府，他们自己的小日子也过不起来，君无咎知道他们定然是渴望一个家，一个属于自己的家，哪怕小小的，但是只要能够遮风避雨便足够了，因为那小家之中毕竟是两个人一同生活。

想到这，君无咎看了看他们再度开口询问道：“那你们打算去哪里呢？对于之后的生活有什么打算？”

凝兰想了想，看着他们笑着说道：“我们打算去南方，找个小城，去城郊过日出而作，日入而息的生活，经历了种种之后，现在突然觉得简单的生活十分的难得。”

凝兰说完，君无咎笑着点点头，看着他们继续说道：“没错，正是如此，两个人一起，没有什么磨难是过不去的。”

说完，君无咎想了想，看着他们再度开口说道：“对了，今早霄云太公主给我送的那些东西，你们拿走吧，不方便拿的便变现成银两，那些东西我也用不到，你们拿去刚刚好。刚到别处，肯定有许多费钱的地方。”

君无咎说完，凝兰和孙铭赶忙摇摇头拒绝，他们十分的不好意思，看着君无咎继续说道：“这怎么行？我们如何能够拿君大人的东西？”

看到他们拒绝，君无咎再度笑了笑，看着他们说道：“真的，你们拿去吧，这些东西对于我来说，真的没用，你们拿去正好能派上用场。”

“没错，同君公子便不用那么客气了，只要你们能过得幸福，就是我们最大的心愿了。”苏文月跟着一起劝说起来。

苏文月说完，凝兰虽然还有些不好意思，但是却也不再推托了，她感动得流下了眼泪，看着他们继续说道：“凝兰和孙铭今生能够遇到几位大人，真是前几世修来的福气，今生无以为报，来世必将报答。”

他们说完，君无咎和苏文月都不好意思地笑了笑，看着他们继续说道：“说什么报答不报答的，那么客气做什么，只要你们幸福，好好生活便好。”

苏文月和君无咎帮他们二人收拾好包袱之后，成杨便回来了，回来看到这一幕，同君无咎一样的吃惊，看着他们问道：“这是？”

而同样的一幕也再度上演了，凝兰和孙铭再度冲成杨行了礼，弄得成杨也十分的不好意思。

后来苏文月和君无咎同他讲明了这一切，成杨也点点头，为他们感到高兴，还说要为他们准备一些银两，到那里之后添置些东西。

被凝兰和孙铭赶忙拒绝了，他们看着他笑着说道：“着实不用了，成大人，君大人将今早霄云太公主送给他的东西，一并都送与我们了，那些东西换作银钱着实够我们用上一阵了。”

凝兰和孙铭二人说完，成杨点了点头，看着他们笑着说道：“如此也好，那我便帮你们安排一辆马车，明日送你们出发。”成杨说完，凝兰和孙铭赶忙再度拜谢他们几人。同凝兰和孙铭谈过之后，君无咎三人便从他们那儿离开，回到了成杨的住处，来谈论一些事情。

君无咎和苏文月赶忙向他询问那信的内容，可有提到什么人？

君无咎和苏文月问完，成杨摇了摇头，看着他们继续说道："信中什么都没有提起，不过是同皇上认了罪，承担了一切罪责，只希望皇上能够最后给她一个面子，不要收回安王世袭的王位，如此她没法再去面对老安王了。"

君无咎和苏文月同时摇摇头，叹息着说道："早知今日，何必当初呢！她伙同他人，谋朝篡位，现在又想让皇上放她安王府一马，这想想也是不可能的事。"

他们二人说完，成杨点点头，看着他们笑着说道："是啊，皇上当场便把那封信撕了，嘲讽霄云太公主着实可笑，这安王府无论如何应该都是留不下了。"

现在安王府的事已成定局，不必再说些什么了，只能说太公主何必当初作孽太多!

成杨向他们二人讲明了一切之后，成杨转过头，看着君无咎继续问道："清悦兄呢？你可有查到些什么？"

成杨问完，君无咎赶忙从怀中把那本账目拿了出来，看着他们继续说道："你们看看，这是什么？"

成杨赶忙从君无咎的手中接过账本，打开之后，他便震惊了，这竟然是安王府贪墨案的证据，他赶忙抬起头，看着他继续问道："如此重要的东西，清悦兄是从何处得到的？"

成杨问完，君无咎赶忙将他在安王府经历的一切同他们讲述了一遍，成杨听过之后也有一些费解，他点点头，看着君无咎继续说道："我倒是十分赞同你说这安王的兄长也参与了贪墨一事，只是为何他现在要到安王府中烧这个证据呢？"

苏文月听到他们说完，看着他们继续说道："你们说，我们会不会将事情想得太复杂了，其实他为了脱身，也怕皇上进一步查安王府会查到这件事，所以故意将这账目留在了安王府中，为的就是嫁祸霄云太公主，排除自己的嫌疑，只是不小心将自己的衣物留在了那里，正巧被君公子发现罢了。”

君无咎想了想，突然觉得她说的也有几分道理，或许他们都想偏了也说不定。

成杨也附和着说道：“师妹说得对，或许是我们想得太复杂了，明日一早，我便进宫，再度将这个证据提交给皇上。”他这个师妹就是聪明。其实不管真相如何，不管证据真假，只要有，皇上看了就会很高兴。

“如此一来，我们便能为苏姐姐和裴姐姐申冤了。”苏文月说道。这一路走来真是太不容易了。

苏文月说完，成杨和君无咎都点了点头，没再说什么。谈论完这些，他们便各自回房休息了，毕竟现在已经夜深，折腾了一整天，他们着实累了。

回到卧室的君无咎怎么都想不明白，为什么现在一点老师的消息都没有收到，之前成杨曾经暗中调查过老师的去向，但是无功而返，想来老师定然藏在一个十分隐秘的地方，只是不知他现在在何处，毕竟这事情已经发展到了这个地步，他没理由不出手，或者是想方设法地传递给他一些消息。他倒不是想要那些消息，他知道那些消息也是老师用不好的方法得来的，他不过是想顺藤摸瓜，找到老师现在何处罢了。一想到他的老师，他便辗转反侧地睡不着，他既期待见到他，却也想不明白，见到他时，该如何面对他。他想了许久，终于睡着了，再醒时，天已大亮，成杨早已经入宫了，而苏文月也起来了，一直陪在凝兰的身边，等待成杨回来。

看到君无咎起身，苏文月走上前看着他笑着说道：“早点我们吃过了，看你好不容易多睡一会儿就没叫你，你若是饿了现在便去吃吧。”

苏文月说完，君无咎摇摇头，看着她继续说道：“现在还没什么胃口，等翰飞回来吧，等他回来，安王府的事应该便能见分晓了，等到那时，我们到‘天下第一香’去喝上几杯吧。”

这话从君无咎的口中说出，苏文月十分的震惊，不过她还是笑着点点头，看着他继续说道：“好啊，等师兄回来，我们就去大醉一场，仔细算来我也有好久都没沾过酒了，着实馋得紧。”

苏文月说完，君无咎和凝兰都笑了。成杨这次回来的相较前几次都有些晚，他在皇上下朝之后，同崇王一同回来了。

回来时，成杨笑得满面春风，苏文月和君无咎便知道事情成了，想来皇上应该是彻底收回了安王府的权力。

苏文月和君无咎赶忙上前询问，成杨点点头，看着他们继续说道：“没错，正同我们想的那样，皇上彻底收走了安王府的权力，还收回了霄云太公主的封号，葬礼期限不准超过三天，不准任何人前去吊唁。”

这确实是霄云太公主自己种下的因果，没有什么办法，怪不得别人。皇帝这么做，可以说大快人心。

成杨说完这件事，君无咎赶忙看着他询问安王贪墨案的事。说到这事，成杨笑了笑，看着他们继续说道：“说起这事，便十分的可笑了，今日我也跟在父王身后上了朝，刚好看到这一幕，没想到真如师妹所说，真的是我们想多了。”

君无咎一时没有明白成杨的话，赶忙走上前，“此话何解？十分的可笑是什么意思？”

难得有君无咎不明白的事，成杨解释道：“果然如师妹所说那安王的兄长正是要将此事嫁祸给霄云太公主，皇上起初提起此事时，那人一直不肯承认，非说那不是自己想要焚毁的东西，想来是霄云太公主做的，一心想将此事推脱出去。直到皇上拿出了清悦兄找到的那个衣服碎片。”

成杨说到这，拿起茶，喝了一口后看着他们继续说道：“直到此时，那人才没了话，跪了下来，认罪伏法，之前贪的钱财都充了国库，之后同欧阳定贤一同问斩。”

“那皇上对苏家和裴家的态度如何？可说要为他们平反了吗？”苏文月追问道，这是她最关心的事情。

君无咎也看着成杨十分着急地点了点头，毕竟当初他曾答应苏明鸢，所以现在对于这件事他也是十分在意的。

“没错，皇上在朝堂之上已经提这件事了，他说再仔细地调查一下这其中的关系，等查明一切之后，会给苏家和裴家一个交代的。”成杨知道大家都关注这个问题，没卖关子，直接把自己知道的都说了。

成杨说完，君无咎和苏文月都十分的开心，而凝兰和孙铭也算是了结了一桩心事，便拜别成杨三人要离开，苏文月赶忙拉住他们，说要同他们喝个离别酒，但是被凝兰和孙铭拒绝了，他们俩着实不好意思再继续打扰他们，而且离开京城的心，也十分的迫切。

见他们如此，苏文月三人之后送他们离开，成杨也送他们一驾马车，苏文月则送了他们她亲自置办的两套大红喜服，她知道他们的婚礼他们可能无法参加，但是这也算是她对他们的祝福。

凝兰和孙铭带着满满的感动离开了，而苏文月也是十分的不舍，但是送君千里终须一别。成杨三人望着他们离去后，心中并没有十分的失落，而是特别的为他们感到高兴，毕竟他们知晓他们是奔向未来的幸福了。

他们送走凝兰和孙铭之后，便按照君无咎的提议来到了“天下第一香”，他们点了许多菜和许多酒，打算一醉方休。

那店小二有许多时日未见到苏文月，这一见到她赶忙迎了上来，笑着看着她说道：“苏大人，多日不见您了。”

苏文月点点头，看着他也笑着说道：“是啊，我也多日未出来饮酒了，有什么好酒，赶忙给我上啊，今天本小姐可要喝得尽兴。”

成杨无奈地叹了一口气，看着君无咎继续说道：“清悦兄，你看看她，她哪里有一丁点女子的样子，说话如此直白，宛若一个男子，你这么同店小二说话，当心听到的人笑掉大牙。”

看苏文月有些要变脸了，君无咎赶忙笑着看着成杨继续说道：“翰飞此话不对，什么叫苏小姐宛若男子，苏大人，明明是比男子强上几倍，这些虚礼是无法套用在苏大人身上的。”

君无咎说完，成杨无奈地点点头，看着他继续说道：“成，反正我说不过你。"

苏文月看到成杨如此，也笑着说道："怎么样？师兄！被教训得哑口无言了吧，一直觉得你风流倜傥，潇洒不羁，但是总在我的问题上迂腐得不行，真是无奈，看看人家君公子的觉悟，唉，真是差得太远了。"

成杨反手弹了一下苏文月的额头，看着她笑着说道："你还在这里说我，我是为了谁难道你不清楚吗？虽然我同清悦兄一样觉得你如此并不是什么问题，反而是你的优点，可是当今世道允许吗？你放眼望去，整个京城之中，有哪个欲婚配的男子去苏府提过亲？"

说到这里，成杨顿了一下，看着她继续说道："难道是你的样貌差吗？并不是，你的美貌是京中数一数二的，那些男子为什么不来？是因为他们不敢来，你如此他们自知根本无法驾驭你。"

苏文月看着成杨笑着说道："看吧，说着说着就暴露了你们男子的万恶的本性，多亏他们有自知之明，一个个什么都不懂的纨绔子弟，动不动还想驾驭个谁，着实可笑。"

苏文月说完，再度抬起头，看着成杨继续说道："而且师兄，我问你，你若是真爱一个女子，你心中想的会是你能否驾驭这个女子这个问题吗？你定然不是，对吗？所以我知道你心中的想法并不是同那些凡夫俗子一样的，我知道你只是为我的幸福考虑，但是你也要清楚，一个一直想要驾驭我的人，是不会真正带给我幸福的。"

听了苏文月的话，成杨沉默了一会儿，他想到了什么，想到了谁，君无咎和苏文月都知晓，苏文月不是故意要提起一件伤心事，不过她只是想说明这件事罢了。

成杨想了想，看着她继续说道："我懂了师妹，我们饮酒吧，其实我也知晓自己不该那么说你，可能是不经意间已经被这个世道同化了，在我看来，你的想法才着实令人尊重。"

苏文月笑着点点头，这时正巧店小二将酒送了上来，看着他们笑着说道："几位大人，你们要的酒来了。"这几位可都是贵客，他得好生招呼着。

苏文月微笑着接过酒，给成杨和君无咎各满上了一杯，看着他们继续说道："来，我们不说这些了，我们喝酒吧，着实好久没喝了，闻到这酒的香气，就莫名地觉得馋。"

成杨也端起酒杯，看着苏文月和君无咎说道："这几日我们都辛苦了，今天我们不醉不归！"

成杨说完，君无咎和苏文月也点点头，共同说道："好！不醉不归！"

他们三人微笑着喝完这杯酒，忽然远处传来了轰的一声，仿佛有什么倒塌下陷了一般，吓了成杨三人一跳，就连"天下第一香"都跟着震动了几下，店小二和掌柜的赶忙上前查看，都大叫着"不好了，不好了，快救火，快救火"。

成杨三人听到也赶忙冲出去查看，这是怎样一个景象啊！君无咎三人被眼前的景象震惊了，整条街几乎都燃了起来，火势非常的凶猛，见风窜得老高，成杨三人虽然不知道到底发生了什么，但是现在已经顾不上再去查探别的了，现在最要紧的事便是灭火，抢救伤者。可是这皇城之中，水是十分难运的，几乎都是井水，费力打上一桶也是杯水车薪。还好，皇城中的人都发现了此事，他们心中清楚，若是火势再度扩大，很有可能会波及他们自家，所以全都尽力地来救火，皇上在皇宫之中也感受到此事了，他赶忙派遣了一支军队来救火。在众人的努力之下，在傍晚时分这火终于被扑灭了，但是整整一条街也被烧没了。

成杨三人已经累得瘫软了，他们一边扑火，一边救人，君无咎使尽了浑身解数救治那些受伤的民众。

还好这事发生在白天，伤亡不是十分的惨重，大多数的百姓都逃了出来，但是看着地上躺着的无辜生命，成杨等人还是心痛不已。

他们在喝过一口水，休息片刻之后，便走到废墟之中，开始探查情况，他们走着走着便发现了事情的不对，他们走到大火的源头，想要查明大火的起因。成杨三人很快察觉到了不对，成杨看着君无咎说道：

"清悦兄，我觉得这不是普通的火灾意外。"

君无咎点了点头，指了指地上凹陷的地方继续说道："没错，我也觉得有问题，我闻到了火油的味道。如果是意外，怎么会有火油的味道呢？"

接着苏文月指着地上的另一处说道："你们看这里，这里的火，还在燃着。燃烧时间如此之长，一定有什么东西助燃。"

"小心。"苏文月正在说着话，成杨和君无咎看着她突然十分紧张地喊了出来，成杨更是眼疾手快地直接跑了过来拉住了苏文月。

君无咎更是担忧无比地拉住了成杨，原来苏文月方才发现的地方地下有一处密室，里面摆放了许多的火油，表面上的火虽然已经被扑灭了，但是密室的火还在慢慢地烧着，将地表烤得塌陷，苏文月不小心差点掉进去。

还好成杨及时地拦住了她，但是他的手臂已经被烫得通红了，苏文月更是如此，手臂接触在地面上，生生地烫出了眼泪。

她看着成杨哭着喊道："师兄，你快救我，我还不想死，我还没活够，我的酒还没喝，我就喝了一口，我现在还饿着肚子，我不能做饿死鬼的！"

苏文月说完，成杨本是十分严肃的，但是却被眼前的师妹逗笑了，他看着她笑着说道："放心吧，师兄不会让你死的，而且你的酒，师兄管够。"

成杨看了君无咎一眼，两人使劲一发力，将苏文月拽了上来，苏文月上来之后两人都虚脱了，苏文月看了看被烫得红肿的手臂，又看了看成杨和君无咎的手，继续说道："谢谢师兄，谢谢君公子，等事情忙完，我请你们喝酒。"

苏文月委屈巴巴地说完，成杨已经笑得快忘记手痛了，他看着她继续说道："人家戏文中描写这种生死场面之时，被救的那人总是要选择放手，柔声细语地说，要其他人好好活着，不要为她冒险，你可倒好，和戏文是天壤之别啊。"

成杨说完，苏文月笑着看着他说道："戏文那都是骗小孩子的，明明能够好好地一起活着，干吗非得死呢？搞不懂他们在想什么，这种生死关头，当然要奋力一搏啊。"

成杨笑着点点头，其实方才他的话不过是同她打趣，让她不要再感到害怕罢了，若是苏文月方才真的说出那些话，他定然第一个就打她。他同她想的一样，觉得人到何时都要懂得惜命。

经过方才惊魂一刻，成杨三人都谨慎了许多，方才苏文月差点掉进去的地方，他们已经查探过了，那里藏着许多的火油，他们顺着这个方向又仔细地查探了一遍，在别处也发现了有火油燃尽的痕迹，如此看来这火油的面积可以说是十分的大了。

成杨三人突然想到了当初在太虚观发现的那些火油，那些火油最终去了何处，他们一直都不知晓，现在想来会不会是被人弄到了京城。

成杨同他们说了他的想法，觉得这些火油应该是当初从太虚观运出来的。

成杨说完，苏文月和君无咎点了点头，但是君无咎却皱着眉，看着他们继续说道："我之前也多次想过这火油的事，我记得当初我们想要早些赶回太虚观时，苏明鸢曾一直阻拦，而且苏大人后来也发现了带血的拂尘。"

说到这，君无咎顿了一下，然后看着他们继续说道："所以我曾一度以为苏明鸢背后的人，也就是我的老师，在我们赶去之前带走了那些火油，毕竟当初苏明鸢也曾说过，他在安王府曾经找到火油，但是并不肯告诉我们那些火油现在藏在何处，所以我也在想这批火油到底来自何处。"

君无咎说完，成杨和苏文月也陷入了沉思，这件事确实如君无咎所说，这里存在着大量的火油，而且一时之间全被点燃，想来定然是人为的，可是若是真是有心之人藏在这皇城之中，定然会加紧看守，断然不会发生此事，如今发生此事，定然是有人故意为之。

到底是谁放的火呢？这些火油又怎么会藏在这里呢？这一切就像缓

缓不断升起的迷雾，让人毫无头绪。

他们一直仔细地在这里寻找着，看看能否发现什么证据时，果然在一间火已经完全熄灭的密室之中，找到了一具尸体，这尸体已经被烧焦了，看来应该是在这里看着这批火油的人，大火突如其来，他没有逃出去。

君无咎走上前，想查看一下尸体，想看看他可有留下什么证据。

不过走上前，君无咎却不敢触碰他，他已经被完全烧酥了，现在只要碰他，想来他便会变成一阵轻尘了吧。

这人的尸体已经被烧得面目全非了，君无咎并没有从他的身上得到什么有用的信息。

他们在废墟之上整整找了一日，都没有找到什么线索，三人疲倦至极，最终垂头丧气地赶回了崇王府。

君无咎三人要重新商议从何处入手来调查此事，君无咎想了想，然后看着他们继续说道："其实我们也不必如此失落，我们还有一个很方便的切入点还没有查探，只要从这里入手，相信我们很快就能够找到这场火灾的原因了。"

君无咎故意没把话说完，引得苏文月和成杨赶忙走上前继续问道："什么切入点？"

"便是查看一下那些藏有火油的房子的房主到底是谁，那些房子到底在谁的名下，是否和我们现在查的那些人有勾连，如此便可以调查出原因了。"君无咎说完，摊开双手，言下之意是这件事情很简单。只要找到源头，一切都不是问题。

成杨和苏文月的眼中瞬间有了光，成杨赶忙点点头，看着他们继续说道："好，这个办法好，我现在就让初一去查那些房子到底在谁的名下。"

成杨将任务交代给初一后，三人看着彼此相视了一眼，都笑了，苏文月看着他们笑着说道："我们赶快都去清洗一下自己吧，现在若不是听你们的声音，我都快分不清你们两个了，我们这三个小泥人。"

苏文月说完，成杨和君无咎也笑着点点头，他们伸了伸懒腰，正准备离开时，他们三人突然感觉到有一支冷箭直直地射了过来，他们三人并没有躲闪，因为那支箭直直地射在了他们身前的柱子上了。

成杨环视了一周，并没有发觉这箭到底是何人射出的，想来那人的身手定然是极好了，成杨迟疑了一下，然后走上前，将那支箭拔了下来，只见那支箭上插着一封信。

成杨拿起那封信，信上写着“君无咎亲启”。看到这几个字，君无咎的头嗡的一下，他突然猜到了这信是何人写给他的了。

君无咎有些颤抖地打开那封信，发现这封信中并没有写什么，而是只有几张房契，那房契上的房主都是同一个人。这几张房契都是今日发生火灾的地方。这让君无咎十分的吃惊，但是转念之间，他瞬间便想通了，这应该是他的老师留给他的证据，只要顺着这一切查明，就一定能够查到这收集火油的人，想来不出意外这人就是温王爷了吧，毕竟之前在太虚观之时也说那收集火油的人是个王爷嘛。

君无咎打开那封信后，成杨和苏文月都见到了那个证据，君无咎赶忙把这个房契交给了苏文月，然后看着她继续说道：“苏大人，我知道你调查此事的能力是非常厉害的，也非常的有手段，现在可能要劳烦你来查一下这个名叫冯二的人了。”

这个冯二便是那房契上的名字，君无咎将它交给苏文月后，苏文月点点头，将那房契接了过来，然后看着他们继续说道：“放心吧，这件事交给我，明天中午前给你们消息。毕竟是京中之人，这点把握我还是有的。”

苏文月说完，君无咎点点头，成杨看完这封信，又看看这箭，然后看着君无咎继续说道：“不出意外，这应该是岳大人送来的证据。”

“我也是如此猜测的。”君无咎说道，他和成杨正好想到了一处。

他们二人说完，现在旁边的苏文月突然抬起头，看着君无咎小心翼翼地继续说道：“师兄，君公子，你们说，会不会是岳大人出手制造的这场大火啊？毕竟从现在看来，岳大人是知晓这些火油的存在的。”

苏文月说完，君无咎张张口，想同她说肯定不是，但是最终也没有发出声音，因为他也不敢确定，这么久不见他的老师，他发觉他同他的老师越来越远了，他越来越摸不清他老师的底线到底在何处了，也不清楚他到底还要错到何种地步。

火烧京城这种事，君无咎本想说他的老师是绝对做不出的，毕竟这关系到许多人的性命，但是现在他却不敢替他否定，所以只能张张口然后尴尬地摇摇头，看着他们继续说道："这件事我也不清楚，我们还是查一查再下定论吧。"

君无咎说完，苏文月和成杨点了点头，没再说什么，现在夜已经深了，他们便各自回房洗漱休息了。

君无咎静静地躺在床上，看着屋顶叹了一口气，他已经感受到了，一切都已经到了最后的时刻了，一切就快结束了。

想着想着不知不觉中君无咎便睡着了。第二日清早，他被成杨叫了起来，原来初一回来了，初一行动得十分的迅速，他昨天接到任务之后，便赶忙出去调查，不多时便发现原来那些房子都归属于一个叫冯二的人，而且更令人吃惊的是，冯二其实还有一个名字叫冯明，是温王府的管家。

初一说完这些，苏文月手下的人也传回了消息，同初一查到的如出一辙。而且比初一查到的稍微详细一些，查到了冯二是何时将那些房子入手的。

原来是半年前，那冯二便开始陆续地将这些房子收到了自己的手中，但是却一直对外保密，很少有人知晓这些房子，一时间这些房子竟然全部隶属于温王府的一个管家。

得到这些证据之后，成杨若有所思，然后成杨再度开口，看着他们继续说道："那便没错了，这一切想来便是温王爷指使那冯二做的了，毕竟那几间房子可以说处在京城之中十分繁华的位置上，一直都作为商用，那房款定然不是一个小小的管家能够付得起的。"

成杨分析得很有道理，苏文月也点点头，表示赞同，但是有一点她不是十分的理解，她看着成杨和君无咎问道：“那他们为何要将火油藏在这闹市区，如此人多眼杂，不是更容易暴露吗？”

苏文月说完，君无咎摇了摇头，看着她继续说道：“你们看看这火油所处的位置，同皇宫的位置，可以说是十分的相近，而且这里地处闹市，人多繁华，所以就算他们想要将这些火油转移的话，其实也是十分方便的，毕竟有这么多人能使他们更好地隐蔽。”

苏文月恍然大悟，但是也十分的气愤，看着他们继续说道：“这些人着实太过分了，为了达到他们的目的，竟然置京城的百姓于不顾，真是令人作呕。”这都是些什么人？把人命当成儿戏吗？就为了一己私利。

苏文月说完，成杨点了点头，君无咎也叹了一口气，没有再说多余的话，现在他们便可以从这个冯二开始查起了。首先他们准备了一下，然后决定去拜访温王府，这几日温王爷还一直在抱恙没有上朝，不过皇上也没有多加理会，表面上表示让温王爷安心养病。他们拿着房契等证据来到温王府时，一直没有见到温王爷的人，管家一直同他们说，温王爷身体有恙，不便见客，而且这个管家也不是冯二了，他们问那管家冯二去了何处，那管家想了想，然后看着他们继续说道：“前几日，我们王爷发现这冯二手脚不干净，竟然偷偷将皇上赏赐给他的东西拿出去当了，换钱去赌，王爷忍无可忍，将他打了一顿，便赶出府了。”

那管家说完，成杨三人相视一眼，都没有再说什么，想来他们应该也是见不到冯二了。

他们三人没有再在温王府待下去了，而是回到了崇王府，成杨看着君无咎和苏文月若有所思地说道：“看来，这冯二应该也是凶多吉少了。”

成杨说完，苏文月和君无咎点了点头，想想便可想而知，那温王爷的手段，既然冯二已经暴露，他定然不会再留着他了，想来这冯二现在应该连个全尸都没有了。

成杨三人一回到崇王府，才发现皇上派来的人一直等在崇王府，一

见到成杨赶忙走了上来，愁眉苦脸地看着他说道："成大人啊，你总算回来了，皇上这边急召你前去，这宫中出了大事了。"

那公公一说完，成杨的头嗡的一下，赶忙走上前，看着他继续问道："出事？出了什么事？"

那公公叹口气，然后看着他们继续说道："二皇子昨夜溺毙在了后花园中，在他宫中值班的宫女，今早一直没有寻到他，后来才在后花园的湖中找到了他的尸体。"

成杨听过之后，皱着眉头，看着他继续说道："二皇子既然是昨夜出的事，为何今早那值班的宫女才发觉他不在？"

成杨说完，那公公继续说道："二皇子昨夜一直吵着要寻三皇子去玩，他之前也经常宿在三皇子那里。所以这次他离开之后，他宫中的人也没有十分的在意，直到早上早到了该回宫的时候，却不见他的人影，这才到三皇子处去寻，才发现昨夜二皇子并没有去三皇子那里。"

公公大致说明这一切，成杨点了点头，没有再问什么，而是赶忙随他一同入宫，而且这次他叫上了苏文月和君无咎同他一起去，毕竟这次发生命案，他们在他身边，想必破案效率会更高一些。

一来到宫中，成杨三人赶忙去面见皇上，皇上看起来十分的伤心，而皇后则一直守在他的身边，看起来同皇上一样的伤心。

苏文月看着那张脸上虚假的泪水，就觉得恶心，皇上这么多年，除了二皇子之外，其余两个皇子都是她所出，这么多年，没有一位嫔妃曾真正为皇上诞下皇子，即使生了下来，不久之后便会夭折，其实这里的事情，仔细想想，便让人觉得不寒而栗。

成杨三人向皇上和皇后行过礼之后，皇上挥挥手便让他们平身了，然后看着他们继续说道："二皇子落水案，朕就交给你们了，你们一定要好好为朕查办此事。"

成杨三人赶忙领旨，正要退下去查案时，皇后突然看着皇上说道："皇上，臣妾知道你爱子心切，臣妾也同样疼爱二皇子，只是现在更要紧的不是让他尽快地入土为安吗？毕竟仵作已经查看了，说是失足落水，并没有别的隐情，为何不让他早些入土为安，早登极乐呢？”

皇上面无表情地看着皇后，这么多年了，她还是那点心思，看来得敲打一下了。“皇后如此关爱二皇子，朕今日还是第一次听闻，不过二皇子的事，便不用你多管了，在朕面前，收一收你的小心思，很多时候，不是朕不知道，只是朕懒得管。”

皇上说完，那皇后的脸色骤然变了，成杨三人也赶忙走了出来，成杨看着他们继续说道：“这皇上为何会如此同皇后说话，如此的不留情面？皇上从前的为人处世，从来不是这般，今日为何突然如此？”

想了一会儿，还是没想明白，而君无咎和苏文月就更不知道为何如此了，毕竟他们更不了解皇上。

不过苏文月却注意到了一个问题，便是方才皇后同皇上所说，说那二皇子是失足落水而死。

苏文月将方才的话重复了一遍给成杨和君无咎听，成杨点点头，看着他们继续说道：“这二皇子头脑有些不清楚，平常痴痴傻傻的，所以肯定会有人以为这二皇子是失足落水而死，而且如此说，也会有人选择相信。”

成杨说完，君无咎和苏文月叹了一口气，然后点点头，不过他们心中都清楚，看皇上方才的态度，这件事应该远没有那么简单，现在他们只能尽快地赶往案发地点，看看到底发生了什么。

来到这里后，君无咎赶忙上前查看这二皇子的尸体，发觉他应该是死于昨夜午时，而他的婢女说，这二皇子天一黑便离开了，说要去三皇子那里玩。

成杨则仔细地查探了一番，然后发现这二皇子确实是溺水而亡，并不存在死后被丢进这湖水之中的可能。

君无咎将他发现查到的这些一一向成杨说了一遍，成杨点点头，看着他们继续说道：“想来这死定然是有问题，毕竟他天刚黑就离开了自己的宫中，而且他的下人亲眼见他去了三皇子的府中，为何午夜又会出现在后花园？这一切定然有什么关联。”

君无咎仔细想了一下成杨的话，摩挲着下巴，似笑非笑地说道："现在看来，我们需要去拜访一下三皇子了。"

君无咎说完，苏文月和成杨都点了点头，然后跟在他的身后。

来到了三皇子的宫中，三皇子十分冷静地看着他们三人，说道："想来几位大人，应该是来我这里查二哥之死的吧。"

这三皇子说话时，君无咎一直在打量他，发觉这三皇子气质出尘，而他在询问他们三人时，又十分的冷静，仿佛十分自信这件事同他没有关系。

三皇子越是如此，成杨越是怀疑他，便试探地说道："没错，臣听闻昨日二皇子天黑时，曾来过您这儿，可不知什么原因，夜半时分竟然离开了，所以臣便来您这里问问，想看看您是否知晓什么线索。"

三皇子似笑非笑地端起茶杯，漫不经心地说道："其实，我也不知发生了什么事，我这二哥他有一个癖好，便是十分的喜爱玩捉迷藏的游戏，昨夜他来到我这里时，便又同我玩这个游戏，谁知他藏起来之后，我命人找遍了宫中都没有找到，后来想想他可能回去了，便没再寻找。"这话里的暗示意味已经很明显了，他们再问下去就是和他这个皇子过不去了。

三皇子说完，成杨赶忙走上前，看着他疑惑地问道："三皇子，说得如此轻描淡写，难道二皇子失踪了，您找不到他都不着急吗？"

三皇子点点头，认可了成杨的话，说道："不急啊！我急什么？平日里他经常如此的，我曾经为了找他把整个皇宫都翻了一遍，谁知后来他回到自己的宫中去睡觉了，事后我问他，他说他忘了同我在玩游戏的事。"

见三皇子把话说得如此露骨，成杨他们就不好再问下去了，毕竟这是他们两兄弟的相处方式，仅凭三皇子没有去找二皇子这一项，就说二皇子有嫌疑，这是肯定不行的。

成杨一直想着，接下来该问这三皇子些什么，君无咎突然想起了什么，看着这三皇子继续说道："既然如此，三皇子可知晓这二皇子平日里同您玩捉迷藏，喜欢藏在什么地方吗？”

三皇子看了一眼君无咎，想了想，然后看着他们继续说道：“地点不多，平日里他只喜欢在两处藏着，一处便是我宫里，一处便是那后花园的湖心亭中。”

三皇子说完，成杨他们三人相视一眼，突然觉得应该去这湖心亭查探一番，毕竟这湖心亭离着这后花园是十分近的，说不好，这二皇子有可能还是从湖心亭掉到湖中的。

成杨三人赶忙拜别了三皇子，来到这湖心亭中，发现这湖心亭中仿佛有打斗的痕迹，而且湖心亭连接水面的一根柱子旁，挂着一双鞋，君无咎一眼便看见了这双鞋，赶忙打捞上来，询问一路跟着而来的二皇子的婢女，才知晓这鞋子刚好是这二皇子的。

方才君无咎以为二皇子的鞋子是在湖中泡丢了，不承想竟然是挂在了这里，那么在湖心亭这里，到底发生了什么呢？君无咎仔细地观察着这里的一切。

他们仔细地查看，苏文月突然发觉到了不对，她赶忙叫他们过来，然后指着地面上的一个耳坠子说道：“你们看，这里有个耳坠子，是否说明昨日也有一个女子曾在这里出现过？”

苏文月捡起那耳坠子时，三皇子刚好走了过来，看着他们继续说道：“咦？这不是我母后的耳坠子吗？她今年生辰时，我送给她的，为何会出现在苏大人的手中呢？”

三皇子的话让成杨三人都着实吃了一惊，苏文月也疑惑地看着三皇子继续说道：“三皇子确定这耳坠子是皇后娘娘的？”

那三皇子又仔细看了一眼，然后很肯定地点了点头并且说道：“千真万确。”

三皇子说完，成杨拿过那耳坠子，看着他继续说道：“三皇子，这耳坠子是方才在这湖心亭找到的，所以现在我们可能需要去问一下皇后娘娘了，问问她是何时出现在这湖心亭中的。”

三皇子点点头，看着他们继续说道：“好，我同你们一起去。”

成杨三人不懂这三皇子为何突然来了热情，但是还是点点头，同他一起去了皇上那里，因为皇后现在还守在皇上身边。

看到他们再度回来，皇上赶忙看着他们询问道："怎么样？可查到了什么？"

成杨点点头，拿出那个耳坠子，然后同皇上说道："回禀皇上，臣等在那湖心亭中找到了这个耳坠子，所以现在特意前来，想要问问皇后，何时去过那里？"

皇后看着那耳坠子，脸色突然变得十分的不好，但是她还是笑了笑，看着他们继续说道："很久之前去过了，不过那耳坠子是本宫的吗？本宫怎么看着不像。"

皇后的话还没有说完，三皇子就大声说道："母后，儿子看了，确实是儿子送您的那对。"

三皇子的话让皇后的脸色再度难看了起来，但是她还是保持着温和的样子，恍然大悟一般说道："原来如此，想来是我许久之前丢在那里的吧，我说怎么找都找不到了呢。"

皇后说完，三皇子再度笑了笑，看似十分纯真地抬起头，看着皇后继续说道："不是啊，儿子昨日傍晚向您请安时还见您戴着这对耳坠子来着。"

三皇子说完这话，皇后的脸彻底地黑了，就连成杨三人都十分的震惊，不知道这三皇子为何会如此，莫非他真的是大义灭亲？

那皇后气极，看着他继续说道："你不要胡说，母后昨日哪里有戴这个耳坠子？母后明明戴的是那对翡翠的，你记错了。"

三皇子摇摇头，再度说道："绝对不会记错的，我亲自为母后挑选的礼物如何会记错呢？"

三皇子说得非常确定，还很真诚。这使皇上联想到了一些事情。

皇上的脸色也变了，他转过头，看着皇后继续说道："皇后，你难道还想骗朕吗？还不快快说来，昨日为何会去那湖心亭？这一直撒谎是在隐瞒什么？"

皇上说完，皇后想了想，然后看着皇上继续说道："臣妾不过是昨日伤心，想起了妹妹，便去那湖心亭散散步，天一黑便回来了，我身边的宫女都可以作证的。"

皇后十分悲痛地说完，皇上沉默了一会儿，没有说话，但是三皇子却看着她笑了笑继续说道："不对，母后，昨日我去找二哥时，明明看到你同大哥和他厮打成一团，最后将二弟扔进了湖中啊！"

三皇子的话让成杨三人都愣住了，不知道他到底是什么意思。皇后的脸色则更加难看，看着他继续说道："老三，你胡说什么，若是再胡说，小心你父皇处罚你。"

面对皇后的威胁，三皇子毫不在意，执着地说道："不是啊母后，孩儿亲眼见到的。"

那三皇子说完，皇后气得指着那三皇子大骂道："痴儿，你如此说，如此陷害你的母后，你又能得到些什么？母后处心积虑地为了你兄弟二人，不承想你竟然在这里出卖母后。"

见皇后一副气急败坏的样子，皇上摇了摇头，看着她继续说道："皇后，既然老三都如此说，朕也就不得不信了，你杀害皇子，此事天理不容，朕也绝不能容忍你了，还有老大，你们去给朕把老大叫过来。"

皇上说完，皇后看皇上笑了笑，继续说道："既然皇上要叫老大来，那么不必劳烦皇上派人，臣妾亲自把他给您叫来，劳烦您等候一下。"

说完她便从怀中掏出一个圆球，朝地上一扔，突然圆球崩裂发出巨大的金属撞击声，就像是某种信号。而这时便听到从四处传来了厮杀的声音，有人闯进皇宫，闯到了皇上的寝殿。

皇上抬起头看着皇后继续笑了笑，然后说道："皇后啊皇后，没想到竟然是你想逼宫。"

皇后也看着皇上继续说道："皇上，你当真以为臣妾是傻吗？你当真以为我不知道那个小贱人根本没有死，他日她若是诞下皇子，那哪里还有我们母子几人的份？想来那个二皇子就是那个贱人生的吧？若不是他痴痴傻傻的，我能留他到今日？”

皇后说完，皇上笑了笑，看着她继续说道：“她是你的妹妹，你竟然如此，想要置她于死地。”

皇上说完，皇后摇摇头，看着他继续说道：“从小便是她处处不如我，为何入了宫之后却处处比我强？什么我的后闱是她让给我的，这种话令我恶心，无论在哪里，我都要做最好的，我才是宋家的长女。”

皇上和皇后你来我往在对话时，成杨三人是非常的着急的，他们十分担心外面的形势，却又不敢擅自离开，怕皇后会对皇上不利，所以在这里护驾，但是他们扫了三皇子一眼，发觉他好像并不担心。

最终皇上叹了一口气，看着皇后继续说道：“所以你怨我，昨晚便是同老大在湖心亭商议逼宫的事吧，毕竟现在的形势越来越紧迫，你们已经耐不住性子了。”

皇后点了点头，毫不犹豫地认可了皇帝的话，“没错，就是如此，我等不了了，我一分钟都等不了了，我绝对不能失败，我不能输给那个贱人。”

皇上深深地叹了一口气，突然间觉得自己或许是个失败的丈夫，都不知道自己的结发妻子是如此的恨自己。

“那你可知，你的嫉妒之心害死了你自己的孩子。其实老二才是你的孩子，而老三是弗香的孩子。当初我就猜到会有这么一天，所以才暗中将他们调换了一下。”

皇上说完，那皇后摇摇头，震惊地看着皇上继续说道：“不可能！绝对不会！”

“为什么不会？就是你亲手杀了你的儿子。”一个清脆的声音打断了皇后的话，成杨三人望去，发现竟然是弗香夫人，她不知从哪里走了出来，看着那皇后冷冷地说道。

而三皇子见到弗香夫人，则赶忙低下头，看着她唤道：“母亲。”

弗香夫人温柔地点点头，看到这一幕，皇后整个人都崩溃了，看着她说道：“你……你为何会出现在这里？”

弗香夫人淡淡地笑着说道："我呀，我来看你自作孽来了。看看你是如何作死自己，如何害死自己的孩子的？"这一天她已经等很久了。对于皇后来说，这一定是对她最大的惩罚——害死自己的孩子。

弗香夫人说完，大殿的门突然被打开了，成杨三人十分紧张地赶忙转过头察看，才看到原来是成杨的兄长抓着大皇子和温王爷走了进来。

成杨的兄长看着皇上，跪了下来，然后继续说道："皇上，已经成功地抓住了叛贼。"

皇上笑着点点头，看着他继续说道："好，辛苦你了爱卿，你们成家功不可没，朕心中记下了。"皇上说完，成杨赶忙同他的兄长一同跪下来谢恩。

看到他们二人如此，皇上挥挥手，看着他们说道："平身吧，爱卿。"成杨和他的兄长再度站了起来。

而此时的皇后整个人都是蒙的，她疯了似的看着他们嘶吼道："我要你们死，要你们都去死！让你们骗我，让你们骗我！"

皇后就像疯了似的抽出袖子中的短刀，向弗香夫人冲了过去，三皇子赶忙冲了过去，将她挟制住了，当时皇后离弗香夫人只剩一点距离了，但是弗香夫人的身体却未动分毫，她冷笑着看着她，然后继续说道："姐姐，你可真可怜。"

那皇后盯着弗香夫人疯了似的嘶吼着，然后将匕首深深地扎进了自己的身体，当场气绝身亡。

弗香夫人冷眼看着眼前这一切，即使皇后最终死在了她的面前，她也无动于衷，她绕过了她的尸体，轻轻地擦了擦三皇子手上的血迹，然后继续说道："手痛不痛？"

三皇子摇摇头，"儿子不痛，请母亲不要担心。"他一切都好，以后他们会更好，属于他们的好日子来了。

三皇子说完，弗香夫人点了点头，没再说什么。

皇后死时，大皇子整个人都崩溃了，而温王爷则一声不吭地伏在地上，皇上问他们还有什么可说，温王爷摇了摇头，看着他说道："成王败寇，臣无话可说。”

温王爷说完，大皇子什么都没说，狠狠地瞪着皇上，直接咬舌自尽了。皇上看着大皇子的尸首，叹了一口气，但是并没有说什么，而是挥挥手命人去葬了，而这件逼宫的事，也对外封锁了消息，不让外界敌知晓。

至于温王爷的结局，同安王府一样，收回世袭王位，女子为奴，男子流放边疆永世不得入京。

处理完这些事，成杨三人对于眼前的一切其实还没有消化掉，他们看了彼此一眼，很多事还是没有想清楚。

而皇上此时则转过头，看着成杨三人说道：“成杨，今日能够如此轻松地应对，多亏你们几人的努力，说吧，想让朕赏你们些什么？”

成杨摇摇头，看着皇上继续说道：“臣，没有什么要求，皇上对臣，对成家已经十分的好了。”他们家的功劳足可以保住他们家的荣耀了。

皇上微笑着点点头，很是满意成杨的回答。然后转过头，看着君无咎和苏文月继续说道：“那你们呢？”

苏文月也摇了摇头，说别无所求。而君无咎想了想，最终看着皇上开口说道：“皇上，我想见我的老师。”

听到君无咎的请求，皇帝笑了，就像一直在等待这句话一样，“果然，你还是想到了，去吧，你的老师已经等候你多时了。”

皇上说完，弗香夫人也笑着点点头，然后让君无咎同她过来，君无咎三人赶忙跟着她走了过去，只见弗香夫人轻轻地敲打了一个瓷瓶，一扇门便开了，里面传来了浓重的药味，君无咎三人走进去，一眼便看到了卧在床上的岳鸿之。

成杨还看到了一直守在一旁的李太医，这回他终于明白这李太医前几日为何会出现在宫中了。

岳鸿之看起来十分的虚弱，君无咎看到老师如此，眼泪立马流了出来，他哭着喊道：“老师。”

而岳鸿之则点了点头，咳嗽着看着他说道：“我的孩子，你终于来了，你完成了一件大事，你知道老师有多欣慰吗？”

君无咎点点头，他本想要一见面便质问他为何要做那些事，但是见他如此，他还是不忍心，他哭着看着他继续问道：“老师，您的身体？”

岳鸿之摇摇头，看着他继续说道：“早就该死了，不过是因为死不瞑目才一直吊着这一口气，今日为师的心愿已了，便不必苦苦支撑了。”

岳鸿之说完，君无咎看着他继续说道：“老师！”

可是君无咎说完“老师”这两个字之后，却又不知道该说些什么，岳鸿之看他迟疑，点了点头，然后继续说道：“为师知道你在想些什么，一切都是为师做的，包括这次京城的火油事件，为师知道我如此做让你难过，为师也知道自己做得不对，但是为师时日无多，为师只能用这种方法来尽快结束这一切。只有火油炸了，温王爷他们才会有危机之感，他们才会真正地露出尾巴。”

岳鸿之说到这里，咳嗽了几声，然后看着他继续说道：“老师知道自己做的一切都是错的，以恶制恶，然而老师别无他法。不过老师知道，你才是真正的好官。”

岳鸿之说完，君无咎叹息着看着他继续说道：“老师，其实无论如何你都不该放弃自己的原则，这一切都是你教我的。”

君无咎一边说，一边流泪，岳鸿之点点头，然后看着他继续说道：“你说得对，这一切都是我的错，老师只不过是想再见你一面，见你一面我就知足了，现在，我便要去赎罪了。”

岳鸿之一边说一边喘，李太医赶忙上前要为他行针，他摆摆手，看着他继续说道：“不必了，李太医，我也该面对我该面对的了。”

说罢，李太医看了徐徐走来的皇上一眼，皇上点点头，李太医便退后了，而君无咎想了想，也没再说什么，君无咎心中清楚，可能死亡对于他的老师而言是更好的解脱吧，即使他这次真的被抢救回来，他心中的愧疚对他的折磨，远比肉体上的折磨来得痛苦。岳鸿之就这样在众人的注视中慢慢地咽下了最后一口气。

皇上赶忙命人来处理岳鸿之的后事，君无咎一力承担起所有的事。岳鸿之在外人的眼中早已经身亡了，所以这次也只能简单地火化便算了事。君无咎抱着岳鸿之的骨灰带到了城郊的寺庙中超度了。

成杨和苏文月在回来的路上梳理这整件事的过程，成杨想了想，看着苏文月继续说道："看来你真的猜对了，竟然真的同你所说，只是不曾想，皇上早已经掌握了这么多事，而且准备得如此的充分。"

成杨说完，一直跟在他身边的兄长则看着他继续说道："弟弟，你不能怪皇上一开始不向你们说明这一切，要知道皇上也有他自己的苦衷。"

成杨兄长说完，成杨点了点头，没再说话，而苏文月则叹了一口气，继续说道："其实我倒没想别的，我只是在想三皇子竟然能够眼睁睁地看着二皇子落入水中而不救，难道皇家的情分就真的这么凉薄吗？"

苏文月说完，成杨等人都叹息着摇了摇头，没再说话，而是回到崇王府来等君无咎。

君无咎将一切处理完后，回到了崇王府，现在一切都已经尘埃落定，他突然感觉十分的疲惫，感觉整个人都软得提不起力气。回到崇王府他便歇下了，他着实是太累了。

一觉睡到了大天亮，天亮之后皇上便传下了圣指，让成杨任大理寺卿，任命君无咎为大理寺少卿，但是君无咎却亲自上书回绝了皇上的好意。他着实厌倦了皇城的尔虞我诈，在皇城的这几日，他已经见遍了这一切，十分的厌倦。所以他同皇上说，自己只想去南方的一个小城，做一个小小的知府，如此他便知足了。皇上感念他和他老师的功劳，最终同意了他要离开的要求。

离开那日，成杨、君无咎和苏文月三人再度到那"天下第一香"饮酒，这一次，他们三个人都哭了，成杨举起酒杯，看着他们继续说道："我们一定要常常通信，常常见面。清悦兄，你绝不可一到南方便断了联系。"

君无咎本不是个容易感伤的人，可是这次，尤其是一起经历了那么多风雨之后，终究是不舍啊！

"我知道了，我定然不会同你们断了联系的，毕竟你们是我最好的朋友，也是我最后的亲人。"

君无咎说完，成杨和苏文月都十分的感动，他们点点头再度举起了酒杯，今日他们定然要一醉方休。

三人喝着喝着不知不觉已经到深夜了，他们互相搀扶着往崇王府走去，凉风吹在了他们的脸上，十分的舒服，他们的心中十分的惬意，却不知不觉中泪水不停地涌出，尤其是苏文月，整个快哭成了个泪人。

整整哭了半夜，最后苏文月都是哭着入睡的。第二日清晨，君无咎便早早地离开了，他离开前拜别了崇王和崇王妃，苏文月和成杨将他送到了城郊才离开。

君无咎在前往南方的这一路一直在看着自己的官牒，皇上虽然同意他去南方，但是并没有将他安置到一个小城，而是最终将他派到了荆州，君无咎一路走着，不知不觉便睡着了，他再度梦到了秀秀，秀秀就坐在他身旁，拉着他的手，不停地笑。

再度醒来，天已经黑了，但是没有停下来，而是在官道上徐徐地走着，想来明日傍晚便会到荆州了，也不知这荆州知府是个什么样的人。

就这样君无咎走了一天一夜终于来到了荆州城，他找了一个旅馆，好好地洗漱了一番，然后收拾收拾去他们的府衙报到。

收拾完毕之后，他便来到了这荆州的府衙，官牒递上去之后，便立即被邀请了进去，而他走进公堂时，那荆州知府正背对着他，此时君无咎屏住了呼吸，他看着那个熟悉至极的背影轻轻地唤了一声："翰飞。"

成杨转过头，笑着看着他无奈地说道："还是被清悦兄认出来了，为了比你先赶来这里，我可是快马加鞭赶了一夜。"

成杨没有过多地解释他为何会来这里，君无咎心中全然清楚，他感动地点点头，看着他笑着问道："苏大人呢？"

成杨笑着摇摇头，说道："她倒是想来，但是苏大学士同皇上都不肯放手，毕竟咱们二人都走了，这大理寺总是要有人做主的。"

君无咎点点头，是这个道理。他再度看着成杨笑了良久，不知该说些什么，他张张口，几乎有些哽咽，他看着他继续说道："翰飞，你来，打消了我对这个地方所有的陌生感。"

君无咎说完，成杨也点了点头，看着他继续说道："清悦兄，接下来的路，依旧一同走吧。"